DIE
ABENTEURER

WOLFGANG HOHLBEIN
und andere

Gefahr aus der Vergangenheit

BAS
LÜB

BASTEI LÜBBE TASCHENBUCH
Band 14 203

Erste Auflage: April 1999

Sie finden uns im Internet unter
http://www.luebbe.de

Lektorat: Michael Schönenbröcher
Titelbild: Sanjulian
Umschlaggestaltung: QuadroGrafik, Bensberg
Satz: Fotosatz Steckstor, Rösrath
Druck und Verarbeitung: 45690
Groupe Hérissey, Évreux, Frankreich
Printed in France
ISBN 3-404-14203-9

Der Preis dieses Bandes versteht sich einschließlich der gesetzlichen Mehrwertsteuer

Inhalt

ERSTES BUCH

INFERNO UNTER DEM MEER

von Hubert H. Simon

Der Aschenbecher quoll über. Aber nur wenige Zigaretten waren tatsächlich zu Ende geraucht; die Mehrzahl war angezündet und nach zwei oder drei Zügen zur Seite gelegt und vergessen worden. Andere waren zerfasert, von nervösen Fingern ausgedrückt und dabei zerbrochen. Tabak, Asche und Filter vermischten sich zu einem Stilleben besonderer Art.

Obwohl Connor seit Stunden am Computer saß, konnte er dem neuen Tag bislang keine positive Seite abgewinnen. Es war jetzt kurz nach fünf Uhr morgens, außerhalb der trutzigen Steinmauern von Oake Dùn erwachte die Natur zu neuem Leben. Der Schotte dachte an die Flut, die gischtend gegen die Klippen brandete, und an die taufeuchten, zu einem Morgenspaziergang einladenden Wiesen. Wo heute spärliches Gras wuchs, hatten sich vor Jahrhunderten noch ausgedehnte Eichenwälder erstreckt.

Er gähnte und fuhr sich mit der flachen Hand übers Gesicht.

Der blaue Dunst vor dem Bildschirm war ebenso hartnäckig wie der Nebel, der um diese Jahreszeit allmorgendlich die Küste entlangkroch.

Die Grafiksegmente auf dem Monitor wichen grell blinkenden Schriftzeichen: *Rechnerkapazität überlastet. Zugriffsberechtigung erster Priorität erforderlich.*

Connor tippte einen Code ein.

Eingabe wiederholen! erschien auf dem Schirm.

Er drückte die Escape-Taste. Danach erneut das Kennwort, das den Zugriff auf den Großrechner des Erdbebenobservatoriums auf der Isle of Wight ermöglichte.

Ohne den Blick abzuwenden, griff Connor nach der Zigarettenschachtel, schüttelte die letzte Gaulouises heraus und steckte sie an. Ein hastiger Zug, anschließend paffte er nur, und als gleich darauf das ersehnte Logo auf dem Monitor entstand, drückte er die Glut ab. Seine Finger huschten wieder über die Tastatur.

Die noch wenig detaillierte Weltkarte veränderte sich. Eine erste Ausschnittsvergrößerung zeigte das Zentralpazifische Becken mit den von West nach Ost verlaufenden Bruchzonen der Erdkruste. Die San Andreas-Spalte kam ins Bild ... Aktuelle Meßdaten wurden eingeblendet – sie interessierten Connor nicht.

Type past, tippte er.

Month?

November.

Date?

22.

Ein besonderer Tag. Nicht für die Weltöffentlichkeit, deren Vertrauen in die Zukunft durch lokale Kriege, Katastrophen und wirtschaftliche Rezession getrübt wurde, sondern für Ian Sutherland und seine Mitarbeiter.

Eine alte Schriftrolle, im Dschungel von Yukatan aufgefunden, hatte sie nach Tiahuanaco in Bolivien geführt, zu den verborgenen Zeugnissen einer frühen Kultur. Atlantis war für sie greifbar geworden – und für den Archäologen Tom Ericson sogar erschreckende Realität. Durch ein durchlässiges Steintor war er in eine uralte atlantische Station verschlagen worden – irgendwo auf der Welt.

Connor blinzelte und massierte sich die Nasenwurzel. Was blieb anderes übrig, als die Funktion jenes mysteriösen Tores mit Magie zu erklären – oder mit einer der Menschheit noch nicht (oder nicht mehr?) zugänglichen Transmittertechnik, wie sie in Science Fiction-Romanen längst Einzug gehalten hatte?

Vermutlich war jene atlantische Station unmittelbar nach Tom Ericsons Rückkehr zerstört worden. Alle Anzeichen deuteten darauf hin. Ian Sutherland, der Gründer und Finanzier von A.I.M., des Analytic Institute for Mysteries, war gerade im Begriff gewesen, wieder nach Tiahuanaco zu reisen, um bei der Erforschung der atlantischen Anlage zugegen zu sein, als ihn die unerwartete und ebenso niederschmetternde Nachricht erreicht hatte.

Time? war auf dem Bildschirm erschienen.

0:00 to 24:00 MEZ, gab Connor ein.

Die Zerstörung hatte in der Erdkruste Bebenwellen ausgelöst, daran gab es keinen Zweifel. Das Epizentrum zu lokalisieren, war Connors Aufgabe.

Er wählte bewußt den Zeitraum eines ganzen Tages und begrenzte die Suche nicht nur auf die exakt definierte Stunde von Ericsons Rückkehr. Die Vernichtung der Station war spontan erfolgt; alle Orte, an denen sich Vorbeben ereignet hatten, schieden damit als potentieller Standort aus.

Connor verschob den Bildausschnitt weiter nach Osten. Die Great Plains ... die Ostküste der USA ... Er hatte nach Mitternacht schon vorselektiert. Die Wahrscheinlichkeit, im Bereich des Nordatlantischen Rückens fündig zu werden, betrug demnach knapp fünfundsechzig Prozent.

Connor arbeitete verbissen und nur auf den Bildschirm konzentriert. Endlos lange Listen von Meßdaten flimmerten vor ihm vorüber.

Mehr als eine Million Beben ereignen sich jährlich auf der Welt, die meisten so schwach, daß nur seismologische Instrumente sie registrieren. Nicht weniger als dreitausend Erdstöße erreichen jedoch die Stärke sechs bis sieben auf der nach oben offenen Richterskala und erweisen sich, sofern sie bewohnte Regionen treffen, häufig als katastrophale Naturereignisse.

Aber nicht danach suchte Sutherlands Butler und Computerspezialist, sondern nach einer jener schwachen

Erschütterungen, die durchschnittlich alle dreißig Sekunden irgendwo Meßgeräte zum Ausschlag bringen. Knapp dreitausend solcher Beben pro Tag bescheren eine erdrückende Datenfülle.

Wieder griff Connor nach der Zigarettenschachtel. Sie war leer. Ärgerlich knüllte er das Papier zusammen und fischte aus dem Aschenbecher eine noch einigermaßen heil gebliebene Kippe. Alle Versuche, sich das Rauchen abzugewöhnen, waren bislang vergebliche Mühe geblieben.

Hinter ihm betrat jemand den Computerraum.

»Pierre?« fragte Connor, ohne den Blick vom Bildschirm abzuwenden.

Ein gequältes Husten antwortete ihm. Gleich darauf fragte eine weibliche Stimme: »Haben Sie keine Angst, an Rauchvergiftung zu sterben, Connor?«

»Geräucherte Ware hält sich länger, Miss Heber«, erklärte er und fügte überrascht hinzu: »Sie sind schon wieder fit?«

»Ich habe keinen schweren Kopf, falls Sie das meinen. Außerdem habe ich weniger getrunken als die anderen.«

Sutherland, Ericson, Connor, Leroy, sie selbst und Valerie Gideon hatten den Abend und die halbe Nacht zusammengesessen und geredet. Über Bolivien, Tibet und China – über Atlantis im Besonderen. Natürlich war es nicht bei einem Whisky geblieben. Lediglich Valerie, die gesundheitlich immer noch angeschlagen war, hatte sich schon nach zehn Uhr auf ihr Zimmer zurückgezogen; die anderen hatten bis gegen Mitternacht diskutiert.

»Wie lange haben *Sie* geschlafen, Connor?« wollte Gudrun wissen.

»Sechzig Minuten. Ungefähr.« Er warf einen kurzen Blick über die Schulter. »Sind Sie gekommen, um mich das zu fragen?«

»Um Ihnen einen Kaffee anzubieten. Ich dachte mir, daß Sie unermüdlich durcharbeiten.«

»Seit zwei Tagen sind wir aus Bolivien zurück. Es wird Zeit, Ergebnisse vorzuweisen.«

»Stark?« erkundigte sich Gudrun.

»Ich verstehe nicht . . .«

»Wollen Sie den Kaffee schwarz und bitter und so stark haben, daß der Löffel darin steht, oder süß und mit Milch?«

Connor schenkte ihr ein dankbares Lächeln. »Sie sind Gast auf Oake Dùn«, wehrte er ab. »Wieso überlassen Sie die Arbeit nicht dem Personal?«

»Also stark«, sagte die Anthropologin in einem Tonfall, der keinen Widerspruch duldete. »Mit Milch?«

Connor seufzte ergeben. »Wenn Sie es nicht anders wollen: Stark, schwarz, bitter und sehr heiß. Möglichst eine Kanne voll. Und außerdem Zigaretten.«

»Welche Marke?«

»Egal.« Connor konzentrierte sich wieder auf den Computer.

Abermals hatte sich die Anzeige verändert. Die geographische Abbildung war in ein Fenster verdrängt, den Rest des zur Verfügung stehenden Platzes beanspruchte eine Tabelle.

»Was sagen die Seismographen?« Für eine Weile beobachtete Gudrun ebenfalls die Datenkolonnen auf dem Bildschirm.

»Ein schwacher Erdstoß in Kairo zur fraglichen Zeit.« Connor tippte mit dem Finger auf die betreffende Zeile. »Aber hier – mehrere Vorbeben. Deshalb ist die Umgebung von Kairo für uns wenig interessant.«

Langsam wanderten die Zahlen weiter. Sobald Positionsangaben im nordatlantischen Bereich erschienen, wurden die betreffenden Zeilen farbig hervorgehoben.

»Stopp!« rief Gudrun unvermittelt. »Das sollten wir uns näher ansehen!«

Connor unterbrach den Programmablauf zugunsten detaillierter Einzeldaten. Er verschränkte die Hände, stützte das Kinn auf beiden Daumen ab und las. Im Fenster war ein Teilausschnitt des östlichen Mittelmeerraumes erschienen.

»Unwichtig«, bemerkte er nach einer Weile.

»Der Meinung bin ich nicht«, widersprach Gudrun. »Die Koordinaten bezeichnen die südlichste Insel der griechischen Kykladen. Wenn ich mich recht entsinne, stammt von einem gewissen Doktor Galanopoulos die These, Atlantis wäre das Zentrum Santorins gewesen. Um tausendfünfhundert vor Christus sollen nach einem Vulkanausbruch Teile der Insel im Meer versunken sein.«

»Atlantis wurde von allen möglichen ›Experten‹ schon rund um die Welt lokalisiert.«

»Sehen Sie hier!« Die Anthropologin tippte auf den Monitor. »Nach achtzehn Uhr Ortszeit erfolgten drei schwache Erdstöße innerhalb eines Zeitraums von nur fünf Minuten. Ausgangspunkt ist der südöstliche Küstenbereich der Insel Therasia. Keine Vorbeben, keine weiteren Erschütterungen.«

»Aber dennoch Vorankündigungen«, widersprach Connor. »Ich habe mich in die Materie eingearbeitet, Miss Heber, und das Programm ist umfangreicher, als es den Anschein hat. Hier, diese beiden Symbole verweisen auf weitere Datensätze.« Er setzte den Cursor auf die betreffenden Stellen und aktivierte eine zweite Seite, die überwiegend Text enthielt. Gudruns Miene verdüsterte sich, je länger sie las.

»Das ist allenfalls die Aussage eines Laien«, bemerkte sie. »Was hat ein schwaches Abendrot mit tektonischen Erschütterungen zu tun?«

»Kein Abendrot, sondern ein rötliches Glimmen«, berichtigte Connor. »Als Folge des wachsenden Drucks im Erdmantel wird das Gestein elektrisch leitfähiger. Durch feinste Haarrisse entweichen geladene Schwebeteilchen, die jene mysteriöse Färbung hervorrufen.

Außerdem wurde nachträglich eine erhöhte Konzentration des radioaktiven Gases Radon festgestellt. Es ist anzunehmen, daß der Austritt vor den Erdstößen erfolgte.«

»Okay«, versprach Gudrun, »ich rede Ihnen nicht mehr drein. Seismologie ist nicht mein Fach.«

Sie leerte den überquellenden Aschenbecher aus, ein kostbares Stück hauchdünnen Porzellans in Kobaltblau und mit handgemaltem goldenen Familienwappen der Sutherlands. Das Wappen stellte einen aufrecht stehenden feuerspeienden Drachen dar, die lederhäutigen Schwingen leicht abgespreizt und den kräftigen Schwanz noch halb im aufgebrochenen Erdreich verborgen. Zwischen den Pranken hielt er einen kantigen Schild, dessen Gravur die Gebäude von Oake Dùn zeigte. Bis auf die knorrigen Eichen, die heute nicht mehr existierten, wirkte jedes Detail stimmig.

Das Wappen war anders als die vergleichbarer Adelsfamilien. In der Bibliothek und im Kaminzimmer hingen in Kupfer gehämmerte Ausführungen. Aber nicht einmal Sir Ian kannte die ursprüngliche Bedeutung der Bildelemente.

Gudrun versorgte Connor mit einer großen Kanne dampfenden Kaffees und einer Packung englischer Zigaretten. Vorübergehend verdrängte das Aroma der frischen Bohnen den kalten Rauch, aber dann paffte der Schotte wieder drauflos. Ihm war klar, daß er mit seiner Gesundheit Raubbau trieb. Irgendwann würde er vielleicht damit aufhören.

Der Tag wurde trist und grau – das typische Novemberwetter hoch im Norden Schottlands. Der Wind, der von den Orkneys her wehte, war eisig. Es schneite leicht, und selbst zur Mittagszeit blieb die Sonne hinter tief hängenden Wolkenbänken verborgen.

Dichte Nebelschwaden kletterten an den Klippen empor. Bedrohlich fluteten sie über die Felskante hinweg und brandeten gegen die Mauern von Oake Dùn.

An Tagen wie diesem wirkte die karge Landschaft der Highlands überaus melancholisch. Die Natur schien den Atem anzuhalten und sich der Vergänglichkeit allen Lebens bewußt zu werden.

Weder Regen noch Schnee hatten Gudrun Heber von einem Spaziergang abgehalten. Den Mantelkragen hochgeschlagen, die Hände in den Taschen vergraben, genoß sie die rauhe Seeluft und die Abgeschiedenheit vom Rest der Welt. Mitunter schien hier im äußersten Norden der Insel die Zeit stehenzubleiben.

Nur das Rauschen der Brandung durchbrach die Stille auf dem Hochplateau. Und hin und wieder war der heisere Ruf eines Seevogels zu vernehmen.

Gudrun ging den kurzen Weg hinüber zu den Gesindehäusern, vorbei an verlassenen Pferchen. Selbst den Schafen war die Kälte unangenehm.

Der nasse Schnee gefror. Innerhalb von Minuten fielen die Flocken dichter, verschwand Oake Dùn hinter einer diffusen weißen Wand. Das Schneetreiben drückte den Rauch aus den Kaminen zu Boden. Gudrun hatte es plötzlich eilig, in die anheimelnde Wärme der Festung zurückzukehren.

Mortimer, der alte, leicht senile Diener, öffnete ihr erst nach dem dritten Läuten, und auch dann nur einen winzigen Spalt weit. Sein Gesicht drückte Verärgerung aus.

»Die Herrschaften sitzen bereits zu Tisch«, bekundete

er. »Was immer Sie verkaufen wollen, jetzt ist nicht der richtige Zeitpunkt dafür.«

Ehe die Anthropologin zu einer Erwiderung ansetzte, schlug das Tor ins Schloß. Kopfschüttelnd zog sie erneut an der Kette. Die Türglocke überschlug sich schier.

Nach abermals einer kleinen Ewigkeit öffnete Mortimer gerade so weit, daß er um die Ecke nach draußen blinzeln konnte. »Habe ich mich mißverständlich ausgedrückt? Sir Ian wünscht seine Mahlzeiten ungestört einzunehmen.«

Diesmal war Gudrun schneller. Ihr Fuß verhinderte, daß das Tor zufiel.

»Erkennen Sie mich nicht, Mortimer? Ich bin es, Miss Heber.«

Der alte Diener rümpfte die Nase. »Miss Heber ist dunkelhaarig, nicht blond. Nehmen Sie bitte Ihren Fuß da weg!«

Für einen Moment stutzte Gudrun, dann war sie nahe daran, hell aufzulachen. Sie schüttelte sich, fuhr mit den Fingern durch ihr Haar und beförderte eine Menge Schnee zu Boden. Mortimer verfolgte die Verwandlung mit sichtlichem Erstaunen. Als die Anthropologin schließlich den pelzverbrämten Mantelkragen zurückschlug, schüttelte er nur noch den Kopf.

»Mylady«, stammelte er. »Wieso haben Sie mir nicht gesagt, daß Sie das Haus verlassen?«

»Ich wollte einfach für kurze Zeit allein sein«, erklärte Gudrun offenherzig.

»Aber ... ich habe Sie eben noch im Salon gesehen.«

»Das war vor einer Stunde, Mortimer.«

»Oh, oh«, machte der Diener und kratzte sich ungeniert die Wange. »Die Zeit ist ein Rennpferd, das jedes Jahr schneller läuft.« Pflichtvergessen verlor sein Blick sich in weiter Ferne.

»Ich würde mich jetzt gerne aufwärmen«, sagte Gudrun.

Mortimer zuckte sichtlich zusammen und öffnete rasch das Tor. »Bitte, Mylady. Wenn Sie ablegen wollen, ich helfe Ihnen aus dem Mantel.«

Es blieb bei dem Versuch, denn er reagierte viel zu langsam. Aber immerhin trug er das gute Stück zur Garderobe. »Lunch wird heute im kleinen Saal serviert!« rief er über die Schulter zurück. »Die Herrschaften sind schon alle versammelt.«

Er irrte insofern, als Connor fehlte.

»In Kürze dürfen wir mit brauchbaren Ergebnissen rechnen«, eröffnete Sutherland. »Das heißt, daß wir morgen, spätestens übermorgen ein neues Ziel vor Augen haben.«

»Wir werden nach Atlantis vorstoßen«, sinnierte Leroy. Er ließ den Satz langsam auf der Zunge zergehen. »Tom ist einem leibhaftigen Atlanter begegnet – gut. Aber was erwartet uns andere? Manchmal frage ich mich, ob es wirklich vernünftig ist, alle offenen Fragen der Vergangenheit lösen zu wollen.«

»Soll das so etwas wie eine düstere Vorahnung sein, Pierre?« fragte Valerie Gideon spöttisch.

Leroy zuckte mit den Schultern. »Nur ein unbestimmbares Gefühl, ein Kribbeln in der Magengegend ...«

»Das ist die Furcht vor dem Unbekannten«, behauptete Valerie. »Du wirst sie überwinden. Eines Tages.« Sie wandte sich an Sutherland: »Ich melde mich freiwillig für den Einsatz.«

Der Earl of Oake Dùn legte das Besteck zur Seite, nippte am portugiesischen Roséwein und tupfte sich bedächtig die Lippen mit der Serviette ab. »Ihre Gesundheit ist immer noch angeschlagen, Miss Gideon«, erinnerte er.

»Das war gestern.«

»Heute fühlen Sie sich besser?«

»Natürlich. Ich brauche keinen Arzt, der mir ein Zipperlein einredet und gleichzeitig Pillen dagegen verschreibt. – Was ist nun?«

»Sie haben sich verändert, Valerie«, stellte Sutherland fest. »Ihre Ungeduld überrascht mich.«

»Ich habe erfahren, wie kurz das Leben sein kann. Und wie trügerisch.« Die Israelin meinte die achtundzwanzig leidvollen Tage, die sie als rapide gealterte Greisin verbracht hatte. Der Weg nach Atlantis wäre ihr beinahe zum Verhängnis geworden.

Nein, dachte Sutherland, sie hat den Schock noch nicht überwunden. Und das war weiß Gott kein Wunder. Eine Prüfungsaufgabe nicht zu bestehen, war eine Sache, aber während einer Prüfung des Unterbewußtseins zu versagen und danach um Jahrzehnte gealtert aufzuwachen, eine gänzlich andere. Außerdem war sie auf Gedeih und Verderb vom Erfolg anderer abhängig gewesen und hatte selbst nicht das Geringste zu Ihrer Genesung betragen können.

Schweiß perlte auf Valeries Stirn. Mit einer eckig anmutenden Bewegung hob sie den Arm und wischte sich übers Gesicht. Ihre Hand glitt an der Schläfe entlang in den Nacken. Benommen schüttelte sie den Kopf. Danach aß sie weiter, als wäre nichts gewesen.

Der Schneesturm ging in Regen über. Es schüttete wie aus Kübeln. Nachdenklich blickte Tom nach draußen.

»Woran denken Sie, Dr. Ericson?« fragte Sutherland nach einer Weile.

Zögernd wandte der Archäologe den Blick. »Ich frage mich, welchen Schaden die Kreatur anstellen kann, die in der atlantischen Station gefangen war. Immerhin hat der ZERSTÖRER schwer bewaffnete Söldner getötet.«

»... und uns damit aus einer ziemlich verfahrenen Situation gerettet«, sagte Gudrun.

»Das Wesen dürfte selbst schwer verletzt worden sein und ist längst tot«, wandte Valerie ein. »Darüber waren wir uns eigentlich einig.«

Ericson setzte zu einer Erwiderung an, wurde aber jäh daran gehindert, weil Connor den Speisesaal betrat. Sutherlands Butler war bleich, übernächtigt und erschöpft, und das Haar hing ihm in wirren Strähnen in die Stirn. Aber er wirkte zufrieden. Ein Lächeln umspielte seine Mundwinkel.

Er legte mehrere Computerausdrucke vor Sir Ian auf den Tisch. »Am 22. November wurden vier äußerst schwache Beben angemessen, auf die unsere Kriterien zutreffen. Hier sind alle Daten verzeichnet.«

»Gute und vor allem schnelle Arbeit, Connor.« Flüchtig blätterte der Earl die Ausdrucke durch, bevor er sie an Ericson weiterreichte.

»Nicht der Rede wert, Sir«, wehrte der Schotte ab. »Leider konnte ich keine weitergehende Eingrenzung treffen.«

Tom Ericson stutzte und legte die Blätter nebeneinander auf. »Haben Sie den Zusammenhang bemerkt?« fragte er überrascht.

»Natürlich«, sagte Connor. »Eines der Epizentren liegt im Bereich des Bermuda-Dreiecks.«

»Ich behaupte sogar, unmittelbar bei der versunkenen Stadt. Ist das nur Zufall?«

Pierre Leroy stieß einen anerkennenden Pfiff aus und beugte sich nach vorne, um mehr erkennen zu können.

»Es kommt noch besser«, fuhr Ericson fort. »Nummer zwei bezeichnet das Gebiet der Phoenix-Inseln als Ausgangspunkt einer schwachen Bebenwelle. Das dritte Blatt beweist schwache Erdstöße in Zentral-China.«

»Und Nummer vier?« wollte Gudrun wissen.

»Das sind schlicht und einfach die Azoren«, sagte Connor. »Betroffen ist aber nur die südwestliche Insel Pico. Sie liegt auf der sogenannten Azoren-Microplatte, die sich jährlich knapp eineinhalb Zentimeter nach Osten verschiebt, wohingegen die beiden westlichen Inseln Corvo und Flores auf der amerikanischen Platte nach Westen wandern.«

»Atlantis ...«, murmelte die Anthropologin gedankenverloren. »Eine Insel jenseits der Säulen des Herakles, so groß wie die zu Platos Zeit bekannte Welt.«

»Das Bebenzentrum bei den Azoren wurde am Meeresboden lokalisiert«, bemerkte Connor.

»Das ist doch genau das, was wir hören wollten«, seufzte Valerie Gideon. »Atlantis lag demnach wirklich im Bereich der Azoren.«

»Beweise fehlen noch«, wandte Gudrun ein. »Ich kann auf Anhieb zwei Dutzend verschiedene Orte nennen, an denen findige Köpfe das versunkene Inselreich aufgespürt haben wollen.«

»Neueste Satellitenmessungen beweisen, daß Nordamerika und Europa auseinanderdriften«, sagte Ian Sutherland. »Zurückzuführen ist diese Bewegung auf die Schwellenzone im Bereich des Nordatlantischen Rückens, in der die Azoren liegen. Basaltisches Magma steigt aus dem Erdinneren auf und bildet neuen Meeresboden. Beben der angemessenen Stärke sind deshalb keine Besonderheit. – Verstehen Sie mich jetzt nicht falsch. Ich will lediglich keine Expedition losschicken, die wochenlang an der falschen Stelle sucht, während unser Gegenspieler Kar vielleicht mehr Glück hat.«

»Ein Wettrennen zwischen Kar und A.I.M., wie einst zwischen Scott und Amundsen um den Südpol?« Der leicht ironische Unterton in Valeries Stimme war nicht zu überhören. Sie hatte sich zurückgelehnt und massierte mit den Fingerspitzen ihren Hinterkopf.

»Mir ist weniger zum Lachen zumute«, erwiderte Sutherland. »Was atlantische Hinterlassenschaft zu leisten vermag, haben Sie erlebt. In den falschen Händen wird sie zur Gefahr für die Menschheit.«

»Die größte Bedrohung des Menschen ist der Mensch selbst«, sinnierte Valerie. »Ich habe lange genug für den Geheimdienst gearbeitet, um das beurteilen zu können.«

Connor räusperte sich dezent. »Die landläufige Meinung, daß der versunkene Kontinent im Bereich des nördlichen Atlantiks zu suchen ist, wird durch die Beben vom 22. November bestätigt.«

»Nur dadurch?« fragte Gudrun.

»Um objektiv zu urteilen, muß ich andere Fakten außer Betracht lassen«, erwiderte der Schotte. Nach einer kurzen Pause, in der er die Ausdrucke wieder an sich nahm, fuhr er fort: »Wie Sir Ian schon sagte, die Entstehung neuen Meeresbodens im Bereich mittelozeanischer Rücken geht mit einer steten Bebentätigkeit einher, die jedoch so schwach ist, daß nur empfindlichste Geräte sie registrieren. Die Erschütterung vom 22. November liegt außerhalb dieser Norm und muß als eigenständiges Beben eingestuft werden.

Auf den Inseln wurden schon vor Jahrzehnten Neigungsmesser eingerichtet. Sie bestehen aus wassergefüllten und durch Rohre miteinander verbundenen Gefäßen. Höhenverwerfungen bewirken nach dem Prinzip einer Wasserwaage Veränderungen des Wasserstands, die elektronisch abgelesen werden. Ein Aufsteigen von Magma am Meeresboden ergibt üblicherweise eine einseitige Neigung; in unserem Fall ist eine kurzfristige gegenläufige Bewegung dokumentiert.«

»Könnte der Einsturz eines großen Hohlraumes auslösender Faktor gewesen sein?« wollte Ericson wissen.

»Das halte ich für wahrscheinlich«, erwiderte Connor, »wenngleich ebenso eine Magmablase als Ursache in Betracht käme. Aber dagegen sprechen die Registrierungen eines Protonen-Präzessions-Magnetometers –«

»Das Ganze bitte langsam und zum Mitschreiben«, unterbrach Pierre Leroy. »Ich verstehe nur noch Bahnhof.«

Connor bedachte ihn mit einem überraschten Blick und versuchte gleichzeitig, sich die Haare aus der Stirn zurückzustreifen. »Unkomplizierter geht es leider nicht«, behauptete er.

»Unterschiedliche Spannungen verursachen Veränderungen im Magnetfeld der Erde«, erklärte Sutherland. »Ein kurzfristiges künstliches Magnetfeld richtet die Protonen in einem Kontrollinstrument aus –«

»– die das schwächere Magnetfeld der Erde anschließend entgegengesetzt beeinflußt«, vollendete Connor. »In unserem Fall waren vor dem Beben keine Veränderungen nachweisbar, was beweist, daß keinesfalls Spannungen in den Gesteinsschichten die Erschütterungen ausgelöst haben.«

»Ich nehme an, die übrigen Ausdrucke belegen ähnliche Meßdaten«, sagte Ericson.

Mortimer und eine junge weibliche Küchenhilfe hatten inzwischen die leeren Teller und den Rest des Essens abgetragen. Allerdings war Mortimers Arbeit mehr auf stumme Kommandos beschränkt geblieben und das Mädchen hatte den schweren Servierwagen allein bewältigen müssen.

Ein silberner Leuchter stand jetzt auf dem Tisch; die brennenden Kerzen verbreiteten eine angenehme Duftwolke. Connor fischte eine Zigarettenschachtel aus seiner

Hosentasche und steckte sich einen Sargnagel an den Kerzen an.

»Der Unterschied liegt darin, daß die in China angewendeten Meßverfahren nicht bekannt sind, wir uns also ausschließlich auf die mitgeteilten Daten verlassen müssen. Was das Bebenzentrum bei den Phoenix-Inseln betrifft, steht lediglich auf Canton ein einfaches Gravimeter in der Nähe der ehemaligen NASA-Station. Soweit ich erfahren konnte, kümmert sich nur noch eine Familie um die intakten, aber unbenutzten Einrichtungen der NASA und der amerikanischen Luftwaffe.«

»Und für das Bermuda-Dreieck liegen ohnehin keine Messungen vor Ort vor«, vermutete Gudrun.

»Nur Daten von den Bermuda-Inseln und Cape Canaveral«, bestätigte Connor. Er hatte die flache Hand unter die Zigarette gehalten, weil er die Asche nicht verlieren wollte, jetzt holte er sich einen Aschenbecher und brachte für Sutherland, der bedächtig seine Pfeife stopfte, einen zweiten mit.

»Das ist nicht nötig«, wehrte der Earl ab, während er Tabak, Stopfer und Zündhölzer wieder einsteckte und kräftig schmauchte. »Ich werde umgehend mit meinem alten Jagdfreund Henderson telefonieren –«

»Henderson vom Verteidigungsministerium, Sir?«

»Genau der. Wir haben uns seit mindestens zwei Jahren nicht gesehen. Sie, Connor, machen in der Zwischenzeit den Hubschrauber startklar. Oder wollen Sie sich für einige Stunden aufs Ohr legen?«

»Ich bin wieder fit, Sir.«

London, 26. November, kurz nach 17 Uhr

Der Verkehr in der Victoria Street war fast zum Erliegen gekommen. Im Schrittempo quälten sich die Autos der Westminster Bridge entgegen.

Irgendwo voraus, von Hupkonzert und Motorenlärm weitgehend überlagert, erklang eine Polizeisirene. Ungeduldig trommelte Connor mit den Fingern auf das Lenkrad des Mietwagens, mit dem er Sutherland vom Flughafen aus in die City gefahren hatte. »Das kann dauern«, sagte er müde und gähnte herzhaft. Ein Blick in den Rückspiegel überzeugte ihn davon, daß inzwischen auch hinter ihnen die Straße dicht war. Schon der Versuch eines Wendemanövers hätte bedeutet, sich endgültig zwischen den anderen Fahrzeugen zu verkeilen.

Zwei, drei Meter noch, danach ging endgültig nichts mehr. Sogar der Gehweg war blockiert. Mit einem schicksalsergebenen Seufzen schaltete Connor den Motor ab.

»Sie holen mich im Ministerium ab«, sagte Sutherland unvermittelt. »Lassen Sie sich ruhig Zeit und schlafen Sie ein Viertelstündchen.«

Angesichts der Verkehrssituation klang das wie ein schlechter Scherz. »Sir, ich –«, begann Connor, aber da hatte der Earl schon die Tür geöffnet und stieg aus. Das heißt, er quetschte sich nach draußen, weil das nächste Fahrzeug fast auf Tuchfühlung zur Linken stand. »Der Termin ist für siebzehn Uhr dreißig vereinbart«, bemerkte Sutherland. »Ich habe nicht die Absicht, mich zu verspäten. Henderson ist in der Beziehung eigen.«

»Viel Erfolg, Sir!« rief der Schotte hinter ihm her, aber da zwängte Ian Sutherland sich bereits im Laufschritt zwischen den wartenden Fahrzeugen hindurch.

An der Einmündung zum Parliament Square waren mehrere Autos ineinandergefahren; Treibstoff lief aus und versickerte in der Kanalisation, aber Hilfskräfte versuchten bereits mit Bindemitteln, Schlimmeres zu verhindern. Ein schrecklicher Mief hing in der Luft, eine Mischung aus Abgasen, Öl und Benzindämpfen.

Sutherland nahm von all dem nur wenig Notiz. Im Laufschritt eilte er die Parliament Street entlang nach Norden, vorbei an Regierungsgebäuden und der Einmündung zur Downing Street.

Rechterhand, zwischen der Horseguards Avenue und Whitehall Place, erhebt sich das War Office, dessen ungenauer, aus dem Winkel geratener Bau von Ecktürmchen kaschiert wird. Nur wenige Schritte weiter, auf der anderen Straßenseite, befindet sich die Admiralität, die ebenfalls Teil des Ministeriums für Landesverteidigung ist. Ein kuppelgekrönter Bau schließt daran an; über die monströse Sendeanlage auf dem Dach kann die Admiralität mit britischen Schiffen auf allen Meeren Funkverbindung aufnehmen.

Exakt um 17 Uhr 30 betrat Sutherland den älteren Teil des Gebäudes. Der in der Halle angebrachte Wegweiser war unübersichtlich, die Vielzahl der Korridore und Treppen beinahe verwirrend. Als der Earl sich endlich bei Hendersons Vorzimmerdame anmeldete, waren zehn Minuten vergangen.

Der Ressortchef der Kriegsmarine war ein sehniger Mann Anfang Fünfzig. Sein Haar war in den vergangenen beiden Jahren schütter geworden, und graue Strähnen hatten sich eingeschlichen. Aber das war die einzige Veränderung, die Sutherland feststellte. Henderson besaß nach wie vor nicht ein Gramm Fett zuviel. Er hatte sich in einem Aktenberg vergraben und reagierte nicht, als die Tür hinter dem Besucher ins Schloß fiel.

Sutherland räusperte sich.

»Unpünktlichkeit ist aller Laster Anfang«, murmelte

Henderson schließlich, ohne von den Schriftstücken aufzusehen.

»Vielleicht sind Laster an meiner Unpünktlichkeit schuld«, erwiderte der Earl of Oake Dùn.

»Das ist genau der Grund, weshalb ich zur christlichen Seefahrt gegangen bin und nicht in irgendeinem Verkehrsministerium sitze.« Peter Henderson klappte die Akten zu. »Keine überfüllten Straßen, keine roten Ampeln ...« Ein Lächeln huschte über sein Gesicht, er erhob sich und ging auf Sutherland zu. Sie begrüßten einander wie gute alte Freunde dies zu tun pflegen.

»Du hast lange nichts von dir hören lassen, Ian.«

»Es bestand keine Veranlassung dazu.«

»Diese seltsame Art von Entschuldigung sieht dir ähnlich.«

»Weshalb sollte ich die Unwahrheit sagen, Peter?«

Henderson bot ihm einen Sitzplatz und einen Whisky an. Als sie einander zuprosteten, war die Neugierde des Ressortchefs kaum noch zu überbieten.

»Ich kenne dich, Ian. Wenn du nach zwei Jahren Grabesstille ohne jede Vorwarnung im Amt anrufst, dann steckt mehr dahinter. Also schieß endlich los.«

»Ich brauche deine Hilfe, Peter.«

»Und –?«

»Ich brauche ein U-Boot!«

Sekundenlang herrschte atemloses Schweigen. Man hätte eine Nadel fallen hören können. Dann stellte Henderson ruckartig sein Glas auf den Tisch zurück.

»Eines von diesen Ein-Mann-Booten, die in küstennahen Gewässern operieren?« wollte er wissen.

Sutherland winkte großzügig ab. »Wenn ich Spielzeug brauche, kaufe ich bei Harrods ein. Nein, Peter – ich benötige ein diesel- oder atomgetriebenes U-Boot mit möglichst großer Tauchtiefe.«

»Mehr nicht?« Henderson starrte seinen Besucher fassungslos an.

»Ich beteilige mich an den Einsatzkosten«, versprach der Earl.

»Weißt du ...? Nein, für so verrückt schätze ich dich nicht ein.« Henderson schenkte sich einen Whisky nach und trank das Glas ohne abzusetzen leer. »Brauchst du zufällig auch ein halbes Dutzend Polaris-Raketen? Vielleicht im Sonderangebot?«

»Mir ist nicht nach Scherzen zumute«, sagte Sutherland.

»Glaubst du, mir?« Der Ressortchef der Admiralität erhob sich abrupt. »Es hat mich gefreut, dich wiederzusehen, Ian – und das meine ich so, wie ich es sage. Leider habe ich momentan viel Arbeit um die Ohren.«

Sutherland dachte nicht daran, dem verdeckten Hinauswurf nachzukommen. Im Gegenteil. Er lehnte sich zurück und breitete besitzergreifend die Arme aus.

»Wieviel kannst du mit dem Begriff Atlantis anfangen, Peter?«

»Das ist ein Thema für die Sauregurkenzeit, bestens geeignet, die Schlagzeilen der Boulevardpresse zu füllen. Gleichrangig mit UFO-Sichtungen oder Nessie.«

»Weiter!«

»Irgendwann vor Jahrtausenden soll eine hochstehende Kultur im Meer ver-« Henderson stockte und starrte ungläubig den Schotten an, der lächelnd nickte.

»Verstehst du nun, weshalb ich das U-Boot brauche?«

»Du bist bei mir an der falschen Adresse. Wende dich an eine der Firmen, die auf Schatzsuche und Bergung von Schiffswracks spezialisiert sind. Wo du solche Leute findest, muß ich dir wohl nicht sagen.«

»Nein, das brauchst du nicht«, bestätigte Sutherland. »Im übrigen bin ich kein verarmter Aristokrat, der Jagd auf eine antike Schiffsladung Goldbarren oder Silbermünzen macht. – Die Hinterlassenschaft von Atlantis kann die Welt verändern. Ich dachte mir, daß das Verteidigungsministerium ein gewisses Interesse daran hätte.«

Henderson hatte nach dem Telefon gegriffen, legte den Hörer aber sofort wieder auf. Eindringlich musterte er sein Gegenüber. »Wenn ich dich nicht einigermaßen gut kennen würde, wäre unser Gespräch jetzt endgültig beendet. Was hast du zu bieten?«

»Das hier.« Sutherland reichte dem Freund zwei mit Grafiken und Tabellen eng bedruckte Blätter.

Henderson überflog den Computerausdruck. Fast wirkte er danach ein wenig enttäuscht. »Die Azoren sind vulkanischen Ursprungs, und die Seismographen registrieren täglich leichte Erd- oder Seebeben. Willst du damit die Existenz einer Legende beweisen?«

Sutherland legte außerdem drei Fotos auf den Schreibtisch.

»Ist das der Franzose, der für dich arbeitet?« fragte Henderson irritiert.

»Pierre Leroy. Aber sieh genau hin!«

»Die anderen beiden kenne ich nicht.«

»Dr. Thomas Ericson, Archäologe, und Miss Gudrun Heber, Anthropologin. Sie waren Dozenten an der Elite-Universität Yale.«

Ruckartig hob Henderson eines der Fotos auf und hielt es ins Licht. Seine Stirn lag plötzlich in Falten. Er drehte das Bild um, schüttelte den Kopf. »Welches Studio fertigt solche Montagen?« fragte er.

»Die Aufnahmen sind authentisch, unmittelbar nacheinander geschossen. Sieh dir die Bewegungsabläufe an. Meinetwegen kannst du sie auf ihre Echtheit überprüfen lassen, aber mach nicht zuviel Aufhebens deswegen.«

Die Bilder zeigten einen großen sechseckigen Raum

mit überwiegend glatten Wänden. Im Zentrum erhob sich das Modell einer Stadt oder Landschaft, so genau konnte Henderson das nicht erkennen. Faszinierend war jedoch, daß der Archäologe unmittelbar vor einer der Wandflächen stand, die Arme ausgestreckt hielt, und daß seine Hände in der Wand verschwunden waren. Der Fotograf hatte das Bild aus größerer Distanz oder mit Weitwinkelvorsatz aufgenommen, deshalb waren Details nicht allzu deutlich wiedergegeben. Trotzdem sah Henderson, daß die Hände des Archäologen aus der ihm gegenüberliegenden Wand ragten. Auf dem zweiten Bild waren es nicht nur die Hände, sondern zugleich die Unterarme des Mannes, und die dritte Aufnahme zeigte ihn bis zu den Schultern in der Wand versunken.

Peter Henderson holte tief Luft, ehe er loslegte. »Erstens: Ist das ein Jahrmarkttrick? Zweitens: Falls nein, wo und wann wurden die Aufnahmen gemacht? Und drittens: Läßt sich das Ding, was immer es sein mag, militärisch nutzen?«

Sutherlands Miene blieb unbewegt. Zumindest die letzte Frage hatte er befürchtet, und sie bereitete ihm einiges Unbehagen. Andererseits wurde nichts so heiß gegessen, wie es gekocht wurde, und ob die Militärs jemals einen solchen Fund für ihre Zwecke auswerten konnten, blieb dahingestellt.

Henderson legte die Fotos nebeneinander und betrachtete sie eingehend.

»Das ist kein Trick«, bestätigte Sutherland. »Die Aufnahmen wurden am zweiundzwanzigsten November gemacht, nahe Tiahuanaco in Bolivien. Dr. Ericson wurde, als er wenig später die Wand durchschritt, von Bolivien zu den Azoren versetzt und ebenso wieder zurücktransportiert. Danach wurde die Anlage durch Fremdeinwirkung zerstört.«

»Eine Besichtigung erübrigt sich also?«

»Die Fotos sagen mehr aus als die zerschmolzenen und verschütteten Überreste.«

Hendersons Blick pendelte zwischen Sutherland und den Bildern hin und her. »Welches kommunistische Land ist in der Lage, so etwas zu bauen? Kuba?«

»Atlantis!«

Der Ressortchef schüttelte den Kopf. Aber das war nicht abwertend gemeint, eher überrascht. Durchdringend musterte er sein Gegenüber.

»Ich habe dein Wort, daß alles der Wirklichkeit entspricht?«

»Du kannst dich darauf verlassen!«

Henderson tippte die Verbindung zu seiner Vorzimmerdame in die Sprechanlage. »Mrs. Barbican, bitte sagen Sie alle Gesprächstermine für morgen vormittag ab! Und vereinbaren Sie eine Besprechung mit dem Minister für neun Uhr, egal wo er sich befindet! – Ach ja, reservieren Sie umgehend einen Tisch für zwei Personen im Royal Garden.« Er wandte sich Sutherland zu: »Einverstanden?«

»Ich bin nicht allein hier. Connor wartet im Auto.«

»Also drei Plätze, Mrs. Barbican. Für neunzehn Uhr dreißig.« Er lehnte sich zufrieden zurück. »Ich glaube, Ian, wir haben eine Menge miteinander zu reden.«

Das Royal Garden in der Kensington High Street, nur wenige Kilometer vom Ministerium entfernt, zählt zu den Londoner Luxushotels. Das Personal kannte Henderson, der regelmäßig zu Arbeitsessen erschien, und der reservierte Tisch lag folglich in einer ruhigen Ecke, in der man sich ungestört auch über heikle Dinge unterhalten konnte.

Sutherland redete viel an diesem Abend, und Connor unterstützte ihn nach Kräften. Der Ressortchef der Kriegsmarine beschränkte sich hauptsächlich aufs Zuhören. Nur gelegentlich unterbrach er den Bericht mit Zwischenfragen.

Sutherland begann mit dem Fund der Schriftrolle in Yukatan und schilderte die Entdeckung des ersten Tores in Bolivien. Die Prüfung, der mit Ausnahme von Connor alle Teilnehmer der Expedition unterworfen worden waren und der Valerie Gideon beinahe zum Opfer gefallen wäre, verschwieg er. Geschichten solcher Art wirkten auf nüchtern denkende Militärstrategen eher abstoßend. Um so detaillierter berichtete Connor selbst anschließend von der atlantischen Station und den Gründen, die zu ihrer Lokalisierung im Bereich des Meeresbodens vor den Azoren geführt hatten. Die Vorgänge um den ZERSTÖRER übergingen beide.

»Du kannst mir also nichts bieten außer Ruinen und der vagen Möglichkeit, irgend etwas zu finden«, stellte Henderson endlich fest.

»Hinterher wissen wir alle mehr«, versprach Sutherland.

»Wie stellst du dir unsere Zusammenarbeit vor?«

»Hunderttausend Pfund Kostenbeteiligung –«

»Das ist nicht sehr viel.«

»Weshalb sollte ich meine Zahlung übertreiben? Das Kriegsministerium dürfte ohnehin mehr an den atlantischen Hinterlassenschaften interessiert sein.«

»Was ist, falls das Ganze sich als Schlag ins Wasser erweist?«

»Das wird es sowieso.«

Für einen Moment stutzte Henderson, dann verzog er die Mundwinkel zu einem leichten Lächeln. »Lachen kann ich über das Wortspiel nicht«, sagte er. »Aber um alles klarzustellen: Die Jahresbetriebskosten eines U-Bootes liegen bei rund sieben Millionen Pfund. Du beteiligst dich mit hunderttausend Pfund an den Kosten eines Einsatzes und willst dafür ein Team von deinen Leuten an Bord haben. Bei angenommenen vierzehn Tagen ist das nicht einmal die Hälfte der anfallenden Kosten.«

»Ungefähr ein Drittel«, stellte Connor nach überschlägiger Rechnung fest.

Sutherland winkte großzügig ab. »Das Kriegsministerium erhält sämtliche als technisch definierbaren Funde zur Auswertung. Ist das kein akzeptables Angebot?«

»Du vergißt dabei nur, daß die Azoren portugiesisches Hoheitsgebiet sind.«

»Ich bin überzeugt davon, daß eine Absprache auf Regierungsebene sehr schnell getroffen werden kann.«

Die letzte Stunde des Abends verbrachten sie an der Bar und beschäftigten sich mit weniger weltbewegenden Dingen. Als Peter Henderson mit dem Taxi abfuhr, war Mitternacht gerade vorbei.

Ian Sutherland und Connor hatten sich der Einfachheit halber im Haus eingemietet. Als sie anderntags kurz vor neun im Kriegsministerium eintrafen, saßen Henderson, der Minister und einige andere maßgebliche Leute schon zu einer Besprechung beieinander.

»Mr. Henderson läßt Ihnen ausrichten, Sie möchten sich etwas gedulden«, sagte die Empfangsdame.

Ian Sutherland kniff die Brauen zusammen. Daß er zur Sitzung nicht hinzugezogen worden war, mißfiel ihm. »Seit wann konferieren die Herren?« wollte er wissen.

»Seit knapp einer Stunde. Mr. Henderson hat am frühen Morgen die Termine vorverlegen lassen.«

Vertraue keinem Politiker! dachte Sutherland. Doch was blieb ihm anderes übrig, als gute Miene zum bösen Spiel zu machen?

Unglaublich langsam rückten die Uhrzeiger voran. Dreißig Minuten muteten wie eine Ewigkeit an.

Sutherland stopfte seine Pfeife. Aber der »Daily dream« schmeckte heute nicht, als hätte der Tabak die edle Würze verloren.

Zehn Uhr ...

Connor hatte sich hinter einer Marinezeitschrift verschanzt. Lediglich ein gelegentliches Umblättern verriet, daß er noch nicht eingeschlafen war.

Üblicherweise gab es nichts, was Sutherland die Ruhe rauben konnte, und selbst die größte Pechsträhne hielt ihn nicht davon ab, positiv in die Zukunft zu schauen. Daß er ausgerechnet heute eine wachsende Unruhe verspürte, irritierte ihn.

Kurz nach 10 Uhr 45 erschien Henderson in der Tür des Sitzungssaales. »Es hat leider etwas länger gedauert«, sagte er. »Aber wichtige Entscheidungen bedürfen eben sorgfältiger Prüfung.« Lediglich sechs Personen waren versammelt. An dem wuchtigen Eichentisch, an dem gut und gerne die fünffache Zahl Platz gefunden hätte, wirkten sie deplaziert. Henderson stellte gegenseitig vor. Den Minister kannte Sutherland noch nicht persönlich, sondern lediglich aus den Nachrichten; die Namen der anderen Männer sagten ihm wenig.

»Ressortchef Henderson hat uns ein ausführliches Bild von Ihnen und Ihrer privaten Forschungsorganisation A.I.M. gegeben«, eröffnete der Minister übergangslos. »Ich muß eingestehen, eine derartige Initiative überrascht mich, zumal Sie weltweite Verbindungen zu haben scheinen. Andererseits will ich nicht annehmen, daß Sie wichtige Ergebnisse Ihrer Arbeit der Regierung vorenthalten oder auch nur mit dem Gedanken daran liebäugeln.«

»Hätte ich mich dann an Sie gewandt?«

»Notgedrungen – vielleicht ...«

Sutherland winkte ab. »Höchstamtliche Stellen wissen von meinem Engagement.«

»Da mir das inzwischen klar ist, haben wir entsprechend beraten. Gestatten Sie mir nur vorher noch eine Frage: Seit wann befassen Sie sich mit Atlantis?«

»Seit einigen Jahren.«

»Und intensiv?«

»Seit dem Sommer. Dr. Ericson und Miss Heber –«

»Bitte lesen Sie das, Sir Ian.« Der Minister schob ihm eine Schreibmappe über den Tisch. Sie enthielt einen bereits gesiegelten Vertrag. Sir Ian Sutherland, Earl of Oake Dùn, verpflichtete sich darin zur Zahlung eines Betrags von einhunderttausend englischen Pfund an das Marineamt innerhalb eines Zeitraumes von zehn Tagen. Im Gegenzug wurde ihm gestattet, drei Personen seiner Wahl an Bord eines britischen U-Bootes zu bringen, die in Abstimmung mit dem Kommandanten oder seinem Stellvertreter das Operationsgebiet festlegen würden, allerdings nicht weiter als hunderfünfzig Seemeilen im Umkreis um die Azoren. Die Dauer dieser Vereinbarung wurde bis zum 18. Dezember beschränkt. Außerdem waren sämtliche Funde der Admiralität abzuliefern, lediglich Stücke von offensichtlich geringem materiellen Wert fielen A.I.M. zu.

»Eine spätere gemeinsame Auswertung bleibt vorbehalten«, sagte Sutherland.

»In Absprache mit Premier Major«, bestätigte der Minister.

»Den Zusatz hätte ich gerne ergänzt.«

Fünf Minuten später lag der berichtigte Vertrag wieder vor Sutherland. Er setzte zur Unterschrift an, hielt aber im letzten Moment inne.

»Welches U-Boot stellt die Admiralität zur Verfügung?« wollte er wissen.

»Du wirst zufrieden sein«, sagte Henderson und wandte sich dem Minister zu. Der überging die Frage mit politischer Geschicklichkeit.

»Wissen Sie schon, wer an Bord gehen wird?« erkundigte er sich, als hätte er Sutherland nicht zugehört.

Sir Ian lehnte sich zurück.

»Ich brauche einen versierten Archäologen, also Dr. Ericson. Außerdem Miss Heber. Und dann, denke ich, ist Pierre Leroy mit seinen einssiebzig Größe der richtige Mann.«

»Was ich jetzt sage, darf diese Mauern auf keinen Fall verlassen.« Der Minister legte eine bedeutungsvolle Pause ein. »Sie erhalten die Zusage, Sir Ian, weil uns daran liegt, die mysteriösen Geschehnisse im Zusammenhang mit dem Absturz des UN-Sonderfluges zweihundertsiebenundvierzig aufzuklären. Ein schriftlicher Top-secret-Bericht aus dem Pentagon wirft unangenehme Fragen auf, und Dr. Ericson und Miss Heber bleiben darin nicht unerwähnt. Wie weit sind Sie mit Ihren Forschungen über Atlantis?«

»Wir stehen erst am Anfang –«

»Dann habe ich das richtige Boot und eine erstklassige Besatzung für Sie zur Verfügung – Männer, die begierig darauf sind, einige Rätsel zu lösen.«

»Dein Team wird an Bord der OCTOPUS gehen«, sagte Henderson.

»Sie wissen vermutlich, daß die OCTOPUS zwei Tauchfahrzeuge mitführt, die speziell für größere Tiefen entwickelt wurden«, fügte der Minister hinzu. »Eine bessere Ausrüstung steht derzeit nicht zur Verfügung.«

Sutherland deutete eine knappe Verbeugung an. »Ich weiß das Angebot zu schätzen«, sagte er, »aber wenn ich mich recht entsinne, hat Dr. Ericson den Captain als Revolverhelden bezeichnet, der den Finger verdammt schnell am Drücker hat. Ich sehe darin keine Grundlage für eine ersprießliche Zusammenarbeit.«

»Captain Drake handelte weisungsgemäß. Ihm blieb keine andere Wahl, als die Torpedos abzufeuern.* Nach dem Stand der Dinge wird er diesmal Waffen erst im äußersten Notfall einsetzen.«

»Ich kenne Christopher Drake persönlich«, pflichtete Henderson bei. »Ian, verlaß dich darauf, er ist einer unserer fähigsten Männer.«

»Einverstanden«, sagte Sutherland nach kurzem Zögern. »Wann startet das Unternehmen?«

»Übermorgen mittag«, erwiderte der Minister. »Bis dahin können sämtliche Vorbereitungen erledigt sein.«

Lissabon, 28. November, 16 Uhr Ortszeit

Die Maschine aus London war soeben gelandet. Gudrun Heber, Thomas Ericson und Pierre Leroy brauchten auf die Gepäckausgabe nicht zu warten. Da an Bord des U-Bootes ohnehin der Platz knapp war, trugen sie Kleidung und Ausrüstung in ihren Rucksäcken bei sich. Koffer mitzuschleppen hätte bedeutet, die Verhältnisse gründlich zu verkennen.

Der Andrang vor den Terminals hielt sich in Grenzen. Knapp eine halbe Stunde verging, bis der Anschlußflug der TAP nach São Miguel aufgerufen wurde, und nochmals dreißig Minuten, bis die drei endlich die Maschine betraten. Der Flug selbst dauerte weitere zwei Stunden. Da jedoch auf den Azoren die Uhr erneut um eine Stunde zurückgestellt werden mußte, war es bei der Ankunft in Ponta Delgada erst kurz nach 18 Uhr.

* siehe Band 13 765, Auf den Spuren von Atlantis, Buch 5 und 6

Von Oake Dùn aus hatte Connor Zimmer im Hotel Açores Atlântico in der Avenida do Infante Dom Henrique reserviert. Dem an der Uferpromenade liegenden Hotel sah man an, daß es erst vor wenigen Jahren eröffnet worden war.

Auszupacken lohnte nicht, während des Fluges war eine kleine Mahlzeit serviert worden, und da der Transfer zur OCTOPUS erst anderntags erfolgen würde, blieb Tom, Gudrun und Pierre nur ein ausgedehnter Spaziergang durch Ponta Delgada, wollten sie nicht auf ihren Zimmern versauern oder, schlimmer noch, in der Hotelbar den Rest des Tages absitzen.

Der Himmel über der Insel war weder blau noch wolkenlos. Nebel kroch vom Yachthafen heran, löste sich aber bald wieder auf. Auch ein leichter Regenschauer ging schnell vorüber.

»Auf dem Festland glaubt man, daß die Azoren stets unter Hochdruck-Einfluß liegen«, monierte Gudrun leicht säuerlich. »Die einzigen, die das nicht zu wissen scheinen, sind die Inseln selbst.«

»Ab morgen werden wir nur noch Wasser sehen«, erwiderte Ericson.

Vom Yachthafen aus wandten sie sich stadteinwärts. Schmale Gassen verliefen quer zur Uferstraße. Die Barockkirche São Pedro thronte hoch über der Uferpromenade, und wenige hundert Schritt hinter ihr begann der Markt, auf dem es so ziemlich alles gab, was die Inseln zu bieten hatten, angefangen von saftigem Obst über Fisch bis hin zu Yams. Die meisten Stände waren um die Zeit schon verlassen, doch zweifellos herrschte auf dem weitläufigen Platz in den frühen Vormittagsstunden ein buntes Treiben. Gudrun erstand eine große Ananas. Der Verkäufer überließ ihr die Frucht für ein Drittel des ursprünglichen Preises, nachdem sie lächelnd zu feilschen begonnen hatte. Überhaupt schienen Marktfrauen Mangelware und das Verkaufen Männersache zu sein.

»Alleinstehende Touristin sollte man sein«, seufzte Pierre. »Bei solchen Voraussetzungen wäre das Leben billig.«

»Aus dir spricht der Neid der Besitzlosen«, erwiderte Gudrun unbewegt. »Mir allein hätte der Senhor die Ananas bestimmt geschenkt, aber mit euch beiden als Anhängsel ...«

»Wenn du willst, treffen wir uns erst morgen mittag am Flughafen wieder«, schlug Tom vor. Wirklich ernst meinte er es aber nicht.

Gudrun setzte sich auf eine Steinmauer, von der aus sie die bunte Vielfalt der Uferstraße bis hinüber zur Festung São Brás und dem Hafen überblicken konnte. Die Uferpromenade mit ihren schwarz-weißen Längsstreifen wirkte aus der Distanz noch eigenwilliger als von nahem.

»Ich möchte einfach nur den Augenblick genießen«, sagte sie leise. »Kein Mensch weiß, was uns morgen und in den nächsten Tagen erwartet.«

»Bereust du, von Yale weggegangen zu sein?« Tom ließ seinen Blick über die Stadt schweifen. Blutrot versank die Sonne hinter den Dächern.

»Ich weiß nicht.« Gudrun zuckte mit den Schultern. »Die Zeit war vermutlich reif für die Konfrontation mit der Geschichte. Wenn wir nicht handeln, tun es über kurz oder lang andere; aber ob deren Motive ebenso uneigennützig wären ...«

»Du vergißt Kar.«

»Das tue ich bestimmt nicht. Ich behaupte sogar, daß allein seine Existenz daran schuld ist, daß ich jetzt hier bin. In Yale ging es mir gut, da gab es weder Aufregungen noch Todesfurcht.«

Tom nickte stumm. Er reichte Gudrun sein Taschenmesser, sie zerteilte die Ananas, und dann aßen sie schweigend und blickten in den Sonnenuntergang.

Als sie ins Hotel zurückkehrten, blieben noch zwei Stunden bis Mitternacht. Ein wenig mehr Schlaf als gewöhnlich konnte nicht schaden, denn es war zumindest fraglich, ob sie während der nächsten Tage ausreichend Ruhe finden würden.

Der Flughafen lag im Westen von Ponta Delgada. Als Gudrun, Tom und Pierre eine halbe Stunde vor der verabredeten Zeit dort eintrafen, wurden sie schon erwartet. Der Mann – er trug Marineuniform, jedoch keine Rangabzeichen – stellte sich mit dem höchst seltenen Namen Smith vor.

»Falls das stimmt, heiße ich künftig Luise«, raunte Gudrun Tom zu. »Warum diese Geheimniskrämerei?«

»Militär und Politiker«, sagte Tom. Das klang wie eine Entschuldigung, aber resignierend zugleich.

Smith führte sie zu einem abseits der Piste wartenden Hubschrauber der Royal Navy. Es war ein Westland Sea King HAS.Mk 5, wie er großzügig erklärte – ironischerweise ein U-Boot-Abwehrhubschrauber mit ausreichender Bewaffnung, entweder vier Torpedos oder Wasserbomben. Gudrun bedachte ihn mit einem schrägen Seitenblick. »Müssen Männer stets Krieg spielen, Mr. Smith?« fragte sie ironisch. »Unser Forschungsvorhaben ist friedlicher Natur. Nur Menschen, denen gute Argumente fehlen, brüsten sich mit Vernichtungswaffen.«

Smith blieb abrupt stehen und wandte sich zu ihr um. Abschätzend taxierte er die Anthropologin. »Gehören Sie zur Heilsarmee? Dann sollte Ihnen das Bibelwort *Auge um Auge, Zahn um Zahn* geläufig sein. Es kommt immer darauf an, Miß, wer zuerst schießt.«

»Legen Sie sich besser nicht mit Gudrun an, Mr. Smith«, sagte Tom warnend. »Wenn Sie Erklärungen abgeben, dann lieber nur technischer Natur.«

Der Soldat verzog das Gesicht, als hätte er in eine saure Zitrone gebissen.

»Unser Sea King hat eine Einsatz ... eine Reichweite von über zwölfhundert Kilometern.« Er öffnete den Einstieg hinter dem Hauptrotor. »Nehmen Sie Platz und legen Sie die Gurte an! Besonders Sie, Miß. Möglich, daß der Flug leicht stürmisch wird. Die Wettervorhersage meldet ein Orkantief.« Er schwang sich in den Laderaum und streckte Gudrun die Hand entgegen. »Kommen Sie, ich helfe Ihnen.«

Die Anthropologin zögerte, ergriff dann aber doch die ihr dargebotene Hand. Ein freundliches »Hi!« klang ihr aus dem Cockpit entgegen. Sie erwiderte den Gruß ebenso unkompliziert.

»Das ist Morrison, unser Pilot«, sagte Smith. »Wenn es sein muß, fliegt er den Hubschrauber sogar durch ein Nadelöhr.«

»Ich hoffe, wir geraten nicht in eine solch bizarre Situation«, erwiderte Gudrun.

Smith stutzte. »Nein, vermutlich nicht«, bestätigte er und registrierte erst dann, daß Gudrun ihn verulkt hatte.

»Wo treffen wir die OCTOPUS?« lenkte Tom Ericson ihn rasch ab.

»Voraussichtlich hundertacht Seemeilen westlich, nahezu exakt auf dem Längengrad von Madalena do Pico, allerdings rund dreiunddreißig Seemeilen südlich der Insel Pico. Wir werden ungefähr zwei Stunden in der Luft sein.« Offenbar hatte der Pilot inzwischen die Startfreigabe erhalten, denn der Hauptrotor begann flappend anzulaufen. Das Turbinengeräusch steigerte sich zu einem hellen Singen.

»Sea King one-zero-five, ready for take off«, meldete der Pilot über Funk.

Vom Tower kamen exakte Kursanweisungen. Sea King hundertfünf wurde aufgefordert, eine Flughöhe von tausendzweihundert Fuß nicht zu überschreiten, da sich eine Passagiermaschine der TAP im Landeanflug auf Ponta Delgada befand. Lediglich zwei Fenster im Bereich der Seitentüren ermöglichten den Blick nach draußen. Gudrun stellte fest, daß der Hubschrauber auf Südkurs flog. Erst nach abermaligem Funkkontakt mit dem Tower drehte der Pilot nach Westen ab.

»Die Sicht ist überraschend gut«, sagte Smith. »Aber meist schlägt danach das Wetter um. Sehen Sie den Krater im Nordwesten? Mit stolzen zwölf Kilometern Umfang zählt der Sete Cidades zu den Hauptattraktionen der Azoren. Im Krater liegen vier große Seen. Die Legende berichtet, daß einst ein Schäfer und eine Prinzessin ihre verbotene Liebe beweinten und ihr Tränenfluß die Seen füllte.«

»Wollen Sie eine wissenschaftliche Erklärung über die Entstehung von Kraterseen hören?« fragte Ericson.

Smith winkte ab. »Rauben Sie mir nicht die letzten Illusionen über das Gute im Menschen.« Gudruns überraschten Augenaufschlag überging er wortlos.

Im Tiefflug donnerte der Hubschrauber auf die offene See hinaus. Schaumgekrönte Wellen, von einem steifen Südwestwind aufgepeitscht, bestimmten allmählich das Bild.

Geredet wurde kaum noch, jeder hing seinen eigenen Gedanken nach. Irgendwann klemmte Smith sich hinter die Funkanlage und rief nach der OCTOPUS. Doch das U-Boot meldete sich nicht.

»Uns bleiben vierzig Minuten bis zum Treffpunkt«, stellte er nach einem Blick auf seine Armbanduhr fest.

Voraus verschmolzen Himmel und Meer in einem düsteren grauen Wallen. Innerhalb von Minuten verschlang die Wolkenwand den gesamten westlichen Horizont und bauschte sich bis in den Zenit. Nur noch vereinzelt huschten Sonnenstrahlen über die aufgewühlte See.

Der Hagel kam dennoch überraschend; von einer Sekunde zur anderen schien der Hubschrauber unter schweren Beschuß geraten zu sein. Das Klirren und Krachen auf der Außenhülle erinnerte an das Rattern von Maschinengewehrsalven. Die See verschwand unter brodelndem Grau.

Am frühen Nachmittag war die Nacht hereingebrochen. Obwohl der Hubschrauber mit einer Geschwindigkeit knapp unter zweihundert Stundenkilometer flog, schien er in einem endlos düsteren Tunnel stillzustehen. Nur ein gelegentliches flackerndes Aufleuchten in der Düsternis verriet noch Bewegung. Heftige Gewitter tobten über dem Meer.

»Wie weit ist es noch bis zum Treffpunkt?« wollte Ericson wissen.

»Ungefähr vierzig Seemeilen«, schätzte Smith. »Wir werden uns verspäten. Außerdem besteht noch kein Funkkontakt zur OCTOPUS.«

Nach einer Viertelstunde ließ der Hagelschauer nach, und die Geräuschkulisse sank zu einem monotonen, einschläfernden Prasseln herab. Träge tropften die Minuten dahin. Die See präsentierte sich unwirtlich und rauh, vom Sturm aufgepeitscht, mit meterhohen Wogen und verwirbelnder Gischt. Unter diesen Umständen auf das U-Boot überzusetzen, bedeutete wahrhaft kein Vergnügen. Bei Temperaturen knapp über dem Gefrierpunkt würden die Abenteurer zudem innerhalb kürzester Zeit bis auf die Haut durchnäßt sein.

»Uns werden Eiszapfen wachsen«, murmelte Pierre im

Selbstgespräch. »Hoffentlich ist es an Bord der OCTOPUS gemütlicher.«

»Warm, stickig und eng«, bemerkte Gudrun.

Anklagend verdrehte der Franzose die Augen. »Das war nischt nett von dir, misch aller Illusionen ssu berauben«, erwiderte er auf deutsch.

Der Sea King erreichte den Treffpunkt zehn Minuten nach der veranschlagten Zeit. Irgendwo inmitten der aufgewühlten See sollte ein Turmluk zu sehen sein, doch das U-Boot war bislang nicht aufgetaucht.

Smith schickte einen kurzen Codeimpuls in den Funkäther. Gleichzeitig stieß Gudrun einen überraschten Ausruf aus.

Knapp fünfzig Meter querab zeichnete sich ein dunkler, wegen der Lichtbrechung verzerrter Schatten unter der Wasseroberfläche ab. Im ersten Moment wirkte er noch schmal und unscheinbar, im nächsten wuchs er bereits zur monströsen Gestalt, die sich gierig aus der Tiefe emporschnellte. Schäumend flutete die See über die Flanken des metallischen Ungetüms, dessen Bug mit einem mächtigen Satz meterweit in die Höhe stach. Dann durchbrach der hohe und schlanke Turm die aufgewühlten Fluten.

Die OCTOPUS, ein dieselangetriebenes Angriffsunterseeboot der britischen OBERON-Klasse, war aufgetaucht. Wie ein Fels in der Brandung lag das Schiff unter dem Hubschrauber, ein fast neunzig Meter langer stählerner Koloß. Gudrun glaubte das Donnern der Wogen zu hören, die sich am Bug und dem kuppelförmigen Sonardom brachen und das Deck überspülten. Doch das war Einbildung. Das Dröhnen der Rotoren und der anhaltende Sturm übertönten alle Geräusche aus der Tiefe.

Die OCTOPUS fuhr unter gemischter Besatzung aus Engländern und Amerikanern mit dem Auftrag zur

Erprobung neuer Kommunikationssysteme in großer Tiefe und der erstmals mitgeführten beiden Tauchfahrzeuge.

»Funkkontakt!« meldete Smith. »Die Crew ist bereit zur Übernahme.«

Das Turmluk wurde geöffnet, während unaufhörlich Brecher über das Vorschiff hinweg donnerten. Gudrun fröstelte bei dem Gedanken daran, daß der Hubschrauberpilot sie zielgenau über dem Turm absetzen mußte – bei den herrschenden Bedingungen sicher kein leichtes Unterfangen.

»Angst?« fragte Tom leise, der ihre Gedanken zu erraten schien.

Sie schüttelte den Kopf. »Nur ein mulmiges Gefühl. Ich bin schon als Kind nicht gerne Achterbahn gefahren.«

»Alles halb so schlimm«, erwiderte der Archäologe. »Wir lassen uns zu zweit abseilen.«

»Dann müssen Sie auf besseres Wetter warten«, sagte Smith, der, nachdem er die Winde überprüft hatte, die Tragegurte einklinkte. »Wer geht zuerst?«

Ericson hob die Hand.

Smith half ihm, das Geschirr anzulegen, und er sparte dabei nicht mit Ratschlägen, wie Tom sich während des Abseilens verhalten sollte. Gefährlich wurde es erst, sobald der Sturm ihn in pendelnde Bewegung versetzen würde. Gudrun und Pierre hörten aufmerksam zu.

Im Turmluk warteten zwei Seeleute. In ihrem gelben Ölzeug waren sie nicht zu übersehen. Sie winkten den Hubschrauber ein, der bis auf ungefähr zehn Meter Höhe absackte.

»Wir sind bereit!« brüllte Smith nach vorne.

Der Pilot drehte die Maschine gegen den Wind. Trotzdem fuhr eine heftige Bö in den Laderaum, als Smith die Tür aufgleiten ließ. Sekundenlang schwankte der Sea

King. Das Tosen der aufgewühlten See und das Heulen des Sturmes waren jetzt ohrenbetäubend laut.

»Wird schon schiefgehen!« Der Soldat verabschiedete sich von Ericson mit einem freundschaftlichen Schulterklopfen.

Tom schwang sich nach draußen. Überwindung kostete lediglich der Moment, in dem er den Boden unter den Füßen verlor und sich dem Sturm und dem Druck der Rotorblätter aussetzte. Langsam glitt er unter dem Auslegerarm nach unten.

Sobald er den Windschatten den Helikopters verließ, blähte sich seine Kleidung auf. Zugleich überfiel ihn die Kälte mit eisigem Hauch, und der Regen, fast schon wieder zu Schnee gefrierend, peitschte ihm ins Gesicht und durchnäßte ihn in Sekundenschnelle.

Tom spürte, daß seine Hände klamm wurden. Trotzdem ließ er das Seil nicht los. Heftigere Pendelbewegungen wären die Folge gewesen.

Unter ihm kochte die See. Aber das Turmluk war näher. Es verhieß Wärme und Geborgenheit, und hilfreiche Hände streckten sich ihm entgegen.

Noch knapp vier Meter ... Der Wind hatte gedreht. Zwei Brecher donnerten schräg von vorlich heran und schäumten brodelnd am Turm empor. Das U-Boot schüttelte sich nur, aber schon im nächsten Moment wurde seine Krängung deutlicher. Tom, eben noch über dem Luk schwebend, hing plötzlich einige Meter davon entfernt. Der Schneeregen peitschte ihm ins Gesicht und raubte ihm den Atem. Aber der Pilot glich die Abdrift ziemlich schnell aus. Schon stieß Tom mit den Füßen gegen den Flaggenstock – da wurde er ruckartig in die Höhe gezerrt.

Die OCTOPUS blieb unter ihm zurück. Mit einem Satz gewann der Helikopter an Höhe. Außerdem holte Smith das Seil ein. Alle möglichen Überlegungen schossen Tom durch den Sinn. Er verstand nicht, was geschehen sein konnte. Am plausibelsten erschien lediglich die Erklärung, daß das Unternehmen abgeblasen worden war. Aber warum?

Die beiden Matrosen warteten nach wie vor im Turmluk. Auch sie schienen vom plötzlichen Manöver des Hubschraubers überrascht worden zu sein.

»Das war knapp, Mann!« Smith griff nach dem Gurt und zerrte den Archäologen in den Laderaum zurück. Während Tom sich aus dem Geschirr löste, zog er die Tür halb zu.

»Was ist los?« wollte Ericson wissen.

Der Soldat blickte mißbilligend auf die Wasserlache, die sich zu seinen Füßen bildete. »Ihr Typ wird gewünscht!« sagte er seufzend. »Wenn der Funkspruch nur zehn Minuten später eingetroffen wäre, hätten Sie nach England schwimmen müssen.«

Tom entledigte sich seiner triefend nassen Jacke und warf sie auf den nächstbesten Sitz. Mit beiden Händen wischte er sich das Wasser aus dem Haar. »Kann mir jemand erklären, was eigentlich los ist?«

»Sutherland braucht dich«, sagte Gudrun.

»Uns?«

»Nein.« Pierre schüttelte den Kopf. »Gudrun und ich sollen wie vorgesehen hier weitermachen. Sir Ian besteht ausdrücklich nur auf deiner Person.«

»Hat er gesagt, warum?«

Leroy zuckte mit den Schultern. »Du bist der geeignete Mann – sagt er. Irgend etwas scheint vorgefallen zu sein, aber frag mich bitte nicht, was.«

Tom sah ein, daß er nichts weiter erfahren würde. »Wo bleibt der Zimmerservice mit den frischen Handtüchern?« wandte er sich an Smith.

Der blickte ihn entgeistert an. Um seine Mundwinkel zuckte es verhalten. Aber schließlich deutete er mit einem knappen Kopfnicken nach hinten. »In den Kisten neben der Übungsmunition liegen Decken.«

Tom hatte sich inzwischen auch das klatschnasse Hemd abgestreift, es ausgewrungen und über zwei Sitzlehnen ausgebreitet. »Mach's gut, Pierre!« wandte er sich an den Franzosen, der als nächster die Gurte anlegte. »Und paß auf Gudrun auf!«

»Ich denke, mon ami, das wird nicht nötig sein«, erwiderte Leroy lächelnd, wohl wissend, daß Tom auf die Geschehnisse in China vor wenig mehr als einer Woche anspielte. »Auf einem U-Boot kann man sich nicht einmal verlaufen.«

»Sieh lieber zu, daß *du* heil über die Runden kommst«, wandte sich die Anthropologin an Ericson.

»Ich schreibe dir eine Karte, sobald ich weiß, was überhaupt los ist.« Tom öffnete die erste Leichtmetallkiste, fand aber nicht, wonach er suchte. Erst im dritten Behälter lagen Wolldecken. Er begann, sich abzutrocknen.

Pierre war inzwischen im Turmluk der OCTOPUS angekommen und kletterte ins Innere des U-Bootes hinab. Smith reichte das Geschirr an Gudrun weiter. »Sie sind dran, Miß.«

Wortlos stieg sie in die Gurte und spannte die Verschlüsse. Smith kontrollierte den richtigen Sitz. »Glauben Sie, daß Sie es schaffen?« wollte er wissen.

»Was denken Sie? Sowas mache ich tagtäglich noch vor dem Frühstück.« Gudrun trat in die offene Tür und stieß sich ab.

Tom hatte sich inzwischen in die Decke eingehüllt. »Grüß Atlantis von mir!« rief er der Anthropologin hinterher.

»Klar doch!« erwiderte Gudrun. »Vielleicht bringe ich

dir sogar ein Souvenir mit –« Der Wind riß ihr die Worte von den Lippen.

Tom verschwand aus ihrem Blickfeld. Der Regen, der nahezu waagerecht heranpeitschte, traf sie heftiger als erwartet. Prompt begann das Seil sich zu drehen. Gudrun versuchte vergeblich, die Schwankungen auszugleichen. Sie wußte selbst, daß sie kein besonders gutes Bild abgab, wie sie mit angewinkelten Armen, die Hände um das nasse Tau verkrampft, langsam tiefer glitt. Ein Blick nach unten zeigte ihr, daß sie fast zentimetergenau über dem Turm hing.

Die nächste heftige Bö ließ den Helikopter durchsacken. Gudrun schrie auf, aber schon Sekundenbruchteile später wuchs eine düstere Wand vor ihr auf. Instinktiv versuchte sie, den Aufprall zu lindern. Ein stechender Schmerz raste durch ihre Hände, die Arme entlang bis in die Schultern; sie schrammte über eisiges Metall, wurde erneut in die Höhe gezogen und hing gleich darauf halb über dem oberen Ende des Turmes. Die Matrosen griffen zu und zerrten sie nach innen.

»Gleich haben Sie's geschafft, Miß!« Sie verstand nur Bruchteile dessen, was die Männer riefen; in ihren Schläfen dröhnte das Blut, und die See donnerte gegen den Rumpf der OCTOPUS wie gegen eine Kaimauer.

Erneut straffte sich das Seil, als entweder das Boot überholte oder der Hubschrauber von einer neuerlichen heftigen Bö zur Seite gedrückt wurde. Gudrun hatte das Gefühl, mit unwiderstehlicher Gewalt in die Höhe gezerrt zu werden. Doch die beiden Matrosen ließen sie nicht los, und gleich darauf stand sie zwischen ihnen im Turm und löste mit fliegenden Fingern die Gurte. In die Höhe blickend, sah sie Tom ihr zuwinken, und gleich darauf drehte der Helikopter ab und wandte sich nach Osten.

»Willkommen auf der OCTOPUS.« Einer der Seeleute salutierte militärisch knapp. »Wir hoffen, Sie werden sich an Bord wohlfühlen.«

»In einer Sardinendose?« erwiderte Gudrun mit der den meisten Zivilisten eigenen Ironie, während sie sich bereits auf der schmalen Leiter nach unten schwang.

Sie hörte noch, daß einer der Männer eine anzügliche Bemerkung machte. Er wollte gern die Ölsardine neben ihr sein.

Sie reagierte nicht darauf, sondern folgte Pierre Leroy, der inzwischen von Captain Drake mit Handschlag begrüßt wurde.

Zwanzig Minuten später fühlte Gudrun Heber sich wieder salonfähig. Sie hatte sich abgetrocknet, das Haar geföhnt und frische Kleidung angezogen, die in dem wasserdichten Rucksack nicht einmal klamm geworden war.

Zusammen mit Pierre Leroy bewohnte sie die Kabine, die sie schon vom ersten Aufenthalt an Bord des U-Bootes kannte. Es war eine von zwei abgeschlossenen Kabinen, die gleich neben den Wohnräumen der Besatzung lagen.

Auch Pierre hatte sich umgezogen und seine nassen Sachen zum Trocknen aufgehängt.

Ein dumpfes, allgegenwärtiges Dröhnen hallte durch die OCTOPUS. Es verriet, daß das U-Boot immer noch an der Wasseroberfläche lag. Schwere Brecher hämmerten gegen den Rumpf.

»Warum tauchen wir nicht?« fragte Pierre.

»Vielleicht nutzt der Captain die Zeit zum Luftaustausch und um die Batterien aufzuladen«, vermutete Gudrun. »Wir sollten ihn trotzdem nicht zu lange warten lassen.«

»Du kennst dich an Bord aus?«

»Auskennen ist zuviel gesagt.« Sie zwängte sich an Leroy vorbei und öffnete das Schott. »Sobald man erst begriffen hat, daß es im Prinzip nur zwei Richtungen gibt, nämlich bugwärts und achtern, erscheint alles halb so schlimm. Und noch etwas: Versuche nicht, Türen zu öffnen, hinter denen Wasser sein könnte.«

»Danke für die Belehrung.« Pierre verzog das Gesicht zu einem säuerlichen Grinsen.

»Gern geschehen.«

Pierre beeilte sich, der Anthropologin zu folgen, als sie sich nach achtern wandte.

»Was liegt bugwärts?« wollte er wissen.

»Falls ich Captain Drakes Erklärungen richtig in Erinnerung habe«, erwiderte Gudrun, »ist dort alles mit hochmoderner Technik vollgestopft, angefangen vom Passiven Sonar über die Antennenanlagen bis hin zu den Torpedorohren. Darunter liegen die Batterien und achtern die Maschinenräume und die Antriebsanlage.«

Pierre war unvermittelt stehengeblieben und studierte die Beschriftung einiger Seitenschotte. »Ich wußte gar nicht, daß du dich für Kriegstechnik interessierst«, bemerkte er.

»Das tue ich auch nicht. Aber einiges merkt man sich eben.«

Das Hämmern der Brecher wurde deutlicher. Pierre glaubte inzwischen auch, eine leichte Bewegung des Schiffskörpers zu spüren, ein sanftes Rollen im Takt der Wellen.

Übergangslos öffnete sich vor ihnen die Zentrale. Gedämpftes Licht beherrschte den Raum, in dem mehrere Techniker vor den rötlich eingefärbten Bildschirmen der Sonaranlage saßen. Momentan gab es für sie wenig zu tun, sie hatten die Kopfhörer abgenommen und es sich auf ihren Plätzen einigermaßen bequem gemacht. Die herrschende Enge begeisterte Pierre Leroy nicht sonderlich, benötigte er doch für seine Selbstentfaltung ohnehin mehr Freiraum als andere. Den Gedanken, monatelang oder über Jahre hinaus auf einem Unterseeboot Dienst zu tun, erfüllte ihn mit körperlichem Unbehagen.

Einige Monitore zeigten die aufgewühlte See aus verschiedenen Blickwinkeln. Die leistungsstarken Optiken an der Außenhülle der OCTOPUS überstanden den Wasserdruck bis in Tauchtiefen von über zweitausend Fuß mühelos. Sie gehörten keineswegs zur Standardausrüstung, sondern waren Bestandteil des Testprogramms mit den Tauchbooten. Ian Sutherland hatte vom Ressortchef der Kriegsmarine, Peter Henderson, entsprechende Informationen erhalten. Captain Christopher Drake, nach eigenem Bekunden ein Ururenkel des berühmten englischen Seehelden Sir Francis Drake, war ein großer, kräftiger Mann. Die Stoppelfrisur verlieh seinem Gesicht einen kantigen Ausdruck und eine Aura der Autorität. Ihn sich an Deck einer Galeone des 16. Jahrhunderts vorzustellen, fiel keineswegs schwer.

»Wann tauchen wir?« fragte Leroy.

»In dreißig Minuten«, antwortete der Captain. »Sobald der Luftaustausch abgeschlossen ist und die Batterien aufgeladen sind.«

»Und dann?«

»Ich habe Order, Ihren Wünschen so weit wie möglich entgegenzukommen. Vorausgesetzt, daß weder das Schiff noch seine Mannschaft gefährdet werden.«

Gudrun sperrte Mund und Augen auf. Nicht einmal im Traum hätte sie daran gedacht, die Sicherheit des U-Bootes aufs Spiel zu setzen. »Wir sind Wissenschaftler, keine Hasardeure«, protestierte sie.

»Man hat schon See-Elefanten kotzen seh-« Drake brach mitten im Wort ab. »Entschuldigen Sie, Miß. Ich wollte Ihnen nicht zu nahe treten. An Bord von U-Booten herrscht häufig ein etwas rauher Umgangston. Wochen oder Monate in der Einsamkeit der See und in der Enge des Schiffes sind eben nichts für zarte Gemüter.«

»Ich bin einiges gewohnt«, versicherte Gudrun.

Harte Erschütterungen durchliefen das Schiff. »Das sind erste Orkanböen, Captain!« meldete einer der Männer hinter den Instrumenten. »Die See wird rauher.«

Was er als »rauh« bezeichnete, waren schwere Brecher von mehr als acht Metern Höhe, die in Zehn-Sekunden-Abständen über der OCTOPUS zusammenschlugen. Inzwischen hörte es sich an, als würde das Schiff mit überdimensionierten Vorschlaghämmern bearbeitet.

»Wassereinbruch im Turm!«

»Das Luk schließen! Sind die Batterien aufgeladen?«

»Achtzig Prozent, Captain!«

Drake nickte knapp. »Das muß reichen. Fertigmachen zum Tauchen!«

Auf den Bildschirmen der Außenbeobachtung war nur noch brodelnde Gischt zu sehen. Unter diesen Bedingungen wäre das Absetzen vom Hubschrauber auf die OCTOPUS ein reines Selbstmordunternehmen geworden.

»Ballasttanks fluten! Neigungswinkel zehn Grad!«

Die Geräuschkulisse veränderte sich. Vorübergehend war ein gedämpftes Gurgeln zu vernehmen. Zugleich verstummten das Tosen des Sturmes und die Brecher.

»Tauchtiefe dreißig Fuß.«

»Neigungswinkel konstant bis hundertfünfzig Fuß!«

»Aye, Captain!«

Die Welt schien den Atem anzuhalten. Eine unwirkliche Stille breitete sich aus, und nur das verhaltene

Vibrieren des Schiffsdiesels verriet, daß das Schiff von mehreren tausend PS vorwärtsgetrieben wurde.

»Kurs Nord Null Drei!« bestimmte Drake.

»Was heißt das?« wollte Leroy wissen.

»Das bedeutet, daß wir uns der Insel Pico nähern. Momentan aber nur mit einer Schleichfahrt von knapp eineinhalb Knoten.« Die Außenoptiken zauberten eine fahle Düsternis auf die Bildschirme. Aus der Höhe drang kaum noch Helligkeit herab.

»Bugscheinwerfer einschalten!«

Blendende Helligkeit flammte auf. Aber sie reichte nicht weit, denn die Lichtkegel entrissen wogende Planktonwolken dem Dunkel. Wie Nebel schluckten die winzigen Partikel alle Helligkeit – eine flimmernde, flirrende Vielfalt, hinter der Ungewißheit herrschte.

»Tauchtiefe hundertfünfzig Fuß erreicht!« wurde gemeldet. »Trimmung eingeleitet.«

Drake wandte sich wieder seinen Gästen zu. »Die Ziel-Koordinaten würde ich von Ihnen erhalten, hieß es in der Order der Admiralität.«

»So ist es, Captain.« Gudrun fischte einen Zettel aus ihrer Jackentasche hervor und reichte die Notiz weiter.

Drake überflog die Angaben, wandte sich gleich darauf dem Kartentisch zu und benutzte Lineal und Stechzirkel. Als er aufschaute, lag Irritation in seinem Blick.

»Die Eintragungen bezeichnen einen Ort knapp elf Seemeilen südwestlich der Bucht von Lajes do Pico. – Auf den Karten sind keine Besonderheiten erkennbar.«

»Ich glaube kaum, daß Kartographen sich um Hohlräume im Meeresboden kümmern«, wandte Pierre ein.

»Sie suchen nicht nach versunkenen Pyramiden wie im Bermuda-Dreieck?« fragte Christopher Drake überrascht.

Gudrun zuckte mit den Schultern. »Vielleicht«, sagte sie. »Wir haben noch keine Ahnung, was uns erwartet.«

»Bevor Sie falsche Schlüsse ziehen, Captain«, wandte Pierre Leroy ein, »uns geht es nicht darum, von den Russen oder Chinesen eingerichtete Stützpunkte aufzuspüren – wir folgen einzig und allein den Hinterlassenschaften des versunkenen Atlantis.« Er wußte so gut wie die anderen Mitarbeiter des A.I.M.-Teams, welche Schlüsse Pentagon und britisches Kriegsministerium aus den Vorfällen um den Absturz des UN-Sonderflugs 247 gezogen hatten. Weshalb die Crew der OCTOPUS von der Admiralität nicht über den wahren Hintergrund des neuen Einsatzes informiert worden war, wußten vermutlich nur einige hochrangige Schreibtischtäter im Ministerium selbst.

Drake starrte seine Passagiere nach dieser unerwarteten Eröffnung jedenfalls entgeistert an.

»Sie jagen einer *Legende* hinterher? Das ist alles?«

»Das ist mehr, als Sie glauben«, sagte Gudrun. »Sehr viel mehr.«

Und Pierre fragte: »Wie tief kann die OCTOPUS tauchen?«

Drake verzog die Mundwinkel zu einem mitleidigen Lächeln. »U-Boote tauchen keineswegs so tief, wie allgemein angenommen wird. Selbst mit speziell verstärkten Rumpfsegmenten in Zweihüllen-Bauweise schaffen wir gerade fünfhundert Meter, bevor kritische Reaktionen auftreten. Falls Sie einen Vergleich suchen: Für Schiffe der französischen Rubis-Klasse beträgt die Tauchgrenze rund dreihundert Meter, und Einheiten der russischen Alfa-Klasse schaffen um die siebenhundert Meter, allerdings besteht ihr Rumpf aus Titanplatten.«

»Wie tief liegen die Küstenschelfe?«

»Bis etwa hundertdreißig Meter. Aber sobald der Festlandsockel endet, fällt der Meeresboden ziemlich rasch ab. Unser Zielgebiet liegt in einer ungewöhnlich zerklüfteten Region zwischen zweihundert und zweitausendfünfhundert Metern, etwas westwärts sogar noch weiter abfallend.«

Der helle Ton der Sonarortung erklang. »Fischschwärme voraus!« meldete einer der Techniker.

»Ballasttanks weiter fluten! Tauchtiefe neunhundert Fuß!«

»Gehen auf neunhundert!« wurde wiederholt. »Ventile geöffnet!«

Langsam glitt die OCTOPUS hinab in eine düstere Tiefe. Im Licht der Bugscheinwerfer schimmerte das Meer bleiern schwarz.

Drake erklärte seinen Besuchern die Bedienungskonsole der Sonaranlage. »Die Bildschirme dienen der Rundsichtanzeige, für die Doppler-Vermessung und den Hydrophoneffekt in Horchuntersystemen. Sie sind geografisch stabilisiert und durch Horchsysteme ergänzt.«

Pierre blinzelte verwirrt und rieb sich das Kinn. »Wenn ich ehrlich sein soll ...«, begann er zögernd.

»Sie verstehen nicht, wie die Anlage funktioniert«, folgerte der Captain.

Leroy nickte knapp. »Das Sonar dient also der Ortung von Unterwasserobjekten –«

»Nicht ausschließlich, und außerdem gibt es Unterschiede. Auf Tauchstation befindliche Unterseeboote sind gänzlich auf ihre Sensoren angewiesen. Die meisten Typen verfügen über ein großes Bugsonar und sind mit winkelgetreuen Anordnungen ausgestattet. Im Gegensatz dazu werden die Unterwasserschallempfänger, sogenannte Hydrophone, nahe dem Bug, mittschiffs und in Hecknähe mitgeführt, um eine Rundumabdeckung zu erhalten. Natürlich muß dabei das Eigengeräusch kompensiert werden. Die Schiffe der OBERON-Klasse, deren erste Einheit 1960 in Dienst gestellt wurde und der unsere OCTOPUS angehört, gelten in der Royal Navy übrigens nach wie vor als Standard für geräuscharmes Operieren und werden nur von einigen Atom-U-Booten übertroffen.«

»Das ist doch wohl nur für den Einsatz im Kriegsfall maßgebend«, wandte Gudrun ein, »also eher ein zweitrangiges Problem?«

»Haupteinsatzgebiet unserer Klasse ist der Nordatlantik«, sagte Drake. »Insofern besteht entsprechend der derzeitigen weltpolitischen Lage wohl nicht die Gefahr eines militärischen Kommandos.« Er verschränkte die Arme und musterte die Anthropologin nachdenklich. »Krieg, Miss Heber, ist ein verdammt schmutziges Geschäft. Aber leider gibt es skrupellose Geschäftemacher, die sich damit eine goldene Nase verdienen. Solange Waffen horrender Gewinne wegen in Krisengebiete geschmuggelt und Gesetze unterlaufen werden, solange werden nationale Konfliktherde weiterhin wie Pilze aus dem Boden schießen.

Was die OCTOPUS anbelangt, waren wir 1982 bei den Falklands eingesetzt, aber ich bin stolz darauf, daß damals nicht ein Torpedo unsere Rohre verlassen hat.«

»Starke Echos zeichnen!« Der Wachhabende vor dem Hydrophon – er trug wie die anderen Kopfhörer – deutete auf seinen Schirm. Zugleich nahm er eine Reihe von Schaltungen vor. Der dunkle Hintergrund hatte sich aufgehellt und erinnerte auf gewisse Weise an das gleißende Band der nächtlichen Milchstraße vor dem Schwarz des Weltraums. Davor war ein Raster-Koordinatensystem entstanden, das sich fortlaufend verfeinerte.

»Steigende Intensität, Captain!«

»Lokalisieren Sie die Quelle!«

»Keine Eingrenzung möglich.«

»Dann schalten Sie um auf Lautsprecher!«

Ein dumpfes, gurgelndes Geräusch erklang und schwoll in Gedankenschnelle zu einem anhaltenden Grollen an, fast wie ein fernes Gewitter. Dazwischen war ein unregelmäßiges dumpfes Dröhnen zu hören, das an ferne Explosionen erinnerte.

In der Zentrale breitete sich eine angespannte, jedoch keineswegs hektische Atmosphäre aus.

»Meerestiefe?«

»Dreitausend Fuß, abnehmend.«

Ein heller, metallischer Ton hallte durch die Zentrale. Gleich darauf wieder, verstärkt, in immer rascherer Folge. Obwohl die Bedrohung fast körperlich spürbar wurde, versahen die Männer ihren Dienst mit stoischer Gelassenheit.

Im Widerschein der starken Bugscheinwerfer zeichneten sich unterschiedliche Strömungen ab. Schlieren entstanden, heller gefärbte, riesige Blasen, die wie in einem Luftsprudelbad rings um das U-Boot in die Höhe stiegen. Ein unheimliches Blubbern, Brodeln und Schmatzen hallte aus den Lautsprechern der Horchsysteme.

»Was ist das?« fragte Gudrun, überrascht und verwirrt zugleich, aber mehr an Pierre gewandt als an die Crew. Niemand antwortete ihr, und der Franzose zuckte nur mit den Schultern und wandte den Blick nicht von den Monitoren der Außenbeobachtung ab.

Das Meer hatte zu kochen begonnen, und das im wahrsten Sinne des Wortes.

Die ersten Erschütterungen übertrugen sich auf die OCTOPUS. Gudrun glaubte deutlich zu spüren, wie der Boden unter ihren Füßen zu vibrieren begann.

Irgendwo gellte eine Alarmsirene und riß die Männer der Freiwache aus ihrer wohlverdienten Ruhe.

»Wir sind zu langsam, Captain! Und wir stecken mitten drin!«

»Volle Fahrt voraus!« befahl Drake. »Vordere Ballasttanks anblasen – Steigwinkel zwanzig Grad!«

Das Kommando wurde bestätigt, doch die Außengeräusche übertönten das Zischen der Preßluft, die das Wasser aus den Tanks drückte und für Auftrieb sorgte.

Die erste stärkere Erschütterung schlug durch. Verglichen damit war die Rollbewegung während des Sturmes harmlos gewesen. Irgendeine unbekannte Kraft schien das U-Boot jäh auf den Kopf zu stellen. Gudrun verlor den Boden unter den Füßen. Mit den Armen rudernd kämpfte sie zwar noch um ihr Gleichgewicht, aber schon im nächsten Moment stürzte sie und krachte gegen den Aggregatsockel.

»Alle Tanks ausblasen! – An der Seitenwand finden Sie Klappsitze, Miss Heber! Schnallen Sie sich an! Sie auch, Mr. Leroy!«

»Außentemperatur steigt an! Vierzig Grad Celsius!«

Ringsum brodelte das Meer. Gigantische Gasblasen, so groß wie Fußballfelder, stiegen aus der Tiefe auf. Eine davon hatte das Heck des U-Bootes gestreift.

Voraus war ein düsteres rotes Glühen zu erkennen. Es verdichtete sich, sprang im Zickzack und mit vielfachen Verästelungen der OCTOPUS entgegen. Glut spritzte in die Höhe, und ein perlender Vorhang aus freigesetzten Gasen stieg zur Oberfläche auf.

»Ein Vulkanausbruch!« raunte Gudrun entsetzt.

»Das ist zähflüssiges Magma, das aus Spalten im Meeresboden quillt«, widersprach Leroy. »Wahrscheinlich ein alltäglicher Vorgang in dieser Region. Unser Pech ist nur, daß wir mitten drin stecken.«

Die Anthropologin schaute ihn entgeistert an. »Deine Ruhe möchte ich haben«, murmelte sie tonlos.

Captain Drake hatte inzwischen einen Ausweichkurs befohlen. Fasziniert und entsetzt zugleich starrte Gudrun auf die Bildschirme. Flackernde Helligkeit riß die Unterwasserwelt aus ihrem Dornröschenschlaf. Der Magmafluß wurde stärker – brodelnde Glut, an deren Oberfläche das Wasser verdampfte und die von immer neuen heftigen Explosionen zerrissen wurde. Ein gigantisches, atemberaubendes Feuerwerk, das sich zum Glück in großer Tiefe ereignete. Allzu erschreckend war die Vorstellung, was geschehen wäre, hätte sich das U-Boot nur wenige hundert Meter über dem aufbrechenden Meeresboden befunden.

Allmählich verstummten die Explosionen. Ein Blick auf ihre Armbanduhr überraschte Gudrun; seit den ersten Eruptionen waren mehr als zwanzig Minuten vergangen. Die OCTOPUS lief momentan in einer Tiefe von dreißig Fuß auf Ostkurs.

»Der Tagesablauf auf einem U-Boot ist nicht nur Romantik oder Langeweile«, sagte eine Stimme mit leicht amerikanischem Akzent.

Überrascht wandte Gudrun den Blick. Der Mann, der sie in ihren Betrachtungen unterbrochen hatte, war zwischen fünfunddreißig und vierzig Jahre alt. Ein Drei-Tage-Bart umrahmte sein markantes Gesicht und verlieh ihm vielleicht ein wenig unnötige Härte.

»Willkommen an Bord der OCTOPUS, Miss Heber.« Commander James Weyers, Stellvertreter des Captains, streckte ihr die Hand entgegen. »Ich hatte nach unserer ersten Begegnung zwar nicht den Eindruck, daß wir uns wiedersehen würden – aber so kann man sich täuschen.«

»Ungewöhnliche Geschehnisse erfordern eben besondere Maßnahmen«, entgegnete Gudrun.

»Wir sind an Bord, um die Hinterlassenschaften eines versunkenen Kontinents aufzuspüren«, erklärte Leroy. »Mein Name ist Pierre Leroy. Freut mich, Ihre Bekanntschaft zu machen, Mr. Weyers.«

Sie gaben sich die Hände. »Atlantis ...« James Weyers nickte bedächtig. »Falls Sie erwartet haben, mich verblüfft zu sehen, muß ich Sie enttäuschen – wahrscheinlich bin ich der einzige an Bord, der diese Möglichkeit ernsthaft in Erwägung gezogen hat. Haben Sie Fakten?«

»Ziemlich hieb- und stichfeste sogar.«

»Deshalb der ausdrückliche Befehl der Admiralität, auch nach Abschluß der Aktion absolutes Stillschweigen zu bewahren.« Gedankenverloren fuhr Weyers sich mit der Zunge über die Lippen. »Während der Collegezeit habe ich so ziemlich alles gelesen, was ich über versunkene Kulturen ergattern konnte, egal ob Mu, Lemuria oder Atlantis.«

»Dann wären wir beinahe Kollegen geworden«, vermutete Gudrun.

»Bestimmt nicht.« Er wehrte entschieden ab. »Über das bloße Interesse bin ich nie hinausgelangt. Aber jetzt entschuldigen Sie mich, die Pflicht ruft.«

Zehn Minuten später schwamm die OCTOPUS wieder in ruhigen Gewässern. Captain Drake übergab das Kommando an seinen Stellvertreter.

»Meine Freiwache beginnt«, wandte er sich an Gudrun und Pierre. »Wir wurden vorhin recht unsanft unterbrochen. Falls Sie noch Interesse an einigen Erklärungen haben ...«

»Natürlich«, sagte Gudrun. »Sonar ist meines Wissens die Abkürzung für Sound Navigation Ranging.«

Drake nickte. »Das Aktivsonar wird seit rund vierzig Jahren überwiegend von Überwasserschiffen zur Ortung von U-Booten eingesetzt, findet aber auch bei U-Booten selbst Verwendung. Nachteilig ist, daß es dem Ziel seine Anwesenheit verrät. Weiterentwicklungen sind auf die Verstärkung der guten Orterfähigkeiten ausgerichtet, bei gleichzeitiger Reduzierung der verräterischen Impulse.

Die eigene Position wird normalerweise auch heute noch nach dem Auftauchen durch Astronavigation mit Hilfe eines Sextanten ermittelt oder durch Radiopeilung. Atom-U-Boote, die fast ausschließlich unter Wasser operieren, bedienen sich hingegen modernerer Verfahren. Das Ship Inertial Navigations System, kurz SINS, mißt über komplexe Kreiselsysteme jede Bewegung des Bootes von einem bestimmten Ausgangspunkt aus. Der Bordcomputer errechnet aus diesen Daten sehr genau die jeweilige Position.«

»... womit alle Klarheiten restlos beseitigt wären«, seufzte Gudrun. »Ich denke, Mr. Leroy und ich überlassen Ihnen die Navigation.«

»Dafür werde ich nicht versuchen, Atlantis vor Ihnen zu finden«, versprach Christopher Drake. Gleich darauf zog er sich in seine Unterkunft zurück.

Gudrun blickte ihm sinnend nach. »Warum habe ich nur das Gefühl, daß der Captain unserer Mission skeptisch gegenübersteht?« murmelte sie.

Pierre blieb ihr die Antwort schuldig.

Das hartnäckige Summen der Sprechanlage weckte Gudrun. Schlaftrunken schwang sie sich aus der Koje, blinzelte noch ein wenig benommen in die Düsternis und nahm dann den Ruf an.

»Wir haben das Zielgebiet erreicht, Miss Heber!«

Gudrun drückte die Gegensprechtaste. »Danke«, erwiderte sie. »Wir kommen.«

Pierre gähnte herzhaft und streckte sich. »Isch fühle misch wie gerädert«, erklärte er. »Mon Dieu, meine Kopf ämmert wie – wie sagt man auf deutsch? – eine Maulwerk.«

»Mühlwerk«, verbesserte Gudrun, die bereits in ihre

wadenlange Jeanshose schlüpfte und sich die Jacke überstreifte. Pierre hatte die obere Koje. Als er sich ruckartig aufsetzte, krachte es dumpf. »Merde«, schimpfte er unterdrückt und rieb sich die Stirn. »Das rote Licht irritiert.«

»Wenn du dir den Schädel eindellst, liegt das nicht am Licht«, bemerkte Gudrun amüsiert.

»Ich kann mich erinnern, daß die Beleuchtung vorhin noch einigermaßen vernünftig war«, erwiderte Pierre.

»Vorhin – das ist drei Stunden her.«

»Na und?« Er schwang sich nach unten, fuhr sich prüfend mit der Hand übers Kinn, entschied sich, als er Gudruns ungeduldigen Blick bemerkte, dann aber doch gegen eine Rasur und stopfte sich hastig das Hemd in die Hose.

»Du vergißt, wo wir sind«, sagte die Anthropologin. »Einziges Unterscheidungsmerkmal zwischen Tag und Nacht ist die nachts eingeschaltete rote Beleuchtung.«

Pierre lag eine spöttische Bemerkung über rote Lampen und Nachtclubs auf der Zunge, aber da Gudrun schon die Kabine verließ, schwieg er lieber und beeilte sich, ihr zu folgen. Sonderlich wohl fühlte er sich bislang nicht an Bord der OCTOPUS, und vermutlich würde sich daran auch in den nächsten Tagen wenig ändern. Die herrschende Enge und das Gefühl des Eingesperrt-Seins behagten ihm nicht. Er brauchte die Freiheit – oder zumindest den Eindruck, von äußeren Zwängen unabhängig zu sein. Wenn er es recht bedachte, hatte er vielleicht sogar deshalb nach seinem abgebrochenen Studium eine Zeitlang als Clochard unter den Seine-Brücken gelebt. Er wollte den Himmel über sich sehen können – aber das Wissen, in einem Druckkörper aus UKE-Hochfestigkeitsstahl gefangen zu sein, einige hundert Fuß tief unter der Meeresoberfläche, verurteilte ihn zur Untätigkeit. Das wurde ihm zunehmend deutlicher bewußt.

Klaustrophobie? Nein – an der Furcht vor engen, geschlossenen Räumen litt er gewiß nicht. Ihm bereitete einfach die Tatsache Unbehagen, daß er sein Schicksal nicht mehr selbst in die Hand nehmen konnte.

»Wir haben das Zielgebiet erreicht«, empfing der Commander die beiden Abenteurer. »Sie haben sich so ziemlich die zerklüftetste Region im Umkreis ausgesucht.«

»›Ausgesucht‹ ist der falsche Ausdruck«, widersprach Pierre. »Dann wären wir jetzt nicht hier, sondern an einem palmenbestandenen Badestrand in der Karibik.«

»Sie haben bereits Vermessungen des Meeresbodens vorgenommen?« fragte Gudrun, ohne auf Leroys Bemerkung einzugehen.

»Die Arbeiten sind noch nicht abgeschlossen. Trotzdem kann ich Ihnen schon einen groben Überblick geben.« Der Commander setzte sich hinter eine leere Konsole und aktivierte den dazugehörigen Bildschirm. »Wir stehen über einem mehrere Seemeilen langen Grabenbruch, dessen tiefste Stelle knapp zweitausend Meter beträgt. Der Bruch verläuft von Ost nach West, wobei die größte Tiefe im östlichen Teil gemessen wurde. Die Ausdehnung nach Süden ist nicht festzustellen.«

Auf dem Bildschirm erschien eine Computergrafik – die Reliefkarte eines Felshanges. Commander Weyers deutete auf einen schwach leuchtenden Punkt. »Das ist die augenblickliche Position der OCTOPUS, hundertfünfzig Meter tief, dicht oberhalb der Abbruchkante. Beide Antriebswellen laufen auf Minimallast, gerade ausreichend, um die herrschende Strömung auszugleichen.«

Langsam veränderte sich die Wiedergabe. Sie wurde detailreicher. Die farbig eingefärbten Flächen ließen horizontale Plateaus, Einkerbungen und Felsnasen erkennen. Eine Drehung der Grafik in die Seitenansicht zeigte anschließend, daß die Felswand keineswegs steil, sondern in mitunter ausgeprägten Abstufungen abfiel.

»Commander«, wurde gemeldet, »die Messungen mit dem Echolot lassen auf Hohlräume in den Sedimentschichten schließen. Allerdings kommen die Echos nur verschwommen zurück.«

»Genau das wollten wir hören«, sagte Pierre Leroy. »Wann können wir tauchen?«

»Nachdem die erforderlichen Vorbereitungen abgeschlossen sind. Ich verstehe Ihre Ungeduld, aber eine Tiefe von zweitausend Metern ist trotz unserer Technik kein Pappenstiel.«

»Wieviel Zeit veranschlagen Sie?«

»Das kommt darauf an . . .«, erwiderte der Commander gedehnt.

»Worauf?«

»Ob Sie damit einverstanden sind, daß ausschließlich meine Männer nach unten gehen –«

»Gudrun und ich sind nicht an Bord der OCTOPUS gekommen, um ausgerechnet jetzt Däumchen zu drehen. Ihre Tauchboote können jeweils drei Mann Besatzung aufnehmen; ich fordere Sie auf, jedem von uns zwei erfahrene Piloten abzustellen.«

»Trotzdem veranschlage ich drei bis vier Stunden bis zum Ausklinken der Boote. Es ist unerläßlich, daß Miss Heber und Sie sicherheitsrelevante Kenntnisse erwerben. Es sei denn, Sie möchten für immer unten bleiben.«

»Das ganz bestimmt nicht.« Pierre seufzte ergeben. »Wann fangen wir an?«

»Commander!« hallte ein Ausruf durch die Zentrale. »Der Meeresboden! Die Tiefenangaben verändern sich.«

Gudrun stand dem Techniker am nächsten, auf dessen Schirm die Messungen des Echolots umgesetzt wurden. Überrascht und ungläubig zugleich sah sie, wie die dargestellte Grafik scheinbar zusammenschrumpfte. Der Meeresboden schien der OCTOPUS förmlich entgegenzuwachsen.

Nur noch neunhundert Meter Wasser unter dem Kiel ...

Achthundert ...

Gudrun hörte sich stöhnen. Die einzige Erklärung für das unbegreifliche Geschehen war wohl ein erneuter unterseeischer Vulkanausbruch, der Magma und Gestein in einer gigantischen Eruption in die Höhe schleuderte. Weiter kam sie mit ihren Gedanken nicht. Die Echolotortung pendelte sich bei fünfhundert Metern ein.

»Meßergebnis wieder konstant!«

»Systemkontrolle vornehmen!« befahl Weyers. Auch Gudrun und Pierre war inzwischen klar, daß sie einer Täuschung zum Opfer gefallen sein mußten. Jede Veränderung des Meeresbodens hätte eine gigantische Flutwelle nach sich gezogen, doch die OCTOPUS hielt nach wie vor unbeeinträchtigt ihre Position.

»Tiefenmessung exakt vierhundertachtundneunzig Meter.«

»Veränderungen?«

»Keine, Commander. Wir – verdammt.«

Für Sekunden sprang die Ortung wieder auf knapp tausendsiebenhundert Meter. Die Animation des Bordrechners schien sich aufzublähen, fiel aber gleich darauf wieder bis zu einer Höhenanzeige von ungefähr fünfhunderfünfzig Metern zusammen.

Der Commander winkte ab. »Ignorieren Sie die Anzeige, Slater. Die falschen Daten stammen von einer DSL-Schicht.«

»Aye, aye, Sir.«

»Was ist eine DSL-Schicht?« wollte Leroy wissen.

Weyers wandte sich wieder Gudrun und ihm zu.

»Deep Scattering Layer, eine Tiefenstreuschicht, eine dichte Ansammlung plaktonartiger Organismen. Vorkommen wie diese, die Schallwellen reflektieren oder streuen, erscheinen in Tiefen bis zu siebenhundert Metern. Ihre Abhängigkeit vom Tag-Nacht-Rhythmus ist noch nicht erforscht, aber wie Sie sehen, führt das Vorhandensein derartiger Organismen zu falschen Anzeigen.«

»Wir müssen damit leben?« fragte Gudrun.

»So ungefähr. In der Tiefenströmung verweht die Schicht über kurz oder lang. – Vorher werden wir allerdings eine ferngelenkte Sonde mit einem Grundbohrer ausschleusen. Die Kabelverbindung hat eine maximale Reichweite von zweitausend Metern.«

»Sie wollen eine Bodenprobe entnehmen?«

»Einen Sedimentkern, fünf Zentimeter Durchmesser, fünfzig Zentimeter Länge. Ich nehme an, Sie sind wißbegierig zu erfahren, was Sie in der Tiefe erwartet.«

»Und ob«, sagten Gudrun und Pierre wie aus einem Mund.

Endlich hatte er eine Aufgabe. Die Zeit verging für Pierre Leroy wie im Flug. Und nicht nur für ihn – auch für Gudrun Heber. Interessiert ließen die beiden sich die Handhabung der Panzeranzüge erklären, die für Tiefen bis vierhundert Meter geeignet waren und ein zwar eingeschränktes, aber doch selbständiges Arbeiten erlaubten. Entgegen dem Vorläufermodell war der Anzug nicht durch eine sogenannte »Nabelschnur« mit dem Tauchboot verbunden, sondern völlig autark.

»Der Innendruck paßt sich der jeweiligen Tiefe an und wird über Sensoren in der Außenhülle geregelt«, erklärte Sergeant Tommy Lauren, ein Mann Mitte Zwanzig, der als Pilot eines der beiden Tauchboote fungieren würde. »Sie atmen ein speziell entwickeltes Mischgas, das aus Sauerstoff und Helium besteht, dem sogenannten Heliox. Hinzu kommen Argon und Stickstoff.«

»Normale Preßluft aus Flaschen –?«

Gudrun wurde schon im Ansatz unterbrochen. »Mischgas ist vor allem aus physiologischen Gründen notwendig«, sagte Lauren. »Schon in Tiefen von vierzig bis sechzig Metern tritt andernfalls ein rauschartiger Zustand auf, die sogenannte Inertgasnarkose. Sie würden nach kurzer Zeit nicht mehr wissen, was mit Ihnen geschieht.«

»Können wir uns mit dem Mutterschiff verständigen?«

»Dafür haben wir Gertrude.«

»Wen?« fragte Leroy überrascht.

»Gertrude«, wiederholte der Sergeant. »Das ist der Spitzname für UQC –«

»Dann schon lieber Gertrude.«

»– ein Unterwasser-Telefon der U.S. Navy«, fuhr Lauren unbeirrt fort. »Ein drahtloses Sprechgerät für größere Entfernungen. Da elektromagnetische Wellen unter Wasser sehr stark gedämpft werden, benutzen wir für die Signalübertragung Schallwellen. Bis zu einer Distanz von ungefähr sieben Seemeilen sind gute Verbindungen möglich, aber die Reichweite kann durch die Nutzung sogenannter Schallkanäle noch vergrößert werden.«

Gudrun zog ein Gesicht wie sieben Tage Regenwetter. »Sagen Sie einfach, was wir tun müssen, Sergeant. Oder was wir nicht tun dürfen. Aber Ihr Fachchinesisch liegt nicht auf meiner Welle.«

»Sie haben keine Ahnung, was Schallkanäle sind«, vermutete Lauren. »Stellen Sie sich einfach vor, daß unterschiedliche Wassertemperaturen oder Schwankungen im Salzgehalt eine stabile Wasserschicht bilden, an deren

Grenzen Schallwellen sich durch Reflexion wie in einem Kanal fortpflanzen. Dadurch lassen sich überweite Verbindungen herstellen oder Geräusche orten. Die erste Entdeckung in dieser Richtung geht übrigens auf amerikanische Wissenschaftler Ende der dreißiger Jahre zurück.«

»Mich interessiert mehr, ob wir die Raumanzüge an Bord der Tauchboote tragen müssen, oder nicht«, wandte Pierre ein.

»Üblicherweise nicht«, erwiderte Lauren. »Es sei denn, es läge ein Notfall vor.«

»Hatten Sie schon Notfälle?«

»Nein.«

»Seit wann werden die Tauchboote benutzt?« wollte Gudrun wissen.

»Seit zweieinhalb Monaten«, erklärte der Sergeant. »Die Erprobungsphase wurde in der letzten Woche abgeschlossen.«

»Alsdann«, sagte Pierre. »Weihen Sie uns in die letzten Geheimnisse ein!«

Die OCTOPUS war für Transport und Einsatz der Tauchboote auf einer britischen Werft umgerüstet worden. Die Hangars beider Einheiten lagen hinter dem Turm, und zwar in den Rumpf des U-Bootes versenkt, so daß dessen schlanke Stromlinienform in keiner Weise beeinträchtigt wurde. Verwirbelungen oder Strömungsabrisse hätten nur eine leichte Ortung durch eventuelle gegnerische Einheiten provoziert.

Beide Hangars waren doppelwandig angelegt, voneinander getrennt und konnten nur durch Luftschleusen betreten werden, die bei den angeflanschten Booten unmittelbar in die an deren Unterseiten befindlichen Luken führten.

Sergeant Lauren erklärte Gudrun und Pierre die Funktionsweise der Tauchboote so detailliert, daß sie notfalls selbst in die Steuerung eingreifen konnten. Die Boote, mit umfangreichen Greifmechanismen ausgerüstet, die ein Arbeiten in großer Tiefe erlaubten, trugen die sinnigen Namen HYDRA I und HYDRA II.

»Nomen est omen«, zitierte Pierre.

Gudrun schwieg dazu, doch sie dachte an die mythologische Hydra von Lerna, jene neunköpfige Schlange, die von Typhon und Echidna gezeugt worden war. Die Hydra hatte als unbesiegbar gegolten, weil ihr jeder abgeschlagene Kopf nachgewachsen war. Aber Herakles und sein Neffe Iolaos waren ihr mit Schwert und Feuer entgegengetreten und hatten die frischen Wunden ausgebrannt und damit ein Nachwachsen verhindert.

»Schwert und Feuer«, murmelte Gudrun. Im übertragenen Sinn konnte beides auch den Tauchbooten gefährlich werden. Das Schwert stand synonym für physische Kräfte wie den ungeheueren Wasserdruck in großer Tiefe oder den Abgang von Felsrutschen nach einem Seebeben – und wie tückisch aus dem Erdinnern aufbrechendes Feuer sein konnte, hatte sie erst vor wenigen Stunden erlebt. Der Versuch, in einer Region tektonischer Instabilität auf den Meeresboden abzusteigen, war ein extrem gefährliches Wagnis. Noch vor einem halben Jahr hätte Gudrun wenig Interesse verspürt, an einer solchen Mission teilzunehmen. Aber inzwischen hatte sich vieles verändert. Wissenschaftliche Neugierde war eine ungemein starke Triebfeder für die waghalsigsten Unternehmungen.

Kurz nach ein Uhr nachts wurde die Sonde mit dem Grundbohrer wieder eingeschleust, nachdem die Kabelverbindung bei Bodenkontakt bis zur Marke von tausendsiebenhundertfünfundsiebzig Metern abgespult gewesen war. Inzwischen hatte sich die Tiefenstreuschicht weitgehend wieder aufgelöst, und das Echolot zeigte übereinstimmend eine Meerestiefe von wenig mehr als tausendneunhundertzwanzig Metern.

Der Bohrkern bestand überwiegend aus von Lavagestein durchsetzten Sedimenten; allerdings waren auch die kunstvollen und formenreichen Gehäuse einzelliger Radiolarien zu erkennen. Nur die letzten zehn Zentimeter der Bodenprobe bestanden aus einer fest zusammengebackenen graugelben Masse, die sich aber schon mit geringem Kraftaufwand zerreiben ließ. Übrig blieben feine, matte Körner.

»Sand?« fragte Commander Weyers überrascht.

»Strandsand«, bekräftigte Gudrun. »Monsieur Leroy und ich haben darauf gehofft.« Weyers fragender Blick veranlaßte sie, weiter auszuholen: »Geologische Tiefseeforschungen lassen bereits vermuten, daß Teile des Mittelatlantischen Rückens vor mindestens fünf Jahrtausenden noch Erdoberfläche waren, aber innerhalb eines sehr kurzen Zeitraums um mehrere Kilometer abgesackt sein müssen. Bimsstein und Strandsand wurden in entsprechender Tiefe schon gefunden.«

»Dann wußten Sie im voraus, was der Bohrkern enthalten würde?«

Nachdenklich ließ Gudrun den Sand durch ihre Finger rinnen. Sie lächelte zufrieden. »Die bisherigen Untersuchungen erfolgten wesentlich weiter südlich; so nahe bei den Azoren sind mir keine Forschungsvorhaben bekannt.«

»Bedeutet der Sand, daß zwei Kilometer unter uns wirklich die Küstenregion des sagenhaften Atlantis liegt?«

»Nicht zwangsläufig«, erwiderte Leroy, bevor die

Anthropologin zu einer Antwort ansetzte. »Da die Schulwissenschaft der Existenz von Atlantis skeptisch gegenübersteht, gibt es bis heute keine beweisbaren Fakten, auf die wir uns stützen könnten.«

»Ich weiß«, gestand der Commander. »Ich habe Platos Beschreibungen gelesen, denen zufolge Atlantis im Krieg mit Athen stand, aber innerhalb eines Tages und einer Nacht alle kriegsfähigen Männer der Athener in der Erde versanken und die Insel Atlantis vor dem selben Schicksal nicht verschont blieb.«

»Ein schneller Untergang also«, bestätigte Leroy. »Das läßt auf den Einschlag eines Kometen oder Asteroiden schließen, und dafür finden sich genügend Überlieferungen. In den Ägyptischen Totenbüchern heißt es, daß das linke Auge Res vom Himmel fiel – von Feuer, Blut und Flammen ist die Rede.«

»Aztekische Überlieferungen sprechen ebenfalls von einem Feuerregen«, fuhr Gudrun fort. »Auch die Große Schlange der Maya wurde angeblich vom Himmel gerissen, und Haut und Stücke ihrer Knochen fielen auf die Erde herab. – Genauere Antworten werden wir möglicherweise in den nächsten Stunden erhalten.«

Inzwischen war Captain Drake wieder in der Zentrale erschienen. »Keine besonderen Vorkommnisse«, meldete Weyers. »Die Tauchboote sind einsatzklar.«

»Sie übernehmen die HYDRA I?«

»Ich gehe mit nach unten. Sergeant Lauren wird die HYDRA II steuern.«

»Wer ist als Copilot eingeteilt?«

»Malcolm Brunswick für die I und Steven Ashley für die II.«

Drake streckte Gudrun die Hand hin.

»Hals und Beinbruch, Miss Heber. Wie lange wollen Sie unten bleiben?«

Gudrun zuckte mit den Schultern. »Das hängt von den Umständen ab.«

»Als Beobachter werden Sie es nicht eben bequem haben.«

»Ich bin Schlimmeres gewöhnt, Captain. Und Monsieur Leroy ebenfalls; er hat einige Monate auf feuchten Steinen unter Brücken zugebracht.« Sie bedachte Leroy, der sich gänzlich unbeteiligt gab, mit einem flüchtigen Seitenblick.

»Wie soll ich das verstehen?« fragte der Captain.

»Am besten gar nicht.« Pierre versteifte sich und schlug die Hacken zusammen. »Matrose Leroy bittet um Erlaubnis, wegtreten zu dürfen.«

»Erlaubnis erteilt.« Drake hatte Mühe, seine Verblüffung zu verbergen. Aber dann sagte er sich, daß Leroy nur seine Nervosität überspielte; immerhin war es nicht jedermanns Sache, zwei Kilometer tief auf den Meeresboden hinabzutauchen. Als Zivilist hielt er sich jedoch überraschend gut, von Gudrun Heber ganz zu schweigen, deren Ruhe und Gelassenheit Drake beinahe schon bewunderte.

»Fertigmachen zum Ausschleusen der Tauchboote!« befahl er.

Zehn Minuten später kletterte Gudrun als letzte durch die Luftschleuse in die HYDRA I. Die Kammer war gerade groß genug, daß sie sich darin umdrehen und im Ernstfall einen der gepanzerten Taucheranzüge anlegen konnte.

Das Schott nach vorne war schmal. Commander Weyers und der Techniker Brunswick hatten bereits im Fahrstand Platz genommen. Gudrun zwängte sich zwischen ihnen hindurch und ließ sich langsam auf die Knie sinken. Die Kugelzelle gab ihr wenig seitlichen Halt, bis sie endlich bäuchlings auf dem Boden lag, einer vielleicht neunzig Zentimeter langen eingeschweißten Platte mit isolierender Oberfläche. Die Beine mußte sie nach hinten abwinkeln, und den Oberkörper stützte sie auf den Armen ab. Nur dann war die gerade vierzig Zentimeter durchmessende runde Sichtscheibe genau vor ihr. Sie fragte sich, wie lange sie diese unbequeme Lage wohl durchhalten würde, bevor die Blutzirkulation in ihren Adern zu stocken begann.

»Alles klar?« fragte der Commander.

»Von mir aus kann's losgehen!« erwiderte die Anthropologin wenig seemännisch. Wenn sie den Kopf wandte, sah sie lediglich Weyers' Füße. Beiderseits des Schottes, unmittelbar über ihr, waren zwei segmentförmige Plattformen angebracht, die den Sitz des Piloten und des Copiloten trugen. Die Schaltkonsolen wurden seitlich eingeschwenkt und konnten jederzeit einzeln an die Kugelwandung zurückgeklappt werden, um gegebenenfalls mehr Platz zu schaffen.

Gudrun wälzte sich auf die Seite und blickte schräg nach oben. Sie sah, daß Weyers ein biegsames Mikrophon an sich zog.

»Hydra I an OCTOPUS: Ich flute den Hangar.«

Von außerhalb des Bootskörpers erklangen schabende Geräusche, gefolgt vom Gurgeln und Plätschern einströmenden Wassers. In Gedanken sah Gudrun die Stahlplatten über dem Tauchboot zurückgleiten. Der gesamte Vorgang dauerte nicht länger als zwanzig Sekunden, dann trat wieder Ruhe ein.

Die umfangreiche Checkliste war bereits abgehakt. »Scheinwerfer ein!« kommandierte Weyers.

»Sind an!« meldete Malcolm Brunswick völlig unnötig. Die jäh aufflammende gleißende Helligkeit, die noch dazu von den Innenwänden des Hangars reflektiert wurde, trieb Gudrun Tränen in die Augen. Sie blinzelte und wischte sich mit dem Handrücken das Wasser aus dem Gesicht, aber sie wandte den Blick nicht von der Sichtscheibe.

Langsam stieg die HYDRA I auf. Die grellen Scheinwerferfinger tasteten ins Leere, streiften den Turm des U-Bootes und verloren sich geisterhaft im Wasser.

»Hier HYDRA II. Wir sind unmittelbar hinter euch.«

»Distanz auf zweihundert Meter vergrößern! Kurs drei Strich Steuerbord, Neigungswinkel zehn Grad!«

Das leise Summen des Antriebs erfüllte den Druckkörper. Fasziniert beobachtete Gudrun, wie die OCTOPUS scheinbar unter ihr wegkippte und seitlich aus dem Sichtfeld verschwand. Dann blickte sie hinab in den unergründlichen und unerforschten Abgrund der Tiefsee.

Die Tauchboote bestanden aus zwei jeweils gleichgroßen kugelförmigen Druckkörpern, beide zwei Meter zwanzig durchmessend und durch den Einstiegsschacht miteinander verbunden. Beiderseits der Schleusenkammer lagen die Tanks für Wasserstoffperoxyd ($H^2 0^2$) sowie als Energiepuffer vorgesehene Blei-Akkumulatoren. Der benötigte Dieselkraftstoff befand sich in ringförmig verlegten Kunststoffschläuchen.

Während der vordere Druckkörper als Zentrale und Aufenthaltsraum diente, beherbergte die achterliche Kugel die Antriebsanlage mit Zersetzer und Wärmeaustauscher, mit Turbogenerator und Kondensator. Die Turbine mit einer Leistung von dreiundvierzig Kilowatt erbrachte über den Heckpropeller eine Durchschnittsgeschwindigkeit von fünf Knoten.

Ohne Kraftstoffverbrennung im sogenannten kalten Verfahren betrieben, fielen bei der Versetzung des Wasserstoffperoxyds für das Lebenserhaltungssystem Sauerstoff, Frischwasser und Wärme an.

Gudrun schwirrte der Kopf, als sie über Commander Weyers' Erklärungen nachdachte. Die Tauchtiefe betrug beachtliche sechstausend Meter, die Zerstörungstiefe für den stark stromlinienförmigen Bootskörper aus Titanstahl, der beide Kugeln umhüllte, lag rein rechnerisch bei über zehn Kilometern Tiefe.

»Beruhigend, das zu wissen«, murmelte Gudrun im Selbstgespräch. Daß sie laut gedacht hatte, wurde ihr erst bewußt, als der Commander ein irritiertes »Bitte, Miss Heber?« vernehmen ließ.

»Es ist nichts«, erwiderte sie sofort. »Alles in Ordnung.«

»Fühlen Sie sich eingeengt?« fragte er trotzdem, und die Besorgnis in seiner Stimme war nicht zu überhören. »Haben Sie Schweißausbrüche, Zittern der Glieder, Schwierigkeiten beim Atmen?«

»Nein.«

»Nicht alle Personen reagieren gleich auf die Mischgaszusammensetzung. Noch können wir problemlos zur OCTOPUS zurückkehren.«

»Bleiben Sie auf Tauchkurs, Commander! Ich sagte bereits, daß ich keine Schwierigkeiten habe.«

»Zweihundert Meter unter Null!« meldete Brunswick. »Sinkgeschwindigkeit zehn Meter in der Minute.«

Das war zu wenig. Überschlägig rechnete Gudrun, daß sie unter diesen Umständen beinahe drei Stunden bis zum Meeresboden benötigen würden. Sie wollte schon zur Eile drängen, als die Scheinwerfer unvermittelt eine bizarre, schroffe Unterwasserlandschaft der Düsternis entrissen.

Fische stoben davon, als das stählerne Ungetüm in ihr Reich eindrang. Der Commander zog die HYDRA I in einer sanften Kurve nach Steuerbord, die Distanz zu der steil abfallenden Wand betrug ungefähr vierzig Meter. Zitternd huschten die Lichtkegel der Scheinwerfer über nackte, von kräftigen Farben durchzogene Felsen ebenso wie über einen dichten, in der Strömung wogenden Pflanzenteppich.

»Das Meer ist das einzige uns auf Erden verbliebene Paradies«, sagte Brunswick unvermittelt. »Es verfügt über eine unbeschreibliche Artenvielfalt und eine Lebenskraft, die Sie sich nicht vorstellen können. Falls Sie jemals Fischschwärme sehen, die sich über Seemeilen hinweg erstrecken, werden Sie verstehen, was ich meine. Leider ist der Mensch im Begriff, auch diese letzten Wunder der Natur zu zerstören.«

Gudrun nickte stumm. Den Oberkörper abgestützt, starrte sie hinab in die phantastische Welt der beginnenden Tiefsee, deren Anblick beinahe vergessen ließ, daß sie nicht der Tiere und Pflanzen wegen hier war, sondern einen Weg nach Atlantis suchte.

Ein unbeschreiblicher Artenreichtum erfüllte die Felsen mit Leben. Meterlange, mit Nesseln bedeckte Fangarme wogten sanft in einer unsichtbaren Strömung, daneben türmten sich riesenhaft anmutende Muscheln zu säulenartigen Kolonien, die wie das Portal zu einem unterseeischen Reich wirkten.

Fasziniert beobachtete Gudrun. Nur noch wie aus weiter Ferne vernahm sie die Stimmen ihrer Begleiter.

»Dreihundert Meter!« las Brunswick die Tiefenanzeige ab.

»Sinkgeschwindigkeit verdoppeln!« befahl der Commander.

Gudrun wußte, daß selbst bei klarsten Wasserverhältnissen in rund hundert Metern Tiefe nur ein Prozent des einfallenden Lichtes übrig ist. Andererseits kann der

Mensch sogar noch in rund sechshundert Metern Tiefe und bei senkrecht am Himmel stehender Sonne ein letztes Dämmerlicht wahrnehmen. Tiefseefische mit ihren charakteristischen großen Nachtaugen sehen das Tageslicht bis zu Tiefen von über achthundert Metern, ehe auch sie die ewige Finsternis umfängt.

Obwohl Gudrun darauf vorbereitet war, zuckte sie heftig zusammen, als sie plötzlich zwei faustgroße Augen anstarrten. Sie saßen in einem bleichen, gelblichen Schädel unmittelbar über einem breiten Maul, aus dem fingerlange, gebogene Zähne ragten. Danach erst wurde der knochige, sich schlangenförmig windende Leib sichtbar.

Der Fisch – oder war es eine Seeschlange? – rammte gegen die schützende Glasscheibe. Vergeblich versuchte er, sich darin zu verbeißen, und immer und immer wieder stieß er zu, bis er endlich mit zuckenden Bewegungen von dem vermeintlichen Opfer abließ. Erst jetzt erkannte Gudrun, daß der Körper, der sich peitschend bewegte, über einen Meter maß.

»Wie tief sind wir?« wollte sie wissen.

»Dreihundertfünfzig Meter«, antwortete Brunswick. »Die HYDRA II folgt mit zwanzig Metern Höhendifferenz.«

Nur für einen Moment hatte Gudrun sich umgewandt. Als sie wieder nach draußen blickte, war da ein fahles blaues Licht, das in regelmäßigen Abständen aufblinkte und sich langsam der Felswand näherte. Die Distanz war schlecht zu schätzen, vielleicht dreißig bis vierzig Meter unterhalb des Tauchbootes.

Ein Fisch? Sie konnte es nicht erkennen. Den wahnwitzigen Gedanken, das eigentümliche Blinken könnte von einem atlantischen Artefakt ausgehen, schob sie sofort wieder von sich. Oder war doch etwas Wahres daran? Daß die Bewohner von Atlantis zumindest in mancher

Hinsicht über eine fortgeschrittene, den Menschen des zwanzigsten Jahrhunderts sogar überlegene Technik verfügt haben mußten, hatte schon das Transmittertor in Tiahuanaco bewiesen. Vielleicht ...

Das ist Unsinn, dachte die Anthropologin und schloß für einen Moment die Augen. Der starre Blick nach draußen, in den Grenzbereich zwischen Dunkelheit und grellem Scheinwerferlicht, strengte übermäßig an. Unter diesen Umständen wäre es nicht einmal verwunderlich gewesen, daß sie Reflexe im Glas für mysteriöse USOs hielt, für Unbekannte Schwimmende Objekte. Die eigene Wortschöpfung entlockte ihr ein kurzes Lachen.

»Miss Heber –?« fragte der Commander sofort.

Seine Besorgnis ärgerte sie. Andererseits konnte sie ihm die übertriebene Fürsorge nicht verdenken, immerhin trug Weyers die Verantwortung, und eine Frau an Bord war für ihn eine neue und ungewohnte Erfahrung.

Vergeblich konzentrierte sie sich wieder auf die Felslandschaft. Das blaue, blinkende Leuchten war verschwunden. Als hätte es sich im Wasser aufgelöst.

»Seltsam«, murmelte die Anthropologin. »Da war ein schwaches Licht.«

»Lassen Sie sich nicht irritieren«, sagte Brunswick. »Die Tiefsee ist erfüllt von Lichtern aller Art. Fische, Kalmare und Garnelen verfügen über Leuchtorgane, mit deren Hilfe sie Beutetiere anlocken oder Artgenossen für die Paarung. Je tiefer wir sinken, desto häufiger werden Sie solche Wahrnehmungen machen.«

Da war der schwache blaue Schimmer wieder ... Gudrun drückte ihr Gesicht gegen die Scheibe und schirmte die Augen seitlich mit den Händen ab. Trotz des nur fahlen Dämmerlichts innerhalb der Druckkugel konnte sie danach deutlicher sehen.

Das Blau pulsierte. Langsam strebte es den Felsen zu.

Gudrun erkannte einen flachen, durchscheinenden Körper, der sich ruckartig bewegte; eine Art Meduse, gut und gerne einen halben Meter durchmessend und mit Nesselfäden so lang wie ein Mensch. Unwillkürlich fragte sie sich, weshalb die riesige Qualle nicht vom Wasserdruck zerquetscht wurde, der mit jeweils elf Metern Tiefe um eine Atmosphäre ansteigt.

Die Meduse schwebte über eine Felsnase hinweg und sank langsam tiefer, strebte danach, der ungewohnten Helligkeit zu entkommen.

Gudrun zuckte wie elektrisiert zusammen. Im Streulicht der Scheinwerfer, dort, wo das Tier verschwand, schimmerte der Fels golden.

»Ein Wrack!« stieß die Anthropologin ungläubig hervor.

Auf einem Felsvorsprung, unmittelbar am Abgrund und in leichter Schräglage, hingen die Überreste eines Schiffes. Pflanzen hatten einen Teil des auseinandergebrochenen Rumpfes überwuchert und mit einer dicken Patina bedeckt.

»Wahrscheinlich eine spanische Galeone des ausgehenden 16. Jahrhunderts«, vermutete der Commander. »Schwer beladen mit Gold und Silber segelten die Señores zumeist in Konvois von der Neuen Welt nach Spanien zurück. Das Schiff wird im Sturm gesunken oder von Piraten versenkt worden sein.«

»Ich sehe weder Masten noch die Überreste zersplitterter Rahen«, widersprach die Anthropologin heftig. »Der Rumpf scheint nicht einmal aus Planken zu bestehen.«

»Unter Wasser liegende Wracks verändern innerhalb von Jahrhunderten ihr Aussehen«, dozierte der Copilot.

»Aber Holz bleibt immer noch Holz, egal wie viele Muscheln und Seepocken sich darauf einnisten. Und das da ist kein hölzernes Schiff.« Gudrun hatte den letzten

Satz in höchster Erregung hervorgestoßen. »Vielleicht sollten wir den Platz tauschen, damit Sie sich überzeugen können.«

»Wir gehen näher ran!« entschied der Commander und informierte das Begleitboot von der Kursänderung. Die Signalübertragung war jedoch denkbar schlecht, und Sergeant Laurens Antwort erklang verzerrt und mit starkem Halleffekt, als würden die Schallwellen von den Felsen mehrfach reflektiert.

Die Vorwärtsbewegung der HYDRA I kam zum Stillstand. Zugleich drehte Weyers das Tauchboot um neunzig Grad und richtete den Bug auf die Felswand. Wo eben noch Streulicht die Szene dürftig erhellt hatte, tasteten nun grelle Scheinwerferkegel über die Wand.

Immer wieder blickten die beiden Piloten durch die seitlich in Kopfhöhe befindlichen Bullaugen, doch von dem Wrack konnten sie ihrer Position wegen herzlich wenig erkennen.

»Maschinen stopp!« dirigierte Gudrun. »Wir stehen höchstens noch zehn Meter über dem Wrack. Der Rumpf wurde aufgerissen, wie von einer heftigen Explosion.«

»Schwarzpulver«, sagte der Commander. »Der unvorsichtige Umgang mit brennenden Lunten oder glühenden Kohlen hat manche Galeone versenkt.«

»Das Schiff war höheren Temperaturen ausgesetzt«, behauptete Gudrun. »An den Bruchkanten ist das Metall geschmolzen und tropfenförmig wieder erstarrt.« Sie wälzte sich halb herum und bedachte beide Männer mit herausfordernden Blicken. Zu sehen, wie ihre Mienen sich schlagartig veränderten, als die HYDRA endlich auf gleicher Höhe mit dem Wrack stand, war ihr die größte Genugtuung.

»Was ist das?« stieß Brunswick ungläubig hervor. »Gold?«

»Gold, oder eine uns unbekannte Metallegierung«, antwortete Gudrun.

»Dieses Wrack ...« Ungläubig wischte sich der Commander über die Augen. »Woher stammt es?«

»Seit wann bauen wir Schiffe mit stählernem Rumpf?« antwortete die Anthropologin mit einer Gegenfrage.

»Begonnen hat der eigentliche Eisenschiffbau um 1830«, sagte Weyers.

»Also vor ungefähr hundertsechzig Jahren. – Was glauben Sie, seit wann hängt das Wrack auf dem Felsen?«

Brunswick starrte unverwandt durch das Bullauge. »Die Wassertiefe ist der entscheidende Faktor«, sagte er. »Dreißig oder vierzig Meter unter der Oberfläche wäre der Rumpf nach nicht einmal hundert Jahren entsprechend überwachsen – aber hier unten, fast vierhundert Meter tief, muß ein Vielfaches an Zeit vergehen.«

»Uns fehlen Erfahrungswerte«, widersprach Weyers.

»Dieses Wrack ist atlantischen Ursprungs!« behauptete Gudrun. »Dieser Fund, meine Herren, wird in die Geschichte eingehen.«

Fast gleichzeitig meldete sich die HYDRA II. Von Störungen überlagert, erbat Sergeant Lauren die Erlaubnis, aufzuschließen. »... Mr. Leroy behauptet, das Schiffswrack sei ein eindeutiger Beweis für die Existenz von Atlantis.«

»Erlaubnis zum Aufschließen erteilt«, erwiderte der Commander. »Warten Sie weitere Befehle ab, Sergeant.«

»Ich wünschte, die Tauchboote hätten Kameras an Bord«, murmelte Gudrun. Ruckartig hob sie den Kopf und schaute Weyers an. »Wieso eigentlich nicht?« wollte sie wissen.

»Weil es sich um Versuchsfahrzeuge handelt. Und weil

die militärische Verwendung im Gegensatz zu Forschungszwecken keine Dokumentation erfordert.«

»Punktum.« Gudrun seufzte ergeben.

»Die OCTOPUS kann Aufzeichnungen anfertigen«, wandte Brunswick ein. »Wenn das U-Boot vorsichtig manövriert wird, sehe ich keine Gefahr.«

»Dann rufen Sie Captain Drake an«, schlug die Anthropologin vor. »Wir sollten mit Videoaufnahmen alle Phasen der Untersuchung dokumentieren . . .«

»Welcher Untersuchung?« erwiderte Weyers mißtrauisch. »Momentan sehe ich keine Möglichkeit, das Wrack zu bergen.«

»Ich werde nach draußen gehen«, sagte Gudrun offenherzig.

Genau das hatte der Commander befürchtet. Er verzog das Gesicht, als habe er in eine saure Zitrone gebissen. »Sie werden das Boot nicht verlassen, Miss Heber«, sagte er im Brustton der Überzeugung. »Ich kann nicht erlauben, daß Sie eines Wracks wegen Ihr Leben aufs Spiel setzen. Haben Sie überhaupt Taucherfahrung?«

»Natürlich.«

»Wie tief waren Sie unten?«

»Küstentauchen vor Lanzarote.«

»Was Sie vorhaben, grenzt an Selbstmord«, wehrte Weyers entschieden ab. »Zehn Meter oder knapp vierhundert, dazwischen liegen Welten. Selbst in unseren Panzeranzügen, die eine Dekompression weitgehend unnötig machen, hätten Sie als Anfängerin in dieser Tiefe keine Chance.«

Die HYDRA II meldete sich erneut.

»Commander«, platzte Sergeant Lauren förmlich heraus, »unser Passagier will aussteigen. Ich kann ihn kaum zurückhalten.«

Weyers verdrehte anklagend die Augen. Das zufriedene Lächeln, das plötzlich die Mundwinkel der Anthropologin umspielte, als hätte sie nur auf Laurens Anruf gewartet, ließ ihn ungewollt übers Ziel hinausschießen. »Sagen Sie Mr. Leroy, daß er den Platz des Beobachters nicht zu verlassen hat. Falls er sich daran nicht gebunden fühlt, schlagen Sie ihn nieder.«

»Sir, ich –«

»Haben Sie nicht verstanden, Sergeant? Ich trage die Verantwortung für unsere Passagiere, und was glauben Sie, wird mir das Ministerium erzählen, falls einem von ihnen etwas zustößt? Man wird mir ein Feuer unter dem Hintern anzünden.«

»Natürlich, Commander. Aber Mr. Leroy sagt, eine Untersuchung des Wracks sei von größter Wichtigkeit.«

»Ganz meine Meinung«, pflichtete Gudrun bei.

Weyers überhörte den Einwand geflissentlich. »*Ich* werde nach draußen gehen«, sagte er bestimmt.

»Steven – ich meine, Ashley – meldet sich ebenfalls. Er meint, Gold wäre schon immer seine Leidenschaft gewesen.«

Der Commander zögerte nur einen flüchtigen Augenblick. »Einverstanden«, sagte er dann. »Ashley soll sich bereitmachen.« Im gleichen Atemzug wandte er sich der Anthropologin zu. »Zufrieden, Miss Heber?« wollte er wissen.

»Es geht wohl nicht anders«, erwiderte Gudrun. »Gibt es Aufzeichnungsgeräte, die Sie mitnehmen können?«

»Nein.«

»Dann sollten wir ständig in Funkverbindung bleiben.«

Der Commander atmete tief durch, bevor er zustimmend nickte. Eines war ihm inzwischen klargeworden: Zivilisten an Bord eines U-Bootes konnten verdammt lästig werden, aber Wissenschaftler waren um einiges schlimmer.

Zehn Minuten später hingen beide Tauchboote bewegungslos über dem Felsvorsprung, nicht weiter als fünfzehn Schritte von dem goldenen Wrack entfernt. Ihre Scheinwerfer erleuchteten die Steilwand in diesem Bereich taghell.

Wenig mehr als hundert Meter entfernt verharrte als riesiges stählernes Ungetüm die OCTOPUS.

Ihre Bugscheinwerfer waren ebenfalls auf das Wrack gerichtet.

Gudrun Heber hatte neben Brunswick im Pilotensitz Platz genommen, um sich unmittelbar an der Sprechverbindung zu den Tauchern beteiligen zu können. »Laufen die Aufzeichnungen?« wollte sie wissen.

»Sie werden die Videobänder der OCTOPUS noch Ihren Kindeskindern vorspielen können«, behauptete der Copilot.

»Ich bin nicht verheiratet«, erwiderte Gudrun. Daß Brunswick sie abschätzend taxierte, ignorierte sie.

»Ich öffne jetzt die Schleuse«, meldete der Commander. »Wie ist die Verbindung?«

»Klar und deutlich«, erwiderte Brunswick.

Das dumpfe Gurgeln einströmenden Wassers war zu vernehmen.

»Dieser Panzeranzug ist schlimmer als ein Bleisarg«, schimpfte Weyers. Sekunden später fügte er hinzu: »Ich bin jetzt draußen und höre Weihnachtsmusik.«

»Bitte?«

»Das sollte ein Scherz sein. Der Druck auf den Ohren hat zugenommen, ist aber noch auszuhalten.«

»Atemprobleme, Commander?« vernahm Weyers, von leichten Störgeräuschen unterbrochen.

»Wer spricht?« wollte er wissen.

»Chamberlain.«

»Keine Probleme, Doc. Auch kein Flimmern vor den

Augen, denn das wäre wohl Ihre nächste Frage. Der Sarg ist dicht.«

»Sie wissen, was ich von derartigen Scherzen halte, Commander.«

»Trage ich meine Haut zu Markte, oder Sie, Doc?«

Knapp vierhundert Meter waren immerhin eine Tiefe, in der Taucher üblicherweise nur nach dem Sättigungs-Exkursions-Verfahren arbeiteten. Das heißt, daß sie über Tage hinweg auf einem nur unwesentlich geringeren Druckniveau gehalten wurden, kurzfristig tiefer abstiegen und deshalb nur vorübergehende Dekompressionsphasen erforderlich wurden.

»Ich bin hinter Ihnen, Commander«, klang Ashleys Stimme verzerrt aus dem Empfänger.

Weyers wandte sich nicht um. Jede überflüssige Bewegung kostete unnötig Kraft. Schon beim ersten Test der Anzüge hatte er den Widerstand gespürt, als wate man durch ein Meer aus Blei.

Minuten vergingen, bis er das Wrack erreichte. Es lag zwar gefährlich nahe an der Abbruchkante, aber wenn sich seine Lage seit Jahrtausenden nicht verändert hatte, würde es wohl kaum ausgerechnet jetzt wegrutschen.

»Das Heck ist halb verschüttet. Mit den vorhandenen Mitteln können wir die Antriebswelle nicht freilegen.«

»Die Verbindung wird schlechter, Commander!« rief Gudrun Heber.

»Ich gehe weiter nach vorne. Zwischen der Steilwand und dem Rumpf ist genügend Platz. Wenn möglich, werde ich versuchen, ins Schiffsinnere vorzudringen.« Weyers wandte sich zu Ashley um, der hob die Hand zum Verstanden-Zeichen und sagte etwas, aber nur ein abgehacktes Kauderwelsch drang aus dem Empfänger.

Weyers hob die Hände und preßte sie gegen den Helm, dessen schmales Sichtfenster nur Ausschnitte der Umgebung erkennen ließ und ihn, wollte er mehr sehen, zu ganzen Körperdrehungen zwang.

»Die Störungen scheinen von dem Wrack auszugehen«, stellte er fest.

Die Antwort von Bord des U-Bootes blieb unverständlich. »Em … ionen – ultra … elle«, verstand er, was möglicherweise hieß, daß auf der OCTOPUS Emissionen im Ultrakurzwellenbereich aufgefangen wurden, der Rest verhallte in einem wahren Stakkato dumpfer, krachender Laute.

Sollte er umkehren? Weyers entschied sich dagegen. Falls das Wrack Ausgangspunkt der Emissionen war, wurde es erst recht interessant.

Das Schiff war nicht länger als dreißig Meter. Der überraschend flache Kiel und der zwangsläufig hoch angesetzte Schwerpunkt ließen auf schlechte Schwimmeigenschaften schließen. Es sei denn – aber diese Überlegung erschien dem Commander absurd –, es hätte sich ähnlich einem Luftkissenfahrzeug fortbewegt.

Zögernd tastete er über den verkrusteten Rumpf. Die Ablagerungen waren nicht so dick, wie er zunächst angenommen hatte, und die Muscheln ließen sich mit geringem Kraftaufwand abbrechen. Ein goldener Schimmer kam darunter zum Vorschein.

Eine heftige Berührung ließ Weyers zusammenzucken. Doch es war nur Ashley, der mit dem Brecheisen, das er aus dem Tauchboot mitgenommen hatte, weitere Verkrustungen abbrach. Unermüdlich stieß er zu.

»Es reicht!« brüllte Weyers.

Da Ashley nicht reagierte, fiel er ihm in die Arme. Für einen bangen Moment sah es so aus, als wolle der Mann sich gegen ihn wenden, aber dann ließ er das Brecheisen sinken. Ihre Helme berührten sich vorübergehend.

»Das ist Gold«, verstand der Commander.

»Machen Sie sich nicht lächerlich. Bestenfalls eine Goldlegierung –«

Ashley stieß ihn schroff zur Seite und bewegte sich weiter. Mehrmals hämmerte er das Brecheisen gegen den Rumpf, und wo die Verkrustungen abplatzten, zeigte sich tatsächlich der gewohnte helle Schimmer.

Der Techniker erreichte vor Weyers das riesige Leck. Spanten und Verstrebungen waren nach außen gebogen, teilweise geschmolzen und in bizarren Formen erstarrt. Kurzzeitig mußte die Temperatur mehrere tausend Grad betragen haben, die sich allerdings nur in eng begrenztem Umkreis ausgewirkt hatten.

Die Anthropologin hatte zweifellos recht, wenn sie von einer Explosion an Bord des Schiffes sprach. Aber nicht einfach nur ein Dampfkessel war hier explodiert.

Die Erkenntnis wog schwer, daß schon vor Jahrtausenden eine Zivilisation existiert hatte, die auf technischem Gebiet kaum weniger weit fortgeschritten gewesen war als die heutige Menschheit. Den unwiderlegbaren Beweis dafür sah der Commander vor sich. Sein Weltbild war gründlich ins Wanken geraten. Auf einmal erschienen ihm all die phantastischen Berichte über Prä-Astronautik, über Flugmaschinen zu biblischen Zeiten und womöglich sogar über atomare Explosionen gar nicht mehr so unglaublich.

Sein Ruf nach der Anthropologin verhallte unbeantwortet. Die Störgeräusche waren allgegenwärtig.

Ashley war inzwischen in dem aufgerissenen Rumpf verschwunden; dem Commander blieb keine andere Wahl, als ihm zu folgen.

Kahle, aufgerissene Räume erwarteten ihn; Wände, die wie dünnes Papier zerfetzt worden waren, ein Konglomerat ineinander verkeilter Platten und Verstrebungen, teilweise unlösbar miteinander verschmolzen. Weyers schreckte schlangenartige Fische in ihren Schlupfwinkeln auf, aber Reste ehemaliger Einrichtungsgegenstände suchte er vergebens. Auch von der Besatzung fand sich keine Spur; wahrscheinlich waren sogar ihre Knochen längst zu Staub zerfallen und vom Wasser aufgesogen worden.

Golden schimmerte nur die Außenhülle des Wracks, alle Trennwände und Zwischendecks bestanden aus einem nicht minder schwer definierbaren, grauen Material. Kein Wunder, daß Steven Ashley bald wieder im Sichtfeld des Commanders erschien – allerdings etliche Meter oberhalb der Öffnung, durch die er eingestiegen war, und beinahe schon auf dem Oberdeck. Er winkte, hob das Brecheisen und setzte es zwischen ineinander verkeilten goldfarbenen Platten an. Seine Absicht, wenigstens einige Bruchstücke mit an Bord der HYDRA II zu nehmen, war offensichtlich.

»Lassen Sie den Unsinn, Mann!« brüllte der Commander – ebenso vergeblich wie zuvor.

Über ihm lösten sich die ersten Wrackteile. Noch hingen sie fest, aber sie konnten jeden Moment endgültig abgleiten, und die Gefahr, von ihnen zerschmettert zu werden, war groß. Weyers zog sich endgültig aus dem geborstenen Rumpf zurück.

Erst aus der Distanz bemerkte er, daß dort, wo Ashley wie ein Berserker schuftete, das Wasser plötzlich von einem goldenen Flimmern erfüllt war. Der Partikelstrom ging von dem Kasten aus, den der Techniker soeben aufzuhebeln versuchte.

Ein einfacher Kasten – oder ein technisches, womöglich Energie erzeugendes Aggregat?

Das Flimmern verstärkte sich. Und dann flammten Elmsfeuer auf, elektrische Entladungen, die sich innerhalb weniger Sekunden verdichteten.

Gebannt starrte der Commander auf das Geschehen, das sich nicht einmal zwanzig Meter entfernt abspielte. Ashleys Brecheisen begann aufzuglühen, erst in düsterem Rot, gleich darauf fast Weiß, und innerhalb von Sekunden verging es in einem aufzuckenden grellen Blitz, der das Wasser im allernächsten Umkreis explosionsartig verdampfen ließ.

Wie eine Gliederpuppe wurde Ashley emporgehoben und davongewirbelt. Mehr konnte der Commander nicht erkennen, denn in dem Moment riß die Druckwelle ihn ebenfalls von den Füßen und warf ihn gegen die Felswand. Sein einziger Gedanke galt in dem Moment dem Panzeranzug. Ein Leck würde ihn wahrscheinlich schneller töten, als er zu begreifen imstande war.

Aber der Anzug hielt dem Aufprall stand. Weyers verlor lediglich vorübergehend jede Orientierung; Begriffe wie oben und unten verwischten in quälender Übelkeit, die ihn nur zögernd wieder freigab.

Auf allen vieren stemmte er sich hoch, krampfhaft das drängende Würgen unterdrückend, das brennend in seiner Kehle hochstieg. Er wußte, wenn er sich jetzt erbrach, würde er in dem engen Panzeranzug ersticken.

Irgendwo, ganz fern, redete eine Stimme zu ihm. »Antworten Sie, Commander! Was ist geschehen?«

Er zwang sich, ruhiger zu atmen und die Panik zu vergessen, die ihn erfüllte.

Ein Teil des Schiffswracks war über den Steilhang in die Tiefe gekippt. Und das abgebrochene Heck hing inzwischen so bedrohlich weit über dem Abgrund, daß es in Kürze wohl ebenfalls abrutschen würde.

Grelles Licht blendete den Commander. Die Tauchboote glitten über das Plateau heran, während die OCTOPUS unverändert ihre Position hielt.

»Antworten Sie, Commander!«

Die akustische Verbindung wurde wieder deutlicher. »Was ist mit Ashley?« stieß er keuchend hervor.

Ein Schatten senkte sich über ihn, noch ehe er den Arm vor die Sichtscheibe heben konnte, um die Blendung zu mindern.

Da war etwas Riesiges, Schwarzes, Bedrohliches ...

»Passen Sie auf, Commander!« hallte es aus dem Helmlautsprecher. Die Stimme zitterte.

Der Schatten über ihm entpuppte sich als wahres Monstrum, größer als die Tauchboote, denen er eine dichte Wolke entgegenschleuderte.

Ein Riesenkrake!

Es gab wohl keinen Seemann, der nicht irgendwann Schauergeschichten über solche Monstren aus der Tiefsee gehört hatte. Von sechs Meter großen Tieren wurde berichtet, deren Fangarme gut doppelt so lang und deren Saugnäpfe so groß wie Suppenteller gewesen sein sollten. Angeblich waren in den Mägen von Pottwalen abgebissene Fangarme gefunden worden.

Der Krake, der soeben zwei seiner mächtigen Fangarme auf den Felsvorsprung setzte, war noch größer. Weyers erstarrte zur Reglosigkeit. Eine andere Chance, dem sicheren Tod zu entrinnen, hatte er nicht.

»Versuchen Sie, eine günstige Schußposition einzunehmen!« hörte er Captain Drakes Stimme. »Aber gehen Sie um Himmels willen nicht näher ran!« Die Anweisung galt den Piloten der Tauchboote. Da es sich um militärische Entwicklungen handelte, war jedes mit zwei kleinkalibrigen Torpedos und gasgetriebenen Harpunen mit Sprengladung und besonderer Aufschlagszündung ausgerüstet. Bis zu einer Tiefe von knapp tausend Metern hatte es bei den Tests keine Probleme gegeben ...

Das Ende eines Tentakels wischte vor dem Commander vorbei und riß kopfgroße Gesteinsbrocken mit sich.

Im gleichen Moment vernahm Weyers im Helmtelefon einen gellenden Aufschrei.

Gedankenschnell stieß der Krake zu. Seine Fangarme peitschten über die Felsen, krachten gegen das Wrack und –

– schlangen sich um den Taucher, der vergeblich zu entkommen versuchte. Mit unwiderstehlicher Gewalt wurde er hochgewirbelt und verschwand hinter den riesigen Hautlappen des Kraken.

Der Schrei eines Menschen in höchster Todesangst brach gurgelnd ab. Majestätisch langsam glitt der Krake halb über das Wrack dem Abgrund entgegen.

Endlich überwand Weyers das Entsetzen, das ihm eben noch die Kehle zuschnürte. »Helft Ashley, verdammt!« brüllte er mit sich überschlagender Stimme. »Schießt die Harpunen ab!«

Er fragte nicht, wie es möglich war, daß der Techniker sowohl die seltsame Explosion als auch die nachfolgende Druckwelle überstanden hatte. Wahrscheinlich war er auf das Plateau geschleudert worden, bevor das Wrack abrutschte, und der Panzeranzug hatte ihm das Leben gerettet. – Bis jetzt, denn falls der Krake mit seiner Beute in der Tiefe verschwand, würde auch die Panzerung nicht mehr allzu lange dem weiter steigenden Druck standhalten. Dem Commander blieb keine andere Wahl, als den Waffeneinsatz zu befehlen.

Der Krake hatte inzwischen zwei seiner Fangarme im Inneren des Wracks versenkt, als wolle er sich vor der ungewohnten Helligkeit, die ihn wahrscheinlich irritierte oder gar aus der Tiefe emporgelockt hatte, in die Düsternis des aufgerissenen Schiffsrumpfes zurückziehen. Zwei andere Tentakel krochen suchend über die Felsen. Weyers erschauderte beim Anblick der riesigen Saugnäpfe.

War da für einen Moment ein riesiger Papageienschnabel sichtbar, so groß, daß er mühelos einen Menschen in Stücke reißen konnte? Irgendwo unter diesem riesigen Fleischberg steckte Ashley. Der Commander glaubte, den Techniker keuchen zu hören, war sich dessen aber nicht sicher. Zuviele Hintergrundgeräusche drangen aus dem Helmlautsprecher, und der eigene rasende Pulsschlag dröhnte überlaut in seinen Schläfen.

Eines der Tauchboote manövrierte inzwischen über den Abgrund hinaus. Vergeblich blinzelte Weyers in die blendende Helligkeit, er sah nicht mehr als einen stromlinienförmigen Schatten, der von seinem Standort aus vorübergehend die OCTOPUS verdeckte.

Die Bemühungen des Kraken, sich in das geborstene Wrack zurückzuziehen, verursachten heftige Erschütterungen. Geröll rutschte die Steinwand hinab und trommelte gegen den Schiffsrumpf, der sich zeitlupenhaft langsam weiter auf die Seite neigte und jeden Moment endgültig abrutschen konnte.

In dem Gewirr zuckender, sich windender Fangarme und fleischiger Hautlappen wurde sekundenlang Ashleys Panzeranzug sichtbar. Der Techniker schien sich mit beiden Armen gegen die tödliche Umschlingung zu stemmen, aber er hatte nicht die Spur einer Chance.

Wieviel Zeit war inzwischen vergangen? Kaum mehr als zwei Minuten.

»Warum schießt ihr nicht endlich?« stöhnte der Commander. Der Anblick, der sich ihm bot, war nichts für schwache Nerven. Ashley schwebte jetzt dicht unterhalb des gierig aufgerissenen Schnabels, der jeden Moment zupacken konnte.

»Schießt!« brüllte Weyers.

Eine Spur perlender Luftblasen entstand unvermittelt zwischen dem einen Tauchboot und dem Kraken. Sekundenbruchteile später zuckte zwischen den Tentakeln ein schwacher Glutball auf. Ein zweites Explosivgeschoß durchschlug einen der Hautlappen, zeigte ansonsten aber ebenfalls wenig Wirkung. Beide Harpunen waren nicht mehr als Nadelstiche gewesen, die das Tier reizten. Ruckartig richtete es sich auf, drei seiner Fangarme peitschten dem Boot entgegen, streiften es aber nur und versetzten es in eine unkontrollierte Drehbewegung.

»Verdammt!« schimpfte Malcolm Brunswick. »Das hätte nicht sein müssen.«

»Haben Sie geschossen?« wollte der Commander wissen.

»Ich hätte auf die Augen gezielt.«

Demnach war das querab manövrierende Boot die HYDRA I. Aber Brunswick hatte mit dem Versuch, in eine günstige Schußposition zu gelangen, zuviel Zeit verschenkt. In dem Moment, in dem er die erste Harpune auslöste, griff der Krake an.

Der Commander konnte nicht erkennen, ob das Explosivgeschoß getroffen hatte. Er sah nur, daß sein Copilot vergeblich versuchte, mit dem Boot unter den zupackenden Tentakeln hindurchzutauchen. Der Krake hatte sich von der Felswand abgestoßen und attackierte den vermeintlichen Beutefisch.

Ein Fangarm klatschte gegen das Heck der HYDRA I und wand sich um die Ruderflossen. Trotz voller Schubkraft kam das Boot nicht frei. Der Heckpropeller wühlte lediglich das Wasser auf, und nur der Manövrierpropeller im zylinderförmigen Aufbau drückte die HYDRA I nach unten weg. Aber nicht weit genug, denn schon klatschte ein weiterer Tentakel gegen den Rumpf.

Langsam näherte sich die OCTOPUS. Ihre Bugscheinwerfer begannen in Sekundenabständen zu blinken, mehr konnte Drake nicht tun, um die Aufmerksamkeit des Kraken abzulenken. Ein Torpedoschuß hätte das

Biest zwar vernichtet, aber dabei nicht nur die Männer in den Panzeranzügen, sondern auch beide Tauchboote ernsthaft gefährdet.

Das Wrack rutschte ab. Ausgerechnet in dem Moment, in dem die HYDRA II ihre stabile Schwimmlage wiedererlangte und erneut angriff. Gleichzeitig stieß der Krake eine Tintenwolke aus, die das halbe Plateau vernebelte.

Heftige Erschütterungen durchliefen den Fels. Abermals wurde Geröll losgerissen, und aufgewirbelter zäher Schlamm kroch über den Boden. Ein heftiger Schlag gegen die Schulter ließ den Commander taumeln. Im nächsten Moment brach da, wo er eben noch gestanden hatte, der Boden auf. Etliche Quadratmeter Fels und Geröll sackten in die Tiefe weg.

James Weyers hatte ein Gefühl, als habe ihm jemand zum zweitenmal die Füße unter dem Leib weggezogen. Nicht nur das Heck des goldschimmernden Wracks war verschwunden – das wäre, wenngleich eine bedauerlicher Verlust, das geringste Übel gewesen. Aber daß der Riesenkrake sich mit seiner Beute in die lichtlose Tiefe zurückgezogen hatte, war ein schwerer Schlag.

»Ashley!« rief er verzweifelt. »Brunswick!«

»Wir müssen mit dem Schlimmsten rechnen, Commander«, meldete sich Sergeant Lauren. »Kraken dieser Größenordnung leben im allgemeinen in tausend Metern Tiefe. Für das Tauchboot kein Problem, aber Brunswicks Panzeranzug –«

»Nehmen Sie mich an Bord, Sergeant! Wir müssen nach unten, koste es, was es wolle. – Wie ist das, OCTOPUS, habt ihr mitgehört?«

»Natürlich«, meldete sich der Captain. »Die Verständigung klappt wieder weitgehend störungsfrei. Viel Glück, Commander, Sie werden es brauchen.«

»Nicht wir«, bemerkte Weyers, »sondern die anderen.«

»Wir schaffen es nicht!« stieß Malcolm Brunswick noch hervor, dann klatschte der Fangarm des Riesenkraken gegen das Heck der HYDRA I und hielt das Tauchboot mit unwiderstehlicher Gewalt fest. Der plötzliche Ruck katapultierte den Copiloten in seinem Sitz nach vorne. Er stieß ein dumpfes Gurgeln aus, als er mit dem Gesicht in die Instrumentenkonsole krachte.

Auch Gudrun wurde nach vorne geschleudert, aber da sie nicht mit Schaltungen befaßt war, konnte sie sich einigermaßen gut abfangen. Dennoch dröhnte ihr Schädel wie eine angeschlagene Glocke. Tief atmete sie durch und begann ihre Schläfen zu massieren.

Das Dröhnen blieb. Doch es entstand nicht hinter ihrer Stirn. Vielmehr arbeitete der Antrieb des Tauchbootes auf Vollast. Beide Propeller liefen mit Höchstlast.

Gudrun warf einen raschen Blick nach rechts. Der Copilot hing reglos über der schwenkbaren Konsole. Sie konnte nicht erkennen, ob er tot war oder lediglich die Besinnung verloren hatte. Blut sickerte aus einer Platzwunde an seiner Schläfe, rann über die schräge Konsole und tropfte zu Boden.

»Mr. Brunswick!« Er regte sich nicht. Dafür registrierte die Anthropologin aus den Augenwinkeln heraus eine Bewegung jenseits der beiden Bullaugen auf ihrer Seite. Riesige Saugnäpfe, so groß wie die Panzerglasscheiben selbst, senkten sich auf die Fenster.

Unwillkürlich versteifte Gudrun sich. Hart hämmerte ihr Herz gegen die Rippen. Doch das befürchtete Geräusch reißenden Stahls blieb aus; die Umschlingung des Kraken konnte dem Tauchboot zumindest vorerst nichts anhaben.

Entschlossen zog sie den Fahrthebel zurück. Augenblicklich erstarb das Dröhnen, das den Druckkörper in anwachsende Schwingungen versetzt hatte.

Gudrun schlug auf den Knopf der Unterwasser-Kommunikation. »Hört mich jemand?«

Nichts. Das Gerät war tot. Vielleicht hatte sich auch nur der Frequenzwähler verstellt. Aber den möglichen Fehler zu beheben, war sie ohne Anleitung nicht in der Lage. Außerdem begann Brunswick verhalten zu stöhnen.

Ein Stein der Erleichterung fiel ihr vom Herzen. »Der Krake hat uns erwischt«, sagte sie.

Brunswick antwortete nicht. Nur sein Stöhnen hielt an. Er versuchte sich aufzurichten, kippte aber schlaff auf die Konsole zurück.

In dem Moment, in dem die Anthropologin sich von ihrem Sitz schwang, um dem Verletzten zu helfen, wurde das Tauchboot erneut herumgewirbelt. Für Sekundenbruchteile schien die Welt kopf zu stehen, danach verharrte die HYDRA mit schwerer Schlagseite. Gudrun reagierte schnell genug, um einen zweiten, diesmal sicherlich schmerzhafteren Sturz zu vermeiden, und umklammerte mit beiden Händen die Sitzlehne und die Instrumentenkonsole. Doch Brunswick kippte ihr in den Rücken und rutschte langsam zu Boden. Irgendwie schaffte sie es sogar, sich umzuwenden und ihn festzuhalten. Seine Wunde sah schlimm aus. Stirn und Schläfe waren aufgeschürft, die linke Augenbraue halb abgerissen, und vermutlich würde sich in Kürze ein riesiger Bluterguß ausbreiten – falls sie dann noch unter den Lebenden weilten.

Gudrun schrak unwillkürlich zusammen. Vor den linken Bullaugen klebten immer noch die mächtigen Saugnäpfe, aber die beiden rechten Fenster, die jetzt schräg nach oben wiesen, wurden nicht verdeckt. Eben noch hatte sich hinter ihnen die gleißende Helligkeit der Scheinwerfer abgezeichnet, jetzt war da nur noch finstere, undurchdringliche Schwärze.

Aber schimmerte da nicht, unendlich weit entfernt, ein fahler Fleck verwaschener Helligkeit?

Siedendheiß durchfuhr es die Anthropologin. Hundert, vielleicht schon zweihundert Meter über ihr stand die OCTOPUS. Der Krake hatte mit seiner Beute den Rückzug in eine Tiefe angetreten, in die das U-Boot nicht folgen konnte.

Ein fürchterlich großer Kloß drückte plötzlich auf ihre Kehle. Sie rang nach Luft und zwang sich zugleich zur Besonnenheit. Niemandem war geholfen, wenn sie dem Gefühl aufwallender Panik nachgab, am allerwenigsten ihr selbst. Zumindest im Moment drohte keine unmittelbare Gefahr, denn die zulässige Tauchtiefe der HYDRA war ein Mehrfaches größer als die Tiefe des Meeresbodens im Bereich der Felswand. Aber irgendwann würden die schnabelartig ausgebildeten kräftigen Kiefer des Kraken die Bullaugen aufbrechen oder das Schleusenschott eindrücken.

Ein schrilles Warnsignal schreckte sie aus ihren Überlegungen auf. Die Navigationselektronik der HYDRA wurde durch die rapiden Lageveränderungen überfordert. In Sekundenabständen wiederholte sich der Pfeifton.

»Wir müssen – schießen! Die Torpedos ...« Vergeblich tastete Brunswick nach den Kontrollen. Er zitterte, verdrehte die Augen, bis fast nur noch das Weiße in ihnen zu sehen war, und sackte seufzend wieder in sich zusammen. Erst jetzt begriff Gudrun, daß der kräftige Bluterguß auf seiner Stirn wohl nur äußeres Anzeichen einer schweren Gehirnerschütterung war. Brunswick starrte durch sie hindurch, ohne sie bewußt wahrzunehmen.

An alles hatten die Militärs bei der Entwicklung der Tauchboote gedacht, nur nicht daran, die Insassen vor möglichen heftigen Erschütterungen zu schützen. Wahrscheinlich hatte ein kompetenter und ›tiefsee-erfahrener‹ Minister oder Staatssekretär im Zuge notwendiger Etatkürzungen die hundert Pfund für Gurte rigoros gestrichen, zumal man davon ausgehen mußte, daß im Falle feindlicher Waffeneinwirkung oder auch nur einer Materialermüdung Gurte niemandem mehr helfen würden.

Draußen, in der Druckschleuse, gab es Halteseile. Die Panzeranzüge waren mit einer Reihe widerstandsfähiger Riemen befestigt. Ohne länger darüber nachzudenken, ließ Gudrun den Copiloten halb über seinen Sitz gleiten und schlug auf den Öffnungsmechanismus für das Innenschott. Leise summend öffnete sich ein Spalt in der Kugelhülle, gerade breit genug, sie hindurchzulassen.

Wasser schwappte ihr entgegen, und für einen bangen Augenblick stockte ihr Herzschlag, aber die Schleuse hielt nach wie vor dicht. Das Wasser war vermutlich eingedrungen, als der Commander die HYDRA verlassen hatte.

Mit einigen blitzschnellen Handgriffen hakte Gudrun die Riemen aus. Das alles war eine Sache weniger Sekunden, und die Furcht vor einer neuen abrupten Lageveränderung mahnte sie zur Eile.

»Torpedos –«, wurde sie von Brunswick empfangen. »Wir müssen – den Kraken – töten!«

»Und uns gleich mit?«

Er starrte sie an. Verständnislos. Durchdringend. Aber dann darauf wurde sein Blick wieder unstet und sprang flatterhaft hin und her.

»Wie fühlen Sie sich?« Gudrun mußte die Frage wiederholen, ehe der Copilot reagierte.

»Beschissen«, lautete seine Antwort. Gleich darauf erbrach er sich und lehnte sich keuchend zurück. So gut es ging, schlang sie die Riemen um seinen Oberkörper und die Beine und band ihn fest. Er reagierte kaum darauf. Der Tiefenmesser zeigte mittlerweile zweitausendsiebenhundert Fuß. Gudrun kletterte zurück auf den Pilotensitz und schlang sich ebenfalls einen Riemen um den Leib. Sie studierte das Kontrollpult. Die Funktionen einiger Schalter, Hebel und Druckknöpfe waren ihr von den Instruktionen vor Tauchbeginn im Gedächtnis geblieben, aber vieles war ihr ebenso fremd, und von der Funktionsweise der Waffenkontrollen hatte sie keine Ahnung.

Die Fahrthebel ... die Steuerung der Propeller, Seiten- und Tiefenruder ... Nichts davon brachte sie weiter.

Erneut durchlief ein heftiger Ruck das Tauchboot. Täuschte sie sich, oder zeichnete sich hinter den Bullaugen an Steuerbord tatsächlich eine kahle Felswand ab? Das Streulicht der immer noch aktivierten Scheinwerfer zeichnete schwache Schatten in die bis eben konturlose Schwärze.

Entschlossen schaltete Gudrun die Außenbeleuchtung ab. Warum hatte sie nicht eher daran gedacht? Schließlich bestand die Möglichkeit, daß der Krake das Boot nur des hellen Lichtscheins wegen als willkommene Beute ansah. Als Bewohner der Tiefsee war er der Dunkelheit angepaßt, und alles Leuchtende in seinem Lebensraum eignete sich als Nahrung.

Dreitausend Fuß waren inzwischen überschritten.

»Komm schon, du Biest«, schnaufte Gudrun, »laß endlich los!« Obwohl die Temperaturanzeige konstant bei vierzehn Grad stand, fror und schwitzte sie abwechselnd. Und das Atmen fiel ihr schwer. Die ungewohnte Luftzusammensetzung mochte daran schuld sein. Oder die Furcht vor dem Ungewissen. Gudrun ertappte sich dabei, daß sie mehr nach draußen starrte als auf die Konsole. Ob ihr das andere Boot gefolgt war? Oder hatten Lauren und Pierre ihre Spur in der endlosen Weite verloren?

Noch einmal hantierte sie mit dem Unterwasser-Telefon. »Hier ist die HYDRA I. Ich rufe alle, die mich hören können. Wo steckt ihr, verdammt? Holt uns hier raus!«

Niemand antwortete ihr.

Die Anzeige des Tiefenmessers bewegte sich nicht mehr so schnell wie eben noch. Hatte der Krake seine gewohnte Umgebung erreicht?

Endlich fand Gudrun die Schaltelemente für Torpedos und Harpunen. Sie waren im Rand der Konsole verborgen und ließen sich herausklappen. Die Aktivierung erfolgte danach selbsttätig.

Einer rascher Blick zur Seite verriet ihr, daß der Copilot immer noch oder schon wieder ohne Besinnung war. Von ihm hatte sie keine Hilfe zu erwarten.

Ein kleiner Monitor, nicht größer als zwölf Zentimeter in der Diagonale, zeigte verschwommene Konturen. Zwei eingespiegelte Fadenkreuze verrieten, daß es sich um die Zielerfassung handelte. Ob es sich dabei um ein Sonarecho handelte oder um ein Ultraschallbild, interessierte Gudrun herzlich wenig.

Mit Sensortasten konnten die einzelnen Waffen abgefeuert werden – zwei Torpedos und insgesamt noch neun Harpunen, und alle zeigten Grünwerte. »Ich krieg dich, du Biest!« stieß Gudrun hervor. »Verlaß dich darauf!«

Die HYDRA II folgte dem Schwesterschiff, kaum daß sich die Mannschleuse hinter dem Commander geschlossen hatte. Mit Vollast jagte Sergeant Lauren das Tauchboot in die Tiefe.

Minuten vergingen, bis Weyers den Panzeranzug abgelegt hatte und in der Druckkugel erschien. »Wie sieht es aus?« wollte er wissen, während er sich auf den Sitz des Copiloten zwängte.

»Sie sind verschwunden«, antwortete der Sergeant. »Mag sein, daß der Krake die Weite der offenen See sucht.«

»Was ist dann?« fragte Pierre Leroy, der sich vergeblich bemühte, in der Tiefe mehr als nur wogende Düsternis zu erkennen. Die Scheinwerfer der HYDRA II huschten über kahlen Fels und schreckten lediglich kleinere Fischschwärme auf.

»Dann werden wir weder Ashley noch das andere Boot je wieder zu Gesicht bekommen.«

Pierre schwieg betreten. Vermutlich hatte alles so kommen müssen. Sie hatten die Schwierigkeiten unterschätzt und geglaubt, die Suche nach Atlantis müsse zum Spaziergang geraten. Die Quittung für eine derartige Borniertheit wurde ihnen nun präsentiert.

»Wie tief sind wir?«

»Achthundert Meter«, antwortete Lauren. »Ist das wichtig?«

Nein, verdammt, das war es nicht. Leroy ballte die Hände zu Fäusten, bis die Nägel schmerzhaft ins Fleisch einschnitten. Was sollte er den anderen sagen, vor allem Tom Ericson, wie Gudrun gestorben war? Er begriff es ja selbst nicht einmal.

Das Tauchboot hatte sich der Felswand bis auf fünfzig Meter genähert und drehte wieder ab. Lauren steuerte es in einer weiten Spiralbahn in die Tiefe.

War da nicht ein schwacher Lichtschein weit voraus?

»Die Scheinwerfer aus!« brüllte Pierre mit sich überschlagender Stimme. »Schnell!«

Aber die vermeintliche Helligkeit irgendwo dort unten, vielleicht hundert Meter entfernt, war verschwunden.

»Da ist nichts«, sagte Pierre bitter. »Ich habe mich getäuscht.« Es fiel schwer, die eigene Hilflosigkeit einzugestehen. Pierre spürte, daß seine Stimme zitterte. Tränen standen in seinen Augenwinkeln.

»Wir werden weitersuchen, bis wir Gewißheit haben«, sagte der Commander.

Gewißheit! Ein hochtrabendes Wort unter den gegebenen Umständen.

Die Scheinwerfer des Bootes stachen wieder hinaus in die ewige Finsternis, ein flammendes Fanal, daß der Mensch sich anschickte, die letzten Geheimnisse seiner Welt zu ergründen. Irgendwann in einigen Stunden würde der Commander den Befehl zur Rückkehr geben. – Aber die Jagd nach Atlantis würde weitergehen. Was zählte schon ein Menschenleben, verglichen mit den Ungeheuerlichkeiten, die ihrer Entdeckung harrten?

Hieß es nicht, daß die Zeit Wunden heilt ...?

Gudrun Heber vermochte später nicht zu sagen, wie lange sie gewartet hatte, bis der Schatten auf dem kleinen Bildschirm der Zielerfassung sich zu verändern begann. Wahrscheinlich waren es nur Sekunden gewesen, kaum mehr als eine Minute, aber ihr erschien es hinterher, als hätte die Welt den Atem angehalten.

Verschwommene Konturen bildeten sich, sackförmig, dem Kopf eines Tintenfisches nicht unähnlich, und die beiden buckelförmigen Erhebungen an der höchsten Stelle konnten nur die Augen sein.

Das rechte Fadenkreuz auf dem Bildschirm gehörte zur Zielerfassung für die Harpune. Es lag im oberen Drittel des pulsierenden Kopfes. Entschlossen drückte Gudrun auf eine der grün schimmernden Tasten. Das Zischen hochkomprimierter Preßluft erklang so unerwartet, daß sie jäh zusammenzuckte, und auf der Konsole schimmerte der Tastenblock vorübergehend rot.

Einen Moment lang schwebte ihre Hand über den beiden Knöpfen, die den Torpedoabschuß einleiteten, aber dann blinkte ihr wieder das vertraute Grün entgegen, und sie aktivierte das zweite Harpunengeschoß.

Beide Explosivladungen trafen. Die Reaktion des Kraken war abzusehen gewesen, dennoch schrie Gudrun gellend auf, als das Tauchboot mit ungestümer Wucht herumgewirbelt wurde. Ihre Hände verkrampften sich um die Sitzfläche, und sie war dankbar, daß sie sich wenigstens mit einem der Riemen angeschnallt hatte. Das Gefühl, in einer Zentrifuge zu sitzen, wurde übermächtig. Der Krake tobte, er schoß in die Höhe, wirbelte seine Beute herum, ohne sie jedoch freizugeben, und ließ sich schließlich sanft treiben.

Keuchend versuchte Gudrun zu begreifen, weshalb sie noch lebte. Es fiel ihr schwer, die Arme zu heben, geschweige denn den Kopf zu drehen.

Brunswick war endlich wieder zu sich gekommen.

»Was – ist geschehen?«

»Ich habe dem Vieh gezeigt, daß wir schwer verdaulich sind.«

»Nehmen Sie – um Himmels willen – nicht die Torpedos!« Gudrun nickte stumm. Da war eine Bewegung, hinter Brunswick, am Bullauge.

Der Krake starrte zu ihnen herein. Dicht preßte er sein rot glühendes Sehorgan an die Scheibe. Es war größer als die Öffnung im Rumpf der HYDRA.

»Mein Gott!« stammelte Brunswick, der ebenfalls aufmerksam geworden war.

Ein eisiger Schauder lief der Anthropologin über den Rücken. War es Zufall, daß der Krake durch das Bullauge starrte, oder wußte er genau, daß sein Gegner nicht das Boot war, sondern die Menschen im Inneren der stählernen Hülle?

Unwillkürlich keuchte Gudrun und vergrub für einen Moment das Gesicht in den Handflächen, und als sie wieder aufsah, war das glühende Auge vor dem Fenster wie ein böser Spuk verschwunden.

»Was ... ist los?« fragte Brunswick stockend. Anscheinend ging es ihm endlich besser, wenngleich das geronnene Blut und seine anhaltende wächserne Blässe ihn schrecklich entstellten.

»Alles in Ordnung«, antwortete Gudrun automatisch – und wurde sich einen Moment später der Unsinnigkeit der Bemerkung bewußt. »Zumindest leben wir noch«, fügte sie hinzu und zwang sich zu einem Lächeln. Es mißlang ihr gründlich.

Sie wandte sich wieder dem Bullauge zu und aktivierte die Scheinwerfer. Das Streulicht offenbarte graugrüne, pockennarbige Hautlappen außerhalb des Bullauges.

Der Tiefenmesser verharrte konstant auf dem angezeigten Wert. Trotzdem bewegte sich das Boot.

Überrascht legte Gudrun die Stirn in Falten. »Wohin schleppt er uns?« murmelte sie. »In seine Höhle?«

Auf dem Reliefbildschirm zeichneten sich deutlichere Konturen ab. Zweifellos verrieten sie den Eingang zu einer Höhle. Zweimal erschien auch wieder der Kopf des Kraken als schattenhafter Umriß, aber beide Male reagierte Gudrun zu langsam.

Den Größenverhältnissen nach zu urteilen, war der senkrechte Spalt in der Felswand knapp zwanzig Meter hoch und halb so breit. In die Tiefe schien er sich sogar zu verjüngen.

Ein unheilvolles Dröhnen erfüllte die Druckkugel, als das Tauchboot über rauhen Fels schrammte, danach öffnete sich der keilförmige Spalt zu einer größeren Höhle.

Gudrun konnte einen überraschten Ausruf nicht zurückhalten. Nicht die Höhle als solche verblüffte sie, sondern die Tatsache, daß die Wände keineswegs aus rauhem, von Pflanzen überwucherten Lavagestein bestanden. Glatte, metallisch reflektierende Platten bedeckten die Wände und vermutlich auch den Boden.

»Wo sind wir?« fragte Brunswick verstört.

Gudrun starrte unverwandt an ihm vorbei nach draußen. Zumindest für den Augenblick vergaß sie die Gefahr, in der sie immer noch schwebten.

Erst als der Copilot seine Frage wiederholte, antwortete sie.

»Atlantis, Mr. Brunswick! Was Sie sehen, ist Atlantis!«

Sie war sich klar darüber, daß das nicht stimmte. Atlantis war ein Inselreich gewesen, ein Kontinent, und sie befanden sich bestenfalls in einem kleinen, unbedeutenden Bauwerk, das vor Tausenden von Jahren an der Erdoberfläche gelegen hatte – aber was sollte sie sonst sagen?

Der Beweis war wichtig. Zwölfhundert Meter unter dem Meeresspiegel, südwestlich der Azoren, warteten versunkene Relikte einer frühen Kultur auf ihre Entdeckung.

Gehörte die Halle zu der atlantischen Station, in die Tom durch das Transmittertor verschlagen worden war? Wohl kaum, denn die Station war mit Sicherheit zerstört worden.

Der Krake schleppte das Tauchboot tiefer in die Höhle hinein. Er bewegte sich nicht mehr schwimmend vorwärts, sondern kroch auf seinen Fangarmen über den Boden. Mehrmals krachte die HYDRA gegen herumliegende große Felsbrocken oder die monströs anmutenden Kalkskelette anderer Tiefseebewohner.

»Übergeben Sie mir die Waffenkontrollen!« forderte der Copilot. »Sie brauchen die Konsole nur einzuklappen –«

Er hatte noch nicht zu Ende gesprochen, da feuerte Gudrun das nächste Harpunengeschoß ab. Für den Bruchteil eines Augenblicks war der Kopf des Kraken im Fadenkreuz erschienen.

Die Detonation erfolgte höchstens einige Handbreit unterhalb des einen Auges.

Im nächsten Moment krachte das Tauchboot auf den Boden und wallten schwarze Tintenschleier vor den Bullaugen. Nur auf dem Monitor war zu erkennen, daß der Krake mit angelegten Fangarmen durch die Halle schoß.

»Ich übernehme die Steuerung!«

Immer noch schien jede hastige Bewegung dem Copiloten Schmerzen zu bereiten. Trotzdem schaffte er es, innerhalb von Sekunden die Propeller anlaufen zu lassen. Leise summend hob die HYDRA ab und drehte.

»Mehr nach rechts!« kommandierte Gudrun. »Dann kann ich das Biest mit den Torpedos erwischen.«

»Die Detonation wird alles einstürzen lassen«, warnte Brunswick.

»Sind Sie sicher?«

»Weiß ich, wie dick die Wände sind?«

Gudrun schüttelte stumm den Kopf.

Knapp hundert Meter entfernt verharrte der Krake wie eine aufgeblähte Glocke. Gudrun hatte das unbestimmte Gefühl, das er die HYDRA beobachtete. Eine Beute, die sich derart schmerzhaft zur Wehr setzte, war für das Tier möglicherweise eine neue Erfahrung.

Langsam setzte Brunswick das Tauchboot zurück.

»Mehr nach rechts!« forderte Gudrun.

»Wenn Sie auf den Knopf drücken, möchte ich nahe am Ausgang sein«, erwiderte er.

Zögernd wanderte das verschwommene Abbild des Kraken ins linke Fadenkreuz.

Das Boot glitt zwischen die Felswände.

»Jetzt!« sagte Brunswick.

Gudrun Heber drückte den Feuerknopf tief in seine Fassung.

Sie sah noch das grelle Aufflammen hinter den Bullaugen, dann folgte ein dumpfes, nicht allzu lautes Grollen, und eine heftige Flutwelle drückte das Boot vollends nach draußen.

»Ashley!« raste es ihr siedendheiß durch den Sinn, und sie schrie den Namen laut heraus.

Flüchtig streiften die Scheinwerfer der HYDRA die Steilwand, danach verloren sie sich in der Weite der Tiefsee. Verbissen versuchte Brunswick, die Überschlagsbewegung des Tauchbootes abzufangen.

»Ich habe Ashley umgebracht«, stammelte die Anthropologin.

»Das haben Sie nicht. Die Panzeranzüge sind für eine Tiefe von maximal fünfhundert Meter konstruiert. Spätestens bei achthundert Metern werden sie wie leere Konservendosen zusammengepreßt.«

Um Gudruns Mundwinkel zuckte es verhalten. »Ist das wahr?« wollte sie wissen. Die ungeheure Anspannung der letzten Minuten entlud sich in quälenden Selbstvorwürfen.

»Warum sollte ich Sie anlügen?« erwiderte Brunswick. »Wir haben es geschafft, Miß! Nur daran sollten Sie denken.«

Was er sagte, klang einleuchtend.

»Danke«, murmelte Gudrun, und schon wesentlich fester fügte sie hinzu: »Sehen wir nach, was die Explosion übriggelassen hat!«

In dem Moment fiel ein greller Lichtstrahl durch die Bullaugen an Backbord. Die HYDRA II hatte aufgeschlossen.

Die Kommunikation zwischen beiden Tauchbooten war nach wie vor gestört. Brunswick, dessen linke Gesichtshälfte inzwischen gräßlich verschwollen war, machte einen technischen Defekt dafür verantwortlich. Ein Beheben des Fehlers würde aber erst im Hangar der OCTOPUS möglich sein.

Trotzdem folgte die HYDRA II in respektvollem Abstand durch die Felsspalte.

Die Sprengladung des Torpedos hatte sich verheerend ausgewirkt. Im hinteren Bereich der Halle war die Wand halb in sich zusammengestürzt; quadratmetergroße Mauerbrocken lagen ringsum verstreut, und dazwischen die Überreste des Kraken. Gudrun entdeckte einen der riesigen, nahezu mannstarken Tentakel, und sie spürte noch nachträglich eisige Schauder. Von einem Panzeranzug war hingegen nichts zu sehen.

Hinter der Halle begann ein zweiter, größerer Raum. Der Durchbruch war groß genug, daß die Tauchboote passieren konnten.

Brunswick sah die grimmige Entschlossenheit in Gudruns Gesicht. »Sie wollen es wissen?« fragte er leise.

»Ja«, erwiderte sie. »Ich habe die Absicht, mitzunehmen, was ich kriegen kann.«

»Schätze?« Er starrte sie verblüfft an. »Glauben Sie, daß es hier unten Gold und Silber gibt?«

Sie schüttelte den Kopf. »Ich rede von wissenschaftlichen Erkenntnissen, von Techniken, die wir nicht mehr beherrschen ...«

Mit ausreichendem Abstand nach allen Seiten glitt das Boot durch die Maueröffnung. Fünfzig Meter und mehr mochte der angrenzende Raum messen. Was die Anthropologin im Scheinwerferlicht durch die Bullaugen sah, war immer nur Stückwerk, aber daraus formte sich das Bild einer Halle mit umlaufenden Galerien und breiten

Treppen. »Die Außentemperatur ist beinahe sprunghaft angestiegen«, bemerkte der Copilot überrascht. »Falls die Instrumente nicht verrückt spielen, haben wir siebzehn Grad Wassertemperatur.«

»Langsam aufsteigen!« kommandierte die Anthropologin. Auf Anhieb wußte sie ebenfalls keine plausibel klingende Erklärung für die ungewöhnliche Wärme. Vielleicht hatten sich in der Tiefe Magmablasen gebildet ...

Der Manövrierpropeller im Turm des Bootes begann hell zu summen.

»Über uns ist Luft!« stieß Brunswick überrascht hervor. Nach dem Prinzip der miteinander verbundenen Röhren hätte die Halle bis unter die Decke geflutet sein müssen. Daß dies nicht der Fall war, bedeutete eigentlich nur, daß ein Rest von Atmosphäre unter enorm hohem Druck zusammengepreßt worden war und nirgendwo entweichen konnte.

»Ich behaupte, daß dieser Raum erst unter Wasser gesetzt wurde, als die Wand einstürzte«, sagte Gudrun. Den überraschten Blick des Copiloten ignorierte sie. Und sein Gesicht wurde noch ein ganzes Stück länger, als er endlich die Meßwerte der in der Außenhülle untergebrachten Sensoren ablas. Der Luftdruck war nur wenig höher als normal.

»Manövrieren Sie das Boot nach Backbord, zu der Rampe hinüber! Ich will aussteigen.«

Brunswick unternahm nicht einmal den Versuch, sie daran zu hindern. Er wußte, daß er es nicht geschafft hätte, sie zurückzuhalten. Außerdem war er selbst begierig darauf, diesem unglaubliche Rätsel auf den Grund zu gehen.

Die Besatzung der HYDRA II verfolgte das Manöver offenbar mit größter Aufmerksamkeit. Endlich erschien Leroys Gesicht hinter einem der Fenster, und er winkte aufgeregt. Aber die Anthropologin war da bereits aus der Druckkugel in die Mannschleuse übergewechselt und stieg in einen der beiden verbliebenen Panzeranzüge.

Sekundenlang hielt Brunswick den Atem an. Heftige Kopfschmerzen zwangen ihn, sich zurückzulehnen. Das rote Blinklicht auf seiner Konsole bedeutete, daß die Schleuse offenstand. Die Frau spielte mit ihrem Leben.

Aber dann erschien sie außen am Bullauge und winkte triumphierend.

Gudrun brauchte nicht lange zu warten, bis auch Pierre und der Commander neben ihr auftauchten. In ihren schweren Anzügen wirkten die beiden wie Wesen aus einer anderen Welt.

»Willkommen in Atlantis!« sagte die Anthropologin.

Der Commander schüttelte den Kopf, zumindest sah es durch die schmale Sichtscheibe so aus, dann hob er den Arm und klopfte sich seitlich an den Helm.

»Okay«, murmelte Gudrun. »Wenn wir uns schon nicht verständigen können, sollten wir uns wenigstens ausgiebig umsehen. Irgendwann müssen wir leider wieder nach oben.« Schwerfällig stieg sie die letzten Stufen aus dem Wasser, und mit jedem Schritt wurde der Anzug schwerer. Sie begann zu begreifen, daß sie mit dem Ding keine hundert Meter weit in die versunkene Anlage eindringen konnte. Zumindest nicht auf dem Trockenen. Für einen Moment spielte sie mit dem Gedanken, den Helm einfach abzunehmen und darauf zu hoffen, daß die Luft atembar war. Ein heftiger Stoß von hinten ließ sie taumeln. Weyers drückte sie gegen die Wand, und bevor sie begriff, was er vorhatte, krachte sein Helm auf ihren.

»Wohin wollen Sie?« vernahm sie dumpf, aber immerhin verständlich.

»Keine Ahnung!« Sie schrie fast, damit der Commander sie ebenfalls verstehen konnte.

In dem Moment quetschte Pierre sich zwischen die beiden. »Gibt es in dieser Zwangsjacke kein Funkgerät?« wollte er wissen.

»Nein«, hörten sie den Commander noch sagen, bevor er zurückwich und drei Stufen hinauftorkelte. Was dann geschah, konnte keiner verhindern – Weyers faßte an seinen Helm und drehte ihn ruckartig und gerade so weit zur Seite, wie es nötig war, um den Verschlußmechanismus zu lösen. Eine Handbreit hob er den Helm hoch und hielt inne, als bereue er seinen Entschluß, aber danach wuchtete er ihn ganz nach oben.

Prüfend sog er die Luft in seine Lungen. Mehrere kräftige Atemzüge folgten, schließlich nickte er zufrieden und begann, sich gänzlich des Panzeranzugs zu entledigen. Pierre und Gudrun zögerten nicht länger und folgten seinem Beispiel. Die Luft schmeckte schal, um nicht zu sagen verbraucht. Doch sie war atembar.

»Sie hätten sterben können, Commander«, schimpfte Gudrun.

»Wieso?« Er lachte, und die Erleichterung in seiner Stimme war unüberhörbar. »Daß der Luftdruck annähernd normal ist, hatten wir angemessen. Und falls ich wirklich nach einigen Atemzügen umgekippt wäre, hätten Sie oder Mr. Leroy mir den Helm wieder aufgesetzt. Außerdem: Warum sollte ich nicht ein kleines Risiko auf mich nehmen?« Er vollführte eine umfassende Handbewegung. »Wußten Sie das alles, oder haben Sie geahnt, was wir vorfinden würden?«

»Wir haben es zumindest gehofft«, antwortete Gudrun.

»Was haben Sie nun vor?«

»Genau das tun, weswegen wir hier sind: Wir werden uns umsehen.«

»Atlantis«, murmelte der Commander. »Ein Menschheitstraum wird wahr.«

»Mag sein, daß es so ist«, schränkte Leroy ein. »Manchmal können Träume aber auch zu Alpträumen werden. Und genau davor sollten wir uns hüten.«

Nur wenige Stufen lagen noch zwischen ihnen und einer der umlaufenden Galerien. Die Scheinwerfer der Tauchboote erhellten das Wasser und die Halle gleichermaßen.

»Imposant«, sagte der Commander. »Aber wenn ich ehrlich sein soll, ich habe mir Atlantis – oder das, was davon noch übrig ist – anders vorgestellt. Ich habe Tempel erwartet, mit Säulen und den Standbildern von Göttern, vielleicht sogar pyramidenförmige Bauwerke wie die im Bermuda-Dreieck.«

»Hier fehlt lediglich das Inventar«, bemerkte Leroy.

»Ein paar Maschinen, Flaschenzüge und Förderbänder«, führte der Commander den Gedanken fort. »Wenn ich mich so umsehe, möchte ich behaupten, wir stehen in einer Montagehalle. Hier wurden sperrige Dinge gebaut, zusammengeschweißt, geschraubt, oder was weiß ich.«

»Sie hätten Archäologe werden sollen, Commander«, sagte Gudrun.

»Weshalb?«

»Sie haben Phantasie.«

Ein Wanddurchbruch auf der anderen Seite der Galerie wirkte wie eine stumme Aufforderung. Hatten sie allerdings erwartet, daß sie ohne Handlampen nicht allzu weit vorstoßen konnten, so sahen sie sich schon nach wenigen Metern eines besseren belehrt. Leuchtende Pflanzenfäden wucherten in dichten Vorhängen von der Decke herab; ihr fahler Schimmer reichte aus, sich zurechtzufinden.

Verfallenes Gemäuer wechselte ab mit bearbeitetem

Fels. Manche Wände erweckten den Anschein, als wären sie früher verkleidet gewesen.

Vor einer der vielen Mauern, vielleicht einen halben Kilometer von dem Raum entfernt, in dem die Tauchboote warteten, blieb Pierre unvermittelt stehen. Mit den Fingern fuhr er einige tiefe Rillen im Gestein nach. »Was immer hier befestigt war, wurde gewaltsam herausgebrochen.«

»Still!« Gudrun zuckte jäh zusammen.

»Was –?«

Eine heftige Handbewegung schnitt Leroy das Wort ab. Die Anthropologin lauschte mit schräggehaltenem Kopf.

»Hier ist nichts und niemand außer uns«, erklärte Pierre grinsend.

»Ein kaum wahrnehmbarer Schrei ...«

»Wer sollte in diesen Ruinen noch leben?« Gudruns wütender Blick war eine stumme Zurechtweisung und erinnerte Pierre an Toms Begegnung mit dem Atlanter.

Überrascht schaute der Commander von einem zum anderen. »Glauben ... glauben Sie wirklich, hier unten auf menschliches Leben zu stoßen? Nach so langer Zeit?«

Gudrun machte einige Schritte, bevor sie abermals stehenblieb und lauschte. Im nächsten Moment riß sie die Arme hoch und schlug unkontrolliert um sich.

Ein dunkles, flatterndes Etwas hatte sich auf sie gestürzt, aber weder Pierre noch der Commander konnten eingreifen, dazu ging alles viel zu schnell. Als Gudrun endlich schwer atmend innehielt, zuckte vor ihren Füßen ein handflächengroßes geflügeltes Geschöpf, das entfernt an eine Fledermaus erinnerte. Seine Hautschwingen waren zerfetzt, doch als Pierre es vorsichtig berührte, schnappte es blindwütig nach seinen Fingern.

»Ein netter Zeitgenosse«, bemerkte er. »Hoffentlich gibt es nicht mehr von der Sorte.«

»Willst du kneifen?« fragte Gudrun.

Er winkte ab. »Vielleicht wäre es besser, wir würden unsere Ausrüstung holen . . .«

»Ein paar hundert Meter noch, dann gehen wir zurück.«

Pierre kannte das unwiderstehliche Gefühl, weitermachen zu müssen und ja nicht umzukehren. Er hatte es oft genug selbst gespürt, wenn er geglaubt hatte, dicht vor einer wichtigen Entdeckung zu stehen. Dieses Gefühl machte süchtig, es trieb unbarmherzig vorwärts, ließ Hunger und Durst vergessen und führte mitunter bis zur völligen körperlichen Erschöpfung. Erfolg oder Niederlage waren die einzigen Alternativen.

Von irgendwoher erklang ein dumpfes, undefinierbares Stöhnen. Diesmal wurde nicht nur Gudrun darauf aufmerksam.

»Das sind Spannungen im Fels«, vermutete der Commander. »Vielleicht dringt irgendwo Wasser ein.«

Der Stollen vor ihnen wurde düsterer. Die Anthropologin riß ein Büschel der leuchtenden Flechten aus und hielt sie wie eine Laterne vor sich. Pierres schicksalsergebenes Seufzen überhörte sie geflissentlich.

Stufen waren in den Fels geschlagen. Sie führten abwärts.

Unvermittelt bückte Gudrun sich. »Na also«, entfuhr es ihr ungewollt, als sie das kleine glitzernde Bündel aufhob, das sie mit dem Fuß berührt hatte.

»Mon dieu«, sagte Pierre überrascht.

»Ist das Gold?« fragte der Commander.

Mit fliegenden Fingern wischte Gudrun einige Reste verkrusteten Drecks ab und betrachtete das Schmuckstück, denn etwas anderes konnte es schwerlich sein, von allen Seiten. Vermutlich handelte es sich um ein Amulett. Auf jeden Fall war die aus einzelnen Gliedern zusammengesetzte goldene Kette lang genug, daß man sie um den Hals legen konnte. Und der Anhänger, etwa sieben Zentimeter lang und etwas mehr als einen Zentimeter dick, dem Gewicht nach zu schließen jedoch keineswegs massives Gold, stellte eine stilisierte vogelähnliche Gestalt dar. Ein Falke möglicherweise. Mit nach vorne gefalteten Schwingen.

Der Verschluß war kaputt. Aber Verschlüsse ließen sich ersetzen. Auf der flachen Hand hielt Gudrun dem Commander das Fundstück hin. »Erheben Navy oder Regierung darauf Anspruch?«

»Ich denke nicht«, erwiderte Weyers. »Außerdem habe ich nichts gesehen.«

Dankbar nickend, ließ Gudrun den Fund in ihrer Tasche verschwinden.

Die Steintreppe endete in einer muffigen, feuchten Grotte. Wasser rann von den Wänden, ein unaufhörliches, gleichmäßiges Tropfen, das in leisem Echo verhallte.

Abgesehen von leichter Fluoreszenz tiefer in der Höhle herrschte völlige Dunkelheit. Gudrun machte noch einen Schritt und blieb wie angewurzelt stehen.

Ein seltsames Gefühl beschlich sie, eine Mischung aus Ehrfurcht und der Gewißheit, unerwünscht zu sein.

Einbildung?

Sie wußte es nicht.

Zögernd wandte sie sich um. Pierre und der Commander standen auf Tuchfühlung hinter ihr, aber sie wirkten wie erstarrt und lauschten gebannt in die Dunkelheit.

»Wir werden beobachtet«, flüsterte Pierre, als bedeute jedes laut gesprochene Wort ein ungeheures Sakrileg.

»Unsinn!« wollte Gudrun heftig widersprechen – sie konnte es nicht. Statt dessen trat sie einen weiteren Schritt nach vorne –

– und versank bis an die Knie im Wasser.

Der Untergrund war glitschig und verlief schräg abwärts. Vergeblich kämpfte Gudrun um ihr Gleichgewicht, sie fand keinen sicheren Stand und schlug der Länge nach hin. Sekundenlang tauchte sie unter, bevor sie prustend und spuckend wieder hochkam.

Daß Pierre gequält stöhnte, beachtete sie nicht.

Die Flechten hatte sie verloren, aber die Fäden leuchteten in dem Höhlensee weiter. Eine abgerissene Pflanze schwamm dicht unter der Oberfläche, eine noch halb geschlossene Blüte ...

»Komm!« brüllte Pierre mit sich überschlagender Stimme. Als die Anthropologin noch immer nicht reagierte, zerrte er sie brutal hoch.

»Lauf um dein Leben!«

Erst jetzt drangen die urwüchsigen, kehligen Laute bis in ihr Bewußtsein vor, sah sie die monströsen Schatten, die von allen Seiten näherkamen. Faustgroße Augen starrten durch die Dunkelheit.

»Ich weiß nicht, was zum Teufel das ist, aber –«

Ein jäh aufzuckender Blitz schnitt Pierre das Wort ab. Gestein splitterte und spritzte nach allen Seiten davon. Für Sekundenbruchteile verdichteten sich die schattenhaften Umrisse der Angreifer. Gudrun stockte schier der Atem.

Die Verfolger waren einäugige, monströse Kreaturen.

Pierre zerrte Gudrun mit sich, die enge Treppe hinauf, während hinter ihnen wütendes Gebrüll anhob.

»Schneller!« keuchte der Commander. »Sie holen auf!«

Eine grelle Entladung zuckte dicht über ihre Köpfe hinweg und schlug in die Gangwand ein. Glutflüssiges Gestein tropfte auf den Boden.

Der fehlende Sauerstoff machte sich bemerkbar. Gudrun spürte, wie ihr Brustkorb sich zusammenzog, aber sie hastete weiter, keuchend, als hätte sie schon einen Marathonlauf hinter sich gebracht. Pierre und dem Commander erging es nicht besser.

Der Gang teilte sich und gleich dahinter noch einmal. Ein beginnendes Flimmern vor Gudruns Augen machte es schwer, sich zu entscheiden. »Nach links!« herrschte Pierre sie an. »Worauf wartest du, verdammt?«

Die Verfolger holten auf. Ihr Abstand betrug kaum mehr hundert Meter. Und wieder zuckten grelle Entladungen durch die Düsternis. Einer der Blitze verfing sich in herabhängenden Flechten, bevor er in einem Schwall von Hitze und Helligkeit verging. Gudrun erkannte gerade noch, daß der vermeintliche Blitz eine nur wenige Zentimeter durchmessende glühende Kugel war.

Eine Detonation ... unmittelbar neben ihnen. Pierre wurde nach vorne katapultiert, überschlug sich und blieb für einen Moment benommen liegen. Aber dann war er ebenso schnell wieder auf den Beinen und rannte weiter.

Keiner von ihnen blickte mehr zurück. Sie liefen um ihr Leben und erreichten die Galerie, als sie schon nicht mehr glaubten, es wirklich zu schaffen. Offenbar waren die Verfolger überzeugt, sie in eine Sackgasse getrieben zu haben, aus der es kein Entrinnen gab.

»Springt!« brüllte der Commander, dann schlug auch schon das Wasser über ihnen zusammen.

Mit weit ausholenden Schwimmbewegungen strebte Gudrun auf das vorderste der Tauchboote zu und zog sich durch die offene Druckschleuse. Die brennenden Scheinwerfer waren ein unübersehbarer Wegweiser.

Ungeduldig wartete sie darauf, daß sich die Schleuse schloß und sie die vordere Druckkugel betreten konnte. Eine heftige Erschütterung warf sie gegen die Wand. Also wurde auch das Boot angegriffen.

Endlich glitt das Schott auf.

Malcolm Brunswick starrte sie an, als käme sie vom Mars. »Volle Kraft voraus!« schleuderte sie ihm entgegen. »Wir müssen verschwinden!«

»Was um alles –?«

»Erklärungen später! Machen Sie schon!«

Ein dumpfes Grollen hob an. Ächzend holte die HYDRA über. Die Instrumentenbeleuchtung flackerte, während vor den Bullaugen ein Feuersturm aufflammte.

»Was geht da vor?« Brunswick erwartete keine Antwort. Er hatte begriffen. Schnell und konzentriert schaltete er. Mit einem mächtigen Satz ruckte das Tauchboot an.

Wieder das dumpfe Grollen. Diesmal steigerte es sich innerhalb von Sekundenbruchteilen zum ohrenbetäubenden Dröhnen. Die HYDRA wurde von einer Titanenfaust geschüttelt.

»Wasserbomben?« Brunswick mußte schreien, um den Lärm zu übertönen.

»Ich weiß nicht.« Gudruns Gedanken überschlugen sich schier. Vor ihrem inneren Auge sah sie noch die einäugigen Verfolger und die Kugelblitze – Mythologie und eine fremdartige Technik vermischten sich zu einem Konglomerat nie gekannter Emotionen. Wie hatte Pierre gesagt? *Manchmal können Träume zu Alpträumen werden!*

Der Mauerdurchbruch ... Brunswick steuerte die HYDRA mit wahnsinniger Beschleunigung hindurch. Für einen Moment sah Gudrun hinter den Bullaugen das andere Tauchboot. Es hatte einen leichten Vorsprung und schoß ebenfalls mit quirlender Hecksee auf den keilförmigen Durchlaß zu.

Mehrere Kugelblitze detonierten ringsum. Die Erschütterungen waren nicht mehr so stark wie zuvor. Aber dann wurde die HYDRA I unvermittelt von achtern angehoben. Ein knirschendes Schaben erklang, das Gudrun einen eisigen Schauder über den Rücken jagte.

Vergeblich drückte Brunswick den Beschleunigungshebel bis zum Anschlag.

»Etwas hält uns fest!«

War da nicht ein peitschender Fangarm? Gudrun erstarrte innerlich.

Auf dem Instrumentenpult vor ihr leuchtete eine Schnittzeichnung des Tauchbootes auf. An der Unterseite blinkte eine Warnlampe.

Der Copilot hatte dieselbe Anzeige auf seinem Pult. »Das ist der Ballastkiel!« stieß er überrascht hervor. »Festhalten, Miß!«

Er hieb auf eine Reihe von Schaltern. Ein gräßliches Knirschen durchlief den Bootsrumpf, aber im nächsten Moment schnellte die HYDRA in die Höhe und nach vorne, als wäre die unsichtbare Fessel zerrissen.

Der Felsspalt schoß heran. Unwillkürlich wandte Gudrun den Blick ab.

Doch der erwartete mörderische Aufprall blieb aus.

»Wir haben es geschafft!« sagte Malcolm Brunswick neben ihr mit zitternder Stimme. »Wir sind durch.«

Hinter den Bullaugen lag die undurchdringliche Schwärze der Tiefsee.

»Wie haben Sie das gemacht?« Gudrun war am Ende ihrer Kräfte angelangt. Tränen rannen über ihre Wangen, aber das störte sie herzlich wenig.

»Wir haben den Ballastkiel und die Batterien abgeworfen«, erklärte Brunswick. »Das gehört zum Notfallprogramm. Was immer uns festhielt, wir können von Glück sagen, daß es nur den Kiel erwischt hat. Allerdings sind wir jetzt wesentlich leichter als die HYDRA II und steigen schneller auf.«

»Dann haben wir den Alptraum überstanden.« Erleichtert schloß Gudrun die Augen und lehnte sich zurück. Ihr Finger umklammerten das Schmuckstück, das sie in den Ruinen gefunden hatte.

Eineinhalb Stunden hatten sie für den Aufstieg und das Andocken an der OCTOPUS benötigt. Danach hatte der Schiffsarzt Donald Chamberlain alle Beteiligten rigoros in die Dekompressionskammer verwiesen.

Gudrun schlief einige Stunden tief und traumlos, und als sie aufwachte, war die Welt wenigstens einigermaßen wieder in Ordnung. Es gab keine Anzeichen für die gefürchtete Blasenbildung im Blut.

Commander Weyers hatte inzwischen Bericht erstattet. Ein erneuter Tauchgang war nicht möglich. Abgesehen davon, daß das Unternehmen einen Toten gekostet hatte, durften die Gefahren nicht mehr unterschätzt werden. Außerdem gab es für den abgeworfenen Ballastkiel und die Akkumulatoren der HYDRA I an Bord keinen Ersatz.

Die OCTOPUS lief mit einer momentanen Geschwindigkeit von zehn Knoten Kurs auf die britischen Inseln zu.

»Wir wissen jetzt, daß da unten etwas ist«, faßte Captain Drake mit wenigen Worten zusammen, »aber ich glaube nicht, daß das Ministerium in nächster Zeit einer zweiten Exkursion zustimmen wird.«

»Wann werden wir England erreichen?« wollte Pierre Leroy wissen.

»Voraussichtlich am fünften Dezember.«

Pierre wandte sich an Gudrun. »Ich nehme an, du wirst sofort nach Oake Dùn fliegen.«

»Du nicht?« fragte sie überrascht.

Er schüttelte den Kopf. »Grüße Sir Ian von mir und richte ihm aus, daß ich meinen Urlaub nehme. Nach dem

Eingesperrtsein auf See brauche ich einige Nächte unter freiem Himmel, oder wenigstens unter den Seine-Brücken.«

Sie blickte ihn entgeistert an.

Pierre atmete tief ein. »Und mehr noch«, fuhr er fort. »Nach dem, was wir da unten erlebt haben, muß ich erst mit mir ins reine kommen, ob dieser Job der richtige für mich ist.«

»Das meinst du nicht ernst, oder?«

Er überlegte einige Sekunden, dann schlich sich ein Lächeln in seine Mundwinkel. »Nein«, sagte er dann. »Natürlich nicht.«

ENDE DES ERSTEN BUCHES

ZWEITES BUCH

DER ZERSTÖRER

von Robert deVries

Das Blöken der Schafe weckte Emilio mitten in der Nacht.

Alarmiert richtete der Indio den Oberkörper auf und lauschte in die Dunkelheit. Hatte er nur geträumt?

Nein, da war es wieder! Die Schafe blökten aufgeregt, regelrecht ängstlich sogar. Emilio sah vor seinem geistigen Augen, wie sich die Tiere in ihrem Brettergehege draußen vor der Hütte eng aneinanderdrückten.

Er erhob sich von der Bastmatte. Durch die Bewegung wurde seine Frau Maria wach.

»Was hast du, Emilio?«

»Dort draußen ist irgend etwas!« sagte er leise. »Bei den Schafen.«

Er entzündete den Docht der Petroleumlampe. Schwacher Lichtschein flammte auf. Maria und Emilio hatten es sich zur Gewohnheit gemacht, die Flamme stets so klein wie möglich zu lassen. Wenn man sein Lebensbrot auf so kärgliche Weise verdiente, war jeder Tropfen Petroleum kostbar.

»Was willst du tun?«

»Ich werde nachsehen, was da los ist«, sagte er, während er sich sein Hemd überzog. »Womöglich ist es derselbe Puma, der uns schon letzten Monat heimgesucht hat.«

Erneut drang Blöken von draußen herein. Und dazu ein tiefes, grollendes Knurren, so animalisch und durchdringend, daß Maria ein kleiner Schrei entfuhr.

»Heilige Mutter Maria!« rief sie ihre Namensgeberin an. »Was war das?«

Emilio war bei dem Knurren ebenfalls ein Schauder über den Rücken gelaufen. Das war nie und nimmer ein Puma! Mehr noch – er konnte sich überhaupt kein Tier vorstellen, das einen solch bösartigen Laut ausstieß.

Aber er wollte sich seine Unsicherheit nicht anmerken

lassen. »Was immer es ist«, sagte er entschlossen, »ich werde nicht zulassen, daß es sich unsere Schafe schnappt. Das letzte Mal haben wir einen halben Tag gebraucht, sie wieder einzufangen.«

»Emilio, ich habe Angst! Du hast doch gehört, was der alte Pedro gestern erzählt hat. Dort draußen geht ein Dämon um und dürstet nach Menschenblut. Er selbst ist ihm vor zwei Nächten begegnet.«

»Geschwätz!« Emilio machte eine abfällige Bewegung. »Der alte Pedro ist nichts als ein Säufer, der alles erzählen würde, wenn man ihm dafür einen ausgibt!« Er griff zu dem Schrotgewehr, das an einem Nagel an der Wand hing. »Außerdem bin ich nicht wehrlos. Falls da draußen wirklich ein Dämon ist, dann brenne ich ihm eine Ladung Schrot in den Pelz.«

»Emilio! Darüber macht man keine Scherze!«

»Es sollte auch kein Scherz sein.«

Er nahm die Petroleumlampe und stieß die Tür auf.

»Bitte sei vorsichtig!« ermahnte ihn Maria, während er in die Dunkelheit hinausstolperte.

Der schwache Lichtschein der Lampe reichte kaum aus, die nähere Umgebung zu erleuchten. Das nächste Indio-Dorf war mehr als eine Meile entfernt, und des nachts gab es außer dem Sternenschein kein einziges Licht. Doch selbst der Himmel war von schweren Wolken bedeckt, die sich hier am östlichen Rand der Anden vor den mächtigen Gebirgszügen und hohen Gipfeln stauten und abregneten, bevor sie zum Pazifik weiterzogen. Auch heute hatte es den gesamten Tag geregnet, und noch immer lag die Feuchtigkeit wie ein klebriger Film über dem Regenwald.

In den letzten Jahren hatten Maria und er dem Dschungel ein Stück Land abgerungen, auf dem sie sich eine Heimat geschaffen hatten. Was sie zum Leben benötigten, konnten sie nun selbst anpflanzen. Darüber hinaus war ihre kleine Schafherde ihr ganzer Stolz. Die Tiere waren genügsam, gaben Wolle und Milch, jedes Jahr schlachteten sie zwei oder drei Tiere, gönnten sich ein Festmahl und verkauften den Rest des Fleisches auf dem Markt. Von dem Erlös leisteten sie sich dann beispielsweise das Petroleum für die Lampe.

Emilio widerstand der Versuchung, die Flamme höherzudrehen. Langsam näherte er sich dem Bretterverhau. Er hielt die Lampe am gestreckten Arm vor sich, doch die Flamme blendete ihn fast mehr, als daß sie etwas zeigte.

Ihm fiel auf, daß die immerwährende Geräuschkulisse des Dschungels verstummt war. Die gesamte Natur schien den Atem anzuhalten – genau wie Emilio.

Er umklammerte den Lauf der Schrotflinte und hielt den Lauf vor sich.

»Ist da jemand?« rief er laut, in der Hoffnung, daß allein der Klang einer menschlichen Stimme ausreichte, die Raubkatze zu verscheuchen. »Weg von meinen Schafen!«

Er hatte das letzte Wort kaum ausgesprochen, als sich die Ereignisse überschlugen.

Ein durchdringendes Brüllen erklang, das jeden Knochen in seinem Körper zum Vibrieren brachte; das Bersten und Splittern von Holz; das in Todespanik hervorgestoßene Blöken der Schafe, das im nächsten Moment abrupt abriß.

All das geschah im Bruchteil einer Sekunde.

Emilio fühlte sich von einer unbändigen Gewalt von den Beinen gerissen und mit dem Rücken gegen die Außenwand seiner Hütte geschleudert. Er konnte sich gerade noch auf den Beinen halten.

»Emilio?« klang Marias aufgeregte Stimme von drinnen auf. »Was ist passiert?«

»Sei ruhig!« rief er in Richtung der Bretterwand. »Und bleib in der Hütte!«

Was um alles in der Welt war das nur gewesen? Als ob eine Ladung Dynamit explodiert wäre, doch es hatte weder einen Knall noch einen Feuerball gegeben. Lediglich dieses durchdringende Brüllen.

Emilio vergewisserte sich, daß er das Gewehr noch immer in der Hand hielt. Selbst die Petroleumlampe brannte unverändert. Er hatte sie trotz des mörderischen Schlages nicht fallenlassen. Erneut schlich er in Richtung des Geheges, bereit, beim geringsten Anzeichen einer Bewegung abzudrücken.

Noch immer schien der Dschungel den Atem anzuhalten. Bald fiel das fahle Licht der Lampe auf Holzsplitter und -stücke, die in weitem Umkreis verstreut lagen. Die Reste des Geheges.

Emilios Füße stießen gegen etwas Weiches, als er weiterging.

Mit pochendem Herzen hielt er die Lampe so, daß sie den Boden zu seinen Füßen beleuchtete – und was er dort sah, drehte ihm fast den Magen um.

Es waren die blutigen Überreste eines der Schafe!

Es sah aus, als sei es von einem riesigem Stampfer zerquetscht und in alle Himmelsrichtungen verteilt worden.

Emilios Augen weiteten sich.

Er stolperte weiter und stieß auf weitere Kadaverreste. Auch hier dasselbe. Nicht mehr als Fell-, Knochen- oder Blutreste, über Quadratmeter verteilt.

Tränen füllten seine Augen. Ihre Schafherde! Das durfte nicht sein!

Der Schmerz ließ ihn fast die Gefahr vergessen. Wie von Sinnen stolperte er umher, und mit jedem neuen Kadaver wurde die Gewißheit größer, daß kein einziges der Tiere überlebt hatte.

Manuel Rodriguez, der Chef der kleinen Polizeistation im zwanzig Meilen entfernten Atalaya, hätte von diesem Vorfall wahrscheinlich niemals etwas erfahren, wenn er an diesem Morgen nicht zufällig von Quillariba zurückgekehrt wäre.

Man hatte ihn am vorigen Abend zu einem Sägewerk tief im Dschungel gerufen, das flußaufwärts des Urubamba gelegen war. Dort hatte es ein Unglück gegeben, bei dem das gesamte Holzgebäude eingestürzt war. Die Trümmer hatten Dutzende von Männern unter sich begraben, zwei getötet und etliche verletzt.

Alles deutete darauf hin, daß irgendwo eine Ladung Dynamit hochgegangen war, aber der Besitzer hatte Stein und Bein geschworen, daß nirgendwo Sprengstoffe gelagert wurden. Ein Blitzeinschlag konnte es auch nicht gewesen sein. Es hatte zwar den ganzen Tag wie aus Kübeln geschüttet, aber kein Gewitter gegeben. Blieb als Ursache also nur ein Anschlag. Doch daran vermochte Rodriguez nicht so recht zu glauben. Die Terroristen der Guerilla-Organisation »Leuchtender Pfad«, die in anderen Landesteilen weite Gebiete kontrollierten, hatten sich hier bislang nur äußerst selten blicken lassen, und entlassene Arbeiter, die sich hätten rächen können, gab es ebenfalls nicht. Überhaupt wäre wohl niemand der Einheimischen – selbst im Vollrausch nicht – so dumm gewesen, eine der wenigen Möglichkeiten, in dieser Gegend ein paar Centimos zu verdienen, zu zerstören.

Das war nicht das einzige, was an dem Vorfall merkwürdig war. Hinzu kam, daß niemand der im Sägewerk befindlichen Männer einen Explosionsblitz gesehen haben wollte. Sie hatten lediglich ein Bersten und Krachen vernommen, eine Druckwelle gespürt, und dann war das Sägewerk zusammengestürzt. Das war alles. Mehr hatte keiner beobachtet.

Rodriguez strich nachdenklich über sein unrasiertes Kinn, das in krassem Kontrast zu seinem gepflegten, schmalen Oberlippenbart stand, und ließ den Zigarillo vom rechten in den linken Mundwinkel wandern. Er wurde einfach nicht klug aus dem, was ihm die Männer erzählt hatten. Was war beim Sägewerk geschehen?

Da die Verletzten entweder versorgt oder per Lastkahn den Urubamba hinab zum nächsten Hospital geschifft worden waren und er vor Ort nicht mehr gebraucht wurde, hatte er sich wieder auf den Rückweg nach Atalaya gemacht.

Vielleicht kam er der Lösung näher, wenn er sich die ganze Sache noch einmal gründlich durch den Kopf gehen ließ – am besten bei einem Glas schwarzgebrannten Brandy in Pepes Bar. Dabei waren ihm bislang stets die besten Ideen gekommen; was nicht weiter verwunderlich war, schließlich pflegte er auf diese Weise den größten Teil des Tages zu verbringen. Und es gab keinen, am allerwenigsten seine beiden jungen Untergebenen, der es gewagt hätte, ihn deswegen zu tadeln.

Rodriguez sah nicht den geringsten Grund, seine Gewohnheiten zu ändern. War es letztendlich nicht egal, ob er die überwiegend ereignislosen Tage dort oder in seinem kahlen, stickigen Büro verbrachte? Hauptsache, man wußte, wo er zu erreichen war! Und in Atalaya und den umliegenden Bezirken wußte es jedermann.

Obwohl ihre Polizeistation für ein riesiges Gebiet zuständig war, kam es unter der weit verstreut in den ausgedehnten Urwäldern oder zerklüfteten Andentälern lebenden einheimischen Bevölkerung kaum zu ernsthaften Zwischenfällen. Die meisten geschahen in Atalaya selbst, einem Zehntausend-Seelen-Nest am Zusammenlauf des Urubamba mit dem Perene. Abgesehen von vereinzelten Raub- und Eifersuchtsfällen waren es in erster

Linie Schlägereien, um die sich die Polizei zu kümmern hatte. Schlägereien, bei denen hin und wieder auch schon mal ein Messer gezückt wurde. Da sie zum überwiegenden Teil ohnehin in Pepes Bar stattfanden, hätte sich Rodriguez gar keinen besseren Platz vorstellen können, seinen Tag zu verbringen. So sparte er sich den Anfahrtsweg. Erst sah er dem Treiben eine Zeitlang zu, bis sich die Männer etwas ausgetobt und verausgabt hatten, um die Schlägerei dann unter Einsatz seiner Autorität, meist aber mit ein paar gut gezielten Kinnhaken, zu beenden.

Auch Maria und Emilio hätten trotz der Schwere ihres Verlustes wahrscheinlich nie die Polizei verständigt, wenn sie am nächsten Morgen nicht den allseits bekannten Geländewagen des Polizeichefs die unbefestigte, schnurgerade in den Dschungel geschlagene Straße entlangkommen gesehen hätten. Von ihrem Stück Land konnte man jeden vorbeifahrenden Wagen auf eine Distanz von mindestens einer Meile hören.

So stellten sie sich winkend auf die schlammige Fahrbahn und zwangen den Wagen zum Halten.

»Capitano, Capitano!« riefen sie aufgeregt, während sie zum heruntergekurbelten Fahrerfenster liefen.

Capitano – das war der Titel, mit dem Rodriguez von jedermann angesprochen wurde. Aus manchen Mündern klang es regelrecht wie eine Art Ehrauszeichnung.

»Was soll das?« fragte Rodriguez mürrisch, ohne den Zigarillo aus dem Mund zu nehmen. Böse Zungen in Atalaya, die ihr »Wissen« nur hinter vorgehaltener Hand weitergaben, behaupten, daß er selbst noch im Schlaf einen dieser schwarzen Glimmstengel zwischen den Zähnen hatte. »Warum haltet ihr mich an?«

Emilio erzählte, was letzte Nacht geschehen war, und Maria unterstützte ihn mit gelegentlichen aufgeregten Ergänzungen.

»Was geht mich ein Raubtier an?« knurrte Rodriguez ungehalten, nachdem er sich die ganze Geschichte angehört hatte. »Warum habt ihr es nicht einfach verscheucht?«

»Kein Raubtier, Capitano!« rief Emilio.

»Was dann?«

»Ich weiß nicht. Kommen Sie! Sie müssen es sich selbst ansehen.«

Rodriguez seufzte, stellte den Motor ab und stieg aus dem Wagen. Bis Atalaya waren es noch gut zwei Stunden, er hatte in der Nacht kein Auge zugetan, und außerdem spürte er in der Kehle bereits den verlockenden Geschmack von Pepes selbstgebranntem Brandy. So eine Verzögerung hatte ihm gerade noch gefehlt!

Er ließ sich von den beiden zu dem zerstörten Gehege führen, bis er die Überreste der Schafe und den bluttränkten Boden sah. Er hatte Mühe, sich seine Überraschung nicht anmerken zu lassen.

Es schien, als wären die Tiere regelrecht explodiert. Jedes einzelne von ihnen!

»Nun, Capitano, was sagen Sie?« fragte Emilio. »Wer oder was kann so etwas getan haben?«

Rodriguez hob die Schultern.

»Woher soll ich das wissen?« Er überlegte. Vielleicht eine Feme-Tat? Hatte sich jemand auf diese sadistische Weise an den beiden rächen wollen? »Hast du in letzter Zeit Streit mit jemandem, Emilio?«

»Nein, Capitano. Wir haben uns mit allen gut verstanden. Da können sie jeden fragen.«

»Wir sind ruiniert!« fügte Maria verzweifelt hinzu. »Die Schafe waren alles, was wir hatten! Was sollen wir jetzt nur machen?«

Rodriguez konnte verstehen, wie den beiden zumute war. Aber er würde kaum etwas für sie tun können.

»Du sagst, du warst dabei, als es geschah?« fragte er, fast ohne es zu wollen.

»Ich bin vom Blöken der Schafe wachgeworden und hinausgegangen. Und dann ging alles ganz schnell. Erst ein tiefes Knurren, ein teuflisches Brüllen – und dann war alles so, wie sie es hier sehen. Kein einziges Tier hat überlebt.«

»Ein Knurren und Brüllen?« fragte er nach.

»Ja, Capitano. Es ist mir durch Mark und Bein gegangen.« Ein tiefer Atemzug. »Als ob ein Dämon durch die Nacht streifen würde.«

»Ja, ein Dämon«, stimmte Maria zu. »Derselbe Dämon, von dem der alte Pedro erzählt hat!«

Rodriguez runzelte die Stirn und schob sich seine Uniformmütze etwas in den Nacken.

Ein Knurren und Brüllen – hatte nicht auch einer der Arbeiter in dem Sägewerk erwähnt, so etwas gehört zu haben? Sekunden, bevor das Gebäude in sich zusammengestürzt war?

Rodriguez hatte das Gefühl, den Brandy dringender denn je zu brauchen, um seine Gedanken zu ordnen.

»Was ist, Capitano?« fragte Emilio hoffnungsvoll. »Was werden Sie tun?«

»Was sollte ich schon tun können?« fragte Rodriguez lakonisch. »Irgendein Raubtier hat eure Herde getötet, mehr nicht. So leid es mir für euch tut, das ist nichts, für das die Polizei zuständig wäre. Etwas anderes wäre es, wenn dabei ein Mensch ums Leben gekommen wäre. Aber so ...« Er ließ den Rest des Satzes offen, wandte sich um und ging zu seinem Wagen zurück.

Emilio und Maria liefen ihm hinterher, während sie aufgeregt und wild auf ihn einredeten. Scheinbar ungerührt ließ er ihr Wortgewitter über sich ergehen und stieg in den Wagen.

»Wollen Sie also warten, bis dieses ... dieses Tier den ersten Menschen umbringt?« rief Emilio erregt.

»Das laß nur meine Sorge sein«, zischte Rodriguez, während er den Motor startete. Er sah, wie der Indio erschrak, und fügte fast versöhnend hinzu: »Falls es sich wieder hier blicken läßt, verständigt mich! Ich werde dann noch einmal nach dem Rechten sehen.«

Er ließ die Kupplung kommen und fuhr weiter. Hinter ihm blieben Emilio und Maria zurück, und Rodriguez sah im Rückspiegel, wie sie mit gesenkten Häuptern zu ihrer Hütte zurückgingen.

Er sog am Zigarillo, bemerkte, daß er ausgegangen war, und warf ihn aus dem offenen Fenster. Ihm war plötzlich der Appetit vergangen.

Konnte es sein, daß hier draußen etwas vorging, von dem er keine Ahnung hatte?

Er, der Capitano?

Eine knappe Viertelstunde war er auf der schlammigen Strecke unterwegs, mißmutig und in Gedanken versunken, als er ein paar hundert Meter voraus plötzlich etwas über die Straße huschen sah.

Zuerst dachte er, es hätte sich um einen Menschen oder ein Stück Wild gehandelt, aber dann wurde ihm bewußt, daß es sich trotz seines nur Augenblicke währenden Auftauchens völlig anders bewegt hatte als jedes Tier, das er kannte. Es war eine Mischung aus seltsam eckigen und zugleich schlängelnden Bewegungen gewesen, und zudem hatte sich der Eindruck einer stumpfen, grauen Haut auf seinen Netzhäuten eingebrannt.

Rodriguez verfluchte sich, nicht aufmerksamer gewesen zu sein.

Was war das gewesen?

Er brachte den Wagen an der Stelle zum Halten, an dem das Wild die Fahrbahn überquert hatte. Links der

Straße, dort, wohin es verschwunden war, drang ein Bersten und Rauschen an seine Ohren.

Rodriguez stellte den Motor aus und lauschte, doch da war es bereits wieder still.

Hatte er sich nur getäuscht ...?

Er öffnete die Tür und stieg aus, während seine Blicke versuchten, das grüne Dickicht neben der Straße zu durchdringen. Vergeblich.

Er bemerkte, daß es um ihn herum totenstill geworden war, und das trug nicht gerade zu seiner Beruhigung bei.

Irgend etwas war dort draußen! Das spürte er so deutlich wie das Unwohlsein, das seine Eingeweide hinaufkroch.

Unwillkürlich vergewisserte er sich, daß sich seine Pistole im Gürtelholster befand. Aber vorerst verzichtete er darauf, sie zu ziehen. Es widerstrebte ihm, sich wie ein ängstlicher Grünschnabel zu verhalten, selbst wenn es hier niemanden gab, der ihn beobachten konnte.

Ein dumpfes Grollen rollte aus der Tiefe des Dschungels zu ihm heran, von weit entfernt, wie es schien, aber trotzdem richteten sich seine Nackenhärchen auf. Einen solchen Laut hatte er noch nie gehört.

Automatisch griff er zur Hemdtasche, holte einen neuen Zigarillo hervor, klemmte ihn sich zwischen die Zähne und entzündete ihn, ohne seinen Blick nur ein einziges Mal von der grünen Wand vor ihm zu wenden. Er inhalierte ein paar tiefe Züge und hatte das Gefühl, als würde das Unwohlsein mit jedem davon nachlassen.

Solchermaßen gestärkt verließ er die Straße und wagte sich tiefer in das Dickicht hinein.

Obwohl er sich bemühte, so leise wie möglich zu sein, raschelte das Laub unter seinen Stiefeln, und so mancher Zweig zerbrach knackend. Rodriguez fluchte lautlos. Als jemand, der in den Slums einer Großstadt aufgewachsen war, würde er als Waldläufer wohl niemals das Geschick der Indios erreichen, die sich nahezu lautlos durch den Dschungel bewegen konnten.

Alle paar Schritte legte er eine kurze Pause ein und horchte aufmerksam auf jedes Geräusch. Das Knurren wiederholte sich nicht. Langsam setzte auch das Trällern, Zirpen und Rufen des Urwalds wieder ein. Es schien, als sei die Gefahr verschwunden oder weitergezogen.

Fast war Rodriguez versucht zu glauben, daß er sich das alles nur eingebildet hatte, und wenn er den heutigen Morgen in Pepes Bar verbracht hätte, hätte er das sicherlich auch getan. So jedoch ging er noch etwas weiter und stieß wenig später auf drei oder vier gefällte Urwaldriesen, die bei ihrem Sturz eine Reihe kleinerer Bäume mitgerissen hatten.

Grüblerisch betrachtete Rodriguez die zerfetzten und zersplitterten Baumstümpfe, die etwa noch kopfhoch aufragten. Ein Blick reichte aus, um zu erkennen, daß die Zerstörungen ganz frisch waren. Das helle, saftige Innenholz hatte sich noch kein bißchen dunkel verfärbt.

Kein Zweifel – das war das Bersten gewesen, welches er von der Straße aus gehört hatte!

Aber was, zur Hölle, konnte diese dicken Stämme so zerfetzt haben? Es schien, als wäre in jedem von ihnen eine Handgranate explodiert, aber nirgendwo gab es Rußspuren oder Verbrennungen.

Rodriguez kratzte sich erneut am Kinn. Das gefiel ihm ganz und gar nicht!

Schlimmer noch: Er hatte plötzlich den Verdacht, als würde das alles – der Vorfall am Sägewerk, die toten Schafe der Indios und diese zerfetzten Baumstämme hier – auf irgendeine schreckliche Weise zusammenhängen.

War es dieses *Etwas* gewesen, das die Straße überquert

hatte? Er versuchte, sich den flüchtigen Eindruck ins Gedächtnis zurückzurufen, ohne ein deutliches Bild zu bekommen. Entfernt hatte es einem aufrecht gehenden Kaiman geähnelt, allerdings einem mit viel längeren, sich schlängelnden Gliedmaßen. Wenn es ein Tier gewesen war, dann eines, das er noch nie zuvor gesehen hatte.

Was blieb noch? Ein Indio in einem Phantasiekostüm? An Feiertagen hüllten sie sich oft in die verrücktesten Gewänder und Kostüme. Aber wie hätte ein Indio diese Bäume hier ohne Sprengstoff zerfetzen können?

Oder etwa doch ein – Dämon?

Rodriguez schnaubte verärgert, als er sich bei diesem Gedanken ertappte. Das fehlte gerade noch, daß er sich von dem abergläubischen Gerede anstecken ließ!

Er nahm einen tiefen Zug, sah sich noch einmal um und kehrte zu seinem Wagen zurück. Wenn es jetzt eine vernünftige polizeiliche Maßnahme gab, um etwas Licht in die ganze Sache zu bringen, dann war es ein doppelter Brandy in Pepes Bar.

Aber eines stand für Rodriguez fest: Wer auch immer die Ruhe in seinem Revier störte, er würde es mit ihm aufnehmen müssen. Mit ihm, dem Capitano!

Und dabei hatte bislang noch jeder den Kürzeren gezogen.

Den nächsten Toten gab es am späten Vormittag des folgenden Tages.

Die Nachricht erreichte Rodriguez, der den fehlenden Schlaf gründlich nachgeholt hatte, als er seinen Geländewagen gerade vor Pepes Bar geparkt hatte und sich anschickte, den neuen Tag auf angemessene Weise zu beginnen. Er war schon ausgestiegen, als ihn das Funkgerät zurückrief.

Rodriguez murmelte einen ellenlangen spanischen Fluch. Er haßte nichts mehr als schlechte Nachrichten auf nüchternen Magen.

Nachdem er die Verbindung hergestellt hatte, meldete sich José, einer seiner beiden Untergebenen, am anderen Ende. Er gab durch, daß vier Meilen südwestlich der Stadt am Rande einer Straße der Leichnam eines Indios gefunden worden war. Er selbst sei bereits auf dem Weg dorthin, wie die Fahrtgeräusche belegten, die neben seiner Stimme aus dem Lautsprecher klangen.

»Ums Leben gekommen?« fragte Rodriguez. »Gewaltsam?«

»Wie es scheint, ja.«

»Und wodurch?«

»Nun, Chef, der junge Bursche, der uns informiert hat, konnte das nicht so genau sagen. Er ist den ganzen Weg bis zur Polizeistation gerannt und war noch immer so aufgeregt, daß aus ihm kaum ein vernünftiges Wort herauszubekommen war. Offenbar ist der Tote sein Onkel.«

Rodriguez fingerte nach einem Zigarillo und plazierte ihn zwischen seinen Lippen.

»Ob Onkel oder nicht«, knurrte er, während er ihn anzündete. »So schwierig kann das doch nicht sein! Erschlagen, erstechen, erschießen, erdrosseln – so viele Möglichkeiten, jemanden umzubringen, gibt es nun auch wieder nicht.«

Im Lautsprecher war zu hören, wie sich José räusperte.

»Ähm, wenn man seinem Gestammel glauben darf, dann ist der Tote zerflossen oder so ähnlich.«

»*Zerflossen?*« Rodriguez glaubte sich verhört zu haben.

»Fragen Sie mich bitte nicht, was das heißen soll! Ich gebe nur wieder, was wir aus dem Jungen herausbekommen haben. Ich weiß, Chef, vielleicht hätte ich Sie erst verständigen sollen, nachdem ich mir die Sache angesehen habe. Aber es klang nicht, als würde er sich einen Scherz erlauben, und da dachte ich, es wäre vielleicht besser –«

»Du kannst die Luft anhalten, José! Ich bin schon unterwegs. Wir treffen uns dort.«

Er hängte das Mikrofon ein, ohne auf Antwort zu warten. José war ein verläßlicher Bursche, bisweilen nur etwas grüngesichtig und übereifrig. Beides würde im Laufe seiner Dienstjahre noch nachlassen, dessen war Rodriguez sich sicher. Bei ihm war es nicht anders gewesen.

Er startete den Motor und machte sich auf den Weg. Am gestrigen Tag hatte er noch lange über die seltsamen Vorfälle nachgedacht, ohne allerdings zu einer einigermaßen vernünftigen oder gar logischen Erklärung zu kommen.

Als er zwanzig Minuten später den Ort des Geschehens erreichte, stand der zweite Geländewagen ihrer Polizeistation, ein wesentlich älterer und klappprigerer als derjenige, den Rodriguez fuhr, bereits auf der wie eine geschwungene Linie durch den Urwald führenden Straße. Und ein paar Meter weiter, am Rande des Dickichts, war eine Stelle von einer Handvoll Indios umringt.

Als er seinen Wagen abstellte, wandten sich alle Köpfe in seine Richtung. Rodriguez sah ausnahmslos in bleiche und verängstigte Gesichter.

Er rückte seine Uniformmütze zurecht, setzte eine mürrische Miene auf und stieg aus. Sofort kam ihm José entgegen. Auch er schien verunsichert und ratlos.

»Und?« fragte Rodriguez nur.

José machte eine fahrige Geste, als wüßte er nicht, was er sagen sollte.

»Das ... das ist wirklich gespenstisch, Chef. Ich habe so

etwas noch nie gesehen. Der Mann ... er ist ...« Er schüttelte den Kopf und sah zu Boden. »Ich glaube, das sollten Sie sich lieber selbst ansehen.«

Rodriguez verzog ungehalten das Gesicht, weniger, weil ihn Josés Gestotter erzürnte, sondern vielmehr, um seine Unsicherheit zu kaschieren.

Er ging auf den Kreis der Indios zu, die bereitwillig und stumm zur Seite traten, um ihn durchzulassen.

Und dann stand er vor dem Toten. Er hatte vergossenes Blut oder abgetrennte Gliedmaßen erwartet, doch obwohl ihn nichts dergleichen erwartete, war der Anblick kaum weniger gräßlich. Eher im Gegenteil.

Der Tote lag auf dem Rücken, die blutunterlaufenen Augen weit aufgerissen und den verformten Mund zu einem stummen Schrei geöffnet. Mit diesem Ausdruck war der gesamte Kopf zu einem breiten Oval zerflossen wie ein Plastikball, dem die Luft ausgegangen war. Weder Kinn, noch Nase oder Stirn ragten hervor.

Rodriguez hatte Mühe, sich sein Entsetzen nicht anmerken zu lassen. Der Gedanke, daß alle Blicke der Umherstehenden auf ihn gerichtet waren, half ihm dabei. Und der Zigarillo zwischen seinen Lippen. Jetzt nur nicht die Haltung verlieren. Das erwarteten die Leute von ihm.

Er tat ein paar paffende Züge, bevor er neben dem Leichnam in die Hocke ging und dessen Hand ergriff. Sie fühlte sich seltsam schlaff und formlos an. Weder von den Fingergelenken noch -knochen war etwas zu spüren.

Rodriguez hob die kalte Hand an, und der gesamte Arm hing durch wie ein schlaffer Fahrradschlauch – selbst dort, wo sich eigentlich das Ellbogengelenk befinden müßte. Er überwand seinen Ekel und griff prüfend danach, konnte aber wiederum weder Knochen noch Gelenk ertasten. Am übrigen Körper und beim Kopf dasselbe.

Das einzige, was diesen Körper zusammenhielt, schien die Haut zu sein.

Erschüttert erhob sich Rodriguez und wischte sich seine Hand an der verschwitzten Uniformjacke ab, als befürchte er, sich womöglich angesteckt zu haben.

»Hat von euch jemand gesehen, wie das passiert ist?« fragte er die umherstehenden Indios.

Gemeinschaftliches Kopfschütteln.

»Nein, Capitano«, antwortete einer von ihnen. »Wir haben ihn heute morgen hier gefunden und den Jungen losgeschickt, um Sie zu holen. Er ist der Jüngste und konnte den Weg am schnellsten schaffen.«

»Den Toten habt ihr seitdem nicht angerührt?«

»Nein, Capitano. Er liegt noch so da, wie wir ihn gefunden haben.«

»Niemand, der noch bei Verstand ist, wäre so dumm, ihn zu berühren«, rief eine Frau. Sie bekreuzigte sich eilig. »Denn er ist von einem Dämon getötet worden.«

»Ja«, schloß sich eine andere Stimme an. »Derselbe Dämon, den der alte Pedro gesehen hat!«

»Und der Marias und Emilios Schafe getötet hat«, fügte eine dritte hinzu.

Aha, dachte Rodriguez, während von allen Seiten her zustimmende Stimmen laut wurden. Also hatte sich die Geschichte mittlerweile herumgesprochen. Trotz der unermeßlichen Weiten des Dschungels schienen sich manche Gerüchte geradezu mit Überlichtgeschwindigkeit zu verbreiten.

»Ruhe!« rief er laut, woraufhin das Gemurmel sofort verstummte. »Ein Dämon, pah! Das ist doch nur Aberglaube!«

Einen Moment herrschte Schweigen.

»Aber was außer einem Dämon«, fragte einer der Indios zaghaft, »sollte es sonst gewesen sein, Capitano?

Haben Sie jemals einen solchen Toten gesehen?« Rodriguez sah den Mann ärgerlich an. Er öffnete den Mund zu einer unwirschen Antwort, als sein Blick an dem Mann vorbeiging und die zersplitterten Stümpfe zweier Bäume traf, die sich am Rande des Dickichts befanden.

Mit einem Male war der Indio vergessen. Rodriguez ließ die Leute einfach stehen und trat zu einem der Stümpfe. Nachdenklich betrachtete er die zerborstenen Holzfasern. Genau dasselbe wie bei den Bäumen am gestrigen Morgen, nur mit dem Unterschied, daß sich das Innenholz hier bereits dunkel verfärbt hatte. Ein Zeichen, daß die Zerstörung einen gewissen Zeitraum zurücklag.

Genauso lange wie der Tod des Indios?

Sein Gefühl sagte ihm, daß dem so war. Hier war derselbe Dämon am Werke gewesen, der auch für die anderen Vorfälle verantwortlich war.

Er fluchte, als er bemerkte, daß er sich in Gedanken wieder des Begriffes »Dämon« bedient hatte.

»Was ist, Chef?« fragte José, der unbemerkt neben ihn getreten war. »Haben Sie irgend etwas gefunden?«

Rodriguez riß sich von den zersplitterten Baumstümpfen los.

»Es ist nichts«, knurrte er und fügte in Gedanken hinzu: Nichts außer vagen Ahnungen, unheilvollen Befürchtungen und wirren Theorien.

»Was sollen wir jetzt tun?« fragte José.

Rodriguez atmete tief durch.

»Was *wir* tun werden, weiß ich noch nicht.« Er tippte José mit dem Zeigefinger auf die Brust. »Aber *du* wirst den Leichnam nach Atalaya zu Dr. Alvarez bringen. Er soll ihn untersuchen und mir sofort Bescheid geben, wenn er die Todesursache festgestellt hat.«

»Ich?« José schüttelte sich und sah zu dem Toten. »Aber dazu müßte ich ihn ja ... in meinen Wagen ...«

»Stell dich nicht so an und beeil dich! Je früher der Doktor den Leichnam hat, desto besser.«

Er ließ seinen Assistenten stehen und kehrte zu seinem Wagen zurück.

Es war langsam an der Zeit, sich etwas zu überlegen.

Rund eine Stunde später – oder zwei doppelte Brandys, je nach Zeitrechnung – erreichte Rodriguez seine Polizeistation in Atalaya. Ein tristes, einstöckiges Lehmgebäude in einer verdreckten Seitengasse. Einzig ein schlichter, handgepinselter Schriftzug in weitestgehend abgeblätterten Buchstaben, der sich über der Holztür befand, verkündete, daß hier die Hüter von Recht und Ordnung residierten.

Als Rodriguez das Gebäude betrat, fand er den Empfangsraum, in dem eigentlich Carlos, sein zweiter Untergebener, Dienst tun sollte, verlassen vor. Dafür drang aus dem Nachbarzimmer ein rhythmisch wiederkehrendes, zweistimmiges Seufzen.

Langsam und mit der Hand an seiner Pistole näherte er sich der entsprechenden Tür und stieß sie mit einem Ruck auf.

Von drinnen starrten ihm die erschrockenen Gesichter von Carlos und einer unbekannten schwarzhaarigen Schönheit entgegen, die bei einer recht unzweideutigen Tätigkeit auf dem abgewetzten Schreibtisch – sie unten, er oben – überrascht worden waren.

»O mein Gott!« rief die Schönheit erschrocken, während sie mit ihren schlanken Händen vergeblich versuchte, die um so breitere Pracht ihrer Weiblichkeit zu bedecken.

»O mein ... Chef!« schloß sich auch Carlos an. »*Sie*? Ich habe ja nicht wissen können, daß Sie ausgerechnet heute ... ich meine, daß Sie ausnahmsweise einmal ...« Er wurde noch röter, als er begriff, was er da sagte.

Rodriguez beschränkte sich auf ein breites Grinsen. Eines mußte man Carlos lassen. Er hatte keinen schlechten Geschmack.

»Laßt euch nicht stören«, sagte er. »Ich wollte nur sagen, daß ich die nächsten Stunden ungestört sein möchte.« Er wandte sich ab und hielt noch einmal inne. »Ach ja, Carlos ...«

»Ja, Chef?« fragte der Angesprochene, dessen dienstbeflissene Nachfrage angesichts seiner heruntergelassenen Hosen ziemlich lächerlich wirkte.

»Was ist mit dem Jungen, der den Vorfall heute morgen gemeldet hat?«

»Den habe ich nach Hause gehen lassen, nachdem er sich einigermaßen beruhigt hatte. Das – äh – war doch richtig so, oder, Chef?«

»Alles in Ordnung. Und viel Spaß noch!«

Rodriguez schlug die Tür zu und zog sich in sein Büro zurück. Ein stickiger kleiner Raum. Wie lange war es her, daß er ihn zum letzten Mal betreten hatte? Anfang letzter Woche? Oder vorletzter?

Er durchsuchte die Schubladen seines Schreibtischs und fand kurz darauf, wonach er gesucht hatte. Nach einem nicht zu knapp bemessenen Schluck, der die zu einem Viertel gefüllte Brandy-Flasche zur Hälfte leerte, entdeckte er in einem hinteren Winkel eines anderen Fachs ein Dutzend Reißzwecken. Damit bewaffnet, trat er zu der großformatigen Landkarte an der Wand.

Die erste Reißzwecke drückte er dort hinein, wo sich das Sägewerk befand, die zweite dort, wo die Hütte von Maria und Emilio lag, die dritte an der Stelle, an der er gehalten und die zerfetzten Baumstümpfe entdeckt hatte, und die vierte schließlich dort, wo man den Indio gefunden hatte. Er trat einen Schritt zurück und musterte die Karte. Alle Reißzwecken lagen fast genau in einer Linie.

Nur Zufall?

Rodriguez kniff nachdenklich die Augenlider zusammen. Angenommen, all diese Vorfälle hätten tatsächlich dieselbe Ursache, dann hieße das, daß sich dort draußen irgend etwas in einer nahezu geraden Linie durch den Dschungel bewegte, gleichgültig ob breite Flußläufe oder tiefe Andentäler in seinem Weg lagen. Zumindest den Urubamba hätte es zweimal überqueren müssen.

Rodriguez genehmigte sich einen weiteren Schluck. Mit ihm kam die Eingebung, was als nächstes zu tun war.

Er ließ sich in den Stuhl sinken, legte die Füße auf den Schreibtisch und griff zum Telefonhörer. Kurze Zeit später hatte er Jiminez, den Leiter der Polizeistation in Cuzco, am Apparat.

»Manuel!« drang dessen überraschte Stimme aus dem Hörer. »Mein Gott, wie lange ist es her, seit du dich das letzte Mal gemeldet hast? Wann gehen wir endlich mal wieder zusammen einen trinken? Wenn ich nicht irre, gibt es irgendwo in deinem Kaff einen phantastischen Brandy, der imstande ist, selbst einen Ochsen umzuwerfen.«

»Du irrst dich nicht, Jiminez. Ich werde dir bei Gelegenheit mal eine Flasche zukommen lassen. Aber heute ich rufe aus einem anderen Grund an.«

»Etwas dienstliches?«

»Das weiß ich noch nicht so genau«, gestand Rodriguez ein. »Ich wäre dir dankbar, wenn du mir unbürokratisch mit ein paar Informationen aushelfen könntest.«

»Du weißt, daß es niemanden gibt, der Bürokram mehr verabscheut als ich!« kam es entrüstet aus dem Hörer.

»Um so besser. Hör zu, worum es mir geht, ist Folgendes: Habt ihr – sagen wir – Anfang dieser Woche irgendwelche rätselhaften Vorfälle gehabt? Seltsam zugerichtete Leichen etwa oder meinetwegen auch Tiere?«

Über die Telefonleitung war zu hören, wie Jiminez scharf Luft holte.

»Ja, das haben wir in der Tat«, bestätigte er. »Wie kommt es, daß du danach fragst?«

»Es scheint, als hätten wir hier momentan genau dasselbe Problem.« Er räusperte sich. »Sag mir bitte, was passiert ist – und wo!«

Während Jiminez von einem zerfetzten Jeep, zwei toten Touristen und einer getöteten Tierherde erzählte, ging Rodriguez mit dem Hörer in der Hand zur Karte und drückte weitere Reißzwecken hinein. Eine lag nur ein paar Kilometer nördlich der Ruinen der Inka-Stadt Machu Picchu, eine andere nahe des Flughafens von Cuzco.

Auch sie lagen mit den anderen in einer Linie.

»Danke«, meinte Rodriguez.

»Warte, Manuel!« kam es aus dem Hörer. »Weißt du mehr über diese Fälle?«

»Noch nicht. Aber ich gebe dir Bescheid, sobald ich schlauer bin.«

Er drückte die Gabel mit der Hand nieder, um gleich darauf die nächste Nummer zu wählen. Im folgenden telefonierte er mit den Polizeistationen von Sicuani, Azángaro, Huancané und anderen Städten im südlichen Peru. Es gelang ihm nicht, jeden Stationschef persönlich an den Apparat zu bekommen, da viele tagsüber offenbar ähnlichen Angewohnheiten frönten wie er, aber nach knapp anderthalb Stunden hatte er dennoch alle Auskünfte, die er hatte haben wollen.

In der Karte steckten nun ein Dutzend Reißzwecken, die sich wie an einer Linie durchs südliche Peru zogen, ausgehend vom Titicaca-See an der Grenze zu Bolivien.

Rodriguez fragte sich, ob es auch jenseits der Grenze ähnliche Vorfälle gegeben hatte. Leider konnte er dies nicht einfach mit ein paar weiteren Telefonanrufen klären. Dazu hätte es einer offiziellen Anfrage durch ein übergeordnetes Ministerium bedurft, von wo aus die Angelegenheit dann wahrscheinlich ans Außenministerium weitergeleitet worden wäre. Es hätte Monate gedauert, ehe eine Antwort eingetroffen wäre. Falls überhaupt.

Er kippte des Rest des Brandys in einem Zug herunter und starrte mißmutig auf die Linie aus Reißzwecken.

Was war das, das dort draußen durch den Dschungel marschierte und zerplatzte Tiere und Menschen, zerfetzte Bäume und Autos hinterließ? Was war imstande, solche Zerstörungen anzurichten? Carlos erschien, um sich zu erkundigen, ob es etwas gäbe, was er tun könne – und wahrscheinlich auch, um nachzufühlen, ob die Episode mit der schwarzhaarigen Schönheit Folgen für ihn hatte –, aber Rodriguez scheuchte ihn mit einer ungehaltenen Handbewegung wieder aus dem Zimmer.

In diesem Moment klingelte das Telefon. Am anderen Ende meldete sich Dr. Alvarez.

»Auf Ihren Anruf habe ich sehnlichst gewartet«, sagte Rodriguez erleichtert. Wenn jetzt jemand etwas Licht in das Dunkel bringen konnte, dann war es der Doktor. »Haben Sie den toten Indio untersucht?«

»Das habe ich.«

»Ja, und? Was haben Sie herausgefunden, Doktor? Woran ist er gestorben?«

In der Leitung entstand eine bedeutungsvolle Pause.

»Ich denke, es wäre besser«, sagte der Doktor schließlich, »wenn Sie hier vorbeikommen und wir das Ganze unter vier Augen besprechen würden.«

»Worauf Sie Gift nehmen können«, knurrte Rodriguez. »Ich bin sofort bei Ihnen.«

»Also«, meinte Rodriguez, nachdem ihn der Doktor hereingelassen hatte. »Was soll die Geheimniskrämerei? Was ist so kompliziert daran, wie er gestorben ist?«

Dr. Alvarez führte ihn in sein Untersuchungszimmer. Im Vergleich zu europäischen Kliniken war es absolut armselig eingerichtet, gegenüber den meisten landläufigen Praxen allerdings mutete es beinahe wie eine High-Tech-Praxis an. Es gab sowohl einen Heißluft-Sterilisator wie auch einen Leuchtrahmen und sogar ein Röntgengerät. Der Doktor hatte seit Jahren gute Beziehungen zu Hilfsorganisationen und letzteres einst als wohltätige Spende erhalten. Vielleicht auch deshalb, weil die Strahlendosis des alten Apparats jede europäische oder amerikanische Norm weit überstieg. Trotzdem stellte es in dieser Gegend einen unermeßlichen Segen dar und hatte geholfen, so manches Leben zu bewahren. Welchen Patienten, dessen Haut oder Knochen allein durch Röntgenaufnahmen gerettet werden konnten, kümmerte schon eine zu hohe Strahlendosis, die vielleicht nach Jahrzehnten zu schweren Schädigungen führte? In diesem Teil der Welt galten andere Realitäten – und Prioritäten.

»Was denken *Sie*, woran er gestorben ist?« antwortete der Doktor mit einer Gegenfrage.

Rodriguez hob die Schultern.

»Keine Ahnung. Es sieht aus, als fehlten ihm sämtliche Knochen. Oder als habe man ihm alle Knochen gebrochen, wenn ich mir auch nicht vorstellen kann, wie.«

Dr. Alvarez sah den Polizeichef ernst an.

»In der Tat«, sagte er. »Man hat ihm sämtliche Knochen im Körper gebrochen.« Eine kurze Pause, ein tiefer Atemzug. »Alle zweihundertzwölf!«

Rodriguez' Augen weiteten sich.

»Sie scherzen!«

»Keineswegs. Hier, sehen Sie sich das an.« Er ging zum

Leuchtrahmen, vor dem drei Röntgenaufnahmen hingen, und knipste das Licht an. »Hier eine Aufnahme vom Arm des Toten. Wo sich normalerweise die Knochen von Elle und Speiche befinden müssen, gibt es nur eine weiche Masse aus Knochenmehl. Dasselbe bei den Rippen oder Schädelknochen, wie auf den anderen Aufnahmen zu sehen ist.«

»Wie ist so etwas möglich, Doktor?«

»Wenn ich das wüßte. So etwas ist mir noch nie zu Augen gekommen. Es sieht aus, als wären die Knochen wie von einem Mörser zerstampft worden. Die Blutgefäße und anderen Organe hingegen sind so gut wie unversehrt. Äußerlich waren ebenfalls keine Wunde zu finden.«

»Sie können mir also nicht sagen, wie der Mann ums Leben gekommen ist? Ich meine, was für eine Waffe so etwas verursacht haben könnte?«

Dr. Alvarez schüttelte den Kopf.

»Näheren Aufschluß würde höchstens eine Untersuchung in einer modern ausgestatteten Klinik bringen. Aber ehrlich gesagt, bezweifle ich, daß man dort mehr herausfinden würde. So ein Fall dürfte in der Medizingeschichte einmalig sein.« Rodriguez kratzte sich nachdenklich am Kinn. Das war nicht gerade das, was er sich an Aufklärung erhofft hatte. Zertrümmerte Knochen, zertrümmerte Bäume. Gab es da einen Zusammenhang?

»Sie sehen aus, als hätten Sie große Sorgen«, sagte Dr. Alvarez mitfühlend. »Wegen diesem Toten? Ist es eine schlimme Sache?«

Rodriguez verzog das Gesicht.

»Nichts, womit ich nicht fertigwerden würde!« erwiderte er grober, als er es beabsichtigt hatte.

»Sie sind der Capitano«, gab der Doktor bei. »Was soll mit dem Leichnam geschehen?«

»Sorgen Sie dafür, daß er kühl aufbewahrt wird! Vielleicht brauchen wir ihn tatsächlich noch einmal für eine Untersuchung in einer modernen Klinik.«

»Kühl aufbewahren? Sie machen mir Spaß. Glauben Sie, ich hätte hier eine Kühlkammer?«

Rodriguez überlegte kurz.

»Pedro läßt sich immer große Eisblöcke für die Kühlung der Getränke anliefern. Er soll Ihnen einige davon bringen. Wenn er Schwierigkeiten macht, sagen Sie ihm, daß ich das so angewiesen habe. Und eine ausreichend große Kiste und Stroh zum Abdichten werden Sie doch noch auftreiben können. Schließlich sind Sie der Doktor, oder?«

Er wandte sich zum Gehen.

»Manchmal habe ich das Gefühl, ich hätte besser Zimmermann werden sollen.« Dr. Alvarez seufzte und brachte Rodriguez zur Tür. »Tut mir leid, daß ich Ihnen nicht weiterhelfen konnte, aber –«

»O doch, Doktor. Das haben Sie. Ich weiß genau, was ich jetzt zu tun habe.«

Es war nicht leicht, den alten Pedro zu finden. Rodriguez entdeckte ihn schließlich in einer selbst für hiesige Verhältnisse heruntergekommenen Spelunke in der ärmlichsten Ecke Atalayas – kaum mehr als eine zusammengezimmerte Wellblechhütte, in der warmes Bier in Flaschen und ohne Konsession verkauft wurde. Er beschloß, darüber hinwegzusehen – schließlich wußte er nicht erst seit heute, was hier vor sich ging.

Der alte Pedro riß erschrocken die Augen auf, als er den Polizeichef so zielstrebig auf sich zukommen sah, und hob abwehrend die Hände.

»Ich ... ich hab' nichts verbrochen, Ca ... Canitapo«,

versicherte er mit schwerer Zunge. »Ü ... ü ... überhaupt nichts. Sie könn' mich nich' einsperren.«

»Dummkopf!« brummte Rodriguez, während er sich einen wackligen Stuhl heranzog und gegenüber dem alten Indio Platz nahm. »Ich bin hier, weil ich etwas von dir wissen will. Das ist alles.«

»Da ... das is' gut«, stieß Pedro zusammen mit einer Alkoholfahne erleichtert hervor. »Fragen Sie nur, Ca ... Catipano! Der alte Pedro wird's schon wissen.« Er hob den Zeigefinger und stocherte bekräftigend in der Luft herum. »Ge ... genau.« Der Finger senkte sich und wies wie zufällig aus sein leeres Glas. »Aber mein Hals is' trocken ... fü ... für ... fürchterlich trocken ...«

Rodriguez winkte dem Inhaber heran, der darauf nur gewartet zu haben schien und so blitzschnell herbeieilte, wie es geboten war, wenn sich der Polizeichef eines Ortes in einem unerlaubten Lokal blicken ließ. Rodriguez bestellte eine Flasche Kaktusschnaps, die keine fünf Sekunden später auf seinem Tisch stand – natürlich »auf Kosten des Hauses«, wie der Besitzer ergeben versicherte. Pedros Augen hatten beim Anblick der Flasche begierig zu leuchten begonnen. Rodriguez schob sie ihm noch etwas näher zu, doch als er danach greifen wollte, zog er sie wieder aus seiner Reichweite.

»Nicht so schnell! Erst möchte ich, daß du mir etwas erzählst. Und wenn ich damit zufrieden bin, darfst du die Flasche behalten. Die ganze Flasche.«

»Das könn' Sie nich' machen, Ca ... Carritano! Ich verdurste. Ganz dürster ... fürchterlich sogar. Können Sie einfach zuseh'n, wie 'n alter Mann verdurstet? Haben Sie denn gar kein Mitleid?«

Rodriguez' Miene blieb verschlossen. Pedro sah ein, daß er auf diese Weise nicht weiterkam, und riß sich zusammen.

»Aaa ... also gut«, lenkte er ein. »Was woll'n Sie wissen?«

»Man erzählt sich, daß du vor Tagen einem Dämon begegnet bist. Erzähl mir mehr darüber.«

Ihm entging nicht, daß der alte Mann bei der Erwähnung des Begriffs »Dämon« zusammengezuckt war.

»Sie wollen es wirklich wissen?« fragte Pedro. Er schien schlagartig um einiges nüchterner geworden zu sein. »Von mir, einem alten Säufer?«

»Wäre ich sonst hier?«

Pedro sah hastig in die Runde, wie um sich zu vergewissern, ob ihnen jemand zuhörte, und flüsterte dann:

»Also gut, Capitano. Es ... es war vor drei Tagen. Oder vor vier?« Er runzelte die Stirn und schüttelte traurig den Kopf. »Ich weiß es leider nicht mehr. Der Schnaps –«

»Unwichtig«, unterbrach Rodriguez. »Wo warst du, als du ihn gesehen hast?«

»Weit weg von der Stadt. Im Süden. Am Ururu ...bamba. Es war schon dunkel, und ich wollte zurück hierher. Durch den Wald. Und plötzlich war mir fürchterlich schlecht. So schlecht, daß ich schon dachte, ich müßte ... ich müßte mich ... Und dann war da dieses Rascheln, und ich ... ich habe mich umgedreht, weil ich dachte, ein Puma oder so – und dann stand er da. Direkt vor mir. So wie Sie jetzt.«

Hinter Rodriguez' Stirn arbeitete es. Vor drei oder vier Tagen. Flußaufwärts des Urubamba. Das paßte genau in die Linie der Reißzwecken hinein.

»Erzähl weiter!« forderte er den Alten auf. »Wie sah er aus?«

»Er sah ... fürchterlich aus.« Fürchterlich, das schien in diesem Zustand eines seiner Lieblingsworte zu sein. Er machte eine weitausgreifende Geste, so ruckartig, daß er Mühe hatte, sich auf seinem Stuhl zu halten. »Er war groß. So ... so groß! Und braun. Oder grau. Und böse, das habe ich sofort gespürt.« Seine Sätze wurden schneller und flüssiger. Langsam redete er sich in Fahrt. Kein Wunder, in den letzten Tagen mußte er diese Geschichte bereits dutzende Male erzählt haben. »Ich dachte schon: Pedro – genau das hab' ich gedacht –, Pedro, jetzt ist es aus mit dir. Jetzt holt dich der Teufel. Jetzt –«

»Wie sah der Dämon aus?« erinnerte Rodriguez. »War es ein Mensch?«

»Ein Mensch? Nein, kein Mensch. Er war anders. Ganz anders. So wie eine Heuschrecke. Oder eine Schlange. Eine aufrechtgehende. Aber seine Beine ... die Beine waren ganz anders. Und erst der Kopf.« Wieder fuchtelte er mit den Armen in der Luft herum, ohne seine Beschreibung damit sonderlich zu unterstützen. »Einfach fü ... fü ...«

»Also ein Tier?«

»Kein Tier. Ein *Dämon*!«

»Hm«, machte Rodriguez. »Was ist dann passiert?«

»Ni ... nichts. Er ... stand einfach so da, und ich dachte schon, Pedro, dachte ich ...« Und nachdem er noch einmal erzählt hatte, was er sich gedacht hatte, endete er mit: »Dann hat er sich umgewandt und ist zwischen den Bäumen verschwunden. Schnell wie der Blitz war er. Und leise. Ga ... ganz leise. Das ist alles. Gege ... geben Sie mir jetzt einen Schluck?«

Rodriguez saß einen Augenblick lang gedankenversunken da.

»Du sagst, es ist dunkel gewesen, als du ihm begegnet bist?«

»Ja. Dunkel.« Pedro sah den Polizeichef eindringlich an. »Aber glauben Sie mir – ich habe ihn so deutlich gesehen, wie ich Sie jetzt sehe! Ich mag alt sein, aber meine Augen sind jung geblieben.« Er schüttelte niedergeschlagen den Kopf. »Die ... die anderen Leute glauben mir nicht. Sie sagen, ich wäre nur ein alter Säufer, der nicht ganz richtig ist im Kopf. Aber Sie ... *Sie* glauben mir doch, Capitano?«

»Ja, Pedro. Ich glaube dir.«

Rodriguez stand auf. Er hatte genug gehört. Pedro hatte diesen Dämon – oder was immer es sonst war – tatsächlich gesehen. Soviel stand fest. Aber was den Rest seiner Geschichte betraf, so konnte der Alte mittlerweile wohl selbst nicht mehr auseinanderhalten, was Wirklichkeit war und was lediglich seiner Phantasie entsprang.

Er stellte die Flasche vor Pedro auf den Tisch.

»Hier, Alter. Und was die anderen Leute angeht, so würde ich mir an deiner Stelle keine Gedanken machen. Ich glaube, die nehmen deine Geschichte ernster, als du denkst.«

Er drehte sich um und verließ nach einem kurzen, ernsten Blick zum Inhaber die Spelunke.

»Danke! Tausend Dank!« rief ihm Pedro hinterher, der die Flasche längst gegriffen und mit den wenigen ihm verbliebenen Zähnen entkorkt hatte. »Die Mutter Gottes segne Sie, Cannipatto!«

Eine knappe Viertelstunde später, als sich bereits die Dämmerung über das Land senkte und die Temperaturen langsam auf ein erträgliches Maß sanken, erreichte Rodriguez erneut die Polizeistation. Als er sie betreten wollte, stieß er beinahe mit Carlos zusammen, der gerade im Begriff war, sie zu verlassen.

»Oh, Chef, Sie sind es. Ich wollte nach Hause gehen.« Er runzelte die Stirn. »Oder gibt es irgendwelchen Ärger? Sollte ich lieber noch bleiben?«

»Nein, nein, Carlos. Geh ruhig. Morgen ist immer noch

genug Zeit, alles zu besprechen. Ach ja, noch eines: Wo ist José? Ist er auch nach Hause gegangen?«

»Nein, er ist noch einmal zum *Roadhouse* rausgefahren. Dort hat es anscheinend Ärger gegeben. Eine Schlägerei oder so.«

»Schlimm?«

»Wohl nicht. Er meinte, er würde damit auch allein fertig.«

Rodriguez nickte. José verstand sich zwar weniger auf den Einsatz seiner Fäuste, dafür um so mehr darauf, den Leuten klar zu machen, daß ihnen eine oder mehrere Nächte in der Zelle der Polizeistation drohten.

Er verabschiedete sich von Carlos, betrat sein Zimmer und knipste das Licht an. Er suchte nach der Brandy-Flasche und fluchte, als er feststellte, daß er sie am Nachmittag so gut wie leergetrunken hatte. Der winzige Rest, den er sich noch die Kehle hinunterspülen konnte, war kaum der Rede wert.

Er hatte das Gefühl, als hätte er einen Aspekt bislang völlig übersehen. Auch der Zigarillo, den er sich ansteckte, wollte ihm nicht so recht helfen.

War es die Frage, warum der alte Pedro – vorausgesetzt, er hatte dieses *Ding* tatsächlich gesehen – nicht ebenso getötet worden war wie der Indio heute morgen?

Sein Blick wurde immer wieder wie magisch von der großen Karte an der Wand angezogen, besonders von der Linie aus Reißzwecken.

Sie hatte ihren Ursprung irgendwo beim Titicaca-See, verlief schnurgerade durch den Dschungel, und wenn man sie über das andere Ende hinaus verfolgte ...

Rodriguez schnippte mit den Fingern. Natürlich! Das war es!

Dieses Ding bewegte sich nahezu schnurgerade durch den Dschungel, also mußte man auch voraussehen können, welchen Weg es einschlagen würde! Grob gesehen verlief er quer durch Peru, danach mitten durch Ecuador, um nahe der Grenze zu Kolumbien in den Pazifik einzutauchen. Was Rodriguez momentan jedoch vielmehr interessierte als benachbarte Länder, war die nähere Umgebung. Die gedachte Linie ging westlich an Atalaya vorbei und kreuzte danach vorerst nur ein paar unbefestigte, durch den Urwald geschlagene Straßen.

Rodriguez stutzte und verlängerte die Linie noch einmal mit dem Finger.

Wie er es befürchtet hatte!

Genau dort, wo die Linie die nächstgelegene Straße kreuzte, befand sich das *Roadhouse*. Und wenn man die Geschwindigkeit bedachte, mit der sich der Dämon, das Ding oder was immer voranbewegte, war nicht auszuschließen, daß er früher oder später dort auftauchen würde.

Oder bereits aufgetaucht war ...

Rodriguez fluchte. Warum hatte er nicht eher daran gedacht? Der Gedanke, daß José – der unerfahrene, ahnungslose José – sich gerade dort draußen befand, ließ ein beklemmendes Gefühl in ihm aufsteigen.

Er öffnete das einfache Vorhängeschloß des Waffenschranks und holte ein großkalibriges, automatisches Gewehr und ein Päckchen passender Munition heraus. Damit bewaffnet lief er zu seinem Wagen und startete mit durchdrehenden Rädern in die Nacht.

Das *Roadhouse* lag ein paar Kilometer außerhalb der Stadt. Das einzig amerikanische daran war der Name. Der Besitzer, ein gebürtiger Ecuadorianer, war angeblich irgendwann einmal in die Vereinigten Staaten ausgewandert und später in diesen Teil der Welt zurückgekehrt –

oder geflohen, wer vermochte das schon zu sagen? –, um hier sein Glück zu machen.

Es handelte sich um eine billige Absteige, in der sich in erster Linie Tagelöhner, Wanderarbeiter und Glücksritter tummelten. Das Erdgeschoß des Holzgebäudes bestand aus einem einzigen großen Barraum, im ersten Stock befanden sich etliche kleine Zimmer, die auch stundenweise vermietet wurden.

Rodriguez kaute nervös auf dem Zigarillo herum, während er den Geländewagen durch die Nacht steuerte. Wenn es etwas gab, worauf er sich zu verlassen können glaubte, dann war es seine Nase. Die gesamte Fahrt über plagte ihn das unheilvolle Gefühl, zu spät zu kommen. Ein Gefühl, das bereits eine halbe Meile vom *Roadhouse* entfernt zur Gewißheit wurde, als er die Flammen sah, die in den nächtlichen Himmel schlugen.

Als er dort ankam, war das zusammengestürzte Gebäude weitestgehend abgebrannt. Doch noch immer loderten helle Flammen aus den Trümmern hervor und tauchten die gesamte Umgebung in flackerndes Licht. Überall liefen aufgeregt Männer herum, im Hintergrund wurden Verletzte notdürftig versorgt, und an der Straße erkannte Rodriguez den abgestellten zweiten Polizeiwagen. Also war José noch hier.

Er sprang aus dem Wagen. In der Luft lag der Gestank von verbranntem Holz und Fleisch. Er ging durch die umherlaufenden Gestalten und näherte sich einer Gruppe von Männern, unter denen er auch den Besitzer des *Roadhouse* erkannte.

»Capitano!« rief dieser. »Gut, daß Sie kommen! Wir wollten gerade jemanden in die Stadt schicken, um Sie zu holen!«

»Was ist hier passiert?« fragte Rodriguez.

Der Besitzer schüttelte den Kopf.

»Das weiß niemand so genau. Jemand muß das Haus in die Luft gesprengt haben! Ohne Vorwarnung. Irgend so ein verdammter Terrorist – was weiß ich?« Er verzog das Gesicht. »Ich hoffe nur, Capitano, Sie schnappen ihn, bevor er mir in die Hände fällt. Oder irgendeinem der anderen Leute hier. Denn wenn das geschieht, dann ...« Er machte schweratmend eine Handbewegung, als würde er einer Gans den Hals umdrehen. »Verstehen Sie, was ich meine?«

»Ein Sprengstoffanschlag?« wiederholte Rodriguez scheinbar ungerührt. »Wie kommt ihr darauf?«

»Ganz einfach, Capitano«, antwortete ein anderer mit bitterem Lachen. »Weil irgend etwas das halbe Haus umgepustet hat!«

»Und vorher haben vor dem Haus noch einige dran glauben müssen!« fügte ein anderer hinzu.

»Wann vorher?« fragte Rodriguez wütend. »Jetzt reißt euch zusammen, und erzählt der Reihe nach!«

Der Besitzer atmete tief durch.

»Als erstes war da so eine Art Knurren vor dem Haus«, erklärte er. »So laut, daß alle Gespräche verstummt sind. Und Sie wissen, Capitano, wie laut es hier immer ist. Dann waren die Schreie mehrerer Leute zu hören, die anscheinend gerade ins *Roadhouse* kommen wollten. Und eine Sekunde darauf rissen die Schreie wie abgeschnitten ab.« Er schluckte schwer. Die Erinnerung war noch zu frisch.

»Danach war wieder so ein Knurren zu hören, nur viel, viel lauter«, ergänzte ein anderer an seiner Stelle. »Im selben Moment ist fast die gesamte Vorderfront des Gebäudes auseinandergeflogen! Allein dabei muß es ein halbes Dutzend Männer erwischt haben. Die Splitter flogen überall umher. Jeder hat nur noch versucht, sich in Sicherheit zu bringen.« Er schüttelte den Kopf. »Ein Wunder, daß überhaupt so viele rausgekommen sind, bevor das *Roadhouse* vollkommen eingestürzt ist. Die auslaufenden Petroleumlampen haben dann das Feuer entfacht, und es hat sich so schnell ausgeweitet, daß wir kaum noch jemanden unter den Trümmern hervorziehen konnten.«

Rodriguez nickte stumm. Wahrscheinlich würde sich nie genau feststellen lassen, wie viele Menschen hier tatsächlich zu Tode gekommen waren. Das Feuer hatte ganze Arbeit geleistet, und viele der Wanderarbeiter oder Tagelöhner hatten weder Familie noch sonstige Angehörigen, von denen sie als vermißt gemeldet werden würden.

»Habt ihr hier draußen irgend etwas gesehen?«

»Sie meinen von den Terroristen, Capitano? Nein, die müssen sich schnell wie der Blitz aus dem Staub gemacht haben.« Er verzog das Gesicht. »Das hätte ich an ihrer Stelle bestimmt auch getan!«

Rodriguez verzichtete darauf, ihn darauf hinzuweisen, daß dies nie und nimmer Terroristen gewesen sein konnten. Was hätte er sagen sollen? Daß es ein Dämon war, der hier gewütet hatte?

Sollten die Leute vorerst ruhig an das Werk von Terroristen glauben – zumindest bis er wußte, wer oder was wirklich dahintersteckte. Terroristen waren wenigstens ein realer Feind, ganz im Gegensatz zu einem Dämon.

Er sah sich suchend um. Das gequälte Schreien eines Verletzten erinnerte ihn daran, daß er die schlimmsten Fälle so schnell wie möglich nach Atalaya fahren mußte. Dr. Alvarez würde diese Nacht noch jede Menge Arbeit bekommen.

»Wo ist José?« fragte er. »Er müßte hier doch irgendwo sein.« Ein ungutes Gefühl kroch in ihm hoch, als er bemerkte, daß die Männer die Köpfe senkten. Keiner von ihnen wagte zu antworten.

»Los, redet!« schrie er. »Was ist mit ihm?«

»Er ist tot, Capitano. Er war gerade erst seit ein paar Minuten hier, als die Schreie zu hören waren, und er ist als erster hinausgestürzt, um den Männern zu Hilfe zu kommen. Als die Vorderfront in die Luft geflogen ist, muß er direkt davor gestanden haben.« Der Mann deutete zur Seite und schluckte. »Das ist alles, was wir gefunden haben. Ich fürchte, mehr ist nicht von ihm übrig geblieben.«

Rodriguez wandte den Kopf in die angegebene Richtung. Dort lag ein hölzernes Trümmerstück, der Rest eines Balkens, der bis hierher gewirbelt worden war – und daneben auf dem Boden ein paar blutige Stoffetzen.

Fetzen einer Polizeiuniform!

Rodriguez starrte mit versteinerter Miene auf den grausigen Anblick. Nur seine Wangenmuskeln zuckten.

José! Warum ausgerechnet José? Er hätte ein solch guter Polizist werden können. Wenn er nur nicht so übereifrig gewesen wäre. Dieser pflichtbewußte Idiot! Warum hatte er nur als erster hinausrennen müssen?

Trotzdem – Rodriguez hatte das Gefühl, als trüge allein er die Schuld an Josés Tod. Und nicht nur daran, sondern auch an allem anderen, was hier geschehen war. Warum nur hatte er nicht früher daran gedacht, die Linie auf der Karte weiter zu verfolgen?

Nur eine lächerliche Stunde früher, dann hätte es keinen einzigen Toten geben müssen. Statt dessen hätte er hier warten und dieses Biest gebührend empfangen können.

Er spürte das unbändige Verlangen, das automatische Gewehr aus dem Wagen zu holen, dem Biest hinterher zu stürmen – in die Richtung, wo hinter den brennenden Trümmern eine Schneise von umgestürzten Urwaldriesen in den Dschungel führte – und es in tausend

Stücke zu schießen. Doch sein Verstand – und zumindest ein Teil davon schien in diesem Moment klarer als je zuvor zu arbeiten – sagte ihm, daß das so ziemlich das Sinnloseste war, was er tun konnte. Mehr noch: Er merkte, daß ihm die Sache langsam, aber sicher über den Kopf wuchs. Das war mehr, als ein einzelner Mann bewältigen konnte. Spätestens dieser Vorfall würde mit Sicherheit an die Ohren seiner Vorgesetzten in Iquitos, der weit entfernten Hauptstadt dieses Verwaltungsbezirkes, dringen. Und das bedeutete eine Menge Fragen. Fragen, auf die er bislang noch keine einzige Antwort wußte.

Es würde besser sein, nicht zu warten, bis es dazu kam, sondern von sich aus Verstärkung anzufordern. Wenn er dieser Bestie beikommen wollte, mußte er langsam ein größeres Kaliber einsetzen.

»Capitano!« erreichte ihn die Stimme des Besitzers. »Was werden Sie jetzt unternehmen? Und was soll *ich* jetzt tun? Alles, was ich besessen habe, ist verbrannt. Ich bin ruiniert! Vollkommen ruiniert!«

Rodriguez bedachte ihn mit einem verächtlichen Blick. Als ob es nichts wichtigeres gab als eine abgebrannte Spelunke!

»Sei froh, daß du überhaupt noch am Leben bist!«

Er ließ den Mann stehen und wandte sich ab, um sich um die Verletzten zu kümmern.

Die Verstärkung rollte am Nachmittag des nächsten Tages in Atalaya ein, und zwar in Form von drei gepanzerten Mannschaftswagen, mehreren Jeeps und zwei Dutzend Männern in Kampfanzügen. Sie gehörten zu einer Spezialeinheit der peruanischen Polizei zur Bekämpfung des »Leuchtenden Pfades«. Landesweit gab es einige davon. Es war ein offenes Geheimnis, daß sie dabei kaum weniger erbarmungslos und brutal vorgingen wie die Terrororganisation selbst.

Rodriguez, der zum Fenster gegangen war, als er das Knattern der schweren Motoren in der kleinen Seitengasse gehört hatte, quittierte die Ankunft der Männer mit einem nachdenklichen Stirnrunzeln. Er hatte mit ein paar zusätzlichen Polizisten gerechnet – und selbst damit frühestens in zwei oder drei Tagen –, nicht aber mit dieser gefürchteten Spezialeinheit.

Er hörte durch die dünne Tür, wie im Empfangsraum der Polizeistation die Stimmen Carlos' und besonders eines anderen Mannes laut wurden, der etwas brüllte wie: »Es ist nicht nötig, daß sie mich anmelden!«

Dann wurde auch schon die Tür zu seinem Büro aufgestoßen. Ein in einen tarnfarbenen Kampfanzug gekleideter Mann stürmte herein, der Rodriguez auf Anhieb unsympathisch war. Er war etwas untersetzt, einen halben Kopf kleiner als er, und sein narbiges Gesicht war eine Mischung aus Babyface und eiskaltem Mörder.

»Sind Sie Capitan Rodriguez?«

»Der bin ich.« Rodriguez zwang sich zu einem Lächeln und ging dem Mann mit ausgestreckter Hand entgegen. »Willkommen in Atalaya!«

Der Mann übersah die Hand und beschränkte sich auf ein knappes, unpersönliches Salutieren.

»Das wird sich noch herausstellen«, sagte er abweisend. »Kommen wir gleich zum Wesentlichen. Mein Name ist Vasquez.« Und eine Spur schärfer fügte er hinzu: »*Commandante Vasquez*! Ich befehlige diese Sondereinheit. Ihr Bericht, Capitan, ist an uns weitergeleitet worden, und ich bin hier, um Ihnen zu sagen, daß wir uns ab sofort um die Sache kümmern. *Wir* allein und sonst niemand! Ich hoffe doch, ich habe mich klar ausgedrückt. Das habe ich doch, oder?«

Rodriguez zwang sich zur Ruhe. Auf einmal empfand er es als Vorteil, in den letzten Jahren genügend Übung darin erlangt zu haben, einen unbeteiligten Gesichtsausdruck zur Schau zu stellen.

»Sie haben, Commandante.«

»Gut.« Er sah sich um, als begutachte er die Einrichtung des Büros und die Stabilität der Wände. Das Ergebnis veranlaßte ihn zu einem abfälligen Rümpfen der Nase. »Ich denke, wir werden hier unser provisorisches Hauptquartier aufschlagen. Sie können sich mit ihren Männern solange ein anderes Quartier suchen. Für den Kleinkram, der in einem Rattennest wie diesem anfällt, wird es schon reichen.«

»Wie Sie wünschen.« Rodriguez ließ sich nicht anmerken, wie schwer ihm diese Worte fielen.

»Schön. Ich sehe, wir verstehen uns.« Vasquez machte eine großzügige Geste. »Worauf warten Sie noch, Capitan? Das war alles. Oder haben Sie noch etwas auf dem Herzen?«

»Nein, Commandante. Ich dachte nur ... Vielleicht wäre es besser, wenn wir noch einmal gemeinsam alle Aspekte dieser Sache besprechen würden. Da gibt es nämlich einige höchst sonderbare –«

»Capitan! Ich will nicht verhehlen, daß Ihr Bericht natürlich einen gewissen Wert für uns hatte, sonst wären wir schließlich nicht hier. Aber von nun an sollten Sie die Arbeit lieber Experten überlassen, die eigens dafür geschult worden sind. Den verdammten Guerillas wird noch Hören und Sehen vergehen, wenn sie es mit uns zu tun bekommen. Wir werden diesen Terroristen die Hölle heiß machen. Darauf können Sie Gift nehmen!«

Diesen Gefallen wollte Rodriguez dem aufgeblasenen Kerl nun doch nicht tun. Er dachte daran, daß man nicht einmal Terrorist sein mußte, damit einem Hören und

Sehen verging. Es reichte auch aus, wenn man beispielsweise Polizeichef von Atalaya war.

»Seit wann ist es eine Taktik von Terroristen, in einer gerade Linie durch den Dschungel zu gehen?« fragte er ruhig. »Oder Schafe und andere Tiere in die Luft zu sprengen?«

»Capitan!« sagte Vasquez gefährlich leise. »Wenn es etwas gibt, das ich hasse, dann daß sich Leute in etwas einmischen, von dem sie keine Ahnung haben. Wer von uns beiden ist hier eigentlich der Spezialist zur Terrorismusbekämpfung? Sie oder ich?«

Rodriguez atmete tief durch und zählte in Gedanken bis drei. Nur ruhig Blut.

»Sie«, preßte er zwischen zusammengebissenen Zähnen hervor.

»Wie bitte?« machte Vasquez. Er tat, als hätte er etwas an den Ohren. »Ich habe Sie nicht recht verstehen können.«

»*Sie* sind der Spezialist, *Commandante*!«

Vasquez nickte zufrieden, als hätte er es mit einem dummen Schulkind zu tun, das endlich eine furchtbar einfache Rechenaufgabe richtig gelöst hatte.

»Bravo, Capitan. Sie haben es also doch verstanden.« Seine Miene wurde kalt: »Und um Ihretwillen hoffe ich, Sie vergessen es keine einzige Sekunde lang. Glauben Sie nicht, daß Sie der erste wären, den ich wegen Befehlsverweigerung vor ein Standgericht habe stellen lassen.«

Rodriguez erbleichte.

Er traute diesem Kerl zu, daß er tatsächlich über Leichen ging – nur um die eigene Autorität oder was immer er dafür hielt durchzusetzen. Er zwang sich zu einem einvernehmlichen Lächeln.

»Aber, Commandante, stehen wir beide denn nicht auf derselben Seite?«

Vasquez sah ihn an, als wüßte er nicht, ob er sich auf den Arm genommen fühlen sollte oder nicht.

»Wenn es sonst nichts mehr gibt«, sagte er unwillig, »würde ich es begrüßen, wenn Sie mich jetzt endlich meine Arbeit machen lassen würden.«

»Aber selbstverständlich.«

Rodriguez verließ sein Büro. Der Empfangsraum war mittlerweile von etlichen schwerbewaffneten Männern in Kampfanzügen bevölkert. Sein Untergebener trat hilflos auf ihn zu.

»Chef, ich –«

»Komm, Carlos! Wir gehen einen trinken. Für uns gibt es hier ohnehin nichts mehr zu tun. Ich lade dich ein.«

Carlos öffnete verblüfft den Mund, schloß sich ihm dann aber kommentarlos an.

Den Rest des Tages verbrachten sie in Pepes Bar. Obwohl sie die meiste Zeit nur mißmutig und stumm vor mehr oder minder vollen oder leeren Gläsern saßen, kam es Rodriguez vor, als würden diese trübsinnigen Stunden die Partnerschaft zwischen seinem Untergebenen und ihm mehr festigen als die Jahre zuvor.

Gegen Abend wurden sie Zeuge, wie die gepanzerten Mannschaftswagen ausrückten und dabei direkt an Pepes Bar vorbeifuhren. Rodriguez schenkte ihnen kaum einen Blick. Er fühlte sich von sämtlichen Informationen abgeschnitten, als befände er sich auf einer einsamen Insel.

Er stürzte seinen Brandy herunter. Es war Labsal auf die Wunden seiner Seele.

»Aber, Chef!« meldete sich Carlos zu Wort, als die letzten Wagen in die Nacht davonrollten. »Sie wollen doch nicht in aller Seelenruhe sitzenbleiben, als ginge Sie das alles nichts an?«

»Glaubst du, ich würde hier sitzen und mich besaufen«, fragte Rodriguez zurück, »wenn ich eine andere Wahl hätte?«

Er winkte Pepe, ihm einen neuen Brandy zu bringen. Einen doppelten.

»Ah, Sutherland! Endlich!« rief Tom Ericson erleichtert in den Telefonhörer. »Ich dachte schon, die Verbindung würde nie zustande kommen.«

Er befand in einer Telefonzelle am Flughafen von Ponta Delgado, der Hauptstadt der Inselgruppe der Azoren. Hierher war er mit Gudrun Heber und Pierre Leroy gekommen, die ebenfalls für das private *Analytic Institute of Mysteries* – kurz A.I.M. – des schottisches Millionärs Ian Sutherland arbeiteten. An Bord eines U-Boots der britischen Marine hatten sie gemeinsam einem seismischen Beben auf den Grund gehen wollen, das sich vor Tagen ereignet hatte und womöglich genaueren Aufschluß über die Lage des vor Urzeiten versunkenen Kontinents Atlantis geben konnte.

Die Nachricht Sutherlands hatte Tom erreicht, als er gerade von einem Hubschrauber zum U-Boot abgeseilt worden war. Nur ein paar Minuten später, und es wäre zu spät gewesen, aber so war er zurück an Bord des Helikopters geholt worden und hatte die deutsche Anthropologin Gudrun Heber und den Franzosen Pierre Leroy schweren Herzens allein auf Tauchfahrt gehen lassen müssen.* Ganz wohl war ihm nicht bei dem Gedanken, daß die beiden so lange in der Enge eines U-Boots beisammen sein würden. Bisweilen hatte er das Gefühl, daß der Franzose, der mit seinem Charme nahezu jede Frau zu becircen wußte, ein Auge auf Gudrun geworfen hatte.

* siehe Buch 1 ›Inferno unter dem Meer‹ (Seite 7 ff)

Dennoch hätte er sich nie herabgelassen, sich ein solches Gefühl wie Eifersucht einzugestehen. Das war etwas für grüne Jungs, aber nichts für einen erwachsenen Mann wie ihn.

Die Deutsche, mit der er in den letzten Monaten so manches Abenteuer überstanden hatte, war ihm ans Herz gewachsen wie keine andere Frau in seinem Leben. Bis auf wenige Ausnahmen jedoch erschien es ihm, als würde sie von seiner Zuneigung nicht das Mindeste spüren. Jedenfalls hatte sie bislang wie keine zweite die Kunst verstanden, mit ein paar belanglosen, bis gelangweilten Worten den Zauber jeder Situation zu zerstören, die sich vielleicht angeboten hätte, ihr seine wahren Gefühle zu gestehen.

Der Seaking-Helikopter der britischen Marine hatte ihn schließlich zurück zum Flughafen von Ponta Delgado gebracht. Seitdem bemühte er sich, eine Telefonverbindung zum Lord of Oake Dùn zu bekommen. Er wollte endlich wissen, warum er in letzter Minute von der Mission zurückgerufen worden war.

»Dr. Ericson?« kam Ian Sutherlands Stimme aus dem Hörer, begleitet und teilweise überlagert von atmosphärischen Störungen, Knacken und Rauschen. Er schien so laut ins Telefon zu brüllen, als bemühe er sich, die Distanz zwischen Schottland und den Azoren notfalls auch ohne telekommunikative Hilfsmittel zu überwinden. »Sind Sie es?«

»Ja, Sir!« rief Tom. »Ihr Funkspruch kam gerade noch rechtzeitig an. Ich befinde mich jetzt wieder auf dem Flughafen von Ponta Delgado.«

»Gut. Dort sind Sie genau richtig.«

»Das habe ich mir schon gedacht. Was gibt es so Dringendes, daß Sie mich zurückgerufen haben? Irgend etwas bei Ihnen in Schottland?«

In der Leitung entstand eine Pause, und Tom befürchtete schon, die Verbindung sei unterbrochen, als sich Sutherland wieder meldete.

»Nein, hier ist alles in Ordnung. Dafür habe ich beunruhigende Nachrichten aus einem anderen Teil der Welt erhalten. Es ist leider geboten, daß Sie unverzüglich nach Peru reisen.«

»Peru?« entfuhr es Tom. Seine Kehle fühlte sich mit einem Male sehr trocken an. »Es ist der ZERSTÖRER, nicht wahr?« fragte er mit plötzlicher Gewißheit.

»Es scheint so«, bestätigte Sutherland. »Ich denke, Sie sind der richtige Mann, um das herauszufinden. Der einzig richtige, denn außen Ihnen hat niemand Erfahrung mit diesem Ding.«

»Und zwar die, davor zu flüchten«, meinte Tom. »Auf diese Erfahrung hätte ich gern verzichtet.«

Peru also, dachte er. Er hatte geahnt, daß sie früher oder später dorthin zurückkehren mußten. In diesem Teil der Welt, genauer gesagt im Nachbarland Bolivien, hatten sie in den letzten beiden Monaten einen Großteil ihrer Zeit verbracht. Durch eine prähistorische Anlage, ein sogenanntes *Tor nach Atlantis,* in der Nähe Tiahuanacos war Tom schließlich auf geheimnisvolle Weise zu einem atlantischen Bauwerk gelangt, das sich irgendwo auf der Welt befand.

Dort war Tom einem alten Mann begegnet, der die Jahrtausende in einer Art Tiefschlaf überdauert hatte. Es war ein Atlanter gewesen, und er hatte ihm wunderbare Dinge über das versunkene Reich berichtet. Von ihm wußte Tom auch, daß das Bauwerk, in dem er gelandet war, einst in ein Bergmassiv am nördlichen Rand der Insel Atlantis hineingebaut worden war.

Wo sich dieser Ort befand, wußten sie bis heute nicht. Sie vermuteten, daß er irgendwo in der Nähe der Azoren zu suchen war, und um das herauszufinden, waren Gudrun und Pierre gerade mit dem U-Boot unterwegs.

Doch in dem Bauwerk war zugleich ein anderes Wesen erwacht, das gefangengehalten worden war, um nie wieder in Freiheit zu gelangen. Der Alte hatte erklärt, daß es sich um einen ZERSTÖRER handelte, eine Kampfeinheit eines alten Feindes, gegen die die Atlanter einst gekämpft hatten. Er hatte ihn als nahezu unbesiegbar geschildert, und in der Tat hatten ihm weder mehrere Treffer aus Toms Colt, noch eine Flammenhölle, noch die Explosion einer Handgranate in unmittelbarer Nähe etwas anhaben können.

Es war Tom gerade noch gelungen, nach Bolivien zurückzukehren, doch dem Atlanter war dies nicht mehr vergönnt gewesen. Statt dessen war plötzlich der ZERSTÖRER in der Toranlage erschienen. Binnen einer Sekunde hatte er über ein Dutzend Söldner getötet – unter ihnen vielleicht sogar Kar – und war verschwunden. Tom und auch seine Gefährten hatten gehofft, daß er unter den Trümmern der eingestürzten Anlage begraben worden war, aber tief in seinem Innern hatte zumindest Tom gewußt, daß dieses Kapitel noch nicht zu Ende war.

So schnell ließen sich die Geister, die er gerufen – beziehungsweise geweckt – hatte, nicht wieder vertreiben.

»Sind Sie noch dran, Dr. Ericson?« erreichte ihn Sutherlands Stimme aus dem Hörer.

Tom riß sich zusammen.

»Ja, Sir. Ich war nur etwas in Gedanken.«

»Ich sagte gerade, daß es sich immer noch als Irrtum herausstellen kann. Bislang gibt es nur eine rätselhafte Serie von toten Tieren, Menschen und anderen Zerstörungen, die sich am östlichen Rand der Anden nach Norden zieht. Sie hat ihren Ursprung am Titicaca-See und begann ungefähr zu der Zeit, als Sie und die anderen aus Bolivien zurückgekehrt sind. Vor Ort hält man es für eine Reihe terroristischer Anschläge des ›Leuchtenden Pfades‹. Also auch wenn der ZERSTÖRER nicht dahintersteckt, es wird keine ungefährliche Sache werden.«

Tom verzog das Gesicht.

»Ich muß lange zurückdenken, um mich an einen Tag zu erinnern, der in letzter Zeit nicht gefährlich gewesen wäre.«

Er fragte erst gar nicht danach, woher Sutherland seine Informationen hatte. Er wußte, daß der Lord of Oake Dùn über glänzende diplomatische Kontakte verfügte, die teilweise bis in hochrangige Positionen der UN reichten. Wahrscheinlich hatte er dafür gesorgt, daß ihm Meldungen über sämtliche ungewöhnlichen Vorkommnisse weitergeleitet wurden, die in der Nähe des Titicaca-Sees registriert wurden.

»Welche Rolle soll ich dabei spielen?« fragte Tom.

»Das ist leider etwas kompliziert. Mittlerweile kümmert sich ein Kommando der peruanischen Anti-Terror-Polizei um den Fall. Ich habe meinen gesamten Einfluß geltend machen müssen, damit Sie diese Einheit begleiten dürfen. Allerdings nur als eine Art Beobachter. Mehr war nicht zu erreichen. Sie müssen sehen, welche Gegebenheiten Sie vor Ort erwarten, und versuchen, das Beste daraus zu machen.«

»Glauben Sie mir, darin bin ich mittlerweile Experte«, entgegnete Tom mit einem Anflug von Galgenhumor.

»Ihr Flug nach Lima ist bereits gebucht«, erklärte Sutherland. »Er geht am frühen Abend. Am Schalter der Fluggesellschaft liegt ein Umschlag mit Telefaxen für Sie bereit, in denen Sie die Geschehnisse in Peru noch einmal stichwortartig zusammengefaßt finden. Am Zielflughafen werden Sie von einer Person abgeholt, die Ihnen dann weitere Informationen gibt.«

Ian Sutherland hatte wieder einmal alles hervorragend organisiert. Es war in der zur Verfügung stehenden kurzen Zeit bestimmt nicht leicht gewesen. Was für ein Unterschied zu der langsamen Bürokratie der Yale-Universität, wo Tom Anfang dieses Jahres noch gearbeitet hatte!

»Eine Frage noch«, sagte Tom. »Angenommen, wir finden den ZERSTÖRER tatsächlich – was soll ich *dann* tun?«

Die Länge des Schweigens in der Leitung zeigte, daß die Antwort darauf nicht leicht war.

»Am liebsten wäre es mir, wenn Sie ihn einfangen würden, damit man ihn einer genaueren Untersuchung unterziehen könnte. Aber nach dem, was Sie über ihn berichtet haben, scheint die Aussicht, daß das gelingen könnte, nicht besonders groß zu sein.«

»Lassen Sie es mich so ausdrücken, Sir: Die Aussicht, eine heranrollende Dampfwalze mit bloßen Händen aufzuhalten, wäre sicherlich um einiges größer.«

Wieder eine Pause in der Leitung.

»Also gut. Dann stoppen Sie ihn! Selbst um den Preis, daß Sie ihn töten oder vernichten müßten. Er hat schon genug Menschenleben auf dem Gewissen.«

»Ich glaube nicht, Sir, daß er über eine Art Gewissen verfügt.«

»Sie wissen, wie ich es gemeint habe. Sorgen Sie dafür, daß er kein weiteres Unheil anrichtet. Allerdings wäre ich Ihnen verbunden, wenn Sie seinen Leichnam oder wenigstens Teile davon für eine Untersuchung retten könnten.«

»Ich werde tun, was in meiner Kraft steht«, antwortete Tom.

»Mr. Tom Ericson?« fragte der Beamte hinter dem Zollabfertigungsschalter im Flughafengebäude von Lima.

Tom nickte zögernd. Sollte es etwa wieder Schwierigkeiten mit der Einfuhr seines Colts geben?

Er hatte nicht das geringste Verlangen auf eine ermüdende Auseinandersetzung mit den hiesigen Zollbehörden. Obwohl es ihm geglückt war, an Bord der Maschine ein paar Stunden Schlaf zu finden, fühlte er sich müde und wie gerädert. Die vielen Flugreisen, die er in letzter Zeit hatte auf sich nehmen müssen, die damit verbundene ständige Umstellung auf neue Zeitzonen, forderten zunehmend Tribut von seinem Körper.

»Mr. Ericson, wenn Sie bitte dort hinüber gehen würden.« Der Zollbeamte wies auf eine Tür, auf der ein Schild verkündete, daß unautorisierten Personen das Betreten strengstens untersagt war. »Sie werden bereits erwartet.«

Tom nahm seine Reisetasche wieder auf und ging den gewiesenen Weg. Durch die Tür kam er in einen Raum, in dem ein einzelner Mann auf einer Bank saß und in einer amerikanischen *Penthouse*-Ausgabe blätterte.

Er trug die Uniform der peruanischen Polizei, zusätzlich eine dunkle Sonnenbrille und zwischen den Lippen einen halb heruntergebrannten Zigarillo. Als er Tom hereinkommen hörte, klappte er das Centerfold nach einem letzten abschätzenden Blick zu, legte das Magazin beiseite und erhob sich.

»Mr. Ericson?«

»Ja?«

Der Mann kam auf ihn zu und streckte ihm die Hand entgegen.

Tom ergriff sie, obwohl er nicht behaupten konnte, daß ihm der Mann besonders sympathisch gewesen wäre. Im Gegenteil, mit der Sonnenbrille, dem schwarzen Oberlippenbart und unrasiertem Gesicht wirkte er wie die Verkörperung eines zynischen, brutalen und korrupten südamerikanischen Polizisten, wie man ihn aus diversen einschlägigen Filmen kannte.

»Ich bin Capitan Rodriguez«, sagte er. »Man hat mich angewiesen, Sie abzuholen.«

In seinem Gesicht regte sich kein Muskel, aber Tom glaubte zu erkennen, daß er nicht besonders glücklich über diese Aufgabe war.

»Capitan Rodriguez?« wiederholte Tom. »Dann sind Sie der Polizeichef von Atalaya. Derjenige, der die Vorfälle gemeldet hat.«

Rodriguez hob erstaunt die Augenbrauen.

»Sie scheinen gut informiert zu sein«, stellte er fest.

»Ich weiß keine Einzelheiten«, sagte Tom wahrheitsgemäß. »Man hat mir gesagt, ich würde von jemandem empfangen werden, der mir mehr erzählen könnte.«

Rodriguez überhörte die versteckte Aufforderung.

»Am besten, wir verlieren keine weitere Zeit und machen uns sofort auf den Weg. Der ganze Zauber kann jeden Moment weitergehen.«

Er geleitete Tom wieder aufs Flugfeld hinaus, wo ein startbereiter Hubschrauber der bolivianischen Polizei auf sie wartete.

Ein Hubschrauber! Tom stöhnte innerlich auf, als er an das gewagte Abseilmanöver zurückdachte, das er erst gestern mitgemacht hatte. Warum mußten es ausgerechnet immer wieder Hubschrauber sein?

Keine Minute später waren sie in der Luft und flogen mit knatternden Rotoren nach Osten, während die Maschine gleichzeitig immer höher stieg, um die Andengipfel zu überwinden.

»Was veranlaßt einen Gringo wie Sie, sich um diesen Fall zu kümmern?« fragte Rodriguez, der neben Tom saß.

Seine Stimme war gerade so laut, daß sie den Rotorenlärm übertönte, aber von den vorderen Sitzen aus nicht mehr zu hören war. »Und welche Verbindungen besitzen Sie, daß unsere Behörden Ihnen das gestatten? Was sind Sie? Ein Reporter? Ein verrückter Millionär mit guten Beziehungen? Oder ein Geheimdienstler? CIA, würde ich tippen.«

Es klang provokativ, aber Tom ging nicht auf den Tonfall ein.

»Ich bin Archäologe.«

»Archäologe?« Rodriguez schluckte seine Überraschung herunter und sah ihn mißtrauisch an. »Was hat eine Anschlagserie mit Archäologie zu tun?«

»Haben Sie in Ihrem Bericht nicht selbst Zweifel geäußert, daß es sich um terroristische Aktivitäten handelt?« konterte Tom.

»Das schon, aber ...«

»Ich will offen zu Ihnen sein, Capitan.« Relativ offen jedenfalls, ergänzte er in Gedanken. »Auch wenn es Ihnen unglaublich erscheinen wird, es könnte sein, daß im Zuge von – äh – Grabungen nahe der peruanischen Grenze vor einigen Tagen ein ZER-« Er biß sich auf die Zunge und wägte seine Worte behutsam. »... eine Art prähistorisches Tier freigesetzt worden ist.«

Diese Eröffnung schien den Polizeichef zu verblüffen, wenngleich auf eine völlig andere Weise, als Tom erwartet hatte.

»Ein Saurier, wollen Sie damit sagen?« fragte Rodriguez wie aus der Pistole geschossen. »Oder ein Drache?«

Tom nickte mit gerunzelter Stirn. Rodriguez schien mehr zu wissen.

»Mit einer stumpfen dunklen Haut?« fragte Rodriguez.

Spätestens diese Frage bewies Tom, daß es tatsächlich der ZERSTÖRER war, mit dem er es hier zu tun hatte.

Stumpfe graue Haut! Warum sonst hätte der Polizeichef eine solche Frage stellen sollen?

»Ja«, bestätigte Tom. »Sie sind ihm also begegnet?«

»Ich habe ihn aus der Ferne gesehen«, schränkte Rodriguez ein. »Einen winzigen Moment lang.«

»Erzählen Sie mir mehr darüber«, forderte Tom. »Haben Sie ihn genauer erkennen können? Wie sah er aus?«

»*Ich* soll *Ihnen* mehr erzählen?« Rodriguez tat verwundert und schüttelte den Kopf. »Nein, nein, Compadre! Mir scheint, daß Sie derjenige sind, der mir ein paar Auskünfte schuldig ist. Was ist das für ein Tier, und wie bringt es diese grauenhaften Zerstörungen zustande?«

Tom seufzte.

»Das weiß ich nicht. Ich habe es, ehrlich gesagt, selbst kaum zu Gesicht bekommen. Deshalb hatte ich gehofft, hier mehr zu erfahren.«

Rodriguez blickte unverändert mißtrauisch drein.

»Ihre Geschichte gefällt mir nicht, Gringo«, sagte er. »Was waren das für Grabungen, die Sie gemacht haben? Und wenn dieses ... dieses Tier wirklich prähistorisch ist, wie konnte es dann bis heute überleben?«

»Das ist nicht einfach zu erklären.« Tom bemühte sich um einen Tonfall, der so ehrlich wie möglich klang. Das Gespräch lief in eine Richtung, die ihm überhaupt nicht behagte. »Glauben Sie mir, Capitan, was Sie hören würden, wäre so phantastisch, daß Sie mich glatt für geisteskrank hielten. Und damit wäre keinem von uns gedient.«

»Mir kommt es eher so vor, als *wollten* Sie nichts sagen«, vermutete Rodriguez. Er kratzte sich nachdenklich am unrasierten Kinn. »Angenommen, es wäre so, wie Sie mir weiszumachen versuchen, wie kommt es dann, daß wir nicht von bolivianischer Seite darüber informiert und gewarnt worden sind? Warum tauchen statt dessen

Sie hier auf? Wer immer hinter Ihnen steht, er muß über gute Kontakte oder viel Geld verfügen. Oder auch beides. Soviel steht für mich fest.«

»Ich kann Ihnen das erkl-«

»Nein, warten Sie! Ich bin noch nicht fertig. Ich frage mich ganz plötzlich nämlich, ob die bolivianischen Behörden überhaupt Kenntnis von Ihren angeblichen Grabungen haben.« Rodriguez sah Tom eindringlich an. »Es wäre interessant, dies mit einer kurzen entsprechenden Anfrage zu überprüfen, meinen Sie nicht auch, Mr. Ericson?«

Tom war bemüht, sich seine Betroffenheit nicht anmerken zu lassen.

Teufel noch mal! Der Polizeichef war kein dummer Bursche. Im Gegenteil, er hatte den Nagel so ziemlich genau auf den Kopf getroffen. Und das konnte unangenehm werden.

»Ich werde Sie nicht daran hindern können«, antwortete Tom. Er breitete die Arme aus. »Hören wir doch auf mit diesen Spielchen, Capitan! Worauf es ankommt, ist, daß wir beide dieses ... dieses *Ding* gesehen haben, und wir beide wissen, wozu es imstande ist. Warum also begraben wir unsere Differenzen nicht und arbeiten zusammen?«

Rodriguez überlegte.

»Mir wurde mitgeteilt, Sie wären ein offizieller Beobachter«, sagte er dann. »Damit kann ich recht wenig anfangen. Einmal angenommen, mir wäre es egal, wer Sie in Wahrheit sind und für wen Sie arbeiten – beantworten Sie mir eine Frage: *Warum* sind Sie wirklich hier? Was ist Ihre Absicht? Oder Ihre Aufgabe?«

Tom atmete tief durch. Konnte er diesem Mann die Wahrheit sagen? Er beschloß, es zu tun. Wahrheit war die Grundlage von Vertrauen. Schließlich konnte kaum mehr passieren, als daß er in einem südamerikanischen Gefängnis landete oder standrechtlich erschossen wurde.

Er sah Rodriguez ernst an.

»Ich bin hier, um dafür zu sorgen, daß dieses Ding aufgehalten wird«, sagte er. »Es darf nicht weiter töten. Aber ich befürchte, daß das verdammt schwierig wird.«

Rodriguez lehnte sich mit unbestimmbarer Miene zurück. Er bemerkte, daß der Zigarillo ausgegangen war, und entzündete den keinen halben Finger langen Stummel erneut. Tom dachte bereits, aufs falsche Pferd gesetzt zu haben, als auf dem Gesicht des Polizeichef ein breites Grinsen erschien.

»Also gut, Gringo! Das wollte ich hören. Denn auch mir geht es um nichts anderes. Ich werde zwar nicht schlau aus Ihnen, aber irgend etwas rät mir, mich darauf einzulassen. Doch ich warne Sie: Enttäuschen Sie mich nicht! Ich kann sehr unangenehm werden, wenn ich herausfinde, daß mich jemand hintergehen will.«

Das glaubte Tom ihm unbesehen.

»Mir liegt nichts ferner als das«, versicherte er schnell. »Kommen wir zurück zu den Fakten. Sind Sie bereit, mir zu erzählen, was hier vorgefallen ist?«

»Gut«, meinte Rodriguez. »Das werde ich tun. Aber danach möchte ich Ihre Geschichte hören, egal wie phantastisch sie ist.«

»Sie werden sie nicht glauben.«

»Selbst wenn«, entgegnete er. »Ich liebe Märchen, müssen Sie wissen.«

Dann begann er zu berichten, wie sich die Geschehnisse der letzten Tage aus seiner Sicht zugetragen hatten. Dabei erwähnte er auch Einzelheiten, die er Vasquez bislang nicht erzählt hatte. Beispielsweise, was ihm der alte Pedro erzählt hatte. Er hatte sich vor dem selbstherrlichen Kerl nicht lächerlich machen wollen. Abgesehen davon hätte ihm Vasquez ohnehin kaum zugehört, geschweige denn geglaubt.

»Moment mal!« unterbrach Tom. »Dieser alte Säufer hat Ihnen gesagt, daß ihm übel gewesen ist, als er dem Ding begegnet ist?«

Rodriguez nickte und lächelte sparsam.

»Fü ... für ... fürchterlich schlecht«, ahmte er die lallende Aussprache Pedros nach. »Aber das hat nichts weiter zu bedeuten. Pedro ist immer übel, wenn er zuviel getrunken hat. Sprich: den gesamten Tag.«

»Haben *Sie* irgendein Unwohlsein gespürt, als Sie dem Viech begegnet sind?«

Rodriguez stutzte. Darüber hatte er noch nicht nachgedacht. Wenn er es sich recht überlegte – ja, da war so ein komisches Gefühl in seinen Eingeweiden gewesen, als er ins Dickicht vorgedrungen war. Er hatte es für Nervosität gehalten.

»Ja, habe ich«, bestätigte er. »Aber es war nicht besonders schlimm. Warum fragen Sie? Hat das irgendeine Bewandtnis?«

Tom erzählte, daß es ihm nicht anders gegangen war.

»Je näher man an diesem Biest dran ist, desto schlimmer wird die Übelkeit, bis Sie schließlich keinerlei Kontrolle mehr über Ihren Körper haben.«

»Ein perfekter Abwehrmechanismus also«, sinnierte Rodriguez. Plötzlich kehrte Mißtrauen in seine Miene zurück. »Woher wissen Sie das eigentlich so genau? Sagten Sie nicht, Sie wären ihm nur einen kurzen Moment begegnet?«

»Ich sagte, daß ich ihn nur einen kurzen Moment *zu Gesicht* bekommen habe«, korrigierte Tom. »Er war eine geraume Zeit hinter mir her, aber mehr als einen schattenhaften Umriß habe ich nie erkennen können. Glauben Sie mir, Capitan! Einmal ist er unmittelbar von mir und meinen Gefährten aufgetaucht, keine fünf Meter von uns entfernt. Aber keiner von uns war imstande, auch nur einen einzigen Blick auf ihn zu werfen.«

Der Pilot drehte sich zu ihnen um.

»Noch fünf Minuten, dann sind wir in Atalaya«, schrie er durch den Rotorenlärm. Rodriguez gab ihm mit einem Kopfnicken zu verstehen, daß er verstanden hatte.

»Dann hat es Sie und Ihre Freunde also verschont?« fragte er an Tom gewandt. »Warum?«

»Ich wäre froh, wenn ich das wüßte. Vielleicht hat er uns in unserem damaligen Zustand nicht als Gefahr eingestuft. Genau wie diesen alten Säufer.«

»Hm«, machte Rodriguez. »Das erscheint mir nicht besonders logisch. Warum hat dann der Indio oder die Schafherde dran glauben müssen? Im allgemeinen gelten Schafe nicht gerade als besonders angriffslustig oder gefährlich. Nein, Gringo, es muß einen anderen Grund geben, warum er Sie und den alten Pedro am Leben gelassen hat.«

»Falls es überhaupt einen Grund gibt und der ZERSTÖRER nicht irrational vorgeht. Oder nach einer Logik, die uns vollkommen fremd ist.«

»ZERSTÖRER?«

»Ja, das ist der Name, den Gwa ... den wir diesem Ding gegeben haben«, sagte Tom. »Bitte, Capitan, stellen wir das vorerst noch zurück, und kommen wir wieder zu den hiesigen Geschehnissen. Was ist geschehen, nachdem dieser Vasquez in Ihre Stadt gekommen ist?«

»Seine erste Mission war ein glatter Fehlschlag. Blinder Alarm. Dann hat er sich daran erinnert, daß der Weg dieses ... des ZERSTÖRERS in einer schnurgeraden Linie durch den Dschungel führt, und er hat ihn dort erwartet, wo diese Linie die nächstgelegene Straße kreuzt.« Er stieß ein bitteres Lachen aus. »Das Ergebnis waren drei zerstörte Panzerwagen, knapp zehn Tote, und das alles, ohne daß sie den Angreifer auch nur zu Gesicht bekommen hätten. Aber glauben Sie nicht, Vasquez wäre deshalb von der Theorie abgerückt, daß er es mit Terroristen zu tun hätte.«

»Der Mann scheint ein wahrlich freundlicher Zeitgenosse zu sein«, meinte Tom.

»Oh, warten Sie es ab. Sie werden sicher bald Gelegenheit haben, das selbst zu beurteilen. Da bin ich mir sicher.«

Kurz darauf ging der Helikopter auf einem freien Feld am Stadtrand von Atalaya nieder. Er landete neben vier Militärhubschraubern, die zu beiden Rumpfseiten mit Raketenwerfern bewaffnet waren. Der gesamte Platz war strengstens von Angehörigen der Sondereinheit bewacht.

»Das ist Vasquez' neue Mannschaft«, erklärte Rodriguez, während sie ins Freie traten. »Mittlerweile sind rund fünfzig über beide Ohren bewaffnete Männer hier. So etwas wie eine halbmilitärische Eingreiftruppe.«

»Das scheint langsam ein Fall von nationaler Bedeutung zu werden«, sagte Tom, dem diese Entwicklung Unbehagen bereitete. Er hatte gehofft, unauffällig und im Verborgenen operieren zu können.

»Sie wissen gar nicht, wie recht Sie haben«, bestätigte Rodriguez. »Nach dem Zwischenfall mit den Panzerwagen hat der ZERSTÖRER seine Richtung allem Anschein nach grundlegend geändert. Es wurden uns gestern neue Vorfälle gemeldet, die nicht mehr auf der bisherigen Linie lagen, aber eindeutig auf ihn hinweisen. Demnach bewegt er sich nun in südwestliche Richtung.« Er senkte die Stimme. »Und wenn er sie beibehält, dürfte er in zwei oder drei Tagen so ziemlich genau am zwölften Breitengrad die Pazifikküste erreichen.«

»Am zwölften Breitengrad? Bitte, Capitan, helfen Sie

mir ein wenig auf die Sprünge. Ich bin nicht so ortskundig. Was liegt dort?«

Rodriguez atmete tief ein.

»Lima«, sagte er. Und nach einer kurzen Pause fügte er hinzu: »Können Sie sich vorstellen, was dieses Biest in einer Sechs-Millionen-Stadt anrichten könnte?«

Tom erbleichte. Er konnte es sich vorstellen.

»Sie also sind der Beobachter, der uns zugeteilt wurde«, stellte Vasquez gedehnt fest. Es klang, als hätte er einen räudigen Hund erwartet und eine Kakerlake bekommen.

Tom hatte zusammen mit Rodriguez geschlagene zwei Stunden im Empfangsraum der Polizeistation warten müssen, ehe Vasquez so gnädig gewesen war, sie zu empfangen. Aber sein Entgegenkommen ging nicht so weit, daß er aufgestanden wäre oder die Füße vom Schreibtisch genommen hätte.

»Ganz recht«, sagte Tom. »Mein Name ist Ericson. Ich hoffe, daß wir gut miteinander –«

»Mr. Ericson!« fiel ihm Vasquez scharf ins Wort. »Ich kann mich nicht erinnern, Sie um eine Antwort gebeten zu haben. Wenn ich Ihnen einen guten Rat geben darf – einen sehr guten Rat –, dann reden Sie künftig nur, wenn Sie gefragt worden sind!«

»Hören Sie mal«, empörte sich Tom. »Das ist keine –«

»Ich fürchte, Sie haben mich immer noch nicht verstanden«, unterbrach Vasquez, als wäre seine Geduld auf eine harte Probe gestellt. »Sie sind uns als *Beobachter* zugewiesen. Gegen diese Anordnung kann ich nichts machen. Also werden Sie an unserem nächsten Einsatz teilnehmen, und Capitan Rodriguez ebenfalls.« Eine kurze Pause. »Aber niemand hat mich angewiesen, mir von Ihnen etwas sagen lassen zu müssen. Also beobachten

Sie, was sie beobachten wollen, und darüber hinaus halten Sie Ihren Mund und stören uns nicht!«

Tom preßte die Zähne zusammen und versuchte, all die Schimpfworte und Beleidigungen, die sich in seinem Kopf tummelten, beiseite zu schieben.

»Und für den Fall, daß wir uns noch immer nicht verstanden haben«, fuhr Vasquez fort, »möchte ich Sie daran erinnern, daß Sie für die Dauer des Einsatzes meinem Befehl unterstellt sind. Ich rate Ihnen, mir keinen Grund zu geben, Sie wegen Befehlsverweigerung oder Sabotage zur Rechenschaft zu ziehen. Das würde Ihnen schlecht bekommen. Wenn es etwas gibt, das ich hasse, dann –«

»– daß sich Leute in etwas einmischen, von dem sie keine Ahnung haben«, ergänzte Rodriguez, der neben Tom stand, mit todernstem Gesicht. Aber man konnte den Spott zwischen den Worten heraustropfen hören. »Richtig, Commandante?«

Vasquez verzog das Gesicht, als wolle er aufbrausen, doch er beherrschte sich und griff statt dessen wahllos nach einigen Papieren, die auf dem Schreibtisch lagen.

»Ich denke, es ist alles gesagt.« Demonstrativ begann er, in den Papieren zu blättern. »Wenn Sie mich jetzt entschuldigen würden, ich habe noch zu tun.« Es klang wie auswendig gelernt.

Rodriguez zog Tom aus dem Zimmer.

»Na, habe ich Ihnen zuviel versprochen?« fragte er grinsend, als sie die Polizeistation verlassen hatten. »Kommen Sie, Gringo! Wir gehen dorthin, wohin wir die Polizeistation umgelagert haben. Da gibt es einen Brandy, der sogar einen Ochsen umwirft.«

»Danke für die Einladung. Aber ich würde gerne mit dem Doktor sprechen, der den toten Indio untersucht hat. Vielleicht fällt uns gemeinsam noch etwas Wichtiges auf.«

Rodriguez seufzte.

»Na schön, wie Sie wollen.« Er zog einen Flachmann aus der Uniformtasche hervor. »Zum Glück habe ich für diese Fälle immer etwas Reiseproviant dabei. Beim Doktor können wir uns einen Schluck genehmigen.«

Tom hustete, würgte, keuchte, schnappte nach Luft und bekam nur langsam wieder etwas davon in die Lungen.

»Gut, nicht wahr?« fragte Rodriguez freundlich.

»Chraaa ... ja!« krächzte Tom und starrte aus tränenverschleierten Augen dorthin, wo am anderen Ende des Tisches der Polizeichef sitzen mußte. »Wirk ... Wirklich sehr gut. Man spürt direkt, wie er einem die Magenwände zerfrißt.«

Rodriguez lächelte selig.

»Ja, so einen guten Schluck bringt nur Pepe zustande.«

Tom wischte sich die Tränen aus den Augen und wandte sich an Dr. Alvarez.

»Kommen wir zurück zum Thema«, schlug er vor. Sie waren gerade dabei, sich die Röntgenaufnahmen anzusehen. »Doktor, können Sie sich irgend etwas vorstellen, eine Waffe etwa, die so etwas anrichten kann?«

»Ich habe dem Capitan bereits gesagt, daß ich ratlos bin«, gestand Dr. Alvarez ein. »Vielleicht sollten Sie da eher einen Waffentechniker fragen.«

»Ich weiß, Doktor, aber Sie kennen sich mit Geweben und Verletzungen aus. Nehmen wir einmal an, dieselbe Waffe, die die Knochen dieses Mannes zertrümmert hat, wäre auch imstande, Menschen oder Schafe zerplatzen zu lassen oder steinerne Wände in Staub zu verwandeln.«

»Oder Bäume oder Holzgebäude zerbersten zu lassen«, ergänzte Rodriguez. »Und zwar ohne Explosionsblitz. Was kann solch unterschiedliche Auswirkungen haben?«

»Das also ist der Grund, warum diese Soldaten in der Stadt sind?« fragte Dr. Alvarez. »Ich dachte, es ginge um Terroristen.«

»Wir wissen nicht genau, womit wir es hier zu tun haben«, sagte Rodriguez. »Fest steht nur, daß es über eine Waffe verfügt, die all das anrichten kann.«

»Ich glaube nicht, daß ich Ihnen da helfen kann.« Dr. Alvarez dachte nach. »Diese zerplatzten Schafe – das könnte eine Art Mikrowelle sein, die das Blut zum Kochen und die Adern zum Platzen bringt. Aber sie könnte nie die Knochen eines Mannes oder Bäume zertrümmern. Hm, Sie sagten, daß alles ginge ohne Explosion vonstatten? Also vollkommen geräuschlos?«

»Nein«, sagte Tom. »Einen Moment zuvor ist immer eine Art Brüllen oder Knurren zu hören. Tief und dumpf, und es geht einem wie ein Vibrieren durch den Körper.«

»Hm«, machte Dr. Alvarez zum zweiten Mal. Er schien einen bestimmten Verdacht zu haben. Er wandte sich an Rodriguez. »Geben Sie mir noch einen zweiten Schluck von dem Brandy?«

»Aber sicher, Doktor.« Rodriguez schenkte nach und sah Tom an. »Sie auch?«

»Nein, nein, danke.«

Tom bedeckte sein Glas schnell mit der Hand. Rodriguez grunzte irgend etwas Unverständliches und schenkte sich sein Glas um so voller.

»Also, Doktor«, sagte er. »Was ist Ihnen eingefallen?«

Dr. Alvarez ließ sich noch einen Moment Zeit.

»Schallwellen«, sagte er dann.

»Schallwellen?« fragte Rodriguez ungläubig.

»Ja. Vielleicht sieht man es mir nicht an, aber ich habe in den Vereinigten Staaten studiert. In dieser Zeit habe ich von Versuchen der US-Army gelesen, eine Art Schallkanone zu entwickeln. Jedes Material, jede Substanz, jeder Körper, sogar jedes der verschiedenen Bestandteile eines Körpers hat seine eigene Schwingungsfrequenz. Wenn diese von außen angeregt wird, kann sie sich aufschaukeln, bis es zur Auflösung des gesamten Verbundes kommt.«

»Und das läßt sich mit Schallwellen anstellen?« fragte Rodriguez ungläubig.

Dr. Alvarez nickte.

»In den USA gibt es etliche Brücken, die zwar starke Erdbeben ohne Schaden überstanden haben, aber bei kleineren Beben, deren Erdstöße in einer bestimmten Frequenz stattfanden, fingen diese Brücken plötzlich wie wild zu schaukeln an und sind dann völlig auseinandergebrochen. Eine andere Frequenz würde dasselbe auch bei Zellen bewirken. Oder bei Knochen.«

Tom nickte nachdenklich.

Das war bislang zwar nicht mehr als eine Hypothese, aber er hatte das Gefühl, daß sie der Wahrheit sehr nahe kam.

Ein Gedankenfetzen wehte durch seinen Kopf. Gwadain zufolge war das einzige Mittel gegen den ZERSTÖRER eine sogenannte *Stimme des Todes* gewesen, die sie schließlich zerstört vorgefunden hatten. Eine *Stimme*! Auch das hatte etwas mit Schall zu tun.

War der ZERSTÖRER womöglich nur mit der Waffe zu besiegen, die er selbst benutzte?

»Wenn das eine solch wirkungsvolle Waffe ist, warum wurde sie dann nicht längst gebaut und angewandt?« fragte Rodriguez. »Sonst sind die Militärs doch nicht so rücksichtsvoll und menschenfreundlich.«

»Die Arbeiten sind meines Wissens eingestellt worden«, gab Dr. Alvarez Auskunft, »weil die Schallwellen nicht zielgerichtet eingesetzt werden konnten und außerdem auch die Schützen gefährdeten.«

Rodriguez murmelte irgendeinen spanischen Fluch und nahm noch einen Schluck aus dem Flachmann.

»Was halten Sie davon?« fragte er Tom. »Sie sind so schweigsam geworden.«

»Ich denke, der Doktor könnte recht haben.«

»Sie wollen sagen, dieses Ding besäße eine in der Frequenz verstellbare Schallkanone?«

Tom nickte.

»Bis wir mehr wissen, würde ich mich der Hypothese jedenfalls erst einmal anschließen.«

An der Eingangstür erklang ein drängendes Pochen. Als der Doktor die Tür öffnete, stürzte Carlos herein.

»Chef!« rief er außer Atem. »Chef! Sie sollen sofort zu den Hubschraubern kommen! Der nächste Einsatz beginnt. Vasquez tobt bereits, weil er Sie nirgends finden kann.«

Rodriguez stürzte den Rest des Flachmanns in einem Zug hinunter und sprang auf.

»Kommen Sie, Gringo!« rief er. »Ich habe das Gefühl, jetzt wird es ernst!«

Tom preßte sein Gesicht gegen eines der Seitenfenster des Hubschraubers, um einen Blick auf die unter ihnen vorbeigleitende Landschaft zu erhaschen. Alles, was er sah, waren karge Berggipfel und das dichte Blätterdach des Dschungels, das sich wie eine gigantische grüne Decke über die Täler erstreckte.

Zwei der insgesamt vier mit Raketen bestückten Kampfhubschrauber flogen links von ihnen, der andere, für ihn unsichtbar, auf der rechten Seite. Jeder davon war mit acht Mann besetzt. In der Maschine, in der sich Tom befand, saßen außer ihm und dem Piloten noch Rodriguez, Vasquez, sowie vier weitere, in grün-braune Tarnanzüge gekleidete Männer der Spezialeinheit.

»Da vorne ist es!« Vasquez, der neben dem Piloten im Cockpit des Hubschraubers saß, drehte sich mit verächtlichem Gesicht zu Tom um. »Haben Sie schon die Hose voll, Gringo?«

Anders als bei Rodriguez klang die Bezeichnung *Gringo* aus seinem Mund wie eine Beleidigung. Tom Ericson zog es vor, nicht zu antworten, sondern starrte weiter aus dem Fenster. Vor ihnen erstreckte sich ein weitgeschwungener, kreisförmiger Talkessel mit einem Durchmesser von gut zwei Kilometern.

Sie befanden sich etwa hundert Kilometer nordöstlich von Lima. Vor wenigen Minuten waren sie auf einer Farm in der Nähe der Ortschaft Oxapampa gelandet, wo ein kleine Ziegenherde getötet worden war. Dem Zustand der Kadaver nach konnte es sich nur um ein Werk des ZERSTÖRERS handeln, und die Tiere waren noch nicht lange tot. Wenn man die eingeschlagene Richtung und die Geschwindigkeit, mit der sich der ZERSTÖRER bislang bewegt hatte, zugrunde legte, mußte er sich gegenwärtig in dem Andental vor ihnen aufhalten.

»Diesmal machen wir den verdammten Terroristen den Garaus!« stieß Vasquez hervor. »Sie müssen irgendwo da unten stecken. Er wies den Piloten an, tiefer zu gehen, und gab den Befehl über Funk auch an die anderen Maschinen weiter.

Tom konnte sich kaum vorstellen, daß Vasquez nach allem, was bisher passiert war, immer noch daran glaubte, es hier mit Terroristen zu tun haben. Er war ein dickschädeliger, selbstgefälliger Mann – und nach Toms Meinung nebenbei auch noch ein ausgesprochener Idiot –, aber selbst der größte Dummkopf mußte merken, daß es hier um etwas anderes ging. Wahrscheinlich waren auch dem Commandante insgeheim längst Zweifel gekommen, und er hielt nur nach außen weiterhin an seiner Theorie fest. Auch diesmal behielt Tom seine Gedanken wohlweislich für sich. Vasquez hatte ihm schließlich deutlich genug erklärt, daß seine Aufgabe in erster Linie darin bestünde, den Mund zu halten.

Im Tiefflug donnerten die Hubschrauber in einer auseinandergezogenen Formation über das Tal hinweg. Zu sehen war unter dem dichten Blätterdach nichts.

»Noch einmal, und diesmal langsamer!« befahl Vasquez. »Infarotsucher einschalten. Damit spüren wir sie auf.«

»Glauben Sie, daß wir dieses Wesen damit wirklich entdecken können?« wandte sich Rodriguez leise an Tom.

Der Archäologe hob die Schultern. Er wußte selbst nicht allzu viel über den ZERSTÖRER. Bedauerlicherweise hatte ihm Gwadain in der atlantischen Station jenseits des dritten Tores, in der die Kreatur aus ihrem Jahrtausende währenden Tiefschlaf erwacht und ausgebrochen war, nicht viel erzählen können. Es war offensichtlich ein Wesen, dessen einziger Lebenszweck daraus bestand, Tod und Vernichtung zu verbreiten, und dessen ursprüngliche Bezeichnung *Aymish* gelautet hatte. Ob es sich um ein Lebewesen oder ein künstlich geschaffenes Geschöpf handelte, war ihm unbekannt, und deshalb wußte er auch nicht, ob es Wärme abstrahlte, die mit einem Infrarotsucher angepeilt werden konnte.

»Ich hoffe es zumindest«, erwiderte Tom. »Aber selbst wenn wir es aufspüren –«

Er brach ab. Von draußen drang ein dumpfes Brüllen an seine Ohren, so laut, daß es sogar das Wummern der Rotorblätter übertönte.

Er war nicht der einzige, der das Geräusch hörte, denn auch die anderen Männer blickten sich unsicher um, aber er war der einzige, der schon einmal Laute wie diese gehört hatte.

»Abdrehen!« stieß er entsetzt hervor und mußte an die Theorie über die Schallwellen denken, die er mit Doktor Alvarez besprochen hatte. »Wir müssen sofort abdrehen!«

Vasquez fuhr auf seinem Sitz herum.

»Sie haben den Mund zu halten, Ericson!« blaffte er. »Ich habe Sie gewarnt. Wenn Sie –«

Er kam nicht weiter. Eine gewaltige Explosion hallte über das Tal. Tom sah, wie sich der Hubschrauber links von ihnen in einem gewaltigen Feuerball aufblähte und zerbarst. Brennende Wrackteile wurden wie Geschosse in alle Richtungen geschleudert und regneten zu Boden. Einige Trümmerstücke trafen auch die gepanzerte Außenhülle des Hubschraubers, in dem Tom saß.

Im nächsten Moment wurde die Maschine von der Druckwelle durchgeschüttelt und bäumte sich auf wie ein störrisches Tier. Im letzten Moment konnte sich Tom irgendwo festklammern und verhindern, daß er den Halt verlor. Ein Mann der Spezialeinheit, der ihm gegenübersaß, hatte weniger Glück.

»Abdrehen!« brüllte nun auch Vasquez mit sich überschlagender Stimme, was Tom schon vorher verlangt hatte. »Und nehmen Sie den Dschungel unter uns unter Beschuß! Wir werden denen die Hölle einheizen.« Er griff nach dem Mikrofon und wiederholte seinen Befehl über Funk.

Der Pilot riß die Maschine in einer engen Kurve herum und gleichzeitig in die Höhe. Dann drückte er einige Knöpfe am Armaturenbrett.

Zischend rasten zwei Geschosse aus den Raketenwerfern beiderseits des Bugs. Einen weißen Schweif hinter sich herziehend, rasten sie in die Tiefe und schlugen zwischen den Bäumen ein, wo sie eine Feuerhölle entfachten.

Auch die anderen Hubschrauber eröffneten das Feuer. Unaufhörlich hallte der Explosionsdonner von den Berghängen wider. Eine Rakete nach der anderen raste in den Talkessel und fachte die Gluthölle immer neu an, bis fast die Hälfte des Tales in Flammen zu stehen schien.

Und dennoch nutzte das Bombardement nichts.

Erneut ertönte das dumpfe Brüllen, und diesmal konnte Tom genau beobachten, was geschah.

Einer der Hubschrauber schien von unsichtbaren Gewalten in der Luft auseinandergefetzt zu werden, erst dann erfolgte die Detonation, als der Benzintank explodierte und auch den an Bord befindlichen Sprengstoff hochgehen ließ.

Obwohl die Explosionsstelle ein gutes Stück entfernt lag, flogen die Trümmerstücke so weit, daß auch diesmal einige Vasquez' Hubschrauber trafen. Erneut wurde die Maschine von der Druckwelle durchgeschüttelt, doch diesmal geriet sie stärker ins Trudeln.

Tom konnte sich nicht halten. Ebenso wie einige der anderen wurde er von seinem schmalen Sitz im Frachtraum der Maschine geschleudert. Unsanft wurde ihm die Luft aus den Lungen gepreßt, als Rodriguez auf ihn fiel. Mühsam rappelten sie sich wieder hoch.

»Was ist los?« schrie Vasquez den Piloten an und fuchtelte wild mit den Händen. »Drehen Sie endlich ab, Sie verdammter Stümper, oder wollen Sie, daß wir auch abgeschossen werden?«

»Die Maschine gehorcht mir nicht mehr richtig!« rief der Pilot zurück. »Der Rotor oder die Antriebswelle müssen von der Druckwelle oder durch ein Trümmerstück etwas abbekommen haben. Wir stürzen ab!«

Lähmendes Schweigen folgte der Mitteilung des Piloten. Es dauerte allerdings nur ein paar Sekunden, dann begann Vasquez erneut loszuzetern.

»Tun Sie doch etwas!« brüllte er. »Bringen Sie uns von hier weg!«

»Ich tue, was ich kann, Commandante, und im Augenblick versuche ich gerade, unser Leben zu retten!« antwortete der Pilot, während er Schalter umlegte und auf Knöpfe am Armaturenbrett drückte, wo bereits zahlreiche rote Warnlämpchen flackerten. »Wir müssen notlanden.«

Tom warf einen entsetzten Blick aus dem Fenster auf die immer noch unter ihnen tobende Gluthölle, der sie sich gefährlich schnell näherten. Trotz der Bemühungen des Piloten verlor der Hubschrauber rapide an Höhe.

Immer unruhiger klang das Geräusch der Rotoren. Der Motor begann zu stottern und setzte für einen Sekundenbruchteil sogar ganz aus.

»Hochziehen!« kreischte Vasquez. Am liebsten hätte Tom ihm höchstpersönlich den Hals umgedreht. »Ziehen Sie doch hoch! Sie unfähiger –«

»Wenn Sie nicht endlich den Mund halten, schaffe ich es bestimmt nicht!« fiel ihm der Pilot scharf ins Wort.

Vasquez warf ihm einen haßerfüllten Blick zu, sah aber ein, daß es jetzt besser war zu schweigen.

Glücklicherweise hatten sie sich ziemlich am Rande des bombardierten Bereiches befunden. Der Pilot bewies, daß er ein Meister seines Fachs war, indem es ihm gelang, den trudelnden Hubschrauber einigermaßen abzufangen und über das brennende Gebiet hinauszubringen.

Damit allein jedoch war die Gefahr noch nicht überstanden. Auch ein Absturz zwischen die Bäume hätte verheerende Folgen gehabt.

Erneut setzte der Motor kurz aus, und sie stürzten

zwei, drei Meter in die Tiefe, bevor der Pilot den Hubschrauber erneut abfangen konnte. Sie strichen jetzt nur noch dicht über die Wipfel hinweg.

»Da vorne!« Vasquez deutete durch die Frontscheibe. »Da ist eine Lichtung.«

»Ich habe sie gesehen.« Die Stimme des Piloten klang gepreßt. »Beten Sie, daß wir es noch bis dorthin schaffen!«

Über die Schultern der beiden Männer hinweg konnte auch Tom die kleine Lichtung erkennen, die sich gut fünfzig Meter vor ihnen erstreckte.

Noch einmal sackte der Hubschrauber ein Stück durch. Tom glaubte fast hören zu können, wie die Kufen durch Blätter und die Spitzen der Zweige streiften.

Dem Pilot gelang es – wie auch immer –, den Hubschrauber erneut ein Stück hochzuziehen, und dann befand sich die Lichtung unter ihnen. Der Helikopter sackte nach unten.

Als sie sich noch wenige Meter über dem Boden der Lichtung befanden, setzte der Motor endgültig aus. Wie ein Stein stürzte der Hubschrauber in die Tiefe. Die Kufen brachen beim Aufprall, und ein heftiger Stoß erschütterte die Maschine.

Tom fühlte sich nach vorne gerissen. Schmerzhaft stieß er irgendwo mit dem Kopf an, doch er fiel relativ weich. Gleich darauf entdeckte er, daß diesmal er auf Capitano Rodriguez gelandet war.

»Damit wären wir wohl quitt«, kommentierte er grinsend, erleichtert darüber, daß die Notlandung so glimpflich abgegangen war.

»Mein Sinn für Fairneß war noch nie sonderlich ausgeprägt«, erwiderte Rodriguez. »Besonders nicht in Situationen wie dieser. Und jetzt heben Sie endlich Ihren Arsch, Gringo, und gehen Sie von mir runter!«

Tom rappelte sich auf. Sein Kopf schmerzte, und er erinnerte sich, daß er gegen irgend etwas geprallt war, vermutlich die Sitzbank.

»Alle raus!« befahl Vasquez. »Die Maschine kann jeden Moment explodieren!«

»Das kann sie nicht«, widersprach der Pilot. »Der Motor ist abgeschaltet.«

»Schweigen Sie!« fuhr Vasquez ihn an. »Mit Ihnen und Ihrem aufsässigen Verhalten werde ich mich später noch beschäftigen. Verlassen Sie sich darauf.«

»Dieses Schwein!« entfuhr es Tom. Er hatte leise gesprochen, doch Vasquez hatte es dennoch gehört.

»Was haben Sie gesagt, Ericson?« bellte er.

»Daß wir alle noch mal mächtig Schwein gehabt haben«, behauptete Tom, während er aus dem Wrack des Hubschraubers kletterte. Die umstehenden Männer, die deutlich verstanden hatten, was er wirklich gesagt hatte, grinsten verstohlen. Vasquez vermied es, näher darauf einzugehen.

»Wie ihr gemerkt habt, sind wir in einen gut vorbereiteten Hinterhalt geraten«, sagte er. »Die Terroristen haben sich irgendwo hier versteckt, und sie verfügen über Flugabwehrraketen oder etwas ähnliches. Wahrscheinlich halten sie uns nach dem Absturz für tot. Um so besser für uns. Das gibt uns die Möglichkeit, unbemerkt an sie heranzupirschen und sie durch einen Überraschungsangriff auszuschalten.«

Tom verdrehte die Augen. So bescheuert wie Vasquez konnte ein einzelner Mensch doch kaum sein! Wenn alle Verantwortlichen solche Hornochsen waren, war es nicht weiter verwunderlich, warum die peruanische Polizei gegen den ›Leuchtenden Pfad‹ bislang kaum Erfolge erzielt hatte. Und hier hatten sie es mit einem ungleich gefährlicheren Gegner zu tun.

»Wir haben bereits drei Hubschrauber verloren«, fuhr Vasquez fort. »Falls es den Terroristen gelingen sollte, auch noch die letzte Maschine abzuschießen, sitzen wir hier fest. Soweit darf es nicht kommen. Deshalb werde ich Verstärkung anfordern. In Lima steht eine Bomberstaffel zum Einsatz bereit.«

»Eine Bomberstaffel?« entfuhr es Rodriguez unwillkürlich.

Vasquez schien sich über den Einwand nicht zu ärgern, ganz im Gegenteil sogar.

»Ganz recht«, sagte er in einem Tonfall, als sonne er sich im Glanz seiner weisen Voraussicht. »Ich werde auf keinen Fall noch mehr Menschenleben aufs Spiel setzen. Falls wir keinen Erfolg haben sollten, werden die Flugzeuge dieses Tal aus sicherer Höhe bombardieren und alles vernichten, was sich hier aufhält.«

Tom horchte auf. Er war sich nicht sicher, was er von Vasquez' Worten zu halten hatte, aber zum ersten Mal hatte der Commandante etwas einigermaßen Vernünftiges gesagt. Auch die Formulierung *alles vernichten, was sich hier aufhält*, konnte man so verstehen, daß Vasquez nicht mehr so felsenfest wie bisher davon überzeugt war, daß sie es hier mit menschlichen Gegnern zu tun hatten.

»Sie wissen doch so gut wie ich, daß es hier nicht um Terroristen geht«, ergriff Rodriguez noch einmal das Wort. »Warum geben Sie nicht endlich zu –«

»Schweigen Sie!« fiel ihm Vasquez scharf ins Wort. »Ich habe Sie nicht um Ihre Meinung gebeten.«

». . .was ohnehin wahrscheinlich schon jedem hier klar ist«, sprach Rodriguez unbeirrt weiter. »Die Zerstörungen, die wir gesehen haben, und die Menschen und Tiere, die getötet wurden, gehen nicht auf das Konto des ›Leuchtenden Pfades‹, noch sonst einer Terrorgruppe. Und die Hubschrauber wurden auch nicht durch Raketen oder etwas ähnliches vernichtet. Oder hat irgend jemand etwas derartiges bemerkt?«

»Ich habe gesagt, Sie sollen schweigen!« schrie Vasquez ihn an. Er trat auf den Capitano zu und baute sich mit drohend in die Hüften gestemmten Fäusten vor ihm auf. »Wenn Sie meine Befehle weiterhin mißachten, habe ich das Recht, Sie standrechtlich zu erschießen. Seien Sie sich sicher, daß ich davon auch Gebrauch machen werde!«

»Kurz bevor der zweite Hubschrauber explodierte, habe ich an dem Berghang dort drüben etwas aufblitzen sehen«, berichtete einer der Männer und deutete in südwestlicher Richtung, zum Ausgang des Tales. »Aber ich bin mir nicht sicher. Ich kann mich auch getäuscht haben.«

»Damit wäre das wohl geklärt«, stellte Vasquez mit sichtlicher Zufriedenheit fest. »Wir werden uns dort drüben umschauen. Vorher aber werde ich Verstärkung anfordern.« Mißtrauisch betrachtete er das Wrack des Hubschraubers. »Sind Sie ganz sicher, daß das Ding nicht mehr explodieren kann?« wandte er sich an den Piloten.

»Absolut. Aber falls es Ihnen um das Funkgerät geht, das können Sie vergessen. Ich habe es bereits direkt nach der Landung gecheckt. Es ist kaputt.«

Vasquez nahm die Nachricht gelassen auf.

»Na schön, auch für den Fall habe ich Vorsorge getroffen.« Aus der Hemdtasche seiner Uniform zog er ein tragbares, flaches Funkgerät, ein Walkie-talkie mit geringer Reichweite, zog die Antenne heraus und schaltete es ein. »Hier Commandante Vasquez. Ich rufe Blackbird drei, kommen!«

Er ließ die Sprechtaste los. Statisches Knistern drang aus dem Lautsprecher, gleich darauf aber auch eine Stimme.

»Hier Blackbird drei«, meldete sich der Pilot des letzten noch verbliebenen Helikopters. »Commandante, wir haben schon geglaubt, Sie wären tot.«

Und euch wahrscheinlich bereits diebisch darüber gefreut, kommentierte Tom in Gedanken, hütete sich aber, dies laut auszusprechen.

»Wie Sie hören, lebe ich noch. Wir alle haben den Absturz unbeschadet überstanden und werden versuchen, die Terroristen ausfindig zu machen. Sie werden am hinteren Ausgang des Tales Stellung beziehen, Blackbird drei, und ihn bewachen, falls unsere Feinde versuchen sollten, auf ihrem bislang eingeschlagenen Weg zu entkommen.«

»Wäre es nicht besser, wenn wir Sie und Ihre Leute erst aufnehmen? Es wird zwar etwas eng werden, aber wenn wir alle zusammenrücken –«

»Haben Sie nicht gehört, was ich gesagt habe?« unterbrach ihn Vasquez barsch.

»Ja, Commandante, aber –«

»Dann tun Sie, was ich Ihnen befohlen habe! Setzen Sie fünf Männer am hinteren Talausgang ab. Sie sollen sich dort verschanzen und auf alles schießen, was sich bewegt und nicht nach uns aussieht. Wir werden zu ihnen stoßen. Juan meint, er hätte vor dem Absturz dort in der Nähe irgend etwas gesehen. Sobald Sie die Leute abgesetzt haben, bringen Sie die übrigen zwei Männer zum Eingang des Tales, für den eher unwahrscheinlichen Fall, daß die Terroristen dort zu fliehen versuchen, aber fliegen Sie in einem weiten Bogen außen um das Tal herum.«

»Commandante, das ist ein riesiger Umweg.«

»Dafür aber sicherer. Ich möchte nicht, daß man Sie in der Luft abschießt. Danach kehren Sie zum Talende zurück und unterstützen die Männer gegebenenfalls aus der Luft. Setzen Sie sich außerdem mit Lima in Verbindung, und geben Sie in meinem Namen Anweisung, daß die bereitstehende Bomberstaffel sich in einer Viertelstunde auf den Weg hierher macht. Bis dahin müßten wir bei Ihnen eingetroffen sein. Mein Funkgerät reicht für solch weite Distanzen nicht aus.« Er atmete tief ein. »Haben Sie das alles verstanden, oder soll ich es noch mal langsam zum Mitschreiben wiederholen?«

»Nein, Commandante. Ich habe verstanden.«

»Gut. Wenn die Flugzeuge hier eingetroffen sind, werde ich selbst Verbindung mit den Piloten aufnehmen. Sollte uns etwas zustoßen, möchte ich, daß das gesamte Tal bombardiert wird. Das gesamte Tal, hören Sie? Ich möchte, daß hier kein Blatt mehr an den Bäumen bleibt.«

»Zu Befehl!«

»Dann fangen sie endlich an! Sie wissen ja, auf welcher Frequenz Sie mich notfalls erreichen können.«

Vasquez schaltete das Funkgerät auf Bereitschaft und steckte es in die Tasche zurück.

»Also dann los«, wandte er sich an die anderen. »Wir haben hier noch eine Kleinigkeit zu erledigen.«

Sie kamen schneller voran als befürchtet, aber dafür war der Marsch weitaus beschwerlicher als erhofft.

Aus dem Hubschrauber hatten sie sich mit Waffen eingedeckt, die ausgereicht hätten, eine kleine Armee auszurüsten. Das reichte von Maschinenpistolen bis hin zu Panzerfäusten und einem tragbaren Granatwerfer, der mit wenigen Handgriffen aufgebaut werden konnte. Für den Fall, daß sie sich aus irgendeinem Grund trennen mußten, hatte jeder der Männer ein weiteres Walkietalkie bekommen, auch Tom und Rodriguez. Der Polizeichef hatte sich zusätzlich mit einer Bazooka ausgerüstet, während Tom lediglich zwei Handgranaten an seinem Gürtel befestigt hatte. Er zweifelte daran, daß es nur eine

Sache der Feuerkraft war, den ZERSTÖRER zu vernichten. Seine bisherigen Erfahrungen mit diesem Wesen ließen es ihm jedenfalls geboten erscheinen, so wenig unnötigen Ballast wie möglich mit sich herumzuschleppen. Er verließ sich lieber auf seine Schnelligkeit – notfalls auch, um sich aus dem Staub zu machen.

Der ZERSTÖRER war eine Kampfmaschine, die alles niederwalzte, was sich ihr in den Weg stellte. Mit Handfeuerwaffen war ihr nicht beizukommen, wahrscheinlich nicht einmal mit den Panzerfäusten. Am erfolgversprechendsten erschien Tom noch eine Flächenbombardierung des gesamten Tales durch die Kampfflugzeuge.

Er konnte nur hoffen, daß es bis dahin keine weiteren Toten zu beklagen gab. Der ZERSTÖRER befand sich irgendwo in diesem Tal, und falls er auf Vasquez' Leute stoßen sollte, hatten diese so gut wie keine Überlebenschancen.

Hätte Tom nur die geringste Chance gesehen, daß Vasquez auf ihn hören würde, hätte er alles darangesetzt, den Commandante von dessen Plan abzubringen, doch er wußte, daß es sinnlos war. Er hätte sich höchstens in zusätzliche Gefahr gebracht. Fanatikern war nicht mit logischen Argumenten beizukommen.

Immerhin bewiesen die Soldaten der Spezialeinheit, daß sie hervorragend austrainiert waren. Trotz der schweren Ausrüstung drangen sie so schnell vor, daß Tom, der sich ebenfalls für einigermaßen sportlich hielt, und vor allem Rodriguez Schwierigkeiten hatten, mit ihnen Schritt zu halten. Wahrscheinlich bereitete es Vasquez ein grimmiges Vergnügen, sie keuchen zu sehen.

Das Feuer bereitete ihnen keine Schwierigkeiten. Ihr Weg führte sie nur am Rande des unter Beschuß genommenen Gebietes vorbei. Die meisten Brände waren inzwischen ohnehin wieder erloschen. In der tropischen Vegetation fanden die Flammen nicht genügend Nahrung. Die Blätter enthielten viel zu viel Feuchtigkeit.

Gut eine Viertelstunde lang quälten sie sich durch den Dschungel vorwärts. Die Bomberstaffel mußte von Lima aus ungefähr zu dem Zeitpunkt starten, als Vasquez' Funkgerät, das als einziges auf Bereitschaft geschaltet war, plötzlich zu piepen begann. Er zog es aus der Tasche.

»Hier Vasquez«, meldete er sich. »Was gibt es?«

»Commandante, hier ist Perez«, tönte die aufgeregte Stimme eines Mannes aus dem kleinen Lautsprecher. »Ich habe mich zusammen mit den anderen wie befohlen am Talausgang hinter einigen Felsbrocken verschanzt. Irgend etwas geht hier vor. Aus dem Dschungel vor uns sind seltsame Geräusche zu hören.«

»Was für Geräusche?« hakte Vasquez nach. »Drücken Sie sich gefälligst klarer aus.«

»Es ... es ist schwer zu beschreiben, Commandante. Eine Art Grollen, dazwischen immer wieder das Brechen von Zweigen. Irgend etwas nähert sich uns, und es ist schon ziemlich nah.«

»Das müssen die Terroristen sein. Wir sind auch nicht mehr weit entfernt. Haltet sie auf, dann können wir sie von vorne und von hinten in die Zange nehmen.«

»Das ... das sind keine Terroristen«, widersprach Perez gehetzt. »Etwas bewegt sich zwischen den Bäumen. Ich sehe etwas, das ... Heilige Mutter Gottes, nein! Das ist eine Bestie, ein Dämon aus der Hölle –«

Schreie ertönten, und auch Schüsse waren zu hören. Das Rattern von Maschinenpistolen, außerdem dumpfe Explosionen.

»Reißen Sie sich zusammen, Mann!« brüllte Vasquez in das Walkie-talkie. »Was geht dort vor?«

»Es ist ein Dämon!« kreischte Perez. »Er hat Santos und

Frederico getötet! Sie ... sie haben ihn mit Panzerfäusten getroffen. Wirklich, Commandante, so wahr ich hier stehe. Aber die ... die Granaten scheinen ihm nichts anhaben zu können!«

Tom konnte sich nicht mehr beherrschen. Die Männer würden alle sterben, wenn er nichts unternahm. Er zog ebenfalls sein Walkie-talkie hervor, schaltete es ein und drückte die Sprechtaste.

»Fliehen Sie!« rief er. »Sie können ihn nicht aufhalten. Versuchen Sie –«

Weiter kam er nicht. Vasquez sprang heran, riß ihm das Funkgerät aus der Hand und schleuderte es zu Boden. Gleich darauf versetzte er Tom einen harten Schlag ins Gesicht, der den Archäologen von den Füßen holte.

»Das ist Aufruhr! Dafür werden Sie büßen«, brüllte er. Für einen Moment schien es, als wollte er seine Pistole ziehen, aber dann begriff er, daß es jetzt wichtigere Probleme gab, und kümmerte sich – wenigstens für den Augenblick – nicht weiter um Tom. »Melden Sie sich, Perez! Was ist los?«

Er bekam keine Antwort. Aus dem Funkgerät drang nur leises Rauschen. Erneut hallte der Donner einer Explosion durch das Tal, dann herrschte Stille.

»Los!« befahl Vasquez.

Sie stürmten los, so schnell sie konnten. Tom und Rodriguez folgten den Männern.

»Dieser Wahnsinnige hat sie in den Tod gehetzt«, stieß Tom hervor. »Der ZERSTÖRER hat sie alle getötet, und er wird auch die übrigen umbringen, wenn wir Vasquez nicht aufhalten.«

»Das können wir nicht«, keuchte Rodriguez und schnappte nach Luft. »Eher wird er uns erschießen. Nicht ... so schnell, ich komme nicht mit.«

Auch Tom verringerte sein Tempo ein wenig, selbst

wenn der Abstand zu den Männern der Spezialeinheit dadurch noch größer wurde. Er verspürte bohrende Seitenstiche, und seine Lunge brannte. In der dünnen Andenluft wurde jede größere Anstrengung zur Qual.

Vor ihnen klangen erneut Schreie auf, dann Schüsse.

Tom erstarrte. Er wußte, was das zu bedeuten hatte.

Vasquez und seine Begleiter waren auf den ZERSTÖRER gestoßen!

In die Schüsse mischten sich die Detonationen von Granaten der Panzerfäuste.

»Es ist sinnlos, daß wir uns auch abschlachten lassen.« Tom hielt Rodriguez zurück, der Vasquez nacheilen wollte, und blickte sich suchend um. Dann deutete er auf einen schmalen Pfad, der sich an der Flanke eines der Berge in die Höhe schlängelte. »Da hinauf!«

Sie hasteten den Pfad entlang. Schüsse und Explosionen, dazwischen immer wieder Schreie, hallten in ihren Ohren.

Aber Tom vernahm auch noch andere Geräusche. Es handelte sich nicht um ein durchdringendes Brüllen, wie er es im Hubschrauber gehört hatte, sondern um eine Art Knurren, das gerade noch am Rande des Hörbaren lag. Ein Laut, der ihm dennoch eine Gänsehaut über den Rücken trieb. Als sie auf dem Pfad ein Stück weit den Berg hinaufgehetzt waren, konnten sie den bizarren Kampf sehen, der schräg unter ihnen tobte. Nur Vasquez und einer seiner Männer waren noch am Leben und wehrten sich nach Kräften.

Der ZERSTÖRER befand sich nicht weit von ihnen entfernt. Die Bäume um ihn herum brannten, und die Kreatur war hinter einem Vorhang aus Flammen, Rauch und Explosionsqualm nur schemenhaft zu erkennen.

Eine weitere Granate traf ihn und hüllte ihn in grelles Licht. Tom nahm flüchtige Bewegungen wahr, eine an einen Tentakel erinnernde Gliedmasse, die wie eine Peitsche hin- und herzuckte, dazwischen einen finsteren, länglichen Balg, fast wie der Körper eines ins Ungeheuerliche vergrößerten Insekts.

»Wir müssen etwas tun, Gringo!« krächzte Rodriguez.

»Und was? Wir können ihn mit unseren Waffen nicht aufhalten, das sehen Sie doch!«

Wieder ertönte ein dumpfes Knurren. Tom konnte es nicht nur hören, sondern auch spüren. Es schien seinen ganzen Körper zum Vibrieren zu bringen.

Vasquez' Begleiter brach zusammen. Er schien regelrecht in sich zusammenzusinken, wie eine Gummipuppe, aus der die Luft abgelassen wurde. Toms Augen weiteten sich. Offensichtlich waren die Knochen dieses Soldaten auf die gleiche Weise pulverisiert worden wie bei dem Toten, den Doktor Alvarez untersucht hatte.

Es war eine bittere Ironie, daß ausgerechnet Vasquez, der für die ganze Katastrophe verantwortlich war, als einziger der Männer dort unten noch am Leben war. Er zog sich mit einer Panzerfaust bewaffnet hinter einen Felsblock in Deckung zurück.

»Geben Sie mir Ihr Funkgerät, schnell!« verlangte Tom.

Rodriguez händigte ihm das Walkie-talkie aus. Tom schaltete es ein.

»Vasquez, fliehen Sie endlich!«, rief er, in der Hoffnung, daß das Funkgerät des Commandante empfangsbereit war. »Sie können nichts mehr tun!«

Vasquez schien ihn nicht zu hören, jedenfalls reagierte er nicht auf die Warnung. Statt dessen stieß er plötzlich ein irres, selbst ohne Funkgerät über die Distanz noch gut hörbares Kreischen aus.

Er sprang aus seiner Deckung hinter einem der

Urwaldbäume hervor und hob die Panzerfaust über seine Schulter. Fast wie bei einem klassischen Westernduell stand er dem ZERSTÖRER offen gegenüber und feuerte die Panzerfaust ab.

Im selben Moment erklang ein markerschütterndes Brüllen, das Vasquez' Überreste über eine neugeschaffene Schneise im Dschungel verteilte.

Tom wandte erschüttert den Blick ab. Es gelang ihm dennoch nicht, Mitleid mit Vasquez zu empfinden. Erst die Engstirnigkeit und der blindwütige Fanatismus des Commandantes hatten sie in diese Situation gebracht. Er hatte seine Männer in dieses Desaster geschickt.

Neben Tom feuerte Rodriguez seine Bazooka ab. Zischend raste das Geschoß in die Flammen und den Rauch rings um den Zerstörer hinein und detonierte dicht neben den finsteren Umrissen des insektenhaften Körpers.

»Sie Narr!« stieß Tom hervor, obwohl er den Capitan nur zu gut verstehen konnte. Er war sich nicht einmal sicher, ob er trotz der offensichtlichen Sinnlosigkeit selbst nicht ebenfalls geschossen hätte, wenn er eine entsprechende Waffe gehabt hätte. »Begreifen Sie denn nicht, daß Sie ihm nichts anhaben können? Sie haben ihn nur auf uns aufmerksam gemacht. Los, weiter!«

Sie hasteten weiter den Pfad entlang, der sich stellenweise nur kaum einen halben Meter breit an der felsigen Flanke des Berges in die Höhe schraubte. Zu schmal, als daß ihnen der ZERSTÖRER auf diesem Weg folgen konnte.

Zumindest hoffte Tom das. Außerdem – kam ihm eine Idee – ließ sich dem ja noch etwas nachhelfen.

»Laufen Sie vor!« wies er Rodriguez an und hakte die beiden Handgranaten von seinem Gürtel los. Er zog die Sicherungsstifte heraus und warf die beiden Metalleier dicht über dem Boden ein Stück des Pfades zurück, dann duckte er sich hinter einen Felsbrocken.

Die Handgranaten explodierten fast gleichzeitig an einer Stelle, wo der Pfad in ein schmales Sims überging, und rissen eine Lücke in das Gestein. Falls der ZERSTÖRER ihnen wirklich folgte, konnte er ihn auf diese Art vielleicht vor ein kleines Problem stellen.

Tom rannte weiter und schloß zu Rodriguez auf.

»Hier Blackbird drei«, ertönte eine Stimme aus dem Funkgerät. »Zum Teufel, was ist bei euch eigentlich los?«

Richtig, schoß ihm durch den Kopf. Der Hubschrauber! Er hatte ihn völlig vergessen.

Tom drückte Rodriguez das Gerät in die Hand.

»Hier, sprechen Sie mit ihm! Auf Sie wird er eher hören als auf mich.«

Rodriguez nickte und drückte die Sprechtaste.

»Hier ist Capitano Rodriguez«, meldete er sich. »Commandante Vasquez und seine Männer sind tot. Nur ich und der Gringo sind noch am Leben. Sie müssen uns hier rausholen!«

»Tot, sagen Sie?« hakte der Hubschrauberpilot nach. »Alle?«

»Alle«, bestätigte Rodriguez. »Und wir werden es auch bald sein, wenn Sie uns nicht hier rausholen. Wir befinden uns auf dem Berghang an der Schlucht direkt am Ende des Tales. Wo sind Sie?«

»Hinter der Bergkette. In zwei Minuten kann ich bei Ihnen sein.«

»Beeilen Sie sich!«

»Fragen Sie ihn nach der Bomberstaffel!« verlangte Tom.

Rodriguez kam der Aufforderung nach.

»Sie ist auf dem Weg und müßte in zwei oder drei Minuten hier sein.«

»Gut. Sobald Sie uns aufgesammelt haben, sollen die Piloten das Tal bombardieren.« Er gab diese Anweisungen mit so scharfer, befehlsgewohnter Stimme, daß dem Piloten gar nicht aufzufallen schien, daß der Polizeichef von Atalaya ihm gegenüber überhaupt nicht befehlsberechtigt war.

Tom blickte sich nervös um. Von dem ZERSTÖRER war noch nichts zu entdecken, doch das mußte nicht viel zu bedeuten haben. In der atlantischen Station hatte er erlebt, wie ungeheuer schnell dieses Wesen sein konnte.

»Los, weiter!« drängte er. »Wir müssen einen Platz finden, an dem uns der Hubschrauber aufnehmen kann.«

Eine solche Stelle erreichten sie kurz darauf. Ein mit Geröll übersätes Plateau, das groß genug für den Hubschrauber sein dürfte. Das Dröhnen der näherkommenden Maschine war bereits zu hören.

Tom schirmte die Augen mit der Hand gegen das blendende Sonnenlicht ab, doch noch war der Hubschrauber nirgendwo zu entdecken. Dafür verspürte er ein vertrautes Unbehagen, das sich rasch zur Übelkeit steigerte.

Am gegenüberliegenden Steilhang der Schlucht, etwa vierzig, fünfzig Meter entfernt, nahm er auf einem vorspringenden Felszacken plötzlich eine Bewegung wahr. Das grelle Sonnenlicht blendete ihn, so daß er nur schattenhafte Umrisse erkennen konnte, doch diese ließen keinen Zweifel daran, was dort erschienen war.

Der ZERSTÖRER!

Toms Magen schien sich zusammenzukrampfen. Er fühlte Panik in sich aufwallen.

Auch Rodriguez hatte die Kreatur entdeckt.

»Mein Gott!« stieß er mit totenbleichem Gesicht hervor und riß die Bazooka hoch, obwohl er wußte, wie nutzlos die Waffe war.

In diesen Sekundenbruchteilen, in denen er dem Tod unmittelbar gegenüberstand, arbeitete Toms Verstand mit fast übernatürlicher Klarheit, und er erkannte die einzige winzige Chance, die ihnen noch blieb.

»Schießen Sie nicht auf ihn!« schrie er.

»Ich soll – was?« wiederholte Rodriguez fassungslos.

»Feuern sie auf den Felsvorsprung unter ihm!«

Rodriguez begriff und senkte die Bazooka um eine Winzigkeit, bevor er abdrückte. Obwohl auch er gegen das Sonnenlicht kaum etwas sehen konnte, traf die Granate zielsicher die vorragende Felsnase, auf der der ZERSTÖRER stand, und ließ sie zerbersten.

Inmitten eines Hagels von Gesteinsbrocken stürzte die grauenerregende Kreatur in die Tiefe. Ihr wütendes Brüllen echote von den Felswänden wider.

Rodriguez ließ die Bazooka fallen.

»Das ... das ist ...«, stammelte er und brach ab. Tom konnte gut nachvollziehen, was in ihm vorging. Auch er war vor Entsetzen noch wie benebelt und konnte kaum glauben, daß sie es tatsächlich geschafft hatten.

Ein gewaltiger dunkler Schatten schob sich vor die Sonne. Tom riß die Arme hoch, um den Hubschrauberpiloten auf sich aufmerksam zu machen, doch dieser hatte sie bereits entdeckt. Die Maschine senkte sich auf das kleine Plateau nieder.

Als sie auf den Hubschrauber zuhasteten, konnte Tom trotz des infernalischen Lärms das Donnern der Bomberstaffel hören, die über das Tal hinwegflog. Er kletterte in den Frachtraum der Maschine und ließ sich auf eine der Sitzbänke sinken, während Rodriguez auf dem Copilotensitz Platz nahm.

Kaum waren sie eingestiegen, hob der Hubschrauber

wieder ab und wurde von dem Piloten steil in die Höhe gezogen.

»Was, um alles in der Welt, ist denn da unten geschehen?« wollte der Mann wissen.

Rodriguez antwortete mit einer Gegenfrage:

»Was ist mit den Männern, die am Eingang des Tales abgesetzt worden sind?«

»Die haben sich auf meinen Befehl hin zurückgezogen. Ich hoffe, das war richtig?«

»Vollkommen richtig sogar«, bestätigte Rodriguez. »Sagen Sie den Bomberpiloten, daß sie beginnen können! Sie sollen gezielt die Schlucht und das umliegende Gebiet bombardieren.«

Der Pilot griff nach dem Mikrophon und gab die Anweisung weiter.

Erneut raste die aus drei Flugzeugen bestehende Formation über das Tal hinweg. Die Maschinen luden ihre todbringende Fracht ab.

Glutpilze wuchsen in der Schlucht und im Umfeld von gut einem halben Kilometer auf beiden Seiten empor, verwandelten das Gebiet in ein Inferno aus Explosionen und wabernder, grellweißer Höllenglut, in der sogar das Gestein zu kochender Lava zerschmolz. Ein Teil der Felsmassen stürzte ein und krachte einer Lawine gleich ins Tal herab.

Noch einmal setzten die schweren Bomber zum Zielflug an und ließen Tod und Verderben vom Himmel regnen. Wie gebannt beobachtete Tom das Geschehen. Es erschien ihm kaum vorstellbar, daß von Menschen geschaffene Technik in der Lage war, binnen kaum einer Minute ein solches Inferno anzurichten. Das konnte nicht einmal der ZERSTÖRER überstanden haben.

Tom stieß geräuschvoll die Luft aus, während der Hubschrauberpilot eine Schleife über dem Gebiet flog, ohne etwas zu entdecken. Sie hatten es geschafft. Die aus grauer Vorzeit in die Gegenwart eingebrochene Gefahr war bezwungen. Die offene Rechnung war beglichen.

Doch Tom mußte auch an die zahllosen Toten denken, die es gegeben hatte und für die er einen Teil der Verantwortung trug. Schließlich war er in die atlantische Station vorgedrungen, wodurch die Kreatur überhaupt erst aus ihrer Jahrtausende währenden Gefangenschaft entkommen war.

Der ZERSTÖRER existierte nicht mehr, aber sie hatten für ihren Sieg einen hohen Preis bezahlen müssen.

Einen sehr, sehr hohen Preis.

Zu hoch.

Rodriguez hatte es sich nicht nehmen lassen, Tom persönlich zum Flughafen zu bringen. Als sie dort ankamen, war der Nachtflug nach Frankfurt, bei dem für Tom ein Platz gebucht war, bereits aufgerufen.

Der gesamte Tag war damit ausgefüllt gewesen, den Vertretern des peruanischen Innenministeriums Rede und Antwort zu stehen und ihnen den genauen Ablauf der Geschehnisse zu schildern. Die Sache hatte größere Kreise gezogen. Tom vermutete, daß man ihn wahrscheinlich nicht einmal außer Landes gelassen hätte, wenn er nicht die diplomatischen Kontakte Ian Sutherlands im Rücken gehabt und die Zusage abgegeben hätte, daß das Ministerium nachträglich noch eine offizielle Stellungnahme von A.I.M. erhalten würde. Der Earl of Oake Dùn dürfte nicht sehr erbaut darüber sein – aber was geschehen war, ließ sich nun nicht mehr ändern.

Tom brummte der Schädel. Erst diese endlose Fragerei, und zu allem Überfluß hatte er sich danach von Rodriguez in die nächste Bar schleppen lassen. Ihm war nichts anderes übrig geblieben. Der Polizeichef von Atalaya hatte darauf bestanden, den Abschied mit einem Glas Brandy zu begießen. Aus dem einen waren letztlich fünf geworden, und als sie die Bar verlassen hatten, war es Abend. Tom fühlte sich nicht mehr so ganz nüchtern. Aber während des langen Fluges würde er genügend Zeit zum Schlafen finden.

»Also dann. Machen Sie es gut, Gringo!«

»Dasselbe gilt für Sie, Capitan!«

Die beiden so unterschiedlichen Männer schüttelten sich die Hände. Tom mußte daran denken, wie falsch er Rodriguez anfangs eingestuft hatte. Was allerdings für beide Seiten zutreffen dürfte.

Über die Lautsprecher kam der zweite Aufruf.

»Tja, dann werde ich mal«, sagte Tom. Er hatte das Gefühl, als müsse er noch etwas sagen, aber ihm wollte nicht einfallen, was. Wenn es um Abschiede ging, hatte er sich noch nie besonders geschickt angestellt. »Vielleicht sehen wir uns irgendwann wieder.«

»Wenn es das Schicksal so will.« Rodriguez grinste. »Und nun gehen Sie endlich, Gringo. Sonst verpassen Sie Ihren Flug. Und grüßen Sie mir die zivilisierte Welt!«

Tom war erst ein paar Schritte weit gekommen, als ihn eine Stimme zurückhielt.

»Mr. Ericson! Capitan Rodriguez!«

Er wandte sich um und erkannte einen Soldaten, der durch die Flughafenhalle gelaufen kam.

Zwischen Toms Augenbrauen erschien eine steile Falte. Hatte man sich im Innenministerium etwa anders entschieden und wollte ihn nun doch nicht ausreisen lassen?

»*Ich* bin Rodriguez!« Der Polizeichef hatte die Situation blitzschnell erfaßt und zog die Aufmerksamkeit des Soldaten auf sich. Währenddessen signalisierte er Tom mit einer unauffälligen Geste, im Hintergrund zu bleiben, um sich notfalls an Bord der Maschine stehlen zu können. »Was gibt es?«

»Gut, daß ich Sie gefunden habe, Capitan!« rief der Soldat. »Ich habe Anweisung, Sie unverzüglich zum Hafen zu bringen. Sie und Mr. Ericson.« Er sah sich suchend um. »Können Sie mir sagen, wo ich ihn finden kann?«

»Weshalb sollen Sie uns zum Hafen bringen?« hakte Rodriguez nach. »Haben Sie Order, uns zu verhaften?«

»Verhaften? Himmel, nein! Ich soll Sie in die provisorische Leitstelle bringen. Zu General Chavin. Man hat mir gesagt, daß Ihre Hilfe dort dringend erforderlich ist und ich Sie unter allen Umständen finden müßte, bevor Mr. Ericson –«

Die Worte reichten aus, um Tom herantreten zu lassen.

»Ich bin Mr. Ericson. Provisorische Leitstelle – was heißt das?«

»Ich ... ich weiß auch nicht. Unten am Hafen ist der Teufel los. Das Militär ist ausgerückt und hat das gesamte Gelände abgeriegelt.« Tom erschrak. Nein, drängte er den ersten Gedanken beiseite. Nicht *das*!

Rodriguez und er sahen sich ernst an. Der Polizeichef schien genau denselben Gedanken zu haben.

»Das glaube ich nicht«, murmelte er. »Das glaube ich einfach nicht!«

»Äh, wenn wir vielleicht aufbrechen könnten?« unterbrach der Soldat das Schweigen. »Ich habe die Anweisung, Sie möglichst schnell zu holen.«

»Sie haben recht«, sagte Tom. »Wir sollten keine Zeit verlieren. Bringen Sie uns zum Hafen!«

Der Pazifikhafen lag nicht in Lima selbst, sondern in der Hafenstadt Callao. Sie wurde eigenständig verwaltet, war aber in den letzten Jahren de facto längst mit den ausufernden Vororten der Landeshauptstadt zu einer einzigen großen und überwiegend ärmlichen Metropole verschmolzen.

Die Fahrt dorthin dauerte knappe zwanzig Minuten. Schon aus der Ferne konnten Tom und Rodriguez die Positionslichter der Hubschrauber sehen, die das Hafengelände in geringer Höhe umschwirrten. Ihre Suchscheinwerfer stachen wie bleiche Lichtfinger in die Nacht. Draußen auf den Ozean waren rund um den Hafen zudem die Lichter von etlichen Schiffen und Booten zu sehen.

»Die Küstenwache«, kommentierte Rodriguez finster.

Tom, der neben ihm auf der Rücksitzbank saß, nickte stumm.

»Sagen Sie mir eines, Gringo«, forderte der Polizeichef. »Wenn weder Kugeln noch Panzerfäuste, Bomben noch ein ganzer Berghang diesem Biest etwas anhaben konnten – *was überhaupt* vermag es dann stoppen?«

Tom hob die Schultern.

»Vielleicht gab es irgendwo einen Felsüberhang oder eine Höhle, in der es Schutz gefunden hat, bevor die Bomben runterkamen«, sagte er ausweichend. Es mußte so oder anders sein. Ansonsten . . .

Sollte Gwadain letztendlich doch recht gehabt haben, und der ZERSTÖRER war *unbesiegbar*?

Ihr Militärwagen kam ungehindert an mehreren Sperren vorbei, bis der Fahrer schließlich neben der provisorischen Leitstelle hielt. Sie bestand aus ein paar nebeneinandergeparkten Funkwagen, in deren Nähe weitere Armeefahrzeuge standen und überall Soldaten geschäftig umherwieselten.

Der Fahrer führte sie zu einem Mann, der seiner Uniform nach den Rang eines Generals bekleidete und den Einsatz leitete. General Chavin, wie sie erfuhren.

Tom war angenehm überrascht. Er hatte nach den Erfahrungen mit Vasquez instinktiv wieder einen engstirnigen Militär erwartet, aber dieser Mann machte einen ebenso erfahrenen wie umsichtigen Eindruck.

»Sie sind also der amerikanische Beobachter«, ergriff er das Wort. »Gut, daß der Fahrer Sie vor Ihrer Abreise gefunden hat, und dasselbe gilt auch für Sie, Capitan. Wir brauchen Ihre Hilfe, zumindest aber Ihren Rat.«

»Falls wir dazu in der Lage sind, jederzeit«, sagte Tom.

»Ich habe am Nachmittag Ihren Bericht über den Einsatz von Vasquez' Sondereinheit auf den Schreibtisch bekommen«, kam der General ohne Umschweife zur Sache. Auch das gefiel Tom. »Ich muß zugeben, daß mir vieles daran äußerst unglaubwürdig erschien, bis mich keine Stunde später die Nachricht erreichte, daß hier am Hafen einige verstümmelte Leichen gefunden worden sind. Mehr noch, einige Arbeiter berichteten von einem Ungeheuer, und der Wagen einer Polizeistreife, die dem auf den Grund gehen wollte, ist regelrecht zerschmettert worden.«

Tom spürte, wie sich sein Herzschlag beschleunigte.

»Ich habe das gesamte Hafengelände räumen und lückenlos absperren lassen«, fuhr Chavin fort. »Es dürfte sich jetzt niemand mehr auf den Docks befinden. Die Schiffe, die genügend Besatzung an Bord hatten, sind ausgelaufen und auf See in Warteposition gegangen. Die Küstenwache steht bereit, sie notfalls zu durchsuchen, falls wir hier nichts finden.«

»Wieso sind Sie so sicher, daß es dieses Biest ist?« fragte Tom.

»Das bin ich keineswegs. Nicht zuletzt deshalb habe ich Sie ja holen lassen. Kommen Sie!«

Er ging mit ihnen zu einem Ambulanzwagen, der etwas abseits stand. Auf ein Handzeichen von ihm wurden die Hecktüren geöffnet, und sowohl Tom als auch Rodriguez konnten die beiden verstümmelten Leichen sehen, die sich auf den Bahren befanden.

Ihr scharfes Durchatmen erfolgte fast synchron. Keine Frage – das war das Werk des ZERSTÖRERS.

Er lebte, und er war hier!

Unwillkürlich sah Tom sich um, als erwarte er, daß er hinter der nächsten dunklen Ecke lauerte.

»Er kann nicht mehr am Leben sein!« flüsterte Rodriguez und sah Tom an. »Sagen Sie mir, daß das nicht wahr ist!«

»Ich wünschte, ich könnte es.«

General Chavin ließ die Hecktüren des Ambulanzwagens wieder schließen.

»Ihrer Reaktion nach erübrigt sich meine erste Frage wohl«, sagte er mit besorgter Miene. »Er ist es also! Kommen wir zur zweiten Frage. Können Sie mir sagen, mit *was* wir es überhaupt zu tun haben?«

»Mit einer Art prähistorischem Tier«, antwortete Tom. »So etwas wie ein Saurier, wenn Sie so wollen. Aber mehr wissen wir nicht. Genau wie wir dem Ministerium gegenüber angegeben haben.« Nun, ein wenig mehr wußte er schon, aber das war in diesem Moment ohne Belang und hätte nur unnötige Verwirrung gestiftet.

»Hm«, machte der General, der sich eine präzisere Antwort erhofft zu haben schien. »Nun gut, stellen wir das erst einmal zurück.« Er hielt inne, als ein Armeehubschrauber dicht über sie hinwegknatterte und sekundenlang jede Unterhaltung unmöglich machte. »Meine bei weitem wichtigste Frage aber ist: Wie kann man diese Kreatur aufhalten?«

»Wenn ich das nur wüßte!« sagte Tom mit hängenden Schultern. »Offenbar hat sie selbst die Bombenabwürfe überlebt.«

Chavin schüttelte unwillig den Kopf.

»So etwas gibt es nicht!« Er sah Tom und Rodriguez an. »Kein lebendes Wesen wäre dazu imstande. Sind Sie vollkommen sicher, daß die Bomben genau getroffen haben?«

»Nein«, gab Rodriguez zu. »Ganz sicher sind wir nicht. Aber nach menschlichem Ermessen –«

»Was glauben Sie, Capitan«, unterbrach der General, »wie viele Schlachten und Kriege schon verloren worden sind, nur weil sich irgend jemand zu sehr auf menschliches Ermessen verlassen hat?«

»Das mag sein«, sagte Tom. »Doch vergessen Sie eines nicht: Selbst wenn das Biest den Bomben entgangen ist, so hat es doch jegliches MPi-Feuer und sogar Volltreffer mit Panzerfäusten und Handgranaten unbeschadet überstanden.«

Dem General fiel es anscheinend schwer, das zu akzeptieren. Es sprach für ihn, daß er sich dennoch darauf einließ.

»Wir haben hier einiges mehr an Feuerkraft aufzubieten. Rund um den Hafen sind etliche Panzer in Stellung gegangen.« Er deutete in den Nachthimmel. »Und zusätzlich befindet sich mittlerweile eine Staffel von Jagdbombern in der Luft, ausgerüstet mit Luft-Boden-Raketen. Ich glaube nicht, daß irgendein lebendes Wesen einen solchen Angriff überstehen könnte.«

Das konnte Tom sich ebenfalls kaum vorstellen, doch was den ZERSTÖRER anging, wußte er kaum noch, was er glauben konnte und was nicht.

General Chavin schüttelte den Kopf.

»Aber ich kann ja schlecht den Befehl geben, das gesamte Hafengelände zu bombardieren«, sagte er. »Sehen Sie die Öl-Lager dort drüben? Wenn die in die Luft fliegen, brauchen wir mehrere Tage, um die Flammenhölle zu löschen. Der Schaden wäre unabsehbar. Eine Katastrophe!«

»Was wollen Sie dann tun?« fragte Tom. »Warten, bis es Ihren Leuten von allein vor die Rohre läuft?«

»Ich hatte eigentlich gehofft, von Ihnen zu erfahren, was zu tun ist. Wie auch immer, ich kann den Hafen nicht ewig sperren. Früher oder später wird man Rechenschaft von mir verlangen. Mir wird nichts anderes übrig bleiben, als das gesamte Gebiet von Soldaten durchkämmen zu lassen. Vielleicht treibt das diese Kreatur aus ihrem Versteck.«

Tom preßte die Lippen aufeinander. Wenn die Soldaten auf den ZERSTÖRER stießen, waren sie so gut wie tot.

»Sie wissen, was das für Ihre Männer bedeutet?«

Der General nickte schwer. Man konnte ihm die Last ansehen, die auf seinen Schultern lag.

»Vielleicht springt das Biest einfach in den Pazifik und verschwindet auf Nimmerwiedersehen«, äußerte Rodriguez. »Wenn es seine Richtung bis hierher beibehalten hat, warum nicht auch noch weiter?«

»Ich hoffe dasselbe«, stimmte Chavin zu. »Aber andererseits hält es sich hier seit dem Nachmittag auf. Das sind bis jetzt über sieben Stunden. Wenn es in den Pazifik gelangen wollte, warum hat es das dann nicht längst getan?« Er wurde von zwei Untergebenen abgelenkt, die ihm neue Meldungen brachten und nach weiteren Anweisungen fragten.

»Man müßte wissen, wo genau sich der ZERSTÖRER befindet«, murmelte Rodriguez. »Dann könnten die Jagdbomber gezielt zuschlagen.«

»Ganz recht.« Tom nickte. »Aber er ist dunkel wie die Nacht, und die Infrarotgeräte sprechen auf ihn nicht an.«

»Man müßte ihn schon mit Leuchtfarbe markieren, damit die Piloten –«

»Markieren?« wiederholte Tom wie elektrisiert. Das Wort ließ eine Idee in seinem Kopf explodieren.

Genau! Das war es!

»General«, wandte er sich an Chavin, als die beiden Untergebenen wieder weggetreten waren. »Ich glaube, ich weiß, was wir tun können. Dafür brauchen wir ein Betäubungsgewehr. Können Sie so etwas besorgen?«

»Ja, aber ...« Chavin sah ihn an, als befürchte er, Tom hätte den Verstand verloren. »Ein Betäubungsgewehr? Wollen Sie ihn damit vielleicht in den Schlaf schicken?«

»Ich glaube nicht einmal, daß die Nadeln seine Haut auch nur anritzen würden«, erwiderte Tom. »Eben aus diesem Grund brauchen wir auch Geschosse mit einer Haftfläche. Und ein paar Peilsender, gerade so groß, daß sie in die Projektile passen. Und sie sollten in einer Frequenz senden, die von den Jagdbombern anzupeilen ist.«

General Chavin begriff schlagartig.

»Mein Gott, das ist brillant!« rief er. »Warten Sie! Ich werde die Dinge spätestens in einer halben Stunde hier haben.«

Er eilte davon.

»Das alles wird ein wenig provisorisch sein«, sagte Tom. »Aber mit etwas Glück müßte es gelingen.«

»Ja, Gringo«, stimmte Rodriguez zu. »Die Frage ist nur, wer sich in den Hafen wagt, um dem ZERSTÖRER den Sender zu verpassen.«

»Es muß an diesem gottverdammten Brandy liegen«, seufzte Tom, während er seine Blicke aufmerksam durch die Nacht schweifen ließ, »daß ich mich auf dieses Himmelfahrtskommando eingelassen habe. Warum habe ich mich nur von Ihnen in diese Bar mitschleppen lassen?«

Rodriguez, der den offenen Jeep im Schrittempo durch

die verlassenen Docks steuerte, stieß ein humorloses Lachen aus.

»Machen wir uns nichts vor, Gringo! Es gibt Dinge, die für Männer wie uns irgendwann zu persönlich werden, als daß wir uns noch wie geprügelte Jungs zurückziehen könnten. Es ist wie ein Fluch, aber uns bleibt keine andere Wahl. Was mit uns beginnt, muß auch bei uns enden.«

Tom enthielt sich jeder Antwort. Er spürte, daß Rodriguez recht hatte. Sogar mehr, als er sich selbst gegenüber zuzugeben bereit war.

Er hielt unverändert wachsam Ausschau, das umfunktionierte Betäubungsgewehr schußbereit in den Händen. Langsam rollte der Jeep an den hausgroßen Öltanks vorbei, die von einem Wirrwarr von Pumpanlagen, Stahltreppen und Leitungssträngen umgeben waren. Mit ihren dunklen Nischen waren sie ein ideales Versteck.

Aber nirgendwo war etwas Verdächtiges zu sehen.

Am Ende der Tanks lenkte Rodriguez den Wagen in eine neue Straße, die zwischen weiteren Pumpanlagen und Containerverladestellen entlangführte. Sie würden hier so lange herumkurven, Straße für Straße, bis sie das gesamte Hafengelände abgefahren waren.

Bis ...

Tom zuckte zusammen, als in seinem Innern ein seltsames und zugleich altbekanntes Unwohlsein hochstieg, zwar nur ganz schwach, aber es reichte aus, sämtliche Alarmglocken läuten zu lassen. Er registrierte, daß auch Rodriguez den Oberkörper kerzengerade aufgerichtet hatte und die ohnehin langsame Fahrt noch mehr verzögerte.

Eilig hob Tom das Gewehr, ohne daß seine Augen ein Ziel fanden.

Der ZERSTÖRER – er war hier irgendwo!

Ganz in der Nähe!

Rodriguez trat so plötzlich auf die Bremse, daß Tom sich mit dem Arm abfangen mußte, um nicht gegen die Frontscheibe geschleudert zu werden.

»Da!« schrie er. »Da ist er!«

Es hätte seines Schreies kaum bedurft. Tom hatte die bizarre Gestalt, die sich keine fünfzig Meter vor dem Jeep aus dem Schatten ins Scheinwerferlicht schob – gleichermaßen ruckhaft wie schlängelnd –, im selben Moment erblickt.

Es war das erste Mal, daß er den ZERSTÖRER ganz und ungehindert sah, und der Anblick brannte sich wie ein Polaroid-Foto in sein Gedächtnis ein.

Ein insektenhafter Unterleib mit stachligen, heuschreckenartigen Beinen, eine hornartige Brustplatte, aus der unten ein meterlanger Tentakel herauswuchs und die nach oben hin wie der in Drohhaltung aufgerichtete Kopf einer Kobra wirkte. Und über allem ein langgezogener gebogener Schädel, fast wie der eines Hammerhais, der sich ruckhaft in Richtung des Jeeps wandte.

Auf irgendeine erschreckende Art und Weise wirkte das Wesen beinahe schön, wehte es Tom flüchtig durch den Kopf – doch all das nahm nur den Bruchteil einer Sekunde in Anspruch.

»Raus aus dem Wagen!« schrie er.

Er legte blitzschnell an, feuerte auf den ZERSTÖRER und brachte sich sofort darauf mit einem kühnen Hechtsprung aus dem Wagen in Sicherheit.

Keinen Augenblick zu früh. Noch während er sich über den Boden in Deckung rollte, erreichte ihn ein donnerndes Brüllen, das sämtliche Knochen in seinem Körper zum Vibrieren brachte und den Jeep in tausend Einzelteile zerschmetterte und von der Straße fegte.

Tom drückte sich hinter die stählernen Pipeline-

Stränge einer Pumpstation. Aufatmend nahm er zur Kenntnis, daß sich Rodriguez ebenfalls hatte retten können. Der Polizeichef hatte sich auf der gegenüberliegenden Straßenseite eine ähnliche Deckung gesucht und signalisierte, daß er in Ordnung war.

Dafür wußte Tom mit dem sicheren Gespür eines routinierten Schützen, daß sein Schuß das Ziel verfehlt hatte. Er klappte das Gewehr auf und wollte das nächste Projektil laden, aber als er seine Hemdtaschen vergeblich abklopfte, begriff er, daß nicht er, sondern Rodriguez die anderen drei Geschosse, über die sie noch verfügten, bei sich trug.

Aus der Richtung, von wo ihnen der ZERSTÖRER gegenübergetreten war, war ein stumpfes Kratzen zu hören. Er schien näher zu kommen.

Gehetzt sah Tom zu Rodriguez auf der anderen Straßenseite. Ihre Blicke trafen sich.

»Werfen Sie mir die Projektile rüber!«

»Nein, werfen Sie mir das Gewehr her!«

Tom stöhnte auf. Das Gefühl der Übelkeit in seinen Eingeweiden wurde stärker.

»Capitan, bitte! Jetzt ist wahrlich nicht die Zeit für Kindereien!«

»Verdammt, Gringo, Sie haben recht!«

Auch Rodriguez schien zu spüren, daß der ZERSTÖRER näherkam. Er zog eines der drei Projektile aus seiner Hemdtasche, wog es kurz in der Hand und warf es dann mit einem genau abgemessenen Schwung zur anderen Straßenseite.

Es hätte Toms fangbereite Hand auch erreicht, wenn nicht urplötzlich ein feines Knurren ertönt wäre. Das Geschoß mit dem Sender zerplatzte wie eine Tontaube.

Gleich darauf ertönte ein ungleich lauteres Brüllen, das die Streben und Aufbauten über Tom zur Auflösung brachte. Seine Augen weiteten sich entsetzt, und geistesgegenwärtig rollte er sich vor den herunterprasselnden Trümmern in Sicherheit. Trotzdem – das Ziehen und Zerren in seinen Eingeweiden wurde stärker, schraubte sich langsam in unerträgliche Höhen.

»Weg hier!« stieß er keuchend aus, und ohne zu wissen, ob seine Worte ihren Empfänger erreichten, wandte er sich zur Flucht. Rodriguez würde auch alleine wissen, wann es angebracht war, sich in Sicherheit zu bringen.

Ziellos rannte er davon, nur bedacht darauf, möglichst viele Meter und Aufbauten zwischen sich und den ZERSTÖRER zu bringen. Es war wie eine instinktive Reaktion seines Körpers, und erst als die Übelkeit etwas abklang, bemerkte er, daß er das Betäubungsgewehr noch immer bei sich trug.

Langsam ließ das Gefühl der Übelkeit nach, obwohl das Tosen und Bersten hinter ihm zeigte, daß ihm der ZERSTÖRER auf der Spur war. Eine grelle Stichflamme schoß irgendwo dort in die Höhe.

Tom hastete weiter, nach links, nach rechts, unter einem Pipelinestrang hinweg, bis er die Landungsbrücken erreichte. Nur langsam flaute die Übelkeit ab und war schließlich ganz verschwunden. Es schien, als wäre es ihm gelungen, dieses Biest vorerst abzuschütteln.

Hoffentlich galt dasselbe für Rodriguez.

Irgendwo hinter ihm schoß eine zweite Stichflamme in den Himmel. Sie mußte von einer der Pumpanlagen kommen. Noch war der Brand weit weg von den großen Öllagern, aber wer wußte, wie lange es so blieb.

Tom suchte Schutz zwischen mehreren langen Reihen übereinandergestapelter Frachtcontainer nahe der Kaimauer und verschnaufte einen Moment. Am anderen Ende der Containerreihen konnte er die Lichter der Küstenwachtboote auf dem offenen Meer sehen.

»Capitan!« rief er verhalten, um sofort die Sinnlosigkeit seines Tuns einzusehen. Mit der Ruferei würde er höchstens den ZERSTÖRER auf sich aufmerksam machen.

Wie es aussah, blieb ihm keine Wahl, als sich bis zur Absperrung der Armee zurückzuschlagen. Ohne die Projektile war ihre Mission fehlgeschlagen. Wie hatte ihm nur ein solch dummer Fehler passieren können? Warum hatte nicht er selbst die Munition eingesteckt?

Tom verharrte, als er wieder ein Unwohlsein in sich hochkriechen spürte. Auf seinen Lippen bildete sich ein lautloser Fluch. Er wußte nicht wie, aber der ZERSTÖRER hatte ihn offenbar entdeckt.

Durch den Gang zwischen den Containerreihen eilte er zum anderen Ende, um alle paar Meter einen besorgten Blick hinter sich zu werfen. Wenn der ZERSTÖRER jetzt hinter ihm am Anfang des Ganges auftauche, hatte er keine Möglichkeit, sich in Sicherheit zu bringen. Und obwohl er sich von ihm wegbewegte, würde die Übelkeit nicht schwächer.

Erleichtert erreichte er das Ende der Containerreihen und fuhr erschrocken herum, als er plötzlich mit einer dunklen Gestalt zusammenstieß.

Abwehrbereit hob er das Gewehr zum Schlag, ließ es jedoch sofort wieder sinken.

»Rodriguez!« preßte er hervor. »Meine Güte, und ich dachte schon ...«

Der Polizeichef drückte ihm irgend etwas in die Hand.

»Hier, die Projektile! Beeilen sie sich. Er kann jeden Augenblick hier sein.« Tom war so überrascht, daß er eines der beiden Geschosse aus den Fingern gleiten und zu Boden fallen ließ. Ehe er oder Rodriguez reagieren konnten, war es über die nahe Kaimauer gerollt und ins Wasser geplumpst.

»Gut gemacht, Gringo«, kommentierte Rodriguez sarkastisch.

Mit zusammengebissenen Zähnen lud Tom das Betäubungsgewehr mit dem noch verbliebenen Projektil. Heute schien einer dieser Tage zu sein, an denen alles schief ging.

Er lehnte mit dem Rücken gegen den Container und spähte vorsichtig in den Gang hinein. Noch war nichts zu sehen. Tom atmete tief durch und bemühte sich um kühles Blut.

Nur ein Schuß! hämmerte es in seinem Kopf. Ein einziger Schuß. Diesmal durfte er dieses Biest nicht verfehlen, sonst ...

»Da!« rief Rodriguez. »Da ist er!«

Tom hatte ihn ebenfalls gesehen. Der ZERSTÖRER war am anderen Ende der Containerreihen aufgetaucht und drang ohne jedes Zögern mit eckigen Bewegungen in den Gang ein. Er hatte etwas von einem Bluthund an sich, der einer Spur folgte.

Tom verließ seine Deckung, hob das Gewehr und gestattete sich eine halbe Sekunde unendlicher Ruhe. Nur ein Schuß! Er zielte nicht direkt auf den ZERSTÖRER, sondern hielt etwas über ihn, um die Flugkurve des recht schweren Projektils zu berücksichtigen.

Als er das Gefühl hatte, daß alles stimmte, zog er den Abzug durch.

Mit einem verhaltenen »Pflop!« löste sich das Projektil aus dem Lauf, und obwohl es sich nur um Sekundenbruchteile handeln konnte, hatte Tom den Eindruck, als dauere es Ewigkeiten, ehe es den langen Containergang überwunden hatte.

Das wichtigste jedoch – es hatte getroffen!

Der ZERSTÖRER gab ein infernalischen Brüllen von sich, als wäre er tödlich getroffen.

Tom hechtete in Deckung zurück, doch noch bevor er den Boden berührte, brach der Weltuntergang über ihn herein.

Mit einem metallischen Kreischen zerbarsten die Container rechts und links des Weges, und er fühlte sich von einer unbändigen Gewalt getroffen, die ihm sämtliche Luft aus den Lungen schlug und ihn hoch durch die Luft wirbelte. Oben und unten zerschmolzen zu einem einzigen kreisenden Eindruck von Zerstörung und umherfliegenden Trümmerteilen, und er kam erst richtig wieder zu Sinnen, als er hart aufs Wasser prallte und der kühle Pazifik über ihm zusammenschlug.

Wild paddelnd und mit nach Sauerstoff schreienden Lungen arbeitete er sich zur Oberfläche zurück, während er beinahe literweise brackiges Hafenwasser schluckte. Irgendwann stieß sein Kopf aus den Wellen, und gierig schöpfte er Atem.

In der Kaimauer, auf der er gerade noch gestanden hatte, fehlte ein Stück von gut und gerne zwanzig Metern. Von den Containerreihen war größtenteils nur ein wirres Konglomerat Stahlschrott übrig geblieben. Daraus ertönte neues Brüllen, und einer der Containerkräne krachte mit ohrenbetäubendem Krachen auf die Pier.

Unweit neben Tom brach prustend ein zweiter Kopf durch die Wasseroberfläche.

Rodriguez!

»Capitan! Sind Sie in Ordnung?«

»Sch ... scheint so?« kam es keuchend zurück.

Zusammen schwammen sie weiter auf Meer hinaus, den Booten der Küstenwacht entgegen.

Eines nahm Fahrt auf, steuerte auf sie zu und stoppte neben ihnen. Hilfreiche Hände streckten sich ihnen entgegen und zogen sie an Bord. Sofort nahm das Boot wieder Fahrt auf, wendete und entfernte sich von der Kaimauer, wo sich die Front eines Lagerhauses in Trümmer auflöste.

Tom nahm es nur am Rande wahr. Mit der Erkenntnis, dem Tod gerade noch von der Schippe gesprungen zu sein, kam auch die Erschöpfung, überwältigend wie eine Springflut.

Er nahm noch einmal alle Kräfte zusammen und eilte zum Kapitän des Bootes ins Steuerhaus.

»Stellen Sie mir sofort eine Funkverbindung zu General Chavin her«, verlangte er. »Es ist dringend.«

»Die Verbindung steht bereits.« Der Kapitän reichte ihm das Mikrophon. »Hier, sprechen Sie.«

Überrascht nahm Tom es in die Hand.

»General Chavin? Hören sie mich?«

»Ich höre. Wir empfangen seit einigen Minuten ein Peilsignal. Stammt es von diesem Biest?«

»Ja. Wir haben es markieren können. Los, General, geben Sie den Feuerbefehl, sonst legt es den ganzen Hafen in Trümmer!«

Wie zur Bestätigung blähte sich über den Docks ein gigantischer Feuerball auf, der halb Lima in gleißendes Licht hüllte, und selbst als er erlosch, blieb am Boden eine weithin sichtbare Feuersbrunst zurück.

Tom gab dem Kapitän das Mikrophon zurück und ging ins Freie.

Nur Sekunden später raste der erste Jagdbomber im Tiefflug heran. Von seinen Tragflächen lösten sich zwei feurige Bahnen, die zum Hafen herabstießen, während die Maschine wieder in den Nachthimmel stieg.

Zwischen den Docks entstanden zwei weitere Feuerpilze. Von hier aus war nicht zu erkennen, ob sie getroffen hatten. Tom glaubte, aus der Ferne das für den ZERSTÖRER typische Brüllen herüberwehen zu hören, aber es konnte sich unter all dem anderen Prasseln und Bersten ebensogut um eine Täuschung handeln.

Sofort raste der nächste Jagdbomber heran. Abermals stießen zwei feurige Bahnen auf den Hafen herab, und zwei weitere Explosionspilze blühten an derselben Stelle auf. Wenn die ersten Raketen getroffen hatten, durfte es längst kein Peilsignal mehr geben, doch General Chavin schien ganz auf Nummer Sicher zu gehen.

Es gab noch zwei weitere Anflüge, ehe endlich relative Stille einkehrte.

Langsam näherten sich die ersten Boote den unzerstörten Teilen der Hafenanlage, und die ersten Soldaten setzten auf die Docks über. Wahrscheinlich rückten gleichzeitig andere Männer von der Landseite her vor.

Die nächsten Minuten vergingen in angespannter Erwartung weiterer Zwischenfälle, doch es gab keine.

Rodriguez kam heran und klopfte Tom so stark auf die Schulter, daß dieser fast in die Knie ging.

»Wir haben es geschafft, Gringo! Diesmal ist dieses Biest draufgegangen. Endgültig!«

Tom lehnte sich gegen die Außenwand der Steuerkabine und schloß die Augen. Er vermochte keinerlei Triumph zu empfinden. Sondern lediglich Erleichterung, daß es endlich vorüber war.

»Hoffen wir es«, sagte er erschöpft.

Erst am Vormittag des nächsten Tages gelang es der Feuerwehr unter strengstem Militärschutz, den Brand unter Kontrolle zu bringen. Ganz gelöscht werden konnte er erst am nächsten Abend.

Obwohl das gesamte Hafengelände sorgfältig durchgekämmt wurde, konnten keine Überreste des ZERSTÖRERS gefunden werden, was angesichts der eingesetzten

Feuerkraft kaum verwunderlich war. Da es keine weiteren Vorfälle gab, mußte man davon ausgehen, daß er tatsächlich vernichtet worden war.

In der peruanischen Presse war tags darauf zu lesen, daß die Zerstörungen von einem Terrorkommando des »Leuchtenden Pfades« verursacht worden waren, das jedoch dank des entschlossenen Einsatzes des Militärs schnell gestellt und aufgerieben werden konnte. Überlebende hätte es keine gegeben.

Für Tom Ericson sah es derweil weniger angenehm aus. Ihm war strengstens untersagt worden, das Land zu verlassen. Diesmal vermochten ihn nicht einmal die diplomatischen Kontakte Sutherlands zu schützen – kein Wunder angesichts der Millionenverluste, die entstanden waren. Es drohten internationale Verwicklungen, und A.I.M. würde sich gegenüber der peruanischen Regierung zu rechtfertigen haben.

Zumindest hatte man Tom nicht verhaftet. Aber das war auch schon das einzige, was er an seiner Situation als tröstlich empfand – abgesehen von Rodriguez' Einladung, sich den ganzen Ärger bei einem Glas Brandy von der Seele zu spülen.

Eine Einladung, die Tom gerne annahm.

ENDE DES ZWEITEN BUCHES

DRITTES BUCH

DER FLUCH DER MASKE

von Wolfgang Hohlbein

Zum wiederholten Male fragte sich Tom, wie zum Teufel er eigentlich hierhergekommen war. Er fand auch zum wiederholten Male keine Antwort darauf. Das einzige, was ihm klar wurde, war, daß er nicht besonders klug gehandelt hatte.

Man hätte auch sagen können, daß er in einem Anfall von geistiger Umnachtung in das Taxi gestiegen und hierhergefahren war. Aber so streng wollte Tom Ericson heute nicht mit sich sein. Nach allem, was er in den letzten Tagen erlebt hatte, hatte er sich wohl eine kleine Verschnaufpause verdient und war selbst der Meinung, daß er durchaus einmal etwas tun konnte, was vielleicht nicht *soo* besonders klug war.

So weit, so gut, dachte er mißmutig, während er im jetzt rasch schwächer werdenden Licht des zu Ende gehenden Tages die schmutzige Straße hinuntermarschierte, vorbei an schmutzigen Häusern, unter deren Türen verwegen aussehende (schmutzige) Gestalten herumlungerten, die ihm mit eindeutigen Blicken nachsahen. Aber zwischen *nicht besonders klug* und *total bescheuert* klaffte ein lichtjahrebreiter Spalt. Seine Idee, Lima trotz des Verbotes, die Stadt zu verlassen, mittels des nächsten Flugzeuges den Rücken zu kehren, war vielleicht noch als *nicht besonders klug* zu bezeichnen. Aber sich die Zeit bis zum Abflug der Maschine ausgerechnet mit einem Ausflug in *diese* Gegend zu vertreiben, gehörte eindeutig zu zweiten Kategorie.

Zu sagen, daß das Viertel nicht unbedingt zu den Vorzeigegegenden Limas gehörte, wäre untertrieben. Lima war ohnehin keine Weltstadt, auch wenn sie hier und da versuchte, sich diesen Anstrich zu geben, aber die heruntergekommenen Straßen, über die er seit einer guten halben Stunde marschierte, gehörten zu einer Gegend, in der sich selbst ein Mann wie er zweimal überlegt hätte, ob er nach Dunkelwerden noch aus dem Haus gehen sollte. Nur in wenigen Gebäuden brannte elektrisches Licht; hinter den meisten Fenstern erkannte er den charakteristischen gelben Schein von Petroleumlampen, oder auch das Flackern von Kerzen. Alles starrte vor Schmutz, und die Bewohner dieses Viertels machten nicht unbedingt einen vertrauenerweckenden Eindruck.

Vor einer Weile hatte sich eine Gruppe von fünf, sechs Jugendlichen zusammengerottet und war ihm eine Zeitlang gefolgt. Tom war schließlich stehengeblieben und hatte die Nachwuchs-Mafiosi (oder wie immer die entsprechende Bezeichnung hier in Peru auch sein mochte) so eisig angeblickt, daß sie sich hastig getrollt hatten. Aber er hatte seine Zweifel, daß dieser Trick auf Dauer funktionierte. Er mußte hier weg, und das bald – und sei es nur, weil *Mr. Wilbur Smith* ansonsten sein Flugzeug verpassen würde.

Er hatte mehr als fünf Stunden Zeit gehabt, als er den Flughafen verließ, um einen letzten Stadtbummel durch Lima zu unternehmen, aber vier davon waren mittlerweile verstrichen. Selbst wenn er innerhalb der nächsten Minuten ein Taxi fand, würde es knapp werden.

Allerdings bezweifelte Tom mittlerweile, daß man in diesem Teil der Stadt überhaupt wußte, was ein Taxi *war*. Zumindest hatte er in der letzten halben Stunde nichts Derartiges gesehen.

Mißmutig ließ er seinen Blick über die schmutzstarrenden Fassaden rechts und links der Straße wandern. Er wäre mittlerweile schon froh gewesen, irgendwo ein Anzeichen dafür zu entdecken, daß es wenigstens ein Telefon gab. Aber die meisten Häusern hier schienen ja nicht einmal über *Strom* zu verfügen ...

Dafür gab es etwas anders – nämlich die abenteuerlichste Versammlung schräger Vögel, die Tom seit langer

Zeit untergekommen war. Und die Blicke, mit denen die Typen ihn maßen, sprachen Bände.

Tom verfluchte sich in Gedanken dafür, sich extra für diese Reise in Schale geworfen zu haben, statt bei seinem normalen Outfit zu bleiben. Der teure Sommeranzug und der elegante Attaché-Koffer schrien geradezu danach, daß jemand kam und ihn ausraubte. Aber schließlich wollte er Lima ja auch nicht als Tom Ericson verlassen, sondern als *Wilbur M. Smith,* seines Zeichens englischer Geschäftsmann. Sutherland würde sich die Haare raufen, wenn die Sache hier schiefging und er ihm erklären mußte, wieso er den Anweisungen der Behörden zum Trotz versucht hatte, auf eigene Faust nach Mexico-City zu kommen, statt in Ruhe abzuwarten, bis A.I.M. alles in Ordnung gebracht hatte. Aber das konnte unter den gegebenen Umständen Tage, wenn nicht Wochen dauern. Hier war eine Menge zu Bruch gegangen, als der ZERSTÖRER sich ausgetobt hatte, und die Behörden wollten Erklärungen.

Erklärungen, die Tom ihnen nicht geben konnte, wollte er nicht *noch sehr viel länger* in psychiatrischer Behandlung hier bleiben.

Er trat auf die Straße hinaus, sah sich einen Moment unschlüssig um und ging schließlich weiter. Im letzten Moment widerstand er der Versuchung, auf die Uhr zu sehen – der Anblick einer goldenen Armbanduhr mochte genau der Funke sein, der das Pulverfaß zur Explosion brachte – aber er wußte auch so, daß ihm die Zeit davonlief. Wenn er die Maschine verpaßte, dann saß er für mindestens weitere vierundzwanzig Stunden hier in Lima fest, und dazu verspürte er im Moment verständlicherweise sehr wenig Lust.

Tom beschleunigte seine Schritte noch mehr, bog an der nächsten Kreuzung ziemlich wahllos nach rechts ab –

und erlebte zum ersten Mal seit mehreren Stunden wieder eine *angenehme* Überraschung.

Nur wenige Schritte entfernt stand ein Wagen.

Der Anblick eines Automobils war in dieser Gegend allein schon ungewöhnlich genug, aber es war nicht *irgendein* Wagen, sondern ein Fahrzeug, daß selbst in einer weit besseren Umgebung aufgefallen wäre: ein silberfarbener Mercedes 450 SEL, eine Luxuskarosse, deren Wert wahrscheinlich den dieses gesamten Straßenzuges überstieg. Als Tom näherkam, erlebte er eine zweite, noch angenehmere Überraschung: Durch die getönte Seitenscheibe konnte er erkennen, daß der Wagen über ein Autotelefon verfügte. Fortuna schien es ausnahmsweise wieder gut mit ihm zu meinen.

Vom Besitzer des Wagens war allerdings weit und breit nichts zu sehen. Tom wunderte sich ein wenig, daß dieser Luxusschlitten völlig unbewacht hier herumstand und nicht längst aller beweglichen Teile – einschließlich des Motorblocks – beraubt worden war, aber möglicherweise ließ das ja gewisse Rückschlüsse auf seinen Besitzer zu. Was es auf den zweiten Blick möglicherweise *doch* nicht ganz so klug erscheinen ließ, ihn um Hilfe zu bitten.

Egal. Selbst wenn die Karre dem Paten von Lima gehören sollte – Tom wäre mittlerweile sogar bereit gewesen, den Teufel persönlich anzusprechen, um hier herauszukommen.

Und so furchtbar falsch war dieser Vergleich auch gar nicht …

Die Klimaanlage summte zuverlässig und erfüllte den Raum mit genau jener Mischung aus Frischluft und Wärme, die einen die Temperatur überhaupt nicht mehr spüren ließ. Die Beleuchtung war gedämpft, kaum mehr als ein Schimmer, der die Umrisse der Dinge aus der Dunkelheit hob, ohne es *wirklich* hell werden zu lassen. Nur direkt über dem Tisch brannte ein Strahler, der einen scharf abgezirkelten Kreis weißen Lichtes auf den grünen Samt warf. Ganz leise Musik – gerade noch an der Grenze des überhaupt Hörbaren – sorgte für eine zusätzliche, unterschwellige Entspannung. In dem Kellerraum herrschte genau die Atmosphäre von Ruhe und fast schon transzendentaler Schwerelosigkeit, die Don Aldarez liebte. Er hatte diesen Raum zu keinem anderen Zweck einrichten lassen, als sich ein Refugium zu schaffen, in dem er dem Lärm und der Hektik der Welt draußen entfliehen konnte.

Trotzdem wollte sich der von ihm so geliebte Zustand zwischen Trance und Schlaf an diesem Tage nicht so recht einstellen, und das lag an zwei Dingen.

Zum einen natürlich an Anchél. Der mexikanische Hehler mit dem Rattengesicht und der großen Narbe auf der linken Hand hatte sich in einen Zweitausend-Dollar-Anzug gezwängt, seine Fingernägel manikürt und vermutlich zum ersten Mal in diesem Jahr gebadet; dem Geruch nach zu schließen, nicht in Wasser, sondern in reinem Parfum. Aber das änderte nichts daran, daß er immer noch irgendwie *schmutzig* wirkte. Eine Ratte blieb eben eine Ratte, auch wenn man sie in einen Maßanzug steckte und in Chanel No. 9 einlegen ließ. Anchéls Anwesenheit hier unten war ein Sakrileg, denn er brachte etwas mit sich, von dem Don Aldarez nicht sicher war, daß er es wieder würde entfernen können.

Don Aldarez haßte Menschen wie Anchél. Er haßte das Verbrechen, und noch viel mehr haßte und verabscheute er Menschen, die Macht über andere hatten und sie zu nichts anderem als ihrem persönlichen Vorteil nutzten. Anchél gehörte ganz zweifellos zu jenen Menschen.

Der Hehler war allerdings alles andere als dumm. Er wußte ganz genau, wie Don Aldarez über ihn und seinesgleichen dachte – aber er wußte auch, daß Aldarez ihn brauchte, und das ließ er ihn nur zu deutlich spüren.

»Nun, Don Aldarez?« fragte er. »Sind Sie zufrieden?«

Seine Stimme war so unangenehm wie sein Äußeres, aber ihr Klang riß Don Aldarez aus seinen Betrachtungen über die Ausweglosigkeit seiner Bedrouille und in die Wirklichkeit – und somit zu dem zweiten Grund für seine Nervosität – zurück.

Ob er *zufrieden* war? Um ein Haar hätte Don Aldarez schrill aufgelacht. Daß er es nicht tat, lag wahrscheinlich nur an der Gewißheit, daß jedes Zeichen von zu großer Zufriedenheit ihn Geld kosten würde. Ziemlich viel Geld. Don Aldarez war ein sehr vermögender Mann, aber Anchél war nicht nur eine Ratte, sondern eine *gierige* Ratte. Besser, er war vorsichtig.

»Ich ... denke«, sagte er, »sie sieht gut aus.«

»Sie denken?« Anchél verzog das Gesicht zu einer Mine, von der er wahrscheinlich glaubte, es wäre ein spöttisches Lächeln. »Mit Verlaub, Don – aber sie sieht nicht gut aus. Sie ist phantastisch. Makellos.«

»Wenn Sie echt ist«, schränkte Don Aldarez ein. »Ich muß Sie erst prüfen.« Seine Finger fuhren fast liebkosend über das grüne Jadegesicht, das ihn von der nur ein wenig helleren Oberfläche des samtbezogenen Tisches aus anblickte. Der Stein fühlte sich kalt an, glatt und leblos, aber zugleich auch weich und seidig, wie die Haut einer schönen Frau. Für Aldarez war es das erregendste Gefühl, das er jemals gehabt hatte.

»Machen Sie sich nicht lächerlich, Don«, sagte Anchél. »Sie wissen genau, daß sie echt ist. Ich würde es nicht wagen, Sie zu betrügen.«

Don Aldarez sah ihn an, schwieg aber. Natürlich hatte

Anchél recht. Er hatte im Laufe der letzten zehn Jahre viel Geld an ihm verdient, so viel Geld, daß er schon völlig schwachsinnig sein müßte, sich seinen besten Kunden zu vergraulen, indem er versuchte, ihn zu betrügen. Darüber hinaus – Don Aldarez war ein wirklich *sehr* reicher Mann. Und entsprechend lang und wenn es sein mußte hart war sein Arm.

Trotzdem antwortete Don Aldarez nicht sofort auf die Worte des Hehlers. Er fühlte sich ... sonderbar. Die Erregung, die von ihm Besitz ergriffen hatte, war vollkommen anderer Art als die, die er bisher verspürte, wenn Anchél mit einem gestohlenen Bild, einer Statue oder einem anderen Kunstwerk bei ihm aufgetaucht war.

Seine Gedanken wanderten zurück zu jenem Tag vor fast genau zehn Jahren, an dem er durch einen Zufall die Bekanntschaft des Hehlers gemacht hatte. Dieser Zufall hatte sein Leben gründlich verändert. Nach außen hin galt Don Aldarez – selbst bei seinen engsten Vertrauten – als ein Wohltäter, ein Mann, der einen großen Teil seines schier unvorstellbaren Vermögens dazu einsetzte, den Menschen in seinem Land zu helfen und die schlimmste Not zu lindern, ein Mann, dem Gerechtigkeit und Güte über alles gingen und der das Verbrechen und Machtmißbrauch regelrecht haßte. Das alles entsprach der Wahrheit – aber neben diesem Don Aldarez gab es noch einen anderen, von dem außer ihm selbst und Anchél kaum jemand wußte, und dieser andere war ein Besessener, ein Süchtiger.

Nicht nach Drogen. Nicht nach Alkohol, Frauen oder Spiel. Die Droge, der Don Aldarez verfallen war, hieß Kunst. Und Anchél war sein Dealer. Ein sehr zuverlässiger, sehr geschickter Dealer, der seinen Kunden stets bei Laune hielt, aber auch immer dafür sorgte, daß er nicht *völlig* zufriedengestellt wurde.

Kunst war Don Aldarez' große Schwäche; Kunst jeder Art, jeder Herkunft. Er besaß eine der größten privaten Kunstsammlungen nicht nur Perus, sondern des gesamten südamerikanischen Kontinents, und nur ein Teil dieser Sammlung war der Öffentlichkeit zugänglich – und bekannt. Der kleinere, aber weitaus wertvollere Teil seiner Sammlung befand sich in Häusern wie diesem: unscheinbaren Gebäuden, denen niemand ansah, daß sie in Wirklichkeit mit allen nur denkbaren Raffinessen ausgestattete High-Tech-Festungen waren, hinter deren Mauern sich nicht wenige Bilder oder Skulpturen verbargen, die Jahre zuvor unter geheimnisvollen Umständen verschwunden waren.

Und die Maske aus zahlreichen in Holz eingearbeiteten Jadeplättchen unter seinen Finger, die Totenmaske von Palenque, sollte die Krönung seiner Sammlung werden.

Wie lange hatte er danach gesucht? Wie oft hatte er sie betrachtet, in Büchern, auf Bildern, Videoaufnahmen, aber auch in Wirklichkeit, in ihrem Schrein aus Panzerglas im Nationalmuseum in Mexico-City, in dem sie bis vor nicht allzulanger Zeit gelegen hatte. Natürlich hatte er versucht, sie zu kaufen. Am Schluß hatte er die Irrsinnssumme von einer Million amerikanischer Dollar geboten – nur um festzustellen, daß es Dinge gab, die sich mit Geld nicht kaufen ließen.

Aber für solche Zwecke gab es schließlich Anchél.

»Ja, ich glaube Ihnen«, sagte er endlich. »Sie müßten sehr dumm sein, mich betrügen zu wollen.« Und außerdem *spürte* er, daß es die echte Maske war, mit der gleichen, unerschütterlichen Gewißheit, mit der er stets gespürt hatte, daß diese Totenmaske etwas ganz Besonderes war, viel mehr, als alle andere in ihr sahen. Verstandesmäßig hatte er niemals wirklich begriffen, was es war, das ihn so sehr an ihr faszinierte, daß er buchstäblich *alles* getan hätte, um sie in seinen Besitz zu bringen. Aber er hatte gespürt, daß es einen Grund dafür gab. Und er würde ihn herausfinden, jetzt, wo er sie endlich – endlich! – hatte.

»Dann kommen wir zum geschäftlichen Teil«, sagte Anchél mit einem schiefen Grinsen.

Don Aldarez starrte ihn eine Sekunde lang verwirrt an, ehe er überhaupt begriff, was der Mexikaner mit diesen Worten meinte. »Oh, ich verstehe«, sagte er schließlich. »Natürlich. Ihre Bezahlung. Wir hatten hunderttausend Dollar vereinbart, wenn ich mich recht erinnere.«

»Das hatten wir«, bestätigte Anchél. »Aber ich fürchte, wir werden neu verhandeln müssen.«

Aldarez Hand, die schon auf halbem Wege zu seiner Brusttasche gewesen war, in der sich ein bereits ausgefüllter und unterschriebener Scheck über die vereinbarte Summe befand, erstarrte. »Wie?« fragte er. »Es war abgemacht.«

Anchél hob besänftigend die Hand. »Das weiß ich, Don. Und ich will Sie auch gewiß nicht übervorteilen. Aber Sie müssen verstehen, daß das Unternehmen schwieriger war, als ich annahm. Es gab Schwierigkeiten. Große Schwierigkeiten.«

»Teure Schwierigkeiten, nehme ich an.«

Anchéls Lächeln wurde noch schmieriger, als es ohnehin schon war. »Ich sehe, Sie verstehen meine Lage, Don Aldarez«, sagte er. »Das erleichtert es mir ungemein, die Verhandlungen weiter zu führen. Der Fairness halber möchte ich Ihnen nicht vorenthalten, daß es noch einen anderen Interessenten für die Maske gibt. Aber natürlich haben Sie das Recht des ersten Gebots. Schon aus alter Freundschaft.«

Don Aldarez bezweifelte, daß Anchél wußte, was das Wort *Fairness* wirklich bedeutete, ganz zu schweigen von

Freundschaft. Aber er beherrschte sich mühsam und schluckte all das, was er dem Hehler im liebsten ins Gesicht geschleudert hätte, herunter.

»An welche Summe hatten Sie gedacht?« fragte er gepreßt.

Anchél sagte es ihm.

Bei den beiden ersten Türen, an die er klopfte, öffnete ihm niemand, die dritte jedoch ging einen Spaltbreit auf, ehe sie von einer Kette abrupt gestoppt wurde. Ein braunes, von einem dünnen Oberlippenbärtchen verziertes Gesicht spähte mit jener Mischung aus Mißtrauen und angeborenem Hochmut, zu dem nur Lateinamerikaner fähig sind, zu ihm heraus.

»Si?«

Tom setzte dazu an, auf Spanisch eine Antwort zu radebrechen, aber das Gesicht unter dem pomadeglänzenden schwarzen Haar verschwand, noch bevor er auch nur einen Laut herausbekam; die Tür wurde zugeknallt und kaum eine Sekunde später wieder geöffnet, diesmal ohne die Kette.

»Amerikaner, wie?« fragte der Bursche in fast akzentfreiem Englisch. »Was um alles in der Welt suchen Sie hier? Sind Sie lebensmüde?«

Tom konnte sein Gegenüber nun genauer erkennen. Er trug einen gutgeschnittenen, trotzdem aber nicht allzu teuren Anzug, Hundert-Dollar-Schuhe und eine schreiend bunte Krawatte. Außerdem hatte Toms kundiger Blick sofort die leichte Ausbuchtung seines Jacketts bemerkt. Der Bursche war bewaffnet. Trotzdem machte er keinen unsympathischen – oder gar gefährlichen – Eindruck. Wahrscheinlich war es in dieser Gegend einfach normal, eine Waffe zu tragen.

»Entschuldigen Sie die Belästigung, Sir«, begann Tom umständlich. Er deutete auf den Mercedes. »Ist das Ihr Wagen?«

Für eine Sekunde erschien ein erschrockener Ausdruck auf dem Gesicht des Peruaners, während er vollends aus dem Haus trat und den Mercedes musterte. Als er zumindest auf den ersten Blick keine Beschädigung feststellte, nickte er – und schüttelte praktisch gleichzeitig den Kopf. »Ich fahre ihn nur. Was ist damit?«

»Nichts«, antwortete Tom hastig. »Es geht um mich. Ich muß gestehen, daß ich mich wohl ein wenig verlaufen habe. Ich muß eilig zum Flughafen, und mir ist aufgefallen, daß Sie über ein Autotelefon verfügen. Wäre es Ihnen vielleicht möglich, mir ein Taxi herbeizurufen?«

»Möglich schon, aber es hätte nicht besonders viel Zweck«, antwortete der Peruaner. »Hierher kommt kein Taxifahrer.« Er seufzte tief und maß Tom mit einem Blick, der sehr viel beredter war als Worte. »Sie sind in einer schlimmen Gegend, Senhór. Es ist ein Wunder, daß Sie nicht schon längst überfallen worden sind.«

»So etwas Ähnliches habe ich schon befürchtet«, antwortete Tom, perfekt den Zerknirschten spielend. »Könnten Sie es vielleicht trotzdem versuchen?»

Der Fahrer verdrehte wortlos die Augen, aber er tat ihm den Gefallen, zum Wagen zu gehen und das Telefon zu benutzen. Er sprach sehr schnell, und er bediente sich eines Dialektes, von dem Tom kaum etwas verstand. Nach fünf oder sechs Gesprächen stieg er wieder aus dem Wagen und schloß mit einem bedauernden Achselzucken die Tür.

»Wie ich Ihnen gesagt habe, Senhór: kein Taxi. Die Fahrer kommen nicht hierher. Sie haben Angst, überfallen zu werden.«

Tom machte keinen Hehl aus seiner Enttäuschung,

aber anscheinend hatte er die Hilfsbereitschaft seines Gegenüber unterschätzt.

»Vielleicht gibt es eine Möglichkeit, Senhór«, fuhr der Mann fort. »Wenn Sie ein wenig Zeit haben ... ich bin sicher, Don Aldarez wird nichts dagegen haben, daß wir Sie mit in die Stadt nehmen. Wir müssen ohnehin in der Nähe des Flughafens vorbei.«

»Das wäre überaus nett«, begann Tom, während er bereits überlegte, wie er den unbekannten Don Aldarez überreden konnte, ihn nicht nur mitzunehmen, sondern das auch noch *schnell* zu tun, ehe das Flugzeug ohne ihn abhob. »Es ist nur ... glauben Sie, daß es noch lange dauert? Es ist nämlich so, daß –«

»Ich verstehe«, unterbrach ihn der Fahrer mit einem wissenden Lächeln.

»So?« fragte Tom verwirrt. »Was?«

»Sie müssen sich nicht genieren, Senhór.« Die Spitzen des Oberlippenbärtchens zeigten plötzlich nach oben. »Ich an Ihrer Stelle hätte auch Hemmungen, weiter auf der Straße zu warten. Sie können gern ins Haus kommen, bis Don Aldarez zurückkehrt. Wir können uns unterhalten. Ich bin ein großer Freund der Amerikaner, wissen Sie?«

Sprach's und zog Tom kurzerhand an der Schulter mit sich, noch ehe dieser auch nur Gelegenheit fand, zu widersprechen.

Im Haus angelangt, erlebte Tom eine weitere Überraschung. Er wußte selbst nicht genau, *was* er erwartet hatte, auf jeden Fall aber etwas, das zum heruntergekommenen Straßenbild draußen paßte. Doch das genaue Gegenteil war der Fall: Durch einen kurzen, kaum beleuchteten Flur kamen sie in einen behaglich eingerichteten Raum, der von indirekter Beleuchtung in heimeliges Licht getaucht wurde. Ein kostbarer Teppich dämpfte das Geräusch ihrer Schritte, und auf den Seidentapeten an den Wänden hingen nicht minder kostbare Gemälde – und es waren allesamt Originale, nicht etwa Druck oder billige Kopien, wie Toms kundiger Blick sofort registrierte. Die Möblierung war knapp, aber von ebenso erlesenem Geschmack wie die Bilder und der Teppich. Aus unsichtbar angebrachten Lautsprechern drang gedämpfte klassische Musik, und auf einem kleinen Tischchen neben der Tür war eine Mahlzeit angerichtet, an der sich sein Gastgeber offenbar gerade gütlich getan hatte, als er anklopfte.

Das dunkelhäutige Gesicht seines Gegenübers verzog sich zu einem gutmütigen Lächeln, als er Toms Erstaunen bemerkte. »Überrascht?« fragte er, in einem Ton, der Tom endgültig bewies, daß er ihn aus keinem anderen Grund hereingebeten hatte, als ihm *das hier* zu zeigen.

»Das ... ist nicht unbedingt das, was ich erwartet habe«, gestand Tom. »Ja.«

»Niemand erwartet es, in dieser Gegend«, bestätigte der Peruaner. »Man muß vorsichtig sein. Es ist nicht gut, zu sehr aufzufallen, wissen Sie?«

»Haben Sie keine Angst, ausgeraubt zu werden?« erkundigte sich Tom. Er hatte noch immer Mühe, sich seine Überraschung nicht allzu deutlich anmerken zu lassen. Was er sah, war tatsächlich *mehr* als nur erstaunlich. Einige der Bilder an den Wänden kannte er, so daß er ihren Wert einschätzen konnte. Er war enorm. Und auch das Mobiliar hätte bei jedem Antiquitätenhändler ein kleines Vermögen eingebracht. Er war plötzlich sicher, daß der freundliche Fahrer keine Ahnung hatte, von welchen Kostbarkeiten er hier umgeben war.

»Ausgeraubt?« Der Mann lachte. »Oh, Senhór, wo denken Sie hin? Ich sehe schon, Sie sind wirklich fremd hier. Als ich sagte, daß man nicht auffallen sollte, da meinte ich nicht bei den Menschen in dieser Gegend, sondern bei *Fremden*. Niemand würde es wagen, Don Aldarez zu berauben.«

Also doch, dachte Tom. Anscheinend hatte er sich den Chauffeur des hiesigen Unterwelt-Bosses ausgesucht. »Don Aldarez scheint ein ... sehr mächtiger Mann zu sein«, sagte er vorsichtig.

Schon wieder daneben. Der Chauffeur lachte noch lauter und schüttelte heftig den Kopf. Tom hatte allmählich das Gefühl, daß der Bursche ihn ganz absichtlich aufs Glatteis führte, um sich über ihn lustig zu machen. »Sie mißverstehen mich immer noch, Senhór«, sagte er fröhlich. »Don Aldarez ist ein Wohltäter. Die Menschen hier vergöttern ihn. Sie würden jeden umbringen, der versucht, hier einzubrechen, glauben Sie mir. Sie haben noch nie von ihm gehört?«

»Nein«, gestand Tom. »Müßte ich das?«

»Eigentlich nicht«, sagte der andere. Er machte eine einladende Handbewegung zum Tisch. »Ich hatte mir gerade eine Kleinigkeit zu essen gemacht. Darf ich Ihnen etwas anbieten? Es plaudert sich leichter dabei.«

Tom hatte ganz und gar keine Lust, zu *plaudern* – aber der verlockende Duft erinnerte ihn daran, daß er seit dem Morgen nichts mehr gegessen hatte. Außerdem wollte er nicht unhöflich sein. Er setzte sich.

Während der Peruaner ging, um einen zweiten Teller und ein Glas zu holen, sah er sich erneut und aufmerksamer um. Sein erster Eindruck bestätigte sich – dieses Haus und seine Einrichtung entsprach ungefähr der Preisklasse des Wagens draußen. Aber da war auch noch etwas. Ein Gefühl, das er im ersten Moment nicht genau greifen konnte, das aber stärker wurde:

Irgend etwas stimmte hier nicht.

Es hatte mit den Bildern zu tun. Tom war kein Kunstexperte, aber sein Beruf als Archäologe brachte es nun einmal mit sich, daß er auch mit jenen Museumsstücken in Berührung kam, die keinen *kultur*historischen Wert besaßen. Zumindest *eines* der Bilder sagte ihm etwas. Er wußte nicht was, aber es war ... keine gute Assoziation.

Der Chauffeur kam zurück, einen kostbaren Teller aus Meißner Porzellan in der rechten, einen nicht minder kostbaren Trinkbecher aus Zinn in der linken Hand und eine Flasche Chablis unter die Achselhöhle geklemmt. Offenbar war er der gleichen Verlockung erlegen, der sich niedere Chargen gerne hingeben – nämlich mit dem Besitz ihrer Herren anzugeben, um so ein wenig von deren Ruhm abzubekommen. Tom war es nur recht. Er hatte tatsächlich Hunger.

»Sie haben großes Glück, daß Sie hierhergekommen sind«, sagte der Peruaner, während er seine Last ungeschickt vor Tom auf dem Tisch ablud und sich noch ungeschickter daranmachte, die Flasche zu entkorken. Tom sah ihm schweigend dabei zu und fragte sich, wie wohl Chablis mit *Glas* schmeckte. »Ich meine: Selbst wenn Ihnen nichts Schlimmeres zugestoßen wäre – es ist ein weiter Fußmarsch zurück in die Stadt. Sie fliegen wieder zurück nach Hause? Ich liebe Amerika, müssen Sie wissen. Ich war schon mehrmals zusammen mit Don Aldarez dort.«

»Erzählen Sie mir von Don Aldarez«, bat Tom. »Er scheint ja ein wirklich erstaunlicher Mann zu sein.«

»Das ist er«, sagte der andere mit einem heftigen Nicken. »Er ist ein Heiliger, glauben Sie mir. Ich war ein Niemand, als er mich aufnahm, ein kleiner Straßendieb, der früher oder später im Gefängnis oder am Galgen gelandet wäre, und nun sehen Sie mich an. Er hat unendlich viel für die Menschen hier getan, müssen Sie wissen. Und der ist –«

Tom erfuhr niemals, was Don Aldarez (außer einem Heiligen) noch war, denn in diesem Moment drang das Klirren von Glas an ihr Ohr, eine Sekunde später übertönt vom dumpfen Krachen eines Schusses und einem spitzen, mit erschreckender Plötzlichkeit abbrechenden Schrei.

»Das ist nicht Ihr Ernst!« Don Aldarez' Stimme drohte überzukippen. In der vornehmen Stille des mit Samt ausgeschlagenen Kellerraumes klang sie wie der Schrei eines sterbenden Tieres.

Für Anchéls Ohren war dieser Ton Balsam. Don Aldarez sah das triumphierende Lodern in den Augen des Hehlers und wußte, daß er schon wieder einen Fehler begangen hatte. Anchél spielte; ein Spiel um einen Einsatz, der ungeheuer war, viel höher, als sich selbst Don Aldarez noch vor einer Minute hätte träumen lassen. Aber der Ausdruck auf seinem Gesicht und das Schrillen seiner Stimme sagten Anchél auch, daß er das Spiel bereits gewonnen hatte, denn es war ein Klang, den er kannte und liebte: der Klang von Entsetzen und hilflosem Zorn. Von Verlierern.

»Aber ich bitte Sie, Don Aldarez«, sagte er. »Sie sind Geschäftsmann, genau wie ich. Sie sollten wissen, daß Angebot und Nachfrage den Markt bestimmen, und sonst nichts. Sie wollen diese Maske. Ich habe sie. So einfach ist das.«

Don Aldarez starrte ihn an. Er zitterte am ganzen Leib. Zum ersten Mal im Leben hatte er das fast unwiderstehliche Verlangen, jemanden zu schlagen. Aber natürlich würde er das nicht tun. Anchél war dreißig Jahre jünger als er, vierzig Pfund schwerer und mindestens doppelt so stark. Anchél wußte genau, was in diesem Moment in

Don Aldarez vorging, und zweifellos genoß er es – was es noch schlimmer machte. Es kostete Don Aldarez alle Kraft, sich zumindest äußerlich noch zu beherrschen.

»Wir ... müssen darüber reden«, sagte er.

»Selbstverständlich«, antwortete Anchél mit einem süffisanten Lächeln, für das allein Don Aldarez ihm die Zähne hätte einschlagen können. »Obwohl es nicht viel zu bereden gibt, fürchte ich. Sie kennen meinen Preis.« Er beugte sich leicht vor, stütze die Ellbogen auf die Tischplatte und legte die Fingerspitzen vor dem Kinn gegeneinander. »Normalerweise ist es nicht meine Art, zu feilschen, Don Aldarez. Aber um der alten Zeiten und der guten Geschäfte willen, die wir miteinander gemacht haben –«

»Hören Sie auf!« fuhr ihn Don Aldarez an. »Sie sind wahnsinnig! Fünfundzwanzig Millionen Dollar! So viel ist sie einfach nicht wert!«

Anchél bemühte sich, ein bedauerndes Gesicht zu machen. Es gelang ihm nicht. Seine Miene wirkte einfach nur hämisch. »Wenn das Ihre Meinung ist, Don Aldarez, werde ich mich an meinen anderen Interessenten wenden müssen.« Er streckte die Hand nach der Maske aus, berührte sie aber nicht, als Don Aldarez so heftig zusammenfuhr, daß das kleine Tischchen sichtbar erzitterte.

»Dann tun Sie das doch!« antwortete Don Aldarez erregt. »Sie bluffen, Anchél. Sie finden niemanden, der Ihnen *fünfundzwanzig Millionen Dollar* für die Maske zahlt. Nicht einmal annähernd. Sie haben keinen anderen Interessenten!«

Anchél schwieg. Er lächelte. Er hatte gewonnen, und er wußte es.

»Eine Million!« sagte Don Aldarez. »Ich biete Ihnen eine Million – das ist zehnmal so viel, wie wir vereinbart haben. Hier und jetzt. In bar, wenn Sie wollen.«

Anchél lächelte und schwieg weiter. Sein Blick fixierte abwechselnd den Don Aldarez' und die Jademaske, die zwischen ihnen auf dem Tisch lag.

»Überlegen Sie genau, was Sie jetzt tun«, sagte Don Aldarez gepreßt. Nervös fuhr er sich mit der Zungenspitze über die Lippen. Er kam sich wie ein in die Enge getriebenes Raubtier vor; eine Beute, die bereits im Netz des Jägers zappelte und schon wußte, daß sie verloren war. »Wenn Sie den Bogen überspannen, bekommen Sie gar nichts. Ich will diese Maske, aber nicht um *jeden* Preis, das sollten Sie bedenken.«

»O doch, das wollen Sie«, antwortete Anchél gelassen.

Und er hatte recht. Don Aldarez *mußte* die Totenmaske haben, ganz gleich, was es ihn kostete. Mit einem Male wußte er, daß er tatsächlich *jeden* Preis bezahlen würde. Es hatte nichts mehr mit seiner Gier nach Kunstwerken zu tun, nichts mit der Besessenheit, die den größten Teil seines Lebens bestimmt und ihn den größten Teil seines Vermögens gekostet hatte. Was er nun spürte, das war etwas anderes; ein Gefühl von nie gekannter Stärke, das keinen Zweifel zuließ. Anchél würde dieses Haus nicht mit der Totenmaske verlassen, ganz gleich, was auch geschah.

»Zwei Millionen«, sagte er. »Das ist mein letztes Wort.«

Anchél lachte; diesmal laut. Er beugte sich vor und legte in einer besitzergreifenden Geste die Hand auf die Maske. Dies allein zu sehen, gab Don Aldarez einen Stich, der ihn aufstöhnen ließ.

»Drei Millionen«, sagte er. »Mehr habe ich nicht.«

»Aber das stimmt doch gar nicht«, sagte Anchél kopfschüttelnd.

Don Aldarez begann stärker zu zittern. Sein Blick saugte sich an der Maske fest, und für einen Moment war es ihm, als würden deren leere Augenhöhlen ihn erwidern. Die Verlockung – die Gier – war unwiderstehlich. Das Verlangen, diese Maske zu besitzen, bereitete ihm körperliche Schmerzen.

Mit einer gewaltigen Willensanstrengung gelang es ihm, seinen Blick von der Jademaske zu lösen und Anchél wieder anzusehen. »Lassen Sie uns wie vernünftige Männer reden«, sagte er. »Sie wollen den Preis in die Höhe treiben. Okay. Das ist Ihr gutes Recht. Aber sie sollten es nicht übertreiben. Vier Millionen sind mein allerletztes Angebot. Akzeptieren Sie es, oder gehen Sie. Aber bedenken Sie eines«, fügte er mit leicht erhobener Stimme hinzu, als Anchél tatsächlich Anstalten machte, aufzustehen. »Ich bekomme stets, was ich will, Anchél. Ein Nein als Antwort habe ich nie akzeptiert.«

»Wollen Sie mir drohen?« fragte Anchél.

»Nein«, antwortete Don Aldarez – obwohl das nicht die Wahrheit war. Wenn ihm keine andere Wahl blieb, würde er schlimmstenfalls auch zu diesem Mittel greifen. Allerschlimmstenfalls auch zu anderen. »Ich will Sie nur vor einem Fehler bewahren, Anchél. Wir arbeiten seit zehn Jahren zusammen. Sie haben in dieser Zeit viel Geld an mir verdient, und Sie können noch mehr verdienen. Setzen Sie das nicht alles aufs Spiel, nur weil sie einmal zu gierig sind.«

»Gierig?« Anchél machte ein Gesicht, als hörte er dieses Wort zum ersten Mal im Leben und müsse erst gründlich über seine Bedeutung nachdenken. »Sie verletzten mich, Don Aldarez. Wäre ich *gierig,* hätte ich ganz andere Möglichkeiten, Sie unter Druck zu setzen. Sehen Sie – Sie haben es selbst gesagt. Ich arbeite seit zehn Jahren für Sie. Ich versorge Sie seit zehn Jahren mit Dingen, die eigentlich ganz anderen gehören: Museen, Privatleuten, Sammlern oder Regierungen. Haben Sie sich nie gefragt, ob diese anderen Leute sich nicht dafür interessieren, wo ihr rechtmäßiger Besitz abgeblieben ist? Ganz zu schweigen von den Versicherungen, die enorme Summen ausgeben mußten, um die Kunstwerke zu ersetzen, die ich in Ihrem Auftrag gestohlen habe, Don Aldarez.«

»Ich habe Ihnen niemals den Auftrag gegeben, etwas zu stehlen!« sagte Don Aldarez empört.

»Natürlich nicht«, antwortete Anchél. »Aber Sie haben auch nie gefragt, woher all die Dinge kamen, die ich Ihnen preiswert zum Kauf anbot, nicht wahr? Sie haben Ihre Hände in Unschuld gewaschen. Aber ich fürchte, damit ist es vorbei.«

Don Aldarez stand auf. Er mußte sich dabei schwer auf den silberbeschlagenen Knauf seines Stockes stützen, denn mit einem Male schien ihm jede Kraft zu fehlen. »Ich habe Sie niemals beauftragt, irgend etwas für mich zu stehlen«, wiederholte er leise, aber mit fester Stimme. »Wenn Sie glauben, mich erpressen zu können, irren Sie sich.«

»Und wer würde Ihnen das glauben?« fragte Anchél. Noch ehe Don Aldarez antworten konnte, hob er die Hand und fuhr in versöhnlichem Tonfall fort: »Es liegt mir fern, Sie erpressen zu wollen, Don Aldarez – obwohl ich zugeben muß, daß der Gedanke etwas Verlockendes hat. Nein, mir schwebt da etwas anderes vor.«

»Und was?« Don Aldarez begann mit kleinen, schleppenden Schritten auf und ab zu gehen, wobei er sich schwer auf seinen Stock stützte. Ganz plötzlich überkam ihn eine tiefe, aber sonderbar ungute Ruhe.

»Ich habe nachgedacht«, antwortete Anchél. »Und gerechnet. Sie haben mich gut bezahlt, das ist richtig – aber trotzdem nicht annähernd so gut, wie angemessen wäre.«

»Sie sind ja verrückt«, murmelte Don Aldarez.

»Keineswegs«, erwiderte Anchél. Er klang fast belustigt. »Das meiste von dem, was ich Ihnen gebracht habe, war weitaus mehr wert.«

»So?« fragte Don Aldarez. Seine Stimme war plötzlich leise, und es war ein fast gefährlicher Klang daran, aber Anchél hörte es nicht. Etwas Dunkles war plötzlich in Don Aldarez, etwas, das ihm selbst Angst machte.

»Ich habe mir die Mühe gemacht, einmal die Versicherungswerte der Präziosen zusammenzurechnen, die Sie in den letzten Jahren von mir erworben haben«, sagte Anchél umständlich. »Ich bin auf eine erstaunliche Summe gekommen – nämlich auf ziemlich genau fünfundzwanzig Millionen Dollar. Sie sehen also, ich bin keineswegs gierig. Ich möchte nur haben, was mir zusteht. Wenn Sie so wollen, kostet Sie die Maske gar nichts.« Er lachte. »Betrachten Sie sie sozusagen als Bonus für unsere lange Geschäftsbeziehung.« Don Aldarez war in seiner ruhelosen Wanderung mittlerweile hinter Anchél angekommen und blieb stehen. Seine Finger schlossen sich so fest um den Knauf des Gehstockes, das die Knöchel weiß aus der Haut hervortraten, und plötzlich spürte er, wie hart und glatt das Metall war; und wie schwer. Es war nicht einfach nur ein Gehstock. Zum ersten Mal überhaupt wurde ihm bewußt, daß er eine Waffe mit sich führte; eine massive Keule, mit der man Knochen zerbrechen und Schädel spalten konnte.

Als er nicht antwortete, drehte sich Anchél in seinem Stuhl herum und sah zu ihm auf, und für einen Moment erschien ein verwirrter, ja fast erschrockener Ausdruck auf seinen Zügen, als er in Don Aldarez' Gesicht blickte. Dann lächelte er, als hätte er sich in Gedanken eine Frage gestellt und sie gleich darauf beantwortet – und als lächerlich abgetan. »Hier«, sagte er. »Nehmen Sie. Sie gehört Ihnen – wenn ich bekomme, was mir zusteht.« Er reichte Don Aldarez die Totenmaske.

Don Aldarez hielt die schwere Jademaske lange und schweigend in der Hand. Äußerlich war er jetzt ganz ruhig, aber hinter seiner Stirn tobte ein Orkan von Gefühlen. Irgend etwas ging von der Maske aus, eine dunkle Verlockung, die stärker und stärker wurde und der er sich weder widersetzen konnte noch wollte. Und dann, ganz langsam, hob er die Maske ans Gesicht und setzte sie auf.

Der Stein berührte seine Haut, aber er fühlte sich nicht an wie Stein. Es schien etwas Lebendes zu sein, das Don Aldarez' Haut streichelte, etwas Warmes, Schmeichelndes, und es berührte nicht nur seine Haut, sondern gleichermaßen – vielleicht viel mehr noch – auch seine Seele. Kaltes Feuer verbrannte ihn, aber zugleich spürte er auch, wie ihn eine neue, unvorstellbare Kraft durchströmte. *Schreie. Flammen. Der Gestank von brennendem Fleisch.* Die Jahre, die so schwer auf seinen Schultern gelastet hatten, schienen plötzlich fort zu sein. Er fühlte sich um zwanzig Jahre jünger, dann dreißig, vierzig, und dann waren auch Zorn und Hilflosigkeit nicht mehr da, sondern hatten einer tiefen Ruhe und Entschlossenheit Platz gemacht. Er atmete tief und hörbar ein und aus.

Anchél grinste über sein ganzes Rattengesicht. »Beeindruckend«, sagte er. Doch der spöttische Klang, den er in seine Stimme legte, überzeugte so wenig wie sein Grinsen. Er war plötzlich nervös und angespannt. Seine Hand kroch zum Revers seines Jacketts. Vermutlich trug er eine Waffe darunter. »Was für ein Gefühl ist es, etwas zu bekommen, wonach man sein Leben lang gesucht hat?«

»Sie gehört mir«, sagte Don Aldarez. Der Klang seiner eigenen Stimme erschreckte ihn. Er versuchte sich einzureden, daß es nur die Maske war, die sie verzerrte, aber er wußte, daß das nicht stimmte.

»Sobald wir uns handelseinig sind«, sagte Anchél. Er

drehte sich wieder auf seinem Stuhl herum, vielleicht ein bißchen *zu* schnell, um nicht zu zeigen, wie nervös er in Wirklichkeit war. »Aber das werden wir bestimmt, nicht wahr?«

»O ja, das werden wir«, antwortete Don Aldarez. »Keine Sorge. Du wirst bekommen, was dir zusteht!«

Und damit schlug er zu. Der schwere Metallknauf des Stockes pfiff wie eine tödliche Keule durch die Luft. Der Hieb war kräftig genug, Anchél den Schädel zu zertrümmern.

Hätte er getroffen.

Doch Anchél mußte die Bewegung irgendwie gespürt haben, und so fiel es ihm nicht schwer, hastig den Kopf einzuziehen, so daß der tödliche Schlag über ihn hinwegfuhr. Noch aus der gleichen Bewegung heraus drehte er sich zur Seite und fiel neben dem Stuhl auf ein Knie herab, und wie hingezaubert lag plötzlich in seiner Hand eine großkalibrige Waffe, deren Mündung auf Don Aldarez' Gesicht deutete.

»Hübscher Versuch«, sagte Anchél kalt. »Aber leider nicht schnell genug. Ich fürchte, die Preise sind gerade drastisch gestiegen.« Er lachte, aber es klang falsch und schrill, und das Flackern in seinen Augen strafte dieses Lachen zusätzlich Lügen. Anchél war zutiefst erschüttert. Wahrscheinlich war es nicht das erste Mal, daß ihm jemand nach dem Leben trachtete – aber ein Angriff von einem Mann, der im ganzen Land für seine Güte und Nächstenliebe bekannt war, war wohl das Allerletzte, was er erwartet hatte.

»Sie überraschen mich wirklich, Don Aldarez«, sagte er kopfschüttelnd. »Aber da sieht man es wieder – Geld verdirbt tatsächlich den Charakter.« Er stand mit einer fließenden Bewegung auf und wedelte mit seiner Waffe. »Was mache ich jetzt mit Ihnen? Von Rechts wegen sollte ich Sie eigentlich erschießen – aber dann bekomme ich mein Geld niemals, fürchte ich ...«

»Das bekommst du sowieso nicht«, antwortete Don Aldarez.

Und stürzte sich auf ihn.

Anchél wurde vollkommen überrascht. Don Aldarez' Mordversuch an ihm war schon völlig unerwartet gekommen, aber daß er sich auf einen dreißig Jahre jüngeren und noch dazu bewaffneten Gegner stürzte, grenzte an Selbstmord. Doch er tat es – und er tat es sogar mit großem Erfolg.

Mit einer Behendigkeit, die selbst einem nur halb so alten Mann zur Ehre gereicht hätte, sprang er ihn an, bog Anchéls Waffenhand zur Seite und stieß ihn mit der anderen Hand zurück. Anchél schrie vor Überraschung auf, verlor das Gleichgewicht und prallte gegen den Tisch. Die Glasplatte unter dem grünen Samt zerbrach klirrend.

Don Aldarez' freie Hand schloß sich um Anchéls Kehle und drückte zu. Anchéls Schrei brach abrupt ab, doch vor lauter Schmerz und Überraschung riß er den Abzug seiner Pistole durch. Die Waffe entlud sich mit einem Krachen, das in der Enge des Kellerraumes wie eine explodierende Bombe klang.

Don Aldarez drückte fester zu. Anchéls Augen quollen ein Stück aus den Höhlen, während er seine Pistole fallen ließ. Seine Lippen bewegten sich, wie die eines Fisches auf dem Trockenen, doch nicht einmal in diesem Moment war in seinen Augen Angst, sondern immer noch Fassungslosigkeit, selbst, als Don Aldarez ihn ohne die geringste Anstrengung hochriß und mit knochenbrechender Wucht gegen die Wand schleuderte.

Anchél kreischte. Mit hilflos rudernden Armen glitt er an der Wand herunter und versuchte sich hochzustemmen, aber Don Aldarez war bereits wieder über ihm. Sein Fuß schoß vor und traf Anchéls Gesicht. Der Hinterkopf des Hehlers wurde gegen die Wand geschleudert; ein furchtbares Knirschen klang auf, und aus Anchéls Schrei wurde ein ersticktes Keuchen. Diesmal dauerte es länger, bis er die Kraft fand, sich auf Hände und Knie hochzustemmen und zu Don Aldarez aufzusehen. Sein Gesicht war voller Blut, das in einem breitem Strom aus seinem Haar quoll, und seine Augen begannen sich bereits zu verschleiern.

»O ja, du wirst bekommen, was dir zusteht!« sagte Don Aldarez erneut. »Du wirst es bekommen!«

Er schwang seinen Stock. Anchél drehte sich ihm letzten Moment zur Seite, so daß der schwere Knauf seinen Kopf verfehlte und nur seine Schulter traf. Aber der Hieb war hart genug, sie zu brechen. Anchél brüllte vor Schmerz, kippte zur Seite und versuchte rücklings von Don Aldarez fortzukriechen.

»Nein!« wimmerte er. »Hören Sie auf! Bitte, hören Sie auf!«

Don Aldarez lachte, schwang seine Keule und schlug erneut zu. Dieses Mal traf er.

»Du wirst es bekommen!« schrie Don Aldarez immer wieder. »Du – wirst – es – be – kom – men!«

Und bei jedem Wort fuhr sein Gehstock auf Anchéls Kopf und Oberkörper nieder . . .

Tom und sein noch immer unbekannter Gastgeber bewegten sich nahezu synchron, und beide mit der gleichen, fast katzenhaften Geschmeidigkeit, die dem jeweils anderen mehr als alle Worte klarmachte, daß sie sich nicht zum ersten Mal in einer derartigen Situation befanden.

Während Tom hastig auf- und um den Tisch herumsprang, hatte der Peruaner bereits die Tür erreicht und riß sie auf. Seine rechte Hand fuhr unter das Jackett und kam mit einer Pistole wieder zum Vorschein, und auch Tom ertappte sich bei einer gleichartigen Bewegung, noch bevor ihm wieder einfiel, daß er unbewaffnet war.

Dicht hintereinander stürmten sie auf den Flur hinaus und wandten sich nach rechts, von wo der Lärm gekommen war. Es fiel kein zweiter Schuß, aber Tom hörte eine Reihe gedämpfter, doch sehr eindeutiger Laute: Vor ihnen wurde gekämpft.

Der Gang endete nach einem knappen Dutzend Schritten vor einer mit reichen Schnitzereien verzierten Tür, die wie Holz aussah, es aber nicht war: Die Angeln waren so wuchtig wie die einer Tresortür, und als der Peruaner sie aufriß, bemerkte Tom, daß sich unter dem hauchdünnen Furnier massiver Stahl befand. Dahinter kam ein schmaler Treppenschacht zum Vorschein, der steil in die Tiefe führte und von unverkleideten Neonlampen unter der Decke fast taghell erleuchtet wurde. An seinem Ende befand sich eine zweite, nicht minder massive Tür.

Der Peruaner zerrte ein-, zwei Sekunden lang vergeblich am Türgriff, ehe er hastig in die Jackentasche griff und einen Schlüsselbund zum Vorschein brachte. Der Lärm und die dumpfen, krachenden Laute auf der anderen Seite der Tür hielten an, während er mit vor Aufregung zitternden Händen versuchte, den passenden Schlüssel zu finden und ihn in das kleine Schlüsselloch zu bekommen. Tom registrierte beiläufig, daß es sich nicht direkt in der Tür, sondern in der Wand daneben befand – ein elektronisches Schloß, das zu diesem Haus ebensowenig passen wollte wie die massiven Türen und seine kostbare Einrichtung. Was von außen wie eine bewohnte Ruine aussah, entpuppte sich immer mehr als

Festung, die anscheinend mit allen technischen Raffinessen ausgestattet war. Und noch etwas fiel Tom auf: In einem Winkel über der Tür, so geschickt angebracht, daß es fast unsichtbar war, befand sich das gläserne Auge einer Videokamera.

»Don Aldarez!« schrie der Peruaner. »Was ist mir Ihnen? Halten Sie aus! Ich komme!«

Wie zur Antwort drang ein gellender Schrei durch das Metall der Tür, was den Peruaner noch einmal zu größerer Schnelligkeit anspornte. Ein schweres, metallisches Klicken erklang, und eine halbe Sekunde später glitt die Tür mit einem elektrischen Summen nach links in die Wand hinein. Der Mann drängte sich durch den entstehenden Spalt, und Tom folgte ihm dichtauf.

Eine Sekunde später prallte er gegen ihn, denn sein Führer war abrupt stehengeblieben, kaum daß er auch nur einen Schritt in den Raum hinter der Tür hineingetan hatte. Und als Tom sein Gleichgewicht wiederfand und an ihm vorbeisah, begriff er auch, warum.

Der Raum war klein, aber er entsprach ganz und gar nicht dem, was man im Keller eines Hauses wie diesem erwartet hätte. Wände, Decke und Boden waren mit dunkelgrünem Samt bespannt, ebenso wie die beiden Stühle und die Glasplatte des kleinen Tischchens, die jetzt zerborsten am Boden lag. An der gegenüberliegenden Wand hing ein goldgerahmtes Gemälde, dessen Anblick allein unter anderen Umständen ausgereicht hätte, Tom den Atem zu verschlagen.

Im Moment allerdings schenkte er ihm kaum einen Blick, denn seine Aufmerksamkeit wurde voll und ganz von dem entsetzlichen Geschehen vor ihnen in Anspruch genommen.

Zwei Schritte vor dem Peruaner stand eine Gestalt in einem weißen Sommeranzug. Sie wandte ihnen den

Rücken zu, so daß Tom ihr Gesicht nicht erkennen konnte, aber Körperhaltung und Bewegungen verrieten ihm, daß es sich um einen sehr alten Mann handeln mußte.

Er stand breitbeinig da, ein wenig nach vorne gebeugt, und er hielt einen gewaltigen Gehstock mit silbernem Knauf in den Händen, mit dem er immer und immer wieder auf eine zweite Gestalt einschlug, die vor ihm am Boden lag. Tom registrierte blitzartig den häßlichen Blutfleck an der Wand neben der Tür, aber auch die Pistole, die in einer anderen Ecke des Raumes lag.

»*Madre de Dios!*« keuchte der Peruaner. »Don Aldarez! Was haben Sie getan?!«

Der alte Mann hörte endlich auf, auf sein wahrscheinlich ohnehin längst totes Opfer einzuschlagen. Langsam ließ er seinen Stock sinken, richtete sich auf und drehte sich zur Tür herum. Etwas stimmte nicht mit seinem Gesicht, aber das registrierte Tom nur am Rand. Mit einer hastigen Bewegung schob er den Peruaner einfach zur Seite, trat neben die am Boden liegende Gestalt und beugte sich über sie.

Aus seiner Vermutung wurde Gewißheit. Tom war kein Arzt, aber das mußte man auch nicht sein, um zu erkennen, daß dem Mann nicht mehr zu helfen war. Vermutlich hatte ihn schon der erste Hieb getötet, doch Don Aldarez mußte auch dann noch mit aller Kraft auf ihn eingeschlagen haben, als er längst tot gewesen war.

Tom hörte ein überraschtes Keuchen und fuhr alarmiert hoch. Der Mann in dem weißen Anzug – Don Aldarez – hatte sich mittlerweile ganz dem Peruaner zugewandt, so daß Tom sein Gesicht nicht erkennen konnte, aber der Ausdruck in den entsetzt aufgerissenen Augen des Chauffeurs machte ihm klar, daß er das Keuchen ausgestoßen hatte.

»Was ist hier passiert?« fragte Tom. »Wer ist dieser Mann, und wieso haben Sie –?«

Er kam nicht dazu, den Satz zu Ende zu führen, sondern brach mit einem kaum weniger erschrockenen Keuchen ab, als sich Don Aldarez zu ihm herumdrehte und er endlich sein Gesicht sehen konnte.

Beziehungsweise das, was sein Gesicht *verbarg*.

»Enrico!« sagte Don Aldarez scharf.

Tom begriff zwar noch, was dieser Befehl bedeutete, aber die Gefahr zu begreifen und darauf zu reagieren waren zwei verschiedene Dinge.

Den Schlag, der ihm das Bewußtsein raubte, spürte er schon nicht mehr.

Die Scheinwerfer des Mercedes rissen einen asymmetrischen Streifen bleicher Helligkeit aus einer Nacht, die Don Aldarez dunkler und feindseliger als jede andere Nacht vorkam, die er je erlebt hatte. Er hatte niemals Angst vor der Dunkelheit gehabt, nicht einmal als Kind, aber diese Schwärze war anders. Es war eine Finsternis, die weniger mit dem Nichtvorhandensein von Licht zu tun hatte, als vielmehr etwas zu sein schien, das aus ihm selbst stammte; eine Dunkelheit und Kälte, die sich tief in seiner Seele eingenistet hatte und ihre Fühler allmählich in seinen Körper ausstreckte. Er fror, obwohl die Heizung des Mercedes auf vollen Touren lief, und das Zittern seiner Hände hatte nicht aufgehört, seit sie Lima verlassen hatten, sondern war im Gegenteil immer stärker geworden.

»Alles in Ordnung, Senhór?« fragte Enrico. Er taxierte Don Aldarez' Gesicht über den Innenspiegel des Wagens hinweg besorgt.

In Ordnung? Um ein Haar hätte Don Aldarez schrill

aufgelacht. Die Worte kamen ihm vor wie böser Spott. Nichts war *in Ordnung*. Großer Gott, er hatte gerade einen Menschen umgebracht, und Enrico fragte ihn, ob mit ihm alles in Ordnung war! Sein Schweigen schien Enricos Sorge noch zu verstärken. Er nahm den Fuß vom Gas, lenkte den Wagen an den Straßenrand und wollte anhalten, aber Don Aldarez winkte ab. »Fahren Sie weiter, Enrico«, sagte er. »Ich möchte nur zur Hazienda, und das so schnell wie möglich.«

»Selbstverständlich, Senhór«, antwortete Enrico. Er zögerte noch einen spürbaren Augenblick, gab dann aber wieder Gas und fuhr weiter. Don Aldarez warf einen Blick auf den Tachometer. Die Nadel hatte die Einhundert-Kilometer-Marke erreicht und verharrte darauf. Enrico hatte strengste Anweisung, niemals schneller zu fahren, aber natürlich tat er es manchmal doch, wenn er allein war.

»Fahren Sie schneller, Enrico«, befahl Don Aldarez. Enricos Augenbrauen rutschten ein Stück nach oben, aber er gehorchte. Der Wagen beschleunigte auf hundertfünfzig, hundertachtzig.

Don Aldarez starrte in die Dunkelheit hinaus, aber er sah weder die vorüberrasenden Schatten am Straßenrand noch die kompakte Mauer aus Schwärze, in die der Wagen hineinraste. Don Aldarez wäre vielleicht nicht ganz so ruhig gewesen, hätte er geahnt, daß Enrico zwar ein ausgezeichneter Leibwächter war, aber ein miserabler Autofahrer.

»Darf ich eine Frage stellen, Senhór?« fragte Enrico nach einer Weile.

»Sicher.«

»Dieser Mann, Don Aldarez«, sagte Enrico. Er sprach stockend. Don Aldarez spürte, wie schwer ihm jedes einzelne Wort fiel. »Der Amerikaner –«

»Anchél ist kein Amerikaner«, sagte Don Aldarez.

»Das weiß ich, Senhór.«

Don Aldarez war überrascht. Trotz des Schocks, in dem er sich noch immer befand, sah er Enrico mit einer Mischung aus Staunen und Verwirrung an. »Du kennst Anchél?« fragte er.

»Sie treffen sich seit Jahren mit ihm«, bestätigte Enrico. »Ich habe das nie gut gefunden. Ich hatte immer Angst, daß Ihnen etwas zustößt.«

»Mir?«

Enrico nickte heftig. »Ich habe mich über diesen Anchél erkundigt. Er war ein Verbrecher. Ein Dieb und Betrüger, und wahrscheinlich auch ein Mörder. Er hat versucht, Sie umzubringen, nicht wahr?«

Don Aldarez nickte. »Ich mußte mich verteidigen«, sagte er. »Aber die Polizei würde mir nicht glauben.«

»Sie dürfen nicht mit einem Menschen wie ihm in Verbindung gebracht werden«, bestätigte Enrico. »Aber was ist mit dem anderen? Dem Gringo?«

»Ich weiß nicht einmal, wer er ist«, sagte Don Aldarez. »Du hattest keine Erlaubnis, einen Fremden ins Haus zu lassen.«

»Ich weiß«, sagte Enrico kleinlaut. »Ich wollte nur –«

»Schon gut«, unterbrach ihn Don Aldarez. »Es ist nun einmal passiert.« Er seufzte. Seine Finger strichen unbewußt über das in grünen Samt eingeschlagene Paket, das neben ihm auf dem Rücksitz des Mercedes lag. Zumindest hatte er die Maske.

Aber um welchen Preis?

Sie hatte ein Menschenleben gekostet, und menschliches Leben – jede Art von Leben – war Don Aldarez heilig. Und nun hatte er einen Menschen getötet, mit seinen eigenen Händen …

Langsam, nicht nur ohne, sondern beinahe gegen seinen eigenen Willen, öffnete er das Paket und nahm die Maske heraus. Der Stein lag so kalt wie Eis in seiner Hand, und die leeren Augenhöhlen schienen ihn anzustarren.

Feuer. Die Schreie der Opfer, die auf die Scheiterhaufen gebunden wurden, und der monotone Singsang der Priester.

Don Aldarez ließ die Maske fallen und schloß die Augen. Seine Hände zitterten plötzlich so heftig, als hätte er Schüttelfrost. *Was war das?*

»Senhór?« fragte Enrico.

»Es ist nichts«, sagte Don Aldarez rasch. »Es war alles nur … etwas zuviel. Fahren Sie zu, Enrico. Und was den Amerikaner angeht …« Er überlegte einen Moment, und als er weitersprach, war in seiner Stimme ein Klang, der Enrico abermals besorgt aufsehen ließ.

»Sobald wir auf der Hazienda sind, werde ich ein paar Telefonate führen und mich um ihn kümmern«, sagte er.

Als er erwachte, spürte er zwei Dinge zugleich: Er hatte die schlimmsten Kopfschmerzen seines Lebens, und irgend jemand machte sich an seiner Jacke zu schaffen.

Tom setzte sich mit einem Ruck auf, griff blitzschnell nach der Hand, die sich in seine Brusttasche gesenkt hatte, und öffnete erst dann die Augen. Die heftige Bewegung ließ seine Kopfschmerzen zu noch größerer Intensität auflodern, aber zumindest bekam er die Hand zu fassen. Ein zorniger Schrei erscholl, gefolgt von einer wahren Schimpfkanonade auf Spanisch. Tom verstand kaum ein Wort, aber der Tonfall der Stimme war eindeutig.

Der Schmerz hatte ihm die Tränen in die Augen getrieben, so daß er das Gesicht vor sich im ersten Moment nur verschwommen erkannte. Zumindest sah er, daß es sich um ein Kindergesicht handelte – ein Junge von zwölf, vielleicht dreizehn Jahren.

Allmählich begann sich sein Blick zu klären, und er erkannte auch den Rest seiner Umgebung: Er befand sich in einem großen, schmutzstarrenden Raum, der fast vollkommen leer war – abgesehen von einer Anzahl rostiger Eisengitter, die ihn in vier oder fünf unterschiedlich große Zellen unterteilte.

»Ups!« sagte Tom überrascht. Er ließ die Hand des Jungen los, der sofort hastig davonkroch und sich in eine Ecke des Gitterkäfigs preßte, den sie sich teilten. »Wo zum Teufel bin ich?«

Die Frage war rein rhetorischer Natur; natürlich wußte er, wo er war. Trotzdem beantwortete der Junge sie.

»Im Gefängnis, Gringo.« Er sprach Englisch mit einem sonderbar weichen, nicht einmal unangenehmen Akzent, und obwohl er sich Mühe gab, feindselig zu klingen, gelang es ihm nicht.

Tom sah sich weiter um. Durch die Gitterstäbe starrten ihn ein Dutzend finsterer, größtenteils unrasierter Gesichter an. Der Ausdruck darauf war wohl zum allergrößten Teil der von Neugier und überstandenen Strapazen, aber im Moment kam er Tom zum allergrößten Teil einfach nur drohend vor.

Er wandte sich ab und seine Aufmerksamkeit wieder dem Jungen zu. Der Kleine hatte sich in einer Ecke zusammengekauert und musterte ihn aufmerksam. Seine Haltung und vor allem sein Blick signalisierten Vorsicht und große Wachsamkeit, aber kaum Furcht. Tom kannte den Ausdruck in seinem Blick sehr genau. Es war der Ausdruck eines Menschen, der gelernt hatte, niemandem zu vertrauen und besser zehnmal zuviel als einmal zu wenig auf der Hut zu sein. Wenn er bedachte, daß er den Knirps beim Aufwachen mit der Hand in seiner Jackentasche erwischt hatte, dann hatte er wahrscheinlich auch allen Grund dazu. Der Gedanke erinnerte ihn an etwas. Er setzte sich ganz auf und griff in die Innentasche seines Jacketts. Sie war leer. Genauso leer waren die beiden äußeren sowie die Hosentaschen.

»Ich war das nicht«, sagte der Junge, dem seine Bewegung natürlich nicht entgangen war.

Tom funkelte ihn an. Er war ziemlich sicher, daß der Junge die Wahrheit sagte; wer immer ihn hierhergebracht hatte, schien ihn ziemlich gründlich gefilzt zu haben. Aber sein Kopf schmerzte viel zu heftig, und er war viel zu beunruhigt und nervös, um noch freundlich sein zu können. »Das wird sich herausstellen«, knurrte er.

»Die *Federales* haben dich gefilzt, Gringo«, verteidigte sich der Junge. »Das tun sie mit jedem, den sie herbringen.«

»Und warum hast du dann in meinen Taschen herumgewühlt?« fragte Tom.

Auf dem schmutzigen Gesicht des Jungen erschien zum ersten Mal so etwas wie ein schüchternes Grinsen. »Man weiß ja nie«, sagte er. »Kann ja sein, daß sie etwas übersehen haben.«

Tom blinzelte – und dann mußte er gegen seinen Willen lachen, und nach ein paar Augenblicken stimmte der Junge in dieses Lachen ein. Damit war das Eis gebrochen. Der Kleine blieb zwar in seiner Ecke sitzen, aber er entspannte sich sichtlich.

»Was ist das hier?« fragte Tom mit einer weit ausholenden Geste.

»Santoyas Folterkeller«, antwortete der Junge, zwar lachend, aber trotzdem auf eine Art und Weise, die Tom einen eisigen Schauer über den Rücken laufen ließ.

»Wie bitte?«

»Eigentlich ist es eine Polizeiwache«, antwortete der

Junge. »Aber Santoya ist ein Vieh. Keiner, der einmal hier unten ist, kommt so schnell wieder heraus.«

»Santoya ist der Chef hier?«

»*El Capitano, si*«, bestätigte der Junge. »Er ist böse.«

Auf eine gewisse Weise, fand Tom, klang das fast schlimmer, als hätte er den Capitan als Ungeheuer oder Mörder bezeichnet. Er konnte einen eisigen Schauer nicht ganz unterdrücken. »Wie ist dein Name, Kleiner?« fragte er.

»Ernesto«, antwortete der Junge. »Und ich bin nicht klein. Ich werde fünfzehn.«

»Wann?« fragte Tom.

Ernesto druckste einen Moment herum, dann sagte er mit einem breiten Grinsen: »In drei Jahren.«

»Und warum bist du hier?« fragte Tom lachend.

»Wegen Ungeschicklichkeit«, antwortete Ernesto.

»Ungeschick? Seit wann ist das strafbar?«

»Hier schon immer«, antwortete Ernesto mit großem Ernst. »Zumindest, wenn man sich dabei erwischen läßt.«

Tom hatte allmählich eine gewisse Vorstellung davon, von welcher Art *Ungeschicklichkeit* der Junge sprach, und zog es vor, das Thema nicht weiter zu vertiefen.

»Und warum bist du hier, Gringo?«

Eine gute Frage, fand Tom. Er hätte sie liebend gerne beantwortet – aber leider konnte er es nicht. Tatsache war, daß er keine Ahnung hatte, warum er hier war. Seit er aufgewacht war, hatte er sich auf einer tieferen Ebene seines Bewußtseins fast krampfhaft mit dieser Frage beschäftigt, aber eine Antwort hatte er nicht gefunden. Er erinnerte sich vage, durch eine heruntergekommene Straße marschiert zu sein, und an den Anblick eines Wagens, mit dem irgend etwas nicht zu stimmen schien, aber danach ...

Filmriß.

Nichts.

Er schien einen Schlag auf den Kopf bekommen zu haben, den hämmernden Schmerzen in seinem Schädel nach zu urteilen, und wahrscheinlich litt er unter so etwas wie kurzzeitiger Amnesie. Zumindest hoffte er, daß sie nur kurzzeitig war.

»Keine Ahnung«, sagte er nach einer Weile.

Ernestos Grinsen wurde geradezu unverschämt. »Ich verstehe. Ein Justizirrtum, nehme ich an.«

»Ich weiß es wirklich nicht«, verteidigte sich Tom. »Jemand hat mich niedergeschlagen, aber ich weiß nicht, wer und warum – und schon gar nicht, weshalb ich im Gefängnis bin.«

»Das wird Santoya gar nicht gerne hören«, sagte Ernesto. »Er kann Gringos nicht leiden, mußt du wissen.«

Tom seufzte. Das hatte ihm gerade noch gefehlt! Er hatte keine Angst. Er war nicht einmal wirklich beunruhigt – aber er hatte ganz gewiß keine Lust, den Rest der Nacht damit zuzubringen, sich mit einem größenwahnsinnigen Möchtegern-Diktator herumzustreiten.

Das metallische Scheppern eines Riegels ließ Tom aufsehen. Am Ende des schmalen Ganges, der zwischen den Gitterkäfigen entlangführte, war eine Tür aufgegangen. Hintereinander betraten drei Gestalten den Raum, und als Tom sie erblickte, da wurde ihm im Nachhinein klar, weshalb Ernesto die Polizisten *Federales* genannt hatte.

Die drei Männer trugen zwar Uniformen (zumindest unterstellte Tom einfach zu ihren Gunsten, daß die zerlumpten Fetzen einmal Uniformen gewesen waren), hätten aber ebensogut Statisten aus einem Film sein können, der Aufstieg und Fall von Pancho Villas Räuberbande zum Thema hatte. Die Gesichter waren bärtig und hatten seit mindestens sechs Monaten kein Wasser mehr gesehen. Zwei hatten langes, bis auf die Schultern fallendes Haar, das mit Sicherheit nicht einmal in der peruanischen Polizei den Vorschriften entsprach, und alle drei waren bis an die Zähne bewaffnet. Sie steuerten genau auf Toms Zelle zu.

Zum ersten Mal empfand er nun doch eine leise Beunruhigung. Aber wie er bald herausfinden sollte, war dieses Gefühl völlig unbegründet.

Nackte Angst wäre angebrachter gewesen.

Sie hatten knapp drei Stunden bis zur Hazienda gebraucht, statt der üblichen fünf, und Don Aldarez war ziemlich sicher, daß der Mercedes die nächsten drei *Wochen* in der Werkstatt verbringen würde. Enrico war – auf seinen ausdrücklichen Befehl hin – zum Schluß immer schneller gefahren und hatte den Wagen zum Teil mit hundert Stundenkilometern über Straßen gejagt, die kaum für dreißig gut waren. Auf dem letzten Stück mischte sich ein ungutes Klicken und Klappern in das Motorengeräusch, und obwohl Enrico nichts sagte, machte sein immer besorgter werdender Gesichtsausdruck doch klar, daß er sich zu fragen begann, ob sie die Hazienda noch erreichen würden.

Aber sie erreichten sie. Unter der flachen Motorhaube des Mercedes quoll eine zischende weiße Dampfwolke hervor, als sie vor der breiten Freitreppe des Hauptgebäudes hielten, doch Don Aldarez beachtete sie so wenig wie den betrübten Gesichtsausdruck seines Chauffeurs, sondern stieg mit einer energischen Bewegung aus und begann die Stufen hinaufzueilen, schwer auf seinen Stock gestützt und mit kleinen Schritten, wobei er immer erst beide Füße auf eine Stufe setzte, ehe er die nächste in Angriff nahm.

Enrico hatte ihr Kommen über das Autotelefon angekündigt, und Anita, seine Haushälterin – und seit zwanzig Jahren die beste und einzige Freundin, die er hatte – eilte ihm entgegen.

»Senhór!« begann sie aufgeregt. »Was ist geschehen? Enrico hat gesagt, daß –«

Anita brach verblüfft mitten im Satz ab, als Don Aldarez sie gar nicht beachtete, sondern einfach an ihr vorüberging. Mit kleinen, schleppenden Schritten erreichte er die Haustür, stieß sie auf und durchquerte die große Eingangshalle, ohne auch nur nach rechts oder links zu sehen. Er registrierte, daß Anita und Enrico, der ihm gefolgt war, unter der Tür stehenblieben und die Köpfe zusammensteckten, aber auch das interessierte ihn nicht. So schnell ihn seine siebzig Jahre alten Beine trugen, ging er die Treppe hinauf und in sein Arbeitszimmer, das aus mehreren ineinander übergehenden Räumen bestand, die den größten Teil der gesamten oberen Etage in Anspruch nahmen.

Hastig schloß er die Tür hinter sich, lehnte sich mit dem Rücken dagegen und blieb eine geraume Weile stehen, mühsam um Atem ringend, mit rasendem Puls am ganzen Leib zitternd. Alles drehte sich um ihn. Der letzte Teil der Fahrt war wie ein Alptraum gewesen, an den er sich kaum mehr erinnerte, und auch jetzt hatte er das Gefühl, immer mehr den Boden unter den Füßen zu verlieren. Was hatte er getan? Was hatte er nur getan?!

Es dauerte lange, bis Don Aldarez wenigstens die Kraft fand, sich von seinem Platz an der Tür zu lösen und zu dem gewaltigen Schreibtisch hinüberzugehen, der vor dem Fenster thronte. Sein Blick glitt dabei über die Vitrinen und Glasschränke, die das große Zimmer füllten. Sie enthielten ausnahmslos Teile seiner Kunstsammlung, und da dies ein Raum war, den dann und wann auch schon einmal Fremde betraten, nur solche, deren Besitz ganz legal war. Trotzdem hätte der Inhalt des knappen Dutzends Vitrinen und Schränke durchaus den Neid so manchen Museumsdirektors erwecken können, denn der ballsaalgroße Raum enthielt die wohl vollständigste Sammlung altperuanischer Volkskunst, die im Umkreis von tausend Kilometern zu finden war.

Sie war sein Lebenswerk. Er hatte fünfzig Jahre gesammelt, um diese Schätze zusammenzutragen – und nun war alles verloren, wegen eines einzigen Augenblickes der Schwäche.

Don Aldarez' Finger glitten über die grünen Jadeplättchen der Maske. Sie hatte die Krönung seiner Sammlung werden sollen – und nun war sie der Schlüssel zu ihrer Vernichtung.

Er hatte einen Menschen getötet, und er wußte, daß er damit nicht durchkommen würde. Selbst wenn es seinen Rechtsanwälten irgendwie gelang, die Sache zu vertuschen, würde er selbst sich nie verzeihen können. Er konnte mit dieser Schuld nicht leben.

Und alles nur wegen dieses verdammten ... *Dings!*

Don Aldarez sprang hoch, packte die Maske und riß sie mit beiden Händen hoch über den Kopf, um sie mit aller Gewalt gegen die Wand zu schmettern. Aber im gleichen Moment, in dem er dies tat, war es ihm, als führe ein sengender Blitz durch sein Gehirn, und sein bewußtes Denken wurde ausgelöscht ...

Ernesto hatte Capitan Santoya so treffend beschrieben, wie das mit einem Wort überhaupt möglich war, fand Tom. Er saß dem sicherlich zweihundert Pfund wiegenden Koloß jetzt seit einer knappen halben Stunde gegenüber, und er hatte sich praktisch die ganze Zeit den Kopf nach einer anderen Bezeichnung für diesen wabbernden Fleischberg zerbrochen, aber Ernesto hatte den Nagel tatsächlich auf den Kopf getroffen: Capitan Santoya war ein Vieh. Punktum.

Sein Gesicht war so aufgequollen, daß es fast formlos wirkte. Kinn und Wagen glänzten fettig, was sicher daran lag, daß Santoya praktisch ununterbrochen irgend etwas aß, genauer gesagt: in sich hineinstopfte. Die Augen waren in den aufgedunsenen Hängebacken kaum zu sehen, und sein Bürstenhaarschnitt wirkte, als hätte jemand etliche hundert dünner Nägel genommen und in seinen Schädel gehämmert. Sie saßen sich jetzt seit einer halben Stunde gegenüber und redeten – das hieß: eigentlich redete Tom, und Santoya hörte zu, aber er hatte eine Art und Weise zuzuhören, die Tom überhaupt nicht gefiel – und er fühlte sich praktisch mit jeder Minute weniger wohl in seiner Haut.

»So, Senhór Smith«, sagte Santoya, nachdem Tom seine Geschichte zum dritten Mal erzählt hatte. »Und das ist jetzt wirklich alles?« Das letzte Wort ging in einem trockenen Knacken unter. Santoya hatte in den letzten zehn Minuten damit begonnen, Walnüsse zu knacken – mit bloßen Händen! – und deren Inhalt in sich hineinzustopfen.

Tom nickte. »Soweit ich mich erinnere, ja«, sagte er. In gewisser Hinsicht konnte er Santoyas Mißtrauen sogar verstehen. Er hatte die Geschichte jetzt dreimal erzählt, aber jedesmal ein bißchen anders. Der Schlag auf den Kopf mußte doch heftiger gewesen sein, als er bisher angenommen hatte. Seine Erinnerungen kamen nur allmählich zurück, und sie waren immer noch nicht vollständig.

»Und Sie sind ganz sicher, was den Namen betrifft, den der Chauffeur genannt hat?« erkundigte sich Santoya und knackte eine weitere Nuß. »Don Aldarez?«

Tom starrte die zerborstene Nußschale an und versuchte sich vorzustellen, daß Santoyas Hände dasselbe ohne besondere Mühe mit seinem Schädel tun konnten. »Ich denke schon«, sagte er. Dann verbesserte er sich und sagte: »Ja, ich bin sicher.«

Santoyas Augen wurden noch schmaler. »Überlegen Sie es sich genau, *Mr. Smith.* Sie haben bestimmt nichts vergessen oder falsch verstanden?«

Die Art und Weise, in der Santoya das *Mr. Smith* betonte, warnte Tom. Nicht zum ersten Mal, seit er die schmutzstarrende, fensterlose Höhle betreten hatte, die Santoya *Büro* nannte, fragte er sich, warum er ihm nicht einfach die ganze Geschichte erzählte. Er würde ein paar unangenehme Fragen beantworten müssen, und er würde sich eine Zigarre bei Sutherland abholen können, an der er ein halbes Jahr lang rauchte, aber letztendlich wäre er in ein paar Stunden hier raus.

Trotzdem: Etwas warnte ihn, es nicht zu tun. Er schwieg und schüttelte den Kopf.

Santoya sah ihn eine ganze Weile durchdringend an, ehe er eine weitere Walnuß nahm, um sie diesmal mit den Zähnen zu zermalmen. So, wie die braunen Stummel in seinem Mund aussahen, schien er dieses Kunststück öfter zu versuchen. Dann schlug er warnungslos und so heftig mit der flachen Hand auf den Tisch, daß Tom erschrocken in seinem Stuhl zusammenfuhr.

»Verkauf mich nicht für dumm, Gringo!« sagte er scharf. »Woher nehmt ihr Amerikaner eigentlich den Glauben, daß jeder, der nicht in den großmächtigen USA geboren wurde, dümmer ist als ihr?«

Tom warf einen raschen Blick über die Schulter zurück, ehe er antwortete. Die drei Kerle, die ihn hierherbegleitet hatten, hatten sich von ihren Plätzen an der Wand gelöst und kamen näher. Das hämische Grinsen auf ihren

Gesichtern verhieß nichts Gutes. Wahrscheinlich, dachte Tom alarmiert, begann jetzt der gemütliche Teil. »Ich ... verstehe nicht genau, was Sie meinen, Capitan«, sagte er vorsichtig.

Santoya lächelte und streckte die Hand nach einer weiteren Walnuß aus – jedenfalls war es das, was Tom im ersten Moment dachte.

Aber statt nach der Schale auf dem Tisch griff Santoya nach Toms rechter Hand – und preßte seinen Zeige- und Mittelfinger mit so grausamer Wucht zusammen, daß Tom vor Schmerz aufschrie und von seinem Stuhl hochsprang.

Praktisch in der gleichen Sekunde legten sich zwei eisenharte Hände von hinten auf seine Schultern und warfen ihn auf den Stuhl zurück. Ein zweiter Kerl griff nach seinem Kopf und hielt ihn fest, während sich der dritte grinsend vor ihm aufbaute und die Fäuste ballte. Sein Verdacht war richtig gewesen: Dies *war* der gemütliche Teil.

»Ich will Ihnen sagen, was ich meine, Senhór *Smith*«, sagte Santoya. »Ich meine, daß Sie ein verdammter Lügner sind, und noch dazu ein verdammt schlechter! Sie haben diesen Namen irgendwo aufgeschnappt und glauben, nur weil wir dumme kleine Latinos sind, würden wir alles schlucken! Wissen Sie überhaupt, wer Don Aldarez ist?«

Tom bäumte sich mit verzweifelter Kraft auf, aber die beiden Kerle hinter ihm hielten ihn unbarmherzig fest, und das einzige Ergebnis seiner Anstrengungen war, daß sich Santoyas Griff noch weiter verstärkte.

»Hören Sie auf!« keuchte er. »Ich rede ja.«

Santoya ließ tatsächlich seine Hand los und sich selbst wieder auf den Stuhl zurückplumpsen, der unter dem Gewicht der Fettmassen hörbar ächzte. Plötzlich grinste er wieder. »Ich wußte, daß Sie ein vernünftiger Mann sind. Also?«

Tom atmete hörbar ein, wischte sich die Tränen aus den Augen und preßte die schmerzende Hand an den Leib.

»Ich weiß nicht, wer Don Aldarez ist«, sagte er. »Er scheint ein ziemlich wichtiger Mann zu sein, aber ich schwöre, daß ich seinen Namen noch nie zuvor gehört habe.«

»Ein ziemlich wichtiger Mann?« Santoya seufzte und streckte die Hand aus. Tom fuhr erschrocken zusammen, aber diesmal griff der Capitan tatsächlich nur nach einer weiteren Nuß. »Nun, so könnte man es nennen. Don Aldarez dürfte der reichste Mann dieses Landes sein; vielleicht sogar ganz Südamerikas. Der reichste Mann, der sein Vermögen auf *legale* Art verdient hat, wohlgemerkt. Natürlich konnten Sie das nicht wissen. Wahrscheinlich haben Sie angenommen, daß es bei uns genauso läuft wie bei euch Gringos, nicht wahr? Wer Geld hat, der muß Dreck am Stecken haben.«

Wenn das so wäre, dann müßtest du Milliardär sein, dachte Tom. Aber er war klug genug, diesen Gedanken nicht laut auszusprechen.

»Aber da haben Sie sich getäuscht«, fuhr Santoya mit einem süffisanten Lächeln fort. »Rein zufällig ist Don Aldarez im ganzen Land für seine Großzügigkeit bekannt – und seine gewaltige Ehrlichkeit. Dieser Mann hat einen Großteil seines Vermögens in den letzten Jahren dafür ausgegeben, den Armen zu helfen. Er hat zwei Kliniken, mehrere Waisenhäuser und Dutzende von Kindergärten gebaut, und es ist bekannt, daß er sich eher die Hand abhacken lassen würde, ehe er auch nur einen Peso anrührt, der ihm nicht gehört. Und Sie wollen mir erzählen, Sie hätten ihn beobachtet, wie er einen Mord begeht?«

»Ich weiß ja nicht einmal, ob er es wirklich war», antwortete Tom müde. »Der Chauffeur nannte seinen Namen, aber ich habe sein Gesicht nicht gesehen.«

»Mir scheint, Sie wissen überhaupt sehr wenig, *Mr. Smith*«, sagte Santoya. Er zog eine Schublade auf, nahm Toms Reisepaß heraus und warf ihn auf den Tisch. »Sie wissen anscheinend noch nicht einmal genau, wer Sie selbst sind!«

Tom starrte den Paß an. Er blinzelte.

»Dieser Paß ist falsch«, sagte Santoya. Er stand auf, kam um den Tisch herum und blieb vor Tom stehen. »Eine ausgezeichnete Arbeit, *Mr. Smith,* aber trotzdem eine Fälschung. Dummerweise kenne ich die Handschrift aller Fälscher in dieser Stadt, also versuchen Sie nicht, weiter zu leugnen.«

Er hob die Hand und spreizte Daumen und Zeigefinger. Sofort griffen die beiden anderen Burschen wieder zu und hielten Tom so fest, daß er sich nicht rühren konnte.

Tom versuchte sich gegen den kommenden Schmerz zu wappnen, aber Santoya griff nicht nach seiner Hand. Seine gespreizten Finger näherten sich seinen Augen.

»Hören Sie auf!« ächzte Tom. »Sie haben ja recht. Der Paß ist falsch. Mein Name ist Tom Ericson, nicht Wilbur Smith, und ich bin amerikanischer Staatsbürger. Ich habe bis gestern morgen im Sheraton-Hotel gewohnt. Sie können das nachprüfen, wenn Sie wollen. Und wenn Ihnen das noch nicht genügt, dann rufen Sie General Chavin an. Er wird für mich bürgen, zum Teufel noch mal! Und jetzt laßt mich endlich los!«

Santoya gab den Burschen hinter Tom einen Wink. Ihr Griff lockerte sich ein wenig, löste sich aber nicht ganz. »Ist das jetzt alles?« fragte er.

»Ja, verdammt!« fauchte Tom. »Gehen Sie ans Telefon

und rufen Sie an, falls diese Aufgabe Sie nicht überfordert. Und dann verlange ich, mit der amerikanischen Botschaft telefonieren zu dürfen!«

Santoya riß verblüfft die Augen auf. Und brach eine Sekunde später in schallendes Gelächter aus.

Er stand auf der Spitze der großen Pyramide von Palenque und wartete auf den Sonnenuntergang. Der Himmel hatte sich bereits rot gefärbt – die Farbe des Blutes, das in Strömen fließen würde, sobald die Nacht vollends hereingebrochen war –, und das warme Aroma des Dschungels vermischte sich mit dem schärferen, bitteren Geruch der Feuer. Die Schreie waren verklungen, was er bedauerte. Das Feuer tötete grausam, aber es tötete auch sehr schnell, und das war nicht gut, denn SIE brauchten zwar den Tod, aber vielmehr noch den Schmerz, der ihm vorauseilte.

Doch an Opfern herrschte kein Mangel. Der letzte Feldzug war erfolgreich gewesen, und seine Krieger hatten seine Befehle befolgt und viele Gefangene gemacht. Auch das war gut. Mit jedem Tropfen Blut, das er vergoß, kam der Zeitpunkt IHRER Wiederkehr näher. Jeder Schrei, der ungehört in den Himmel hinaufschallte, stieß das Tor ein winziges Stückchen weiter auf, durch das SIE kommen würden, um IHRE Herrschaft über eine Welt neu anzutreten, die von Rechts wegen IHNEN gehörte.

Pacal von Palenque trat dichter an den Rand der steinernen Plattform heran, die den oberen Abschluß der gewaltigen Stufenpyramide bildete, und sah auf die Stadt hinab. Zwischen den Häusern war bereits die Nacht hereingebrochen, so daß er die Gestalten der Krieger nurmehr an den brennenden Fackeln ausmachen konnte, die sie in den Händen hielten. Es waren viele; eine gewaltige, nicht enden wollende Kette, die sich langsam durch die Straßen auf den großen Platz am Fuße der Pyra-

mide zuschob. Zwischen jeweils zweien seiner Krieger bewegte sich ein Gefangener – Männer, Frauen, Kinder –, und auch deren Zahl war gewaltig. Aber nicht gewaltig genug. Noch viel mehr würden sterben müssen, bis der Weg bereitet war, auf dem SIE zurückkamen.

Pacal wußte, daß er den Tag IHRER Wiederkehr nicht mehr erleben würde, aber er bedauerte es nicht. Er war ein alter Mann. IHR Geschenk gab ihm Kraft, aber es machte ihn nicht unsterblich, und so würde der Tag kommen, an dem er einen Nachfolger wählen mußte, der das große Werk vollendete. Und vielleicht würde auch dessen Lebensspanne nicht ausreichen, und vielleicht nicht einmal die seines Nachfolgers.

Was er bedauerte, war, daß er erst so spät mit dem großen Werk begonnen hatte. Pacals Hand strich nachdenklich über die grünen Jadeplättchen der Maske, die sein Gesicht nunmehr seit einem Jahr verhüllte; seit dem Tag, an dem er sie das erste Mal aufgesetzt hatte, und an dem ihm seine Berufung klargeworden war.

Er hatte diese Arbeit in Auftrag gegeben, als er glaubte, das Ende seiner Tage nahen zu fühlen: eine Totenmaske, die sein Antlitz zieren sollte, wenn er in jener anderen, besseren Welt den Göttern gegenübertrat, und da er Zeit seines Lebens ein besonders mächtiger, prachtvoller König gewesen war, war es eine besonders prachtvolle Maske geworden, feinste Jade, von den besten Handwerkern seines Landes bearbeitet. Und nicht genug damit, hatte er den größten Schatz seines Reiches in ihrem Inneren verbergen lassen: den Sternensplitter. Niemand wußte etwas davon. Er hatte den Künstler, der den Sternensplitter einpaßte, töten lassen, bevor er Zeit gefunden hätte, mit irgend jemandem über den Schatz zu reden, der unter dem polierten Stein verborgen war, und so würde er dieses Geheimnis nur seinem Nachfolger anvertrauen.

An jenem Tage also war ihm die große Aufgabe offenbart worden, die ihm zugedacht war. Als er die Maske das erste Mal in Händen hielt, da war die Vision wie ein Blitz über ihn hereingebrochen, und er hatte von IHNEN erfahren, die verborgen jenseits der Welt lebten und auf ihre Rückkehr warteten. Er hatte die Maske seither nie wieder abgenommen.

Das Leben in seinem Reich hatte sich verändert, seit jenem schicksalhaften Tag. Es war viel Blut geflossen. Die Mauern der Stadt hatten widergehallt von den Schreien der Sterbenden und dem Weinen der Frauen, und er wußte, daß das Volk, das ihn einst vielleicht nicht geliebt, wohl aber respektiert und geachtet hatte, ihn nun fürchtete und insgeheim wohl auch haßte. Das schmerzte ihn, denn er war stets stolz darauf gewesen, ein König zu sein, der seine Untertanen zwar mit der zu Gebote stehenden Strenge, doch aber mit mehr Güte und Weisheit regierte als mit Gewalt und Furcht. Aber dieses Opfer mußte er bringen.

Er hob die Hand. Unter ihm loderten die Flammen heller. Kurz darauf begann das Schreien wieder.

Die Zelle stand offen, und das mit faulendem Stroh bedeckte Geviert war leer, als ihn die beiden Burschen zurückbrachten. Sie hielten ihn unter den Armen gepackt und schleiften ihn zwischen sich her. Vor Toms Augen lieferten sich blutige Nebelfetzen eine irre Verfolgungsjagd, und in seinem Mund war der Geschmack von Blut; seinem eigenen Blut. Er hatte sich auf die Zunge gebissen, um nicht weiter zu schreien.

Tom wurde grob auf den Zellenboden geschleudert. Die Tür fiel hinter ihm ins Schloß, und einige Gesichter in den Nachbarkäfigen wandten sich ihm zu. Aber nur kurz, und nur mit mäßigem Interesse. Was ihm geschehen war, war all diesen Männern hier geschehen, und manchen wahrscheinlich Schlimmeres. Tom hatte ein wenig zu spät begriffen, was Ernesto gemeint hatte, als er von Santoyas *Folterkammer* sprach. Es dauerte lange, bis er auch nur wieder so weit zu Kräften gekommen war, daß er sich aufsetzen und mit Schultern und Hinterkopf gegen die Gitterstäbe lehnen konnte. Sofort wurde ihm schwindelig. Er stöhnte, spuckte Blut aus und fuhr sich mit der Hand über das Gesicht.

Trotz der Schmerzen empfand er doch eine gewisse Vorfreude bei dem Gedanken, daß Santoya wahrscheinlich jetzt am Telefon saß und Blut und Wasser bei dem Versuch schwitzte, General Chavin zu erklären, wieso er einen Mann in seinem Kerker hatte, der vermutlich ganz Lima vor einer Katastrophe unvorstellbaren Ausmaßes bewahrt hatte.

Tom gönnte sich den Luxus, sich für einige Minuten der Vorstellung hinzugeben, was er Santoya (zumindest theoretisch) alles antun würde, wenn die Fronten erst einmal geklärt waren, dann wandte er seine Aufmerksamkeit wieder wichtigeren Dingen zu. So absurd es klang, einen positiven Effekt hatte die gewaltige Tracht Prügel gehabt, die er bekommen hatte: Seine Erinnerungen waren fast vollständig zurückgekehrt.

Er entsann sich jetzt an alles, was in jenem sonderbaren Haus geschehen war – was nicht hieß, daß er es verstand. Er glaubte Santoya durchaus, was die Person und den Leumund Don Aldarez' betraf. Aber wenn dieser Mann wirklich das war, was alle von ihm behaupteten, wieso hatte er dann einen so brutalen Mord begangen? Natürlich war selbst ein Heiliger berechtigt, sich seiner Haut zu erwehren, schlimmstenfalls sogar einen Menschen zu töten, wenn es um sein eigenes Leben ging – aber was Tom beobachtet hatte, das war keine Notwehr gewesen. Don Aldarez hatte auf den Schädel jenes anderen Mannes eingeprügelt, als dieser schon längst tot gewesen war.

Und da war noch etwas. An diesem Punkt – als einzigem – versagten Toms Erinnerungen, aber es hatte etwas mit dem Gesicht des Mannes zu tun, der sich zu ihm herumgedreht hatte. Etwas daran war falsch gewesen, auf gräßliche Weise ebenso falsch wie gefährlich. Aber er wußte einfach nicht, was.

Das Geräusch der Kellertür riß ihn aus seinen Gedanken. Tom sah auf – und sprang mit einer abrupten Bewegung auf die Füße, als er die schlaffe, kleingewachsene Gestalt erkannte, die einer von Santoyas Prügelknaben auf den Armen trug. Für einen Moment wurde ihm übel vor Schmerz.

Als er wieder halbwegs klar sehen konnte, hatte der Bursche seine Zelle bereits erreicht und die Tür geöffnet. Wortlos trat er ein, schenkte Tom ein schmutziges Lächeln – und warf ihm den Jungen wie einen Sack Kartoffeln entgegen. Es gelang Tom, Ernesto aufzufangen, aber er stolperte unter dem Gewicht des Jungen zurück, prallte gegen die Gitterstäbe und rutschte daran herab.

Ernesto begann zu wimmern, als Tom ihn behutsam zu Boden gleiten ließ. Seine Augen öffneten sich, aber sein Blick blieb verschleiert. »Nicht mehr!« wimmerte er. »Bitte nicht mehr schlagen. Ich habe doch alles gesagt!«

»Schschsch«, machte Tom. Er legte Ernesto sanft die flache Hand auf die Stirn. Seine Haut war heiß und fiebrig. Tom konnte fühlen, wie rasend schnell sein Herz schlug. »Es ist alles in Ordnung«, sagte er leise. »Niemand tut dir mehr etwas.«

Der Anblick des Jungen gab ihm einen tiefen, schmerzhaften Stich. Ernestos Gesicht war grün und blau geschlagen, und ein einziger Blick auf seine Finger machte Tom klar, daß Santoya offenbar eine Vorliebe für Hände hatte. Er merkte sich dieses Detail für später.

Er fuhr fort, beruhigend auf den Jungen einzureden und seine fiebrige Stirn zu streicheln, und nach einiger

Zeit begann sich Ernesto auch wirklich zu beruhigen. Sein Atem ging flacher, sein hämmernder Pulsschlag beruhigte sich, und schließlich klärte sich auch sein Blick.

»Geht es wieder?« Tom zwang sich zu einem Lächeln, und Ernesto versuchte wenigstens, es zu erwidern. Er war ein tapferer kleiner Bursche. Und wie es aussah, auch ziemlich zäh.

»Was ist passiert?« fragte Tom. »Warum haben sie das getan?«

»Santoya«, antwortete Ernesto. Sein Gesicht war so geschwollen, daß er Mühe hatte, zu sprechen. »Er hat mich verhört.«

»Verhört?« wiederholte Tom entsetzt.

»So nennt er es«, sagte Ernesto. Er biß die Zähne zusammen und setzte sich auf. »Das ist eben so seine Art.«

»Ja, ich habe sie kennengelernt«, murmelte Tom grimmig. Dann schüttelte er heftig den Kopf. »Aber warum hast du ihm denn nicht freiwillig gesagt, was er wissen wollte?«

»Das habe ich«, antwortete Ernesto. »Aber er hat mich erst geschlagen, und dann erst angefangen, Fragen zu stellen.«

Für einen Moment spürte Tom einen solchen Zorn, daß er sich kaum noch beherrschen konnte. »Dieses ... «

»Vieh«, sagte Ernesto. »Sag' ich doch. Er hat diesen Namen nicht umsonst.«

»Aber worum ging es denn?« fragte Tom. »Was um alles in der Welt kannst du wissen, das so wichtig für ihn ist?«

»Um dich«, antwortete Ernesto.

Es dauerte eine Sekunde, bis Tom überhaupt begriff, was er gerade gehört hatte. »Um ... mich?« fragte er verwirrt.

»Er wollte alles über dich wissen, Gringo«, bestätigte Ernesto. »Was du gesagt hast, was du getan hast, auf welche Fragen du nicht geantwortet hast ...« Er zuckte mit den Schultern, zog eine Grimasse und betastete mit spitzen Fingern sein geschwollenes Gesicht.

»Aber woher solltest du wissen, was –« Tom stockte. »Oh, ich verstehe«, sagte er dann. »Es war kein Zufall, daß du in meiner Zelle warst, als ich aufgewacht bin. Du bist ein Spitzel.«

In Ernestos Blick mischten sich Verlegenheit und Trotz, als er zu ihm aufsah. »Was sollte ich machen?« fragte er. »Du hast ja keine Ahnung, was hier los ist, Gringo. Sie haben mich beim Stehlen erwischt. Darauf steht Arbeitslager, wenn sie einen nicht gleich umbringen. Als Santoya gehört hat, daß ich Englisch spreche, hat er mir vorgeschlagen, daß er mich laufen läßt, wenn ich die Ohren offenhalte. Aber er hat gelogen, dieses fette Schwein.« Er ballte die Fäuste und sah Tom mit plötzlich neuem Interesse an. »Wer bist du wirklich, Gringo?« fragte er.

»Wie meinst du das?«

»Santoya und seine Schläger sind ganz aus dem Häuschen«, erklärte Ernesto. »Ich habe ihn noch nie so aufgeregt erlebt.«

Wahrscheinlich hatte er mittlerweile telefoniert, dachte Tom grimmig. Nun, so wie die Dinge lagen, hatte Santoya allen Grund, nervös zu sein.

»Sie werden dich umbringen, Gringo«, sagte Ernesto. »Weißt du das eigentlich?«

»Kaum«, antwortete Tom. Er lachte hart. »Mach dir um mich keine Sorgen, Junge. Wenn es hier jemanden gibt, der Grund zur Sorge hat, dann ist es Santoya.«

Ernesto blickte ihn zweifelnd an, aber Tom lächelte nur noch breiter. Es war nicht das erste Mal an diesem Tag, daß er sich irrte.

Don Aldarez stand am Fenster und blickte in die Nacht hinaus. Es war sehr still. Selbst der Wind war zum Erliegen gekommen, und vor einer halben Stunde waren die letzten Lichter drüben in den langgestreckten Baracken der Arbeiter erloschen. Die Nacht war dunkler als sonst; eine schwarze Wolkendecke hatte sich vor den Himmel geschoben und verschluckte auch noch das letzte bißchen Sternenlicht. Für Don Aldarez war diese Schwärze im Moment wie eine Leinwand, auf die seine außer Rand und Band geratene Phantasie alle nur möglichen Schrecknisse projizierte.

Er trank langsam den vierten Scotch hintereinander, aber seine Hände zitterten noch immer genauso heftig wie beim ersten; die beruhigende Wirkung des Alkohols, auf die er wartete, blieb aus.

Die Vision war so real gewesen, so echt! Er hatte den Gestank der Feuer wirklich gerochen, und die Schreie der Opfer, die am Fuße der Pyramide bei lebendigem Leib verbrannt wurden, gellten noch immer in seinen Ohren. Alles war so eindringlich gewesen, als erlebe er es tatsächlich in diesem Moment noch einmal, nicht als wäre es eine mehr als zwölfhundert Jahre alte Erinnerung, die –

Eine Erinnerung? Wessen Erinnerung? Ganz gewiß nicht die des Maya-Herrschers Pacal. Don Aldarez hatte sein Leben lang nach der Totenmaske gesucht, und selbstverständlich wußte er alles, was jemals über deren ursprünglichen Besitzer herausgefunden worden war. Und auch, wenn es nicht viel war – es paßte ganz und gar nicht zu dem, was Don Aldarez in seiner Vision gesehen hatte. König Pacal war ein Herrscher gewesen, wie er für seine Zeit typisch war: hart, erbarmungslos und mit einem leichten Hang zur Grausamkeit – aber Menschenopfer in großem Stil konnte man ihm nicht nachsagen.

Wenn die Historiker die Wahrheit sagten. Es wäre nicht das erste Mal, daß die Geschichtsschreibung nicht mit der Wirklichkeit übereinstimmte. Manchmal wurden Dinge weggelassen, hinzugefügt oder übertrieben, manchmal wurden aus Siegern Besiegte, aus Gut Böse und umgekehrt. Und manchmal sorgte ein Volk ganz bewußt dafür, daß eine besonders dunkle Epoche seiner Geschichte in Vergessenheit geriet. Vielleicht *hatte* sich Pacal von Palenque im letzten Jahr seines Lebens verändert und war von einem normalen, eher sanftmütigen Herren zum Ungeheuer geworden, und vielleicht hatte sein Volk nach seinem Tod versucht, die Erinnerung an diese Zeit des Blutes und der Grausamkeit zu tilgen.

Vielleicht ... war nichts, was er hier sah, wirklich das, was es schien.

Don Aldarez wandte sich vom Fenster ab und ließ seinen Blick über die Vitrinen und Glasschränke schweifen; und zum allerersten Mal überhaupt sah er die darin befindlichen Dinge als das, was sie wirklich waren. Kunstwerke, gewiß, unglaublich kostbare Zeugen einer längst vergangenen, auf ihre Art sicher großen Zeit – aber auch Sinnbilder einer heidnischen, blutrünstigen Kultur, einer Welt, in der ein Menschenleben nichts galt und in der jeder Vorwand recht war, zu töten und zu quälen, Blut zu vergießen.

Mit einem Mal ergriff ihn Zorn; eine rasende Wut, der er nichts entgegenzusetzen hatte. Er schleuderte sein Scotchglas in eine Vitrine, deren Scheiben sich in einen klirrenden Wasserfall verwandelten.

Nicht genug.

Er mußte diese heidnischen Bildnisse vernichten, sie austilgen, so, wie die Zeit den blutigen Glauben ausgelöscht hatte, dessen Symbole sie waren. Er eilte zum Tisch zurück, wo er seinen Stock liegengelassen hatte, nahm ihn auf und begann wie von Sinnen auf die Vitrinen einzuschlagen. Derselbe Knauf, der Anchéls Schädel zertrümmert hatte, zerschlug nun Statuen, Töpfe und Götterbildnisse, zerstörte methodisch jedes einzelne Teil der Sammlung, die Don Aldarez sein Leben lang zusammengetragen hatte. Er konnte nicht innehalten. Seine Arme fühlten sich an wie mit Blei gefüllt, und der Gehstock schien eine Tonne zu wiegen. Aber seine Raserei ließ den Zorn nicht verrauchen. Ganz im Gegenteil schien er immer schlimmer zu werden. Sein Herz hämmerte zum Zerreißen, und er bekam kaum noch Luft. Trotzdem schlug er immer wieder und wieder zu.

Die Tür flog auf, und Enrico und Anita stürmten herein, angelockt durch den Lärm des zerberstenden Glases, der durch das ganze Haus hallen mußte.

Enrico blieb entsetzt stehen, als er seinen Dienstherrn erblickte, der noch immer die Jademaske vor dem Gesicht trug und einem Dämon aus einer längst vergangenen Zeit gleich durch den Raum tobte und seinen Stock immer wieder heruntersausen ließ, obwohl es kaum noch etwas gab, das zu zerschlagen sich lohnte.

Anders Anita. Auch sie verharrte einen Moment entsetzt mitten im Schritt, aber dann eilte sie mit energischen Bewegungen weiter und versuchte, Don Aldarez aufzuhalten.

»Don Aldarez!« rief sie beschwörend. »Was tun Sie?! So hören Sie doch auf!« Sie streckte die Hände nach Don Aldarez aus, aber er wich mit einem keuchenden Schrei zurück und hob drohend seine Waffe.

Anita bemerkte die Gefahr nicht – oder sie wollte einfach nicht wahrhaben, daß der Mann, der ein halbes Leben lang wie ein Bruder für sie gewesen war, plötzlich zu einer Gefahr geworden war. Enrico stieß noch einen warnenden Ruf aus, doch es war zu spät: Anita machte einen weiteren Schritt auf Don Aldarez zu, und dessen silberne Keule zischte mit furchtbarer Wucht herab.

Die schwarzhaarige Halbindianerin hatte Glück im Unglück. Es gelang ihr nicht, dem Hieb auszuweichen, aber der Schlag verfehlte ihre Schläfe um Haaresbreite und traf nur ihre Schulter.

Anita schrie gellend auf. Sie wurde zurückgeschleudert, prallte gegen Enrico und brach zusammen. Sie verlor das Bewußtsein, noch bevor Enrico sie vollends zu Boden sinken ließ.

Auch Don Aldarez erstarrte. Voller Entsetzen blickte er auf Anita hinab, deren weiße Bluse sich rasch dunkel zu färben begann.

Der Gehstock entglitt seinen Fingern und fiel polternd zu Boden. Don Aldarez wankte. Zorn und Raserei erloschen wie abgeschaltet und machten einem Gefühl eisigen Entsetzens Platz. Mit zwei, drei gewaltigen Schritten war er neben Enrico und Anita und sank auf die Knie herab.

»Mein Gott, Enrico!« flüsterte er. »Was habe ich getan?«

Enrico starrte ihn an.

Seine Augen waren dunkel vor Entsetzen, und er wich vor Don Aldarez zurück, so weit er nur konnte, ohne Anita ganz loszulassen. Aber es dauerte noch einmal Sekunden, bis Don Aldarez klar wurde, was es war, das Enrico so ängstigte.

Hastig griff er nach oben und nahm die Maske ab. Es ging schwerer, als er erwartet hatte, und für eine Sekunde spürte er einen dünnen, aber sehr tiefgehenden Schmerz.

»Großer Gott, Enrico, was ... was habe ich nur getan?« stammelte er. Achtlos legte er die Maske neben sich auf den Boden und beugte sich über Anita. Sie hatte das Bewußtsein noch nicht wiedererlangt und blutete heftig. Don Aldarez streckte behutsam die Hand aus, wagte es aber dann doch nicht, sie zu berühren. »Was habe ich nur getan?« stammelte er immer wieder.

»Das waren nicht Sie, Senhór«, sagte Enrico leise. Er machte eine Kopfbewegung auf die Totenmaske. »Das war dieses Ding. Es ... es ist böse, Senhór. Sie müssen es zerstören!«

»Ja«, antwortete Don Aldarez. »Sicher. Aber jetzt müssen wir uns zuerst um Anita kümmern. Sie ist schwer verletzt.« Er überlegte einen Moment, und als er weitersprach, hatte seine Stimme wieder ihren gewohnten, ruhig-überlegenen Klang angenommen.

»Geh und wecke Pedro, Enrico«, sagte er. »Er soll den Hubschrauber startklar machen. Schnell. Ihr müßt Doktor Hergez holen. Ich rufe ihn an, damit er bereit ist, wenn ihr kommt.«

Enrico ging, um Don Aldarez' Befehl auszuführen, und Don Aldarez beugte sich erneut über Anita. Er schauderte, als ihm klar wurde, wie nahe er daran gewesen war, sie zu töten.

Was geschah nur mit ihm?

Tom schätzte, daß es allerhöchstens noch eine Stunde bis zum Anbruch der Morgendämmerung sein konnte, als Santoyas Männer kamen, um ihn wieder abzuholen. Seine Geduld war auf eine harte Probe gestellt worden – aber die Vorstellung, wie sich Santoya winden und schwitzen würde, während er ihm erklärte, daß dies alles doch nur *ein gewaltiges Mißverständnis* gewesen war, entschädigte ihn für die Wartezeit.

In entsprechender Stimmung war er auch, als er sich schließlich wieder auf dem unbequemen Stuhl vor Santoyas Schreibtisch wiederfand. Der Tisch hatte sich verändert. Auf der zerschrammten Platte befanden sich nun neben der Schale mit den anscheinend unvermeidlichen Walnüssen mehrere in einer fast unleserlichen Handschrift bekritzelte Blätter, eine Brieftasche, die Tom ohne größere Anstrengung als seine eigene erkannte, sowie ein altmodisches Telefon. Vor allem dieses Telefon, überlegte Tom, würde Santoya in den letzten Stunden erhebliche Magenbeschwerden bereitet haben.

Es dauerte lange, bis die Tür aufging und Santoya kam. Schnaubend und kurzatmig wälzte er sich durch den Raum und hinter seinen Tisch, und er hatte sich zumindest äußerlich vollkommen in der Gewalt – der Blick, mit dem er Tom maß, war weder nervös, noch zeigte er auch nur eine Spur von Angst. Möglicherweise hatte er sich eine Ausrede zurechtgelegt, von der er annehmen mochte, daß sie Tom befriedigte. Vielleicht spekulierte er auch darauf, daß Tom einfach so froh war, hier herauszukommen, daß er alles andere vergaß. Aber vielleicht war er auch einfach zu dumm, um ein so kompliziertes Gefühl wie Furcht wirklich zu empfinden.

»Nun, Senhór«, begann Santoya, nachdem er sich gesetzt und schon wieder eine Walnuß aus der Schale geklaubt hatte, sie aber nicht zerdrückte, sondern mit kleinen, nervösen Bewegungen zwischen den Fingern hin und her rollte, »Sie haben die Nacht gut überstanden, wie ich sehe.«

Tom fand es nicht einmal der Mühe wert, auf diesen albernen Versuch, Konversation zu machen, auch nur einzugehen. Mit einer knappen Geste deutete er auf seine Brieftasche, dann auf das Telefon. »Ich sehe, Sie haben sich mittlerweile davon überzeugt, daß ich die Wahrheit gesagt habe.«

Santoya blickte ihn aus seinen kleinen tückischen Schweinsäuglein an, dann machte er eine Bewegung, die ein Nicken, ein Kopfschütteln, ebenso aber auch ein Achselzucken darstellen mochte. »Ich habe Ihre Angaben überprüft«, sagte er, »das ist richtig.«

»Sie haben General Chavin erreicht?«

Santoya nickte. Mit einer plötzlichen Bewegung zerdrückte er die Walnuß zwischen Daumen und Zeigefinger. Das Geräusch klang scharf und laut wie ein Pistolenschuß. »Ich habe mit ihm gesprochen«, bestätigte er. »Und um es gleich zu sagen – er war alles andere als erfreut darüber, mitten in der Nacht geweckt zu werden.« Er beugte sich ein wenig vor, ließ die Reste der Walnuß achtlos auf die Tischplatte fallen und sah Tom durchdringend an. Etwas in diesem Blick gefiel Tom nicht. Ein erster Wermutstropfen begann seine Hochstimmung zu trüben. Wenn Santoya bluffte, dann tat er es gut.

»Ich habe sogar ein Übriges getan, Senhór Smith - beziehungsweise Ericson«, fuhr Santoya fort. »Ich habe im Sheraton-Hotel angerufen und mich dort nach Ihnen erkundigt. Und ich war sogar unhöflich genug, Ihre Landsleute in der Amerikanischen Botschaft um ihre wohlverdiente Nachtruhe zu bringen, indem ich sie um eine entsprechende Auskunft bat.«

»Und?« fragte Tom. Er beschloß, das Spielchen zu beenden. Es machte nicht halb so viel Spaß, wie er erwartet hatte, Santoya gehörig zappeln zu lassen. Vor allem, weil dieser nicht daran dachte, zu zappeln.

»Und?« wiederholte Santoya. Er seufzte. Tom registrierte, daß er einen raschen Blick mit einem der beiden Burschen tauschte, die hinter ihm standen. »Sie wollen diese Farce also weiterspielen, Senhór Wer-auch-immer. Gut. Mir soll es recht sein.«

»Was soll das heißen?« erkundigte sich Tom. Aus seinem unguten Gefühl wurde Beunruhigung, und schon wieder eine leise Furcht.

»Weder General Chavin noch im Sheraton-Hotel oder

erst recht in der Amerikanischen Botschaft kennt man einen gewissen Tom Ericson«, antwortete Santoya langsam.

Tom war im ersten Moment so verblüfft, daß er gar nicht antwortete. Ungläubig und entsetzt zugleich starrte er Santoya an.

»Sie sind ein Lügner, Senhór«, fuhr Santoya fort. »Das allein würde mich nicht ärgerlich machen, denn das wußte ich bereits. Aber Sie sind ein dummer Lügner, und nicht genug damit, Sie scheinen zu glauben, daß ich ebenso dumm bin, und das beleidigt meine Intelligenz.«

Tom verbiß sich im letzten Moment die Bemerkung, daß es da nicht viel zu beleidigen gab. Santoya lächelte, aber es war ein Lächeln, daß ihm einen eisigen Schauer über den Rücken laufen ließ. »Was soll das?« fragte er, so ruhig er konnte. »Sie wissen genau, daß –«

»*Ich weiß*«, unterbrach ihn Santoya mit leicht erhobener Stimme, »daß Sie ein Verbrecher sind, Senhór. Aber ich fürchte, *Sie* wissen nicht, wie wir hier mit Verbrechern verfahren.«

»Was soll das?« fragte Tom, der hin- und hergerissen zwischen Zorn und allmählich stärker werdender Furcht war.

»Ich stelle hier die Fragen, Senhór, und Sie beantworten sie«, sagte Santoya scharf. »Aber ich werde in Ihrem Fall eine Ausnahme machen. Ich will Ihnen sagen, wie ich die Sache sehe: Sie sind ein Gauner, Senhór, nichts als ein kleiner, zweitklassiger Ganove, der hierhergekommen ist, weil er glaubt, daß wir Hinterwäldler viel zu dumm sind, um ihm etwas zu tun. Aber selbst wir hier beginnen mißtrauisch zu werden, wenn wir jemanden im gleichen Zimmer mit einem toten Mann finden. In einem Zimmer noch dazu, das sich in einem Haus voller gestohlener Kunstwerke und Schätze befindet.«

»Sie sind verrückt!« begann Tom. »Sie –«

Der Rest des Satzes ging in einem schmerzhaften Keuchen unter, als ihm der Mann hinter ihm warnungslos die Faust in den Nacken schlug. Der Schmerz war heftig genug, bunte Sterne vor seinen Augen aufflammen zu lassen. Er wankte und wäre wahrscheinlich vom Stuhl gefallen, hätte ihn der Kerl nicht auch gleichzeitig festgehalten.

»Verrückt?« fragte Santoya hämisch. »Verrückt, Senhór, wäre ich allerhöchstens, wenn ich Ihnen diese haarsträubende Geschichte abkaufen würde. Für mich sieht die Sache ganz einfach aus: Ich weiß noch nicht, was Sie sind – ein Dieb, ein Schmuggler, oder vielleicht nur ein kleiner Hehler, aber auch das werden wir noch herausfinden.

»Sie sind ja wahnsinnig«, keuchte Tom und spannte sich in Erwartung eines neuen Hiebes. Aber Santoya machte eine rasche Bewegung, und der Schlag blieb aus. »Ich habe Ihnen gesagt, wie es wirklich war. Ich wußte bis gestern abend nicht einmal, daß es dieses Haus gab, geschweige denn, was sich darin befindet.«

»Das ist Ihre Version, Senhór«, sagte Santoya beinahe freundlich. Tom hob mühsam den Kopf, blinzelte die Tränen fort, die seine Augen füllten, und sah Santoya an. »Meine Version ist eine andere«, fuhr Santoya fort. »Interessiert sie Sie?«

Tom beantwortete die Frage nicht, aber das hatte Santoya wohl auch nicht erwartet.

»Wir haben mittlerweile herausgefunden, um wen es sich bei dem Toten handelt«, fuhr er fort. »Er war ein Mexikaner, ein vielfach vorbestrafter Hehler und Dieb namens Elgado, besser bekannt unter der Bezeichnung Anchél. Ich denke, daß Sie sich mit ihm in diesem Haus getroffen haben, um ihm etwas zu verkaufen oder etwas von ihm zu kaufen, das wird sich noch herausstellen.

Wahrscheinlich sind Sie über den Preis in Streit geraten. Ein Wort gab das andere, und schließlich haben Sie ihn erschlagen – man kennt das ja.«

Trotz allem war Tom so fassungslos, daß er sekundenlang nichts anderes tun konnte, als einfach dazusitzen und Santoya anzustarren. »Aber das ... das ist völliger Unsinn!« sagte er. »Und Sie wissen das. Ich kann Ihnen beweisen, wer ich wirklich bin. Lassen Sie mich telefonieren, und Sie werden sich in fünf Minuten bei mir dafür entschuldigen, daß Sie überhaupt geboren sind.«

Die Worte waren vielleicht nicht besonders klug gewählt, aber zu seiner Überraschung – nein, zu seiner *Beunruhigung* – nahm Santoya sie ihm nicht übel, sondern lächelte im Gegenteil noch breiter. »Aber Senhór«, sagte er kopfschüttelnd. »Wir sind hier nicht in Amerika, wo jeder kleine Ganove das Recht hat, nach Belieben herumzutelefonieren und sich einen Anwalt zu suchen, der das Gesetz so lange verdreht, bis er wieder auf freiem Fuß ist. Aber ich kann Sie beruhigen: Unsere Justiz arbeitet vielleicht etwas langsamer als Ihre, aber genauso gründlich. Ich habe Ihre Angaben überprüft, und wir werden auch alle anderen Fragen noch lösen.«

»Sie ... Sie verdammter –«, begann Tom.

Santoya hob rasch die Hand. »Sagen Sie jetzt nichts, was Ihnen vielleicht später leid täte«, sagte er, nicht mehr lächelnd und ganz und gar nicht mehr so freundlich. »Wenn Sie wirklich unschuldig sind, Senhór, so wird es sich herausstellen, darauf gebe ich Ihnen mein Wort.« Er machte eine knappe, befehlende Geste. Tom wurde grob an den Armen gepackt und in die Höhe gerissen. Er wehrte sich nicht, als die beiden Burschen ihn zur Tür schleiften, aber eigentlich nur, weil er noch immer viel zu verblüfft und fassungslos über das Geschehen war.

»Was haben Sie jetzt mit mir vor?« fragte er, als sie kurz

vor dem Verlassen des Raumes noch einmal stehenblieben.

»Nichts, was Sie beunruhigen müßte, Senhór«, sagte Santoya höhnisch. »Ihnen wird die gleiche faire Behandlung zuteil wie allen anderen hier, die das Gesetz gebrochen haben.«

Eine innere Stimme warnte ihn, daß er jedes weitere Wort bitter bereuen würde, aber Tom konnte einfach nicht mehr an sich halten. »Das kann ich mir vorstellen«, sagte er. »Wahrscheinlich werden Sie mich so lange in diesem Rattenloch dort unten einsperren, bis sich die Aufregung um mein Verschwinden gelegt hat. Und dann werde ich ganz unauffällig wirklich verschwinden, wie?«

»Aber Senhór«, sagte Santoya. Er machte ein beleidigtes Gesicht. »Sie werden weder besser noch schlechter behandelt als irgendein anderer hier. Und ich kann Sie beruhigen: Sie werden nicht hierbleiben. Sobald es hell geworden ist, werden Sie ins Staatsgefängnis überstellt, wo Sie Ihre Geschichte dem zuständigen Haftrichter erzählen können. Wer weiß – vielleicht glaubt er Ihnen ja sogar.«

Tom wollte antworten, aber Santoya machte eine erneute, befehlende Geste, und die beiden angeblichen Polizeibeamten stießen ihn grob aus dem Raum. Tom bekam kaum mit, daß er wieder zurück und über die Treppe in den Gefängniskeller geführt wurde. Er hatte noch gar nicht richtig begriffen, was geschehen war – Santoya *mußte* erfahren haben, wer er wirklich war. Er hätte es noch verstanden, hätte er die Flucht nach vorne angetreten und versucht, ihn auf Grund der Tatsache festzunageln, daß man ihn mit gefälschten Papieren erwischt hatte, und bei dem Versuch, das Land trotz des bestehenden Verbotes zu verlassen. Aber so ...

Tief in sich wußte Tom, warum Santoya so und nicht

anders reagiert hatte, aber dieser Verdacht war zu bizarr, als daß er ihm gestattete, an die Oberfläche seines Bewußtseins zu dringen. Gegen alle Logik klammerte er sich noch immer an den Gedanken, daß hier nichts als ein Irrtum vorlag, eine schreckliche Verwechslung, die sich früher oder später aufklären mußte.

Seine beiden Begleiter schleiften ihn grob durch den Keller und wieder auf den Gitterkäfig zu, in dem Ernesto sie bereits erwartete. Der Junge blickte ihm und den beiden Polizisten mit grimmigem Ausdruck entgegen. Er hatte sich erstaunlich gut erholt in den vergangenen zwei Stunden. Sein Gesicht zeigte noch deutliche Spuren der Schläge, die er erhalten hatte, und das eingetrocknete Blut färbte seine Mundwinkel rot, aber er zeigte keine Anzeichen von Angst. Im Gegenteil – als Toms Bewacher die Tür öffnete, ballte er die Hände zu Fäusten, trat ihnen herausfordernd entgegen – und sprang den Mann zu Toms Linken mit einem zornigen Schrei an.

Natürlich hatte er keine Chance. Der Bursche war mindestens fünfmal so stark wie er, und er hatte den Angriff erwartet – er versetzte Ernesto einen Schlag mit der flachen Hand, der ihn hilflos zurücktaumeln und so wuchtig gegen die Gitterstäbe prallen ließ, daß er zu Boden fiel. Sofort sprang er wieder auf, war aber zu Toms Erleichterung klug genug, zu bleiben, wo er war.

Auch Tom wurde so derb nach vorne gestoßen, daß er auf die Knie fiel. Rasch richtete er sich wieder auf und drehte sich mit einer zornigen Bewegung herum, aber die beiden hatten die Zelle bereits wieder verlassen. Die Tür fiel ins Schloß, das mit einem rostigen Klicken einrastete. Einer der beiden Burschen grinste häßlich zu ihnen herein und sagte etwas auf Spanisch, das Tom nicht verstand, dann lachten beide und gingen. Tom sah ihnen nach, bis sie am anderen Ende des Kellers verschwunden waren und die Tür hinter sich zuzogen. Erst danach drehte er sich zu Ernesto herum und sah besorgt auf den Jungen herab.

»Das war nicht so klug von dir«, sagte er.

Ernesto funkelte ihn trotzig an, fuhr sich mit der Hand über das Gesicht und zog hörbar die Nase hoch. Er sagte nichts. Der Schlag war sehr hart gewesen, und er mußte ihm ziemlich weh getan haben, aber er war sichtlich zu stolz, um es zuzugeben. Und Tom ging nicht weiter darauf ein; er hatte im Moment anderes im Kopf.

»Ist nicht gut gelaufen, wie?« fragte Ernesto nach einer Weile.

Tom zog eine Grimasse. »Wie man es nimmt«, sagte er übellaunig. »Für Santoya schon. Aber dafür wird er bezahlen, das verspreche ich dir. Wenn er glaubt, damit durchzukommen, dann irrt er sich. Wenn ich mit ihm fertig bin, dann wird er die Hälfte seines Fettpolsters vor lauter Angst weggeschwitzt haben, und –«

»Sie werden dich umbringen, Gringo«, sagte Ernesto leise.

Tom brach mitten im Satz ab und starrte den Jungen an. Er wollte Ernesto widersprechen, aber es gelang ihm nicht. Irgend etwas sagte ihm, daß der Junge recht hatte. »Kaum«, sagte er mühsam. »Weißt du, du darfst Santoya nicht überschätzen. Ich kenne Typen wie ihn zur Genüge. Hier mag er mächtig sein, aber im Grunde ist er ein Feigling, und erbärmlich dumm. Ich werde ins Staatsgefängnis gebracht. Spätestens dort müssen sie mich telefonieren lassen – und danach wird sich Santoya wünschen, mir niemals begegnet zu sein.«

Ernesto schüttelte traurig den Kopf. »Haben sie dir das gesagt?« fragte er. »Daß sie dich ins Staatsgefängnis bringen?«

»Sobald es hell ist, ja«, bestätigte Tom.

»Dann werden sie dich dann abholen und wegschaffen«, sagte Ernesto leise. »Irgendwohin, wo ein Schuß nicht gehört wird. Vielleicht benutzen sie auch ein Messer, oder sie werfen dich in den Fluß.«

Und natürlich sagte er die Wahrheit. Tom wußte das ganz genau. Er hatte es die ganze Zeit gewußt. Er hatte es nur nicht wissen *wollen*. Trotzdem – und eigentlich aus keinem anderen Grund als dem, sich selbst zu beruhigen – widersprach er noch einmal. »Warum sollte er das tun?«

»Er braucht keinen Grund, um jemanden umzubringen. Es macht ihm Spaß, das ist Grund genug. Aber ich glaube«, fügte Ernesto nach sekundenlangem Schweigen und einem weiteren, nachdenklichen Blick in Toms Gesicht hinzu, »daß er bei dir sogar einen Grund hat.«

Gleich mehrere, dachte Tom. Und er selbst hatte sie ihm geliefert. Wenn Santoya auch nur halb so viel auf dem Kerbholz hatte, wie Ernesto behauptete und der Anblick des Dutzends Jammergestalten in den anderen Käfigen bewies, dann hatte er *allen* Grund dafür zu sorgen, daß er nicht lebend von hier fortkam und irgend jemandem erzählen konnte, was er gesehen hatte.

»Das sieht gar nicht gut für dich aus, Gringo«, sagte Ernesto. »Du solltest anfangen, dir Gedanken darüber zu machen, wie du hier wegkommst – bevor es hell wird.«

Tom sah ihn noch eine Sekunde lang betroffen an, ehe er sich herumdrehte und an die Tür trat. Rasch, aber sehr eingehend untersuchte er das Schloß. Es war eine sehr simple Konstruktion: Ein einfaches Schnappschloß, das von selbst einrastete und nur von außen geöffnet werden konnte.

Leider war es nicht nur eine simple, sondern auch eine äußerst *massive* Konstruktion. Hätte Tom Zeit und auch nur ein primitives Werkzeug gehabt, hätte er es wahrscheinlich öffnen können. Leider verfügte er über keines von beidem.

»Suchst du das hier?« fragte Ernesto.

Tom drehte sich herum – und riß erstaunt die Augen auf, als er sah, was es war, das Ernesto ihm mit einem triumphierenden Grinsen hinhielt. Nichts anderes als der Schlüssel, mit dem seine Bewacher die Tür geöffnet hatten.

»Aber wie …?« murmelte er.

Ernestos Grinsen wurde noch breiter. »Was glaubst du, warum ich den Trottel angegriffen habe?« fragte er fröhlich. »Bestimmt nicht, weil ich scharf auf Prügel war.«

Tom riß erstaunt Mund und Augen auf. »Du hast ihn … gestohlen?« fragte er. »Und er hat nichts gemerkt?«

»Ich bin ein Taschendieb«, antwortete Ernesto beleidigt. »Natürlich hat er nichts gemerkt.« Er grinste Tom noch eine Sekunde lang an, dann wurde er wieder ernst. »Aber sie werden es bald merken«, sagte er. »Vielleicht ist es besser, wenn wir dann nicht mehr hier sind.«

Womit er vermutlich recht hatte. Tom nahm ihm den Schlüssel aus der Hand, streckte den Arm durch die Gitterstäbe und bugsierte ihn von außen in das Schloß hinein. Er brauchte drei Anläufe dazu, aber nach kaum einer Minute ging die Zellentür auf, und sie verließen ihr Gefängnis.

»Kennst du den Weg hier heraus?« fragte er.

Ernesto nickte. »Ja, aber dafür brauche ich deine Hilfe«, sagte er. »Einer der Kerle ist immer draußen vor der Tür. Wir müssen ihn irgendwie ablenken, bevor er die anderen herbeiruft.«

Tom traute sich durchaus zu, mit einem der Burschen fertigzuwerden. Aber natürlich hatte Ernesto recht – sie mußten es schnell tun, vor allem *leise*, ehe der Bursche Zeter und Mordio brüllte und eine ganze Armee von Santoyas Halsabschneidern zu Hilfe rief. Er sah sich einen Moment lang nachdenklich in dem großen, halbdunklen Raum um, dann hatte er eine Idee. Rasch trat er an einen der anderen Käfige heran, steckte den Schlüssel ins Schloß und drehte ihn herum. Er jubilierte innerlich, als es mit einem hörbaren Klicken aufging.

»Was hast du vor?« fragte Ernesto mißtrauisch. »Wir haben keine Zeit für solche Spielereien.«

Tom lächelte nur. Auch die anderen Gefangenen hatten mittlerweile gemerkt, daß sie ihre Zelle verlassen hatten – und es war zumindest einer unter ihnen, der begriffen zu haben schien, was Tom plante, denn er war dicht an das Gitter herangetreten und streckte die Hand hindurch. Tom gab ihm den Schlüssel, dann drehte er sich schnell um und ging auf die Tür zu, die nach draußen führte. Sie hatten die Strecke noch nicht zur Hälfte hinter sich gebracht, als der Gefangene hinter ihnen seine Zelle verließ – und sofort zur nächsten trat, um auch deren Insassen zu befreien.

Ernesto nickte anerkennend. »Gar nicht dumm, Gringo«, sagte er. »Du lernst schnell.«

»Ich habe eben auch meine Talente«, erwiderte Tom. Er legte warnend den Zeigefinger über die Lippen. Sie hatten die Tür fast erreicht. »Still jetzt«, sagte er.

Ernesto verstummte gehorsam. Auf Toms befehlende Geste hin blieb er zwei Schritte vor der Tür stehen, während Tom das Ohr gegen das Holz preßte und lauschte. Er hörte nichts, so daß er sich ganz auf Ernestos Wort verlassen mußte, daß der Posten wirklich dort draußen war. Wenn nicht, würde ihre Flucht nämlich genau bis zu dieser Tür und nicht weiter führen. Das Schloß ähnelte in einem Punkt denen der Zellen: Es hatte auf der Innenseite kein Schlüsselloch.

Tom atmete tief ein, hob die Hand und klopfte dreimal

hintereinander sehr laut gegen die Tür. Dann trat er rasch beiseite und preßte sich mit angehaltenem Atem gegen die Wand daneben.

Zwei, drei Sekunden vergingen, dann hörte er das Klirren von Metall, und die Tür wurde geöffnet. Einer der drei Kerle, die er bereits kannte, machte einen Schritt in den Keller hinein und blieb verblüfft stehen, als er Ernesto erblickte.

»Hallo, Onkel«, sagte Ernesto und machte das unschuldigste Gesicht, das man sich nur vorstellen konnte. »Gut, daß du kommst. Ich habe meinen Ball verloren, und meine Mami hat mir verboten, allein auf die Straße zu gehen.«

Der Unterkiefer des Burschen klappte vor lauter Verblüffung herunter. Aber er blieb nicht lange dort. Tom löste sich mit einem blitzschnellen Schritt aus seinem Versteck an der Wand und beförderte ihn mit einem gezielten Faustschlag wieder dorthin, wo er hingehörte. Der Kerl grunzte vor Schmerz, als seine Zähne so heftig aufeinanderschlugen, daß er vermutlich einen oder zwei davon einbüßte, torkelte zurück und stürzte durch die Tür. Tom half seiner Bewegung noch ein wenig nach, indem er ihm die Beine unter dem Leib wegtrat. Der Kerl fiel schwer auf den Rücken, und noch bevor er auch nur Zeit gefunden hätte, wieder zu Atem zu kommen, war Tom abermals über ihm und versetzte ihm einen Hieb gegen die Schläfe, der ihm endgültig das Bewußtsein nahm.

Ernesto nickte anerkennend. In seinen Blick mischten sich Überraschung und beinahe so etwas wie Bewunderung. »Nicht schlecht, für einen Gringo«, sagte er. Er ließ sich neben dem Bewußtlosen in die Hocke sinken und machte sich an seiner Hosentasche zu schaffen. Nach kurzem Suchen förderte er einen gewaltigen Schlüsselbund zutage, mit dem er triumphierend wedelte. »Genau das brauchen wir«, sagte er. »Damit kommen wir hier heraus.«

Tom fuhr leicht zusammen, als er das Klirren hörte, mit dem die Schlüssel gegeneinander prallten. Aber die Tür am anderen Ende des Ganges blieb geschlossen. Er sah in die entgegengesetzte Richtung. Sie waren nicht mehr allein. Die meisten Zellen waren bereits geöffnet, und eine Anzahl Gefangener näherte sich bereits der offenstehenden Tür. Beim Anblick der Gruppe zerlumpter, verwahrloster Gestalten, die sich ihnen näherte, begann sich schon wieder ein ungutes Gefühl in Tom breitzumachen. Er war plötzlich nicht mehr sicher, ob es tatsächlich eine so gute Idee gewesen war, sämtliche Gefangene freizulassen. Einige von ihnen sahen so aus, als seien sie hinter Gittern tatsächlich besser aufgehoben.

Ernesto beugte sich zum zweiten Mal vor und zog die Pistole des Polizeibeamten aus dessen Gürtel. Mit einer geübten Bewegung überprüfte er die Munition, entsicherte die Waffe und schob sie dann unter den eigenen Hosenbund.

»Gib mir die Pistole«, verlangte Tom. Er streckte die Hand aus, aber Ernesto schüttelte nur den Kopf.

»Besorg dir selber eine Waffe, Gringo«, sagte er. Zugleich warf er Tom den Schlüsselbund zu. »Hier. Damit kannst du wenigstens keinen Schaden anrichten.«

Tom war nahe daran, dem Jungen die Pistole gewaltsam wegzunehmen, besann sich aber dann doch eines Besseren. Sie hatten wahrlich keine Zeit für so etwas – und er war nicht einmal sicher, daß es ihm gelungen wäre. Die beiden ersten Gefangenen hatten den Gang betreten, und obwohl keiner von ihnen sprach, waren die Blicke, die sie mit Ernesto tauschten, doch sehr beredt. Dieser Junge war einer von ihnen, das begriff Tom plötzlich, während er selbst noch immer ein Fremder war. Daß er sie befreit hatte, änderte daran nichts.

»Also los«, sagte er. »Versuchen wir unser Glück.«

»Bitte nicht bewegen.« Dr. Hergez drückte den Kolben der Spritze nach oben, bis ein winziger Tropfen der wasserklaren Flüssigkeit in ihrem Inneren aus der Spitze der glänzenden Nadel quoll. Dann stieß er sie vorsichtig in Don Aldarez' Arm, injizierte ihm das Medikament und griff nach einem alkoholgetränkten Wattebausch, nachdem er die Nadel wieder herausgezogen hatte.

Don Aldarez ließ die ganze Prozedur über sich ergehen, ohne mit der Wimper zu zucken, obwohl das Mittel, das Hergez ihm verabreicht hatte, wie Feuer in seiner Vene brannte. Es war eine halbe Stunde her, seit der Helikopter mit dem Arzt an Bord zurückgekommen war, und Don Aldarez hatte sich weder in dieser Zeit noch in der davor bewegt. Er lag wie gelähmt auf der breiten Couch in seinem Arbeitszimmer, und in gewissem Sinne war er es auch.

Der Schock über das, was er getan hatte, hatte nicht nur seinen Körper, sondern auch seinen Geist paralysiert. Seine Gedanken bewegten sich so träge wie kleine Käfer, die sich durch zähen Schlamm kämpften. Es fiel ihm schwer, sich überhaupt auf das Hier und Jetzt zu konzentrieren.

»Wie sieht es aus, Doktor?« fragte er schleppend.

»Es ist halb so schlimm«, antwortete der Arzt. »Zumindest kann ich keine äußerlichen Verletzungen feststellen, von ein paar Kratzern abgesehen. Trotzdem wäre es selbstverständlich besser, wenn Sie sich in ein Krankenhaus begeben würden, damit man Sie gründlich untersucht. In Ihrem Alter kann man nie wissen –«

»Ich rede nicht von mir«, unterbrach ihn Don Aldarez. »Ich wollte wissen, wie es Anita geht.«

Hergez Gesicht verdüsterte sich. »Nicht gut«, sagte er. Don Aldarez hatte das sichere Gefühl, daß er noch viel mehr sagen wollte. Aber er beließ es bei einem traurigen Blick und begann, seine Arzttasche einzuräumen, mit umständlichen, übertrieben langsamen Bewegungen, die deutlich machten, wie unangenehm ihm das Thema war.

»Wird Sie es überleben?« fragte Don Aldarez.

»O ja, sicher.« Dr. Hergez klang beinahe ein bißchen *zu* überzeugt. Er sagte das, wovon er annahm, daß Don Aldarez es hören wollte. Nicht unbedingt das, was *er* glaubte. »Sie ist schwer verletzt, aber sie ist auch eine sehr starke Frau. Machen Sie sich keine Sorgen.«

Doch genau das tat Don Aldarez. Nach Hergez' Worten vielleicht noch mehr als zuvor. Ohne die mißbilligenden Blicke des Arztes zur Kenntnis zu nehmen, setzte er sich auf und schwang die Beine von der Couch. Sofort wurde ihm schwindelig, und er ließ sich vorsichtig wieder zurücksinken.

»Das kommt von der Spitze, die ich Ihnen gegeben habe«, sagte Dr. Hergez. »Es vergeht. Schlafen Sie einfach ein paar Stunden, und Sie fühlen sich wieder einigermaßen.«

»Ich muß ... zu Anita«, murmelte Don Aldarez.

Hergez antwortete nicht darauf. Was immer er ihm gegeben hatte, es machte ihn so müde, daß er kaum noch die Augen aufzuhalten vermochte. Aber er kämpfte mit aller Macht gegen die Schläfrigkeit an.

»Kümmern Sie sich um Anita«, bat er. »Sie muß in eine Klinik. Nehmen Sie den Helikopter.«

Dr. Hergez zögerte. »Man wird ... Fragen stellen«, sagte er schließlich. »Was soll ich sagen, wie es zu dem ... Unfall gekommen ist?«

»Ich weiß es nicht«, gestand Don Aldarez. »Ich .... ich muß den Verstand verloren haben. Es war, als wäre ich nicht mehr Herr meiner selbst.«

Hergez sah ihn schweigend an. Offensichtlich deckte sich das, was Don Aldarez sagte, mit dem, was er schon von Enrico gehört hatte. Er sah sehr traurig aus.

»Was geschieht mit mir?« flüsterte Don Aldarez. »Verliere ich den Verstand?«

Hergez lachte. Es klang nicht echt. Bevor er antwortete, warf er einen langen, sehr nachdenklichen Blick in die Runde, mit dem er das total verwüstete Zimmer musterte. Aber endlich schüttelte er den Kopf. »Natürlich nicht. So etwas kann passieren. Es kommt vor, daß jemand ...« er suchte nach Worten, »... die Beherrschung verliert.«

Die Beherrschung verliert? Um ein Haar hätte Don Aldarez schrill aufgelacht.

Hergez sah ihn mit erzwungenem Optimismus an und runzelte dann plötzlich die Stirn. »Woher kommt das?« fragte er.

»Was?«

»Diese kleine Verletzung da.« Dr. Hergez beugte sich vor und berührte mit spitzem Finger eine Stelle über Don Aldarez' Nasenwurzel. Ein scharfer Schmerz ließ Don Aldarez zusammenfahren. Hastig zog der Arzt die Hand wieder zurück.

»Haben Sie sich das ...« er machte eine ausholende Geste, »...dabei zugezogen?«

Don Aldarez hob vorsichtig die Hand und berührte die gleiche Stelle wie Hergez zuvor. Der Schmerz war nicht ganz so schlimm, aber doch überraschend heftig, als er spürte, wie klein der Fleck aus verkrustetem Blut war. Er selbst hatte die Verletzung bisher nicht einmal gespürt.

»Wahrscheinlich ist es nichts«, sagte Hergez. Er

klappte mit einer demonstrativ nachdrücklichen Bewegung seine Tasche zu und stand auf. »Ich werde noch einmal nach Anita sehen. Vielleicht ist es wirklich besser, wenn wir sie in die Stadt bringen.«

Don Aldarez registrierte deutlich das Zögern in seinen Worten, und er begriff auch seine Bedeutung. Er wußte nicht, was Enrico dem Arzt erzählt hatte, doch was immer es gewesen war – Hergez glaubte es nicht. Wäre er irgendwer gewesen, Don Aldarez war sicher, Hergez hätte keine Sekunde gezögert, jetzt bereits die Polizei zu verständigen. Aber er war nicht *irgendwer*, und der Ruf, den er genoß, mußte den Arzt in einen tiefen Gewissenskonflikt stürzen.

»Ich möchte keine Sonderbehandlung, Doktor«, sagte Don Aldarez.

Hergez sah ihn verwirrt an. »Ich ... verstehe nicht.«

»Sie verstehen sehr gut. Ich möchte, daß Sie in diesem Fall genauso vorgehen, wie Sie es müssen. Bringen Sie Anita ins Krankenhaus, und wenn man Ihnen Fragen stellt, beantworten Sie sie nach bestem Gewissen.«

»Ganz wie Sie wollen«, sagte Dr. Hergez. »Aber –«

»Kein *aber*«, unterbrach ihn Don Aldarez. »Tun Sie Ihre Pflicht, Doktor.«

Hergez sah ihn noch eine Sekunde lang beinahe gequält an, doch dann nahm er seine Tasche auf und verließ ohne ein weiteres Wort den Raum. Don Aldarez sah ihm lange und schweigend hinterher, ehe er aufstand und zu seinem Schreibtisch hinüberschwankte. Jede Bewegung war eine schier endlose Qual, die beinahe mehr Kraft von ihm verlangte, als er aufbringen konnte. Der Weg schien Meilen zu messen, aber irgendwie schaffte er es. Taumelnd vor Schwäche und mit dem Geschmack nach Übelkeit im Mund erreichte er den Tisch und klammerte sich daran fest. Er konnte nicht mehr richtig sehen. Sein Gesichtsfeld war auf einen kleinen Kreis mit verschwommenen Rändern zusammengeschrumpft, in dessen Zentrum die in mattem Grün schimmernde Jademaske von Palenque lag.

Und gegen seinen eigenen Willen streckte Don Aldarez die Hände danach aus und hob sie auf.

Er hatte beinahe mit dem gerechnet, was danach geschah, und trotzdem – nein: *weil* es geschah! – erschrak er zutiefst, als er fühlte, wie ihn eine neue, pulsierende Kraft durchströmte, eine Energie, die die Übelkeit und das Schwächegefühl aus seinen Gliedern vertrieb. Es war keine gute Kraft. Es war etwas Finsteres, Uraltes, das ihm auf nicht mit Worten zu beschreibende Art ebensoviel nahm wie es ihm gab, und vielleicht mehr.

Langsam hob er die Maske vor das Gesicht, aber er widerstand dem immer stärker werdenden Bedürfnis, sie aufzusetzen, sondern hielt sie ins Licht, um ihre Innenseite zu betrachten. Sie bestand aus dem gleichen, sorgsam polierten grünen Stein wie die Außenseite – aber an einer Stelle zwischen und über den Augen, dort, wo auf seiner eigenen Stirn die kleine Verletzung zu sehen war, war ein daumennagelgroßer Fleck von eingetrocknetem Blut. In seinem Zentrum schimmerte etwas Helles, Metallisches.

Don Aldarez starrte die winzige Nadel eine kleine Ewigkeit lang an, ehe er, ganz langsam, mit einer fast zeremoniellen Geste, die Maske ans Gesicht hob und aufsetzte. Er spürte einen scharfen, entsetzlich tief gehenden Schmerz über den Augen, dann ein Gefühl, als griffe eine unsichtbare stählerne Klaue nach seinen Gedanken und schlösse sich mit unbarmherziger Gewalt darum.

Dann nichts mehr.

Tom hatte niemals an jene unsinnige Redensart geglaubt, nach der es den Verbrecher stets an den Schauplatz seiner Tat zurückzog. Und er tat es auch jetzt nicht; letztlich war das Haus in der heruntergekommen Slumgegend Limas zwar der Schauplatz eines Mordes, aber er kein Verbrecher.

»Wie lange brauchst du noch?« fragte er. Seine Stimme klang ungeduldiger und nervöser, als ihm recht war. Aber Ernesto schien keines von beidem zu registrieren. Er sah nicht einmal zu Tom hoch, als er antwortete.

»Noch einen Moment, Gringo. Hetz mich nicht. Ich bin ein Künstler, kein Pfuscher.«

Tom lächelte flüchtig, warf aber trotzdem einen Blick in die Runde. Es begann hell zu werden. Auf den Straßen zeigte sich nicht die geringste Spur von Leben, und in den meisten Häusern brannte noch nicht einmal Licht. Trotzdem spürte Tom ganz deutlich, daß sie weder allein noch unbeobachtet waren. Aber er beherrschte seine Ungeduld. Von Ernestos altkluger Art einmal abgesehen, hatte er in der Sache vollkommen recht: Er half ihm nicht, wenn er ihn antrieb und damit nervös machte. Daß sie unbehelligt bis hierher gekommen waren, grenzte ohnehin an ein Wunder. Der Gefangenenaufstand, mit dem er halbwegs gerechnet hatte, war ausgeblieben – zu Toms Erleichterung. Das Dutzend Männer, das Ernesto und er befreit hatten, hatte sein Heil in der Flucht gesucht, und Tom war erst im nachhinein wirklich klar geworden, daß die einzig denkbare Alternative dazu ein ebenso gewaltiges wie unnötiges Blutvergießen gewesen wäre. Hätten Santoyas Männer mitbekommen, was im Keller der Polizeistation geschah, wäre es ihnen wahrscheinlich ein Vergnügen gewesen, mit ihren automatischen Waffen ein Massaker unter den Gefangenen anzurichten. Aber sie hatten die Wache unbehelligt durch einen Hinterausgang verlassen können, der nicht einmal abgeschlossen gewesen war, und nachdem sie mit Ernesto rasch und im Flüsterton einige Worte gewechselt hatten, waren die zerlumpten Gestalten lautlos in der Nacht verschwunden. Tom hatte es vorgezogen, nicht danach zu fragen, worum es bei dem Gespräch ging.

Ein leises Klicken riß ihn aus seinen Gedanken. Ernesto richtete sich triumphierend auf, versetzte der Tür einen sanften Stoß und machte eine übertrieben theatralische, einladende Geste. »Bitte schön, Senhór«, sagte er grinsend. »Treten Sie ein.«

Tom trat mit einem schnellen Schritt an ihm vorbei ins Haus. Er widerstand im letzten Moment der Versuchung, das Licht einzuschalten, als Ernesto ihm folgte, die Tür schloß und absolute Dunkelheit über ihnen zusammenschlug. Er lauschte. Nichts.

»Und jetzt?« fragte Ernesto schließlich. Tom hörte, wie sich der Junge unruhig im Dunkeln neben ihm bewegte. »Ich meine ... was wollen wir überhaupt hier?«

Tom antwortete nicht gleich darauf – was zum Großteil daran lag, daß er die Antwort gar nicht kannte. Nach ihrer Flucht aus Santoyas Verlies hatte er sich für eine Weile ganz Ernestos Führung überlassen, vielleicht wäre er nicht einmal auf den Gedanken gekommen, hierher zurückzukehren, hätte ihn der Junge nicht ganz von sich aus in die Nähe dieser Straße gebracht. Wahrscheinlich war es kein Zufall. Die Polizeiwache lag nur einige Blocks entfernt, und vielleicht war dies hier Ernestos Revier; und das seiner Freunde.

»Ich weiß es nicht«, sagte er. »Ich ... « Er überlegte einen Moment, zuckte mit den Schultern, erst dann fiel ihm auf, daß Ernesto die Bewegung in der Finsternis gar nicht sehen konnte. »Ich muß mir über verschiedenes Klarheit verschaffen«, sagte er.

Er glaubte Ernestos spöttisches Grinsen beinahe zu hören. »Aha«, sagte er. »Aber damit solltest du dich beeilen, Gringo. Dir ist doch klar, daß Santoya uns hier zu allererst suchen wird?«

Tom gestand sich ein, daß er daran bisher noch gar nicht gedacht hatte. Der Schlag, den ihm Don Aldarez' Chauffeur versetzt hatte, mußte wohl doch etwas heftiger gewesen sein. Seine gewohnte, logische Art zu denken, ließ ihn in den letzten Stunden immer mehr im Stich. Trotzdem war er nicht willkürlich hierher zurückgekehrt. Da war etwas, woran er sich noch nicht erinnerte. Irgend etwas war in diesem Haus geschehen, etwas, das wichtig war, und Tom wußte einfach, daß er sich daran erinnern mußte, und daß vielleicht etwas Schreckliches geschehen würde, wenn er es nicht tat.

Langsam, mit weit vorgestreckten Händen, tastete er sich durch die Dunkelheit. Nach einigen Schritten fühlte er die Tür auf der rechten Seite, hinter der das kleine Zimmer lag, in dem er zusammen mit dem Chauffeur gesessen hatte. Wenn er sich nicht täuschte, gab es eine weitere Tür auf der gleichen Seite, und kurz darauf den Treppenabgang zum Keller.

Behutsam tastete er sich weiter, fand die Tür – und nach nur wenigen weiteren Schritten stieß sein tastender Fuß tatsächlich ins Leere.

»Paß auf«, flüsterte er. »Hier ist eine Treppe.«

Ernesto gab einen undefinierbaren Laut zur Antwort, doch Tom konnte hören, daß auch seine Schritte langsamer wurden, während er sich an der gegenüberliegenden Wand des Korridors entlangschob.

Vorsichtig tastete sich Tom die Stufen hinunter, erfühlte schließlich die schwere Metalltür des Kellerraumes und fand sie zu seiner Erleichterung unverschlossen. Sie war sehr schwer. Nur mit großer Mühe gelang es ihm, sie zu öffnen. Der Raum dahinter war ebenso dunkel wie der Rest des Hauses, doch als er mit den Fingern über die Wand direkt hinter der Tür fuhr, ertastete er einen Lichtschalter. Da er sich deutlich daran erinnerte, daß dieser Kellerraum kein Fenster hatte, wagte er es, ihn zu drücken.

Es dauerte einen Augenblick, bis die indirekt angebrachte Beleuchtung aufflammte. Seinen an die Dunkelheit gewöhnten Augen kam das Licht überraschend hell vor. Blinzelnd sah er sich um. Als er das erste Mal hier unten gewesen war, hatte er kaum Zeit für mehr als einen flüchtigen Blick gefunden, aber was er nun sah, versetzte ihn in Erstaunen – gelinde gesagt. Der Raum war quadratisch und weit größer, als er ihn in Erinnerung hatte. Decke, Wände und selbst der Boden waren mit grünem Samt bezogen, der jedoch – mit Ausnahme der Wand, in der sich die Tür befand – fast überall hinter einer Unzahl kostbar gerahmter Gemälde und gläserner Vitrinen verborgen war.

Tom kam aus dem Staunen nicht mehr heraus. Er war alles andere als ein Fachmann für Kunst, aber er hätte seine rechte Hand darauf verwettet, daß es sich ausnahmslos um Originale handelte.

Darüber hinaus hatten die Bilder noch eines gemeinsam: Sie alle waren gestohlen. Tom erinnerte sich gut an den Sturm der Entrüstung, der weltweit durch die Fachpresse gegangen war, als vor drei Jahren der Cézanne, der in einem schlichten goldenen Rahmen an der gegenüberliegenden Wand hing, aus einem Museum in Amsterdam verschwand.

»Donnerwetter!« sagte Ernesto anerkennend. »Das ist ja ein richtiges kleines Museum!«

Tom konnte nur wortlos nicken. Er begriff die Bedeutung ihres Fundes nur ganz allmählich. Offensichtlich war Don Aldarez, über den selbst ein Kretin wie Santoya nichts Negatives zu berichten wußte, doch nicht ganz der Heilige, für den ihn alle Welt hielt. Und wenn der Tote, den Tom gesehen hatte, tatsächlich ein Hehler und Kunstdieb gewesen war, dann –

Seine Erinnerung kam warnungslos zurück. Vermutlich war es der Anblick des Raumes, der sie auslöste. Tom wankte wie unter einem plötzlichen Schwindelanfall. Ein leises, ungläubiges Stöhnen kam über seine Lippen.

Ernesto sah alarmiert zu ihm hoch. »Was hast du, Gringo?« fragte er.

»Nichts«, murmelte Tom. »Mir ist nur gerade wieder eingefallen, warum wir hier sind.«

Ernesto warf ihm einen sonderbaren Blick zu, stellte aber keine weitere Frage. Vermutlich hätte Tom sie sowieso nicht beantwortet. Er erinnerte sich jetzt. Die letzte Sekunde, bevor er das Bewußtsein verloren hatte, war wieder da. Die Sekunde, in der Don Aldarez sich zu ihm herumgedreht hatte – und er die Maske aus grüner Jade erblickte, die sein Gesicht verbarg.

»Die Totenmaske«, murmelte er. »Pacal von Palenques Totenmaske.«

»Wie bitte?« fragte Ernesto.

Tom hörte es nicht einmal. Ganz plötzlich begann alles einen Sinn zu ergeben, einen schrecklichen, düsteren Sinn, dessen Bedeutung in einer uralten, längst vergangenen Zeit verborgen lag und auch ihm noch nicht ganz klar war. Aber er ahnte mit einem Male, daß er ganz und gar nicht zufällig hierhergekommen war. »Die Maske«, murmelte er. »Es hat irgend etwas mit dieser Maske zu tun.«

»Wovon sprichst du überhaupt, Gringo?« fragte Ernesto und tippte sich bezeichnend gegen die Stirn. »Hast du jetzt völlig den Verstand verloren? Du mußt –«

Er brach erschrocken ab. Tom wollte etwas sagen, aber Ernesto hob hastig die Hand. »Still!« flüsterte er. »Jemand kommt!« Tom riß seine Gedanken mühsam von der Totenmaske und Don Aldarez los und lauschte ebenfalls. Nach einigen Sekunden hörte auch er Geräusche: Schritte, dann das Knarren einer Tür und Stimmen, die sich schnell und auf Spanisch unterhielten.

Ernesto war mit einem Sprung wieder bei der Tür und schaltete das Licht aus. Fast gleichzeitig wurde oben im Haus die Beleuchtung eingeschaltet, so daß es trotzdem nicht völlig dunkel im Keller wurde. Gehetzt sah sich der Junge um. »Ein Versteck«, sagte er. »Wir müssen uns irgendwo verstecken!«

Das war leichter gesagt als getan. Der Raum war zwar recht groß, besaß jedoch nur diesen einen Ausgang, und es gab nirgendwo etwas, wohinter sich auch nur ein Hund hätte verstecken können; geschweige denn ein Mensch.

Aber Ernesto erwies sich auch jetzt als erfindungsreich. Hastig trat er an ein beinahe anderthalb mal zwei Meter messendes Gemälde an der Stirnwand der Kammer heran und winkte Tom. »Schnell, Gringo! Hilf mir!«

Tom gehorchte ganz automatisch. Die Schritte und Stimmen kamen näher, und sein Schrecken erfuhr eine neue, eisige Steigerung, als er eine der Stimmen zweifelsfrei als die Santoyas identifizierte. Und obwohl er immer noch nicht so richtig wußte, was Ernesto überhaupt vorhatte, half er ihm, das Bild von seinem Haken zu nehmen und schräg in die Ecke zu lehnen.

Ernesto warf einen gehetzten Blick über die Schulter zurück, dann bückte er sich und quetschte sich in den dreieckigen Raum, der hinter dem aufrecht stehenden Gemälde freigeblieben war. »Schnell, Gringo!« sagte er. »Komm her!«

Tom starrte ihn ungläubig an. Das konnte nicht sein Ernst sein! Das gegen die Wand gelehnte Bild schrie geradezu danach, daß man einen Blick dahinter warf. Aber dann sah er zur Tür zurück und erblickte einen massigen, unförmigen Schatten, der sich näherte, und dieser Anblick und vor allem die Erinnerung an den Besitzer dieses Schattens reichten, um seine letzten Zweifel zu zerstreuen. Wahnsinn oder nicht – die Alternative war, stehenzubleiben und Santoya zu erklären, warum er es vorgezogen hatte, die Unterhaltung mit ihm hier fortzusetzen, statt in seinem Büro auf dem Polizeirevier. Eine halbe Sekunde, bevor der Capitan und sein Begleiter den Kellerraum betraten und das Licht einschalteten, quetschte er sich neben Ernesto in ihr improvisiertes Versteck.

Santoya wälzte sich wie eine Qualle auf zwei Beinen durch die schmale Tür. Seine Schweinsäuglein blinzelten, während er sich umsah und die Kunstwerke an den Wänden eines nach dem anderen lange und aufmerksam und mit unübersehbarer Gier musterte. Dann und wann hob er die Hand, deutete auf ein Gemälde und sagte irgend etwas zu seinem Begleiter, den Tom als einen der drei Burschen identifizierte, die er schon auf der Polizeiwache kennengelernt hatte. Schließlich nahm er eines der Bilder von der Wand und drehte sich schnaubend wieder zum Ausgang. Sein Begleiter ergriff ein anderes Gemälde, klemmte es achtlos unter den linken Arm und folgte ihm. Die beiden machten sich nicht die Mühe, das Licht auszuschalten, als sie den Keller verließen, was Toms Beunruhigung neue Nahrung gab. Das konnte nur eines bedeuten – sie hatten vor, wiederzukommen, und das bald.

Tom wandte sich an Ernesto. »Konntest du verstehen, was sie gesagt haben?«

»Jedes Wort«, sagte Ernesto grimmig. »Allmählich wird mir alles klar.« Er maß Tom mit einem Blick, der diesem irgendwie nicht gefiel. »Du bist eine ziemlich große Nummer, wie, Gringo?«

»Wie bitte?« fragte Tom.

Ernesto schnaubte. »Versuch nicht, mich zu verarschen, Gringo«, sagte er. »Der Krempel hier ist Millionen wert. Die beiden haben sich vor Begeisterung fast in die Hosen gepißt.«

Tom blinzelte – und plötzlich wurde ihm schlagartig alles klar. Nun wußte er, warum Santoya ihn möglichst rasch verschwinden lassen wollte. Natürlich hatte er sich nach ihm erkundigt und auch erfahren, wer Tom wirklich war. Und vermutlich war das in seinen Augen Toms Todesurteil gewesen. »So ist das also«, murmelte er.

»Was?«, fragte Ernesto.

Tom machte eine Geste durch den Spalt zwischen der Wand und dem Bilderrahmen nach außen. »Santoya und seine Halsabschneider wollen sich das alles hier unter den Nagel reißen«, sagte er. »Aber das können sie nur, wenn es keine Zeugen gibt. Du hattest recht, Ernesto – sie können mich gar nicht am Leben lassen.«

Ernesto verdrehte die Augen. »Weißt du, was das bedeutet?« erkundigte er sich.

»Ich fürchte«, flüsterte Tom.

»Santoya würde seine eigene Mutter verkaufen, wenn ihm jemand mehr als zwanzig Pesos dafür bieten würde«, fuhr Ernesto fort. »Wenn das hier wirklich so wertvoll ist, dann werden sie nicht eher aufgeben, bis sie uns haben.« Er schüttelte traurig den Kopf. »Herzlichen Glückwunsch, Gringo. Wir beide dürften spätestens in einer Stunde zu den meistgesuchten Personen in ganz Lima gehören.«

Es war schon vor einer Stunde hell geworden. Mit dem neuen Tag war auch das Leben auf der Hazienda wieder erwacht, und vom Fenster seines Zimmers aus konnte Don Aldarez sehen, wie sich die Arbeiter auf ihr Tagwerk vorbereiteten, in die Ställe und Scheunen hinübergingen oder sich zu sammeln begannen, um gemeinsam auf die Wagen zu steigen, die sie auf die Felder bringen würden. Nicht wenige umstanden in respektvollem Abstand den Helikopter, der auf dem freien Platz vor dem Hauptgebäude gelandet war, und einige Kinder hatten sich der gewaltigen stählernen Libelle genähert und unterhielten sich lautstark und heftig gestikulierend. Don Aldarez besaß den Hubschrauber seit gut zehn Jahren, aber er benutzte ihn nur äußerst selten, so daß sein Anblick trotzdem noch etwas Außergewöhnliches darstellte. Obwohl die Hazienda in einem schwer zugänglichen Teil der Berge fünf Autostunden von Lima entfernt lag, zog er es doch vor, einen der zahlreichen Wagen zu benutzen, die ihm gehörten.

Daß der Helikopter noch immer dort unten stand, hätte ihn unter normalen Umständen beunruhigt, denn es verriet ihm sehr viel mehr über Anitas Zustand, als es die gewollt optimistischen Worte des Arztes getan hatten. Aber die Umstände waren nicht mehr normal. Der Mann, der bis vor einer Stunde Don Aldarez gewesen war, scherte sich so wenig um das Wohl seiner Haushälterin, wie ihn das Schicksal irgendeines der anderen interessierte, die den Hof bevölkerten. Sein Verstand arbeitete mit einer Schärfe und Präzision, wie er es das letzte Mal vor vielleicht zwanzig Jahren getan hatte, bevor das Alter anfing, unmerklich seinen Tribut zu fordern. Doch seine Gedanken beschäftigten sich mit Dingen, die die Männer dort unten in pures Entsetzen versetzt hätten, hätten sie sie geahnt.

Unten im Haus fiel eine Tür zu. Don Aldarez löste seinen Blick vom Hubschrauber und ließ ihn einen Moment dem Mann folgen, der das Haus verlassen hatte und sich auf den Helikopter zubewegte. Es war Pedro, sein Mechaniker und Pilot. Der Grund, aus dem er sich der Maschine näherte, war nicht schwer zu erraten.

Don Aldarez löste sich mit einer ruckartigen Bewegung von seinem Platz am Fenster, ging zum Schreibtisch und drückte einen Knopf, der in die polierte Eichenplatte eingelassen war. Es verging wenig mehr als eine Minute, bis die Tür geöffnet wurde und Enrico eintrat.

Sein Chauffeur, Leibwächter und Privatsekretär wirkte übernächtigt und nervös. Unter seinen Augen lagen dunkle Ringe, und seine Hände zitterten leicht; aber es war nicht nur die Müdigkeit einer durchwachten Nacht, die ihn zittern ließ. Er gab sich Mühe, konnte aber den Schrecken trotzdem aber nicht ganz verhehlen, den ihm Don Aldarez' Anblick einflößte.

»Senhór?« fragte er.

»Pedro ist zum Hubschrauber gegangen«, sagte Don Aldarez.

Enrico nickte. »Dr. Hergez hat es ihm befohlen«, sagte er. »Er hat Anita jetzt soweit, daß er sie in die Klinik bringen kann.«

»Ruf ihn zurück«, sagte Don Aldarez.

Enrico blinzelte. »Senhór?«

Don Aldarez machte eine ungeduldige, befehlende Geste zum Fenster. »Pedro«, sagte er. »Er soll die Maschine wieder in den Hangar bringen. Hergez wird nicht fliegen.«

»Aber Senhór, Sie haben selbst gesagt –«

»Hast du meinen Befehl nicht verstanden?« fragte Don Aldarez scharf.

Enrico fuhr zusammen und senkte schuldbewußt den

Blick. Plötzlich schien er nicht mehr zu wissen, womit er seine Hände beschäftigen sollte. »Bitte verzeihen Sie, Senhór«, sagte er. »Ich wollte nicht –«

»Es interessiert mich nicht, was du wolltest«, fiel ihm Don Aldarez scharf ins Wort. »Geh und sage Pedro Bescheid. Und dann will ich diesen Arzt sprechen.«

Enrico fuhr sich nervös mit der Hand über das Kinn. Er kannte Don Aldarez seit mehr als zwanzig Jahren, und noch vor einer Minute hätte er – wie jeder auf dieser Hazienda – ohne zu zögern sein eigenes Leben riskiert, um das seine zu retten. Aber jetzt hatte er Angst vor ihm.

»Worauf wartest du noch?« fuhr Don Aldarez ihn an. In seiner Stimme war etwas, das Enrico schaudern ließ; ein befehlender Klang von Erbarmungslosigkeit und unstillbarem, vibrierendem Zorn, den er noch niemals bei ihm, ja, überhaupt noch nie bei *irgendeinem* Menschen gehört hatte. So hastig, daß es einer Flucht gleichkam, wandte er sich um und stürmte hinaus.

Don Aldarez drehte sich wieder herum und trat ans Fenster. Pedro hatte mittlerweile den Helikopter erreicht und versuchte lautstark und gestenreich, die Kinder aus der Nähe der Maschine zu verscheuchen.

Unter der schweren Maske aus polierten Jadeplättchen begann der Mann, der einst Don Aldarez gewesen war, zu lächeln. Die Zeit war gekommen. Er hatte lange gewartet. Länger, viel, viel länger, als er geglaubt hatte. Die Welt hatte sich verändert, auf geradezu unglaubliche Weise, so drastisch, daß er gar nicht erst versuchte, sich in dieser neuen Umgebung zurechtzufinden oder sie gar zu begreifen. Es spielte keine Rolle, was sie war. Was zählte, war nur, was sie sein würde, wenn SIE wieder zurückgekehrt waren.

Noch einmal, vielleicht zum allerletzten Mal, erwachte Don Aldarez' Bewußtsein, und er fragte sich voller Entsetzen, was für Gedanken das waren, welche Macht von ihm Besitz ergriffen hatte. Doch er fand nicht einmal Zeit, diesen Gedanken zu Ende zu denken oder das unendliche Entsetzen, das mit ihm einherschritt, vollends zu begreifen. Sein Denken wurde in einen schwarzen Strudel hinabgesogen, und einen Moment später lächelte das Gesicht hinter der schimmernden Steinmaske wieder.

Pacal von Palenque war zurückgekehrt, um das Werk, das er vor mehr als fünfzig Generationen begonnen hatte, endlich zu vollenden.

»Du bist verrückt, Gringo«, sagte Ernesto. »Vollkommen verrückt.« Er schüttelte ein paarmal hintereinander den Kopf und fügte etwas leiser und in fast wehleidigem Ton hinzu: »Und ich muß es wohl auch sein, dir auch noch zu helfen!«

Tom sparte es sich, darauf zu antworten, sondern blickte statt dessen nervös in die Runde. Die Straße, auf der sie sich befanden, war nicht ganz so heruntergekommen wie die, in der Don Aldarez' geheimer Treffpunkt lag – allerdings nicht viel. Die Häuser waren ärmlich, klein, so manchem Fenster fehlte das Glas, und der Straßenbelag bestand aus weitaus mehr Schlaglöchern als Asphalt. Aber es gab etwas, das Tom im Moment wichtiger war als eine gepflegte Umgebung – das kleine Postamt auf der schräg gegenüber liegenden Seite, das in wenigen Minuten seine Türen öffnen würde.

»Wenn ich auch nur halb bei Trost wäre«, murmelte Ernesto, dann würde ich versuchen, aus dieser Stadt zu verschwinden, so schnell und so weit weg wie möglich. Und was tue ich? Ich helfe einem Verrückten!«

»Es dauert nicht lange«, sagte Tom. »Wenn ich meinen Freund erreiche, kann uns nichts mehr passieren.«

»So etwas Ähnliches hast du schon einmal behauptet«, antwortete Ernesto. Er bemühte sich, Tom mit Blicken zu durchbohren. Als dieser nicht darauf reagierte, verdrehte er noch einmal die Augen und machte schließlich eine Kopfbewegung auf das kleine Postamt auf der anderen Straßenseite. »Sie machen gerade auf«, sagte er. »Geh und führe dein Telefongespräch. Und bete zur Mutter Maria, daß dein Freund uns wirklich hilft.«

Tom machte einen Schritt auf die Straße hinaus, blieb stehen und trat nach einer Sekunde des Zögerns wieder zu Ernesto auf den Gehsteig hinauf. Mit einem verlegenen Grinsen versenkte er die Hand in die Jackentasche und zog sie gleich darauf wieder heraus. »Da ist noch ein kleines Problem«, sagte er. »Santoyas Männer haben mich völlig ausgeplündert. Du hast nicht zufällig ein paar Münzen zum Telefonieren ..?«

Ernesto seufzte. Aber er sagte nichts von alledem, was ihm sichtlich auf der Zunge lag, sondern verdrehte nur abermals die Augen, wandte sich mit einem Ruck um und ging wortlos davon.

Tom wich in den Schutz einer Tür zurück, während er auf Ernesto wartete. Auf der Straße herrschte noch nicht viel Betrieb. Nur alle paar Minuten fuhr ein altersschwacher Wagen vorbei, und nur sehr wenige Menschen bevölkerten die schmalen Gehsteige. Niemand nahm Notiz von ihm. Trotzdem hatte Tom das Gefühl, unentwegt angestarrt und belauert zu werden.

Er war sehr nervös. Und er glaubte den Grund seiner Nervosität auch zu kennen. Es lag ganz und gar nicht nur an Santoya und der Mörderbande, die er vermutlich schon jetzt auf seine und Ernestos Spur gesetzt hatte. Es war nicht das erste Mal, daß Tom Ericson es mit einem Verbrecher zu tun bekam, dem ein Menschenleben weniger wert war als der Schmutz unter seinen Fingernägeln.

Viel mehr hatte ihn der Anblick der Totenmaske aufgewühlt. Vielleicht war es gar kein Zufall, daß er die Erinnerung daran so rasch und gründlich verloren hatte. Was er von Don Aldarez' Gesicht erblickt hatte, das war weitaus mehr gewesen als ein Stück leblosen Steines. Er hatte die böse, verzehrende Kraft, die davon ausging, deutlich gespürt, und etwas in ihm war davor zurückgeschreckt wie eine Hand vor einer glühenden Herdplatte. Es war eine uralte, böse Kraft, eine Kraft, die gerade erst im Erwachen begriffen war und von der er spürte, daß sie noch viel, viel stärker werden und viel mehr Opfer verlangen würde als nur dieses eine Leben.

Es dauerte gut zehn Minuten, bis Ernesto wiederkam. Tom rechnete damit, daß er ihm eine Handvoll Münzen in die Hand drücken würde, doch statt dessen zog Ernesto eine teure rindslederne Geldbörse aus der Tasche seiner abgewetzten Hose, öffnete sie und gewährte Tom einen Blick auf ein ganzes Bündel von Zehn- und Zwanzig-Dollar-Noten. Er reichte Tom einige der grünen Scheine und machte eine ungeduldig wedelnde Handbewegung.

»Beeil dich, Gringo«, sagte er. »Ich warte hier und halte die Augen auf.«

Eine halbe Minute später betrat Tom das Postamt. Mit einiger Mühe und unter Zuhilfenahme von Händen und Füßen gelang es ihm, dem Beamten hinter dem vergitterten Schalter klarzumachen, daß er telefonieren wollte. Der Mann deutete auf einen windschiefen Bretterverschlag in der Ecke, dessen Tür irgendwann vor fünf- oder sechshundert Jahren einmal eine Glasfüllung gehabt haben mußte. Aber das Telefon darin funktionierte. Tom verwählte sich dreimal, ehe er die sechzehnstellige Nummer der Satellitenverbindung richtig rekapitulierte. Erst als er die letzte Ziffer gewählt hatte und das Freizeichen aus dem Hörer drang, fiel ihm ein, daß er keine Ahnung hatte, welche Tageszeit jetzt in Oak Dùn herrschte. Es war gut möglich, daß dort tiefste Nacht war – oder, noch schlimmer, Sutherland gar nicht da war.

Aber er hatte auch jetzt wieder Glück. Allmählich schien das Schicksal doch einzusehen, daß es bisher ein wenig unfair mit ihm verfahren war. Nach nur dreimaligem Läuten wurde abgehoben, und zu seiner unendlichen Erleichterung hörte er Sutherlands Stimme, die sich in dem gewohnten Ton leiser Ungeduld meldete.

Das Gespräch dauerte zehn Minuten. Sutherland hörte schweigend zu, während Tom seine Geschichte erzählte, stellte nur dann und wann eine Frage, wenn etwas nicht ganz klar war. Die Gardinenpredigt, die Tom erwartet hatte, blieb aus. Kein Wunder; Tom kannte Sutherland gut genug, um zu wissen, daß er sich in diesem Moment ganz auf das Wichtige konzentrieren würde.

»In Ordnung, Dr. Ericson«, sagte Sutherland, nachdem Tom geendet hatte. »Ich werde sehen, was ich von hier aus tun kann. Auf jeden Fall ist es besser, wenn Sie erst einmal aus dem Land verschwinden. Wenn sich die Aufregung ein bißchen gelegt hat, können wir die Sache von hier aus sicher in Ordnung bringen. Glaubst Sie, daß Ihr junger Freund Sie bis zum Abend irgendwo verstecken kann?«

»Ich denke schon«, antwortete Tom. »Warum?«

»Ich werde einen Hubschrauber organisieren, der Sie abholt, sobald es dunkel geworden ist. Bei Tageslicht wäre es zu gefährlich.«

»Nein«, antwortete Tom.

»Nein?« Obwohl die Satellitenverbindung alles andere als gut war, konnte Tom den völlig fassungslosen Ton in Sutherlands Stimme deutlich hören. »Wie meinen Sie das?«

»Ich muß dieser Geschichte auf den Grund gehen«, antwortete Tom. »Irgend etwas stimmt mit diesem Don Aldarez nicht, Sir Ian. Ich kann noch nicht sagen, was es ist, aber es hat ... mit der Maske zu tun.«

»Es ist nicht unsere Aufgabe, gestohlene Kunstwerke zurückzubringen«, erinnerte Sutherland vorsichtig.

»Darum geht es nicht«, antwortete Tom. Verdammt, warum fiel es ihm nur so schwer, in Worte zu fassen, was er so deutlich spürte?

»Ich ... kann es nicht begründen, aber irgend etwas stimmt damit nicht«, sagte er. »Sie ist gefährlich.«

Zu seiner eigenen Überraschung widersprach Sutherland nicht sofort, sondern versank für einige Sekunden in brütendes Schweigen. Aber letztendlich kannte auch er Tom gut genug, um zu wissen, daß dieser nicht leichtfertig einen solchen Verdacht aussprechen würde, ohne einen verdammt guten Grund dafür.

»Die Sache gefällt mir nicht«, sagte er schließlich. »Wenn dieser Santoya wirklich so gefährlich ist, wie Sie behaupten –«

»Er ist ein mieser, geldgieriger kleiner Gauner«, unterbrach ihn Tom. »Ich werde schon mit ihm fertig, keine Sorge. Ich muß die Sache hier in Ordnung bringen, Sir Ian. Wenn ich meine Unschuld nicht beweise, dann werde ich in Zukunft in Peru als Mörder gesucht; vielleicht in ganz Südamerika. Und mit dieser Maske stimmt irgend etwas nicht.«

»Das ist ein bißchen wenig, meinen Sie nicht?« fragte Sutherland. Doch er klang nicht sehr überzeugt. Tom spürte, daß er gewonnen hatte.

»Ich passe schon auf mich auf«, versprach er, mit wesentlich mehr Optimismus, als er tatsächlich empfand. »Geben Sie mir achtundvierzig Stunden, und ich habe die Sache bereinigt.«

»Vierundzwanzig«, erwiderte Sutherland. »Keine Sekunde mehr. Und ich werde sofort General Chavin anrufen und ihm Ihre Version der Geschichte erzählen. Sie hätten gleich zu ihm gehen sollen.«

Das hatte er ja versucht. Leider mit dem einzigen Erfolg, daß Santoya nun von seiner Verbindung zu General Chavin wußte und garantiert alles in seiner Macht Stehende unternehmen würde, um ihn daran zu hindern, abermals Kontakt mit ihm aufzunehmen. Tom setzte dazu an, Sutherland seine dementsprechenden Befürchtungen mitzuteilen, doch in diesem Moment wurde die Tür des Postamtes aufgerissen, und Ernesto stürmte herein. Er sah sich wild um, erblickte Tom hinter der glaslosen Tür der Telefonkabine und kam mit Riesenschritten näher.

»Beeil dich, Gringo«, sagte er. »Sie suchen nach uns!«

»Ich muß Schluß machen«, sagte Tom. »Ich melde mich wieder.«

Er hängte ein, bevor Sutherland Gelegenheit fand, zu widersprechen, und versuchte durch die schmutzstarrenden Scheiben des Postamtes einen Blick auf die Straße hinaus zu werfen.

Er erkannte nur verschwommene Umrisse, aber Ernestos Nervostität war nicht zu übersehen. Er wedelte erschrocken mit beiden Händen, als Tom sich dem Ausgang zuwenden wollte.

»Nicht dort hinaus!« sagte er. Mit einem Sprung war er an der Theke, warf einen zerknitterten Zwanzig-Dollar-Schein darauf, um Toms Telefongespräch zu bezahlen – was Tom im ersten Moment einigermaßen verwirrte, ehe er begriff, daß der Junge das nicht aus Ehrlichkeit tat, sondern wohl eher, um den Schalterbeamten davon abzuhalten, Zeter und Mordio zu schreien und ihre Verfolger damit auf ihre Spur zu bringen –, und deutete dann in die entgegengesetzte Richtung. »Hinten 'raus«, sagte er. »Schnell!«

Sie verließen das Postamt durch den Hinterausgang und fanden sich unvermittelt auf einem kleinen, mit Mülltonnen und leeren Kisten und Kartons vollgestopften Hinterhof wieder. Ernesto schien sich hier gut auszukennen, denn er war mit einem Satz an der gegenüberliegenden Wand und kletterte ohne das geringste Zögern hinauf. Tom folgte ihm, weitaus weniger geschickt, aber ebenso schnell. Sie gelangten in eine schmale Gasse, aus der die Nacht noch nicht ganz gewichen war, kletterten über eine weitere Mauer, überquerten den dahinterliegenden Hof und verließen ihn auf dem gleichen Wege.

Auf diese Weise bewegten sie sich sicherlich zehn Minuten lang sehr schnell und sehr weit in das Labyrinth von Häusern und Hinterhöfen hinein, bis Ernesto endlich halbwegs beruhigt zu sein schien und anhielt.

»Also«, sagte Tom schwer atmend. Die Kondition des Jungen war beinahe unheimlich. In den letzten Minuten war es ihm immer schwerer gefallen, mit ihm Schritt zu halten. »Heraus mit der Sprache – was ist los? Du benimmst dich, als wäre der Teufel persönlich hinter dir her.«

»Santoya«, antwortete Ernesto. Tom fiel erst jetzt auf, daß er am ganzen Leib zitterte und leichenblaß geworden war. »Er hat ein Kopfgeld auf uns ausgesetzt.«

»Ein Kopfgeld?«

»Eine Belohnung, Gringo«, antwortete Ernesto. »Verstehst du nicht? Er zahlt jedem eine Belohnung, der uns zurückbringt.«

»Tot oder lebendig«, vermutete Tom, aber wieder schüttelte Ernesto den Kopf.

»Nein. Nicht lebendig.«

»Und wieviel?« fragte Tom.

Ernesto zögerte. Sein Gesicht verdüsterte sich. »Zehntausend amerikanische Dollar, Gringo.«

Die Summe verschlug Tom schier den Atem. Zehntausend US-Dollar, das war für sich genommen schon ein gewaltiger Betrag. In diesem Land, und vor allem in dieser *Stadt*, deren Bewohner zu mehr als neunzig Prozent unter der Armutsgrenze lebten, war es ein Vermögen.

Ernesto faßte in Worte, was Tom sich zumindest für einige Momente noch immer wirklich zu begreifen weigerte. »Ab sofort sind wir nirgendwo mehr sicher, Gringo. Die ganze Stadt wird Jagd auf uns machen.«

Es gelang Dr. Hergez nicht ganz, seine Nervosität zu verbergen, als Don Aldarez eintrat. Er zeigte kein Anzeichen von Überraschung oder Erschrecken, als er die Maske vor seinem Gesicht entdeckte; vermutlich hatte Enrico ihn bereits vorbereitet. Er hatte seinen Gesichtsausdruck, ja selbst seinen Blick völlig in der Gewalt – aber seine Hände verrieten ihn. Sie strichen mit kleinen, nervösen Bewegungen immer wieder über den metallverstärkten Rand seiner Arzttasche, winzigen Tieren gleich, die unentwegt hin- und herliefen und vergeblich nach einem Fluchtweg suchten.

»Don Aldarez – gut, daß Sie kommen!« begann er nervös. Er deutete anklagend auf den Chauffeur. »Enrico sagt, daß wir den Helikopter jetzt doch nicht nehmen können. Dabei kann es sich doch nur um einen Irrtum handeln.«

Das Schwanken seiner Stimme verdarb ihm den angestrebten Effekt. Er war nervös und hatte Angst. Die natürliche Autorität, die sein Beruf als Arzt mit sich brachte, war ihm abhanden gekommen.

Don Aldarez – das Geschöpf, das einmal Don Aldarez

gewesen war – trat so dicht an ihn heran, daß der Arzt ganz instinktiv einen Schritt vor ihm zurückzuweichen versuchte. Es gelang ihm nicht. Er stieß gegen das schmale Bett, auf dem die bewußtlose Haushälterin lag, und wäre um ein Haar über sie gestürzt.

»Keineswegs, Doktor«, sagte Don Aldarez. »Ich habe meine Pläne kurzfristig geändert.«

»Aber sie muß in eine Klinik!« protestierte der Arzt. »Ihr Zustand ist –«

»Ihr Zustand steht hier nicht zur Debatte«, unterbrach ihn Don Aldarez. Er machte eine Handbewegung, die Hergez vielleicht mehr als alles andere erschreckte, denn es war eine Geste voller Kraft und jugendlicher Energie, wie sie ein Mann seines Alters niemals hätte vollbringen können. »Sie bleibt hier. Und ich fürchte, Sie auch.«

Hergez schluckte trocken. Don Aldarez sah ihm an, daß er für eine Sekunde ganz dicht davor war, von Panik übermannt zu werden. Doch dann beherrschte er sich im letzten Moment wieder, und fand sogar – wenigstens ansatzweise – zu seiner gewohnten Autorität zurück. »Ich fürchte, das kann ich nicht zulassen«, sagte er. »Anita wird sterben, wenn sie nicht in eine Klinik kommt. Ich kann sie hier nicht ausreichend versorgen. Und auch ich selbst –«

Don Aldarez ohrfeigte ihn. Der Schlag war nicht einmal sehr hart; es war nicht der Schmerz, der Hergez aufschreien und Don Aldarez aus vor Entsetzen und Unglauben hervorquellenden Augen anstarren ließ, sondern die Tatsache, daß er ihn überhaupt geschlagen hatte.

Don Aldarez trat zurück und machte eine befehlende Geste in Enricos Richtung. »Gib auf ihn acht«, sagte er. »Er darf die Hazienda nicht verlassen. Und achte darauf, daß er nicht in die Nähe eines Telefons kommt.«

Hergez protestierte nicht einmal. Er war viel zu fassungslos über das, was geschehen war. Aber auch Enrico rührte sich nicht von der Stelle, sondern starrte Don Aldarez nur ungläubig an.

»Hast du mich verstanden?« fragte Don Aldarez scharf.

»Si, Senhór«, antwortete Enrico hastig. Aber er blieb noch immer stehen, wo er war. Sein Blick irrte ungläubig zwischen Don Aldarez und dem Gesicht des Arztes hin und her. »Aber Don Aldarez«, sagte er. »Doktor Hergez hat recht! Anita wird sterben!«

»Vielleicht«, antwortete Don Aldarez kalt. »Vielleicht auch nicht. Welche Rolle spielt das schon?«

Als hätte sie seine Worte gehört, begann die schwerverletzte Frau auf dem Bett in diesem Moment leise zu stöhnen. Don Aldarez wandte den Kopf und sah auf ihr Gesicht herab. Es war aschfahl, glänzte aber trotzdem vor Schweiß. Ihr Puls raste so sehr, daß die Adern an ihrer Schläfe pochten. Der Anblick befriedigte Don Aldarez, aber nicht so sehr, wie er es sich gewünscht hätte. Die Frau litt Schmerzen, aber sie war ohne Bewußtsein, so daß sie sie kaum spürte. Die erste Mahlzeit, die er IHNEN gewähren konnte, war karg. Aber dieser ersten Speise würden andere folgen; mehr und bessere, bis er IHNEN ein Festmahl bereiten würde, gegen das jenes von Palenque nicht mehr war als ein Bettlermahl gegen das Bankett eines Königs. Don Aldarez' Persönlichkeit war ausgelöscht, doch der Geist, der von ihm Besitz ergriffen hatte, verfügte trotzdem über all seine Erinnerungen und sein Wissen. Es gab Hunderte von Menschen allein auf dieser Hazienda, und zahllose andere in den umliegenden Dörfern und Kleinstädte, so daß er sicher war, die benötigte Anzahl von Opfern herbeischaffen zu können.

Aber er mußte auch vorsichtig sein. Die Reaktion des

Chauffeurs erzürnte ihn, aber viel mehr noch warnte sie ihn – diese Zeit war anders als die, in der er das erste Mal gelebt hatte. Krieger und Diener zeigten weniger Respekt vor ihrem Herrn, als er es gewohnt war, und er hatte aus Don Aldarez' Geist erfahren, daß dieser sehr viel Macht besaß, keineswegs aber ein Herrscher war, der nach Belieben schalten und walten und seine Feinde nötigenfalls mit Gewalt niederwerfen konnte.

Noch nicht.

»Bring ihn weg!« sagte er noch einmal. »Und dann schicke Pedro zu mir. Ich muß Befehle erteilen.«

»Befehle, Senhór?«

»Es sollen Wachen aufgestellt werden«, antwortete Don Aldarez. »Niemand darf die Hazienda verlassen. Und ich will benachrichtigt werden, sowie sich ein Fremder nähert.«

»Senhór?« fragte Enrico verwirrt.

Schon diese Frage versetzte Don Aldarez innerlich in schiere Raserei. Es stand diesem Domestiken nicht zu, **seine** Befehle in Frage zu stellen oder sich gar nach deren Sinn zu erkundigen. Aber er beherrschte sich, wenn auch mühsam. Er hatte ein Leben lang Zeit gehabt, zu lernen, wie man Menschen manipuliert – mit Gewalt und purer Macht ebenso wie mit Überredung und Täuschung. Er zweifelt nicht daran, daß er seine alte Macht bald zurückerlangen würde.

Doch er mußte vorsichtig sein. Statt Enrico zu züchtigen, wie es angemessen gewesen wäre, wiederholte er nur abermals seine befehlende Geste, und diesmal reagierte der Chauffeur darauf. Zwar noch immer zögernd, aber nun gehorsam, drehte er sich herum und trat auf Dr. Hergez zu.

Der Arzt sah ihm mit einer Mischung aus Empörung, Entsetzen und Unglauben ins Gesicht. Er versuchte nicht einmal, Widerstand zu leisten, als Enrico ihn am Arm ergriff und aus dem Raum führte.

Don Aldarez drehte sich noch einmal zu der besinnungslosen Haushälterin um und sah auf sie herab. Ihr Zustand hatte sich in den wenigen Augenblicken, in denen er mit Enrico gesprochen hatte, drastisch verschlechtert. Ihr Gesicht sah aus wie das einer Toten. Don Aldarez glaubte nicht, daß sie den Abend noch erleben würde.

Aber während er dastand und Anitas totenbleiches Gesicht betrachtete, geschah etwas Sonderbares: Mit einem Teil seines Bewußtseins sah er sie noch immer als das, was sie war – ein Opfer für SIE, das erste in einer langen Reihe, die noch folgen würde. Aber zugleich empfand er auch ein tiefes Bedauern und einen Schmerz, den er beinahe körperlich fühlte. Diese Frau hatte ihm etwas bedeutet; mehr, als sie jemals geahnt hatte, ja vielleicht sogar mehr, als *er* bis zu diesem Augenblick gewußt hatte.

Dieser winzige, schwächer werdende Teil seines Denkens lehnte sich noch einmal gegen den grausamen Griff der fremden Macht auf, und für eine winzige Zeitspanne, nicht mehr als eine Sekunde, gewann er noch einmal die Oberhand. Mit einem Male empfand er nichts als Entsetzen vor sich selbst. Eine Verachtung und einen Ekel, die beinahe körperliche Übelkeit hervorriefen. Stöhnend hob er die Hände ans Gesicht, ergriff die schwere Jademaske und versuchte sie herunterzureißen. Der Stein löste sich mit einem saugenden Geräusch von seiner Haut –

– und dann schoß ein so grausamer Schmerz durch seinen Schädel, daß er aufbrüllte und zurück und gegen die Wand taumelte. Ein weißglühender Dolch schien sich in seine Stirn zu bohren, und für Sekunden versanken die beiden Bewußtseine, die sich um die Macht über seinen

Geist stritten, gemeinsam in einem Strudel aus Dunkelheit und Pein.

Don Aldarez sank auf die Knie, schlug die Hände gegen das Gesicht und fühlte warmes Blut, das unter der Maske hervorquoll. Der Schmerz ließ nur ganz allmählich nach. Und als die Pein endlich nachließ und Don Aldarez wieder zu halbwegs klarem Denken fähig war, da war der lautlose Kampf in seinem Inneren entschieden.

Und diesmal endgültig.

Es war kein wirkliches Spießrutenlaufen gewesen, aber doch etwas, das zumindest Toms Vorstellung davon sehr nahe kam. Was ihm schon gestern wie ein beunruhigend großer Teil der Stadt vorgekommen war, das hatte sich als wahrer Irrgarten herausgestellt, gegen das eine Expedition in das minoische Labyrinth ein reiner Spaziergang sein mußte. Straße reihte sich an Straße, ein Hinterhof an den anderen, einem heruntergekommenen, finsteren Gebäude folgte das nächste ... Ernesto führte ihn eine Stunde lang kreuz und quer durch die Stadt, und Tom hatte schon nach wenigen Minuten hoffnungslos die Orientierung verloren.

Sie gingen Menschen aus dem Weg, wo immer sie konnten, aber immer gelang es nicht, und einige Male ließ ihn Ernesto auch in einem Versteck zurück und verschwand für wenige Minuten. Tom fragte ihn nicht, wo er gewesen war, aber der Junge sah jedes Mal besorgter aus, wenn er zurückkam. Und die vierundzwanzig Stunden, die er Sutherland abgetrotzt hatte, verstrichen unbarmherzig. Schließlich fand er, daß er Ernesto hinlänglich Gelegenheit gegeben hatte, sie auf seine Weise hier herauszubringen, und blieb stehen.

»Wohin zum Teufel gehen wir eigentlich?« fragte er. »Ich habe das Gefühl, daß wir uns seit einer Stunde im Kreis bewegen.«

»Zu meinen Leuten«, antwortete Ernesto. »Es sieht nicht besonders gut aus, weißt du? Santoya läßt die halbe Stadt auf den Kopf stellen. Er muß wirklich verdammt scharf auf deinen Kopf sein – und leider auch auf meinen. Jeder Halsabschneider von hier bis Panama vergnügt sich im Moment damit, nach uns zu suchen. Aber keine Angst«, fügte er hinzu, als Tom besorgt die Stirn runzelte. »Bei meinen Leuten sind wir in Sicherheit.«

»Deine Leute?« hakte Tom nach. »Meinst du deine Eltern?«

Ernesto machte ein unanständiges Geräusch. »Meine Mutter ist schon lange tot«, sagte er. »Und mein Alter war über alle Berge, noch ehe ich geboren wurde. Aber ich habe Freunde.«

»Können wir ihnen trauen?« fragte Tom.

Ernesto machte ein beleidigtes Gesicht. »Keine Sorge, Gringo«, sagte er. »Es gibt noch ein paar Leute in der Stadt, denen Freundschaft mehr gilt als Geld – vor allem, wenn es von Santoya kommt. Sie werden uns verstecken, bis es dunkel geworden ist.«

Tom war weitergegangen, blieb aber jetzt wieder stehen. »Soviel Zeit haben wir nicht«, sagte er. »Ich habe nur vierundzwanzig Stunden, um –«

»Du willst zu diesem Don Aldarez, oder?« fiel ihm Ernesto ins Wort. »Okay – ich bringe dich hin. Aber dazu müssen wir die Stadt verlassen. Und solange es hell ist, haben wir keine Chance. Santoya läßt alle Straßen überwachen. Seine Männer durchsuchen jeden Wagen, der das Viertel verläßt, und wen sie übersehen, den erwischen die ungefähr zweitausend anderen, die auf die Belohnung scharf sind.«

Natürlich hatte Ernesto recht. Trotzdem schüttelte Tom den Kopf, als sie weitergingen. »Ich kann unmöglich warten, bis es dunkel geworden ist«, sagte er. »Wir brauchen mindestens vier oder fünf Stunden, um Aldarez' Hazienda zu erreichen.«

»Wahrscheinlich sogar mehr«, antwortete Ernesto trocken. »Aber wir können natürlich auch hier herumstehen und weiter diskutieren, bis sie uns haben. Dann müssen wir uns wenigstens keine Sorgen mehr machen, ob uns genug Zeit bleibt.« Er blieb stehen und sah Tom an. »Wenn du wirklich so mächtige Freunde hast, wie du behauptest, könntest du doch einen von ihnen anrufen, damit er uns hilft.«

Daran hatte Tom schon selbst gedacht.

Es wäre ein Leichtes gewesen, Kontakt mit General Chavin oder Rodriguez aufzunehmen. Aber was hätte er ihnen sagen sollen? Daß er die aus dem Nationalmuseum von Mexiko gestohlene Totenmaske des Maya-Herrschers Pacal wiedergefunden und irgendwie gespürt hatte, daß sie zu Leben – oder wenigstens *so etwas wie* Leben – erwacht war, und daß in ihr eine ungeheuerliche Gefahr schlummerte? Selbst Rodriguez – von General Chavin ganz zu schweigen – würden sich schwer tun, das zu glauben. Es klang ja nicht einmal in Toms Ohren besonders überzeugend. Er *wußte,* daß es so war, aber dieses Wissen reichte möglicherweise nur aus, ihn selbst zu überzeugen. Tom konnte es sich einfach nicht leisten, Stunden, möglicherweise einen Tag oder mehr damit zu vergeuden, seine Geschichte glaubhaft zu machen; vor allem, indem er einen der vielleicht angesehendsten Bürger dieses Landes belastete. Er mußte es selbst tun, und er mußte es vor allem *schnell* tun. Aus irgendeinem Grund war er sicher, daß etwas Unvorstellbares geschehen würde, wenn dieser Maske noch ein zweites Menschenleben zum Opfer fiel. Vielleicht war das eine schon zuviel gewesen.

Falls er überhaupt noch einen Rest von Orientierung gehabt hatte, so verlor er ihn in den nächsten zwanzig Minuten endgültig, denn der Weg, den Ernesto ihn führte, gestaltete sich nunmehr vollends zu einem willkürlichen Kreuz und Quer durch das Viertel. Mindestens zweimal war er sicher, daß sie ihre eigene Spur kreuzten. Wahrscheinlich wollte Ernesto verhindern, daß er den Weg zum Versteck seiner »Leute« wiederfand. Er traute ihm wohl immer noch nicht. Aber was hatte er erwartet?

Gerade, als Tom wirklich entschlossen war, das Spiel nicht mehr länger mitzuspielen und das Viertel lieber auf eigene Faust zu verlassen, erreichten sie ihr Ziel: ein heruntergekommenes, schmuddeliges Haus, das sich nicht im geringsten von all den anderen heruntergekommenen, schmuddeligen Häusern in dieser Gegend unterschied.

Ernesto gebot ihm mit einer übertrieben theatralischen Verschwörergeste, zurückzubleiben, huschte geduckt über die Straße (wodurch er jedem, der auch nur zufällig in seine Richtung sah, unweigerlich auffallen *mußte*), und klopfte gegen die Tür. Tom beobachtete ihn aus seinem Versteck heraus aufmerksam.

Es vergingen nur einige Sekunden, bis die Tür geöffnet wurde. Ein bärtiges, von strubbeligem schwarzen Haar gekröntes Gesicht blickte zu ihm heraus. Tom sah, wie sich Ernesto einige Sekunden lang mit dem anderen unterhielt und dabei ein paarmal heftig gestikulierend in Toms Richtung deutete; schließlich wandte er sich um und winkte ihm ganz offen zu, herüberzukommen.

»Das ist Juan«, erklärte Ernesto, während sie hintereinander ins Haus traten und er hastig die Tür zuschlug. Fast sofort wurde es dunkel, und Toms an das helle Sonnenlicht gewöhnten Augen waren im ersten Moment so gut wie blind. Er nickte in die ungefähre Richtung, in der er Juan vermutete, und wurde mit einer Antwort in einem so breitgetretenen Spanisch belohnt, daß er kein Wort verstand.

»Juan ist in Ordnung, keine Angst«, sagte Ernesto, als hätte er seine Gedanken gelesen. »Ich habe ihm gesagt, daß du ein Freund bist.«

Tom war nicht ganz sicher, daß das tatsächlich ein Vorteil war – das Wenige, was er in der Dämmerung von Juan erkennen konnte, ließ es ihn nicht unbedingt ratsam erscheinen, mit einem solchen Mann *befreundet* zu sein. Aber er sah auch ein, daß es für solcherlei Überlegungen wahrscheinlich zu spät war. Er hatte sich Ernesto auf Gedeih und Verderb ausgeliefert – und er konnte nur hoffen, daß es auf ein *Gedeih* herauslief, nicht auf sein Verderben.

Sie gingen eine Treppe hinauf, wo sie ein zweiter, kaum weniger abenteuerlich aussehender Bursche erwartete. Er maß die beiden Ankömmlinge aus schmalen, tückisch glitzernden Augen, ehe er sich mit einer abgehackten Bewegung herumdrehte und ihnen mit einer Geste befahl, mitzukommen. Tom tauschte einen fragenden Blick mit Ernesto, aber der Junge zuckte nur die Schultern.

Hier oben war es ein wenig heller, so daß Tom ihre Umgebung wenigstens schemenhaft erkennen konnte. Die meisten Türen, an denen sie vorüberkamen, waren geschlossen, aber hinter mehreren erklangen Stimmen, und einmal kamen sie an einem offenstehenden Raum vorbei, der bis unter die Decke mit Pappkartons vollgestapelt war, auf denen die Aufschrift SONY prangte. Ganz offensichtlich hatte ihn Ernesto zur peruanischen Ausführung von Ali Babas Höhle geführt. Komplett mit den vierzig Räubern, versteht sich. Tom beschlich ein immer stärker werdendes ungutes Gefühl.

Sie steuerten eine Tür am Ende des langen Korridores an. Kurz bevor ihr Führer sie öffnete, raunte ihm Ernesto zu: »Besser, wenn du nichts sagst und mir das Reden überläßt, Gringo.«

Tom *hatte* kein Wort gesagt, seit sie das Haus betreten hatten. Aber er beließ es trotzdem bei einem wortlosen Nicken, was Ernesto mit deutlicher Erleichterung erfüllte – was natürlich bei Tom wiederum den gegenteiligen Effekt hervorrief. Vorsichtshalber begann er, sich verstohlen nach einem Fluchtweg umzusehen.

Sie traten ein, ohne anzuklopfen. Das Zimmer war überraschend groß, aber so dämmerig wie der gesamte Rest des Hauses, und Tom zählte auf Anhieb sieben oder acht Figuren, die an zwei kleinen Tischchen saßen und redeten. Bei ihrem Eintreten verstummten die Gespräche wie abgeschnitten, und alle Blicke wandten sich ihnen zu.

Es waren keine sehr freundliche Blicke. Die Männer beachteten Ernesto kaum, dafür konzentrierte sich ihre Aufmerksamkeit um so mehr auf Tom. Zwei von ihnen standen auf, und zwei weitere legten ihre Hände in eindeutiger Art auf die Jackentaschen. Tom hörte, wie die Tür hinter ihnen geschlossen wurde und sich Juan davor postierte.

Am beunruhigendsten war vielleicht, daß niemand ein Wort sagte. Alle starrten ihn nur an, und das auf eine Art, als musterten sie die Fische in einem jener japanischen Restaurants, in dem man sich sein Mittagessen noch lebend aussuchen konnte ...

Und noch etwas war seltsam – Tom wußte nicht genau was, aber er spürte, daß irgend etwas hier nicht so war, wie es sein sollte.

Ernesto trat mit raschen Schritten auf einen der beiden Männer zu, die aufgestanden waren, und begann schnell und hörbar nervös auf ihn einzureden. Tom verstand auch jetzt kein Wort, aber Ernestos Gesten und der schrille Klang seiner Stimme verrieten ihm auch so, daß der Junge vielleicht doch nicht *ganz* so überzeugt von der Loyalität seiner Freunde war. Tom im übrigen auch nicht.

Nach einer geraumen Weile drehte sich Ernesto wieder zu ihm herum. Er deutete auf den Mann hinter sich. »Antonio will wissen, wer du bist«, sagte er. »Und was du hier suchst.«

»Ich bin nichts als ein harmloser Tourist«, erwiderte Tom. »Was ihr hier treibt, interessiert mich nicht. Ich will einfach nur hier raus, das ist alles.«

»Bist du sicher?« erkundigte sich Ernesto.

»Nein«, antwortete Tom. »Aber der Rest ist eine lange Geschichte. Zu lang und zu kompliziert, um sie jetzt zu erzählen. Glaub mir – von mir aus könntet ihr gerade das staatliche Münzamt überfallen haben; es würde mich nicht interessieren. Sag ihm das.«

»Das ist nicht nötig, Senhór«, sagte Antonio in fast akzentfreiem Englisch. »Ich habe Sie ganz gut verstanden.«

Tom blickte ihn schweigend an.

»Ihre Antwort ist in Ordnung«, sagte Antonio. Plötzlich lächelte er. »Wäre sie es nicht, dann wären Sie jetzt schon tot.«

»Wie beruhigend«, murmelte Tom.

Antonio lachte. »Aber Senhór, was wollen Sie? Das ist nicht Amerika; jedenfalls nicht *das* Amerika, das Sie kennen. Hier gelten andere Gesetze. Wir schätzen es eigentlich nicht, wenn Fremde ihre Nasen in unsere Angelegenheiten stecken. Aber Sie haben Ernesto geholfen, und dafür sind wir Ihnen etwas schuldig. Sie wollen aus der Stadt heraus?«

Tom nickte. Er begann vorsichtig Hoffnung zu schöpfen. »So schnell wie möglich, ja«, antwortete er.

»Das wird nicht leicht. Wir haben uns schon gefragt, was in Santoya gefahren ist. Er hat das ganze Viertel dicht gemacht. Solange es hell ist, haben Sie keine Chance. Es ist ein Wunder, daß Sie es bis hierher geschafft haben. Sobald es Nacht geworden ist, werde ich Ihnen einen Wagen besorgen. Das ist alles, was ich für Sie tun kann, fürchte ich. Ich nehme an, Sie wollen zum Flughafen? Oder zur Botschaft Ihres Landes?«

»Ich muß zur Hazienda von Don Aldarez«, antwortete Tom. »Aber das schaffe ich schon so. Vielen Dank für Ihr Angebot. Alles, was ich brauche, ist ein Telefon – und ein Platz, an dem ich bleiben kann, bis meine Freunde hier sind.«

»Ein Telefon?« Antonio seufzte. »Das wird nicht nötig sein, denke ich.«

»Aber es wäre einfacher, wenn ...«, begann Tom.

Er sprach nicht weiter, als er das Glitzern in Antonios Augen sah.

Und dann, ganz plötzlich, wußte er, was hier nicht stimmte. Ernesto hatte ihn praktisch direkt ins Hauptquartier einer Diebes- und Hehlerbande geführt. Aber die Männer hatten nicht so reagiert, wie es in einer Situation wie dieser normal gewesen wäre. Keiner war besonders zornig gewesen, oder entsetzt. Und keiner von ihnen hatte auch nur eine Spur von Überraschung gezeigt ...

Mit einem Ruck fuhr Tom herum.

Und obwohl er beinahe gewußt hatte, was er erblicken würde, konnte er nur mit Mühe einen entsetzten Aufschrei unterdrücken.

Die Tür war lautlos wieder aufgegangen, aber es war nicht mehr Juan, dem sich Tom gegenübersah.

Hinter ihm stand Santoya, grinste ihn an und zerknackte genüßlich eine Walnuß zwischen Daumen und Zeigefinger der linken Hand.

»Aber Senhór!« Enricos Stimme war schrill, und seine Augen waren so weit aus den Höhlen gequollen, daß er einen schon fast grotesken Anblick bot. »Das ... das kann doch nicht ... ich meine, ich muß Sie falsch verstanden –«

»Du wagst es, meine Befehle anzuzweifeln?« fuhr ihn Don Aldarez an. Nicht einmal mehr seine Stimme hatte jetzt noch Ähnlichkeit mit der, die Enrico kannte. Sie war ein hohes, schrilles Altmännerfisteln, die von der steinernen Maske vor seinem Gesicht zusätzlich verzerrt wurde.

»Natürlich nicht.« Enrico senkte hastig den Blick und trat einen halben Schritt zurück. »Es ist nur ...«

Wieder sprach er den Satz nicht zu Ende, sondern sah sich hilfesuchend um. Aber da war niemand, der ihm hätte helfen können. Pedro wich seinem Blick aus, und Don Aldarez hatte die anderen Angestellten aus dem Zimmer geschickt, ehe er begonnen hatte, Enrico und dem Piloten seine Anweisungen zu erteilen.

»Ich verstehe es nicht«, sagte Enrico schließlich. »Ich meine ... Dr. Hergez ist Ihr *Freund*, Senhór! Seit Jahrzehnten!«

»Das war er vielleicht einmal«, antwortete Don Aldarez zornig. »Dieser Mann hat mich verraten. Er hat uns alle verraten! Er ist nicht mehr unser Freund!«

Enrico war nicht überzeugt – und wie auch? Dieser Mann da vor ihm war nicht mehr Don Aldarez. Er sah nicht einmal mehr so *aus* wie er. Enrico war in diesem Moment vollkommen davon überzeugt, daß Don Aldarez den Verstand verloren hatte. Das Erlebnis in Lima war zuviel für ihn gewesen.

»Ich werde es dir erklären, Enrico«, fuhr Don Aldarez nach einer Weile und in überraschend sanftem Ton fort. »Aber nicht jetzt. Hergez plant eine Verschwörung, nicht nur gegen mich. Der Mann, den ich gestern töten mußte, gehörte ebenso dazu wie viele andere. Wir müssen auf der Hut sein, Enrico. Später werde ich dir alles erklären, aber nun mußt du mir einfach glauben. Habe ich dich jemals belogen? Habe ich jemals etwas getan, was du nicht gutheißen konntest?«

Enrico antwortete nicht. Weder Don Aldarez' plötzlicher Stimmungsumschwung noch das, was er sagte, überzeugte ihn wirklich. Was er von ihm verlangt hatte, war einfach zu ungeheuerlich.

Aber die Fesseln von jahrzehntelang antrainiertem Gehorsam und Vertrauen waren zu stark. Enrico sah die grüne Steinmaske vor Don Aldarez' Gesicht noch einige Sekunden lang an, doch dann wandte er sich gehorsam um und verließ zusammen mit Pedro den Raum, um zu tun, was Don Aldarez ihm aufgetragen hatte.

Einen Scheiterhaufen aufzuschichten.

Er wurde sanft hin- und hergeschaukelt, als er das Bewußtsein wiedererlangte, und das erste, was er hörte, war ein monotones Brummen. Sonnenlicht kitzelte seine Augen. Erst danach spürte Tom den pochenden Schmerz an der Schläfe; genau dort, wo ihn Santoyas Faust getroffen hatte.

Stöhnend hob er die Hände an den Kopf, um die schmerzende Stelle zu berühren, führte die Bewegung aber nicht zu Ende.

Er konnte es nicht, denn seine Handgelenke waren mit groben Stricken zusammengebunden. Ebenso wie seine Fußgelenke.

Tom öffnete die Augen – und blickte in Santoyas breites Speckpfannkuchen-Grinsen.

»Ah, Senhór Ericson!« sagte Santoya fröhlich. »Sind Sie endlich aufgewacht?«

Tom würdigte ihn nicht einmal einer Antwort, sondern drehte den Kopf, um sich umzusehen. Nicht, daß er etwa eine Überraschung erlebte: Er lag verschnürt wie ein Weihnachtspaket auf der überdachten Ladefläche eines altersschwachen Armeelasters. Rechts und links gab es niedrige hölzerne Bänke, auf denen außer Santoya selbst zwei seiner Schläger hockten, während der dritte wahrscheinlich im Führerhaus saß und den Wagen zielsicher in jedes Schlagloch lenkte, das er entdecken konnte.

Er spürte eine Bewegung auf der anderen Seite und verdrehte sich den Hals, um hinter sich zu blicken. Hinter ihm lag Ernesto, ebenso verschnürt wie er und schon wieder mit einer neuen, in allen Farben schimmernden Beule auf der Stirn. Toms Mitgefühl hielt sich allerdings in Grenzen.

»Wollen Sie Ihren jungen Freund nicht begrüßen?« fragte Santoya hämisch. »Immerhin haben wir ihn extra mitgenommen, damit Ihnen die Reise nicht zu lang wird.«

Tom wollte nichts sagen, schon, um Santoya nicht die Genugtuung zu gönnen, zuzusehen, wie sie beide sich stritten – aber sein Zorn und seine Enttäuschung waren einfach stärker.

»Bist du zufrieden?« fragte er.

»Es war nicht meine Schuld, Gringo«, verteidigte sich Ernesto. »Ich war genauso überrascht wie du, das mußt du mir glauben!«

»Ja, und genau wie deine Freunde«, grollte Tom. »Und ich habe dir vertraut!«

»Ich werde Antonio die Kehle herausreißen, das verspreche ich!« sagte Ernesto. »Ich drehe ihm höchstpersönlich den Hals herum, sobald ich zurück bin! Ich wußte, daß er eine geldgierige Ratte ist, aber einen Freund zu verkaufen, für lumpige zehntausend Dollar, das ist –«

»Gib dir keine Mühe«, unterbrach ihn Tom. »Ich glaube dir nicht mehr.«

Ernesto sah ihn vorwurfsvoll an. Tom spürte, daß er ihn mit seinen Worten wirklich verletzt hatte – und außerdem bewies ja allein die Tatsache seines Hierseins (und sein Zustand), daß zumindest *er* nichts mit dem Verrat an ihm zu tun hatte. Aber Toms Zorn war im Moment einfach stärker als sein logisches Überlegen.

»Aber Senhór!« sagte Santoya. »Sie tun dem Jungen wirklich Unrecht.« Er stieß Tom unsanft mit dem Fuß an, und Tom sah zornig zu ihm hoch. Santoya grinste noch breiter. »Wirklich, Senhór, dieser kleine Dummkopf kann nichts dafür. Er hat Sie nicht verraten – obwohl er den Auftrag dazu hatte. Aber darüber unterhalten wir uns später«, fügte er mit einem unheilverkündenden Blick in Ernestos Richtung hinzu.

»Und warum waren Sie dann so schnell da?« erkundigte sich Tom.

Santoya schüttelte ein paarmal den Kopf, wodurch seine ganze gewaltige Fettmasse in wabbelnde Bewegung geriet. »Aber wir wußten doch von Anfang an, wohin Sie wollen, Senhór«, sagte er. »Glauben Sie wirklich, daß Sie aus der Zelle hätten entkommen können, wenn ich es nicht gewollt hätte?«

»Ja«, antwortete Tom. »Das glaube ich.«

»Sehen Sie, und das ist der Grund, aus dem es mit den USA immer weiter begab geht«, erklärte Santoya ernsthaft. »Ihr denkt, alle Welt wäre dümmer als ihr. Aber das ist nicht wahr. Nein, nein, wir *haben* Sie entkommen lassen. Ich muß zugeben, daß Ihre Idee, die anderen Gefangenen zu befreien, mich überraschte. Aber trotzdem – Sie waren keine Sekunde unbeobachtet. Schließlich«, sagte er kichernd, griff in die Tasche und zog eine Handvoll Walnüsse hervor, »mußte ich mich überzeugen, daß Sie nicht noch irgendwo einen Mitwisser haben. Es geht um eine Menge Geld – aber wem sage ich das.«

Tom funkelte ihn an, aber er sagte nichts. Er glaubte Santoya. Wenn er ehrlich zu sich selbst war, dann war es tatsächlich fast *zu* leicht gewesen, aus dem Gefängniskeller zu entkommen.

»Wohin bringen Sie mich?« fragte er nach einer Weile.

»Genau dorthin, wo Sie hinwollten, Senhór«, antwortete Santoya. »Haben Sie es schon vergessen? Sie wollten Don Aldarez besuchen, wenn ich mich recht erinnere.«

Don Aldarez? Im ersten Moment war, Tom einfach nur verwirrt – und dann durchfuhr ihn ein eisiger Schrecken.

Natürlich. Santoya konnte gar nicht anders reagieren als ganz genau so. Er *mußte* Ernesto und ihn zu Don Aldarez' Hazienda bringen. In einem Punkt hatte sich Tom nämlich trotz allem getäuscht: Santoya bezweifelte seine Geschichte nicht. Ganz im Gegenteil: Er glaubte ihm jedes Wort.

Und deshalb waren sie jetzt auf dem Weg zur Hazienda Don Aldarez'. Und wenn sie angekommen waren, dann würde Santoya Don Aldarez, dessen Chauffeur, den Jungen und ihn umbringen.

Das Wesen, das von Don Aldarez' Körper Besitz ergriffen hatte, stand am Fenster und blickte auf den Hof der Hazienda herab. Die Schatten begannen bereits länger zu werden; in einer halben Stunde würde die Sonne untergehen, und dann, endlich, war die Wartezeit vorbei.

Der wiedergeborene Maya-Herrscher erinnerte sich nicht, wieviel Zeit *wirklich* vergangen war, seit er seinen Körper verloren und den langen, dunklen Schlaf angetreten hatte. Aber es waren unendlich viele Jahre gewesen, Jahre voller Pein und unnennbarer Qual, in denen sein Bewußtsein gefangen gewesen war in einem Reich zwischen Leben und Tod, Existenz und endgültigem Verblassen, in dem es nicht wirklich wach war, aber auch kein Vergessen fand. Es war die Hölle gewesen, eine endlose Kette von Ewigkeiten, die sich aneinanderreihten und einfach nicht hatten aufhören wollen.

Und doch – es hatte sich gelohnt. Der Zauberkristall, den er in die Maske hatte einbetten lassen, hatte genug von ihm am Leben erhalten, um einen neuen Körper zu finden und eine zweite Existenz zu beginnen, und nun konnte er die angefangene Aufgabe endlich zu Ende führen.

Es würde bald soweit sein. Vielleicht noch nicht heute, aber bald. Don Aldarez bebte innerlich vor Ungeduld, aber er wußte auch, daß er behutsam vorgehen mußte. Enricos Reaktion hatte ihm gezeigt, auf welch tönernen Füßen seine Macht noch stand, doch die Zeit arbeitete für ihn – und er verfügte über Möglichkeiten, von denen sich diese erbärmlichen Kreaturen dort unten nicht einmal träumen ließen. Schon heute abend würden die erste Opfer gebracht werden, und ein Teil ihrer Kraft würde auch auf ihn übergehen und seine Macht vergrößern.

Der Scheiterhaufen war bereits aufgeschichtet. Sein Befehl hatte die Männer mit Entsetzen erfüllt – aber sie gehorchten ihm. Und sie würden ihm weiter gehorchen, so lange er sie brauchte. Dann würden sie sterben.

Es klopfte. Don Aldarez rief ein »Herein«, ohne sich herumzudrehen, und hörte am Klang der Schritte und den schnellen, nervösen Atemzügen, daß es Enrico war.

»Was willst du?« fragte er.

»Ein Wagen kommt, Senhór«, antwortete Enrico nervös. »Ein Lastwagen. Pedro hat es gerade gemeldet. Wenn wir ihn nicht aufhalten, wird er in zehn Minuten hier sein. Sollen ... sollen wir ihn zurückschicken?«

Zurückschicken? Don Aldarez lächelte unter seiner Maske. Die Götter waren auf seiner Seite.

»Nein«, antwortete er nach kurzem Überlegen. »Das sind die, von denen ich erzählt habe. Die Verräter, die kommen, um Hergez zu helfen. Die Männer sollen sich verbergen, damit sie nicht gesehen werden. Suche die zehn aus, denen du am meisten vertraust, und gib ihnen Waffen.«

»Senhór?« fragte Enrico.

Don Aldarez ignorierte den Einwurf. »Der Rest der Männer sollen mehr Holz holen, für ein größeres Feuer. Und bereitet den Arzt und die Frau vor.«

Die Fahrt dauerte bis in den frühen Abend hinein, und die Strecke schien mit jeder Meile, die sie zurücklegten, schlechter zu werden. Tom konnte von seiner ungünstigen Position, auf dem Bauch liegend und mit aneinandergebundenen Händen und Füßen, nicht allzuviel von ihrer Umgebung erkennen, aber er sah zumindest, daß sie sich weiter ins Gebirge hineinbewegten. Er hatte es auch gespürt, denn die Luft wurde merklich dünner, und auch das Motorengeräusch des Wagens wurde nach und nach immer schriller. Einmal gab es eine Erschütterung, daß er dachte, die ganze Kiste würde unter ihnen auseinanderbrechen, und ein zweites Mal wäre Santoya beinahe von der Bank gefallen, was Tom zu einem schadenfrohen Grinsen veranlaßte – und Santoya seinerseits zu einem Fußtritt in Toms Rippen, der ihn für lange

Minuten auf andere Ideen brachte, als auf die Landschaft zu achten.

Es begann zu dämmern, bis sie die Hazienda erreichten. Der Wagen wurde langsamer, quälte sich eine letzte Steigung hinauf und rumpelte dann durch ein übergroßes, offenstehendes Tor, das von zwei weißgestrichenen Pfeilern flankiert wurde.

Sie hielten an. Santoya wechselte ein paar Worte mit dem Mann im Führerhaus – zuerst hörbar ungeduldig, dann überrascht und schließlich in einem Ton, der schon fast mißtrauisch klang. Dann sprangen er und seine beiden Begleiter vom Wagen und verschwanden mit schnellen Schritten. Tom konnte hören, wie sie ihre Gewehre entsicherten.

Tom verdrehte sich schier den Hals, um zu erkennen, was dort draußen vor sich ging, konnte aber nichts sehen.

»Was ist da los?« fragte er leise.

»Ich habe auch nicht alles verstanden«, antwortete Ernesto. »Aber sie sind mißtrauisch. Irgendwas stimmt nicht.«

Bevor Tom nachhaken und eine weitere Frage stellen konnte, kehrte einer von Santoyas Männern zurück. Umständlich kletterte er auf den Wagen hinauf, hängte sich die MPi über die Schulter und kniete neben Ernesto nieder.

Der Junge stieß ein entsetztes Keuchen aus, als der Bursche plötzlich ein gewaltiges, zweischneidiges Messer zückte. Aber er benutzte es nur, um Ernestos Hand- und Fußfesseln durchzuschneiden.

»Los!« sagte er unfreundlich. Als Ernesto nicht schnell genug aufstand, zerrte er ihn grob in die Höhe und versetzte ihm einen Stoß, der ihn vom Wagen herunterstürzen ließ.

Anschließend widerfuhr Tom die gleiche Behandlung – mit dem Unterschied, daß der Kerl einen respektvollen Schritt zurück machte, kaum daß er seine Handfesseln durchtrennt hatte, und blitzschnell die MPi in Anschlag brachte.

Tom erhob sich umständlich – schneller konnte er es gar nicht. Die Fesseln waren so eng angelegt gewesen, daß er seine Hände und Füße kaum noch spürte. Er hatte alle Mühe, aufzustehen und zum Rand der Ladefläche zu humpeln, und als er vom Wagen sprang, stürzte er *wirklich*.

Santoya half ihm mit einem Fußtritt, möglichst rasch wieder auf die Füße zu kommen. Tom spießte ihn mit Blicken regelrecht auf, was Santoya allerdings nicht sichtlich zu beeindrucken schien. Ganz im Gegenteil: Er grinste, trat ein Stück zur Seite und machte eine übertriebene, einladende Geste.

»Dem Gast die Ehre«, sagte er spöttisch. »Bitte, Senhór Ericson.«

Der Chauffeur hatte den Lastwagen gute fünfzig Meter vor dem Hauptgebäude zum Stillstand gebracht, und es vergingen nur wenige Sekunden, bis auch Tom begriff, warum.

Es war zu ruhig.

Die Hazienda war riesig, selbst für die Dimensionen dieses Landes, in dem Grundbesitz in ganz anderen Maßstäben gerechnet wurde als in den USA oder gar Europa. Alles war in bewußt schlichtem Stil erbaut worden, aber dem kundigen Auge entging auch nicht, daß das Anwesen jemandem zu gehören schien, der großen Wert darauf legte, seinen Reichtum zu verbergen. Tom entdeckte mehrere unauffällig angebrachte Satellitenantennen, eine Videoüberwachungsanlage neben dem Tor, und eine Garage, die breit genug für zehn Automobile war.

Und alles war vollkommen verlassen.

Tom war verwirrt. Diese Hazienda war groß genug für mindestens hundertfünfzig Personen – aber sie sahen *niemanden.*

Dafür entdeckten sie etwas anderes, als sie sich dem Haus näherten.

Nur wenige Meter vor der breiten, aus weißem Marmor gefertigten Freitreppe, die zum Eingang des Hauptgebäudes hinaufführte, war ein gewaltiger Holzstapel aufgeschichtet worden. Und es war nicht *irgendein* Holzstapel: Um einen zwei Meter hohen, aufrecht stehenden Balken gruppierten sich Äste, Hölzer und Reisig in abnehmender Größe. Es war ein Scheiterhaufen, wenn Tom jemals einen gesehen hatte.

Im ersten Moment kam ihm der Gedanke selbst so verrückt vor, daß er um ein Haar aufgelacht hätte – aber das Lachen blieb ihm wortwörtlich im Halse stecken, als Santoya sagte: »Was um alles in der Welt machen die mit einem *Scheiterhaufen?* Wollen sie eine Hexe verbrennen?«

»Vielleicht wollen sie ein Schwein grillen«, sagte Ernesto. »Wieso nimmst du nicht einfach mal Maß, ob er dir paßt?«

Ernesto sah den Schlag kommen, aber er machte nicht einmal einen Versuch, ihm auszuweichen. Santoyas Hand traf ihn quer über den Mund und schleuderte ihn zu Boden. Es mußte ziemlich weh tun, aber der Junge gab nicht den mindesten Laut von sich.

»Hören Sie auf, Santoya!« sagte Tom scharf.

Santoya hatte zu einem weiteren Schlag ausgeholt, aber jetzt drehte er sich abrupt zu Tom herum. Allerdings senkte er die Hand nicht, sondern schien lediglich sein *Ziel* geändert zu haben.

»Aufhören!«

Die Stimme war nicht einmal besonders laut – aber so scharf, daß Santoya mitten in der Bewegung erstarrte.

Auch Tom fuhr leicht zusammen, drehte sich herum – und konnte einen überraschten Ausruf nun wirklich nicht mehr unterdrücken.

Sie waren nicht mehr allein. Ein knappes Dutzend Männer war plötzlich wie aus dem Nichts rings um sie herum aufgetaucht und zielte mit den unterschiedlichsten Waffen auf sie – Tom gewahrte altmodische Vorderlader, die wahrscheinlich bereits in Pancho Villas Armee Dienst getan hatten, ebenso wie eine moderne Maschinenpistole – und all diese Waffen deutete drohend auf ihn und seine Begleiter. Auch die große Tür am oberen Ende der Treppe hatte sich geöffnet, und Don Aldarez war hervorgetreten. Jedenfalls nahm Tom an, daß es Don Aldarez war.

Der Anblick ließ einen eisigen Schauer über seinen Rücken laufen. Der Mann trug einen grünen, bis auf den Boden reichenden Morgenmantel aus Samt, aber sein Gesicht war hinter den polierten grünen Jadeplättchen der Totenmaske von Palenque verborgen.

Und es war alles andere als lebloser Stein.

Tom spürte die finstere, zerstörerische Kraft, die von ihr ausging, mit fast körperlicher Intensität. Es war etwas Uraltes, Böses, etwas Totes und auf sonderbare Weise zugleich Lebendes – und etwas, das durch und durch feindselig und *gefährlich* war. Das Wesen, das am oberen Ende der Treppe aufgetaucht war, war kein Mensch mehr. Es sah noch so aus, aber die Ähnlichkeit war nur äußerlich – und selbst sie hielt kaum einem zweiten, intensiven Blick stand.

»Don Aldarez!« flüsterte er.

»Das ist Don Aldarez?« murmelte Ernesto. Tom nickte, und Ernesto trat mit einem raschen Schritt an ihm vorbei und auf die Treppe zu.

»Don Aldarez«, begann er, »Sie müssen uns –«

Don Aldarez machte eine blitzschnelle Handbewegung. Einer der Männer hinter ihnen hob sein Gewehr und drückte ab. Der Schuß ließ dicht vor Ernestos Füßen den Staub aufspritzen, und der Junge sprang mit einem erschrockenen Keuchen zurück.

»He!« protestierte er. »Was –«

»Schweigt!« donnerte Don Aldarez. Es war das einzige Wort, das paßte – seine Stimme war schneidend wie der Knall einer Peitsche, aber zugleich hatte Tom auch das Gefühl, sie tief in seinem Inneren vibrieren zu hören. Es war nicht nur die Maske vor Don Aldarez' Gesicht, der sie so verzerrte. Tom sah, daß selbst Santoya zusammenfuhr und erbleichte.

Aber nur für einen Moment. Dann breitete sich das gewohnte, hämische Grinsen wieder auf seinem Gesicht aus. Ohne auf das Dutzend Waffen zu achten, das auf ihn gerichtet war, trat er auf die Treppe zu.

»Don Aldarez, wenn ich nicht irre«, begann er. »Mein Name ist Santoya. *Capitan* Santoya, um genau zu sein. Ich bin der Polizeichef von –«

Die Kugel traf ihn in den Oberarm. Der Schuß riß ihn nicht zu Boden, ließ ihn aber meterweit zurücktaumeln. Seine Augen wurden groß vor Staunen. Langsam hob er die Hand, preßte sie auf seinen linken Arm und hob dann die blutigen Finger vor die Augen, als könne er einfach nicht glauben, was er sah.

»Aber –«

»Seien Sie still, um Gottes willen!« zischte Tom. »Das ist nicht mehr Don Aldarez. Das ist nicht einmal mehr ein Mensch!«

Santoya starrte ihn an. Er sagte nichts. Sein Unterkiefer klappte herab, und ein dünner, fast komisch klingender Laut kam über seine Lippen.

Die Gestalt mit der grünen Maske bewegte sich langsam die Treppe herunter. Auch ihre Bewegungen waren ... falsch. Tom wußte mittlerweile, daß Don Aldarez ein Mann von mehr als siebzig Jahren war, aber der Mann vor ihm bewegte sich leichtfüßig und kraftvoll.

»Wer bist du?« fragte er.

Er hatte selbst kaum damit gerechnet – aber der Unheimlich blieb tatsächlich stehen und antwortete.

»Wer bist *du?*« sagte er betont. »Du siehst aus wie die anderen, aber etwas ... stimmt nicht mit dir.« Er kam wieder näher, blieb zwei Schritte vor Tom stehen und betrachtete ihn aufmerksam von oben bis unten. Tom versuchte, die Augen hinter der steinernen Maske zu erkennen, aber es gelang ihm nicht. Hinter der Jade schien nur noch erstarrte Schwärze zu sein.

Der Unheimliche hatte seine Musterung beendet und verlor im gleichen Moment das Interesse an Tom. Langsam drehte er sich herum und hob die Hand. Einer der Bewaffneten lehnte sein Gewehr gegen die Wand, hob stattdessen eine Fackel auf und entzündete sie mit einem altmodischen Benzinfeuerzeug. Auf einen zweiten Wink Don Aldarez' hin näherte er sich damit dem Scheiterhaufen und hielt die Flammen an den Reisig, der sofort hell aufloderte.

»Was ... was haben Sie ... vor?« krächzte Santoya. Seine Augen quollen ein Stück aus den Höhlen, während er den Scheiterhaufen anstarrte, auf dem sich die Flammen mit rasender Schnelligkeit ausbreiteten.

»Können Sie sich das nicht denken, Sie Narr?« fragte Tom. Er deutete auf Don Aldarez. »Ich wollte hierher, um genau *das* zu verhindern. Aber dank Ihrer freundlichen Mithilfe –«

»Genug!« unterbrach ihn Don Aldarez. »Schweigt! Euer Reden stört die Zeremonie!«

»Zere. .?« stammelte Santoya.

Don Aldarez ohrfeigte ihn – und Tom sprang ihn mit dem Mut der Verzweiflung an.

Es war, als hätte er einen Felsen angesprungen. Er brachte den Unheimlichen nicht einmal aus dem Gleichgewicht – aber sein Angriff bewirkte etwas anderes. Santoyas Begleiter hoben blitzschnell ihre Waffen, und anders als die unerfahrenen Bauern und Landarbeiter, die Don Aldarez gegen sie aufgeboten hatte, kannten sie weder Hemmungen noch Skrupel, sie auch zu benutzen.

Schüsse krachten. Zwei, drei von Don Aldarez' Männern brachen getroffen zusammen, und ein Teil der anderen ließ einfach seine Waffen fallen und ergriff die Flucht. Nur drei oder vier schossen zurück. Einer von Santoyas Begleitern griff sich plötzlich an den Kopf und fiel dann stocksteif nach hinten, aber die beiden anderen feuerten unbeeindruckt weiter, und ihre zweite Salve schlug auch die letzten Landarbeiter in die Flucht. So unglaublich es schien – der Kampf war entschieden, bevor er wirklich begonnen hatte.

Aber vielleicht auch nicht.

Tom war zurückgetaumelt und auf die Knie gefallen, sprang aber sofort wieder in die Höhe und stürzte sich ein zweites Mal auf den Mann mit der Jademaske. Fast gleichzeitig warfen sich auch die beiden Polizeibeamten auf ihn, um ihn niederzuringen.

Ebensogut hätten sie auch versuchen können, eine hundert Jahre alte Eiche mit bloßen Händen auszureißen. Tom fühlte sich plötzlich von einer furchtbaren Kraft gepackt und meterweit zurückgeschleudert. Hart schlug er zu Boden, stieß keuchend die Luft aus und versuchte sich wieder in die Höhe zu stemmen, sank aber sofort mit einem Schrei wieder zurück, als ein scharfer Schmerz durch seinen linken Fuß schoß.

Auch den beiden Polizisten erging es nicht besser. Don

Aldarez schlug einen von ihnen mit einer fast nachlässigen Bewegung zu Boden, einer Geste, als verscheuche er eine Fliege, die den Mann jedoch auf der Stelle bewußtlos – wenn nicht gar tot – niedersinken ließ. Den zweiten packte er und warf ihn wie ein lebloses Gewicht durch die Luft. Der Mann prallte mit einem furchtbaren Laut auf den Marmorstufen der Treppe auf und blieb reglos liegen.

Aber Don Aldarez kannte kein Halten mehr in seiner Raserei. Blitzschnell sprang er auf Santoya selbst zu, riß ihn ungeachtet seiner Körperfülle hoch über den Kopf – und schleuderte ihn direkt in die Flammen.

Der Mann kreischte vor Schmerz und Angst, sprang in die Höhe und taumelte davon. Seine Hose brannte. Schreiend brach er zusammen und wälzte sich am Boden, bis es ihm endlich gelungen war, die Flammen zu ersticken. Don Aldarez beachtete ihn nicht mehr, sondern fuhr mit einer schlangengleichen Bewegung wieder zu Tom herum.

»Du!« sagte er. »Du hast es gewagt, das heilige Ritual zu stören! Dafür wirst du bezahlen!« Mit hoch erhobenen Armen trat er auf Tom zu. Die Augen hinter seiner Maske schienen in einem unheimlichen grünen Feuer zu glühen.

»Warte!« sagte Tom entsetzt. »Du weißt nicht, was du tust! Es ist alles nicht so, wie es scheint!« Er sprudelte die Worte einfach heraus, fast ohne zu wissen, was er überhaupt sagte – aber das Wunder geschah. Don Aldarez blieb stehen und legte fragend den Kopf auf die Seite.

»Wie meinst du das?« fragte er mißtrauisch.

Tom setzte sich auf, so weit es sein verstauchter Fuß zuließ. »Ich ... ich weiß nicht, wer du bist«, sagte er. »Aber wenn du der bist, für den ich dich halte, dann ... dann mußt du aufhören. Die Menschen, die du tötest, sterben umsonst! Die Zeiten haben sich geändert. Euer

Reich ist schon seit mehr als tausend Jahren vergangen. Heute werden keine Menschen mehr geopfert, um –«

»Schweig!« unterbrach ihn Don Aldarez. »Es wird neu und größer entstehen, wenn SIE erst einmal zurückgekehrt sind.«

»SIE?« wiederholte Tom fragend.

»DIE, welche jenseits der Welt leben!« antwortete der Unheimliche. »DIE, denen diese Welt gehörte, ehe Kreaturen wie ihr kamen, um sie IHNEN zu stehlen. Aber sie werden zurückkehren. Dafür zu sorgen, ist meine Aufgabe.«

Langsam, ganz langsam keimte ein ungeheuerlicher Verdacht in Tom auf. Deutlich erinnerte er sich an das Gespräch, das er in der atlantischen Station jenseits des dritten Tores mit Gwadain geführt hatte.* »Du ... du sprichst von den Feinden von Atlantis?« keuchte er.

»Ich rede von den HERREN«, antwortete Don Aldarez. »Sie werden zurückkommen, und nichts und niemand kann das jetzt noch ändern, denn jeder Tropfen Blut, der vergossen wird, ist Speise für SIE. Auch dein Blut wird fließen. Aber noch nicht. Du sollst sehen, was dir geschieht. Ich will, daß du leidest, dich vor Angst windest und schreist, denn jeder Schmerz, jede Sekunde der Furcht stärkt IHRE Macht!«

Er fuhr herum und riß den rechten Arm in die Höhe. »Bringt den Arzt und die Frau!«

»Don Aldarez, nein!« flehte Tom. »Bitte! Ich ... ich weiß, daß sie noch irgendwo dort drinnen sind. Kämpfen Sie! Kämpfen Sie dagegen an. *Sie dürfen das nicht tun!*«

Er war der Verzweiflung so nahe wie nie zuvor im Leben, denn er wußte, daß jedes Wort, das der Unheimliche gesprochen hatte, wahr war. Das Wissen war ein-

* siehe Band 13 912, Das Tor nach Atlantis, Buch 9 ›Im Reich der Göttin Khom‹

fach in ihm, scheinbar grundlos, aber mit einer solchen Sicherheit, daß er es nicht einmal eine Sekunde in Frage stellte. Wenn diese Menschenopfer vollzogen wurden, dann würde etwas ... etwas Unvorstellbares geschehen. Etwas, das vielleicht schlimmer war als das, was der ZERSTÖRER getan hatte, schlimmer als alles, was bisher geschehen war.

Doch er konnte nichts tun. Er versuchte aufzustehen, aber sein Fuß gab unter dem Gewicht seines Körpers nach, und Tom sank mit einem Schrei wieder zurück.

Zwei Männer brachten einen Gefangenen, dessen Hände auf dem Rücken zusammengebunden waren. Er trug einen einfachen Straßenanzug und hatte schütteres, graues Haar. Sein Gesicht verzerrte sich vor Entsetzen, als er den Scheiterhaufen sah, der mittlerweile schon lichterloh brannte. Verzweifelt bäumte er sich gegen den Griff seiner Bewacher auf, kam aber gegen die Kraft der beiden Männer nicht an. Unbarmherzig wurde er auf die Flammen zugestoßen.

»Halt!« befahl Don Aldarez. Er deutete auf zwei weitere Männer, die hinter den beiden aus dem Haus getreten waren und eine Trage zwischen sich schleppten. »Die Frau zuerst!«

Die beiden Männer kamen mit ihrer Last näher, und Tom sah jetzt, daß auf dem einfachen Gestell eine offenbar bewußtlose, dunkelhaarige Frau lag. Über ihrer rechten Schulter befand sich ein bereits durchgebluteter Verband. Die beiden Bediensteten näherten sich dem Scheiterhaufen und blieben dicht davor stehen. Tom konnte den Kampf, der in ihrem Inneren tobte, deutlich auf ihren Gesichtern ablesen.

»Gehorcht!« befahl Don Aldarez. »Vollbringt das Opfer!«

Die beiden machten einen Schritt – und im gleichen

Moment flog ein schlanker Schatten von hinten gegen Don Aldarez und riß ihn aus dem Gleichgewicht.

Ernesto wurde zurückgeschleudert wie Tom und die Polizisten zuvor, aber diesmal verlor Don Aldarez die Balance. Er stürzte nicht, prallte aber gegen die beiden Träger, die ihre Last fallenließen und hastig zurückwichen, und noch während Don Aldarez mit wild rudernden Armen dastand und um sein Gleichgewicht kämpfte, rappelte sich Ernesto wieder hoch, sprang ihn an –

– und riß mit beiden Händen an der Maske, die vor Don Aldarez' Gesicht befestigt war.

Don Aldarez brüllte auf wie ein verwundeter Stier. Mit einem Faustschlag schmetterte er Ernesto zu Boden, taumelt zurück und schlug beide Hände vor das Gesicht. Unter seiner Maske quoll Blut hervor. Er fiel auf die Knie und krümmte sich.

Vielleicht war dies die letzte Chance, die sie hatten. Tom schrie vor Schmerz, als er aufsprang und den verletzten Fuß belastete, aber er zwang sich mit aller Kraft, auf Don Aldarez zuzutaumeln. Rote Schleier tobten vor seinen Augen. Der Schmerz war unvorstellbar. Bei jedem Schritt schien ein glühender Dolch durch seinen Fuß zu fahren. Aber irgendwie schaffte er es. Er erreichte Don Aldarez, griff nach der Maske – und riß sie ihm mit verzweifelter Kraft herunter.

Don Aldarez' Schrei hatten nichts Menschliches mehr. Hinter der Maske aus Jade kam eine zweite Maske zum Vorschein, eine Maske aus Blut, Qual und unvorstellbarer Pein, die kaum mehr etwas mit einem menschlichen Gesicht gemein hatte. Ganz flüchtig sah Tom die schreckliche Wunde, die sich inmitten von Don Aldarez' Stirn befand, dann traf ihn ein furchtbarer Faustschlag und riß ihn endgültig zu Boden.

Seine Kräfte versagten.

Die Maske entglitt seinen Händen und rollte davon, und noch bevor er wieder danach greifen konnte, riß Don Aldarez sie wieder an sich, hob sie hoch – und erstarrte.

Sein Blick war auf das Gesicht der Frau gerichtet, die von der Trage gestürzt und ein Stück davongerollt war. Ihre Augen standen offen. Sie hatte – vielleicht durch den Sturz und den Schmerz, den er ihr zugefügt haben mußte – das Bewußtsein wiedererlangt und sah Don Aldarez an, und in ihren Augen stand ein Schmerz geschrieben, der nichts mit der körperlichen Qual zu tun hatte, die sie erleiden mochte.

»Alfonso?« murmelte sie schwach. »Was ... was tust du? Warum ... warum tust du uns das ... an?«

Don Aldarez stöhnte. Seine Hände, die die Maske hielten, begannen zu zittern. Plötzlich richtete er sich auf, sah sich wild nach allen Seiten um, und in seinen Augen erschien ein Entsetzen, das die Grenzen des Vorstellbaren überstieg – fast, als sähe er jetzt zum ersten Mal, was er getan hatte.

»Nein«, wimmerte Don Aldarez. »Anita, ich ... ich wollte das ...« Seine Stimme versagte. In das Entsetzen auf seinem blutbesudelten Gesicht mischte sich ein anderer, schrecklicher Ausdruck, der Tom begreifen ließ, daß die fremde Kraft in ihm keineswegs besiegt war. Sie erwachte erneut. Er konnte regelrecht zusehen, wie das Leben, das für Sekunden in Don Aldarez' Augen zurückgekehrt war, wieder erlosch.

Langsam, zitternd, wie unter einem äußeren Zwang, dem er sich einfach nicht widersetzen konnte, hob Don Aldarez die Jademaske und setzte dazu an, sie sich wieder auf das zerschundene Gesicht zu pressen. Und dann, plötzlich, schrie er auf, sprang in die Höhe –

– und warf sich mit einem gewaltigen Satz in die Flammen, die für eine Sekunde höher aufloderten und sich dann wie ein Leichentuch aus Glut über ihm schlossen.

Die Maske war noch immer heiß. Die Glut hatte ihr nichts anhaben können, so wenig wie die Zeit, die mehr als ein Jahrtausend vergeblich versucht hatte, den finsteren Zauber zu brechen, den sie beherbergte. Die Flammen hatten nicht einmal Spuren auf dem schimmernden Stein hinterlassen. Tom war sich fast sicher, daß es überhaupt keine Gewalt auf dieser Welt gab, die diese Maske beschädigen oder gar zerstören konnte.

Sie hatten fast eine Stunde gebraucht, um das Feuer zu löschen und Don Aldarez' Überreste zu bergen, und seither war eine weitere Stunde vergangen; vielleicht mehr. Auf dem Hof der Hazienda hatte sich eine seltsame, fast unwirkliche Stimmung ausgebreitet – alle Arbeiter und Bewohner des Anwesens waren nach und nach herbeigekommen, um Don Aldarez die letzte Ehre zu erweisen. Seine sterblichen Überreste waren neben denen Anitas aufgebahrt worden, die nur wenige Augenblick nach ihm für immer die Augen geschlossen hatte, und jemand war barmherzig genug gewesen, ein Decke über sein verbranntes Gesicht zu legen. Es war sehr still.

»Senhór?«

Tom sah auf und erkannte den freundlichen Chauffeur, durch dessen Hilfsbereitschaft alles angefangen hatte. Das Gesicht des Mannes zeigte einen Ausdruck tiefen Leids. Er hatte geweint, aber es waren Tränen, deren er sich nicht schämte.

»Ja?«

»Der ... der Wagen ist soweit«, sagte Enrico. Er hatte Tom angeboten, Ernesto und ihn in die nächste Stadt zu bringen, von wo aus sie mit der Bahn zurück nach Lima gelangen konnten. Er hätte Tom auch zurück nach Lima gebracht, aber dieses Angebot hatte Tom abgelehnt. Enrico wurde im Moment hier dringender gebraucht.

»Gut«, sagte Tom. »Dann lassen Sie uns gehen.«

Er stand auf, drehte die Maske noch einmal in den Händen – und stutzte, als er etwas in ihrem Inneren aufblitzen sah. Vorsichtig fuhr er mit den Fingerspitzen darüber und fühlte etwas Scharfes, Spitzes. Es mußte sich genau dort befinden, wo er in Don Aldarez Gesicht die Wunde erblickt hatte.

Tom sah noch einmal und genauer hin. In den grünen Stein war ein winziger, dreieckiger Splitter aus rotem Kristall eingebettet. Mit spitzen Fingern griff er zu, zog daran – und hatte Mühe, seine Überraschung zu verbergen, als er sich fast ohne Widerstand aus dem Holz löste, auf dem die Jadeplättchen angebracht waren.

Rasch schloß er die Hand um den Stein und ließ ihn in der Tasche verschwinden. Enrico hatte es sehr wohl gesehen, aber er tat so, als hätte er nichts bemerkt, und deutete nur auf die Totenmaske.

»Sie sollten sie zerstören, Senhór«, sagte er. »Sie hat zuviel Unheil über die Menschen gebracht.«

Viel mehr, als du ahnst, mein Freund, dachte Tom. Aber laut sagte er: »Sie wird niemandem mehr etwas tun, Enrico, das verspreche ich. Ich werde dafür sorgen, daß sie dorthin zurück kommt, wo sie hingehört.« Er machte einen Schritt und blieb wieder stehen. Sein Blick strich über die beiden nebeneinander aufgebahrten Leichname Don Aldarez' und seiner Haushälterin.

»Es ... es tut mir leid«, sagte er. »Ich wollte, ich hätte etwas für sie tun können.«

»Sie haben sich gegenseitig gerettet«, antwortete Enrico mit einem leisen, traurigen Lächeln. »Ist es nicht schade, daß zwei Menschen erst sterben müssen, um zu erkennen, wie sehr sie sich geliebt haben – ein Leben lang?« Er zögerte, dann: »Senhór?«

»Ja?«

»Was hier geschehen ist ...«, begann Enrico. »Ich meine, was ... was wirklich passiert ist –«

»Niemand wird es erfahren«, sagte Tom. »Es ist nicht nötig. Die Welt soll Don Aldarez so in Erinnerung behalten, wie er war.«

Mit einem Seufzen riß er sich von dem Anblick los. Sie gingen hinüber zur Einfahrt des Anwesens, wo Enrico den Wagen bereitgestellt hatte.

Als sie um die Ecke bogen, erwartete sie eine Überraschung.

Der Mercedes 450 SEL war verschwunden.

Enrico stand eine geschlagene Minute mit offenem Mund da und starrte wie Tom zu der dünnen Staubfahne hinüber, die sich die Straße entlangzog und bereits langsam verwehte. Von der silberfarbenen Luxuslimousine sahen sie nur noch einen immer kleiner werdenden Fleck, in dem sich das Licht der untergehenden Sonne spiegelte.

Unwillkürlich mußte Tom grinsen. Jede Wette, daß nicht nur der Wagen verschwunden war. Er sparte sich die Mühe, nach Ernesto Ausschau zu halten.

ENDE DES DRITTEN BUCHES

VIERTES BUCH

TERROR IN NEW YORK

von Hubert H. Simon

»Ja doch«, murmelte Mortimer schlaftrunken. »Ich komme ja schon.« Den Morgenmantel übergestreift und das Haarnetz noch auf dem Kopf, das er im Bett immer trug, schlurfte er ans Telefon.

Das anhaltende Schrillen war nervtötend. Und unverschämt. Zu nachtschlafener Zeit pflegten zumindest anständige Menschen niemanden mehr anzurufen.

Bis Mortimer endlich das Telefon erreichte, hatte er sich schon ein ziemlich genaues Bild des unbekannten Störenfrieds zurechtgezimmert. Der Mann mußte klein und dick und häßlich sein, ein Choleriker, dem es Vergnügen bereitete, anständig arbeitende Menschen um den wohlverdienten Schlaf zu bringen.

Als seine Hand den Hörer berührte, zögerte Mortimer noch einmal. Inbrünstig hoffte er, der Anrufer möge endlich auflegen. Aber der Kerl war hartnäckig – ein sadistischer Choleriker.

Ruckartig hob der Diener ab.

»Ja?« meldete er sich, aller Höflichkeit zum Trotz. Der Anrufer besaß keinen Anstand, folglich war jede Etikette unnötig.

»Mit wem spreche ich?« erkundigte sich eine Frauenstimme. Sie klang so nahe, als würde sie aus einem der Nebengebäude von Oake Dùn anrufen.

»Mir mit!« brummte Mortimer mißmutig. Die Frau schien weder klein, noch dick, noch cholerisch zu sein, sondern klang im Gegenteil überaus attraktiv, und genau das behagte ihm nicht. Einer Frau warf man nicht die Schimpfwörter an den Kopf, die er sich längst bereitgelegt hatte.

»Sie müssen Mortimer sein«, klang es aus dem Hörer. »Ist es nicht so?«

Mühsam versuchte er, seine Gedanken zu ordnen. Kannte er diese Stimme, oder sollte er sie kennen?

»Sind Sie noch dran, Mr. Mortimer?«

»Ja«, erwiderte er knapp.

»Verbinden Sie mich bitte mit Sir Ian Sutherland! Sagen Sie ihm, Mr. Mahon wünscht ihn zu sprechen.«

Mahon ...? Mortimer zuckte mit den Schultern. Sein Blick schweifte hinüber zu der Standuhr neben dem Kamin. Es war kurz nach halb eins.

Seine Miene verhärtete sich. »Wissen Sie, wie spät es ist?«

»Natürlich.«

»Dann rufen Sie in acht Stunden wieder an. Aber bitte nicht früher.«

Ohne ein weiteres Wort legte Mortimer auf. Doch anstatt sich abzuwenden, verharrte sein Blick wie gebannt auf dem Telefon. Das befürchtete abermalige schrille Läuten blieb aus. Offenbar hatte die Frau begriffen, daß Störungen nach Mitternacht unerwünscht waren.

Mortimer gähnte herzhaft und wandte sich um.

Er war kaum fünf Schritte weit gekommen, da begann die Tortur von neuem.

Mortimers Gesicht verhärtete sich, bis die Lippen nur noch einen schmalen, blutleeren Strich bildeten. Verbissen zog er den Morgenmantel enger und verknotete den Gürtel; ein Ritual, als wolle er sich zum letzten Kampf rüsten. Hoch erhobenen Hauptes nahm er den Hörer ab – – und ließ ihn unsanft auf die Gabel fallen.

Danach trat endlich Ruhe ein. Nur ein leises Raunen und Rascheln blieb, und das Knistern, das jedem alten Gemäuer in der Zeit zwischen Mitternacht und ein Uhr morgens anhaftet.

Mortimer konnte nicht mehr einschlafen. Er lauschte dem eisigen Seewind, der zwischen den Klippen heulte und immer heftiger an den Fensterläden rüttelte.

Irgendwo klirrten Ketten, eine Tür quietschte in den Scharnieren.

Noch zehn Minuten bis ein Uhr. War da nicht ein ratterndes Geräusch?

Der fahle Schein des abnehmenden Mondes fiel durch die nur halb geschlossenen Fensterläden. Mortimer tastete nach den Streichhölzern. Zum zweitenmal entzündete er die Kerzen des fünfarmigen Leuchters auf seinem Nachttisch, obwohl die Taschenlampe unbenutzt in der Schublade lag. Nach seinem Dafürhalten gab es auf Oake Dùn ohnehin schon zu viel moderne Technik. Die gute alte Zeit war ruhiger gewesen.

Die Standuhr in der Bibliothek schlug dumpf, als Mortimer wieder auf den Flur hinaustrat. Ende der Geisterstunde. Er lauschte. Nur aus der Nähe des Telefons erklang noch ein leises Rattern. Das Geräusch entstand immer dann, wenn der Papierbogen im Telefaxgerät durchtrennt wurde.

Um ein Uhr nachts –

Mortimer trug den Leuchter vor sich her.

Die Kerzen brannten unruhig und rußten. Aber das störte ihn nicht.

Gleich darauf stand er vor dem Faxgerät. Mehrere Blätter hingen heraus, aber seltsamerweise trugen alle den selben Text. Das war Geldverschwendung ersten Ranges. Noch dazu handelte es sich um ein an Sir Ian Sutherland adressiertes amtliches Schreiben. Mortimer überflog nur die ersten Zeilen und war nahe daran, das Papier in die Glut im Kamin zu werfen.

»– leider eine telefonische Kontaktaufnahme unmöglich«, las er halblaut. »Ich bitte, darauf einzuwirken, daß Mr. Mortimer eingehende Anrufe künftig entgegennimmt …« Mit zitternden Fingern faltete er das Blatt zusammen und ließ es in einer Tasche seines Morgenmantels verschwinden. »Choleriker«, murmelte er aufgebracht. »Alle miteinander.«

Was da sonst noch stand, interessierte ihn nicht mehr.

Appetitlos nippte Valerie Gideon am Fruchtsaft. Auch das *ham and eggs* schmeckte ihr nicht. Lustlos stocherte sie mit der Gabel darin herum. Sutherland hatte das Frühstück bereits hinter sich und begann, seine Pfeife zu stopfen. Doch mehrmals hielt er inne und beobachtete Valerie. Sie schien es nicht einmal zu bemerken.

Schließlich legte sie die Gabel auf den Teller und winkte Mortimer, alles abzutragen.

»Ich werde einen Arzt rufen, der sie auf Herz und Nieren abklopft«, sagte Sutherland unvermittelt. »So kann es jedenfalls nicht weitergehen. Sie machen sich selbst kaputt, Valerie.«

Die ehemalige Mossad-Agentin stützte die Ellenbogen auf den Tisch und das Kinn auf ihre Handrücken. Sie versuchte ein Lächeln.

»Ich fühle mich wie ein Vogel in einem goldenen Käfig«, sagte sie betont langsam. »Das ist alles, Sir Ian.«

Sutherland steckte seine Pfeife an und schmauchte kräftig. Zwischen zwei Zügen hielt er kurz inne. »Als Kompliment kann ich das nicht gerade auffassen«, erwiderte er.

Valerie hob die Schultern und ließ sie kraftlos wieder sinken. Für einen Moment wurde ihr Blick starr und verlor sich scheinbar in weiter Ferne. Gleich darauf gab sie sich einen merklichen Ruck.

»Jeder Vogel braucht die Freiheit, fliegen zu können, oder er verkümmert irgendwann.«

Das schrille Läuten des Telefons durchbrach die für einen Moment entstandene betretene Stille.

Niemand bemerkte, daß Mortimer zusammenzuckte wie ein auf frischer Tat ertappter Sünder. Nur sein gequältes Stöhnen fiel auf. Sutherland und die anderen schrieben es dem Umstand zu, daß er momentan nicht wußte, wohin mit dem soeben abgeräumten Geschirr. Er hatte keine Hand frei, um das Gespräch anzunehmen.

Connor kam ihm zuvor.

»Oake Dùn«, meldete er sich und verschluckte den Rest. Je größer seine Augen wurden, desto versteinerter wirkte sein Gesicht. Jede Regung gefror um seine Mundwinkel.

»Ich bedauere, aber ich habe Ihren Namen nicht verstanden«, sagte er distinguiert. »Wen darf ich –?«

Er hielt den Hörer eine Handbreit vom Ohr weg. Wer immer am anderen Ende der Leitung war, redete nicht eben leise.

Sutherland zielte mit dem Mundstück seiner Meerschaumpfeife auf den Butler. »Wer ist dran?« wollte er wissen.

Beinahe widerwillig schaute Connor auf den Hörer. Ihm war anzusehen, daß er liebend gerne wieder aufgelegt hätte.

»Ein nicht besonders höflicher, dafür aber um so lauterer Mensch, Sir Ian. Amerikaner, würde ich meinen.«

»Was will er?«

Connor hüstelte gequält. »Offensichtlich handelt es sich um eine falsche Verbindung.«

Sutherlands Blick wurde starr. Er fixierte den Butler.

Aus dem Hörer drang eine heisere Stimme, die behauptete, daß die Verbindung schon richtig sei, was man allerdings vom Personal schwerlich behaupten könne.

Connor hielt seine Hand über die Sprechmuschel.

»Der Mann möchte den knauserigen Schotten sprechen«, erklärte er in verschwörerischem Tonfall. »Außerdem den alten Schwerenöter und Weiberhelden. Er sagte etwas von zwei durchzechten Nächten.«

»Hm«, machte Sutherland und schien mit der Pfeife einen unsichtbaren Gegner durchbohren zu wollen. »Geben Sie mir den Hörer!« Gudruns amüsiertes Lächeln übersah er geflissentlich.

»Mahon, du altes Haus«, brüllte er im nächsten Moment mit derselben Lautstärke ins Telefon, der sich zuvor sein Gesprächspartner befleißigt hatte. Falls der andere nicht vorsorglich Abstand genommen hatte, dröhnte ihm jetzt der Schädel. »Aus dir spricht doch nur der pure Neid.« Er stutzte. »Was ist los? Was soll ich erhalten haben?« Suchend blickte er um sich. »Nein, davon wüßte ich. – Unsinn. In meinem Haus verschwindet noch nicht einmal ein lausiger Penny. – Natürlich achten wir Schotten auf unser Geld. Glaubst du, ich bekomme mein Faxpapier geschenkt? Von dir, weil bald Weihnachten ist? – Abholen? In New York? Sofort?«

Er wandte sich zu Connor um. »Wissen Sie etwas von einem Telefax?«

Der Butler schüttelte den Kopf. »Nein, Sir.«

»Hier liegt nichts vor, George«, nahm Sutherland das Telefonat wieder auf. »Und wenn deine Sekretärin hundert Übertragungsquittungen hätte, ich kann dir nichts anderes sagen. – Wen? Ob ich wen kenne? Ericson? Der Name dürfte im Norden so häufig sein wie Smith oder Jones bei uns.«

Gudrun Heber war bei der Nennung des Namens hellhörig geworden.

Außerdem war Sutherland ihr einen bedeutungsvollen Blick zu.

»Tom Ericson? Natürlich arbeitet er für mich. Ein fähiger Mann. – Wieso höre ich immer nur New York? Wenn du meinst, daß mir keine andere Wahl bleibt, komme ich natürlich. Aber jetzt bist du dran, mir zuzuhören –«

Der andere hatte aufgelegt.

Sutherland schürzte die Lippen, danach stellte er das Telefon an seinen Platz zurück. »Schlafen will er, hat George gesagt. Und er denkt gar nicht daran, sich meinetwegen die Nacht um die Ohren zu schlagen – nicht im Büro jedenfalls.«

»Ich werde den Koffer packen«, sagte Connor.

»Unsinn«, wehrte Sutherland ab. »Das kann Mortimer erledigen. Wohin ist er überhaupt verschwunden?«

Niemandem war aufgefallen, daß der Diener den Salon verlassen hatte. Mit einer Lautlosigkeit, die er sonst nicht an den Tag legte.

Als er gleich darauf zurückkam, war das gleichmütige Lächeln aus seinem Gesicht verschwunden. Zehn Tage Regenwetter schienen bevorzustehen.

Auf einem silbernen Tablett servierte er Sutherland ein völlig zerknittertes Papier. Deutlich war zu erkennen, daß jemand versucht hatte, die Falten glattzustreichen.

»Was ist das?« fragte der Earl ahnungsvoll.

»Für Sie, Sir!« murmelte Mortimer.

Abwartend verharrte er, bis Sutherland das Schriftstück gelesen hatte. Kein Muskel zuckte in seinem Gesicht.

»Danke«, sagte Sutherland. »Sie können gehen.«

»Ist das alles, Sir?«

»Natürlich. Worauf warten Sie, Mortimer?«

Der Alte zögerte. »Auf nichts, Sir, auf gar nichts. Danke, Sir.«

»Künftig«, sagte Sutherland, »leiten Sie Nachrichten natürlich schneller weiter.«

»Ich werde mir einen Merkzettel schreiben«, versprach Mortimer.

»– den Sie hoffentlich nicht auch unter Ihrem Kopfkissen verstecken.«

»Es war der Morgenmantel, Sir. Sonst hätte ich wohl eher daran gedacht.«

Mit einer flüchtigen Handbewegung gab Sutherland zu verstehen, daß das Thema für ihn beendet sei.

»Schlechte Nachrichten?« wollte Gudrun wissen.

»Wie man es nimmt. Ich soll morgen vormittag vor einem Untersuchungsausschuß der UN erscheinen, der sich mit gewissen Vorkommnissen in Peru befaßt. Einige Fragen sind zu klären.«

»Unangenehme Fragen«, argwöhnte Connor.

»Natürlich.« Die Anthropologin seufzte ergeben. »Das kommt dabei heraus, wenn man Archäologen Krieg spielen läßt.«

»Dr. Ericson war in Peru nur als Beobachter avisiert«, stellte Sutherland sachlich fest. »Niemand konnte vorhersehen, welche Folgen der Angriff des Zerstörers haben würde.«

»Jill!« Laut hallte der Ruf durch die Schwimmhalle im Erdgeschoß der Vierhundert-Quadratmeter-Villa. »Hörst du nicht, Jill? Dad hat angerufen, wir müssen uns beeilen.«

Jill Hughes war eine ausgezeichnete Schwimmerin. Tief sog sie die Luft in ihre Lungen, bevor sie tauchte und das Becken geschmeidig wie ein Delphin der Länge nach durchmaß. Prustend zog sie sich an der Leiter in die Höhe.

»Komm endlich!«

Ihre Mutter wurde ungeduldig.

Mit einer ruckartigen Bewegung schüttelte Jill ihr schulterlanges blondes Haar nach vorne und streifte das Wasser aus.

»Washington D.C. langweilt mich«, stieß sie schwer atmend hervor. »Müssen wir wirklich fliegen?«

»Das Abendessen mit dem Präsidenten ist wichtig.«

»Für Dad – nicht für mich. Du weißt, was ich von solchen Arbeitsessen halte. Sie sind eine Qual –«

»George Bush hat ausdrücklich unsere Teilnahme erbeten.«

»– langweilig und ätzend«, fuhr Jill unbeeindruckt fort. »Politik interessiert mich soviel.« Demonstrativ schnippte sie mit den Fingern.

»Dads Chemiewerk ist von den Regierungsaufträgen abhängig.«

»Ich weiß«, seufzte Jill. »Das hast du mir hundertmal vorgekaut. *Sei nett zu Mr. Reagan, Kind! – Benimm dich, falls Mr. Bush nach deiner politischen Einstellung fragt!* Mir hängt das affige Getue zum Hals heraus. Ich bin ein Mensch, kein gut dressiertes Zirkuspferd. Die Zeit der Kunststücke ist vorbei; ich will mein eigenes Leben leben.«

»Aber Dads Monatsscheck ist dir recht?«

Jill hatte ihr Bikinioberteil gelöst und ließ es achtlos auf die Fliesen fallen.

Zwei Schritte vor ihrer Mutter, am Fuß der breiten, freitragenden Treppe, blieb sie kurz stehen. Ihr Lächeln wirkte aufgesetzt.

»Vielleicht ist deine Tochter doch ein artiges Kind. Wenn es sein muß, fliege ich eben mit zu diesem langweiligen Essen. Ich werde mit Barbara über den Golfkrieg plaudern.«

Sie triefte vor Nässe. Das Handtuch trotzdem nur lässig über die Schulter geworfen, stieg sie die Treppe hinauf.

»Such dir ein anderes Thema aus!« erklang es hinter ihr.

»Was?« Jill schwang auf dem Treppenabsatz herum. »Drogen? Rassenunruhen? Das Ozonloch? – Das sind doch alles rote Tücher für euch. Dad verlangt, daß ich zu diesem Essen gehe, aber er will nicht, daß ich meine Meinung sage. In was für einer Welt leben wir eigentlich?«

»In einer Welt, in der Geld regiert. Oder hast du dein Vierhunderttausend-Dollar-Geburtstagsgeschenk vergessen?«

Jill wollte zu einer heftigen Erwiderung ansetzen. Aber dann biß sie sich nur auf die Unterlippe und hastete weiter. Als wäre der Leibhaftige hinter ihr her.

Seit Wochen hatte sie Angst vor dem Einschlafen. Weil Alpträume sie quälten, Träume, in denen sie immer wieder den Untergang der GOLDEN GOOSE erlebte.* Die Yacht war das Geschenk ihrer Eltern zum achtzehnten Geburtstag gewesen.

Vieles hatte sich seither verändert. Das Ende der GOLDEN GOOSE und Winslow Rockefellers Tod hatten die ehedem eingeschworene Clique auseinandergerissen. Tammy Kennedy, Winslows Freundin, meldete sich kaum noch.

Manchmal glaubte Jill, einen Schatten zu spüren, der von ihr Besitz ergriff. Sie hastete weiter. Ihre nackten, nassen Füße hinterließen unschöne Abdrücke auf dem sündhaft teuren Parkett.

Irgendwo klappte eine Tür. Unvermittelt stand Hornswell vor ihr, der Sekretär ihres Vaters, ein Typ, den sie nie hatte ausstehen können. Das begann bei seiner Halbglatze, die er mit den letzten fettigen Haarsträhnen zu kaschieren versuchte, setzte sich bei seiner altmodischen, breitrandigen Hornbrille mit den starken Gläsern fort

* siehe Band 13 765, Auf den Spuren von Atlantis, Buch 8 ›Der Goldkopf von Yukatan

und endete bei seinen Gamaschen. Hornswell war der Typ, den sie sich recht gut hinter einem Stehpult der Jahrhundertwende vorstellen konnte, aber sonst nirgends.

Seine Schweinsäuglein waren stets auf Wanderschaft. So auch jetzt. Jill spürte förmlich, wie sein Blick ihren nackten Busen verschlang. Kleine Schweißtropfen perlten auf Hornswells Stirn. Jill hegte den Verdacht, daß er trotz seiner fünfunddreißig Jahre Frauen nur aus einschlägigen Magazinen kannte.

Ohne es eigentlich zu wollen, drehte sie sich zu Hornswell um. Ihre Hände streiften über ihre Oberschenkel und wanderten aufreizend langsam höher, bis sie endlich unter ihren festen Brüsten verharrten.

Breitbeinig stand sie da, ihre Lippen öffneten sich leicht und formten einen Kußmund. Hornswell stöhnte verhalten, sein Blick riß ihr das letzte winzige Stückchen Stoff vom Leib. Das Notebook, das er eben noch wie einen Rettungsanker umklammert hielt, klatschte zu Boden.

Jill zuckte jäh zusammen. Verwirrt und entsetzt zugleich starrte sie in Hornswells zuckendes, schweißüberströmtes Gesicht. Sie mußte verrückt geworden sein, sich ausgerechnet diesem Widerling so darzubieten.

»Was gibt es zu glotzen?« herrschte sie ihn an. »Verschwinde, du geiler Bock!«

Ihre Rechte zuckte vor und klatschte mitten hinein in seine Visage. Gleich darauf warf sie sich herum und hetzte davon – verfolgt von etwas, das sie sich nicht erklären konnte. Der Schatten, der sie seit dem Untergang der GOLDEN GOOSE bedrängte, war wieder da.

Jill wußte sich keinen Rat. Sehen konnte sie den Schatten nicht, er war nicht greifbar, nicht wirklich existent; er war – in ihr.

Die letzten zwanzig Meter bis zu ihrem Appartement wurden zum Spießrutenlauf. Hornswells gieriger Blick verfolgte sie. Aber das waren nicht mehr seine Augen. So kalt und starr waren sie nie gewesen.

Ein gräßliches Bild stieg in ihrem Inneren empor – eine furchtbare Fratze. .

Jill sah Schuppen, winzigen Metallplättchen gleich, die in einer Mischung aus Bronze und giftigem Grün schimmerten. Mund und Nasenpartie hatten sich nach vorne gewölbt, und die Nase war zum flachen Knochenrücken geworden, mit zwei seitlichen langen Luftschlitzen.

Das Schlimmste aber waren die Augen. Gelb funkelnde Schlitzpupillen starrten Jill an. Wie ein Raubtier ...

Krachend fiel die Tür hinter ihr ins Schloß. Einen gurgelnden Laut ausstoßend, warf Jill sich aufs Bett.

Ihr Schädel schien sich aufzublähen wie ein Luftballon. Trotzdem spürte sie keine Schmerzen, nur ein wildes Pochen hinter dem Ohr.

Sie verkrallte die Finger in den Kissen, und so lag sie noch, als ein lautes Klopfen sie aufschreckte.

»Beeil dich, Jill!« Das war die Stimme ihrer Mutter. »Wir müssen zum Flugzeug!«

»Nein!« keuchte sie kaum verständlich. Aber schon der nächste Atemzug ließ es laut aus ihr hervorbrechen: »Neeeiiin!« Ihr Stimme klang rauh, beinahe fauchend.

»Du kannst deine Meinung nicht –« Marilyn Hughes, im Brokatkleid, eine Stola um die Schultern gewunden, blieb wie versteinert in der halb geöffneten Tür stehen. Selbst das üppig aufgetragene Rouge konnte nicht verbergen, daß sie blaß wurde. »Du hast dich noch nicht einmal abgetrocknet –«

»Na und?«

»Ich gebe dir genau fünf Minuten. Dann stehst du reisefertig in der Halle. Haben wir uns verstanden?«

»Laß mich in Ruhe!«

»Mr. President wartet. Kind –!«

Jill Hughes setzte sich auf. In ihren Augen loderte ein verzehrendes Feuer.

»Das Kind ist tot«, fauchte sie. »Ich bin eine erwachsene Frau. Und ich bestimme mein Leben selbst.«

»Es gibt gesellschaftliche Zwänge, denen du dich unterwerfen mußt –«

»Raus!« brüllte Jill mit sich überschlagender Stimme. Mit seltsam eckigen Bewegungen erhob sie sich. Ihre Hände hatten sich verkrampft, die Finger wirkten wie die Krallen eines Raubvogels.

Sie ist high! dachte Marilyn Hughes entsetzt. Unsere Tochter nimmt Drogen!

Unter diesen Umständen war es wirklich besser, wenn sie allein nach Washington D.C. flog. Eine glaubwürdige Entschuldigung für den scheidenden Präsidenten würde ihr schon einfallen, und wenn sie einfach sagte, daß Jill überraschend erkrankt war. George Bush war schließlich kein Unmensch.

»Wir sprechen uns übermorgen!« stieß sie wütend hervor. Danach verließ sie das Haus, ohne sich nur ein einziges Mal umzuwenden.

»Mortimer«, sagte Sutherland, »bitte kümmern Sie sich um mein Gepäck. Ich will, daß in einer Stunde alles bereitsteht. Vergessen Sie die Zahnbürste nicht.«

»Natürlich«, murmelte der grauhaarige alte Diener. »Wie lange gedenken Sie, Oake Dùn fernzubleiben, Sir?«

»Nur zwei oder drei Tage. Also lediglich kleines Gepäck; ein Kleidersack und ein Koffer genügen.«

»Wünschen Sie, den Smoking mitzunehmen, Sir? Oder ist der Kilt dem Anlaß angemessener?«

Sutherland zögerte kurz, ehe er abwinkte. »Keines von beiden«, sagte er. »Nadelstreifen für den Abend, ansonsten Straßenkleidung. Ich möchte nicht den Eindruck erwecken, daß ich ein Tribunal erwarte.«

Mortimer kratzte sich am Hinterkopf und schlurfte davon. Seine Lippen bewegten sich im Selbstgespräch. Gudrun Heber, die dem Ausgang am nächsten saß, hörte den Diener verhalten murmeln: »Zahnbürste nicht vergessen, Nadelstreifen und Straßenkleidung. Zahnbürste nicht ...« Er hüstelte und verhielt einen Moment mitten im Schritt. »Nicht vergessen Nadelkleidung und Straßenstreifen. Zahncreme, was ist mit der Zahncreme ...?«

»Sie lächeln so tiefgründig, Miss Heber«, stellte Connor fest.

»Ich?« Gudrun schüttelte den Kopf. »Ich war nur in Gedanken versunken.« Sie spähte zu der schweren Eichenholztür hinüber, die sich lautlos hinter Mortimer schloß.

»Connor«, sagte Sutherland in dem Moment, »bitte buchen Sie für mich den nächsten Flug und eine Unterkunft in New York.«

»Im United Nations Plaza? Zwei Übernachtungen?«

»Länger wohl kaum.«

»Warten Sie!« platzte Gudrun heraus. Aller Augen wandten sich ihr zu. »Entschuldigung, Sir Ian«, sagte sie sofort. »Ich bin nur der Meinung, Sie sollten nicht allein fliegen.«

Sutherland zog eine Augenbraue hoch. Ansonsten war ihm keine Regung anzumerken.

»Soll das heißen –?«

»– daß ich Sie gerne begleiten würde. Genau das, Sir.«

Er sog an seiner Pfeife und paffte einige Rauchringe, denen er sinnend hinterher schaute, bis sie auffaserten und verwehten.

»Selbstverständlich steht Ihnen Urlaub zu, Miss Heber,

auch wenn wir keine entsprechende Regelung getroffen haben ...«

Vorübergehend wirkte die Anthropologin verunsichert, dann winkte sie ab.

»Sie werden Unterstützung brauchen, Sir Ian, und ich glaube, daß ich den Herren der UNO einiges sagen kann, was sie verblüffen dürfte. Sie sollen zu den Vorfällen in Peru gehört werden, aber sehr wahrscheinlich wird auch das Debakel des Sonderflugs 247* zur Sprache kommen.«

»Da kommt bestimmt einiges aufs Tablett.« Sutherland schmauchte noch einmal kräftig, anschließend klopfte er die Pfeife aus und begann, sie zu reinigen. Minutenlang schien er jedes Interesse an anderen Dingen als seiner Pfeife verloren zu haben. Nach einer Weile wandte er sich wieder an Connor: »Buchen Sie *zwei* Tickets! Und ein Einzelzimmer neben meinem.«

»Mit einer Verbindungstür, Sir?« fragte Connor unbewegt.

»Natürlich nicht. Miss Heber reist schließlich nicht als meine Sekretärin.«

»Es sollte nur ein Scherz sein, Sir«, meinte Connor.

»– über den Miss Heber sicherlich nicht lachen kann«, erwiderte der Earl of Oake Dùn.

»Es gibt Schlimmeres«, bemerkte Gudrun trocken.

Jill Hughes beobachtete vom Fenster aus, daß ihre Mutter mit der Limousine zu der nur wenige Meilen entfernten Piste fuhr. Plötzlich hatte sie es eilig, sich anzukleiden.

Minuten später betrat sie die privaten Büroräume ihres Vaters.

Hornswell, der vor der Computeranlage saß, fuhr

* siehe Band 13 765, Auf den Spuren von Atlantis, Buch 5 und 6

herum. Überraschung und Unverständnis zeichneten sich in seinem Blick ab. Außerdem begann er schon wieder zu schwitzen.

»Miss Hughes. Ich – ich dachte, Sie –«

»Nur wir beide sind noch im Haus«, sagte Jill. »Meine Mutter ist weggefahren.«

Hornswell schnappte nach Luft wie ein Fisch auf dem Trocknen. Und so ähnlich sah er auch aus: ein großer, fetter Karpfen. Ihm fehlten nur noch die Schuppen, dann –

Mit einer ärgerlichen Handbewegung fuhr Jill sich übers Gesicht. Vor ihrem inneren Auge war erneut das Abbild eines Echsenwesens entstanden.

Hornswell starrte sie unverwandt an. Sein Blick hing begierig an ihrer Bluse, deren dünner Stoff wenig verbarg, aber um so mehr versprach.

»Allein?« keuchte er und wischte sich mit dem Handrücken über den Mund.

Jill ekelte sich vor ihm, aber etwas in ihr unterdrückte jede Gefühlsregung. Mechanisch, wie eine von unsichtbarer Hand aufgezogene Puppe, ging sie auf Hornswell zu.

Er zitterte vor Erregung, schneuzte sich, fuhr sich mit den Fingern in den Hemdkragen. Dann löste er die Krawatte. »Ich wußte es«, stammelte er. »Ich habe immer gespürt, daß wir beide –« Er raffte einige Unterlagen auf dem Schreibtisch zusammen und schob die Computertastatur zur Seite.

Die Tochter seines Arbeitgebers blieb zwei Schritte vor ihm stehen. Sie schaute ihn an, doch ihr Blick ging durch ihn hindurch und verlor sich in weiter Ferne. Ihr Lächeln war kantig, der Mund verzog sich, weil die Muskeln es so wollten, aber nicht, weil Gefühle beteiligt waren.

All das bemerkte Hornswell nicht. Gierig faßte er zu, seine Hände legten sich zitternd auf Jills Brüste, und der hauchdünne Stoff erregte ihn noch mehr. Er zog sie an sich, atmete den berauschenden Duft ihres Parfums und bedeckte ihren Hals mit einer Reihe stürmischer Küsse.

Daß sie mit Fred Brennon verlobt war, kam ihm gar nicht in den Sinn. Nur das Jetzt zählte. Seit Jahren sehnte er sich danach, Jill berühren, sie besitzen zu dürfen, und nun war sie ihm endlich so nahe wie nie zuvor.

Schwer atmend zog er sie zum Schreibtisch. Jill wehrte sich nicht – auch nicht, als er viel zu hastig versuchte, die Knöpfe ihrer Bluse zu öffnen und der Stoff mit einem gräßlichen Geräusch zerriß.

Seine Lippen tasteten wieder über ihren Hals, glitten tiefer, spürten das gleichmäßige Auf und Ab ihrer Atemzüge.

Im nächsten Moment schrie er schmerzerfüllt auf. Eine Hand hatte sich in seinem schütteren Haar verkrallt und zerrte seinen Kopf ruckartig hoch. Er blickte geradewegs in Jills erstarrt wirkendes Gesicht.

»Du Mistkerl!« fauchte sie ihn an.

Hornswell begriff nicht. Zappelnd hing er in ihrem Griff und hatte Mühe, sich auf dem Schreibtisch abzustützen.

»Was bildest du dir ein?«

Mit der Linken zerrte Jill an seinem Haar, die Rechte drosch sie ihm ins Gesicht. Er spürte, wie es gleich darauf warm aus seiner Nase rann. Mit einem Aufschrei riß er sich los und taumelte zurück.

»Du Hure!« herrschte er sie an. »*Du* wolltest es –«

»Niemand wird dir glauben«, erwiderte Jill leise. »Solche Schweine wie du gehören hinter Gitter.«

Unverhohlener Spott schwang in ihrer Stimme mit. Sie hatte ihn in der Gewalt. Ja, verdammt, er mußte den Verstand verloren haben, daß er geglaubt hatte, sie würde sich wirklich mit ihm einlassen. Ihre zerrissene Bluse, sein Blut – die Frage, wem die Polizei glauben würde, war bereits geklärt.

Sie hatte ihn reingelegt. Das wurde ihm plötzlich klar. Sie war ein verdammtes Biest, und wenn er schon ihretwegen den Job verlor oder gar eingesperrt wurde, dann wollte er vorher noch seinen Spaß haben. Der Preis war egal, völlig egal. Jill Hughes zu begehren und doch nicht besitzen zu dürfen, kostete ihn den letzten Rest mühsam aufrechterhaltener Selbstbeherrschung.

»Wir sind allein«, schleuderte er ihr entgegen. »Niemand wird dir beistehen. Also zier dich nicht.«

Jill wich vor ihm zurück. Genau fünf Schritte weit, dann stieß sie gegen die Wand.

Hornswells Nase blutete immer noch. Er verschmierte das Blut mit der Hand, aber das bemerkte er nicht einmal.

»Du wirst deinen Spaß haben«, keuchte er. »Sehr viel Spaß sogar.«

»Vielleicht«, erwiderte Jill eisig. Sie hielt plötzlich eine Waffe in der Hand, eine kleine doppelläufige Derringer. Hornswell prallte zurück. Unmißverständlich zielte die Waffe auf seine Brust.

»Verschwinde!« fauchte Jill. »Und laß dich nie wieder blicken!«

Die Ernüchterung war schrecklicher als alles, was Hornswell je durchgemacht hatte. Er zweifelte nicht daran, daß die junge Frau abdrücken würde. Sie war ein berechnendes Biest und zu allem fähig. »Ihr Vater –«, begann er, wurde aber sofort unterbrochen.

»Interessiert mich nicht!« herrschte sie ihn an. »Ich zähle jetzt bis drei.«

Besänftigend breitete er die Arme aus, während er langsam zur Tür zurückwich. Nur keine hastige Bewegung! dachte er. Mit zwei häßlichen Löchern in der Brust lebte man nicht besonders gesund. Er schwitzte schon wieder, aber diesmal war es Angstschweiß und nicht die Vorfreude auf ein Schäferstündchen. Jill Hughes schien den Verstand verloren zu haben.

»Hornswell!« Ihr scharfer Ausruf nagelte ihn fest. »Gib mir den Schlüssel!«

Wozu? Er hatte keine Ahnung. Trotzdem zog er mit zwei Fingern den Schlüsselbund aus der Tasche und ließ ihn fallen.

Jill schüttelte den Kopf. »Den Tresorschlüssel!« forderte sie.

»Das darf ich nicht. Ihr Vater –«

Ihr Zeigefinger krümmte sich um den Auslöser. »Eins –«, fauchte sie.

Hornswell fröstelte. Er war nun endgültig davon überzeugt, daß Jill nicht mehr bei Sinnen war.

»Zwei –«

»Ihr Vater würde mich umbringen«, jammerte er.

»Bei *drei* tue ich es.«

Die Tür war noch zu weit entfernt. Er konnte es nicht schaffen, selbst wenn er sich herumwarf und losrannte. Bleikugeln waren schneller. »Gut«, stieß er hervor. »Ich gebe Ihnen den Schlüssel.«

»Dann los!« Jill winkte mit der Waffe.

Hornswell umrundete den Schreibtisch. Aus dem untersten Schub brachte er ein kleines, mit Zifferntasten versehenes Kästchen zum Vorschein. Aus dem Gedächtnis tippte er einen Code ein.

»Jetzt bleiben genau zwei Minuten –«

»Ich weiß«, sagte Jill. »Beeilen Sie sich.«

Hornswell hob den Picasso von der Wand. Eine gerade zwanzig mal zwanzig Zentimeter messende Metallplatte wurde sichtbar. Sie sprang auf, als der Sekretär den Impulsgeber betätigte.

Sofort griff er in die entstandene Öffnung hinein – – und stieß ein halb ersticktes Gurgeln aus, als Jill die Platte zuschmetterte und seine Hand einklemmte. Die Pistole, die Jason Hughes in dem Fach aufbewahrte, blieb für ihn unerreichbar.

»Halten Sie mich wirklich für so naiv?« fauchte die Frau. »Hauen Sie ab, Hornswell!«

Das ließ er sich nicht zweimal sagen. Aus Jills Blick sprach der Wahnsinn. Er warf sich herum und hetzte davon. Nur nicht zurückschauen. Der Gang vor dem Büro, die Treppe, anschließend der Garten. – Die Hunde waren nicht eingesperrt. Aber sie kannten ihn und kamen nur neugierig näher.

Hornswell zwang sich zur Ruhe. Sobald die Tiere seine Furcht spürten, würden sie dennoch über ihn herfallen.

Das Gartentor glitt vor ihm auf. Endlich hatte er es geschafft. Er war am Ende seiner Selbstbeherrschung angelangt und taumelte blindlings auf die Straße hinaus. Was geschehen war, erschien ihm wie ein böser Traum, aus dem er jeden Moment aufwachen mußte.

Immer noch bis in die Haarspitzen erregt, ballte Hornswell die Hände zu Fäusten. Schmerzhaft schnitten die Fingernägel in seine Handballen ein. Er sah den Truck nicht, der herandröhnte. Er hörte ihn nicht einmal.

Wie aus weiter Ferne drang grelles Hupen an sein Ohr. Bremsen kreischten.

Im letzten Moment wollte er sich noch herumwerfen. Er schaffte es nicht mehr. Der Aufprall schleuderte ihn meterweit durch die Luft.

Die späte Vormittagssonne fiel durch die ornamentverglasten großen Fenster in die Bibliothek. In den grellen Lichtfingern flirrte der Staub.

Ian Sutherland hatte sich in das Reich seiner Bücher und Folianten zurückgezogen, um wenigstens vorübergehend mit sich und seinen Gedanken allein zu sein. Er hatte noch Zeit, mehr Zeit als erwartet, denn zwei freie Plätze waren erst in der Nachtmaschine nach New York zu haben gewesen. Das bedeutete, daß er in den frühen Morgenstunden Ortszeit auf dem John F. Kennedy International Airport landen würde. Das Hotelzimmer gegenüber den United Nations brauchte er dann gar nicht mehr zu beziehen, sondern würde vielleicht gerade noch Zeit haben, den Koffer auszupacken und sich frischzumachen, bevor er mit George Mahon zusammentraf und den Damen und Herren des Ausschusses Rede und Antwort stand.

Sein Blick schweifte über die Regalreihen. Überlebensgroße geschnitzte Figuren bildeten die tragenden Säulen der umlaufenden Galerie. Sie waren Sagengestalten des Inselreichs nachempfunden, und Sutherland hatte sich schon oft gefragt, ob die Erbauer des Schlosses diese Skulpturen einer bloßen Laune folgend angefertigt, oder ob sie einen tieferen Sinn darin gesehen hatten.

Sein Blick blieb schließlich an dem eher unscheinbaren Hocker haften, der zwischen zwei immergrünen Kübelpflanzen einen Platz gefunden hatte. Mortimer benutzte die Sitzfläche inzwischen als Abstellplatz für den Blumensprüher.

»Entschuldige«, murmelte Sutherland, hob den Blumensprüher vom Hocker und stellte ihn neben einen der Messingkübel.

Der Dreibeinhocker, aus einem Stück gegossen, glänzte ehern. Eingetrocknete Wasserflecken verunzierten seine Oberfläche.

»Ich würde gerne mit dir reden«, sagte der Earl of Oake Dùn.

Der Hocker war das ehemalige Orakel von Delphi, aber vermutlich nicht das einzige wirkliche Orakel, das in der Frühgeschichte der Menschheit existiert hatte. Pierre Leroy und Valerie Gideon hatten es vor einigen Monaten erbeutet und nach Oake Dùn gebracht.

»Der ZERSTÖRER hat viel Unheil gebracht«, murmelte der Earl wie im Selbstgespräch. »Ich würde gerne wissen, was die Zukunft für uns bereithält.«

Das Orakel schwieg.

Sutherland begann eine langsame, unruhige Wanderung. Obwohl er es sich nicht eingestand, sorgte er sich. Die Aufforderung der UNO war womöglich erst der Auftakt zu Schlimmerem. Politiker, gleich welcher Coleur, hatten es nicht sonderlich gern, wenn hinter ihrem Rücken Dinge geschahen, von denen sie nichts wußten – oder schlimmer noch, von denen sie nichts verstanden. Gerade dann sahen sie diese Dinge als besonders bedrohlich an.

Nachdenklich blieb Ian Sutherland wenige Schritte vor dem Hocker stehen. Mit verkniffenem Blick musterte er das Artefakt.

»Hörst du mich, Orakel?« fragte er leise. »Mich interessiert die Zukunft.«

»Natürlich höre ich dich, du Zweifler an dir selbst«, erwiderte eine Frauenstimme. Sutherland hatte bisher nicht herausgefunden, wie sie erzeugt wurde. Aber da jeder sie hören konnte und es sogar möglich war, sie auf Tonband aufzuzeichnen, schied eine rein telepathische Übermittlung von vornherein aus.

»Zu wissen, was die Zukunft bringt, ist nicht immer ein Segen«, fügte das Orakel nach einer kurzen Pause hinzu.

»Du meinst, ich werde mit Problemen konfrontiert?«

»Das habe ich nicht gesagt«, protestierte der Hocker.

Täuschte Ian sich, oder schwang wirklich ein überaus spöttischer Tonfall in der Stimme mit? »Wenn ich gewußt hätte, was aus mir wird –«

Sutherland stutzte, verstand aber sehr schnell, worauf das Orakel anspielte. »Ich entschuldige mich für Mortimers schlechtes Benehmen«, sagte er. »Es ist auch meine Schuld, denn ich habe ihn nicht eindringlich genug darauf hingewiesen, was er tun darf, und was nicht.« Er kniete nieder und polierte die Wasserflecken auf der Sitzfläche mit dem Ende seiner Seidenkrawatte weg.

»Aber Sir Ian«, protestierte hinter ihm eine schrille Stimme, »doch nicht das gute Stück –«

Lautlos wie ein Schloßgeist hatte Mortimer die Bibliothek betreten. Sutherland hielt für einen Moment in seinen Bemühungen inne. »Was wollen Sie?« herrschte er den Diener an, schroffer als beabsichtigt.

Mortimer schluckte krampfhaft. »Wünschen Sie, das Mittagessen im Salon einzunehmen, Sir Ian? Oder ist Ihnen der kleine Speisesaal angenehmer?«

»Machen Sie, was Sie für richtig halten, Mortimer.«

»Dann im Salon.«

»Meinetwegen.«

»Natürlich könnten wir auch im Speisesaal die Gedecke –«

»Mortimer! Ich sagte, Sie können das handhaben, wie Sie es für richtig halten.«

»Natürlich, Sir.« Der grauhaarige Diener deutete eine knappe Verbeugung an, und sein gelegentliches Gliederreißen verhinderte, daß mehr als nur eine Andeutung daraus wurde. »Wenn ich mir eine Bemerkung erlauben darf, Sir –«

»Was denn noch?« Sutherland seufzte ergeben.

»Sie sollten das gute Stück mit mehr Sorgfalt behandeln.«

»*Sie* haben Wasser darauf ausgegossen, Mortimer. Und für den Blumensprüher haben Sie offenbar auch keinen anderen Platz gefunden.«

»Verzeihung, Sir, ich verstehe nicht recht.«

»Das scheint mir allerdings auch so.« Sutherland erhob sich endlich aus seiner knienden Haltung und zog seine Hausjacke zurecht. »Was wollen Sie eigentlich?« schimpfte er, als Mortimer auf ihn zukam und nach seiner Krawatte griff.

»Ich werde versuchen, die Seide zu reinigen, Sir. Die Wasserflecken sollten schnell beseitigt werden.«

Sutherland hielt den Diener an den Handgelenken fest. »Niemand spricht von meiner Krawatte«, sagte er.

»Aber –« Mortimer wirkte sichtlich verwirrt. »Sie selbst –«

»Ich sprach von dem Dreibeinhocker.«

»Das alte Ding? Sir Ian, mit Verlaub gesagt, ich würde es –«

Sutherland hustete gequält.

»– in einem anderen Raum unterbringen«, fuhr Mortimer mit gedämpfter Stimme fort. Eigentlich hatte er »auf den Müll werfen« sagen wollen, aber Sutherlands Hustenanfall hatte ihn davon abgehalten.

»Sie werden den Hocker künftig mit der gebotenen Sorgfalt behandeln und ihn keinesfalls als Abstellplatz mißbrauchen!« sagte der Earl scharf. »Es handelt sich um eines der kostbarsten Stücke meiner Sammlung. Ist das klar?«

Mortimer starrte den Hocker an. Deutlich war zu sehen, wie sehr es unter seiner Schädeldecke arbeitete. Sein Blick war nicht nur abschätzend, sondern nahm plötzlich einen seltsamen Glanz an, wie bei jemandem, der eben erst erfahren hat, daß er das Millionenerbe eines bislang unbekannten Onkels antreten durfte.

»Sehr kostbar?« wollte er wissen.

»Auf jeden Fall wertvoll genug, daß Sie ihn mit mehr Respekt behandeln sollten«, sagte Sutherland.

»Danke, Sir«, murmelte Mortimer und wandte sich zum gehen. Ian hörte ihn noch murmeln, daß er unbedingt seine Tante in Glasgow anrufen müsse.

»Mortimer!« rief er hinter ihm her.

»Sir?«

»Was hat Ihre Tante mit dem Dreibein zu tun?«

Leicht vornübergebeugt stand der Diener da und massierte sich das Kinn. »Nichts, Sir«, murmelte er. »Das heißt, wenig. Ich meine, eigentlich hat sie nur ein ähnliches Dreibein bei sich zu Hause. Ihre Wohnung ist aber viel zu eng für solchen Plun ... für solche Möbel. Ich habe ihr vor einiger Zeit geraten, das Ding zum Sperrmüll zu geben. Glauben Sie, daß der Hocker meiner Tante und Ihr Hocker in derselben Form gegossen wurden?«

»Nein«, erwiderte Sutherland ernst. »Das glaube ich nicht.«

Die Erleichterung war Mortimer anzusehen. Es schien, als falle ihm eine Zentnerlast von der Seele. »Dann ist es gut. Ich fürchtete schon, ich hätte meine Tante um viel Geld gebracht.«

Er schlurfte davon.

»Entschuldige«, sagte Sutherland zu dem Hocker, als er wieder allein war.

»Ich bin nicht nachtragend«, antwortete die angenehm modulierte Frauenstimme. »Außerdem wußte ich schon vorher, daß dein Diener mich nicht beleidigen wollte. Und du wirst mich gleich fragen, was dich in New York erwartet, und welche Opfergabe ich als Gegenleistung für meine Antwort haben will.

Das heißt, du wirst mich nicht fragen, denn du wirst

sagen, da ich die Frage schon kenne, brauchst du sie nicht mehr zu stellen.«

Den letzten Satz sprach das Orakel sehr leise.

»Da du meine Frage schon kennst, brauche ich sie nicht mehr zu stellen«, sagte Sutherland gleichzeitig.

Nur Bruchteile eines Augenblicks später wurde ihm bewußt, was das Orakel gemeint hatte. Überrascht legte er die Stirn in Falten.

Der Hocker lachte leise.

»Ist es wirklich so leicht geworden, euch Menschen zu verblüffen? Eines Tages werdet ihr eure eigene Existenz anzweifeln ... Nein, suche nicht nach Gründen für eine Rechtfertigung. Ich will auch keine Opfergabe von dir – weil ich dir nicht antworten werde.

Was sind schon Banalitäten für den Lauf der Geschichte? Früher, Sir Ian«, der Dreibeinhocker ahmte Mortimers Tonfall nach, »da wurden mir nur wirklich wichtige Fragen angetragen – Fragen jedenfalls, die, gemessen am damaligen Wissensstand, Bedeutung hatten. Jeder Blick in die Zukunft kostet mich Kraft, die ich vielleicht eines Tages noch benötige. Geh deinen Weg, wie du es für richtig hältst.«

Das war eine lange Rede gewesen. Mehr als das Orakel bislang von sich gegeben hatte.

»Deine Worte klingen seltsam endgültig«, wandte Sutherland ein.

»Wenn dem so wäre, täte es mir leid«, erwiderte die Frauenstimme und fügte hinzu: »*Morgen willst du leben, du Narr; heute sollst du leben! – Gestern hast du gelebt, du Glücklicher.*«

»Warte!« platzte Sutherland heraus.

Er erhielt keine Antwort mehr.

Als die Haustür hinter Hornswell ins Schloß fiel, schob Jill Hughes den Derringer in die Gesäßtasche ihrer Jeans zurück. Die Pistole aus dem Schließfach wog sie abschätzend in Händen. Es war kein Nachteil, sich ausreichend zu bewaffnen, und in ihrer Handtasche würde die 45er Automatik nicht auffallen. Mit schnellem Griff zog sie das Magazin heraus und überzeugte sich davon, daß es voll war. Den Umgang mit Waffen hatte sie schon mit sechzehn gelernt – nachdem sie von einer Straßengang überfallen und beinahe verschleppt worden war.

Außer dem Colt lagen der Tresorschlüssel und mehrere Scheckhefte in dem Fach.

Fünf Minuten später wußte Jill, daß der Schlüssel allein ihr nicht weiterhalf. Ihr Vater hatte in den letzten Tagen die Kombination geändert; mit den bisher gültigen Zahlen kam sie nicht an Bargeld, Goldmünzen und Wertpapiere heran. Und die Suche nach einer möglicherweise vorhandenen Notiz kostete unnötig Zeit.

Ein Wust aus Papier und Disketten lag auf dem Boden des Büros verstreut, als Jill endlich aufgab. Sie hatte sämtliche Schübe aufgezogen und ausgeleert und alle Bücher aufgeblättert und achtlos zur Seite geworfen.

Für einen Moment stand sie wie versteinert und lauschte in sich hinein. Sie brauchte Geld, sehr viel mehr Geld als die hundertfünfzigtausend Dollar auf ihrem eigenen Konto. Vor allem brauchte sie es schnell.

Ruckartig wandte sie sich wieder dem Schließfach zu, nahm die Scheckhefte dreier Banken heraus und setzte sich mit ihnen an den Schreibtisch. Ihr Gesicht war inzwischen von einer wächsernen Blässe überzogen, die Augen starrten fast blicklos ins Leere. Trotzdem begann sie, mit schwungvoller Schrift den ersten Barscheck auszufüllen. Die Unterschrift gelang ihr nicht so, wie sie sein sollte; auf den ersten Blick war zu erkennen, daß die

Unterschwünge nicht vom Kontoinhaber selbst stammten.

Jill wiederholte den Namenszug auf der Rückseite des Formulars. Immer und immer wieder. Als Kind hatte sie sich einen Spaß daraus gemacht, die geschwungene und eigentlich unleserliche Unterschrift zu kopieren. Sie hatte es zwar nicht zur Meisterschaft gebracht, war aber auch keineswegs untalentiert.

Du schaffst es! hämmerte eine ferne Stimme unter ihrer Schädeldecke. *Du mußt es schaffen!*

Endlich gab sie sich zufrieden. Die Unterschrift und die Vier mit den fünf Nullen wiesen den richtigen Schwung auf.

Drei Banken; drei Barschecks über jeweils vierhunderttausend Dollar. Jill Hughes verstaute die Schecks und die Colt Double Diamond in ihrer Umhängetasche. Das Geld, in großen Scheinen, würde darin ebenfalls mühelos Platz finden.

Sie verschwendete keinen Gedanken an die Zukunft. Der Schatten in ihr verhinderte es. Sie war ihm hörig. Aber nicht einmal das wurde ihr bewußt.

Erst als sie das Haus verlassen wollte, hörte sie die Sirenen einer Ambulanz und von Polizeiautos in unmittelbarer Nähe – im Büro hatte sie wegen der schallisolierten Fenster nichts davon bemerkt. Und die Sicht aus den oberen Stockwerken wurde ohnehin durch die hohen Bäume rund um das Grundstück behindert.

Jemand klingelte.

Auf dem Monitor der Videoüberwachung sah Jill zwei Polizisten. Doch Cops waren das allerletzte, was sie jetzt brauchen konnte.

Das Klingeln wiederholte sich. Langanhaltend und ungeduldig.

Die Polizisten schauten sich aufmerksam um. Einer

von ihnen schien die verborgene Kamera entdeckt zu haben, und Jill hatte prompt das Gefühl, den Boden unter den Füßen zu verlieren.

Zum Hinterausgang! drängte die lautlose Stimme in ihr. *Beeil dich!*

Jill wußte nicht, was geschehen war. Es interessierte sie auch nicht. Als sie kurz darauf das Grundstück über den rückwärtigen Zugang verließ, schaute sie nicht ein einziges Mal zurück.

Sie winkte einem Taxi. Der Fahrer versuchte zwar, ein Gespräch anzuknüpfen, aber Jill blieb stumm. Nach einer Weile schwieg er ebenfalls und bedachte sie nur noch ab und zu mit einem flüchtigen Seitenblick. Als sie endlich vor der Zentrale der First National Bank ausstieg, wirkte er sogar erleichtert. Immerhin schloß er für einen Moment die Augen und atmete tief durch.

Jill betrat die Bank und steuerte zielstrebig auf das Büro des Abteilungsleiters zu.

»Miss Hughes!« Howard Franklin hatte sie entdeckt und eilte geschäftig auf sie zu. »Wir haben uns lange nicht gesehen.«

Jill nickte knapp. »Ich will einen Barscheck einlösen.«

»Eine größere Summe?« Franklin lächelte verbindlich. Er hatte sie mit Handschlag begrüßt und schien sie nicht mehr loslassen zu wollen. Erst als Jill ihm die Hand entzog, besann er sich auf seine eigentlichen Pflichten. »Bitte kommen Sie, Miss Hughes«, sagte er schnell. »Mein Büro ist für Sie frei.«

Jill ließ sich in den ihr angebotenen Sessel sinken und schob dem Banker den Scheck hin. Franklin warf nur einen flüchtigen Blick darauf. Doch dann stutzte er.

»Vierhunderttausend –?!«

»In großen Scheinen.« Jill nickte.

»Ihr Vater –«

»– hat mich gebeten, das für ihn zu erledigen. Er sitzt im Flugzeug nach Washington D.C. Eine Verabredung mit dem Präsidenten. Sie verstehen?«

Natürlich verstand Franklin. Nur hatte Jill Hughes nie zuvor über eine derart hohe Summe verfügt. Schecks waren immer von Mr. Hornswell vorgelegt worden.

»Das dauert leider einen kleinen Augenblick«, sagte er.

»Sie müssen die Unterschrift prüfen?« fragte Jill mit entwaffnender Offenheit. »Und die Deckung?«

»Ich bitte Sie, Miss Hughes, das ist doch nicht –« Franklin log. Natürlich würde er die Unterschrift kontrollieren. Aber Jills durchdringender Blick verunsicherte ihn. Eine gemurmelte Entschuldigung auf den Lippen, zog er sich auffällig hastig zurück.

Minuten vergingen. Die Frau saß da wie zur Salzsäule erstarrt. Keine Regung war ihr anzumerken. Sie tastete lediglich nach der Pistole in ihrer Tasche.

Endlich kam Franklin zurück.

»Ich wurde aufgehalten.« Er hielt den Scheck immer noch in der Hand. »Wann, sagten Sie, hat Ihr Vater unterschrieben?«

»Ich sagte gar nichts.« Eine steile Unmutsfalte erschien auf Jills Stirn. Sie zögerte. »Heute morgen. Vor dem Abflug. – Stimmt etwas nicht?«

»Nein. Natürlich ist alles in Ordnung«, versicherte Franklin. »Es ist nur – wie soll ich mich ausdrücken? –, die Unterschrift weist leichte Unregelmäßigkeiten auf. Nichts von Bedeutung zwar, aber –«

»Vater hat den Scheck eigenhändig unterschrieben.«

»Außerdem …« Er zögerte, suchte ihren Blick. »Der vorhandene Dispositionsrahmen ist ausgeschöpft.«

»Oh«, machte Jill. »Haben Sie die Eingänge überprüft? Aus Kanada wird eine dreiviertel Million transferiert.«

»Uns liegt noch kein Avis vor.«

»Also zahlen Sie nicht aus?« Jill erhob sich ruckartig. »Ich werde Dad entsprechend informieren.«

Ihr Blick streifte Franklin. Verachtung drückte sich darin aus. Kein Wunder, daß er schlagartig ein flaues Gefühl in der Magengegend verspürte.

»Warten Sie!« rief er. »Natürlich können Sie über das Geld verfügen –«

Fünf Minuten später hatte Jill Hughes die ersten vierhunderttausend Dollar in ihrer Tasche.

Bei den anderen Banken gab es keine Probleme. Jill fragte sich, weshalb sie nicht die doppelte Summe auf die Schecks geschrieben hatte und sich mit dem Geld absetzte, irgendwohin ans Ende der Welt, wo der Schatten sie nicht finden konnte. Die sofort einsetzenden heftigen Kopfschmerzen belehrten sie eines besseren. Sie war längst nicht mehr in der Lage, eigene Entscheidungen zu treffen.

Kurz nach 17 Uhr klingelte sie bei Fred Brennon. Er öffnete überraschend schnell, als hätte er hinter der Tür gewartet.

»Du hast das Geld.« Das war eine Feststellung, keine Frage.

Fred war allein in dem riesigen Haus. Seine Eltern weilten seit knapp einer Woche beruflich in L.A., und das Personal hatte frei. Noch vor wenigen Monaten, vor dem Untergang der GOLDEN GOOSE, hätten sie nicht gezögert, sich erst im Pool und später im weitläufigen und vor fremden Blicken geschützten Garten ihrer Leidenschaft hinzugeben. Für reiche Erben, die Arbeit überwiegend vom Hörensagen kannten, war das die angenehmste Art, die Zeit totzuschlagen.

»Wann kommt er?« wollte Jill wissen.

Fred zuckte mit den Schultern. »Er sollte schon da sein.«

»Du glaubst, wir können uns auf ihn verlassen? Jemand, der nicht pünktlich ist –«

Das Telefon klingelte. Nach dem vierten Läuten wurde aufgelegt.

»Das ist er«, behauptete Fred und begann, nervös an seinen Fingernägeln zu zupfen.

Gleich darauf meldete sich das Telefon erneut.

Brennon hob ab. »Ja –?«

»Marshall hier«, sagte eine rauhe Stimme.

Fred kniff die Brauen zusammen. Er starrte auf seine Armbanduhr. Inzwischen war die vereinbarte Zeit um zwanzig Minuten überschritten.

»Sie sagen ab«, vermutete er. »Sie machen den Job nicht?«

»Ich bin schon da«, erwiderte der Anrufer. »Dreihundert Meter entfernt, in der Zelle. Das Mädchen vorhin, war das deine Verlobte?«

Fred nickte, besann sich dann aber, daß der Anrufer das nicht sehen konnte. »Ja«, sagte er. Im selben Moment wurde aufgelegt.

Ihm war schlagartig klar, daß Marshall das Anwesen beobachtet hatte. Männer wie er gingen immer auf Nummer Sicher. Ihr Leben konnte davon abhängen.

»Du kennst ihn nur vom Telefon?« fragte Jill.

»Ich habe gestern auf seine Anzeige geantwortet, und er hat heute morgen zurückgerufen«, erwiderte Fred. »Er nennt sich Marshall, aber das ist nur ein Deckname. Er war in der Fremdenlegion und hat in Vietnam gekämpft. Zuletzt Teilnahme an einem Einsatz gegen die Drogenbosse in Südamerika. Muß ziemlich heiß hergegangen sein.«

Jill zögerte. »Daß man derartige Dienste über Anzeigen anbieten darf ...? Wir könnten uns eine kleine Armee mieten.«

»Bei entsprechender Bezahlung kein Problem.« Fred warf seiner Verlobten eine abgegriffene Zeitschrift zu. »Seite hundertacht. Ich habe die Stelle markiert.«

Das Magazin war die neueste Ausgabe von *Soldier of Fortune.* Jill fand die Anzeige auf Anhieb: *MAN FOR HIRE. Seeks high-risk, short-term work. Discreet and confidential. All inquiries answered. PO Box A1430, Miami.*

Schritte erklangen auf dem Kiesweg vor dem Haus. »Das ist er«, behauptete Fred.

Irgendwie hatte Marshall die geschlossene Einfahrt überwunden, ohne dabei Alarm auszulösen. Aber vermutlich war das noch kein besonders großes Kunststück.

Sie hatten einen Rambo-Typ erwartet, einen Mann, dem man eine Meile gegen den Wind ansah, daß er überall auf der Welt Drecksarbeit verrichtete. Aber dem war nicht so. Abgesehen von seiner sonnengebräunten, gegerbten Haut hätte man ihn ebensogut hinter einem Büroschreibtisch vermuten können.

Jill schätzte ihn auf mindestens einen Meter neunzig. Sein Alter lag um die Vierzig. Das leicht grau melierte Haar trug er kurz geschnitten, dazu einen kurzen Oberlippenbart. Seine Wangenknochen ebenso wie das Kinn traten kräftig hervor, und um die Augenwinkel hatten sich tiefe Falten eingegraben. Er trug ein offenes, buntes Hemd, darüber ein leger fallendes Leinensakko und Jeans. Die Füße steckten in wadenhohen Stiefeln.

Jills Blick kehrte zurück zu seinem offenen Hemd. Der einzige Schönheitsfehler an dem Mann war die breite, blaurot verfärbte Narbe quer über seiner Brust, die zum Teil von wildem Fleisch überwuchert wurde.

»Zufrieden mit der Bemusterung, Miss Hughes?« fragte er amüsiert. Seine Stimme klang rauh und rauchig, aber keineswegs abstoßend.

»Sie scheinen sich gut über uns informiert zu haben, Mr. Marshall«, sagte Fred Brennon.

»Das gehört zu meinem Job, und Ihre Andeutungen haben mich neugierig gemacht. Aber müssen wir das im Treppenhaus bereden?«

Sie nahmen im Salon Platz. Der Söldner blickte sich aufmerksam um. »Nicht übel, die Einrichtung«, stellte er fest. »Besser als manches Urwaldcamp.«

»Whisky, Mr. Marshall?« fragte Fred, ohne auf die Bemerkung einzugehen.

»Mein Name ist Marshall, ohne Mister. Geben Sie mir einen Fruchtsaft.« Er lachte rauh, als er die Überraschung in Jills Gesicht bemerkte. Auch Brennon war einigermaßen perplex. »Ein klarer Kopf kann über Tod und Leben entscheiden«, fügte er hinzu. »Sie haben Andeutungen über einen illegalen Job gemacht, Fred. Aber solche Dinge bespricht man nicht am Telefon. Mitunter haben sogar die Wände Ohren.«

Seine Haltung wirkte zwar entspannt, doch der Eindruck täuschte. In Wirklichkeit stand Marshall ständig unter Strom. Sein Blick huschte unablässig hin und her, registrierte jede Kleinigkeit.

Fred brachte den Fruchtsaft. »Sie sind bereit, gegen das Gesetz zu verstoßen?« fragte er.

»Das hängt davon ab –«

»Eine Million US-Dollar. Bar auf die Hand.«

Marshall ließ keine Regung erkennen. »Was ist zu tun?«

»Sie sollen nur jemanden entführen.«

»Eine Million für ein lausiges Kidnapping? Einen solchen Job erledigt jede Gang für weniger Geld. Falls es sich nicht gerade um den Präsidenten der Vereinigten Staaten handelt, ist das kein Problem.«

»In diesem speziellen Fall vermutlich doch«, widersprach Brennon. »Die betreffende Person wird sich überwiegend in einem der am besten bewachten Gebäude von New York aufhalten.«

Marshall nippte am Fruchtsaft. »Mit den richtigen Leuten und einer perfekten Planung hole ich Ihnen sogar Beelzebub aus der Hölle.«

»Ganz so weit werden Sie nicht gehen müssen«, sagte Jill.

»Nur bis Manhattan«, fügte Fred hinzu. »Zur United Nations Plaza.«

»Das UNO-Gebäude?« Marshall stellte das Glas ruckartig auf den Tisch zurück. Damit hatte er nicht gerechnet. »Es ist nicht unmöglich«, sagte er, »aber ich brauche die richtigen Männer dazu. Außerdem steigt der Preis. Wieviel Zeit habe ich für die Vorbereitungen?«

»Vierundzwanzig Stunden. Vielleicht das Doppelte. Kaum mehr.«

»Das kostet zwei Millionen.«

»Die Hälfte davon erhalten Sie nach Abschluß der Aktion.«

»– die andere Hälfte sofort.«

»Einverstanden.«

Sie redeten eine halbe Stunde lang. Marshall gestand offen, daß er noch keine Ahnung hatte, wie das Problem anzupacken war. Der Eindruck einer gezielten Entführung sollte vermieden werden. Außerdem gab es keine Bilder der betreffenden Person. Jill und Fred bestanden folglich darauf, an der Aktion teilzunehmen, weil nur sie die Identifizierung vornehmen konnten.

»Ich arbeite ungern mit Kindern zusammen«, wehrte der Söldner ab.

»Entweder – oder.« Jill blätterte die erste Million Dollar in großen Scheinen auf den Tisch. »Dafür müssen Sie schon ein Risiko eingehen, Mister.«

Marshall stopfte die Scheine in seine Sakkotaschen.

»Ihr wißt, was euch erwartet?« fragte er. »Im schlimmsten Fall eine Kugel ins Herz.«

Morgens um halb sechs Uhr herrschte auf dem John F. Kennedy Airport im New Yorker Stadtteil Queens schon ein unglaubliches Gedränge, immerhin war JFK einer der größten und verkehrsreichsten Flughäfen der Welt. Ein wahrhaft babylonisches Sprachengewirr schlug über Sir Ian Sutherland und der Anthropologin Gudrun Heber zusammen, als sie wenige Minuten nach der Landung das Großraumflugzeug verließen und von einer bunt gemischten Menschenmenge mitgespült wurden. Innerhalb des International Arrivals Buildings herrschte ein unbeschreibliches Gedränge, dennoch gab es so etwas wie Ordnung in dem Chaos.

Nicht länger als vierzig Minuten warteten die beiden auf ihr Gepäck, und die Zollkontrolle inmitten einer endlos anmutenden Menschenschlange war nicht mehr als ein bloßes Durchwinken nach einem flüchtigen Blick des diensttuenden Beamten auf ihre Pässe.

Sutherland nahm eines der Yellow Cabs, das zwar während der Rush hour nicht schneller vorwärts kam als die Busse, das aber wesentlich mehr Komfort bot. Im *stop and go*-Rhythmus ging es zunächst auf der Staatsstraße 678 nach Norden, Richtung La Guardia, vor Flushing Meadow bog der Fahrer auf die 495 ein, die kurz vor dem East River endete. Durch den Queens Midtown Tunnel gelangten sie in die First Avenue. Rechterhand erhoben sich die Gebäude der United Nations Headquarters im Schein der Morgensonne.

Zwischen der 44. und der 45. Straße, gegenüber der UNO, erhebt sich das Wolkenkratzerpaar 1 und 2 United

Nations Plaza, dessen grünlich schimmernde Glasfassaden von Aluminiumplatten unterbrochen werden. Von weitem fühlte Gudrun sich unwillkürlich an gigantische Bögen Millimeterpapier erinnert, aber auch aus der Nähe besehen hielt sich dieser Eindruck hartnäckig.

Mit quietschenden Reifen, kaum langsamer als draußen auf der Straße, fuhr das Taxi in die Tiefgarage der Nummer 1 ein und hielt vor dem Hauptlift. Sutherland gab ein großzügiges Trinkgeld, woraufhin der Fahrer das Gepäck sogar noch in den Aufzug stellte, dem großen, grauhaarigen Mann zublinzelte und ihm viel Vergnügen wünschte. Die eindeutige Betonung verriet, daß er Gudrun für Sutherlands Sekretärin (und mehr) hielt.

»Was hat er gesagt?« wollte die Anthropologin wissen, während der Lift in die Höhe schoß.

»Nichts von Bedeutung«, murmelte Ian.

»Er glaubt, daß wir beide –?«

Ein diskretes Schmunzeln zeichnete sich um Sutherlands Mundwinkel ab. »Wäre Ihnen die Vorstellung sehr unangenehm, Miss Heber?«

Weiter kam er nicht, denn der Lift hielt in der 28. Etage. Die Lobby des Hotels United Nations Plaza lag vor ihnen. Ein Page nahm ihnen das Gepäck ab.

Nicht einmal zehn Minuten später hatte Sutherland alle Formalitäten erledigt. Ein kleinerer Lift brachte sie zu ihren Zimmern im 31. Stockwerk. Das Gepäck war bereits da. Die Zimmer waren groß und komfortabel eingerichtet, beinahe kleine Tanzsäle. Und der nahezu ungehinderte Blick nach Westen, weit hinweg über die Wolkenkratzerschluchten Manhattans, nur behindert von der über der City liegenden fahlen Dunstglocke aus Abgasen, hatte etwas Erhebendes.

Sutherland stand im Bad und hatte gerade das Rasiermesser angesetzt, als es klopfte.

»Come in!« rief er, den Rasierschaum noch im Gesicht verteilt und das Handtuch um den Nacken geschlungen.

Das Klopfen wiederholte sich.

»Es ist offen. Kommen Sie herein!«

Als sich immer noch nichts tat, murmelte Sutherland eine Verwünschung, ging zur Zimmertür und riß sie auf. Überrascht registrierte er, daß niemand auf ihn wartete. Wer immer geklopft hatte, er konnte gar nicht so schnell davongelaufen sein – der Korridor war einfach zu lang. Es sei denn, der Betreffende hatte sich in eines der angrenzenden Zimmer zurückgezogen.

Während Sutherland noch überlegte, erklang hinter ihm ein Geräusch, das ihn herumfahren ließ.

»Miss Heber!« stieß er ungläubig hervor. »Wie kommen Sie –?

»Durch die Verbindungstür«, erklärte die Anthropologin mit entwaffnender Offenheit. »Sagen Sie bloß, Sir Ian, Sie wußten davon nichts.«

»Nein, natürlich nicht.« Er stutzte. »Haben Sie eben angeklopft?«

»Ich wollte Sie ungern in der Badewanne überraschen, Sir Ian.«

Sutherlands Nicken kam zögernd und hatte etwas von der Unentschlossenheit eines Mannes, der jenseits des Zaunes die schönsten Früchte sieht und doch genau weiß, daß er Nachbars Garten nicht betreten darf. Mit einem Ende des Handtuchs begann er, sich den Rasierschaum aus dem Gesicht zu wischen.

»Eigentlich bin ich nur hier, um Ihre Frage zu beantworten«, sagte Gudrun schnell.

Sutherland hielt überrascht inne. Trotz seiner beinahe fünfzig Jahre war er schlank und zugleich kräftig, und er hatte nicht ein Gramm Fett zuviel angesetzt. Das tägliche Training im Fitneß-Center auf Oake Dùn zahlte sich aus, er konnte bedenkenlos mit jedem Dreißigjährigen mithalten. »Welche Frage?« wiederholte er irritiert.

»Sie wollten wissen, ob mir die Vorstellung sehr unangenehm wäre, daß wir beide – ich meine, Sie mit mir, oder ich mit Ihnen ...«

Sutherland wischte den Rest des Rasierschaumes ab, knüllte das Handtuch zusammen und warf es durch die einen Spalt weit offenstehende Tür hindurch ins Bad. »Das war nur so dahingesagt«, erklärte er, »aus der Situation heraus.«

»Oh«, machte Gudrun. Ihr Blick verdüsterte sich von einem Moment zum anderen.

Gleichzeitig begriff Sutherland. Mit der flachen Hand schlug er sich an die Stirn. »Ich verstehe«, gestand er etwas kleinlaut. »Erst meine dumme Rede, danach das mit der Verbindungstür. An Ihrer Stelle würde ich ebenfalls glauben, daß Absicht dahintersteckt. Aber dem ist nicht so. – Darf ich Ihnen einen Drink aus der Zimmerbar anbieten, Miss Heber?«

»Sie könnten fast mein Vater sein, Sir Ian.«

»Aber auch nur fast. Gin Tonic?« Er hatte, ohne die Antwort abzuwarten, zwei Gläser auf den Tisch gestellt und holte die Flaschen aus dem Kühlschrank.

»Viel tonic water, wenig Gin«, bat Gudrun. »Wenn ich mich recht entsinne, ist es noch ziemlich früh am morgen.«

»Schließen Sie die Zwischentür ab«, sagte Sutherland, während er einschenkte. »Meinetwegen vernageln Sie sie mit Brettern, oder schieben Sie einen Schrank davor.« Er reichte ihr ein Glas und hob selbst das andere. »Auf Ihr Wohl, Miss Heber, und darauf, daß A.I.M. mit einem blauen Auge davonkommt.«

»Ich denke, Sie haben Freunde bei der UNO«, erwiderte die Anthropologin nachdenklich.

»Manchmal ist es besser, Freundschaft und Geschäft zu trennen. Ich will mir später nicht nachreden lassen, ich hätte Beziehungen ausgenutzt, um meinen Hals aus der Schlinge zu ziehen.«

»Das verstehe ich.« Gudrun kippte das noch halb gefüllte Glas in einem Zug. »Danke«, sagte sie und wandte sich der leidigen Tür zwischen beiden Zimmern zu. »Übrigens«, sie blieb in der Öffnung stehen und wandte sich noch einmal um, »ich werde weder abschließen, noch habe ich vor, den wertvollen Türrahmen mit Nägeln zu durchlöchern. Und den schweren Schrank kann ich schon gar nicht allein bewegen. Aber gestatten Sie mir eine Frage, Sir Ian: Haben Sie in diesem Hotel schon früher übernachtet?«

Er brauchte nicht lange zu überlegen.

»Zweimal, Anfang der achtziger Jahre. Damals war das Wolkenkratzerpaar gerade neu errichtet.«

Ein Lächeln huschte über Gudruns Gesicht, eine Mischung aus Amüsement und der Gewißheit, einen Menschen richtig eingeschätzt zu haben. »Dann gehe ich davon aus, daß der Manager ein sehr gutes Gedächtnis hat, oder ein noch besseres Computerprogramm«, sagte sie.

Der Gründer und Finanzier von A.I.M. blickte ihr sinnend nach, und selbst als sich die Tür schon geschlossen hatte, stand er noch unbewegt mitten im Raum. Erinnerungsfetzen stiegen in ihm hoch. Er dachte an Eileen, seine langjährige Sekretärin, die herzlich wenig von der verschrieenen britischen Kühle an sich gehabt hatte, sondern ihrem Temperament nach eher Französin oder feurige Spanierin gewesen war – ein rothaariger Tiger, aber eben doch nur auf sein Geld scharf, wie viele andere Frauen zuvor in seinem Leben. Ihr erster gemeinsamer Aufenthalt im United Nations Plaza war 1981 gewesen, und der zweite ...? Er entsann sich nicht mehr. Seltsam. Je intensiver er darüber nachdachte, desto hartnäckiger schien ihm die Erinnerung zu entgleiten. Er wußte, daß er zweimal in New York gewesen war, aber das zweite Mal ...

»Das ist ein perfekter Filmriß«, konstatierte er und wischte mit einer beinahe schon ärgerlichen Handbewegung alle diesbezüglichen Gedanken beiseite. Was interessierte ihn ausgerechnet jetzt die Vergangenheit?

Er ging ins Bad zurück, hob das Handtuch auf und griff wieder nach dem Rasierschaum. Bis zu seiner Verabredung mit George Mahon war nicht mehr allzu viel Zeit.

Mel Hamersmith beobachtete den beigefarbenen Uralt-Pickup, seit er die Brooklyn Bridge verlassen hatte und in die Fulton Street eingebogen war. Mehrmals hatte der Fahrer die Gelegenheit zum Überholen ungenutzt verstreichen lassen, aber ausgerechnet jetzt, als die Straße enger wurde, wollte er sich an dem Lieferwagen vorbeizwängen. Zwei vergebliche Versuche veranlaßten Mel zu einem verständnislosen Kopfschütteln.

»So ein Idiot«, schnaubte er. »Wenn der uns mal nicht den Hintern wegfährt ...«

»Von wem sprichst du?« Charles, sein Kumpel, räkelte sich auf dem Beifahrersitz. Vergeblich hatte er versucht, eine Mütze voll Schlaf zu erhaschen. Sonderlich gut ging es ihm heute nicht, er hatte die Nacht fast durchgemacht, war erst nach eins ins Bett gestiegen und gegen halb drei schon wieder aufgestanden. Seitdem war er mit Mel auf Tour und nickte immer wieder für Sekunden ein, aber leider nicht länger. Mit übergehenden Augen starrte er in den Außenspiegel. Da waren zwei oder drei Autos hinter dem Lieferwagen, aber gewiß kein Pickup.

»Sag mal –«, begann Charles. Eine deftige Verwünschung unterbrach ihn.

Mel riß den Lieferwagen nach rechts. »Idiot!« schnaubte er. »Armleuchter!«

Vor ihnen scherte der Pickup ein. So dicht, daß Hamersmith gezwungen war, die Bremse bis zum Bodenblech durchzutreten. Charles, der keinen Gurt angelegt hatte, wurde nach vorne geschleudert, prallte erst gegen die Windschutzscheibe und unmittelbar danach auf das Armaturenbrett, und als er ächzend auf den Sitz zurückkippte, war sein Gesicht blutverschmiert.

Mel Hamersmith stieß einen ellenlangen Fluch aus und hämmerte auf die Hupe. Die Fahrer der anderen Fahrzeuge zogen vorbei, ohne sich um den Zwischenfall zu kümmern, aber wenigstens der Pickup blieb einige Meter weiter stehen.

Mel brauchte den Lieferwagen nicht anzuhalten, er hatte den Motor ohnehin abgewürgt. Für einen Moment spürte er die Versuchung, loszufahren und den Pickup zu rammen, Gleiches mit Gleichem zu vergelten. Aber Gewalt war nicht seine Stärke, sonst hätte er wohl kaum Tag für Tag Hotels und Geschäfte abgeklappert und Essensreste und unverkäufliche, leicht verderbliche Nahrungsmittel eingesammelt, um damit Wohnheime, Missionen und was der karitativen Einrichtungen mehr waren, zu beliefern. Mittlerweile war ein eigenes kleines Unternehmen daraus geworden, mit mehr als dreißig Fahrzeugen.

»Hier, nimm das!« Er warf Charles sein Taschentuch hin. Charles blutete aus einer Platzwunde an der Stirn, und wie es aussah, würde er den Sitz mit seinem Blut versauen. »Ist es sehr schlimm?«

»Nur wenn ich lache«, stöhnte der Beifahrer. »Ich fühle mich, als hätte mir jemand eins mit dem Vorschlaghammer übergezogen.« Ächzend lehnte er sich zurück und drückte das Tuch auf seine Stirn. »Hat der Kerl wenigstens angehalten?« wollte er wissen.

»Sie sind sogar ausgestiegen«, erwiderte Hamersmith. »Auf den Kommentar bin ich gespannt.«

Zwei Männer kamen auf den Lieferwagen zu. Der eine – wenn Mel sich nicht täuschte, der Fahrer des Pickup – war ein junger Spund, kaum älter als zwanzig. Seine Hautfarbe verriet, daß ein Elternteil Weißer war, vielleicht Mestize, der andere Farbiger. Er trug das Kraushaar kurzgeschoren, einen strähnigen Kinnbart, und auf dem schwarzen T-Shirt eine über der Brust verknotete weiße Holzperlenkette. Sein breites Grinsen und die tänzelnde Art, sich zu bewegen, waren eine einzige Provokation, als existiere kein Unterschied zwischen Disco und Straßenverkehr.

Mels Rechte verkrampfte sich ums Lenkrad, bis die Fingerknöchel bleich unter der Haut hervorstachen, mit der Linken faßte er nach dem Türgriff. Wahrscheinlich wäre es klüger gewesen, Gas zu geben und Brooklyn Heights den Rücken zu kehren.

Der andere Mann wirkte kaum vertrauenswürdiger. Aber immerhin hob er in einer entschuldigenden Geste die Arme.

Mel stieß endlich die Tür auf und schwang sich halb nach draußen. »Meinen Beifahrer hat's erwischt!« rief er wütend. »Was denkt ihr euch eigentlich?«

Der Mestize tänzelte um die Tür herum. Grinsend entblößte er zwei Reihen makellos weißer Zähne. »Sei froh, Opa, daß wir dich gestoppt haben, und nicht die Bullen.« Er spie aus. »Du solltest uns dankbar sein.«

»Ich wüßte nicht, wofür.«

»Nein?« Der Kerl schien sich ausschütten zu wollen vor Heiterkeit. »Mann, das ist der Witz des Jahres. Pflastert die Straße mit Soße und Fleisch und weiß es nicht. Was bist du bloß für einer?«

Autos brausten vorbei, aber niemand nahm Notiz von ihnen. Einer hupte lediglich schrill. »Ja, ja, ist genug Platz hier«, rief der Mestize hinter ihm her.

Mel hatte inzwischen den anderen Mann aus den Augen verloren. Offenbar machte er sich auf der Beifahrerseite zu schaffen. Aber wozu? Es gab nichts zu stehlen außer einigen Dutzend Behältern mit Suppen und Soßen, mit Fleisch, Salaten und Nudeln, alles schon einmal aufgekocht und inzwischen wieder kalt, aber für die Armen und Obdachlosen ein Festmenü, als würden Weihnachten und Ostern auf einen Tag fallen.

»Na los, Opa, sieh dir die Scheiße an, die du fabriziert hast!«

Mel schüttelte den Kopf. »Ich weiß nicht, was du willst, Junge, aber –«

Der Mestize ergriff ihn an der Jacke, doch Hamersmith löste sich mit einer blitzschnellen Drehung – gleichzeitig bohrte sich der Lauf eines Revolvers schmerzhaft zwischen seine Rippen.

Das Grinsen des Jungen wurde noch eine Spur breiter.

»Keine Dummheit, Opa!« zischte er. »Ich puste dich aus!«

»Was wollt ihr von mir? Ich habe nichts, was ihr mir abnehmen könnt.« Straßenüberfälle waren in New York an der Tagesordnung. Mel Hamersmith war bislang unbehelligt geblieben, doch irgendwann, das hatte er immer geahnt, würde es ihn erwischen. Trotzdem war er wie ein Anfänger in die Falle getappt. Die Gegend war nicht gerade das, was man eine bevorzugte Wohnlage nannte; alte, schäbige Brownstones, leere, düstere Fensterhöhlen und leerstehende Fabrikhallen bestimmten das Bild, es gab wahrlich bessere Regionen in Brooklyn.

»Nach hinten!« befahl der Junge. »Beweg dich!«

Ihm blieb keine andere Wahl, als sich zu fügen. Das Schießeisen zwischen seinen Rippen war ein überzeugendes Argument.

»Mach die Ladefläche auf!«

Mel gehorchte. Mit wenigen Griffen entriegelte er die Tür und ließ sie aufschwingen.

»Rein mit dir! Los, beeil dich endlich! Leg dich auf den Bauch, die Hände auf den Rücken!«

Von vorne erklangen unmißverständliche Geräusche. Der andere Kerl hatte Charles zusammengeschlagen und zerrte ihn aus der Tür.

»Hörst du schwer?« Der Mestize drosch Mel den Lauf seiner Waffe zwischen die Schulterblätter. Mel taumelte vornüber und krachte schwer auf die Ladefläche. Für einen Moment fürchtete er, die Besinnung zu verlieren und womöglich nie wieder aufzuwachen. Nur der abscheuliche Gedanke, irgendwann als algenbehängte Leiche aus dem East River gefischt zu werden, hielt ihn wach.

Er stieß mit dem Kopf gegen einen Suppenkessel und wälzte sich stöhnend herum, aber gleichzeitig zog er die Beine an und trat mit aller Kraft zu. Seine Absätze trafen den jungen Burschen an der Schulter, prellten ihm den Revolver aus der Hand und katapultierten ihn auf die Straße zurück. Bunte Schlieren vor Augen, sprang Mel hinterher, rammte ihm den Ellenbogen in die Magengrube und den linken Unterarm unters Kinn.

Doch bevor er es sich versah, wurde er in die Höhe gewirbelt, überschlug sich und krachte rücklings auf den Asphalt.

Ein Auto hielt. »Verschwinde!« bellte eine befehlsgewohnte Stimme. »Wir haben nur eine kleine Meinungsverschiedenheit. Das geht dich nichts an.«

Mit sengenden Reifen und aufheulendem Motor raste der Wagen weiter. Mel Hamersmith sah noch den zweiten der beiden Gangster mit einer großkalibrigen Waffe in der Hand, dann mußte er mehrere harte Hiebe einstecken, die ihm endgültig die Besinnung raubten.

Er hätte nicht zu sagen vermocht, wieviel Zeit vergangen war, als ein Geräusch ihn weckte.

Es war sein eigenes gequältes Röcheln. Die Kerle hatten ihn geknebelt, ihm die Arme auf den Rücken gebunden und auch die Beine nach hinten verschnürt, daß er sich nicht mehr rühren konnte. Seine Gliedmaßen begannen bereits abzusterben.

Er lag auf der Ladefläche seines Lieferwagens, der über holperige Straßen dröhnte. Einige Töpfe waren umgekippt, ihr Inhalt hatte sich gleichmäßig verteilt. Es roch nach Lammfleisch, nach Gewürzen und Salatöl.

Vergeblich versuchte Mel, sich auf die Seite zu wälzen. Er stieß gegen einen reglosen Körper. Ob Charles tot war oder nur bewußtlos, konnte er nicht erkennen. Verzweifelt begann er, an seinen Fesseln zu zerren. Er schaffte es nicht einmal, die Klebebänder zu lockern, mit denen die Kerle ihn einbandagiert hatten wie eine altägyptische Mumie.

Irgendwann war die Fahrt zu Ende – in einer kleinen Garage, wie es sie zu Hunderten an Straßenecken oder in alten Kellern gab. Als Mel Hamersmith aus dem Laderaum gezerrt wurde, blieb ihm genügend Zeit, sich umzusehen. Zwei schwere Limousinen standen vor dem Rolltor, eine von beiden spritzten die Kerle um – zu einem Streifenwagen.

»Macht schneller! Uns bleiben nur noch ein paar Stunden!«

Der Mann, der die Befehle erteilte, war um die Vierzig. Mel schätzte ihn als ehemaligen GI ein, aber dabei ließ er sich in erster Linie von dem kantigen, markanten Gesicht und dem Stoppelhaarschnitt leiten. Das war ein Gesicht, das er unter Tausenden wiedererkennen würde – falls er jemals Gelegenheit erhielt, in den Verbrecheralben der Polizei zu blättern. Mel gab sich Mühe, nicht allzu interessiert in die Runde zu schauen.

Der Mann kam auf ihn zu, umfaßte sein Kinn mit eisigem Griff und zwang ihn, den Blick zu heben.

»Falls Sie sich ruhig verhalten, Mister, kommen Sie und Ihr Freund mit einem blauen Auge davon. Dann sind Sie uns spätestens morgen los. Falls nicht ...« Die Geste, mit der er sich über die Kehle fuhr, war eindeutig.

Kurz vor neun Uhr verließen Ian Sutherland und Gudrun Heber das United Nations Plaza in der 44. Straße. Bis zu UNO waren es nur ein paar Schritte.

Entlang der Zufahrt flatterten die Fahnen aller Mitgliedsstaaten im frischen Morgenwind, der vom East River heraufwehte. Vor dem General Assembly Building sind sie in alphabetischer Reihenfolge aufgereiht, entsprechend der Sitzordnung der Delegierten im Inneren des Gebäudes. Trotz verschiedener imposanter Skulpturen und beschaulicher Parkanlagen spürte Gudrun Heber kaum Bewunderung, eher hatte sie den Eindruck eines ziemlich langweiligen Gebäudekomplexes. Rechterhand schließt sich das hoch aufragende scheibenförmige Secretariat Building an, dahinter die Konferenzhalle und entlang der 42. Straße die Hammarskjöld Bibliothek.

Ein Fahrzeugkonvoi fuhr soeben vor. Den schwarzen Limousinen mit den getönten Scheiben, hinter denen nur vage Konturen zu erkennen waren, entstieg eine Delegation aus arabischen Ländern. Von Leibwächtern umringt, verschwanden die Scheichs im Sitzungsgebäude.

Zielstrebig ging Sutherland auf das Secretariat Building zu. Uniformierte Wachtposten vertraten Gudrun und ihm den Weg, und erst nachdem sie sich ausgewiesen hatten, durften sie passieren.

Die Empfangshalle war vergleichsweise riesig. Sitzgruppen, Blumenarrangements und Kunstwerke aus verschiedenen Teilen der Welt wechselten einander ab.

Sutherland meldete sich an.

»Eine Anhörung, sagen Sie?« erkundigte sich die freundliche Dame.

»Um neun Uhr dreißig«, bestätigte Ian.

»Es tut mir leid, Sir, aber der Große Saal ist für eine Veranstaltung wegen Kambodscha belegt, und das betrifft Sie nicht, oder?«

»Nein, mit Kambodscha haben wir nichts zu tun.«

Die Dame zog einen Computer zu Rate. Mit fliegenden Fingern tippte sie ihre Abfrage ein. »Sutherland?« fragte sie noch einmal.

»Sir Ian Sutherland, Earl of Oake Dùn. Das liegt im Norden Schottlands . . .«

Die Sekretärin buchstabierte den Nachnamen. Ian nickte bloß. »Rund fünfundzwanzigtausend Beschäftigte allein in der Verwaltung«, flüsterte er Gudrun zu. »Kein Wunder, daß sie trotz komplexer Rechenanlagen den Überblick verlieren.«

»So erklärt sich wohl auch die Unbeweglichkeit der UNO in manch anderen Dingen«, gab die Anthropologin ebenso leise zurück.

Sutherland lächelte belustigt. »Lassen Sie das um Himmels willen Mr. Mahon nicht hören«, raunte er. »George reagiert auf solche Bemerkungen allergisch. Er ist ein Perfektionist, oder zumindest versucht er, einer zu sein.«

»Mit wem sind Sie verabredet, Sir Ian?« fragte die Sekretärin.

Sutherland reichte ihr das Telefax.

»Abteilungsleiter Mahon«, sagte sie, »natürlich. Einen Augenblick noch, Sir.«

Sutherland nickte wohlwollend. Mittlerweile war es zwanzig Minuten nach neun, also noch kein Grund, eine Verspätung zu befürchten.

»Sir Ian –?«

»Ja?«

»Ich kann Mr. Mahon in seinem Büro nicht erreichen. Die Herren scheinen sich bereits versammelt zu haben. – Bitte, nehmen Sie einige Minuten Platz. Ich kümmere mich darum, daß Sie abgeholt werden.«

Sutherland setzte sich zu Gudrun Heber. »Worüber grübeln Sie nach?« wollte er wissen, als er ihren sinnend in die Ferne gerichteten Blick bemerkte.

»Ich mußte an Tom denken«, sagte die Anthropologin. »Ob er alles gut überstanden hat? Dieser Santoya scheint ein Mistkerl ersten Ranges zu sein, und was mit Don Aldarez ist –«

»Wir können nichts tun, Miss Heber, nur abwarten«, antwortete Sutherland. »Wir sind einfach zu weit weg vom Schuß. Allerdings bin ich davon überzeugt, daß der Hubschrauber Dr. Ericson aufgelesen und aus Lima ausgeflogen hat. Vermutlich hat er Peru bereits hinter sich gelassen.«

»– falls Santoya ihn nicht doch noch erwischt hat.«

»Unkraut vergeht nicht, wie man so schön sagt.« Sutherland reckte plötzlich den Hals. »Da hinten kommt George. Dann kann es ja losgehen.«

Gudrun stutzte. Klang da wirklich Resignation in Sutherlands Tonfall mit? Das hätte allerdings so gar nicht zu ihm gepaßt. Nein – Sir Ian gab sich lediglich reserviert, was daran lag, daß er seine guten Beziehungen zu Mahon nicht ausspielen wollte. Nicht in diesem Fall, da wahrscheinlich ihre weitere Tätigkeit auf dem Spiel stand. Beider Händedruck fiel knapp aus, aber dennoch keineswegs weniger herzlich.

Sutherland stellte Gudrun als seine feste Mitarbeiterin vor.

»Es freut mich, Miss Heber, Sie gerade bei dieser Gelegenheit kennenzulernen«, sagte Mahon. »Ian beweist damit wieder einmal den Weitblick, den ich an ihm so schätze. Außerdem habe ich schon von Ihnen gehört.«

»Hoffentlich nur Gutes«, bemerkte Gudrun.

Ein paar kleine Fältchen erschienen um Mahons Augenwinkel. Er lächelte mit den Augen, aber seine Miene blieb unbewegt – wie bei jemandem, der im Zwiespalt der Gefühle eine Entscheidung vermeidet. »Sie sind Deutsche, zuletzt Dozentin für Anthropologie in Yale«, zählte er auf, als sei damit schon alles klargestellt, was es klarzustellen gab.

»Vermutlich wissen Sie sogar meine Kleidergröße«, fügte Gudrun hinzu, ungeachtet Sutherlands knapp abwinkender Geste.

»Das sind vertrauliche Informationen, die auch als solche behandelt werden«, erwiderte Mahon. »Wenn Sie mir nun folgen wollen, Sie werden erwartet.«

»Punkt neun Uhr dreißig«, murmelte Sutherland nach einem flüchtigen Blick auf seine Armbanduhr. »Wir haben noch nichts versäumt.«

»Das wird sich herausstellen«, bemerkte Mahon mehrdeutig.

Gudrun hatte einen durchaus positiven Eindruck von ihm. Er war nicht der aalglatte Typ Politiker, den man häufig anzutreffen pflegte, aber offenbar auch nicht der Bürokrat, der kein Formular bearbeitete, das nicht mindestens drei Stempelabdrücke trug und von dem er nicht vorher aus Sicherheitsgründen eine Kopie angefertigt hatte. George Mahon war schätzungsweise Anfang Fünfzig, sein volles, schwarzes Haar und die ebenmäßigen Gesichtszüge ließen ihn jedoch jünger erscheinen. Die grauen Augen verrieten Offenheit und Kompromißbereitschaft, wenngleich er zweifelsohne auch sehr hart zupacken konnte, denn andernfalls hätte er es kaum zum Abteilungsleiter im UN-Sekretariat gebracht. Er war nur wenige Zentimeter kleiner als Sutherland, also ungefähr ein Meter sechsundachtzig groß, und wirkte kaum weniger durchtrainiert. Gudrun bezweifelte, daß seine Arbeit ein reiner Schreibtischjob war, eher befand er sich häufig im Gefolge des Generalsekretärs auf Reisen.

Der Lift, den sie benutzten, hielt im 10. Stockwerk. Eine sonnenüberflutete Empfangshalle schloß sich an. Mahon führte Sutherland und Gudrun in ein kleines, holzgetäfeltes Sitzungszimmer.

An einem ovalen Tisch saßen fünf Männer und eine Frau unterschiedlichen Alters und, dem Äußeren nach zu schließen, auch verschiedener Nationalität. Mahon übernahm die Vorstellung, beschränkte sich aber auf Namen und Herkunft der Anwesenden.

Jorge Herrero, er war Spanier und einer der Ältesten in der Runde, hatte den Vorsitz. Er verneigte sich knapp, behielt aber Platz.

»Sie wissen, weshalb Sie hier sind, Mr. Sutherland?«

»Nun ...« Ian zögerte mit der Antwort. »Mein Wissensstand beschränkt sich auf den Wortlaut der schriftlichen Aufforderung, die mir per Telefax übermittelt wurde.«

»Was Sie nicht daran gehindert hat, höchst persönliche Rückschlüsse daraus zu ziehen. Oder sollte ich mich da irren?«

»Keineswegs, Señor Herrero.«

»Sie befassen sich hauptsächlich mit Archäologie und den verwandten Wissensgebieten, aber auch, um es salopp auszudrücken, mit modernen Mysterien«, sagte Jacqueline Dupont, die einzige Frau in der Runde. »Dagegen ist nichts einzuwenden, auch nicht, daß Abteilungsleiter Mahon Ihnen gelegentlich diplomatische Unterstützung zukommen ließ. Die Bestellung eines Ihrer Mitarbeiter als Honorarkonsul von Belize – im Grunde ein Titel ohne Mittel – ist nur eine der Annehmlichkeiten, die auf Ihre Freundschaft mit George zurückzuführen sind.«

»Falls der Verdacht der Vorteilsannahme besteht –«, begann Sutherland prompt, wurde aber sofort von Herrero unterbrochen.

»Niemand macht Ihnen Vorwürfe«, widersprach der Spanier. »Entscheidungen wurden stets nach dem Vier-Augen-Prinzip getroffen. Wir haben Ihre privaten Forschungen bislang gutgeheißen – weniger zwar, was manches Fundstück anbetrifft, das offenbar für immer in Ihrem eigenen kleinen Museum verschwand, als vielmehr mit Blick auf Ihre Zielsetzung –, denn Sie beginnen dort, wo die Schulwissenschaft Mauern errichtet. Wir, das heißt, jeder von uns in diesem Raum, sind davon überzeugt, daß es zwischen Himmel und Erde mehr Geheimnisse gibt, als gemeinhin angenommen wird.«

»– oder auch Scharlatane, die in betrügerischer Absicht die Massen verführen«, sagte Adriano Messina. Sein Blick war auf Gudrun gerichtet, die sich prompt angesprochen fühlte.

»Leider weiß ich nicht, auf was Sie anspielen«, erwiderte sie.

»Philippinen, 1986«, sagte Jorge Herrero. »Mr. Sutherlands Eingreifen verdanken wir die Entlarvung eines Wunderheilers, dem selbst nach Einsatz modernster Technik kein Betrug nachgewiesen werden konnte.«

»Das war Zufall«, schwächte Ian ab. »Außerdem hatte ich den Zwischenfall schon fast vergessen. – Aber Sie, Señor Herrero, sagten vorhin, meine Tätigkeit sei bislang gutgeheißen worden. Soll das bedeuten, Sie wollen Ihre Meinung ändern?«

Gläser und verschiedene Getränke standen auf dem Tisch. Der Spanier ließ sich Zeit mit seiner Antwort, er öffnete erst eine Cola, schenkte sich ein und trank langsam, wobei er den Schotten und seine Begleiterin keine Sekunde lang aus den Augen ließ. Nicht die geringste Regung schien seiner Aufmerksamkeit zu entgehen.

»In letzter Zeit geschehen merkwürdige Dinge«, sagte er endlich. Sutherland hatte sich zurückgelehnt, die Arme auf den Stuhllehnen abgestützt und tippte monoton die Fingerspitzen aneinander. Die Bemerkung schien ihn nicht im mindesten zu berühren.

»Dinge, die zweifellos mit Ihrer Organisation zu tun haben«, fuhr Herrero fort.

»Unangenehme Sachen«, bemerkte Jacqueline Dupont.

»Was in Peru geschah, ist nicht mehr entschuldbar«, sagte sogar George Mahon. »Das sind die Anfänge eines Privatkriegs, Ian. Aber wer kämpft gegen wen? Du gegen die Drogenmafia, oder umgekehrt?«

»Wenn dem so wäre, säße ich nicht hier.« Sutherland zog seinen Tabaksbeutel hervor. »Darf ich rauchen?« fragte er.

»Natürlich«, sagte Herrero. »Allerdings sollten wir uns über einige grundlegende Definitionen einig werden.«

»Fragen Sie General Chavin!«

»Das haben wir getan, Ian«, bemerkte Mahon überaus eindringlich. »Du kannst dir denken, welche Antwort wir erhielten.«

»Das kann ich ausnahmsweise nicht«, erwiderte Sutherland.

»Die Auskünfte als konfus zu bezeichnen, wäre noch eine Untertreibung. Was verbindet dich mit der Terrororganisation *Leuchtender Pfad?*«

Sutherlands Haltung versteifte sich jäh. Auf seiner Stirn erschien eine steile Unmutsfalte. »Die Frage meinst du nicht ernst«, protestierte er.

»Ich meine es so, wie ich es sage«, bestätigte Mahon. »Aus dem Spiel, das du all die Jahre hindurch getrieben hast, ist Ernst geworden, Ian. Verdammt blutiger Ernst sogar. Das sollte dir klar sein. Also heraus mit der Sprache! Warum schlägt der *Leuchtende Pfad* eine blutige Schneise durch den Dschungel, ausgehend vom Titicacasee bis nach Lima?«

»Wir wissen, daß Sie und Ihre Mitarbeiter in Tiahuanaco waren«, fügte einer der Männer hinzu, die bislang schweigend zugehört hatten. »Das in Erfahrung zu bringen, war nicht besonders schwer. Ich brauche wohl nicht zu betonen, daß die Ruinenstätte sehr nahe am Titicacasee liegt.«

»Haben Sie keine besseren Beweise anzubieten?« fragte Sutherland. »Und ausgerechnet eine Terrororganisation?«

»Sag du uns, was als Ursache für die Zerstörungen in Betracht kommt. Ohne triftigen Grund haben die peruanischen Jagdbomber nicht den Hafen von Lima als Ziel genommen. *Das war keine Übung!*« Mahon wandte sich an die Anthropologin. »Ihr Freund und Kollege Dr. Ericson weilt in Lima. Warum?«

Aus den Augenwinkeln heraus sah Gudrun, daß Sutherland ihr auffordernd zunickte. Länger mit den geforderten Informationen hinter dem Berg zu halten, wäre ohnehin nicht vertretbar gewesen.

»Dr. Thomas Ericson ist nach Peru geflogen, um den ZERSTÖRER zur Strecke zu bringen«, sagte sie. Sie hatte

Erstaunen, fragende Gesichter und wer weiß was noch erwartet, aber nichts davon traf ein. Jorge Herreros Reaktion bewies ihr vielmehr, daß die Ausschußmitglieder schon vorher ziemlich genau Bescheid gewußt hatten, die Bestätigung der Tatsachen aber noch einmal aus berufenem Mund hören wollten.

»Verantwortlich für den Verlust von Menschenleben und die horrenden Sachschäden ist also wirklich ein urzeitliches Ungeheuer, ein Tier, das Sie bei Grabungsarbeiten in Tiahuanaco freigesetzt haben?« fragte der Spanier. Trotz seines festen Tonfalls schwang eine leichte Unsicherheit in seiner Stimme mit. Der Frage, ob diese Definition endgültig sei, hätte es nicht mehr bedurft.

Alle Blicke waren auf Sutherland und Gudrun Heber gerichtet.

»Du bist am Zug, Ian«, sagte Mahon auffordernd. »Und wenn ich dir einen freundschaftlichen Rat geben darf: Rede dich nicht um Kopf und Kragen.«

Der Earl of Oake Dùn nickte knapp. »Was ich zu sagen habe, bleibt in dieser Runde?«

»Das hängt davon ab, *was* Sie sagen, Sir Ian«, erwiderte Herrero.

Sutherland schenkte sich ein Glas Mineralwasser ein, trank und erhob sich.

»Madame Dupont, meine Herren«, begann er. »Ich muß keineswegs sehr weit ausholen, um Sie mit Dingen zu konfrontieren, die jeder normale Bürger kopfschüttelnd als Phantasieprodukt abtun würde. Solche Geschichten gelten allgemein als Hollywood-Märchen.«

Er hatte aufmerksame Zuhörer. Ihre Blicke hingen an seinem Mund, als müßten sie ihm jedes Wort von den Lippen ablesen, bevor er es aussprach. Sutherland sah aber weder Ablehnung noch Verwirrung, sondern schlicht und einfach Interesse, und das ermutigte ihn zu

Details, die er noch vor zehn Minuten lieber für sich behalten hätte.

»Wie Ihnen bekannt ist, befaßt sich A.I.M., das Analytic Institute for Mysteries, mit der Aufklärung mysteriöser Geschehnisse, auch und vor allem im Hinblick auf die Geschichte der Menschheit. Da ich nicht gerade unvermögend bin, kann ich es mir leisten, private finanzielle Mittel einzusetzen.«

»Kennen Sie keine bessere Form der Geldanlage?« unterbrach Adriano Messina provozierend. »Aktien, Immobilien oder Staatsanleihen –«

»Ich habe bis heute keinen Cent staatlichen Zuschusses erhalten«, konterte Sutherland. »Das genügt wohl. Allerdings, so muß ich zugestehen, waren meine Forschungen bislang auch nicht von dem Erfolg gekrönt, den ich mir erhofft habe. Meine Ergebnisse blieben mehr oder weniger Flickwerk, bis ... ja, bis ich vor nicht einmal einem halben Jahr die Bekanntschaft von Dr. Ericson und Miss Heber machte. Beide gelangten während einer Forschungsexpedition auf der Südseeinsel Gardner in den Besitz eines kristallenen Auges, das über Fähigkeiten verfügte, die man eigentlich nur mit den Begriffen Suggestion und Telepathie umschreiben kann ...«

Sutherland ließ nichts aus. Er berichtete von dem Überfall auf Oake Dùn und die Sache mit den Kornfeldkreisen, die allerdings keineswegs zur Deutung des gesamten Phänomens beigetragen hatte, und er übergab Gudrun Heber das Wort, als der UN-Sonderflug 247 von London nach New York zur Sprache kam. Anschließend fuhr Sutherland mit dem Auffinden des alten Pergaments in Yukatan fort, das letztlich den Weg nach Tiahuanaco gewiesen hatte. Die Frau und die sechs Männer des Ausschusses waren aufmerksame Zuhörer, die ihn nur hin und wieder unterbrachen, um Details zu erfragen.

Sutherland spürte, wie allmählich eine schwere Last von ihm wich. Es tat gut, die Bürde der Verantwortung nicht mehr auf den eigenen Schultern tragen zu müssen, sondern sie mit kompetenten Leuten teilen zu können.

Länger als eine Stunde redete er, und es war wohl der längste Monolog, den er je gehalten hatte. Als er wieder Platz nahm, herrschte fast eine Minute lang betretenes Schweigen.

»Atlantis ...«, sagte der Vorsitzende endlich, und er schien dem Klang der eigenen Stimme zu lauschen.

Er schaute in die Runde.

Jacqueline Dupont vollführte eine Geste, die Unschlüssigkeit ausdrückte.

»Warum nicht?« murmelte der Italiener. »Zumindest ist es nicht von der Hand zu weisen.«

»Ich glaube nicht an ein zufälliges zeitliches Zusammentreffen«, bemerkte George Mahon. Er wandte sich an Sutherland: »Wann wurde das Tor nach Atlantis geöffnet?«

Ian sagte es ihm. Die Luft im Sitzungszimmer war plötzlich zum Schneiden, eine angespannte Atmosphäre breitete sich aus.

»Ich bezeichne Mr. Sutherlands Handlungsweise als unverantwortlich«, stellte der Vertreter Indiens fest, Singh Mangaroushtu, dessen Namen auszusprechen eine gewisse Zungenakrobatik erforderte. »Er hätte die Behörden informieren müssen.«

»Und dann?« fragte Mahon. »Ein wochenlanges Ringen um Genehmigungen und gegen unsinnige Paragraphen wäre unvermeidbar gewesen. Wahrscheinlich hätte dieser Kar die Gelegenheit für sich genutzt, und die Folgen wären noch schlimmer geworden.«

»Ich glaube nicht, daß Kar eine Chance gehabt hätte.«

»Sie gehen von falschen Voraussetzungen aus«, wandte

Jorge Herrero ein. »Was wir heute wissen, war vor zwei oder drei Wochen niemandem bekannt. Und verpaßten Gelegenheiten soll man bekanntlich nicht nachtrauern.«

Die Männer waren eine bunt zusammengewürfelte Truppe, und um einige von ihnen hätte Jill Hughes auf der Straße lieber einen weiten Bogen gemacht. Marshall hatte sie für den Job angeheuert, aber welche Kriterien seiner Auswahl zugrunde lagen, wollte Jill lieber nicht wissen. Vermutlich hatte er die genommen, die kurzfristig verfügbar gewesen waren.

Zu acht waren sie, Marshall eingeschlossen, jedoch ohne Jill und ihren Verlobten. Ihre Gesichter drückten Gleichmut aus und Gelassenheit, aber auch die Entschlossenheit, innerhalb kurzer Zeit sehr viel Geld zu verdienen. Hundertfünfundzwanzigtausend Dollar standen für jeden auf dem Spiel – die zweite Million, die Jill versprochen hatte. Seltsamerweise wurde sie das Gefühl nicht los, daß dies mehr Geld war, als mancher der Beteiligten je auf einem Haufen gesehen hatte.

Irgendwann während der Vormittagsstunden schienen sie einen Kostümfundus geplündert zu haben, und das Sprichwort, daß Kleider Leute machten, bewahrheitete sich wieder einmal. Die Kerle schlüpften in eine zweite Haut, sie trugen elegante Anzüge – einer von ihnen sogar den Talar eines Predigers –, und falls ihr Benehmen ihrem Äußeren entsprach, würde niemand Verdacht schöpfen. Die begehrenden Blicke allerdings, mit denen sie Jill nach und nach auszogen, schienen diese Hoffnung Lüge zu strafen. Jill ignorierte die unausgesprochenen Anzüglichkeiten, ohne mit der Wimper zu zucken.

In der Garage war es eng, es roch nach Abgasen und frischem Lack. Der Lieferwagen stand bereit – auf seiner geschlossenen Ladefläche stapelten sich nicht mehr Suppentöpfe und Warmhalteverpackungen, sondern Maschinenpistolen, Munition, Handgranaten und sogar eine Bazooka.

Die Limousine war zu einem Polizeiwagen umgespritzt und der Lack dank intensiver Nachhilfe inzwischen nahezu trocken. Die beiden vermeintlichen Patrolmen glänzten ebenfalls wie aus dem Ei gepellt.

»Gar nicht übel«, sagte Marshall und musterte der Reihe nach seine Truppe. »Keiner von euch kennt den anderen oder weiß, wo er zu Hause ist, und das soll so bleiben. Für den Fall, daß einer von den Bullen geschnappt wird, kann er nichts ausplaudern. Das Geld erhaltet ihr nach Abschluß der Aktion von mir.

Verhaltet euch so normal wie möglich – solange die Maskerade erforderlich ist. Also Höflichkeit und keine zotigen Redensarten – ist das klar, Jake?«

Der Angesprochene, ein untersetzter südländischer Typ, wischte sich mit dem Handrücken über die Nase. »Da soll mich doch dieser und jener –« Sein Mund verzog sich zu einem breiten Lächeln, gleichzeitig blinzelte er, als hätte sich eine Wimper in seinem Auge verfangen. »Natürlich haben Sie recht, Sir«, erwiderte er in leicht näselndem Tonfall. »Leider habe ich nie den Schauspielunterricht erhalten, den ich mir gewünscht habe.« Er verbeugte sich knapp, aber mit eckig wirkender Bewegung.

»Erstens«, schnaubte Marshall, »sind Übertreibungen ebenso unangebracht. Eine Schar affektierter Pinguine wirkt kaum weniger auffällig als eine Horde von Schlägertypen. Zweitens: Achtet darauf, daß eure Waffen verborgen bleiben. Jakes Kanone war eben bei jeder Bewegung zu sehen.«

»Marshall«, wandte Umberto ein, der Mestize, der den Überfall auf den Lieferwagen geleitet hatte, »bislang haben wir nicht einmal ein Foto des Mannes gesehen, dessentwegen wir hier sind.«

»Es gibt kein Foto. Jill und Fred werden uns begleiten und uns den Mann zeigen.«

»Zwei Anfänger bei einem solchen Job, das kann für uns alle gefährlich werden.«

»Das hättest du früher wissen müssen, Umberto. Jetzt kannst du nicht mehr aussteigen.«

»Trotzdem habe ich nicht die Absicht, Kindermädchen zu spielen.« Der Mestize machte zwei schnelle Schritte auf Jill zu, packte sie am Arm und zerrte sie ruckartig an sich.

Sein feistes Grinsen wich jedoch augenblicklich einem Ausdruck grenzenlosen Erstaunens, ein dumpfes Gurgeln drang über seine Lippen, und er torkelte schneller nach rückwärts als seine Füße ihm folgten. Bevor er sich versah, stürzte er und schlug unsanft hin, doch er stemmte sich sofort wieder hoch und wollte Jill ein zweitesmal angehen.

Der Anblick einer auf ihn zielenden 45er Automatik ließ ihn abrupt innehalten. Jills Lächeln war zur Maske erstarrt. Umberto begriff gar nicht richtig, daß sie ihn nur mit dem Ellenbogen abgewehrt hatte; dazu bedurfte es einer Reaktionsschnelligkeit und Kraft, die er bei ihr bestimmt nicht vermutet hätte. Aber auch die schwere Automatik paßte nicht in ihre zierliche Hand.

»Kindermädchen . . .«, wiederholte Marshall spöttisch. »Jeder kann sich mal irren. Aber das war dein letzter Irrtum, Umberto, das sollte dir klar sein.« Er wandte sich an Jill: »Stecken Sie die Knarre wieder weg, Miß. Es geht los.«

Sie reagierte nicht. Ihr Blick ging starr an ihm vorbei, auf einen Punkt im Hintergrund der Garage, wo es absolut nichts Aufregendes zu sehen gab.

»Miss –«

Eine wächserne Blässe überzog ihre Haut, an den Schläfen pulsierten zwei Adern. Dann verdrehte sie die Augen, daß fast nur noch das Weiße in ihnen zu sehen war.

Marshall schluckte krampfhaft. Er spürte, daß mit Jill Hughes eine Veränderung vorging, für die es keine Erklärung gab.

Er hob die Hand und wedelte vor ihrem Gesicht hin und her. Sie schien es nicht einmal zu bemerken.

»Das gibt es nicht«, stieß Umberto ungläubig hervor. »Das Weib ist weggetreten, wie in Trance.«

»Oder sie ist high«, wandte ein anderer ein.

Marshalls Hand glitt weiter, er berührte ihre Wangen und hatte das Gefühl, auf kalten Stein zu stoßen. Jills Muskeln waren verhärtet, wie er es noch nie bei jemandem erlebt hatte.

Aber schon im nächsten Moment löste sich die seltsame Starre. Jill blinzelte benommen, dann wandte sie sich dem Söldner zu: »Der Mann ist nicht allein«, sagte sie – langsam, als bereite ihr das Sprechen Mühe. »Eine Frau ist bei ihm, eine Deutsche, die aber schon lange Zeit in den Staaten lebt. Sie wird uns keine Schwierigkeiten machen.«

Jill warf Umberto einen verweisenden Blick zu, öffnete den Laderaum des Transporters und schwang sich als erste hinein.

Jorge Herrero, der Vorsitzende der Kommission, verdunkelte mit Hilfe einer kleinen Fernsteuerung den Raum. Gleichzeitig spulte sich an der Stirnseite eine Leinwand ab, die bislang hinter einer Blende in der Decke verborgen gewesen war.

»Leider müssen wir davon ausgehen, daß Dr. Ericsons Vordringen in die atlantische Station nicht nur den ZERSTÖRER freigesetzt hat«, sagte Herrero, »sondern daß weitere unerklärbare Phänomene ausgelöst wurden – möglicherweise bedingt durch eine energetische Schockwelle, die bei der Vernichtung der Station entstand.«

Ein erstes Dia wurde auf die Leinwand projiziert. Aus größerer Höhe aufgenommen, zeigte es gischtumflutete kleine Atolle inmitten blauer See. Die Abstufung der Farben ließ die unterschiedlichen Meerestiefen erkennen. »Das Bild wurde im Pazifik aufgenommen, rund achthundert Seemeilen südöstlich von Hawaii. Der Jäger, dessen Pilot die Aufnahmen eher zufällig geschossen hat, war kurz zuvor von einem amerikanischen Flugzeugträger gestartet, der seit mehreren Monaten im polynesischen Bereich kreuzt. Auftrag der Besatzung: Den Ursprung seltsamer Signale und Lichterscheinungen ausfindig zu machen, die von einem Überwachungssatelliten empfangen wurden.«

Das Bild wechselte, zeigte eine Ausschnittsvergrößerung. Zwei Atolle erschienen in der unteren Hälfte; deutlich waren die bewachsenen Hügel zu erkennen, eingefaßt von kranzförmigen Korallenablagerungen, zwischen denen das Wasser türkisfarben oder sogar fast weiß schimmerte. Weitere Atolle verschwanden im Dunst des Horizonts. Eingeblendet waren Buchstaben und Zahlenkolonnen.

Das dritte Bild. Die Perspektiven hatten sich weiter verschoben.

»Der Funkverkehr war zu diesem Zeitpunkt bereits unterbrochen, der Pilot empfing lediglich irritierende Störgeräusche. Er sagte später aus, daß er das Gefühl hatte, in einen Berg von Watte einzudringen, und daß er jegliche Orientierung verlor. Demgegenüber beweist die

Fotoserie, daß der Jäger mit gleichbleibender Geschwindigkeit in zwölftausend Fuß Höhe flog.«

»Das Phänomen dürfte Ihnen nicht unbekannt sein, Miss Heber«, wandte Mahon ein. »Uns liegen die Aussagen mehrerer europäischer Abgeordneter vor, in denen von ähnlichen Erscheinungen die Rede ist.«

Gudrun setzte zu einer Erwiderung an, doch Herrero projizierte bereits das nächste Bild. Der regenbogenfarbene Lichtpunkt zwischen den beiden Atollen war nicht zu übersehen.

»Eine Sonnenspiegelung?« fragte Sutherland.

Die Lichterscheinung wuchs. Verschiedene Stadien der Ausbreitung waren auf Film festgehalten, und die eingeblendeten Zahlen verrieten, daß der gesamte Vorgang nur wenig mehr als zwanzig Sekunden in Anspruch genommen hatte. Obwohl der Pilot sich nicht mehr erinnerte, schien er mit seiner Maschine in einer engen Kurve tiefergegangen zu sein.

Im Inneren der farbenprächtigen Erscheinung gähnte eine undefinierbare Leere. Vielleicht handelte es sich nur um eine optische Täuschung, aber Gudrun hatte den Eindruck, daß da wirklich nichts war, nicht einmal mehr Wasser.

Der Regenbogen, konzentrisch wachsend, erfaßte das kleinere der beiden Atolle.

Auf dem letzten Bild hatte sich die Erscheinung schon wieder aufgelöst.

Aber auch das Atoll mitsamt seiner Lagune existierte nicht mehr.

»Das war es, was ich Ihnen zeigen wollte«, sagte Jorge Herrero. Mittels der Fernsteuerung versetzte er den Raum in seinen ursprünglichen Zustand zurück. »Der Verlust einiger Dutzend Quadratmeter felsigen Eilands und etlicher Korallenbänke ist unerheblich, nicht hingegen die Art und Weise, wie dies geschah. Die Auswertung der Bilder läßt eine Menge Fragen offen, sicher scheint jedoch zu sein, daß wir es mit der spontanen Freisetzung einer unbekannten Energieform zu tun hatten. Die Störung des Funkverkehrs und die Art der Ausbreitung lassen keinen anderen Schluß zu. Außerdem ist das Atoll nicht einfach abgesackt – es wurde vernichtet.«

»Gibt es radioaktiven Fallout?« wollte Sutherland wissen.

»Nein«, erwiderte Singh Mangaroushtu.

»Aber Sie gehen davon aus, daß vor Hawaii eine zweite atlantische Station vernichtet wurde?« fragte Gudrun. »Möglicherweise in einer Art Kettenreaktion. Gab es weitere solcher Vorkommnisse?«

»Keine dieses Ausmaßes«, antwortete Mahon, »wohl aber unerklärliche Vorfälle in der Nähe archäologischer Grabungen. Aber da einen Zusammenhang zu vermuten, wäre zumindest jetzt noch verfrüht.«

»Anders sieht es aus, was die seltsame Explosion betrifft«, fuhr Jorge Herrero fort. »Verlängern Sie den Weg, den der ZERSTÖRER nahm, ausgehend vom Titicacasee über Lima hinaus, dann erreichen Sie zwangsläufig die Koordinaten, an denen der Flugzeugträger nun schon seit Tagen Unterwasserortungen vornimmt, leider ohne den geringsten Erfolg.

Wir sind uns einig, Sir Ian, daß die Öffentlichkeit nichts von alldem erfahren darf. Andererseits besteht die vage Möglichkeit, daß es zu weiteren Zwischenfällen kommen wird.«

»Heißt das, daß A.I.M. freie Hand für Nachforschungen hat, oder wollen Sie uns jede Tätigkeit in der Hinsicht untersagen? Das würde allerdings bedeuten, Vogel-Strauß-Politik zu betreiben und den Kopf in den Sand zu stecken, denn die Hinterlassenschaften der Atlanter und anderer Völker lassen sich nicht einfach wegdiskutieren.«

»Das heißt, daß wir möglicherweise hin und wieder Ihr Wissen und Ihre Unterstützung in Anspruch nehmen werden, Sir Ian. Gewissen Problemen können Sie als Privatmann anders gegenübertreten als offizielle Stellen.«

»Eine freie Zusammenarbeit auf Gegenseitigkeit?« Etwas Ähnliches hatte Sutherland nach dem kurzen Lichtbildervortrag vorhergesehen, allerdings hatte er sich ein größeres Entgegenkommen erhofft. Aber so war das eben mit der menschlichen Psyche: Im einen Moment befürchtete man noch Restriktionen, im anderen erwartete man bereits jede Menge Gegenleistungen, ohne daran zu denken, daß eigentlich schon das Erreichte Grund zur Zufriedenheit lieferte.

»Natürlich bin ich bereit, der UNO auszuhelfen«, hörte Ian sich sagen, und er ärgerte sich gleichzeitig über die Wahl seiner Worte. Trotzdem fuhr er fort: »Manche Einreisebestimmungen, Visabeschaffungen und ähnlicher Papierkrieg machen meinen Leuten gelegentlich Schwierigkeiten –«

»Wenden Sie sich in solchen Fällen an Mr. Mahon oder einen aus dieser Runde«, sagte Herrero. »Soweit dies in unserer Macht steht, werden wir Ihnen selbstverständlich unter die Arme greifen.«

»Danke«, sagte Sutherland.

»Es ist spät geworden«, wandte Mangaroushtu überrascht ein. »Die Unterlagen für Sir Ian können wir ihm auch beim Mittagessen aushändigen und bei der Gelegenheit alles Weitere besprechen.«

Herrero nickte knapp. »Es ist bedauerlich, daß nur Mr. Mahon, Sie und ich anwesend sein werden.«

Der Inder verbeugte sich. Sein Blick huschte weiter zu Sutherland. »Gehe ich recht in der Annahme, daß Sie und

Ihre Begleiterin im Plaza wohnen? Dann schlage ich vor, das Mittagessen im Ambassador's Grill einzunehmen.«

»Einverstanden«, sagte Sutherland. »Obwohl das Büfett im Delegate's Dining Room der UNO ebenfalls ausgezeichnet ist.«

»Man sollte es bei der ersten Wahl belassen«, erwiderte Mangaroushtu.

Jacqueline Dupont, Messina und die anderen, die wegen weiterer Verpflichtungen den Nachmittag bereits verplant hatten, verabschiedeten sich. Ihre anfängliche abschätzende Reserviertheit war einer gewissen Zuversicht gewichen. Sie wußten jetzt, was geschehen war, und eine bekannte Gefahr verlor viel von ihrem Schrecken.

Den silberfarbenen BMW, der aus einer Seitenstraße heranschoß, sah Jake Sekundenbruchteile zu spät. Instinktiv riß er das Lenkrad herum und trat auf die Bremse.

Auf der nassen Fahrbahn brach der Lieferwagen aus, stellte sich quer und rutschte trotz heftigen Gegenlenkens in den Kreuzungsbereich hinein. Dem Zusammenstoß mit dem BMW entging er nur um Haaresbreite.

Sekundenbruchteile später krachte es trotzdem. Der nachfolgende Fahrer hatte offenbar überhaupt nicht reagiert und streifte das Heck des Lieferwagens. Dem schrillen Geräusch reißenden Blechs und splitternder Scheinwerfer folgte ein lang anhaltendes Hupen, das erst endete, als Marshall vom Beifahrersitz ausstieg.

»Verdammt!« brüllte der Mann, der ihnen aufgebrummt war. »Mein neuer Chevy. Habt ihr da vorn keine Augen im Kopf?«

»Wir schon«, erwiderte Marshall ungerührt. »Schuld hat immer der Hintermann.«

»Schuld?« Der andere, obwohl knapp zwei Kopf kleiner und schmächtig, schnappte empört nach Luft und stemmte sich die Fäuste in die Seite. »Das könnte Ihnen so passen! Da habe ich aber noch ein Wörtchen mitzureden, Mister. Hätten Sie sich nicht quergestellt –«

Marshall besah sich den Schaden. Die Stoßstange war abgerissen und die Rückfront eingebeult, den Chevy hatte es allerdings weit schlimmer erwischt. Das Unglückliche daran war weniger der Blechschaden als vielmehr die Tatsache, daß sie halb in der Kreuzung standen und der Verkehr sich allmählich staute. Schon begann ein anhaltendes Hupkonzert.

»Hören Sie«, sagte Marshall. »Wir haben es eilig, und –«

»Ich auch. Jeder hat es eilig. Aber ich will nicht allein mit der Scheiße dastehen. Nein, Mister, so blöd bin ich nicht. – Sie bleiben hier, bis die Polizei kommt, dann sehen wir weiter.«

»Ich bitte Sie. Wegen dieser Lapalie –«

»Nein.« Der Mann unterstrich seine Ablehnung mit einer entsprechend herrischen Geste. Endlich fiel ihm auf, daß sein Gesprächspartner gar nicht der Fahrer des Lieferwagens sein konnte. »Warum steigt Ihr Fahrer nicht aus?« schnaubte er. »Besoffen der Kerl, am hellichten Tag? Oder steht er unter Drogen? He«, er hielt Marshall am Arm fest, als der wieder nach vorne gehen wollte, »ich kenne euch Typen mit Nadelstreifenanzug und Krawatte zur Genüge. Keiner braucht mir einzureden, daß ihr ehrliche Geschäftsleute seid ...« Ihm fiel auf, daß die Ladetür des Lieferwagens einen Spalt breit offen stand. Durch den Aufprall hatte sie sich verzogen. Interessiert wollte er sie ganz öffnen.

Marshall hielt ihn im letzten Moment zurück. »Das geht sie gar nichts an!« schnaubte er.

»Macht die Straße frei, verdammt! Fahrt endlich weiter!« Ein Polizist zwängte sich zwischen den immer noch hupenden Autos hindurch. »Wenn ich in zwei Minuten noch einen von euch Gaffern hier sehe, wird es teuer. Haben wir uns verstanden? Und hört endlich auf zu hupen!«

»Officer!« brüllte Marshalls Kontrahent. »Sie kommen wie gerufen.«

»Gehört Ihnen der Chevy?«

»Natürlich. Ich verlange, daß Sie ein Protokoll aufnehmen.«

»Eins nach dem anderen. Erst fahren Sie Ihren Wagen zur Seite, Mister –«

»Hungsworth. Jonathan Emil Hungsworth.«

»Schön, Mr. Hungsworth, Sie haben gehört, was ich –«

»Ich wünsche, daß Sie die Schuldfrage vorher feststellen, Officer.«

Der Polizist wandte sich Marshall zu und taxierte den Lieferwagen mit einem abschätzenden Blick.

»Ich muß Sie ebenfalls auffordern, die Kreuzung zu räumen.«

»Das wird er nicht tun«, blaffte Hungsworth.

»Wollen Sie mir Vorschriften machen, Mister, was ich tun und lassen muß?« Der Polizist zog den aufgebrachten Jonathan Emil zur Seite. »Zeigen Sie mir doch bitte Ihre Drivers licence!«

Während der Mann den Führerschein aus seiner Brieftasche hervorzog, überquerte der Lieferwagen die Kreuzung und fuhr ohne anzuhalten weiter Richtung 21. Straße.

»Verdammt, Officer, der Halunke haut ab!« schnaubte Hungsworth. »Sie müssen ihn stoppen! Sie –«

»Niemand haut ab«, erwiderte der Polizist im Tonfall unendlicher Geduld. »Dafür garantiere ich. Haben Sie den Mann wirklich nicht erkannt?«

»Mir ist völlig egal, wer er ist, Hauptsache, ich kriege meinen Schaden ersetzt.«

»– Vaca de Castro, mit Fidel nicht verwandt, aber ein hohes Tier im Pentagon.« Der Uniformierte ergriff Hungsworth an den Schultern und dirigierte ihn mit sanftem Nachdruck auf den Fahrersitz seines ziemlich ramponierten Autos. »Sie fahren jetzt rechts ran und versuchen, sich endlich zu beruhigen, und ich nehme ein Protokoll auf.«

Kurz darauf stand der Chevy halb auf dem Randstein, und der Verkehr floß wieder zügig vorbei. Von hinten näherte sich langsam der Streifenwagen.

»Ihre Lizenz zurück, Mister.« Der Patrolman beugte sich vor und reichte die Karte ins Auto.

Im nächsten Moment schlug er zu. Seine Rechte traf haargenau Hungsworths Kinnspitze. Der schmächtige, kleine Mann sackte lautlos in sich zusammen.

Sekunden später saß er vornübergesunken im Wagen, die Arme auf dem Lenkrad abgestützt und den Kopf auf den Unterarmen liegend. Von außen sah es so aus, als schlafe er; die Handschellen, die ihn ans Lenkrad fesselten, fielen kaum auf.

Fred, so nannte sich der Mann in der Polizeiuniform, verriegelte den Wagen und warf den Schlüssel weg. Hungsworth würde bestimmt einige Stunden auf seine Befreiung warten müssen.

Der Streifenwagen hielt neben ihm. »Alles okay, Fred?«

»Bestens.« Er grinste zufrieden. »Gar nicht übel, die Uniform.«

Sie folgten dem Lieferwagen, den sie inzwischen aus der Sicht verloren hatten. Aber sie schlossen rasch wieder auf.

Allein schon die ungewöhnliche verspiegelte Decke rechtfertigte einen Besuch des Ambassador's Grill, ganz zu schweigen von der exquisiten gaskognischen Küche, die mit Köstlichkeiten aufwartete, wie man sie selbst in französischen Feinschmeckerlokalen nicht immer fand. Während Gudrun speiste und sich dem Aroma der Cailles aux raisins hingab, deren Traubenbeeren erst kurz vor dem Auftragen noch einmal mit Cognac flambiert worden waren, dachte sie unwillkürlich an Pierre Leroy, der vermutlich irgendwo in Paris zugange war. Sie fragte sich, ob er ähnliche Gaumenfreuden genoß. Der Châteauneuf-du-Pape, den sie zu den Wachteln trank, war vermutlich nicht ganz so sein Geschmack.

Gudrun dachte allerdings auch an Tom Ericson. Ob er es inzwischen geschafft hatte, Peru unter falschem Namen zu verlassen? Sie wollte bei der nächsten sich bietenden Gelegenheit in Oake Dùn anrufen, denn sobald Tom in Sicherheit war, würde er sich dort melden.

Das Gespräch während des Essens drehte sich ausschließlich um Peru. Das dortige Außenministerium hatte Protest erhoben, allerdings drohte die offizielle Note im Kompetenzgerangel unterzugehen, und nicht einmal Regierungschef de los Heros schien genau zu wissen, was überhaupt geschehen war, abgesehen davon, daß Jagdbomber ein Dschungelgebiet und den Hafen von Lima mit Raketen beschossen hatte.

»Man verteufelt die Gringos pauschal«, sagte Jorge Herrero bitter. »Für gewisse politische Strömungen im Land sind die Vorkommnisse das gefundene Fressen, dabei ist Ihr Dr. Ericson der einzige Gringo, der daran beteiligt war.«

»Ich bin sicher, die UNO biegt das wieder hin«, erwiderte Sutherland. »Haben Sie inzwischen neue Meldungen vorliegen?«

Herrero nahm einen kräftigen Schluck und blickte anschließend sinnend in sein Glas. »Nur, daß der Gringo sich allem Anschein nach in Luft aufgelöst hat. Für die Behörden ist er wie vom Erdboden verschluckt. Irgend jemand will von einem falschen Paß gehört haben, aber wenn Ihr Mann dabei erwischt wird, kann er sich auf einiges gefaßt machen.« Sein Blick wanderte weiter zu Sutherland, der sich mit der Serviette den Mund abtupfte, sein zufriedenes Lächeln hinter dem Tuch aber dennoch nicht völlig verbergen konnte. »In dem Fall, denke ich, wissen Sie mehr als wir, Sir Ian.«

»Durchaus nicht«, erwiderte der Schotte. »Aber ich kenne Ericson, und ich gehe jede Wette ein, daß er es schafft.«

»Sie setzen großes Vertrauen in ihn«, sagte Singh Mangaroushtu. »Dabei war ich stets der Meinung, Archäologie sei ein knochentrockener Beruf, schlimmer noch als unsere Schreibtischarbeit –«

»– und die Männer und Frauen, die auf der Suche nach altem Plunder in der Erde herumwühlen, sind weltfremde Spinner«, fügte Gudrun Heber hinzu. »Ist es nicht so, Mr. Singh?« Für einen Moment wurde sie abgelenkt, weil der Ober ihr Wein nachschenkte. Sie nickte dankbar, wandte sich aber sofort wieder an den Inder: »Sie haben die Indiana-Jones-Filme nicht gesehen, sonst wäre Ihre Meinung wohl etwas aufgeschlossener.«

Mangaroushtu kratzte sich hinter dem Ohr.

»Vielleicht haben Sie recht. Ich muß eingestehen, ich weiß es nicht, weil ich mich zu wenig mit dem Thema befaßt habe.«

»Miss Heber verzeiht Ihnen bestimmt«, sagte Sutherland. »Ich habe selten eine Wissenschaftlerin kennengelernt, die –«

»Sir Ian«, unterbrach Gudrun. »Bitte nicht.«

»Wieso nicht?« erwiderte er verblüfft. »Sie wissen doch gar nicht, was ich sagen wollte. Es war nur Gutes.«

»Eben drum.«

Sutherland zuckte mit den Schultern, ganz nach dem Motto »Verstehe einer die Frauen«. Er vergaß, daß er lange Zeit als Playboy verschrien gewesen war, und daß ein solcher Ruf sehr lange nachhielt.

Singh Mangaroushtu erhob sich zögernd. »Es tut mir leid, wenn ich den gemütlichen Plausch unterbrechen muß, aber auf mich warten Repräsentationspflichten. Miss Heber, Mr. Sutherland, es hat mich gefreut, Sie kennenzulernen – und ich habe sogar einiges dazugelernt über Archäologen und unhaltbare Vorurteile. Wir werden uns wiedersehen.«

»Ganz bestimmt«, sagte Sutherland. Gudrun erwiderte schweigend die angedeutete Verbeugung des Inders.

»Unser Kreis wird kleiner«, bemerkte der Earl anschließend. »Unter den Umständen hätten wir für heute noch den Rückflug buchen können.«

»Unsinn.« George Mahon winkte heftig ab. »Heute abend, dachte ich, machen wir Manhattan unsicher und plaudern ein wenig über frühere Zeiten.«

»Wie sich das anhört. Als würdest du mich schon zum alten Eisen zählen.«

»Was unser letztes gemeinsames Golfspiel anbelangt, ist das allerdings richtig. Du hast beinahe jeden Ball verschlagen.« In Gedanken versunken, schüttelte Mahon den Kopf. »Selbst ein neunzigjähriger Greis hat mehr Drive.«

Seufzend wandte Sutherland sich seiner Tischnachbarin zu: »Hören Sie nicht auf ihn, Miss Heber. Er hat lediglich mit einem Schlag Vorsprung gewonnen, und so etwas wurmt den guten George. Aber ansonsten ist er ein Kerl, mit dem man Pferde stehlen kann.«

»Brr«, machte Mahon. »Du redest von dem Turnier vor neun Jahren.«

»Unser letztes Spiel –«

»Das war vor ungefähr viereinhalb Jahren, hier in den Staaten. Ich weiß es noch ziemlich genau, weil du pausenlos über Oake Dùn geredet hast. Du warst damals ziemlich zerfahren, wie deine Spielweise.«

»Unsinn. Unser letztes Golfspiel war vor neun Jahren. Ich kann dir die Fotos zeigen –«

»Es gibt eben Menschen, die vergessen alles Unangenehme.«

»Zu denen zähle ich mich nicht.«

»Dann frag Eileen, deine damalige Sekretärin. Sie wird dir sogar das Spielergebnis bestätigen.« Die Erwähnung des Namens ließ den Earl of Oake Dùn stutzen. Hatte er selbst nicht erst vor wenigen Stunden darüber nachgedacht, wann er zuletzt im Plaza übernachtet hatte? Es war seltsam, doch er brachte die Daten nicht auf die Reihe, als wären einige Tage oder Wochen einfach aus seinem Gedächtnis gelöscht. Vielleicht hatte George ja wirklich recht, und er wollte sich einfach nicht erinnern.

»Vergiß es!« sagte Mahon in dem Moment. Den faux pas bemerkte er, kaum daß er die beiden Worte ausgesprochen hatte. »Ich meine natürlich, wühle nicht zu tief in deiner Erinnerung, das ist die Sache nicht wert.«

Sutherland war da gänzlich anderer Ansicht, doch das behielt er für sich. »Señor Herrero, bitte entschuldigen Sie den kleinen Ausflug ins Private«, wandte er sich an den Vorsitzenden der Kommission. »Der Grund ist einfach nur der, daß George und ich in einen Wettstreit treten, sooft wir uns begegnen. Wir waren früher hinter dem selben Mädchen her.«

»Was mich betrifft, mag das stimmen«, konterte Mahon. »Bei dir bin ich mir dessen nicht so sicher.«

Der Ober erkundigte sich nach weiteren Wünschen. Jorge Herrero bestellte vier Cognac und legte anschließend einen verschlossenen Umschlag auf den Tisch.

»Mr. Mangaroushtu hat diese Unterlagen schon kurz erwähnt«, sagte er. »Es handelt sich um eine Zusammenfassung von Meldungen aus aller Welt, die ungewöhnliche Vorkommnisse dokumentieren. Jede für sich allein würde wohl im Strudel der üblichen Nachrichten untergehen – interessant ist jedoch die zeitliche Einordnung. Jeder dieser Vorfälle geschah, nachdem Ihre Leute Tiahuanaco wieder verlassen hatten. Machen Sie sich selbst einen Reim darauf.«

Sutherland riß das Kuvert auf. Er überflog die ersten Absätze der eng bedruckten Blätter.

»Wurden von offizieller Seite Nachforschungen unternommen?« wollte er wissen.

»Nein«, erwiderte Mahon. »Zumindest nichts, was über das übliche Engagement hinausgeht. Das heißt, die zuständigen Behörden haben Ermittlungsakten angelegt –«

»– die irgendwann mangels weiterer Bearbeitung unerledigt in den Archiven verstauben«, vermutete Gudrun.

Herrero nickte lächelnd. »Es muß nicht so bleiben«, sagte er. »Ich vermute, daß einige der Zwischenfälle für A.I.M. interessant sind.«

»Zumindest ein Name, der in den Notizen erscheint, sollte dir bekannt sein, Ian«, bemerkte George Mahon. Als Sutherland ihn fragend musterte, fuhr er fort: »Ziffer sieben; Jordanien, Amman.«

Der Earl las, und während er den Text überflog, weiteten sich seine Augen. Um seine Mundwinkel zuckte es verhalten, als er die Blätter wieder zusammenfaltete und sie der Anthropologin weiterreichte.

»Du hast recht«, sagte er. »Ich werde gleich morgen

nach Amman weiterfliegen. Einen alten Bekannten kann ich nicht im Stich lassen. Das ist eine Sache, die mich persönlich betrifft.«

Der bestellte Cognac wurde serviert. In riesigen Schwenkern, die fast zu groß waren, sie mit einer Hand zu halten. Schon das Bouquet der reifen Trauben benebelte die Sinne.

»Auf unsere gemeinsamen Interessen«, sagte Herrero und hob sein Glas.

Gudrun Heber, die ihm gegenüber saß, erstarrte plötzlich mitten in der Bewegung. Ihre Augen weiteten sich in ungläubigem Staunen, die Hand mit dem Cognacschwenker begann zu zittern.

Bevor Herrero sich umwenden konnte, hallte eine rauhe Stimme durch den Spiegelsaal des Ambassador's Grill.

Der mausgraue Lieferwagen mit der rot-orangen Aufschrift bog von der Second Avenue her in die 44. Straße ein. Es war die Route, auf der er immer fuhr, zweimal am Tag, nur war er heute knapp eine Stunde eher dran als für gewöhnlich.

Im Schrittempo rollte der Wagen die Rampe zur Tiefgarage des United Nations Plaza hinunter. Vor der Schranke zum inneren Bereich stoppte er, der Fahrer kurbelte wie an jedem Tag das Fenster herunter und schob seine Ausweiskarte in den Aufnahmeschlitz des Lesegeräts. Zur Abwechslung winkte er sogar in die Kamera der Überwachungsanlage.

Drei Stockwerke höher saß der Angestellte des privaten Sicherheitsbüros hinter einer Vielzahl von Monitoren und blätterte in einem der bunten Magazine, in denen die schönsten Mädchen außer einigen Klunkern nur ihre

Haut zu Markte tragen. Gelangweilt blinzelte Will Endres auf den Bildschirm, legte nach einem letzten Blick auf eine üppige Rothaarige das Magazin zur Seite und angelte nach dem Mikrofon.

»He«, sagte er, »andere Gesichter heut nachmittag? Was ist mit Mel und Charles?«

Der Mann hinter dem Lenkrad grinste breit. »Mel ist für ein paar Touren verhindert, und Charles leistet ihm Gesellschaft.«

»Was Ernstes?«

»Kein Grund zur Besorgnis.« Der Fahrer winkte ab. »Ich glaube, Mel hat sich übernommen, und jetzt liegt er und kann sich kaum bewegen.«

Wenn's weiter nichts ist, dachte Endres. Er hätte sich auch gerne flachgelegt – mit einem der Mädchen aus dem Magazin. Laut sagte er: »Ihr seid zu früh dran, Jungs. Diesmal werdet ihr auf die überzähligen Speisen warten müssen.«

»Wir vertreiben uns schon die Zeit.«

Die Schranke glitt auf, und der Lieferwagen setzte sich wieder in Bewegung, folgte den Markierungen auf dem Beton zu den hoteleigenen Stellplätzen.

Der Wachmann widmete sich erneut angenehmeren Gedanken als seinem langweiligen Job, der sich darin erschöpfte, hin und wieder ein paar belanglose Gespräche zu führen. In dieser Gegend von Manhattan, so nahe bei der UNO, geschah nie etwas Aufregendes.

Er sah nicht, daß der Lieferwagen die hell beleuchteten Stellplätze hinter sich ließ und erst nahezu am Ende des Decks anhielt, im Halbschatten tragender Pfeiler. Ihm blieb ebenso verborgen, daß außer den beiden Fahrern fünf gutgekleidete Männer und eine junge Frau das Fahrzeug verließen.

Jeder heimliche Beobachter hätte sofort Verdacht

geschöpft. Doch es gab niemanden, der zusah. Dickwandige, verschlossene Stahltüren, mit großen Lettern als *Restricted Area* gekennzeichnet, waren im Handumdrehen aufgebrochen. Zwei der Männer drangen in den Versorgungsbereich des Hochhauses vor; sie schleppten Bolzenschneider und eine Kettensäge mit sich.

Die anderen tauchten ein in die lichtüberflutete Szene des Parkdecks. Sie hatten es nicht eilig, schienen einander kaum zu kennen, trotzdem trafen sie sich wie zufällig nach einigen Minuten vor dem zentralen Lift.

Zum wiederholten Mal fuhr Will Endres sich mit den Fingern zwischen Hals und Hemdkragen. Er schwitzte, und das Gefühl, daß die Luft in dem Wachraum allmählich unerträglich schwül wurde, ließ sich nicht mehr verdrängen. Dabei arbeitete die Klimaanlage so zuverlässig wie immer.

Will griff nach seiner Kaffeetasse. Wenigstens der Kaffee – stark und schwarz und bitter, um wachzuhalten – war inzwischen kalt geworden.

Mit einem Auge schielte er auf die Anzeigenspalte seines Magazins, mit dem anderen nach dem Telefon. Sein Dienst war erst um 19 Uhr beendet, und bis dahin war noch verdammt lange Zeit. Annähernd vier Stunden, um genau zu sein.

Er schüttete den Kaffee in sich hinein und stellte die leere Tasse zur Seite.

Langsam näherte sich seine Rechte dem Telefon. Die Versuchung war groß. Noch einmal überflog er die fettgedruckte Anzeige unter dem Bild eines Pin-up-Girls. Die Telefonnummer lockte. Will fragte sich, wie es wohl sein würde, hier, in der Wachstube, mit dem prickelnden Reiz, daß jeden Moment jemand den Raum betreten konnte. Allerdings hatte sich seit Tagen während seiner Dienstzeit niemand mehr blicken lassen.

Ein Scheiß-Job, dachte er, nahm den Hörer ab und legte ihn neben den Apparat. Dann begann er zu wählen. Offenbar war es eine Nummer in Murray Hill – das Mädchen würde keine halbe Stunde brauchen, ihn zu besuchen.

Der Anschluß war belegt.

Endres drückte die Wahlwiederholung. Er hätte es sich denken können, daß die Langeweile nicht so einfach zu überlisten war.

In dem Moment, in dem endlich das Rufzeichen ertönte, bemerkte Will eine Veränderung auf einem der Monitore. Zwei Cops hatten die Halle betreten, aber sie gingen nicht zum Lift, sondern folgten zielstrebig dem Seitentrakt zum Wachraum. Die Kamera folgte ihnen, bis sie hinter der üppigen Pflanzeninsel verschwanden.

Ausgerechnet jetzt wurde der Anruf angenommen. »Hallo!« flüsterte eine verführerische Stimme, die Endres' Herz schneller schlagen ließ. »Du hast mein Bild gesehen und weißt, daß ich gerne zu dir nach Hause komme –«

Es klopfte. Aber noch ehe Endres reagieren konnte, traten die beiden Polizisten ein. Ihre Blicke huschten durch den Raum, schienen jede Einzelheit zu erfassen –

»Was gibt's?« fragte Will irritiert. »Kann ich irgendwie behilflich sein?«

Die Tür fiel ins Schloß.

»Hallo, warum meldest du dich nicht?« flüsterte die Stimme aus dem Telefon. »Hallo?«

Will Endres spürte ein Prickeln in der Magengegend. Ausgerechnet jetzt mußten die beiden Cops daherkommen, warum nicht einige Minuten eher oder später?

Einer der Uniformierten trat auf ihn zu und fixierte das

Namensschild auf seiner linken Brustseite. »Mr. Endres«, sagte er, »bitte legen Sie den Hörer auf!«

Wills Unbehagen wuchs. Er definierte das Gefühl als Frustration. Es war schon fast eine Trotzreaktion, daß er den Hörer immer noch in der Hand hielt.

»Verdammter Spinner!« schrillte ihm die Frauenstimme entgegen. Auch sie klang mittlerweile ärgerlich. »Bist du einer von den Kerlen, denen das Herz in die Hose rutscht, wenn es ernst wird? Du kannst mich mal!«

Das Klicken in der Leitung war eindeutig. Die Frau hatte aufgelegt.

Der Polizist, der keine zwei Meter vor Endres stand, grinste schräg. Natürlich hatte er die Stimme ebenfalls hören können – laut genug hatte die Dame schließlich gesprochen.

»War wohl nichts?« bemerkte er eisig. »Tut mir leid, Kumpel, aber das Vergnügen ist für dich ohnehin zu Ende.«

Unter Will Endres' Schädeldecke schrillten plötzlich Alarmglocken. Etwas stimmte nicht, das spürte er überdeutlich. Im selben Moment, in dem der Polizist die Waffe zog, ließ er den Telefonhörer fallen und griff nach dem eigenen Revolver im Schulterholster.

Er hatte den Bruchteil einer Sekunde zu lange gezögert. Auch daß er sich noch zur Seite fallen ließ, änderte nichts mehr daran.

Die Waffe des Polizisten trug einen Schalldämpfer. Ein dumpfer Knall, als ziehe jemand den Korken aus einer Weinflasche, war das einzige Geräusch.

Will Endres spürte einen grellen, stechenden Schmerz zwischen den Rippen. Er wollte schreien, aber nur ein ersticktes Gurgeln drang über seine Lippen.

Seine Gedanken überschlugen sich. Er begriff nicht. Vielleicht war alles nur ein böser Traum.

Vielleicht –

Komm! lockte eine Frauenstimme in seinen Gedanken. *Wir werden viel Spaß miteinander haben!*

Sie war also doch gekommen!

In seinem Schädel dröhnte ein gigantisches Hammerwerk, rhythmisch wie sein Pulsschlag.

Warum sträubst du dich, Will? Vergiß, was war, wir werden es schön haben –

Endlich stand sie vor ihm, und er hob wie in Trance die Hand und streifte sanft über ihre Brust, aber eine klebrige, pulsierende, warme Nässe schreckte ihn auf.

Blut!

Fremde, kantige Konturen überlagerten jäh das sanfte Frauengesicht; kalte Augen in einem teilnahmslosen Gesicht starrten Will an. Dann verblaßte auch diese Wahrnehmung …

»Er ist tot«, sagte Fred und ersetzte die leere Hülse in seinem Revolver durch eine neue Patrone. »Wie weit bist du, Joe?«

»Gleich.« Sein Kumpel saß bereits hinter dem Computer und gab in rascher Folge Befehle ein. Auf dem Bildschirm erschienen endlose Reihen von Grundrissen, farbig überlagert von den Fahrstuhlschächten, den Kanälen und Rohrleitungen der Klimaanlage, von einem überaus komplizierten Stromnetz, von Wasserversorgungs- und Abwassersystem und vielem mehr.

»Ich hab's, ich kann die Fahrstühle abschalten.«

»Okay.« Fred aktivierte ein kleines, handliches Funksprechgerät. »Jake, das Ei ist gelegt. Over.«

»Dann fangt an!« erklang die Antwort. »Und haltet die Augen offen!«

Fred wußte, daß Jake jetzt mit der Motorsäge sämtliche Telefonleitungen kappte, die im Untergeschoß in schenkeldicken Strängen zusammenliefen.

Die ersten Warnlampen begannen hektisch zu blinken. Nach wenigen Sekunden waren es etliche Dutzend roter Lichter. Fred zertrümmerte die Abdeckungen mit dem Griff seines Revolvers. Funken sprühten, ein leichter Brandgeruch breitete sich aus.

»Jetzt werden sich etliche Leute wundern«, kommentierte Joe. »Aber was soll's, das Haus ist taub und stumm. Und gleich gibt es noch mehr Wunder.« Grinsend hackte er auf die Tastatur ein. »Die ersten Fahrstühle blieben zwischen den Stockwerken hängen. Nacheinander legte Joe alle lahm, bis auf den Hauptschacht, dessen Kabine sich momentan auf dem unteren Parkdeck befand.

Gleich darauf war auf dem Schirm zu sehen, daß der Lift nach oben glitt.

»Marshall und die anderen sind unterwegs«, erklärte Joe. »Von nun an genau fünf Minuten, dann sind wir wieder draußen und können für eine Weile gut leben.«

»Sie sitzen immer noch im Ambassador's Grill«, sagte Jill Hughes.

Marshall verzichtete auf die Frage, woher die junge Frau die Gewißheit nahm; vermutlich hatte sie Informanten gekauft, so wie sie auch ihn gekauft hatte. Aber eine Million Dollar waren Grund genug, über manches hinwegzusehen, und inzwischen versuchte er sich einzureden, daß ihr seltsamer Anfall in der Garage eigentlich gar nichts zu bedeuten hatte. Trotzdem ertappte er sich dabei, daß er sie immer wieder verstohlen musterte. Irgendwie war sie ihm unheimlich. Ihr Blick war starr geworden, und ihre knappen, manchmal sogar eckigen Bewegungen wirkten wie die einer Marionette, die an unsichtbaren Fäden geführt wird. Vorher war ihm das allerdings nicht aufgefallen.

Der Fahrstuhl hielt im 28. Stock, der Lobby des Hotels. Schwere Kristallüster, dicke Teppiche, Palmen, Blumenarrangements und Wandgemälde bestimmten das Bild. Bedienstete in Livree eilten umher, Geschäftsleute standen in kleinen Gruppen beieinander und diskutierten. Die Bilder hier wie in ähnlichen Häusern in aller Welt glichen sich.

Kaum jemand nahm Notiz von den Neuankömmlingen, die unterschiedlich schnell den Lift verließen und sich über die Empfangshalle verteilten. Lediglich López in seinem weit fallenden Talar zog verschiedentlich Blicke auf sich, doch niemandem fiel auf, daß er unter der Kleidung zwei Maschinenpistolen verbarg.

»Darf ich Ihnen behilflich sein, Eminenz?«

López reagierte einigermaßen erstaunt, als er angesprochen wurde. Er musterte den jungen Pagen von Kopf bis Fuß und nickte schließlich. »Ich danke dir, mein Sohn«, sagte er salbungsvoll. »Ich suchen zwei Fr ..., zwei Schafe des Herrn, die sich ins Ambassador's verirrt haben.«

Der Page riß wenig stilvoll die Augen auf und starrte den Prediger entgeistert an. Außerdem kratzte er sich im Nacken. »Der Grill ist gut besucht. Ich könnte die beiden Schafe – äh –, die Gesuchten ausrufen lassen, Hochwürden.«

»Pater«, erwiderte López. »Schlicht und einfach Pater, das genügt.« Er suchte Marshall mit einem flüchtigen Seitenblick und sah, daß der Söldner kaum merklich den Kopf schüttelte. »Es soll eine Überraschung sein, mein Sohn«, fügte er hinzu. »Führe mich nur ins Ambassador's.«

Im Hintergrund entstand Unruhe. Niemand konnte sich erklären, weshalb die Telefone nicht mehr funktionierten.

Der Page ging vor López her. Marshall, Jill und Henry, der einzige Farbige in ihrer Truppe, hielten sich einige Meter entfernt. Niemand konnte daraus schließen, daß sie zusammengehörten. Fred Brennon und der letzte Mann, er nannte sich Malcolm, blieben beim Aufzug zurück, weil sie den Fahrstuhl für eine schnelle Flucht brauchten.

Tatsächlich verging keine Minute, da eilte schon einer der Hotelbediensteten auf die beiden zu.

»Verzeihung, meine Herren, aber wenn Sie mir sagen, worauf Sie warten, kann ich Ihnen vielleicht weiterhelfen. Sie dürfen den Lift nicht blockieren.«

»Nicht?« fragte Malcolm. »Ich denke, es gibt noch genug andere Schächte.«

»Natürlich. Aber wo kämen wir hin, wenn jeder –« Seine Augen weiteten sich in ungläubigem Entsetzen und er schluckte krampfhaft, als er unvermittelt in die Mündung einer Pistole blickte. Die Waffe zielte unmißverständlich auf seine Brust.

»Ganz ruhig!« zischte Malcolm. »Tun Sie, als wäre überhaupt nichts geschehen!«

Der Mann nickte krampfhaft. »Was ... was haben Sie vor?« stieß er abgehackt hervor.

»Nichts, was Sie beunruhigen müßte. Also lächeln Sie! Wir sind Ihre besten Freunde, kapiert?«

Zwei Hotelgäste näherten sich.

»Wegschicken!« raunte Malcolm. »Und denken Sie daran, wer als erster ins Gras beißt.«

Der Livrierte wirkte ein wenig hölzern, als er nach vorne trat. »Es tut mir leid, meine Herrschaften«, sagte er, »aber dieser Fahrstuhl ist momentan außer Betrieb. Den nächsten Lift finden Sie auf der anderen Seite der Halle.«

Allerdings standen auch dort bereits einige Personen und gestikulierten ratlos. Die Kabine hing zwischen dem

20. und dem 21. Stockwerk, und mehrere Hotelgäste schienen darin eingeschlossen zu sein.

Jeden Moment mußte auffallen, daß längst nicht mehr alles mit rechten Dingen zuging.

Inzwischen hatten López und der Page und in ihrem Kielwasser Marshall und die anderen den Ambassador's Grill betreten. Trotz vorgerückter Stunde waren noch sehr viele Tische besetzt. Jill blieb stehen und ließ ihren Blick durch den Saal schweifen.

Wie eine Marionette, dachte Marshall erneut. Ihr Gesicht wirkte ausdruckslos, beinahe maskenhaft starr, und nur in ihren Augen loderte ein verzehrendes Feuer. Die Hände hatte sie zu Fäusten geballt und hielt sie leicht angewinkelt. Jeder, der sie in dem Moment sah, mußte erkennen, daß etwas nicht stimmte.

Ein Ruck ging durch ihren Körper. Kopfnickend deutete sie an der zentralen halbrunden Bartheke vorbei. »Am zweiten Tisch von hinten ...«

Marshalls Rechte fuhr unter das Jackett und zog die Pistole aus dem Schulterholster.

»Ich danke dir, mein Sohn«, sagte in dem Moment López salbungsvoll zu dem Pagen; an ihm war wirklich ein Mann Gottes verlorengegangen. Ein klein wenig zu schnell wandte er sich um – und wäre um ein Haar mit einem Ober zusammengestoßen, der auf einem Tablett leere Gläser abtrug.

Es schepperte leise, aber nicht, weil vielleicht die Gläser auf dem Boden zerschellt wären. Vielmehr lag zwischen López' Füßen, noch halb vom Talar verborgen, eine der Maschinenpistolen. Sie war ihm entglitten. Leider konnte jeder in der Nähe erkennen, um was es sich handelte.

López bekreuzigte sich überrascht.

Das war der Moment, in dem Marshall und Henry ihre

Waffen zogen und im Laufschritt zwischen den Tischen hindurchstürmten. Das Mißgeschick hatte sie verraten, die Männer und Frauen ringsum starrten ihnen plötzlich mit aschfahlen Gesichtern entgegen.

López rammte dem Ober seinen Ellenbogen in die Magengrube und, als die Gläser nun wirklich vom Tablett rutschten und zerschellten, weil der Mann krampfhaft nach Luft schnappte, die Faust in den Nacken. Ohne länger zu zögern, riß er sich den Talar vom Leib und bückte sich nach der MPi.

Marshall und Henry hatten gerade die Theke erreicht, als hinter ihnen eine befehlsgewohnte laute Stimme erklang: »Polizei! Stehenbleiben! Die Waffen weg!«

Einer der Gäste war aufgesprungen, sein Stuhl stürzte polternd um. Breitbeinig stand er da, eine großkalibrige Pistole mit beiden Händen haltend. Er trug Zivil, aber gerade das ließ vermuten, daß er einen höheren Rang bekleidete.

»Stehenbleiben und die Hände hoch! Wird's bald!«

Atemlose Stille hielt Einzug. Nur ein angstvolles Stöhnen war zu vernehmen, aber auch das brach sofort ab.

Marshall drehte sich um. Aus zusammengekniffenen Augen musterte er den vermeintlichen Polizisten.

»Sie begehen einen Fehler, Detective«, sagte er, und es klang wie eine unverhohlene Drohung.

Der andere achtete nicht darauf. »Die Waffe fallenlassen!« Sein Finger krümmte sich um den Abzug. Langsam ging er um den Tisch herum.

Marshall ließ seine Pistole durch die Finger gleiten und hielt sie nur noch am Laufende. Auch Henry, zwei Schritte neben ihm, leistete dem Befehl widerwillig Folge. Allerdings grinste er breit.

»Sie sollten mal nach hinten sehen, Detective!«

Natürlich fiel der Beamte auf einen solchen Bluff nicht

herein. Er wirbelte erst herum, als seine noch am Tisch sitzende Begleiterin entsetzt aufschrie.

Im selben Moment bellte López' Maschinenpistole auf, und das tödliche Stakkato zerriß die atemlose Stille. Panik brach aus. Alles schrie und kreischte wild durcheinander.

Wie von einer unsichtbaren Faust getroffen, wurde der Detective von den Beinen gerissen. Rücklings krachte er auf den Tisch, zerschmetterte Gläser und Flaschen und kippte inmitten splitternden Holzes zur Seite. Blut war plötzlich überall, und seine Begleiterin begann hysterisch zu kreischen und verstummte erst, als sie ebenfalls von der Salve erfaßt und gegen die Spiegelsäule hinter ihr geschmettert wurde. Ihr Gesicht verzerrte sich in ungläubigem Entsetzen, als sie inmitten eines Splitterregens in die Knie sank. Sie starb, noch bevor sie den Boden berührte.

Nur wenige Sekunden waren vergangen, aber schon herrschte ein heilloses Durcheinander, drängten die meisten Hotelgäste schreiend zum Ausgang. López stoppte sie, indem er eine zweite Salve in die Decke jagte. Der riesige Spiegel hoch über dem Restaurant schien förmlich zu explodieren; der Knall, mit dem er in Tausende von Bruchstücke zerbarst, versetzte sogar die Luft in Schwingungen. Etliche Gäste wurden von den Geschossen gleich umherfliegenden Splittern getroffen und verletzt.

»Jeder bleibt an seinem Platz!« brüllte Marshall. Ebensogut hätte er versuchen können, eine herannahende Lokomotive mit bloßen Fäusten aufzuhalten. Erst eine dritte Salve aus López' MPi, dicht über die Köpfe der Fliehenden hinweg und in die Holzvertäfelung über dem Ausgang gezielt, zeigte Wirkung.

»Die beiden sind fort!« stieß Jill Hughes in diesem Moment hervor.

Der ältere, schlanke Mann mit dem kurz geschnittenen grauen Haar und dem ebenfalls grauen Oberlippenbart war verschwunden. Ebenso die Frau an seiner Seite, die Marshall auf ungefähr dreißig geschätzt hatte. Nur die beiden anderen Männer saßen noch da – Angestellte der UNO, wie Jill behauptet hatte. Trotz der beiden Toten und der allgemeinen Hysterie wirkten sie noch einigermaßen gefaßt. Marshall spürte, daß sie ihn durchdringend musterten.

»Das gilt uns!« behauptete Gudrun Heber im selben Augenblick, in dem sie die beiden bewaffneten Männer auf ihren Tisch zukommen sah. Sie wußte nicht warum, doch sie spürte instinktiv, daß sich eine Gefahr zusammenbraute.

Sutherland reagierte keineswegs überrascht. Zumindest hatte er sich gut unter Kontrolle.

Alles geschah so schnell, daß sie keine Zeit fanden, sich darauf einzustellen. Wie ein Film lief die Szene vor ihnen ab, aber als Zuschauer hatten sie nicht die geringste Möglichkeit, darauf Einfluß zu nehmen. Gudrun sah, daß der falsche Prediger seinen Talar fallen ließ und die Maschinenpistole in Anschlag brachte, aber erst als die Schüsse durch den Saal peitschten, glitt sie vom Stuhl und zog Sutherland mit sich.

»Wir müssen hier raus! So schnell wie möglich!«

»Aber –? Wohin?«

Sie wußte es nicht. Aber das war auch egal. Nur fort von hier, vielleicht zu einem der Aufzüge und dann nach unten. Doch tief in ihren Gedanken keimte der Verdacht, daß dies keineswegs so einfach sein würde. Die Kerle, die nicht einmal vor Mord zurückschreckten und ein ziemliches Feuerwerk veranstalteten, hatten gewiß an so banale Dinge wie die Fahrstühle gedacht. Hinter ihnen zerbarst die Spiegeldecke, brandete eine neue Woge des Lärms auf. Nur flüchtig hielt Gudrun inne und warf einen Blick zurück. Zwischen Säulen und Grünpflanzen hindurch sah sie den toten Polizisten, und ihr wurde endgültig klar, was Sutherland und sie erwartete. Unversehens ertappte sie sich bei dem Gedanken daran, was Tom Ericson in einer Situation wie dieser unternehmen würde.

»Was haben Sie? Ist Ihnen schlecht?« raunte Sutherland.

»Unsinn.« Sie schüttelte alle unnötigen Überlegungen ab und hastete weiter.

Eine Tür, dahinter die Hotelküche ... Fragende, verängstigte Gesichter blickten ihnen entgegen, als sie im Laufschritt zwischen Spülmaschinen und Kochherden hindurchstürmten. Einer der Köche, eine schwere gußeiserne Pfanne wie einen Schlagstock in Händen, vertrat ihnen den Weg. »Was ist los da draußen?« wollte er wissen.

»Ein Überfall! Rufen Sie die Polizei! Aber gehen Sie lieber nicht raus.«

»Das Telefon ist tot«, erklang es von irgendwoher.

»Ihr beide –«, weiter kam der Koch nicht. Sutherland versetzte ihm einen kräftigen Stoß, der ihn taumeln ließ. Die Pfanne schepperte zu Boden. Jetzt war nicht die Zeit für Erklärungen und lange Diskussionen.

Die Küche erschien riesig, ein Irrgarten, in dem es ringsum brodelte und dampfte.

»Bleibt stehen!«

Weder Gudrun noch Sutherland ließen sich aufhalten. Daß das Personal sie für irgendwelche Gauner hielt, war offensichtlich, aber jeden Moment konnten die wirklichen Ganoven hinter ihnen sein, und dann war es zweifellos gesünder, wenn sie sich nicht mehr in der Nähe des Restaurants, sondern schon einige Stockwerke tiefer aufhielten.

Gudrun hatte zufällig bemerkt, wie erst die junge Frau in ihre Richtung gedeutet und danach einer der Männer Sutherland und sie angestarrt hatte wie eine Schlange ihr Opfer, kurz bevor sie zustieß.

»Haltet die beiden auf!« brüllte jemand.

Vielleicht noch zehn Meter bis zur nächsten Tür. Gudrun flankte über sperrige Vorratsbehälter hinweg, strauchelte und stürzte. Aber noch im Fallen rollte sie sich ab und kam sofort schwankend wieder auf die Beine.

Die dralle Küchenhilfe vor ihr riß ein Tranchiermesser hoch und fuchtelte damit wild in der Luft herum. »An mir kommst du nicht vorbei!« keuchte sie. »Niem ...« Der Rest ging in einem erstickten Gurgeln unter. An Stelle des pausbäckigen, geröteten Gesichts mit den drohend funkelnden kleinen Augen sah Gudrun plötzlich nur noch eine breiige, zäh auseinanderfließende Masse vor sich. Im gleichen Moment umklammerte Sutherland ihr Handgelenk und zerrte sie mit sich.

»Was ist los mit Ihnen? Haben Sie nie Karamelpudding gesehen?«

Die Anthropologin schluckte krampfhaft. Plötzlich wußte sie wieder, woran die Farbe des zerfließenden Gesichts sie erinnert hatte. Und sie hatte schon beinahe geglaubt, daß ... Nie wieder würde sie sich im Fernsehen harte Horrorstreifen ansehen. Bestenfalls Abenteuerfilme.

Eine schwere Metalltür schlug hinter ihnen zu. Dann klang nur noch das Geräusch ihrer eigenen hastigen Schritte und ihrer keuchenden Atemzüge auf. Obwohl die Anthropologin das Gefühl hatte, kreuz und quer in die Irre zu laufen, folgte sie Sutherland. Sie durchquerten

Lager und Vorratsräume, die bis unter die Decke mit Kartons, Flaschen und Konserven angefüllt waren, aber gleich darauf erreichten sie einen langen Korridor, der vor einer Fensterfront mündete. Gleißender Sonnenschein fiel fast schon waagerecht durch die Scheiben und blendete.

Unbehelligt erreichten sie den nächsten Fahrstuhl. Noch blieb hinter ihnen alles ruhig. Sutherlands Hand klatschte auf die Sensortasten.

Er versuchte ein Lächeln, als er sich Gudrun zuwandte. Er war nicht einmal außer Atem.

Die Anthropologin lehnte mit dem Rücken an der Wand und wischte sich den Schweiß von der Stirn.

»Genau darauf habe ich gewartet, seit Oake Dùn überfallen wurde«, sagten beide unvermittelt und wie aus einem Mund.

Überrascht blickten sie einander an. Auch ohne viele Worte verstanden sie sich.

Sutherland zog eine Braue hoch.

»Kar«, sagte er.

»Wer sonst?« Gudrun Heber seufzte ergeben. »Ich halte jede Wette, daß er mit dem Überfall zu tun hat.«

Der Lift ließ auf sich warten. Erneut drückte Sutherland auf die Schalttafel, aber dann wanderte sein Blick zu der Anzeige über der Tür hoch, und er stieß eine deftige Verwünschung aus. Die Kabine hing fünf Etagen unter ihnen zwischen zwei Stockwerken.

»Wahrscheinlich haben die Kerle alle Aufzüge lahmgelegt. Wir müssen zu Fuß gehen.«

Zwanzig Meter weiter erreichten sie einen Treppenschacht. Allerdings führte die schmale Treppe nur in die Höhe und nicht nach unten.

Aber zurück durften sie nicht.

Der Mann keuchte und rang nach Atem, und sein Gesicht verfärbte sich puterrot, aber Marshall dachte nicht daran, den Griff zu lockern. Langsam zog er den Mann, der sich nicht wehrte, vom Stuhl hoch.

»Wo sind die beiden hin?« fragte er unerbittlich.

Die Antwort bestand aus einem halb erstickten Krächzen. Marshall zog den Hemdkragen seines Opfers noch ein wenig enger. Der Mann riß den Mund auf wie ein Fisch auf dem Trockenen und japste nach Luft.

»Rede endlich!«

Als George Mahon wieder nur den Kopf schüttelte, zuckte die Linke des Söldners vor und bohrte sich dumpf in seine Magengrube. Der Schlag genügte, den UNO-Beamten ins Reich der Träume zu schicken. Marshall ließ ihn achtlos fallen.

»Nun zu dir«, wandte er sich an den anderen Mann. »Vielleicht bist du gesprächiger.«

»Was wollt ihr von den beiden?«

»Nichts, was dich interessieren müßte. Also?« Blitzschnell griff Marshall zu und zog den Spanier am Revers über den Tisch. »Du kannst dir verdammt viel Ärger ersparen, wenn du redest –«

»Sie sind durch die Küche abgehauen!« brüllte in dem Moment López quer durch den Saal.

Mit einer wütenden Bewegung stieß Marshall den Spanier zurück. Herrero stürzte über einen Stuhl und schlug rücklings hin. Sekundenlang war er benommen, und als er sich mühsam wieder aufrappelte, sah er den Söldner mit einem Funkgerät in Händen.

»Fred, sie sind abgehauen. Macht das Haus dicht! Keiner darf rein und keiner raus – legt jeden um, der es versucht. Nimm dir das Treppenhaus vor, ich will nicht alle Etagen durchsuchen müssen. Und Jake und Umberto sollen zu mir hoch. Ende.«

»Mist!« schnaubte Joe. »Das kann nicht gutgehen – wir acht gegen den ganzen Laden.«

»Marshall weiß, was er tut, verlaß dich drauf.« Fred grinste breit und schnippte ein imaginäres Stäubchen von seiner Polizeiuniform. »Im übrigen haben wir jede Menge Geiseln. Ist das nichts?«

Er verließ den Wachraum. Draußen, in der Halle, brandeten die ersten Proteste auf, weil sich die schweren Stahlgitter vor die Türen senkten. Eine Handvoll Leute bestürmte Fred, kaum daß sie ihn erblickten.

»Officer, was ist geschehen? Man kann uns hier nicht einfach einsperren, wir haben Termine einzuhalten.«

Er hakte die Daumen hinter das Koppelschloß und reckte sich in Positur. »Ruhe!« brüllte er und blickte finster um sich. »Ich sage jetzt, was zu tun ist, und ich verlange, daß ihr genau das befolgt: Jeder von euch – und das meine ich so, wie ich es sage –, jeder geht dahin zurück, wo er hergekommen ist. Und wenn die Fahrstühle nicht mehr funktionieren, dann schwingt ihr eure morschen Knochen eben die Treppe hinauf. Haben wir uns deutlich genug verstanden?«

»Officer, ich –«, begann eine ältere Dame. Fred unterbrach sie schroff. »Wenn in spätestens einer Minute die Eingangshalle nicht geräumt ist, kann ich für nichts garantieren. Wir haben Terroristen im Haus, und die scherzen nicht. Also schließt euch ein und laßt niemanden in die Büros oder Wohnungen. Niemanden, ist das klar?«

Das Funksprechgerät meldete sich.

»Was gibt's?« fragte Fred.

»Wo steckst du?«

»In der Eingangshalle.«

»Komm nach oben! Unsere Freunde sind durch die Küche getürmt und befinden sich irgendwo über uns.«

»Bin schon unterwegs.« Den Revolver schußbereit, bahnte er sich einen Weg durch die Menge. Die teils geharnischten Proteste der Leute überhörte er geflissentlich – allerdings zogen sich die ersten bereits zurück. Er war überzeugt davon, daß trotz allem in einigen Minuten die Halle geräumt sein würde; niemand machte sich gerne zur Zielscheibe von Terroristen, und seine Behauptung würde sich trotz der gekappten Kommunikationsverbindungen wie ein Lauffeuer verbreiten. Die Frage war nur, wieviel Zeit blieb, bis außerhalb des Wolkenkratzers Polizei aufmarschierte. Die ersten Autos stauten sich wohl schon vor der verschlossenen Einfahrt zur Tiefgarage und ließen ihr Hupkonzert erklingen, und die blockierten Zugänge mußten ebenfalls sehr schnell Mißtrauen erregen. Immerhin herrschte gegen 15 Uhr 30 noch rege Geschäftigkeit.

Wahrscheinlich würde keine halbe Stunde vergehen, bis draußen der erste Streifenwagen vorfuhr. Aber dreißig Minuten waren, wenn es darauf ankam, eine sehr lange Zeitspanne.

Fred hastete von Stockwerk zu Stockwerk. Immer mehr Menschen begegneten ihm, doch er achtete nicht auf sie und die überraschten Blicke, die sie ihm nachschickten.

Gähnende Leere empfing ihn in der Hotellobby. López hatte Personal und Gäste im Speisesaal zusammengetrieben und ließ soeben die bruchsichere Glastür zugleiten. Mit einem kurzen Feuerstoß seiner MPi zerstörte er die elektrische Anlage. Einer Serie heftiger Entladungen und greller Stichflammen folgte schwarzer Rauch, und plötzlich stank es durchdringend nach verschmorten Isolatoren und Kabeln. Ohne intensive Gewaltanwendung würde die Tür sich nicht mehr öffnen lassen.

López schulterte die Waffe, studierte kurz den aushängenden Stockwerksplan und stürmte den nächsten Korridor entlang. »Viel Zeit bleibt uns nicht, bevor es wirklich gemütlich wird!« rief er Fred zu.

Die Anlage war ein Irrgarten. Der schmale Korridor, die abzweigenden, jedoch verschlossenen Stahltüren – Gudrun Heber wußte genau, daß sie erst vor wenigen Minuten hier vorbeigekommen waren, aber trotzdem standen sie wieder da. »Hier kommen wir nicht weiter!« stieß sie schwer atmend hervor. »Ob wir wollen oder nicht, wir müssen zurück.«

»Ich glaube es beinahe auch«, erwiderte Sutherland. »In meiner Jugend war ich Pfadfinder –«

»In einem Hochhaus?« Gudrun öffnete die einzige unverschlossene Tür, die in das separate Treppenhaus führte. Leider schien es von hier indes keine direkte Verbindung zu anderen Räumen als denen des Hotelkomplexes zu geben.

»In den Highlands«, antwortete Sutherland hinter ihr.

Das Gefühl, den Verfolgern in die Arme zu laufen, wurde allmählich übermächtig. Andererseits mußten sie hier raus.

Nur in dem allgemein zugänglichen Teil des Gebäudes hatten sie überhaupt eine Chance.

Erneut lag die Etage mit den Lagerräumen vor ihnen. Flüchtig spielte Gudrun mit dem Gedanken, hinter Kisten und Kartons darauf zu warten, daß die Bewaffneten irgendwann unverrichteter Dinge abzogen. Aber diese Hoffnung war trügerisch. Falls die Kerle wirklich zu Kars Männern gehörten, würden sie nicht einfach aufgeben.

Hatten sie den Befehl, Sutherland und sie zu Kar zu bringen? Eigentlich ein verlockender Gedanke.

Gudrun war so abrupt stehengeblieben, daß Sir Ian fast auf sie prallte.

»Was haben Sie?« raunte er.

»Ich mußte gerade daran denken, wie es wäre, Kar endlich gegenüberzustehen.«

»Schlagen Sie sich das aus dem Kopf, Miss Heber! Wer sagt Ihnen, daß die Gangster nicht den Befehl haben, uns umzu-«

Eine Tür klappte, Schritte näherten sich. Gudrun, auf der vorletzten Treppenstufe stehend, konnte nicht sehen, wer da kam, sie konnte von demjenigen aber auch nicht gesehen werden.

Die Schritte verharrten für einen Moment, dann kamen sie schneller heran. Gudrun versteifte sich, ballte die Hände zu Fäusten, und unvermittelt schnellte sie sich nach vorne.

Ein stechender Schmerz raste durch ihre Fingerknöchel, als ihre Faust erst gegen hartes Plastik krachte, daran abglitt und, immer noch mit ziemlicher Wucht, an einer Schläfe landete, die allerdings zu keinem ihrer Verfolger gehörte. Keiner von denen hatte schulterlanges, lockig fallendes Haar und trug ein blaues Kleid mit darübergestreifter weißer Schürze.

Für einen Moment war die Anthropologin viel zu verblüfft, und der Schmerz in ihrer rechten Hand hätte ohnehin jede weitere schnelle Reaktion verhindert. Das Zimmermädchen taumelte und brach mitten im Gang zusammen; der Staubsauger, den es aus einem der Lager geholt hatte, polterte zu Boden. Ein Höllenlärm entstand, als er sich noch dazu in seine Bestandteile auflöste.

Sekundenlang stand Gudrun wie zur Salzsäule erstarrt und lauschte. In der Ferne erklangen Schüsse – die Salve aus einer Maschinenpistole? Aber ebensogut konnte sie sich getäuscht haben, weil das Rauschen in ihren Schläfen sie narrte. Sie kniete neben dem bewußtlosen Zimmermädchen nieder und schlug ihr sanft auf die Wangen.

»Der Hieb war nicht von schlechten Eltern«, bemerkte Sutherland. »Nehmen Sie ihr nur die Schlüsselkarte ab. Alles andere ist unwichtig.«

Gudrun gab ihre Bemühungen auf, die junge Mexikanerin – Conchita stand auf dem Namensschild – ins Bewußtsein zurückzurufen. Mit fliegenden Fingern durchsuchte sie das Mädchen und fand in einer ihrer Taschen tatsächlich eine kleine Plastikkarte. Der eingeschweißte Mikrochip würde hoffentlich alle Türen öffnen.

Wieder erklangen Schüsse. Aus größerer Nähe als zuvor.

Die Flucht ging weiter. Mit Hilfe der Karte gelangten Ian Sutherland und die Anthropologin in einen Bereich, der ihnen sonst verschlossen geblieben wäre. Endlich fanden sie auch einen Lageplan, auf dem ihr Standort ebenso eingezeichnet war wie sämtliche zum Hotel gehörenden Versorgungsleitungen.

»Hier sind wir – und das da«, Ian tippte mit dem Finger auf den Plan, »das scheint ein Lastenaufzug zu sein.«

Sie hasteten weiter.

Sutherland hatte recht. Da war tatsächlich ein separater Fahrstuhl, dessen Tür sie mit Hilfe der Chipkarte öffnen konnten. Doch vor ihnen baumelten nur dicke, ölverschmierte Stahltaue, und die Kabine hing mindestens zehn Stockwerke tiefer. Vergeblich versuchte Sutherland, sie in die Höhe zu holen.

»Immerhin wissen wir es nun hundertprozentig«, schnaubte er. »Sämtliche Aufzüge sind blockiert.«

»Das macht aber nur Sinn, wenn die Kerle auch das Treppenhaus überwachen.«

»So wird es sein.« Sutherland stand unmittelbar am

Rand des Fahrstuhlschachtes und blickte in die Tiefe. »Wir könnten versuchen, an den Seilen nach unten zu klettern.«

»Natürlich«, erwiderte Gudrun. »Warum auch nicht? Und dabei brechen wir uns den Hals und nehmen Kar gleich die Arbeit ab.«

Sutherland wandte sich zu ihr um. »Ich meine es ernst«, sagte er. »Die Seile sehen glitschig aus, aber sie sind trotzdem rauh und grätig.«

Gudrun starrte an ihm vorbei in die lichtlose Tiefe, in der sich nur ein einziger schmaler Lichtstreifen abzeichnete, schätzungsweise zwei oder drei Meter über der reglos verharrenden Gondel. Der Gedanke, daß sie schon nach einem einzigen Fehlgriff mit zerschmetterten Knochen da unten liegen würde, ließ sie entschieden abwehren.

Hinter ihnen wurden Stimmen laut. Sie konnten nicht sehen, wer kam, trotzdem mußten sie damit rechnen, daß die Verfolger inzwischen aufgeschlossen hatten.

Unvermittelt erreichten sie eine rundumlaufende Galerie über einem atriumartigen Innenhof, alles erst halbfertig und noch eine einzige gigantische Baustelle. Wände waren teilweise hochgezogen, andere eingerissen, und Stahlträger und Dämmplatten lagen zu Dutzenden übereinandergetürmt. Die Baustelle erstreckte sich über mehrere Stockwerke, die wohl später weitgehend ohne Zwischendecken offen bleiben würden.

Im Hintergrund flackerten die Flammen von Schweißbrennern, und ein flirrendes Funkenmeer rieselte auf die Galerie herab. Die Arbeiter, die mit der Montage von Stahlträgern beschäftigt waren, konnten die Eindringlinge noch nicht bemerkt haben.

»Dort hinüber!« Sutherland deutete nach links, wo Teile eines späteren Bühnenaufbaus bereits fertiggestellt waren. Sie erreichten den Orchestergraben gerade noch rechtzeitig, um sich in Deckung zu werfen, denn hinter ihnen erschien unvermittelt einer der Verfolger – der Farbige, der ihnen schon im Ambassador's Grill nahegekommen war.

»Wieviele sind noch da?« raunte Gudrun.

Sutherland zuckte mit den Schultern. »Bestimmt nicht nur die vier, die wir im Restaurant gesehen haben«, meinte er. »Ich schätze mindestens die doppelte Zahl. Allerdings dürfte ihnen unser Verschwinden einiges Kopfzerbrechen bereiten. Einen Wolkenkratzer wie diesen unter Kontrolle zu halten, dazu gehört mindestens eine Hundertschaft.«

Vorübergehend hatten sie den Verfolger aus den Augen verloren. Als sie die andere Bühnenseite erreichten, sahen sie ihn wieder – er stand keine fünfzig Meter entfernt und blickte sich seelenruhig um. Gerade noch rechtzeitig, bevor er sie entdecken konnte, tauchten Gudrun und Sutherland hinter einem Stapel Wandplatten unter.

Gleich darauf näherten sich die Schritte des Mannes, verharrten, erklangen von neuem. Dumpf hallten sie von den Bühnenaufbauten zurück und übertönten sogar das leise Fauchen der Schweißgeräte.

Eng an den Plattenstapel gedrückt, huschten Sutherland und Gudrun weiter. Sie konnten nur noch versuchen, hinter den Kerl zu gelangen, denn von seinem erhöhten Standort aus mußte er sie unweigerlich entdecken, sobald sie sich aus ihrem Versteck lösten.

Ein Berg von Abfällen versperrte ihnen den Weg. Zerbrochene Steine, wie sie für Sichtmauerwerk verwendet wurden, Plattenabschnitte, Kabelstränge und was sonst noch anfiel, lagen wahllos durcheinander.

Die Schritte des Verfolgers waren jetzt fast über ihnen.

Gudrun Heber schwitzte Blut und Wasser. Jeden Moment konnte der Kerl sie entdecken.

Irritiert beobachtete sie, daß Sutherland sich an dem Abfallhaufen zu schaffen machte. Er zog ein armdickes, kunststoffummanteltes Kabel unter dem Schutt hervor. Einige Steine drohten nachzurutschen, und ein Plattenrest neigte sich bedrohlich weit nach vorne. Unwillkürlich hielt Gudrun den Atem an. Jedes noch so leise Geräusch mußte sie verraten.

Sir Ian schien mit seiner Beute durchaus zufrieden zu sein. Das Kabelende war nur wenig länger als einen Meter und wirkte ziemlich steif. Prüfend hob er es mit beiden Händen, ein Aufleuchten huschte über sein Gesicht. Er bedeutete Gudrun, daß sie sich ein Stück zurückziehen sollte, im nächsten Moment hob er einen Mauerstein auf und schleuderte ihn zur Seite.

Das Geräusch des aufprallenden Steines war geradezu unerträglich laut.

Von oben erklangen hastige Schritte. Am Rand des Plattenstapels verharrten sie.

Jetzt! Sutherland winkte der Anthropologin, loszulaufen. Gudrun zögerte unwillkürlich, aber dann warf sie sich herum. Sie kam nicht weiter als vier bis fünf Meter, bevor der Ruf der Verfolgers sie erstarren ließ.

»Stehenbleiben!«

Instinktiv hob sie die Arme und drehte sich um. Sie sah gerade noch, wie Sutherland mit aller Kraft das Kabelende in die Höhe wirbelte.

Der Kerl konnte nicht mehr ausweichen. Das Kabel krachte gegen seine Oberschenkel und bohrte sich in seine Magengrube. Ein halb überraschtes, halb ersticktes Gurgeln ausstoßend, riß er schützend die Arme hoch, aber das schwere Kupfer durchbrach sogar noch seine Deckung und wirbelte ihm die Waffe aus der Hand.

Haltlos mit den Armen wirbelnd, kippte er vornüber, und nur eine instinktive Drehung im letzten Moment bewahrte ihn vor einem allzu harten Aufprall. Dabei riß er Sutherland mit sich zu Boden, und obwohl er sichtlich Schwierigkeiten hatte, seine Bewegungen zu koordinieren, gelang es ihm, einen Würgegriff anzusetzen. Der Earl, halb auf der Seite liegend und ebenfalls benommen, schaffte es nicht, ihn abzuschütteln.

Im nächsten Moment sackte der Angreifer schlaff in sich zusammen.

»Nummer eins«, kommentierte Gudrun, die ihm den Lauf seiner eigenen Waffe über den Schädel gezogen hatte. Besorgt erkundigte sie sich: »Sind Sie verletzt, Sir Ian?«

»Nur überrascht.« Sutherland richtete sich langsam wieder auf und ordnete seine Kleidung. »Sie haben einen harten Schlag«, bemerkte er anerkennend.

»Nicht der Rede wert«, wehrte die Anthropologin ab. »Aber die Pistole gebe ich lieber Ihnen. Ich nehme an, Sie können damit besser umgehen.«

Sutherland bedachte sie mit einem überraschten Blick. »Wollen Sie einen Kleinkrieg beginnen?« fragte er. »Das stehen wir nicht durch.«

»Zumindest sind wir nicht völlig wehrlos.«

Sutherland löste seine Krawatte, drehte den Bewußtlosen auf den Bauch, zerrte dessen Arme auf den Rücken und fesselte ihn mit der teuren Seide. Daß Gudrun verschwunden war, fiel ihm erst auf, als er das geschafft hatte, aber da kehrte sie schon mit einer Rolle Klebeband zurück. »Selbst ein blindes Huhn findet manchmal ein Korn«, triumphierte sie. »Nehmen Sie das, Sir Ian. Falls es nicht hilft, schaden wird es bestimmt nicht.«

Minuten später lag der Gefesselte, zu einem handlichen Paket verschnürt und geknebelt, zwischen dem

Plattenstapel und dem Bauschutt. Seine Kumpane würden schon über ihn stolpern müssen, um ihn zu finden. Sutherland hatte seine Taschen durchwühlt, aber nichts erbeutet außer drei Ersatzmagazinen für die Pistole, die er sich in den Hosenbund schob.

Die Arbeiter hatten den Zwischenfall nicht bemerkt. In ihren Schutzanzügen mit den dick verglasten Helmen wirkten sie aus der Distanz wie Wesen einer anderen Welt. Ihnen fiel auch nicht auf, daß Sutherland und Gudrun über Leitern und Gerüste mehrere Stockwerke in die Höhe kletterten und die Leitern jeweils nach oben zogen.

Von der Gerüstplattform aus, auf der sie sich schließlich niederließen, hatten sie einen einigermaßen guten Überblick über den im Entstehen begriffenen Innenhof und die einzelnen Galerien. Die Baustelle war riesig. Erst jetzt entdeckten sie Laufkräne und Flaschenzüge, und hoch über ihnen hing ein Stahlträger wie ein Damoklesschwert an dicken Ketten herab.

»Sie sind doch verletzt«, stieß Gudrun hervor, als sie das Blut auf Sutherlands linkem Handrücken bemerkte. »Zeigen Sie her!«

»Nur ein Kratzer«, wehrte der Earl ab. »Nicht der Rede wert.« Er versorgte sich selbst, indem er sein Einstecktuch ums Handgelenk schlang und unter Zuhilfenahme der Zähne einen Knoten festzog. »Das lernt man als Junggeselle«, behauptete er.

»Ich komme mir dumm vor«, erwiderte Gudrun Heber, ohne auf seine Bemerkung einzugehen. »Wir können uns hier oben nicht ewig verstecken.«

»Lieber dumm als tot«, erwiderte er. »Außerdem arbeitet die Zeit für uns.«

»Und für die Menschen, die sich in der Gewalt dieser ... dieser Terroristen befinden?«

»Wenn es wirklich Kars Männer sind, haben sie es ohnehin nur auf uns abgesehen, und falls nicht, können wir beide herzlich wenig ausrichten. Versuchen Sie, die Sache realistisch zu sehen, Miss Heber, ohne Emotionen.«

Der Streifenwagen fuhr auf der Second Avenue Richtung Norden. Kurz nach 16 Uhr herrschte dichter Verkehr, und zeitweise war kaum mehr als Schrittempo möglich. Matt Keighley haßte diese Stunden, in denen er mehr Abgase schluckte als sonst während des ganzen Tages. Eine Dunstglocke hing über der City und verwandelte die Straßenschluchten Manhattans in eine triste graue Alptraumlandschaft, in die sich nur noch selten ein Sonnenstrahl verirrte.

»Eine Stunde bis Dienstende«, murmelte Matt im Selbstgespräch. »Dann hole ich Helen ab, und wir werden gepflegt essen gehen. Irgendwo, wo wir schon lange nicht mehr waren. Weißt du, Barton«, er bedachte seinen Beifahrer mit einem flüchtigen Seitenblick, »Helen und ich kennen uns heute auf den Tag genau seit sechs Jahren. Damals, als sie auf dem Revier erschien und die Anzeige erstatten wollte –«

»Halt mal für einen Moment die Luft an, Matt«, unterbrach Barton Jurado den Redeschwall. »Da ist irgendwas los.«

»Unsinn. Hier ist überall was los. Feierabendverkehr. Ich werde zu spät zur Verabredung kommen.«

»Das sowieso. Also tu uns den Gefallen, Matt, fahr um den Block!«

Der Streifenwagen bog nach rechts in die 45. Straße ein. Auch hier hatten sich einige hundert Menschen versammelt. Autos standen in mehreren Reihen nebeneinander und hupten.

»Halt an, Matt!«

Keighley seufzte ergeben. »Du weißt, was du von mir verlangst, Barton?«

»Halt an!«

Die Menge staute sich vor dem United Nations Plaza. Matt ließ den Wagen einige hundert Schritt entfernt stehen, weil er verkehrsbedingt ohnehin anhalten mußte. Zusammen mit Barton ging er auf das Wolkenkratzerpaar zu.

»Geht zur Seite, Leute! Laßt uns durch!«

»Was ist überhaupt los?«

Ein Dutzend Männer und Frauen redeten gleichzeitig, und ein Dutzend verschiedene Meinungen prallten aufeinander. Barton Jurado hob beschwichtigend die Arme. »Ist ja schon okay, Leute, wir kümmern uns drum. Aber macht wenigstens den Weg frei, sonst wird nichts draus.«

Die Nr. 1 des Zwillingsgebäudes hatte dichtgemacht, und das im wahrsten Sinne des Wortes. Sämtliche Zugänge und die Garageneinfahrt waren mit Gittern verrammelt. Matt Keighley begann zu ahnen, daß er seine Verabredung wohl verschieben mußte. Er stieß eine ellenlange Verwünschung aus.

»Die haben sich eingeigelt«, stellte Jurado fest.

»Was meinst du?«

»Schwer zu sagen. Ich kann niemanden sehen. Wir sollten in der Zentrale nachfragen, ob Meldungen vorliegen.«

Zehn Minuten später wußten sie, daß dem nicht so war. Sämtliche Telefonleitungen ins United Nations Plaza waren tot.

»Was gibt es da drinnen zu holen?« war Keighleys erste Reaktion.

»Den Inhalt des Hotelsafes«, sagte Jurado. »Die Portokassen einiger Firmen und was so in den Privatwohnungen herumliegt. Sicher alles nicht der Rede wert. – Warum fragst du?«

Matt zuckte mit den Schultern. »War nur eine Eingebung. Vergiß es.«

Jurado begann, auf seiner Unterlippe zu kauen. Weit legte er den Kopf in den Nacken und blickte an der Millimeterpapier-Fassade in die Höhe. Er konnte nichts Ungewöhnliches erkennen. In einigen Stockwerken brannte schon Licht. Aber das war kein Wunder, da die Dunstglocke und das schlechte Wetter eine frühe Dämmerung über New York hereinbrechen ließen.

»Wie kommen wir rein?«

»Gar nicht. Der einzige Weg führt übers Dach, aber dazu müßten wir einen Hubschrauber anfordern.«

Die riesige Empfangshalle lag im Halbdunkel vor ihnen. Daß niemand im Inneren des Gebäudes zu sehen war, erschien allerdings mehr als ungewöhnlich.

Barton hämmerte mit seinem Dienstrevolver gegen eine der Glastüren. Das dumpfe Dröhnen mußte drinnen weithin zu hören sein.

Tatsächlich erschien kurz darauf in der Halle ein Mann. Er gestikulierte aufgeregt und rief etwas, was die Polizisten aber nicht verstehen konnten.

»He!« Keighley deutete in die andere Richtung. »Was macht der Kollege da drin?«

Ein zweiter Mann in der Uniform eines Sergeanten war erschienen. Er wechselte einige Worte mit dem Zivilisten und bedeutete den beiden Streifenpolizisten, daß sie vor der Tür warten sollten.

»Was hat er vor?«

»Keine Ahnung. Laß dich einfach überraschen.«

»Mir läuft nicht nur die Zeit davon«, seufzte Keighley. »Wenn ich Pech habe, Helen auch.«

Der Sergeant kam zurück. Er hielt ein Blatt Papier

hoch, das er von einem Endlosdrucker abgerissen hatte. TECHNISCHER DEFEKT, stand darauf zu lesen, mit schwarzem Filzschreiber geschrieben. Anschließend drehte er das Blatt um.

»Computerfehler«, entzifferte Jurado. »Die Spezialisten arbeiten daran.«

»Das kann dauern«, murrte Keighley. »Komm.«

»Glaubst du den Unsinn?«

»Natürlich. Wenn du je so ein Ding bedient hast, weißt du, was alles schieflaufen kann.«

Jurado lachte hell. »Ich habe schon alle Hände voll zu tun, wenn ich Berichte auf meiner Schreibmaschine tippen muß. Das Leben ist eben ungerecht.«

Sie setzten ihre Meldung an die Zentrale ab.

»Jungs«, kam es über Funk zurück, »das wird ein vergnüglicher Abend für euch.«

»Wieso?« Irritiert kniff Keighley die Brauen zusammen. »Ich verstehe nicht.«

»Ganz einfach: Ihr bleibt in der Nähe des Plaza.«

»In zwanzig Minuten endet mein Dienst«, protestierte Keighley. »Ich habe zufällig noch so etwas wie ein Privatleben.«

»Für heute nicht mehr. Der Chef meint, ihr sollt euch um die Sache kümmern, bis feststeht, daß wirklich kein Haar in der Suppe ist. Noch liegt keine entsprechende Meldung vor, also können wir nichts anderes unternehmen.«

»Wie schön«, seufzte Keighley. »Das ist wieder einmal phantastisch. Der Chef –«

»– steht neben mir und hört mit. Wenn Sie ihn sprechen wollen, Keighley –«

»Danke, das hat sich erledigt.« Matt schaltete ab und starrte zu den Wolkenkratzern hinüber. »Helen wird warten«, stieß er zerknirscht zwischen den Zähnen hervor.

»Und spätestens nach Mitternacht tröstet sie sich mit einem anderen«, erwiderte Jurado trocken.

Keighley fuhr los. Er legte einen Kavaliersstart hin, daß es sogar im Wageninneren nach verschmortem Gummi stank. Knapp zweihundert Meter weiter zog er den Streifenwagen in eine gerade erst entstandene Parklücke.

Wenn das mit der Computeranlage stimmte – und warum eigentlich nicht? –, machte er sich auf eine lange Wartezeit gefaßt. Lachhaft war nur, daß ein ganzer Wolkenkratzer, eigentlich eine Stadt für sich, von ein paar winzigen Schaltkreisen lahmgelegt werden konnte.

Auf Anhieb vermochte Gudrun Heber nicht zu sagen, wieviel Zeit inzwischen vergangen war. Sie hatte gedöst und war von irgendeinem Geräusch aufgeschreckt worden, aber daß Sutherlands Hand sich schwer auf ihren Mund legte, ließ sie das Schlimmste befürchten. Fragend blickte sie ihn an. Seine Augen sprachen Bände, und sie las in ihnen, daß es besser war, sich ruhig zu verhalten.

Es war dunkel geworden. Durch die großen Scheiben der Außenfassaden sah Gudrun einen Rest des Abendrots, das den Himmel mit glühenden Adern überzog. Die Sonne schickte sich an, hinter dem Horizont zu versinken, und dicke Regenwolken beschleunigten den frühen Einbruch der Nacht.

Zwei Stockwerke tiefer tauchten große Scheinwerfer einen Teil der Baustelle in grelles Licht. In Wolkenkratzern wie diesem verging kaum ein Tag, an dem nicht irgendwo eine Wand abgerissen und an anderer Stelle wieder aufgebaut wurde, wo Büros umgestaltet und neu eingerichtet oder oftmals sogar ganze Etagen neu konzipiert wurden. Das bedeutete aber auch, daß sämtliche

Versorgungsleitungen ständig den Umbauten angepaßt werden mußten.

Die Schweißarbeiten waren immer noch nicht abgeschlossen. Die Arbeiter in ihren Schutzanzügen warfen lange, zerfließende Schatten. Aber nicht das unaufhörliche Fauchen der Schweißgeräte und das ferne Rattern der Flaschenzüge hatte Gudrun aufgeschreckt, sondern andere Geräusche, Stimmen, die irgendwo unter ihr erklangen, verstummten und wieder lauter wurden.

Vorsichtig spähte Sutherland über den Rand des Gerüsts in die Tiefe. Die Pistole hielt er schußbereit.

Ein Schatten – zwei Galerien unter ihnen. Gudrun erkannte den Mexikaner, der den Talar getragen hatte. Die MPi in der Armbeuge, sicherte er nach allen Richtungen.

»Irgendwo hier müssen sie sein«, hörte sie einen halblauten Ruf. »Das Treppenhaus können sie nicht erreicht haben.«

»Vielleicht sollten wir die beiden ausräuchern.«

»Keine schlechte Idee.«

Der Mexikaner riß die Maschinenpistole hoch und feuerte eine ungezielte Salve ab. Das Jaulen der Querschläger, die von Trägern, Gerüstbeschlägen und Betonpfeilern abprallten, ließ die Anthropologin jäh zusammenzucken.

Der Kerl unter ihnen stieß ein meckerndes Lachen aus. »He, wir wissen, daß ihr euch hier verkrochen habt. Also kommt endlich raus aus euren Löchern. Wir haben nicht vor, euch umzulegen – noch nicht.«

Sein Blick wanderte in die Höhe, streifte die Gerüste. »– irgendwo da oben«, waren Wortfetzen zu vernehmen. Wieder und wieder riß er den Abzug seiner Waffe durch, die er inzwischen auf Einzelfeuer umgestellt hatte. Gudrun erschrak bei jedem Schuß. Obwohl sie wußte, daß keines der Geschosse die dicken Bohlen wirklich durchschlagen konnte.

»Laß den Quatsch, López!« erklang eine markante Stimme. Die Anthropologin erkannte den Mann, der sie im Ambassador's angestarrt hatte. Er war der Typ des harten Soldaten, vielleicht sogar ein Söldner, der gegen Bezahlung jede Drecksarbeit verrichtete. Sie ahnte nicht, wie nahe ihre Überlegungen der Wirklichkeit kamen.

Sutherland hob die linke Hand und spreizte vier Finger ab. Das bedeutete, daß er vier Gegner ausgemacht hatte. Gudrun nickte zustimmend. Gleichzeitig fragte sie sich, ob Sir Ian womöglich mit Gedanken spielte, die ihr plötzlich nicht mehr so ganz behagten – Gedanken, die sie vor einiger Zeit selbst geäußert hatte. Vielleicht konnte er sogar einen oder zwei der Männer kampfunfähig machen, aber die anderen ...

Wieder fielen Schüsse. López hatte sich auf der Galerie ein Stück weit entfernt und ballerte erneut wahllos in die Luft.

»Er hofft, daß wir die Nerven verlieren«, wisperte Sutherland.

Inzwischen waren die Arbeiter aufmerksam geworden. Die grellen Flammen der Schweißbrenner erloschen. Zwei Männer, die Schutzgläser ihrer Helme hochgeklappt, kamen langsam näher.

»Ein Mann und eine Frau!« brüllte López ihnen entgegen. »Habt ihr sie gesehen?«

Zögern erst, danach Kopfschütteln.

»Dann verschwindet!« López unterstrich den Befehl mit einer Geschoßgarbe, die funkensprühend vor den Arbeitern einschlug und sie zwang, Hals über Kopf davonzustürzen.

Nur Sekunden später dröhnte ein Explosion auf. Einer der Laufkräne kippte zeitlupenhaft langsam zur Seite, bis sein Neigungswinkel so groß wurde, daß er krachend ausbrach und mit der Gewalt eines mittleren Erdbebens über zwei Etagen in die Tiefe stürzte. Der Aufprall war ein ohrenbetäubendes Kreischen, gefolgt von einer deutlich spürbaren Erschütterung. Sekundenlang schwankte das Gerüst, auf dem Gudrun und Sutherland lagen.

»Die Kerle sind bestens ausgerüstet«, schnaubte der Earl. »Ich schätze, das war eine Handgranate.«

»He!« brüllte López schon wieder. »Zum letzten Mal: Kommt raus, oder wir räuchern euch aus!«

»Die wissen, daß wir hier sind.« Kopfnickend deutete Sutherland schräg nach unten. Auf der gegenüberliegenden Seite der Galerie stand der Farbige, den sie gefesselt und geknebelt hatten. Kein Wunder also, daß die Angreifer sich ihrer Sache so sicher waren.

»Fünf«, murmelte Gudrun. Besonders ermutigend klang es nicht.

Der Mexikaner begann an einem der Gerüste hochzusteigen. Mehrmals hielt er inne und blickte suchend um sich. Er brauchte keine zwei Minuten, um die nächste Etage zu erreichen. Einige Meter noch, dann mußte er, sobald er sich umwandte, die Gesuchten entdecken.

Sutherland brachte die Pistole in Anschlag und visierte schräg in die Tiefe. Währenddessen schob Gudrun sich auf allen vieren zum Rand der Plattform. Die anderen Männer hatte sie aus den Augen verloren.

Nicht mehr als zweieinhalb Meter unter ihr befand sich ein Stück fertiggestellter Galerie, die spätere Brüstung noch mit Brettern verschlagen. Falls es ihr gelang, unbemerkt hinunter zu springen, und falls Sutherland wirklich den Mexikaner mit einem oder zwei Schüssen ausschalten konnte, hatte sie keine schlechte Chance, die MPi zu holen. Schnelligkeit war eines, worauf es ankam – eine gehörige Portion Glück das andere. Sie blickte zu

Sutherland zurück; er lächelte. In einer Situation wie dieser lächelte er. Wahrscheinlich ihretwegen. Aber Gudrun brauchte niemanden, der ihr Mut machte.

López kletterte weiter in die Höhe. Wie King Kong an der Fassade des Empire State Building. Er wandte sich ausgerechnet in dem Moment um, in dem Gudrun sich über die Kante der Plattform schwang.

»Da sind sie!« gellte sein Schrei auf, aber wahrscheinlich sah er weniger die Frau, als vielmehr den Earl, der genau in seinem Blickfeld lag.

Sutherlands Schüsse verhallten im Hämmern der Maschinenpistole. Gudrun sah, daß López zusammenzuckte, doch seine Waffe spie weiter Tod und Verderben. Das Rattern fraß sich unter ihrer Schädeldecke fest und vermischte sich mit dem Splittern von Glas und den überraschten Rufen der anderen Kerle, die immer noch irgendwo unter ihr zu stecken schienen.

Nur Sekunden vergingen, aber später, als sie zu rekapitulieren versuchte, was wirklich geschehen war, erschienen sie ihr wie eine Ewigkeit.

In dem Moment allerdings reagierte sie wie in Trance, empfand weder Furcht noch Entsetzen und wurde von dem unbändigen Willen vorwärtsgetrieben, endlich eine Entscheidung herbeizuführen, wie immer diese ausfallen mochte.

Sie sah den Mexikaner schwanken. Blut färbte sein Hemd. Dann verlor er den Halt und stürzte.

Er lebte noch, als Gudrun ihm die MPi entriß. Für einen kurzen Augenblick, als sie in seine Augen blickte, spürte sie Panik und Entsetzen, aber erneut versank die Welt um sie her in lärmendem Chaos.

Sie wollte zurück und Sutherland die MPi hochwerfen, doch der Glutball einer Explosion blendete sie, und die Druckwelle fegte sie von den Beinen. Holzsplitter prasselten rings um sie hernieder, sie selbst hatte Glück und blieb unverletzt.

Die Handgranate (etwas anderes konnte die Explosion nicht verursacht haben) hatte zwei der Stützen, auf denen die Gerüstplattform ruhte, wie dünne Streichhölzer geknickt, und die Plattform neigte sich berstend und splitternd nach hinten. Sutherland war zu dem Zeitpunkt schon nicht mehr allein da oben. Einer der Angreifer, ein Bursche in einem eleganten grauen Anzug, hatte sich von der Seite herangearbeitet und war in dem Moment gesprungen, in dem das Gerüst wegkippte. Wie ein Klette an Sutherland hängend, versuchte er, ihm die Pistole zu entwinden.

Der Neigungswinkel der Bohlen wurde größer; Gudrun konnte nicht mehr sehen, wer von beiden die Oberhand gewann. Ihr Herzschlag setzte fast aus, als sich ein Balken löste und dröhnend in die Tiefe stürzte, geradewegs auf eines der zerschossenen Fenster zu. Zugleich erkannte sie, welches schreckliche Schicksal Sutherland drohte, falls es ihm nicht gelang, sicheren Halt zu finden.

Der Balken krachte in die Reste der Scheibe, schien sekundenlang zu verharren – und verschwand.

Ein menschlicher Körper, hilflos mit Armen und Beinen rudernd, folgte ihm. Gudrun hörte jemanden gellend schreien. Der Schrei brach gurgelnd ab und sie brauchte die Dauer eines Atemzugs, bis sie erkannte, daß sie selbst es war, die geschrien hatte.

Sutherland war tot, in die Tiefe gestürzt, lag jetzt mit zerschmetterten Knochen irgendwo auf der Straße oder in den spärlichen Grünanlagen. Gudrun konnte und wollte nicht gegen die Tränen ankämpfen, die ihr jäh in die Augen schossen. Nur flüchtig dachte sie daran, daß sie jetzt ebenfalls tot wäre, hätte sie die Plattform nicht rechtzeitig verlassen.

Durch den Schleier ihrer Tränen hindurch sah sie zwei Schatten auf sich zukommen.

Die Kerle würden sie töten, wie sie Sutherland umgebracht hatten.

Ihre Finger verkrampften sich um den Schaft der MPi, sie fand den Abzug und drückte ab.

Der Rückstoß war unerwartet heftig und trieb sie einige Schritte weit zurück, aber sie dachte nicht daran, loszulassen. »Ihr Schweine«, keuchte sie. »Ihr verdammten Mörder.«

Mit einem Mal war Ruhe.

Das Magazin – leergeschossen.

Die beiden Schatten lagen verkrümmt auf dem Boden. Als Gudrun begriff, was sie getan hatte, ließ sie die MPi fallen wie ein Stück glühendheißen Eisens. Mit dem Handrücken wischte sie sich über die Augen.

»Denken Sie sich nichts dabei«, sagte eine markante Stimme hinter ihr. »Das sind zwei Mann weniger, mit denen ich hätte teilen müssen. – Und Sie, Mister, machen keine Dummheiten. Nach allem, was geschehen ist, würde ich nicht zögern, Sie umzulegen.«

Er meinte Sutherland.

Der Earl of Oake Dùn lebte!

Nicht er war abgestürzt, sondern der Mann, der ihn angegriffen hatte! Gudrun spürte eine grenzenlose Erleichterung, als sie Sir Ian unter dem zusammengebrochenen Gerüst hervorklettern sah.

Zögernd hob er die Hände.

»Wie sagt man bei Ihnen in Deutschland?« fragte er in Gudruns Muttersprache. »Ich fürchte, wir sind vom Regen in die Traufe geraten.«

»Maul halten!« herrschte der Söldner ihn an und zog ein kleines und sicherlich nicht sehr weitreichendes Funkgerät aus der Tasche. »Vietnam beginnt. Ende.«

Danach winkte er mit der Waffe.

»Gehen wir!« befahl er. »Wir haben eine Verabredung einzuhalten.«

Die Gaffer hatten sich verlaufen. Es gab auch nichts zu sehen, was von Interesse gewesen wäre, lediglich zwei gelangweilte Polizisten, die hin und wieder forschende Blicke zu der in Dunkelheit versunkenen Eingangshalle hinüber warfen. In den oberen Etagen brannte Licht. Alles war völlig normal.

»Wenn ich daran denke, daß Helen und ich jetzt –« In gespielter Verzweiflung raufte Matt Keighley sich zum wiederholten Male die Haare. Jurado konnte es schon nicht mehr mitanhören, geschweige denn wollte er Matts Leidensmiene noch länger sehen.

»Ich habe endgültig die Nase voll«, schnaubte er. »Glaubst du, mir macht es Spaß, stundenlang herumzusitzen und Löcher in die Luft zu starren? Einer von uns beiden steigt aus, und zwar sofort, sonst werde ich noch verrückt.«

»Du«, sagte Keighley im Brustton der Überzeugung. »Deine Ignoranz schreit zum Himmel. Hast du überhaupt jemals ein Mädchen wie Helen kennengelernt?«

Wortlos öffnete Jurado die Beifahrertür, und ebenso wortlos warf er sie hinter sich zu. Das stundenlange untätige Sitzen im Auto machte kreuzlahm. Er streckte sich, gähnte verhalten und ging ein paar Schritte ziellos übers Gelände.

Hinter ihm klappte eine Autotür. Keighley folgte ihm.

»Tut mir leid, Barton, ich hab's nicht so gemeint. Ich bin einfach ... ein wenig aufgekratzt. Ist doch auch kein Wunder. Da freut man sich tagelang auf einen Abend, und dann –«

Ein unüberhörbares Klirren und Knistern ließ sie zusammenfahren. Auf dem Absatz wirbelte Keighley herum. Die Luft flirrte von winzigen Kristallen.

»Eisregen?« fragte er wenig geistreich.

»Glas!« stieß Jurado hervor. Sein Blick wanderte suchend an der Fassade des Wolkenkratzers empor. In dem Moment wurde die Ahnung zur Gewißheit, daß sie doch nicht völlig umsonst gewartet hatten.

War da nicht eine flüchtige Bewegung in einem der oberen Stockwerke?

»Matt ... Mein Gott!« Er hatte sich nicht getäuscht. Aus der Höhe stürzte etwas herab. Sich erneut herumwerfen und den Freund mit sich ziehen, der ein wenig zu langsam begriff, war eins.

Sie kamen nicht weit. Unmittelbar hinter ihnen erklang ein dumpfes, klirrendes Krachen, und als sie sich umwandten, hatte ihr Streifenwagen nur noch Schrottwert. Er war nahezu der Länge nach gespalten, wie von einem gigantischen Axthieb getroffen. Das zersplitterte Fragment eines Balken ragte über die Motorhaube hinaus, der Rest hatte wie ein Geschoß das Dach durchschlagen und die Sitze zerfetzt.

»Matt«, sagte Jurado tonlos. »Danke.«

»Wofür?« Keighley war momentan wirklich etwas schwer von Begriff.

»Dafür, daß Helen uns aus dem Auto vertrieben hat.«

Ein zweiter dumpfer Aufprall, einige Meter von der Straße entfernt, ließ sie aufmerken. Ein Mensch war aus der Höhe herabgestürzt.

»Matt«, sagte Jurado, diesmal mit bebender Stimme, »ruf Verstärkung!«

Das lauter werdende Dröhnen eines Hubschraubers übertönte das Heulen des Windes, der sich an den Dachaufbauten verfing. In luftiger Höhe herrschte beißende Kälte.

Ein blinkender Stern näherte sich. Er schwebte von Nordosten her ein – zu tief, wie es den Anschein hatte, aber vermutlich, um der Radarüberwachung zu entgehen.

Ein Suchscheinwerfer flammte auf und entriß die Fassade des Wolkenkratzers der beginnenden Nacht.

Vier Personen warteten auf dem Dach darauf, daß sie abgeholt wurden. Das heißt, Sir Ian Sutherland und Gudrun Heber waren darüber wenig erbaut, ganz im Gegensatz zu dem Söldner und der jungen Frau, die er Jill nannte. Gudrun beobachtete die Frau genau. Ihre Bewegungen waren knapp und präzise, und ihr Blick hatte etwas Stechendes an sich.

Der Hubschrauber schwebte ein, eine schlanke, silberne Libelle, gerade groß genug, daß sie alle darin Platz finden würden. Er trug keinerlei Kennzeichen.

Jill schwang sich als erste nach innen. Der Söldner folgte ihr. Auffordernd winkte er Sutherland mit der Waffe.

Dem Earl of Oake Dùn blieb keine andere Wahl, als dem Befehl zu folgen. Zögernd griff er nach dem Einstieg. Der Luftdruck der Rotorblätter bauschte sein Jackett. Für einen Moment kämpfte er gegen den Sog an.

»Laufen Sie!« schrie er über die Schulter zurück. »Schnell!«

Seine Linke schoß vor, schlug den Waffenarm des Gegners zur Seite. Zugleich warf er ein graues Ei unter den Pilotensitz, stieß sich mit aller Kraft ab und hetzte im Zickzack davon. Der Hubschrauberlärm übertönte die Schüsse, aber die funkensprühenden Querschläger vor und neben ihm spornten Sutherland zur Höchstleistung an.

In Gedanken zählte er bis drei, dann hatte er die Anthropologin erreicht und riß sie mit sich zu Boden. Er spürte noch den scharfen Luftzug einer Kugel haarscharf neben seinem Kopf, bevor er sich mit Gudrun in die Deckung eines Fahrstuhlaufbaus rollte.

Die Handgranate explodierte. Der dumpfen Detonation folgte eine weitaus größere, als der Benzintank aufgerissen wurde. Eine sengende Stichflamme fauchte über das Dach und ließ sekundenlang hoch über den Straßenschluchten Manhattans einen neuen grellen Stern entstehen. Lodernden Feuerrädern gleich hoben die Rotorblätter klägliche Bruchstücke der Kanzel in die Höhe, ehe sie zeitlupenhaft langsam jenseits der Dachkante verschwanden. Der Rumpf der Maschine brannte lichterloh. Keiner der drei Insassen war dem Inferno entronnen.

Innerhalb kürzester Zeit wurde die Hitze schier unerträglich. Sutherland und Gudrun Heber hatten da ihre Deckung aber schon verlassen und hasteten über eine schmale Treppe nach unten.

»Woher stammte die Handgranate?« fragte Gudrun verwirrt. Mit einer solchen Wende war wirklich nicht zu rechnen gewesen.

»Der Angreifer auf der Plattform hatte sie bei sich«, erwiderte Sutherland. »Ich hätte sie beinahe noch verloren. Aber dann wären wir jetzt nicht hier, sondern wahrscheinlich unterwegs zu Kar.«

»Sie wollen wirklich allein in der Stadt bleiben?« Ian Sutherland stellte die Frage bestimmt zum drittenmal. Und die Anthropologin nickte zum drittenmal.

»Bin ich allein? New York hat vier Millionen berufstätige Einwohner, von den anderen ganz zu schweigen.«

»Sie wissen, wie ich es meine, Miss Heber.«

Gudrun zuckte mit den Schultern. »Ich glaube nicht, daß Kar es gleich noch einmal versuchen wird.«

»*Wenn* es seine Söldner waren. Wir wissen noch immer nicht mit Sicherheit, ob Kar den Ausbruch des ZERSTÖRERS in Tiahuanaco überlebt hat.«

»Wer auch immer dahinter steckt, er wird Tage brauchen, sich von dem Desaster zu erholen. Ich warte auf Tom.«

»Er wird sich über das Empfangskomitee freuen.«

Sechsunddreißig Stunden war es inzwischen her, daß eine Sondertruppe das United Nations Plaza Nr. 1 gestürmt hatte. Auf Seiten der Polizei waren zwar Verletzte, aber keine Toten zu beklagen, obwohl das Panzerfahrzeug, mit dem sie den Eingang durchbrochen hatten, nach dem Treffer eines Bazookageschosses ausgebrannt war. Von den Terroristen hatte keiner überlebt.

George Mahon hatte dafür gesorgt, daß Ian Sutherland und Gudrun Heber die polizeiliche Vernehmung rasch hinter sich brachten. Daß der Angriff nur ihnen beiden gegolten hatte, war als Geheimsache eingestuft worden. Offiziell wurde ein weiterer Gewaltakt von Terroristen vermutet; man warte auf ein Bekennerschreiben, hieß es.

Gudruns erster Weg nach der Vernehmung war der zu einem Telefon gewesen – ohne Rücksicht auf die Tageszeit auf der anderen Seite des Atlantik. Nach einigen vergeblichen Versuchen hatte sie endlich Connor erreicht und erfahren, daß Tom Ericson sich wenige Stunden vorher ebenfalls in Oake Dùn gemeldet hatte. Der von Sutherland organisierte Hubschrauber hatte ihn nach einigen Schwierigkeiten aus Peru ausgeflogen. Momentan befand er sich in Brasilien, in einem kleinen Ort namens Liberdade, am Oberlauf des Chandles gelegen, nahe der Grenze zu Peru. Connor hatte ihm gesagt, daß Sir Ian und Gudrun nach New York aufgebrochen waren, und Tom hatte daraufhin spontan erklärt, ebenfalls in die Staaten zu fliegen, wo er die beiden treffen wollte.

Das war der Stand der Dinge. Connor hatte noch eine Verletzung Toms erwähnt, aber sie schien nicht besonders schwer zu sein.

Sutherlands Maschine wurde aufgerufen. Auch er würde vorerst nicht nach Oake Dùn fliegen, sondern nach Amman.

»Wir halten über Connor Verbindung«, sagte er.

Gudrun wünschte ihm viel Erfolg, gleich darauf verschwand Sutherland in der Menge. Zwanzig Minuten später startete seine Maschine.

Die Anthropologin hatte viel Zeit. Sie wußte nicht, wann Tom in New York eintreffen würde, aber sie würde es rechtzeitig erfahren.

An einem Kiosk kaufte sie sich eine Tageszeitung. Eigentlich suchte sie einen Bericht über die Terroristen im Plaza. Was sie fand, war eine Notiz über einen Rechenkünstler in einem Kaff namens Dear Meadow. *Genie oder Wahnsinniger?* war der Artikel überschrieben. Die übliche reißerische Aufmachung.

Gudrun wollte schon weiterblättern, doch plötzlich stutzte sie. Schwarz auf weiß stand geschrieben, daß der Mann ein *Auge der Weisheit* erwähnt hatte, einen seltsamen Kristall, der für sein Können verantwortlich sein sollte.

Von da an fieberte die Anthropologin Tom Ericsons Ankunft entgegen.

ENDE DES VIERTEN BUCHES

FÜNFTES BUCH

TÖTE SUTHERLAND!

von Robert deVries

Amman, Jordanien

Als Ian Sutherland aus dem Flugzeug stieg, erwarteten ihn ungemütlich tiefe Temperaturen. Es hatte einen überraschenden Kälteeinbruch gegeben, und in einigen Teilen der Wüste hatte es sogar geschneit. Man konnte es vom Flugzeug aus sehen, während die Maschine von Kairo aus unter Umgehung des israelischen Luftraumes die Sinai-Halbinsel überquert hatte. Auch im Nahen Osten schlug das Wetter mitunter Kapriolen.

Fröstelnd zog der Earl of Oake Dùn den Kragen seines dünnen Trenchcoats zusammen, während er sich beeilte, ins geheizte Flughafengebäude zu kommen. Wenn er gewußt hätte, welches Wetter ihn hier erwartete, hätte er sich in New York vor seiner Abreise noch einen Wintermantel besorgt.

Die Vorzüge der Business-Class erstreckten sich erfreulicherweise auch auf die Einreiseformalitäten, die nach ein paar Minuten erledigt waren. Dafür mußte er fast eine halbe Stunde warten, ehe endlich sein Koffer auf dem Laufband erschien. Sutherland trug es mit schottischer Gelassenheit.

Er kam praktisch auf direktem Wege vom UN-Hauptquartier in New York. Dort hatte man ihm Unterlagen zur Verfügung gestellt, in denen verschiedene mysteriöse Vorgänge dokumentiert waren, die sich im Umfeld archäologischer Artefakte oder Bauwerke abgespielt hatten. Das, was in einigen der Berichten vermerkt war, las sich gleichermaßen unglaublich und bizarr. Auffällig war die Tatsache, daß sich sämtliche Vorkommnisse im Laufe der letzten vier Wochen ereignet hatten.

So, als ob vor rund einem Monat irgend etwas in Gang gesetzt worden wäre; irgend etwas, das rund um die Welt lief und bestimmte Überbleibsel alter Kulturen veranlaßte, plötzlich verrückt zu spielen. Und Sutherland ahnte, was es war.

Während des Fluges hatte er nur kurz geruht. Die meiste Zeit hatte er damit zugebracht, die Unterlagen zu sichten und nach auffälligen Übereinstimmungen Ausschau zu halten. Doch außer dem Zeitraum war ihm nichts aufgefallen. Kein Vorkommnis glich einem anderem.

Er war froh, daß ihm seine UN-Kontakte diese Unterlagen in die Hände gespielt hatten. In nächster Zeit würden er und die Mitarbeiter seiner Forschungsorganisation *Analytic Institute for Mysteries* alle Hände voll zu tun bekommen, um die vorliegenden Fälle zu untersuchen und die Ergebnisse auszuwerten. Außerdem war davon auszugehen, daß dies noch nicht alle Vorfälle waren, die sich ereignet hatten. Viele andere würden der UN entweder nicht – oder noch nicht – gemeldet oder in einen Zusammenhang mit archäologischen Fundorten gebracht worden sein. Unter Umständen kam da noch ein ganzer Rattenschwanz ähnlich gearteter Ereignisse auf sie zu. Vielleicht war es sogar nötig, A.I.M. in Zukunft um einige weitere Mitarbeiter zu ergänzen. Im Hinterkopf spielte Sutherland bereits mit dem Gedanken, daß er, sobald er erste Ergebnisse vorweisen konnte, womöglich entsprechende Zuschüsse der UN locker machen konnte. Er war beileibe kein armer Mann, aber wenn es in dem rasanten Tempo der letzten Monate weiterging, waren die Grenzen seiner finanziellen Belastbarkeit irgendwann erreicht.

Der Grund, warum er aus New York nicht direkt nach Schottland zurückgekehrt war, sondern diesen Abstecher in die jordanische Hauptstadt unternommen hatte, war der, daß er in einem der Dossiers den Namen eines alten Bekannten entdeckt hatte: Professor Ernest Herman. Es war derselbe Ernest Herman, mit dem er während seiner

Studentenzeit so manchen Unfug angestellt hatte und der von allen Kommilitonen stets nur »Herman Munster« gerufen worden war, weniger deshalb, weil er soviel Ähnlichkeit mit der TV-Figur gehabt hätte, sondern vielmehr, weil die Fernsehserie damals so populär gewesen war und es sich aufgrund seines Namens einfach angeboten hatte. Sutherland mußte lächeln, als er daran dachte, daß Ernest nie besonderes glücklich darüber gewesen war.

Zur Archäologie war Ernest erst viel später, als sie sich schon lange aus den Augen verloren hatten, gekommen – und wahrscheinlich auf ähnlich verschlungenen Pfaden. Vor rund zehn Jahren hatten sie sich bei einer Museumseröffnung zufällig wiedergesehen und anschließend natürlich lange über alte Zeiten geplaudert und darüber, was sie heutzutage machten. Überrascht hatte Sutherland erfahren, daß Ernest mittlerweile in Amman ein Büro leitete, das für die Koordinierung archäologischer Ausgrabungen in Jordanien zuständig war und durch verschiedene Zuschüsse internationaler Forschungsorganisationen unterstützt wurde. Es war ein Job, der seinem Organisationstalent entgegenkam. Zudem hatte er eine Einheimische geheiratet und sich hier häuslich niedergelassen. Sutherland erinnerte sich, daß er ihm während ihres Wiedersehens mit stolz glänzenden Vateraugen ein Foto seiner ein oder zwei Jahre alten Tochter gezeigt hatte. Sie hieß Chiren, was soviel wie »süß« bedeutete, und ganz genauso hatte sie auf dem Bild ausgesehen.

Da alle festen Mitarbeiter momentan nicht greifbar waren – Thomas Ericson und Gudrun Heber befanden sich in den USA, Pierre Leroy machte Urlaub in Frankreich, und Valerie Gideon hatte sich gesundheitlich noch immer nicht von den Ereignissen in Tiahuanaco erholt –, hatte Sutherland den Namen seines alten Kommilitonen zum Anlaß genommen, um wieder einmal selbst ›an vorderster Front‹ tätig zu werden. Daheim in Schottland lag ausnahmsweise nichts so furchtbar Dringendes an, das nicht noch ein paar Tage hätte warten können, und außerdem wußte er seinen alten Familienstammsitz bei Connor, seinem treuen Butler und Stellvertreter, in guten Händen.

Er mußte sich allerdings eingestehen, daß darüber hinaus noch etwas anderes ausschlaggebend für diese Reise gewesen war: Es war der alte Forscherdrang, den er wieder in sich verspürte. Seit den Ereignissen um das *Tor nach Atlantis* und besonders seinem zurückliegendem UN-Besuch hatte er das sichere Gefühl, großen Dingen auf der Spur zu sein.

Sehr großen Dingen!

In dieser Situation hätte er sich nie und nimmer nach Oake Dùn zurückziehen und darauf beschränken können, die Aktionen seiner Mitarbeiter aus dem Hintergrund heraus zu koordinieren, wie er es in den letzten Jahren überwiegend getan hatte.

Vom Flughafen aus ließ er sich in einem Taxi zu dem Büro bringen. Vor seinem Abflug hatte er sein Kommen telegrafisch angekündigt, und er freute sich schon auf das Wiedersehen. Ein Hotelzimmer konnte er auch später noch buchen, obwohl er insgeheim damit rechnete, daß Ernest ihn einladen würde, während seines Hierseins bei ihm zu wohnen.

Das Taxi hielt schließlich vor einem dreistöckigen, im Kolonialstil erbautem Haus. Alt, aber gepflegt.

Sutherland bezahlte den Fahrer, und ehe er läuten konnte, öffnete ihm eine junge Araberin. Sie war recht international gekleidet – Sportschuhe eines schwäbischen Markenartikelherstellers, amerikanische Jeans, ein arabischer Umhang, der ihr bis zu den Knien reichte, und ein palästinensisches Kopftuch – und es schien, als hätte sie nur auf seine Ankunft gewartet.

»Sir Ian Sutherland?« erkundigte sie sich in überraschend gutem Englisch, das in Jordanien neben Arabisch als zweite Bildungssprache gilt.

»In Person.« Er verneigte sich leicht.

»Kommen Sie bitte. Ich bringe Sie zu Professor Herman.«

Sie wollte ihm den Koffer abnehmen, aber er lehnte dankend ab. Seine gute britische Schule verbot es, eine solche Arbeit einer Dame zu überlassen.

Er folgte der jungen Frau, die auf ihn eher den Eindruck einer palästinensischen Aktivistin denn einer Angestellten machte, hinauf ins zweite Stockwerk. Wahrscheinlich eine Studentin, die sich hier nebenbei etwas verdiente. Wie auch immer, eines mußte man Ernest lassen: Er hatte Geschmack bei der Auswahl seiner Mitarbeiterinnen.

Im Haus war es still. Die Zimmer, an denen sie vorbeikamen, waren leer, was zu dieser frühen Morgenstunde nicht weiter verwunderlich war. Offenbar begannen die anderen Mitarbeiter erst später mit der Arbeit. Die Frau führte ihn zu einem Büro, das am Ende eines Korridors gelegen war, und durch die offenen Flügel der Tür konnte Sutherland seinen alten Kommilitonen hinter einem großen Schreibtisch sitzen sehen.

»Ernest!« rief er freudig, stellte seinen Koffer ab, kaum daß er den Raum betreten hatte, und eilte mit ausgestreckten Armen auf ihn zu. »Meine Güte, wie lange ist es her, daß wir uns das letzte Mal ...?«

Irritiert registrierte er, daß Ernest Herman keine Anstalten machte, hinter seinem Schreibtisch hervorzukommen, um ihn zu begrüßen. Im Gegenteil, er klebte wie erstarrt auf seinem Stuhl. Mit leichenblasser Miene starrte er Sutherland an, und in seinem Gesicht war kein Fünkchen von Wiedersehensfreude zu erkennen.

Als die Türflügel krachend ins Schloß fielen und hinter Sutherland ein gekünsteltes Räuspern erklang, hatte er endgültig die Gewißheit, daß irgend etwas nicht stimmte.

Er wandte sich um und sah sich unvermittelt vier Arabern gegenüber, die sich zu beiden Seiten hinter den Türflügeln verborgen hatten und deren Gesichter bis auf kleine Augenschlitze von Tüchern verhüllt waren. Drei von ihnen hielten Kalaschnikoffs in ihren Händen, diesen Exportschlager sowjetischer Völkerverständigung, und die Läufe wiesen auf seine Brust. Der vierte Mann stand mit verschränkten Armen da, und hinter dem Augenschlitz war zusätzlich eine dunkle Sonnenbrille im Porsche-Design zu erkennen. Zweifellos der Anführer.

»Los!« bellte er. »Durchsucht ihn!«

Sutherland war klug genug, es widerstandslos über sich ergehen zu lassen.

»In Ordnung. Er ist sauber.«

»Natürlich bin ich das«, sagte er mit feiner britischer Pikiertheit, als hätte man ihm vorgeworfen, sich seit Tagen nicht mehr gewaschen zu haben. »Hätte einer der Herren freundlicherweise die Güte, mir zu erklären, was das zu bedeuten hat?«

Ganz gentlemen-like, mit einem entschuldigenden Lächeln, wandte er sich an die junge Frau, die ihn heraufgeführt und unter ihrem Umhang eine Pistole hervorgeholt hatte. Mit nervöser Miene, die Waffe in den ausgestreckten Armen, hatte sie auf ihn angelegt, als bedürfe angesichts der übrigen Kalaschnikoffs überhaupt noch, ihn in Schach zu halten.

»Womit ich anwesende Damen natürlich nicht ausgeschlossen sehen möchte«, ergänzte er, als betriebe er auf einem Empfang der britischen oberen Zehntausend ein wenig *Small talk*.

Der Anführer ließ sich nicht irritieren. »Das ist nicht weiter schwierig.« Er kam auf Sutherland zu. Der Earl of Oake Dùn konnte von dem vermummten Gesicht nicht sehr viel mehr erkennen als die von dunklen Sonnenbrillengläsern bedeckten Augen, aber in ihnen schien ein fanatischer, zu allem entschlossener Ausdruck zu liegen. »Eine kleine Änderung in Ihren Reiseplänen. Ab sofort haben Sie sich als Geisel unseres Aktionskommandos zu betrachten.« Er schien unter dem Kopftuch zu lächeln und ahmte Sutherlands Tonfall nach. »Ihnen wird die Ehre zuteil, mit Ihrem Leben für die Selbstbestimmung in den israelisch besetzten Gebieten Palästinas einzustehen.«

Also eine Geiselnahme aus politischen Motiven. Ian Sutherland ließ sich seine Betroffenheit nicht anmerken. Seine Erfahrung hatte ihn gelehrt, daß es in solchen Situationen das Beste war, Ruhe zu bewahren.

Er schickte einen fragenden Blick zu Ernest Herman, der sich in eine hilflose Geste flüchtete.

»Es ... es tut mir leid, Ian«, stotterte er. »Aber ich ... ich hatte keine Wahl ...«

»Ganz recht!« unterbrach der Anführer. »Der Professor war uns freundlicherweise bei der Durchführung dieser Aktion behilflich.

»Sie ... sie haben meine Frau und meine Tochter«, erklärte Herman. »Ich ... konnte einfach nicht anders. Du mußt du verstehen, Ian. Ich –«

»Schluß jetzt mit dem Gerede!« Der Mann zog Sutherland am Arm aus dem Büro, während ihn die anderen unverändert im Visier behielten. »Los, kommen Sie! Wir machen einen kleinen Ausflug. Und ich rate Ihnen, nicht einmal daran zu denken, uns Schwierigkeiten zu machen!«

»Was ist mit meiner Frau?« rief ihnen Herman hinterher. »Sie haben versprochen, sie freizulassen, sobald –«

»Sie werden von uns hören.«

Paris, Frankreich

Pierre Leroy fühlte sich so wohl wie lange nicht mehr. Er saß gemütlich auf einer Eckcouch in »Jacques' Bistro«, einer kleinen, verrauchten Kneipe in einem dunklen Viertel unweit der Seine. Heute abend hatte sie nur für ihn und seine Freude geöffnet. Zu seiner Rechten und Linken – genauer gesagt, *in* seiner Rechten und Linken – befanden sich zwei Pariser Schönheiten, die sämtliche Attribute aufwiesen, die auch im *Crazy Horse Saloon* gefragt waren, und was das Wichtigste war: Sie waren einem kleinen Abenteuer ebenso wenig abgeneigt wie der quirlige kleine Franzose.

Er flüsterte einer von ihnen etwas ins Ohr, was sie erröten ließ. Sie kicherte, und in ihren Augen stand ein deutliches »Ja« geschrieben, aber bis dahin war noch Zeit. Die Nacht war lang.

Pierre lächelte zufrieden. Er hatte es also noch nicht verlernt. Seit seinen Versuchen bei Valerie Gideon und Gudrun Heber war er sich da bisweilen nicht mehr ganz sicher gewesen. Mit letzterer verstand er sich zwar ausgezeichnet, aber sie schien sich unterbewußt dagegen zu sträuben, ihr Verhältnis über einen rein geschwisterlichen Rahmen hinaus auszudehnen. Schade. Und Valerie war ihm – *ihm,* den Meister des Flirtens – in punkto Schlagfertigkeit so überlegen, daß er, sobald er zum Wesentlichen vorstoßen wollte, kaum noch wußte, was er ihr eigentlich hatte sagen wollen. Vielleicht sollte er sie irgendwann einmal knebeln, um ihr dann alles zu erzählen, wozu er bis jetzt noch nicht gekommen war – aber mit einem Knebel im Mund küßte es sich natürlich um so schlechter.

Im Augenblick allerdings lagen A.I.M. und die Gedanken daran in weiter Ferne. Leroy war froh, daß so viele seiner Freunde gekommen waren. Nicht wenige stammten aus der Zeit, die er als Clochard unter den Pariser Seine-Brücken verbracht hatte, nachdem ihn eine Frauengeschichte gehörig aus der Bahn geworfen hatte. Gleichgültig, wie bitter diese Zeit bisweilen gewesen war, sie gehörte zu den Erfahrungen, die er niemals hätte missen wollen. Dort, wo das Leben am härtesten war und er es niemals vermutet hätte, hatte er Freundschaften von der Art geschlossen, die ein Leben lang hielten.

Natürlich hatte er lediglich einen Teil seiner alten Freunde ausfindig machen können. Einige waren nicht mehr in der Stadt, saßen im Gefängnis oder lebten nicht mehr, zumeist vom Alkohol dahingerafft. Andere hatte er an denselben Plätzen getroffen, an denen sie schon damals zu finden gewesen waren.

Wiederum andere waren inzwischen bürgerlich geworden oder hatten ihre kleine Karriere gemacht. Zum Beispiel Jacques, dem jetzt diese Kneipe gehörte. Oder Bertrand, früher Taschendieb und heute ein Hüter von Recht und Ordnung mit einer ausgeprägten Neigung zum Augenzudrücken. Oder René, der es vom Graffiti-Künstler zum Abgeordneten der Grünen im Parlament gebracht hatte. Oder Jean-Pierre, einst Straßenmusiker und jetzt der Kopf einer kleinen Band, mit der er durch die Pariser Kneipen tingelte. Für ihn war es Ehrensache gewesen, heute abend hier und nirgends anders aufzuspielen.

Die alten französischen Weisen wärmten den Gästen das Herz und veranlaßten viele, je nach Gusto oder

Laune, mitzusingen, mitzubrummen oder gar mitzutanzen.

Inmitten des Trubels bemerkte kaum jemand, wie sich die Kneipentür öffnete und eine weitere Gestalt hereinschlüpfte.

Sie sah genauso aus, wie man sich einen schmierigen kleinen Gangster mit fettglänzendem Haar und unruhigen Augen vorstellte, und genau das war sie auch: eine miese Ratte, die ihre Augen und Ohren überall hatte und ihre Beobachtungen meistbietend verscherbelte.

Nervös blickte sich das schmächtige Kerlchen um, entdeckte Leroy und schlich sich so auffällig unauffällig zu ihm, wie es nur ein Spitzbube seines Kalibers tun konnte. Er stieß ihn leicht an.

»He, Pierre!«

Leroy hob den Kopf.

»Mon dieu, wenn das keine Überraschung ist!« entfuhr es ihm. »*Le Rat!* Die Ratte!«

»Pssst!« machte Ratte erschrocken und sah sich verschüchtert nach allen Seiten um, als erwarte er überall Leute, die noch eine alte Rechnung mit ihm zu begleichen hatten.

»He, worüber machst du dir Sorgen?« rief Pierre beruhigend. »Hier bist zu unter Freunden.« Das war wahrscheinlich übertrieben. Ein Typ wie Ratte hatte keine Freunde, nie welche gehabt und würde niemals welche haben. Pierre lächelte gutgelaunt und klopfte ihm auf die Schulter. »Schön, daß du gekommen bist. Setz dich und trink ein Glas mit uns!«

»Nicht jetzt.« Er wischte eine Strähne beiseite, die ihm durch Pierres Schulterklopfen ins Gesicht gerutscht war. »Später vielleicht.«

»Später vielleicht – so kenne ich dich ja gar nicht! Was hast du? Los, raus mit der Sprache.«

Wieder ein hastiger Rundumblick.

»Nicht hier! Zu viele Ohren.« Ratte machte eine Kopfbewegung in Richtung der Toiletten. »Laß uns dort reden.«

»Na schön.« Pierre seufzte. »Wenn's denn sein muß.«

Schweren Herzens verabschiedete er sich von den beiden Schönheiten – natürlich nicht ohne das Versprechen, sofort zurück zu sein, und der Ermahnung, in der Zwischenzeit ja nicht wegzulaufen – und folgte ihm in den Korridor vor den Toiletten, wo die Musik deutlich gedämpfter war.

»Also, Ratte, was gibt's?«

Ratte machte das, was er rein gewohnheitsmäßig mindestens alle zehn Sekunden tat: Er sah sich nervös um.

»Hör zu«, flüsterte er dann. »Ich bin nur gekommen, um dir zu sagen, daß da draußen jemand herumläuft, der allen möglichen Leuten dumme Fragen stellt.«

»Fragen? Was für Fragen?«

»Beispielsweise darüber, ob dich jemand gesehen hat und wo er dich finden kann.«

Pierre runzelte die Stirn. Ein Teil seiner weinseligen Laune fiel von ihm ab.

»Wer ist dieser Jemand? Und was will er von mir?«

»He«, empörte sich Ratte und senkte sofort wieder die Stimme. »Ich bin doch nicht allwissend!«

»Komm schon, stell dich nicht so an«, versuchte es Pierre auf die schmeichlerische Tour. »Du bist doch nicht erst seit heute im Geschäft! Ein ausgekochter Hund wie du muß doch eine Ahnung haben, wer oder was der Typ sein könnte.«

Ratte schien um ein paar Zentimeter zu wachsen. Das Lob tat ihm sichtlich gut. Wahrscheinlich, weil er so selten welches bekam.

»Ein Schnüffler oder ein Bulle«, meinte er, ganz weltmännischer Menschenkenner. »So dumm, wie er sich anstellt, eher letzteres.«

»Und warum sucht er mich?«

»Keine Ahnung.« Er beugte sich etwas zu Leroy vor und flüsterte noch eine Nuance leiser: »Aber du könntest ihn ja fragen. Beispielsweise jetzt.«

»Du weißt also, wo er ist?«

»Denkst du, ich wäre ein Anfänger?« erwiderte Ratte beleidigt.

»Hm. Und wieviel kostet mich die Auskunft?«

Ratte überlegte kurz.

»Die ist ausnahmsweise mal umsonst.« Es schien ihm schwerzufallen, das über seine Lippen zu bringen. »Zur Feier des Tages sozusagen.«

Kurz darauf gingen sie wieder in den Kneipenraum zurück.

»Freunde!« Leroy hob die Hände, um sich Gehör zu verschaffen, aber es gelang ihm erst, als Jean-Pierre sein Winken entdeckte und seinen Jungs das Zeichen gab, eine Pause einzulegen. Der Cancan, zu dem nicht wenige auf den Tischen getanzt hatten, brach ab. »Feiert ein paar Minuten allein weiter. Ich bin gleich wieder zurück.«

Unter einem gemeinschaftlichen bedauernden Laut verließ er mit Ratte die Kneipe.

Keine zehn Minuten später standen sie, halb hinter einer Telefonzelle verborgen, vor der großen Fensterfront eines noblen Restaurants.

»Siehst du?« fragte Ratte und deutete durch die Scheibe in den gutbeleuchteten Innenraum. »Da ist er. An der Theke.«

»Ich sehe ihn.«

Es war ein dickbäuchiger, gemütlich aussehender Mann, der wie die Verkörperung Hercule Poirots wirkte. Er hielt dem Wirt ein Foto vor die Nase, doch der schüttelte nur bedauernd den Kopf, obwohl Pierre mit ihm bekannt war und erst gestern hier gegessen hatte. Nirgends in Paris gab es einen besseren *Sexy 6*, seinen Lieblingscocktail.

»Los!« Er stieß Ratte an und deutete auf eine dunkle Seitengasse, die nicht weit vom Restaurant entfernt war. »Komm! Wenn er dort vorbeigeht, schnappen wir ihn uns.«

Er wollte los und zögerte, als Ratte sich nicht von der Stelle rührte.

»He, was ist? Warum kommst du nicht?«

»Ich, äh, ich ...« Er wirkte verlegen. »Tu ... tut mir leid. So etwas ist einfach nichts für mich.«

Leroy hielt nachdenklich inne. Wer sich seinen Lebensunterhalt so wie Ratte verdiente, für den war Feigheit die erste Bürgerpflicht. Und schon gar nicht würde er sich freiwillig in eine gefährliche Situation begeben.

»Okay«, flüsterte Pierre. »Ich mache das allein. Geh zurück zu Jacques und laß dich vollaufen. Und danke für den Tip.«

Ratte sah sich nach allen Seiten um und verschwand so schnell, als wäre er in den nächsten Kanaldeckel geschlüpft.

Pierre lief zu der Seitengasse. Sie war dunkel, dreckig und vor allem menschenleer.

Als der Mann das Restaurant verließ und auf seinen Standort zukam, drückte Pierre sich hinter der Ecke in Deckung und wartete, bis er dicht an ihm vorbeigegangen war. Dann war er mit einem Satz hinter ihm und drückte ihm das kühle Ende seines Feuerzeugs in den Nacken.

»Keinen Mucks, oder du bist mausetot.«

»Ich bitte Sie!« Der Mann hatte sich versteift. »Wer sind Sie? Und was ...?«

Er versuchte sich umzudrehen, doch Leroy verstärkte den Druck des Feuerzeugs.

»Keinen Mucks, habe ich gesagt. Los, hier entlang.«

Er stieß den Mann, der ihm an Leibesfülle mindestens um das Doppelte überlegen war, in die Dunkelheit der Seitengasse, drückte ihn gegen eine Wand und untersuchte ihn mit der freien Hand nach Waffen. Er wurde fündig. Eine kleine Beretta. Auf jeden Fall kein Polizeimodell.

»In Ordnung!« Er steckte das Feuerzeug weg und zog ihn zu sich herum. »Du hast mich gesucht. Jetzt hast du mich gefunden.«

Der Mann starrte Leroy wie vom Schlag gerührt an, dann auf das kleine Foto, das er im Restaurant herumgezeigt hatte und noch immer in der Hand hielt, und dann wiederholte sich das Ganze noch einmal, als könne er es nicht fassen.

»Mein Gott! *Sie* sind es! Sie sind es wirklich!« Seltsamerweise klang es eher erleichtert als besorgt.

»Sieh an, einer von der schnellen Sorte«, knurrte Leroy. »Also, was willst du von mir?«

»Ich ... ich habe eine Nachricht für Sie! Hier in meiner Westentasche.«

»Halt, nicht so schnell!« Leroy hob die Pistole, als der Mann in seinen Mantel griff. »Hübsch langsam!«

Was der Mann aus seiner Jackentasche hervorzog, war tatsächlich ein Umschlag. Überrascht erkannte Pierre das Siegel Oake Dùns darauf.

»Hier. Ein Mann namens Connor hat mich beauftragt, Sie hier zu suchen und Ihnen diese Nachricht zu übergeben.«

»Mon dieu, warum haben Sie das denn nicht gleich gesagt?«

Pierre riß ihm den Umschlag aus der Hand. Natürlich!

Er hatte keine Adresse hinterlassen, wo in Paris er seinen Urlaub zu verbringen gedachte. Ganz einfach deshalb, weil er es selbst nicht gewußt, sondern von Anfang an vorgehabt hatte, sich einfach vom Schicksal treiben zu lassen.

»Weil Sie ... äh ... mir nicht die Zeit dazu gelassen haben.«

Leroys hörte es kaum, sondern riß den Umschlag auf und entfaltete den darin enthaltenen Brief. Es war eine Nachricht von Connor. Er sollte sofort und unter allen Umständen nach Oake Dùn zurückkehren, hieß es darin. Und die Worte ›sofort‹ und ›unter allen Umständen‹ waren extra fett unterstrichen.

Pierre faltete den Brief zusammen und steckte ihn ein. Er mußte unverzüglich Kontakt mit Connor aufnehmen und sich um die schnellste Flugverbindung kümmern! Wenn der Butler derart dringende Worte fand, mußte etwas Schlimmes passiert sein.

Er schickte sich an, die Gasse zu verlassen.

»Äh, Monsieur«, rief ihm der Detektiv hinterher. »Wenn Sie mir bitte meine Pistole zurückgeben könnten?«

»Hier!« Leroy warf sie ihm zu, während er im Eilschritt die Gasse verließ. »Und nichts für ungut!«

Oake Dùn, Schottland

Zögernd schlug Valerie die Augen auf, und obwohl sie auf das Schlimmste gefaßt war, brach das Entsetzen darüber, wo sie sich befand, mit einer solchen Wucht über sie herein, als hätte man sie kopfüber in siedendes Öl getaucht.

Nein! schrie alles in ihr. Nicht *das*! Nicht schon wieder!

Doch es gab niemanden, der ihr verzweifeltes Flehen gehört und sie aus dem Alptraum erlöst hätte – demselben Alptraum, der sie schon seit Wochen Nacht für Nacht heimsuchte.

Sie befand sich wieder in dem kleinen Fischerdorf am Titicaca-See, in das Sutherland sie gebracht hatte, bevor die anderen Abenteurer auf die Suche nach dem zweiten Schlüssel gegangen waren; wieder in der Hütte, die ihr geheimnisvoller Widersacher Kar zu seinem Hauptquartier gemacht hatte und in der sie beim Herumschnüffeln gefaßt worden war; und – was am weitaus schlimmsten war – sie befand sich wieder im Körper der hundertjährigen Greisin, zu der sie geworden war, nachdem sie die Prüfung hinter dem ersten *Tor nach Atlantis* nicht bestanden hatte.*

Ihre Blicke wanderten furchtsam umher, ohne daß sie es hätte verhindern können. Alles in der einfachen Indio-Hütte sah so aus wie in ihrer Erinnerung, und dennoch war es zugleich auf irgendeine schreckliche Art und Weise verzerrt. Die Wände schienen sich nach oben zu strecken, als bestünden sie aus Kaugummi, und die Decke mit der schwankenden Petroleumlampe über der Holzpritsche wirkte unendlich weit entfernt.

Verzweifelt zerrte Valerie an den dünnen Baststricken, die ihre Fuß- und Handgelenke an die Enden der Pritsche fesselten. Es war sinnlos. Sie konnte sich nicht befreien. Sie hatte es damals nicht gekonnt, und sie konnte es auch in ihren Träumen nicht. Unter normalen Umständen hätte sie die Knoten mit den Fingerspitzen erreichen und lösen können, aber ihre Gelenke waren viel zu gebrechlich für solche Verrenkungen. Denn es waren die Gelenke einer Hundertjährigen.

* siehe Band 13 912, Das Tor nach Atlantis, Buch 5 ›Kloster der Prüfungen‹

Sie stellte ihre nutzlosen Bemühungen ein, und wie jedesmal ruckte ihr Kopf erschrocken herum, als die Tür der Indio-Hütte knarrend aufschwang. Obwohl sie genau wußte, was sie dort erblicken würde, konnte sie nicht anders, als auf die Silhouette zu starren, die in der Türöffnung erschienen war.

Sie gehörte zu einem hageren, fast schmächtigen Mann, dessen braunes Haar schon einige lichte Stellen aufwies und der sich in den Fünfzigern befand – Kar, wie er sich selbst nannte. Valerie ahnte, daß es sich nicht um seinen wirklichen Namen handelte, aber den hatte A.I.M. noch nicht in Erfahrung bringen können.

Valerie erinnerte sich, daß er sie, nachdem sie erwischt worden war, bereits einmal verhört hatte, ohne etwas aus ihr herauszubekommen. Als ihm dann einer seiner Söldner gemeldet hatte, daß es draußen Ärger gab, hatte er die Hütte verlassen. Daran erinnerte sie sich so gut, als wäre es erst wenige Augenblicke her. Sie hatte gehofft, sich aus eigener Kraft befreien zu können oder von Connor herausgeholt zu werden, bevor Kar zurückkehrte; aber diese Hoffnung hatte sich nicht erfüllt.

Kar war zurück, und sie war ihm hilflos ausgeliefert.

Ein triumphierendes Lächeln umspielte seine Lippen, während er wie ein düsterer Todesengel, der herbeischwebte, um sich ein neues Opfer zu holen, auf sie zukam.

Valerie versuchte den Kopf abzuwenden und seinem durchdringenden, fast insektenhaften Blick auszuweichen, doch sie schaffte es auch diesmal nicht. Eine Welle des Ekels erfaßte sie, ohne daß sie sich dagegen wehren konnte. Ein Ekel, der von Kar auszugehen schien.

»Ich weiß jetzt, woher ich dich kenne«, sagte er. »Und ich irre mich nicht. Du bist eine dieser selbstlosen Verrückten, die für A.I.M. arbeiten.«

»*No comprende, Señor*«, preßte sie tonlos über die Lippen.

Karney lachte nur.

»Spiel nur die Unschuldige! Aber es wird dir nichts mehr helfen. Mir kannst du nichts vormachen. Ich weiß genau, daß du mich verstehst. Genauso gut, wie du meine Freundin Suzy Duvall verstanden hast, als du dich damals in Bangkok mit diesem Franzosen ... diesem Leroy auf ihre Yacht geschlichen hast.«*

Es gelang ihr nicht, ihr Erschrecken zu verbergen, obwohl sie genau wußte, daß er gerade darauf gewartet hatte.

»Da staunst du, nicht wahr?« redete er weiter. »Ihr habt dabei nur übersehen, daß ich ebenfalls an Bord der LAOTSE war und ihr den Goldkopf nur habt stehlen können, weil ich es so gewollt habe. Es lag auf der Hand, daß das Artefakt für Sutherland wichtig sein muß, wenn er zwei Mitarbeiter rund um die Welt schickt, um es in seinen Besitz zu bringen. Deshalb habe ich es mit einem kleinen Sender versehen, mit dem ich euch bis hierher verfolgt habe.« Er machte eine kurze Pause. »Leider habe ich das Signal vor ein paar Tagen verloren, aber dafür habe ich jetzt ja dich. Kein schlechter Tausch, das muß du zugeben, oder?«

Valerie antwortete nicht.

»Willst du wissen, was mich darauf gebracht hat?« Er deutete auf die kleine Plastikpistole, die er ihr abgenommen hatte. »Sie hat dich verraten. Auf der ganzen Welt gibt es keine zwei Dutzend Stück davon, und genau so eine hast du damals auf der Yacht bei dir getragen.« Er betrachtete ihren gebrechlichen Körper und schüttelte nachdenklich den Kopf. »Ich kann mir zwar nicht

* siehe Band 13 912, Das Tor nach Atlantis, Buch 2 ›Todesfalle Bangkok‹

erklären, wodurch du seit Bangkok so entsetzlich gealtert bist, aber ich denke, daß du mir das bald verraten wirst. Und du wirst mich zu Sutherland führen.«

Niemals! dachte Valerie inbrünstig. Ehe sterbe ich!

Aber sie wußte nur zu gut, daß er ein Mittel besaß, sie dazu zu bringen, alles zu tun, was er von ihr erwartete. Und dieses Mittel befand sich in dem schwarzen Kästchen auf dem Regal.

»No compr-«

Kar versetzte ihr mit der flachen Hand ein paar schnelle, schallende Ohrfeigen, die sie verstummen ließen.

»Gib dir keine Mühe!« bellte er. »Es hat keinen Sinn, mir etwas vorspielen zu wollen! Ab jetzt stehst du auf meiner Seite. Ob du willst oder nicht. Und ich glaube, daß du trotz deines jämmerlichen Zustandes noch eine meiner wertvollsten Mitarbeiterinnen werden könntest. Jedenfalls solange ich Verwendung für dich habe.«

Es klang gehässig, und Kar lachte, als hätte er es genau *so* gemeint.

Er ging zum Regal und kam mit dem kleinen Kästchen zurück, das aus einem fremdartigen Metall bestand und so tiefschwarz war, daß es sämtliches Licht in der Indio-Hütte in sich aufzusaugen schien. Er ließ den Deckel aufschnappen und holte vorsichtig das zappelnde und sich windende Etwas hervor, das sich darin befand.

Es war ein ekelhafter und *böse* anmutender Wurm, mit zwei langen Fühlern, die suchend umherpendelten und sich wie instinktiv in Valeries Richtung ausrichteten. Dieses Wesen war so abscheulich, daß es nie und nimmer von dieser Welt kommen konnte, aber dennoch streichelte Kar so zärtlich über den sich windenden Körper, als handle es sich um ein niedliches kleines Streifenhörnchen.

Valerie rüttelte vergeblich an ihren Fesseln, als er sich herabbeugte und ihr den Wurm auf die Wange setzte, und obwohl sie die Szene seither dutzendmal durchlebt hatte, hatte sie nichts von ihrem Schrecken eingebüßt.

Verzweifelt warf sie den Kopf hin und her, als sie das scheußliche Wesen auf ihrer Haut spürte, doch es ließ sich nicht abschütteln. Valerie spürte, wie seine Fühler über ihren Haaransatz tasteten. Langsam kroch es zu ihrem rechten Ohr und daran vorbei.

Sie schrie, als sich die Kiefer des Alptraumgeschöpfes in ihre Haut bohrten und es sich durch den Schädelknochen in ihr Hirn fraß. Wie wild bäumte sie sich in ihren Fesseln auf, doch es half nichts.

Sekunden später erlosch ihr Widerstand. Der Parasit hatte Besitz von ihr ergriffen, und sie war zu einem willenlosen Werkzeug Kars geworden ...

Nur ihr Schrei – er hallte in ihr fort, bis zum heutigen Tag, doch es gab niemanden, der ihn hätte hören können.

Schweißnaß schreckte Valerie aus dem Schlaf hoch.

Sie gewahrte, daß sie sich im Bett eines der Gästezimmer von Oake Dùn befand. Durch die zugezogenen Vorhänge drang das Licht eines neuen schottischen Wintertages.

An der Tür ein ungeduldiges Klopfen.

»Miss Gideon!« kam Connors Stimme gedämpft durch das dicke Eichenholz. Es klang, als würde er nicht zum ersten Mal rufen. »Wachen Sie auf!«

Verwirrt blickte Valerie sich um. Das Bett war zerwühlt, und sie lag inmitten eines Wustes aus zerknitterten und zerknüllten Blättern. Richtig, sie hatte gestern abend begonnen, einen Brief an David, ihren in Deutschland lebenden Bruder, zu schreiben, und darüber mußte sie eingeschlafen sein.

Sie versuchte, das zu greifen, wovon sie geträumt

hatte, aber obwohl ihr die Panik, das Entsetzen und die Todesangst noch deutlich in den Gliedern steckte, vermochte sie sich nicht mehr daran zu erinnern. Sie wußte nur noch, daß es ein grauenhafter Traum gewesen war. Unbewußt kratzte sie sich an einer juckenden Stelle hinter ihrem rechten Ohr, wo eine kleine Narbe vom Eindringen des Parasiten zeugte. Doch die wurde von ihrem silberblonden Haar verdeckt.

Abermals ein Klopfen an der Tür und Connors Stimme:

»Miss Gideon? Was ist mit ihnen?«

»Jaja«, rief sie. »Ich komme schon. Einen Moment!«

Eilig raffte sie einige der herumliegenden Blätter zusammen und erschrak, als sie erkannte, was dort geschrieben stand. Es war nur ein Satz, wieder und immer wieder, aber er reichte aus, sie erschaudern zu lassen. Sie wußte, daß sie es Connor oder jemand anderem sagen mußte, aber der Gedanke währte nicht länger als einen winzigen Augenblick, dann war er verschwunden, als hätte es ihn nie gegeben.

Hastig sammelte sie sämtliche Blätter zusammen und warf sie in den Papierkorb neben dem Nachtschränkchen.

Sie zog sich den weißen Morgenmantel über, der zum Inventar eines jeden Gästezimmers auf Schloß Oake Dùn gehörte, und ging zur Tür.

»Ja?« fragte sie verschlafen, nachdem sie geöffnet hatte. Die Tür war nicht abgeschlossen gewesen, und sie war heilfroh, daß Connor viel zuviel Wert auf Anstand und Form legte, als das er sich herausgenommen hätte, das Zimmer einer Dame ohne Aufforderung oder triftigen Grund zu betreten. »Was ist?«

Connor deutete eine Verbeugung an.

»Ich wünsche Ihnen einen guten Morgen, Miss

Gideon«, sagte er, als hätte er sie einzig und allein deswegen geweckt. Doch Valerie hatte den distinguierten Butler in Bolivien auch schon ganz anders erlebt – als harten, zupackenden Kämpfer. Ihr fiel auf, daß er seine rechte Hand hinter dem Rücken hielt, wie um etwas vor ihren Blicken zu schützen. »Ich hoffe, Sie hatten eine angenehme Ruhe.«

»Ja, hervorragend«, log sie. »Danke der Nachfrage. Also – was gibt's?«

»Nun, ganz einfach ...« Auf seinem Gesicht zeigte sich ein sparsames Lächeln, und er zog das hervor, was er bislang hinter dem Rücken verborgen hatte. Es war ein kleines Päckchen, in Geschenkpapier gehüllt und mit einer prächtigen Schleife versehen. »Eine kleine Aufmerksamkeit von Sir Ian und meiner Wenigkeit. Mit den besten Wünschen für eine fröhliche Weihnacht, Miss Gideon!«

»Weihnachten?« wiederholte Valerie stirnrunzelnd, als hätte sie das Wort noch nie gehört.

»Ja, genau«, bestätigte er. »Heute ist der 24. Dezember. Das ist im allgemeinen der Tag, da man in den christlich-abendländisch orientierten Teilen der Welt ...«

»Schon gut, Connor. Ich weiß, was Weihnachten ist.«

Sie nahm das Päckchen mit gemischten Gefühlen entgegen. Seit ihrer Rückkehr aus Bolivien lagen ihr besinnliche oder gar fröhliche Gedanken so fern, als wären sie Lichtjahre weit entfernt.

»Ach ja«, fuhr Connor fort, »dann wollte ich Ihnen noch Bescheid geben, daß Mr. Leroy soeben eingetroffen ist. Und wenn der Vertreter der UN pünktlich ist, müßte er um neun Uhr ebenfalls hier sein, also in genau ...« Er zog eine Taschenuhr hervor und sah auf das Ziffernblatt. »... zwölf Minuten. Ich nehme an, Sie wollen bei der Unterredung dabei sein?«

»Und ob! Danke, Connor, ich mache mich nur etwas frisch und komme dann nach unten.«

»Sehr wohl, Miss Gideon.«

Er ließ die Taschenuhr wieder verschwinden und entfernte sich mit einer erneuten formvollendeten Verbeugung.

Deer Meadow, USA

Weihnachten, pah! dachte Richard Dean Karney verächtlich, als sein Blick auf den lichtergeschmückten Weihnachtsbaum fiel, der vor dem Hotel aufgebaut war. Es war kurz vor Mitternacht, und in wenigen Minuten brach der 24. Dezember an. Mit einer unwirschen Bewegung zog er die Vorhänge zu. Für solch sentimentale Gedanken hatte er noch nie etwas übrig gehabt.

Er ließ sich auf die Bettkante sinken und holte aus seiner Reisetasche das kleine tiefschwarze Kästchen hervor, das er in seiner Unterwasserpyramide gefunden hatte und das aus demselben Material bestand wie der schwarze Monolith, in dem er die Parasiten entdeckt hatte. Nur in diesem Kästchen war es möglich, sie über längere Zeit mit sich zu führen, ansonsten starben die fingerlangen Würmer, mit denen er andere Menschen zu willenlosen Befehlsempfängern machen konnte, nach einiger Zeit.

Er öffnete den Deckel, nahm den Parasiten heraus und hielt ihn in der behutsam geschlossenen Faust. Dieses Exemplar hatte er erst vor wenigen Tagen aus seiner Unterwasserpyramide geholt, nachdem er nach der Niederlage seiner Söldner am *Tor nach Atlantis* dorthin zurückgekehrt war.

Was ihn hierher, in den Nordwesten der Vereinigten

Staaten geführt hatte, war eine Zeitungsnotiz gewesen, auf die er eher zufällig gestoßen war. Dort war von einem *Auge der Weisheit* die Rede gewesen, das irgendwo in einem kleinen Dorf in der Umgebung Seattles aufgetaucht sei.

Das war an sich nichts Weltbewegendes, und Kar hätte es mit Sicherheit nicht weiter beachtet, wenn *Das Auge der Weisheit* nicht ausgerechnet jener Gegenstand gewesen wäre, mit dem Sutherland und seine Mitarbeiter während ihrer geistigen Prüfung hinter dem ersten *Tor nach Atlantis* konfrontiert worden wären!*

Er wußte das von Valerie. Nachdem er ihr damals in Bolivien den Parasiten eingepflanzt hatte, hatte sie ihm alles über die aus atlantischen Tagen stammende Anlage erzählt. Über sie wußte er auch von dem schrecklichen Wesen, das dort plötzlich aufgetaucht war und seine Söldner getötet hatte. Wahrscheinlich hatte er damals nur überlebt, weil er zu diesem Zeitpunkt mit zwei anderen Männern nach La Paz unterwegs gewesen war, um Sprengladungen und Bohrer zu besorgen. Nach seiner Rückkehr hatte er den gesamten Höhlenkomplex eingestürzt vorgefunden.

Auch heute noch war Valerie seine beste Informantin über alles, was bei A.I.M. geschah. Dabei war sie seiner geistigen Kontrolle vorübergehend beinahe entglitten, als sie hinter dem zweiten Tor wieder zu einer jungen Frau geworden war. Lange Zeit hatte er gerätselt, was dafür verantwortlich gewesen sein könnte. Heute glaubte er die Antwort zu kennen: Es war dieser rätselhafte Verjüngungsvorgang. Als er Valerie den Wurm eingepflanzt hatte, war sie eine alte Frau gewesen war, und als sie dann wieder verjüngt worden war, muß sich dieser

* siehe Band 13 912, Das Tor nach Atlantis, Buch 4 ›Wo Menschen wie Götter sind‹

Prozeß auch auf den Parasiten in ihrem Hirn erstreckt haben.

Mittlerweile jedoch befand sie sich wieder vollständig unter seiner geistigen Knechtschaft. Kar grinste. Wenn Sutherland wüßte, welches Kuckucksei er ihm da ins Nest gelegt hatte!

Leider würden diese günstigen Umstände nicht ewig andauern. Kar war sich nur zu bewußt, daß es bei den von seinen Parasiten befallenen Personen früher oder später zu einer spontanen Selbstverbrennung kam. Sie gingen einfach in Flammen auf, ohne daß er bis jetzt dem Grund dafür auf die Spur gekommen wäre.

Er konnte Valerie natürlich so lange als Informantin weiterbenutzen, bis auch sie der Selbstverbrennung anheim fiel. Aber es war nicht seine Art, einfach dazusitzen und darauf zu warten, bis das Schicksal ihm diesen Trumpf irgendwann aus der Hand nahm – vielleicht den größten, den er je gegen A.I.M. besessen hatte. Mit dieser Einstellung würde er sein Ziel, der mächtigste Mann der Welt zu werden, nie erreichen. Nein, statt dessen spielte er den Trumpf lieber vorher aus, um damit noch einen großen Stich zu machen, selbst um den Preis, daß er seine Spielkarte dabei verlor.

Kar nickte düster. Es war an der Zeit, der jungen Israelin den alles entscheidenden Auftrag zu geben. Einen Auftrag, den auszuführen niemand besser geeignet war als sie. Er hatte sich entschieden, ihr keine detaillierten Instruktionen zu geben, sondern sie gewissermaßen an der langen Leine zu lassen. So konnte sie ihre Fähigkeiten am besten ausspielen.

Er hatte bereits am Nachmittag versucht, Kontakt mit ihr aufzunehmen, sie jedoch schlafend vorgefunden. Ihre intensiven Traumbilder hatten es ihm schwergemacht, bis in ihr Bewußtsein vorzudringen, und da er zudem nicht besonders konzentriert gewesen war, hatte er den Versuch abgebrochen. Entfernungen spielten dabei keine Rolle. Er konnte seine Sklaven jederzeit erreichen, gleichgültig wo sie sich befanden. Vor seinen geistigen Marionettenfäden gab es kein Entrinnen.

Sein starrer Blick schweifte in weite Fernen, während er sich langsam in einen Trancezustand versetzte. Das Hotelzimmer um ihn herum verschwamm mehr und mehr und wurde allmählich von einem anderen Eindruck ersetzt.

Es war das Bild einer schlanken jungen Frau in einem weißen Bademantel und mit schulterlangem, silberblondem Haar, das noch duschnaß und strähnig war. Umrahmt wurde sie von der kunstvollen Fassung eines Badezimmerspiegel, und Kar wußte, daß er nun über den Parasiten direkt durch ihre Augen sah und sich im Spiegel betrachtete.

Diesmal war der Kontakt klar und vollkommen.

»Valerie, mein Täubchen«, formten seine Lippen unhörbar. »Hier ist dein Herr und Meister.«

Oake Dùn, Schottland

Valerie verließ die Duschkabine, rieb sich das Haar flüchtig mit einem Handtuch trocken und zog den Bademantel über. Dann trat sie vor den Spiegel, der über dem muschelförmigen Handwaschbecken angebracht war. Die Gästezimmer waren so luxuriös eingerichtet, daß sich selbst die Mitglieder des englischen Königshauses adäquat untergebracht gefühlt hätten, falls sie einmal hier nächtigten, und nicht wenige, die Sutherlands diplomatische Kontakte kannten, munkelten, daß dies längst geschehen sei. Der Earl of Oake Dùn hatte auf entsprechende Fragen stets so reagiert, wie es ein echter Gentleman zu tun pflegte: Er übte sich in vornehmer Zurückhaltung und schwieg.

Valerie stützte sich mit beiden Armen auf das Waschbecken, beugte sich zum Spiegel vor und musterte beunruhigt die Ringe unter ihren Augen, die in den letzten Tagen noch tiefer und dunkler geworden waren.

Im nächsten Augenblick zuckte sie wie unter einem unsichtbaren Peitschenhieb zusammen.

Etwas Fremdes drang urplötzlich und mit aller Gewalt in ihr Bewußtsein ein und schob ihr eigenes Denken und Empfinden zur Seite. Sie versuchte sich zu wehren, doch gegen diese geistige Vergewaltigung war sie machtlos.

Reglos stand sie da, nicht mehr in der Lage, auch nur über einen Muskel ihres Körpers zu bestimmen. Sie starrte ihrem Spiegelbild entgegen, das sich langsam auflöste und sich in die Gestalt eines hageren, braunhaarigen Mannes verwandelte, den sie nur zu gut kannte, obwohl sie sich wünschte, ihn nie kennengelernt zu haben.

Kar!

»Valerie, mein Täubchen«, formten seine Lippen. »Hier ist dein Herr und Meister.«

Trotz ihres Entsetzens war sie zu keiner Reaktion fähig, und der Mann im Badezimmerspiegel wußte das. Er verzog das Gesicht zu einem Grinsen, das ihr schier den Verstand raubte.

»Hast du etwa geglaubt, daß du mir jemals entfliehen könntest? Wie töricht von dir! Du wirst mich nie mehr los, denn ich bin in dir.« Er schien sich an ihrer stummen Verzweiflung zu weiden. »Heute komme ich mit einem besonderen Auftrag zu dir. Vielleicht ist es das Letzte, was du in deinem Leben je tun wirst, aber es ist ein Auftrag, der einer Frau mit deinen Fähigkeiten angemessen ist.« Und dann erzählte er ihr, wofür er sie auserkoren hatte.

Nein, nein! hämmerten ihre Gedanken.

Das, was von ihrem Bewußtsein übrig geblieben war, kämpfte mit aller Macht gegen Kars Befehl an, und irgendwie gelang es ihr, die geistigen Ketten zu sprengen, die ihren Verstand umschlungen hielten.

Doch Kars Abbild im Spiegel wollte einfach nicht verschwinden, sondern starrte sie weiterhin an – mit einem Blick, der sich bis auf den Grund ihrer Seele vortastete.

Mit einem erstickten Laut stieß sie ihren Kopf nach vorne und schlug mit der Stirn gegen die Spiegel, als könne sie Kar dadurch aus ihrem Schädel verscheuchen.

Wieder und wieder schlug sie dagegen, bis das Glas irgendwann klirrend zerbarst und sie entkräftet zu Boden sank.

»Miss Gideon!« erreichte sie eine Stimme aus weiter Ferne. Unendlich langsam arbeitete sich ihr Bewußtsein in die Wirklichkeit zurück. Sie fand sich zusammengesunken und inmitten von Scherben am Boden vor dem Waschbecken wieder. »So melden Sie sich doch!«

Es war Connor, der ungeduldig an die Badezimmertür klopfte. Von außen rüttelte jemand an der Klinke, und gleich darauf war Pierre Leroys Stimme zu hören:

»Valerie! Was ist passiert?«

Verwirrt blickte sie sich um. Richtig, was war passiert? Sie konnte sich nicht erinnern, aber sie wußte, daß es niemand erfahren durfte.

»Schon gut!« rief sie, während sie auf die Beine kam. »Ich bin in Ordnung.«

Sie nahm das Stück Seife, feuchtete es kurz unter dem

Wasserhahn an und strich dann damit so kräftig über den Boden, daß sich eine deutliche Seifenspur auf den Kacheln abrieb, bevor sie das glitschige Stück unter einen Schrank mit Badezimmerutensilien schnippte.

Auf Zehenspitzen und bemüht, nicht in die Scherben zu treten, ging sie zur Tür und öffnete.

»Miss Gideon! Endlich! Wir wollten schon die Tür –«

»Valerie!« stieß Leroy erleichtert hervor. Zugleich sah er sie an, als hätte er es mit einer Schwerverletzten zu tun. »Mein Gott, was ist mit dir passiert?«

Erst jetzt bemerkte sie, daß sie aus einer klaffenden Schnittwunde an der Stirn blutete. Das Blut rann ihr die Wange herab und hatte bereits deutliche Spuren auf dem blütenreinen Weiß des Bademantels hinterlassen. Sie mußte einen furchterregenden Eindruck abgeben.

»Halb so schlimm«, beschwichtigte sie, während sie ihre Stirn betastete und auch noch eine riesengroße Beule erfühlte. »Nur eine harmlose Schnittwunde.«

»Trotzdem sollten wir sie sofort verarzten«, meinte Connor. Er ging an Valerie vorbei und holte aus einem der Schränke ein Päckchen mit Verbandszeug. »Was ist überhaupt passiert?«

Sie hob unschuldig die Schultern.

»Ich ... ich weiß nicht. Ich glaube, ich bin auf einem Stück Seife ausgerutscht und mit dem Kopf gegen den Spiegel geschlagen.« Mit bekümmerter Miene wandte sie sich an den Butler, der ein Tuch angefeuchtet hatte und ihr das Blut von der Stirn tupfte. »Für den Schaden komme ich natürlich auf.«

»Unsinn«, erwiderte Connor wenig butlerhaft. »Und jetzt halten Sie still!«

Pierre war derweil inmitten der verstreuten Scherben in die Hocke gegangen und besah sich die Seifenspur auf den Boden. Mit Blicken verlängerte er sie und fischte schließlich das Seifenstück unter dem Schränkchen hervor.

»Tatsächlich. Hier haben den Übeltäter.« Er erhob sich und wandte sich an Valerie. »Daß du einen ziemlichen Dickschädel hast, wußte ich ja, aber daß er sogar härter als ein Spiegel aus Kristallglas ist, hätte ich nun doch nicht für möglich gehalten.«

Sie reagierte nicht auf die scherzhafte Bemerkung, die sie normalerweise zu einer bissigen Erwiderung gereizt hätte.

Mein Gott, dachte er, was war nur mit ihr los?

Auf einem Seifenstück ausrutschen und sich fast den Schädel einschlagen – war das noch die Frau mit der nahezu perfekten Körperbeherrschung, als die er sie während ihrer Aufträge im Sudan, in Südafrika und Thailand kennengelernt hatte?

»Habe ich das eben richtig gehört?« fragte Leroy. »Sie wollen nichts unternehmen, um Sir Ian zu befreien?«

»Ich bitte um Entschuldigung, Sir, aber in diesem Punkt haben Sie mich mißverstanden«, erwiderte der UN-Beauftragte mit bedauernder Geste. Er hieß Notores, war gebürtiger Kolumbianer, um die sechzig Jahre alt und arbeitete seit einem knappen Jahrzehnt als Botschafter und Unterhändler für die Weltorganisation. »Wir *können* nichts unternehmen.«

Sie saßen ungestört in der Bibliothek von Oake Dùn um einen gedeckten Frühstückstisch zusammen, aber außer Kaffee oder Tee hatte niemand von ihnen etwas angerührt. Die Neuigkeiten waren nicht gerade appetitfördernd.

Notores hatte sie in der zurückliegenden halben Stunde über die Sachlage informiert und dabei sowohl seine große Detailkenntnis wie auch seine realistische Lageeinschätzung unter Beweis gestellt.

Und die Lage sah wahrlich nicht besonders gut aus. Präziser gesagt: Sie war so gut wie hoffnungslos.

Ian Sutherland war nach seiner Ankunft in Amman entführt worden und wurde wahrscheinlich irgendwo in Jordanien als Geisel gefangen gehalten. Wo und von wem, wußte niemand. Der einzige Hinweis war ein Ultimatum eines bis dahin noch unbekannten palästinensischen Untergrundkommandos namens *Al-Amal al-Islamie.* Wie man herausgefunden hatte, war das der Name des Attentäters, der am 23. Oktober 1983 das Hauptquartier der amerikanischen Marineinfanteristen in Beirut in die Luft gesprengt hatte, indem er dort mit einem mit einer Tonne Sprengstoff beladenen Lastwagen hineingerast war. Seine Selbstmordaktion hatte damals zweihundertdreißig Soldaten das Leben gekostet und das Ende der amerikanischen Libanon-Intervention eingeleitet.

Näher an die Hintermänner brachte sie das allerdings nicht heran. Es war üblich, daß sich palästinensische Kommandos so benannten, und daß man ausgerechnet diesen Namen gewählt hatte, schien bedeuten zu sollen, daß man entschlossen war, mit äußerster Kompromißlosigkeit vorzugehen, falls dem Ultimatum nicht entsprochen werden würde. Und das bestand aus nichts anderem, als daß Ian Sutherland am 31. dieses Monats erschossen werden würde, falls Israel bis dahin nicht den Resolutionen des UN-Sicherheitsrates nachkäme und sämtlichen Palästinensern in den besetzten Gebieten Gaza und Westjordanland das Selbstbestimmungrecht gewährte. Jedermann, der mit der politischen Lage des Nahen Ostens auch nur oberflächlich vertraut war, wußte: Ebensogut hätte man fordern können, daß bis Ende des Jahres der Mond vom Himmel fällt.

Es war ein Todesurteil – nicht mehr und nicht weniger.

»Die Israelis werden niemals auf diese Forderung eingehen«, meinte Leroy freudlos. Nervös spielten seine Hände mit einem Feuerzeug herum.

»Natürlich nicht«, stimmte ihm Notores zu. »Auch der UN sind in diesem Fall leider die Hände gebunden, weil wir sonst den Eindruck erwecken würden, uns auf die Seite der Terroristen zu stellen.«

»Na bravo!« rief Pierre. »Und was wollen Sie jetzt tun – außer Däumchendrehen?«

»Wir versuchen mit dem Kommando zu verhandeln. Das ist der einzige Weg, der uns offen bleibt. Bislang haben wir allerdings keinen Kontakt herstellen können. Es hat den Anschein, als legten die Entführer keinerlei Wert darauf. Und falls das so bleiben sollte . . .« Er seufzte schwer und ließ den Rest des Satzes unausgesprochen.

»Weshalb hat man sich ausgerechnet Sir Ian ausgesucht?« fragte Connor. Äußerlich wirkte er besonnen und ruhig, aber wer ihn näher kannte, konnte erahnen, wie sehr es unter der kühlen schottischen Oberfläche brodelte. »Er ist doch nicht einmal ein offizieller Mitarbeiter der UN.«

»Für die Entführer scheint nur wichtig gewesen zu sein, daß ihr Opfer von der UN kommt. Ob er nun ein offizieller Mitarbeiter ist oder nicht, war Ihnen offenbar egal. So wie es aussieht, hatte Sir Ian lediglich das Pech, im falschen Moment am falschen Ort zu sein.«

»Wie steht es mit einer Befreiungsaktion?« fragte Pierre.

Notores sah den Franzosen an. »Sie meinen eine gewaltsame Aktion?« vergewisserte er sich.

Leroy nickte.

Der UN-Beauftragte ließ sich mit der Antwort etwas Zeit.

»Eine solche Möglichkeit ist durchaus schon durchdacht worden«, sagte er dann. »Sir Ian scheint innerhalb der UN nicht wenige einflußreiche Freunde zu besitzen, und auch die CIA hat uns in Fällen dieser Art ihre generelle Hilfsbereitschaft signalisiert.« Er faltete die Hände. »Aber, ehrlich gesagt, das ist nicht mehr als eine Gedankenspielerei. Die Spionageaufklärung in Jordanien hat keinerlei Erkenntnisse über die Entführer gewinnen können. Wir tappen vollkommen im dunkeln. Unter diesen Umständen werden Sie niemanden finden, der sich mit politischen Selbstmordabsichten trägt und die Verantwortung für eine solche Aktion übernimmt! Wenn wir genauere Informationen über die Entführer und ihren Aufenthaltsort hätten – ja, dann vielleicht. Aber so? Denken Sie an das Fiasko der mißlungenen Geiselbefreiung vor zwölf Jahren in Teheran. Das hat damals sogar Jimmy Carter das Präsidentenamt gekostet.«

»Und wenn *wir* ihnen diese Informationen beschaffen?« hakte Leroy nach. Er konnte sich nicht damit abfinden, daß sie zur absoluten Hilflosigkeit verurteilt waren. Es mußte einen Weg geben, Sutherland zu helfen.

Es mußte einfach!

»*Sie*?« Notores schüttelte den Kopf. »Glauben Sie, Sie bräuchten nur nach Amman zu fliegen und sich dort ein wenig umzuhören, um Sutherlands Aufenthaltsort herauszubekommen?«

»Nein«, erwiderte Pierre. »Das glaube ich nicht. Aber es ist immer noch besser, als gar nichts zu tun.«

»Ich kann Ihnen natürlich nicht verbieten, auf eigene Faust zu handeln«, sagte Notores. »Aber ich rate Ihnen davon ab. Sie würden die Lage nur noch verschlimmern. Zum einen begeben Sie sich selbst in größte Gefahr, und falls Sie den Entführern wider Erwarten tatsächlich auf die Spur kommen, bringen Sie sie höchstens dazu, nervös zu werden. Für Sir Ian dürfte das eher nachteilige Folgen haben.«

»Verstehe«, meinte Pierre Leroy tonlos.

Notores sah auf seine Armbanduhr und stand auf.

»Ich hoffe, Sie nehmen es mir nicht übel, wenn ich mich nun verabschiede. Mein Wagen wartet, um mich zurück zum Flughafen zu bringen. Ich habe heute noch einen Termin bei einer EG-Kommission in Genf. Natürlich werde ich dafür sorgen, daß man Sie ständig auf dem laufenden hält.«

»Danke, daß Sie sich die Mühe gemacht haben, uns persönlich zu unterrichten.« Connor erhob sich ebenfalls. »Ich werde Sie hinausbringen.«

Notores verabschiedete sich von Leroy und Valerie und wurde von Connor hinausgeführt.

Eine knappe Minute später kam der Butler in die Bibliothek zurück.

»Und?« fragte er in das bleierne Schweigen hinein. »Was tun wir jetzt?«

Pierre hob die Achseln, während hinter seiner Stirn die Gedanken rotierten. In Sekunden durchdachte er Dutzende Pläne und verwarf sie wieder.

»Wo sind eigentlich Tom und Gudrun?« fragte er zurück. »Vielleicht würde Ihnen etwas einfallen.«

»Ich habe schon versucht, sie in New York zu erreichen«, antwortete der Butler. »Leider vergeblich. Es war mir nicht möglich herauszufinden, wo sie sich aufhalten. Soweit ich von Sir Ian vor seiner Abreise erfahren haben, wollen sie erst gegen Silvester oder Neujahr wieder nach Oake Dùn zurückkehren. Uns bleibt nichts anderes übrig, als zu warten, bis sie sich von allein melden.«

Also mußten sie drei mit der Situation allein fertig werden. Auf die UN zu hoffen, erschien Pierre nicht allzu erfolgversprechend. Diplomatische Verhandlungen kosteten Zeit. Nur war Zeit leider genau das, was sie nicht hatten.

Er steckte das Feuerzeug, mit dem er die ganze Zeit über nervös herumgespielt hatte, ein und straffte sich. Er hatte seinen Entschluß getroffen.

»Ich werde nach Amman fliegen«, sagte er mit Bestimmtheit in der Stimme.

»Trotz der Warnung des UN-Beauftragten?«

»Trotzdem. Eine minimale Chance ist besser als gar keine.«

Connor nickte, als hätte er genau das von Pierre erwartet.

»Ich werde mitfliegen«, sagte Valerie plötzlich.

Connor und Leroy sahen überrascht in ihre Richtung.

»Du willst ... *was?*« fragte Pierre fassungslos.

»Das kommt gar nicht in Frage«, sagte Connor, bevor sie etwas antworten konnte. »Sie sind noch viel zu angeschlagen, um sich auf derart gefährliche Unternehmungen einzulassen. Denken Sie daran, wie schlecht es Ihnen in den letzten Tagen gegangen ist.«

»Dafür fühle ich mich heute um so besser.« In der Tat, der gewalttätige Schmerz, der seit Wochen in ihrem Schädel getobt hatte und gegen den nicht einmal die unverantwortlich hohen Dosen von Kopfschmerzmitteln geholfen hatten, die sie insgeheim jeden Tag geschluckt hatte, war wie verflogen. Ihr Kopf fühlte sich wieder klar an. Klar und seltsam leer – doch dessen war sie sich nicht bewußt.

»So gut, daß Sie sich vorhin fast den Schädel eingeschlagen hätten«, meinte Connor wenig überzeugt. »Was hat eigentlich Dr. Morrison zu Ihrem Zustand gesagt? Sie haben sich doch von ihm untersuchen lassen?«

»Natürlich! Nur ein vorübergehender Erschöpfungszustand, meint er.« Valerie machte eine Handbewegung, als wolle sie den Einwand beiseite wischen. »Vergessen wir meine Wehwehchen jetzt einmal! In erster Linie geht es hier doch um Sir Ian. Sie wissen, daß ich noch immer recht gute Verbindungen zu meinen alten Geheimdienstkollegen habe. Vielleicht kann ich vor Ort den ein oder anderen Tip bekommen. Es würde mich wundern, wenn der Mossad seine Fühler in dieser Sache nicht schon längst ausgestreckt hätte. Also – was ist?«

Connor schien nicht recht zu wissen, wie er antworten sollte. Auf der einen Seite stand die Gewißheit, daß Valerie längst noch nicht in der Verfassung für eine Reise nach Jordanien war, auf der anderen Seite die brennende Sorge um Sir Ian. Wenn sie ihm helfen wollten, mußten sie nach jedem noch so kleinen Strohhalm greifen.

Und das, was die ehemalige Agentin des israelischen Geheimdienstes zu bieten hatte, war ein ganzes Bündel von Strohhalmen.

Er warf Pierre einen hilfesuchenden Blick zu.

Aha, dachte der Franzose, damit bleibt die Entscheidung wohl mir überlassen.

Er mußte kein Arzt sein, um festzustellen, wie es um Valerie stand. Sie war blaß, die Ringe unter ihren Augen waren während seiner Urlaubstage noch tiefer geworden, und ihre ohnehin schmalen Wangen waren noch mehr eingefallen. Gleichzeitig jedoch vermeinte er, in ihren grauen Augen ein Fünkchen ihrer alten Energie und Zielstrebigkeit wiederentdeckt zu haben – und das gab den Ausschlag. Vielleicht brauchte sie eine solche Aktion, um ihre Frische und ihren Lebensmut zurückzugewinnen, und was weitaus wichtiger war: Womöglich war es zugleich das einzige, was Sutherland retten konnte.

Er atmete tief durch.

»Ich denke, wir sollten es versuchen«, sagte er. »Zur Not bin ja noch ich da, um auf sie aufzupassen.«

Connor schien erleichtert, daß Pierre ihm die Entscheidung abgenommen hatte.

»Gut«, sagte er. »Ich werde sofort drei Plätze auf dem schnellsten Flug nach Amman buchen.«

»*Drei* Plätze?«

»Ja. Natürlich werde ich ebenfalls mitkommen.«

Pierre schüttelte nachsichtig den Kopf.

»Ich weiß nicht, ob das klug wäre«, gab er zu bedenken. »Valerie und ich sind ein eingespieltes Team.« Nun gut, fügte er in Gedanken hinzu, mehr oder weniger jedenfalls. »Und außerdem muß jemand hier bleiben, um Kontakt zur UN zu halten.«

»Das kann Mortimer genauso gut«, sagte Connor.

»Ach, glaubst du das wirklich?« meinte Pierre. Er war der einzige, der mit dem Butler schottischer Abstammung per Du war. »Meinst Du, daß er notfalls tatsächlich imstande wäre, die entsprechenden Schritte einzuleiten? Komm schon, Connor! Wir brauchen einen guten Mann, der uns hier den Rücken freihält. Jemanden wie dich!«

Es fiel Connor sichtlich nicht leicht, aber er mußte zugeben, daß Leroy recht hatte.

»Also gut«, gab er bei. »Ich bleibe hier.« Er wandte sich zum Gehen. »In spätestens zehn Minuten habe ich die schnellste Flugverbindung, und es wäre gut, wenn Ihr bis dahin eure Koffer gepackt habt.«

Die vertrauliche Anrede, die diesmal auch Valerie einschloß, war ein klarer Verstoß gegen seine sonst bis an die Grenze der Penibilität gehenden Beachtung der korrekten Form – zweifellos ein Zeichen, wie unruhig und besorgt er unter seiner kühlen Butlerfassade war –, aber in dieser Situation gab es niemanden, der es bemerkt, geschweige denn ihn dafür gerügt hätte.

Connor stand am nächsten Morgen schon früh auf. Er hatte in der Nacht nur wenig Schlaf finden können. In Gedanken war er fast ununterbrochen bei seinem Schloßherrn gewesen – und auch bei Pierre und Valerie. Falls ihr Flug keine außerplanmäßige Verspätung hatte, mußte die Maschine jetzt, in diesen Minuten, in Amman landen.

Eine Bedienstete betrat das Zimmer.

»Einen wunderschönen ersten Weihnachtstag, Mr. Connor«, wünschte sie.

»Ihnen auch, Mrs. Paddington!« erwiderte er, ohne recht bei der Sache zu sein. In seinen Augen versprach dieser Tag nichts, was die Vokabel »wunderschön« gerechtfertigt hätte. Im Gegenteil, er erschien ihm so dunkel und sturmverhangen wie die Wolken, die draußen über dem aufgewühlten Atlantik dräuend über den Himmel zogen. Aber davon konnte die Bedienstete nichts ahnen. Bis jetzt war das Personal nicht über Sutherlands Entführung in Kenntnis gesetzt worden. Connor hat es für ratsamer gehalten. »Was gibt es?«

»Ein Anruf für Sie. Es ist Dr. Morrison.«

Connor ging zum Telefon und hob den Hörer ans Ohr.

»Ja, Doktor?« fragte er. »Weshalb rufen Sie an?«

»Verzeihen Sie, wenn ich Sie in den Feiertagen störe. Ich bin gerade dabei, den liegengebliebenen Bürokram aufzuarbeiten. Demnach haben Sie vor einiger Zeit angekündigt, daß Sie eine Patientin zu mir schicken würden. Eine ... äh ...« In der Ohrmuschel war ein Rascheln zu hören. »... Miss Gideon.«

»Richtig. Was ist mir ihr? Hat Ihre Diagnose irgend etwas Schlimmes ergeben?«

»Meine Diagnose? Dazu bin ich ja noch nicht gekommen. Ich wollte mich lediglich erkundigen, wann mich diese Dame besuchen wird. Wir haben zwischen Weihnachten und Neujahr nämlich einige Tage geschlossen, müssen Sie wissen.«

»Moment!« Connor stutzte. »Verstehe ich das richtig? Miss Gideon ist noch gar nicht bei Ihnen gewesen?«

»Richtig«, antwortete der Arzt. »Das sagte ich doch gerade. Könnten Sie ihr vielleicht ausrichten, daß sie ihren Besuch bitte bis zum neuen Jahr verschieben möchte? Jedenfalls sofern es nichts Dringendes ist. Dann bin ich natürlich immer für Sie erreichbar, das wissen Sie.«

»Ja, Doktor, danke. Ich werde es ihr ausrichten.«

Nachdenklich hängte Connor auf. Valerie hatte ihm gestern also nicht die Wahrheit gesagt. Er schüttelte den Kopf. Irgendwie sah es der Israelin ähnlich. Sie glaubte stets, selbst zu wissen, was gut für sie war. Wenn sie aus Amman zurückkehrte, das nahm er sich fest vor, würde er sie mit allem Nachdruck daran erinnern, daß sie Dr. Morrison endlich aufsuchte. Der langjährige Hausarzt des Schlosses würde schon herausfinden, was ihr fehlte.

Connor streifte weiter durch die Gänge Oake Dùns, von einer inneren Unruhe getrieben.

Dabei stieß er auf Mortimer, den greisen Hausdiener, der bereits unter Ian Sutherlands Vater hier gedient hatte – und vielleicht auch schon unter seinem Großvater, doch die Erinnerung daran schien in den verkalkten Windungen seines altersschwachen Gehirns weitestgehend verlorengegangen zu sein. Der hagere, fast dürre Diener lehrte einen der Papierkörbe aus den Gästezimmer in einen Sammelbehälter.

»Sie sollten mit dem Hausmädchen endlich einmal ein ernstes Wort reden«, sagte er, nachdem sie sich einen frohen Weihnachtstag gewünscht hatten. »Sie hat zwar Miss Gideons Zimmer aufgeräumt, aber vergessen, den Papierkorb zu leeren.«

»Gestern hatten die Bediensteten ihre Weihnachtsfeier, Mortimer. Da kann so etwas schon einmal passieren.«

»So etwas sollte aber nicht passieren. Sie wissen, wohin es führt, wenn solche Sitten erst einmal einreißen. Bald geht es völlig drunter und drüber, und Oake Dùn gleicht mehr und mehr einer Räuberhöhle denn einem Schloß.«

Er nahm den leeren Korb und entfernte sich wieder.

Connor ging zu dem Behälter und hob ein handbeschriebenes Blatt Papier auf, das zu Boden gefallen war, ohne daß Mortimer es gemerkt hatte. Er wollte es ebenfalls in den Sammelbehälter werfen, als sein Blick zufällig auf das fiel, was dort geschrieben stand.

Ungläubig hielt er das Blatt dichter vors Gesicht. Zwischen seinen Augenbrauen entstand eine tiefe, beunruhigte Falte.

»Mortimer!«

»Ja, Sir?«

»Diese Blätter hier kommen aus Miss Gideons Zimmer?« vergewisserte er sich. Er beugte sich über den Sammelbehälter und fischte auch noch die anderen Seiten aus dem Abfall hervor. »Ist das sicher?«

»Wie ich es Ihnen gesagt habe.« Mortimer runzelte die Stirn, als er sah, was Connor machte, und seinem Gesicht war deutlich abzulesen, daß es in den ganzen langen Jahren seiner Dienerschaft wohl noch niemals vorgekommen war, daß ein Butler sich herabgelassen hätte, im Müll herumzuwühlen. Er wartete kurz auf Antwort, und als keine kam, fügte er fragend hinzu: »Ist sonst noch etwas, Sir?«

»Nein, nein, schon gut, Mortimer«, antwortete Connor geistesabwesend, während er bemüht war, die handbeschriebenen Blätter in die richtige Reihenfolge zu bringen. Es waren über ein Dutzend. »Danke.«

Der greise Diener entfernte sich.

Normalerweise lag es Connor fern, in den Notizen anderer Leute zu schnüffeln, und schon gar nicht in denen der Gäste Oake Dùns, aber die Worte, die er auf der ersten Seite entdeckt hatte, hatten ganze Arsenale von Alarmglocken in ihm aufklingen lassen.

Endlich glaubte er, die Blätter in der richtigen Reihenfolge geordnet zu haben, und der Inhalt der übrigen Seiten verstärkte sein Erschrecken noch.

Was anfing wie ein privater Brief an ihren Bruder wurde bald zu einem wirren Gekritzel, dessen leserliche Teile sich jedoch zu einer erschreckenden Schilderung zusammenfügten, was Valerie in dem bolivianischen Indiodorf widerfahren war. Wie sie von Kar verhört worden war, wie er ihre wahre Identität entdeckt und ihr schließlich den Parasiten eingepflanzt hatte, um sie zu einem willenlosen Werkzeug zu machen!

Connor begriff, welch furchtbaren Denkfehler er begangen hatte, als er Valerie damals aus der Hütte befreite. Er hatte geglaubt – nicht zuletzt, weil sie es ihm so erzählte –, sie gerettet zu haben, bevor ihr etwas geschehen war. Ein Trugschluß, wie sich jetzt herausstellte.

Es war nicht der mysteriöse Alterungs- und Verjüngungvorgang gewesen, der Valeries Zustand bedingt hatte, sondern der Parasit in ihrem Schädel. Sie war eine Agentin Kars, und niemand von ihnen hatte auch nur den Hauch eines Verdachts geschöpft!

Connor eilte in das von Valerie bewohnte Gästezimmer und sah sich nach weiteren Anhaltspunkten um. In den Nachttischschubladen fand er Unmengen von angebrochenen Packungen starker Schmerzmittel. Es sah aus, als hätte sich die Israelin in den letzten Wochen allein damit auf den Beinen gehalten.

Mein Gott, machte er sich die heftigsten Vorwürfe, warum war ihm nicht eher etwas aufgefallen?

Was ihn zusätzlich beunruhigte, war die Tatsache, daß sie diese Mittel nicht nach Amman mitgenommen hatte. Dafür konnte es nur einen Grund geben: Sie brauchte sie nicht mehr – jetzt, da sie ihren Auftrag erhalten hatte!

Und dieser Auftrag war auf dem letzten halben Dutzend der Blätter ebenso deutlich wie unmißverständlich zu lesen.

TÖTE SUTHERLAND!

Nur diese beiden Worte, wieder und immer wieder, wie von einer langsam heißlaufenden Maschine geschrieben.

TÖTE SUTHERLAND!

Mit einem Male war Connor klar, warum Valerie unbedingt nach Amman hatte mitfliegen wollen. Er sprang auf. Es war keine Zeit zu verlieren. Er mußte Leroy so schnell wie möglich warnen. Der Franzose mußte wissen, daß die Frau an seiner Seite nicht mehr seine ehemalige Partnerin war, sondern nicht weniger als eine wandelnde Zeitbombe, eine willenlose Killerin im Auftrag Kars.

Beim Verlassen das Zimmers streifte Connors Blick das Geschenk, das er Valerie gestern morgen überreicht hatte und das nun auf dem Sekretär lag.

Sie hatte es noch nicht einmal ausgepackt!

Amman, Jordanien

Nachdem Pierre und Valerie auf dem Flughafen angekommen waren, führte sie ihr erster Weg zum REGENCY-Hotel, in dem Connor zwei Zimmer für sie gebucht hatte. Während Pierre schon hinaufgefahren war, um ihr Gepäck nach oben zu bringen, besorgte Valerie sich in der Empfangshalle noch ein aktuelles Telefonverzeichnis von Amman. Vielleicht konnte sie dort ein paar altbekannte Namen entdecken, über die sie den ein oder anderen heißen Tip bekam.

Die Stimme des Portiers hielt sie zurück, als sie in den Fahrstuhl steigen und ebenfalls nach oben ins vierte Stockwerk fahren wollte, in dem ihre Zimmer lagen.

»Verzeihung, Sie sind doch mit Mr. Leroy angekommen?« fragte er.

»Ja, das ist mein Begleiter. Warum?«

Er schwenkte einen weißen Umschlag.

»Ich habe hier eine Nachricht für ihn. Ist gerade per Fax hereingekommen. Wenn Sie es ihm bitte ausrichten würden?«

Valerie ging zur Rezeption zurück.

»Geben Sie her. Ich werde sie ihm bringen. Ich bin ohnehin auf dem Weg nach oben.«

»Tut mir leid, Madam.« Der Portier schüttelte den Kopf. »Ich habe strikte Anweisung, die Nachricht nur Mr. Leroy persönlich auszuhändigen.«

Sie runzelte die Stirn.

»Nur ihm persönlich?«

»Ja. Es scheint etwas Wichtiges zu sein. Es kam aus Schottland, von demselben Absender, der auch Ihre Zimmer gebucht hat.«

Connor also, dachte Valerie. Aber warum sollte er ihnen eine Nachricht nachsenden, die ausdrücklich nur für Pierre bestimmt war? Blitzschnell durchdachte sie sämtliche Möglichkeiten, und es blieb nur eine übrig: In dieser Nachricht ging es um sie! Und das wiederum konnte nur bedeuten, daß der Butler Verdacht geschöpft hatte.

Gut, daß der Portier so redselig war! Sie beugte sich über die Rezeption und versuchte es mit einem gewinnenden Lächeln, das einen Eisberg zum Schmelzen gebracht hätte, wäre da nicht dieser kalte, berechnende Zug in ihren Augen gewesen.

»Ganz wie Sie meinen«, hauchte sie scheinbar nachgebend. »Ich hatte Ihnen nur behilflich sein wollen. Ich konnte ja nicht wissen, daß Ihnen bürokratische Vorschriften wichtiger sind . . .«

Der Portier kämpfte sichtlich mit sich, dann siegte sein Pflichtbewußtsein.

»Tut mir leid, Madam«, schlug er die goldene Brücke aus, die sie ihm gebaut hatte. Er bewegte sich auf die Telefonanlage zu. »Aber ich möchte Ihnen selbstverständlich keine Umstände machen. Ich werde Mr. Leroy selbst verständigen, daß ich eine Nachricht für ihn habe.«

Valeries Lächeln gefror. Dieser lebensmüde Idiot! Schon hatte er den Telefonhörer in der Hand.

Ein kurzer Blick reichte aus, um sich zu vergewissern, daß sich außer ihnen beiden momentan niemand in der weiträumigen Empfangshalle aufhielt. Um diese Jahreszeit waren die Zimmer des REGENCY nur zu einem kleinen Teil belegt. Die meisten Gäste, in der Regel westliche Geschäftsleute, zogen es vor, die Feiertage in ihrer Heimat zu verbringen.

Mit einem Satz setzte sie über den Rezeptionstresen und kam direkt vor dem Portier zum Stehen.

»Aber, Madam!« rief er erschrocken und wich verunsichert zurück. »Sie können doch nicht einfach –«

Weiter kam er nicht. Zwei kurze, genau berechnete Handkantenschläge, so blitzschnell, daß der Portier sie nicht einmal hatte kommen sehen, und er sackte bewußtlos zu Boden. Für Valerie, die verschiedene Kampfsportarten so perfekt beherrschte, daß sie es während ihrer aktiven Agenten-Zeit selbst mit ihren fernöstlichen Lehrmeistern hätte aufnehmen können, war es so leicht gewesen, als hätte sie einen Lichtschalter umgelegt. Zwar fehlte ihr seit ihrem Ausstieg vor drei Jahren das permanente, fast tagtägliche Training, aber für den Hausgebrauch reichte es noch immer.

Sie steckte den Umschlag ein und schleifte den reglosen Körper in das kleine Büro hinter der Rezeption, bevor jemand die Halle betrat und sie sehen konnte.

Ihr war klar, daß sie den Portier nicht einfach liegenlassen konnte. Sobald er wieder zu sich kam, würde er nichts Eiligeres zu tun haben, als sie zu verraten.

Sie sah sich kurz um und stieß auf das, wonach sie Ausschau gehalten hatte: den Arzneimittelschrank. Ihm entnahm sie eine Einwegspritze und nach einem suchenden Blick über die verschiedenen Medikamente ein Fläschchen mit einer farblosen Flüssigkeit.

Von der Halle her war ein fragendes Rufen zu hören. Offenbar ein Kollege des Portiers.

Rasch zog sie die Spritze auf und verabreichte dem Bewußtlosen mit einer routinierten Bewegung die Injektion. Es war ein Mittel, das bei Herzrhythmusstörungen und -infarkten wahre Wunder wirkte. Bei Leuten allerdings, die keine Herzprobleme hatten, hatte es den gegensätzlichen Effekt. Und das Mittel war kaum nachzuweisen.

»He, Abd, wo steckt du schon wie –?« erklang die Stimme nun direkt hinter Valerie. »Was machen *Sie* denn da?«

Die Israelin ließ die Spritze geschickt verschwinden und wandte sich unschuldig zu dem Mann um, der ebenfalls die Portiersuniform trug.

»Ich ... ich weiß nicht«, spielte sie die Aufgeregte und fuchtelte mit den Händen in der Luft herum. »Er hat mir gerade die Zimmerschlüssel gegeben, als er ganz plötzlich umgekippt ist. Ich glaube, ihm ist nicht gut. Es ist wohl besser, wenn ... wenn Sie einen Arzt verständigen.«

Der Mann warf einen kurzen Blick auf seinen ohnmächtigen Kollegen, der wie unter inneren Krämpfen zu zucken begonnen hatte und zudem an Atemnot zu leiden schien.

»Ja, Sie haben recht.« Er eilte zum Telefon. »Das werde ich sofort tun. Und vielen Dank für Ihre Hilfe.«

»Oh, bitte, kein Grund, sich zu bedanken«, antwortete sie wahrheitsgemäß. »Das war doch selbstverständlich.«

Während der Bedienstete das nächstgelegene Krankenhaus verständigte, schlenderte sie zum Fahrstuhl. Sie wußte, daß der Arzt zu spät kommen würde.

Kaum hatte sich die Tür hinter ihr geschlossen und der Lift in Bewegung gesetzt, riß sie den Umschlag auf und überflog den Inhalt der Nachricht. Es war tatsächlich ein Fax von Connor, und wie sie es geahnt hatte, war er ihr auf die Schliche gekommen. Er hatte ihr Geschreibsel entdeckt, die richtigen Schlüsse daraus gezogen, und riet Pierre nun eindringlich, sie aus dem Verkehr zu ziehen. Ihr Fehler, daß sie auf Oake Dùn nicht mehr daran gedacht hatte, die Papiere zu vernichten! Connor hatte verdammt schnell geschaltet. Aber es würde ihm nichts nutzen. Eine zweite Chance, den Franzosen zu warnen, würde sie ihm nicht gewähren.

Im vierten Stockwerk angekommen, ließ sie das Schreiben zusammen mit dem Arzneifläschchen und der Spritze im Etagenmüllschlucker verschwinden, und dann, nachdem sie sich nochmals überzeugt hatte, daß sie allein im Korridor war, näherte sie sich entschlossen Pierres Zimmertür.

Pierre Leroy hatte den Inhalt seines Kulturbeutels auf der Ablage über dem Waschbecken verteilt und nutzte die Gelegenheit zu einer Rasur, als er im Spiegel hinter sich plötzlich einen lautlosen Schatten aufwachsen sah.

Erschrocken fuhr er herum, so heftig, daß er den Schaum auf seiner Rasierklinge in einem Halbkreis über die Badezimmerkacheln verspritzte.

Im nächsten Augenblick entspannte er sich.

»Valerie, meine Güte!« stieß er erleichtert hervor. »*Du* bist es!«

»Wen hast du denn erwartet? Mutter Theresa?«

»Könntest du das nächste Mal vielleicht anklopfen, wie es jeder halbwegs zivilisierte Mensch zu tun pflegt? Du hast mich fast zu Tode erschreckt.«

Er drehte sich wieder um, hob das Kinn und führte das Rasiermesser langsam über die Partien rund um seinen Kehlkopf.

»Tut mir leid!« meinte sie. »Das nächste Mal werde ich gründlicher sein.«

Er sah sie durch den Spiegel an, ohne in der Rasur innezuhalten.

»Bist du etwa allein deshalb gekommen?« meinte er.

»Ich wollte dich nur erinnern, daß wir noch eine Menge vorhaben. Und wir finden Sir Ian bestimmt nicht schneller, wenn du deine Zeit mit Körperpflege vergeudest.«

»Kann Pflege an einem Körper wie diesem überhaupt vergeudet sein?« erwiderte er nonchalant und wurde sofort wieder ernst. Ihm war wahrlich nicht zum Scherzen zumute, aber manchmal brauchten die Nerven einfach ein Ventil. »Schon gut, reg dich nicht auf! In zehn Minuten bin ich fertig.«

»Ich nehm' dich beim Wort. In zehn Minuten.«

Sie verließ das Badezimmer.

Pierre beendete die Rasur, gönnte seiner Gesichtshaut noch ein paar großzügige Spritzer teuren französischen Rasierwassers und ertappte sich bei einem zuversichtlichen Lächeln. Irgendwie hatte er das Gefühl, als wäre das wieder die zielstrebige und entschlußfreudige Valerie, die er von früher kannte. Er war kein Psychologe, aber anscheinend hatte er mit seiner Vermutung, daß sie dazu nichts nötiger als einen Auftrag wie diesen brauchte, genau ins Schwarze getroffen.

Wie auch immer – er beschloß, es als gutes Zeichen zu nehmen. Damit stiegen ihre Chancen, Ian Sutherland zu finden, ganz beträchtlich.

»Professor Herman?« fragte die ältere Frau, die sie am Eingang des dreistöckigen, im Kolonialstil erbauten Hauses in Empfang nahm. »Ja, er ist da. Haben Sie einen Termin?«

»Nein, das nicht«, sagte Pierre. »Aber er wird uns bestimmt empfangen. Sagen Sie ihm einfach, daß wir von seinem alten Freund Ian kommen.«

Die Frau schien damit nichts anfangen zu können. Sie runzelte die Stirn, telefonierte kurz mit Ernest Herman und führte sie dann zu seinem Büro im ersten Stockwerk.

Der untersetzte Professor, dem man seine langjährige Bürotätigkeit ansah, empfing sie hinter seinem Schreibtisch, und nachdem sie sich einander vorgestellt hatten, deutete er nervös auf die beiden Stühle, die sich davor befanden.

»Nehmen Sie doch bitte Platz. Ich ... äh ... ich habe Sie gar nicht erwartet.«

»Oh, das macht überhaupt nichts«, sagte Valerie, während sie Pierre mit einer unauffälligen Geste signalisierte, ihr das Reden zu überlassen. Er reagierte mit einem kaum merklichen Verziehen des Mundwinkels, sagte aber nichts. Diese Aufgabenteilung war er von ihren früheren Einsätzen hinlänglich gewohnt. »Hauptsache, daß wir jetzt da sind, nicht wahr? Sie können sich sicherlich vorstellen, warum wir gekommen sind.«

»Ich ... äh ...« Ernest Hermans Blicke huschten nervös zwischen ihnen hin und her. »Nein, wenn ich – äh – ehrlich bin, nicht so ganz.«

»Nicht so ganz?« Valerie lächelte nachsichtig. »Wenn wir das gewußt hätten, hätten wir Ihnen natürlich eine Familienpackung Ginseng-Pillen mitgebracht. Die stärken bei zunehmendem Alter bekanntlich das Gedächtnis.« Übergangslos wurde ihr Gesicht ernst. »Schluß jetzt mit dem Gequatsche! Wir wissen, daß Ian Sutherland hier aus Ihrem Büro entführt worden ist, und Sie dürfen sicher sein, daß wir nicht eher verschwinden, bis Sie uns nicht alles erzählt haben. Und zwar der Reihe nach und bis ins kleinste Detail!«

Ernest Herman wurde blaß. Nervös fingerte er an seinem Kragen herum, als sei er ihm mit einem Male zu eng geworden. Das schlechte Gewissen stand ihm ins Gesicht geschrieben. Zugleich aber auch der Druck, unter dem er stand.

»Warum sagen Sie nichts?« erkundigte sich Valerie. »Oder wollen Sie, das ich mich noch deutlicher ausdrücke?«

»Bitte ... ich darf Ihnen nichts sagen«, antwortete er geradezu flehentlich. »Es bringt mich wahrscheinlich schon um Kopf und Kragen, daß ich der UN überhaupt etwas verraten habe. Aber aus alter Freundschaft zu Ian –«

»Freundschaft?« griff Valerie das Stichwort auf. Sie hob verwundert die Augenbrauen. »Ich hätte nie gedacht, daß Ihnen das Wort überhaupt geläufig ist. Was verstehen Sie denn unter Freundschaft? Etwa, einen alten Studienkollegen ins Verderben zu locken?«

»Bitte«, sagte er geradezu flehentlich. »Sie tun mir unrecht. Ich habe es doch nicht meinetwegen getan. Aber ich ... hatte keine andere Wahl. Sonst ...« Er schwieg, und sein Blick wanderte zu dem kleinen gerahmten Bild auf der Schreibtisch, auf dem seine Frau und seine Tochter zu erkennen waren.

Sie fischte es vom Schreibtisch und sah darauf.

»Ach«, machte sie. »Damit hat man Sie also erpreßt. Sind die beiden denn gesund und munter?«

»Ja, seit gestern sind sie wieder wohlbehalten ...« Verunsichert hielt er inne, als hätte er schon viel zuviel verraten. »Woher wissen Sie das überhaupt?«

»Unwichtig!« sagte Valerie. Nach seinem Blick war es nicht schwer zu erraten gewesen, außerdem wußte sie aus ihrer Agentenzeit, daß es immer wieder dieselben drei Dinge waren, mit denen man Menschen dazu bringen konnte, alles zu tun, was man von ihnen verlangte: Geld, Ideologie oder Familie. Von Parasiten, die sich in Gehirnen einnisteten, hatte sie damals noch nichts geahnt, und sie war sich dessen auch jetzt nicht bewußt. Sie sah den Professor mit leicht zusammengekniffenen Augenlidern an. »Ich rate Ihnen, nicht den Fehler zu begehen zu denken, die Entführer wären die einzigen, vor denen Sie Angst haben müßten. Das liegt jedoch ganz allein bei Ihnen.«

Sie ließ die Worte kurz wirken und tat, als wolle sie das Bild auf den Schreibtisch zurückstellen, dann zerbrach sie es so unvermittelt über ihrem Knie, daß selbst Pierre erschrocken zusammenzuckte. Klirrend polterten die Scherben zu Boden, und Valerie ließ ihnen den zerbrochenen Rahmen folgen.

Ernest Herman wollte empört aufspringen, doch sie

war schneller, setzte über den Schreibtisch und stieß den Professor so grob zurück, daß er mitsamt seines Sitzes gegen die hinter ihm liegende Wand krachte.

»Schön hiergeblieben! Wir beide sind noch nicht fertig miteinander.« Sie schenkte ihm ein eiskaltes Lächeln. »Noch *lange* nicht.«

»Aber ...«, begann er zu protestieren. »Was fällt Ihnen ein? Sie können doch nicht –«

»So?« fiel sie ihm ins Wort. Sie machte es sich auf der Schreibtischkante bequem und setzte ihm den Fuß auf die Brust, als er Anstalten machte, erneut aufzuspringen. »Können wir nicht? Ich fürchte, Sie ahnen gar nicht, was wir alles können.«

Pierre sah mit Unbehagen, wie Valerie mit dem Mann umsprang. Aber andererseits – war er nicht derjenige, der Ian Sutherland an das palästinensische Kommando verraten hatte, selbst wenn er dazu gezwungen worden war?

»Genug!« erwachte in Ernest Herman der Trotz. »Ich lasse mir das nicht länger bieten! Ich werde meine Mitarbeiter rufen. Ja, genau das werde ich tun.«

Wie von Zauberhand hatte Valerie plötzlich den hölzernen Brieföffner, der hinter ihr auf dem Schreibtisch gelegen hatte, in der Hand, und ebenso plötzlich steckte dessen spitz zulaufendes Ende zwei, drei Zentimeter weit im rechten Nasenloch des Professors. Er bog den Kopf zurück, soweit er konnte, aber Valerie ließ ihm keine Chance, sich aus der mißlichen Lage zu befreien.

»Nur zu!« ermunterte sie ihn. »Ruf deine Mitarbeiter! Ich habe nichts dagegen. Da fällt mir ein – hast du eigentlich schon mal *Chinatown* mit Jack Nicholson gesehen?«

Seinem Erbleichen nach hatte er. Schielend starrte er auf den Brieföffner. Auf seiner Stirn perlte Schweiß.

»Dann fang mal langsam zu plaudern an! Wie haben

die Entführer Kontakt zu dir aufgenommen? Und wann? Wie viele waren es? Wie gekleidet? Womit bewaffnet? Haben Sie sich untereinander mit Namen angesprochen – und so weiter, und so fort? Du kennst den ganzen Salmon ja sicherlich schon!«

Ernest Herman schluckte. Der Blick seiner schreckgeweiteten Augen suchte Pierre und fand ihn.

»Sie können doch nicht so einfach zugucken und nichts tun«, preßte er hervor. »Halten Sie mir diese Verrückte vom Leib!«

Pierre stand auf, unschlüssig, ob er einschreiten sollte. Valerie spielte ihre Rolle gut – fast so, als meine sie es tatsächlich ernst.

»Ah, Pierre«, sagte sie mit bittersüßer Stimme. »Wärst du so nett, jedem von uns einen Kaffee zu holen? Eine kleine Stärkung wird uns gut tun. Der Professor wird sicherlich nichts dagegen haben, in der Zwischenzeit mit mir vorlieb zu nehmen.« Während sie die Spitze des Brieföffners weiterhin in sein Nasenloch gedrückt hielt, tätschelte sie ihm mit der anderen Hand die Wange. »Nicht wahr, Professorchen?«

Aus seinen Augen sprach die Angst, daß Leroy sie tatsächlich allein lassen könnte, aber er wagte nicht, auch nur einen Ton von sich zu geben.

Pierre gab sich einen Ruck. Wenn sie Sutherland rechtzeitig finden wollten, waren sie auf jede noch so kleine Information angewiesen. Und wenn der Professor nicht freiwillig reden wollte, dann zur Not auch um den Preis, ihm ein wenig Feuer unter dem Hintern zu machen.

Mit einem entschuldigenden Achselzucken in Hermans Richtung verließ er das Zimmer und schloß die Tür hinter sich. Valerie würde schon wissen, welche Grenzen sie nicht überschreiten durfte. Zumindest hoffte er das.

Wahrscheinlich war es gar nicht nötig, daß sie noch

weiter ging. Der Professor dürfte die Hosen schon jetzt so gestrichen voll haben, daß er von sich aus alles ausplauderte. Valeries Vorstellung war derart überzeugend, daß selbst Pierre froh war, ihr nie unter Umständen in die Hände gefallen zu sein, in denen sie auf verschiedenen Seiten standen.

Er wurde abgelenkt, als die Frau, die sie in Empfang genommen hatte, erschien und mit besorgter Miene auf das Büro zukam. Offenbar hatte sie das Klirren des Bilderrahmens gehört.

»Gut, daß Sie kommen«, sagte er reaktionsschnell und eilte ihr ein paar Schritte entgegen, um sie von der Tür fernzuhalten. »Ich wollte Sie gerade suchen, um Sie zu bitten, uns allen doch einen Kaffee zu bringen.«

Aus Hermans Büro drang ein erstickter Laut. Die Frau blickte an Leroys Schulter vorbei.

»Was war das eben?« fragte sie mißtrauisch.

Pierre hustete, als hätte er sich verschluckt.

»Äh, das war ich«, erklärte er mit heiserer Stimme und räusperte sich. »Zu viele Zigaretten, Sie verstehen?«

Sie schien nicht ganz überzeugt, machte sich aber davon, um das Gewünschte zu bringen.

Leroy erschienen die nächsten Minuten endlos lang. Wie ein Tiger im Käfig ging er vor der Tür auf und ab, während von drinnen von Zeit zu Zeit ein Poltern oder Schnaufen erklang. Als er gerade fand, daß es reichte, und ins Büro stürmen wollte, schwang die Tür auf, und Valerie kam heraus. Sie sah zufrieden aus.

»Komm!« meinte sie mit einem knappen Winken. »Wir haben alles, was wir brauchen.«

Durch die offene Tür warf er noch einen Blick in das Büro und sah Ernest Herman wie ein Häuflein Elend hinter seinem Schreibtisch hocken und sich die blutende Nase ohne viel Erfolg mit beiden Händen halten, dann beeilte er sich, Valerie zu folgen, die zielstrebig die Treppe hinabstieg.

»War es nötig, ihn so hart anzufassen?« raunte er ihr zu, als er auf gleicher Höhe war.

»Hart? Was glaubst du, wie er aussehen würde, wenn ich das getan hätte?«

Er verzichtete darauf, es sich auszumalen.

Kurz vor dem Ausgang kam ihnen die Angestellte entgegen, in den Händen ein Tablett mit drei Tassen dampfenden Kaffees.

»Sie wollen schon gehen? Aber ... Ihr Kaffee!«

»Bringen Sie ihn ruhig nach oben«, meinte Valerie. »Gegen einen starken Kaffee wird der Professor bestimmt nichts einzuwenden haben. Am besten mit viel Zucker. Ich glaube, er braucht jetzt etwas Süßes!«

»Ja, aber ...«, stotterte sie. »Professor Herman nimmt sonst doch nie Zucker in seinen ...«

Doch da hatten Pierre und Valerie das Gebäude bereits verlassen.

»Du sagtest, wir hätten jetzt alles, was wir brauchen«, erinnerte Pierre, als sie draußen waren. »Was wäre denn das?«

»Der Name von einem der wahrscheinlichen Hintermänner. Die Entführer haben ihn ein oder zweimal erwähnt. Ein gewisser El-Ammein.«

»El-Ammein, soso«, machte er vielsagend. »Kennst du den zufällig aus deinen früheren Zeiten?«

»Nö. Nicht die Bohne.«

Er zog die Stirn in Falten.

»Wie hilft uns das dann weiter?«

»Hat Connor dir eigentlich ein paar Blanko-Schecks mitgegeben?« wechselte sie abrupt das Thema.

Er zog die Stirn in Falten. Wie um Himmels willen kam sie jetzt darauf?

»Ja«, sagte er zögernd. »Aber wieso ...?«

»Dann sollten wir die nächste Bank aufsuchen und einen davon in Bargeld verwandeln. Ich kenne da vielleicht noch von früher jemanden, der uns verraten kann, wo wir diesen El-Ammein finden – die richtige Bezahlung vorausgesetzt.«

»Wer ist dieser Jemand?«

»Ein Händler.«

»Aha. Und welche Branche?«

»Gerüchte und Geheimnisse.«

»Sieh an«, flüsterte Valerie, »dieser El-Ammein scheint kein ganz mittelloser Mann zu sein.«

Nicht ganz mittellos – das erschien Pierre wie die Untertreibung des Jahrhunderts. Er lag neben der Israelin bäuchlings auf dem Flachdach eines Hauses in den äußeren Stadtbezirken und sah über die Dachkante hinweg zu dem weitläufigen Anwesen, das auf der gegenüberliegenden Straßenseite begann. Es war von breiten, gut drei Meter hohen Mauern umgeben, die jeder mittelalterlichen Burg zur Ehre gereicht hätten. Auf der Innenseite waren in regelmäßigen Abständen Männer postiert, die einen aufmerksamen Eindruck machten und ganz bestimmt nicht zu ihrem Vergnügen draußen in der Kälte ausharrten.

Längst war die Nacht hereingebrochen. Die Temperaturen befanden sich nur noch unwesentlich über dem Gefrierpunkt. Hier in der Wüste – und rings um die jordanische Hauptstadt gab es nichts anderes – verlor sich die tagsüber im Boden gespeicherte Wärme des nachts sehr schnell. Und im Winter waren die Nächte lang.

Trotz der Dunkelheit hatten Pierre und Valerie keine Mühe, alles gut zu erkennen. Überall auf dem Grundstück war festliche Beleuchtung angebracht, und auch die herrschaftliche Villa war hell erleuchtet. Sie wirkte fast wie eine kleinere Ausgabe des Weißen Hauses, mit Ausnahme der großen, vorgelagerten Terrasse, in deren Mittelpunkt sich ein imposanter marmorner Springbrunnen befand und von Außenscheinwerfern angestrahlt wurde. Eine breite Fensterfront bot freien Blick auf einen Saal im Inneren des Gebäudes, wo ein festlicher Empfang stattfand.

Seinem Besitz nach zu urteilen, war dieser El-Ammein Multimillionär. Und den Gästen seiner Party nach verfügte er auch über den entsprechenden Einfluß. Alle paar Minuten fuhren vor dem schmiedeeisernen Tor, das die Zufahrt zum Anwesen versperrte und von einem halben Dutzend Männern gesichert war, neue Wagen vor und luden Gäste ab. Es waren ausschließlich noble Karossen, meist mit einem Stern, einem doppelten »R« oder einer zum Sprung ansetzenden Raubkatze auf dem Kühler und zum Teil sogar mit Diplomatenkennzeichen.

»Da kommen wir nie hinein«, flüsterte Pierre zurück.

»Seit wann bist du so pessimistisch?«

»Ich bin lediglich realistisch«, korrigierte er. »Oder siehst du eine Chance, bei dem Trubel und den vielen Wachen unbemerkt über die Mauern aufs Grundstück zu gelangen? Geschweige denn, da drinnen dann auch noch an El-Ammein heranzukommen? Nein, uns bleibt nichts anderes übrig, als es morgen noch mal zu versuchen.«

Insbesondere letzteres ärgerte ihn. Vor rund zwei Stunden hatten sie den Händler, von dem Valerie gesprochen hatte, endlich in einem heruntergekommenen Hinterhof gefunden. Nach langem Hin und Her und gegen ein geradezu unverschämt hohes Honorar hatte er ihnen schließlich verraten, wo sie El-Ammein finden konnten. Jetzt, da Pierre das Anwesen sah, wußte er, daß sie ihn früher oder später auch allein ausfindig gemacht hätten. Doch gerade das war ihr Problem gewesen. Ein ›später‹ hatten sie sich in Anbetracht des Zeitdrucks, unter dem sie standen, nicht leisten können, und der zwielichtige Händler schien das mit dem treffsicheren Instinkt seiner Zunft gespürt zu haben. Hätten sie vorhin bereits geahnt, wer dieser El-Ammein war und daß sie in der heutigen Nacht ohnehin nicht weiterkommen würden, hätten sie sich – beziehungsweise A.I.M. – das Geld sparen können.

»Du hast recht«, stimmte Valerie zu, nachdem sie ihre Blicke zum x-ten Male über das Anwesen hatte schweifen lassen. Pierre verspürte bereits so etwas wie Befriedigung, daß sie ihm endlich einmal recht gab, als sie hinzufügte: »Über die Mauer ist es unmöglich. Wenn, dann kommen wir nur durch das Haupttor rein.«

»Aber sicher, nichts einfacher als das!« reagierte Pierre mit Sarkasmus. Er deutete auf die Wachen vor dem Tor, die sich von jedem Gast die Einladungen zeigen ließen, bevor sie ihn aufs Anwesen ließen. »Wir müssen uns dafür nur einen Lastwagen besorgen, die Wachen plattwalzen und durchs Tor brechen. Wird ganz bestimmt niemandem auffallen.«

»Ist das das einzige, was dir einfällt?«

»Ja«, erwiderte er störrisch. »Es sei denn, du hättest zufällig eine Einladung für El-Ammeins Party dabei.«

»Hab' ich nicht. Aber eine Idee, wie wir eine bekommen.« Sie entfernte sich geduckt von der Dachkante. »Komm!«

»Auf *die* Idee bin ich gespannt«, murmelte er, während er ihr folgte.

Ungefähr zehn Minuten später standen sie am Rand eines einsamen Straßenzuges, keine fünfhundert Meter von dem schmiedeeisernen Tor entfernt und nur durch eine Häuserecke vor dem direkten Sichtkontakt mit den

Wachen geschützt. Valerie hatte sich einen Umhang übergezogen, wie ihn die einheimischen Frauen trugen und den sie auf dem Weg hierher von einer Wäscheleine hatte mitgehen lassen, genau wie ein Kopftuch, unter dem ihr silberblondes Haar verborgen war. Der Stoff war von der Kälte noch ganz klamm und steif, aber ihre Körperwärme taute ihn allmählich so weit auf, daß er nur noch feucht und kalt war.

Dicht neben ihnen brauste eine schwere silberfarbene Karosse vorbei und zog eine Staubfahne hinter sich her.

»Siehst du?« fragte Valerie. »Über diese Straße fahren die meisten Wagen zum Anwesen. Wir müssen jetzt nur noch warten, bis der richtige vorbeikommt.«

Und während sie das taten, erklärte sie Pierre ihren Plan. In seinen Ohren klang er geradezu wahnwitzig, aber trotzdem – ohne recht zu wissen, warum – zeigte er sich einverstanden.

Wieder kam ein Scheinwerferpaar auf ihren Standort zu. Valerie blinzelte dem Licht entgegen, und dann, als der Wagen, ein schwarzer Daimler, sie fast erreicht hatte, stieß sie Pierre in die Seite.

»Der ist genau richtig. Es geht los.«

Sie trat wie selbstverständlich auf die Fahrbahn und deutete dem Fahrer anzuhalten.

Der Mann, ein schnauzbärtiger Araber in einer prächtigen Uniform, ließ die elektrisch betriebene Seitenscheibe heruntergleiten. Neben ihm befand sich eine in ein teures Gewand gehüllte Frau, deren Gesicht nach orientalischer Sitte tief verschleiert war.

»Was soll das?« fauchte er. »Warum hältst du uns an?«

Sie verneigte sich unterwürfig.

»El-Ammein heißt Sie auf seinem Fest herzlich willkommen, Exzellenz«, sagte sie in perfektem Arabisch. »Die Parkplätze vor dem Haus sind leider belegt, und da mein Herr Ihnen nicht zumuten möchte, das Anwesen über den Hintereingang zu betreten, hat er mich angewiesen, Sie hier zu empfangen.« Sie winkte Pierre heran, der sich im Hintergrund gehalten hatte. »Der Bedienstete wird Ihren Wagen vor dem Lieferanteneingang abstellen, und ich werde Sie und Ihre Begleiterin zum Tor bringen.«

Der Fahrer runzelte die Stirn. Irgend etwas an der Sache schien ihn zu irritieren.

Kein Wunder, dachte Pierre, als er mit einem mulmigen Gefühl in der Magengegend zur Beifahrerseite ging und der verschleierten Frau mit einer eleganten Geste, die er von Connor abgeschaut hatte, die Tür öffnete. Valeries Geschichte war so dünn, daß selbst der Dümmste keine Sekunde lang darauf hereinfallen würde.

Und noch viel dümmer war es von ihm gewesen, daß er sich darauf eingelassen hatte!

»Vielen Dank für Ihr Verständnis, Exzellenz«, redete Valerie weiter, als gäbe es nicht den geringsten Grund zu Nervosität. »Und vergessen Sie nicht, Ihre Einladungskarten mitzunehmen. Die Wachen am Tor haben strikte Anweisung, heute besonders aufmerksam zu seien. Zur Sicherheit der Gäste – Sie verstehen?«

Er wollte etwas sagen, doch da seine Begleiterin bereits aus dem Wagen stieg, beließ er es bei einem Schulterzucken, fischte die Einladungskarte vom Armaturenbrett und schloß sich ihr an.

»Na schön, wenn es sich nicht vermeiden läßt«, meinte er seufzend, um gleich darauf mit dem Zeigefinger über das Wagendach hinweg in Pierres Richtung zu drohen. »Aber wehe, du machst mir nur eine einzige Schramme in den Wa-«

Das »-gen« ging in dem dumpfen Laut unter, mit dem Valeries Faust ihn unter dem Kinn traf, nicht besonders hart, dafür aber haargenau auf den richtigen Punkt.

Schnell fing sie seinen erschlaffenden Körper auf und ließ ihn auf den Fahrersitz zurückgleiten.

Auf der anderen Wagenseite hatte sich Pierre im selben Moment die verschleierte Frau geschnappt und hielt ihr Mund und Nase zu, bis ihre verzweifelten Bewegungen erschlafften.

»War doch gar nicht so schwierig«, meinte Valerie, während sie bereits dabei war, dem Mann die Uniformjacke aufzuknöpfen. »Habe ich den Wagen nicht gut ausgesucht? Dieser Generalissimo hier sieht dir doch täuschend ähnlich, oder etwa nicht?«

Pierre bugsierte die Frau vorsichtig auf den Beifahrersitz zurück und unterließ es, näher auf die in seinen Augen beleidigende Frage einzugehen. Schön und gut, dieser Operettenoffizier war wie er nur um die ein Meter siebzig groß, hatte wie er schwarzes, buschiges Haar und trug wie er einen Oberlippenbart – aber das war noch lange kein Grund, von einer täuschenden Ähnlichkeit zu reden!

»Noch sind wir nicht drin«, erinnerte er düster.

Kurz darauf steuerte er den Daimler vor das schmiedeeiserne Tor und hielt dicht davor.

Es wird niemals gut gehen, hämmerte es in seinem Kopf. Es kann gar nicht! Unbehaglich dachte er an den ursprünglichen Besitzer des Wagens, der jetzt zusammen mit seiner Begleiterin zusammengeschnürt und geknebelt im Kofferraum lag.

Einer der Wachen näherte sich dem Fahrerfenster.

»Ihre Einladung, bitte!«

Pierre ließ die Scheibe herunterfahren und überreichte dem Mann mit gelangweilter Geste die Karte. Valerie, die in dem teuren Gewand der Frau und ebenso verschleiert neben dem Franzosen saß, fand, daß er seine Sache hervorragend machte. Allein die Uniformmütze hatte er vielleicht eine Nuance zu tief ins Gesicht gezogen, aber der Posten hatte dennoch nichts zu beanstanden.

»Alles in Ordnung, General«, sagte er, während er die Karte zurückgab und seinen Kollegen zunickte, das Tor zu öffnen.

Leroy nickte so gönnerisch, als nähme er eine Parade ab, und ließ den Wagen betont langsam auf das Anwesen rollen. Er parkte am Ende einer Reihe ähnlich teurer Wagen. Ein Dienstbote kam herbeigelaufen und hielt ihnen eilfertig die Tür auf.

Pierre konnte noch gar nicht glauben, daß es ihnen tatsächlich gelungen war, hier hereinzukommen. Er verdrängte den Gedanken daran, daß es eine ganz andere Frage war, ob sie hier auch wieder unbehelligt *heraus*kamen.

»Mach kein so griesgrämiges Gesicht«, flüsterte ihm Valerie zu, während sie zur Terrasse hinaufstiegen und am erleuchteten Springbrunnen vorbeigingen. »Sonst fallen wir noch auf.«

»Alle arabischen Generäle machen griesgrämige Gesichter«, erwiderte er ebenso leise. »Oder soll ich etwa auch noch lächeln, wenn ich in die Höhle des Löwen hinabsteige?«

»Wenn es den Löwen dazu bringt, mit dir zu lächeln anstatt dich zu fressen, warum nicht?« erklärte sie das, was wohl zu einem nicht geringen Teil ihr Erfolgsrezept darstellte. »Hauptsache, du denkst daran, dich auf keinen Fall in irgendein Gespräch verwickeln zu lassen!«

»Schon gut«, meinte Pierre. Er wußte selbst, daß die paar Brocken Arabisch, die er beherrschte, nie und nimmer ausreichten, um sich als Einheimischer auszugeben. »Ich werde stumm sein wie ein Grab.«

Ohne es auszusprechen, ergänzte er in Gedanken: Damit hätte ich dann wenigstens schon die rechte Übung für das, was uns blüht, wenn der Schwindel auffliegt! Und das würde zwangsläufig geschehen. Ihr unverschämtes Glück, das sie bis jetzt hatten, konnte gar nicht weiter anhalten. Soviel Glück gab es auf der ganzen Welt nicht!

Sie betraten den festlich geschmückten Saal, in dem es von den unterschiedlichsten Gestalten wimmelte: Geschäftsleute, Diplomaten, Scheichs, elegant gekleidete Frauen, tiefverschleierte Schönheiten und Dutzende Bedienstete, die bemüht waren, die Wünsche ihrer Gäste zufriedenzustellen. Der Raum war von einem wahrhaft babylonischem Stimmgewirr erfüllt, und aus verborgenen Lautsprechern erklang leise orientalische Musik.

»Da wären wir also«, flüsterte Pierre der Israelin zu, während sie beide ihre Blicke umherschweifen ließen. »Bleibt nur die Frage, wie wir diesen El-Ammein finden.«

»Laß das ruhig meine Sorge sein! Wir müssen uns nur umhören. Still jetzt!«

Sie mischten sich unter die Gäste. Eine Bedienstete bot ihnen auf einem Tablett Champagner an, und Pierre nahm allein deswegen gerne ein Glas, um irgend etwas in den Händen halten zu können.

Valerie streifte derweil durch den Raum und horchte sich um. Es war jedoch kein einfaches, zufälliges Umhören, sondern sie bediente sich dabei einer Methode, die sie sich während ihrer Ausbildung zur Agentin in langen Übungseinheiten angeeignet hatte. Eine Methode, die sie befähigte, nahezu alle Gespräche in der Weite des Saales zu erfassen. Normalerweise war das menschliche Ohr von Kindheit daran gewöhnt, sich unter vielen verschiedenen Geräuschquellen stets nur auf eine einzige zu konzentrieren und alle anderen in den Hintergrund treten zu lassen. Was Valerie machte, war nichts anderes, als diesen angeborenen Reflex auszuschalten, mit dem

Ergebnis, daß sämtliche, sich größtenteils überlagernde Gesprächsfetzen gleichrangig in ihr Bewußtsein drangen. Es war derselbe Effekt, dem sich von Geburt an taube Personen ausgeliefert sahen, die durch einen medizinischen Eingriff wieder hören konnten und dennoch nicht in der Lage waren, sich in der chaotisch und ungeordnet auf sie einstürmenden Geräuschwelt zurechtzufinden. Sie mußten erst mühsam lernen, die einzelnen Geräuschquellen voneinander zu trennen.

Natürlich war es Valerie dabei nicht möglich, den Sinn der vielen Gespräche zu erfassen, aber darauf kam es dabei auch gar nicht an. Es reichte vollkommen, sich auf bestimmte Schlüsselworte zu konzentrieren, ähnlich wie ein Computer zur Rastertelefonüberwachung, der laufende Gespräche erst dann aufzeichnete, wenn bestimmte Begriffe fielen – nur mit dem Unterschied, daß es hier ein menschliches Gehirn war, das diese Arbeit vollbrachte.

Ein solches Schlüsselwort war beispielsweise ›Ultimatum‹, aber als Valerie sich der Gruppe von Diplomaten näherte, die es gebraucht hatten, mußte sie feststellen, daß man sich über den zurückliegenden Golfkrieg unterhielt. »Geiselnahme« war ein anderes solches Schlüsselwort, doch auch hier Fehlanzeige. Die betreffende Unterhaltung drehte sich lediglich um einen amerikanischen Spielfilm.

Dann allerdings erfaßte Valerie einen Begriff, der sie endlich weiterbrachte. Und dieser Begriff war ›El-Ammein‹.

»Ich möchte wissen, warum sich unser Gastgeber bislang kaum hat blicken lassen«, hörte sie einen der Männer sagen, denen sie sich unauffällig genähert hatte. Sie unterhielten sich in Englisch und sahen wie ehrwürdige Diplomaten aus. Vielleicht waren sie es sogar!

»El-Ammein ist bestimmt oben im kleinen Gästezimmer«, antwortete ein anderer. Er deutete zur der breiten, geschwungenen Treppe, die zur Galerie im ersten Stockwerk hinaufführte. Neben einer der Türen dort oben waren zwei breitschultrige Wachen postiert. »Ich habe gehört, daß er dort ein kleines Tischchen mit Schnee aufgebaut hat, den einer seiner kolumbianischen Geschäftspartner mitgebracht hat.«

Der erste Mann bekam glänzende Augen.

»Vielleicht sollten wir ebenfalls hochgehen und uns ein kleines Näschen genehmigen. In dieser Hinsicht war El-Ammein ja schon beim letzten Mal recht freigiebig.«

»Ja, er weiß womit er seine Gäste verwöhnen kann«, stimmte ein dritter zu. »Aber bevor wir hochgehen, möchte ich erst noch etwas essen. Die Wachteleier sollen ganz ausgezeichnet sein ...«

Damit strebten die Männer dem verschwenderischen Buffet entgegen. Valerie unterließ es, ihnen zu folgen. Sie hatte genug gehört.

Pierre befand sich unterdessen auf der anderen Seite des Saales in einer relativ ruhigen Ecke. Bislang war er erfolgreich jeder sich anbahnenden Unterhaltung aus dem Weg gegangen, nur ab und zu hatte er mit einer der weiblichen Schönheiten einen vielsagenden Blick gewechselt, ohne sich freilich auf mehr einzulassen. Er war schließlich nicht zum Flirten hergekommen. Mehr noch, in dieser Situation würde es ihn wahrscheinlich Kopf und Kragen kosten.

»Ah, General!« hörte er direkt hinter sich unvermittelt eine volltönende Stimme, und gleich darauf legte sich eine schwere Hand auf seine Schulter. »Welche Überraschung, Sie zu sehen! Haben Sie also doch kommen können.«

Langsam und mit einem Gefühl, als wäre ein Kübel

Eiswasser über ihn ausgegossen worden, drehte Pierre sich um und sah geradewegs in das Gesicht eines feisten Scheiches mit Spitzbart. Der stutzte, als er erkannte, daß er es keineswegs mit dem zu tun hatte, den er erwartet hatte. Wie vergewissernd blickte er auf die Abzeichen auf Pierres Uniform.

»Oh«, machte er verwundert, »wie ich sehe, hat die fünfte Einheit jetzt einen neuen Kommandeur. Sie müssen der Nachfolger von General Adif sein. Ich habe noch gar nicht gewußt, daß er abgelöst worden ist.«

Pierres Arabisch reichte aus, den Mann zu verstehen, aber das war auch schon alles. Was jetzt? Er tat das Erstbeste, das ihm in den Sinn kam, und flüchtete sich in ein vielsagendes Lächeln.

»C'est la guerre – so ist der Krieg«, erwiderte er auf französisch.

Der Scheich runzelte verwirrt die Stirn, dann erhellte sich seine Miene und er klopfte Pierre auf die Schulter.

»Sehr gut, General, sehr gut!« rief er lachend. »Ich sehe, Sie sind ein Mann von Welt.« Sein Kopf ruckte herum, als eine leichtbekleidete Bedienstete, die in jeden orientalischen Harem gepaßt hätte, mit einem Tablett voller Getränke an ihnen vorbeiging. »Wenn Sie mich bitte entschuldigen würden, General. Die Pflicht ruft. Wir beide haben später sicher noch Gelegenheit, uns zu unterhalten.«

Damit ließ er den Franzosen stehen und lief der Bediensteten hinterher wie ein Hirsch in der Brunft.

Pierre atmete auf, und es waren nicht nur Steine, die ihm vom Herzen fielen, sondern ganze Gebirge. Das war verdammt knapp gewesen!

Mit einem Male war Valerie neben ihm und stieß ihn leicht mit dem Ellenbogen an.

»Ich weiß jetzt, wo El-Ammein steckt«, raunte sie ihm

zu und zog ihn durch das Gästegewimmel auf die Treppe zu. »Siehst du die Tür mit den beiden Wachen davor? Da oben muß er sein. Ich habe gehört, daß er dort ein wenig Kokain für seine ganz speziellen Gäste serviert.«

»Wie willst du die Wachen dazu bringen, uns vorbeizulassen?«

»Ich? Nein, du wirst das tun. Denk daran, daß ich als Frau hier wenig zu melden habe.«

»Könnte das doch immer so sein«, flüsterte er seufzend. »Und was soll ich tun?«

»Dir wird schon was einfallen. Laß einfach deinen Charme spielen.«

Seinen Charme! So unwohl, wie er sich in seiner Haut fühlte, bezweifelte er, daß er überhaupt noch etwas davon besaß. Schon lange hatte er das Gefühl, daß sie den Bogen überspannt hatten.

Na schön, dachte er. Wenn wir schon ins Verderben laufen, dann wenigstens mit voller Wucht und dem Kopf voran.

Wie selbstverständlich gingen sie auf den Raum zu. Die beiden Männer traten ihnen dezent in den Weg.

»Verzeihen Sie, General«, sagte einer von ihnen – auf englisch, wie Pierre erleichtert wahrnahm. »Hier dürfen wir Sie nicht durchlassen.«

Pierre spielte den Erstaunten.

»Aber El-Ammein hat mir doch extra ausrichten lassen, daß ich hierher kommen sollte. Er meinte, er hätte da etwas für mich ...« Pierre legte in einer verschwörerischen Geste den Zeigefinger unter die Nase und tat, als würde er sich eine Prise Schnupftabak zu Gemüte führen. »Sie verstehen?«

Die Wachen wechselten einen kurzen Blick, dann entschlossen sie sich, den Weg freizugeben, und traten zur Seite.

Pierre hatte Mühe, seine Fassung zu wahren. Das durfte doch nicht wahr sein! Man ließ sie tatsächlich durch. Dabei hätte er schwören können, daß es diesmal nicht mehr gutgehen würde.

Und es ging auch nicht gut – obwohl sie ihr Verhängnis aus einer völlig unerwarteten Richtung ereilte.

Im Festsaal hinter ihnen machte sich plötzlich Unruhe breit. Ein Blick reichte aus, um zu erfassen, was geschehen war. Im Eingang war der eigentliche Besitzer von Pierres Uniform aufgetaucht.

Er mußte sich trotz der straffen Fesseln irgendwie bemerkbar gemacht haben und aus dem Kofferraum befreit worden sein. Seine dürftige Bekleidung verbarg er mehr schlecht als recht unter einer Decke, die ihm ein Bediensteter gereicht hatte.

Und was noch weitaus unangenehmer war: Der Generalissimo deutet mit ausgestreckten Arm durch den gesamten Saal geradewegs zu ihnen empor und schrie dabei mit wütender Stimme irgend etwas, das Pierre erst gar nicht verstehen mußte, um zu wissen, was es bedeutete.

Sie waren aufgeflogen. Das Spiel war zu Ende!

Gut hundert Augenpaare ruckten einmütig in ihre Richtung, und die letzten waren die der Wachen, in deren Gesichter sich zugleich ein grimmiger Ausdruck legte.

Blitzschnell zogen sie ihre Waffen aus den Schulterhalftern und brachten sie in Anschlag, als im selben Augenblick etwas geschah, das Valerie und Pierre zumindest vorübergehend das Leben rettete: Die Tür ging auf, und in der Öffnung erschien ein großgewachsener, dunkelhaariger Mann, der in ein teures, mit Seidenstickereien geschmücktes Gewand gekleidet war.

El-Ammein – daran bestand, der Reaktion der Wachen nach, die plötzlich verunsichert waren und zögerten, kein Zweifel. Hätten sie jetzt abgedrückt, hätten sie riskiert, ihren Chef ebenfalls zu treffen.

Valeries erster Gedanke bestand darin, sich ihn zu schnappen und als lebenden Schild zu benutzen, doch er erfaßte die Situation im Bruchteil einer Sekunde, sprang zwischen den beiden Abenteurern hindurch und brachte sich zu seinen Wachen in Sicherheit.

Die Israelin hatte gerade noch Zeit, ihm mit einem Tritt in das verlängerte Rückgrad soviel zusätzlichen Schwung zu verpassen, daß er gegen die beiden Muskelmänner flog und sie aus dem Gleichgewicht brachte. Doch über die Treppe kamen bereits neue Wachen hinauf.

Valerie und Pierre flohen in die einzige Richtung, die ihnen offenblieb: Das Zimmer, aus dem El-Ammein gekommen war. Wuchtig warf der Franzose die Tür hinter sich zu, doch zu seinem Leidwesen steckte im Schloß kein Schlüssel, mit dem er sie hätte verriegeln können.

Ein einzelner Mann in einer wüstenfarbenen Uniform, der am anderen Ende des Raumes über einen mächtigen Tisch gebeugt gestanden hatte, auf dessen polierter Oberfläche mehrere weiße Häufchen schimmerten oder zu linienförmigen Bahnen verteilt waren, fuhr überrascht herum. Er trug einen Spitzbart, an dem noch Reste des glitzernden Pulvers klebten, und auf seiner Nase thronte eine dunkle Sonnenbrille im Porsche-Design.

Er benötigte ein, zwei Sekunden, um die Situation zu begreifen, dann zuckte seine Hand zum Pistolenhalfter an seiner Hüfte, aber glücklicherweise brauchte er in seinem drogenvernebelten Zustand weitere drei oder vier Sekunden, um den Verschluß zu öffnen und die Waffe endlich zu ziehen.

Zu dem Zeitpunkt waren Pierre und Valerie bereits durch eine Seitentür in das nächste Zimmer geflüchtet.

Keinen Augenblick zu früh. Die Wachen von draußen, zwischenzeitlich um zwei weitere Kollegen verstärkt, stürmten mit vorgehaltenen Waffen in den Gästeraum.

»Sie sind da entlang!« Der Spitzbärtige mit der Sonnenbrille wies auf die Seitentür.

»Los!« rief El-Ammein seinen Leuten zu. »Schnappt sie euch! Ich will wissen, wer sie sind!«

Pierre und Valerie, die sich im Laufen ihres prächtigen Umhanges entledigte, der sie jetzt nur behinderte, rannten in den nächsten Raum. Eine Bedienstete kam ihnen entgegen und ließ erschrocken das Tablett fallen, als sie an ihr vorbeihasteten.

»Pardon, Mademoiselle«, rief Pierre entschuldigend. Sie erreichten einen Treppenaufgang und blieben kurz stehen. Von allen Seiten näherten sich aufgeregte Schritte. »Wohin jetzt?«

»Nach unten. Wir müssen raus aus dem Haus!«

Doch kaum hatten sie einen Schritt auf die Stufen gesetzt, stürmten ihnen von unten mehrere bewaffnete Wachen entgegen. Ein Schuß peitschte ganz knapp an ihnen vorbei und schlug in die prächtige Deckenvertäfelung.

Ihnen blieb nichts anderes übrig, als den entgegengesetzten Weg zu nehmen – hinauf ins oberste Stockwerk.

Weiter ging es durch einen Korridor, der sich an die Treppe anschloß. Aus einem Seitengang trat ihnen eine Wache in den Weg, doch der Mann hatte wahrscheinlich noch gar nicht begriffen, was der Lärm zu bedeuten hatte, und war so überrascht, daß Pierre keine Schwierigkeiten hatte, ihn mit einer Geraden zu Boden zu schicken und ihm die Pistole aus den kraftlosen Fingern zu entwenden.

Gleich darauf mußte er sie auch benutzen, als hinter ihnen in dem schnurgeraden Korridor die ersten Verfolger auftauchen. Drei Schüsse aus dem Revolver ließen sie eiligst am Treppenabsatz in Deckung gehen.

Sie rannten den Gang weiter, den die Wache gekommen war, um zu ihrem Unglück festzustellen, daß er hinter der nächsten Biegung in einer Sackgasse endete.

Pierre fluchte. Ein Zurück gab es jetzt nicht mehr. Sie wären ihren Verfolgern geradewegs in die Arme gelaufen.

Valerie rüttelte an den Klinken, doch die Türen zu beiden Seiten waren verschlossen – bis auf diejenige, die direkt am Ende des Ganges gelegen war.

»Hier herein!« rief sie Pierre zu, der ihnen den Rücken sicherte und mit einem Schuß den ersten der Verfolger verscheuchte, der sich hinter der Gangbiegung hatte sehen lassen.

Er folge Valerie in dem Raum. Es war ein Badezimmer, und die vergleichsweise dürftige Einrichtung bestätigte, daß dieser Gebäudeflügel von den Bediensteten bewohnt wurde. Glücklicherweise steckte hier der Schlüssel. Schnell verriegelte Pierre die Tür.

Doch er machte sich keinerlei Illusionen. El-Ammein Gorillas würden sich dadurch bestenfalls ein paar Sekunden aufhalten lassen. Schon pochten von außen die ersten Fäuste dagegen.

Gemeinsam mit Valerie schob er einen mannhohen hölzernen Schrank mit Badezimmerutensilien vor die Tür. Gerade im rechten Augenblick. Mehrere Schüsse zerfetzten das Türschloß, aber der schwere Schrank verhinderte, daß sich die Tür aufstoßen ließ.

»Warum hast du uns die Burschen nicht schon früher mit deiner Pistole vom Leib gehalten?« fragte Pierre Valerie keuchend. »Dann hätten wir es vielleicht nach unten schaffen können und säßen jetzt nicht in der Falle.«

»Weil ich sie nicht dabei habe.«

Er starrte sie ungläubig an.

»Wie bitte..? Du hast Sie nicht dabei?«

»Ist mir auch erst heute abend aufgefallen. Ich muß sie im Hotelzimmer vergessen haben.«

»Du hast – *was*?« Das war so unglaublich, daß Leroy einen Moment sogar das Luftholen vergaß. Normalerweise trennte sie sich keine einzige Sekunde von ihrer kleinen Spezialpistole. Es war ein deutliches Zeichen, daß mit ihr noch lange nicht alles in Ordnung war.

»Sag mal, hast du was an den Ohren?« fauchte sie ungehalten. »Laß uns lieber sehen, wie wir hier rauskommen.«

Er biß sich auf die Lippen. Sie hatte recht.

Gemeinsam eilten sie zum Fenster, stießen die Flügel auf und sahen hinaus. Ernüchtert mußten sie feststellen, daß sie hier nicht weiterkommen würden. Die Mauern rund um das Fenster waren viel zu glatt, als daß selbst ein geschickter Fassadenkletterer wie Pierre Halt gefunden hätte. Und die Dachkante über ihnen lag zu hoch, als daß sie sie von hier aus hätten greifen können.

»Aussichtslos.«

»Nicht ganz«, widersprach sie ihm und sah nach unten.

In das Pochen und Hämmern an der Tür mischte sich das Splittern von Holz. Offenbar hatten sich die Männer Beile besorgt. Nicht mehr lange, und sie würden das Zimmer stürmen.

Leroy folgte ihrem Blick und erbleichte.

»Du meinst doch nicht etwa das, wovon ich befürchtet, daß du es meinst«, murmelte er tonlos. Dort unten, drei Stockwerke tiefer, lag eine kleine Seitenterrasse, die von einer breiten Stoffmarkise überspannt war.

Die Israelin sah ihn lächelnd und mit einem solch herausfordernden Heben der Augenbrauen an, daß er sich unwillkürlich fragte, ob sie noch bei Sinnen war.

»Genau das«, bestätigte sie. Sie kletterte auf die Fensterbank und hielt sich am Rahmen fest. Sie deutete zur Tür. »Oder willst du lieber abwarten, was *die* mit dir anstellen, wenn sie dich in den Fingern haben?«

Pierre konnte sich nicht helfen, aber irgendwie erschien ihm das angesichts dessen, was Valerie vorhatte, fast die angenehmere Alternative zu sein. Trotzdem folgte er ihr auf die Fensterbank und verstaute die erbeutete Pistole im Gürtel.

Als die Tür hinter ihnen endgültig aus den Angeln flog und den Schrank polternd mit sich riß, stießen sie sich ab und sprangen.

Pierre verspürte das übermächtige Verlangen, einen langgezogenen Schrei auszustoßen, um nicht einfach stumm und geräuschlos aus dem Leben zu scheiden, sein Magen schien seinem Hals entgegensteigen zu wollen, dann schlugen sie auch schon auf die Markise, die unter dem Gewicht ihres Aufpralls aus der Verankerung gerissen wurde. Zusammen mit ihr krachten sie zweieinhalb Meter tiefer auf den harten Steinboden.

Wie betäubt befreite er sich aus dem Stoff und rappelte sich hoch, fassungslos, daß er noch am Leben war. Aus den Augenwinkeln sah er, daß Valerie ebenfalls hochgekommen war.

Wie eine Katze, die immer nur auf den Beinen landet! schoß es ihm durch den Kopf. Ob sich Valerie bei solchen Aktionen darauf verließ, daß sie ebenfalls neun Leben hatte?

Ihnen blieb nicht viel Zeit für eine Bestandsaufnahme ihrer Prellungen und blauen Flecke. Sie waren relativ unverletzt, nur das war wichtig. In der Fensteröffnung hoch über ihnen beugten sich die ersten Wachen ins Freie und eröffneten das Feuer.

Pierre schickte die restlichen zwei Kugeln hinauf und

zwang die Männer in Deckung zurück. Dicht an der Hausfassade entlang, so daß man sie von oben nicht treffen konnte, hetzten sie zur rückwärtigen Front des Gebäudes und von dort aus über den gepflegten Rasen weiter zur Mauer.

Erstaunt registrierte Pierre, daß von den Wachen, die vorhin noch alle fünfzig Meter postiert gewesen waren, nichts mehr zu sehen war. Offenbar hatte man sie ins Haus gerufen, um sich an der Jagd auf die beiden Eindringlinge zu beteiligen.

Für einen normalen Menschen wäre die gut drei Meter aufragende Mauer ein kaum zu überwindendes Hindernis gewesen. Die Kante lag zu hoch, als daß man sie mit einem Sprung hätte erreichen und sich daran hochziehen können. Doch Pierre bewies seine erstaunlichen Fähigkeiten, indem er die minimalen Lücken und Vorsprünge im Stein nutzte, um sie innerhalb weniger Sekunden in der Art eines Extremkletterers zu erklimmen.

Oben angekommen, legte er sich bäuchlings auf den breiten Sims und streckte Valerie seinen Arm entgegen. Sie erwischte seine Hand mit einem Sprung, und er zog sie ganz herauf. Vom Haus her kamen die ersten Wachen herbeigelaufen, aber zu spät. Pierre verharrte zusammen mit seiner Begleiterin eng an den Stein gepreßt, so daß die Männer sie nicht mehr mit einem Schuß erwischen konnten, was diese auch erst gar nicht versuchten.

Geschafft! Er gönnte sich einen Augenblick der Erleichterung und des Aufatmens. Sie hatten es tatsächlich geschafft!

Bis die Wachen eine Leiter geholt oder das Grundstück durch die Tore verlassen hatten, würden sie längst in dem Labyrinth der angrenzenden Straßenzüge untergetaucht sein. Deutlich hörte er die wütenden Flüche der Männer dicht unter ihnen.

Er stieß die Israelin an.

»Los, laß uns von hier verschwinden!«

Beunruhigt bemerkte er, daß sie keine Anstalten machte, zur anderen Seite zu kriechen. Was war los mit ihr? Hatte eine der Kugeln sie etwa erwischt?

Ihr Gesicht, das ihm seltsam kalt und berechnend zugewandt war, sprach eine andere Sprache.

»Schade, daß wir keine Zeit haben, uns voneinander zu verabschieden«, flüsterte sie ihm zu.

»Verabschieden? Was soll das? Wovon –«

»Alles geht einmal zu Ende«, sagte sie. »Ciao, Pierre!«

Damit zog sie die Beine an, trat ihm mit voller Wucht in den Leib und stieß ihn von der Mauer auf El-Ammeins Anwesen zurück – direkt unter das halbe Dutzend Wachen, das sich dort versammelte.

»Nun, was ist? Hast du mir immer noch nichts Besseres zu erzählen?« fauchte El-Ammein, während man Pierre wieder auf den Stuhl zerrte, von dem ihn der letzte Schlag der breitschultrigen Wache geworfen hatte. »Weshalb bist du hier eingedrungen?«

Pierres Kopf dröhnte wie eine Glocke, und sein rechtes Auge war mittlerweile so angeschwollen, daß er dadurch kaum noch etwas erkennen konnte. Man hatte ihn nach seiner Gefangennahme in diesen Raum gebracht, der weit vom Festsaal entfernt war – anscheinend, damit sich niemand der Gäste von seinem Stöhnen gestört fühlen konnte. Vermutlich hätte man ihn dort nicht einmal schreien gehört, aber bislang hatten ihm El-Ammeins Männer, die ihn von allen Seiten umringt hatten, noch keinen Schmerzensschrei entlocken können, und das, obwohl sie sich die größte Mühe gegeben hatten. Dabei hatte sich besonders der Generalissimo hervorgetan, der die Unannehmlichkeiten, die er hatte erleiden müssen, recht persönlich zu nehmen schien. El-Ammein hingegen hatte sich darauf beschränkt, die Fragen zu stellen, und ansonsten seine guten Manieren unter Beweis gestellt. Er prügelte nicht, sondern ließ prügeln.

»Es ist, wie ich es Ihnen gesagt habe«, beharrte Pierre keuchend. Er hatte zugegeben, einer privaten Forschungsorganisation anzugehören und nach Jordanien gekommen zu sein, um seinen entführten Chef zu suchen. Wieso hätte er es verschweigen sollen? Er sah keinen Anlaß dazu. Wenn er allerdings insgeheim gehofft hatte, auf dem Gesicht des Hausherrn daraufhin eine Regung auszumachen – irgend etwas, das darauf schließen ließ, daß er etwas mit der Entführung zu tun hatte –, so hatte er sich getäuscht. El-Ammein hatte nicht einmal mit der Wimper gezuckt.

»Ich hatte gehofft, hier vielleicht mehr über seinen Aufenthaltsort zu erfahren«, fuhr Pierre fort.

»Das glaubst du doch wohl selbst nicht!« grollte El-Ammein und beugte sich drohend zu dem Franzosen herab. »Für wen arbeitest du in Wirklichkeit? Heraus mit der Sprache! Bist du ein Agent? Ein Spitzel? Oder was sonst?«

Trotz des blutigen Geschmacks auf den Lippen preßte Pierre sie zu einem dünnen Strich zusammen. Es hatte keinen Sinn. Man schenkte ihm keinen Glauben.

»Soll ich ihn gesprächiger machen, Chef?« bot eine der Wachen selbstlos an.

El-Ammein winkte ab.

»Na schön.« Er richtete sich wieder auf. »Dann zu einer anderen Frage. Wie kommst du überhaupt auf die Idee, daß ich etwas mit der Entführung dieses ... dieses ... – wie sagtest Du doch gleich? – Ian Sutherland zu tun hätte?«

Pierre ließ sich von dem unwissendem Tonfall nicht täuschen. Im Gegenteil, der Mann tat für seinen Geschmack ein wenig *zu* unwissend. Und wenn Pierre sich recht erinnerte, hatte er bislang noch mit keinem Wort erwähnt, daß Sutherlands Vorname Ian war! Obwohl – in seinem Zustand war er sich da keineswegs ganz sicher. Vielleicht war es ihm irgendwann herausgerutscht.

»Nur so ein Gerücht, das ich gehört habe«, meinte er vage.

»Ein Gerücht? Interessant. Wer verbreitet denn diesen Unsinn über mich?«

Pierre brachte ein Schulterzucken zustande. Falls El-Ammein tatsächlich etwas mit der Entführung zu tun hatte oder sogar der Drahtzieher war, durfte er Ernest Herman mit keinem Wort erwähnen. Er brachte den Professor und dessen Familie sonst in Teufels Küche.

»Und wer deine Begleiterin war«, hakte El-Ammein nach, »das willst du mir natürlich auch nicht verraten?«

Pierre schwieg. Natürlich nicht. Selbst unter dem Aspekt nicht, daß sie ihn überhaupt erst in diesen Schlamassel gestoßen hatte. Buchstäblich sogar. Ihre Attacke war vollkommen überraschend gekommen, und mit Schaudern dachte er an die Kälte und Berechnung zurück, die er dabei auf ihrem Gesicht gesehen hatte. Nun gut, sie waren nie das gewesen, was man als gute Freunde hätte bezeichnen können, dennoch hatte er sich bei ihren zurückliegenden Einsätzen stets hundertprozentig auf sie verlassen können. War es ein Fehler gewesen zu glauben, daß es auch diesmal so sein würde? Hatte er Valerie doch nicht so gut gekannt, wie er es angenommen hatte?

Was ihn allerdings viel mehr beschäftigte, jedenfalls soweit es El-Ammeins Fragen oder der bohrende Kopfschmerz hinter seinen Schläfen zuließ, war die Frage nach dem *Warum*. Wenn es etwas gab, das er mit Sicherheit von Valerie sagen konnte – selbst wenn er sich sonst in allen Punkten grundlegend in ihr getäuscht haben sollte –, dann, daß sie niemals etwas tat, ohne einen triftigen Grund dafür oder ein bestimmtes Ziel vor Augen zu haben. Aber in diesem Fall hatte er nicht die geringste Ahnung – genauer gesagt, nicht einmal auch nur ansatzweise den Schimmer einer Ahnung –, was sie zu der hinterhältigen Attacke bewogen haben könnte.

Oder hatte der Alterungs- und Verjüngungsvorgang Valeries Verstand doch derart in Mitleidenschaft gezogen, daß sie vollkommen irrational handelte? Dem widersprach wiederum die Zielstrebigkeit, die sie seit der Ankunft in Jordanien an den Tag gelegt hatte.

Nein, dachte Pierre Leroy ratlos, irgend etwas stimmte hier hinten und vorne nicht.

Doch was immer das sein mochte, es hatte Zeit bis später; und in Gedanken fügte er hinzu: falls es für ihn überhaupt noch ein »Später« gab. Bevor er sich Valerie vorknöpfen konnte, galt es zuallererst einmal, die eigene Haut zu retten.

El-Ammein seufzte, als er keine Antwort bekam, und gab der Wache neben dem Stuhl ein Zeichen.

Der grobschlächtige Kerl schien darauf nur gewartet zu haben, mit derselben Ergebenheit und Vorfreude wie ein Hund aufs Stöckchen. Auch was den Intelligenzquotienten betraf, war der Vergleich nicht ganz abwegig – der zwischen dem Kerl und dem *Stöckchen*.

Obwohl Pierre versuchte, dem Schlag auszuweichen, kam seine Reaktion viel zu langsam. Die Faust traf ihn an der Wange und ließ ein Feuerwerk bunter Lichter auf seinen Netzhäuten explodieren.

»Unser Chef hat dich was gefragt«, schnauzte der

Mann, als ob man es Pierre nur laut genug ins Ohr brüllen müsse, um es ihm verständlich zu machen. Wahrscheinlich ein Überbleibsel seiner eigenen Erziehung. »Rede!«

Er verpaßte Pierre einen weiteren Schlag, so hart, daß der Franzose erneut vom Stuhl geschleudert wurde, und spätestens das Krachen, mit dem sein Hinterkopf auf den Fußboden schlug, raubte ihm endgültig das Bewußtsein.

Der Mann sah verblüfft auf den reglos daliegenden Pierre, dann auf seine Faust, und schließlich wandte er sich mit einer verlegenden Geste, als hätte er ja nicht ahnen können, daß Franzosen so empfindlich sind, zu El-Ammein.

»Tut mir leid, Chef!« sagte er. »Das war wohl ein wenig zu fest. Soll ich ihn wieder aufwecken?«

El-Ammein schüttelte den Kopf.

»Nein, ich kann nicht noch mehr Zeit mit diesem Kerl verschwenden. Schließlich habe ich noch andere Pflichten. Bringt ihn runter in den Keller! Irgendwann wird er schon wieder zu sich kommen, und bis morgen wird er sich hoffentlich überlegt haben, ob er uns nicht endlich die Wahrheit auftischen will. Falls nicht ...« Er hob die Schultern. »Sein Pech.«

Er wandte sich an den Generalissimo, als sei nicht das Geringste vorgefallen, und klopfte ihm gutgelaunt auf die Schulter.

»Kein Grund, sich die Stimmung verderben zu lassen. Kommen Sie, General, das Fest wartet.« Er lächelte vielsagend, während die Wachen den ohnmächtigen Leroy an den Armen packten und ihn wenig rücksichtsvoll zur Tür herausschleiften. »Ich hätte da eine kleine kolumbianische Spezialität, die Sie diese unangenehme Geschichte bestimmt vergessen lassen wird. Gerade frisch eingeflogen. Sozusagen auf Diplomatenebene.«

»Das klingt wie Musik in meinen Ohren«, erwiderte der General, der genau zu wissen schien, was gemeint war.

»In Ihrer Nase, General«, verbesserte El-Ammein, während sie den Raum verließen. »In Ihrer Nase.«

Eine knappe Stunde, nachdem sie Pierre auf El-Ammeins Anwesen im Stich gelassen hatte, kehrte Valerie ins REGENCY-Hotel zurück und ließ sich vom Portier die Zimmerschlüssel aushändigen. Es war derselbe Bedienstete, der am Morgen dazugekommen war und den Arzt verständigt hatte. Jetzt, da sein Kollege ausgefallen war, mußte er offenbar Überstunden machen.

»Es wird Sie bestimmt freuen, daß Abd dank Ihrer schnellen Hilfe gerettet werden konnte«, sagte er. »Er ist zwar noch nicht erwacht, soll aber schon über den Berg sein. Eine Herzattacke, sagen die Ärzte.«

»Schön, das zu hören«, antwortete Valerie und meinte damit mehr die Tatsache, daß der Mann noch nicht hatte plaudern können. Sie war ohnehin nur zurückgekommen, um ihr Gepäck zu holen und sich eine andere Unterkunft zu suchen. Hier konnte ihr der Boden schnell zu heiß unter den Füßen werden.

»Ach ja – noch eines«, fiel dem Portier ein, als sie durch die nächtlich einsame Empfangshalle zum Fahrstuhl ging. »Es sind weitere Nachrichten für Mr. Leroy gekommen. Sie wissen nicht zufällig, wann er zurückkommt?«

»Leider nein. Unsere Wege haben sich heute abend geringfügig getrennt.«

Sie ging zum Lift und fuhr ins vierte Stockwerk hinauf.

Als sie ihr Zimmer betreten hatte, wußte sie sofort, daß etwas nicht stimmte.

Zwar war auf den ersten Blick alles unverändert, aber

in der Luft lag Zigarettenrauch, und als Valerie das Licht einschaltete, sah sie hinter der hohen Lehne des Ledersessels den dazugehörigen Rauchfaden aufsteigen.

Mit einem Satz war sie neben dem Tisch, unter dem sie am Morgen aus reiner Gewohnheit ihre Pistole mit einem Klebestreifen befestigt hatte. Doch als sie unter die Tischplatte faßte, griff ihre Hand ins Leere.

»Suchst du vielleicht das hier?« fragte eine altbekannte Stimme.

Der Sessel schwang herum. Darin saß ein Mittdreißiger mit schwarzem Haar und sonnengebräuntem Gesicht. Mit unschuldiger Miene hielt er ihr ihre kleine Plastikpistole entgegen.

»Daniel!« Valerie wußte nicht, ob sie erleichtert oder beunruhigt sein sollte. »Du?«

»Ja, ich.« Er lächelte. »Schön, dich wiederzusehen. Du hast dich in den drei Jahren kaum verändert. Auch wenn du in letzter Zeit ziemlich unter Streß gestanden zu haben scheinst.«

Es war unklar, ob er mit der Bemerkung ihre von den Aktionen der letzten Stunden in Mitleidenschaft gezogene Kleidung oder die tiefen Linien in ihrem Gesicht meinte.

»Du bist doch nicht hier, nur um mir das zu sagen?«

Sein Lächeln hielt an. »Ganz so, wie ich dich in Erinnerung habe. Du kommst immer noch unumwunden zum Kern der Sache.«

»Hör auf, mit mir zu spielen, Daniel! Was willst du? Oder sollte ich besser fragen – was will der *Mossad* von mir?«

Daniel war ihr beileibe kein Unbekannter. In der Vergangenheit, als sie noch für den israelischen Geheimdienst gearbeitet hatte, hatten sie mehr als nur einen gemeinsamen Einsatz absolviert. Dabei hatte er meist die

Koordinierungs- oder Wühlarbeit im Hintergrund übernommen, und er war ihr stets ein guter Partner gewesen: zuverlässig, professionell und gewissenhaft. In ihren Augen hatte er nur einen Fehler: den, zu glauben, sein Land wäre das einzige, das die Wahrheit für sich gepachtet hatte. Vielleicht arbeitete er deshalb noch immer für den Mossad, im Gegensatz zu ihr.

»Der Mossad«, griff er ihr Stichwort auf, »hat zufällig erfahren, daß du heute in Amman angekommen bist. Die Passagierlistenüberwachung, du verstehst? Tja, und da dieser Schotte, für den du seit neuestem zu arbeiten scheinst, vor einigen Tagen genau hier von einem palästinensischen Terrorkommando entführt worden ist, dürfte der Grund für dein Hiersein auf der Hand liegen. Du bist gekommen, um mehr darüber herauszufinden.« Er deutete mit der Zigarette auf sie. »Und da du deine alten Angewohnheiten wohl nicht von heute auf morgen abgelegt hast, könnte man sogar vermuten, daß du beabsichtigst, ihn auf eigene Faust zu befreien! So etwas war doch schon immer deine Spezialität, oder nicht?«

»Alle Achtung! Ihr arbeitet ohne mich anscheinend noch genauso schnell wie mit mir. Habt ihr mich immer unter derart genauer Beobachtung?«

»Wir haben *alle* ehemaligen Mitarbeiter unter genauester Beobachtung«, erinnerte er sie. »Besonders dann, wenn sie mit einem Male im Umfeld hochbrisanter Geschehnisse auftauchen. Und du weißt, daß es in deinem speziellen Fall zudem den Einen oder Anderen gibt, der es für angeraten hält, dich ein wenig im Auge zu behalten.« Eine kurze Pause, ein neuer Zug aus der Zigarette. »Goldstein zum Beispiel.«

Unter normalen Umständen hätte die Nennung ihres Ausbilders, der stets so etwas wie ein väterlicher Freund für sie gewesen war – einer der wenigen Menschen, denen sie bedingungslos vertraute –, ein Gefühl der Wärme in ihr aufsteigen lassen, doch jetzt war es für sie nicht mehr als ein bloßer Name.

»Was hat Goldstein damit zu tun?«

»Nichts weiter. Er leitet nur den Einsatz hier.«

»Was für einen Einsatz?«

»Du scheinst in der Zwischenzeit ja ganz schön alt geworden zu sein«, meinte er mit amüsiertem Tonfall, ohne zu wissen, wie recht er damit hatte. »Glaubst du tatsächlich, wir würden bei dieser Sache einfach zusehen? Falls Sutherland erschossen wird, würde das dem Ansehen Israels natürlich schaden, weil dadurch die Palästinenserfrage in den besetzten Gebieten wieder in den öffentlichen Blickpunkt gerät, und das ist gewissen Leuten bei uns nicht sehr genehm. Deshalb hat man sich entschlossen, deinen Chef vor Ablauf des Ultimatums zu befreien. Offiziell wird natürlich niemand jemals zugeben, davon etwas gewußt zu haben – aber du weiß ja, wie der Laden läuft.«

Sie dachte kurz nach.

»Du hast mir noch immer nicht gesagt, was der Mossad von mir *will*.«

»Nichts anderes, als daß du dich aus der Sache heraushältst. Wir sind Sutherland dicht auf der Spur, und wenn du dich einmischst, verdirbst du höchstens alles.«

»*Wie* dicht?«

»Dicht genug«, formulierte er, »um ihn in zwei oder drei Tagen zu haben. Ein Außenteam ist nahe an dem palästinensischem Kommando dran. Ich schätze, daß ich spätestens morgen abend . . .« Er sah auf die Uhr und verbesserte sich, als er merkte, daß es längst nach Mitternacht war. ». . . heute abend über Funk die Nachricht erhalte, in welchem Lager er gefangengehalten wird. Spätestens am Tag darauf geht es dann los.«

»Ein Lager also. Wie viele kommen denn dafür in Frage?«

»Was soll das, Valerie?« meinte er ungehalten. »Du kennst die Spielregeln doch! Selbst wenn ich wollte, ich darf dir nicht mehr darüber sagen.«

Ihr fiel sehr wohl auf, daß er »wenn ich *wollte*« gesagt hatte und nicht »könnte«. Also mußte er mehr wissen. Sehr gut!

»Was bedeutet das für mich?« fragte sie, scheinbar ungeduldig. »Soll ich in meinem Hotelzimmer bleiben und abwarten, ob ihr Erfolg habt?«

»Nein«, entschied er. »Du wirst mit mir kommen. Nicht weit von hier gibt es eine verdeckt angemietete Wohnung, in der ich während des Einsatzes den Funkkontakt koordiniere. Dort kannst du erst einmal bleiben. Du und dein Begleiter, dieser Franzose. Hier im Hotel ist es zu gefährlich für euch. Ihr beide habt durch eure Schnüffelei schon genug Staub aufgewirbelt.« Er hielt inne, als müsse er überlegen, wieviel er seiner ehemaligen Partnerin verraten durfte. »Derzeit deutet viel darauf hin, daß ein gewisser El-Ammein der Drahtzieher der Entführung ist. Ein verdammt reicher Bursche. Er handelt mit allem, womit sich das große Geld verdienen läßt. Öl, Waffen und Drogen. Die übliche Mischung.« Er runzelte die Stirn und blickte sich suchend um. »Wo ist dein Begleiter eigentlich?«

»Keine Ahnung«, erwiderte sie unschuldig. »Er wollte auf eigene Faust Erkundigungen einziehen.«

»Ich kann nur hoffen, daß er diesem El-Ammein nicht in die Quere kommt. Der geht über Leichen. Und zwar kaltlächelnd.« Daniel drückte die Zigarette aus und erhob sich. »Also gut, wir beide fahren allein vor. Hinterlaß deinem Begleiter eine Notiz, daß er nach seiner Rückkehr das Hotel nicht verlassen soll, bis ich mich mit ihm in Verbindung gesetzt habe.« Er machte eine Geste, als wolle er eine Schar Hühner in ihr Gehege scheuchen. »Worauf wartest du noch? Fang an, deine Sachen zu packen, oder glaubst du, ich hätte Lust, noch mal geschlagene drei Stunden auf dich zu warten? Hier, vergiß das nicht!«

Er warf ihr die Pistole zu, ohne zu wissen, daß er damit den größten – und zugleich vielleicht auch letzten – Fehler seines Lebens beging.

Valerie fing die Waffe geschickt aus dem Flug, mit einem feinen, kaum merklichen Lächeln auf den Lippen.

Es hätte nicht besser kommen können. Dank Daniel würde sie nun haargenau an der richtigen Stelle sitzen, wenn die Nachricht über Sutherlands Aufenthaltsort hereinkam. Bis dahin würde sie ihre Rolle als brave, einsichtige Ex-Agentin hübsch weiterspielen.

Dann allerdings würde einiges ganz anderes laufen, als der Mossad sich das vorstellte!

Am Nachmittag des nächsten Tages öffneten sich endlich die Türen zu der dunklen, feuchten Zelle, in die Pierre Leroy gesteckt worden war. Er war beileibe nicht der einzige Insasse gewesen, wie ihm erst ein Krabbeln auf seinem Handrücken und irgendwann auch seine Augen gezeigt hatten, nachdem sie sich einigermaßen an die Finsternis gewöhnt hatten. Seine Mithäftlinge waren ein halbes Dutzend Skorpione und Spinnen gewesen, die nicht gerade dazu beigetragen hatten, ihm die Ruhe zu gönnen, nach der jede Faser seines Körpers geschrien hatte. Schließlich jedoch hatten sie sich über eine gerechte Aufteilung der Nutzungsrechte der vier mal vier Quadratmeter einigen können. Dabei hatte er die eine Seite der Zelle erhalten, diejenige mit der harten Stahlpritsche, – und die zertretenen Überreste der Viecher die andere Seite.

Was Valeries hinterhältige Attacke anging, war er keinen Schritt weitergekommen. Aus seiner Sicht war nur ein einziges Motiv vorstellbar, in dem zumindest ein Hauch von Logik erkennbar gewesen wäre: Sie spekulierte darauf, daß El-Ammein tatsächlich der Drahtzieher der Entführung war und ihn dorthin bringen würde, wo auch Ian Sutherland gefangengehalten wurde. Auf diese Weise hoffte sie, an ihn heranzukommen und sie beide dann zu befreien.

Pierre war sich durchaus darüber im klaren, daß dieser Erklärungsversuch von einer gehörigen Portion Wunschdenken geprägt war; wenn er sich dennoch daran klammerte wie ein Ertrinkender an einen Strohhalm, dann deshalb, weil es ihm momentan der einzige Ausweg zu sein schien, wieder halbwegs heil aus der Sache herauszukommen.

Zwei Wachen holten ihn aus der Zelle, mit gezogenen Waffen und viel zu aufmerksam, als daß er sie hätte überrumpeln können. Sie brachten ihn wieder in den Raum, in dem sich El-Ammein schon in der Nacht mit ihm »unterhalten« hatte. Der Hausherr wartete auch diesmal auf ihn, zusammen mit weiteren seiner Männer.

»Ich denke, du hast jetzt genügend Zeit zum Nachdenken gehabt«, sprach er den Franzosen an. »Hast du dir mittlerweile etwas Glaubwürdigeres einfallen lassen?«

Pierre blieb bei seiner Version – der Wahrheit. Oder besser gesagt: einer geringfügig abgespeckten Version der Wahrheit.

El-Ammein machte nicht den Eindruck, als würde ihn das sonderlich überraschen. Pierre hatte befürchtet, ein neuerliches unangenehmes Verhör über sich ergehen zu lassen, aber El-Ammein machte keine Anstalten, seinen

Männern die entsprechenden Anweisungen zu geben. Es schien, als hätte er seine Entscheidung längst getroffen.

»Weißt du, Franzose«, sagte er, »fast bin ich geneigt, deine Geschichte zu glauben. Wer so tief im Kamelmist steckt wie du, der sagt entweder die Wahrheit, oder er ist ein mit allen Wassern gewaschener Profi. Und danach siehst du mir beileibe nicht aus. Dein Pech ist nur, daß ich es mir nicht leisten kann, auch nur das kleinste Risiko einzugehen.« Er nickte seinen Männern zu. »Los, bringt ihn zum üblichen Platz und erledigt ihn dort.«

Pierre starrte El-Ammein ungläubig an und fühlte, wie sein Herzschlag ein, zwei Schläge aussetzte. Er hatte geahnt, daß er nichts Gutes zu erwarten hatte, aber daß er derart überraschend – und beinahe beleidigend beiläufig – sein Todesurteil hören würde, damit hatte er nicht gerechnet.

»Wird gemacht, Chef«, erwiderte der grobschlächtige Kerl, mit dessen Fäusten er bereits beim nächtlichen Verhör Bekanntschaft gemacht hatte. »Ich werde kurzen Prozeß mit ihm machen.«

»Nein!« rief El-Ammein. »Nicht du! *Er* wird das tun!«

Er wandte sich einem seiner Männer zu, der im Vergleich zu Muskelmasse und Grimmigkeit der anderen eher schmächtig und unsicher wirkte. Pierre erkannte in ihm diejenige Wache, die ihm gestern im oberen Stockwerk in die Arme gelaufen war und dessen Waffe er erbeutet hatte. Der Mann erschrak sichtlich, als er hörte, welche Aufgabe ihm zugedacht war.

»Nicht wahr, Asis, das wirst du doch tun?« El-Ammein legte ihm väterlich die Hand auf die Schulter. »Bislang hattest du noch keine rechte Gelegenheit, mir deine bedingungslose Loyalität unter Beweis zu stellen. Hier nun biete ich sie dir. Darauf hast du doch schon gewartet, nicht wahr?«

Der Mann schluckte, rang sich dann aber zu einem erst zaghaften, dann entschlossen werdenden Nicken durch. Es war offensichtlich, daß er gar keine andere Wahl hatte.

»Sehr gut«, lobte El-Ammein. »Ich wußte doch, daß ich mich auf dich verlassen kann. Das wird dich endgültig zu einem von uns machen.« Er sah ungeduldig in die Runde. »Was ist? Worauf wartet ihr noch?«

»Das können Sie nicht tun!« protestierte Pierre, während er sich vergeblich dagegen wehrte, daß man ihm die Arme auf den Rücken bog und fesselte. »Sie können mich nicht einfach abservieren lassen!«

»Nun«, erwiderte El-Ammein amüsiert, »dann gibt es ja nichts, worüber du dir Sorgen machen müßtest.«

»Man wird Fragen stellen, wenn ich verschwinde! Unangenehme Fragen!«

»Mag sein. Aber ich glaube nicht, daß man sie *mir* stellen wird.«

Pierre spürte das Verlangen, sich auf El-Ammein zu stürzen, aber die Männer gaben ihm keine Gelegenheit dazu. Schon sah er einen von ihnen mit einer schwarzen Augenbinde herankommen.

»Sagen Sie mir wenigstens, ob Sie irgend etwas mit Sutherlands Entführung zu tun haben!« verlangte er.

El-Ammein gab dem Mann, der Pierre gerade die Augen verbinden wollte, das Zeichen, noch kurz damit zu warten.

»Na schön, um dich nicht unwissend sterben zu lassen«, sagte er in gnädigem Tonfall. »Ich habe nicht nur irgend etwas damit zu tun, sondern mir die ganze Sache sogar ausgedacht.«

»Dann stimmt es also!« Pierres Augen weiteten sich. »*Sie* haben Sutherland entführt!«

»Aber nicht doch«, tadelte er. »So etwas widerspräche meinem Geschäftsstil. Aber bei meinen Kontakten war es nicht sonderlich schwierig, geeignete Leute zu finden, die sich um die praktische Durchführung und die damit verbundenen kleinen Vergünstigungen geradezu gerissen haben.«

»Was wollen Sie damit erreichen? Glauben Sie wirklich, daß sich dadurch die Lage der Palästinenser in den besetzten Gebieten verbessern ließe?«

»Diese Schwachköpfe dort sind mir völlig egal«, rief El-Ammein verächtlich. »Obwohl sie sich recht gut für bestimmte Zwecke einspannen lassen. Natürlich habe ich keine Sekunde geglaubt, daß Israel auf das Ultimatum eingehend würde.«

»Ja, aber ... warum dann?«

»Nennen wir es eine verkaufsfördernde Maßnahme«, antwortete El-Ammein lächelnd. »Die Entführung sorgt für Spannungen. Diese wiederum werden die Stimmung im Nahen Osten weiter anheizen, und damit steigt automatisch die Nachfrage an bestimmten Dingen. Besonders an solchen, die über einen Lauf und einen Abzug verfügen. Ein ganz einfaches Marktgesetz. Und kein schlechtes Geschäft für jemanden, der die richtige Ware auf Lager hat und über ein gutes Vertriebsnetz verfügt. Insofern kommt mir deine Schnüffelei fast gelegen. Dein Tod wird ein deutliches Zeichen für die Entschlossenheit der Entführer sein.« Sein Lächeln erlosch. »Und jetzt Schluß! Ich habe Besseres zu tun, als hier ein Seminar über freie Marktwirtschaft abzuhalten.«

Ein Wink von ihm, und für Pierre verschwand die sichtbare Welt hinter schwarzem Tuch.

Man führte ihn aus dem Haus zu einem Wagen, wo er auf der Rücksitzbank Platz nehmen mußte, eingerahmt von zwei kräftigen Wachen. Jeder Fluchtversuch war damit von vornherein zum Scheitern verurteilt.

Der Wagen fuhr an, und wie Pierre am allmählich leiser werdenden Verkehrslärm und den zunehmend holprigen Straßen merkte, führte der Weg aus Amman hinaus.

»Hört mal, Jungs«, versuchte es Pierre, »können wir uns nicht irgendwie einigen? Ich bin kein armer Mann und könnte jedem von euch ein kleines Vermögen zahlen, wenn ihr mich laufen laßt. El-Ammein muß davon ja nichts erfahren ...«

Das einzige, was es ihm einbrachte, war ein rüdes »Halt's Maul!« und ein schmerzhafter Hieb in die Rippen, der ihn schweigen ließ.

Nach einer Fahrtzeit, die irgendwo zwischen einer halben Stunde und drei Ewigkeiten angesiedelt war, hielt der Wagen. Der Motor erstarb. Pierre hörte, wie die Türen aufgestoßen wurden, und fühlte sich gleich darauf unsanft ins Freie gezerrt. Daß er dabei mit dem Kopf gegen den Türrahmen knallte, war noch seine geringste Sorge. Es machte keinen Unterschied, ob er mit einer Beule mehr oder weniger starb.

Als man ihm die Augenbinde abnahm, erkannte er, daß er sich irgendwo in der jordanischen Wüste zwischen karstigen Felsen befand, die aus dem Sand aufragten und an dieser Stelle so etwas wie einen kleinen Talkessel bildeten. Ein idealer Ort, um sich ungestört eines Schnüfflers zu entledigen.

Der grobschlächtige Kerl stieß ihn vom Wagen weg.

»Los, dort hinüber!«

Pierre taumelte ein paar Schritte vorwärts. Seine Blicke wanderten umher, ohne einen Ausweg zu entdecken. Verzweifelt sah er zu den Männern, die ihn hergebracht hatten. Wenn es nur einer gewesen wäre, hätte er ihn längst angegriffen, selbst mit auf den Rücken gefesselten Händen, aber gegen vier kam er nicht an.

Unter den auffordernden Blicken seiner Kumpane zog

der Bursche namens Asis, den El-Ammein für diese Aufgabe bestimmt hatte, seine Waffe hervor.

»Überleg dir, was du tust!« rief Pierre. »Das ist Mord! Kaltblütiger Mord!«

Es nutzte nichts. Natürlich nicht.

Asis hob den Arm und legte auf den Franzosen an, mit einem bedauerndem Ausdruck auf dem Gesicht – aber dafür konnte Pierre sich nichts kaufen. Er schluckte trocken und sah versteinert in den Lauf, der direkt auf seinen Kopf zielte.

Das war also das Ende!

»Valerie, wach auf!«

Sie spürte ein leichtes Rütteln an ihrer Schulter und öffnete die Augen. Über der Couch, auf der sie geschlafen hatte, erkannte sie Daniel.

»Was ist los?« fragte sie alarmiert.

»Zeit zum Aufstehen. Du hast den ganzen Tag verschlafen. Die Sonne geht schon wieder unter.«

»Bestell ihr einen schönen Gruß von mir.« Sie gähnte und drehte sich um. »Und weck mich in zwei Stunden noch mal!«

»Wie du willst. Ich dachte nur, es würde dich interessieren, daß unser Außenteam jetzt weiß, wo Sutherland steckt. Die Meldung kam gerade herein. Wir haben ein klares Peilsignal von einem Sender an einem der Jeeps der Entführer.«

Die Nachricht ließ sie auf einen Schlag hellwach werden. Sie wandte sich wieder Daniel zu und richtete den Oberkörper auf.

»Und ob mich das interessiert«, meinte sie lächelnd.

»Das dachte ich mir.« Er nickte ihr aufmunternd zu. »Also, steh auf und mach dich frisch! Goldstein dürfte bald hier sein. Ich werde ihm gleich durchgeben, daß die Aktion anlaufen kann.«

Damit verließ er das Zimmer – ohne zu merken, wie hinter ihm Valeries freundliche Miene gefror und sich ein eiskalter Zug in ihre grauen Augen legte.

Behende schlüpfte sie unter der Decke hervor und griff nach ihrer Pistole. Mit einem Griff hatte sie das Magazin überprüft, dann folgte sie Daniel ins Nebenzimmer – lautlos und ohne ihm eine Chance zu lassen.

Pierre wußte überhaupt nicht, wie ihm geschah. Er war vollkommen überrascht, als Asis plötzlich herumfuhr und die Waffe auf seine drei Kumpane richtete.

»Keine Bewegung!« rief er ihnen drohend zu. »Jeder bleibt, wo er ist!«

»Aber was ...?« Der grobschlächtige Kerl runzelte die Stirn und tappte begriffsstutzig einen Schritt nach vorne.

»Beine Bewegung, habe ich gesagt!«

Ein Schuß, der den Sand vor seinen Füßen aufspritzen ließ, brachte den Kerl zum Stehen. Ungläubig starrten die Männer ihren Kumpan an.

»Was soll das, Asis?« rief einer von ihnen. »El-Ammein wird dir den Kopf abreißen, wenn er davon erfährt.«

»Ich habe nicht vor, ihm die Gelegenheit dazu zu geben«, antwortete Asis. »So, und nun legt eure Schießeisen vor euch auf den Boden. Aber hübsch langsam.«

Die drei zögerten erst, entschlossen sich dann aber, der Anweisung Folge zu leisten. Langsam und ohne Asis auch nur einen Moment aus den Augen zu lassen, zogen sie ihre Waffen mit spitzen Fingern hervor. Asis' Blicke huschten nervös von einem zum anderen. Man konnte die Spannung, die plötzlich in der Luft war, fast körperlich spüren.

Pierre roch den Braten, kam aber nicht mehr dazu, seinen so unerwartet in Erscheinung getretenen Helfer zu warnen.

Die drei Männer verständigten sich mit einem kurzen Blick, spritzten auseinander und rissen die Waffen hoch.

Asis reagierte gedankenschnell. Sein Schuß traf die Brust des grobschlächtigen Kerls und schleuderte ihn in den Sand, bevor er zum Abdrücken kam.

Sofort riß Asis die Pistole herum, dennoch wäre die Reaktion mit Sicherheit zu spät gekommen, wenn nicht plötzlich von irgendwoher zwei Schüsse durch die Luft gepeitscht wären.

Getroffen brachen die beiden Männer zusammen, jeder von ihnen mit einem Loch zwischen den Augen.

Das alles hatte nicht mehr als ein, zwei Sekunden gedauert. Pierre blickte sich verwirrt um. Er konnte den anderen Schützen nirgendwo entdecken.

»Alles in Ordnung!« rief Asis dem unsichtbaren Mann zu, nachdem er die im Sand liegenden Männer kurz untersucht hatte. »Keine Gefahr mehr.«

In der Öffnung zum Talkessel tauchte ein weiterer Mann auf. Er war vielleicht einen halben Kopf kleiner als Leroy, um die fünfzig oder sogar sechzig Jahre alt, hatte einen bis auf einen grauen Haarkranz kahlen Schädel und trug eine unauffällige Nickelbrille auf der Nase. Man hätte ihn für einen Buchhalter oder Bibliothekar halten können, wäre da nicht das Präzisionsgewehr in seiner Hand gewesen.

»Gut gemacht, Asis«, lobte er den jungen Mann. Er deutete zum Wagen, mit dem Pierre hergebracht worden war. »Steig ein und sieh zu, daß du so schnell wie möglich außer Landes kommst. Den Fluchtpunkt kennst du ja. Und denk daran – spätestens am Samstag will ich deinen Bericht auf dem Schreibtisch haben. Das ist übermorgen, streng dich also an.«

Asis nickte. Mit einem letzten, fast spöttisch anmutenden Blick in Leroys Richtung stieg er ein. Sekunden später fuhr er los.

Der ältere Mann kam auf Pierre zu, dessen Miene aus einem einzigen Fragezeichen bestand, und zog ein Messer hervor.

»Ich kann mir vorstellen, daß Sie etwas überrascht sind«, sagte er, während er die Fesseln durchschnitt. »Seien Sie froh, daß wir vor einigen Wochen einen Mann bei El-Ammein eingeschleust haben und daher wußten, wohin man sie bringen würde. Asis allein hätte es kaum geschafft. Und jetzt kommen Sie! Es hat uns genug Zeit gekostet, Sie hier herauszuholen.«

Wie betäubt folgte Pierre dem Mann aus dem Talkessel, während er sich automatisch die Handgelenke massierte. Nur langsam setzte sein bewußtes Denken wieder ein.

Sie kamen zu einem Geländewagen, der in einer Felsnische abgestellt war. Der Mann öffnete die Fahrertür und warf das Gewehr auf die Rücksitzbank.

»Was ist?« rief er Pierre zu, der plötzlich stehengeblieben war. »Worauf warten Sie?«

»Moment mal!« Pierre machte eine hilflose Geste. Ihm ging das alles entschieden zu schnell. Eben hatte er noch mit dem Leben abgeschlossen, und nun ... »Äh, ich meine, nicht etwa, daß sie denken, ich wäre Ihnen nicht dankbar, daß Sie mir das Leben gerettet haben. Aber ich würde trotzdem ganz gern wissen, wer Sie sind und warum Sie das überhaupt getan haben.«

»Das werde ich Ihnen unterwegs erzählen«, erwiderte der Mann und stieg ein. »Kommen Sie endlich, wir haben es eilig.«

Pierre rang einen Herzschlag lang mit sich, dann stieg

er ebenfalls ein. Der Mann startete den Wagen, fuhr zu der Wüstenstraße zurück, die in einiger Entfernung an den Felsen entlangführte, und von dort aus zurück nach Amman.

»Ihr Einverständnis vorausgesetzt, möchte ich es kurz machen«, sagte er schließlich, »damit wir uns die übliche Hin- und Herfragerei sparen können.«

»Oh, bitte, tun Sie sich keinen Zwang an«, meinte Pierre ironisch. Mit einem Male fühlte er sich aus der Rolle eines aktiven Teilnehmers zurückgedrängt in die eines bloßen Beobachters – nicht zu unrecht, wie sich bald herausstellte. »Schließlich haben Sie mir das Leben gerettet und nicht umgekehrt.«

»Schön. Fangen wir bei Ihnen an. Sie sind französischer Staatsbürger, heißen Pierre Leroy und arbeiten für eine private Forschungsorganisation namens A.I.M. Deren Gründer Ian Sutherland ist von einigen Tagen in Amman von einem palästinensischem Terror-Kommando entführt worden, und Sie sind zusammen mit einer Israelin namens Valerie Gideon hierher gekommen, um auf eigene Faust Nachforschungen anzustellen. Wahrscheinlich, weil Sie in das Verhandlungsgeschick der UN ebenso wenig Vertrauen haben wie ich. Und Ihre Nachforschungen waren gleich am ersten Tag so erfolgreich, daß Sie dabei El-Ammein in die Hände gefallen sind. Ist das bis hierhin richtig?«

Schon bei den ersten Worten war Pierres Kopf zu dem Mann herumgeruckt. Wer zum Teufel war er, daß er all das wußte?

»Sie fragen sich jetzt bestimmt, woher ich das alles weiß«, fuhr der Mann fort, als könne er Gedanken lesen oder als hätte er zumindest sehr viel Erfahrung mit Gesprächen dieser Art. »Vielleicht wird Ihnen einiges klarer, wenn ich mich Ihnen vorgestellt habe. Mein Name ist

Yitzak Goldstein. Ich arbeite für den israelischen Geheimdienst.«

»Für den Mossad?« entfuhr es Pierre. In dem Teil seines Hirns, der für logische Zusammenhänge zuständig war, machte es einige Male laut hörbar »Klick«.

»Ja. Zu Ihrem Glück verfolgen wir momentan dasselbe Ziel wie Sie.« Goldstein klärte Pierre in knappen Worten darüber auf, daß der Mossad eine Aktion zur Befreiung Sutherlands geplant hatte. »Sie können mir glauben, Monsieur Leroy, es ist mir nicht leicht gefallen, unseren Mann bei El-Ammein auffliegen zu lassen. Aber was hätte es genutzt, wenn wir zwar Sutherland heil herausbekommen hätten, statt dessen aber einer seiner Mitarbeiter auf der Strecke geblieben wäre?«

»Es scheint, als müßte ich mich bei Ihnen bedanken.«

»Ich werde es Asis ausrichten, wenn ich ihn das nächste Mal sehe.« Goldstein warf ihm einen kurzen Seitenblick zu. »Was Sie da versucht haben, hätte leicht ins Auge gehen können. Es wäre besser gewesen, wenn Sie sich von Anfang an aus der Sache herausgehalten hätten. Und das gilt in gleichem Maße für Valerie.«

»Wenn wir gewußt hätten, daß sich der Mossad um Sutherlands Befreiung bemüht, hätten wir das wohl auch getan«, sagte Pierre einsichtig. »Aber Sie veröffentlichen Ihre Absichten ja nicht gerade in der Zeitung.«

»Tja, das ist in unserem Geschäft nun einmal nicht üblich. Aber Valerie hätte etwas ahnen und sich erkundigen können. Sonst ist sie doch nicht so zurückhaltend, ihre alten Quellen anzuzapfen. Zum Beispiel vor ein paar Monaten in Südafrika und Thailand. Wenn ich richtig informiert bin, waren Sie damals auch dabei, Monsieur.«

Richtig, dachte Pierre. Valerie! Er hatte überhaupt nicht mehr an sie gedacht.

»Sie scheinen überhaupt recht gut informiert zu sein«, meinte er.

»Ich könnte jetzt natürlich sagen, daß genau das meine Aufgabe ist. Aber in Valeries Fall spielen noch andere Motive eine Rolle. Sie war meine beste Schülerin. Und sie hat mir zweimal das Leben gerettet. So etwas verbindet. Außerdem braucht sie jemanden, der ein Auge auf sie hat. Jemand, der über genügend Einfluß verfügt, um hinter den Kulissen das zu glätten, was sie mit ihren Eskapaden aufwühlt.«

»Beispielsweise jemand wie *Sie*?«

»Beispielsweise.«

»Warum erzählen Sie mir das alles?« fragte Pierre.

»Ich weiß nicht.« Goldstein hob die Schultern. »Vielleicht weil ich glaube, daß Sie es wissen sollten. Sie sind doch öfter mit ihr zusammen.«

»Sie hätten sie gerne wieder in Ihrem Verein, nicht wahr?« sagte Pierre plötzlich.

Goldstein ließ sich mit der Antwort etwas Zeit.

»Es wäre das Beste. Vor allem für Valerie.«

»Das bezweifle ich«, widersprach Pierre. »Ich glaube, sie will von alledem nichts mehr wissen. Sie hat mit ihrer Vergangenheit gebrochen und sehnt sich nach nichts anderem, als ein ganz normales Leben zu führen. Soweit kenne ich sie!«

Und insgeheim fragte er sich dabei: Tat er das wirklich?

»Es ist nie gut, wenn ein Mensch mit seiner Vergangenheit bricht. Dabei geht zugleich zu viel seiner selbst verloren. Und vergessen Sie eines nicht: Valerie ist noch immer eine perfekt ausgebildete Agentin, bis zur Selbstaufgabe darauf trainiert, allem und jedem gegenüber mißtrauisch zu sein, nur sich selbst zu vertrauen, alle Entscheidungen allein zu treffen und stets mit äußerster

Perfektion zu handeln. So jemand wird nie in der Lage sein, ein normales Leben zu führen.«

Pierre schwieg. Hatte er diesem Aspekt ihres Lebens bislang zu wenig Beachtung geschenkt?

»Wohin fahren wir eigentlich?« fragte er, als vor ihnen die Lichter Ammans in Sicht kamen.

»In eine Wohnung, in der die Aktion koordiniert wird. Valerie müßte sich ebenfalls dort befinden. Ein Mitarbeiter hatte die Aufgabe, sie dorthin zu bringen.«

Gut, dachte Pierre nicht ohne einen Anflug von Grimmigkeit. Vergangenheit hin, Vergangenheit her, Valerie war ihm eine verdammt gute Erklärung schuldig!

Pierres Hoffnungen erfüllten sich nicht. Als sie die Wohnung erreichten, war Valerie bereits verschwunden. Dafür fanden sie Daniel vor, an einen Stuhl gefesselt und derart schlimm zugerichtet, daß Pierre die Mißhandlungen von El-Ammeins Wachen im nachhinein als vergleichsweise schonend empfand.

»Daniel! Mein Gott ...« Goldstein war zu ihm geeilt und zog ihm vorsichtig den blutverschmierten Klebestreifen vom Mund. »Was ist passiert? Wer war das?«

»Va ... Valerie«, stöhnte er.

»Valerie?« Zwischen Goldsteins Augenbrauen erschien eine tiefe Falte. »Warum sollte sie so etwas tun?«

»Ich ... ich weiß nicht. Sie ist ganz plötzlich durchgedreht, kaum daß die Nachricht vom Außenteam hereinkam.«

»Also haben sie Sutherland aufgespürt?«

»Ja ...« Daniel hustete. »Sie müssen das Außenteam unbedingt warnen. Ich ... ich glaube, sie ist auf dem Weg dorthin. Sie hat mich gezwungen, ihr alles zu verraten. Standort, Ausrüstung, Codewort ... Zuerst habe ich mich geweigert, aber dann ...« Er stöhnte gepeinigt auf, als Goldstein die Fesseln löste, und wäre von Stuhl gefallen, wenn Pierre nicht herbeigesprungen wäre und ihn gehalten hätte.

»Ganz ruhig, Daniel«, sagte Goldstein. »Streng dich nicht an! Wir sorgen dafür, daß du so schnell wie möglich in ärztliche Obhut kommst.«

Zusammen halfen sie ihm zu einer Couch, auf die er sich betten konnte. Es war zu befürchten, daß Valerie ihm das Nasenbein gebrochen hatte.

»Bi ... bitte«, kam es über seine aufgeplatzten Lippen. »Valerie hat Waffen aus unserem Depot mitgenommen. Warnen Sie das Außenteam. Sie müssen ...« Seine Stimme war beständig leiser geworden und erstarb völlig. Er war ohnmächtig geworden.

»Aber ...« Goldstein richtete sich kopfschüttelnd auf. »Das ergibt keinen Sinn! Warum sollte Valerie die Aktion vereiteln?«

Sein Blick traf den Franzosen, als erhoffe er sich von ihm Antwort. Doch Pierre war nicht minder ratlos. Angesichts Daniels Zustand verspürte er ein beklemmendes Gefühl. Konnte es sein, daß Valerie tatsächlich durchgedreht war? Welche Erklärung gab es sonst für ihr Verhalten?

Goldstein verständigte über Telefon einen Arzt, und seinem Tonfall nach hatten sie nicht zum ersten Mal miteinander zu tun. Dann setzte er sich vor das Funkgerät und versuchte, eine Verbindung zu dem Außenteam herzustellen.

Vergeblich.

»Nichts. Es meldet sich niemand. Da muß etwas passiert sein! Sie hatten strikte Anweisung, das Gerät nicht zu verlassen.«

Valerie! dachte Pierre unheilvoll. Sie war dort gewesen!

»Was hat es mit diesem Außenteam auf sich?« fragte er.

»Das sind zwei Agenten in einem Funkortungswagen draußen in der Wüste. Der mutmaßliche Kopf der Entführer hat sich gestern mit El-Ammein getroffen, und dank Asis hatte er danach einen Peilsender am Jeep. Die Männer haben das Signal dann heute bis dorthin verfolgt, wo Sutherland gefangengehalten wird.«

»Und wo ist das?«

»Bis jetzt sind die beiden die einzigen, die das wissen. Aus Sicherheitsgründen durften sie es nur mir sagen.« Ihm war anzusehen, wie es hinter seiner Stirn arbeitete. »Sobald der Arzt da ist, machen wir uns auf den Weg«, entschied er. »Jetzt sehe ich erst einmal nach, was Valerie mitgenommen hat. Vielleicht bringt uns das darauf, was sie vorhat.«

Er ging ins Nachbarzimmer, öffnete einen Schrank und schob die darin aufgehängten Kleidungsstücke zur Seite. Die rückwärtige Wand war nichts anderes als eine Geheimtür, hinter der eine schrankgroße Kammer zum Vorschein kam, vollgepackt mit Kisten, Kartons und vor allem unterschiedlichsten Waffen. Goldsteins Blick wanderte über das Inventar.

»Hm, wie ich es mir gedacht habe. Sie hat genug dabei, um eine kleine Armee in die Luft zu jagen. Plastiksprengstoff, Funkzünder, Granaten, ein Betäubungsgewehr . . .«

»Ein Betäubungsgewehr?« wiederholte Pierre. Das schien ihm nicht recht zu den anderen Dingen zu passen.

»Ja.« Goldstein deutete auf ein zweites Exemplar, das in der Kammer hing. »Ich nehme an, daß sie es gewählt hat, weil es sich mit einem Nachtsichtzielfernrohr koppeln läßt.«

»Das sieht aus, als wolle sie Sutherland alleine befreien.«

»Ja«, stimmte Goldstein zu. »Aber wieso auf eigene Faust?« Er sah ungeduldig zur Uhr. »Wo bleibt der Arzt nur?«

Die nächsten Minuten verrannen zäh wie Sirup. Während Goldstein nach Daniel sah, erkundigte Pierre sich aus einer Eingebung heraus telefonisch im REGENCY, ob Valerie zurückgekehrt sei. Nicht, daß er wirklich daran glaubte, aber er wollte keine Möglichkeit außer acht lassen. Der Portier verneinte, richtete ihm dafür aber aus, daß ein gewisser Connor aus Schottland pausenlos versuchte, ihn zu erreichen.

Sofort rief Pierre auf Oake Dùn an. Die Nummer und Auslandsvorwahl hatte er, seitdem er für A.I.M. arbeitete, im Kopf. Der schottische Butler hob so schnell ab, als hätte er neben dem Apparat gewartet. In Schottland mußte es jetzt später Nachmittag sein.

Entsetzen breitete sich in Pierre aus, als er hörte, was der Butler ihm berichtete, und sein Erschrecken stieg von Wort zu Wort. Mit einem Male paßte alles zusammen, auch wenn er sich wünschte, daß dem nicht so gewesen wäre.

Valerie war eine Agentin Kars, durch einen Parasiten in ihrem Gehirn zu einer willenlosen Befehlsempfängerin gemacht!

Seit den Ereignissen in der Londoner Klinik wußte er, was das bedeutete.* Sie war unrettbar verloren. Es gab keine Chance, sie wieder von dem Parasiten zu befreien. Connor hätte ihm genauso gut offenbaren können, daß sie tot sei; es wäre kaum weniger schrecklich gewesen.

Nein, korrigierte Pierre sich, wahrscheinlich wäre das sogar erträglicher gewesen, denn genau genommen *war* sie bereits tot, soweit es ihr Bewußtsein und ihren Geist

* siehe Band 1, Buch 7 ›Die Brut‹

anbetraf. Nur ihr Körper lebte noch – perfekt geschult, bis an die Zähne bewaffnet und mit einem klaren Mordauftrag.

Die perfekte Killermaschine!

»Du mußt sie unbedingt aufhalten, Pierre!« endete Connor. »Um jeden Preis. Sonst ist Sir Ian verloren!«

Totenbleich legte der Franzose auf. *Um jeden Preis* – er ahnte, was das zu bedeuten hatte.

»Wir können los«, sagte Goldstein, der aus dem Nebenraum kam, wo sich der Arzt um Daniel kümmerte. Pierre hatte ihn gar nicht kommen bemerkt, so schockiert war er. »Was ist? Sie sehen aus, als hätten sie schlechte Nachrichten bekommen.«

»Sehr schlechte Nachrichten. Ich weiß jetzt, warum Valerie allein zu Sutherland will. Sie hat vor, ihn umzubringen!«

»Aber warum sollte Sie das tun wollen?«

Pierre zögerte. Er mußte vorsichtig sein. Selbst wenn sie momentan dieselben Interessen hatten, Goldstein war immer noch Geheimdienstler. Für solche Kreise mußte es sehr verlockend sein zu erfahren, daß es eine Methode gab, Menschen mittels Parasiten zu willenlosen Marionetten zu machen.

»Das werde ich Ihnen unterwegs erzählen.« Er sprang auf. »Wir müssen uns beeilen, wenn wir sie noch aufhalten wollen. Verständigen Sie am besten alle Ihre Leute. Es könnte sein, daß wir sie brauchen.«

»Von was für Leuten reden Sie?« fragte Goldstein.

»Aber – ich denke, Sie haben eine Befreiungsaktion geplant?«

»Richtig. Aber die Einheit wäre erst kurz vor Einsatzbeginn per Hubschrauber aus Israel gekommen. Nein, Monsieur. Im Moment sind wir die einzigen, die etwas tun können. Sie und ich.« Er zog eine Pistole hervor und reichte sie Pierre. »Hier, aus unserem Depot. Können Sie damit umgehen?«

»Ich denke schon.«

Er nahm die Waffe an sich und sah zweifelnd darauf. Er fragte sich, ob er es je übers Herz bringen würde, sie gegen Valerie zu benutzen.

Selbst wenn er wußte, daß sie längst tot war.

Der Schlupfwinkel der Entführer lag sechzig Kilometer östlich von Amman in der Wüste, am Rand einiger flach ansteigender Höhenzüge. Es war unübersehbar, daß das Anwesen paramilitärischen Zwecken diente, wahrscheinlich der Ausbildung palästinensischen *Djihad*-Nachwuchses. Ein hoher Stacheldrahtzaun umschloß das Gelände mit dem festen Lehmhaus und mehreren Baracken. Auf einem freien Platz waren etliche LKWs und Jeeps abgestellt, einige davon ganz unverhohlen mit MGs bestückt. Am Zaun entlang patrouillierten regelmäßig Wachen.

Valerie ließ das Nachtsichtgerät sinken. Seit zwei Stunden schlich sie um den Zaun und hatte sich alles genauestens eingeprägt. Mehr als dreißig Palästinenser dürften sich nicht auf dem Anwesen aufhalten, die meisten davon in einer Baracke, die wohl als Mannschaftsquartier diente. Von dort kamen die Wachen, und dorthin verschwanden sie nach ihrer Ablösung wieder. Die Führungsleute hingegen wohnten im Haupthaus. Es war anzunehmen, daß auch Sutherland dort gefangengehalten wurde.

Sie kehrte zu dem Erdhügel zurück, wo sie den kleinen Koffer mit der übrigen Ausrüstung zurückgelassen hatte. Die schwarze Kleidung, die sie vor ihrem Aufbruch in Amman angezogen hatte, das gleichfarbene Kopftuch, unter dem ihr helles Haar verborgen lag, und das geschwärzte Gesicht ließen sie nahezu vollkommen mit dem Dunkel der Nacht verschmelzen. Die Kälte stach zwar unangenehm durch den dünnen Stoff und hatte ihre Finger etwas steif gemacht, aber es störte sie nicht. Sie zog das Gewehr heran und montierte das Sichtgerät wieder darauf.

Prüfend blickte Valerie hindurch, visierte einen Felsbrocken an und opferte einen wertvollen Pfeil, um das Fadenkreuz zu justieren. Das gedämpfte *Pflopp!* des Schusses war zu leise, um auf dem Anwesen gehört zu werden. Ein Präzisionsgewehr wäre ihr weitaus lieber gewesen, doch im Depot hatte es keines mit Schalldämpfer gegeben, und auf den Vorteil der Lautlosigkeit hatte sie nicht verzichten wollen. Leider hatte sie im Depot nicht mehr als neun Betäubungspfeile gefunden und sie alle mitgenommen. Jetzt besaß sie noch sechs. Nicht viel, aber sie hatte auch nicht vor, alle im Lager damit einzuschläfern.

Sie verließ die Deckung und robbte zum Anwesen, wobei sie den Koffer vor sich herschob und jede noch so kleine Deckung ausnutzte. Ihre Taktik hatte sie sich längst zurechtgelegt.

Am Zaun angekommen, verharrte sie kurz und sah sich sorgsam um. Auch aus der Nähe waren keine Berührungsmelder, keine unter Strom stehenden Drähte oder gar Selbstschußanlagen auszumachen. Nichts als ein simpler Stacheldrahtzaun. Fast eine Beleidigung für ihr Können.

Sie brachte ihr Gewehr in Anschlag und schob den Lauf ein Stück weit durch die Maschen. Die ersten beiden Wachen lehnten gemütlich an einer Hauswand, rauchten Zigaretten und schwätzten miteinander. Ihre Gesichter waren durch das Nachtsichtgerät so deutlich zu sehen, daß man ihnen die Worte von den Lippen hätte ablesen können.

Pflopp.

Der linke Mann zuckte zusammen, faßte sich an die Schulter und starrte so verdutzt auf den Pfeil, als hielte er ein seltenes Insekt in den Fingern, von dem er nicht wußte, ob es giftig war oder nicht.

Pflopp.

Der andere reagierte keinen Deut klüger. Erst als sein Kumpan zu Boden sackte, schien ihm zu dämmern, was das zu bedeuten hatte. Er wollte zu seinem Gewehr greifen, um einen Warnschuß abzugeben, doch es wurde nur noch eine hilflose Bewegung daraus, dann lag er ebenfalls im Staub.

Den beiden anderen Wachen erging es genauso. Valerie mußte nur warten, bis sie ihr auf ihrem Rundgang direkt ins Schußfeld gelaufen waren. Ehe sie Alarm schlagen konnten, versanken sie im Reich der Träume.

Stümper, dachte sie. Sie schob das Gewehr ganz durch den Maschendraht, nahm den Koffer und überwand den Zaun, ohne einen Kratzer davonzutragen. Der Weg war frei. Mehr Wachen als diese vier hatte es nicht gegeben, und ihr Fehlen würde erst beim nächsten Wachwechsel bemerkt werden.

Lautlos huschte sie zur ersten Baracke, das als Munitions- und Vorratslager diente, wie ihr ein Blick durch die staubigen Scheiben zeigte. Eine kurze Zeit werkelte sie dort herum, ehe sie sich den abgestellten Fahrzeugen zuwandte. Sie arbeitete leise und konzentriert, und ihr besonderes Interesse galt dabei den Fässern, in denen das Benzin für die Jeeps gelagert wurde.

Dann hatte sie ihre Vorkehrungen beendet. Es hatte kaum mehr als eine Viertelstunde in Anspruch genommen. Sie hakte sich die beiden Granaten, die als letztes von ihrer Ausrüstung übrig geblieben waren, an den Gürtel und schlich zur Baracke, die als Mannschaftsquartier diente. Es gab nur einen Eingang und wenige kleine Fenster – genau richtig für das, was sie vorhatte.

Mit einem herumliegenden Eisenstab verriegelte sie die Tür und bezog Aufstellung neben einem der kleinen Fenster. Durch die Scheiben drangen leise Schnarchlaute.

Eine Sekunde später war es mit der nächtlichen Ruhe vorbei.

Valerie zertrümmerte die Scheibe mit dem Gewehrkolben, zog den Zünder der ersten Granate und warf sie durch das Fenster.

Als Pierre und Goldstein den Funkortungswagen erreichten, der eine halbe Autostunde östlich von Amman abseits einer schnurgeraden Wüstenstraße stand, erwartete sie das, was sie zu sehen befürchtet hatten – mit einem Unterschied: Die beiden Mossad-Agenten, die reglos auf dem Wagenboden lagen, waren nicht tot, sondern nur betäubt. Im Rücken des einen Mannes steckte noch der Pfeil. Damit gab es keinen Zweifel. Es war Valeries Werk! Und um sicher zu gehen, daß ihr niemand folgen konnte, hatte sie das Peilungsgerät zertrümmert und die Elektrik des umgebauten Caravans lahmgelegt.

»Es ist sinnlos, sie aufwecken zu wollen«, sagte Goldstein, der die Männer kurz untersuchte. »Das Mittel ist recht stark.«

»Haben Sie eine Vermutung, wie lange die zwei schon betäubt sind?« fragte Pierre.

Auf der Fahrt hatte er dem Israeli erzählt, was er von Connor erfahren hatte, ohne dabei die Parasiten zu erwähnen. Er hatte nur gesagt, daß Valerie den Mordbefehl durch eine Art operativen, nicht rückgängig zu machenden Eingriff an ihrem Gehirn erhalten hätte, was recht nahe an der Wahrheit lag. Womöglich sogar zu nahe, aber Goldstein hatte einen Anspruch auf soviel Wahrheit wie möglich. Er hatte schließlich Sutherland befreien wollen, wirkte aufrichtig besorgt um Valerie, und – zum Teufel noch mal – wozu war Menschenkenntnis eigentlich da, wenn man sich nicht von Zeit zu Zeit darauf verließ? Goldstein hatte verstanden, daß er nicht mehr darüber verraten wollte, und es dabei belassen. Und Pierre war ihm dankbar dafür.

»Das ist schwer zu sagen.« Goldstein hob die Schultern. »Ein oder zwei Stunden, würde ich sagen. Vielleicht auch drei.«

»Hätten Sie's nicht ein wenig präziser?«

»Was erwarten Sie?« fragte Goldstein lakonisch. »Wenn ich Arzt wäre, hätte ich vorhin keinen rufen müssen.«

Pierre seufzte schwer und blickte durch die offene Seitentür in die unendliche Weite der Wüste hinaus. Er fühlte sich hilflos wie selten zuvor in seinem Leben.

»Ich frage mich, wie wir Valerie jetzt noch finden sollen.«

»Abwarten. Mal sehen, ob sie wirklich so gründlich gewesen ist, wie sie glaubt. Das ist schon früher ihre Schwäche gewesen.« Goldstein ging zum Heck des Caravans und klappte eine Sitzbank hoch, unter der sich weiterer Stauraum befand. »Na, also! *Das* hat sie anscheinend übersehen.«

»*Was* hat sie übersehen?« fragte Pierre.

»Unser Ersatzgerät. Falls das andere aus irgendeinem Grund ausfallen sollte. Kommen Sie, Monsieur, helfen sie mir tragen.«

Sie brachten das Gerät zum Geländewagen. Während Goldstein es anschloß, bemerkte Pierre weit draußen in der Wüste, irgendwo vor dem Horizont, mit einem Male hellen Lichtschein.

»Sie können mit der Bastelei aufhören«, sagte er an Goldstein gewandt. »Ich glaube, ich weiß, wo Valerie steckt.«

Mit einem gewaltigen Knall detonierte die Blend-Gas-Granate, und der Lichtblitz war so grell, daß Valerie, die schnell zurückgewichen war und sich mit dem Rücken an die Barackenwand preßte, trotz der geschlossenen Lider fast geblendet wurde. Im Innern gellten erschrockene und wütende Schreie auf, die sich in Husten verwandelten, als sich das Gas ausbreitete.

Ungerührt warf Valerie die zweite Granate hinterher. Wer durch die erste Detonation noch nicht blind und taub geworden war, der wurde es spätestens jetzt. Und er würde es solange bleiben, bis das Betäubungsgas wirkte.

Es dauerte zehn bis fünfzehn Sekunden, dann erwachte das Anwesen schlagartig zum Leben. Im Haupthaus gingen nacheinander die Lichter an, erste Männer rannten ins Freie.

Das verzweifelte Hämmern am blockierten Eingang der Mannschaftsbaracke wurde dünner. Als die ersten Herbeieilenden den Metallstab entfernten und die Tür aufrissen, quoll dichter Rauch heraus. Hustend torkelten zwei, drei Männer ins Freie, zu sehr angeschlagen, um noch etwas anderes zu tun, als nach Luft zu schnappen. Die anderen schafften es nicht einmal so weit.

Mit ziellos umherschwenkenden MPis hielten die anderen nach dem Angreifer Ausschau, doch Valerie lag längst auf dem Dach des Haupthauses, hatte ein zigarettenschachtelgroßes Kästchen hervorgeholt und zog die kleine Antenne heraus.

Emotionslos legte den ersten der beiden Schalter um.

Eine mächtige Explosion rollte über das Gelände, und dort, wo die Benzinfässer gestanden hatten, blühte eine gigantische Feuerblume in den Himmel. Ein Großteil der Fahrzeuge war von einem Moment zum anderen in eine lodernde Flammenhölle getaucht, die immer wieder von kleineren Explosionen genährt wurde. Flackernder Widerschein lag über dem gesamten Anwesen.

Der zweite Schalter.

Mit ohrenbetäubendem Krachen ging der Sprengsatz an der Vorratsbaracke hoch, ließ einen Trümmer- und Splitterregen niedergehen und hinterließ ein metergroßes Loch. Ein Teil der Bretter hatte Feuer gefangen. Sofort breiteten sich die Flammen aus und drohten auf die gelagerte Munition überzugreifen.

Wie ein aufgescheuchter Hühnerhaufen liefen die Palästinenser umher und brüllten widersprüchliche Befehle. Valerie machte das Chaos komplett, indem sie mit den letzten Betäubungspfeilen zwei weitere Männer aus dem Verkehr zog. Niemand verstand, warum sie scheinbar grundlos zu Boden sanken und wie tot liegenblieben.

Wer davongekommen war, ging in Deckung und behalf sich damit, blindlings Maschinengewehrsalven in die Nacht zu feuern.

Valerie legte das nutzlos gewordene Gewehr weg und rollte sich zufrieden vom Dachrand weg. Die Palästinenser würden erst einmal beschäftigt sein.

Sie öffnete eine Bodenluke, überzeugte sich, daß der darunterliegende Korridor leer war, und ließ sich lautlos herab. Aus einer offenen Seitentür drangen aufgeregte Stimmen. Mit gezogener Pistole schlich sie näher.

»Wir werden angegriffen!« hörte sie jemanden rufen. »Wir werden angegriffen!«

»Idiot, das merke ich!« schnauzte eine befehlsgewohnte Stimme. »Aber von wem?«

»Keine Ahnung. Aber es müssen Dutzende sein.« Die Stimme überschlug sich fast. »Sie setzen Granaten ein. Mindestens eine hat das Mannschaftsquartier getroffen. Die meisten Fahrzeuge sind nur noch Schrott, und die Wachen sind verschwunden. Was sollen wir nur tun? Das ganze Anwesen muß umstellt sein!«

Valerie lächelte dünn. Genau diesen Eindruck hatte sie erwecken wollen.

»Geh und sammle die restlichen Männer!« befahl der Mann nach einem ausgiebigen Fluchen. »Dann holt ihr die Granatwerfer. Wer immer uns angegriffen hat, wird es noch bereuen. Los, verschwinde! Ich komme gleich nach.«

»Jawohl, Kommandant!«

Der Mann stürmte so ungestüm aus dem Zimmer, daß Valerie ihm lediglich ein Bein stellen mußte. Mit einem Aufschrei verlor er das Gleichgewicht und flog mit dem Kopf voraus gegen die Wand. Valerie brauchte ihre Pistole nicht mehr einsetzen. Der Mann hatte sich selbst aus dem Verkehr gezogen.

»Verflucht, was ist das für ein Krach? Was hast du –?«

Der Kommandant brach ab und sprang hinter dem Schreibtisch auf, als er die schlanke, schwarzgekleidete Gestalt bemerkte, die plötzlich im Raum stand. Valerie erkannte ihn sofort wieder – nicht zuletzt wegen der markanten Sonnenbrille auf seiner Nase. Es war der Mann, den sie mit Pierre im kleinen Gästezimmer El-Ammeins überrascht hatte. Schon gestern hatte er keinen sonderlich fähigen Eindruck gemacht.

Heute jedoch wollte er offenbar den Helden spielen. Seine Hand zuckte zu der MPi auf der Tischplatte.

»Das würde ich mir gut überlegen!« rief Valerie scharf.

Wie eingefroren blieb seine Hand nur Zentimeter vor

der MPi schweben. Erbleichend starrte er auf die kleine Pistole, deren kurzer Lauf direkt zwischen seine Augen zielte, und mit einem trockenen Schlucken zog er seine Hand zurück.

»So ist's brav«, lobte Valerie. Sie ging zum Tisch, nahm die MPi an sich und steckte ihre Pistole wieder ein.

»Wer ... sind Sie?« stotterte er. »Sie waren doch gestern schon bei El-Ammein? Und was wollen Sie hier?«

»Jemanden abholen.«

»Der Gefangene! Deshalb also!«

»Kluges Köpfchen.«

»Ja, aber ... Wer hat Ihnen und Ihren Freunden da draußen den Befehl dazu gegeben? Wer schickt Sie?«

»Erstens gibt es da draußen keine Freunde, zweitens geht dich das nichts an, und drittens ...« Sie stieß ihm den Lauf der MPi vor die Brust. Er wich unwillkürlich zurück, stieß mit den Kniekehlen an die Kante des Stuhls und plumpste unbeholfen darauf. »... hast du drei Sekunden, mir zu sagen, wo Sutherland steckt. Also, ich höre. Eins ...«

In ihm erwachte Widerwillen. Er straffte sich.

»Nein!« Er versuchte, seiner Stimme einen festen Klang zu geben. »Das werde ich nicht tun.«

»Zwei.«

»Wenn ich tot bin, nützt Ihnen das gar nichts«, behauptete er, aber in seinen Augen flackerte es unruhig. »Sie wollen mich erschießen? Nur los, machen Sie schon! Ich habe keine Angst!«

»Wer sagt denn, daß ich dich gleich töte?« Sie lächelte kalt und senkte die MPi, bis der Lauf auf eine bestimmte Stelle zwischen seinen Beinen zielte. Auf seiner Stirn begann Schweiß zu glänzen. »Zuerst einmal wirst du künftig auf 'ne Menge Spaß verzichten müssen! Wo war ich stehengeblieben? Ach ja, bei dr ...«

»Gut, gut, warten Sie!« rief er schnell. »Ich werde es Ihnen sagen. Sutherland ist im Keller.«

Er atmete tief auf, als sie die MPi wieder hob.

»Gut.« Sie riß ihn vom Stuhl hoch. »Los, du zeigst mir den Weg! Und schön vorsichtig!«

Wortlos ging er voraus und führte sie über eine Treppe hinab zum Erdgeschoß. Sein Widerstand war offenbar gebrochen. Valerie blieb dennoch auf der Hut. Wahrscheinlich wartete er nur auf eine Gelegenheit, sich auf sie zu stürzen.

Im Haupthaus ließ sich niemand sehen. Alle verbliebenen Palästinenser schienen nach draußen gestürmt zu sein, wo MPi-Feuer davon kündete, daß sie immer noch bemüht waren, den nicht vorhandenen Feind zurückzuschlagen. Der Kommandant blieb vor einer unscheinbaren Holztür stehen.

»Hier geht es in den Keller«, sagte er.

»Worauf wartest du? Alter vor Schönheit.«

Über eine schmale Steintreppe ging es weiter nach unten. Nur eine Petroleumlampe an der Decke spendete spärliches Licht. Verstohlen wanderte sein Blick dort hinauf.

»Versuch's erst gar nicht!« warnte sie ihm. »Ich müßte mit der MPi einfach nur ins Dunkle halten.«

Er ging weiter. Die Treppe endete vor einer schweren Stahltür. Kaum hatte er sie geöffnet, stieß Valerie ihn nach vorne und blickte sich wachsam um, jederzeit auf einen Angriff gefaßt. Doch in dem Kellerraum befand sich nur ein einzelner Mann, mit einer Kette am Fußgelenk an eine Pritsche gefesselt.

Sutherland!

Auf seinem Gesicht spiegelte sich ungläubiges Erstaunen.

»Valerie!« rief er freudig.

Sie wandte sich an den Kommandanten.

»Wo ist der Schlüssel für die Kette?«

Er deutete stumm zur gegenüberliegenden Wand, wo außerhalb von Sutherlands Reichweite ein Schlüssel hing. Valerie nutzte die Gelegenheit, da ihr der Mann den Rücken zugewandte, ihm die MPi über den Schädel zu ziehen. Kraftlos sackte er zu Boden.

Sie nahm den Schlüssel und öffnete Sutherlands Kette.

»Ich kann Ihnen gar nicht sagen, wie sehr ich mich freue, Sie zu sehen, Valerie!«

»Freuen Sie sich nicht zu früh«, warnte sie ihn. Ein Moment des Innehaltens, als horche sie in sich, dann ergänzte sie: »Noch ist die Sache für Sie nicht vorbei. Sehen wir zu, daß wir erst einmal hier herauskommen.«

Das Herauskommen gestaltete sich einfacher als vermutet. Die restlichen Palästinenser waren so sehr damit beschäftigt, den vermeintlichen Angriff abzuwehren, daß es Valerie und Sir Ian problemlos gelang, das Haus zu verlassen und einen der noch funktionierenden Jeeps zu erbeuten.

Die Männer bemerkten sie erst, als sie durchs Tor brachen, aber da war es bereits zu spät, sie einholen zu wollen. Auch der Versuch, sie mit dem Granatwerfer zu erwischen, schlug fehl. Die Treffer lagen zu weit entfernt, um sie zu gefährden.

Langsam verschwand das in Flammen getauchte Lager hinter ihnen in der Nacht. Nur der Donner, mit dem die Munitionsbaracke hochging, rollte noch dumpf hinter ihnen her.

Sutherland bemerkte sehr wohl, daß die Israelin ungewöhnlich schweigsam war und kaum auf seine Fragen reagierte, aber er schrieb es ihrer Angespanntheit zu. Es war nicht das erste Mal, daß er sie während eines Einsatzes erlebte.

Stutzig wurde er erst, als sie den Jeep irgendwann, vielleicht eine Viertelstunde später, von der Straße zu einer kleinen Ansammlung von Felsen lenkte und dort hielt.

»Was ist?« fragte er. »Warum halten Sie hier?«

»Weil der Weg hier endet. *Ihr* Weg.«

Er hob die Augenbrauen und sah sie verwundert an.

»Was soll das? Ich verstehe nicht ganz, was ...« Er verstummte, als sie ihre Pistole zog und auf ihn richtete.

»Das werden Sie noch. Und jetzt raus aus dem Wagen!«

Er hielt es für angeraten, ihrer Anweisung zu folgen, und stieg aus. Sie sprang auf der anderen Seite heraus und richtete sofort wieder die Waffe auf ihn. Damit dirigierte sie ihn zwischen die zerklüfteten Felsen, die von den Scheinwerfern des Jeeps angeleuchtet wurden. An der einen oder anderen Stelle waren bearbeitete Steine oder Ornamente zu sehen, die darauf hinwiesen, daß hier früher irgendein antikes Bauwerk existiert hatte. Vielleicht die Reste von Felstempeln ähnlich wie in Petra. Ein paar Meter entfernt erkannte Sutherland eine mannshohe Steinspalte, die tiefer in den Fels zu führen schien.

»Valerie!« rief er stirnrunzelnd, nachdem sie ihn angewiesen hatte, vor einer Felswand stehenzubleiben. »Verraten Sie mir endlich, was das zu bedeuten hat! Was ist das für ein Spiel?«

»Sie täuschen sich. Das ist kein Spiel.«

Valerie, deren Bewußtsein vollkommen dem Diktat des Mordbefehls unterworfen war, spürte, wie abermals ein fremder Geist in ihr Denken eindrang. Kar!

Sie konnte nicht wissen, daß er sich in den letzten Stunden mehrmals in ihre Wahrnehmung eingeschaltet hatte, ohne ihre Handlungen zu beeinflussen – bis auf den Moment, da sie Sutherland im Keller gefunden hatte. Sie hätte ihn sofort getötet, wenn er ihr nicht befohlen hätte, ihn zuvor an einen anderen Ort zu bringen.

Diesen Augenblick des Triumphes wollte Kar in aller Ruhe auskosten. Er wollte das Erkennen in Sutherlands Augen sehen, und er wollte es selbst sein, der Valerie den Zeigefinger krümmen und seinen ärgsten Widersacher hinwegfegen ließ.

»Sutherland«, sprach er über ihre Lippen. »Endlich! Wie oft bist du mir entwischt? Wieder und immer wieder. Aber jetzt habe ich dich. Die Falle ist zugeschnappt.«

»Valerie, was ...?« Er zögerte. Ihre Stimme hatte plötzlich sehr fremdartig geklungen, und auch ihre Augen war starr und glasig geworden, als würde sie durch ihn hindurchsehen.

»Pah!« sprach sie weiter. »Du armseliger Narr! Es gibt keine Valerie mehr. Sie ist nur noch eine seelenlose Sklavin in meinen Händen. Und sie hat mir viel Freude gemacht.«

»Kar ...?« flüsterte er in ungläubigem Erkennen.

»Jawohl. Ich. Du hättest wohl nicht gedacht, daß wir uns auf diese Weise sehen werden. Auch wenn das mit dem Sehen recht einseitig ist. Aber *ich* sehe dich genau. Dich und deine Ratlosigkeit. Ich sehe den Schweiß auf deiner Stirn und auch, wie deine Augen verzweifelt nach einer Fluchtmöglichkeit suchen. Aber streng dich nicht an. Es gibt keine.«

»Was hast du vor?«

»Du machst mir Spaß! Du bist tot, Sutherland! Nur scheinst du das noch nicht begriffen zu haben.«

»Aber *warum*?« fragte der Earl of Oake Dùn. »Warum trachtest du mir nach dem Leben? Warum diese Angriffe auf mich und meine Mitarbeiter? Was habe ich dir getan? Und wer bist du?«

»Oh, das ist absolut nichts Persönliches. Aber du hast den Fehler begangen, mir in die Quere zu kommen. Du bist denselben Geheimnissen auf der Spur wie ich. Und was willst du Schwachkopf damit machen? Du willst sie der Öffentlichkeit übergeben. Dabei bergen sie genügend Macht in sich, um sich die ganze Welt untertan zu machen ...«

Kar ließ Valerie die Arme in einer umfassenden Geste ausbreiten. Ian Sutherland, der auf eine solche Gelegenheit nur gewartet hatte, sprang auf sie zu. Vielleicht war das seine letzte Chance.

Ihm war klar, daß er es mit einem Wahnsinnigen zu tun hatte. Einem äußerst gefährlichen und teuflisch intelligenten Wahnsinnigen!

Valerie Arm ruckte herum, noch ehe er sie erreicht hatte. Ein Schuß peitschte auf, und im selben Moment holte ihn ein mörderischer Schlag gegen den rechten Oberschenkel von den Beinen.

Sutherland fand sich im Staub wieder. Stechender Schmerz rann wie Feuer durch sein Bein. Der Schuß hatte ihn eine Handbreit über dem Knie erwischt und eine häßliche Einschußwunde hinterlassen. Langsam färbte sich der Stoff der Hose blutrot.

Trotz des Schmerzes zog sich Sutherland auf die Knie und blickte hoch zu Valeries ausdruckslosem Gesicht.

»Der große Earl of Oake Dùn auf den Knien«, sagte sie. »Dort, wo ich ihn am liebsten habe.« Ein kurzes Innehalten. »Es ist Zeit, Sutherland, spürst du das? Zeit zum Sterben.«

Kar ließ Valerie die Waffe heben und zielte zwischen Sutherlands Augen. Welch ein triumphaler Augenblick!

Er wollte ihr gerade den Befehl zum Abdrücken geben,

als ihr Körper plötzlich wie unter einem Stich zusammenzuckte.

Irgend etwas hatte sie am Schulterblatt getroffen, und als sie dorthin faßte, zogen ihre Finger einen kleinen Betäubungspfeil hervor.

»In Deckung, Sir Ian!« hallte Pierre Leroys Stimme vom Wagen her durch die Nacht. »Schnell, ehe ...«

Dann mußte er selbst in Deckung springen, als Valerie herumwirbelte und ein paar schnelle Schüsse in seine Richtung jagte. Sie schlugen in die Motorhaube ein, vor der er gerade noch gestanden hatte.

Ihr Arm mit der Waffe ruckte sofort weiter, als zwei, drei Gewehrschüsse den Sand vor ihren Füßen aufspritzen ließen. Erneut spukte ihre Pistole mehrere Kugeln in die Nacht, aber Goldstein war längst wieder in Deckung gegangen.

»Worauf wartest du, Valerie?« rief Pierre. »Hier bin ich.«

Die Pistole zuckte abermals in seine Richtung, ohne daß sich ein weiterer Schuß löste.

Kar hatte begriffen, daß die beiden Männer nichts anderes wollten, als ihn zu beschäftigen, bis das Betäubungsmittel wirkte. Wenn sie Valerie hätten töten wollen, hätten sie es längst getan. Aber diese Narren versuchten, ihre ehemalige Freundin zu schonen, offenbar aus sentimentalen Beweggründen.

Schon spürte er die ersten schläfrigen Schwaden nach ihrem Bewußtsein greifen. Doch so einfach würde er, Kar, sich nicht austricksen lassen. Sein Ziel war es, Sutherland zu töten, und genau das würde er tun.

Er ließ Valerie sich wieder der Felswand zuwenden, um es zu Ende zu bringen – doch Sutherland war verschwunden.

Eine Sekunde lang war Kar hilflos, dann entdeckten

Valeries Augen die Blutspur auf dem Boden, die zu der Felsspalte führte. Dorthin war der Earl of Oake Dùn also geflüchtet.

Sofort eilte Valerie ihm mit eckigen, seltsam ungelenken Bewegungen hinterher und verschwand ebenfalls in dem Felsspalt.

Kar merkte, wie ihre Bewegungen ungenauer und fahriger wurden. Mehr und mehr entfaltete das Mittel seine Wirkung. Unter normalen Umständen wäre sie längst bewußtlos geworden, doch seine geistigen Befehle peitschten sie unbarmherzig weiter vorwärts, der Blutspur auf dem Boden folgend.

Ein schmaler Gang führte in eine Art Tempelraum, der in den Fels gemeißelt war. Es war zugleich eine Sackgasse ohne zweiten Ausgang.

Sutherland hatte sich mit letzter Kraft hierher geschleppt, die letzten Meter nur noch kriechend, und lag nun keuchend und mit schmerzverzerrtem Gesicht vor einer der verzierten Wände. Er war zu schwach, um noch Gegenwehr zu leisten.

Valerie hob die Waffe und näherte sich ihm. Diesmal gab es kein Entkommen.

Pierre Leroy verließ seine Deckung und rannte Valerie hinterher, kaum daß sie im Felsspalt verschwunden war. Das nutzlos gewordene Betäubungsgewehr hatte er fallenlassen. Er hatte nur den einen Pfeil zur Verfügung gehabt, der im Lauf des Gewehrs gesteckt hatte und deshalb von Valerie übersehen worden war, als sie alle übrigen mitgenommen hatte.

Und sie hatte noch einen zweiten Fehler begangen. Bei der Flucht aus dem Lager hatte sie sich den Jeep ausgesucht, an dem der Peilsender klebte. So hatten sie das Signal bis hierher verfolgen können, immer in der Furcht, zu spät zu kommen.

Der Israeli hatte seine Deckung verlassen und kam Pierre entgegen, doch der gebot ihm mit einer knappen Geste Einhalt.

»Lassen Sie mich das erledigen!«

Er zog die Pistole, die Goldstein ihm gegeben hatte, und rannte durch den Spalt ins Innere des Felsens. Sekunden später hatte er den Tempelraum erreicht – und erstarrte.

Valerie hatte Sutherland bereits erreicht.

Sie kniete ein, zwei Meter vor dem Earl, schwankend, aber aufrecht, und die Pistole in ihren erhobenen Händen zielte direkt auf seinen Kopf.

»Nein, Valerie!« schrie Pierre, während er seine Waffe hochriß und auf sie anlegte. »Tu das nicht!«

Es half nicht. Pierre sah, wie sich ihr Zeigefinger krümmte, und er wußte, daß er schießen mußte.

Jetzt. Sofort. In diesem Augenblick.

Und er *wollte* schießen. Er wollte es wirklich. Doch er schaffte es nicht. Mit einem Male wehten unendlich viele Erinnerungsfetzen vor seinem geistigen Auge vorbei, jedes nur eine tausendstel Sekunde lang: wie er Valerie am Flughafen von Khartoum zum ersten Mal begegnet war, wie sie ihn aus dem Berg der Bruderschaft des Orakels befreit hatte, ihr Lachen, ihre spöttischen Bemerkungen, ihre erschreckende Alterung ...

Dann war es zu spät.

Valeries Finger hatten den Abzug durchgedrückt.

Doch es löste sich kein Schuß.

Ein trockenes *Klick* – das war alles.

Die Pistole war leer.

Valeries starrer Blick wanderte zu der Pistole in ihren Händen, und Sutherland hatte den Eindruck, als spiegele sich in ihren glasigen Augen so etwas wie grenzenlose Verwunderung.

Dann kippte sie kraftlos vornüber und blieb liegen.

Pierre stand starr und steif da, mit offenem Mund, unfähig, auch nur ein Wort über die Lippen zu bringen. Langsam ließ er die Pistole sinken, während sein Blick den des Earls suchte, um Vergebung bittend, erleichtert und mit der düsteren Ahnung, daß sie Valerie trotz allem verloren hatten.

ENDE DES FÜNFTEN BUCHES

SECHSTES BUCH

DIE STEINERNEN GÖTTER

von Frank Thys

Manchmal hatte David Frost das Gefühl, als wäre Deer Meadow nicht viel mehr als eine Wunde, die man den schier endlosen Wäldern hier im Norden Amerikas zugefügt hatte. Der Wald war geduldig, und Zeit besaß für ihn eine andere Gültigkeit als für die Menschen. Mochten diese ruhig glauben, daß die Stadt ihnen gehörte; David war sich fast sicher, daß die Wälder nur darauf warteten, die Wunde in ihrem Herzen irgendwann wieder schließen zu können.

David war in Deer Meadow geboren, und aller Voraussicht nach würde er auch hier sterben. Er würde im nächsten Jahr achtzehn werden, und ein paarmal hatte er mit dem Gedanken gespielt, nach dem Abschluß an der High School wegzuziehen. Nach Süden, nach Kalifornien, wo an mindestens dreihundertsiebzig Tagen im Jahr die Sonne schien, wenn man den Filmen und Fernsehserien glauben durfte, in denen traumhaft schöne Mädchen an ebenso traumhaften Stränden in Malibu oder Beverly Hills herumtollten.

Das kleine Holzfällerstädtchen am Ufer des Wind Rivers hatte dem nicht viel an Attraktivität entgegenzusetzen, und dennoch wußte David, daß er von hier nicht wegziehen, oder – falls doch – er sich immer hierher zurücksehnen würde. Er gehörte hierher. Hier lagen seine Wurzeln, und wenn nicht direkt in Deer Meadow, so doch zumindest in den umliegenden Wäldern.

Für viele Menschen mochten sie nur ein – wenn auch ziemlich großer – Haufen von Bäumen sein, aber David wußte, daß das nicht stimmte. Er wußte es, seit er fünf Jahre alt war. Damals hatte er wie so oft mit seinen Freunden im Wald gespielt und – ebenfalls wie so oft – die Warnungen seiner Mutter in den Wind geschlagen, nicht zu tief hineinzugehen. Er hatte sich verlaufen, und schließlich war die Nacht hereingebrochen. Panik hatte ihn überwältigt, eine entsetzliche, abgrundtiefe Panik. Er hatte blindlings zu laufen begonnen, und dann war ...

Irgend etwas war geschehen, etwas Bedeutsames, das sein ganzes Leben verändert hatte, doch er konnte sich nicht daran erinnern. Das Wissen war da, irgendwo tief in ihm vergraben, doch wann immer er danach zu tasten versuchte, entschlüpfte es ihm wieder, und er griff ins Leere.

Das nächste, woran David sich erst wieder erinnern konnte, war, daß er am Waldrand aufgewacht und nach Hause gelaufen war. Das war drei Tage später gewesen, wie er erst anschließend erfahren hatte. Er hatte mehrere Tage lang hohes Fieber gehabt, und darauf hatte man schließlich seine Gedächtnislücke geschoben. Sheriff Cable, der bereits die ganze Umgebung nach ihm hatte absuchen lassen, hatte ihm eine Vielzahl von Fragen gestellt und sich schließlich damit abgefunden, keine Antworten zu erhalten, aber seit damals hatte sich Davids Leben verändert.

Er hatte oft sonderbare Träume, Träume, in denen Eulen eine Rolle spielten, ohne daß er sie sich erklären konnte, doch das war nur ein Aspekt der Veränderung, die mit ihm vorgegangen war. Er hatte eine sonderbare Sensibilität seiner Umwelt gegenüber entfaltet. Manchmal, wenn er sich darauf konzentrierte, konnte er die Stimmungen anderer fühlen, wußte genau, was in ihnen vorging. Er wußte um Dinge, die er nie gelernt hatte. In der Schule war er zum besten Schüler geworden, ohne sich im geringsten anstrengen zu müssen. Meist flogen ihm die Antworten auf Fragen einfach so zu. Man hielt ihn für eine Art Wunderkind, und da sich bis zum heutigen Tag nichts daran geändert hatte, sagte man ihm eine glänzende Karriere voraus.

Um niemanden vor den Kopf zu stoßen, hatte David

seinen Entschluß, nicht auf die Universität zu gehen, sondern in Deer Meadow zu bleiben, für sich behalten. Denn noch etwas war damals geschehen, vielleicht die Summe all der seltsamen Phänomene, die damals über sein Leben hereingebrochen waren.

Er konnte die Stimme des Waldes hören.

Natürlich war es keine richtige Stimme, die zu ihm sprach, jedenfalls nicht mit Worten, dennoch konnte er sie hören. Das Flüstern des Windes in den Baumwipfeln, das Rascheln von Blättern, die Laute der Tiere – all das und noch zahlreiche andere Geräusche vereinigte sich zu einem Chor, den er mit Sinnen wahrnahm, die nicht nur dem Hören entsprachen. Das meiste, was diese Stimme ihm zuraunte, blieb ihm jedoch unverständlich.

Dennoch ging er immer wieder in den Wald, um ihr zu lauschen, doch stets nur am Tage. Tagsüber waren die tiefen Wälder ein freundlicher Ort, an dem man viel erfahren konnte, auch über sich selbst. Von Zeit zu Zeit – und immer nur nachts – war der Wald für andere Geschöpfe und Mächte da, und dann war es gefährlich, ihn zu betreten.

An diesem Abend jedoch war David Frost entschlossen, es trotzdem zu tun.

Er wollte es nicht, ganz im Gegenteil, er fürchtete sich davor, wie er sich selten vor etwas gefürchtet hatte, aber er wußte, daß ihm keine andere Wahl blieb.

Der Wald rief nach ihm ...

David hatte die Veränderung schon vor Tagen wahrgenommen. Irgend etwas geschah tief in den Wäldern, etwas, das nichts mit den Menschen zu tun hatte. Entscheidende Umwälzungen standen bevor, Veränderungen, die auch ihn betrafen, da er bereits tiefer in die Geheimnisse der Wälder eingedrungen war als irgendein anderer Mensch in Deer Meadow, vielleicht sogar tiefer als überhaupt irgendein anderer Mensch, abgesehen vielleicht von Nokina.

An diesem Abend würde David zum ersten Mal mit seinem Grundsatz brechen und wieder bei Nacht in den Wald zurückkehren. Er wollte es nicht, ganz im Gegenteil, tief in seinem Inneren sträubte sich alles in ihm dagegen, doch er wußte, daß ihm keine andere Wahl blieb. Er kam nicht an gegen den Ruf, der ihn ereilte, gegen die Stimme, deren unwiderstehliches Locken er tief in sich spürte. Am gestrigen Abend war es ihm unter Aufbietung all seiner Willenskraft gelungen, ihr zu widerstehen, doch noch einmal, das spürte er deutlich, würde es ihm nicht gelingen, zumal die Stimme immer lauter und eindringlicher nach ihm rief.

Schon jetzt fiel es ihm schwer, abzuwarten, doch er mußte sich gedulden, bis seine Mutter schlief, sonst würde sie versuchen, ihn zurückzuhalten. David blickte auf seine Uhr. Es war fast halb elf. Aus dem Wohnzimmer drangen noch gedämpft die Stimmen aus dem Fernseher zu ihm herauf. Wie jeden Abend schaute sich seine Mutter *Invitation to love* an. David haßte diese Soaps, doch sie war geradezu versessen darauf.

Er starrte weiter aus dem Fenster in die Dunkelheit hinaus, bis endlich die Schlußmusik der Serie ertönte. Der Fernseher wurde abgeschaltet, gleich darauf hörte er, wie seine Mutter die Treppe heraufkam. Er setzte sich auf die Bettkante, griff nach einem beliebigen Buch und tat, als würde er lesen. In Wahrheit jedoch war er viel zu aufgeregt, um die einzelnen Buchstaben überhaupt auseinanderhalten zu können.

Seine Mutter kam in sein Zimmer, um ihm eine gute Nacht zu wünschen. Kaum hatte sie die Tür hinter sich geschlossen und war in ihr Schlafzimmer hinübergegangen, trat er wieder ans Fenster. Nachdem er nun sicher wußte, daß er dem geheimnisvollen Ruf noch in dieser Nacht auf den Grund gehen würde, konnte David es kaum noch erwarten, es hinter sich zu bringen. Obwohl jede einzelne Minute zu einer Qual wurde, geduldete er sich noch fast eineinhalb Stunden, bis er sicher sein konnte, daß seine Mutter tief und fest schlief. Erst dann öffnete er lautlos die Tür seines Zimmers und trat in den Flur hinaus. Sorgsam mied er die knarrenden Stufen, als er über die Holztreppe ins Erdgeschoß hinunterschlich. Unbemerkt konnte er das Haus verlasen.

Ein eisiger, mit feinem Schneeregen vermischter Wind schlug ihm entgegen. David schloß seine pelzgefütterte Jacke und klappte den Kragen hoch. Man merkte, daß bereits später November war, und im Grunde war es fast ein kleines Wunder, daß die Landschaft nicht längst unter einer dichten Schneedecke begraben lag. Ihm sollte es nur recht sein. Durch hohen Schnee zu stapfen, würde den Ausflug nur noch unangenehmer machen.

David Frost ging zügig durch die nächtlichen Straßen des kleines Ortes. In kaum einem Haus brannte noch Licht. Sein Weg führte ihn auch am Haus der Andersons vorbei. Für einen kurzen Moment blieb er stehen und schaute zu Imogens ebenfalls bereits dunklem Fenster hinauf, bevor er weitereilte und kurz darauf den Ortsrand von Deer Meadow erreichte.

Der Wald ragte wie eine schwarze Wand vor ihm auf, die vordersten Bäume, die den Weg säumten und mit ihren nun kahlen Ästen überdachten, kamen ihm fast wie finstere, stumme Wächter vor.

David zögerte kurz, als er sich in Höhe des ersten Baumes befand, und blickte sich um, dann trat er mit einem beherzten Schritt vorwärts. Es war fast, als hätte er eine unsichtbare Linie überschritten und wäre in eine andere Welt eingetreten. Deer Meadow und die Geborgenheit der Zivilisation blieben hinter ihm zurück. Dunkelheit und völlige Stille hüllten ihn wie eine dichte Decke ein. Keine Vogelstimme war zu hören, nichts von den unzähligen leisen Geräuschen, die den Wald bei Tage erfüllten.

David fühlte sich einsam und verlassen wie nie zuvor in seinem Leben. Einige der dicht am Waldrand gelegenen Häuser befanden sich nur wenige Dutzend Yards entfernt, doch ebensogut hätten es Meilen sein können.

Für einen Moment fühlte er eine fast unbändige, panische Angst in sich aufsteigen. Alles in ihm schrie danach, herumzufahren und nach Deer Meadow zurückzurennen, so schnell er nur konnte. Etwas Fremdes ging im Wald vor; gerade dies war eine der Nächte, in der Menschen nicht herkommen sollten.

Aber auch der Ruf war lauter geworden, ein nunmehr völlig unwiderstehliches Locken, das ihn antrieb.

David schaltete seine Taschenlampe ein und ging weiter, langsam und zögernd zunächst, dann mit immer schnelleren, entschlossenen Schritten. Immer wieder ließ er den Lichtkegel der Lampe umherwandern, ohne etwas anderes als Bäume und erfrorenes Unterholz entdecken zu können.

Und dennoch wußte er, daß er nicht allein war. Irgendwo in der wattigen Dunkelheit um ihn herum lauerte etwas Fremdes, Mächtiges, beobachtete ihn und wartete nur darauf, daß er kam, um zu tun, weshalb es ihn gerufen hatte.

Der Weg durch den nächtlichen Wald wurde für David Frost zu einem Marsch durch die Hölle. Die Temperatur lag unter dem Gefrierpunkt, so daß sich überall am Boden kleine Nester aus Rauhreif und Eis gebildet hatten und er trotz der dicken Jacke fror, doch viel schlimmer als die Kälte war die Angst, die er immer noch verspürte. Sie war nicht schwächer geworden, sondern noch ebenso stark wie am Anfang, doch sie wurde von dem Locken um genau die Winzigkeit überlagert, daß er sie ohne jede Abmilderung empfand, aber dennoch unfähig war, ihr nachzugeben.

Mechanisch wie ein Roboter setzte er einen Fuß vor den anderen, drang immer tiefer in den Wald ein. David bewegte sich wie in Trance, nahm kaum etwas von seiner Umgebung wahr. Er brauchte nicht darauf zu achten, wohin er ging, die lautlose Stimme in seinen Gedanken lenkte seine Schritte.

Er mochte etwa eine halbe Meile weit gegangen sein, als er im Lichtschein der Lampe eine Eule entdeckte, die auf einem tiefhängenden Ast direkt neben dem Weg saß. Das Tier blinzelte in die grelle Helligkeit, gleich darauf schwang es sich in die Luft. Es kam direkt auf ihn zu. Instinktiv duckte sich David und hob die Arme schützend über den Kopf. Die Eule schoß so dicht über ihn hinweg, daß er noch flüchtig die Berührung ihrer Flügel spüren konnte. Gleich darauf wendete das Tier und setzte zu einem neuen Anflug an. Wieder verfehlte es ihn nur dicht. Eigentlich war es unvorstellbar, daß die Eule ihn *angriff,* aber genau das geschah. Es konnte nicht nur daran liegen, daß er sie in ihrer Ruhe gestört und aufgescheucht hatte, ein solches Verhalten war völlig untypisch für den friedlichen Nachtvogel.

Geduckt hastete er vorwärts, bis die Eule schließlich von ihm abließ und wieder zu ihrem Ast zurückkehrte. David warf ihr einen finsteren Blick nach.

»Mistvieh!« schimpfte er.

Gleichzeitig spürte er, wie ihm eine Gänsehaut über den Rücken rann, die diesmal eindeutig nicht nur von der Kälte herrührte. In den Augen der Eule meinte er etwas fast wie Intelligenz erblickt zu haben. Als hätte das Tier ihn daran hindern wollen, weiterzugehen.

David mußte an Nokina denken. Der greise Indianer galt bei vielen in Deer Meadow als verrückt, doch David war überzeugt, daß das nicht stimmte. Nokina hatte sein ganzes Leben in diesen Wäldern verbracht, und wahrscheinlich wußte er mehr darüber als jeder andere. In den vergangenen Jahren hatte sich David oft mit ihm unterhalten. Wenn sie über die Wälder sprachen, brachte Nokina fast zwangsläufig immer wieder die Rede auf die Eulen. »Eulen sind manchmal groß«, war einer seiner Lieblingssätze, und manchmal behauptete er auch, daß die Eulen nicht das wären, was sie zu sein schienen, ohne je näher zu erklären, was er mit diesen rätselhaften Worten meinte, so oft David auch nachgebohrt hatte. Es war eine der unangenehmen Marotten Nokinas viel mit Andeutungen zu arbeiten, die den Eindruck eines großen Wissens erweckten, wovon er stets nur das preisgab, was er preisgeben wollte.

David vertrieb die Gedanken an Nokinas Gerede über die Eulen und versuchte, sich zu orientieren. Er war oft genug im Wald, um jeden noch so kleinen Pfad genauestens zu kennen, dennoch kam ihm die Umgebung fremd vor. Bei Nacht sah alles völlig anders aus; Bäume, die er sonst wegen ihrer Größe und Schönheit bewundert hatte, schienen sich in mißgestaltete, angsteinflößende Gebilde verwandelt zu haben, die ihre kahlen Zweige wie monströse Skelettfinger gegen den Himmel reckten.

Die Bäume um ihn herum lichteten sich, und plötzlich wußte David, wo er sich befand. Er kannte die kleine Lichtung, war bei Tage bereits ein paarmal hiergewesen. Sie lag ziemlich abseits von den meisten Wegen, und im Grunde hatte er sie nur durch Zufall entdeckt. Sie war ein schöner Ort, um sich an einem warmen Sommertag ins

Gras zu setzen und ein paar Stunden zu lesen. Der einzige Weg aber, der hierherführte, war ein schmaler Tierwechsel, und doch hatte David die ganze Zeit über das Gefühl gehabt, auf einem breiten Weg zu gehen. Diese Täuschung zeigte ihm deutlicher als alles andere, wie sehr er in Gedanken versunken gewesen war.

Er blieb stehen und drehte sich um. Von einem Weg war nichts zu entdecken, selbst der schmale Tierwechsel mündete mehrere Yards von der Stelle entfernt, an der er die Lichtung betreten hatte.

David strich sich mit der behandschuhten Faust über die Stirn. Trotz der Eiseskälte glaubte er zu schwitzen. Irgend etwas stimmte hier nicht, aber das hatte er im Grunde schließlich schon die ganze Zeit gewußt, und er kam nicht dazu, sich weitere Gedanken darüber zu machen.

Die lockende Stimme zog ihn mit fast magischer Kraft vorwärts, lenkte seine Schritte. Das hintere Ende der Lichtung wurde durch einen Windbruch begrenzt, umgestürzte Bäume, die in einem wahllosen Gewirr kreuz und quer übereinanderlagen. Im Licht der Taschenlampe erschienen sie David für einen Moment fast wie bleiche, überdimensionale Knochen, und zu seinem Entsetzen merkte er, daß seine Schritte ihn direkt darauf zu führten.

Er wußte, daß es Wahnsinn wäre, über den Windbruch hinwegzuklettern, selbst tagsüber hatte er niemals auch nur einen Gedanken an diese verrückte Idee verschwendet. Die Bäume wurden durch ihr eigenes Gewicht in ihrer jetzigen Position gehalten, aber die meisten von ihnen waren alt und morsch. Die kleinste Erschütterung des Gleichgewichts mochte ausreichen, den ganzen mehr als doppelt mannshohen Stapel ins Rutschen zu bringen. Falls ihn die Bäume nicht erschlugen, würden die zum Teil immer noch nadelspitzen Äste ihn aufspießen.

Glücklicherweise jedoch blieb ihm eine solche selbstmörderische Kletterpartie erspart. Seine Schritte lenkten ihn auf einen schmalen Pfad, der dicht an dem Windbruch vorbeiführte. Obwohl er schon mehr als einmal hiergewesen war, war der Pfad David noch nie aufgefallen. Er wäre zuvor sogar jede Wette eingegangen, daß es einen solchen Weg hier nicht gab, aber schließlich hatte er die Lichtung auch auf einem Pfad betreten, der ihm nie zuvor aufgefallen war.

Irgendwo in seiner Nähe brach ein trockener Ast. Das Geräusch hallte in der Stille wie ein Pistolenschuß. David zuckte zusammen und blieb erneut stehen. Seine Hand, in der er die Taschenlampe hielt, zitterte so stark, daß der Lichtkegel unruhig umhertanzte. Um ihn herum befanden sich jetzt keine kahlen Laubbäume mehr, sondern Nadelgewächse; majestätische, große Douglas-Tannen und Ponderosa-Kiefern. Zwischen den Bäumen schienen Schatten hin und her zu huschen, doch er wußte, daß sie nur seiner Einbildung und dem tanzenden Licht der Lampe entsprangen.

Der Lichtkegel war bereits deutlich schwächer geworden, obwohl er die Batterien erst am Nachmittag gekauft hatte und sie unmöglich schon verbraucht sein konnten. Es schien, als würde das Licht von der ihn umgebenden Dunkelheit geradezu aufgesogen werden.

Unterbewußt registrierte David, daß sein eigener freier Wille mehr und mehr schwand, er mit jedem Schritt, den er machte, stärker zu einer Marionette wurde, an deren Fäden eine fremde, unbegreifliche Macht zog, ohne daß er sich dagegen wehren konnte oder es überhaupt nur wollte.

Er war schon einmal hiergewesen, das wußte er plötzlich mit unumstößlicher Sicherheit. Schon damals, als er sich mit fünf Jahren im Wald verirrt hatte, war er diesen

Weg entlang gegangen, den es während seiner Spaziergänge bei Tageslicht gar nicht zu geben schien.

Das Licht der Taschenlampe war inzwischen so schwach geworden, daß es gerade noch ausreichte, einen winzigen Abschnitt des Weges vor ihm zu beleuchten. Kurz darauf erlosch die Birne ganz, doch David ging unbeirrt weiter.

Schließlich erreichte er die Höhle. Er war am Ziel seines Weges angelangt.

Mit einem Schrei fuhr Imogen Anderson in ihrem Bett hoch. Dunkelheit lastete um sie herum, und im ersten Moment hatte sie das Gefühl, davon erdrückt zu werden. Erst langsam begriff sie, daß sie sich in ihrem Zimmer befand und lediglich einen Alptraum gehabt hatte.

Sie tastete nach dem Schalter der Nachttischlampe und legte ihn um. Der Lichtschein vertrieb die Gespenster der Dunkelheit. Dennoch zitterte Imogen immer noch am ganzen Körper. Sie war schweißgebadet, das Nachthemd klebte unangenehm an ihr. Der Traum verfolgte sie noch über den Schlaf hinaus, hielt ihren Verstand immer noch wie mit Spinnweben umfangen. Nur allmählich fand sie in die Realität zurück.

Sie versuchte sich daran zu erinnern, was genau sie geträumt hatte, doch nachdem sie nun bewußt danach zu greifen begann, verblaßten die Bilder, blieben bruchstückhaft und verschwommen.

Vage konnte sie sich noch daran erinnern, daß der Traum mit David Frost zu tun gehabt hatte, und daß diesem eine schreckliche Gefahr drohte. Es war um Dunkelheit gegangen, die ihn zu ersticken drohte. Möglicherweise hatte es sich um Wasser gehandelt, in dem er ertrank, sie wußte es nicht mehr.

Deutlich war ihr nur noch das Entsetzen im Gedächtnis geblieben, das sie verspürt hatte und das schließlich so stark geworden war, daß es sie sogar aus dem Schlaf hatte aufschrecken lassen.

Sie schaute auf ihre Uhr. Es war noch nicht ganz halb zwei morgens. Imogen stieg aus dem Bett und trat an das Waschbecken in einer Ecke ihres Zimmers. Im Spiegel darüber sah ihr sonst so zartes, feingeschnittenes Gesicht vom Schlaf teigig und aufgequollen aus. Das lange, goldblonde Haar war zerzaust und strähnig. Sie schöpfte sich etwas kaltes Wasser ins Gesicht; anschließend fühlte sie sich etwas besser.

Die Luft im Zimmer kam ihr verbraucht und drückend vor. Trotz der eisigen Kälte lüftete Imogen ein paar Minuten lang und wechselte ihr Nachthemd, bevor sie wieder ins Bett kroch und das Licht löschte. Obwohl sie müde war, konnte sie nicht einschlafen. Hellwach starrte sie zur dunklen Zimmerdecke hinauf.

Es war unsinnig, sich von einem Alptraum so aus der Fassung bringen zu lassen, das wußte sie, zumindest war es das, was die Stimme der Vernunft ihr sagte. Ihre Gefühle jedoch befanden sich immer noch in Aufruhr. Eine hartnäckige, durch Logik nicht zum Verstummen bringende Stimme in ihren Gedanken wisperte ihr pausenlos zu, daß es mehr als ein Alptraum gewesen war. Vielleicht ein Omen, ein Vorbote kommenden Unheils, vielleicht aber auch eine Warnung, daß sich David in Gefahr befand.

Fast zornig über ihre eigenen albernen Gedanken zog sich Imogen die Bettdecke über den Kopf.

Sie war bereits seit langem in David verliebt, und seit einem knappen Jahr waren sie ein Paar. Daß sie sich gerade für ihn entschieden hatte, obwohl sie hübsch genug war, daß sich eine Menge Jungen für sie interessierten, hatte viele ihrer Freunde überrascht und sogar verärgert.

David war ein Einzelgänger, und bei vielen der anderen war er als Spinner, Bücherwurm und Streber verschrien, weil er sich nur selten an gemeinsamen Unternehmungen beteiligte, doch Imogen schätzte gerade an ihm, daß er sich von der Masse abhob. Statt sich wie die meisten seiner Altersgenossen wer weiß wieviel auf Erfolge beim Baseball oder Football einzubilden und abends nur in Kneipen herumzuhängen, waren seine Interessen vielfältiger. Er war ebenfalls sportlich, darüber hinaus aber auch außerordentlich intelligent und lernbegierig, ohne deshalb ein Langeweiler zu sein, der sich nur hinter seinen Büchern verkroch.

Vor allem aber war er sensibel und einfühlsam, gab ihr das Gefühl, ein eigenständiger, vollwertiger Mensch zu sein, statt sie nur als schmückendes Anhängsel zu behandeln, wie viele der anderen es mit ihren Freundinnen taten. Das zählte für Imogen mehr als alles andere und hatte ihre Gefühle für David entfacht.

Und jetzt spürte sie, daß etwas mit ihm nicht stimmte, daß ihm irgendeine Gefahr drohte. Am liebsten wäre sie sofort zum Telefon gegangen und hätte bei ihm angerufen, um sie zu vergewissern, ob alles in Ordnung wäre, aber natürlich war das um diese Zeit unmöglich.

In dieser Nacht fand sie keinen Schlaf mehr.

Eileen Frost zuckte zusammen, als das Klingeln des Telefons durch das stille Haus schrillte. Das Brötchen, das sie gerade schmierte, glitt ihr aus der Hand und landete mit der Marmeladenseite nach unten auf dem Küchentisch. Es war eine der Grundweisheiten des Lebens, daß Brötchen, die einem aus der Hand fielen, *immer* mit der bestrichenen Seite nach unten irgendwo landeten. Murphy's Gesetz: Was irgendwie schiefgehen kann, das geht auch schief.

Seufzend ging sie zum Telefon hinüber, zögerte aber noch, den Hörer abzunehmen. Es war gerade erst sieben Uhr morgens. Niemand rief um diese Zeit an, nur um sich zu erkundigen, wie es ihr ging, oder um ihr einen schönen Tag zu wünschen. Anrufe um diese Zeit bedeuteten immer Nachrichten über etwas Schlimmes, das sich in der Nacht ereignet hatte, das andrerseits aber nicht so dringend war, als daß man jemanden deshalb aus dem Schlaf klingeln mußte.

»Hallo?«

»Guten Morgen, Mrs. Frost«, drang ihr die Stimme Imogen Andersons entgegen. »Es ... tut mir leid, wenn ich so früh störe, aber könnte ich bitte David sprechen?«

»Ich glaube, er schläft noch«, erwiderte Eileen verwundert. »Aber er muß sowieso gleich aufstehen, um pünktlich in der Schule zu sein. Ist etwas passiert?«

»Nein, nein, das nicht. Es ist nur ...« Imogen brach ab. Erst jetzt wurde sich Eileen bewußt, wie seltsam die Stimme des Mädchens klang. Nervös und besorgt, zusätzlich übernächtigt.

»Wenn es so wichtig ist, daß es nicht bis zur Schule warten kann, werde ich David natürlich holen«, bot sie an. »Wie gesagt, er muß sowieso gleich aufstehen. Warte einen Moment.«

Sie legte den Hörer auf das Tischchen neben dem Telefon und trat in den Flur hinaus.

»David!« Sie bekam keine Antwort und rief deshalb ein weiteres Mal nach ihm, diesmal noch lauter. »David, Telefon für dich! Es ist Imogen!«

Auch diesmal erfolgte keine Antwort. Sie runzelte die Stirn. David hatte einen sehr leichten Schlaf, meist wurde er schon wach, wenn sie aufstand und die Treppe hinunterging. Sein Schweigen und Imogens sonderbarer Anruf beunruhigten sie. Sie stieg die Stufen hinauf, klopfte an die Tür seines Zimmers und öffnete sie, als keine Reaktion erfolgt.

Sein Bett war leer, und nicht nur das, anscheinend hatte er erst gar nicht darin geschlafen. Aus Eileen Frosts Beunruhigung wurde Sorge. Sie schaute auch ins Badezimmer, ob David sich dort bereits aufhielt, dann eilte sie ins Erdgeschoß zurück und griff wieder nach dem Hörer.

»Was ist geschehen, Imogen?« stieß sie hervor. »Was hat das alles zu bedeuten?«

»Was ... was meinen Sie?« Auch in der Stimme des Mädchens klang nun unverhohlene Sorge mit. »Ist etwas mit David passiert?«

»Er ist nicht in seinem Zimmer«, antwortete Eileen. Sie griff nach ihren Zigaretten und zündete sich eine an. Gewöhnlich rauchte sie so früh am Morgen nicht, doch das war ihr jetzt egal. Ihre Finger zitterten. »Sein Bett ist unberührt, wie ich es gestern gemacht habe. Anscheinend hat er heute nacht gar nicht geschlafen. Imogen, was wird hier gespielt?«

»Ich weiß es doch selbst nicht, sonst hätte ich nicht angerufen.«

»Aber gerade weil du es getan hast, mußt du doch etwas wissen. Habt ihr euch heute nacht heimlich getroffen und irgendwelche Dummheiten angestellt? Du kannst es mir ruhig sagen. Oder hast du gehört, daß er irgend etwas vorhatte?«

»Nein«, behauptete das Mädchen scharf und schwieg einige Sekunden lang. »Ich hatte einen Alptraum«, fügte Imogen dann hinzu. »Er handelte von David. Deshalb habe ich Angst bekommen und wollte fragen, ob alles in Ordnung ist. Wo kann David denn bloß stecken?«

»Ich weiß es nicht. Ich sage dir Bescheid, sobald ich etwas erfahre«, versprach Eileen und legte grußlos auf. Sie konnte nicht mehr länger mit Imogen sprechen, mußte erst einmal ein paar Minuten in Ruhe nachdenken.

Ein solches Verhalten war für David absolut untypisch. Er war ein besonnener, vernünftiger Junge, ließ man einmal außer acht, daß er ein ziemlicher Einzelgänger war, was angesichts seiner Intelligenz und seinen seltsamen, manchmal fast erschreckenden Fähigkeiten kein Wunder war.

Imogen war ähnlich wie er und versuchte deshalb nicht, ihn zu ändern, sondern akzeptierte ihn so, wie er war. Insofern war die Freundschaft zu ihr das Beste, was ihm hatte passieren können. Sie war ebenso sensibel und besonnen wie er. Sah man einmal davon ab, daß sie auch seine fast übermäßige romantische Ader teilte und ihn in dieser Hinsicht noch bestärkte, stand nicht zu befürchten, daß sie irgendeinen schlechten Einfluß auf ihn ausübte und ihn zu Dummheiten verleitete.

Wo konnte sich David bloß befinden?

Imogens Behauptung, daß sie nur wegen eines Alptraums angerufen hätte, klang nicht besonders überzeugend. Bei jedem anderen Menschen hätte Eileen eine solche Behauptung als Ausrede abgetan, doch sie hatte noch nie erlebt, daß Imogen log. Es schien also so, als ob das Mädchen wirklich nichts wußte.

Eileen Frost spielte mit dem Gedanken, bei anderen Bekannten anzurufen, doch handelte es sich hauptsächlich um *ihre* Bekannten, und David würde kaum zu ihnen gehen.

Sie fühlte sich an die schlimme Zeit erinnert, als er sich vor über einem Jahrzehnt im Wald verlaufen hatte. Aber damals war er erst fünf Jahre alt gewesen, so daß durchaus Anlaß zu großer Sorge bestanden hatte. Heute hingegen war er fast erwachsen. Sie versuchte sich einzureden, daß es völlig normal wäre, wenn Teenager in seinem Alter nachts schon einmal heimlich von zu Hause ausrissen, um etwas zu unternehmen, doch auch wenn dies für andere gelten mochte, so konnte sie es sich bei David nicht vorstellen.

Auf keinen Fall konnte sie wie vorgesehen zur Arbeit gehen, bevor sie nicht wußte, was mit ihm passiert war. Eileen kellnerte im Schichtdienst bei *Harp's*, einem Diner, das rund um die Uhr geöffnet hatte. Mit ihren Kolleginnen verstand sie sich gut, so daß es sie nur zwei Anrufe kostete, um die Schicht mit einer von ihnen zu tauschen.

Als sich David bis kurz vor acht noch nicht gemeldet hatte, fuhr sie zur Schule, doch auch dort fehlte er. Eileen Frost fuhr weiter zum Sheriff's Office. Sheriff Cable sprach persönlich mit ihr, doch was er sagte, diente nur dazu, sie zu beruhigen. Für eine offizielle Vermißtenanzeige wäre es noch zu früh, doch er versprach, seine Leute anzuweisen, die Augen nach David offen zu halten.

Bis zum Nachmittag mußte sich Eileen gedulden, bis sie endlich Nachricht erhielt. Sheriff Cable rief an, um ihr zu sagen, daß man David gefunden hätte.

»Möchten Sie vielleicht etwas trinken?« erkundigte sich die Stewardeß. Mit einem berufsmäßigen Lächeln strahlte sie Tom Ericson und Gudrun Heber an.

Der Archäologe sah von den Zeitungsartikeln auf, in die er sich vertieft hatte, nahm die Nickelbrille ab und erwiderte das Lächeln flüchtig.

»Gerne. Einen Fruchtsaft bitte. Die Auswahl überlasse ich Ihnen.«

»Ich nehme ein Mineralwasser«, ergänzte Gudrun die Bestellung.

»Einen Moment bitte. Ich bringe Ihnen die Getränke sofort.«

»Und? Was hältst du nun davon?« erkundigte sich Gudrun, nachdem die Stewardeß gegangen war.

»Von den Artikeln oder der Bedienung?« gab Tom grinsend zurück.

Die Anthropologin reagierte nicht auf den Scherz. »Du weißt genau, was ich meine.«

Tom seufzte.

»Ich bin mir nicht sicher. Einige der Zeitungen sind nicht gerade als seriös bekannt, und das sind gerade die, in denen die Sache größer aufgebauscht wird. In den anderen findet sich höchstens eine kleine Notiz.«

»Allein der Begriff *Auge der Weisheit* ist wohl schon interessant genug, daß wir uns mit der Sache beschäftigen sollten, findest du nicht?« entgegnete Gudrun.

»Im Prinzip schon«, räumte Tom ein. »Ich bin ja auch dafür, daß wir uns um diese Sache kümmern, doch wir sollten uns davor hüten, mit allzu großen Erwartungen an diese Sache heranzugehen. Ich meine, da verliert irgendein Junge in einem Hinterwäldlerkaff den Verstand und erzählt, daß etwas namens *Auge der Weisheit* dafür verantwortlich wäre. Er kann den Begriff zufällig gewählt haben, oder als ein Synonym für etwas ganz anderes. Das muß überhaupt nichts zu bedeuten haben.«

Er unterbrach sich, als die Stewardeß ihnen die Getränke brachte. Dankbar nickte er und trank einen Schluck von dem Orangensaft.

Sie befanden sich auf dem Flug von New York nach San Francisco, wo sie in eine Maschine nach Seattle umsteigen würden. Ursprünglich war Gudrun nur in New York geblieben, um auf Tom zu warten, der sich nach seinen Abenteuern in Peru dort mit ihr verabredet hatte. Die geplante Rückkehr nach Oake Dùn hatte sich jedoch verzögert, was an einer kleinen Zeitungsnotiz lag, auf die Gudrun während des Wartens am Flughafen gestoßen war. Die Meldung hatte sie so elektrisiert, daß sie sich sofort sämtliche weiteren Zeitungen gekauft hatte, in denen etwas zu dem Thema stand. Die Summe aller Fakten hatte sie bewogen, ihre Pläne sofort zu ändern und Plätze für sie und Tom in der Maschine nach Frisco zu buchen.

»Den Zeitungen zufolge befindet dieser Junge sich in einem fast katatonischen Zustand und nimmt seine Umgebung kaum wahr«, nahm Gudrun den Faden wieder auf. »Da wird er kaum genügend Phantasie aufbringen, sich einen solchen Begriff auszudenken. Außerdem ist er nicht einfach nur verrückt geworden. Er weiß zwar nicht einmal mehr, wer er ist, aber dafür besitzt er ein anscheinend immenses historisches und naturwissenschaftliches Wissen. Zudem rechnet er jede noch so schwere mathematische Aufgabe binnen Sekunden im Kopf aus, und als Quelle dieser Fähigkeiten gibt er immer wieder das *Auge der Weisheit* an. Das kann doch kaum ein Zufall sein.«

Tom schwieg ein paar Sekunden lang, dann schüttelte er bedächtig den Kopf.

»Es gibt eine Menge Argumente, die ich dagegen ins Feld führen könnte. So besitzen viele Autisten ein phantastisches Gedächtnis und sind wahre Rechenkünstler. Zwar dauert es unter Umständen eine halbe Ewigkeit, ihnen eine Aufgabe zu erläutern, aber mit der Lösung haben sie dann keinerlei Schwierigkeit.« Er schüttelte erneut den Kopf. »Aber ich glaube auch, daß wir es hier mit etwas ganz anderem zu tun haben. Nur bleibe ich skeptisch, ob es wirklich etwas mit dem *Auge der Weisheit* zu tun hat, das wir kennen. Immerhin existierte es nur in einer Prüfung. Wir wurden mental in eine Traumwelt entführt, in der alles nur erfunden war, nicht mehr als ein Traum.«

Diese Prüfung hatte sie hinter dem ersten der drei Tore auf dem Weg nach Atlantis erwartet. Bis auf ihn und Gudrun war das gesamte Expeditionsteam getrennt worden, und sie hatten sich übergangslos in einer völlig fremden Welt wiedergefunden. Jeder von ihnen hatte eine Aufgabe lösen müssen, die in irgendeiner Form mit dem *Auge der Weisheit* zusammenhing, doch hatte es nur dazu gedient, ihre moralische Reife angesichts der Verlockungen von Wissen und ungeheurer Macht zu testen. Keiner von ihnen war bislang auf den Gedanken gekommen, daß dieser magische Kristall, der seinem Besitzer solche Macht verlieh, mehr als eine bloße Erfindung derer sein könnte, die die Prüfung entwickelt hatten.

»Nur ein Traum?« Gudrun verzog spöttisch das Gesicht, wurde aber sofort wieder ernst. »Du weißt so gut wie ich, daß diese Prüfung kein reiner Traum war. Dieser seltsame Zwerg aus Valeries Prüfung ist dir doch auch später schon begegnet, und die Kugel, die du innerhalb des Traumes abgefeuert hast, fehlte tatsächlich in deinem Colt.«

»Erinnere mich nicht an den Colt«, brummte Tom. In Peru war er gezwungen gewesen, die Waffe den Behörden auszuhändigen, doch immerhin hatte Capitano Rodriguez ihm versprochen, den Colt unverzüglich nach Oake Dùn zu schicken. Da es sich um ein Sammlerstück handelte, hing Tom sehr an der Waffe und konnte nur hoffen, daß alles reibungslos klappte. »Und was diese Prüfung betrifft, so bringen uns Spekulationen nicht weiter. Das ist Vergangenheit, und wir werden wohl nie ganz herausfinden, was davon Traum war, was einen realen Hintergrund besaß, und was vielleicht sogar ganz Realität war. Wichtiger ist jetzt die Gegenwart, und am bemerkenswertesten von allen Informationen in den Artikeln halte ich das Datum, an dem die Verwandlung des Jungen stattfand.« Er deutete auf einen der Artikel. »Der dreiundzwanzigste November, morgen vor einem Monat. Das ist genau einen Tag, nachdem wir das dritte *Tor nach Atlantis* geöffnet haben. Bei der Zerstörung der atlantischen Station ist irgend etwas geschehen, dessen Bedeutung wir noch nicht voll ermessen können, und möglicherweise gibt es hier einen Zusammenhang.«

»Dessen bin ich mir sogar ziemlich sicher«, bekräftigte Gudrun. »Ich habe dir ja von den energetischen Schockwellen erzählt, die man bei der Zerstörung der atlantischen Station angepeilt hat. Offenbar reagieren bestimmte Artefakte irgendwie auf dieses Signal. Das haben ja schon deine Erlebnisse mit der Totenmaske gezeigt.« Sie deutete auf die Artikel. »Hier könnten wir es mit etwas Ähnlichem zu tun haben, und dabei ist erst einmal gar nicht so wichtig, ob es sich um genau das gleiche *Auge der Weisheit* wie in der Prüfungsvision handelt.«

Sorgfältig schob Tom Ericson die ausgeschnittenen Artikel zu einem Stapel zusammen und reichte ihn ihr zurück.

»Es gibt auch noch eine weitere, ganz andere Möglichkeit, die wir nicht völlig außer Acht lassen sollten«, sagte er und schaute die Anthropologin dabei ernst an. »Die ganze Angelegenheit könnte auch eine Falle sein. Ein Köder, den jemand speziell für uns ausgelegt hat, weil man gehofft hat, daß wir auf diese Meldungen reagieren. Laß dir das mal durch den Kopf gehen.«

Es war bereits später Nachmittag, doch den ganzen Tag über war es so grau und düster gewesen, daß die Morgendämmerung nahtlos in die des Abends überzugehen schien, ohne daß es dazwischen jemals richtig hell gewesen wäre. Bereits seit der vergangenen Nacht fiel leichter Nieselregen, und bauchige, dunkle Wolken ballten sich über der Stadt, so tief, daß es aussah, als könnte man sie anfassen, wenn man nur die Hand danach ausstreckte.

Das Wetter paßte zu Imogens Stimmung. Genaugenommen hatte sie bereits den ganzen vergangenen Monat hindurch nicht sehr viel Anlaß gehabt, sich zu freuen.

Ihr Alptraum *war* ein böses Omen gewesen. David war nicht tot, wie sie nach der Nachricht von seinem Verschwinden als schlimmste Möglichkeit bereits befürchtet hatte, doch was ihm statt dessen zugestoßen war, war kaum weniger schlimm. Er hatte den Verstand verloren, reagierte kaum noch auf seine Umwelt.

Obwohl er nicht wußte, wer er war, und auch sie nicht erkannte, sie nicht einmal richtig wahrnahm, besuchte Imogen ihn jeden Tag im Krankenhaus, verbrachte den größten Teil ihrer Freizeit an seinem Bett. Sie hatte die Hoffnung noch lange nicht aufgegeben, daß sich sein Zustand irgendwann bessern würde – ganz im Gegensatz zu anderen.

»So geht das nicht weiter«, wiederholte ihr Vater. Dean Anderson arbeitete bei der Stadtverwaltung und war auch privat in vielerlei Beziehung ein sehr bürokratischer Mensch. Sein penibler Genauigkeitswahn und seine Vorliebe für langfristige Planungen gehörten dazu. Er neigte ein wenig zur Dicklichkeit, und sein bis auf einen dünnen, grauen Kranz kahler Kopf war rund wie ein Fußball, was ihm stetigen Spott der Nachbarskinder eintrug. »Du weißt, daß ich niemals besonders glücklich über deine Freundschaft mit diesem David Frost war, auch als er noch bei Sinnen war. Immerhin ist er nur der Sohn einer

Kellnerin mit fragwürdigem Lebenswandel. Du hättest durchaus etwas Besseres verdient.«

Imogen antwortete nichts, sondern löffelte nur schweigend ihre Suppe. Auch ihre Mutter schwieg.

»Nun jedoch hat sich die Situation grundlegend geändert«, fuhr Dean Anderson in seiner umständlichen, leicht geschraubten Sprechweise fort. »Der Junge ist verrückt geworden, und die Ärzte haben wenig Hoffnung, daß sich sein Zustand in absehbarer Zeit bessert. Du aber vergeudest deine Zeit damit, stundenlang im Krankenhaus herumzuhängen, statt diese Zeit sinnvoller zu nutzen.«

Imogen kämpfte gegen die Tränen an, die ihr bei diesen Worten in die Augen stiegen. Sie hatte gewußt, daß ihr Vater über ihre Beziehung zu David nie besonders glücklich gewesen war, doch er hatte sie akzeptiert, weil ihre Gefühle ihm wichtiger als seine Vorbehalte gewesen waren. Er war immer ein verständnisvoller Vater gewesen, und deshalb verstand sie nicht, warum er plötzlich diese Kehrtwendung machte.

»Aber ich liebe David«, sagte sie leise.

»Liebe, Liebe!« Dean Anderson gestikulierte aufgebracht mit den Händen. »Du bist noch viel zu jung, um überhaupt zu wissen, was das wirklich ist. Was du für diesen Jungen empfindest, ist nichts weiter als eine romantische, jugendliche Schwärmerei.«

»Aber Dean, jetzt bist du zu hart«, ergriff Imogens Mutter die Partei ihrer Tochter.

»Halt du dich da raus. Ihr Frauen mit eurer Gefühlsduselei seid offenbar alle unfähig, klar und logisch zu denken.« Er wandte sich wieder Imogen zu. »Ich habe bislang geschwiegen und alles toleriert, aber was du jetzt machst, artet schon in eine Besessenheit aus. Vielleicht würde ich auch weiterhin schweigend zusehen, wenn deine Verrücktheit nicht auch Auswirkungen auf deine Schulnoten haben würde. Im Laufe des letzten Monats bist du in fünf Fächern abgesackt, deine Arbeiten sind schlechter als jemals zuvor. Aber das ist ja auch kein Wunder, wenn du keine Zeit mehr für Schularbeiten aufbringst, weil du jede freie Minute im Krankenhaus verbringst. Zu Hause bekommt man dich außerhalb der Mahlzeiten ja kaum noch zu sehen. So geht das auf keinen Fall weiter!«

»David hat mir immer bei den Schularbeiten geholfen«, verteidigte sich Imogen kleinlaut. »Wir haben zusammen gelernt, schließlich war er einer der besten Schüler.«

»Das ist auch alles, was man ihm zugute halten konnte«, unterbrach ihr Vater sie. »Ich will nicht bestreiten, daß der Junge gute Anlagen hatte, aber das ist nun vorbei. Du mußt den Tatsachen ins Auge sehen.«

»Ich ... ich werde mehr lernen, ich verspreche es«, stieß sie hervor, immer noch mit den Tränen kämpfend. Die ungerechten Vorwürfe ihres Vaters trafen sie. Sicher, sie hatte tatsächlich in der Schule nachgelassen, aber das war angesichts der gegenwärtigen Situation wohl nur zu verständlich. Außerdem lag es tatsächlich auch daran, daß David nicht mehr mit ihr übte. Mit Engelsgeduld hatte er ihr jeden noch so komplizierten Sachverhalt wieder und wieder erklärt, bis sie ihn verstanden hatte. Nur deshalb war sie im vergangenen Jahr zu einer besseren Schülerin als jemals zuvor geworden.

»Das ist auch das Mindeste, was ich von dir erwarte«, entgegnete Dean Anderson scharf. »Aber das genügt mir nicht. Du scheinst von allein nicht zur Besinnung zu kommen, also bleibt mir nichts anderes übrig, als dich zu zwingen, den richtigen Weg zu gehen.«

Erschrocken blickte Imogen ihn an.

»Was meinst du damit?«

»Ich meine, daß du zukünftig deine Zeit nicht mehr im Krankenhaus nutzlos vergeuden wirst. Ich möchte, daß du nicht mehr dort hingehst.«

»Nein!« stieß Imogen hervor. »Das ... das kannst du nicht verlangen!«

»O doch, das kann ich, verlaß dich darauf. Es geschieht nur zu deinem Besten, auch wenn du das im Moment vielleicht noch nicht einsiehst. Du wirst dir diesen David Frost aus dem Kopf schlagen.«

Fassungslos starrte Imogen ihren Vater an. Sie glaubte spüren zu können, wie sie blaß wurde.

»Nein«, preßte sie hervor. »Ich ... ich tue alles, was du von mir verlangst, aber David braucht mich. Gerade jetzt kann ich ihn nicht im Stich lassen.«

»Du gibst Widerworte?« Seine Stimme klang scharf. »Jetzt wirst du also auch noch aufsässig?« Sein Blick wurde stechend. Er legte das Besteck aus der Hand, wischte sich mit der Serviette den Mund ab und stand auf. »Vergiß nicht, ich bin dein Vater. Noch bist du minderjährig und hast mir Achtung entgegenzubringen. Wenn du erwachsen bist, kannst du treiben, was du willst, aber solange du die Füße unter meinen Tisch streckst, hast du zu tun, was ich dir sage.«

»Jetzt gehst du aber wirklich zu weit, Dean«, mischte sich Imogens Mutter ein. »Du behandelst sie ja, als ob sie eine Verbrecherin wäre, dabei geht es doch nur um ein paar Besuche im Krankenhaus, die niemandem schaden. David ist nun einmal ihr Freund, und –«

»Er *war* ihr Freund«, fiel Dean Anderson ihr scharf ins Wort. »Ich dachte, das hätte ich gerade deutlich genug zum Ausdruck gebracht. Aber da du offenbar noch für diese kleine Närrin Partei ergreifst, scheint es mir an der Zeit zu sein, ganz allgemein ein paar Dinge klarzustellen.

Ich arbeite den ganzen Tag schwer, um das Geld zu verdienen, von dem ich euch ernähre. Dafür darf ich wohl wenigstens Respekt erwarten.«

»Dean, nun mach aus dieser Kleinigkeit doch keine Staatsaffäre. Ich verstehe gar nicht, was mit dir los ist. Von dieser Seite kenne ich dich –«

»Dann wirst du mich jetzt eben so kennenlernen«, fuhr ihr Mann sie so scharf an, daß sie ebenso wie Imogen zusammenzuckte. »Ich habe mir lange genug von euch auf der Nase herumtanzen lassen.«

»Dean, du –«

»Halt den Mund!« brüllte er. »Von nun an wird in diesem Haus ein anderer Wind wehen, darauf könnt ihr euch beide verlassen.« Wuchtig schlug er mit der Faust auf den Tisch. »Ihr werdet mich noch von einer ganz anderen Seite kennenlernen. Imogen, du gehst sofort auf dein Zimmer! Dort wirst du bleiben, bis du zur Vernunft gekommen bist.« Drohend beugte er sich über den Tisch zu ihr vor. »Na los, worauf wartest du noch? Tu endlich, was ich dir gesagt habe, bevor ich andere Saiten aufziehe!«

Schreckensstarr blickte Imogen ihn noch einige Sekunden lang an und spürte, wie ihr Tränen über die Wangen liefen. Dann sprang sie abrupt auf und rannte fast fluchtartig aus dem Raum, die Treppe hinauf und in ihr Zimmer, wo sie sich schluchzend aufs Bett warf.

Sie begriff einfach nicht, was plötzlich in ihren Vater gefahren war.

Carol Porlet war nicht gerade bester Laune. Mit finsterer Miene starrte sie zu dem reich geschmückten Weihnachtsbaum in einer Ecke des Foyers.

Eigentlich hatte sie Weihnachten zu Hause bei ihrer

Familie verbringen wollen, gerade den Heiligabend. Das Problem war nur, daß ihre sämtlichen Kolleginnen ebenso dachten und der Empfang des *White Lodge Hotels* nicht unbesetzt bleiben konnte. Jeremy Storm, der Besitzer des Hotels, hatte es ihnen überlassen, sich intern zu einigen, und da niemand freiwillig zum Nachgeben bereit war, hatten sie das Los entscheiden lassen.

Carol seufzte. Sie war noch nie ein ausgesprochenes Stiefkind des Glücks gewesen. Die Teilnahme an allen möglichen Preisausschreiben gehörte zu ihren Hobbies, doch in all den Jahren, in denen sie Hunderte von Dollar in das Porto für Teilnahmekarten investiert hatte, hatte sie nicht mehr als einen einzigen wertlosen Trostpreis gewonnen.

Insofern war es für sie nicht einmal sonderlich überraschend gekommen, daß gerade sie beim Losen die größte Niete gezogen hatte. Pechvogel blieb eben Pechvogel, und ihr Pech war, daß sie nicht nur an diesem Abend, sondern auch übermorgen, am Heiligabend, Dienst schieben mußte.

Für eine verheiratete Frau von noch nicht ganz dreißig Jahren, die zwei kleine Kinder im Alter von fünf und sechs Jahren hatte, keine leichte Aufgabe. Freilich war die ganze Familie enttäuscht gewesen.

Nun, wenigstens hatte sie dafür die nachfolgenden Feiertage frei. Carol bemühte sich, stets die guten Seiten zu sehen, doch ihre Laune wurde auch dadurch nicht besser.

Sie blickte auf, als ein Mann vor ihr Rezeptionspult trat. Er trug einen dunklen Lodenmantel, Handschuhe und einen Hut, den er tief in die Stirn gezogen hatte, so daß von seinem Gesicht nicht viel zu sehen war.

»Haben Sie noch Zimmer frei?« erkundigte er sich.

»Aber ja.« Carol Porlet nickte und bemühte sich, ein freundliches Gesicht zu machen. Es mußte ja nicht gleich jeder merken, daß sie schlechte Laune hatte. »Haben Sie irgendwelche Extrawünsche, Mister ...«

»Rosenfield«, entgegnete der Fremde. Seine Stimme klang schnarrend, befehlsgewohnt. »Alfred Rosenfield. Ein einfaches Zimmer mit Toilette und Dusche oder Bad.«

»Das ist kein Problem. Wünschen Sie Halb- oder Vollpension?«

»Halbpension.«

»Und wie lange werden Sie bleiben?«

»Voraussichtlich nur wenige Tage. Drei oder vier.«

»Oh, ich verstehe. Sie besuchen sicherlich Verwandte über Weihnachten hier in Deer Meadow.«

»So könnte man sagen. Bekomme ich nun endlich das Zimmer, nachdem ich ein paar hundert Meilen und scheinbar ein paar Jahrzehnte rückwärts in der Zeit zurückgelegt habe, um in dieses reizende Hinterwäldlerkaff zu kommen? Oder muß ich neben alberner Konversation vielleicht erst noch ein paar Aufnahmeprüfungen wie das Umschichten von Heuhaufen ablegen?«

Verunsichert blickte Carol ihn an. »Ich fürchte, ich verstehe nicht ganz, was Sie meinen, Mister Rosen –«

»Das habe ich auch nicht anders angenommen, Kindchen. Hören Sie, ich erwarte nicht, daß Sie das verstehen, ich erwarte nichts Unmögliches. Es reicht mir, wenn Sie mir endlich sagen, welches Zimmer ich bekomme. Die Aufnahmeformalitäten dürften hier wohl die gleichen sein wie in einem Hotel in der zivilisierten Welt, also geben Sie mir die entsprechenden Unterlagen, damit ich meine Unterschrift, oder meinetwegen auch nur drei Kreuze darauf setzen kann.«

Carol schluckte. Ein solcher Ausbund an Unverschämtheit war ihr schon lange nicht mehr begegnet. Gäste, die eine lange Reise hinter sich hatten, waren oftmals mißgelaunt, doch das war kein Grund, so ausfallend zu werden. Dennoch schluckte sie die scharfe Antwort hinunter, die ihr auf der Zunge lag. Dies tat sie nicht nur, weil es ihre Pflicht war, freundlich zu den Gästen zu sein, sondern es lag auch an dem Fremden selbst.

Der Mann war ihr unheimlich. Etwas an seiner Art flößte ihr Unbehagen ein, ein fast schon körperlich spürbares Unwohlsein. Sein Blick war kalt und stechend, schien sie bis tief in ihr Inneres zu taxieren. Carol spürte, daß es besser war, ihn nicht noch mehr zu verärgern, als er es ohnehin schon war. Je schneller sie die Formalitäten hinter sich brachte, desto schneller wurde sie ihn los.

Sie schob ihm das Anmeldeformular zu. Während er es ausfüllte, fiel ihr auf, daß er die dünnen, schwarzen Lederhandschuhe auch beim Schreiben anbehielt. Sie reichte ihm den Schlüssel.

»Zimmer dreihundertfünfzehn«, sagte sie nervös. »Ich wünsche Ihnen einen angenehmen Aufenthalt. Soll ich einen Boy rufen, der Ihnen das Gepäck nach oben bringt?«

»Nicht nötig, meinen Koffer trage ich selbst«, entgegnete er barsch. »Ach ja, noch etwas, Kindchen. Ich wünsche nicht gestört zu werden. Weder durch ein Zimmermädchen mit einem Anfall von Putzwut, noch von jemandem, der mich zum Square-Dance um den Weihnachtsbaum einladen möchte. Und sollte sich irgend jemand, egal wer, nach mir erkundigen, so geben Sie ihm keine Auskunft, oder Sie werden durch mich kennenlernen, was das Wort Ärger bedeutet. Ist das klar?«

Ohne eine Antwort abzuwarten, ergriff er seinen Koffer und ging auf den Aufzug zu.

Carol antwortete auf, als er aus ihrer unmittelbaren Nähe verschwunden war. Dieser Alfred Rosenfield zeichnete sich nicht nur durch einen eklatanten Mangel an gesellschaftlichen Umgangsformen aus, sondern war auch äußerst merkwürdig. Sie überlegte kurz, ob sie die Hotelleitung verständigen und empfehlen sollte, den Mann ein wenig im Auge zu behalten, verwarf den Gedanken aber gleich darauf wieder. Nur weil jemand schlechte Manieren hatte, bedeutete das noch nicht zwangsläufig, daß es mit ihm größeren Ärger geben würde oder er etwas Schlechtes im Schilde führte.

Square-Dance um den Tannenbaum! Vorstellungen hatten manche Leute, nur weil Deer Meadow ein kleiner, abgelegener Ort war ...

Carol Porlet schüttelte verbittert den Kopf.

Rauch stieg sich kräuselnd und auf seinem Weg zur Decke allmählich zerfasernd aus Susans Zigarette auf, die im Aschenbecher vor sich hin qualmte. Die junge Frau saß an der langen Theke von *Harp's*, trank einen Schluck Kaffee und steckte sich gedankenverloren einen neuen Glimmstengel an.

Kommentarlos griff Eileen Frost nach der fast aufgerauchten Kippe und drückte sie aus.

»He, Bedienung, wie lange soll ich eigentlich noch auf meinen Kaffee und die Doughnuts warten?« rief ein Mann ungeduldig von einem der Tische herüber. Außer Susan war er zur Zeit der einzige Gast. »Müssen Sie die Bohnen erst pflücken, oder warum dauert das so lange?«

»Ich komme ja schon«, gab Eileen zurück. »Der Kaffee läuft noch durch die Maschine.« Sie wandte sich Susan zu. »Je näher Weihnachten rückt, desto hektischer und unfreundlicher werden die Leute. Dieses Jahr ist es besonders schlimm. Aber vielleicht kommt es mir auch nur so vor, und ich reagiere überempfindlich, wegen ... na ja, du kennst ja die ganze Geschichte.«

Die ersten zwei Wochen nach dem Unglück mit David hatte Eileen sich unbezahlten Urlaub genommen, um sich um ihn zu kümmern, doch es war eine frustrierende Beschäftigung. David erkannte sie nicht, er nahm sie nicht einmal wahr. Eileen wußte, daß sein Verstand nicht zerstört war, wie einige der Ärzte anfangs geglaubt hatten. Nach eingehenderen Untersuchungen war diese Theorie schnell verworfen worden. Wenn überhaupt, dann konnten höchstens vereinzelte Teile seines Gehirns geschädigt sein.

Es hatte den Anschein, als hätte er eine unsichtbare Mauer um sein Bewußtsein errichtet, als hätte er seinen Verstand nahezu völlig von der Außenwelt abgekapselt, um von nun an ganz in seiner eigenen privaten Traumwelt zu leben.

Gemeinsam mit Imogen, und mit massiver Unterstützung der Ärzte hatte Eileen während der ersten beiden Wochen versucht, diese unsichtbare Mauer zu durchbrechen, um bis zu seinem inneren Kern vorzustoßen, doch es war vergebens gewesen. Noch hatte Eileen die Hoffnung längst nicht aufgegeben, aber es nutzte niemanden, wenn sie jeden Tag nur im Krankenhaus herumhing, während ihr die Rechnungen über den Kopf wuchsen und sie kein Geld mehr verdiente, um sie bezahlen zu können. Also hatte sie sich entschlossen, wieder arbeiten zu gehen.

Susan Fienberg nickte. Sie war eine hübsche, siebenundzwanzigjährige Frau mit gelocktem blondem Haar und arbeitete als Krankenschwester im Hospital. Deshalb wußte sie besonders gut über die Ereignisse mit David Bescheid. Ein schmerzlicher Ausdruck huschte über ihr Gesicht.

»Du bildest dir nichts ein, mir geht es ganz genauso. Von Weihnachtsstimmung ist überhaupt nichts zu spüren. Ich kann mir kaum vorstellen, daß übermorgen schon Heiligabend ist. Das merke ich im Krankenhaus besonders deutlich. Den Patienten, die über die Feiertage bei uns bleiben müssen, gefällt natürlich nicht, daß sie nicht zu Hause feiern können, und sie reagieren ihren ganzen Ärger am Personal ab. Bei jeder Kleinigkeit beschweren sie sich, und dann bekommen wir auch noch Druck von oben. Die Stimmung ist so gereizt, als stünde nicht das Fest der Liebe vor der Tür, sondern ein neuer Krieg.«

»Genau.« Eileen nickte bestätigend. »Das trifft es ziemlich gut, genau den Eindruck habe ich auch. Möchtest du noch einen Eiswürfel?«

»Gerne.« Susan hatte am Vormittag im Krankenhaus eine Tür gegen den Kopf bekommen. Die Haut um ihr linkes Auge war angeschwollen und hatte sich bläulich verfärbt. Der Eiswürfel, mit dem sie die Schwellung gekühlt hatte, war inzwischen geschmolzen. Eileen gab ihr einen neuen.

»Verdammt, jetzt bringen Sie mir endlich meinen Kaffee«, brüllte der Gast. »So eine schlampige Bedienung habe ich ja schon lange nicht mehr erlebt.«

Eileen zählte langsam bis drei, um die Ruhe zu bewahren. Wenn man wie sie schon jahrelang kellnerte, war man einiges gewöhnt, doch noch immer reagierte sie auf diese Art unfreundlicher Vorwürfe empfindlich. Sie sah zur Maschine hinüber und stellte fest, daß der Kaffee inzwischen durchgelaufen war. Mit griesgrämigem Gesicht schenkte sie eine Tasse voll, suchte aus dem Stapel auf einem Tablett absichtlich die beiden angedrücktesten Doughnuts heraus und brachte beides zu dem Gast hinüber. Es handelte sich um einem vierschrötigen Mann mit Vollbart, Jeans und einem schmuddeligen Holzfällerhemd, über dem er eine dicke Jacke trug.

»Ihre Bestellung, Mister.«

»Wurde auch verdammt noch mal Zeit«, knurrte er und betrachtete die Backwaren. »Warten Sie mal! Das sollen Doughnuts sein?«

»Wonach sieht es denn wohl sonst aus?«

»Nach einem Haufen unappetitlicher, zermanschter Pampe«, schnauzte der Mann. »Glauben Sie, ich warte stundenlang, nur um mir dann solchen Mist vorsetzen zu lassen?«

Eileen merkte, daß es ihr schwerfiel, noch länger die Beherrschung zu bewahren. Irene, die Besitzerin des Diners, legte Wert auf eine freundliche Bedienung der Gäste, doch manchmal war das nicht gerade einfach.

»Sie müssen ja nicht essen«, erwiderte Eileen gepreßt. »Wir sind nicht auf Leute angewiesen, die nur herkommen, um Stunk zu machen. Wenn Ihnen das Essen hier nicht gut genug ist, dann gehen Sie woanders hin.«

»Genau das werde ich auch machen. Ihren Fraß können Sie meinetwegen den Schweinen vorsetzen, blöde Schlampe«, fauchte der Mann. Er starrte sie noch einen Moment lang voller Wut an, dann stand er auf, wischte mit einer Bewegung seines Arms Teller und Kaffeetasse zu Boden und stapfte zur Tür.

Eileen hielt ihn nicht zurück, obwohl sie darauf hätte bestehen müssen, daß er das Essen und das zerbrochene Geschirr bezahlte. Aber sie war sicher, daß sie von ihm ohnehin keinen Cent bekommen würde, und wegen einer solchen Lappalie die Polizei zu rufen, hätte auch keinen Sinn gehabt. Im Grunde war sie froh, daß der Mann gegangen war. Er hatte so wütend ausgesehen, als ob er ihr an die Kehle fahren würde, wenn sie es wagte, ihn zurückzuhalten. Kopfschüttelnd seufzte sie, hob die Scherben und die Doughnuts auf und wischte den Rest mit einem Lappen weg.

»Manche Menschen können ihre Abstammung von den Affen eben nicht verleugnen«, kommentierte sie bitter. »Zum Glück kommen nicht oft solche Gäste her.«

»Genau das habe ich gemeint«, sagte Susan. »In den letzten Wochen sind alle dauernd gereizt, jede Kleinigkeit führt zu einem Streit. Selbst Jeff bildet da keine Ausnahme. Ich habe ihn noch nie so unausgeglichen erlebt wie in den vergangenen Tagen.«

»Kann ich mir bei ihm kaum vorstellen«, antwortete Eileen. Sie kehrte zu ihrem Platz hinter der Theke zurück und zündete sich ebenfalls eine Zigarette an. Die konnte sie jetzt gebrauchen. »Jeff ist doch nun wirklich das Musterbeispiel eines friedliebenden Menschen. Ich kenne kaum jemanden, der so freundlich ist und seine Frau so liebevoll umsorgt, wie er es bei dir tut.«

»Schon.« Susan senkte den Blick und strich weiterhin mit dem Eiswürfel über das geschwollene Auge. »Jedenfalls war er sonst immer so. Aber in letzter Zeit kommt er jeden Abend mißmutig nach Hause. Er hat wohl ziemlich viel Streß im Geschäft, und deshalb regt er sich zu Hause über jede Kleinigkeit auf. Und gestern abend, da ...« Sie brach ab und sah auf die Uhr. Ihre Augen weiteten sich. »Mein Gott, schon so spät. Wahrscheinlich ist er schon längst da und wartet auf sein Abendessen. Ich muß gehen.«

Ein Unterton von Angst schwang in ihrer Stimme mit, der Eileen stutzig machte.

»Warte mal«, sagte sie. »Was war gestern abend?«

»Nichts«, behauptete Susan nervös und schlüpfte in ihren Mantel. »Es ist mir nur so herausgerutscht, und –«

»Du hast das blaue Auge nicht aus dem Krankenhaus«, stieß Eileen erschrocken hervor, als sie plötzlich die Zusammenhänge begriff. Er hat dich geschlagen, nicht wahr?«

»Nein«, beteuerte Susan, doch das Flackern ihres Blicks verriet die Lüge. »So war es nicht. Oder doch, irgendwie schon, aber ... Wir hatten Streit, und er hatte vorher Ärger im Geschäft. Ich habe ihn gereizt, und schließlich ist ihm die Hand ausgerutscht. Er wollte es nicht und ... und er hat sich sofort entschuldigt, und ...« Sie schluchzte leise. Eine Träne rann ihr über die Wange.

»Dieser Mistkerl verprügelt dich so schlimm, daß du tagelang ein geschwollenes Auge hast, und du verteidigst ihn auch noch?« Eileen konnte es kaum glauben, aber eigentlich konnte sie sich ein solches Verhalten bei Jeff Fienberg ganz allgemein überhaupt nicht vorstellen.

»Ich muß jetzt wirklich gehen«, drängte Susan. »Was schulde ich dir?«

»Laß mal, das geht auf meine Kosten.«

»Danke.« Susan griff nach ihrer Tasche. »Ich werde –« Sie kam nicht zum Aussprechen. Wuchtig wurde die Tür aufgestoßen. Jeff kam hereingestürmt. Die Haare hingen ihm wirr ins Gesicht. Seine Augen waren vor Wut zu schmalen Schlitzen zusammengepreßt.

»Hier also hängst du herum, und zu Hause sieht es aus wie in einem Saustall!« fauchte er Susan an. »Ich habe den ganzen Tag genug Ärger, da möchte ich mich wenigstens abends zu Hause entspannen, und dazu gehört auch, daß das Abendessen auf dem Tisch steht, wenn ich komme. Abgesehen von den paar Stunden im Krankenhaus hast du ja wohl genug Zeit dafür.«

»Ich ... ich komme schon«, versicherte Susan eingeschüchtert. »Ich wollte sowieso gerade gehen. Ich habe nicht gemerkt, daß es schon so spät ist.«

»Dann paß demnächst besser auf. Es gefällt mir sowieso nicht, wenn meine Frau in irgendwelchen Spelunken faulenzt, statt sich um den Haushalt zu kümmern.«

»Moment mal«, mischte sich Eileen ein. Was sie gerade miterlebte, paßte absolut nicht zu dem Jeff Fienberg, den sie kannte. Er schien sich um hundertachtzig Grad gewandelt zu haben. »Was ist denn los mit dir?«

»Halt du dich gefälligst da raus!« fuhr Jeff sie an. »Das ist eine Angelegenheit, die nur meine Frau und mich angeht.«

»Wenn eine Freundin von mir verprügelt wird, dann geht mich das sehr wohl etwas an«, ereiferte sich Eileen. »Nur weil du mit ihr verheiratet bist, ist sie noch lange nicht dein Besitz.«

Jeff bedachte sie mit einem zornigen Blick, dann packte er Susan am Arm und zerrte sie mit sich zur Tür.

»Komm endlich, oder willst du, daß ich dir noch ein Veilchen verpasse?«

Susan sträubte sich nicht, sie warf lediglich einen fast verzweifelten Blick in Eileens Richtung, dann waren die beiden zur Tür hinaus.

Fassungslos schüttelte Eileen Frost den Kopf. Was war das bloß für eine Welt?

»Nun, Ray?« Jeremy Storm musterte sein Gegenüber scharf, strich sich über das leicht gekräuselte, angegraute Haar und zupfte einen Flusen vom Revers seines maßgeschneiderten Anzugs. »Was ist nun? Sie hatten zwei Wochen Zeit, sich mein Angebot zu überlegen, das dürfte wohl ausreichen, um zu einer Entscheidung zu gelangen.«

Es gelang Ray Talbott nicht, seinem Blick standzuhalten. Er senkte den Kopf und ließ sich in einen Sessel sinken.

»Ich habe hart für dieses Haus gearbeitet«, murmelte er leise. »Es war immer schon Bettys und mein Traum. Jetzt haben wir ihn uns gerade seit drei Jahren erfüllt, und da kommen Sie, um uns alles wieder wegzunehmen.«

»Klingt ja wirklich herzerweichend, Ray, aber das hatten wir doch nun schon alles. Sie hätten sich ein anderes Haus kaufen sollen, und mit dem Geld, das ich Ihnen biete, können Sie das ja auch tun.«

»Bei dem Spottpreis, den Sie bieten? Ihr Angebot entspricht nicht annähernd dem Wert dieses Anwesens.« Talbott schüttelte den Kopf. »Aber darum geht es gar nicht. Wir wollen gar nicht umziehen. Wir wollen in *diesem* Haus wohnen bleiben.«

»Das verstehe ich sogar sehr gut.« Storm trat an die gläserne Trennwand zur Terrasse und blickte ein paar Sekunden lang in den großen Garten hinaus, bevor er sich umwandte. »Sehen Sie, ich kann gut nachvollziehen, daß es Ihnen hier gefällt, aber Sie sollten sich auch einmal in meine Position versetzen. Immerhin geht es um ein Millionenprojekt, auf das ich bestimmt nicht wegen Ihrer sentimentalen Anwandlungen verzichten werde. Ich werde den Supermarkt auf jeden Fall bauen, und Ihr Haus steht mir dabei nun mal im Weg.«

»Sie können mich nicht zum Verkauf zwingen«, stieß Talbott hervor. Dieser Widerspruch kostete ihn beträchtliche Kraft. Harmonie war ein wichtiger Faktor in seinem Leben. Er war keine Kämpfernatur, und gegen einen Mann wie Jeremy Storm aufzubegehren, fiel wohl niemandem leicht. Storm gehörte zu den reichsten Einwohnern von Deer Meadow, vielleicht war er sogar der reichste überhaupt, und über entsprechenden Einfluß verfügte er. Diese Machtposition verlieh ihm eine ungeheure Autorität, die sich in der Sicherheit seines Auftretens und seiner Worte spiegelte. Zudem war er fast zwei Meter groß und ziemlich kräftig, so daß er jeden Gegner schon durch seine bloße Gegenwart einschüchterte.

Ray Talbott wünschte sich, seine Frau Betty wäre hier, um ihn zu unterstützen. Ein schwerer Herzinfarkt ihrer Mutter hatte sie jedoch veranlaßt, für ein paar Tage nach Seattle zu fahren. Sie würde erst übermorgen, am Heiligabend, zurückkommen. Er mußte die Angelegenheit allein durchstehen.

»Nein, Sie haben recht, Ray, das kann ich nicht.« Storm blickte auf den sehr viel kleineren und schmächtigeren Mann hinab und tat so, als müßte er nachdenken. Sein Lächeln wirkte so aalglatt und wohldosiert wie seine Worte. Mit gemessenen Schritten trat er an den Kamin und spuckte ins Feuer. »Entschuldigen Sie, manchmal vergesse ich meine gute Kinderstube. Wo waren wir stehengeblieben? Ach ja, ich gab zu, daß ich Sie nicht zu einem Verkauf zwingen könnte. Sie arbeiten im Personalbüro der Brannagan-Sägemühle, nicht wahr?«

»Was hat das damit zu tun?« erkundigte sich Talbott. Der rapide Themenwechsel irritierte ihn.

»Ein guter Job«, fuhr Storm fort, ohne auf den Einwand zu reagieren. »Wie Sie vielleicht wissen, sind John Brannagan und ich gute Freunde. Zu bedauerlich, daß er mir neulich beim Golfspiel mitteilen mußte, daß die Auftragslage für die Mühle nicht mehr so gut aussieht wie zu Beginn des Jahres. Er denkt momentan über Personaleinsparungen nach. Stellen Sie sich nur einmal vor, was passieren würde, wenn Sie davon betroffen wären. Ob Sie dann wohl noch die Zinsen für Ihr Bankdarlehen aufbringen könnten?«

Ray Talbott wurde blaß, als er begriff, was Storm damit andeutete. »Das ... das können Sie nicht tun! Ich habe schon viel Schlechtes über Sie gehört, aber ich habe es einfach nicht glauben wollen. Nun sehe ich, daß Ihnen offenbar jeder Funke Menschlichkeit fehlt.«

»Aber was meinen Sie denn?« fragte Storm mit scheinheiligem Gesichtsausdruck. »Ich habe doch nur gesagt, was ich von John erfahren habe. Und da ich gerade schon mal das Darlehen angesprochen habe, fällt mir ein, daß ich in den nächsten Tagen ohnehin zur Bank wollte, um Verhandlungen wegen einiger größerer Investitionen zu führen. Ich überlege nur gerade, ob eine Bank, die solche fragwürdigen Kredite vergibt, wirklich die richtige für mich ist.«

»Sie Ungeheuer!« fauchte Ray Talbott und sprang auf. Die Dreistigkeit, mit der Storm seine Drohungen unterbreitete, erfüllte ihn mit hilflosem Zorn, der sogar seine Furcht überwog. »Das ist ganz miese Erpressung. Damit kommen Sie nicht durch!«

»Erpressung?« Der Immobilienhai verzog angeekelt das Gesicht. »Ein wirklich häßlicher Vorwurf. Wissen Sie, jede weitere Woche, die Sie den Verkauf hinauszögern, kostet mich immense Summen, und wenn man mir zu schaden versucht, denke ich natürlich über Konsequenzen nach. Warum fügen Sie sich nicht einfach in das Unvermeidliche und unterschreiben den Vertrag?«

Ray Talbott ballte die Fäuste. Sein Puls raste, sein Atem ging schwer und keuchend. Der Zorn loderte hell in ihm. Seine Hilflosigkeit und Storms Arroganz trieben ihn zur Weißglut. »Gehen Sie!« stieß er hervor. »Sofort! Verschwinden Sie aus meinem Haus, oder ich rufe die Polizei und lasse Sie hinauswerfen!«

»Also gut, wenn Sie es auf die harte Tour wollen, damit kann ich auch dienen.« Sämtliche künstliche Freundlichkeit verschwand aus Storms Gesicht. »Sie sind ein kleines Nichts, ein Niemand, nicht mehr als ein Wurm, den ich unter meinen Füßen zertreten kann, wenn ich nur will, ohne daß es mich auch nur die geringste Anstrengung kostet. Sie sollten es sich gut überlegen, bevor Sie sich mit mir anlegen.«

»Raus!« brüllte Talbott. Die Wut ließ ihn jede Zurückhaltung vergessen. Er konnte sich kaum noch beherrschen, sich nicht auf Storm zu stürzen, selbst wenn dieser größer und stärker als er war.

»Ich werde gehen«, erklärte Storm ruhig. »Aber ich komme morgen abend zurück. Bis dahin gebe ich Ihnen noch Zeit, den Vertrag zu unterzeichnen, anderenfalls mache ich Sie fertig.« Er zögerte einen Moment, dann fügte er mit einem eisigen Lächeln hinzu: »Wissen Sie, es könnte leicht passieren, daß Sie Ihren Job verlieren und die Bank Ihnen den Kredit kündigt, aber es kann ein paar Wochen dauern, bis Sie dadurch auf die Knie gehen. Sie sollten gut aufpassen, daß Ihnen nicht womöglich jemand diese verlauste Bude über dem Kopf anzündet. Es gibt böse Menschen, die gerne heimlich mit Feuer spielen, wenn Sie verstehen, was ich meine. Wie gesagt, morgen komme ich wieder. Wenn Sie bis dahin nicht zur Einsicht gekommen sind, haben Sie sich alle weiteren Konsequenzen selbst zuzuschreiben.«

»Sie . . . Sie verdammtes Dreckschwein!«

Irgend etwas in Ray Talbott rastete aus. Es war, als würde eine Sicherung in seinem Gehirn herausspringen. Bevor er sich überhaupt bewußt war, was er tat, packte er eine Bronzestatue, die auf dem Kaminsims stand und stürzte sich auf Storm.

Der Immobilienhai mochte größer und sicherlich auch stärker als er sein, doch auf einen solchen gewaltsamen Angriff war er nicht vorbereitet. Als er seinen Schrecken überwand, riß er in einer schwachen Abwehrbewegung die Arme hoch, doch Talbott fegte diesen Widerstand mit einem Schlag beiseite. Nackte Panik flackerte in Storms Augen auf.

Talbotts Haß wurde dadurch nur noch mehr angestachelt. Rasende Wut ließ ihn wuchtig mit der Statue auf

Storms Kopf einschlagen. Zweimal. Und als Storm blutend zu Boden sank, ließ er die Statue noch ein weiteres Mal kraftvoll niedersausen, erst dann verflog sein Blutrausch so schlagartig, wie er eingesetzt hatte.

Voller Entsetzen wurde er sich bewußt, was er getan hatte. Die Statue entglitt seinen Fingern. Minutenlang stand Ray Talbott völlig regungslos und starrte auf den blutigen Körper vor sich hinab. In seinem Kopf herrschte eine schreckliche Leere.

Schließlich drehte er sich um und ging mit schleppenden Schritten zum Telefon, um die Polizei anzurufen.

Seit achtzehn Jahren übte Wilbur Cable bereits das Amt des Sheriffs in Deer Meadow aus. Seine Eltern waren schon vor seiner Geburt hergezogen, so daß er in diesem Städtchen geboren und aufgewachsen war. Er liebte es, obwohl diese Liebe nicht immer erwidert wurde. Es gab eine Menge Leute, die ihn für zu autoritär und streng hielten. Zugleich waren dieselben Leute jedoch froh, wenn sie sich auf einen Sheriff wie ihn verlassen konnten, wenn sie mal in Schwierigkeiten gerieten. Seit er sich zum ersten Mal für den Posten beworben hatte, war er immer wieder gewählt worden. In Deer Meadow wußte man verdammt genau, daß es keinen besseren als ihn für diesen Job gab. Abgesehen von ein paar kleineren Zwischenfällen, bei denen einige meinten, er hätte zu scharf durchgegriffen, hatte er sich niemals etwas zuschulden kommen lassen. Er hielt diese Stadt sauber, und so würde es auch in Zukunft bleiben.

Deer Meadow war ein ordentlicher Ort. Hier hielt sich die Kriminalität in Grenzen. Sicher, es gab immer wieder mal ein paar Zwischenfälle. An der High School und in einigen Jugendtreffs wurde mit Haschisch und Marihuana gedealt, manchmal auch mit Kokain, ohne daß es ihm bislang gelungen war, diese leidige Angelegenheit völlig zu unterbinden. Es gab ein paar Kneipenschlägereien und Hühnerdiebstähle, und nur einmal hatte es in Deer Meadow wirkliche Aufregung gegeben, die sich bis über die Ortsgrenzen hinweg erstreckt und sogar ein paar hochnäsige Schnösel vom FBI angelockt hatte. Das war, als man die Leiche Teresa Banks, einer minderjährigen, drogenabhängigen Herumtreiberin, in Plastikplane verpackt am Ufer des Wind Rivers gefunden hatte. Aber das war ein einmaliger Fall gewesen, und bald war Deer Meadow wieder von der Außenwelt vergessen worden und im Schutz der Wälder in seinen Dornröschenschlaf gesunken.

Nun jedoch war diese Ruhe erneut gestört, wenn auch auf andere und ebenfalls unerfreuliche, allerdings weitaus weniger schlimme Weise als damals. Wissenschaftler und Journalisten waren durch die erstaunlichen und bislang unerklärlichen Fähigkeiten David Frosts angelockt worden, doch das Interesse klang bereits wieder ab.

Es gab ein paar vage Parallelen zwischen den beiden Fällen. Beide waren recht mysteriös und hatten außerdem am Rande mit *Harp's* zu tun, wohin Sheriff Cable gerade unterwegs war. Teresa, die erst einen Monat vor ihrem Tod nach Deer Meadow gekommen war, hatte dort gekellnert, ebenso wie es Davids Mutter tat.

Wilbur Cable parkte seinen Streifenwagen vor dem Diner, stieg aus und betrat das Lokal. Eileen Frost bediente an diesem Abend selbst.

»Hallo, Eileen«, grüßte er. »Ich habe drei hungrige Deputies und eine Sekretärin im Office sitzen. Wir brauchen ein Dutzend von den besten Doughnuts, die es in dieser Stadt gibt.«

»Wird erledigt, Chief.« Eileen wußte, daß er diese

Anrede mochte. Sie erwiderte sein Lächeln, wirkte dabei jedoch besorgt. Angesichts dessen, was mit ihrem Sohn passiert war, war das sicher gut verständlich, aber Cable hatte den Eindruck, als ob ihre Besorgnis etwas anderem galt.

»Was ist los mit dir?« fragte er gerade heraus. »Probleme?«

»Ich weiß nicht recht.« Sie zuckte die Schultern. Eileen war Ende Dreißig und mit ihrem schulterlangen, kastanienbraunen Haar und dem feingeschnittenen Gesicht eine attraktive Frau, auch wenn die Schicksalsschläge, die sie erlitten hatte, und das nicht gerade leichte Leben, das sie führte, ihre Spuren darin hinterlassen hatten und sie vorzeitig hatten altern lassen. »Susan Fienberg war vorhin hier. Sie hatte ein blaues Auge. Ihr Mann hat sie gestern geprügelt.«

»Jeff Fienberg?« hakte Cable ungläubig nach.

»Ich weiß, das ist schwer vorstellbar. Ich wollte es selbst kaum glauben, aber dann kam Jeff selbst her.« Sie berichtete, was sich zugetragen hatte. »Ich habe ihn kaum wiedererkannt«, schloß sie. »Jeff hat sich auf erschreckende Weise verändert. Ich fürchte fast, er wird Susan wieder schlagen.«

»Solange sie keine Anzeige erstattet, kann ich nichts unternehmen«, entgegnete Sheriff Cable. Er ließ sich nicht anmerken, wie nachdenklich ihre Worte ihn gemacht hatten, denn es war keineswegs der erste Vorfall dieser Art in der letzten Zeit. Eileens Bericht paßte nahtlos in ein beunruhigende Bild, das sich in letzter Zeit in Deer Meadow abzeichnete, auch wenn er es noch nicht zu deuten wußte. Es war besonders auffällig, daß sich die Zahl der Anzeigen häufte, sowohl was Bagatellfälle betraf, wo der Erstatter der Anzeige einem anderen nur schaden wollte, wie auch ernstere Vorkommnisse. Beleidigung und Körperverletzung rangierten dabei an erster Stelle. Ein geradezu besorgniserregender Zuwachs an Aggressivität ließ sich seit etwa zwei Wochen verzeichnen. »Falls sich die Gelegenheit ergibt, spreche ich aber mal mit Jeff«, versprach er. »Möglicherweise reicht ein kleiner Warnschuß vor den Bug, um ihn von weiteren Handgreiflichkeiten abzuhalten.«

»Das wäre prima von dir.« Eileen reichte ihm die Tüte mit den Doughnuts.

»Wie lange mußt du denn noch arbeiten?«

»Bis zehn. Dann kommt Irene, um mich abzulösen.«

»Was hältst du davon, wenn wir anschließend noch irgendwo etwas trinken gehen?«

Sie schüttelte den Kopf. Wilburs Frau hatte sich vor einigen Jahren von ihm scheiden lassen, und seither machte er ihr den Hof. Eileen mochte ihn, doch sie konnte sich nicht vorstellen, eine Beziehung mit ihm einzugehen. Er war gut zehn Jahre älter als sie, und sein Haar hatte sich bis zum Hinterkopf hoch bereits stark gelichtet. Wie ein Adonis sah er wirklich nicht aus, doch diese Äußerlichkeiten waren nicht der einzige Grund. Cable lebte in erster Linie für seinen Beruf, eine Frau würde bei ihm immer nur den zweiten Platz einnehmen. Er war humorlos, selbst wenn er lächelte, blickten seine Augen kalt. Außerdem hatte er einen stechenden Blick, der ihr nicht gefiel. Sie fühlte sich stets auf eine unangenehme Art von ihm taxiert.

»Heute nicht«, lehnte sie sein Angebot ab. »Ich will nachher noch kurz zum Krankenhaus und werde früh schlafen gehen. Ich bin ziemlich müde.«

»Wie du meinst. Ein frohes Weihnachtsfest noch, falls wir uns vorher nicht mehr sehen sollten.«

Er ärgerte sich über die Worte, im gleichen Moment, in dem er sie aussprach und ihm bewußt wurde, daß die angesichts der Umstände wie Hohn in ihren Ohren klingen mußten. Hastig verließ er das Diner. Als er sich seinem Wagen näherte, hörte er bereits das Piepsen des Funkgeräts. Er stieg ein und nahm das Mikro ab.

»Hier Cable. Was gibt es?«

»Chief, hier ist Diane.« Diane Milton arbeitete als Sekretärin in der Polizeistation. »Wir haben gerade einen Anruf von Ray Talbott bekommen. Er klang ziemlich verstört und sagte, er hätte Jeremy Storm umgebracht.«

»Jeremy Storm?« Cable fiel fast das Mikro aus der Hand.

»Das hat er gesagt. Ich habe bereits Cliff hingeschickt, aber da es um Storm geht, sollten Sie vielleicht auch selbst hinfahren.«

»Worauf Sie sich verlassen können.« Cable warf die Tüte auf den Beifahrersitz. Die Doughnuts mußten warten.

Er brauchte nur fünf Minuten, bis er Talbotts Haus erreichte. Deputy Cliff Howard war bereits vor ihm eingetroffen.

»Wie sieht es aus, Cliff?«

»Schlimm. Storm lebt noch, aber er ist schwer verletzt. Der Krankenwagen müßte jeden Augenblick eintreffen.«

»Wie ist es passiert?«

»Das weiß ich noch nicht, Chief. Talbott steht unter Schock, er ist völlig apathisch. Von ihm ist nichts zu erfahren. Offenbar hat er mit einer Statue auf Storm eingeschlagen.«

Cable trat an dem Deputy vorbei ins Wohnzimmer, als von draußen die Sirene des sich nähernden Krankenwagens zu hören war. Jeremy Storm lag mit blutüberströmtem Kopf auf dem Boden. Mark Garrett, ein weiterer Deputy, war gerade dabei, einen provisorischen Druckverband anzulegen, um die Blutung zu stoppen. In einem

Sessel saß Ray Talbott und starrte mit leerem Blick vor sich hin. Es war schwer vorstellbar, daß der schmächtige Mann einen Hünen wie Storm so schwer verletzt haben sollte.

Storm, ausgerechnet Jeremy Storm, den heimlichen Herrscher von Deer Meadow, dem die halbe Stadt gehörte. Sollte er sterben, würde dies weitreichende Konsequenzen haben. Was, um alles in der Welt, konnte einen unscheinbaren und bislang unbescholtenen Bürger wie Talbott zu einer solchen Wahnsinnstat veranlaßt haben?

Nach Eileen Frosts Bericht nun noch an diesem Abend ein weiteres Glied in einer Kette von unverständlichen Gewalttaten, die aus heiterem Himmel über Deer Meadow hereingebrochen waren.

Irgend etwas ging in der Stadt vor, und Sheriff Wilbur Cable hatte das unbehagliche Gefühl, daß ihm die ganze Entwicklung mehr und mehr aus der Hand glitt. Es war ein Gefühl, das ihm ganz und gar nicht gefiel und von düsteren Vorahnungen begleitet wurde.

»Nun?« habe ich dir zuviel versprochen?« Genießerisch schnalzte Tom Ericson mit der Zunge. »Dieser Kuchen zergeht auf der Zunge.«

»Nicht schlecht, das muß ich zugeben«, entgegnete Gudrun. »Aber ist es nicht übertrieben, dafür einen Umweg von fast fünfzig Meilen zu fahren?«

»Ach was.« Tom winkte ab. »Was sind schon fünfzig Meilen? Das ist der verdammt beste Kirschkuchen, den es auf der Welt gibt.«

»Ich wußte gar nicht, daß du so auf dieses süße Zeug stehst. Woher kennst du eigentlich den Laden?«

Der ›Laden‹ hieß *Lamplighter Inn* und lag am Highway 2, ein Stück hinter Louisforke. Tom hatte darauf bestanden, daß sie hier einkehrten. Der Flug von New York nach San Francisco hatte gut sechs Stunden gedauert, doch aufgrund der verschiedenen Zeitzonen waren sie bereits drei Stunden später, als sie gestartet waren, in Frisco angekommen. Dort hatten sie die Nacht in einem Hotel verbracht und waren früh am Morgen nach Seattle weitergeflogen, von wo aus sie ihre Reise nach Deer Meadow mit einem Mietwagen fortgesetzt hatten.

»Ein flüchtiger Bekannter vom FBI gab mir den Tip«, erklärte Tom. »Er meinte, wenn es mich mal in diese Gegend verschlagen würde, sollte ich unbedingt hier essen. Der Kuchen wäre jeden Umweg wert. Normalerweise stehe ich wirklich nicht so auf süßes Zeug, aber den kleinen Abstecher bereue ich nicht.«

»Die Welt wimmelt eben von Verrückten, aber lassen wir das.« Gudrun spülte das letzte Stück Kuchen mit einem Schluck Kaffee hinunter. »Du hattest deinen Spaß, und wenn du nichts dagegen hast, können wir jetzt vielleicht mal wieder für eine Weile ins Reich der Vernunft zurückkehren.«

»Wie du das sagst, klingt es fast wie eine Drohung.« Tom grinste kurz, dann wurde auch er ernst. »Also gut, was liegt an?«

»Morgen ist Heiligabend«, sagte Gudrun.

»Stimmt.« Er nickte. »Tut mir leid, daß ich noch nicht dazu gekommen bin, ein Geschenk für dich zu besorgen. Wird noch nachgeliefert, das verspreche –«

»Ich denke, wir wollten ernsthaft reden«, fiel die Anthropologin ihm unwirsch ins Wort. »Ist dir eigentlich bewußt, was für eine Tragödie das Schicksal dieses Jungen für seine Familie darstellen muß?«

Sie strich sich mit einer typisch weiblichen Handbewegung eine Haarlocke aus der Stirn. Wie die meisten Frauen tat sie es mit der Außenseite der Finger, während

Männer dazu fast immer die Handinnenseite benutzten. Ein kleiner Unterschied der Geschlechter, der Tom schon ein paarmal aufgefallen war. Er verkniff sich jedoch eine scherzhafte Bemerkung dazu. Obwohl er die Wortgefechte und Flachsereien mit seiner Begleiterin liebte, sah er ein, daß das von ihr angesprochene Thema für Witze zu ernst war.

»Ich kann es mir zumindest vorstellen«, antwortete er. »Aber wir sind nicht dafür verantwortlich, was mit dem Jungen passiert ist.«

»Vielleicht doch. Das ist es ja gerade, was mich bedrückt. Nehmen wir einmal an, sein Wahnsinn ist wirklich auf ein Artefakt zurückzuführen, das auf die energetischen Schockwellen reagiert hat. Ob es sich nun um das *Auge der Weisheit* handelt, wie wir es kennen, oder nicht, ist erst einmal unwichtig.«

»Worauf willst du hinaus?«

»Ich meine, daß wir möglicherweise *doch* die Verantwortung tragen, zumindest eine Mitschuld. Diese paraenergetischen Schockwellen entstanden, als die atlantische Station zerstört wurde, und das geschah nur, weil die Tore nach Atlantis nach Tausenden von Jahren zum ersten Mal wieder von uns geöffnet wurden. Sicher, keiner von uns konnte vorhersehen, ob und welche Folgen das haben würde, aber das ist eine schwache Ausrede.«

Tom Ericson hörte ihr aufmerksam zu. Er spürte, daß dieses Thema die Anthropologin ernsthaft bedrückte, und ihre Worte stimmten auch ihn nachdenklich. Unter diesem Aspekt hatte er die ganze Sache noch gar nicht betrachtet. Als Gudrun eine Pause machte, ermunterte er sie mit einem Kopfnicken zum Weitersprechen.

»Ich komme mir ein bißchen wie Kind vor, das eine Atombombe gefunden hat und unbeholfen damit herumspielt«, fuhr sie fort. »Möglicherweise haben wir sie sogar schon zur Explosion gebracht, ohne es bislang zu merken. Wenn David Frost wirklich das Opfer eines Artefakts wurde, das aufgrund unserer Bemühungen Aktivität entfaltet hat, dann tragen wir die Schuld an seinem Schicksal, und das ist nur eines von zahlreichen Artefakten, die es auf der Welt geben mag. Wir haben nicht die leiseste Ahnung, welche schlimmen Folgen die Schockwellen womöglich schon ausgelöst haben.«

»Das wäre theoretisch möglich«, sagte Tom bedächtig. »Und es wäre sehr bedauerlich, falls es so wäre. Aber das konnte niemand voraussehen.«

»Unwissenheit entbindet uns aber nicht von der Verantwortung für unser Tun. Ich frage mich, ob einige neue Erkenntnisse über eine lange vergangene Menschheitsepoche es wirklich wert sind, deshalb ein solches Risiko einzugehen. Auch der ZERSTÖRER konnte nur durch unseren Forschungseifer entkommen, womit wir indirekt die Schuld am Tode der zahlreichen Menschen tragen, die ihm zum Opfer gefallen sind. Wir spielen mit dem Feuer und übersehen dabei völlig die möglichen Konsequenzen. Davon nehme ich mich gar nicht aus.«

Tom trank einen Schluck Kaffee, stellte fest, daß dieser bereits kalt geworden war, und schob die Tasse von sich. Gudruns eindringliche Worte waren ihm ohnehin auf den Magen geschlagen und hatten ihm den Appetit verdorben.

»Und was schlägst du vor?« fragte er. »Sollen wir etwa aufhören, nach weiteren Hinterlassenschaften der Atlanter zu suchen?«

»Ich meine nur, daß wir in Zukunft wesentlich vorsichtiger und verantwortungsvoller vorgehen müssen. Wir wissen nun, daß unsere Suche große Gefahren birgt, und dürfen nicht nur um der Forschung willen blindlings weiterforschen.« Sie machte eine kurze Pause. »Aber das ist ein Problem, das wir auch mit Sutherland und den anderen gemeinsam besprechen sollten. Zurück zu David Frost. Ich sagte schon, morgen ist Heiligabend. Das kompliziert unser Vorhaben. Die Frosts werden sich bedanken, wenn wir über Weihnachten ins Haus platzen und neugierige Fragen über ihren Sohn stellen.«

Tom nickte. »Ich habe auch schon überlegt, ob es nicht günstiger wäre, wenn wir unseren Besuch bis nach den Feiertagen aufschieben, aber dann ginge uns Zeit verloren, die vielleicht entscheidend sein kann. Du hast gerade auf unsere Verantwortung hingewiesen. Falls es sich bei dem *Auge der Weisheit,* von dem David spricht, um die Kristallkugel handelt, die wir kennen, besteht auch hier eine immense Gefahr. Gerade deshalb dürfen wir keine Zeit vergeuden.«

»Das sehe ich ein«, stimmte Gudrun zu. Sie rang sich ein flüchtiges Lächeln ab. »Und trotzdem hast du Blödmann auch noch darauf bestanden, daß wir nur wegen eines Frühstücks einen Riesenumweg machen. Also los, laß uns endlich weiterfahren.«

Barbara Rittinger hatte eine Mordswut im Bauch. Sie war eine korpulente, ausgesprochen resolute Frau, die eine flüchtige Ähnlichkeit mit der Schauspielerin Kathy Bates im Film »Misery« hatte. Unter ihren Kolleginnen im Krankenhaus war sie nicht sehr beliebt, und sie hatte auch privat nicht viele Freunde. Man fürchtete sie wegen ihres cholerischen Temperaments und ihrer herrschsüchtigen Art, doch das störte sie nicht.

Sie war nun einmal so, wie sie war. Andere hatten sie so zu akzeptieren, oder sie ließen es eben bleiben, so einfach war das.

Ihr Mann hatte sie akzeptiert, wie sie war, und das schon vor mehr als fünfzehn Jahren. Er hatte eine Reihe von Schwächen gehabt, doch die hatte Barbara ihm recht bald ausgetrieben. In einer Ehe mußten sich die Partner ihrer Meinung nach einander angleichen, und zwar der Schwächere dem Stärkeren. Der Stärkere, das war in diesem Falle sie gewesen. Burt hatte noch nie einen besonders starken Willen besessen. Er war wie ein Halm im Wind gewesen, den sie sich nach ihren Vorstellungen zurechtgebogen hatte.

Jedenfalls hatte sie das bislang geglaubt. Nie hätte sie es für möglich gehalten, daß ausgerechnet der sonst so folgsame Burt, der es nicht einmal wagte, ihr Widerworte zu geben, hinter ihrem Rücken heimlich ein Verhältnis beginnen könnte.

Sie hätte ihn nicht einmal im Traum für fähig gehalten, sie zu betrügen, und doch war es so.

Barbara hatte keine Beweise, nur Indizien, aber die waren deutlich. Burt kam fröhlicher als je zuvor von der Arbeit nach Hause, er schob dauernd Überstunden, und seit einigen Wochen legte er verstärkt Wert auf seine Kleidung, bevor er zur Arbeit fuhr.

Höchstwahrscheinlich handelte es sich um die Schnepfe von der Telefonzentrale, dieses männermordende Biest. Dieses Weibsbild schreckte vor nichts zurück; wenn man den kursierenden Gerüchten glauben durfte, hatte sie schon mit mindestens der Hälfte aller männlichen Mitarbeiter der Firma etwas gehabt, ob diese nun verheiratet waren oder nicht.

Burt hatte es abgestritten, aber obwohl er es normalerweise nie wagen würde, sie anzulügen, glaubte Barbara ihm nicht. Sie hatte ihm zugesetzt, ihn regelrecht ausgequetscht, war nahe dran gewesen, ihn zu verprügeln, doch er hatte beständig weiter geleugnet.

Aber sie würde ihm schon noch auf die Schliche kommen, daran bestand für sie kein Zweifel, und dann würde es ihm erst recht schlecht ergehen. Dann würde er lernen, was es bedeutete, sie zu belügen und betrügen. Und das Miststück aus der Telefonzentrale würde auch ihr Fett abbekommen.

Barbara Rittinger war niemand, der seine Emotionen verbergen konnte, sie hatte auch gar kein Interesse daran. Entsprechend reagierte sie ihre Wut ungehemmt an sämtlichen Leuten ab, die ihr an diesem Vormittag in die Quere kamen, was am Empfangsschalter leider nicht allzu viele waren.

Der Mann, der sich jetzt in ziemlich barschem Tonfall nach dem Zimmer von David Frost erkundigte, kam ihr da gerade recht. Es war ein merkwürdiger Typ. Er trug einen Lodenmantel, Handschuhe und einen tief in die Stirn gezogenen Hut, so daß von seinem Gesicht nicht viel zu erkennen war.

»Nehmen Sie erst einmal den Hut ab, wenn Sie mit einer Dame sprechen«, gab sie ebenso unfreundlich zurück.

»Ich bin nicht hier, um mit Ihnen zu flirten, sondern ich möchte wissen, in welchem Zimmer David Frost liegt«, erwiderte er kalt. Sein Blick wurde noch stechender. Etwas an seiner Ausstrahlung verunsicherte Barbara. Sie war es gewohnt, daß andere vor ihr kuschten, doch der Unbekannte dachte gar nicht daran. Obwohl die Tatsache, daß er sich so hinter seiner Kleidung versteckte, eher auf Unsicherheit hindeutete, besaß er ein außerordentlich großes Selbstvertrauen. »Und wenn sie mit die Zimmernummer nicht sofort nennen, möchte ich Ihren Vorgesetzten sprechen«, fügte er hinzu.

Unter anderen Umständen hätte Barbara vielleicht einen Rückzieher gemacht und wäre freundlicher geworden. Sie hatte schon mehrere Einträge in ihrer Personalakte und war nicht scharf auf weiteren Ärger. Bei der Wut, die sich ohnehin schon in ihr aufgestaut hatte, war ihr das jedoch egal.

»Erstens haben wir jetzt keine Besuchszeit«, blaffte sie. »Und zweitens darf ich nicht jeden Dahergelaufenen zu David Frost lassen. Wer sind Sie überhaupt?«

»Mein Name ist Alfred Rosenfield.«

»Journalist oder Wissenschaftler?«

Die Frage irritierte den Mann sichtlich.

»Woher wissen Sie das? Was geht Sie das überhaupt an?«

»Jeder Fremde, der in den letzten Wochen hierherkommt, zu David Frost will und sich groß aufspielt, ist entweder Reporter oder ein Wissenschaftler, der ihn untersuchen will.«

»Ich bin Journalist«, gab der Mann zurück. Diese Erklärung erschien ihm am glaubwürdigsten. Als Wissenschaftler würde man ihn vermutlich erst einmal dem Chefarzt vorstellen, damit dieser sich mit ihm über seine Fachgebiete unterhielt. »Und Sie können sich darauf verlassen, daß ich in meiner Zeitung einen gepfefferten Artikel über den Service in diesem Krankenhaus schreiben werde, wenn Sie mir nicht sofort die Zimmernummer nennen.«

»Zeigen Sie mir erst einmal Ihren Presseausweis«, verlangte Barbara unnachgiebig.

Rosenfield zog seine Brieftasche hervor und schaute hinein.

»Verdammt, den habe ich wohl im Hotel liegen lassen.«

»Dann holen Sie ihn erst einmal«, erwiderte Barbara triumphierend. »Und kommen Sie zur offiziellen Besuchszeit wieder. Dann werde ich mich erkundigen, ob ich Sie zu David lassen darf, aber ich fürchte, auch dann wird daraus nichts werden. Sie werden schon eine Erlaubnis von Davids Mutter brauchen. Bei freundlicheren Leuten machen wir schon mal eine Ausnahme, aber davon kann hier wohl keine Rede sein. Und jetzt verschwinden Sie, ich habe zu tun.«

Zufrieden knallte sie das kleine Fenster ihrer Loge zu. Ihre Laune besserte sich ein wenig. Diesem arroganten Kerl hatte sie es gegeben, und ebenso würde es auch ihrem Mann ergehen, wenn sie heute nach Hause kam.

Sheriff Wilbur Cable stieß die Tür von *Harp's* kraftvoll auf und trat ein. Auf einen Blick erfaßte er die Situation.

»Also gut, Schluß jetzt!« rief er laut.

Die beiden Männer, die sich in dem Diner nach Herzenslust prügelten, wobei bereits mehrere Stühle und Tische zu Bruch gegangen waren, beachteten ihn gar nicht. Brad Hendley und Jason Priest. Unbeirrt droschen beide weiter aufeinander ein.

Priest war für seine Streitlust bekannt, vor allem, wenn er getrunken hatte, und er hatte deshalb schon mehr als eine Nacht in der Ausnüchterungszelle verbracht. Hendley hingegen war eher sanftmütig. Es gehörte schon eine ganze Menge dazu, ihn aus der Ruhe zu bringen, geschweige denn, ihn zu so einer Schlägerei zu provozieren.

Beide waren groß und breitschultrig, arbeiteten als Holzfäller und waren normalerweise die dicksten Freunde. Davon war im Moment nicht viel zu merken.

Hendley bekam einen Schlag in den Magen verpaßt, der ihn in Richtung des Ausgangs zurücktaumeln ließ. Cable packte ihn von hinten an den Armen.

»Aufhören, habe ich gesagt!« brüllte er noch einmal.

Hendley versetzte ihm einen Ellbogenstoß gegen die Brust und schüttelte ihn wie ein lästiges Insekt ab. Wie eine lebende Kanonenkugel stürmte er gleich darauf wieder mit gesenktem Kopf auf seinen Gegner los. Gemeinsam stürzten sie auf einen der bislang noch unversehrten Tische. Auch dieses Möbelstück ging unter der Wucht ihres Aufpralls zu Bruch.

»Tun Sie doch etwas, Chief!« beschwor ihn Irene Harp, die Besitzerin des Diners. Sie war weit hinter die Theke zurückgewichen, ebenso wie die übrigen Gäste. »Die schlagen sich gegenseitig die Köpfe ein. Von meiner Einrichtung erst gar nicht zu sprechen.«

Sheriff Cable schnaubte. Er war selbst nicht gerade ein Schwächling, doch verglichen mit den beiden Holzfällern nahm er sich wie ein halbes Hemd aus. Wenn er sich in die Schlägerei direkt einmischte und die beiden Streithähne gewaltsam zu trennen versuchte, würde er wahrscheinlich zwischen den beiden menschlichen Dampfwalzen zerquetscht werden, ohne daß sie ihn überhaupt bemerkten.

Zwar trug er eine Schußwaffe, doch konnte er diese freilich nicht einsetzen, und es nutzt auch nicht viel, damit zu drohen, solange die beiden nichts um sich herum mehr wahrnahmen. Auf Verstärkung zu warten, kam ebenfalls nicht in Frage, das konnte viel zu lange dauern. In dem Zustand der Raserei, in den sich Priest und Hendley hineingesteigert hatten und in dem sie vermutlich gar keine Schmerzen mehr spürten, war tatsächlich zu befürchten, daß einer den anderen umbrachte, wie Irene gesagt hatte.

Cable seufzte und wechselte einen hilflosen Blick mit der Besitzerin des Diners. Also gut, wenn es nicht anders ging, mußte er seine Dienstvorschriften eben etwas freier auslegen und selbst zu weniger feinen Maßnahmen greifen, in diesem Fall einem abgebrochenen Stuhlbein.

Vorsichtig näherte er sich den beiden Streithähnen, die aneinandergeklammert über den Boden rollten. Wuchtig ließ er das Stuhlbein niedersausen. Zwar hatte er auf Priests Nacken gezielt, doch im gleichen Moment drehten die beiden sich wieder halb herum, so daß er Hendley traf. Der Hüne fuhr herum. Seine Augen waren geschwollen und blutunterlaufen. Sein Blick flackerte wie der eines Irren.

Cable schlug ein weiteres Mal zu, traf erneut Hendleys Nacken, und diesmal erschlaffte der Hüne und brach über seinem Gegner zusammen. Priest wälzte ihn von sich herunter und richtete sich auf.

»Sie hätten sich da raushalten sollen, Chief!« grollte er und kam drohend näher. Den Kerl hätte ich windelweich gehauen.«

Seine prankenhaften Hände schossen vor. Mit einem Ruck entriß er Cable das Stuhlbein und schleuderte es achtlos zur Seite.

Der Sheriff wich zurück.

»Bleiben Sie stehen!« stieß er hervor und nestelte am Verschluß seiner Pistolentasche. Er zog die Waffe und richtete sie auf den Holzfäller. Gegen diesen Koloß hatte er im offenen Kampf keine Chance. Wenn es nicht anders ging, würde er Priest schlimmstenfalls einen Schuß ins Bein verpassen müssen. »Ich warne Sie! Bleiben Sie stehen, oder ich schieße!«

Priest starrte ihn ein paar Sekunden lang wutentbrannt an, kam aber tatsächlich nicht näher. Schließlich nickte er langsam.

»Das Ganze geht Sie zwar wirklich nichts an, aber vielleicht war es ganz gut, daß Sie gekommen sind, bevor noch ein Unglück geschehen wäre.«

»Wenn jemand in dieser Stadt eine Schlägerei vom Zaun bricht und die Einrichtung eines Lokals zerschlagen wird, dann geht mich das sogar eine ganze Menge an«, entgegnete Cable scharf. »Und das Unglück war bereits Ihre Geburt. Ich habe Sie schon ein paarmal gewarnt, Priest. Diesmal kommen Sie nicht so billig davon wie die letzten Male. Ich bin es endgültig leid mit Ihnen.«

»He, Moment mal, Chief«, protestierte der Holzfäller und wischte sich einen Blutfaden vom Kinn. »Ich bin an der Sache nicht schuld. Hendley ist über mich hergefallen. Ich habe mich nur gewehrt.«

»Das stimmt«, bestätigte Irene Harp. »Hendley hat angefangen.«

»Dann müssen Sie ihn provoziert haben, Priest«, beharrte Cable. »Ich kenne Hendley zwar nur flüchtig, aber im Gegensatz zu Ihnen ist er kein Raufbold, der aus heiterem Himmel Streit anfängt.«

»Diesmal schon«, behauptete Priest. »Ich habe mich ja selbst gewundert. Wir haben ganz friedlich zusammen gegessen, als er plötzlich zu stänkern anfing. Erst dachte ich ja noch, er macht nur Spaß, aber es ging immer weiter. Dann hat er mich angegriffen, und da hat's mir dann gereicht, so daß ich mich gewehrt habe.«

»Ein richtiges Unschuldslamm also«, knurrte Cable. Er glaubte dem Holzfäller kein Wort. Am liebsten hätte er den Mann selbst gepackt und die Wahrheit aus ihm herausgeprügelt, bis ...

Erschrocken über seine eigenen Gedanken schloß er für einen Moment die Augen. Er war mächtig überarbeitet, und die ganzen Gewalttaten, mit denen er zu tun hatte, färbten offenbar schon auf ihn ab, dabei war es wichtig, daß gerade er einen klaren Kopf behielt.

»Das wird sich in der Polizeistation alles herausstellen«, sagte er. »Ich nehme Sie erst einmal mit.«

Vor dem Diner hielt mit quietschenden Reifen ein weiterer Streifenwagen. Deputy Cliff Howard stieg aus.

»Bravo, kommen Sie auch schon?« begrüßte ihn Cable sarkastisch. »Vor fünf Minuten hätte ich Ihre Hilfe dringender gebraucht.«

»Tut mir leid. Ich komme auch nicht nur als Verstärkung. Auf dem Weg hierher hat mich Diane über Funk gerufen. Es ist etwas Schreckliches passiert. Susan Fienberg hat gerade ihren Mann erstochen.«

Imogen Anderson setzte die Kopfhörer ab und legte das Buch zur Seite, in dem sie gelesen hatte, als die Tür ihres Zimmers geöffnet wurde und ihr Vater eintrat. Sie stand von ihrem Bett auf, trat an den Plattenspieler und schaltete das Gerät ab. »Nun, bist du endlich zur Vernunft gekommen?« erkundigte sich ihr Vater. »Du brauchst mir bloß zu sagen, daß du dir diesen David Frost aus dem Kopf schlägst, und alles ist wieder in Ordnung.«

Dean Anderson hatte sich für diesen Tag Urlaub genommen und schaute gelegentlich bei ihr herein. Er wirkte weniger aufgebracht als am vergangenen Abend, aber ebenso unnachgiebig.

»Ich werde David nicht aufgeben«, antwortete Imogen trotzig.

»Über kurz oder lang wirst du es ohnehin tun. Oder willst du dein ganzes Leben lang einem Verrückten nachtrauern? In ein paar Wochen oder Monaten wären deine sinnlosen Besuche im Krankenhaus nur noch eine Routine, die dir schließlich lästig fallen würden, und irgendwann würdest du sie ganz aufgeben. Bis dahin aber würdest du wertvolle Monate deines Lebens vergeuden, und davor will ich dich bewahren. Wenn du das nicht einsiehst, muß ich es eben gegen deinen Willen tun.«

»David wird wieder gesund werden«, beharrte Imogen. »Und meine Besuche sind nicht sinnlos. Ich weiß, daß David mich wahrnimmt und sich freut, wenn ich da bin, auch wenn er es nicht zeigen kann.«

»Unsinn.« Dean Anderson machte eine barsche Handbewegung. »Das bildest du dir nur ein. Meinetwegen kannst du ihn ja auch alle paar Wochen mal besuchen, dagegen habe ich gar nichts. Aber ich will nicht, daß dein ganzes Leben nur noch um ihn kreist. Es tut mir leid, wenn ich gestern abend etwas grob geworden bin, aber das hast du dir durch dein uneinsichtiges Verhalten selbst zuzuschreiben. Also sag schon, daß du aufhörst, zu ihm zu gehen, und ich hebe den Hausarrest für dich sofort auf.«

Imogen begriff, daß er ihr damit eine goldene Brücke baute. Er hatte sich für sein Verhalten entschuldigt, und zumindest für den Moment gab er sich mit ihrer bloßen Aussage zufrieden, um selbst keinen Rückzieher zu machen. Aber das würde das Problem nur zeitlich ein bißchen verlagern. Sie war nicht besonders stur, aber auch in ihr war mittlerweile Trotz erwacht. Nur um ihre Gefangenschaft – und um nichts anderes handelte es sich im Grunde – zu beenden, wollte sie keine falschen Versprechungen machen. Sie wußte, daß sie bei der nächsten sich bietenden Gelegenheit auf jeden Fall wieder zu David gehen würde, egal, was sie jetzt sagte.

»Es wäre ja doch nur eine Lüge, und das weißt du genau«, entgegnete sie. »Ich liebe David, und ich halte zu ihm, ganz egal, wie lange du mich hier einsperrst.«

»So? Das wollen wir noch mal sehen.« In die Stimme ihres Vaters mischte sich nun wieder aufkeimender Zorn. »Verlaß dich darauf, ich sitze am längeren Hebel. Wenn du es unbedingt so willst, bleibst du eben das ganze Weihnachtsfest über in deinem Zimmer.«

Er stapfte aus dem Raum und schloß die Tür hinter sich wieder ab.

Imogen blieb allein zurück, aber sie wußte jetzt, was sie zu tun hatte. Mit seinem unmöglichen Verhalten hatte ihr Vater selbst jedes Band des Vertrauens zwischen ihnen durchschnitten, so daß sie keine Skrupel mehr hatte, ihn zu hintergehen und gegen seine Anordnung zu verstoßen.

Sie würde zu David gehen, noch an diesem Nachmittag, und auch eine verschlossene Tür würde sie nicht davon abhalten. Sie zog eine dicke Jacke an, öffnete so leise wie möglich das Fenster ihres Zimmers und kletterte auf die sich darunter erstreckende Garage hinaus.

Das Läuten der Türklingel störte Eileen Frost, als sie gerade dabei war, ein paar für David bestimmte Sachen zusammenzupacken. Sie war bereits spät dran und wollte unbedingt noch zum Krankenhaus fahren.

»Ja, bitte?« begrüßte sie den ihr fremden Mann im Lodenmantel vor ihrer Tür. »Sie wünschen?«

»Mein Name ist Webster. Bitte entschuldigen Sie, wenn ich Sie so einfach überfalle, aber ich muß unbedingt mit Ihnen sprechen.«

»Das ist im Augenblick sehr ungünstig. Falls Sie vorhaben, mir etwas zu verkaufen, ist Ihr Besuch sowieso sinnlos. Ich brauche nichts.«

»Sind Sie sich da ganz sicher? Ich glaube, daß Sie etwas sogar sehr dringend benötigen, und das ist Hilfe. Es geht um Ihren Sohn.«

»Und Sie glauben, daß Sie David helfen können?« Mißtrauisch betrachtete Eileen den Mann. Webster hatte den Kragen seines Lodenmantels zum Schutz gegen die Kälte hochgeschlagen und den Hut tief in die Stirn gezogen. Obwohl er lächelte, war sein Blick stechend, seine Augen wirkten fast metallisch kalt. Die unmittelbare Nähe des Mannes war ihr unangenehm, so daß sie unwillkürlich einen kleinen Schritt zurücktrat. Am liebsten hätte sie die Tür sofort wieder geschlossen, doch er bot ihr immerhin Hilfe an, und um David Willen war sie verpflichtet, sich zumindest anzuhören, was er ihr zu sagen hatte. »Wer sind Sie, und woher kommen Sie?«

»Ich bin Psychologe und halte an der Harvard Universität Vorlesungen zu diesem Thema, wobei mich besonders die Randbereiche der Psychologie interessieren. Ich weiß zwar nur aus verschiedenen Zeitungsberichten über das Schicksal Ihres Sohnes, doch nach allem, was ich gelesen habe, glaube ich nicht, daß es sich um ein rein medizinisches Problem handelt. Ich bin gekommen, um mir selbst ein Bild von der Lage zu verschaffen.«

»Randbereiche der Psychologie?« wiederholte Eileen skeptisch. »Sie meinen Gedankenlesen, Tischerücken und so etwas? Hören Sie, Ihren Ruf als Wissenschaftler in allen Ehren, aber ich halte nichts von solchem Hokuspokus.«

»Kein Hokuspokus.« Heftig schüttelte Webster den Kopf. »Ich spreche nicht von solchem Unsinn. Mit Randbereichen meine ich bestimmte Geisteszustände, um deren Erforschung ich mich verstärkt gekümmert habe. Autismus beispielsweise, oder was in einem Menschen vorgeht, der im Koma liegt. Von solchen Aspekten spreche ich, und ich glaube, daß wir es bei Ihrem Sohn mit etwas zu tun haben, das eng damit zusammenhängt. Ich will keine falschen Versprechungen geben, aber möglicherweise kann ich tatsächlich etwas für ihn tun, wenn Sie mich zu ihm führen.«

»Ich weiß nicht recht.« Eileen zögerte. Der Mann war ihr trotz seiner Hoffnung verheißenden Worte nicht nur wenig sympathisch, sondern auch ein wenig unheimlich. »Internationale Kapazitäten haben sich bereits mit David beschäftigt, ohne viel für ihn tun zu können.«

»Ihr Sohn hat einen Begriff erwähnt, das *Auge der Weisheit*«, drängte Webster. »Auf etwas Ähnliches bin ich bereits bei meinen Untersuchungen bei anderen psychisch gestörten Menschen gestoßen. War dies auch bei den anderen Kapazitäten der Fall?«

»Nein«, gab Eileen Frost zu. Dieses Argument hatte etwas für sich. Möglicherweise konnte Webster wirklich etwas für David tun. Ein Versuch würde jedenfalls kaum schaden. Andererseits konnte er den Begriff mißbrauchen, um ihr einfach etwas vorzulügen. Ihr Mißtrauen war nach wie vor nicht besänftigt. Etwas an dem Mann stieß sie ab. »Darf ich bitte einmal Ihren Ausweis und Ihre Sozialversicherungskarte sehen?«

»Sicher.« Webster öffnete seine Brieftasche und reichte ihr die gewünschten Papiere. Eileen studierte sie flüchtig. Alles schien damit in Ordnung zu sein, doch sie war kein Fachmann, um das zu beurteilen.

»Ich mache Ihnen einen Vorschlag. Ich werde bei der Harvard Universität anrufen und mich nach Ihnen erkundigen. Wir können uns in einer halben Stunde vor dem Krankenhaus treffen. Falls man mir Ihre Angaben bestätigt, bringe ich Sie zu David. Können Sie mir die Nummer sagen?«

»Sie steht in meinem Notizbuch, und das habe ich gerade nicht bei mir. Außerdem ... ich glaube kaum, daß jetzt noch jemand in der Universität ist«, widersprach Webster. »Immerhin steht Weihnachten vor der Tür, und ich habe keine Zeit, bis nach den Feiertagen zu warten.«

Dieser Einwand stärkte Eileens Mißtrauen sofort wieder. Sicher, sein Argument hatte etwas für sich, doch sein kurzes Stocken war ihr nicht entgangen. Sie hatte den

Eindruck, als hätte er sie nur von dem Anruf abbringen wollen, und dieses Argument wäre ihm erst im gleichen Moment eingefallen. Auch erschien es ihr sonderbar, daß er die Nummer der Universität nicht auswendig wußte.

»Dann kann man nichts machen«, sagte sie kühl. »Ich werde keinen wildfremden Menschen nur auf seine Behauptung hin, er wäre Psychologe, zu David lassen. Als Wissenschaftler können Sie das sicherlich verstehen. Ich werde in der Universität anrufen, und wenn alles klappt, treffen wir uns in einer halben Stunde vor dem Krankenhaus. Das wäre im Moment alles.«

»Könnte ich nicht wenigstens hier warten, während Sie anrufen? Es kann sich doch nur um ein paar Minuten handeln.«

Der Gedanke, ihn in ihr Haus zu lassen, gefiel Eileen gar nicht. Sie glaubte immer weniger daran, daß der Mann die Wahrheit sagte, auch wenn sie sich nicht vorstellen konnte, was er von David wollte.

»Ich bedauere«, antwortete sie und schüttelte den Kopf. »Es bleibt bei meinem Vorschlag. Und jetzt entschuldigen Sie mich bitte.«

Sie wollte die Tür schließen, doch Webster blockierte diese mit dem Fuß. Seine rechte Hand glitt in die Manteltasche. »Also gut, dann eben auf die harte Tour«, zischte er. »In meiner Tasche befindet sich ein Revolver, der genau auf Sie gerichtet ist. Gehen wir ins Haus, dann können wir alles Weitere in Ruhe besprechen.«

»Ich begreife das einfach nicht.« Nachdem Susan Fienberg aus dem Verhörraum geführt worden war, beugte sich Sheriff Cable erschöpft vor, stützte die Ellbogen auf den Tisch und bedeckte sein Gesicht mit den Händen. »Was geht in dieser Stadt bloß vor?«

»Das weiß ich so wenig wie Sie.« Deputy Cliff Howard zuckte die Achseln.

»Es war eine rhetorische Frage, falls Sie davon schon mal gehört haben«, gab Cable zurück, ohne aufzusehen. »Mir war schon klar, daß Sie mir keine Patentlösung präsentieren können. Aber ist ja auch egal. Gehen wir die Sache gemeinsam durch. Vielleicht fällt Ihnen ja doch etwas auf, das mir bislang entgangen ist. Wie sehen Sie die Sache?«

Howard setzte sich ihm gegenüber auf die andere Seite des Tisches, wo vorher Susan Fienberg gesessen hatte.

»Das ist schwer zu sagen. Die Leute sind durch irgend etwas gereizt. An den bevorstehenden Weihnachtstagen kann es kaum liegen, auch wenn es da immer etwas Hektik gibt. Vielleicht ein Wetterumschwung?«

Cable zündete sich eine Zigarette an und schüttelte den Kopf.

»Kommen Sie schon, Cliff, hier geht es nicht darum, daß die Leute *gereizt* sind. Der Bürgermeister sitzt mir bereits kräftig im Nacken, und auch die Presse wird allmählich aufmerksam, auch wenn wir vieles noch geheimgehalten haben. In den letzten zwei Wochen hundertdreißig Anzeigen, die meisten wegen Beleidigung, tätlichen Angriffs oder ähnlicher Delikte. Das ist mehr, als wir sonst in einem ganzen Jahr haben. Aber das allein würde mich noch nicht so beunruhigen. Dreizehn Schlägereien in der letzten Woche, die wir schlichten mußten.«

»Vierzehn«, verbesserte Cliff Howard. »Heute morgen, als ich gerade zur Arbeit kommen wollte, sind zwei meiner Nachbarn im *Fat Trout Trailer Park* aneinandergeraten. Ich konnte die Schlägerei schlichten und habe erst gar keine Meldung darüber gemacht.«

»Ist ja auch nicht weiter wichtig.« Angesichts der ernsten Lage verzichtete Cable auf eine der bissigen Bemerkungen, mit denen er seinen Deputy gewöhnlich aufzog, weil dieser in einem Wohnwagen statt einem richtigen Haus wohnte. »Viel wichtiger sind die fünf Morde. *Fünf Tote!* Und das in einer Stadt wie Deer Meadow! Wissen Sie, was das bedeutet?«

»Sagen Sie es mir, Chief.«

»Etwas, das ich noch nicht begreife, das ist es ja!« Cable schlug mit der Faust auf den Tisch. »Während meiner ganzen Amtszeit hatten wir vorher nur acht gewaltsame Todesfälle, davon drei Verkehrsunfälle. Es fing damit an, daß Parker diesen Landstreicher erschossen hat, der vor seinem Haus herumlungerte. Er hat sich selbst gestellt, und es tat ihm leid. Okay, Parker neigt zu Überreaktionen, ihm ist so eine Tat zuzutrauen. Ben Forker lauert seinem Bruder auf, weil er glaubt, der hätte etwas mit seiner Frau, und überfährt ihn. Ben neigt nicht zu Überreaktionen, aber er hat immerhin noch ein Motiv. Ray Talbott erschlägt Jeremy Storm. Storm ist heute morgen gestorben. Talbott war stets ein friedlicher Mensch, der sich kirchlich engagierte. Storm wollte ihn aus seinem Haus vertreiben, aber trotzdem. Niemand, mit dem ich gesprochen habe, hätte Talbott eine solche Tat zugetraut. Albert Bundy erschießt seine Frau Peggy mit einem Jagdgewehr, weil er meint, sie wäre eine Schlampe, die nicht einmal das Haus in Ordnung halten könnte. Und schließlich ermordet Jessica Atkins ihren Mann, weil dieser ihr Essen abscheulich fand. Äußerst bizarr. Gemeinsam ist all diesen Fällen, daß die Täter ausgesagt haben, es hätte ihnen leid getan. Es wäre wie ein Krampf über sie gekommen, sie hätten die Beherrschung verloren. Keiner dieser Morde war geplant, selbst Ben Forker wollte seinen Bruder eigentlich nur zur Rede stellen. Alle haben sich bereitwillig nach der Tat selbst gestellt, entsetzt über ihr Verbrechen.«

»Sechs Morde«, korrigierte Howard. »Vergessen Sie Susan Fienberg nicht.«

Sheriff Cable drückte seine Zigarette aus und zündete sich sofort eine neue an. »Ich habe sie nicht vergessen«, widersprach er. »Aber hier liegt der Fall etwas anders. Jeff war derjenige, der ausrastete. Eileen Frost erzählte mir bereits gestern abend, daß Jeff seine Frau geschlagen hätte. Susan hatte ein blaues Auge. Jeff kam zu *Harp's* und muß sich wie ein Verrückter aufgeführt haben. Deshalb glaube ich Susan, wenn sie sagt, sie hätte in Notwehr gehandelt. Jeff hat sie gewürgt, Sie haben ja selbst die Würgemale gesehen. Wahrscheinlich hätte er sie umgebracht, wenn sie nicht mit der Schere zugestochen hätte. Deshalb habe ich sie ja auch auf freien Fuß setzen lassen.«

Ein paar Sekunden schwiegen sie beide.

»Die Frage ist nur, wie wir weitere Verbrechen verhindern können«, sagte Howard dann nachdenklich. »Ich meine, wir können ja nicht überall sein. Ich warte schon fast darauf, daß jemand die Tür aufreißt, um uns eine neue Hiobsbotschaft zu überbringen.«

»Zunächst einmal müssen wir herausfinden, wodurch das alles ausgelöst wird«, erwiderte Cable. »Ich habe vorhin schon mit Doktor Fleischman gesprochen, ob es sich um irgendeine Viruserkrankung oder etwas Ähnliches handeln kann. Er sagte, es gäbe keinen Virus, der die Leute dazu bringen würde, sich gegenseitig umzubringen.«

»Aber die Leute sind einfach aggressiver als sonst. Bei vielen äußert es sich nur in Kleinigkeiten, Sie haben mir in den letzten Tagen übrigens auch schon ein paar wenig freundliche Bemerkungen an den Kopf geworfen. Bei manchen wird es offenbar so schlimm, daß sie jede Beherrschung verlieren und in einen Mordrausch verfallen.«

»Genau. Und solange wir nicht herausfinden, wodurch das ausgelöst wird, können wir nichts weiter tun, als darauf zu warten, daß es irgendwo in der Stadt wieder passiert.« Sheriff Cable nickte düster. »Und noch etwas, Cliff. Haben Sie auch schon gemerkt, daß es gerade in den letzten beiden Tagen immer schlimmer geworden ist? Ich fürchte fast, dieser Trend wird sich weiter fortsetzen. Und wenn wir ihn nicht irgendwie aufhalten können, dann gnade uns Gott!«

Kar hatte sich entschlossen, seine Maske endgültig fallenzulassen.

Er hatte gehofft, unauffällig und ohne Gewaltanwendung an David Frost heranzukommen, und deshalb war er unter falschem Namen und mit gefälschten Papieren aufgetreten, doch weder in seiner Identität als Alfred Rosenfield, noch als William Webster kam er weiter. Er hatte es mit Einschüchterung versucht, mit Freundlichkeit, sogar mit angebotener Hilfe. Nichts davon hatte ihn seinem Ziel nähergebracht.

Es wurde Zeit, sich auf die guten alten Traditionen zu besinnen, mit denen er in seinem Leben bislang den meisten Erfolg gehabt hatte. In diesem Fall wurden sie von der 9 Millimeter Halbautomatik verkörpert, die er sich auf dem Weg nach Deer Meadow besorgt hatte und nun auf Eileen Frost richtete.

Er sah einen dunkelgrünen Rover in die Straße einbiegen und sich langsam nähern.

»Los, rein!« befahl er und versetzte Eileen einen Stoß. Hinter sich schloß er die Tür sofort. Er konnte keine Zeugen gebrauchen, die möglicherweise den Sheriff verständigten und ihm damit weitere Steine in den Weg rollten.

Unsanft trieb er Eileen Frost vor sich her ins Wohnzimmer, wo er sie in einen Sessel stieß. Er selbst setzte sich ihr gegenüber. Die Pistole richtete er nun ganz offen auf die Frau.

»Also, und nun erzählen Sie mir von David«, verlangte er. »Was ist mit ihm passiert? In den Zeitungsartikeln stand etwas über dieses *Auge der Weisheit*. Allein das interessiert mich.«

Er wußte durch Valerie Gideon, einer Mitarbeiterin von A.I.M., von der seltsamen Kristallkugel, die in den mentalen Prüfungen sämtlicher Mitglieder von Sir Ian Sutherlands Expeditionsteam eine wichtige Rolle gespielt hatte. Es war ihm gelungen, Valerie heimlich mit einem seiner Apophis-Symbionten zu infizieren und sie so bedingungslos seinem Willen zu unterwerfen.

In mehreren Zeitschriften hatten Artikel über David Frost, sein unerklärliches Wissen und seine Auskunft, er hätte es durch das *Auge der Weisheit* erhalten, gestanden und ihn neugierig gemacht. Falls dieser Gegenstand nicht nur David Frosts Phantasie entstammte, sondern wirklich etwas mit dem so ungeheuer mächtigen Kristall aus der Prüfung zu tun hatte, mußte er ihn unter allen Umständen an sich bringen. Mehr noch als die prähistorischen Hinterlassenschaften, die er bislang gefunden hatte und für seine Zwecke einsetzte, könnte dieses *Auge der Weisheit* ihn seinem Ziel unbegrenzter Macht einen entscheidenden Schritt näherbringen. Nur deshalb war er in dieses rückständige, miese Nest am Arsch der Welt gekommen.

»Ich ... ich weiß nichts darüber«, stieß Eileen Frost hervor. »Vor einem Monat verschwand David eines nachts und kehrte erst am nächsten Tag zurück, psychisch gestört, wie Sie ja wissen. Er ... er phantasierte von diesem *Auge der Weisheit*, aber niemand kann sich bislang einen Reim darauf machen. Er weigert sich, darüber zu sprechen. Niemand weiß bislang, wo er in jener Nacht gewesen ist.«

»Sie lügen!« behauptete Kar. Er beugte sich ein Stück vor und hielt ihr die Mündung dicht vors Gesicht.

»Nein, das ist die Wahrheit«, beteuerte die Frau. Ihre Augen waren vor Angst weit aufgerissen. Sie machte in der Tat nicht den Eindruck, als ob sie lügen würde. Außerdem deckte sich das, was sie sagte, mit dem, was in den Artikeln gestanden hatte. Er hatte nur sichergehen wollen.

»Wo ist Davids Zimmer?«

»Oben. Die ... die zweite Tür rechts.«

Kar riß eine Vorhangkordel herunter und fesselte sie damit. Ein kleines Deckchen stopfte er ihr als Knebel in den Mund, dann stieg er die Treppe hinauf. Möglicherweise würde er im Zimmer des Jungen einen Anhaltspunkt finden. Zwar hatte er wenig Hoffnung, da sicher auch schon die Polizei mit Eileens Einwilligung alles durchsucht hatte, doch es war wenigstens einen Versuch wert.

Das Zimmer war ordentlich aufgeräumt. An den Wänden hingen Poster, auf Regalen stapelten sich zahlreiche Bücher. Ein Foto auf dem Schreibtisch erweckte seine Aufmerksamkeit. Es zeigte David Frost zusammen mit einem Mädchen. Er würde Eileen später nach der Freundin des Jungen fragen. Möglicherweise wußte das Mädchen etwas, das für ihn von Interesse sein könnte.

Als er gerade damit begann, die Schreibtischschubladen zu durchsuchen, schlug die Türklingel an. Er trat ans Fenster. Der grüne Rover, den er zuvor gesehen hatte, hatte vor dem Haus geparkt. Wer geklingelt hatte, konnte er von dieser Position aus nicht erkennen. Vermutlich irgendwelche Bekannten. In aller Hast wühlte Kar weiter in den Schubladen herum, als es zum zweiten Mal klingelte.

Er entschied, daß es besser war, ins Erdgeschoß zurückzukehren, bis der unbekannte Besucher verschwunden war, bevor Eileen Frost irgendwelche Dummheiten machte. Als er das Zimmer gerade verlassen hatte, hörte er ein dumpfes Poltern und das Splittern von Glas. Gleich darauf klirrte erneut Glas, diesmal lauter. Offenbar von einer Fensterscheibe.

Vorsichtig beugte er sich über das Treppengeländer. Wie er vermutet hatte, war ein Fenster eingeschlagen worden. Ein Mann griff gerade durch das Loch, öffnete das Fenster ganz und kletterte herein.

Kar erschrak. Er kannte den Mann.

Es handelte sich um Tom Ericson von A.I.M. Hinter dem Archäologen war undeutlich eine Frau zu sehen, bei der es sich vermutlich um Gudrun Heber handelte. Lautlos fluchte Kar. Er hatte befürchtet, daß auch die A.I.M.-Leute über kurz oder lang auf David Frost und dessen Aussagen über das *Auge der Wahrheit* aufmerksam werden würden, doch er hatte sie nicht schon so bald hier erwartet. Einen Moment spielte er mit dem Gedanken, zu versuchen, die beiden zu überwältigen und auszuschalten, doch erschien es ihm zu gefährlich. Er wußte nicht, ob Ericson ebenfalls bewaffnet war, und es war besser, kein unnötiges Risiko einzugehen. Im Moment zählte nur das *Auge der Weisheit*, es war wichtiger als eine Auseinandersetzung mit Ericson.

Lautlos zog sich Kar zurück.

»Hier muß es sein«, stellte Tom fest. »Lynch-Road. Wie war noch mal die Hausnummer?«

»Einunddreißig«, antwortete Gudrun vom Beifahrersitz des dunkelgrünen Rover aus. Sie hatten sich die Adresse aus einem Telefonbuch herausgesucht. Da es in ganz Deer Meadow nur einen Eintrag unter ›Frost‹ gab, war eine Verwechslung fast ausgeschlossen. »Das ist der Vorteil so einer Kleinstadt. Man findet alles recht schnell.«

Langsam fuhren sie die Straße entlang und hielten Ausschau nach der richtigen Hausnummer. Die Straße wurde von hübschen, etwas erhöht liegenden Einfamilienhäuser mit kleinen, gepflegten Vorgärten gesäumt. Das Haus, das sie suchten, lag fast am Ende der Lynch-Road.

»Und was sollen wir nun sagen?« erkundigte sich Gudrun, während Tom den Wagen parkte. »Wir können ja schlecht sagen, daß wir eine Art Vision hatten, als wir den Weg nach Atlantis gesucht haben, und daß darin das *Auge der Weisheit* eine Rolle spielte.«

»Natürlich nicht.« Tom lächelte. »Man würde uns für verrückt halten und rauswerfen. Aber mir wird schon etwas einfallen. Die ganze Wahrheit können wir zwar nicht erzählen, doch wir sollten uns so eng wie möglich daran halten.«

Sie stiegen aus und gingen auf das Haus zu. Gudrun klingelte. Im Inneren des Hauses blieb alles ruhig.

»Anscheinend niemand zu Hause«, sagte sie. »Im Telefonbuch und auf der Klingel steht nur der Name einer Frau. Anscheinend lebt David allein mit seiner Mutter. Vielleicht ist sie im Krankenhaus.«

»Ich bin sicher, ich habe vorhin jemanden hier vor der Tür gesehen«, widersprach Tom. »Als wir in die Straße eingebogen sind. Es war dieses Haus, ganz sicher.« Er klingelte selbst noch einmal.

Aus dem Inneren war ein Klirren zu hören. Irgend etwas Gläsernes zerbrach.

»Da stimmt doch etwas nicht«, murmelte Tom. Er eilte zu einem der großen Fenster, preßte das Gesicht gegen die Scheibe und schirmte die Augen mit den Händen ab, um im Inneren etwas erkennen zu können. Er sah eine Frau, die in verrenkter Haltung auf dem Boden lag. Entschlossen schlug Tom mit dem Ellbogen die Scheibe ein. Er griff hindurch. öffnete das Fenster ganz und schwang sich über die Fensterbank.

Erst jetzt sah er, daß die Frau geknebelt und an Händen und Beinen gefesselt war. Jemand hatte sie überfallen. Neben ihr lagen die Überreste eines Tischlämpchens mit zerbrochenem Glasschirm. Offenbar hatte sie es mit den Füßen heruntergestoßen, um sich bemerkbar zu machen. Daher rührte das Klirren, das er gehört hatte. Rasch nahm er der Frau den Knebel aus dem Mund.

»Was ist passiert?« fragte er, während er sich bemühte, ihre Fesseln zu lösen.

»Dieser Mann ...« Die Frau schnappte nach Luft. »Er hat eine Waffe.«

»Wer ist er?«

»Ich ... ich weiß es nicht. Er nannte sich Webster. Er ... er ist oben.«

»Kümmere du dich um sie!« wies Tom seine Begleiterin an. Vorsichtig stieg er die Treppe hinauf. Eileen Frost hatte gesagt, daß der Mann eine Waffe besaß. Tom verfluchte die peruanischen Behörden, die ihm seinen Colt abgenommen hatten, wodurch er jetzt waffenlos war. Hätte er geahnt, daß er hier direkt in eine gefährliche Situation geraten könnte, hätte er sich unterwegs irgendwo eine Waffe gekauft, doch so etwas hatte niemand voraussehen können.

Mit zum Zerreißen gespannten Nerven öffnete er eine Tür nach der anderen und durchsuchte die dahinterliegenden Zimmer. Er schaute sogar unter die Betten und in die Schränke, doch von einem Eindringling war nichts zu entdecken. Wohl sah Tom ein weit geöffnetes Fenster, durch das man auf ein kleines Gartenhäuschen gelangen konnte.

Vermutlich war der Unbekannte auf diesem Weg geflohen. Im Haus hielt er sich jedenfalls nicht mehr auf. Tom schloß das Fenster und kehrte ins Erdgeschoß zurück.

»Alles in Ordnung«, berichtete er. »Der Kerl ist abgehauen. Sieht so aus, als wären wir gerade zur richtigen Zeit gekommen.«

»Ich danke Ihnen vielmals.« Eileen war inzwischen von ihren Fesseln befreit worden. »Aber wer sind Sie überhaupt?«

Tom stellte sich und seine Begleiterin vor.

»Weshalb wir gekommen sind, hat noch etwas Zeit«, ergänzte Gudrun. »Sprechen wir zunächst einmal über den Mann, der Sie bedroht hat. Möchten Sie die Polizei verständigen?«

»Ich glaube nicht, daß das viel Sinn hätte«, erwiderte Eileen. »Erstens ist er inzwischen längst über alle Berge, und zweitens hat Sheriff Cable im Moment wahrscheinlich anderes zu tun. In Deer Meadow ereignen sich momentan eine Menge seltsamer ...« Sie brach ab. »Vielleicht fahre ich nachher beim Sheriff's Office vorbei.«

Tom wechselte einen raschen Blick mit Gudrun. Es erschien ihm sonderbar, daß die Frau nicht sofort die Polizei verständigen wollte.

»Sie sagten, der Mann hieße Webster«, hakte er nach. »Was wollte er von Ihnen? Geld? War er ein Einbrecher?«

»Nein, nicht direkt.« Eileen schüttelte den Kopf. »Bitte entschuldigen Sie, wenn ich unhöflich bin. Ich bin Ihnen sehr zu Dank verpflichtet, weil Sie mir geholfen haben, aber ich kenne Sie nicht. Also seien Sie mir bitte nicht böse, wenn ich nicht mit Ihnen darüber sprechen möchte. Warum sind Sie gekommen?«

»Es geht um Ihren Sohn«, erklärte Gudrun. »Wir würden ihm gerne ein paar Fragen stellen.«

»Das dachte ich mir bereits. Ich verstehe nur nicht, wieso sich ein Archäologe und eine Anthropologin für Davids Schicksal interessieren.«

»Zunächst einmal möchten wir Ihnen unser Bedauern über das aussprechen, was mit Ihrem Sohn geschehen ist«, sagte Tom. »Aber ich glaube, es wäre unfair, Ihnen etwas vorzumachen. Was uns hergeführt hat, ist weniger David selbst, als etwas von dem, was er erzählt hat. Er erwähnte ein *Auge der Weisheit*.«

Als er sah, wie sich Eileens Augen verengten, sprach er nicht weiter. Zu deutlich war das Mißtrauen, das plötzlich in ihrem Gesicht geschrieben stand.

»Ich glaube, ich verstehe allmählich«, sagte sie. Ihre Stimme klang schroff, ablehnend. »Erst kommt dieser Webster und bedroht mich. Dann erscheinen wie aus heiterem Himmel Sie, genau im richtigen Moment, um mich vor ihm zu retten. Und vor lauter Dankbarkeit helfe ich Ihnen, so gut ich nur kann. So ungefähr dürfte wohl Ihr Plan aussehen.«

»Aber nein!« protestierte Gudrun. »Sie glauben, wir würden mit diesem Mann, der Sie bedroht hat, zusammenarbeiten? Ich versichere Ihnen, daß das nicht der Fall ist.«

»Dann ist es wohl ein ziemlich seltsamer Zufall, daß dieser Fremde mich über das *Auge der Weisheit* ausfragt, und unmittelbar darauf erscheinen Sie beide wegen genau der gleichen Angelegenheit.«

»Dieser Webster war ebenfalls wegen des *Auges der Weisheit* hier?« Tom runzelte die Stirn. Das eröffnete ganz neue, möglicherweise bedrohliche Perspektiven. Zunächst aber mußte er Eileen Frost überzeugen, daß sie mit dem Mann nichts zu schaffen hatten. »Hören Sie, Mrs. Frost, ich mache Ihnen einen Vorschlag. Rufen Sie bei der Yale Universität an und überprüfen Sie unsere Angaben. Vielleicht sind Sie dann eher bereit, uns zu glauben.« Eileen zögerte.

»Auch dieser Webster hat behauptet, er käme von einer Universität, allerdings war es bei ihm Harvard, wo er angeblich Vorlesungen über Psychologie hält. Als ich sagte, ich würde mich dort erkundigen, zog er seine Waffe. Ich werte es also schon mal als positives Zeichen, daß Sie mir einen solchen Anruf von sich aus vorschlagen. Kennen Sie die Nummer?«

Tom nannte sie ihr auswendig. Dennoch rief Eileen zunächst die Auskunft an, um sich bestätigen zu lassen, daß die Nummer stimmte. Professor Ernest Radcliffe, den Dekan der Universität, erreichte sie nicht, wohl aber seine Sekretärin. Mit dieser telefonierte sie mehrere Minuten lang, nannte nicht nur Toms und Gudruns Namen, sondern beschrieb die beiden auch. Als sie den Hörer schließlich auflegte, war ihr Gesicht ein wenig freundlicher geworden.

»Also gut, Sie haben wirklich für die Yale Universität gearbeitet, und man sagte mir auch, daß Sie dort gekündigt hätten, um sich einer privaten Organisation anzuschließen, die sich mit Archäologie und der Erforschung ungelöster Geheimnisse befaßt. Auch insofern stimmen also Ihre Angaben. Den Worten der Sekretärin zufolge handelt es sich um eine seriöse Organisation, die von einem schottischen Earl geleitet wird, der sogar diplomatische Beziehungen besitzt.«

»Sir Ian Sutherland«, bestätigte Tom. »Ich hoffe, Sie sind nun bereit, uns zu glauben.«

»Ich bin immer noch skeptisch«, gab Eileen zurück.

»Aber es spricht immerhin einiges für Sie, deshalb bin ich bereit, Ihnen entgegenzukommen. Sagen Sie mir zunächst einmal, was es mit diesem *Auge der Weisheit* überhaupt auf sich hat.«

»Genaues wissen wir auch nicht«, berichtete Tom. »Bei Ausgrabungen und beim Studium alter Schriften sind wir jedoch schon mehrfach auf diesen Begriff gestoßen, beziehungsweise auf Bezeichnungen, die man so übersetzen kann. Es scheint sich um eine Art Kristall zu handeln, der erstaunliche ... nun ja, *Kräfte* besitzt.«

»Irgendwelches magisches Brimborium? Ich sollte Ihnen besser gleich sagen, daß ich nicht an solchen Unfug glaube.«

»Magie ist letztlich nur eine Umschreibung für etwas, das wir noch nicht kennen«, ergriff Gudrun das Wort. »Elektrisches Licht wäre noch vor zweihundert Jahren als Teufelswerk bezeichnet worden. Wir sind Wissenschaftler, und deshalb sehen wir unsere Aufgabe darin, neue Erkenntnisse zu gewinnen, Unbekanntes zu erforschen. Die Kräfte dieses *Auges der Weisheit*, die unsere Vorfahren als Magie bezeichnet haben, dürften uns in einem ganz anderen Licht erscheinen. Zunächst aber müssen wir diesen Kristall erst einmal finden, um ihn untersuchen zu können.«

»In jedem Fall dürfte es sich um ein bedeutsames archäologisches Fundstück handeln«, fügte Tom hinzu. »Vermutlich besitzt es auch einigen Wert. Das würde erklären, warum dieser Webster es darauf abgesehen hat. Einige der Quellen, aus denen wir unser Wissen schöpfen, sind in Museen, Büchern oder Fachzeitschriften jedem Interessierten zugänglich, und leider gibt es viele Menschen, die die Suche nach antiken Kostbarkeiten nur um der persönlichen Bereicherung wegen betreiben. Können Sie uns diesen Webster beschreiben?«

»Leider nicht. Es war nicht viel von seinem Gesicht zu sehen, wohl aus gutem Grund. Nur eines stört mich an Ihrer Geschichte noch. Sie sagten, sie hätten bereits in uralten Quellen Hinweise auf dieses *Auge der Weisheit* gefunden.« Eileen Frosts Blick wurde lauernd. »Aber Amerika wurde erst vor fünfhundert Jahren entdeckt, und hier soll es sich doch befinden. Wie paßt das zusammen?«

Tom lächelte.

»Das ist ein weit verbreiteter Irrglaube, auf den wir immer wieder stoßen«, antwortete er. »Es gilt als nahezu sicher, daß bereits die Wikinger Jahrhunderte vor Kolumbus hierher kamen, und vermutlich gab es sogar lange vorher Besuche aus der alten Welt. Um Ihnen das erschöpfend zu erklären, müßte ich einen stundenlangen Vortrag halten.«

»Lassen wir das lieber.« Eileen schwieg kurze Zeit. »Sie wollen also mit David sprechen? Na gut, ich habe nichts dagegen. Ich wollte ihn ohnehin besuchen. Wir können gemeinsam zum Krankenhaus fahren. Aber Sie sollten sich nicht zuviel davon erhoffen. Wenn wir im Krankenhaus sind, werden Sie verstehen, was ich meine.«

Kar war sich auch eine gute halbe Stunde, nachdem er aus dem Haus Eileen Frosts geflüchtet war, noch nicht sicher, ob er richtig gehandelt hatte.

Es war eine äußerst günstige Gelegenheit gewesen, sich Tom Ericsons und Gudrun Hebers ein für allemal zu entledigen. Die beiden hatten ihm – ebenso wie die anderen Mitarbeiter von A.I.M. – schon mehr als einmal ins Handwerk gepfuscht und schienen entschlossen zu sein, ihm auch weiterhin das Leben schwerzumachen.

Das zeigte bereits ihr Erscheinen in Deer Meadow. Sie

waren sicherlich nicht zufällig hier aufgetaucht, schon gar nicht bei Eileen Frost. Wahrscheinlich waren sie auf die gleichen Zeitungsmeldungen wie er gestoßen und von Davids Angaben zum *Auge der Weisheit* alarmiert worden. Schließlich hatten sie eine wesentlich engere Beziehung dazu, hatten den Kristall während der Prüfung selbst bereits gesehen, während er nur durch Valeries Schilderung davon wußte.

Auf jeden Fall wurde sein Vorhaben durch das Erscheinen der beiden hier wesentlich erschwert. Schon jetzt hatten sie seine Planung durchkreuzt. Eileen Frost, die ihn zu ihrem Sohn hätte führen können, befand sich nicht mehr in seiner Gewalt, statt dessen hatte die Frau wahrscheinlich sogar Vertrauen zu den beiden A.I.M.-Leuten gefaßt, wodurch sich diese ihm gegenüber im Vorteil befanden.

Aber eine offene Auseinandersetzung wäre riskant gewesen. Immerhin hätte er es mit zwei Gegnern zu tun gehabt, und auch Gudrun Heber hatte bereits bewiesen, daß sie weder dumm, noch harmlos war. Kar wußte, daß er hier auf sich allein gestellt war; sah man von dem Symbionten ab, der sich in einer Box im Safe des Hotels befand, konnte er auf keines seiner Hilfsmittel zurückgreifen.

Die Vorstellung, Heber und Ericson ein für allemal zu erledigen, war verlockend, doch vielleicht würde sich in den nächsten Stunden noch eine günstigere Gelegenheit dafür ergeben. Wichtiger war es, daß er sich zunächst auf das *Auge der Weisheit* konzentrierte, und das bedeutete, daß er erst einmal das Terrain neu sondieren mußte.

Es wäre doch gelacht, wenn es ihm nicht gelingen würde, in ein Dorfkrankenhaus einzudringen. Die dort arbeitenden Hinterwäldler, deren geistiger Horizont vermutlich nicht über den nächstgelegenen Heuhaufen hinausreichte, stellten mit Sicherheit keine ernstzunehmenden Gegner für ihn dar.

Erst einmal wollte Kar das Krankenhaus beobachten. Er rechnete damit, daß in absehbarer Zeit Heber und Ericson zusammen mit Eileen Frost hier auftauchten. Das war bislang nicht geschehen.

Statt dessen fiel ihm ein junges Mädchen mit langen, blonden Haaren auf, das sich dem Krankenhaus mit sichtlicher Eile näherte und dabei dicht an seinem Mietwagen vorbeiging. Er kannte das Mädchen, hatte es zusammen mit David Frost auf dem Foto in dessen Zimmer gesehen. Die Freundin des Jungen. Vielleicht konnte sie ihm noch nützlich sein.

Er mußte sich nicht lange gedulden. Bereits nach kaum einer Viertelstunde verließ das Mädchen das Krankenhaus wieder. In gebührendem Abstand folgte Kar der Unbekannten, die es auch jetzt ziemlich eilig hatte. Auf diese Art fand er heraus, wo sie wohnte. Mit einiger Überraschung stellte er fest, daß sie das Haus nicht durch die Tür betrat, sondern auf die Garage hinaufkletterte und von dort durch ein offenes Fenster. Nun, die Riten der Eingeborenen sollten ihn nicht weiter interessieren.

An diesem Tag konnte er nicht mehr viel unternehmen. Morgen hingegen würde ihn das Mädchen ins Krankenhaus hineinbringen. Da die Kleine offenbar problemlos zu David Frost durfte, würde sie bestimmt auch einen Begleiter mitbringen können.

Kar war sich ganz sicher, daß sie ihm diesen kleinen Gefallen tun würde. Ein halbautomatische Pistole stellte ein äußerst überzeugendes Argument dar, dem sich kaum jemand entziehen konnte.

David Frost lag steif wie ein Toter in seinem Bett. Seine geöffneten Augen waren zur Decke gerichtet, doch abgesehen vom regelmäßigen Öffnen und Schließen der Lider zeigte sich keinerlei Leben in ihnen.

Sein Blick war leer, schien in eine endlose Ferne zu schweifen, die normalem menschlichem Verständnis nicht zugängig war.

Und vielleicht traf ja sogar genau das zu, dachte Tom und spürte, wie ihm bei diesem Gedanken eine Gänsehaut über den Rücken kroch. Wer wußte schon, was im Gehirn eines Wahnsinnigen vorging, wobei David ja nicht einmal als wahnsinnig im gewohnten Sinne des Wortes zu bezeichnen war. Er hatte etwas erlebt, womit sein Verstand nicht zurechtgekommen war, war möglicherweise in Kontakt mit einer übernatürlichen Macht gekommen, die ihm zwar seine individuelle Persönlichkeit geraubt, den Zeitungsartikeln zufolge aber dafür andere Fähigkeiten verliehen hatte.

Eileen Frost setzte sich auf die Bettkante und griff nach der Hand ihres Sohnes.

»Ich bin hier, David, deine Mutter. Erkennst du mich?«

Der Junge reagierte nicht auf ihre Worte und die Berührung, starrte weiterhin ins Leere.

»Sehen Sie, was ich meine? So ist er schon seit jener verhängnisvollen Nacht«, erklärte Eileen. »Er hört, was man ihm sagt, und auf manche Fragen, die sich nur auf ein reines Wissen beziehen, antwortet er auch. Das zeigt, daß er wahrnimmt, was um ihn herum geschieht. Aber er scheint ... es ist, ja es ist ein bißchen, als wäre er kein Mensch mehr, sondern nur eine Maschine, so etwas wie ein Computer. Ich kann es nicht besser ausdrücken. David, was ist die Wurzel aus Siebenhundertdreiundzwanzig?«

Ohne eine Sekunde zu zögern antwortete David Frost

mit monotoner Stimme: »Zwei sechs Komma acht acht acht sechs fünf neun –«

»Genug«, unterbrach ihn Eileen. »Genauer brauchen wir es nicht.«

»Und das Ergebnis stimmt?« erkundigte sich Gudrun skeptisch.

»Experten haben ihm in den letzten Wochen zahlreiche solcher Fragen gestellt. Ohne zu überlegen, löste er die kniffligsten mathematischen Aufgaben im Kopf. Außerdem konnte er Fragen aus nahezu allen Wissenschaftsgebieten beantworten. Glücklicherweise haben die meisten Wissenschaftler die Berichte über ihn nicht sonderlich ernst genommen, sonst stünden sie hier wahrscheinlich bereits Schlange, um ihn mit Fragen zu ihren Fachgebieten zu bombardieren, auf die bislang niemand eine Antwort gefunden hat. Wenn Sie wollen, können Sie ihm selbst einige Fragen stellen.«

Zögernd trat Tom einen Schritt vor, bis er unmittelbar neben dem Bett des Jungen stand.

»Weißt du, wer ich bin, David?« fragte er, ohne eine Antwort zu bekommen oder sonst eine Reaktion zu erzielen.

»Auf solche persönlichen Fragen antwortet er niemals«, erklärte Eileen. »Nur auf Fragen, die allgemeines Wissen betreffen, auch wenn er dieses gar nicht besitzen kann. Ich habe vorhin gesagt, ich glaube nicht an übernatürlichen Hokuspokus, aber angesichts dieses Phänomens weiß ich selbst kaum noch, was ich wirklich glauben soll.«

»Woher stammt dein Wissen?« wandte sie sich an den Jungen.

»Das *Auge der Weisheit* spricht durch mich.«

»Was ist das *Auge der Weisheit*?«

»Die Quelle von Wissen und Macht. Der Schlüssel.«

»Das sagt er jedesmal auf diese Frage«, warf Eileen ein.

»Schlüssel?« wiederholte Tom. »Was für ein Schlüssel?«

Er bekam keine Antwort. Entweder wollte David die Frage nicht beantworten, oder die Frage war nicht korrekt gestellt. Vielleicht war Eileens Vergleich mit einem Computer, bei dem es auch auf genaue Formulierungen ankam, gar nicht so falsch.

»Ein Schlüssel wozu?«

Keine Antwort.

»Ein Schlüssel wohin?«

Schweigen.

»Wo befindet sich das *Auge der Weisheit*?« fragte Gudrun.

Auch sie bekam keine Antwort.

Das führt zu nichts«, behauptete Eileen. »All diese Fragen haben die Ärzte und Psychologen ihm bereits unzählige Male in allen nur möglichen Variationen gestellt. Ich sagte ihnen ja, Sie sollten Ihre Erwartungen nicht zu hoch schrauben.«

»Wo befindet sich das erste Tor nach Atlantis?« wollte Tom wissen.

»Nahe einem Ort, der heute Tiahuanaco genannt wird«, erwiderte David.

Tom zuckte zusammen. Daß der Junge sogar über solche Geheimnisse Bescheid wußte, die seit Jahrtausenden vergessen und von ihnen erst in den letzten Wochen neu entdeckt worden waren, war erschreckend. Zugleich war es aber auch ein Hinweis, daß es sich bei dem *Auge der Weisheit*, von dem David sprach, wirklich um die Kristallkugel handeln konnte, mit der sie zu tun gehabt hatten.

»In welchem Jahr ist Atlantis im Meer versunken?« fragte er.

»Im Jahre drei eins eins vier vor der heute gebräuchlichen Zeitrechnung.«

»Was soll dieses Gerede über Atlantis?« mischte sich Eileen ein. »Das ist doch nicht mehr als ein Märchen.«

»Wir haben ziemlich konkrete Hinweise, daß es Atlantis wirklich gegeben hat«, erwiderte Tom ausweichend. »Und David hat diese Hinweise gerade bestätigt.«

»Diese Fragen liegen außerhalb des Rahmens, den wir auf der Fahrt hierher vereinbart haben«, erinnerte sie mit scharfer Stimme. »Sie wollten ihn nur zum *Auge der Weisheit* befragen, weil ich hoffe, daß es vielleicht eine Heilung für ihn bedeuten könnte, wenn Sie diesen Kristall finden oder wenigstens herausfinden, was mit David geschehen ist.«

»In Ordnung«, gab Tom nach. Dieser Bedingung hatte er zugestimmt, damit Eileen ihn und Gudrun zu ihrem Sohn ließ. Ihm brannten zahlreiche weitere Fragen auf der Zunge, die hauptsächlich die versunkene Insel der Götter betrafen, doch er war sicher, daß Eileen alle weiteren Versuche in dieser Richtung sofort unterbinden würde. Einige Minuten lang bemühten Gudrun und er sich noch vergeblich, mit immer anders formulierten Fragen nähere Informationen über das *Auge der Weisheit* zu erhalten, dann gaben sie schließlich auf. Es war zum Verzweifeln. Die Antworten auf diese so entscheidenden Fragen lagen fast zum Greifen nahe vor ihnen und waren dennoch unerreichbar. Dieser Weg erwies sich als Sackgasse.

»Ich wäre Ihnen dankbar, wenn Sie kurz draußen warten könnten, damit ich noch ein paar Minuten mit meinem Sohn allein sein kann«, bat Eileen.

Bereitwillig erfüllten sie die Bitte. Die Enttäuschung über die Vergeblichkeit ihrer Bemühungen erfüllte sie mit Bitterkeit.

»Was haben Sie jetzt vor?« erkundigte sich Eileen Frost, als sie das Krankenhaus wieder verlassen hatten. »Ich fürchte, David war Ihnen keine große Hilfe.«

»Das stimmt«, erklärte Tom. »Wir müssen herausfinden, was in der Nacht geschehen ist, in der David sich so veränderte. Wenn er selber es uns nicht sagen kann, dann vielleicht andere. Er hatte doch sicher Freunde. Vielleicht weiß einer von denen etwas, das uns weiterhilft.«

Eileen schüttelte den Kopf.

»David war ein ziemlicher Einzelgänger. Seine Klassenkameraden und alle, mit denen er sich sonst gelegentlich traf, sind bereits von Sheriff Cable verhört worden. Sie wissen absolut nichts. Genauso ist es auch mit Imogen, seiner Freundin. Ein wunderbares Mädchen, aber auch sie weiß nichts.«

»Und sonst?« Gibt es denn absolut niemanden, der irgend etwas wissen könnte?«

»Nein. Es sei denn ... Nein, das würde nichts bringen.«

»Es sei denn was?« hakte Tom nach. »Bitte, Mrs. Frost, jeder noch so kleine Hinweis kann wichtig sein.«

Sie zögerte. »Ich dachte gerade an Nokina«, sagte sie dann. »Ein Indianer. Er weiß viel über die Wälder, zumindest hat David das behauptet. Er ist manchmal zu Nokina gegangen und hat sich mit ihm unterhalten. Aber der Kerl redet nur Unsinn. Er ist ziemlich verrückt im Kopf. Ich glaube nicht, daß er Ihnen weiterhelfen kann.«

»Es ist zumindest einen Versuch wert. Wo wohnt er?«

»In einer heruntergekommenen Bruchbude am Ende des Lakeside Drive, fast am Wind River«, erklärte Eileen. »Vielleicht kann er Ihnen ja wirklich helfen. Ich werde jetzt erst einmal wegen des Überfalls mit Sheriff Cable sprechen. Sollten Sie etwas Wichtiges erfahren, können Sie mich ja nachher noch anrufen. Ansonsten sehen wir uns vielleicht morgen noch einmal.«

»Seien Sie vorsichtig heute nacht«, riet Gudrun ihr beim Abschied. »Möglicherweise wird dieser Webster es noch einmal versuchen. Halten Sie Fenster und Türen gut verschlossen.«

»Das werde ich bei der Kälte sowieso. Ich hoffe, die eingeschlagene Scheibe ist inzwischen ersetzt worden, sonst werde ich dem Glaser Beine machen müssen. Also, bis morgen dann.«

»Allmählich habe ich immer stärker den Eindruck, daß dieses *Auge der Weisheit* etwas mit dem Kristall zu tun hat, den wir kennen«, sagte Tom, während sie in den Rover stiegen. »Zumindest besitzt es ebenfalls eine uns noch unbekannte Macht. Irgend etwas Geheimnisvolles geht in diesem Ort vor.«

»Woher willst du das wissen?«

»Eileen hat es vorhin kurz angedeutet, als sie meinte, der Sheriff hätte genug anderes zu tun. Gewaltverbrechen sind in so einem kleinen Dorf gewöhnlich nicht an der Tagesordnung. Außerdem habe ich vorhin ein paar Gesprächsfetzen einer Krankenschwester aufgeschnappt. Sie erwähnte mehrere seltsame Mordfälle. Genaueres habe ich nicht mitbekommen.«

»Aber was soll das mit dem *Auge der Weisheit* zu tun haben?«

»Vielleicht nichts, vielleicht sehr viel. Hoffen wir, daß uns dieser Nokina etwas sagen kann.«

Es dauerte nicht lange, bis sie den Lakeside Drive erreichten. Hinter den letzten Häusern erstreckte sich verwildertes Bauland. Sie mußten noch fast eine Viertelmeile fahren, bis sie das Haus des Indianers erreichten. Wie Eileen gesagt hatte, war es eine heruntergekommene Bruchbude, kaum mehr als ein Schuppen mit eingesunkenem Dach. Das ganze Gebäude sah aus, als würde es beim ersten kräftigen Windhauch in sich zusammenbrechen.

»Da drin soll jemand wohnen?« meinte Gudrun skeptisch.

»Sieht ganz so aus«, entgegnete Tom, als er sah, wie die Tür geöffnet wurde. Ein Mann, dessen indianische Abstammung unschwer zu erkennen war, trat heraus und blickte zu ihnen herüber. Er trug Jeans und Stiefel, darüber einen Poncho, der mit indianischen Motiven bestickt war. Das lange, graue Haar trug er im Nacken zu einem Pferdeschwanz zusammengebunden. Tom und Gudrun stiegen aus und gingen auf ihn zu. Das Alter des Mannes war schwer zu schätzen, doch mußte er bereits ziemlich alt sein. Sein Gesicht war von tiefen Falten durchfurcht.

Um seine Beine strich ein nachtschwarzer Bluthund, der plötzlich auf die beiden Besucher zuschoß.

»Zurück, Bob!« befahl der Alte. Der Hund zögerte, knurrte Tom und Gudrun drohend an, wobei er sein furchterregendes Gebiß fletschte, und kehrte dann um. »Verschwinde, geh am Fluß Kaninchen jagen!« sagte der Mann, und tatsächlich eilte das Tier davon. Der Indianer wandte sich den beiden Besuchern zu. »Der schwarze Hund rennt nur bei Nacht«, sagte er anstelle einer Begrüßung geheimnisvoll. Trotz des Alters klang seine Stimme kraftvoll. »Ich habe Sie bereits erwartet.«

»Erwartet?« fragte Tom verwundert.

»Ich weiß nicht, wer Sie persönlich sind, aber ich wußte, daß jemand von auswärts kommen würde, um mich nach David Frost zu befragen. Kommen Sie erst einmal herein. Hier drinnen sind die Schatten nicht so tief, und die Eulen können uns nicht sehen.«

»Eileen hatte recht, er ist offenbar wirklich etwas verrückt«, raunte Tom Gudrun zu, während sie in die Hütte traten. Sie war karg eingerichtet, die wenigen Möbelstücke sahen aus, als stammten sie entweder vom Sperrmüll oder wären mit wenig Geschick selbst gezimmert worden. Durch die geschlossenen Fensterläden drang nur gedämpftes Licht.

»Sie halten mich vermutlich für verrückt«, sprach der Alte weiter. »Aber man kann nicht vorsichtig genug sein. Die Eulen sind manchmal groß und haben gute Ohren. Sie sind Geschöpfe des Waldes und sehen, was in der Nacht vorgeht. Das Böse liebt die Dunkelheit und die Schatten, und Schatten sind bei hellem Licht am dunkelsten.«

»Mein Name ist Gudrun Heber. Ich bin Anthropologin. Das ist Tom Ericson, Archäologe«, stellte Gudrun sie vor.

»Wer ich bin, wissen Sie bereits, sonst wären Sie nicht hier«, gab Nokina zurück. Er deutete auf einen Tisch, um den herum mehrere Hocker standen. »Setzen wir uns. Möchten Sie eine Tasse Tee?«

»Eigentlich sind wir gekommen –«, begann Tom, doch der Greis fiel ihm ins Wort.

»Sie sind wegen David Frost hier, ich weiß. Ich habe Ihnen etwas zu sagen, viel und wenig, je nachdem, wie Sie es betrachten. Also gut, keinen Tee.« Er richtete seinen Blick einige Sekunden lang stumm auf Gudrun. »Sie sind eine Frau mit tiefen Augen, die schon viel gesehen haben und noch viel sehen werden. Sagen Sie mir, was sind die Wälder für Sie?«

»Nun, dort soll es ziemlich viele Bäume geben«, antwortete Gudrun mit einem unbeholfenen Scherz. Die Worte des alten Indianers verwirrten sie. »Was meinen Sie mit tiefen Augen?«

»Augen, die tief blicken, manchmal auch ins Innere«, erwiderte Nokina kaum weniger geheimnisvoll. »Aber auch Sie haben das wahre Wesen der Wälder noch nicht gesehen, wie ich feststelle. »Glauben Sie mir, die Bäume sind nicht nur Holz und Blätter. Auch sie haben Seelen.

Sie lauschen und sehen, was um sie herum geschieht, und der Wind bringt ihre Seelen zum Wispern, wenn man sich nur die Mühe macht, ihnen sorgsam genug zu lauschen.«

»Das mag alles sein«, unterbrach Tom seinen Redefluß. »Aber wir möchten nur wissen, ob Sie uns etwas darüber sagen können, was mit David Frost passiert ist.«

»Genau das tue ich gerade«, antwortete Nokina mit tadelndem Unterton in der Stimme. »Sie hören nur nicht richtig zu, aber das verwundert mich nicht. Die Fische wandern nicht, und die Menschen verstehen nicht, was man ihnen sagt. David ist in den Wald gegangen. Er tat es in einer der Nächte, in denen es der Mensch niemals tun sollte. Ich habe ihn davor gewarnt, doch er hat nicht auf mich gehört. Manchmal sind die Verlockungen stärker als jede Vernunft, und manchmal sind Kinder die Opfer. Waren Sie schon einmal campen, Miss Heber?«

»Das ist bei archäologischen Expeditionen manchmal unausweichlich«, erklärte Gudrun. »Ich habe schon mehr als eine Nacht im Urwald verbracht.«

»Sie haben Glück gehabt, daß Ihnen nichts zugestoßen ist, aber seien Sie auch weiterhin auf der Hut. Die großen Wälder verbergen viele Geheimnisse, vor allem hier.« Er senkte den Blick.« Sehen Sie, Deer Meadow ist etwas Besonderes. Hier, wie auch in vielen anderen kleinen Dörfern, ist gewissermaßen die Zeit stehengeblieben. Man bezeichnet uns oft als Hinterwäldler, weil wir mit dem modernen Leben, wie es in Großstädten geführt wird, nicht viel zu tun haben, aber genauso wollen wir es haben. Doch so wie ihr eure Dämonen in Form von Straßenbanden, Mördern und anderen Formen des Verbrechens habt, so haben auch wir die unseren. Unsere jedoch sind älter. Dort draußen in den Wäldern gibt es etwas Böses, etwas völlig Fremdartiges, schon länger als es Menschen auf dieser Welt gibt. Schon mancher, der sich zu weit vorgewagt hat, wurde von dieser Dunkelheit verschlungen. Deshalb warne ich Sie: Gehen Sie nie auf den Wegen, die durch die Schatten führen, so wie David es getan hat. Er war ein guter Junge, doch selbst die Eulen verharrten in Stille in jener Nacht.«

»Diese Nacht war der dreiundzwanzigste November«, lenkte Tom das Gespräch auf das eigentliche Thema zurück. »Ist etwas Besonderes an diesem Datum?«

»Nicht direkt«, gab Nokina zurück. »Aber bereits in der Nacht zuvor geschah etwas Bedeutsames, das die gewohnte Ordnung der Dinge an vielen Orten durcheinanderbrachte. Auch David hatte es gespürt und mit mir darüber gesprochen. Sie hatten etwas damit zu tun.«

»Wir?« Toms Augen weiteten sich. »Woher wollen Sie das wissen?«

»Ich weiß es eben«, antwortete Nokina. »Mir ist verborgen, um was es sich handelte, aber ich spüre, daß es mit Ihnen zusammenhängt.«

»David spricht von einem *Auge der Weisheit*«, ergriff Gudrun wieder das Wort. »Wissen Sie, was er damit meint?«

»Worte sind unbedeutend.« Nokina fuhr mit dem Finger die Maserung der Tischplatte nach. »Es gibt viele Namen für das Fremde, das Böse, das sich in den Wäldern verbirgt, an Orten, die dem Menschen nicht zugänglich sind, nur erreichbar auf Wegen, die jenseits der Welt liegen. Meine Vorfahren bewachten die Schatten einst, doch wir waren immer nur ein kleiner Stamm. Nun bin ich der letzte, und wenn ich sterbe, wird es niemanden mehr geben, der die alten Geheimnisse kennt.«

»Sagen Sie uns, was Sie wissen, bitte«, verlangte Gudrun. »Möglicherweise haben wir wirklich etwas mit dem zu tun, was in jener Nacht geschah. Wir müssen herausfinden, was hier vor sich geht, und wenn Sie etwas wissen, dann können Sie uns sehr helfen.«

Nokina schwieg einige endlos lang erscheinende Sekunden, dann schüttelte er den Kopf.

»Ich habe Ihnen schon mehr gesagt, als ich eigentlich dürfte. Hören Sie auf meinen Rat und verlassen Sie die Stadt. Das Böse hat bereits seine Hände nach Deer Meadow ausgestreckt. David hat es geweckt und ihm den Weg geebnet. Unglück geschieht, aber die fremden Mächte werden bald wieder verebben. Aber Sie werden alles nur noch schlimmer machen, wenn Sie nicht auf mich hören.« Er senkte den Kopf. »Mehr kann ich Ihnen nicht sagen. Bitte gehen Sie jetzt.«

Tief in Gedanken versunken saß Kar in seinem Hotelzimmer. Er hatte Hut, Mantel und Handschuhe ausgezogen, so daß zu erkennen war, daß sein Kopf fast kahl war. Sein linker Arm war bis fast zum Schultergelenk hinauf mit einer Art Schuppenflechte befallen. Es sah beinahe aus, als wäre seine Haut mit kleinen, bräunlich-grünen Metallplättchen überzogen.

Es war kurz vor Mitternacht, in wenigen Minuten würde der vierundzwanzigste Dezember anbrechen.

Tom Ericson und Gudrun Heber hatten ihm ein weiteres Mal eine Niederlage zugefügt, auch wenn diese nur unbedeutend war.

Es wurde Zeit, daß er sich seine Gegner endlich vom Hals schaffte. Dies betraf nicht nur Heber und Ericson, sondern ganz A.I.M. Wollte er die gesamte Organisation zerschlagen, mußte er ihr Oberhaupt, Ian Sutherland, ausschalten. Insofern war es sogar ganz günstig, daß der Archäologe und die Anthropologin sich hier aufhielten, so war das A.I.M.-Team gespalten, und Sutherland hatte weniger Helfer um sich. Um das »Fußvolk« konnte Kar sich dann später noch kümmern.

Noch hatte er einen gewaltigen Trumpf gegen Sutherland in der Hinterhand. Als bloße Spionin konnte ihm Valerie Gideon nicht mehr viel nützen; was sie wußte, hatte sie ihm bereits verraten. Es wurde Zeit, ihr einen anderen, wichtigeren Auftrag zu erteilen.

Valerie kam leicht an Sutherland heran, der keinerlei Verdacht gegen sie hegte, und sie war eine hervorragende Kämpferin. Es dürfte ihr nicht schwerfallen, den Earl of Oake Dùn zu töten.

Kar öffnete das kleine, tiefschwarze Kästchen, das neben ihm auf dem Bett lag. Darin befand sich einer seiner Apophis-Symbionten, ein kaum fingerlanges Wesen, das an eine Mischung aus einer Kakerlake und einem Wurm erinnerte. Valerie trug einen gleichartigen Parasiten in sich, der sie in einen willenlosen Befehlsempfänger verwandelt hatte.

Das Kästchen bestand aus demselben Material wie der Monolith, in dessen Innerem Kar die Symbionten in seiner Unterwasserpyramide entdeckt hatte. Nur in diesem Kästchen war es ihm möglich, sie über längere Zeit mit sich zu führen, ansonsten starben die Parasiten nach kurzer Zeit.

Kar nahm den Symbionten heraus. Er hatte sich einen besonderen Verwendungszweck für den Symbionten ausgedacht, doch zunächst benötigte er ihn dafür, um mit Valerie Kontakt aufzunehmen und ihr den Auftrag zu erteilen, Ian Sutherland zu töten.

Er begann sich zu konzentrieren.

»Du strapazierst meine Geduld beträchtlich.« Mit in die Hüften gestemmten Fäusten hatte sich Dean Anderson vor seiner Tochter aufgebaut. »Willst du uns allen mit deiner Halsstarrigkeit das Weihnachtsfest verderben?«

Imogen antwortete nicht.

»Vielleicht wird es deine Entscheidungsfreudigkeit ein wenig beschleunigen, wenn ich dich nicht nur weiterhin hier einsperre, sondern wenn du auch nichts mehr zu essen bekommst«, sagte er lauernd. »Wollen wir doch mal sehen, wie schnell du klein beigibst, wenn dir erst einmal der Magen knurrt.«

»Dean, das kannst du doch nicht machen«, mischte sich Imogens Mutter ein. »Wir können Sie nicht –«

»Halt du dich da raus, blödes Weibsstück!« brüllte Dean Anderson sie an. »Von dir lasse ich mir gar nichts sagen!« Er wandte sich wieder Imogen zu. »Und was dich betrifft, so hatte ich vor, einen Schritt nach dem anderen zu gehen, aber vielleicht ist es besser, wenn ich dir direkt sage, was ich alles von dir erwarte. Du wirst dir nicht nur diesen Verrückten aus dem Kopf schlagen, sondern wirst dich auch anderweitig orientieren, und zwar in eine Richtung, die der ganzen Familie nutzt. James, der Sohn von Bürgermeister Stratton, ist ein sympathischer und ehrgeiziger Junge, der es einmal weit bringen wird. Außerdem hat er schon lange ein Auge auf dich geworfen.«

»Er ist ein verschlagener und hinterhältiger Streber«, widersprach Imogen. »Ich kann ihn nicht ausstehen.«

»Was du in deiner romantischen Naivität willst, steht hier nicht zur Debatte. Du wirst dich mit James verabreden. Eine Beziehung zwischen meiner Tochter und dem Sohn des Bürgermeisters wäre zweifelsohne auch für mich beruflich sehr von Nutzen, und wenn ich befördert werde und mehr verdiene, profitierst auch du davon. Es wird Zeit, daß du endlich einmal etwas für die Familie tust, statt immer nur an dich zu denken.«

Alles drehte sich in Imogens Kopf. Es gelang ihr kaum noch, den Sinn der Worte zu begreifen. Das war doch nicht ihr Vater, der da sprach! Dean Anderson hatte sich in den vergangenen zwei Tagen grundlegend verändert, von einem liebevollen Vater, zu dem sie mit allen Problemen kommen konnte, zu einem Haustyrannen, der sie verkuppeln wollte, ohne sich im geringsten um ihre Gefühle zu scheren. Was ging bloß in ihm vor?

»Warum tust du das, Dad?« stieß sie gequält hervor. »Was ist los mit dir? Ich erkenne dich kaum wieder.«

»Dann lernst du mich jetzt eben mal richtig kennen«, gab er unerbittlich zurück. »Du wirst tun, was ich dir gesagt habe, verlaß dich darauf. Wenn du dich weiterhin trotzig stellst, kann ich noch ganz andere Saiten aufziehen, verlaß dich darauf.«

»Ich bin kein Stück Fleisch, das du nach Belieben verschachern kannst, nur weil es dir beruflich nützt!« brach es aus Imogen hervor.

Sie wollte noch mehr sagen, kam aber nicht mehr dazu. Blitzschnell war ihr Vater vorgetreten, holte mit der Hand aus und versetzte ihr eine so harte Ohrfeige, daß sie auf das Bett zurückgeschleudert wurde.

»Dean, nicht!« rief ihre Mutter, als er zu einem weiteren Schlag ausholte. Sie fiel ihm in den Arm. Er schlug mit der anderen Hand nach ihr und versetzte ihr einen kräftigen Stoß, der sie aus dem Raum taumeln ließ. Dann hatten sie beide das Zimmer verlassen.

Imogen konnte kaum glauben, was sie gerade erlebt hatte. Ihr Vater hatte sie geschlagen; nicht nur sie, sondern auch ihre Mutter! Imogens Wange brannte noch immer, doch sie spürte den Schmerz kaum. Zu tief saß das Entsetzen in ihr. Das konnte alles nur ein schrecklicher Alptraum sein. Zumindest war es der schlimmste Auftakt zu einem Weihnachtsfest, den sie je erlebt hatte. Es war später Vormittag am Heiligabend, doch statt festlicher Stimmung hatte sich im Haus eine Atmosphäre des Schreckens ausgebreitet.

Was immer in ihrem Vater vorging, machte ihn zu einem unberechenbaren und nun mittlerweile auch gefährlichen Choleriker. Er hatte sich anscheinend überhaupt nicht mehr unter Kontrolle. Aber so groß ihre Angst auch war, war es Imogen dennoch unmöglich, sich seinen Forderungen zu beugen und mit einem Widerling wie James Stratton etwas anzufangen. Die bloße Vorstellung erfüllte sie mit Abscheu.

Fast eine Stunde lag sie beinahe regungslos auf ihrem Bett, dann hatte sie sich zu einem Entschluß durchgerungen. Auf keinen Fall würde sie länger hierbleiben und sich schikanieren lassen. Diesmal hatte ihr Vater es noch bei einer Ohrfeige bewenden lassen, beim nächsten Mal würde er sie vielleicht richtig mißhandeln. Zuzutrauen war es ihm in seinem gegenwärtigen Zustand, und dann gab es für sie möglicherweise keine Gelegenheit zur Flucht mehr, so wie jetzt. Sie mußte weg von hier, solange sie es noch konnte. Erst einmal für ein paar Tage zu einer Freundin, um dann weiterzusehen. Falls es mit ihrem Vater nicht besser wurde, würde sie sich an den Sheriff wenden müssen. Es war inzwischen später Vormittag geworden. Imogen packte einige persönliche Dinge in eine Umhängetasche und kletterte wie schon am Vortag aus dem Fenster. Von der Garage aus warf sie erst ihre Tasche hinunter und sprang dann hinterher.

Als sie sich aufrichtete, spürte sie eine Hand, die sich hart auf ihre Schulter legte und sie herumwirbelte. Imogen blickte genau in das vor Wut verzerrte Gesicht ihres Vaters.

»So also ist das!« brüllte er sie an. »Das Täubchen will ausfliegen, aber daraus wird nichts! Ich werde dich –«

Mit einem erstickten Keuchen brach er ab, verdrehte die Augen und stürzte zu Boden. Hinter ihm war plötzlich ein Mann mit Hut und einem langen Lodenmantel aufgetaucht. Er richtete eine Pistole, mit deren Knauf er Dean Anderson niedergeschlagen hatte, auf Imogen und preßte ihr die andere Hand auf den Mund.

»Keinen Laut, dann passiert dir nichts«, zischte er. Er zerrte sie ein Stück vom Haus weg. »Du wirst nicht schreien, wenn ich jetzt die Hand wegnehme!« befahl er. »Denk daran, daß ich eine Waffe auf dich gerichtet habe.«

Imogen nickte zum Zeichen, daß sie verstanden hatte. Langsam zog er die Hand von ihrem Mund weg. Keuchend schnappte sie nach Luft.

»Wer ... wer sind Sie?« stieß sie hervor. »Was wollen Sie von mir?«

»Das wirst du noch früh genug erfahren. Du sollst mir nur bei etwas helfen. Komm erst einmal weg hier. Und benimm dich ganz normal.«

Nebeneinander gingen sie in raschem Tempo die Straße hinunter. Imogen klopfte das Herz bis zum Hals, als er sie zwang, in einen parkenden Wagen einzusteigen. Hatte der Mann etwa vor, sie zu vergewaltigen? Das konnte sie sich kaum vorstellen. Aber auch eine Entführung war wenig glaubhaft. Bei ihren Eltern war nicht viel Geld zu erpressen.

»Ich möchte, daß du mich zum Krankenhaus begleitest«, sagte der Fremde, als sie eingestiegen waren. »Alles, was ich will, ist, ein paar Minuten mit David Frost zu sprechen, aber man läßt mich nicht zu ihm. Deshalb wirst du mich als deinen Onkel ausgeben, dann wird man mich wohl hineinlassen.«

»Das ist alles?« fragte Imogen verblüfft. Ihre Angst

legte sich ein wenig. »Aber da gibt es doch ganz andere Möglichkeiten, deshalb brauchen Sie mich doch nicht mit einer Waffe zu bedrohen. Warum bitten Sie nicht einfach Davids Mutter?«

»Laß das nur meine Sorge sein. Du wirst mich nur ins Krankenhaus bringen, danach kannst du gehen. Ich werde weder dir, noch David ein Haar krümmen.«

Imogen war überzeugt, daß seine Worte nicht der Wahrheit entsprachen, daß er ihr zumindest etwas verschwieg, aber ihr blieb keine andere Wahl, als ihm zu gehorchen. Vielleicht würde sich im Krankenhaus eine Gelegenheit ergeben, ihm zu entwischen und das Wachpersonal zu benachrichtigen.

Sie brauchten nur ein paar Minuten zu fahren, um das Hospital zu erreichen. Als sie ausstiegen, hängte sich Kar eine Tasche um, wie Reporter sie für ihre Kamera benutzten. Gemeinsam mit seiner Geisel betrat er das Krankenhaus. In dem Empfangsloge saß an diesem Tag eine andere Frau, wie er sich bereits zuvor überzeugt hatte. Sie blickte nur flüchtig auf und kümmerte sich nicht weiter um sie, als sie Imogen erkannte.

»Na also, das war doch schon mal ganz leicht«, sagte Kar zufrieden. »In welchem Zimmer liegt dein Freund?«

Imogen führte ihn hin. Das Mädchen hatte sich erstaunlich gut in der Gewalt und versuchte erst gar keine Dummheiten. Sie betraten Davids Zimmer.

»Sie ... Sie tun ihm wirklich nichts?« fragte Imogen ängstlich.

»Keine Sorge. Und noch eins. Richte Tom Ericson viele Grüße von Kar aus.«

»Wer ist –«

Imogen kam nicht zum Aussprechen. Vor ihren Blicken verborgen hatte Kar ein Fläschchen und ein Taschentuch hervorgezogen und das Tuch mit einer scharf riechenden

Flüssigkeit getränkt. Jetzt fuhr er herum und preßte es ihr auf Mund und Nase, bevor sie schreien oder sich wehren konnte. Nach einigen Sekunden erschlaffte sie in seinen Armen. Er ließ sie zu Boden gleiten, zog ihr die Nylonjacke, den wadenlangen Wollrock und die Turnschuhe aus. Das Mädchen interessierte ihn nicht weiter, nur ihre Kleidung.

Er trat auf David zu, der völlig apathisch in seinem Bett lag und von ihm keinerlei Notiz nahm, ihn offenbar nicht einmal bemerkt hatte.

Kar ließ die Kleidung des Mädchens aufs Bett fallen. Aus der Tasche, die er bei sich trug, holte er eine blonde Perücke und eine Sonnenbrille heraus. Beides legte er zu den anderen Sachen. Mit etwas Glück würde niemandem etwas auffallen, wenn David so verkleidet das Krankenhaus mit ihm verließ.

Zuletzt nahm Kar das schwarze Kästchen aus der Tasche, in dem sich der Symbiont befand, und öffnete es. Jede Minute war kostbar, denn jederzeit konnten eine Krankenschwester oder ein Pfleger das Zimmer betreten. Deshalb verschwendete er erst gar keine Zeit damit, David irgendwelche Fragen zu stellen. Dazu würde später noch Gelegenheit genug sein.

Er ergriff den farblosen Symbionten, der sich unter der Berührung rötlich färbte, und beugte sich über David Frost.

»Du siehst nicht besonders gut aus«, stellte Tom Ericson kritisch fest, als Gudrun den Frühstücksraum des *White Lodge Hotels* betrat. Es war bereits später Vormittag, und normalerweise wurde um diese Zeit gar kein Frühstück mehr serviert. Er selbst war vor über einer Stunde aufgestanden und hatte bereits gefrühstückt. Es hatte ihn ein saftiges Trinkgeld an die Serviererin gekostet, das Gedeck für Gudrun noch stehenzulassen.

»Ich fühle mich auch nicht besonders«, antwortete sie und schenkte sich eine Tasse Kaffee ein. Unter ihren Augen lagen dunkle Schatten. »Ich habe ziemlich unruhig geschlafen. Erst gegen Morgen wurde es besser, aber ich habe schlecht geträumt. Es ging um Wälder und Geister; offenbar hat mich dieser Indianer mit seinem Gerede bis in mein Unterbewußtsein verfolgt.«

»Siehst du, wir hätten doch ein Doppelzimmer nehmen sollen. Dann hätte ich dich in den Schlaf wiegen können.«

»Was du darunter verstehst, kann ich mir lebhaft vorstellen«, gab sie spitz zurück. »Wahrscheinlich wäre ich dann vor lauter Langeweile wirklich eingeschlafen.«

Tom verzog beleidigt das Gesicht, ging aber nicht weiter darauf ein. Am vergangenen Abend hatten sie noch lange an der Hotelbar zusammengesessen und versucht, aus den wenigen Hinweisen, die sie hatten, ein Gesamtbild zu entwerfen. Viel gebracht hatte es nicht.

Der Fall war noch genauso mysteriös wie vor ihrer Ankunft.

»Ist dir inzwischen etwas eingefallen, was wir noch unternehmen können?« erkundigte sie sich, während sie ein Toastbrot mit Butter bestrich.

»Nicht viel«, erwiderte Tom. »Wir sollten uns mal mit den Ärzten unterhalten, die David behandeln, außerdem mit dem Sheriff. Vielleicht finden wir doch noch einen kleinen Anhaltspunkt. Falls alles nichts bringt, sollten wir auch diesen Nokina noch einmal aufsuchen. Er weiß mehr, als er gesagt hat. Vielleicht können wir ihn doch noch zum Reden bringen.« Er stockte. »Da kommt Eileen Frost.«

Zusammen mit einem Uniformierten betrat Davids

Mutter den Frühstücksraum. Sie sah aufgeregt aus, ihr Haar war unfrisiert.

»David ist verschwunden«, stieß sie hervor, kaum daß sie den Tisch erreicht hatte.

»Verschwunden?« echote Tom.

»Allem Anschein nach wurde er entführt«, entgegnete der Uniformierte. An seiner Jacke prangte ein Sheriffstern. »Ich bin Sheriff Cable, aber Sie können mich Chief nennen. Ich würde Ihnen gerne ein paar Fragen stellen.«

»Ich glaube nicht, daß wir Ihnen helfen können«, antwortete Tom. »Wir haben David gestern am späten Nachmittag zum letzten Mal gesehen.«

»Das weiß ich. Aber es ist doch seltsam, daß sich gleich drei Fremde gleichzeitig nach Deer Meadow verirren, die sich für dieses *Auge der Weisheit* interessieren. Was wissen Sie darüber?«

»Das haben wir doch Mrs. Frost gestern schon erzählt.« Tom wiederholte die Geschichte von der möglichen archäologischen Bedeutung dieses Artefakt. »Nur aus diesem Grund interessieren wir uns dafür«, schloß er. »Wollen Sie uns nicht erzählen, was eigentlich passiert ist?«

»Es war der Mann von gestern, dieser Webster«, berichtete Eileen Frost. »Er hat Imogen, Davids Freundin, mit der Waffe bedroht und sie gezwungen, ihn ins Krankenhaus zu bringen. Die Beschreibung der Krankenschwester paßt genau. Kurz darauf verließ er es mit einem blonden Mädchen wieder. Man dachte, es wäre Imogen.«

»Die aber wurde kurz darauf bewußtlos und nur noch halb bekleidet in Davids Zimmer gefunden«, ergänzte Cable. »Vermutlich hat dieser Webster dem Jungen Imogens Sachen und eine blonde Perücke angezogen. Das große Rätsel ist nur, wie er David dazu bringen konnte, aufzustehen und aus eigener Kraft zu gehen. Die Ärzte können es sich nicht erklären. Aber ich bin sicher, daß Sie uns etwas über diesen Mann sagen können. Er scheint Sie zu kennen. Bevor er Imogen betäubte, hat er sie beauftragt, Ihnen Grüße auszurichten.«

»Uns? Aber wir haben keine Ahnung, wer er sein könnte«, beteuerte Gudrun. »Wir kennen keinen Webster.«

»Sagt Ihnen der Name Kar vielleicht etwas? Imogen sollte Mister Ericson von Kar grüßen.«

Tom zuckte zusammen.

»Allerdings«, knurrte er. Wenn es sich bei diesem Webster um ihren Widersacher Kar handelte, und er sich ebenfalls für das *Auge der Weisheit* interessierte, so machte das diesen Fall höchst gefährlich. Bislang wußten sie nur wenig über den Mann, der anscheinend bereits auf verschiedene prähistorische Artefakte gestoßen war und sich ihre Kräfte zunutze machte. »Wir hatten bereits mehrfach mit ihm zu tun, wissen aber kaum etwas über ihn«, ergänzte er. »Ein völlig skrupelloser Plünderer von Altertümern. Eine Art moderner Grabräuber.«

Das war zwar nicht die volle Wahrheit, aber die hätte ihm sowieso niemand geglaubt. Tom entging weiteren Nachfragen, da in diesem Moment eine Frau von der Rezeption des Hotels an ihren Tisch trat und den Sheriff bat, ans Telefon zu kommen.

»Ich muß dringend weg«, teilte er mit, als er nach kaum einer Minute zurückkehrte. »Halten Sie sich vorläufig zu meiner Verfügung, ich habe Ihnen noch weitere Fragen zu stellen.«

»Kar hat eine uns bislang noch unbekannte Methode, Menschen zu beeinflussen«, überlegte Gudrun laut, nachdem er gegangen war. »Wir müssen unter allen Umständen verhindern, daß David ihn zu dem *Auge der Weisheit* führt.«

»Bitte helfen Sie mir, meinen Sohn zurückzubekommen«, flehte Eileen. »Wenn Sie diesen Kar kennen, erreichen Sie vielleicht mehr als die Polizei.«

»Wir werden alles tun, was in unserer Macht steht«, versprach Tom. »Vor allem müssen wir noch einmal mit Nokina sprechen. Die Situation hat sich völlig geändert, vielleicht ist er jetzt eher bereit, uns etwas zu sagen.«

David Frost blieb für Kar ein Rätsel. Trotz seiner geistigen Verwirrung reagierte der Junge auf den Apophis-Symbionten wie die meisten anderen Menschen auch, und dennoch war etwas anders.

David tat, was Kar von ihm verlangte, ohne zu zögern. Er beantwortete auch Fragen, zumindest die meisten. Auf einige antwortete er nur ungenau; so erwiderte er auf die Frage, wo er in der Nacht, in der er sich verändert hatte, gewesen wäre, nur, daß er in den Wald gegangen sei. Auf alle Fragen, die das *Auge der Weisheit* betrafen, entgegnete er nur, daß es die Quelle von Macht und Wissen wäre, alles weitere wüßte er nicht. Kar war sich nicht sicher, ob dies wirklich zutraf oder eine fremde Macht, die sogar stärker als der Parasit war, verhinderte, daß David etwas darüber sagte. Er hatte den ganzen Tag über versucht, dieses Rätsel zu klären, doch es war ihm nicht gelungen.

Immerhin hatte sich David bereiterklärt, ihn zum *Auge der Weisheit* zu führen, hatte jedoch erklärt, dies wäre nur in der Nacht möglich. Der Weg würde über Pfade führen, die sich nur in der Nacht öffneten, obwohl sie dem Menschen gewöhnlich verborgen bleiben und große Gefahren bergen würden. Kar wußte, daß David ihm nichts vormachte, dazu war der Junge unter dem Einfluß des Symbionten gar nicht in der Lage, und daß die Warnung deshalb berechtigt war, aber er ließ sich davon nicht abschrecken. In seinem Leben hatte er bereits vieles erlebt und entdeckt, das geistig labilere Menschen in den Wahnsinn getrieben hätte. Er wäre niemals so weit gekommen, wenn er keine Wagnisse eingegangen, sondern vor allem zurückgeschreckt wäre, das fremd und möglicherweise gefährlich war.

Am meisten hatte ihm die Ungeduld zu schaffen gemacht. Mit quälender Langsamkeit war die Dämmerung hereingebrochen, und selbst nachdem es bereits dunkel geworden war, hatte David noch über eine Stunde gewartet, bis er endlich verkündet hatte, nun wäre es an der Zeit, aufzubrechen.

Eine Taschenlampe aus dem Handschuhfach des Wagens in der Hand, folgte Kar dem Jungen, der seinen Weg mit traumwandlerischer Sicherheit fand und nicht ein einziges Mal stehenblieb, um sich zu orientieren.

Kar fühlte sich alles andere als wohl. Der Wind war schneidend kalt, und er hatte Kälte schon immer gehaßt. Gerade in letzter Zeit machte sie ihm stark zu schaffen, er sehnte sich nach feuchtem tropischem Klima. Außerdem flößte der nächtliche Wald ihm eine unterschwellige Furcht ein, die mit jedem Schritt stärker und stärker wurde. Nur mit eiserner Willenskraft zwang er sich, weiterzugehen. Immer wieder leuchtete er mit der Lampe umher. Der Wald war von mannigfaltigen, unheimlichen Geräuschen erfüllt, viele nur gerade am Rande des Hörbaren, und immer wieder glaubte er, in der um sie herum lastenden Dunkelheit Bewegungen wahrzunehmen.

Es gab aber noch etwas anderes, das ihm Sorgen bereitete. Schon am späten Nachmittag hatte es leicht zu schneien begonnen. Die gesamte Landschaft war mit einer dünnen weißen Decke überzogen. Gerade deshalb war es besonders erstaunlich, wie gut sich David zurechtfand, da die Wege kaum zu erkennen waren. Um so deutlicher waren hingegen die Fußspuren zu erkennen, die sie beide in der dünnen Schneedecke hinterließen und die so schnell auch nicht wieder zuschneien würden. Jedem eventuellen Verfolger würde es leicht fallen, ihnen zu folgen. daran jedoch ließ sich nichts ändern.

Einmal entdeckte Kar eine Eule, die auf einem tiefhängenden Ast saß und mißtrauisch auf sie herabstarrte. Das Tier stieß einen Laut aus, der unheimlich und zugleich fast klagend klang. Kar kümmerte sich nicht darum.

Sie erreichten eine kleine Lichtung und gelangten auf einen Weg, der dicht an einem Windbruch aus umgestürzten Bäumen vorbeiführte. Kaum hatten sie ihn betreten, hörte es plötzlich auf zu schneien, mehr noch, auch der Boden war plötzlich frei von Schnee. Überrascht blieb Kar stehen und blickte zurück. Auch auf dem Boden hinter ihnen, der gerade noch von Schnee bedeckt gewesen war, konnte er nun nichts mehr davon entdecken.

»Was hat das zu bedeuten?« fragte er unsicher. In seiner Stimme klang Furcht mit, wie er selbst feststellte.

David antwortete nicht.

»Wir sind zu spät«, murmelte Tom Ericson und leuchtete mit seiner Taschenlampe auf den Boden vor sich. Deutlich zeichneten sich zwei Paar Fußspuren in dem Schnee vor ihnen ab. »Kar und David waren bereits vor uns hier. Ich habe Ihnen gleich gesagt, daß wir früher losgehen sollen.«

»Das hätte keinen Sinn gehabt«, behauptete Nokina.

»Aber dann hätten wir ihnen auflauern können. Sie wären erst gar nicht in den Wald hineingekommen. Der Junge könnte jetzt schon frei sein.«

»Glauben Sie mir, das wäre nicht der Fall gewesen. Es gibt viele Wege in den Wald hinein, und viele, die hinausführen, aber nur manche davon sind richtig. Sie denken in gewohnten Bahnen und messen alles mit Ihren Maßstäben, Mr. Ericson. Das mache ich Ihnen nicht zum Vorwurf, aber diese Maßstäbe haben hier keine Gültigkeit. Und noch etwas will ich Ihnen sagen: Was ich hier tue, verstößt gegen alle Gesetze, die zu schützen ich einst geschworen habe. Ich tue es nur, um ein vermutlich noch größeres Unheil abzuwenden. David hat mit dem Feuer gespielt und ist ihm zu nahe gekommen. Wenn dieses besondere Feuer Besitz von jemandem ergreift, ist es sehr schwer wieder zu löschen, und die Unschuld verbrennt als erstes. Aber erst wenn er jetzt einen anderen Menschen über die gleichen Pfade führt, kann dies wirklich gefährlich werden. Wenn ich bereit bin, auch Ihnen diese Pfade zu zeigen, dann tue ich es nicht für Sie, auch nicht für David, so sehr ich ihn mag, sondern nur, weil ich hoffe, daß Sie dieses Unglück verhindern können, so sehr sich auch alles in mir dagegen sträubt. Das sollten Sie sich vor Augen halten, bevor Sie mir weiter Vorwürfe machen.«

»Schon gut«, murmelte Tom. »Es war nicht böse gemeint. Ich habe nur die vertane Chance gesehen. Wir sind Ihnen auf jeden Fall dankbar, daß Sie uns helfen.«

Den greisen Indianer dazu zu bewegen, war ihm und Gudrun nicht gerade leicht gefallen. Fast zwei Stunden lang hatten sie auf ihn eingeredet und ihm alles wieder und wieder erklären müssen. Nokina gegenüber hatten sie sogar das Wenige erwähnt, was sie noch über Kar wußten und Sheriff Cable verschwiegen hatten. Gerade die Tatsache, daß Kar eben *nicht* bloß ein Plünderer archäologischer Kostbarkeiten war, sondern sich uralte Mächte zunutze machte und deshalb ganz gezielt nach dem *Auge der Weisheit* suchte, hatte schließlich den Ausschlag gegeben. Allerdings hatte Nokina ihnen erklärt, daß sie bis nach Einbruch der Dunkelheit warten mußten, um die Pfade zu finden, die sie ans Ziel führen würden. Tom war sich auch jetzt noch nicht sicher, was er davon halten sollte. Wege im Wald waren am Tag und in der Nacht stets gleich, im Dunkeln waren sie höchstens *schwerer* zu finden. Aber Nokina hatte ja ohnehin eine sehr sonderbare Auffassung vom Wald, schien ihn fast für ein lebendes Wesen zu halten.

Also hatten sich Tom und Gudrun schweren Herzens bis zum Abend geduldet.

Einen Hinweis darauf, daß an den Worten des Greises wirklich etwas dran sein konnte, bot die Tatsache, daß die Fußspuren vor ihnen noch ziemlich frisch waren. Kar und David Frost waren anscheinend erst vor wenigen Minuten hier entlanggegangen. Das war um so seltsamer, da Kar den Jungen bereits am Vormittag entführt hatte und bereits genügend Zeit gehabt hätte, sich den Weg zeigen zu lassen.

Nokina beugte sich zu dem schwarzen Bluthund hinab, der wie ein harmloses Schoßtier um seine Beine streifte, und strich ihm über das Fell.

»Schon gut, Bob, ich weiß, was du willst. Also lauf.« Mit weiten Sätzen rannte der Hund davon und war nach wenigen Sekunden in der Dunkelheit untergetaucht. »Der schwarze Hund rennt in der Nacht«, murmelte der Indianer. »Bob liebt es, nachts im Wald zu jagen. Darin gleicht er einer Eule, wie auch in manchem anderen. Die Bäume könnten euch viel darüber berichten.«

»Im Grunde brauchen Sie uns nicht weiter zu begleiten, wenn Sie es ohnehin so ungern tun«, sagte Tom, dem die Verrücktheiten des alten Indianers ziemlich auf den Geist gingen. Wahrscheinlich kamen sie ohne den Greis sogar besser und schneller voran. »Wir brauchen ja nur noch den Spuren im Schnee zu folgen.«

Nokina schüttelte den Kopf und lächelte mitleidig.

»Die Spuren werden euch nichts nutzen. In den Schatten, durch die euer Weg euch führen wird, fällt kein Schnee. Und nun kommt, damit wir nicht noch mehr Zeit verlieren.«

Mit für sein Alter überraschend zügigen Schritten ging er voran. Tom und Gudrun folgten ihm. Die Anthropologin war während der letzten Minuten ziemlich still gewesen. Sie fühlte eine dumpfe Beklemmung in sich aufsteigen, die zunahm, je tiefer sie in den Wald vordrangen. Es war sonderbar – wie sie am Vortag erwähnt hatte, war sie schon mehrfach mit Tom durch den Urwald gestreift und hatte im Dschungel übernachtet, ohne sonderliche Angst zu verspüren, es sei denn vor Schlangen oder irgendwelchen gefährlichen Raubtieren, von denen es hier kaum welche geben dürfte. Die einzige reale Bedrohung stellte Kar dar.

Dennoch fürchtete sie sich. Es war keine Furcht vor einer konkreten, greifbaren Gefahr, sondern eine tiefer sitzende Angst, die direkt aus ihrem Unterbewußtsein zu kommen schien. In vielerlei Hinsicht war sie sensibler als Tom, dem diese Nachtwanderung nichts auszumachen schien, und vielleicht war diese Sensibilität nötig, um zu erkennen, daß um sie herum nicht alles so war, wie es auf den ersten Blick schien. Nokina phantasierte nicht, wenn er diesen Wäldern ein düsteres Geheimnis zusprach.

Auf jeden Fall war dies eine äußerst seltsame Art, den Heiligabend zu begehen. Auf dem Weg durch Deer Meadow waren hinter vielen Fenstern geschmückte Weihnachtsbäume zu sehen gewesen. Dort wurden jetzt Weihnachtslieder gesungen und Geschenke ausgepackt. Eine friedliche, beinahe greifbare Ruhe hatte sich über den Ort gesenkt. Davon war hier nichts mehr zu spüren. Die Umgebung wirkte auf Gudrun in höchstem Maße bedrohlich, beinahe feindselig. Der eisige Wind biß wie mit scharfen Zähnen in ihr Gesicht.

»Ich frage mich, woher Kar eigentlich von dem *Auge der Weisheit* weiß«, raunte sie Tom zu, nur um das bedrückende Schweigen zu brechen. Zugleich traute sie sich auch nicht, normal laut zu sprechen. »Schließlich hat er Eileen Frost ganz konkret danach gefragt.«

»Die Frage ist eher, wieviel er darüber weiß«, gab Tom ebenso leise zurück. »Er wird wie du in einer Zeitung von David gelesen haben, und dieser seltsame Gegenstand, der dem Jungen das Wissen verliehen haben soll, hat ihn wohl interessiert.«

»Irgendwie kann ich mir das nicht richtig vorstellen. Die Artikel machten keinen sonderlich seriösen Eindruck. Ich hätte mich selbst nicht weiter darum gekümmert, wenn mir nicht gerade dieser Begriff aufgefallen wäre. Kar hätte viel zu tun, wenn er allen Vorkommnissen nachgehen würde, die irgendwie mysteriös erscheinen. Esoterischen Zeitungen und den ganzen Sensationsblättchen zufolge ereignen sich seltsame Geschehnisse am laufenden Band.«

»Nun, jedenfalls ist Kar auf dieses aufmerksam geworden. Möglicherweise ist auch er bei seinen Forschungen schon einmal auf den Begriff gestoßen. Eine bessere Erklärung habe ich nicht anzubieten.«

»Irgendwie erscheint mir das trotzdem nicht ganz glaubhaft. Ich vermute, daß da noch mehr dahinter –«

Gudrun verstummte. Ein Laut wie ein schrilles, sich überschlagendes Lachen hallte durch den Wald. Gleich darauf kehrte wieder Stille ein. Nokina blieb stehen und drehte sich zu ihnen um.

»Kümmern Sie sich nicht darum«, sagte er. »Der Schall

trägt weit hier, und alle Geräusche werden verzerrt, so daß sie kaum noch zu erkennen sind. Wichtig ist, daß Sie sich nicht von der Furcht überwältigen lassen. Das ist sogar das Allerwichtigste. Nur wer stark und entschlossen genug ist, kann sein Ziel erreichen. Alle anderen werden vom richtigen Weg abkommen und von den Schatten verschlungen werden.«

»Wer hat denn hier Angst?« brummte Tom, doch es klang nicht allzu überzeugend. »Es gehört nur nicht gerade zu meinen Hobbys, nachts im Wald herumzulaufen, um etwas zu suchen, das Menschen den Verstand rauben kann. Schon gar nicht, wenn ich weiß, daß sich irgendwo vor mir ein bewaffneter, skrupellosen Verbrecher befindet.«

»Hier gibt es Mächte, die nur darauf lauern, daß Sie einen falschen Schritt machen«, entgegnete Nokina. »Mächte, die weitaus gefährlicher sind als dieser Kar, jedenfalls solange er das Zentrum des Bösen noch nicht erreicht hat. Aber Sie glauben mir ja ohnehin nicht.«

Er ging weiter, und nach einiger Zeit erreichten sie eine kleine Lichtung.

»Von hier aus werden Sie allein weitergehen müssen«, sagte der Indianer unvermittelt. »Weiter kann ich Sie auf keinen Fall begleiten. Alles weitere liegt nun allein an Ihnen.«

»Na wunderbar!« stieß Tom hervor. »Dann waren Sie uns eine wirklich große Hilfe. Bis hierhin wären wir auch allein gekommen, wenn wir nur den Spuren gefolgt wären.«

»Bis hierhin ja, aber nicht weiter, wenn ich Ihnen nicht den weiteren Weg weisen würde. Er beginnt dort drüben.«

Tom leuchtete in die angegebene Richtung. Er sah einen gewaltigen Windbruch, in dem geknickte Bäume wie Mikado-Stäbchen übereinanderlagen. Die Fußspuren von Kar und David endeten vor einem schier undurchdringlich erscheinenden Dornengestrüpp und dicht beieinander stehenden Douglas-Tannen.

»Da ist kein Weg«, behauptete Tom.

»Sie werden ihn sehen, wenn sie davorstehen«, behauptete Nokina. »Ich sagte schon, es sind besondere Wege, und ich habe jemanden herbeigerufen, der Sie führen wird. Wenn Sie ihm folgen, werden Sie Ihr Ziel auch ohne meine Hilfe erreichen. David und Kar haben ihn bereits betreten. Komm her, Bob!«

Etwas brach schwer durch das Gestrüpp. Für einen winzigen Sekundenbruchteil glaubte Gudrun, an der Stelle, wo der weitere Weg beginnen sollte, eine Gestalt in Jeanskleidung und mit langen grauen Haaren zu erblicken, doch ihre Augen hatten ihr wohl nur einen Streich gespielt, denn gleich darauf brach an exakt derselben Stelle der Hund aus dem verschneiten Unterholz.

»Manches wird Ihnen sonderbar vorkommen, aber denken Sie daran, daß Sie sich unter gar keinen Umständen von der Furcht überwältigen lassen dürfen«, ermahnte Nokina sie. »Und wenn Sie das Zentrum des Bösen erreichen, so begehen Sie nicht den gleichen Fehler, wie David ihn begangen hat. Die Verlockung ist nicht weniger gefährlich als die Furcht.«

»Ich sehe immer noch keinen Weg«, beharrte Tom Ericson. Er drehte sich zu dem Indianer um, konnte ihn jedoch nicht mehr entdecken. Nokina war mitsamt seinem Hund bereits zwischen den Bäumen verschwunden. »Er ist wirklich vollkommen verrückt«, murmelte Tom kopfschüttelnd. Er trat auf die Stelle zu, die Nokina ihnen gewiesen hatte. »He, hier ist tatsächlich ein kleiner Pfad.«

Gemeinsam mit Gudrun betrat er den schmalen Weg, und im gleichen Moment veränderte sich die Landschaft um sie herum abrupt. Hier war kein Schnee mehr zu entdecken. Auch die Lichtung hinter ihnen war verschwunden. Fassungsloser Schrecken breitete sich auf dem Gesicht des Archäologen aus.

»Was ... was hat das zu bedeuten?« keuchte er.

»Ich nehme an, das, was Nokina uns die ganze Zeit mitzuteilen versucht hat«, erwiderte Gudrun beklommen. »Vielleicht war er doch nicht ganz so verrückt, wie du glaubst.«

Wie aus dem Nichts erschien vor ihnen ein in einen roten Anzug gekleideter Zwerg, der sich mit seltsam tänzelnden Schritten bewegte. Es war das erste Mal, daß Gudrun die Gestalt sah, aber Tom und auch Valerie hatten ihr bereits von Begegnungen mit dem sonderbaren Zwerg erzählt, der ihnen in visionsartigen Träumen begegnet war.

Die ihr gerade bis zur Hüfte reichende Gestalt deutete nach vorne.

»Richtiger Weg!« krächzte sie.

Ihre weitere Wanderung durch die Nacht erschien Gudrun wie ein Alptraum. Im rapide schwächer werdenden Licht ihrer Taschenlampen glaubte sie immer wieder Bewegungen um sich herum wahrzunehmen, tanzende, finstere Schatten ohne konkrete Gestalt. Auch drangen immer wieder unheimliche Geräusche an ihr Ohr, die fremdartiger waren als alles, was sie bislang gehört hatte.

Nokinas Warnung war mehr als berechtigt gewesen. Gudrun verspürte eine fast panische Angst, und immer wieder war sie nahe daran, herumzufahren und zurückzurennen, so schnell sie nur konnte. Woher sie die Kraft schöpfte, statt dessen weiterzugehen, wußte sie nicht. Sie und auch Tom hatten versucht, mit dem Zwerg zu reden, doch das Wesen ignorierte sie, ging mit tänzelnden, seltsam abgehackt wirkenden Schritten vor ihnen her, ohne sich auch nur einmal zu ihnen umzusehen.

Ein paarmal spielte Gudrun mit dem Gedanken, daß all dies wirklich nicht mehr als ein Traum sein könnte, in dem es durchaus möglich war, daß eine Schneedecke von einer Sekunde zur anderen verschwand und eine bizarre Traumgestalt ihnen den Weg wies, doch dafür war alles zu real.

Tom ging schweigend wenige Schritte hinter ihr. Manchmal drehte sie sich zu ihm um. Sein Gesicht schien zu Stein erstarrt, was nicht allein an der Kälte lag.

Irgendwann erreichten sie eine weitere Lichtung, die am gegenüberliegenden Ende von einer Felswand begrenzt wurde. Inmitten der Felswand gähnte das Loch eines Höhleneingangs wie ein weit aufgerissenes Maul. Der Zwerg deutete auf die Höhle.

»Richtiger Weg!« krächzte er noch einmal, dann verschwand er von einem Augenblick zum anderen so spurlos, wie er gekommen war. Gudrun hatte schon längst beschlossen, erst gar nicht genauer über das nachzudenken, was sie erlebte, um nicht den Verstand zu verlieren.

»Das muß der Ort sein, an dem sich das *Auge der Weisheit* befindet«, sagte sie mit bebender Stimme. »Das heißt, daß auch Kar nicht weit entfernt sein dürfte.«

Tom nickte stumm. Er hatte versucht, sich eine Pistole zu kaufen, doch in Deer Meadow gab es kein Waffengeschäft, und der Weg zur nächsten Stadt war zu weit gewesen. Also mußten sie ihrem Erzrivalen unbewaffnet gegenübertreten.

Vorsichtig betraten sie die Höhle. Ein Stollen führte tiefer in den Fels hinein. In die Wände waren seltsame Symbolen eingraviert. Nach etwa einem Dutzend Yards machte der Stollen einen Knick. Dahinter lag eine größere, von unwirklichem violettem Licht matt erhellte Grotte. Das Licht stammte von einer nicht ganz kopfgroßen, von innen heraus leuchtenden Kristallkugel, die inmitten der Grotte auf einer Felssäule ruhte.

Das *Auge der Weisheit*.

Sie hatten ihr Ziel erreicht. Wie gebannt starrten Gudrun und Tom auf den Kristall, der in der Tat genauso aussah, wie sie ihn aus der mentalen Prüfung in Erinnerung hatten. Einen kurzen Moment lang vergaßen sie angesichts ihrer Entdeckung alles um sich herum; ein Fehler, der ihnen zum Verhängnis wurde.

Tom sah eine Bewegung rechts von sich, versuchte instinktiv, die Arme hochzureißen, doch es war bereits zu spät. Kar hatte unmittelbar im toten Winkel neben dem Eingang der Grotte gelauert. Der Knauf seines Revolvers sauste auf Toms Hinterkopf herab und löschte das Bewußtsein des Archäologen augenblicklich aus. Sofort wich Kar wieder ein Stück zurück und richtete die Pistole auf Gudrun.

»Keine unvorsichtige Bewegung!« warnte er. »Gehen Sie da rüber, zu dem Jungen.«

Erst jetzt sah Gudrun David Frost, der ein Stück entfernt stand und teilnahmslos ins Leere blickte. Ihr blieb nichts anderes übrig, als Kars Befehl zu folgen. Es war das erste Mal, daß sie dem Erzrivalen von A.I.M. persönlich gegenüberstand. Sie kannte ihn lediglich von einer Zeichnung her, die Pierre Leroy und Valerie Gideon angefertigt hatten. Viel mehr konnte sie auch jetzt nicht erkennen, da er den Mantelkragen hochgeschlagen und den Hut tief in die Stirn gezogen hatte.

Während er sie mit der Waffe bedrohte, streckte Kar die andere Hand nach dem *Auge der Weisheit* aus. Mit festem Griff umklammerte er die Kristallkugel. Ein angenehmes Kribbeln rann durch seine Finger. Er spürte ungeahnte Energien, die nur darauf warteten, daß er auf sie zugriff, eine schier unvorstellbare Macht, die er sich mit einem einzigen Gedanken zunutze machen konnte.

Dennoch zögerte er. Er hatte keine Skrupel, sich dieser fremden Kräfte zu bedienen, Macht war ein Lebensziel, das er immer verfolgt hatte. Und dennoch ...

Sein Blick glitt von Gudrun Heber, die ihn wie gebannt beobachtete, zu David Frost. Eine dumpfe Ahnung, was vor einem Monat *wirklich* mit dem Jungen passiert sein könnte, stieg in ihm auf. David hatte die gleiche Verlockung verspürt wie er jetzt, und wahrscheinlich hatte der Junge ihr nachgegeben. Wissen und Macht konnten in den falschen Händen ein zweischneidiges Schwert sein, das einen selbst verletzte, wenn man nicht in der Lage war, damit umzugehen. Es hatte David den Verstand gekostet, er hatte die fremden Energien nicht beherrschen können.

Kar wußte nicht, wie es bei ihm sein würde. Würde er sie beherrschen können, oder würden sie auch ihm das Gehirn ausbrennen? War überhaupt irgendein Mensch in der Lage, solche gewaltigen Kräfte geistig zu bändigen?

Die Situation war wahrhaft teuflisch. Kar war seinem Ziel ungeheurer Macht so nah wie noch nie zuvor in seinem Leben. Die Energien, die das *Auge der Weisheit* beherbergte, waren so gewaltig, daß sie buchstäblich die Welt verändern konnten. Er brauchte nur noch danach zu greifen.

Zugleich jedoch war er auch dem vollständigen Scheitern all seiner Pläne nahe wie selten zuvor. Womöglich würde auch er zu einem Idioten werden, der über ein so immenses Wissen wie David verfügte, dessen Gehirn aber nicht in der Lage war, dieses Wissen zu ordnen und zu verwalten. Und selbst wenn ihm dieses Schicksal erspart blieb – war es wirklich das, was er wollte? Sicher, er wollte Macht, aber bislang hatte er stets an eine andere Form von Macht gedacht, als das *Auge der Weisheit* sie ihm bot. Er verstand das Wort im Sinne von Bedeutung und Einfluß, nicht im Sinne einer elementaren Macht, in die Schöpfungsvorgänge einzugreifen. Das *konnte* einfach nicht gutgehen. Kein Mensch war dem gewachsen. Er würde zu einem Gott werden.

Inmitten der mit fremdartigen Symbolen gravierten Wand dicht neben dem Sockel klaffte eine Mulde, die ziemlich genau die Größe des *Auges der Weisheit* besaß. Kar hatte seine Entscheidung getroffen. Er wußte nun, was er zu tun hatte.

Langsam hob er den Kristall hoch und setzte ihn in die Mulde ein. Das Glimmen im Inneren der Kugel verstärkte sich, wurde zu einem grellen Strahlen, das auf die Felswand selbst übergriff. Das gerade noch massive Gestein wurde milchig und durchscheinend. Mit einem weiten Schritt trat Kar durch die Wand hindurch. Der Glanz begann schwächer zu werden.

Gudrun entschloß sich zu einer verzweifelten Aktion. Sie rannte los, warf sich mit einem gewaltigen Hechtsprung in das Leuchten hinein und verschwand ebenfalls durch die Öffnung, Sekundenbruchteile, bevor die Wand wieder zu festem Fels wurde.

Raum und Zeit verloren für Gudrun Heber jede Bedeutung. Orientierungslos trieb sie dahin in einer Welt, die nur aus Licht und Farben und Musik bestand, einer Musik, die der Herzschlag des Universums selbst war, die Quelle allen Werdens, Vergehens und Neuentstehens.

Sie war eins mit diesem Universum, war ein winziges Teil davon, und dennoch zugleich das Ganze. Sie war in allem, was war, jemals gewesen war und jemals sein würde. Das Licht hüllte sie ein, sanft und wohltuend, sie paßte sich den Farben an und verschmolz mit ihnen, die Musik erklang in ihr selbst. Ein Gefühl grenzenloser Geborgenheit erfüllte sie.

Sie hatte ihren Platz im Kosmos der Schöpfung gefunden. Wie unbedeutend war dagegen ihre irdische Existenz gewesen. Alles Streben nach Glück, jede scheinbar grundlose Traurigkeit, jedes Gefühl des Verlustes hatte seine Quelle in der Sehnsucht nach dieser ihr angestammten Daseinsform gehabt. Dies war das Paradies, der Zustand allumfassenden, ewigen Glücks, den alle Religionen in leicht abgewandelter Form verhießen. Ihre Existenz als Mensch war nichts weiter als eine vorübergehende Vertreibung aus diesem Paradies gewesen, eine Existenz, die sie nun wie eine leere Hülle abgestreift hatte.

Nein, nicht abgestreift, die Trennung war noch nicht vollkommen. Sie war dieser Hülle lediglich entwachsen, und es war nur ein vorübergehender Zustand, wie ihr mit jähem Schrecken bewußt wurde. Ihr war ein Blick in das Paradies vergönnt gewesen, aber ihre Zeit, darin aufzugehen, war noch nicht gekommen.

Immer stärker wurde die Kraft, die sie zurückzog, sie wieder auf ihre irdische Daseinsform schrumpfen ließ. Alles in ihr sträubte sich dagegen, sie wollte nicht zurück, doch ihr von namenlosem Grauen erfüllter Schrei verhallte ungehört in der Leere des Nichts, durch das sie zurückstürzte, und da ihr menschlicher Verstand unfähig gewesen wäre, die erlebten Eindrücke zu verarbeiten, schützte er sie auf die einzige mögliche Art.

Gudrun Heber vergaß –
und erwachte!

Gudruns Erwachen würde von Sehnsucht und einem heftigen Gefühl des Verlustes begleitet, das sie sich nicht erklären konnte. Sie kam jedoch nicht dazu, sich intensiver damit zu beschäftigen. Zu unglaublich war der Anblick, der sich ihr bot.

Vor ihr erstreckte sich ein weitgeschwungener Talkessel, dessen schroffe Felswände bis zu den tiefhängenden Wolken aufragten und mit ihnen verschmolzen. Nirgendwo zeigte sich die geringste Spur von Leben, nicht einmal ein Grashalm oder eine Moosflechte.

In der Mitte des Tales erhob sich ein kleiner Berg, in den mit ungeheurer Kunstfertigkeit die Züge einer sitzenden, menschlichen Gestalt eingemeißelt worden waren, die mit einem langen, über den Kopf geschlagenen Umhang bekleidet war. Gut zwei Dutzend steinerne, in gleiche Tücher gehüllte Statuen standen wie mitten in der Bewegung erstarrte Menschen davor.

Ein Stück neben Gudrun rappelte sich Kar gerade auf. Inmitten dieser fremdartigen Umgebung war zumindest für den Augenblick die Feindschaft zwischen ihnen bedeutungslos geworden.

»Was ist das?« fragte Gudrun unsicher. »Wo sind wir hier?«

Kar antwortete nicht. Die Wolkendecke über ihnen geriet in Bewegung, begann wie Nebel im Wind zu brodeln und riß an mehreren Stellen auf. Licht von der gleichen violetten Farbe, wie es das *Auge der Weisheit* ausgestrahlt hatte, brach wie leuchtende Lanzen durch die Öffnungen in der Wolkendecke, ergoß sich über das Tal und vertrieb das trostlose graue Zwielicht.

Zugleich geschah etwas Unglaubliches. Im ersten Moment hielt es Gudrun nur für Einbildung, doch dann sah sie, daß sie sich nicht getäuscht hatte.

Die Statuen bewegten sich!

Anfangs war es nur ein schwaches Zittern der steinernen Umhänge, als würde sie ein Windhauch streifen, dann nahmen die Bewegungen zu, der Stein verwandelte sich im violetten Lichtschein immer rascher in organische Materie. Leben erfüllte die Gesichter der Gestalten, und langsam drehten sie sich zu Gudrun und Kar herum. Stumm, aber ohne jede Feindseligkeit musterten sie die beiden Fremden.

Aber der Prozeß erstreckte sich nicht allein auf die Gestalten, die Gudrun fälschlich für leblose Statuen gehalten hatte. Auch die Züge der riesigen, wie ein Berg inmitten des Tales thronenden Gestalt veränderten sich zu der Andeutung eines sanften Lächelns. Es war ein menschliches, zugleich jedoch beinahe überirdisch schönes Antlitz von unbestimmbarem Geschlecht. Der Mund der gigantischen Gestalt öffnete sich.

Wir danken euch, Fremde, die ihr uns das Geschenk des Lebens zurückgegeben habt, ertönte eine wohlklingende Stimme, und erst nach Sekunden wurde sich Gudrun bewußt, daß sie die Worte nicht hörte, sondern diese direkt in ihren Gedanken aufklangen. *Lange, unendlich lange waren wir Gefangene der Dunkelheit, der Schatten, die wir selbst geschaffen haben.*

»Wer seid ihr?« rief Kar und trat einen Schritt vor. »Wo sind wir hier?«

Wir sind die Wächter, erwiderte die Stimme. *Die, die in den Schatten wandeln und über die Schatten wachen. Wo wir herkommen, singen die Vögel uns hübsche Lieder, und wir fühlen immer Musik in der Luft.*

Die Worte kamen Gudrun vage bekannt vor, und gleich darauf fiel ihr auch ein, wo sie sie schon einmal gehört hatte. Der Gnom Abn el Gurk, dem sie und Tom während der mentalen Prüfung begegnet waren, hatte beinahe den gleichen Wortlaut verwendet.

Wir waren und werden sein, doch auch wir sind nicht allmächtig, fuhr die Stimme fort. *Auf der Flucht vor der Dunkelheit, die diese Welt zu umfangen drohte, zogen wir uns einst in dieses Tal zurück und schufen mit unserer vereinten Macht einen Schlüssel, der das Tor zu eurer Welt offenhielt. Wir versteckten es und beauftragten Wächter, die verborgenen Wege zu dem Versteck zu schützen. Doch einige von ihnen wurden abtrünnig. Statt den Weg nach einer vorgeschriebenen Zeitspanne wieder zu öffnen, versuchten sie, den Schlüssel eigennützig zu mißbrauchen, und gingen daran zugrunde. Die wenigen Verbliebenen fürchteten unsere Rache. Im Laufe der Generationen wurde das Wissen um den Schlüssel verfälscht, er als Quell des Bösen betrachtet.*

»Das *Auge der Weisheit*«, sagte Kar. »Ich habe es gefunden und den Weg damit geöffnet!«

Dafür sind wir dir zu großem Dank verpflichtet. Ohne eine Verbindung zur äußeren Welt konnte über die Jahrtausende hinweg kein Leben in diesem Tal bestehen. Alles kam zum Stillstand, selbst die Zeit gefror. Eure Wissenschaft kennt Theorien darüber, und ihr bezeichnet diesen Zustand als Entropie. Erst nachdem das Tor durch euch geöffnet wurde, kehrte das Licht zurück und konnte wieder Schatten werfen. Das Auge der Weisheit brachte uns das Wissen, das wir versäumt hatten in all den Jahren.

»Ich habe es getan!« wiederholte Kar. »Und ich hoffe, daß ihr mich dafür angemessen belohnen werdet.«

Gudrun hatte bislang nur stumm zugehört und versucht, geistig zu verarbeiten, was sie hörte. Nun jedoch konnte sie nicht länger schweigen.

»Nein«, stieß sie hervor, ließ ihren Blick über die Gestalten vor sich wandern und verharrte schließlich auf dem Antlitz des gigantischen Wesens. »Er ist ein Verbrecher, ein Mörder. Er ist böse, und ihr dürft ihm nicht –«

Begriffe wie Gut und Böse existieren für uns nicht, fiel ihr die Gedankenstimme ins Wort. *Wir denken in anderen Maßstäben. Ihr Menschen habt euch diese Welt untertan gemacht, aber was versteht ihr schon von den wahren Zusam-*

menhängen? Ihr lebt in den Kulissen und wißt nichts von dem, was hinter den Vorhängen der Bühne geschieht, tief verborgen in den Schatten. Dinge geschehen, bedeutsame Dinge, manchmal im Geheimen, manchmal direkt vor euren Augen, aber ihr seid zu blind, die Wahrheit zu sehen. Jedes Ding wirft seinen Schatten, aber oft sind die Dinge nicht, was sie zu sein scheinen. Ihr werdet als Dank beide euren Lohn bekommen. Jeder von euch darf einen Wunsch äußern, den wir euch erfüllen werden, wenn es in unserer Macht steht. Aber ich rate euch, bedenkt eure Entscheidung und wählt weise. Ihr braucht es nicht jetzt zu tun, falls es im Augenblick nichts gibt, was ihr euch mehr als alles andere ersehnt. Wenn ihr jemals in eine gänzlich ausweglose Situation geraten solltet, genügt es, wenn ihr uns ruft. Wir werde dann zur Stelle sein.

Gudrun schwindelte, als ihr die wahre Bedeutung dieses Angebots bewußt wurde. Wie wohl die meisten Kinder hatte sie früher Märchen wie das vom Geist in der Flasche oder der guten Fee erzählt bekommen, die Wünsche erfüllte, und natürlich hatte sie oft daran gedacht, was wohl wäre, wenn ihr dies jemals passieren würde. Nun war dieses Märchen für sie Realität geworden. Sie konnte sich Macht wünschen, Reichtum, möglicherweise sogar die Unsterblichkeit. Dies mußte ein Traum sein, es war unmöglich, daß sie das wirklich erlebte. In ihrem Kopf drehte sich alles.

»Sag uns wenigstens, wie wir euch rufen sollen«, verlangte Kar.

Wir zeichnen euch mit einem Mal. Berührt es und denkt an uns als die steinernen Götter, wann ihr euren Lohn einlösen wollt. Und nun geht! Wir brauchen Zeit, uns mit den neuen Gegebenheiten vertraut zu machen, um nach so langer Zeit wieder unsere Aufgabe zu erfüllen. Gudrun spürte einen kurzen, nicht sonderlich starken Schmerz an ihrer rechten Hand, und als sie darauf schaute, erkannte sie ein fingernagelgroßes, kreisrundes Mal auf dem Handrücken, wo sich ihre Haut verhärtet hatte und wie Glas glänzte.

Der Blick der riesigen Gestalt richtete sich auf Kar. *Wir möchten nicht, daß ihr erneut übereinander herfallt, sobald ihr das Tal verlassen habt. Deshalb werdet ihr auf verschiedenen Wegen gehen.*

Gudrun blickte über die Schulter zurück. Die Felswand hinter ihnen war an zwei Stellen durchsichtig geworden. Die Öffnung hinter Kar war für sie milchig; was dahinterlag, blieb verschwommen. Kar warf ihr einen triumphierenden Blick zu, dann trat er durch das Tor, das sich hinter ihm schloß.

Durch die andere Öffnung konnte Gudrun in die Grotte sehen, in der sich David Frost und der immer noch bewußtlose Tom befanden.

Sie zögerte.

»Was passiert mit David?« fragte sie.

Wir bedauern, was ihm zugestoßen ist, erhielt sie zur Antwort. *Schon vor Jahren fand er durch Zufall den Weg zum Schlüssel, aber damals war er noch ein Kind. Nun kehrte er zurück, aber er konnte der Verlockung nicht widerstehen. Er manipulierte den Schlüssel in falscher Weise und brachte so auch Unglück über die Bewohner seines Heimatortes. Sein Schicksal und das, was Kar ihm angetan hat, sind eine gerechte Strafe, für die er selbst die Verantwortung trägt.*

Nein, dachte Gudrun. Es war nicht gerecht. Durch David war sie überhaupt erst auf das *Auge der Weisheit* aufmerksam geworden, ohne ihn wären weder sie, noch Kar hergekommen, und das Tor wäre nicht geöffnet worden. Was bedeutete der ungeheure Lohn schon, den ihr die fremdartigen Wesen angeboten hatten, wenn sie ihn nur auf Kosten eines anderen erhielt.

Sie wußte, daß sie noch tausendfach in ihrem Leben

bereuen würde, was sie nun tat, doch sie wußte, daß es das einzig Richtige war. Sie äußerte ihren Wunsch, bevor sie das Tor durchschritt.

»Wer sind Sie?« erkundigte sich David Frost und starrte sie verstört an, als sie in die Grotte zurückkehrte. »Und wo sind wir hier?«

Erleichterung befiel Gudrun. Der Junge war wieder normal, also hatten die Wesen, die sich die steinernen Götter nannten, ihr Wort gehalten. Das bedeutete zugleich auch, daß sie den Wunsch, den Kar irgendwann äußern würde, ebenfalls erfüllen würden, doch an diese Gefahr wollte sie jetzt nicht denken. Sie blickte sich um. Das *Auge der Weisheit* sowie die Mulde, in die Kar es gelegt hatte, waren verschwunden. Genauso wie das Mal auf ihrer Hand.

»Du erinnerst dich an nichts?« fragte sie.

»Nein.« David schüttelte verwirrt den Kopf. »Das heißt ... ich weiß noch, daß ich mich heimlich aus dem Haus geschlichen habe, weil etwas mich in den Wald gelockt hat. Dann hört meine Erinnerung auf.«

»Deine Mutter wird dir einiges zu erzählen haben«, erwiderte Gudrun. »Was sie nicht weiß, solltest auch du besser nicht erfahren.« Sie ging zu Tom und kniete neben ihm nieder. Mit einigen leichten Ohrfeigen riß sie ihn aus der Ohnmacht. »Wach endlich auf, du Faulpelz. Du hast lange genug geschlafen, während ich die Kastanien aus dem Feuer holen durfte.«

Stöhnend öffnete der Archäologe die Augen und richtete sich auf.

»Was ist passiert? Wo ist Kar?« Sein Blick fiel auf David, der ihn unsicher musterte. »Der Junge ... ist er wieder normal?«

»So ist es. Nokina hatte Unrecht. Das *Auge der Weisheit* war kein Quell des Bösen, aber das ist eine lange Geschichte, und ich weiß selbst noch nicht, ob ich wirklich glauben soll, was ich erlebt habe. Ich werde dir später alles erzählen. Komm, es ist besser, wenn wir diesen Ort verlassen.«

Sie traten aus der Höhle. Schnee fiel vom Himmel und hatte den Wald wie mit einer Schicht aus Puderzucker überzogen. Sie waren wieder in die reale Welt zurückgekehrt.

Als sich Gudrun nach ein paar Schritten umdrehte, war von dem Höhleneingang nichts mehr zu entdecken. Für einen kurzen Moment jedoch glaubte sie an der Stelle, wo er sich befunden hatte, einen tänzelnden, rotgekleideten Zwerg zu erblicken, der fröhlich über das ganze Gesicht grinste.

Epilog

Deer Meadow war am Heiligabend keineswegs so ruhig und friedlich gewesen, wie Gudrun zu Beginn ihrer nächtlichen Wanderung geglaubt hatte. Sheriff Wilbur Cable bot sich ein ganz anderes Bild; für ihn und seine Deputies war es der arbeitsreichste und schrecklichste Tag des ganzen Jahres.

Seine Befürchtung bewahrheitete sich, das aggressive Verhalten der Einwohner steigerte sich immer mehr. Die Telefone der Polizeistation standen nicht mehr still. Eine ungeheure Flut von Meldungen über Beleidigungen und Gewalttätigkeiten brach über Cable herein. Glücklicherweise waren die wenigsten dieser Vorfälle wirklich schlimm, und es gab nur ein weiteres Todesopfer zu beklagen. Dann, etwa eine halbe Stunde nach Einbruch der Dunkelheit, riß die Kette der Hiobsbotschaften abrupt ab. Anfangs mißtraute er dem Frieden, doch während der nächsten Stunden hielt die Ruhe an.

Am nächsten Morgen rief Eileen Frost bei ihm an, um ihm mitzuteilen, daß David wohlbehalten und von seiner Geisteskrankheit genesen zu ihr zurückgekehrt wäre.

Das unerklärliche Unheil, das über Deer Meadow hereingebrochen war, hatte die Stadt wieder aus seinem Würgegriff entlassen, aber es hatte ihr schreckliche Wunden zugefügt. Es hatte Tote gegeben, und eine gleichhohe Zahl an Tätern, die selbst nur Opfer waren. Inwieweit sie für ihre Taten verantwortlich zu machen waren, damit würde sich in den nächsten Wochen die Justiz beschäftigen müssen.

Tom Ericson und Gudrun Heber sah Sheriff Cable nicht mehr wieder, und da nichts gegen sie vorlag, konnte er sie auch nicht nach Deer Meadow zurückholen. Er bedauerte ihre Abreise außerordentlich.

Er war sicher, daß die beiden ihm viele ungeklärte Fragen hätten beantworten können ...

ENDE DES SECHSTEN BUCHES

SIEBTES BUCH

DAS GEHEIMNIS VON OAKE DÙN

von Hubert H. Simon

Der Raum mit den weiß getünchten Wänden, dem gefliesten Fußboden und den ausgebleichten Vorhängen wirkte steril. Ebenso wie die kahlen, von Rauhreif überzogenen Bäume draußen vor dem Fenster. Alles Leben schien unter einer dünnen, glitzernden Eisschicht erstarrt zu sein. Die Äste, an denen noch ein paar vertrocknete Blätter hingen wie Boten einer längst vergangenen Welt, zeichneten sich bizarr gegen den stahlblauen Himmel ab.

An diesem späten Dezembernachmittag lag klirrender Frost über der Themsemetropole. Sir Ian Sutherland und Pierre Leroy hatten den Eindruck, daß die Minusgrade nicht einmal vor den dicken Backsteinmauern der St. Margarete Klinik halt machten. Die Kälte, die sie zu spüren glaubten, entsprang jedoch eher dem Gefühl ihrer eigenen Hilflosigkeit – und der Ungewißheit über Valerie Gideons weiteres Schicksal.

Das Rascheln des Tintenschreibers war das einzige Geräusch. Er zeichnete hektische Ausschläge auf Millimeterpapier, bizarre, weit von der Norm abweichende Hirnstromkurven.

»Ursächlich dafür sind die Veränderungen in Miss Gideons Gehirn«, hatte Dr. Chuck Mannors festgestellt. »Ihr Ego wird von einem fremden Willen überlagert, und jede Aktivität des Parasiten äußert sich in extremen Ausschlägen. Wahrscheinlich hat die Patientin eine Zeitlang dagegen angekämpft –«

»Wie stehen Valeries Erfolgsaussichten?« hatte Pierre wissen wollen, als Antwort aber nur ein bedauerndes Kopfschütteln des Mediziners erhalten. Ihre Chance, sich Kars Einfluß aus eigener Kraft zu entziehen, war gleich Null.

Daran dachte Pierre Leroy, als er sanft mit den Fingerspitzen über Valeries Stirn strich. Eine wächserne Blässe überzog ihre Haut, ihr Gesicht wirkte so kantig modelliert wie das einer Porzellanpuppe, und ihre Körperfunktionen waren medikamentös auf ein Minimum reduziert worden.

»Das ist kein Leben für Valerie«, sagte Pierre hart. »Künstlich ernährt und an Apparaturen angeschlossen, die jede Regung ihres Körper überwachen, nur nicht ihre Seele ... Wenn sie sich dagegen wehren könnte, würde sie es tun.« Er dachte an die Valerie Gideon, die er in Khartoum kennengelernt hatte; sie war attraktiv, selbstbewußt, vielleicht sogar eine Spur zu arrogant gewesen, aber zugleich eine Frau, mit der man Pferde stehlen konnte.

Sutherland bedachte ihn mit einem überraschten Blick. »Höre ich Selbstmitleid in Ihrer Stimme, Monsieur Leroy?«

Pierre hatte auf dem Absatz kehrt gemacht und war im Begriff gewesen, das Krankenzimmer zu verlassen. Doch er verharrte mitten in der Bewegung. Um seine Mundwinkel zuckte es verhalten, als er Sutherlands Blick suchte.

»Sie sollten mich besser kennen, Sir Ian«, erwiderte er stockend.

»Das dachte ich bislang auch. Aber seit den Ereignisse in Jordanien lassen Sie sich von irrationalen Gefühlen leiten. Miss Gideon war Agentin des Mossad, Pierre, und das heißt, daß sie den Tod nicht fürchtet. Sie hat immer gewußt, worauf sie sich einließ.«

Leroy atmete tief durch. »Valerie ist eine außergewöhnliche Frau ...«

Pierres Blick wanderte wieder zu der schlafenden Valerie hinüber, in deren Schädel ein unbegreiflicher Parasit heranwuchs. Eine Operation hatte Dr. Mannors zum momentanen Zeitpunkt ausgeschlossen, weil Valerie einen derartigen Eingriff nicht überstehen würde.

Die Ärzte der Londoner St. Margarete Klinik würden alles daransetzten, Antworten auf die drängendsten Fragen zu finden. Pierre kannte die Untersuchungsberichte nahezu auswendig, sie lasen sich wie ein Horror-Roman.

Begonnen hatten die erschreckenden Geschehnisse mit einer routinemäßigen Leichenöffnung. Der Inder Madhav war während eines Attentats getötet worden. Später hatte sich herausgestellt, daß Madhavs letzte Heuer auf der SEA QUEEN gewesen war, dem Seelenverkäufer, dessen Crew Tom Ericson und Gudrun Heber aus Seenot gerettet und anschließend die goldene Maske der Göttin Khom an sich gebracht hatte. Alan Banister, hochrangiger Politiker, bei einem Autounfall ums Leben gekommen, und seine Sekretärin Maureen Ibsen waren zwei weitere Namen auf der Liste der unheimlichen Patienten. *Schizophrene Wahnvorstellungen,* begann Maureen Ibsens Krankenblatt. *Sie glaubt, von echsenartigen Kreaturen verfolgt zu werden ...*

Die vorerst letzte Infizierte war Valerie Gideon. Sie hatte versucht, Sir Ian zu töten. Weil Kar, der immer noch unbekannte Gegner im Hintergrund, es so wollte. Er hatte ihr einen Parasiten eingepflanzt und sie dadurch zu seiner willfährigen Marionette gemacht. Röntgenbilder, Ultraschallaufnahmen und ein Computertomogramm zeigten übereinstimmend den Wundkanal, der hinter Valeries rechtem Ohr begann und durch Knochen und Gehirnmasse zur Zirbeldrüse führte. Und dort, in einem Hohlraum von annähernd Pflaumengröße, der allen Erkenntnissen der Hirnforschung Hohn sprach, existierte etwas, das auf keiner der Aufnahmen wirklich deutlich zu erkennen war. Ein Parasit, ähnlich den Larven, die nach den Vorfällen in der Klinik gefunden worden waren, nur größer und damit auch gefährlicher.

»Kar ist uns einen gewaltigen Schritt voraus«, sagte

Sutherland. »Wer Menschen seinen Willen aufzwingen kann, der beherrscht eines Tages die Welt.«

»Ich muß Sie wohl nicht daran erinnern, daß die Geschichte einige Verrückte kennt, die dieses Ziel vor Augen hatten«, widersprach Leroy heftig. »Aber alle sind daran gescheitert.«

»Vielleicht experimentiert Kar noch«, antwortete der Earl of Oake Dùn gedehnt. »Vielleicht sind Sie sein nächstes Opfer, oder ich werde es sein.«

Pierres Miene verdüsterte sich. Er setzte zu einer Erwiderung an, doch Sutherland ließ ihn nicht zu Wort kommen.

»Militärs, Politiker und Wirtschaftsbosse wären die idealen Zielpersonen. Die Geschicke unserer Welt sind längst enger miteinander verknüpft, als lokale Unruhestifter und Patrioten es wahrhaben wollen. Kaum etwas geschieht auf einer Seite des Globus, das nicht irgendwann auch auf der gegenüberliegenden Seite Konsequenzen zeigt, und über kurz oder lang, Monsieur Leroy, werden wir unsere Kräfte darauf konzentrieren müssen, Kar aufzuspüren.«

Pierre zog eine Braue hoch, schwieg aber dazu.

Kurz nach 17 Uhr verließen Sir Ian und der Franzose die St. Margarete Klinik. Mittlerweile herrschte ein Wetter, bei dem man keinen Hund vor die Tür jagte. Träge wälzten sich die Autoschlangen durch die Straßen, ihre Abgase verdichteten sich zu schweflig-gelbem Smog.

»Valerie ist hier wirklich gut aufgehoben«, sagte Sutherland unvermittelt. »Vor allem haben die Ärzte bereits Erfahrung mit den Parasitenlarven.«

»Ich habe nichts anderes behauptet«, erwiderte Pierre Leroy. Sein gefrierender Atem verzierte den schmalen schwarzen Oberlippenbart mit Eiskristallen. »Mir ist klar, weshalb Sie Valerie nach London gebracht haben und nicht in eines der Krankenhäuser von Aberdeen oder Glasgow.« Er schüttelte sich, schlug den Kragen hoch und vergrub die Hände in den Manteltaschen. »Diese verdammte Kälte spricht allem Gerede von Klimakatastrophe und globaler Erwärmung Hohn.«

Sutherland hielt nach einem freien Taxi Ausschau. Aber an diesem Abend schien halb London ähnliche Bedürfnisse zu verspüren, und wer einmal einen Platz hinter beschlagenen Autoscheiben ergattert hatte, in halbwegs wohliger Wärme, verzichtete offenbar nicht wieder darauf. Sutherland und Leroy blieb letztlich keine andere Wahl, als sich in die Warteschlange vor einer Bushaltestelle einzureihen und die Prozedur mehrmaligen Umsteigens auf sich zu nehmen.

Irgendwann schafften sie dann doch noch das Kunststück, ein freies Taxi anzuhalten. Bis Heathrow war es nur noch ein Katzensprung.

Dreißig Minuten später hatten Sutherland und Leroy ihren Helikopter enteist und warteten auf die Startfreigabe. Ein leichtes Schneetreiben überzog die Pisten mit weißer Pracht.

Endlich kam die Starterlaubnis.

Sutherland bestätigte den vorgeschriebenen Kurs. Ungefähr drei Stunden noch, dann würde er vor dem knisternden Kaminfeuer in der Bibliothek von Oake Dùn sitzen und mit Connor und Leroy eine Lagebesprechung abhalten.

Aus der Nähe des Abfertigungsgebäudes grüßte ein riesiger Weihnachtsbaum in vollem Lichterglanz.

Das Schneetreiben vermischte sich mit Regen, als der Hubschrauber London hinter sich ließ.

Erst der Norden Schottlands präsentierte sich wieder unter einer dünnen Schneedecke – eine verzauberte Märchenlandschaft im Schein der fahlen Mondsichel und der Sterne. Die Wolkendecke über Oake Dùn war längst aufgerissen, und die Schwärze der Nacht spiegelte sich in der leicht bewegten See am Fuß der schroffen Steilküste.

Sutherland landete den Hubschrauber zwischen den Stallungen und der eigentlichen Festung Oake Dùn. Aufstiebender Pulverschnee verschleierte vorübergehend die Sicht, aber als der Rotor flappend auslief, war einige Dutzend Schritt im Umkreis das welke Gras wieder zum Vorschein gekommen.

Drüben bei den Gesindehäusern, die seit Jahrzehnten zum Teil leerstanden, weil Ian Sutherland im Gegensatz zu seinem Vater die Tierzucht vernachlässigte, bellten die Wachhunde.

Auch sie waren eher ein Zugeständnis an die Vergangenheit des Familiensitzes der Sutherlands, denn heutzutage gab es wirksamere technische Überwachungsanlagen. Sir Ian hätte sich niemals nur auf die Spürnasen der Hunde verlassen.

Das letzte Summen der Turbine erstarb. Als Leroy den Ausstieg auf seiner Seite öffnete, fegte eine eisige, vom Atlantik her wehende Brise in die Kanzel und vertrieb die anheimelnde Wärme.

Sutherland fröstelte. Die plötzliche Kälte zwang ihn, die Arme vor der Brust zu verschränken. Er lehnte sich im Pilotensitz zurück, fuhr sich mit der linken Hand übers Gesicht und atmete tief durch. Wie mit Nadeln stach die eisige Luft in seine Lunge.

»Sir Ian!« rief Leroy von draußen. »Ist Ihnen nicht gut?«

Mühsam wandte Sutherland den Kopf. »Alles in Ordnung«, murmelte er. »Ich bin nur ein wenig übermüdet.

Die letzten Tage waren ziemlich anstrengend, und dann noch der Nachtflug ...« Vor seinen Augen flimmerten bunte Regenbogen. Er blinzelte, doch er konnte die Farbreflexe nicht vertreiben. Im Gegenteil. Die Seitenholme der Kanzel schienen sich in bunte Zickzacklinien zu verwandeln.

Immer noch in den Sitz gelehnt, massierte Sutherland seine Augenwinkel. Plötzlich atmete er hart und stoßweise, und das eigene Keuchen erschreckte ihn. Ihm war, als hätte sich ein eisernes Band um seinen Brustkorb gelegt, das sich rasch enger zusammenzog.

»Gehen Sie ruhig vor, Pierre!« hörte der Earl sich sagen. »Ich komme sofort nach.«

»Sind Sie sicher, Sir, daß es Ihnen gut geht?« Leroy erschien wieder im Einstieg. Er wirkte besorgt – zumindest soweit Sutherland das erkennen konnte. Das grelle Flimmern vor seinen Augen schränkte das Blickfeld erheblich ein.

»Mich stört nur die Schußwunde.« Er streckte sein rechtes Bein aus, und erneut durchflutete ihn eine Woge der Übelkeit. Valerie hatte ihn angeschossen – ein Steckschuß im rechten Oberschenkel, eine Handbreit über dem Knie, aber zum Glück war die Kugel leicht zu entfernen gewesen. Doch das Blei hatte Kars Entschlossenheit demonstriert, sich seiner Gegner zu entledigen. Als Sutherland schon am Boden gelegen hatte, hatte Valeries Pistole zwischen seine Augen gezielt, und immer noch sah er vor sich, wie ihr Zeigefinger sich um den Abzug krümmte.

Ein trockenes *Klick*, mehr nicht – das Magazin war leergeschossen gewesen ...

Eine Verwünschung auf den Lippen, schwang Sutherland sich aus der Kanzel. Er wollte nicht mehr daran erinnert werden. Die Kugel war noch vor seinem Abflug aus Amman ambulant entfernt worden, und lediglich der Verband behinderte ihn ein wenig.

Ein greller Schmerz durchzuckte sein Bein, als er auf dem gefrorenen Boden aufkam. Er mußte sich festhalten, wenigstens für den Augenblick, danach humpelte er entschlossen auf das Portal zu, das beidseits von wuchtigen Wehrtürmen flankiert wurde.

Oake Dùn war ein trutziges Bauwerk, Schloß und zugleich Festung, denn nichts anderes bedeutete das aus dem gälischen stammende Wort *Dùn*. Ein rechteckiger Aufriß, überwiegend zweigeschossige Bauweise, mächtige Wehrtürme und Mauern, kurzum ein Bollwerk, an dem sich Angreifer in früheren Jahrhunderten die Köpfe eingerannt hatten. Hinzu kam die exponierte Lage auf einem zum Atlantik hin steil abfallenden Felsen, nahezu uneinnehmbar, und der landseitige Zugang, auf den letzten zweihundert Metern wie durch eine Schlucht hindurchführend, war stets leicht zu verteidigen gewesen.

Ein metallisches Klirren schreckte Sutherland aus seinen Betrachtungen auf. Aber erst als es sich wiederholte, wandte er sich um.

Seltsam. Aus den Augenwinkel heraus glaubte er, einen huschenden Schatten zu sehen, doch als er sich darauf konzentrierte, war da nichts mehr. Nur die eigenen Spuren und die von Pierre zeichneten sich im Schnee ab.

Sekunden später erklang das Klirren erneut. Lauter als zuvor.

»Haben Sie das gehört, Monsieur Leroy?«

»Was meinen Sie, Sir?«

Sutherland winkte großzügig ab. Vermutlich stammten die Geräusche von der abkühlenden Turbine. Daß sie wie das harte Aufeinanderschlagen von Schwertern und das Keuchen Kämpfender klangen, war Zufall.

Als Sutherland und Leroy die geräumige Empfangshalle betraten, schlugen die Hunde wieder an. Diesmal verhallte ihr Bellen in einem langgezogenen Heulen. Sie kläfften den Mond an, der scharf abgegrenzt zwischen schnell treibenden Wolkenfetzen hing und das Hochplateau mit kaltem Licht überschüttete.

Das Prasseln des Kaminfeuers verbreitete eine angenehme, wohlige Atmosphäre. Sutherland hatte seinen hochlehnigen Sessel in die Nähe des offenen Kamins gerückt und es sich bequem gemacht. Dennoch bestand Mortimer darauf, daß Sir Ian seiner Verletzung wegen das rechte Bein hochlagerte.

»Mit Verlaub, Sir, Sie spielen mit Ihrer Gesundheit, als hätten Sie die besten Jahre noch vor sich«, tadelte der längst zum Inventar gehörende Hausdiener.

»Und Sie entpuppen sich zunehmend als Quälgeist, Mortimer.«

Der hagere Alte zuckte mit den Schultern. »Dr. Morrison würde mir beipflichten. Legen Sie das Bein auf den Hocker, Sir, dafür ist er da. Vergessen Sie nicht, daß ich Ihnen schon den Hosenboden stramm ...«

»Mortimer!«

Der Alte blinzelte verwirrt. Sutherlands scharfer Ausruf hatte ihn von einem Moment zum anderen den Faden verlieren lassen. »Was wollte ich sagen ...?« Er starrte ins Feuer, Worte vor sich hin murmelnd, die niemand verstand. Schließlich gab er sich einen Ruck. Sein Lächeln verriet, daß ihm alles wieder eingefallen war. »Ich kenne Sie seit Ihrer Sandkastenzeit, Sir, und ich erinnere mich, wie das war, als Sie die Masern hatten und kurz darauf Scharlach. Keiner weiß besser, was Ihrer Gesundheit zuträglich ist.«

»Das ist lange her«, bemerkte Sutherland und stopfte in aller Seelenruhe seine Pfeife. »Inzwischen bin ich erwachsen und verstehe es recht gut, für mich selbst zu sorgen.«

Mortimers Miene verriet, daß er gänzlich anderer Meinung war. Tadelnd blickte er auf den Verband über Sutherlands rechtem Knie, der sich durch den Tweedstoff der Hose deutlich abzeichnete.

»Mit Verlaub, Sir, Ihre Ausreden sind die gleichen geblieben. Außerdem entsinne ich mich eines Zwischenfalls, Sie waren gerade neun Jahre alt und hatten einen neuen, festlichen Kilt an ...«

Ergeben seufzend, zog der Earl den Hocker näher und streckte sein verletztes Bein darauf aus. »Zufrieden, Mortimer?« fragte er. Manchmal war der Alte die reinste Nervensäge, doch er besaß auf Oake Dùn so etwas wie Narrenfreiheit. Mortimer war hier aufgewachsen, hatte sein Leben zwischen den trutzigen Mauern verbracht und würde auf dem Felsen zwischen Durness und Thurso wohl auch sein Grab finden.

»Sie wollen die Geschichte von damals nicht hören?« argwöhnte der Diener.

»Ich kenne die Geschichte«, erwiderte Sutherland.

Mortimer ließ sich die Enttäuschung anmerken. Trotzdem fühlte er sich nicht als Verlierer – nicht, solange Sir Ian das Bein ausgestreckt auf dem Hocker liegen hatte.

Er schlurfte davon. Erst unter der Tür wandte er sich nochmals um. »Paß auf ihn auf, Mortimer, hat sein Vater immer gesagt«, hörten Connor und Leroy ihn verhalten murmeln. »Ian hat keine Spielkameraden in seinem Alter, deshalb stellt er die verrücktesten Sachen an ...«

Die Tür fiel ins Schloß.

»Ich kann Mortimer nicht einmal gram sein«, sagte Sutherland. »Auf seine Weise meint er es immer nur gut.«

Er hatte die Pfeife gestopft und beugte sich, nach einem glimmenden Kienspan angelnd, zur Seite.

»Achten Sie auf Ihr Bein, Sir!« erinnerte Connor. Er ahmte Mortimers Tonfall derart perfekt nach, daß Sir Ian unwillkürlich zur Tür blickte.

Bedächtig steckte der Earl den Tabak, Marke *Daily dream,* in Brand und blickte nachdenklich den ersten Rauchwolken nach, bevor er sich an Connor wandte: »Sie haben mit dem UNO-Headquarter gesprochen?«

»Natürlich, Sir.« Der Butler nickte bedächtig. »Mr. Mahon war über Ihre Befreiung bereits bestens informiert. Er bedauert den Mordversuch –«

»Was hat er gesagt?«

Connor zögerte einen Moment. »*Unkraut vergeht nicht.* – Das waren seine Worte, Sir.«

Sutherlands Augenbrauen wanderten über der Nasenwurzel ein Stück in die Höhe. »Mich interessiert nur, ob die Unterlagen zu ersetzen sind, die mir dieser El-Ammein abgenommen hat. Alles andere weiß ich selbst.«

»Es gibt Duplikate auf Mikrofilm. Wir erhalten einen neuen Ausdruck auf diplomatischem Weg.«

Die Papiere, die Ian Sutherland kurz vor Weihnachten in New York bekommen hatte, enthielten Daten und Beschreibungen etlicher unerklärlicher Zwischenfälle rund um den Globus während der letzten Wochen. Vermutlich hing ein Großteil davon mit dem Öffnen des Tores nach Atlantis zusammen, oder zumindest mit der Vernichtung der atlantischen Station. Sutherland dachte an den ZERSTÖRER, der in Peru sein Unwesen getrieben hatte, an die Totenmaske des Maya-Herrschers Pacal von Palenque ...

»Dr. Ericson hat vor einigen Stunden angerufen«, sagte Connor in dem Moment, als handelte es sich um die selbstverständlichste Sache der Welt.

Sutherlands fixierte ihn durchdringend. »Das sagen Sie erst jetzt?«

»Wann hätte ich es tun sollen?«

Gudrun Heber und Dr. Ericson waren während der letzten Tage sozusagen verschollen gewesen. Die Anthropologin hatte sich zuletzt telefonisch aus einem Kaff namens Deer Meadow gemeldet, irgendwo im Norden der USA, aber danach war kein Lebenszeichen mehr gekommen.

Sutherland hielt die Pfeife – ein Prachtexemplar aus seiner umfangreichen Sammlung kostbarer Stücke – wie einen Degen zwischen den Fingern und zielte mit dem Mundstück auf den Butler. Sein Blick war ein einziges großes Fragezeichen.

»Es geht ihnen gut«, sagte Connor. Aus den Augenwinkeln heraus registrierte er, daß Pierre erleichtert aufatmete. »Allerdings wurden die beiden auf dem Weg zurück nach Seattle von einem höllischen Blizzard überrascht. Gudrun sprach von meterhohen Schneeverwehungen und davon, daß sie rund dreißig Stunden in einem alten, klapperigen Kombi eingeschlossen waren, bis sie von einem Räumkommando befreit wurden.«

»Von wo aus haben sie sich gemeldet?« wollte Sutherland wissen.

»Aus Everett, das liegt nördlich von Seattle. Gudrun sprach davon, daß sie beide ziemlich erschöpft seien, aber abgesehen von kalten Füßen –«

»Dreißig Stunden im Schnee, kein Streß, keine Arbeit, aber trotzdem erschöpft?« Pierre schüttelte verständnislos den Kopf. »Das darf doch nicht wahr sein. Manchmal wünsche ich mir eine solche Ruhepause.«

»Was hättest du wohl getrieben?« erwiderte Connor grinsend.

»Ich?« Pierre setzte zu einer heftigen Erwiderung an,

besann sich dann aber doch eines Besseren. Ein verklärter Ausdruck umspielte seine Mundwinkel. Er dachte an die Chinesin Lin und an einen anderen Schneesturm ... »Aber doch nicht dreißig Stunden lang«, protestierte er schwach.

Sutherland und Connor ignorierten seine anzügliche Bemerkung. Während Pierre gedankenverloren in seinem Glas nach einer Branntweinkirsche angelte (er hatte auf Oake Dùn stets einige Einmachgläser mit *Cheries à l'eau de vie* stehen), berichtete Connor unbeeindruckt weiter.

»Falls der Schnee und die Kälte nicht auch den Flugbetrieb durcheinanderbringen, dürften Dr. Ericson und Miss Heber in einigen Stunden nach Känguruhland unterwegs sein. Ich habe Ihren Auftrag wörtlich weitergegeben, Sir Ian.«

»Das wird keine Vergnügungsreise.«

Connor nickte zögernd.

»Dieser Ansicht war die Anthropologin ebenfalls. Ich hatte den Eindruck, daß sie sich eine etwas längere Ruhepause erhofft hatte. Weihnachten und den Jahreswechsel feiert man im Kreis von Freunden, in ruhiger, besinnlicher Atmosphäre ...«

»Besinnlichkeit.« Der Earl lauschte dem verhallenden Klang des Wortes. »Dafür bleibt leider keine Zeit. Aber wir werden alles nachholen!«

»Später?« fragte Pierre. »Wann wird das sein?«

Sutherland machte eine großzügige Geste. »Jeder Job hat Vor- und Nachteile«, bemerkte er. »Irgendwann müssen wir alle Kompromisse schließen. Außerdem entsinne ich mich, Monsieur Leroy, daß Sie gerade erst einige Tage Urlaub hatten.«

Pierre spießte die letzte Branntweinkirsche auf und ließ sie abtropfen. »Erstens habe ich mich nicht beschwert«, erwiderte er. »Und zweitens sehe ich unsere Arbeit nicht als Job an.«

»Ich weiß.« Für einen Moment legte Sutherland den Kopf schräg und lauschte in die Tiefen von Oake Dùn. Von irgendwoher waren Geräusche erklungen, die nicht zu der nachtschlafenen späten Stunde paßten. Doch keiner der anderen schien etwas gehört zu haben – und jetzt war da ohnehin nur noch das anheimelnde Prasseln des Kaminholzes.

»Rein in die Kartoffeln, raus aus den Kartoffeln«, sagte Connor unvermittelt. »Das stammt nicht von mir, sondern das sind Miss Hebers Worte. Außerdem wollte Sie wissen, ob wir demnächst planen, eine eigene Fluglinie zu eröffnen.«

Sutherland schmauchte kräftig, sagte aber nichts dazu. Mit der Linken betastete er seinen bandagierten Oberschenkel. Die pulsierenden Schmerzen hatten nachgelassen, seit er das Bein hochgelagert hielt.

»Damit wir die Kosten für die Flugtickets sparen«, fuhr Connor fort. »Südamerika, China, die Staaten, Australien . . .«

»Reden Sie ruhig weiter!« forderte Sir Ian ihn auf. »Auch wenn es vielleicht nicht den Anschein hat, aber ich bin ganz Ohr.«

»Das war alles«, sagte Pierre.

Sutherland wiegte den Kopf. »Keine schlechte Idee«, meinte er schließlich. »Als Schotte sollte man Einsparungsvorschlägen stets aufgeschlossen gegenüberstehen.« Er schmunzelte.

Das Gespräch drehte sich dann nur noch um Valerie Gideon und den Parasiten in ihrem Gehirn, der die ehemalige Mossad-Agentin zum willfährigen Opfer Kars gemacht hatte. Die sich daraus ergebenden Perspektiven waren in der Tat erschreckend.

Zwanzig Minuten vor Mitternacht klopfte Sir Ian seine Pfeife aus. Danach erhob er sich. Es gab nichts mehr zu bereden, was sie nicht inzwischen schon mindestens zweimal angesprochen hatten.

Der Sturm, der vom Atlantik heranfegte, war inzwischen merklich stärker geworden. Heulend brach er sich an den Zinnen von Oake Dùn und wirbelte Schnee und Eiskristalle vor sich her.

Klamm und unheimlich stieg der Nebel aus dem Moor herauf, ein vielarmiges Monstrum, das sich unaufhaltsam ausbreitete und die knorrigen, uralten Eichen ebenso verschlang wie das dichte Unterholz. Lediglich vor dem mit einem flachen Steinwall abgegrenzten Feuer, über dessen flackernden Flammen frisches Wildbret schmorte, schreckte die wogende Düsternis noch zurück.

Ein dürrer Ast zerbrach knackend. Das Geräusch klang übermäßig laut in der beginnenden Nacht. Einer der Jäger, die im Halbkreis um das Feuer saßen, griff nach seinem leichten Jagdbogen und starrte angespannt in das Dickicht des Waldes hinaus. Erst als das Knacken sich auch nach einer ganzen Weile nicht wiederholt hatte, wandte er sich wieder dem Feuer zu.

»Du siehst Gespenster, Meanachan«, sagte einer der anderen lachend. »Laß uns endlich den Braten anschneiden.«

Fett tropfte in die Flammen, die heller aufloderten. Niemand sah den huschenden Schatten, eine krumme, graue Gestalt im Nebel. Sie war unscheinbar, doch in ihren Augen brannte ein gieriges, unstillbares Feuer. Der Hunger wühlte in den Eingeweiden des Mannes.

Kein Wort drang über seine Lippen, nur ein dumpfer, kehliger Laut, wie das Röcheln eines Tieres.

Das Moos dämpfte seine Schritte, als er dem Feuer nahekam.

Alles in ihm war angespannte Erwartung. Von unzähmbarer Gier beseelt, starrte er den Braten an; er brauchte nur noch die Hände auszustrecken ...

Im selben Moment bohrte sich die Spitze einer Klinge zwischen seine Schulterblätter.

»Mit Plünderern und Wegelagerern fackeln wir nicht lange«, herrschte ihn eine rauhe Stimme an. »Wer bist du?«

»Ich –« Vieles schoß ihm gleichzeitig durch den Sinn, verwirrende, sogar erschreckende Bilder, doch nicht einen seiner Gedanken vermochte er festzuhalten. Alles wirkte so unwirklich, als sei er nicht selbst davon betroffen, sondern kaum mehr als ein stummer Zuschauer vor einer Bühne, auf der die Akteure sich redlich abmühten.

»Wer hat dich geschickt?«

Dumpf hallte die Frage in ihm nach. Aber noch während er versuchte, ihren Sinn zu ergründen, während er endlich den eigenen Namen wiederzuentdecken glaubte, ließ der Druck des Schwertes an seinen Schulterblättern nach. Er fuhr herum, und seine Fäuste schossen nach vorne –

– doch sie stießen ins Leere, weil der Gegner mindestens ebenso schnell reagierte und in einem seitlichen Ausfall die Waffe hochriß und schräg von unten herauf zustieß.

Die Klinge bohrte sich tief in seinen Oberschenkel, durchtrennte Muskeln und Sehnen ...

Der eigene gequälte Aufschrei hatte Ian Sutherland geweckt. Steif aufgerichtet saß er in seinem Bett, und sein Atem ging kurz und stoßweise. Es fiel ihm schwer, sich zurechtzufinden, denn immer noch glaubte er, das nebelverhangene Moor vor sich zu sehen, bis endlich die wogenden Schleier den Konturen des geräumigen Schlafzimmers wichen.

Ian hatte geträumt. Ein flüchtiger Blick auf den Wecker verriet ihm, daß er kaum länger als eine halbe Stunde geschlafen haben konnte. Vorübergehend vergrub er das

Gesicht in den Handflächen und massierte mit den Fingerspitzen die Schläfen. Sein Bein schmerzte, und vermutlich war es der Schmerz gewesen, der ihn aus dem ersten Schlaf aufgeschreckt hatte.

Mitternacht war noch nicht lange vorüber. Ergeben seufzend ließ Ian Sutherland sich wieder in die Kissen sinken und drehte sich auf die Seite. Seine Gedanken schweiften ab: monströse Echsenwesen starrten ihn aus dem Nichts heraus an – und wie manche Leute Schäfchen zählen, um den ersehnten Schlaf zu finden, zählte er Reptilien. Weil ihm keine andere Wahl blieb. Eine Heerschar von Kreaturen, die an zähnefletschende Tyrannosaurus Rex' erinnerten, hielt ihre Parade vor ihm ab. Sie waren da, wenn Ian mit offenen Augen zur Decke emporstarrte, weil er innerlich immer noch viel zu aufgewühlt war, als daß er wirklich Ruhe gefunden hätte, aber sie ließen sich auch nicht vertreiben, indem er einfach die Lider schloß. Im Gegenteil. Vor seinem inneren Auge fielen sie blutrünstig übereinander her und machten es ihm unmöglich, nur annähernd ihre Zahl zu schätzen. Und sobald er sich auf den Bauch wälzte und das Kissen über den Kopf zog, glaubte er sogar, ihr dröhnendes Gebrüll zu hören, das ihm langsam aber sicher den letzten Nerv raubte. In seinen Schläfen toste das Blut wie ein gigantischer Wasserfall.

Schweißgebadet schreckte Ian Sutherland zum zweitenmal hoch. Sein Handballen krachte auf den Lichtschalter, und die plötzliche grelle Helligkeit ließ ihm Tränen in die Augen schießen. Aber immerhin verschwand der Spuk mit der Finsternis.

Minutenlang saß Sutherland auf der Bettkante und starrte den Wecker an. Obwohl er den Eindruck gehabt hatte, stundenlang wachzuliegen, war es erst zwanzig Minuten nach Mitternacht.

Das Bettlaken war zerknüllt und durchgeschwitzt wie nach einer endlosen Liebesnacht, der Pyjama klebte unangenehm auf der Haut. Ian war sich klar darüber, daß er in dieser Verfassung kaum noch Schlaf finden würde, deshalb schaltete er die Stereoanlage ein, die den Schlafraum mit dezenter Hintergrundmusik erfüllte. Zu den Klängen von Ravels Bolero hängte er den Pyjama zum Trocknen auf einen Bügel und begab sich anschließend ins angrenzende Badezimmer.

Warum mußte er, während das Wasser in feinem Massagestrahl aus der Brause pulsierte, ausgerechnet an Eileen denken? Sie war schon seit Jahren nicht mehr seine Sekretärin, und überhaupt hatte er jeden Kontakt zu ihr verloren, wußte nicht einmal, ob sie sich in Schottland aufhielt.

Das prickelnde warme Wasser war eine Wohltat. Langsam drehte er den Thermostat der Mischbatterie höher. Wasserdampf breitete sich aus; die hellen Marmorkacheln und der große ovale Wandspiegel beschlugen. Die Wärme vertrieb alle düsteren Gedanken.

Sutherland verbrachte geraume Zeit unter der heißen Dusche, mehr jedenfalls als für gewöhnlich. Erst als seine Haut trotz des Wassers auszutrocknen begann und runzlig wurde und sich der Verband über der Schußverletzung in Wohlgefallen auflöste, schob er den Hebel der Einhandmischbatterie in die Ausgangsstellung zurück.

Ähnlich lange wie zum Duschen benötigte der Earl, um sich abzufrottieren. Zumindest vorübergehend brachte er damit seinen Kreislauf wieder in Schwung. Anschließend zog er den seidenen Morgenmantel mit dem auf der linken Brustseite aufgestickten Familienwappen über und ging in die Bibliothek.

Die polierten Rüstungen aus dem Mittelalter – alles Originale, bei denen nur hin und wieder ein Stulpenhandschuh oder ein Visier durch Repliken ersetzt worden waren – standen Spalier. Sir Ian kannte die Geschichte jedes dieser Harnische, und es handelte sich zum Teil um äußerst blutige Überlieferungen. Die Kerben von Axthieben oder Morgensternen gehörten ebenso zur Historie des Sutherland-Clans wie die wie ausgestanzt wirkenden Löcher in einigen Brustpanzern, die von den Pfeilen englischer Langbogen stammten.

Das Kaminfeuer in der Bibliothek war inzwischen niedergebrannt, und das Aroma erkalteten Pfeifenrauchs vermischte sich mit dem Geruch verbrannten Harzes. Mortimer hatte die Spuren des Abends weitgehend beseitigt; Gläser und Flaschen waren abgeräumt, und die Tischplatte glänzte wie frisch poliert.

Sutherland öffnete das Barfach – ein riesiger Globus, der die Welt aus der Sicht des beginnenden 16. Jahrhunderts zeigte – und schenkte sich einen Scotch pur ein, ohne Eis oder Soda. Er trank langsam und in kleinen Schlucken.

Das Knarren der weiter aufschwingenden Tür ließ ihn herumfahren.

»Mortimer?«

Aber da war niemand. Obwohl Sutherland für einen Moment geglaubt hatte, einen Schatten davonhuschen zu sehen.

Mit weit ausgreifenden Schritten eilte er zur Tür und blickte in den Gang hinaus. Im sanft flackernden Schein der elektrischen Beleuchtung lag der Korridor verlassen vor ihm. Die aus alten Wagenrädern und Schmiedeeisen gefertigten rustikalen Lampengehänge waren mit Glühbirnen bestückt, die alten Stearinkerzen verblüffend ähnelten. Um den Unterschied festzustellen, mußte man schon genau hinsehen; das vermeintliche Flackern der Dochte war nichts anderes als ein elektrisches Glimmen, das auf einem aus verschiedenen Materialien gefertigten Glühdraht hin und her sprang.

»Mortimer?« rief Sutherland noch einmal, ohne eine Antwort zu erhalten. Anschließend lauschte er in die nachtschlafene Stille des Schlosses, das so ruhig nicht war, wie es des Tags den Anschein hatte. Das Knistern und Knacken aus Wänden und Fußböden, das Knarren der hölzernen Treppen und der massiven Deckenbalken waren längst gewohnte Laute. Sie hafteten jedem alten Haus an – aber manche verarmte Adelsfamilie hatte es hervorragend verstanden, daraus Kapital zu schlagen. Schottische Schloßgespenster ließen sich gut vermarkten, sie hatten im Fremdenverkehr Konjunktur.

Die Standuhr in der Bibliothek schlug einmal. Dumpf hallte der Ton durch den Raum.

Sir Ian schenkte sich entgegen seiner sonstigen Gewohnheiten einen zweiten Whisky ein und trank, ohne darüber nachzudenken. Die innere Unruhe konnte er zwar einigermaßen ignorieren, keineswegs jedoch vertreiben. Glas und Karaffe in Händen, ging er zum Fenster und starrte blicklos nach draußen.

Die Bibliothek lag im Hauptturm des Westflügels. Von hier aus konnte man Teile des Schlosses ebenso gut überblicken wie die nahen Klippen und den Atlantik, der zumeist rauh gegen die Küste brandete.

Ohne daß Ian Sutherland sich dessen bewußt wurde, schweiften seine Gedanken ab.

Der Nebel war inzwischen dichter geworden und hing wie ein Leichentuch zwischen den Bäumen.

»Hast du jemals von Fionn Mac Cuail gehört?« fragte der Mann mit dem Schwert. »Er steht vor dir, Fremder.«

Dem jähen Gedanken an Flucht folgte die Resignation auf dem Fuß. Fionn Mac Cuail war ein wilder Kämpfer, ein Mann, von dem es hieß, das Blut erschlagener Feinde färbe seine

Klinge dunkel. Er musterte sein Gegenüber mit herablassender Verachtung.

»Du bist ein Dieb!« Aufreizend langsam ließ Fionn sein Schwert über das zerschlissene Wams des Fremden gleiten, bis die Waffe dessen Kehle erreichte. »Antworte!« Die Klinge drückte gegen das Kinn des Grauen und zwang ihn, den Kopf weit in den Nacken zu legen.

»Du irrst«, erklang es tonlos. »Ich habe nichts getan, dessen ich mich verantworten müßte.«

»Wirklich nicht?« Fionn lachte schallend, doch er ließ sein Gegenüber nicht einen Lidschlag lang aus den Augen. »Angenommen – nur einmal angenommen –, du wärest einer der Wegelagerer, die ihren Unterschlupf im Moor haben, dann säße dein Kopf nun verdammt locker auf den Schultern.« Er drückte fester zu. Krampfhaft rang der graue, krumme Kerl nach Luft und begann, mit den Armen zu rudern.

»Halt ein!« keuchte er. »Was verlangst du für mein Leben?«

»Oh«, machte Mac Cuail überrascht. »Bietest du mir deine Diebesbeute als Lösegeld? Na los, spuck's schon aus!«

»Ich habe nichts –«

Sofort drückte das Schwert wieder fester auf seinen Adamsapfel.

»Nichts, mein Freund? – Das ist schade. Auch das Wildschwein hatte nichts außer seiner Haut, die es für uns zu Markte trug, und nun kannst du riechen, wie köstlich sein Fleisch duftet.«

Langsam dirigierte Fionn Mac Cuail den krummen grauen Kerl näher ans Feuer heran. Dem Fremden blieb keine andere Wahl, als dem Druck der Klinge zu folgen, wollte er nicht den Kopf verlieren. Doch gleichzeitig spürte er die Hitze des Feuers stärker werden.

Einer seiner Männer war an Mac Cuail herangetreten und redete leise, aber bestimmt auf ihn ein. Fionn nickte mehrmals, und ein überlegenes Grinsen erschien um seine Mundwinkel.

»Ich habe Arbeit für dich, Fremder«, sagte er. »Du wirst dir deine Freiheit verdienen müssen.«

Die Flammen leckten bereits nach dem Beinkleid des Grauen. Er spürte es, denn sein Gesicht verzerrte sich in panischem Entsetzen. Dennoch mußte er ausharren, weil das Schwert ihm keine andere Wahl ließ.

»Du kennst das Königreich von Lochlann?«

Der Fremde wurde noch grauer im Gesicht, als er dies ohnehin schon war. Freilich blieb dahingestellt, ob die Erwähnung des Namens daran schuld war oder vielleicht die Flammen, die inzwischen seine Hose erreicht hatten und ihm kräftig einheizten.

»Alles – alles, was du willst«, brüllte er, »nur laß mich ...« Er stürzte zu Boden, als Fionn Mac Cuail abrupt das Schwert zur Seite nahm, und wälzte sich schreiend im feuchten Gras. Erst als auch der letzte glimmende Stoffetzen erstickt war, blieb er ruhig liegen.

»Du bist ausersehen, den vierkantigen Becher der Fenier zurückzuholen«, sagte Fionn. »Der König von Lochlann nahm ihn uns vor Jahren, und wir fochten manchen vergeblichen Kampf deswegen aus. Nicht Waffengewalt hilft uns weiter, sondern ein Dieb, der selbst den Tod nicht scheut.«

Sutherland schüttelte sich benommen. Diesmal fiel es ihm leichter, sich zurechtzufinden; er stand noch immer am Westfenster der Bibliothek und starrte in das Schneetreiben hinaus. Selbst die Karaffe und das Whiskyglas hielt er noch in Händen.

Lediglich für einen Moment hatte er sich weit weg gewähnt – ein Wachtraum, in dem er nicht mehr als ein unbeteiligter Zuschauer gewesen war. Trotzdem gab ihm der Umstand zu denken, daß die eben erlebte Vision nahtlos an seinen ersten Traum angeknüpft hatte – wie ein Fernsehfilm, der lediglich von skurriler Whiskywerbung unterbrochen wurde.

»Der vierkantige Becher der Fenier ...«, murmelte Ian Sutherland überrascht.

Er besaß einen solchen vierkantigen Becher in seiner Sammlung, ein Artefakt, mit dem er bislang nicht sehr viel anzufangen gewußt hatte. Das Stück war keltischen Ursprungs und mit Halbedelsteinen reich verziert, aber interessant war an ihm wohl nur der rein materielle Wert und die hervorragende Ziselierung.

Den Namen Fionn Mac Cuail mit diesem Becher in Verbindung zu bringen, bedeutete –

Sutherland leerte das Whiskyglas in einem Zug. Als Kind hatte er erstmals von Fionn Mac Cuail und seinen Taten gehört, beides aber längst wieder vergessen. Der Name war wissenschaftlich nicht belegt, gleichwohl aber Allgemeingut wie bei jeder Sage, Legende oder jedem Märchen.

Ian Sutherland starrte die Buchreihen an, die sich an der Längsseite der Bibliothek bis unmittelbar unter die Zimmerdecke erstreckten. Es waren Tausende von Bänden, wertvolle Folianten und moderne Kunstdrucke ebenso wie in Schweinsleder gebundene mittelalterliche Handschriften, alles in Eintracht nebeneinander, niemals der direkten Sonneneinstrahlung ausgesetzt, zum Teil in früheren Jahrzehnten aufwendig restauriert, und vor allem eine ungeheure Wissensvielfalt bereithaltend.

Die Bände waren zum Teil nach Sachgebieten geordnet, soweit dies überhaupt möglich war. In jedem Buch hatte Ian irgendwann schon geblättert, doch vor allem die alten Folianten mit ihren handschriftlichen Eintragungen bargen möglicherweise noch so manchen Schatz, von dem er nichts ahnte. Die künstlerisch bemalten Seiten zu entziffern und eine lesbare moderne Übersetzung anzufertigen, bei der zudem der ursprüngliche Inhalt weder verdreht noch brutal verändert wurde, war eine

Lebensaufgabe. Mit sechzehn oder siebzehn, erinnerte Ian sich, hätte er nichts lieber getan, als sich dieser Aufgabe zu stellen, aber leider nur allzu schnell war ihm die wirkliche Größe dieser Sisyphusarbeit bewußt geworden, und dann hatten sich seine Interessen ohnehin verlagert, zu anderen Reizen hin, die weniger geistige Befriedigung versprochen hatten als vielmehr die Erfüllung recht irdischer, fleischlicher Lüste. Seine Sturm- und Drangjahre hatten lange angehalten, nahezu zwei Jahrzehnte, in denen Sir Ian die Welt und die Frauen kennengelernt und sich die Hörner abgestoßen hatte.

Heute, ruhiger geworden und mit der Erkenntnis einig, daß weniger vielleicht mehr gewesen wäre, widmete er sich wieder den Büchern. Aber immer noch fehlte ihm die Zeit, mehr als eine oder zwei Seiten pro Woche zu übersetzen.

Er fand den gesuchten Band recht schnell. *Folk and Hero Tales*. Ein abgegriffenes Buch mit verblaßter Prägung, in dem er als Kind oft und gerne geblättert hatte. Heute stand der Band so weit oben, daß er ihn ohne Leiter nicht erreichen konnte. Wer interessierte sich mit beinahe Fünfzig auch noch für Märchen?

Für einen Moment war Ian unschlüssig, dann stellte er das Glas und die Karaffe einfach auf dem nächsten Sims ab und rückte die Leiter heran, die zwei Regalreihen entfernt lehnte.

Der Staub in luftiger Höhe war nicht zu übersehen. Gerade jetzt, während der intensiven Heizperiode, genügte es nicht, wenn das Personal einmal im Monat mit dem Wedel über die Bücher wischte. Sutherland nahm sich vor, Mortimer zu größerer Aufmerksamkeit anzuhalten.

Es staubte beim Umblättern, was jedoch keineswegs auf den Inhalt des Buches schließen ließ. Sutherland blies den restlichen Staub ab, blieb auf der Leiter stehen und begann in luftiger Höhe zu lesen. Hier oben, dicht unter der Zimmerdecke, hatte sich die Wärme des Kaminfeuers noch gehalten, während es unten bereits merklich kühler wurde.

Folk and Hero Tales war 1890 in London erschienen, aufgezeichnet und übersetzt von Rev. Donald McInnes. Erzählt worden waren die Geschichten neun Jahre früher von Archibald McTavish, der im Alter von vierundsiebzig Jahren alles in gälischer Sprache diktiert hatte.

»Fionn Mac Cuail und der krumme graue Kerl«, las Sutherland im Selbstgespräch. Da stand, wonach er suchte, in großen, einprägsamen Lettern. Und am Ende der Geschichte, mit ungelenken Buchstaben, sein Namenszeichen I.S. Eine Zeitlang hatte er alle Geschichten, die er gelesen hatte, abgezeichnet. Eine Marotte, auf die er als Heranwachsender sogar stolz gewesen war, hatte sie doch seinen Wissensdurst dokumentiert. Erst mit vierzehn oder fünfzehn hatte er begriffen, welchen Schatz Bücher wirklich darstellten und daß man am besten pfleglich mit ihnen umging. Selbst im Zeitalter moderner Elektronik gab es nichts, was mit dem geschriebenen Wort konkurrieren konnte.

Sutherland blätterte zurück. Da stand, wonach er suchte:

Und Fionn sprach zu dem krummen Kerl: »Ich will dich mit einem Auftrag losschicken!«

»Ein Auftrag welcher Art?« fragte der Graue.

»Du sollst«, erwiderte Fionn, »den vierkantigen Becher der Fenier zurückbringen.«

Der Bursche erwiderte: »Manchen Tag habt ihr selbst darum gekämpft, doch nie euer Ziel erreicht. Ist wirklich der König von Lochlann im Besitz des Bechers?«

»Jetzt nicht mehr«, murmelte Sutherland. »Ich habe

den Becher, falls es wirklich derselbe ist.« Aber daran zweifelte er nicht mehr. Ohne den Traum hätte er die Verbindung zwischen dem bislang als unklassifiziert eingestuften Fundstück und seiner Herkunft nicht schließen können. Allerdings fragte er sich, weshalb ausgerechnet jetzt dieser Hinweis seines Unterbewußtseins gekommen war. Oder hatte er schon früher ähnliche Träume gehabt, sie aber bis zum Aufwachen stets wieder vergessen?

Die Geschichte um Fionn Mac Cuail und den krummen grauen Kerl gehörte zu einer Reihe von Erzählungen, die im Keltischen, besonders aber im Irischen in verschiedenen Versionen vorkamen. Sie galten nachweislich als Vorläufer der altfranzösischen und bretonischen Geschichten von König Artus und den Rittern der Tafelrunde. Zur Zeit des Mittelalters waren sie in höfische Epen umgewandelt worden und hatten schließlich ganz Europa erobert. Mac Cuail sammelte in diesen Geschichten einen Troß erlesener Helden um sich, zog mit ihnen auf Abenteuer aus und erlöste Gefangene, half verwunschenen Frauen und wurde später mit seinen Mannen zu Vorbildern des Rittertums.

»König Artus«, murmelte Sutherland gedankenverloren. »Lancelot, Parzival und die anderen Ritter, die ihr Leben lang nach dem Heiligen Gral gesucht haben ...« Nie zuvor hatte er den vierkantigen Becher unter diesem Aspekt gesehen, gleichwohl war es verrückt, anzunehmen ... Sutherland schüttelte den Kopf, doch die Bewegung wirkte bestenfalls kraftlos und stachelte seine Phantasie von neuen an. Zu vermuten, daß es sich wirklich um den Becher der Fenier handelte, und daß Mac Cuail ein früher Vorfahre von Artus war, ein Synonym in den vielfältigen Verästelungen der Geschichte ... Ruckartig schob er das Buch ins Regal zurück, in die Lücke zwischen De Bry's *Americae,* eine mit Kupferstichen und Faltblättern versehene hochfeile Ausgabe aus dem Jahr 1600 über die Eroberung der Neuen Welt und eine allerdings weitaus jüngere *Illustrierte Mythologie,* Nachdruck einer ursprünglich deutschsprachigen Ausgabe von 1866.

Danach hatte Sir Ian es eilig, die Bibliothek zu verlassen. Seine Sammlung – überwiegend nach archäologischen Gesichtspunkten ausgerichtet – umfaßte einige Dutzend Skulpturen und Fragmente aus allen Teilen der Welt und vielen Kulturkreisen, darüber hinaus ungezählte Gebrauchsgegenstände, Waffen und Münzen, aber auch Fetische aus dem tiefsten Afrika, Fossilien von Pflanzen und Tieren, uralte Landkarten, Papyri und Knotenschnüre, deren Deutung bis heute unmöglich war. Das mehrere Kilogramm schwere Bruchstück eines Meteoriten zählte ebenso zu den Sehenswürdigkeiten in Oake Dùn wie eine vollständig nachgebildete Alchimistenküche. Auch Fundstücke aus ägyptischen Grabmälern gehörten zur Sammlung, Dinge, die manche Regierung mit Nachdruck eingefordert hätte, wäre ihre Existenz publik geworden.

Oake Dùn war ein sehenswertes privates Museum, in dem jede Zimmerflucht und jeder Treppenschacht dem fachkundigen Auge neues zu bieten hatte. Die kleineren Stücke lagen in gläsernen Vitrinen geborgen, die großen Artefakte standen zumeist allein, doch umgeben von nachgestalteten Ausschnitten des jeweiligen Fundortes, jedes ein Kleinod für sich, mit Liebe fürs Detail gestaltet.

Nur die wirklich wertvollen sowie die noch nicht klassifizierten Stücke befanden sich in zwei unteren Räumen des Schlosses oder einem nachträglich eingebauten Tresorraum, der mancher Bank zur Ehre gereicht hätte. Allein um die mehrere Tonnen schwere Tür einbauen zu können, war der Earl gezwungen gewesen, die Außenwand zwischen den beiden Osttürmen bis auf die mächtigen Steinfundamente abzutragen. Es gehörte zu Sir Ians Prinzipien, Bewährtes nicht durch kurzlebige Neuerungen zu ersetzen, weshalb für den Wiederaufbau nicht einfach Stahlbeton verwendet worden war, sondern in der Tat die zuvor abgebrochenen und gereinigten Steine. Ein wahrhaft kostspieliges Vergnügen und eine Marotte, wie sie sich nur reiche Leute leisten konnten. Sir Ian Sutherland entsprach so gar nicht dem gängigen Klischee vom geizigen Schotten.

Nur flüchtig dachte er daran, als er die in der Wandtäfelung verborgene Geheimtür benutzte, durch die er auf dem kürzesten Weg in die Kellerräume des Schlosses gelangte. Es mußte eine unvorstellbare Arbeit gewesen sein, den überwiegend felsigen Untergrund unter Oake Dùn abzutragen. Selbst der Schloßherr hatte sich schon oft gefragt, weshalb das mächtige Gebäude ausgerechnet hier errichtet worden war und nicht eine halbe Meile weiter landeinwärts, wo Lehmboden das Bild bestimmte.

Ein Teil der früheren Verliese und Folterkammern war umfunktioniert worden und beherbergte inzwischen das technische Herz von Oake Dùn. Neben einem Notstromaggregat, das automatisch ansprang, sobald der Generator ausfiel – bislang war das zum Glück erst zweimal geschehen –, standen hier unten eine hochmoderne Computeranlage sowie die Funkstation, über die sich Sutherland sogar die Möglichkeit erschloß, Satelliten anzuzapfen. Der Earl hatte auf die Weise bereits Stunden vor dem nächtlichen Überfall der Armee-Einheiten des irakischen Diktators Saddam Hussein auf das unterlegene Kuwait von der vermutlich bevorstehenden Blitzaktion erfahren.

Sutherland folgte einer Abzweigung des Korridors. Nach genau zehn Schritten gab es eine Lichtschranke. Sie zu durchbrechen bedeutete, sich selbst schachmatt zu setzen, weil sich nämlich im selben Augenblick stählerne

Absperrgitter in den Gang schoben. Beide so weit von der Sperre entfernt, daß selbst ein Sprinter nicht schnell genug passieren konnte.

Zehn Meter vor der Schranke gab es eine Vorrichtung, sie außer Betrieb zu setzen.

Zu seiner Überraschung stellte Sutherland fest, daß vor ihm jemand die Lichtschranke abgeschaltet hatte.

Nur langsam drang das monotone Rauschen bis in Ronald Brendans Bewußtsein vor. Ein tiefes, klagendes Seufzen drang über seine Lippen, ein Laut, der ihn selbst erschreckte. Schwerfällig öffnete er die Lider, und er mußte sich anstrengen, sie auch wirklich offenzuhalten.

Ein grelles, undefinierbares Flimmern sprang ihm entgegen, aber obwohl es den Augen schmerzte, zog es ihn gleichzeitig in seinen Bann. Vergeblich wartete er darauf, daß das Flimmern von den Bildern barbusiger Schönheiten abgelöst wurde, und allmählich dämmerte ihm die Erkenntnis, daß er die *late-night-show* auf dem Satellitenkanal verschlafen und nicht einmal das Programmende mehr mitbekommen hatte. Und wahrscheinlich lag Flora, die diese Art von Programm auf den Tod nicht ausstehen konnte, seit gut zwei Stunden im Bett – mit dem Unterschied, daß sie am Morgen ausgeruht sein würde, während man ihm wieder einmal ansah, daß er mit dem Sessel einen bedeutend unbequemeren Schlafplatz gewählt hatte.

Ronald Brendan wußte selbst nicht so genau zu sagen, was ihn an den Fernsehkonserven reizte. Mit den Hupfdohlen des Balletts konnte Flora ohne weiteres mithalten – ein klein wenig mehr Fleisch auf den Rippen machte sie sogar im Gegenteil eher noch attraktiver. Aber was trieb ihn dann dazu, immer wieder den Spatz in der Hand zu verschmähen und die Taube auf dem Dach zu suchen? War es nur die Monotonie, die sich im Laufe ihrer fünfzehnjährigen Ehe zwangsläufig eingeschlichen hatte, oder steckte mehr dahinter? Hatten Flora und er sich, da ihre Ehe ungewollt kinderlos geblieben war, auseinandergelebt?

Unsinn! Wütend auf sich selbst und enttäuscht, daß er wieder einmal alles gewollt, aber nichts erhalten hatte, tastete Ronald nach der Fernsteuerung. Erst als das Flimmern auf dem Bildschirm erlosch, fühlte er sich erlöst von dem beinahe schon magischen Zwang, bis zuletzt ausharren zu müssen.

Der Sessel war alles andere als ein Platz für angenehme Nachtruhe. Das spürte er, als er sich lendenlahm erhob. Morgen, das schwor er sich, würde er mit den Hühnern ins Bett gehen. »... *zu* Bett, Ronald«, murmelte er im Selbstgespräch. »Das heißt: *zu* Bett.«

Er knipste die altmodische Stehlampe mit den bunten Tütenschirmen aus, ein Relikt der wilden Fünfziger, das heute auf jeder Auktion gutes Geld einbringen würde. Sir Ian Sutherlands Sammelleidenschaft hatte auf ihn abgefärbt, nur daß er Möbel und Einrichtungsgegenstände aus der Zeit hortete, die er leider nicht mehr bewußt miterlebt hatte. Das waren Dinge, die sich auch ein Verwalter mit vergleichsweise schwachem finanziellem Polster leisten konnte.

Routinemäßig warf er einen Blick nach draußen; es gehörte sich einfach, daß er um die Zeit noch einmal nach dem Rechten sah.

Ein kalter, schneidender Wind blies vom Atlantik her, und die Nacht war inzwischen sternenklar. Zwei oder drei Zentimeter Schnee waren gefallen, aber sie würden vermutlich während des Tages wieder wegtauen. Die Winter waren nicht mehr wie früher, die Welt mit ihrer verrückten Fortschrittsgläubigkeit geriet allmählich aus den Fugen. Ronald Brendan wartete nur auf den Tag, an dem einer der großen Öltanker vor den Shetlands verunglückte und sich seine Fracht ins Meer ergoß. Niemand sollte dann sagen, die Katastrophe sei nicht vorhersehbar gewesen, so wie erst vor drei Wochen in der Bucht von La Coruña.

Alles war ruhig draußen. Nur in der Bibliothek im Schloß brannte noch Licht. Wahrscheinlich arbeitete der Earl, wie so oft, wieder einmal bis in die frühen Morgenstunden. Ronald hatte von dem Attentat auf Sir Ian gehört, und ehrlich gesagt, er verstand es nicht. Wieso hatte die Israelin auf ihn geschossen? War Eifersucht im Spiel gewesen? Ein anderes Motiv für eine Bluttat kam wohl kaum in Betracht. Er hatte Valerie Gideon nur einmal gesehen, aber sie war eine Frau, die wußte, was sie wollte ...

Ein dumpfes Dröhnen hallte über den Hof. Brendan, gerade im Begriff, die Haustür wieder zu schließen, weil die Kälte sich unangenehm bemerkbar machte, zögerte.

Das Dröhnen wiederholte sich. Kein Zweifel, es kam von den Stallungen her. Der neue Zuchthengst, vor einer halben Woche eingetroffen, hatte sich noch nicht eingewöhnt. Erst gestern hatte Brendan seine Box repariert, und nun keilte er wieder aus, daß es wie Trommelfeuer klang.

Brendan schlüpfte in seine Jacke, die griffbereit an der Garderobe hing. Hinter ihm erklang das Tapsen von Hundepfoten auf dem Steinboden, und als er sich umdrehte, blickte er in die glühenden Augen des Schäferhunds. Das Tier, immerhin fast ausgewachsen, fletschte die Lefzen.

»Platz, Nero!« kommandierte Brendan. Obwohl der Hund ihn immer begleitete, war es besser, ihn diesmal nicht dabeizuhaben. Falls der Hengst verrückt spielte, würde ihn die Witterung des Hundes kaum besänftigen.

Der Schäferhund stieß ein drohendes Knurren aus. Er duckte sich, als wolle er zum Sprung ansetzen.

Brendan wurde ärgerlich. »Verschwinde, Nero! Ich kann dich nicht mitnehmen.«

Jedem anderen als dem Verwalter hätte das anhaltende Knurren Furcht eingejagt, doch er kannte das Tier. Nero war gutmütig und neigte nur manchmal zu Überreaktionen, obwohl es ihm an Auslauf und Freiheit nicht mangelte.

Die Tür fiel hinter Brendan ins Schloß. Er stapfte hinüber zu den Stallungen. Auch die Schafe waren unruhig und blökten, aber wahrscheinlich hatte sie das stete Dröhnen aufgeschreckt.

Der neue Zuchthengst keilte mächtig aus. Und mittlerweile hatte er die anderen Pferde angesteckt. Auch die Stuten gebärdeten sich überaus unruhig.

Ronald Brendan benötigte eine halbe Stunde, um die Tiere einigermaßen zu beruhigen. Der Hengst hatte inzwischen zwei Bretter seiner Box erneut durchgetreten und den Strick um seinen Hals fast durchgescheuert. Brendan mischte ihm, was er sonst ungern tat, ein Beruhigungsmittel unters Futter. Aber diesmal sah er keine andere Möglichkeit, bevor der Hengst sich womöglich selbst ernsthaft verletzte. Irgend etwas schien ihn gründlich erschreckt zu haben.

Die Heugabel hielt er noch in der Hand, als heiseres Bellen ihn aufmerken ließ.

Der gellende Schrei einer Frau, in höchster Todesangst ausgestoßen, mischte sich in das Gebell.

Brendan zögerte nicht einen Augenblick. Während er zurück zum Haus hetzte, überschlugen sich seine Gedanken. Nero war nicht wie sonst gewesen; etwas, von dem er keine Ahnung hatte, schien auch den Schäferhund aufgeschreckt haben. Aber gerade deshalb hätte er ihn nicht unbeaufsichtigt zurücklassen dürfen. Zumal er wußte, daß Flora mit dem Hund nicht so gut zurechtkam. Zwischen den beiden hatte schon immer eine gewisse Rivalität geherrscht.

Wieder hallte ihm ein gellender Schrei seiner Frau entgegen. Das Herz pochte Brendan bis zum Hals. Wenn er zu spät kam, wenn der Hund ...

Die plötzliche Stille barg lähmendes Entsetzen. »Nein!« wollte Ronald schreien. Er konnte es nicht, brachte keinen Laut über die Lippen. Wieso stiegen ausgerechnet jetzt diese grauenvollen Bilder in ihm hoch? Er sah Flora mit zerfetzter Kehle im Bett liegen, Nero neben ihr, die Schnauze blutig rot und die mächtigen Eckzähne drohend entblößt ...

Er stieß die Haustür auf, stürmte den Korridor entlang und die Treppe hoch, die zum Schlafzimmer führte. Es war immer noch totenstill.

Die Tür war nur angelehnt. Knarrend schwang sie in den Angeln zurück. Brendan hatte die Scharniere schon seit Tagen einfetten wollen ...

Seine schlimmsten Befürchtungen bewahrheiteten sich, er sah Blut auf den weißen Laken.

Wie ein Blitz raste Nero auf ihn zu, bevor Brendan richtig registrierte, daß seine Frau kreidebleich und zitternd, mit zerfetztem Nachthemd und blutigen Kratzern am Arm in einer Ecke kauerte, die Nachttischlampe mit dem blauen Plastikschirm abwehrend vor sich haltend – eine lächerliche Waffe.

Instinktiv riß der Verwalter die Heugabel hoch. Der Aufprall ließ ihn rückwärts gegen die Wand taumeln, und ein greller Schmerz durchzuckte seinen rechten Handrücken.

Er spürte Blut aus einer Bißwunde über die Finger rinnen.

Nero hatte sich in eine zähnefletschende Bestie verwandelt, die weder auf Worte reagierte, noch auf schmerzhafte Stöße mit dem Stiel der Heugabel. Brendan hatte, obwohl er schon als Kind mit Hunden aufgewachsen war, so etwas nie zuvor erlebt. Je heftiger er sich zur Wehr setzte, desto wütender attackierte ihn das Tier.

Immer wieder versuchte Brendan es mit Zurufen. Ebensogut hätte er versuchen können, eine herannahende Lokomotive aufzuhalten. Zugegeben, ein schlechter Vergleich, doch etwas anderes kam ihm nicht in den Sinn. Er hatte genug damit zu tun, sich die zuschnappenden Kiefer vom Leib zu halten.

»Raus!« brüllte er Flora zu, ohne sich umzuwenden. »Verschwinde endlich!«

Sie reagierte viel zu langsam, und erst als der Hund Brendans nächsten Hieb unterlief und mit einem mächtigen Satz aufs Bett sprang, begriff sie, was Ronald von ihr erwartet hatte.

Diesmal stieß der Verwalter mit den Zinken der Heugabel zu. Der Hund jaulte erbärmlich, als sich die spitzen Eisen in seine Flanke bohrten, gleich darauf schlugen seine mächtigen Kiefer krachend um den hölzernen Schaft zusammen. Ruckartig riß Brendan die Waffe hoch. Glas splitterte, das Fenster ging unter dem Aufprall zu Bruch, und dann verschwand der Hund quietschend nach draußen. Dem Aufprall auf dem Granittrog neben dem Hauseingang folgte Stille.

»Mein Gott, was war das?« Brendan kniete neben seiner Frau nieder und schloß sie in die Arme. Flora zitterte wie Espenlaub.

»Ich ... Halte mich fest!«

Sanft strich der Verwalter ihr übers Haars. »Es ist vorbei«, sagte er. »Was immer geschehen ist, du brauchst dich nicht mehr zu fürchten.«

Es war wie ein Wunder, daß sie nicht ernsthafter verletzt worden war. Das Blut an ihrem Arm und auf den Laken stammte nur von ein paar Fleischwunden, Kratzern, die in ein paar Wochen völlig wieder verheilt sein würden.

Sir Ian Sutherland verharrte für eine Weile und lauschte. Doch alles blieb ruhig. Sollte er bei seinem letzten Aufenthalt im Tresor wirklich vergessen haben, die Lichtschranke wieder zu aktivieren? Vorübergehend schloß er die Augen und massierte mit den Fingerspitzen seine Stirn. Seit dem seltsamen Traum spürte er starke Kopfschmerzen, ein Ziehen und Pochen unter der Schädeldecke, das er früher nicht gekannt hatte. Es war lästig und unangenehm.

Ohne es eigentlich zu wollen, ging er zum Tresor und begann das Zahlenkombinationsschloß zu drehen. Viermal nach rechts bis zur achtzehn, anschließend dreimal links ... Leise klickend rastete der Sperrmechanismus aus.

Sutherland blinzelte verwirrt auf die mattgraue Stahltür und begann sich zu fragen, was er eigentlich wollte. Den vierkantigen Becher bewahrte er nicht hier auf, sondern in einem der beiden Ausstellungsräume – er nannte die mit Vitrinen und Regalen vollgestopften Zimmer im Kellergeschoß des Schlosses *Ausstellungsräume,* weil sie hinsichtlich der Vielfalt der in ihnen untergebrachten Artefakte mit vielen Museen konkurrieren konnten.

Auf dem Absatz machte er kehrt. Aber dann, nach einigen Metern, entsann er sich, daß das Kombinationsschloß und damit der Auszug für den Schlüssel noch geöffnet waren. Auch wenn auf Oake Dùn niemand gewagt hätte, sich an seiner Sammlung zu vergreifen, Ordnung mußte doch Ordnung bleiben, und ein halb geöffneter Tresor war ein Unding, kaum mehr wert als ein schäbiger Schuhkarton, in dem manche Leute ihre Ersparnisse aufbewahrten und den sie sich auch noch unters Bett schoben.

Schwungvoll verdrehte Ian die eingestellte Kombination.

Er ging zurück bis zum Funkraum und folgte dem Korridor von dort aus in die entgegengesetzte Richtung. Nach nicht einmal fünf Metern zweigte die Tür in den ersten Ausstellungsraum ab. Sie war nur angelehnt. Licht fiel durch den schmalen Spalt nach draußen.

Vorsichtig stieß Sutherland die Tür weiter auf. Er hörte Schritte, konnte aber herzlich wenig erkennen. Wer immer zu nachtschlafener Zeit hier umherschlich, er befand sich im Moment auf der anderen Seite des Raumes, hinter zwei hoch aufragenden, mit einer gemeinsamen Rückwand versehenen Regalen.

Geschmeidig huschte Sutherland weiter. Die Geräusche ließen erkennen, daß der andere nacheinander mehrere Schranktüren öffnete.

Ian löste sich aus dem Schatten der beiden Regale.

»Mortimer!« entfuhr es ihm verblüfft.

Der alte Diener zuckte zusammen wie ein ertappter Sünder. Unwillkürlich mußte er sich festhalten. Jegliche Farbe war aus seinem Gesicht gewichen, als er sich langsam umwandte.

»Sie sind es, Sir Ian«, stellte er mit zitternder Stimme fest. »Mein Gott, Sie haben mich erschreckt.«

»Was machen Sie hier?«

»Ich –« Der alte Diener schien zu überlegen. Schließlich kratzte er sich verlegen hinter dem Ohr und verzog die

Mundwinkel zu einer leicht ironisch wirkenden Grimasse. »Ehrlich gesagt, ich konnte nicht schlafen.«

Es war Sutherland anzusehen, daß er ihm nicht glaubte.

Mortimer wand sich wie ein getretener Wurm. »Ich habe schlecht geträumt, überaus schlecht, und da ... da dachte ich mir, ich schaffe einfach ein wenig Ordnung.« Ihm kam gar nicht in den Sinn, daß er sich nicht zu rechtfertigen brauchte. Sutherland hatte es jedem seiner Mitarbeiter freigestellt, die Artefakte in den Ausstellungsräumen zu besichtigen. Lediglich der Zeitpunkt war unglücklich gewählt, aber Mortimer wurde mit den Jahren zunehmend schrulliger, und er war weiß Gott längst nicht mehr der Jüngste.

»Wonach haben Sie gesucht?« fragte Sutherland, einer jähen Eingebung folgend.

Daß Mortimer von einem Alptraum sprach, mochte Zufall sein, doch Sir Ian hatte gelernt, daß selbst wirkliche Zufälle mitunter überraschende Erkenntnisse bereithielten.

Zielstrebig zog er Mortimer, der es widerspruchslos geschehen ließ, am Ärmel mit sich. Vor einer gläsernen Vitrine hielt er inne. Auf rotem, kunstvoll drapiertem Samt lag ein silberner, vierkantiger Becher. Auf den ersten Blick war zu erkennen, daß es sich um ein Stück handelte, das vor der Jahrtausendwende entstanden sein mußte.

»Sie wollten den Becher, Mortimer?«

»Nein, wieso? Wie kommen Sie darauf, Sir?«

Sutherland öffnete die vor Staub schützende Abdeckung. »Sehen Sie ihn sich genau an, und dann sagen Sie mir, was Sie dabei empfinden!«

»Ich?«

»Natürlich Sie. Wer sonst?«

Mortimer zuckte schwach mit den Schultern. »Für mich sieht einer von diesen alten Zinnkrügen aus wie der andere.«

»Das ist Silber, verziert mit Achaten, Granat und Olivin. Der Becher der Fenier, nehme ich an.«

»Hm«, machte Mortimer wenig begeistert. »Die Form ist unpraktisch. Schlecht geeignet, um daraus zu trinken.«

»Darum geht es nicht«, wandte Sutherland ungeduldig ein.

»Trotzdem, Sir Ian. Mit Verlaub gesagt, ein solches Stück auf der Tafel wäre völlig deplaziert. Was wollen Sie daraus trinken? Bier? Dafür ist der Becher entschieden zu klein. Und Whisky? Ich glaube nicht, daß die alte Silberlegierung dafür bestimmt war –«

Mit einer unwilligen, beinahe ungeduldigen Bewegung nahm Sutherland ihm das Artefakt wieder ab und unterzog es selbst einer genaueren Betrachtung.

»Sie haben nicht vor, Sir, den Becher in Gebrauch zu nehmen?« erkundigte Mortimer sich geflissentlich.

»Natürlich nicht.«

»Aber, ich dachte –«

»Sie können gehen, Mortimer, ich brauche Ihre Hilfe nicht mehr«, murmelte der Earl gedankenverloren. »Ich wünsche Ihnen eine gute Nacht.«

»Natürlich, Sir, danke.«

Als der Diener sich gerade anschickte, den Ausstellungsraum zu verlassen und die Tür ins Schloß zu ziehen, hielt ihn Sutherlands Ausruf zurück.

»Einen Moment noch, Mortimer!«

»Sir?«

»Wovon haben Sie geträumt? Sagen Sie es mir!«

»Ich bedauere, Sir, aber ich weiß es nicht mehr. Ich habe mich das selbst schon gefragt.«

»Trotzdem entsinnen Sie sich, daß es ein Alptraum war?«

»Natürlich. Hätte ich sonst mein Bett verlassen?«

Das war auch eine Art von Logik. Vor allem sah sie dem alten Diener ähnlich. Sutherland blickte noch zur Tür, als sie sich längst hinter Mortimer geschlossen hatte. Dann wandte er sich wieder dem Becher zu. Wenn er es recht bedachte, daß Fionn Mac Cuail und seine Begleiter Vorläufer der Geschichten um König Artus waren, dann bestand die Möglichkeit, daß der Becher mit dem Gral zu tun hatte ...

Gelegentlich berichteten die Medien von Menschen, die zum Teil über Jahrzehnte hinweg millionenschwere Kunstschätze ihr eigen genannt hatten, ohne davon nur die geringste Ahnung zu haben. Der auf dem Flohmarkt für ein Butterbrot erstandene Van Gogh zählte ebenso dazu wie der als Briefbeschwerer benutzte verstaubte Rohdiamant ... Doch ein schottischer Adeliger kam gewiß nicht in den Genuß von Fortunas Gunst, und so einfach machte es die Geschichte niemandem.

Ein gellender Aufschrei fraß sich in Sutherlands Überlegungen.

Der Schrei wiederholte sich und schien diesmal nicht enden zu wollen.

Sutherland legte den Becher in die Vitrine zurück und lief los.

Mortimer stand vor der Treppe, die zur Bibliothek führte, als Sir Ian ihn erreichte. Der alte Diener war nicht nur kreidebleich, er schien sogar zur Salzsäule erstarrt zu sein. Jedenfalls verriet er mit keiner Regung, daß noch Leben in ihm war, als Sutherland ihn erreichte.

»Mortimer! Was ist geschehen?«

Keine Antwort.

Energiesparende Halogenlampen erhellten den Korridor in diesem Bereich und zeichneten weiche Schatten auf das kantige Gesicht des Dieners. Zu sehen war allerdings nichts, was Mortimer in diesen Zustand kataleptischer Starre versetzt haben konnte. Sein Mund war immer noch zum Schrei geöffnet, die Arme hatte er schutzsuchend erhoben – wie um einen urplötzlich erschienenen Gegner abzuwehren.

Die Augen, ebenfalls weit aufgerissen, starrten blicklos ins Leere. Ian hob die flache Hand und bewegte sie dicht vor dem Gesicht des Dieners hin und her. Er erzielte keine Reaktion damit.

»Mortimer, was ist los mit Ihnen?«

Nichts. Der Alte stand offensichtlich unter Schock. Er mußte etwas gesehen oder erlebt haben, was sein Verstand nicht verkraftet hatte. Sutherland folgte dem starren Blick mit den Augen und fand heraus, daß Mortimer die fünfte oder sechste Treppenstufe fixiert hatte. Zögernd tastete er über den rauhen Stein. Doch es war verrückt, anzunehmen, nur weil Mortimer möglicherweise Gespenster sah, daß da irgend etwas war.

»Können Sie mich hören, Mortimer? Dann machen Sie wenigstens den Mund zu.«

Dumpf klappten die Zähne aufeinander. Wie bei einem Roboter. Aber immerhin war der Diener noch ansprechbar.

»Was Sie auch gesehen haben, vergessen Sie es. Es war nicht wirklich. Und jetzt kommen Sie – wir gehen nach oben. Na los, Mortimer, keine Müdigkeit vorschützen.«

Der Diener ließ ein unartikuliertes Röcheln hören, als sein Unterkiefer abermals nach unten klappte. Daß Sutherland sein Kinn mit den Fingerspitzen wieder hochdrückte, nutzte nichts, deshalb verschwand der Earl vorübergehend im nahen Funkraum und holte zwei gefüllte Wassergläser – eiskaltes Wasser, wie der leichte Niederschlag auf den Glasrändern erkennen ließ.

»Geht es Ihnen inzwischen besser, Mortimer?« Die Frage war überflüssig. Mit keiner Regung gab der Diener zu verstehen, daß er sie überhaupt verstand.

Nacheinander schüttete Sutherland ihm das Eiswasser aus beiden Gläsern ins Gesicht. Die Wirkung war verblüffend und ungefähr so, als hätte er dem Diener zwei schallende Ohrfeigen versetzt – allerdings zweifelte Ian daran, daß Ohrfeigen wirklich geholfen hätten.

Mortimer stieß ein unartikuliertes Gurgeln aus und taumelte die Treppe hinauf, so schnell, daß Sutherland ihn nicht zurückhalten konnte.

Wie von Furien gehetzt, stürmte der Alte davon.

»Warten Sie! Verdammt!« Sutherland konnte mit Fug und Recht von sich behaupten, körperlich durchtrainiert zu sein, dennoch holte er den Diener nicht ein, bevor dieser seine Kammer erreichte. Mortimer schlug ihm die Tür vor der Nase zu und verriegelte von innen. Sutherland trommelte mit den Fäusten dagegen.

»Hören Sie, Mortimer, was ist los mit Ihnen? Mortimer, ich bin es, Sir Ian, ich muß mit Ihnen reden!«

Immerhin erreichte er, daß von innen die erste Äußerung erklang, auch wenn sie wenig schmeichelhaft klang: »Weg, du Biest! Fort! Verschwinde!«

Sutherland ließ die Fäuste sinken. Es hatte wenig Sinn, dem Diener noch länger zuzusetzen. Er mußte bis zum Morgen warten, vermutlich war Mortimer dann ausgeschlafen und besser ansprechbar.

In diesem Moment fühlte Sir Ian sich beobachtet.

Ruckartig wandte er sich um. Während sein Unterkiefer haltlos nach unten klappte, begriff er, daß Mortimers Schockzustand nicht von ungefähr kam.

Als Pierre Leroy die Augen aufschlug, wußte er nicht, was ihn geweckt hatte, und eigentlich interessierte es ihn auch herzlich wenig. Er war müde und wollte schlafen, und außerdem kreisten seine Gedanken ohnehin nur um Valerie. Eines Tages, das hoffte er inbrünstig, würde Kar ihm zwischen die Finger kommen, und dann Gnade ihm Gott. Kar hatte Valeries Leben hinterhältig und feige zerstört. Was war von einem Menschen zu halten, der andere zu willenlosen Opfern machte? Auge um Auge, Zahn um Zahn – so stand es schon in der Bibel, und Pierre würde sich daran halten. Kar sollte spüren, was er anderen angetan hatte.

Heulend fuhr der Wind durch die Zinnen von Oake Dùn. Er war wieder stärker geworden. Irgendwo schlug eine Tür. Das monotone Geräusch wirkte nervtötend. Zumindest störte es die Nachtruhe. Pierre erwischte sich dabei, daß er sich immer mehr auf das dumpfe Dröhnen konzentrierte.

Das Geräusch war schlimmer als der Motorenlärm der Autos, die nachts über die *Pont neuf* fuhren – unter der Brücke, unmittelbar an der Seine, hörte man nicht allzu viel davon, nur das sanfte, einschläfernde Plätschern der Wellen, die gegen den gemauerten Uferstreifen klatschten.

»Mortimer«, murmelte Leroy, »erlöse mich von allen schlagenden Türen.«

Aber Mortimer dachte nicht daran. Wahrscheinlich sägte er gerade ganze Urwälder ab und scherte sich einen Dreck um die Sorgen seiner Mitmenschen. Jedenfalls schlug die Tür immer noch, um so lauter, je heftiger der Wind blies.

Pierre schwang sich aus dem Bett. »*Parbleu*«, schimpfte er, »*c'est impossible.*« Einen Hausschuh fand er sofort, der andere schien spurlos verschwunden zu sein. Pierre entdeckte ihn schließlich unter dem Fenster, konnte sich aber nicht erklären, wie der Schuh dorthin gelangt war.

Als er sich bückte, um ihn aufzuheben, hielt er überrascht inne. Drüben, bei den Gesindehäusern, brannte Festbeleuchtung. Ronald Brendan, der Verwalter des landwirtschaftlichen Teils von Oake Dùn, verließ soeben mit seiner Frau das Haus. Das leichte Schneetreiben verwischte ihre Silhouetten, doch Pierre wußte, daß er sich trotz der Dunkelheit und der Distanz nicht täuschte. Seine Neugierde war geweckt, erst recht, als er sah, daß die beiden einen reglosen Körper durch den Schnee zerrten. Fest preßte er seine Stirn gegen die Scheibe, doch das Glas beschlug durch seinen Atem, und die Sicht wurde schlagartig schlechter. Flora Brendan breitete eine Kunststoffplane im Schnee aus, Augenblicke später hatten sie und ihr Mann den Körper darin eingewickelt und wuchteten ihn zurück auf den Steintrog neben dem Eingang. Ein Hund? Pierre wußte, daß die Brendans einen eigenen Schäferhund hielten, ein schönes Tier, aber irgendwie verstand er den Zusammenhang nicht.

Schläfrig fuhr er sich mit der Hand übers Gesicht und kniff die Augen zusammen. Seine Kopfhaut schien sich rhythmisch zusammenzuziehen, und der Druck übertrug sich auf die Schläfen. Das Matschwetter machte krank. Eigentlich kein Wunder, denn früher waren Winter noch Winter gewesen – aber heutzutage? Wie der Schnee fiel, so taute er am nächsten oder übernächsten Tag wieder weg. Oder hatte er schlichtweg zu viele Branntweinkirschen erwischt? Doch bislang hatte ihm das herzlich wenig ausgemacht.

Die Tür schlug immer noch. Pierre verließ sein Zimmer und schlurfte über den Gang zur Treppe. Der schwere Parkettboden war mit echten Seidenteppichen ausgelegt, ebenso wie die nach unten führende breite Wendeltreppe.

Mehrere Nischen in der Wand zwangen jedesmal zum Verweilen. Hinter Glasplatten geschützt standen Artefakte, von geschickt installierten Spots ins rechte Licht gesetzt. Obwohl Pierre die Skulpturen längst zur Genüge kannte, hielt er immer wieder gerne inne, um sie in allen Einzelheiten zu betrachten, und so oft er sie ansah, es gab immer wieder Neues an ihnen zu entdecken. Auf gewisse Weise wirkten sie zeitlos.

Da war ein Ba, ein ägyptisches Seelenwesen in Vogelgestalt, aber mit Menschenkopf dargestellt, fünfzig Zentimeter hoch, die Federn in grellem Grün und mit Blattgold unterlegt, eine faszinierende künstlerische Arbeit. Im Jenseits- und Totenglauben kommt die Ba-Seele eines Verstorbenen unserer Vorstellung der Seele am nächsten, sie ist vor allem die Trägerin der unsterblichen Substanz des Toten.

Vier Stufen weiter, in einer gläsernen Kugel eingeschlossen, ein Skarabäus, für die Ägypter einst Inbegriff spontaner Urzeugung, da er selbst aus der Mistkugel zu entstehen schien, die er jedoch nur zum Schutz seiner darin versteckten Eier gedreht hatte. Er galt als Sinnbild des Gottes Chepre und schließlich des Sonnengottes.

Zum erstenmal achtete Pierre Leroy nicht auf die Exponate. Lediglich am Ende der Treppe verharrte er kurz und lauschte dem erneuten Schlagen der Tür. Doch es war verstummt. Entweder hatte der Wind wieder nachgelassen, oder Connor oder Mortimer hatten sich inzwischen erbarmt und dem Spuk ein Ende gesetzt.

»*C'est la vie*«, kommentierte Pierre. »*Peut être la prochaîne fois.*« Trotzdem ging er weiter. Ein fahles grünes Leuchten am anderen Ende des Korridors fesselte seine Aufmerksamkeit. Das war ein Lichtschimmer, für den er keine Erklärung hatte. Unwillkürlich verfiel er in einen Laufschritt. Das Leuchten wich vor ihm zurück.

»Bleiben Sie, wo Sie sind Pierre! Nicht näherkommen!« Das war Sutherlands Stimme. Im ersten Moment wußte Leroy nicht, woher sie erklang, aber dann sah er den Earl, der sich in eine Türnische zurückgezogen hatte. Keine drei Schritte vor ihm manifestierte sich das grüne Leuchten, wie Nebel, der sich in spiralförmigen Windungen verdichtete und dabei menschliche Umrisse annahm.

Pierre riß Mund und Augen auf. Bis heute hatte er nicht einmal geahnt, daß Oake Dùn über ein eigenes Schloßgespenst verfügte. Keine weiße Jungfrau leider, die mit weit wallenden Gewändern eine Handbreit über dem Boden schwebte, aber auch kein mit Ketten klirrender, furchteinflößender Poltergeist, sondern eine hagere grüne Gestalt, knapp zwei Meter groß und so gänzlich anders als alles, was man sich unter einem schottischen Gespenst vorstellte.

Der letzte grünliche Schleier verwehte, doch das Leuchten blieb. Es strahlte von der menschlichen Gestalt aus, die ziemlich genau zwischen Sutherland und Leroy stand, dem Franzosen allerdings die Rückansicht zugewandt. Zwei stämmige Beine trugen einen kantigen Oberkörper, die Schultern wirkten wie aufgepolstert und die Arme, obwohl angewinkelt, waren unnatürlich kurz. Der Schädel war kahl, und die abstehenden Ohren verliehen ihm eine seltsame Art von Eigenleben. Kurzum: eine solche Art von Geist hatte Pierre nie zuvor gesehen – er hatte überhaupt nie einen Geist gesehen, aber der hier war bestenfalls geeignet, kleine Kinder zu erschrecken. Und an Stelle weit fallender, wogender Gewänder trug er von den Knien bis zum Hals ein eng anliegendes Schuppenkleid.

Pierre machte unwillkürlich einen Schritt nach vorne, als ihm die Assoziation Schuppen so richtig bewußt wurde.

Echsen hatten eine Schuppenhaut!

»Sir Ian«, brüllte er los, »laufen Sie!«

Das Gespenst, oder was immer es war, wandte sich zu ihm um. Nicht mit dem ganzen Körper, nur der Kopf drehte sich ruckartig nach hinten. Alles ging viel zu schnell, als daß Leroy Zeit gefunden hätte, sich weitere Einzelheiten einzuprägen. Die Augen in diesem Gesicht waren hoch angesetzt, doch das eigentlich beherrschende Element war der riesige Mund, kantig und weit aufgerissen, ein Schlund, aus dem klagende Laute erschollen, Töne, die Pierres Innerstes in Schwingungen versetzten. Plötzlich fiel es ihm schwer, klar zu denken, sein Kopf schien sich aufzublähen wie ein Luftballon.

Ein gequältes Gurgeln auf den Lippen, schnellte er sich nach vorne, doch der Grüne wechselte ebenso unvermittelt seinen Standort, schwebte auf Sutherland zu, der ihm immer noch furchtlos entgegenblickte, und Pierre schlug der Länge nach auf den Boden, rappelte sich aber sofort auf die Knie hoch und riß ruckartig und mit beiden Händen den Seidenteppich zu sich heran, auf dem der Grüne eben noch stand. Der eigene Schwung ließ ihn nach hinten kippen, und der Teppich behinderte ihn sekundenlang. Es war verrückt gewesen, anzunehmen, einem Geist die Beine unter dem Leib wegziehen zu können – auch dann, wenn es kein normaler Geist war.

Warum um alles in der Welt wirkte Sutherland wie angewurzelt? Zwei Meter noch, dann hatte der Grüne ihn erreicht, und was dann geschehen würde, stand in den Sternen.

»Sir Ian!« brüllte Pierre mit sich überschlagender Stimme, ebenso vergeblich wie zuvor, doch mit dem Ergebnis, daß sein Zorn überzuschäumen begann. Er warf sich zur Seite, riß der nächsten Ritterrüstung das Breitschwert aus den steifen Eisenhandschuhen und schwang die Klinge wie ein Henkersschwert über dem Kopf. Als er mit aller Kraft zuschlug, war er sicher, daß er das grüne Schuppenwesen dorthin zurückschicken konnte, von wo immer es gekommen sein mochte, aber dann mußte er mitansehen, wie sich die Erscheinung vor ihm auflöste und auf Sutherland zustürzte. Im selben Moment krachte das Schwert auf den Parkettboden, und ein fürchterlicher Schmerz raste von Pierres Handgelenken aus hoch in seine Schultern. Die Waffe wurde ihm förmlich aus den Händen katapultiert und fegte eine der Rüstungen von ihrem Sockel. Das Klirren und Scheppern Dutzender leerer Blechdosen hinter einem fahrenden Auto mit der Aufschrift *Just married* konnte nicht lauter sein, aber immerhin hinderte ihn der entstandene Krawall, das Bewußtsein zu verlieren. Wenigstens für die paar Sekunden, die es noch dauerte, bis die verwehenden grünen Schleier sich auflösten.

Pierres letzte bewußte Empfindung war unsagbarer Triumph. Dann hüllte ihn eine gnädige Ohnmacht ein und ließ ihn die Prellung nicht mehr spüren, die ihm sogar das Atmen zur Qual machte.

Er war zwischen zwei Mühlsteine geraten.

Oder schlimmer noch: So wie er konnte sich nur jemand fühlen, dem der Himmel auf den Kopf gefallen war.

Alles drehte sich, auch er selbst, in einem rasenden Wirbel. Und sobald er die Augen öffnete, würde es nur noch schlimmer werden. Deshalb weigerte er sich schlichtweg, aufzuwachen.

Er hörte Stimmen, aber er ignorierte sie. Was sie redeten, interessierte ihn nicht – bis ihm jemand die Nase zuhielt und er gezwungen war, den Mund zu öffnen. Sie versuchten ihn zu ertränken. Hinterlistiges Pack. Als eisiges Naß seinen Mund überflutete, ruckte er prustend und spuckend hoch.

»Was habe ich gesagt?« hörte er Connor triumphierend verkünden. »Ich kriege ihn auf die Beine.«

Pierre Leroy wollte aufbrausen, wollte Gleiches mit Gleichem vergelten und dem Butler eine nicht minder kalte Dusche verpassen, da endlich schmeckte er, was Connor ihm eingeflößt hatte, und auf einmal reagierte er gar nicht mehr so ärgerlich. Die prickelnde Kälte stammte von eisgekühltem Sekt, und er schmeckte Himbeersaft und Gin und Apricot Brandy. Das Ganze zusammen, natürlich noch mit etwas Orangensaft, nannte sich *Sexy 6*, war ein hervorragender Cocktail und bezeichnenderweise Pierres Lieblingsgetränk.

Mit der Welt und sich selbst schon fast wieder versöhnt, schlug er die Augen auf.

»Mr. Connor«, sagte er, »zu einem Cocktail dieser Güte gehört ganz einfach eine Kirsche. Ohne ist er unvollständig und nur ein übles Plagiat.«

Der Butler bedachte ihn mit einem undefinierbaren Blick. Gleichzeitig schüttelte er bedauernd den Kopf.

»Kirsche ist nicht«, erwiderte er. »Du solltest dir lieber die Reparaturkosten für den Fußboden und die verbeulte Rüstung vor Augen halten.«

Schwankend kam Pierre auf die Beine. Er wollte einige imaginäre Stäubchen von seiner Kleidung abstreifen und bemerkte erst bei der Gelegenheit, daß er nach wie vor nur seinen Schlafanzug trug. Aber weder Connor, noch Sutherland oder Mortimer waren standesgemäß gekleidet, der alte Diener trug sogar ein wadenlanges, kariertes Nachthemd und das für seine Nachtruhe obligatorische Haarnetz.

Pierres Blick wanderte weiter, streifte den Boden und

heftete sich erneut auf Connor. »Wie lange war ich ohne Besinnung?« wollte er wissen.

»Ungefähr zehn Minuten«, antwortete Sir Ian. »Eher länger.«

Pierre nickte bedächtig. Er hatte immer noch Mühe, sämtliche Erinnerungsfetzen so zusammenzubekommen, daß sie ein vernünftiges Bild ergaben. Er mußte mit aller Kraft zugeschlagen haben; seine Arme und der Brustkorb schmerzten noch immer, wenngleich die Prellung inzwischen abklang. In den nächsten Tagen würde er bei unbedachten Bewegungen wahrscheinlich einige Schwierigkeiten haben.

Das Loch im Boden war beachtlich. Er hatte die Parketthölzer förmlich gespalten.

»Den Schaden zahlt die Versicherung«, sagte er zuversichtlich. Forschend blickte er jetzt Sutherland an. Nein, der Earl wirkte unverändert. Bedeutete das, daß der grüne Geist ihn nicht mehr erwischt hatte?

»Keine Versicherung«, widersprach Connor in dem Moment. »Wenn ich mich recht entsinne, haben wir dem letzten Vertreter, der uns eine Police andrehen wollte, gewaltig eingeheizt.«

»Irving Pokes vom IRS-Konzern.« Pierre grinste breit. »Der Mann hatte nur das Pech, sich zur falschen Zeit auf den falschen Hocker zu setzen.«* Übergangslos wurde er ernst. »Sir Ian, ich glaube nicht, daß ich Opfer einer Halluzination geworden bin. Trotzdem: Sie haben nie von einem Schloßgeist erzählt.«

»Bis vor wenigen Minuten wußte ich selbst nichts davon.«

»Er war grün, so eine gräßlich ungesunde Farbe ...«

»Und tropfenförmig, mit riesigen glühenden Augen

* siehe Band 13 912, Das Tor nach Atlantis, Buch 2 ›Todesfalle Bangkok‹

und einem noch größeren, geifernden Maul?« fragte Connor. »So ein richtiger Geisterjägerschreck?«

Für einen Moment war Pierre schlichtweg sprachlos. Aber wirklich nur für einen Moment. Danach reagierte er um so heftiger. »Verscheißern kann ich mich selbst!« herrschte er den Butler an. »Und falls es dich interessiert: Ich habe den Film gesehen. Keinerlei Realitätsbezug.«

Mortimer blickte verwirrt von einem zum anderen, rückte sein Haarnetz zurecht und kratzte sich ausgiebig die Stirn. »Mir ist der Geist ebenfalls erschienen«, sagte er tonlos. »Und, beim Barte meiner Großmutter, ich möchte ihm kein zweites Mal zu begegnen. Er war schrecklich, grauenvoll, entsetzlich ...«

»Kurzum, ein richtiger Geist«, vollendete Leroy.

»Bitte, bitte, meine Herren.« Sutherland versuchte sich mit einer beschwichtigenden Geste. »Kein Streit deswegen. Wenn Sie mich fragen, wir sollten uns die Erscheinung, oder was immer es war, vorknöpfen.«

»Bitte?« machte Leroy irritiert.

»Sir Ian hat, während du zu schlafen geruhtest, die Zeit keineswegs untätig verbracht«, erklärte Connor. »Das Ergebnis seiner Arbeit erhebt zwar keinen Anspruch auf einen Förderpreis für freischaffende Künstler, wirkt aber, wie ich meine, recht ansprechend.«

Er zog ein zusammengefaltetes Blatt Papier aus der Tasche seines Morgenmantels und reichte es dem Franzosen. Pierre warf nur einen Blick auf die mit Kugelschreiber angefertigte Zeichnung.

»Das ist er!« rief er überrascht und tippte nachdrücklich mit dem Finger auf das Papier. »Genau so hat er ausgesehen, der Mund vielleicht noch ein wenig größer, aber immerhin –« Er wandte sich an Sutherland: »Sie kennen das Biest also doch?« fragte er lauernd.

»Ja und nein«, erwiderte der Earl. »Eigentlich –« Ein

unwilliger Zug erschien um seine Mundwinkel. »Wozu erzähle ich das? Kommen Sie mit, meine Herren, und überzeugen Sie sich selbst.«

»Wovon?« fragte Connor.

Sutherland schwieg bedeutungsvoll. Und Mortimer suchte plötzlich nach Ausflüchten, von denen er eine ganze Reihe parat hatte.

Er hatte in der Nacht noch kaum ein Auge zugetan, und außerdem begann der neue Arbeitstag für ihn in spätestens dreieinhalb Stunden, und er würde ohnehin denkbar schlecht schlafen – vielleicht brütete er eine Grippe aus …

»Sie müssen nicht mitkommen, wenn Sie nicht wollen, Mortimer«, erwiderte Sutherland.

»Nein?« fragte der Alte ungläubig.

»Natürlich nicht.«

»Vergessen Sie aber nicht, eine Knoblauchzehe vors Schlüsselloch zu hängen«, fügte Pierre hinzu. »Das hilft gegen Geister.«

»Gegen Vampire!« berichtigte Connor. »Gegen grüne Geister –« Weiter kam er nicht mit seinen Ausführungen; Mortimer taumelte rückwärts gegen die Wand. Erneut wich jegliche Farbe aus seinem Gesicht. »Ich glaube«, stieß er keuchend hervor, »ich kann ohnehin nicht mehr einschlafen. Selbstverständlich begleite ich Sie, Sir Ian. Vielleicht brauchen Sie meine Hilfe.«

Während der Nacht wurden die Kellerräume in Oake Dùn nicht beheizt und waren, verglichen mit den Temperaturen in den beiden oberen Geschossen, unangenehm kühl. Vielleicht zitterte Mortimer deshalb wie Espenlaub, obwohl er in aller Eile noch einen dicken Wollschal aus seinem Zimmer geholt und ihn sich mehrfach um den

Hals geschlungen hatte. Ansonsten hatte sich keiner die Zeit genommen, sich wärmer anzuziehen.

Fröstelnd standen sie vor dem Tresor und warteten darauf, daß Sutherland die Kombination einstellte. Pierre hatte die Arme vor der Brust überkreuzt und schlug sich mit den Händen rhythmisch auf die Schultern. »Ich weiß nicht«, murmelte er, gerade so laut, daß nur Connor ihn verstehen konnte. »Seit wann leben Schloßgeister in einem Tresor aus fast meterdickem Stahlbeton?«

Connor zuckte lediglich mit den Schultern. *Wart's ab!* bedeutete die Geste, nicht mehr und nicht weniger. Auch daß Pierre anklagend die Augen verdrehte, änderte herzlich wenig daran.

Sutherland zog den Drehknopf mit dem Schieber aus der Tür und legte den Schlüssel in die vorgesehene Aussparung. Augenblicke später verriet ein deutliches Knacken, daß die seitlichen Riegel zurückgezogen wurden. Lautlos schwang die Tür auf.

Kein grüner Dunst quoll den Männern entgegen und verdichtete sich zu einer furchterregenden Fratze. Kein ohrenbetäubend schrilles Heulen erklang.

Der Tresorraum maß ungefähr sechs mal sechs Meter. Im Hintergrund standen zwei mannshohe Panzerschränke der Jahrhundertwende, mit Sockel, umlaufendem Kranz und Verzierungen versehen, aber nur mit einem einfachen Hebelgriff zu öffnen. Ansonsten bestimmten Regale das Bild, mit teilweise offenen, aber auch einigen geschlossenen Fächern, und allein das, was auf einen Blick zu überschauen war, besaß unter Freunden einen Wert von gut und gerne zwei Millionen US-Dollar.

Sir Ian Sutherlands Schatzkammer. Pierre Leroy war erst dreimal hier unten gewesen, und jedesmal gingen ihm von neuem die Augen über. Das war ein Anblick, bei dem es vermutlich jeden Menschen in den Fingern juckte. Zögernd wandte Pierre sich zu Mortimer um, der unter der massigen Stahltür stehengeblieben war und kaum Interesse für die hier vereinten Schätze zeigte.

»Ich wußte es!« sagte Sutherland in dem Moment. »Sehen Sie sich das an, Monsieur Leroy!«

Aus einem der Fächer hob er eine schätzungsweise dreißig Zentimeter hohe Figur heraus. Er hielt sie vorsichtig mit beiden Händen, als wäre sie so zerbrechlich wie Glas. Dabei bestand sie aus einem hellbraunen, fast beigefarbenen Material.

»Ton!« stellte der Franzose fest und fragte sich zugleich, was Sir Ian bewogen haben mochte, die Figur ausgerechnet im Tresor zu deponieren. Auf jedem Treppenabsatz standen wertvollere Artefakte.

»Das exakte Ebenbild«, sagte Sutherland in dem Moment. Die Figur schien schwer zu sein, schwerer jedenfalls als es der gebrannte Ton vermuten ließ, und als er sie auf der schmalen Arbeitsplatte in der Mitte des Raumes abstellte, war deutlich ein dumpfer Laut zu vernehmen. »Kommen Sie her, Pierre, worauf warten Sie?«

Jeder Zweifel war ausgeschlossen. Die stämmige, ab den Knien aufwärts mit stilisierten Schuppen bedeckte Gestalt, der kahle, beinahe runde Schädel mit den weit abstehenden Ohren und dem klagend (oder drohend?) aufgerissenen zahnlosen Mund ... Leroy nickte wortlos, und als er sich zu Mortimer umwandte, sah er, daß der Diener einen langen Hals machte und ebenfalls zustimmend nickte.

»Das Alter dieser Figur wurde bisher nicht nachgewiesen«, sagte Ian Sutherland in einem Tonfall, als halte er einen Vortrag vor irgendeinem Auditorium. »Sie ist das nahezu exakte Ebenbild, möglicherweise auch das Vorbild, einer im Museo de Antropologia in Jalapa ausgestellten, aus zwei Teilen zusammengesetzten Tonfigur des Maya-Gottes Xipe Totec im Federornat. Fundort war, wenn ich mich recht entsinne, Piedras Negras, und die andere Figur, deren Höhe knapp eineinhalb Meter beträgt, wird dem Spät-Klassikum zugeschrieben.«

»Federornat?« wandte Leroy ein. »Die Darstellung hat eindeutig schuppenartigen Charakter.«

»Was darauf schließen läßt, daß es sich um einen echsenartigen Gott handeln soll«, führte Connor den Faden weiter.

»Der Vegetationsgott«, sagte Sutherland. »Das ist ein Fund, den ich selbst in der Nähe von Yaxchilán ausgegraben habe. Bitte, Monsieur Leroy, heben Sie die Statuette hoch.«

Pierre griff lediglich mit einer Hand zu und stutzte. Die Figur wog mehrere Kilogramm.

»Sie dürfte weitgehend aus massivem Gold bestehen, das lediglich von einer tönernen Hülle umgeben wird«, erklärte der Earl. »Eine kleine Beschädigung am Rücken läßt das Gold durchschimmern, aber Sie müssen schon genau hinsehen, um es zu bemerken.«

»Also kein altehrwürdiges schottisches Schloßgespenst«, folgerte Connor. »Das Grün war mir von Anfang an suspekt, es paßt in der Tat eher zu einem Vegetationsgott.« Ihm war nicht anzumerken, ob er die Bemerkung womöglich spöttisch meinte.

Pierre warf einen forschenden Blick in die Runde. »Angenommen, der Spuk ging wirklich von dieser Statue aus –«, er legte eine merkliche Pause ein, »– weshalb erst heute und nicht schon vor Jahren?«

»Weil das Tor nach Atlantis von uns erst vor ungefähr vier Wochen geöffnet wurde«, sagte Sutherland.

»Und weil die Statuette womöglich einen solchen Zeitraum benötigte, sich mit einer unbekannten Energieform aufzuladen«, fügte Connor hinzu.

Pierre blickte überrascht von einem zum anderen. Er wirkte zugleich verwirrt. Aber sein Verstand sagte ihm, daß beide recht hatten. Überall auf der Welt hatten sich in den letzten Wochen gehäuft seltsame Geschehnisse ereignet – weshalb nicht auch in Oake Dùn? Vielmehr gerade hier! An einem Ort, an dem Zeugnisse alter Kulturen in größerer Zahl lagerten, hatten sie damit rechnen müssen, hatten es vielleicht unbewußt auch getan, jedoch nie offen darüber geredet. Nervös begann Pierre auf seiner Unterlippe zu kauen, während er zugleich beobachtete, wie Connor vergeblich in den Taschen seines Morgenmantels nach einem Glimmstengel suchte.

»Tom hat von einem Splitter in der Totenmaske des Maya-Königs Pacal von Palenque gesprochen«, erinnerte der Franzose. »Auch dieser Splitter scheint bis zu seiner Reaktivierung eine Zeitlang benötigt zu haben.«

Mortimer verstand offenbar nur Bahnhof. »Was ist mit der Figur?« rief er fragend.

»Das werden wir herausfinden«, antwortete Sutherland, und an Connor und Leroy gewandt, fuhr er fort: »Piedras Negras war der Fundort der großen Statue, die heute im Museum ausgestellt ist. Yaxchilán liegt ebenfalls am Rio Usumacinta, nur weiter flußaufwärts, und Palenque dürfte schätzungsweise hundertdreißig Kilometer entfernt sein. Einen möglichen Zusammenhang zwischen beiden Artefakten möchte ich deshalb keineswegs ausschließen.«

Der Rest der Nacht war ruhig verlaufen, und irgendwann, zum Morgen hin, war sogar der eisige Wind eingeschlafen. Mit schneeverkrusteten Westmauern, Eisblumen an einigen Fenstern und weiß überzuckerten Zinnen machte Oake Dùn den Eindruck eines Märchenschlosses, in dem die Zeit stillstand. Erst die Morgensonne, die im Osten fahl aus schmutzigen Nebelbänken emporstieg, vertrieb den Hauch von Einsamkeit über den alten Mauern.

Der erste Hahnenschrei brachte neues Leben. Das Gackern der Hühner im warmen Stall, das Blöken der Schafe und all die vielfältigen anderen Geräusche ließen nichts mehr ahnen von den Schrecken der vergangenen Nacht. Lediglich der in der Folie steifgefrorene Kadaver des Schäferhunds vor einem der Gesindehäuser paßte nicht in das friedliche Bild des beginnenden Morgens.

Drüben, in Sutherlands Arbeitszimmer, hatte während der ganzen Nacht das Licht gebrannt. Auch jetzt, als die ersten Sonnenstrahlen waagerecht in die Fenster fielen, dachte Sir Ian nicht daran, Strom zu sparen. Aber das war etwas, worüber der Verwalter sich nicht den Kopf zerbrechen mußte.

»Warte noch!« bat Flora. »Es ist gerade erst sieben Uhr vorbei; du solltest Sir Ian nicht schon auf nüchternen Magen mit unseren Problemen belästigen.«

»Wann dann?« erwiderte Ronald Brendan kurzangebunden. »Irgendwann muß er es erfahren, und ich weigere mich, allein die Verantwortung zu übernehmen. Nero war ein guter Hund, aber das heute nacht, das war nicht Nero, das war eine Bestie. Irgend etwas Unerklärliches ist geschehen –«

Ronald hatte Zeit gehabt, darüber nachzudenken. Schließlich hatte er kein Auge mehr zugetan. Auch Flora hatte sich den Kopf zerbrochen und hin und her überlegt. Tollwut war noch die plausibelste Erklärung, doch Nero hatte kaum eines der dafür typischen Symptome gezeigt.

Ronald Brendan bedachte seine Frau mit einem überaus besorgten Blick. Schon der Kratzwunden wegen würde er Dr. Morrison konsultieren, und zwar je eher, desto besser.

»Mir geht es wieder gut«, behauptete Flora. »Wirklich. Nur der Schreck steckt mir noch in den Gliedern.« Zerstreuen konnte sie Ronalds Bedenken damit nicht.

»Ich habe es immer gesagt«, behauptete er. »Mit dem, was er tut, wird Sir Ian sich eines Tages das Unheil ins Haus holen.«

»Du meinst ...?« Flora sprach die Ungeheuerlichkeit nicht aus.

»Diesmal ist es soweit. Und wir alle müssen darunter leiden.« Ohne sich noch einmal umzuwenden, verließ Brendan das Haus und ging zum Schloß hinüber.

Die Köchin öffnete ihm. »Mr. Brendan«, machte sie erstaunt, »so früh?«

»Wo ist Mortimer?« Er klopfte den Schnee von seinen Schuhen und zwängte sich an der Köchin vorbei. Hinter ihm fiel das Portal ins Schloß.

»Ich habe ihn noch nicht zu Gesicht bekommen«, erwiderte Mrs. Paddington.

»Und Sir Ian?«

»Wahrscheinlich schläft er noch. Die Nacht war nicht besonders; ich nehme an, daß der Wetterumschwung jedem in den Knochen steckt. Ich fühle mich wie gerädert.«

Brendan winkte bloß ab. Wenn ihn jetzt etwas nicht interessiert, dann war das die Krankengeschichte der Köchin, die über jedes Gliederreißen lange Vorträge halten konnte.

»Sir Ian hat Licht im Arbeitszimmer«, sagte er. »Bitte, informieren Sie ihn, daß ich auf ihn warte. Es ist dringend!«

Die Köchin, eine Frau Anfang der Sechzig, musterte

ihn abschätzend. Wortlos setzte sie ihre Pfunde in Bewegung und verschwand auf der nach oben führenden Treppe.

Brendan hatte keineswegs die Absicht, im kalten Vorraum zu warten, und zog sich deshalb in das angrenzende Zimmer zurück, das für Besucher eingerichtet war. Bequeme Sessel, ein Rauchtischchen, Bücher, Zeitschriften, eine kleine Bar mit einer erlesenen Getränkeauswahl ... Er blätterte in einer archäologischen Fachzeitschrift, konnte sich aber nicht konzentrieren und warf das Blatt schließlich auf den Stapel zurück.

»Mr. Brendan«, erklang es von draußen. »Wo sind Sie?«

»Hier!« antwortete er.

»Wo?«

Daß sie ihn nicht finden würde, war ein Trugschluß – unter der Tür stieß er mit der drallen Köchin zusammen. Sie war einen Kopf kleiner als er und mußte sich anstrengen, zu ihm aufzuschauen.

»Sir Ian schläft«, sagte sie resolut.

»Dann wecken Sie ihn!«

»Das habe ich versucht. Kommen Sie in einer Stunde wieder, oder besser noch in zwei. Ich habe den Eindruck, heute nacht ist es sehr spät geworden.«

»Dann holen Sie Connor! *Bitte!*«

Für Hektik hatte sie kein Verständnis, das wußte Brendan so gut wie jeder andere auf Oake Dùn. Deshalb faßte er sie kurzerhand an den Hüften und schob sie sanft, aber bestimmt zur Seite. Sie kam gar nicht dazu, zu protestieren, und bis sie endlich ihre Überraschung überwunden hatte, eilte der Verwalter schon im Laufschritt davon.

»Warum nicht gleich so«, murmelte sie gedankenverloren. »Aber immer werde erst ich schikaniert. Was wird nun mit dem Frühstück?« Der Tag versprach hektisch zu werden. Sie liebte es überhaupt nicht, wenn alle zu unterschiedlichen Zeiten bei Tisch erschienen; jeder, wie es ihm gerade in den Kram paßte. Nur sie hatte stets verfügbar zu sein.

Jemand klopfte schon ziemlich lange an die Tür. Zumindest hatte Connor genau diese Empfindung, als er endlich aufschreckte.

Der Blick auf die Uhr erübrigte sich. Draußen war bereits heller Morgen.

»Ich komme!« rief er. Das hartnäckige Klopfen hörte dennoch nicht auf. Connor verzichtete darauf, sich erst im Bad frisch zu machen, sondern streifte lediglich den Morgenmantel über, der noch von der Nacht her über dem Herrendiener hing, und schlüpfte in die Hausschuhe. Er hatte überraschend lange geschlafen, aber eigentlich war das kein Wunder; außerdem mußte er dem unbekannten Störenfried dankbar sein, denn ohne dessen Klopfen hätte er vermutlich bis zum Mittag durchgeschlafen. Er fühlte sich wie gerädert, und wenn ihn jetzt etwas auf die Beine bringen konnte, dann nur eine gute Zigarette und eine kalte Dusche. Aber beides mußte warten.

Er war überrascht, Ronald Brendan vor der Tür zu sehen. Brendans Miene drückte Ungeduld aus, aber auch eine nur schwer zu deutende Reserviertheit.

»Was ist geschehen?« fragte Connor schläfrig.

»Genau das wollte ich Sie fragen!« erwiderte der Verwalter.

»Wieso?«

»Weil Nero meine Frau und mich angefallen hat.«

Nero? Connor brauchte einige Sekunden länger als für gewöhnlich, bis er verstand, daß Brendan seinen Schäferhund meinte, ein gepflegtes und vor allem folgsames Tier.

»Wann?« fragte er. In seinem Kopf wirbelte immer noch alles durcheinander wie nach einer langen, durchzechten Nacht. Doch was Brendan sagte, ließ ihn schlagartig hellhörig werden und jede Lethargie von ihm abfallen.

»Ungefähr eine Stunde nach Mitternacht. Kurz vorher war ich im Stall bei dem neuen Zuchthengst, der sich ebenfalls wie verrückt gebärdet hat. Nero war völlig verändert, ein reißender Wolf, wenn Sie mich fragen.«

Nach Mitternacht. Ungefähr zu der Zeit also, als der Geist erschienen war.

»Haben Sie Sir Ian schon verständigt?«

»Er schläft.«

»Kommen Sie, Brendan. Was wichtig ist, kann nicht warten.«

Minuten später wußte der Verwalter, daß die Köchin sich geirrt hatte. Vermutlich hatte sie, da sie auf ihr Klopfen hin keine Antwort erhalten hatte, angenommen, daß der Earl of Oake Dùn noch in Morpheus' Armen lag. Doch dem war nicht so. Als Connor aller Etikette zum Trotz Sutherlands Schlafzimmer stürmte, mußten Brendan und er feststellen, daß es leer war. Ebenso das angrenzende Bad. Überhaupt schien das Bett während der letzten Stunden nicht benutzt worden zu sein, zumindest war es längst ausgekühlt.

»Das Arbeitszimmer!« entsann sich der Verwalter. »Dort brennt Licht!«

Sie verließen die Privaträume und hasteten in den angrenzenden Gebäudeflügel hinüber.

»Abgeschlossen«, konstatierte Connor, als er vergeblich versuchte, den schweren Eichentürflügel aufzudrücken. »Sir Ian!« rief er laut, und seine Stimme hallte dumpf vom Ende des Korridors zurück. »Sir Ian, sind Sie da drinnen?«

Keine Antwort, und der Schlüssel steckte nicht, wenigstens nicht von außen. Connor tat etwas, was kein Butler tut, zumindest nicht, wenn er dabei beobachtet wird – er ließ sich in die Hocke nieder und blickte durchs Schlüsselloch.

»Sehen Sie etwas?« drängte Brendan ungeduldig.

»Licht brennt«, murmelte Connor. »Ansonsten kann ich herzlich wenig erkennen.« Er trommelte erneut mit der Faust gegen die Tür. »Öffnen Sie, Sir Ian!«

»So macht man das.« Brendan nahm zwei Schritte Anlauf und warf sich mit der Schulter gegen die Tür. Das Einzige, was er davon hatte, war ein schmerzverzerrtes Gesicht.

»Das hätte *ich* Ihnen sagen können«, kommentierte Connor unbeeindruckt. »Pierre Leroy muß her!«

Nicht einmal zehn Minuten später hantierten sie zu dritt am Türschloß. Der Franzose hatte einen riesigen Bund Dietriche bei sich. Trotzdem schaffte er es nicht auf Anhieb. Die Schloßfeder setzte ihm einen starken Widerstand entgegen, er war gezwungen, die Verblendung abzuschrauben, und konnte erst danach mit Hilfe einer Zange das Schloß öffnen.

Sutherland lag vornübergesunken über seinem Schreibtisch. Auf den ersten Blick wirkte er wie tot.

Connor fühlte seinen Puls und atmete erleichtert auf. »Stark verlangsamt und unregelmäßig. Dr. Morrison muß her.«

Sein Blick fiel auf die Statue, die nur zwei Handbreit neben Sutherlands Kopf stand. Zweifellos war die Figur für Sir Ian der Grund gewesen, sich im Arbeitszimmer einzuschließen und wissenschaftliche Publikationen zu wälzen. Einige Bücher waren vornüber vom Tisch gerutscht und lagen wirr durcheinander. Womit Sutherland sich beschäftigt hatte, war nicht mehr zu erkennen.

Brendan hob eines der Bücher auf. »Geschichte und Kultur der Völker Mesoamerikas«, las er. »Untertitel: Was wissen wir über die Menschenopfer vergangener Epochen?«

»Rein hypothetisch«, kommentierte Leroy.

Brendan glaubte ihm nicht.

»Helft mir, Sir Ian zur Couch hinüberzutragen«, bat Connor.

Sie hatten einige Mühe dabei, denn obwohl der Earl schlank war, hatte er einen kräftigen Knochenbau, und seine ein Meter neunzig trugen ein übriges dazu bei. Als sie ihn endlich in eine stabile Seitenlagerung gebracht hatten, schlug er die Augen auf.

»Was ist geschehen, Sir?«

»Müde«, murmelte Sutherland. »Schlafen.«

»Sie sind krank«, platzte Pierre heraus. »Hat es mit der Statue zu tun?«

Connor schob den Franzosen einfach zur Seite. »Ich bringe Sie ins nächste Krankenhaus. Mit dem Hubschrauber ist es kein Problem.«

»Das werden ... Sie nicht tun! – Mir ist kalt.« Sutherland zitterte erbärmlich. Er war schwach, doch unter Schock schien er zum Glück nicht zu stehen, zumindest reagierte er völlig normal, als Pierre eine Decke brachte und ihn einhüllte.

»In der Klinik sind Sie besser aufgehoben, Sir«, versuchte Connor einen zweiten Anlauf.

»Wozu?« Sutherland versuchte schon wieder, sich aufzurichten, schaffte es aber nicht. Matt sackte er auf die Couch zurück.

»Genau deshalb«, sagte Connor. Er bedachte die Statuette mit einem forschenden Blick. Sie für Sir Ians Zustand verantwortlich zu machen, hieß wahrscheinlich, das Kind mit dem Bad auszuschütten. Sutherland hatte ganz einfach einen Schwächeanfall erlitten, und das war kein Wunder. Die Aufregungen der letzten Tage waren schlichtweg zu viel gewesen: die Entführung in Jordanien, der Mordversuch, dann die Regelungen mit der St. Margarete Klinik in London wegen Valerie und anschließend auch noch die Ereignisse der vergangenen Nacht. Sir Ian hatte sich selbst keine Ruhe gegönnt und Raubbau mit seiner Gesundheit getrieben.

»Pierre«, wandte sich Connor an den Franzosen und blinzelte, »setz dich ans Telefon und versuche, ein Einzelzimmer zu ergattern.«

»Connor!« keuchte Sutherland. »Sie sind ein sturer Bock. – Wenn Sie schon Ihren Willen durchsetzen müssen ...«

»Sie meinen, Sir, ich soll Dr. Morrison holen?«

»Natürlich den Pillenjongleur, wen sonst ...« Ian verdrehte anklagend die Augen, aber Connor lächelte zufrieden. Es war schon ein Erfolg, wenn Sutherland ihm zugestand, einer vermeintlichen Lapalie wegen den Arzt zu holen.

»Und nun noch einmal in aller Ruhe und von vorne«, wiederholte Pierre Leroy in einem Tonfall, in dem man gemeinhin Erstkläßlern das Abc oder das Einmaleins beizubringen versucht. »Ich habe eine klare und eindeutige Frage gestellt, und ich denke, daß es darauf eine ebenso eindeutige Antwort gibt. Die würde ich gerne hören.«

Warum nur hatte er das Gefühl, gegen eine Wand zu reden? Es war sinnlos. Die Antwort blieb aus.

Pierre begann eine unruhige Wanderung, wie ein

gefangenes Tier in einem Käfig. Nur mit dem Unterschied, daß dieser Käfig keine Gitterstäbe hatte, sondern Wände mit rauhem Kellenputz, handbehauene jahrhundertealte Balken und dicke, flauschige Teppiche, in denen man wie in Watte versank.

Nach zwei oder drei Kehrtwendungen blieb der Franzose erneut stehen. »Was verlangst du von mir?« wollte er wissen. »Was soll ich dir geben?« Er kam sich vor wie ein Bettler. Schlimmer noch, denn Bettler hatten zumindest hin und wieder das Glück, daß sie eine milde Gabe erhielten.

Vor einer halben Stunde hatte Connor Oake Dùn mit dem Jeep verlassen. Er war losgefahren, um Dr. Morrison in der Nähe von Thurso abzuholen, jedenfalls hatte die Sprechstundenhilfe am Telefon verlauten lassen, daß der Arzt zu einer Geburt auf einen Einödhof gerufen worden sei. Vor Ablauf von zwei oder drei Stunden konnte Connor schwerlich zurück sein.

Pierre hatte deshalb das Orakel befragt. Weil er wissen wollte, ob Sutherlands Zustand bedrohlich werden konnte und ob die Statuette des Maya-Gottes Xipe Totec damit zu tun hatte. Er hatte den Alleingang wider besseres Wissen begonnen, obwohl das Orakel erst vor kurzem verlauten ließ, daß es für Banalitäten nicht zuständig sei. Früher seien ihm nur wirklich wichtige Fragen angetragen worden.

Aber – für Pierre Leroy waren diese Fragen wichtig. Nachdenklich ruhte sein Blick auf dem erzfarbenen Dreibeinhocker, der aus einem Stück gegossen zu sein schien. Schon der Gedanke, daß die Pythia auf diesem Hocker gesessen hatte, faszinierte ihn.

»Was soll ich tun?« fragte er. »Soll ich mich vor dir auf die Knie werfen und dir die Beine küssen?«

Diesmal erwartete er keine Antwort. Um so überraschter war er, als urplötzlich ein glockenhelles Lachen den Raum erfüllte.

»Endlich ein Mann mit Phantasie«, flüsterte das Orakel mit samtweicher Frauenstimme. »Du ahnst gar nicht, wie sehr mir das gefehlt hat, ein bißchen Wärme in dieser kalten Zeit.«

»*Mon dieu*«, entfuhr es dem Franzosen. Er war unwillkürlich einen Schritt zurückgetreten, und nun starrte er den eigentlich unscheinbaren Hocker aus weit aufgerissenen Augen an und weigerte sich zu begreifen, was er eben gehört hatte. Seine Sinne mußten ihm einen Streich gespielt haben, anders konnte es gar nicht sein.

»Das warst du?« fragte er wider besseres Wissen. Natürlich erhielt er keine Antwort.

Aber immerhin. Er hatte nichts zu verlieren. Langsam ließ er sich vor dem Hocker auf die Knie sinken.

»Bist du zufrieden?«

Er hatte dem Orakel mehr versprochen. Nachdenklich leckte er sich über die Lippen. Den Hocker küssen? Aber warum nicht, schließlich war niemand da, der es sehen und ihn für verrückt erklären konnte.

Seine Hände tasteten über die kühle Sitzfläche, streiften die sanften Rundungen. Er schloß die Augen und dachte an die verführerische Frauenstimme, mit der das Orakel sprach – eine bildhübsche Frau mußte es sein, blond und mit Kurven wie die BB in ihren besten Jahren.

Langsam spitzte er die Lippen, hob den Hocker hoch, und dann berührte sein Mund eines der drei Beine ...

»Monsieur Leroy!« keifte eine resolute Stimme. »Was machen Sie da?«

Das war nicht das Orakel.

Entgeistert riß Pierre die Augen auf. Keine fünf Meter vor ihm stand eine mollige ältliche Dame und starrte ihn an, als wäre sie soeben Zeugin eines üblen Sittlichkeitsdelikts geworden. In offensichtlichem Unverständnis schüttelte sie den Kopf.

»Äh, hallo, Mrs. Paddington«, begann Pierre, »es ist nicht immer alles so, wie es scheint.«

»Ich habe Augen im Kopf«, zeterte die Köchin. »Sie – Sie Wüstling.«

»Wenn schon, dann bitte Fetischist«, erwiderte der Franzose.

Ihre Miene verhärtete sich. »Feti- was?«

»Fetischist. Das ist eine Wissenschaft – das Erkennen feinster Metallstrukturen durch Ertasten«, behauptete er unverfroren.

»Mit den Lippen?« Natürlich glaubte sie ihm nicht.

Leroy nickte, darum bemüht, möglichst ernsthaft dreinzublicken. »Die Lippen sind unsere sensibelsten Tastorgane.«

»Und was wollen sie bitteschön ertasten an diesem ... Hocker?« erkundigte sich Mrs. Paddington – und ließ sich mit einem Ächzen darauf nieder.

Pierre verschluckte sich beinahe und begann zu husten. »Vorsicht – das ist ein kostbares antikes Stück!« stieß er keuchend hervor.

Mrs. Paddington schien erst jetzt zu realisieren, welche Gefahr ihr Körpergewicht für den Schemel bedeutete. Augenblicklich stemmt sie sich wieder hoch.

In diesem Moment erklang ein deutliches »Bitte bleib, laß mich nicht wieder allein!« Unzweifelhaft eine Frauenstimme. Mrs. Paddington sah sich halb erstaunt, halb erschrocken um.

»Wer war denn das?«

»Ich habe nichts gesagt.« Pierre zuckte mit den Achseln.

»Aber ich habe es doch deutlich gehört.«

Mrs. Paddington schnaubte und stemmte sich herausfordernd die Fäuste in die Seite, hätte aber wahrscheinlich doch an einen Irrtum geglaubt, wenn nicht in diesem Augenblick die Frauenstimme laut und deutlich verkündet hätte: »Beinahe zwei Jahrtausende sind eine lange Zeit. Nimm noch einmal den Platz ein, der dir gebührt, Gebieterin.«

Die Köchin starrte Pierre an, Pierre seinerseits bedachte den Hocker mit einem vernichtenden Blick.

Neider konnten Mrs. Paddington so manches nachreden, aber nicht, daß sie allzu begriffsstutzig war. »Das war – *der Hocker?«*

Leroy hob die Schultern und setzte zu einer Erwiderung an, doch dann ließ er sie schicksalergeben wieder sinken.

Auch die Köchin ließ sich sinken. Zurück auf die Sitzfläche des Hockers.

»Au!« stöhnte das Orakel.

Mrs. Paddington ruckte mitsamt dem Dreibeinmöbel herum. »Was ist das für eine neue Erfindung?« blaffte sie.

»Das Alte zerbricht unter der Last,
wenn es nicht befreit wird.
Aber Gebrechen heilt kein Arzt,
nur ein Opfer kann helfen!«

Die Köchin schnappte nach Luft wie ein Fisch auf dem Trockenen. »Wer verzapft solchen Unsinn? Was bedeutet das: Das Alte zerbricht unter der Last, wenn es nicht befreit wird?«

Pierre schluckte krampfhaft, er hatte plötzlich einen fürchterlich trockenen Gaumen.

»Ich schätze, der Hocker meint, daß Sie aufstehen sollen«, deutete er den Orakelspruch. »Er könnte zerbrechen, weil . . .«

»Weil . . .?«

Pierre druckste herum, aber Mrs. Paddington verstand

ihn auch ohne Worte. Sie schoß einen bitterbösen Blick auf ihn ab, und wahrscheinlich würde seine nächste Bouillabaisse hoffnungslos versalzen sein. Eine schlimmere Strafe konnte sie ihm gar nicht verpassen.

»So lassen Sie sich wenigstens erklären –«

Aufgebracht rauschte sie vorbei.

»Komm zurück, Pythia!« rief das Orakel. Ebenso vergeblich.

Unter der Tür blieb die Köchin kurz stehen und wandte sich um. Sie rümpfte die Nase. »Ich habe es immer gewußt«, schmetterte sie Leroy entgegen. »Diese ganze Sucherei nach antikem Kram zieht nur Ärger nach sich. Sprechende Hocker! Das ist Teufelswerk!« Hinter ihr krachte die Tür ins Schloß.

Mißmutig starrte Pierre den Hocker an. »Das hast du fein hingekriegt. Soll ich dich nicht lieber gleich ins Dorf bringen, damit du eine Rede auf dem Marktplatz halten kannst? Ich verstehe dich nicht. Bislang hast du nie –« Er stutzte. »Was meinst du überhaupt mit ›Gebrechen‹? Bist du krank? Beeinflußt?«

Das Verhalten des Orakels ließ nur den einen Schluß zu. Auf Oake Dùn geschahen seltsame Dinge, und inzwischen war Pierre davon überzeugt, daß die Zerstörung der atlantischen Station sogar hier im Norden Schottlands Spuren hinterließ.

Aber welche Art Opfer hatte das Orakel gemeint?

Eigentlich hatte Dr. Morrison seine Praxis zwischen Weihnachten und Neujahr für ein paar Tage geschlossen – zumindest verkündete das ein großes handgemaltes Schild an der Eingangstür. Trotzdem blieb ihm kaum Zeit für all das, was er zwischen den Feiertagen in Ruhe hatte erledigen wollen.

Dr. Morrison war ein Mann Anfang Sechzig, leicht untersetzt, ein gutmütiger Typ, dessen schlohweißes Haar ebenso wie der weiße Oberlippenbart angenehm mit dem von Wind und Wetter gegerbten vollen Gesicht kontrastierte. Vor allem war er noch ein Mediziner alten Schlages, einer, der sich lieber auf seine fünf Sinne und seine Erfahrung verließ als auf all den neumodischen technischen Kram, und für den seine Patienten noch Freunde waren und nicht bloß Nummern, die sich am Ende des Abrechnungszeitraums in klingende Münze verwandelten.

Kurzum: Dr. James Morrison war so ziemlich das selbstloseste Exemplar Mensch von John o'Groats im äußersten Nordosten bis Helmsdale, Scourie und Durness.

»Sehen Sie«, sagte er bedächtig, als er neben Connor im Jeep saß und sie die Küstenstraße entlang nach Westen fuhren, »für heute hatte ich mir vorgenommen, meine Enkel in Lairg zu besuchen, aber daraus wird wohl nichts mehr.« Sein Blick wanderte durch die Frontscheibe hinauf zur nahezu im Zenit stehenden, dunstverhangenen Sonne. »Ich hätte es bedauert, Cathy McDowall nicht bei der Geburt ihrer Zwillinge beistehen zu können.« Er legte eine Pause ein und lehnte sich mit geschlossenen Augen zurück. Er lächelte. »Zwillinge, Connor, wann hatten wir das zuletzt in unserer Gegend? Die beiden sind jetzt schon richtige Highlander.«

Der Butler bedachte ihn mit einem kurzen Seitenblick, danach konzentrierte er sich wieder auf die Straße, die enger und kurvenreicher wurde. An schattigen Stellen bedeckten Eisplatten den Boden. Trotz des Vierradantriebs war er gezwungen, Gas wegzunehmen.

Eine Meile später verließen sie die Hauptstraße. Der Jeep dröhnte über eine ausgefahrene Schotterpiste.

Hohes Buschwerk bestimmte das Landschaftsbild, von einigen wenigen knorrigen Eichen und weit ausladenden Kiefern durchbrochen. Schnee lag nur noch auf den Schattenhängen der Hügel, die sich bis zum nahen Meer erstreckten.

In das gleichmäßige satte Brummen des Motors mischte sich ein blechern klingendes Geräusch. Für einen Moment hatte Connor das Gefühl, daß der Wagen ruckte. Er schaltete zurück.

»Schwierigkeiten?« fragte Dr. Morrison. »Ich bin kein Mechaniker.«

»Keine Sorge.« Connor schaltete schon wieder hoch. »Die letzten drei Meilen schaffen wir schon irgendwie.«

»Notfalls gehen wir zu Fuß.«

Morrisons Bemerkung hatte ein Scherz sein sollen, doch er hatte sie noch nicht ganz über die Lippen, da spuckte der Motor. Connor trat die Kupplung und gab zugleich Gas, jagte die Maschine in höhere Drehzahlbereiche, bis sie wieder rund lief.

»Kein Benzin mehr?«

»Die Tankanzeige steht auf halb.«

»Und was ist das hier?« Der Arzt deutete auf das graue Kunststoffgehäuse, das nachträglich auf dem Armaturenbrett befestigt worden war. Ein kleiner Zeiger sprang darin ruckartig hin und her.

Unwillkürlich kniff Connor die Brauen zusammen. Daß der Kompaß verrückt spielte, hatte er noch nicht erlebt. Ebenso der Höhenmesser daneben. Beide Instrumente zeigten völlig verrückte Werte an, und sie normalisierten sich auch nicht, als er mit dem Fingerknöchel dagegenklopfte. Als hätte sich in unmittelbarer Nähe ein starkes Magnetfeld aufgebaut, das die Kompaßweisung beeinflußte. Der Luftdruck schien sich ebenfalls kraß verändert zu haben.

Nur für einen Moment hatte Connor die Straße vernachlässigt; immerhin kannte er sie wie seine Westentasche. Im selben Moment, in dem er aus den Augenwinkeln heraus eine Bewegung wahrnahm, schrie Dr. Morrison entsetzt auf.

»Passen Sie auf, Connor!«

Zu spät! Der Mann, der unvermittelt aus einem Gebüsch am Wegesrand hervorgetreten war, verharrte mitten auf der Fahrbahn. Wahrscheinlich war er selbst nicht weniger entsetzt als die Insassen des Jeeps.

»Idiot!« Connor blieb keine andere Wahl, als das Lenkrad zu verreißen. Er tat es instinktiv und ohne nachzudenken.

Der Jeep brach aus, stellte sich quer und rutschte trotzdem weiter auf den Fremden zu. Erst unmittelbar vor dem Aufprall griffen die Räder wieder, doch das Fahrzeug schoß ruckartig über den schmalen Seitenstreifen hinaus. Äste prasselten gegen die Motorhaube, als der Jeep die Büsche entwurzelte, aber dennoch nicht zum Stillstand kam.

Das Ganze dauerte nur Bruchteile von Sekunden, und Connor kam nicht einmal dazu, Entsetzen zu empfinden, weil sein Fuß das Bremspedal niederdrückte, ohne auf Widerstand zu stoßen.

Im nächsten Moment neigte sich der Jeep, rutschte dröhnend einen steiler werdenden Hang hinunter und überschlug sich nach wenigen Metern. Ein ohrenbetäubendes Splittern, Bersten und Krachen erfüllte plötzlich die Luft, die Welt stand kopf, dann hatte Connor das Gefühl, wie ein Puppe von einer Seite auf die andere geschleudert zu werden.

Übergroß sah er noch immer den Fremden vor sich: ein Verrückter, der in altertümlicher Rüstung, mit Dudelsack und Schwert durch die Gegend lief.

Dr. Morrisons gellender Aufschrei überlagerte alle anderen Gedanken.

Ein letzter, dröhnender Aufprall –

– danach war Stille. Die Welt versank für Connor in undurchdringlicher Schwärze.

Zum Mittag hin verschlechterte sich Ian Sutherlands Zustand, er wurde von Schüttelfrost und Schweißausbrüchen gequält, und Pierre begann sich allmählich zu fragen, ob es nicht doch besser gewesen wäre, ihn in ein Krankenhaus einzuliefern. Wenn Connor wenigstens ein Funkgerät mitgenommen hätte, dann hätten sie in Verbindung bleiben können. Gerade die Ungewißheit war es, die ihn quälte.

Sir Ian redete im Fiebertraum wirres Zeug, und aus den wenigen verständlichen Satzfetzen wurde Leroy nicht schlau. Lediglich ein Name wiederholte sich: Eileen. Sutherland phantasierte offenbar von seiner früheren Sekretärin.

Pierre rief in Dr. Morrisons Praxis an, hörte aber nur eine Stimme vom Band, die ihm sagte, was er ohnehin schon wußte. Die Sprechstundenhilfe hatte ihre restlichen Arbeiten erledigt und ihren wohlverdienten, wenngleich überaus kurzen Jahresschlußurlaub angetreten.

Völlig überraschend erschien Mrs. Paddington. Sie erwähnte den Vorfall mit dem Hocker mit keinem Wort, sondern erkundigte sich lediglich wegen des Mittagessens.

»Falls Sie das Menü schon gekocht haben, frieren Sie es ein!« riet Pierre.

»Natürlich habe ich gekocht«, ereiferte sich die Frau. »Habe ich das jemals nicht getan?«

Pierre überging ihren Ärger mit einem Schulterzucken. »Sir Ian wird nichts zu sich nehmen«, sagte er.

»Das sehe ich nun auch.« Mrs. Paddington bedachte ihn mit einem schrägen Seitenblick; daß er den Dreibeinhocker abgeküßt hatte, ging ihr nicht aus dem Sinn. »Ich dachte ohnehin mehr an Mr. Connor und – Sie«, erwiderte sie frostig.

»Ich weiß nicht, wann Connor zurückkommt. Aber er bringt den Doktor mit.«

Die Köchin schenkte dem schlafenden Sutherland noch einem letzten mitleidsvollen Blick und schwebte von dannen. Eigentlich war Eleonore Paddington eine recht umgängliche Frau, aber mitunter schien sie sich selbst nicht ausstehen zu können. Heute war wieder so ein Tag.

Sir Ian wälzte sich stöhnend herum. Vorübergehend öffnete er die Augen und blickte Leroy an, doch sein Blick schien durch den Franzosen hindurchzugehen und verlor sich irgendwo in weiter Ferne. »Eileen«, murmelte er schwerfällig, »natürlich war ich in Oake Dùn. Wo hätte ich sonst sein sollen?«

»Sir Ian!« rief Pierre. »Wachen Sie auf!«

Soweit Pierre sich entsann, war Eileen Bruce vor ein paar Jahren von einem Tag auf den anderen gegangen. Wortlos, und niemand hatte die Gründe dafür erfahren.

Sutherland schreckte hoch.

»Connor! Mein Gott, nein!« Es klang fast wie ein Aufschrei. Er zitterte am ganzen Körper. Steif aufgerichtet saß er nun da, die Hände in den Polstern verkrallt. Forschend blickte er Leroy an, der ihm eine neue kalte Kompresse auflegte.

»Es ist nichts, Sir«, versicherte der Franzose. »Sie hatten nur einen schlechten Traum. Connor und Dr. Morrison werden bald eintreffen.«

Von irgendwoher erklang ein leises, schleifendes Geräusch. Wie von einem Rad, das unrund lief und dabei langsamer wurde. Und das Knistern und Knacken, das Connor eben noch wie aus weiter Ferne vernommen hatte, wurde lauter. Bedrohlich beinahe.

Es fiel ihm unsagbar schwer, die Lider zu öffnen. Die grelle Lichtflut der Mittagssonne blendete und jagte ihm die Tränen in die Augen.

Er lag im Gras, auf dem Rücken, und jeder Atemzug entfachte ein höllisches Feuer zwischen seinen Rippen. Jeder einzelne Knochen fühlte sich an, als wäre er mehrfach gebrochen und schief wieder zusammengewachsen.

Die Erinnerung überfiel ihn wie ein Blitz aus heiterem Himmel.

Der Fremde, der ihm in beinahe selbstmörderischer Absicht vors Auto gelaufen war, der Abhang ... Der Jeep hatte sich überschlagen, und er, Connor, war nach draußen geschleudert worden. Wie lange lag er schon im Gras? Sekunden nur, Minuten, oder gar länger?

Vier Meter unter ihm, am Fuß der Senke, lag der Jeep auf dem Dach. Er hatte bestenfalls noch Schrottwert. Zwei der Räder drehten sich noch; sie verursachten das monotone schleifende Geräusch.

Ächzend stemmte Connor sich auf den Ellenbogen hoch. »Doktor!« rief er. »Doktor, wo ...?« Aus dem zersplitterten Seitenfenster hing ein Arm, reglos, und eine dünne Blutspur rann über den Handrücken.

Connor taumelte vorwärts, stürzte, raffte sich von neuem auf und erreichte irgendwie das Auto. An verbeultem Blech zog er sich hoch und ignorierte die aufkeimende Übelkeit und den intensiven Benzingeruch. Mit aller Kraft rüttelte er an der verklemmten Beifahrertür. Er schaffte es nicht, sie auch nur einen Spalt weit zu öffnen.

Der Arzt hatte die Besinnung verloren. Kopfüber hing

er im Gurt, und vermutlich war es nur diesem Umstand zu verdanken, daß er den Unfall überlebt hatte.

Das Wrack, die nahen Bäume, der Hügel, alles begann sich um Connor zu drehen. Er taumelte und mußte sich festhalten, doch der Benzingeruch spornte ihn zur Eile an. Der Tank war nicht beschädigt, aber vermutlich eine Benzinleitung, und falls der auslaufende Treibstoff heiße Motorteile berührte, würde es ein ziemliches Feuerwerk geben.

Die Werkzeugkiste war fest verankert. Mit Klappspaten und Kreuzschlüssel bewaffnet machte Connor sich daran, die verklemmte Tür aufzuwuchten. Endlich gab das Blech nach, zentimeterweise zwar nur, aber immerhin.

Ein letzter heftiger Ruck ... Das Spatenblatt brach ab, und Connor taumelte rückwärts und stürzte. Benommen schüttelte er sich, zerrte mit den Händen am Fensterholm und klemmte schließlich den Kreuzschlüssel dazwischen. Brandgeruch stieg bereits in seine Nase, es stank nach verschmorten Isolationen. Mit letzter Kraft, schweißüberströmt, zerrte er endlich die Tür auf. Er wußte nicht, wieviel Zeit vergangen war, als er den Arzt vom Gurt befreit hatte und über die Wiese zerrte. Zehn, zwölf Schritt vom Jeep entfernt ließ er ihn einfach zu Boden gleiten.

Vor seinen Augen wogten Nebelschleier, und in seinen Ohren dröhnte noch immer das Klirren von Metall.

»Meine Tasche«, stöhnte Dr. Morrison. »Ich brauche meine Tasche.« Er schien glücklicherweise nicht ernsthaft verletzt zu sein, war nur ein wenig benommen, und das Blut auf seinem Handrücken stammte von einer Schnittwunde am Unterarm. Er wollte sich selbst aufraffen, aber Connor hielt ihn zurück. »Das mache ich, Doktor.«

Er mußte sich in das Wrack hineinzwängen, um die Tasche zu erreichen, die hinter die Sitze gerutscht war.

Der Brandgeruch war stärker geworden und trieb ihn zur Eile an.

Er schaffte es gerade noch, den Jeep mit der Arzttasche zu verlassen. Hinter ihm zuckte eine erste grelle Stichflamme auf. Erst jetzt bemerkte er, daß inzwischen wesentlich mehr Benzin ausgelaufen war, als er befürchtet hatte; das Feuer breitete sich rasend schnell im Umkreis von mehreren Metern aus und fand überall reichlich Nahrung.

Das Wrack explodierte in einem grellen Glutball. Die Druckwelle fegte Connor von den Beinen, und er spürte, wie sengende Hitze über ihn hinwegstrich. Ein völlig deformiertes, armlanges Metallstück bohrte sich eine Handbreit neben ihm in den Boden. Dann übertönte das Prasseln des lichterloh brennenden Jeeps jedes andere Geräusch. Dichter, schwarzer Qualm wälzte sich träge durch die Senke und erreichte den Waldrand.

Connor blinzelte verwirrt. Offenbar spielten ihm seine überreizten Sinne einen Streich. Schon seit Jahren standen hier nur noch vereinzelt ein paar Bäume, aber keineswegs ein Wald. Trotzdem schimmerten die Silhouetten ungezählter Eichen durch den Rauch.

»Ihre Tasche, Doktor. Können Sie die letzten beiden Kilometer zu Fuß gehen?«

Morrison blickte ihn überrascht an. »Wenn Sie damit fragen wollen, ob ich einen Arzt brauche – nein! Unkraut vergeht nicht, müssen Sie wissen, außerdem habe ich schon andere Karambolagen als diesen kleinen Überschlag überstanden.« Er stutzte. »Wo ist übrigens der Bursche, der Ihnen in den Weg gelaufen ist?«

Das hätte Connor allerdings auch gerne gewußt. Der Kerl schien sich klammheimlich verdrückt zu haben.

Ein Schrei erklang und brach abrupt ab. Unvermittelt spürte der Butler Morrisons Hand auf seinem Arm. Das

Gesicht des Arztes drückte eine wachsende Besorgnis aus.

Irgendwo vor ihnen erklangen jetzt eindeutige Geräusche.

Waffenklirren! Schwerter, die hart aufeinanderprallten.

Wieder ein Schrei, langanhaltend, gellend. Er endete mit einem erstickten Gurgeln. Sogar Connor konnte sich nicht gegen den eisigen Schauder wehren, der ihn jäh überfiel.

»Was ist das?« fragte der Arzt beklommen. Er hatte Connor wieder losgelassen und fuhr sich mit der Hand durch sein schütteres weißes Haar. »Was geht da vor?«

Dreißig, allerhöchstens vierzig Schritte waren sie von der Straße entfernt, die jetzt allerdings kaum mehr war als ein von Wagenspuren markierter Pfad quer durch einen Wald, der nach menschlichem Ermessen nicht existieren durfte.

Connor zwickte sich in die Wange. Der Schmerz war real, aber dennoch hatte er das Gefühl, daß er träumte. Das alles war doch nur ein böser Spuk?

Dudelsackklänge vermischten sich mit den Schreien und dem Stöhnen der Kämpfenden und dem Klingen der Waffen. Auf der Hügelkuppe erschienen die Silhouetten mehrerer Reiter, die Befehle in das herrschende Chaos brüllten.

»Warum haben Sie mir nichts davon gesagt, daß hier ein Film gedreht wird?« fragte Morrison verwirrt. Er machte einige rasche Schritte vorwärts, wandte sich zu Connor um und ging danach entschlossen weiter.

»Weil ich es nicht wußte«, erwiderte der Butler schwach. »Warten Sie, Doktor, seien Sie vorsichtig! Ich –«
Er träumte. Ein überaus realistischer Traum zwar, doch eben nur ein Traum. Aber trotzdem roch er den feuchten Waldboden und die Baumrinde, und die Sonne stand

schräg im Nachmittag, und in ihren düster einfallenden Strahlen sah er die Pferde dampfen. Offenbar waren die Tiere sehr schnell geritten worden.

Mit zwei, drei weit ausgreifenden Schritten holte er Morrison ein und hielt ihn an der Schulter zurück. »Das ist nicht Hollywood«, stieß er abgehackt hervor. »Fragen Sie mich nicht, wie, aber hier wird die Vergangenheit lebendig ...«

Tote, Sterbende und Verwundete lagen auf dem Schlachtfeld. Connor hatte den Eindruck, daß hier mindestens zweihundert zu allem entschlossene Krieger aufeinandergeprallt waren. Und die eine Partei trug die Tartans der Sutherlands, mattgrüne und graublaue Karos, dunkel schraffiert voneinander abgesetzt und von breiten roten Streifen sowie schmalen weißen Linien durchzogen, ein mehrfaches Sett, wie die Karos der Hochland-Tartans heute genannt werden.

Noch blieben Connor und der Doktor unbehelligt, doch das konnte sich jeden Moment ändern. Und einem scharfen Schwert oder einem Pfeil hatten sie herzlich wenig entgegenzusetzen.

»Wir müssen zurück«, raunte Connor. »Zumindest auf dem direkten Weg schaffen wir es momentan nicht bis Oake Dùn.«

Sie kamen trotzdem nicht weit.

Hufgetrappel folgte ihnen und holte sie ziemlich schnell ein. Schnaubend stieg ein Wallach vor ihnen auf die Hinterhand, von seiner Reiterin im engen Bogen herumgerissen. Die Spitze ihres Schwertes zielte auf Connors Brust.

Die Frau brauchte nur zuzustoßen, um ihn zu töten. Aber daran dachte Connor in dem Moment nicht. Er fragte auch nicht, wie es möglich war, daß eine Schlacht, die wahrscheinlich vor Jahrhunderten an diesem Ort getobt hatte, sich jetzt und hier und vor seinen Augen erneut abspielen konnte.

Wie versteinert stand er da und starrte die Frau an.

Sie war jung, höchstens fünfundzwanzig. Das rote Haar fiel ihr in wallenden Locken auf die Schultern. Sie trug eine leichte Rüstung aus Brustpanzer und Beinschutz und am linken Unterarm einen runden Schild, den gegnerische Axthiebe längst tief eingekerbt hatten. Das Schwert handhabte sie mit der Geschicklichkeit einer Meisterin, die seit frühester Kindheit mit Waffen vertraut war.

»Wer bist du?« Ohne sein Zutun kamen die Worte über Connors Lippen. »Sag mir deine Namen!«

Wie einen Geist starrte er die Frau an, und etwas Ähnliches war sie wohl auch. In ihren Augen brannte ein verzehrendes Feuer. Sie war eine Schönheit, aber dennoch brachte sie den Tod über ihre Feinde. Ohne jede Regung erwiderte sie Connors Blick.

Er kannte sie, ihr Antlitz war ihm so vertraut wie sein eigenes Spiegelbild. Oft genug hatte er ihre makellose Schönheit bewundert.

Und doch wußte er ihren Namen nicht.

Er besaß nur ihr Bild, das zu seiner spärlichen privaten Habe gehörte und das er wie seinen Augapfel hütete. Es war nicht groß, gerade so wie seine Handfläche, aber sie wirkte darauf wie eine Göttin.

Das Bild war alt, er hatte keine Ahnung, wer es gemalt hatte und wann. Er wußte nur, daß es in seiner Familie von Generation zu Generation vererbt worden war. Seine Mutter hatte ihm das Porträt an seinem achtzehnten Geburtstag geschenkt.

Dieser Frau, hatte sie gesagt, hätten die Highlands viel zu verdanken. Und sie würde *ihm* den Weg weisen. – Anfangs hatte er viel über den Sinn dieser Worte nachgegrübelt, irgendwann aber aufgehört, sich Gedanken zu machen. Jetzt war alles wieder da.

Morrison zerrte ihn in dem Moment zurück, in dem die Klinge einen blitzenden Halbkreis beschrieb. Doch Connor war sicher, daß das Schwert ihn nicht getötet hätte.

»Warte!« rief er, als die Frau unvermittelt ihrem Pferd die Zügel schießen ließ. »Bleib!«

Sie verschwand zwischen den Kämpfenden.

»Connor, Sie kennen diese Frau?« fragte Dr. Morrison verwirrt. »Was bedeutet das alles?«

»Ich wäre froh, Doktor«, sagte er, »wüßte ich darauf eine Antwort.«

»Schon wieder«, murmelte Mortimer verärgert. Mißbilligend betrachtete er die wurmstichige Truhe, deren Deckel heute schon zum zweitenmal offenstand – obwohl er sich genau daran erinnerte, daß er ihn abgesperrt hatte. Jemand legte es darauf an, ihn zu ärgern. Womöglich das Stubenmädchen, aufsässig wie alle jungen Leute heutzutage – erst vor wenigen Tagen hatte es einen erregten Disput wegen ihrer Kleidung gegeben. Auf Oake Dùn fand schließlich keine Fleischbeschau statt, und es ging nicht an, daß sie Röcke trug, die wie breite Gürtel wirkten.

Der zweite Verdächtige war Keswick, der Haustechniker. Auch ihm hatte Mortimer eine ordentliche Standpauke gehalten, weil ölverschmierte Hände auf hellem Putz nun einmal häßliche Flecken hinterließen. Keswick hatte Mortimer einen senilen Wichtigtuer genannt, eine schamlose Beleidigung, für die Sir Ian ihn zur Räson bringen mußte. Leider hatte Mortimer bislang keine Gelegenheit gefunden, den Earl davon zu unterrichten, aber inzwischen wurde das Sündenregister der beiden umfangreicher.

In der Truhe lag nur altes Gerümpel, rostige Rüstungsteile, ein geflammtes Kurzschwert, alte Werkzeuge, die der Verwalter draußen auf den Weiden und in der Nähe des Lochs gefunden hatte und die irgendwann zur Restaurierung anstanden.

»Nicht mit mir«, schnaubte Mortimer, als er den Deckel zuklappte und erneut abschloß. Diesmal zog er den kunstvoll geschmiedeten schweren Schlüssel ab. Für einen Moment wog er ihn in der Hand und wollte ihn einstecken, aber dann besann er sich eines Besseren. Wieso sollte er sich damit herumplagen? Im angrenzenden Salon gab es eine Menge geeigneter Verstecke, an denen weder das Zimmermädchen noch Keswick suchen würden. Er durfte nur nicht vergessen, wo er den Schlüssel deponierte.

Manchmal war Mortimer schrullig und verschroben. Doch darauf angesprochen, hätte er das vehement abgestritten. Eigene Fehler einzusehen fiel schwer, solange er durch die vermeintlichen Schwächen seiner Mitmenschen davon abgelenkt wurde.

Als Mortimer den Salon betrat, schlug ihm eine unangenehme Kälte entgegen. Jemand hatte sämtliche Fenster aufgerissen, aber wie üblich vergessen, sie wieder zu schließen. Wahrscheinlich das Zimmermädchen. Also war sie das auch mit der Truhe gewesen. Grummelnd schlurfte Mortimer quer durch den Raum und schloß nacheinander alle Fenster. Ohne ihn würde Oake Dùn innerhalb weniger Tage im Chaos versinken; er mochte sich gar nicht vorstellen, wie es einmal sein würde, wenn er nicht mehr hinter jedem und allem ...

»Weshalb so verbissen, Mortimer?« fragte urplötzlich eine sanfte, einschmeichelnde Frauenstimme. »Das

Leben kann schön sein, wenn man sich nicht selbst quält.«

Unendlich langsam wandte der Diener sich um. Aber niemand war zu sehen.

»Miss Neacail, kommen Sie her!« rief er unsicher. »Sofort!«

»*Ich* habe zu dir gesprochen, Mortimer«, erklang die sanfte Stimme von neuem.

Sein Blick wanderte durch den Raum, unruhig und verwirrt, und blieb schließlich an dem unscheinbaren ehernen Dreibeinhocker hängen. »Du?« Mortimer wußte, daß der Hocker sprechen konnte, wenngleich ihm bislang rätselhaft geblieben war, welcher Trick das ermöglichte.

»Komm her zu mir!«

Mortimer schlurfte über den Parkettboden. Bevor er wie gewöhnlich über den Rand des Teppichs stolperte, blieb er stehen.

»Ich denke gar nicht daran«, schnaubte er. »Komm du zu mir!«

Ein Irrenhaus! Natürlich.

Früher war Oake Dùn noch ein ruhiges, gemütliches altes Schloß gewesen, abgeschieden vom Rest der Welt, eine Oase der Ruhe, in der die Zeit stehengeblieben zu sein schien. Doch mit dem Tod von Sir Ians Vater hatte sich das grundlegend geändert. Nichts war mehr so wie vor zwanzig Jahren. Technische Spielereien bestimmten das Bild, der Hubschrauber hatte die gute alte Pferdekutsche ersetzt, die Wiesen wurden nicht mehr mit der Sense gemäht, sondern ein stinkender kleiner Traktor erledigte die Arbeit, und fremde Gesichter brachten Unruhe ins Haus.

»Mortimer«, wiederholte die sanfte Stimme. »Ich brauche dich.«

Wann hatte ihn jemand so einschmeichelnd gebeten? Während der letzten zwanzig Jahre sicher nicht.

An einem Eck stand der Teppich leicht nach oben. Das war genau die Stelle, an der er immer hängenblieb. Selbst feuchte Tücher und ein schweres eisernes Bügeleisen konnten die Delle inzwischen nicht mehr wegzaubern. Diesmal hob Mortimer die Füße. Ein Lächeln stahl sich auf sein Antlitz, als er die tückische Kante überquerte, ohne ins Taumeln zu geraten.

»Na also«, murmelte er, zum erstenmal an diesem Tag mit sich und der Welt zufrieden. Sein einziger Fehler war, daß er sich noch einmal umwandte, ohne stehenzubleiben. Prompt stieß er, rückwärts gehend, gegen einen Stuhl, versuchte zwar noch, dessen Lehne zu umklammern, doch der Anprall war zu heftig gewesen, und der Stuhl entzog sich seinem Zugriff und kippte polternd um.

Vergeblich mit den Armen rudernd, taumelte Mortimer rückwärts. Ein ersticktes Gurgeln drang über seine Lippen, aber schon im nächsten Moment stieß er mit der Schulter auf Widerstand. Gläser klirrten, doch der Schrank hielt dem Aufprall mühelos stand. Bevor Mortimer überhaupt recht begriff, landete seine Kehrseite auf dem ausreichend weit vorspringenden Sockel des Möbelstücks. Pfeifend stieß er die vor Schreck angehaltene Luft wieder aus.

Ruhe fand er dennoch nicht.

»Zu deiner Linken ist ein Schubfach«, sagte die Frauenstimme. »Du findest darin einen Schreibblock, Kuverts und einen Füllfederhalter . . .«

»Ich weiß.«

»Nimm alles heraus und schreibe auf, was ich dir diktiere.«

»Und wenn ich nicht will?« In Mortimer erwachte die

Lust zum Widerspruch. Schließlich war er kein Stehaufmännchen, das nichts anderes zu tun hatte ...

»Auf Oake Dùn regiert bald das Erbe einer blutigen Vergangenheit«, sagte das Orakel. »In wenigen Stunden werde ich nicht mehr in diesen Mauern weilen, also erfülle meine Bitte. Oder willst du Sir Ian schaden?«

»Ich? Niemals!« Eifrig schüttelte Mortimer den Kopf. »Obwohl –«

»... obwohl dir vieles mißfällt?«

Ohne darauf einzugehen, fragte der greise Diener: »Du kennst die Zukunft? Ich kann es nicht glauben, aber ich habe gehört, wie Sir Ian und Connor sich darüber unterhalten haben.«

»Die Zukunft hängt von unserem Handeln ab, Mortimer. Versuche nie, sie zu ergründen, du könntest es nicht ertragen.«

»Aber ...«

»Schreibe jetzt!«

Die Feder kratzte übers Papier. Schwungvoll mal, dann wieder zaghaft und ungelenk. Mortimer dachte nicht darüber nach, was er hörte und niederschrieb, er vergaß die Worte in dem Moment, in dem die Tinte trocknete.

Drei Blätter beschrieb er, danach trennte er sie aus dem Block heraus, faltete sie peinlich genau zusammen und steckte sie in die Briefumschläge, die er ebenfalls mit einer Aufschrift versah. Es waren keine selbstklebenden Kuverts, also leckte er die Klebestreifen an – ebenso wie die Briefmarke, die er in dem Schub noch gefunden hatte.

Er wirkte wie in Trance, als das Orakel ihn nach einigen Minuten entließ.

Rennie Crieff war seit einigen Jahren für den Fahrzeugpark verantwortlich und fungierte zugleich als Chauffeur und zeitweise sogar als Mädchen für alles. An diesem 30. Dezember hatte er nahezu den ganzen Vormittag im Bootshangar verbracht, einer Höhle etwas abseits von Oake Dùn, die nur vom Meer her zu erreichen war oder vom Schloß aus durch einen uralten engen Fluchtweg, der einst unter unsagbaren Mühen teilweise durch gewachsenen Felsen geschlagen worden war. Inzwischen war der Stollen freilich mit elektrischer Beleuchtung ausgestattet, und Engstellen waren mit Preßlufthämmern erweitert worden. Außerdem sorgte ein leistungsstarkes Gebläse für täglichen Luftaustausch. Die Höhle selbst, auf natürliche Weise entstanden, war groß genug als Hangar für ein schnelles Motorboot, ein Luftkissenfahrzeug und sogar ein Wasserflugzeug.

Der Sturm der vergangenen Nacht und die Flut hatten Unmengen von Tang und allen möglichen Unrat angeschwemmt, die Crieff wie immer sofort beseitigte. Es war ein nicht ganz ungefährliches Unterfangen, auf den glitschigen Felsen vor der Höhle zu balancieren, aber mit seinen dreißig Jahren war er noch gelenkig genug, und außerdem machte ihm die Arbeit Spaß – endlich, nachdem er sich seit seinem sechzehnten Lebensjahr nacheinander in etlichen Branchen versucht, aber nie die Erfüllung gefunden hatte. Eine Banklehre hatte er abgebrochen, aber auch der Job als Versicherungsvertreter hatte sich als Reinfall erwiesen, ebenso wie die staubtrockene Materie bei einem Steuerberater. Erst eine zweite Lehrzeit in einer Autowerkstatt hatte seinen Neigungen mehr entsprochen, und auf etlichen Umwegen war er schließlich hoch im Norden Schottlands gelandet.

Er hätte selbst nicht geglaubt, daß ihm die Einsamkeit der Highlands so gut gefallen würde, doch die weitläufige karge Landschaft bildete einen angenehmen Kontrast zum Mief der größeren Städte im Süden. Die steilen Kliffs über der rauhen See hatten es ihm inzwischen ebenso angetan wie die vielen kleinen Lochs, die zum Teil ein Paradies für klettergewandte Angler waren. Er mochte die stillen, nüchtern-romantischen Highlands.

Nur was so alles an Unrat im Meer trieb, war schlichtweg eine Zumutung. Kaum ein Tag verging, an dem er nicht Dutzende leerer Dosen, Plastiktüten aus aller Herren Länder, schmutzige Ölkanister und allen möglichen sonstigen Wohlstandsmüll aus dem Wasser fischte. O nein, in die Stadt wollte er nicht mehr zurück.

Bis zum Mittag hatte er wie üblich die Fahrzeuge überprüft, wegen der Kälte der vergangenen Nacht vor allem den Frostschutz und den Ladezustand der Batterien, und er hatte die Felsen vor der Höhle gesäubert. Die Seeluft und die körperliche Tätigkeit machten hungrig, und die hundertsechsundfünfzig engen Stufen bis zum Schloß waren ebenfalls nicht zu unterschätzen.

Auf dem Weg zum Speiseraum für das Personal, der unmittelbar an die Küche angrenzte, kam ihm der Verwalter entgegen.

»Ich habe dich gesucht, Rennie«, begann Brendan sofort. »Ich brauche deine Hilfe.«

»Eigentlich wollte ich gerade essen –«

Brendan winkte ab. »Das muß warten. Mrs. Paddington ist ohnehin schon sauer, bei ihr kannst du heute nichts mehr verderben.«

»Na dann.« Crieff zuckte mit den Schultern. »Was steht an?«

»Eine Sache von einer halben Stunde, kaum mehr. Wir brauchen deine Wünschelrute.«

Der Mechaniker wußte, daß er vorerst nicht mehr erfahren würde. Manche Leute im Norden Schottlands, und dazu zählte er auch Brendan, waren zwar wortkarg, aber herzlich. Brendan wollte, daß er selbst seine Schlüsse zog, was immer vorgefallen war, und falls sie beide zu dem gleichen Ergebnis gelangten, konnte das nur von Vorteil sein.

Keine zehn Minuten später standen sie zusammen im Schafstall. Eine dunkle, braune Brühe glotzte ihnen aus der Tränke entgegen, und auf der Oberfläche der undefinierbaren Flüssigkeit schwammen bunt schimmernde Schlieren.

»Öl?« fragte Crieff verblüfft.

»Vor einer Stunde hat es angefangen«, erwiderte der Verwalter. »Seither fließt dieses stinkende Zeug aus dem Wasserhahn.« Demonstrativ drehte er den Zulauf auf. Sofort breitete sich ein intensiver Gestank nach Verwesung und Fäulnis aus. Das neu zulaufende Wasser hatte einen grünlichen Schimmer. Brendan betrachtete es mit einer Mischung aus Abscheu und Ekel. »Mrs. Paddington hat noch nicht Alarm geschlagen, also scheinen die Leitungen zum Schloß bislang sauber zu sein.«

»Ein Rohrbruch«, vermutete Crieff. »Irgendwo zwischen hier und der Quelle. Oder Probleme im Bereich der Pumpstation.«

»Die Pumpe ist in Ordnung, das habe ich mittlerweile überprüft.«

»Also doch die Zuleitung?« Rennie Crieff legte die Stirn in Falten. »Deshalb wolltest du, daß ich die Rute mitbringe?«

Der Verwalter nickte knapp. Die Stallungen und die ehemaligen Gesindehäuser, die heute nur noch zum Teil bewohnt waren, wurden separat mit Wasser versorgt. Das Schloß, ursprünglich nur auf mehrere Zisternen angewiesen, hatte Sir Ian erst vor knapp zwanzig Jahren ebenfalls an die Quelle anschließen lassen.

»Hoffentlich kann ich das Leck finden. Das Gelände ist nicht gerade einfach.«

»Du schaffst es«, behauptete Brendan.

Im Osten, kaum mehr als zwei Kilometer entfernt, wölkte schwerer Rauch auf. Der Verwalter war sicher, vor zehn Minuten noch nichts dergleichen bemerkt zu haben. »Seltsam«, murmelte er. »Das muß in unmittelbarer Nähe des Straße sein.« Ein Feuer zu dieser Jahreszeit war ungewöhnlich. Aber dann achtete er nicht mehr darauf, sondern folgte Crieff, der im Laufschritt den gepflasterten Hof überquerte. Drüben im Zwinger tobten die Hunde; er hatte sie heute noch nicht frei laufen lassen, weil er erst die Sache mit Nero verdauen mußte. Und Flora dachte schon gar nicht daran, sich mit den Tieren abzugeben.

Rennie Crieff benutzte eine Metallrute. Mit beiden Händen fest umklammert, weil der Ausschlag manchmal gewaltig war, hielt er sie in Brusthöhe vor sich.

In den vergangenen Jahren hatte es manche öffentliche Diskussion über Sinn oder Unsinn des Rutengehens gegeben; wissenschaftliche Untersuchungen waren durchgeführt worden, allerdings ohne zu brauchbaren Ergebnissen zu gelangen. Offenbar gab es hier wie überall mehr Scharlatane als wirklich Begabte. Brendan hatte erst vor einigen Monaten mit Sutherland eine längere Unterhaltung geführt, bei der Sir Ian die These vertreten hatte, daß unter bestimmten Voraussetzungen eine Art elektromagnetischer Wellen den menschlichen Körper treffe. Die langen Armmuskeln des betroffenen »Mediums« zögen sich dadurch zusammen, und die in Händen gehaltene Rute drehe sich entsprechend der Stärke des Impulses. Der Vorgang sei aber in keiner Weise von Art oder Größe der verwendeten Wünschelrute abhängig, sondern einzig und allein von der mentalen Aufgeschlossenheit und »Fühligkeit« des Rutengängers. Brendan hatte verstanden, wie die Erklärung gemeint war. Im Prinzip mußte das Aufspüren von Wasser oder anderen Leitern sogar möglich sein, wenn Crieff eine Mistgabel in Händen hielt, nur war ein derartiges Werkzeug eben zu schwer und reagierte nicht auf die schwachen Muskelreflexe.

Langsam schritt Crieff in östliche Richtung. Mehrmals hielt er kurz inne, und Brendan konnte sehen, daß die Spitze der Rute leicht nach unten zuckte.

Er hielt einige Schritte Abstand, weil er den Rutengänger nicht ablenken wollte.

Auf einmal begann Rennie schneller zu gehen. Seine Arme, die er leicht am Körper angewinkelt hielt, streckten sich nach vorne. Brendan sah winzige kleine Flammen über die Rute huschen, ein bläuliches Leuchten, das von der Spitze ausgehend auf den Körper übersprang.

Der Vorgang war keineswegs alltäglich, sonst hätte Crieff wohl nicht dieses schmerzvolle Stöhnen ausgestoßen. Gleichzeitig senkte sich die Rute mit einem gewaltigen Ruck. Rennie schrie auf. Ein blauer, flirrender Schein brach aus dem Boden empor, wirbelte ihm die Rute aus den Händen und hüllte ihn für Sekundenbruchteile ein.

Auch Brendan schrie gellend auf. Rennie stand zum Greifen nahe vor ihm, und er sah ihn durchscheinend werden wie hinter einem Röntgenschirm, sah seine Organe und das Knochengerüst, und dann stürzte Crieff stocksteif zu Boden. Es stank nach verbranntem Stoff.

»Rennie!« Ungeachtet der Gefahr, die ihm selbst drohte, warf Brendan sich nach vorne. Das blaue Leuchten, eine Art Überschlagsblitz, hatte sich ebenso schnell verflüchtigt, wie es entstanden war.

Crieffs Handflächen waren verbrannt, auch seine Handrücken wiesen Brandblasen auf, und die Ärmel der

Pelzjacke waren zu unansehnlichen Klumpen zusammengeschmort. Er atmete nicht mehr.

»Mein Gott, Rennie, komm zu dir!«

Der Mechaniker war tot.

Zumindest starb er unter Brendans Händen. Ein Puls war nicht mehr zu fühlen.

Entschlossen begann der Verwalter, Crieff zu beatmen. Mit aller Kraft drückte er auf den Brustkorb des Jungen, um das Herz wieder zum Schlagen zu bringen.

Zwischen zwei Atemzügen brüllte er um Hilfe, und er hoffte, daß irgend jemand ihn hören würde.

Tief in seinem Inneren wuchs die Verzweiflung, die ihn davon abhalten wollte, vergeblich um Crieffs Leben zu kämpfen. Er konnte es nicht schaffen. Ob nur Sekunden vergingen oder Minuten, er wußte es hinterher nicht. Diese wenigen Augenblicke waren wie ein böser Traum, der eine unendliche Leere zurückließ, das Gefühl, versagt zu haben.

Irgendwann, sein Herz hämmerte wie verrückt gegen die Rippen, jeder Atemzug trieb höllische Schmerzen durch seinen Brustkorb und sein Blick war von Tränen verschleiert, fühlte er sich zur Seite gezogen. Er war zu überrascht und inzwischen zu matt, um sich dagegen zur Wehr zu setzen, aber dann erkannte er Connor, und die Stimme des Butlers drang wie aus weiter Ferne an sein Ohr.

»Was ist geschehen, Mr. Brendan?«

»Rennie . . .!« Er wollte aufspringen, doch Connor hielt ihn mit eisernem Griff zurück.

»Beruhigen Sie sich! Der Doktor kümmert sich um Crieff – alles wird gut werden.«

Stockend begann Brendan zu erzählen. Connor unterbrach ihn nicht ein einziges Mal. Es war nicht viel, was er zu hören bekam, doch für den Butler fügte sich ein weiterer Mosaikstein in das Bild ungewöhnlicher Vorgänge rund um Oake Dùn.

»Mr. Crieff wird den Unfall überleben«, sagte in dem Moment Dr. Morrison, »und ich bin sicher, daß er außer einigen Brandnarben kein weiteres Andenken zurückbehalten wird.« Er wandte sich dem Verwalter zu: »Ich muß wohl nicht betonen, daß Sie völlig richtig gehandelt haben. Ohne Ihr beherztes Eingreifen hätten wir einen Toten zu beklagen.«

Brendan nickte nur.

»Ich habe Rauch gesehen, in unmittelbarer Nähe der Straße –«

»Zerbrechen Sie sich darüber nicht den Kopf«, erwiderte Connor. »Das war nur unser Jeep. Vermutlich ein Defekt in der Elektrik oder ein Bruch der Benzinleitung. Viel dürfte jedenfalls nicht übrig sein.«

». . . wie von Mr. Crieffs Wünschelrute.«

Morrison stand mehrere Meter entfernt und tippte mit dem Fuß gegen ein undefinierbares Gebilde. Erst als keine Reaktion erfolgte, wurde er mutiger und hob es – immer noch vorsichtig – mit zwei Fingern auf.

Es war ein ausgeglühtes Stück Metall, halb geschmolzen und tropfenförmig wieder erstarrt, ein Ende zu einem überdimensionierten surrealistischen Korkenzieher verbogen.

»Wollt ihr Oake Dùn zu einem Lazarett umfunktionieren?« Fragend blickte Dr. James Morrison in die Runde. Mit einer fahrigen Handbewegung wischte er sich eine widerspenstige Haarsträhne aus der Stirn. Eben hatte Leroy ihm eröffnet, daß Mrs. Paddington einen leichten Schwächeanfall erlitten hatte.

»Mir geht es schon wieder gut«, behauptete Sutherland

im Brustton der Überzeugung. »Kümmern Sie sich lieber um die anderen Patienten, Doc.«

»Wo kämen wir hin, wenn ich alles anfangen und nichts zu Ende führen würde?« wehrte Morrison ab. »Außerdem hat Ihre Köchin die Konstitution eines Walrosses.«

»Ich ebenfalls«, behauptete Sutherland.

Abschätzend wiegte Morrison den Kopf. Der matte Schimmer in Sutherlands Augen entging ihm keineswegs, ebensowenig wie die leichte Graufärbung der Haut. Außerdem perlte auf seiner Stirn und an den Schläfen feiner Schweiß.

»Ihren Arm, Sir Ian!«

»Ich brauche keine Spritze, die mich außer Gefecht setzt.«

»Habe ich das gesagt? Ich will Ihren Blutdruck messen.« Morrison legte die Manschette um den Oberarm. »Stillhalten!« bat er, während er aufpumpte und das Stethoskop auf die Ellenbeuge hielt. Er verließ sich lieber auf sein Gehör als auf die elektronischen Meßapparate.

»Hm«, murmelte er. »Für einen Mann Ihres Alters und Ihrer Konstitution zu niedrig. Außerdem flattert der Puls. Haben Sie Schmerzen?«

»Nein. Natürlich nicht.«

»Auch nicht im linken Brustbereich, ein Ziehen im linken Arm? Beklemmung?«

Sutherland schüttelte den Kopf.

»Den Oberkörper freimachen!«

»Hören Sie, Dr. Morrison, ich ...«

»Tief einatmen und mit offenem Mund schnaufen! Stärker! – Da sind Verspannungen im Bereich der Nackenwirbel. Hatten Sie in letzter Zeit sehr viel Schreibtischarbeit?«

»Nicht, daß ich wüßte.«

»Weiter schnaufen. Gut so. – Jetzt legen Sie sich auf den Rücken. Entspannen Sie sich.«

Mit beiden Händen griff Morrison zu und bohrte seine Fingerspitzen in Sutherlands Bauchdecke. Zweimal zuckte Sir Ian unvermittelt zusammen, als Dr. Morrison nahezu jeden Quadratzentimeter seines Rückens intensiv abtastete. »Sie haben Hände wie ein Schmied«, beschwerte er sich.

»Und Sie eine völlig verspannte Muskulatur. Es sollte mich nicht wundern, wenn Sie morgen wie ein alter Mann am Stock daherkommen.« Er öffnete eine Ampulle und zog mit dem Inhalt eine Spritze auf. »Ich injiziere Ihnen ein Mittel zur Entspannung, kombiniert mit Vitamin B. Danach werden Sie sich besser fühlen, was aber nicht heißt, daß Sie sofort wieder Bäume ausreißen können. Treten Sie langsamer, überlassen Sie anderen die Arbeit – das dürfte Ihnen doch nicht schwerfallen.«

»Wollen Sie mir außerdem noch Urlaub an der See verordnen?« Sutherland spürte kaum den Einstich der Kanüle.

Dr. Morrison reagierte nicht auf die spitze Bemerkung. »Jetzt den Arm!«

»Wozu?«

»Ich nehme Ihnen Blut ab. Nur für alle Fälle, obwohl ich nicht glaube, daß die Laboranalyse einen Befund ergeben wird.« Mit einem Ruck zog er den Stauschlauch fest. »Lassen Sie die Hand zur Faust geballt! – So, das war's. Drücken Sie den Tupfer fest auf die Vene!«

»Und wann sagen Sie Connor, daß ich kerngesund bin, Doc?«

»Sobald Ihre momentane körperliche Schwäche abgeklungen ist. Sie sollten eine oder zwei Nächte ausschlafen, Sir Ian, kein Alkohol, und das Rauchen bitte einschränken. Denken Sie daran, Sir Ian – wir alle werden älter und damit anfälliger.« Er wandte sich an Leroy. »Wo finde ich Mrs. Paddington?«

»In der Küche.«

»Natürlich. Danke, aber Sie brauchen mich nicht zu begleiten, ich finde den Weg allein.«

Dr. Morrison mochte die Köchin von Oake Dùn. Seit sie sich vor Jahren gegenseitig eine Reihe nicht druckreifer Adjektive an den Kopf geworfen hatten, waren sie ein Herz und eine Seele. Der Streit war sozusagen ein reinigendes Gewitter gewesen – seither versuchte die Köchin nicht mehr, den Doktor von Behandlungsmethoden zu überzeugen, die er nicht vertreten konnte, und im Gegenzug dazu hielt er sich zurück, was das Abschmecken von Speisen mit exotischen Gewürzen anbelangte.

Eleonore Paddington saß auf der Eckbank in der Küche, hatte die Ellenbogen auf dem Tisch aufgestützt und den Kopf in den Handflächen vergraben. Sie sah nicht einmal auf, als der Doktor eintrat.

»Hallo«, sagte er. »Uns geht es nicht gut?«

»Uns?« echote die Köchin, ohne den Blick zu heben. »Wie es Ihnen geht, Doktor, weiß ich nicht. Aber ich hätte inzwischen sterben können.«

Er angelte nach einem Stuhl und setzte sich. »Solange Sie schimpfen, geht es Ihnen nicht schlecht.«

»Mir nicht, aber der Cremesuppe und dem Braten. Wie spät ist es jetzt?«

»Vierzehn Uhr, ungefähr.«

»Eben.«

»Ich fürchte, ich verstehe nicht ganz.«

»Niemand kommt zum Essen. Ich stehe mir am Ofen die Beine in den Bauch und plage mich, und dann das.«

»Sie hatten keinen Schwächeanfall?« argwöhnte Morrison.

Die Köchin hob endlich den Kopf und grinste ihn herausfordernd an. »Natürlich nicht. Sehe ich etwa so aus? Aber der Franzose kam mir gerade recht, der ist darauf reingefallen. Ziemlich besorgt war er, das kann ich Ihnen sagen –«

»Dann wäre das also abgeklärt. Es freut mich, Sie bei bester Gesundheit zu sehen, Mrs. Paddington.«

»Es freut Sie nicht, weil Sie nichts an mir verdienen«, behauptete die Köchin, und bevor der Arzt es sich versah, standen zwei dampfende Teller vor ihm. »Sie haben noch nichts Warmes im Magen, Doktor. Also greifen Sie zu! Eine gute Mahlzeit hilft gegen das flaue Gefühl, das Connor als Chauffeur hinterläßt – er fährt mitunter wie ein Verrückter.«

Das war in der Tat ein überzeugendes Argument. Morrison mußte wieder an die schemenhaften Krieger denken. Die Erscheinung hatte sich nach einer Weile verflüchtigt, wie eine Fata Morgana im flirrenden Sonnenglast. Er hatte mit Connor oder Sutherland darüber reden wollen, aber noch war nicht die Zeit dazu gewesen.

»Glauben Sie, daß Brendans Schäferhund wirklich Tollwut hatte?« fragte er unvermittelt.

Die Köchin schaufelte ihm ein zweites Stück Fleisch auf den Teller. »Nie und nimmer«, erklärte sie frei heraus. »Obwohl es den Anschein hat. Aber Nero war ein lammfrommes Tier, das können Sie mir glauben. Flora Brendan hat nur ein paar kleine unbedeutende Kratzer am Arm. Allerdings hätte die Sache schlimmer ausgehen können.«

Sie schenkte ihm ein Bier nach und schaute ihm beim Essen zu, und dabei blühte sie förmlich auf. Für sie war das die beste Therapie. Andererseits hatte Morrison wenig Lust, ihretwegen zu platzen. Er wehrte sich schließlich mit Händen und Füßen gegen ein drittes Stück Fleisch.

Anschließend suchte er die Frau des Verwalters auf.

Haarklein erzählte sie ihm, was während der Nacht vorgefallen war. Er äußerte sich kaum dazu, doch ihm wurde klar, daß alle Geschehnisse auf gewisse Weise zusammenhingen. Es war unbestritten, daß Tiere über einen sechsten Sinn verfügten, und es fanden sich genügend Beweise, daß Tiere Erdbeben ebenso vorhergeahnt hatten wie Wirbelstürme, Überschwemmungen oder Feuersbrünste.

Rein vorsorglich frischte er Flora Brendans Impfung gegen Wundstarrkrampf wieder auf. Das war alles, was er tun mußte. Mit der Feststellung, daß Nero, wie alle anderen Hunde auch, gegen Tollwut geimpft worden war, lösten sich sämtliche Befürchtungen in Wohlgefallen auf.

Kurz nach 15 Uhr saßen Dr. Morrison, Ian Sutherland, Connor und Leroy in der Bibliothek zusammen. Sutherland fühlte sich zwar nicht wie neugeboren, aber doch besser als während der letzten Tage. »Wir werden herausfinden, welcher Spuk Oake Dùn heimsucht«, sagte er zuversichtlich. »Ich bin sicher, es gibt für alles eine vernünftige Erklärung.«

»Vielleicht finden Sie Spuren, unten, in der Nähe des ausgebrannten Jeeps«, sagte Dr. Morrison nachdenklich. »Obwohl, wenn ich es recht bedenke, erscheint mir das doch einigermaßen unwahrscheinlich. Die einzigen Spuren dürften die von Mr. Connor und mir sein.«

»Besteht die Möglichkeit, daß es sich um eine bloße Luftspiegelung gehandelt hat?« wollte Leroy wissen.

»Wohl nicht in unseren Breitengraden und bei den derzeitigen Wetterbedingungen«, erwiderte Sutherland, ehe einer der anderen antworten konnte.

»Wir hatten den Eindruck, daß die Kämpfenden real waren«, sagte Connor. »Obwohl – berührt haben wir keinen von ihnen, nicht einmal die Bäume. Es waren Eichen, und die Chroniken berichten von ausgedehnten Eichenwäldern rings um Oake Dùn.«

»Das heißt, die Vergangenheit wurde lebendig?« fragte Leroy. »Einfach so. Man schnippt mit den Fingern und –«

»Nicht einfach so«, wandte Morrison ein. »Es mag verrückt klingen, aber Sie sehen mich gar nicht so entsetzt, wie es jeder andere an meiner Stelle möglicherweise wäre. Das liegt wohl daran, daß ich hin und wieder Berichte über, na, sagen wir, übersinnliche Phänomene lese. Eigentlich hielt ich derartige Artikel bis heute für geschickt inszenierten Betrug, Geldschneiderei oder die Erfindung von Wichtigtuern.«

»Nun nicht mehr?« fragte Sutherland.

»Ich muß ehrlich sagen, ich weiß es nicht. Andererseits gibt es sicher Dinge zwischen Himmel und Erde, von denen unsere Schulwissenschaft heute noch nichts ahnt. Allein wenn ich daran denke, daß Computer vor vierzig oder fünfzig Jahren als Hirngespinste von Science Fiction-Autoren abgetan worden wären.«

»Sie werden hoffentlich nicht die Presse mit der Nase auf diesen Fall stoßen, Doktor.«

Morrison seufzte ergeben, dann schüttelte er den Kopf. »Ich möchte meine Arztpraxis gerne noch ein paar Jahre weiterführen und nicht vor allen Patienten als verkalkter Spinner dastehen. Nein, Sir Ian, so verrückt bin ich nicht.

Aber was so verschiedene andere angebliche Vorkommnisse betrifft ... Kennen Sie die Erzählung vom Geisterheer von Loe Bar?«

Sowohl Pierre Leroy als auch Connor schüttelten den Kopf. Lediglich Sutherland nickte bedächtig.

»Soll ich trotzdem ...?« fragte Morrison.

»Natürlich«, sagte Ian. »Manche Geschichten verändern sich im Laufe der Jahre. Die Möglichkeit besteht, daß Sie eine andere Version parat haben.«

»Womit bewiesen wäre, daß die Erzählung erfunden ist? Wollen Sie das wirklich behaupten, Sir Ian? Ausgerechnet Sie, der Sie sich mit allem befassen, was irgendwie mysteriös aussieht?« Bedächtig nippte er an dem Scotch, den er vor sich stehen hatte. Er zwirbelte seinen weißen Oberlippenbart. »Loe Bar liegt in Cornwall, an einem Küstenabschnitt, in dessen Nähe der Sage nach König Artus den Tod fand. Es war 1936, als der damals sechzehnjährige Stephen Jenkins sich an diesem Küstenabschnitt unvermittelt einer Schar mittelalterlicher Krieger gegenübersah. Sie trugen Kettenhemden und rote, weiße oder schwarze Umhänge, und die Pferde waren mit entsprechenden Schabracken behängt. Ein Hüne, auf sein Schwert gestützt, soll Jenkins herausfordernd entgegengeblickt haben, doch als der Junge sich einen Schritt nach vorne wagte, löste sich die Erscheinung auf.

Seinerzeit wurde die Geschichte als Phantasie eines Pubertierenden abgetan. Nahezu unglaublich ist allerdings, daß eben dieser Jenkins achtunddreißig Jahre später an denselben Ort zurückkehrte, diesmal jedoch in Begleitung seiner Frau und im reifen Alter von vierundfünfzig, in dem man sich eigentlich keine Räuberpistolen mehr zusammenreimt, oder es zumindest nicht mehr nötig hat. Und diesmal haben beide das Trugbild gesehen, die Krieger in voller Rüstung mit Feldzeichen und Waffen.

Mrs. Jenkins hat später Zeichnungen angefertigt, die von Historikern hinsichtlich der Gewänder und anderer Details als in jeder Hinsicht zutreffend anerkannt wurden.«

Herausfordernd blickte Dr. Morrison in die Runde.

Leroy schürzte die Lippen. Ein flüchtiger Blickkontakt mit Connor hatte ihm verraten, daß sie beide das selbe dachten. Der Archäologe Tom Ericson und die Anthropologin Gudrun Heber waren bei der Erforschung des Geheimnisses der Kornfeldkreise in der Nähe von Oake Dùn nach Stonehenge verschlagen worden und dort Zeugen einer Zeremonie geworden, die einige Jahrhunderte früher stattgefunden haben mußte.*

»Jenkins hat eine Zeitlang behauptet, daß die gespenstischen Krieger in Cornwall infolge von Erdenergien sichtbar wurden, die an Schnittpunkten von *leys* austreten. Leys, das sollen Energielinien sein, in deren Nähe sehr viele prähistorische Stätten, Dolmen, heidnische Altäre und sogar mittelalterliche Kirchen liegen, von Steinkreisen und Megalithen ganz zu schweigen. Vor rund fünfzehn Jahren wurde es allerdings ruhig um Jenkins, ich glaube, er hatte damals genug Anfeindungen und Spott ertragen müssen.«

»Sie kennen ihn?« wollte Morrison wissen.

»Nein. Aber mir ist die Theorie geläufig, nach der Loe Bar auf einer Energielinie liegen soll, die durch Landewednack Church und Breage Church verläuft.«

»Welche Linien verlaufen in der Nähe von Oake Dùn? Falls nicht gerade ein Starkstromkabel unterirdisch verlegt wurde, würde das die deformierte Wünschelrute erklären. Was sagt Mr. Crieff inzwischen dazu?«

»Rennie kann sich an nichts erinnern«, antwortete Leroy. »Er weiß noch, daß er die Rute in die Hand nahm, aber dann setzt seine Erinnerung erst wieder ein, als er im Bett liegt. Ich glaube, er ist ziemlich sauer, daß er seiner Hände wegen eine Weile nicht arbeiten kann.«

»Ich lasse Ihnen Medikamente da: Tabletten, falls die Schmerzen zu stark werden, und eine gute Brandsalbe.«

* siehe Band 13 765, Auf den Spuren von Atlantis, Buch 4 ›Das Erbe von Stonehenge‹

Morrison schaute auf die Uhr. »Schade«, sagte er. »Nun fällt mein Besuch bei den Enkelkindern wohl endgültig ins Wasser. Ich werde sie auf nächstes Jahr vertrösten.«

»Sie wollten nach Lairg, sagten Sie, wenn ich mich recht entsinne«, wandte Connor ein. »Das sind knapp sechzig Kilometer Luftlinie. Ob ich Sie nach Thurso zurückbringe, oder ob wir mit dem Hubschrauber nach Süden fliegen, bleibt ziemlich gleich. Was halten Sie davon, Doktor, wenn wir das Angenehme mit dem Nützlichen verbinden?«

Das mußte Connor nicht zweimal fragen.

Zwanzig Minuten später startete der Hubschrauber. Leichter Nebel kroch bereits wieder über die Klippen herauf. Hinter dem Helikopter lösten sich zwei schemenhafte Gestalten aus dem Schatten des Westturms. Die Farben ihrer Kilts wiesen sie nicht als Angehörige des Sutherland-Clans aus. Die Schwerter in ihren Händen waren schartig und blutbefleckt.

Die Hunde schlugen an, doch ihr Bellen verhallte im Lärm des in geringer Höhe fliegenden Helikopters.

Augenblicke später waren beide Krieger so spurlos verschwunden, als hätten sie nie existiert.

Das Alte zerbricht unter der Last, wenn es nicht befreit wird. Aber Gebrechen heilt kein Arzt, nur ein Opfer kann helfen. Pierre Leroy hatte den Orakelspruch aufgeschrieben, um ganz sicherzugehen, daß er nichts verdrehte. Der Sinn war so rätselhaft wie der aller anderen Prophezeiungen vorher.

»Anzunehmen, daß sich beide Sätze auf Mrs. Paddington beziehen, erscheint mir keineswegs einleuchtend«, sagte Ian Sutherland. »In der Hinsicht müssen Sie sich irren.«

»Das Orakel reagiert verwirrt«, erwiderte der Franzose. »Ich hatte den Eindruck, daß es Mrs. Paddington für die Pythia hielt und in Erinnerungen schwelgte. Ausgerechnet die Köchin ...« Er schmunzelte. »Falls wirklich Energielinien in der Nähe von Oake Dùn verlaufen und sie sich während der letzten Wochen verändert haben, besteht die Gefahr, daß das Orakel davon beeinflußt wird.«

»Damit wäre der Hinweis auf das Gebrechen erklärt, das kein Arzt heilen kann, und ein Opfer wäre es, das Orakel fortzuschaffen, an einen sicheren Ort.«

»Wie viele Deutungen sind noch möglich?« fragte Leroy.

»Wir sollten uns die Antwort von jemandem geben lassen, der es wissen muß«, erwiderte Sutherland.

Pierre verstand, daß er selbst in dem Moment wohl ein ziemlich dummes Gesicht gemacht hatte, andernfalls wäre Sir Ians joviales Schulterklopfen unnötig gewesen.

Niemand hielt sich im Salon auf, als sie den großen Raum betraten. Einige wenige Strahlen der Spätnachmittagssonne hatten sich ebenfalls hierher verirrt; in ihrem Widerschein schimmerte der Dreibeinhocker bronzefarben.

Leroy zupfte den Teppich zurecht, der an einem Eck hochgeschlagen war. Er schürzte die Lippen, als er Sutherlands forschenden Blick auf sich ruhen fühlte.

»Wir brauchen deine Hilfe, Orakel!« eröffnete der Earl.

Er erhielt keine Antwort.

»Du weißt, was wir dich fragen wollen?«

Die gleißende Lichtbahn verdunkelte sich und erlosch teilweise. Für einen Moment glaubte Leroy, daß diese Veränderung vom Orakel ausging, doch wurde wohl nur der Nebel dichter, der gegen die Mauern des Schlosses anbrandete.

Urplötzlich erklang die Stimme des Orakels: »Umsonst ist nur der Tod!«

»Was sollen wir dir geben? Was willst du?«

»Ein Almosen?« Der Ausruf hallte in vielfachem Echo zurück. Er klang beinahe wie ein Aufschrei. »Sag selbst, Ian Sutherland: Was kann sich jemand wünschen, der Vergangenes und Zukünftiges kennt? Alles, was Menschenhand zu geben vermag, wird zu wertlosem Tand im Lauf der Zeit.«

»Du bist krank?« fragte Leroy.

Schweigen.

»Wir wissen, daß Energieströme aus dem Erdinnern aufgebrochen sind ...«

»Gar nichts wißt ihr.« Das klang belustigt. Aber schon der nächste Satz entbehrte nicht einer Dramatik, die jedem Schauspielschüler zur Ehre gereicht hätte: »Ihr könnt nur vermuten, aber ihr wißt nicht einmal, daß ihr nichts wißt.«

»Dann hilf uns, die Dinge zu verstehen, wie sie wirklich sind!«

Ein leises Lachen erfüllte den Salon. Innerhalb von Augenblicken steigerte es sich zum hysterischen Meckern und brach auf dem Höhepunkt ab.

»Die Erdstrahlung irritiert dich«, sagte Sutherland. »Wie können wir dich dagegen abschirmen?«

»Fred the Frog
Is very ill.
To get him well,
Drop him a pill!« deklamierte das Orakel einen englischen Kinderreim. Die helle Stimme, in der es das Gedicht vortrug, paßte dazu wie die Faust aufs Auge.

Leroy und Sutherland blickten sich entgeistert an. Sie hatten einiges befürchtet, aber nicht, daß die Störung so schlimm sein würde.

Leroy umfaßte zwei Beine des Hockers und hob ihn hoch. »Hör zu!« sagte er scharf. »Wenn du willst, daß dir geholfen wird, mußt du uns sagen, was wir tun sollen.«

»Du tust mir weh!« Ruckartig stellte er den Dreibeinhocker an seinen alten Platz zurück. Erst allmählich wurde ihm richtig bewußt, welche Kräfte in Oake Dùn ihr Unwesen trieben, wenn selbst das seit Jahrtausenden existierende Orakel verwirrt reagierte.

»Was bedeutet dein Spruch ›Gebrechen heilt kein Arzt, nur ein Opfer kann helfen‹?« fragte Sutherland. »Ich bin bereit, jedes Opfer zu bringen, das du verlangst.«

»Jedes?« echote das Orakel.

»Wenn es dir hilft!«

»Es hilft dem Vogel, der von Osten kam.« Wieder dieses irritierende Gelächter, leise im einen Moment, im nächsten schrill und aufgekratzt.

»Valerie? Du sprichst von Valerie! Natürlich. Kein Arzt konnte ihr helfen. Aber welches Opfer?«

Lange Zeit war Schweigen. Sutherland stand da, scheinbar zur Salzsäule erstarrt, und wandte den Blick nicht vom Orakel. Dann endlich kam die Antwort.

»Der Wurm fraß den Vogel,
und vergiftete sein Denken.
Nur auf dem Dach der Welt
sind die Gedanken frei.«

»Das Kloster Gompa! Du sprichst von Paldan Manjushi!« sagte Pierre verblüfft.

»Bringt mich zu ihm, aber wartet nicht lange!« Die angenehm modulierte Stimme kippte erneut um. Heiser krächzte sie weiter: »Denn wer nicht kommt zur rechten Zeit, der muß seh'n, was übrig bleibt.«

»Ich fürchte, uns bleibt wirklich nicht viel Zeit«, murmelte Sutherland. »Sobald Connor zurück ist, muß er mit dem Orakel nach Indien fliegen.«

»Sie glauben, Sir, daß wir auf diese Art Valerie helfen können?«

»Ich hoffe es, Monsieur Leroy, das ist alles. Und ich hoffe, daß uns hier nicht noch größere Probleme erwarten.«

Genau diese Probleme bahnten sich bereits an.

Es begann mit einem Kurzschluß, der die Stromversorgung des Westflügels lahmlegte. Das Notstromaggregat reagierte nicht.

Waffenklirren hallte durch das Schloß, begleitet von schaurigem Kampfgeschrei. Leroy, der einen Bandmitschnitt anfertigen wollte, stellte resignierend fest, daß nicht nur die Stromversorgung unterbrochen war, sondern daß auch die Batterien im Rekorder versagten. Auch der Funkverkehr war lahmgelegt; Pierre konnte Connor, der sicherlich inzwischen auf dem Rückflug war, nicht informieren.

Die Tiere spielten wieder verrückt. Drei der wertvollen Zuchtpferde brachen aus ihren Boxen aus und tobten über den Hof. Das verängstigte Blöken der Schafe war ebenfalls bis ins Schloß zu hören.

Gemeinsam versuchten der Stallbursche O'Shanter und Flora Brendan, die Pferde wieder einzufangen. Es war ein sinnloses Unterfangen, trotzdem schaffte O'Shanter das Kunststück, einer Stute ein Seil um den Hals zu schlingen.

»Jetzt Sie, Mrs. Brendan!« rief er mit sich überschlagender Stimme. »Schnell!«

Er konnte das Tier nicht lange genug halten. Wild wiehernd stieg die Stute auf der Hinterhand hoch und keilte mit den Vorderbeinen aus. Ein hölzerner Schubkarren zersplitterte in seine Einzelteile. Unaufhaltsam glitt das

Seil durch O'Shanters Hände und riß ihm das Fleisch von den Knochen.

Die Stute kam frei, warf sich herum und galoppierte auf Flora Brendan zu.

»Weg! Laufen Sie!« brüllte der Stallbursche.

Ungläubig starrte sie dem Tier entgegen und reagierte erst, als die Hufe schon herabzuckten. Im allerletzten Moment warf sie sich zur Seite und hetzte davon. Die Stute folgte ihr.

Flora hechtete über den hölzernen Wassertrog und wälzte sich dahinter blitzschnell in Deckung. Ein mächtiger Schatten sprang über sie hinweg.

»Mrs. Brendan!« rief O'Shanter. »Halten Sie den Kopf unten!« Mit einer Schaufel gegen die nächste Scheunenwand dreschend, veranstaltete er einen Höllenlärm. Er schaffte es tatsächlich, das immer noch auskeilende Tier abzulenken.

Unvermittelt brüllte Flora los: »Die Hunde brechen aus! Wir müssen zum Schloß!«

Sie konnte den Zwinger sehen und die drei Hunde, die wie toll gegen die Gitter anrannten und ihre kräftigen Reißzähne in den Maschendraht schlugen. Ein Loch klaffte bereits in der Seitenwand.

Flora Brendan sprang auf und rannte wie von Furien gehetzt los. Blinde Panik erfüllte sie. Bis zum Schloß waren es mehr als hundert Meter. Die Stallungen und die Scheune lagen näher, aber dort hätte sie sich nicht sicher gefühlt.

»Jim!« kreischte sie. »Die Hunde!«

Die Vorstellung, was geschehen würde, wenn sie es nicht rechtzeitig schaffte, ließ ihr Herz wie rasend gegen die Rippen pochen. Die Hunde würden sie zerfleischen. Sie taumelte, verlor die Orientierung. Von einem Moment zum anderen wurde ihr schwarz vor Augen.

Unvermittelt fühlte sie sich von kräftigen Fäusten gepackt und vorwärts geschleift. Das Tempo konnte sie nicht mithalten.

Hinter sich hörte sie die Gitterwand des Zwingers brechen.

»Halten Sie durch!« keuchte O'Shanter.

Sie erreichten das Portal. Viel zu langsam glitt es auf.

Der Stallbursche versetzte ihr einen Stoß zwischen die Schulterblätter. Flora Brendan taumelte weiter, ihr linker Arm schrammte über rauhes Holz, und sie hatte das Gefühl, daß die verkrusteten Wunden wieder aufbrachen. Aber dann war sie in der Eingangshalle, und hinter ihr schlug das Portal dröhnend zu. Nicht eine Sekunde zu früh. Das Toben der Hunde steigerte sich zum blutrünstigen Heulen.

»Wer kümmert sich um die Pferde?« stieß O'Shanter entsetzt hervor.

Sutherland und der Franzose kamen ihnen entgegen. »Was geht hier draußen vor?« fragte der Earl.

Der Stallbursche erklärte es ihm mit kurzen, abgehackten Sätzen, und Flora Brendan nickte dazu. Sie konnte sehen, wie die Besorgnis in Sutherlands Blick wuchs. Er versuchte gar nicht erst, zu beschwichtigen oder den Vorfall gar zu verharmlosen.

»Pierre«, sagte er, »holen Sie die Gewehre. Für uns beide und für Mr. O'Shanter. Und bringen Sie die Betäubungspfeile.«

In dem Moment hörten sie den Rotorenlärm des landenden Hubschraubers.

Connor hatte Dr. Morrison am Ortsrand von Lairg abgesetzt und war kurz darauf, als der Arzt zwischen den ersten Häusern verschwand, wieder gestartet. Morrison wollte sich am Abend von seinem Schwiegersohn nach Thurso zurückfahren lassen, der Butler brauchte also nicht zu warten.

In geringer Höhe flog Connor über die Highlands. Ein leichtes Schneetreiben hing in der Luft, und die Außentemperaturen sanken stetig ab. Während der Nacht waren erneut Minusgrade zu erwarten.

Die Sonne stand inzwischen dicht über dem Horizont, der sich langsam rot färbte. Connor legte eine Kassette in den Rekorder, den Mitschnitt der letztjährigen Parade der Hochland-Regimenter. Auf dem Hinflug hatte er sich mit Dr. Morrison angeregt unterhalten, doch jetzt war er auf die Dudelsackklänge angewiesen, um die Einsamkeit aus der Kanzel zu vertreiben.

Connor summte die Melodien mit.

Unvermittelt zuckte er zusammen. Ein kleiner Vogel war gegen die Frontscheibe geklatscht. Die Blutspur verwischte nur langsam mit dem abtauenden Schnee.

Nur noch ein paar Minuten bis Oake Dùn. Vergeblich suchte er das hügelige Gelände unter sich ab; nirgendwo zeigte sich erneut die geisterhafte Erscheinung der Clan-Krieger. Fasziniert dachte er an die rothaarige Frau und das Bild, das er von ihr besaß.

Ihr Anblick hatte ihn zutiefst aufgewühlt. Obwohl sie vermutlich seit Jahrhunderten tot und längst zu Staub zerfallen war.

Aber was war Zeit? Ein Fluß, der unaufhaltsam dem Meer der Ewigkeit zustrebte? Falls er selbst sich schneller flußabwärts bewegte als das Wasser, konnte er dann die Vergangenheit einholen?

Abermals klatschte ein Vogel gegen die Kanzel. Der Aufprall schreckte Connor aus seinen verwirrenden Gedanken auf.

Überrascht blinzelte er in die untergehende Sonne.

Zwei weitere Tiere flatterten heran. Sie flohen nicht vor dem lärmenden Ungetüm, sondern –

Schräg aus der Höhe stürzten sie sich herab. Wie Kamikaze-Flieger. Der Vergleich drängte sich geradezu auf. Zwei neue Blutspuren verunstalteten die Frontscheibe.

Düster schimmernd, grüßten mehrere kleine Seen zu ihm herauf. Connor korrigierte eine leichte Kursabweichung. Am Horizont war bereits Oake Dùn zu erkennen.

Ein Schwarm Krähen, eben noch eine Vielzahl dunkler Flecken auf einem schneebestäubten Feld, flatterte auf.

Als sie angriffen, war es für ein Ausweichmanöver fast schon zu spät. Wie Hagel klatschten die Tiere gegen den Hubschrauber. Der Rotor begann zu stottern. Connor hatte plötzlich Mühe, die Flughöhe von dreihundert Fuß zu halten.

Noch drei oder vier Kilometer bis zum Schloß. Es war erschreckend, mitanzusehen, wie sich immer mehr Vögel in der Nähe des Helikopters einfanden. Von allen Seiten stießen sie heran. Ihre Zahl ging inzwischen in die Hunderte, und immer noch wurden es mehr.

Connor ließ den Helikopter tiefer sinken. Die Vögel folgten seinem Flugmanöver.

Er griff nach dem Funkgerät. »Libelle ruft Oake Dùn! Bitte melden! – Libelle . . .«

Der Äther war tot. Nicht einmal das Rauschen der Statik drang aus dem Empfänger.

Wie auf ein geheimes Kommando hin attackierten die Vögel den Hubschrauber. Connor hatte so etwas nie zuvor erlebt. Unaufhörlich klatschten die kleinen Körper gegen die Kanzel, trommelten Schnäbel und Fänge in immer hektischerem Rhythmus ans Glas. Die Rotorblätter hackten eine blutige Schneise in den Schwarm.

Federn verklebten die Sicht, doch die eigentliche Gefahr lag im Bereich der Antriebswelle. Falls tote Tiere den Hauptrotor blockierten, würde der Hubschrauber wie ein Stein zu Boden fallen. Schon sackte die Maschine durch. Warnlampen blinkten auf dem Armaturenbrett.

Connor beachtete sie kaum. Er konzentrierte sich auf die bevorstehende Landung. Langsam ließ er die Silberlibelle über Oake Dùn einschweben. Immer noch flatterten Dutzende Vögel heran.

Die Kufen berührten den Boden. Gleich darauf liefen die Rotorblätter flappend aus. Nur ein paar Minuten länger, und die verschmierten Scheiben hätten Connor gänzlich die Sicht genommen.

Aufatmend lehnte er sich im Pilotensitz zurück und starrte nach draußen. Der Anblick verschlug ihm den Atem.

Sie sammeln sich, dachte er. Danach werden sie wieder angreifen. Altmeister Hitchcock hätte seine Freude daran gehabt.

»Kein Empfangskomitee?« Er fröstelte, als er den Ausstieg öffnete. Nach der Wärme in der Kanzel stach der Seewind geradezu unangenehm durch die Kleidung.

Connor schwang sich nach draußen. Unschlüssig blieb er nur zwei Schritte vor dem Hubschrauber stehen und blickte in die Runde. Meterweit im Umkreis um die Maschine lagen tote Vögel. Sie taten ihm leid. Dieses Massaker hatte er nicht gewollt. Aber vermutlich hatte es ebenfalls mit den veränderten Erdenergien zu tun. Die Vögel wurden aggressiv und stürzten sich auf alles, was sich bewegte.

Und nach den Vögeln? Er brachte den Gedanken nicht zu Ende. Irgend etwas irritierte ihn, ohne daß er jedoch auf Anhieb zu sagen vermocht hätte, was. Dann entdeckte er den Kadaver eines Pferdes, drüben, vor den Stallungen. Das Tier war übel zugerichtet, die Flanken aufgerissen und die Kehle eine einzige Wunde.

Connor fröstelte bei dem Anblick. Unwillkürlich machte er einen Schritt zurück. Im gleichen Moment bemerkte er die beiden Schäferhunde, die mit hochgezogenen Lefzen hinter einem Wassertrog lauerten. Ihre Lichter verfolgten jede seiner Bewegungen.

»Ruhig!« raunte er. »Bleibt ganz ruhig, dann tue ich euch nichts.« Connor verwünschte die Tatsache, daß er nicht einmal ein Messer bei sich trug.

Bis zum Schloß konnte er es unmöglich schaffen. Die Hunde würden auf jeden Fall schneller sein. Bemüht, jede rasche Bewegung zu vermeiden, griff er hinter sich. In selben Moment ließ ein dumpfes Bellen aus allernächster Nähe schier das Blut in seinen Adern gefrieren. Ein mächtiger Schatten schoß heran.

Es war sträflicher Leichtsinn gewesen, nicht nach allen Seiten zu sichern. Connor handelte instinktiv und ohne darüber nachzudenken. Seine Linke schloß sich um die Haltestange, und er trat mit beiden Beinen zu. Kraftvoll trafen seine Hacken die Schnauze des zuschnappenden Boxers. Der Hund heulte auf und warf sich herum, und die winzige Atempause genügte Connor, sich in die Kabine hochzuziehen und den Einstieg hinter sich zu schließen. Nicht eine Sekunde zu früh, denn schon waren auch die Schäferhunde heran. Splitternd gruben sich ihre Zähne in die Tür. Das Geräusch ließ Connor schaudern. Wehe dem Menschen, der diesen wildgewordenen Bestien schutzlos ausgeliefert war.

Mordlust funkelte in den Augen der Hunde. Ihre Schnauzen waren blutig. Immer heftiger rannten sie gegen die Tür an.

Connor beugte sich nach vorne über die Instrumente und spähte zum Schloß hinüber. Täuschte er sich, oder öffnete wirklich jemand ein Fenster im ersten Stock des Westturms? Bevor er sich darüber klarwerden konnte, sprang einer der Schäferhunde gegen die Kanzel. Connor zuckte jäh zurück, als die mörderischen Kiefer nur eine Handbreit vor ihm zusammenschlugen. Und wieder schnappte das Tier nach ihm, in seiner Wut die dünne Scheibe nicht als Hindernis erkennend.

Connor ließ die Turbine anlaufen. Das leise Flappen des Rotors steigerte sich rasch zum durchdringenden Dröhnen. Die Hunde konnte er damit nicht abschrecken.

Ein scharfes, knackendes Geräusch erklang. Irgendwo von der Frontscheibe her. Sekunden später entdeckte Connor den Sprung im Glas. Es wurde Zeit, abzuheben und einen friedlicheren Landeplatz zu suchen.

Mit einem heftigen Ruck zog er den Helikopter vom Boden hoch. Der Winddruck wirbelte ein paar spärliche Schneereste auf.

Der Boxer kippte auf die Seite, zuckte ein paarmal und lag danach steif da.

Connor starrte nach draußen. Langsam beschleunigte er den Hubschrauber. Einer der Schäferhunde hatte sich in die rechte Kufe verbissen und schien nicht loslassen zu wollen, nicht einmal, als die Maschine zu einer heftigen Schlenkerbewegung ansetzte.

Das andere Tier hetzte bellend nebenher. Aber dann stürzte es, überschlug sich und blieb zuckend liegen.

Connor sah drüben im Turm einen Gewehrlauf blitzen. Im selben Moment verstand er. Vermutlich schossen Sir Ian und Pierre Leroy mit Betäubungspfeilen. Einer ihrer ersten Schüsse hatte die Frontscheibe getroffen und splittern lassen.

Er konnte nicht erkennen, wer im Fenster stand; die untergehende Sonne blendete ihn.

»Na los doch«, stieß er hervor, als müsse er den Freunden helfen. »Macht der Quälerei ein Ende.«

Als hätte es nur dieser Aufforderung bedurft, drehte

sich der zweite Schäferhund urplötzlich wie besessen im Kreis. Vergeblich versuchte er, den in seiner Hinterpfote steckenden Betäubungspfeil loszuwerden. Er zuckte schon nicht mehr, als Connor den Helikopter wieder landete.

Die Hunde waren für mindestens eine Stunde außer Gefecht gesetzt. Inzwischen machten sich Ronald Brendan und Keswick daran, den beschädigten Zwinger auszubessern und die Wände hoffentlich ausbruchsicher zu verstärken.

Nachdem die Stromversorgung wieder funktionierte – ohne daß jemand einen Fehler gefunden, geschweige denn behoben hätte – schien sich die Lage wenigstens vorübergehend entspannt zu haben.

»Das heißt aber nicht, daß wir nicht in jeder Minute mit einem neuen Zwischenfall rechnen müssen«, sagte Sir Ian Sutherland. Die Besorgnis war ihm anzusehen. Sein Gesicht wirkte eingefallen, die tief in den Höhlen liegenden Augen waren von dicken, schwarzen Rändern gezeichnet. Viel lieber hätte er sich hingelegt, als unruhig in seinem Arbeitszimmer auf und ab zu laufen. Daß sein Blutdruck weiter abgesackt war, brauchte ihm niemand zu sagen, das spürte er deutlich.

»Sollen wir evakuieren?« fragte Connor unvermittelt. »Ich könnte das Personal mit dem Hubschrauber von hier wegbringen.«

Bitternis umfloß Sutherlands Mundwinkel. »Ich hoffe nicht, daß es so schlimm werden wird«, sagte er langsam. »Vielleicht bekommen wir die Sache noch rechtzeitig in den Griff.«

Es war warm in Sutherlands Arbeitszimmer. Unerträglich warm, obwohl das Thermometer nicht einmal zwanzig Grad Celsius anzeigte. Als Leroy sich zum wiederholten Mal mit der Hand unter den Hemdenkragen fuhr, öffnete Connor endlich das Fenster. Eine kühle Brise wirbelte Schnee herein und brachte die Stimmen von Flora Brendan und dem Zimmermädchen mit. Überrascht beugte sich der Butler über den Sims und blickte nach unten. Die Frauen trugen dicke Arbeitshandschuhe und sammelten tote Vögel in einen Müllsack.

»Hier auch?« fragte Connor verwirrt. Eigentlich hätte er es sich denken können, daß nicht nur sein Hubschrauber angegriffen worden war. Als er vorhin ins Schloß gerannt war, hatte er anderes im Sinn gehabt, als auf die Kadaver von Vögeln zu achten.

»Es war wie ein Hagelschauer«, sagte Pierre. »Eine Zeitlang konnten wir die Fenster nicht öffnen. Erst als der Helikopter kam . . .«

»Das ist vorbei!« stieß Sutherland beinahe ärgerlich hervor. »Bitte schließen Sie das Fenster wieder, Connor!«

»Natürlich, Sir.«

»Wie fühlen Sie sich?«

»Gut, einigermaßen wenigstens.« Connor verstand den Sinn der Frage nicht. »Der Schreck steckt mir noch in den Gliedern, das ist alles.«

»Dann werden Sie fliegen. Nach Indien.« Mit einer eckig wirkenden Handbewegung unterband Sutherland von vorneherein jeden Einwand. »Wir haben mit dem Orakel gesprochen, Connor. Es leidet, und es reagiert inzwischen völlig verwirrt.« Er reichte dem Butler die beiden Prophezeiungen, die Leroy notiert hatte.

Der Highlander überflog sie, danach blickte er überrascht auf. »Es geht also auch um Miss Gideon?«

»Ja«, bestätigte Pierre.

»*Ich* soll das Orakel zu Cahuna bringen, während auf Oake Dùn der Teu –«

»Connor!« sagte Sutherland scharf.

»-fel los ist?« vollendete der Butler ungerührt.

»Haben Sie ihn gesehen?«

»Wen? Ach so, nein, natürlich nicht. Aber –«

»Sie brechen am besten sofort auf. Wichtig ist, daß das Orakel von hier fortgeschafft wird. Buchen Sie den nächsten Flug nach Nordindien. Ich nehme an, daß Ihnen das Orakel den weiteren Weg weisen wird.«

Connor verzichtete auf eine Erwiderung. Obwohl er das Gefühl hatte, daß sich auf Oake Dùn umwälzende Ereignisse anbahnten und er hier vielleicht dringender benötigt wurde. Ihm standen lediglich einige langweilige Tage bevor, aber Sir Ian, Pierre und den anderen?

Nachdenklich musterte er die Statuette des Maya-Gottes Xipe Totec. Seit den Morgenstunden stand sie unverändert auf Sir Ians Schreibtisch. War sie der Schlüssel zu den unheimlichen Geschehnissen, oder eines der vielen anderen Artefakte?

Connor hatte das beklemmende Gefühl, als einziger ein sinkendes Schiff zu verlassen.

Eleonore Paddington blickte dem abfliegenden Helikopter hinterher.

Kopfschüttelnd stellte sie das Abendessen auf die Warmhalteplatte. Connor war also wieder unterwegs, Sir Ian und der Franzose geisterten irgendwo umher und achteten wahrscheinlich gar nicht auf die Zeit. Und Brendan und Keswick hatte sie vor wenigen Minuten noch draußen bei den Stallungen gesehen. Von allen anderen ganz zu schweigen.

»Eine Unverschämtheit ist das«, schnaubte sie, während sie die dampfenden Speisen in den Nebenraum trug. »Der Earl sollte sich Schweine zulegen. Die fressen alles; dann weiß ich wenigstens, für wen ich überhaupt noch koche.«

Sie war wütend. Und ihren Zorn ließ sie an dem wertvollen Porzellan aus. Es war fast ein Wunder, daß keine der Schüsseln zerbrach und ihr Inhalt sich bis auf den Boden ergoß.

»Morgen wird alles aufgewärmt. Das wird ein Silvester, an das alle noch zurückdenken.«

Nur der Käse fehlte noch. Während sie unschlüssig das Messer in der Hand hielt und sich fragte, ob sie überhaupt eine der verschiedenen Sorten anschneiden sollte, erklang endlich aus dem Nebenraum ein dumpfes Poltern.

»Mortimer?« rief sie. »Mr. Brendan?«

Niemand antwortete ihr. Aber gleich darauf war ein helles Klirren zu vernehmen. Jemand hatte eine der Kristallglaskaraffen zerschlagen.

Das Käsemesser in der Rechten, stürmte Eleonore Paddington los. »Da soll doch gleich dieser und jener –« Das Wort blieb ihr im Hals stecken. Nur noch ein heiseres Krächzen kam über ihre Lippen.

Bärtige, verdreckte Gesichter starrten ihr entgegen. Die Kerle, die sich an dem Tisch zu schaffen machten, trugen seltsame, aufgepolsterte Kleidung, und das fette Haar stauchte sich auf ihren Schultern.

»Nehmt gefälligst die Pfoten da weg!«

Einer der Halunken zog einen Dolch aus dem Gürtel. In seinen Augen funkelte blanke Mordlust.

Das war der Moment, in dem Eleonore Paddington nicht mehr an sich halten konnte und lauthals um Hilfe schrie.

Der Kerl kam auf sie zu. Er ging mitten durch den Tisch hindurch, als setze ihm das massive Holz keinerlei Widerstand entgegen.

Mehr vertrug die Köchin nicht. Das Käsemesser klirrte zu Boden, sie warf sich herum und hetzte von Panik erfüllt in die Küche zurück, warf die Tür hinter sich zu und sank wimmernd daran entlang zu Boden.

So kauerte sie noch Minuten später, als Pierre Leroy sie fand. Es bedurfte einiger doppelter Scotch, sie halbwegs wieder zur Besinnung zu bringen.

ENDE DES SIEBTEN BUCHES

ACHTES BUCH

DAS CAMP AM AYERS ROCK

von K.H.Prieß

Ein scharfer Wind zerfetzte die Wolke aus rotem Staub, die der alte Landrover hochwirbelte, während er über den hartgebackenen Pfad im australischen Buschland raste. Das Fahrzeug rüttelte wild hin und her, und Gudrun Heber mußte sich an dem Handgriff in der Beifahrertür festhalten.

»Fahr nicht so schnell«, sagte sie zu Tom, der mit schmalen Augen dem roten Trampelpfad folgte und mit raschen Bewegungen des Lenkrads versuchte, wenigstens den tiefsten Gräben und Löchern auszuweichen. Die wenigen Büsche und Bäume entlang der kargen roten Sandsteppe flogen geradezu vorbei. Dann knallte etwas mit einem Geräusch, als sei eine Kanonenkugel eingeschlagen, von unten gegen das Fahrzeug.

Tom Ericson nahm den Fuß vom Gaspedal. »Hoppla!«, rief er durch den Lärm des Motors. »Noch so ein Steinchen, und die alte Kiste bricht auseinander.«

Gudrun nickte und schaute zum Fenster hinaus. Sie hatten den Landrover in Alice Springs geliehen, zu einem sehr günstigen Preis. Allmählich ahnte sie, *warum* der Geländewagen so billig gewesen war. Daß er so etwas wie Stoßdämpfer besitzen sollte, hielt sie inzwischen für unwahrscheinlich.

Alice Springs war eine relativ kleine Siedlung, doch mitten im Outback Australiens war sie so etwas wie eine Großstadt. Es gab Supermärkte, Hotels und sogar eine Pferderennbahn. Auch ein Elendsviertel fehlte nicht, aber das war den Aborigines, den Ureinwohnern, vorbehalten. Gudrun hatte nur einige Blicke auf das Viertel am Todd River werfen müssen, um froh zu sein, die Stadt hinter sich lassen zu können.

Doch mit allen Vorbereitungen, die sie für ihre Reise zum Ayers Rock treffen mußten, war einige Zeit vergangen.

»Morgen ist Silvester«, sagte Gudrun und dachte wehmütig an Feiern, gutes Essen und Feuerwerk. »Es wäre doch geradezu ein Witz, wenn unser Herr Björnstad schon auf dem Weg nach Schweden wäre ...«

»Das ist er bestimmt nicht«, stellte Tom Ericson fest. Er steuerte den Geländewagen an den Straßenrand und deutete durch die verdreckte Scheibe nach vorn. »Das da vorne muß sein Camp sein!«

Die schlanke, dunkelhaarige Frau neben ihm kurbelte das Seitenfenster herunter, um besser sehen zu können. Ein heißer Windstoß trieb feinen Staub in ihr Gesicht. *Bulldust* pflegten die Australier diesen roten Puderstaub zu nennen, der mit unabwendbarer Sicherheit auch durch die winzigsten Ritzen wanderte.

»*Bullshit* sage ich dazu«, murmelte Gudrun vor sich hin. Ihre Laune war nicht die beste. Sie konnte sich gemütlichere Orte vorstellen, an denen ein hart arbeitender Mensch den Jahreswechsel verbringen sollte. »Warum ist da niemand?« fügte sie laut hinzu.

Sie stieß die Seitentür des zerkratzten Landrovers auf und sprang in den Sand hinunter. Tom Ericson stand bereits auf der anderen Seite neben der Motorhaube und zog seinen breitkrempigen Hut in die Stirn. Jetzt, da der Motor nicht mehr lief, war das Zischeln des heißen Wüstenwindes deutlich zu hören.

Vor ihnen, in einer kleinen Lichtung zwischen den schlanken Stämmen von Desert Oaks, standen zwei große Geländewagen. Sie waren eindeutig neueren Datums als das Exemplar, mit dem Gudrun und Tom hierhergekommen waren. Die Plane eines niedrigen weißen Zelts produzierte Geräusche, die Tom an hochflatternde Tauben erinnerten.

Doch die leichten Geräusche des Windes und der Plane wirkten irgendwie *falsch*. Eine unwirkliche Stille schien über dem weiten, heißen Land zu liegen ... lähmend und undurchdringlich. Lärm konnte sie nur überdecken oder gar betonen, aber niemals vertreiben.

Hier war der Weg zu Ende.

Gudrun bewegte unbehaglich die Schultern. Sie beobachtete ihren Begleiter, wie er die Lichtung einmal umschritt und schließlich zurückkam. Sein markantes Gesicht war ausdruckslos, als er Gudrun anblickte, aber sie spürte, daß er ihre plötzliche tiefe Beunruhigung teilte. »Du hast recht«, sagte er. »Die sind alle weg. Verschwunden.«

»Sie haben vielleicht einen Ausflug unternommen, mit einem dritten Fahrzeug«, meinte Gudrun.

»Oder sie haben sich zu Fuß auf den Weg gemacht.« Tom deutete auf ein niedriges Buschdickicht nahe der abgestellten Fahrzeuge. Dort hatte man, offensichtlich mit Macheten, einen Durchgang geschlagen, der zu eng für die Geländewagen war.

Gudrun ging zu einem der neuen weißen Landrover und versuchte, eine der Türen zu öffnen. Sie waren alle abgeschlossen. Der Reißverschluß des Zelts war fest zugezogen. »Sieht ganz so aus, als wären sie für länger unterwegs«, kommentierte sie.

»Sie hätten wenigstens jemanden zurücklassen können, der uns empfängt«, brummte Tom Ericson. »Sir Ian hat diesem Dr. Björnstad doch immerhin ein Telegramm geschickt. Er muß gewußt haben, daß wir kommen, bevor er zu diesem Spaziergang aufgebrochen ist!«

»Es sei denn, sie sind schon sehr lange fort«, meinte Gudrun. »Soweit ich weiß, hat Dr. Björnstad schon einmal für A.I.M. gearbeitet. Ich bin sicher, er hätte auf uns gewartet, wenn er von unserem Kommen erfahren hätte.« Sie dachte an das Telegramm, das sie von Sir Ian Sutherland, Gründer und Leiter des *Analytic Institute for*

Mysteries, erhalten hatten und das sie von ihrem Weg nach Oake Dùn hier mitten ins australische Outback verschlagen hatte.

Björnstad beschäftigte sich mit Messungen am Magnetfeld der Erde, und er hatte Sutherland gegenüber angedeutet, er wäre der aufregendsten Hypothese seit der Relativitätstheorie auf der Spur.

Er hatte von Menschen erzählt, die plötzlich vom Erdboden verschluckt schienen ... und jetzt war er selbst verschwunden!

Sie zuckte zusammen, als ein leises Ratschen neben ihr ertönte.

Tom hatte den Reißverschluß des Zelts geöffnet. Er kniete im Eingang und pfiff leise vor sich hin.

»Sieh an«, murmelte er. »Da ist doch schon etwas!« Er deutete auf das kleine Funkgerät, das neben einem ordentlich zusammengerollten Schlafsack stand. Ein Zettel war daran befestigt.

Tom nahm ihn vorsichtig ab und zeigte ihn Gudrun. »Dem Datum nach sind sie vor zwei Tagen aufgebrochen. Sie rechnen damit, einige Tage wegzubleiben. Und sie haben die Frequenz angegeben, über die sie im Notfall erreichbar sind.«

»Merkwürdig«, murmelte Gudrun. »Alles so stehenzulassen ...«

»Sie haben es offenbar eilig gehabt, in der Wüste spazierenzugehen«, meinte Tom. »Vielleicht ist unser Freund Dr. Björnstad bereits dem Nobelpreis auf der Spur. Aber das können wir ganz schnell klären.« Der hochgewachsene Archäologe glitt in das Zelt, setzte sich an das Funkgerät und schaltete es ein. Er kontrollierte kurz die Einstellungen, bevor er die leichten Kopfhörer überstülpte und nach dem Mikrophon griff. »Basiscamp ruft Dr. Björnstad«, sprach er in die Membrane. »Dr. Björnstad, bitte kommen. – Basiscamp an Björnstad, bitte kommen ...«

Gudrun Heber stand neben dem Zelt, lauschte Ericsons monotoner Stimme und schaute an den Zweigen der niedrigen Bäume vorbei zum Horizont.

Der gewaltige rote Sandsteinfelsen zog ihre Blicke magisch an. Sogar jetzt, wo er zum größten Teil von Zweigen verdeckt war und das Flimmern aufsteigender heißer Luft seine Konturen verwischte. Der Felsen am Horizont war weit entfernt und schien doch so nahe. Seine ungeheure Größe ließ einen Beobachter die Entfernung unterschätzen. Und seine Form erinnerte Gudrun plötzlich an einen lange gestrandeten, verwesenden Wal. Ayers Rock.

Mehr als neun Kilometer im Umfang und über dreihundert Meter hoch. Von Wind und Wetter zerfressen, durchlöchert von Hunderten und Aberhunderten großer und kleiner, seltsam organisch aussehender Höhlen. Er bildete einen seltsamen Kontrast zu dem weiten, strahlend blauen Himmel und der endlosen, mit niedrigen Bäumen bestandenen Ebene. Ein gewaltiger roter Monolith, angeblich der größte der Erde ... und eines der wichtigsten Heiligtümer der Aborigines.

Gudrun wußte nicht, wie lange sie dagestanden und auf den Felsen gestarrt hatte, als Tom endlich hinter ihr aus dem Zelt kam. Sie erschrak ein wenig beim scharfen Geräusch des Reißverschlusses, den Tom wieder sorgfältig zuzog. »Sie melden sich nicht«, sagte er, und jetzt klang seine Stimme wirklich besorgt. »Ich habe es auf den Frequenzen versucht, die Björnstad angegeben hat ... und auf einigen anderen.«

»Nichts?« fragte Gudrun unnötigerweise. Sie wischte sich Schweiß von der Stirn und löste beinahe gewaltsam den Blick vom fernen, schweigenden Ayers Rock.

»Nichts«, bestätigte Tom Ericson. Seine wachsamen blauen Augen betrachteten Gudrun forschend. »Fühlst du dich nicht wohl?«

»Ist schon in Ordnung. Die Hitze und der Staub gehen mir allmählich auf den Geist, das ist alles.« Sie schaute sich auf der Lichtung ein letztes Mal um, bevor sie wieder in den Landrover stieg.

Der heiße Wind strich leise durch die Kronen der Bäume ringsum, und die beiden hellen Landrover standen da, als warteten sie darauf, hier zu verrosten und zu zerfallen.

Der Motor des alten Geländewagens sprang hustend und spuckend an, und die Räder wühlten sich durch losen Sand, als Tom Ericson das Fahrzeug wendete.

Weder er noch Gudrun sahen die hagere, dunkelhäutige Gestalt, die langsam zwischen den Bäumen hervortrat und ihnen nachschaute.

Der Mann trug nichts außer einem Lendentuch und aufgemalte Streifen am ganzen Körper. Über seinem zerfurchten, verschlossenen Gesicht kräuselte sich ein Übermaß an kräftigen Locken.

Der Aborigine schaute dem davonfahrenden Auto noch hinterher, als nur mehr eine Fahne rötlichen Staubs zu erkennen war, die rasch vom Wind verweht wurde.

Offenbar suchten die fremden Weißen ihre Freunde.

Der bemalte Mann ahnte, was mit ihnen geschehen war. Er hätte zu den beiden Weißen gehen und ihnen einen Hinweis geben können. Aber das hätte keinen Sinn gehabt.

Er wußte, daß sie ihn nicht verstanden hätten.

Die Linien auf der ovalen, schimmernden Kristallplatte pulsierten und zuckten. An einem bestimmten Punkt, unter einem nachträglich aufgebrachten, unregelmäßigen Umriß, waren sie kurze Zeit blendend hell.

Das Licht spiegelte sich in den aufgerissenen, unbewegten Augen eines Mannes, der sich über die große Platte beugte. Seine Lippen bewegten sich lautlos, als er den Bewegungen der Linien folgte. Er war so konzentriert, daß es schien, als wollte er ein fotografisches Abbild der Kristallplatte in sein Gedächtnis einbrennen.

Kar atmete tief durch und wandte sich sekundenlang von der Platte ab, die unerschütterlich auf ihren schlanken silbernen Säulen stand. Auf der Oberfläche der polierten Scheibe tanzten kleine grelle Funken.

Einen Moment lang ängstigte ihn die Vorstellung, daß die Anlage zur Zeitlosen Ortsversetzung völlig ausfallen könnte, nachdem sie bereits von den »Männern in Schwarz« beschädigt worden war.* Seitdem benötigte sie ein Vielfaches der früheren Zeit, sich wieder aufzuladen, und Kar konnte nicht mehr beliebig oft von ihr Gebrauch machen.

Er hauste in einer gewaltigen Pyramide, halb versunken im Meer und umgeben von jener scheinbar zeitlosen Technik aus der fernen Vergangenheit, die ihm Licht und Luft und Energie im Innern der mächtigen Steinwände garantierte. Doch was, wenn die geheimnisvollen Energiequellen sich eines Tages erschöpfbar zeigten?

Kar beruhigte sich nur mühsam. Sein Herz klopfte heftig in seiner Brust, und der mit Schuppenhaut überzogene linke Arm und Teile des Halses bis hoch zu den Kieferknochen fühlten sich an wie eisige Metallplättchen.

Er streckte die rechte Hand aus, um die Symbole am

* siehe Band 13 765, Auf den Spuren von Atlantis, Buch 9 ›Das Tor der Rätsel‹

Rand des geschliffenen Kristallovals zu berühren. Sein Blick fiel auf eine weitere Anormalität: eine kleine, fingernagelgroße Stelle auf dem Handrücken. Eine weitere Verwandlung ... aber eine, die einen positiven Hintergrund hatte. Es war so etwas wie ein magisches Zeichen – dafür, daß er einen Wunsch frei hatte.

In einer geheimnisvollen fremden Dimension war er den Steinernen Göttern begegnet und hatte sie mit seinem Auftauchen unbewußt aus jahrtausendelangem Schlaf geweckt. Zum Dank hatten sie ihm einen Wunsch gewährt und als sichtbaren Beweis das Mal auf seinem Handrücken hinterlassen*. Diese ›Notfallreserve‹ konnte ihm einmal das Leben retten; er durfte sie nicht übereilt anwenden, auch wenn ihm auf Anhieb tausend Wünsche eingefallen wären, die er sich liebend gern sofort erfüllt hätte.

Kar berührte die geschliffene Scheibe. Er führte die gewohnten Bewegungen aus, ließ seine Finger über die eleganten, fremdartigen Zeichen gleiten.

Er beruhigte sich etwas, als er sah, daß die Kristallplatte ihm gehorchte. Das Linienmuster veränderte sich, und binnen Sekundenbruchteilen sah Kar einen vergrößerten Ausschnitt des flirrenden Bereichs. Das grelle Schimmern der Linien ließ bereits nach, doch das Muster war noch immer ungewohnt und hektisch.

Kars Lippen wurden schmal. Seine Finger glitten weiter am Rand der Platte umher, und die Ausschnitte veränderten sich in rascher Folge. Verschiedene dunkle Rottöne verstärkten den Kontrast der pulsierenden und ruhenden Streifen.

Es dauerte eine Weile, bis Kar zurücktrat. Seine Atemzüge waren sehr laut in dem großen, stillen Saal voller

* siehe Buch 6 ›Die Steinernen Götter‹ (Seite 599ff)

fremdartiger Gerätschaften. Seine Gedanken wirbelten wild durcheinander, und er hatte ungewohnte Mühe, sie zu ordnen.

»Ruhe!« befahl er sich selbst, und er erschrak über die Heiserkeit in seiner Stimme. Eines jedenfalls schien klar zu sein: Es war nicht die Anlage, die fehlerhaft war.

Sie zeigte vielmehr einen Fehler an!

»Magnetfelder«, murmelte Kar vor sich hin. Er starrte auf die rätselhaften Linien, die sich wanden wie endlose Schlangen. Kar war daran gewohnt, hart zu arbeiten und genau zu analysieren. Doch jetzt war es, als dringe etwas in seinen Schädel ein und lähme den Schwung seines Verstandes, wirbelte durcheinander, was er mühsam zusammengefügt hatte.

Er biß die Zähne zusammen, konzentrierte sich mit aller Kraft ... und während die Linien auf der Platte ruhiger wurden, lichtete sich der graue Nebel über Kars Verstand.

Die verdammten Magnetfelder waren durcheinandergeraten!

Das war eine äußerst simplifizierende Feststellung, aber sie hatte einen wahren Kern. Kar wußte, daß die Funktionsweise seiner Anlage mit den magnetischen Feldern der Erde zusammenhing. Ob die Magnetfelder nun Ursache oder lediglich Indikator für bestimmte, rätselhafte energetische Vorgänge waren, das wußte er nicht. Er lächelte bitter vor sich hin. Er kam sich vor wie jemand, der sich vorgenommen hat, ein Fernsehgerät nachzubauen und schon beim Studium des Geräts größte Mühe hat, zwischen dem Regler für Farbe und dem für Lautstärke zu unterscheiden!

Dennoch konnte er einige Zusammenhänge konstruieren.

Seit seine Widersacher, allen voran Dr. Ericson, das

letzte atlantische Tor geöffnet hatten, hatte sich viel verändert. Eine uralte Kraftstation hatte die eigene Selbstzerstörung eingeleitet. Seitdem hatte es immer wieder beunruhigende Zeichen und Zwischenfälle gegeben.

Irgendeine Balance hat sich verschoben, dachte Kar. Energien sind geweckt oder umgeleitet worden ... so, wie sich auch die Linien auf dem Kristall verändern.

Jetzt hatte er die Gewißheit einer neuerlichen Veränderung. Die Metamorphose betraf einen ganzen Kontinent, konzentrierte sich aber auf ein bestimmtes Gebiet.

Kar führte einige schnelle, routinierte Bewegungen durch. Sein Blick war auf den Raum über der Kristallplatte gerichtet. Gleich würde er wissen, wie der Ort aussah, durch den kurze Zeit so gewaltige Energien geflossen waren.

Die Luft über der Platte schien sich zu verfestigen, zeigte plötzlich ein klares, dreidimensionales Bild. Der Blick aus dem Fenster eines Flugzeugs war nichts, verglichen mit der Schärfe und Greifbarkeit dieser Luftaufnahme.

Kar runzelte verblüfft die Stirn.

Rot und mächtig leuchtete ein gewaltiger Block aus Sandstein über dem kalten Kristall der Anlage.

Ayers Rock.

In der großen, klimatisierten Hotelhalle stand ein geschmückter Tannenbaum, der das Weihnachtsfest überdauert hatte. Die grünen Nadeln bildeten einen eigentümlichen Kontrast zu der sonnendurchglühten, rotbraunen Landschaft hinter den großen Panoramascheiben.

Doch Tom und Gudrun war jeder Gedanke an Weihnachten, das sie in einem Holzfällerkaff namens Deer

Meadow hatten verbringen müssen, gründlich vergangen. Tom Ericson schüttelte nur den Kopf, als er die Telefonzelle in der großen Hotelhalle verließ. Er hatte mit dem Kontaktmann Björnstads in Alice Springs telefoniert, einem einheimischen Professor, der sich bereiterklärt hatte, dem schwedischen Physiker und seinem Team im fremden Australien weiterzuhelfen. Der Mann hatte Tom und Gudrun in Alice Springs am Flughafen empfangen, und er war auch der Hauptgrund gewesen, weshalb die beiden den Umweg über Alice Springs überhaupt gemacht hatten.

»Er hat keine Nachricht von Björnstad bekommen?« erkundigte sich Gudrun besorgt.

»Nichts«, sagte Tom. »Er hatte angenommen, Björnstad wäre immer noch in seinem regulären Camp in der Nähe von Yulara. Der Professor wußte nichts davon, daß sich Björnstad auf eine Expedition in die Wüste einlassen wollte – sonst hätte er uns das gleich gesagt, als wir in Alice Springs ankamen.«

»Seltsam auch, daß Björnstad den hiesigen Behörden nichts von seinem Vorhaben mitgeteilt hat«, murmelte Gudrun. Sie und Tom hatten das vor wenigen Minuten mit einem Besuch bei der Polizeistation und beim Touristenzentrum herausgefunden. »Er war doch lange genug hier, um zu wissen, daß man keine längeren Touren unternehmen sollte, ohne den Behörden Bescheid zu sagen. Das Land da draußen ist einsam und gefährlich.«

Tom grinste. »Da sind wir uns wohl ähnlich. Ich habe die Behörden auch noch nie informiert, wenn ich eine Exkursion plante.«

Während seiner Zeit als Universitätslehrer in Yale hatte er den Spitznamen »*Cave-man*« gehabt – eine deutliche Anspielung auf eine Expedition, die ihn fast das Leben gekostet hätte. Damals war es ihm auch wichtiger gewesen, eigenständig arbeiten zu können, statt sich an ausgeklügelte Sicherheitsprozeduren zu halten ...

»Was machen wir nun?« fragte Gudrun. Hinter ihr lief eine Horde lärmender Touristen in kurzen Hosen und bunten Hemden durch die Halle. »Sollen wir die Polizei einschalten? Immerhin ist Björnstad nicht der erste, der in dieser Gegend verschwunden ist.«

»Er glaubte, eine wissenschaftliche Erklärung für derartige Phänomene gefunden zu haben«, meinte Tom Ericson. »Vielleicht hat er sich zu weit vorgewagt. – Es kann nicht schaden, den Park-Rangers Bescheid zu sagen. Jemand sollte schließlich ein Auge auf die Ausrüstung haben, die er in der Wüste zurückgelassen hat.«

Gudrun nickte. »Wir haben noch nicht in allen Hotels nachgefragt«, erinnerte sie Tom. »Es ist zwar unwahrscheinlich, daß Björnstad in einem dieser teuren Häuser noch ein Zimmer hatte, aber versuchen sollten wir es, denke ich.«

»Überflüssig, wenn du mich fragst«, widersprach Tom. »Für einen Wissenschaftler mit der entsprechenden Ausrüstung ist es viel praktischer, ein Camp direkt vor Ort zu errichten, statt in einem teuren Touristenzentrum wie Yulara zu bleiben! Und Björnstad hatte die offizielle Erlaubnis, im Uluru Nationalpark zu lagern und Forschungen zu betreiben.« Trotzdem wandte er sich der noblen Rezeption zu. »Uns könnte es jedenfalls nichts schaden, ein paar Tage in angemessenen Räumlichkeiten zu verbringen. Das sollte uns für die Fahrt von Alice Springs hierher entschädigen!«

Der Portier in seinem eleganten Anzug verzog keine Miene über Toms schmutziges Khakihemd, seinen zerbeulten Hut und den Dreitagebart im Gesicht des Archäologen. Offensichtlich war der Mann noch ganz andere Gäste gewohnt. »Sie wünschen, Sir?«

»Zwei schöne große Einzelzimmer für die Dame und mich. Am besten nebeneinander. Vielleicht könnten Sie es so einrichten, daß der Swimmingpool nicht allzu weit entfernt ist.«

Gudrun grinste ihm anerkennend zu. Sie hatten eine Menge Geld gespart, als sie in Alice Springs den uralten Landrover gechartert hatten. Aber man mußte es mit dem Geiz ja nicht auf die Spitze treiben! »Alle unsere Zimmer sind nicht weit vom Swimmingpool entfernt, Sir«, erklärte der Portier mit unbewegtem Gesicht. »Wenn Sie sich bitte ins Gästebuch eintragen wollen ...?«

Tom tat es, schob das Buch zu Gudrun hinüber und meinte beiläufig: »Übrigens war ein Kollege von mir, Dr. Gunnar Björnstad, in Ihrem Hotel. Ich muß ein wichtiges Projekt mit ihm besprechen. Wohnt er noch hier?« Er wollte sichergehen, daß der Portier sich wirklich bemühte, Björnstad in seiner Kartei zu finden – aber er wußte, daß die Chance sehr gering war, daß der Physiker wirklich in diesem Hotel gewohnt hatte. Es gab genug andere Unterkünfte in Yulara.

So war Tom Ericson nicht überrascht, daß der Mann nach kurzer Zeit feststellte: »Nein, Sir, ein Dr. Björnstad wohnt hier nicht.« Tom wollte ihm danken, aber der Mann fügte nach kurzer Pause hinzu: »Doch er hat hier etwas hinterlegt ... lassen Sie mich einmal nachsehen ...«

Der Portier blätterte in seiner Kartei, und Tom merkte, wie sich Gudrun gespannt nach vorn lehnte. Offenbar überlegte sie bereits, wie man an Dr. Björnstads Hinterlassenschaft gelangen konnte.

Schließlich warf der Portier Tom einen scharfen Blick zu, über den Rand einer dicht beschriebenen Karteikarte hinweg. »Sie arbeiten für das Analytic Institute for Mysteries? – Sind Sie Mediziner, Dr. Ericson?«

Tom lächelte sanft. »Das erste ja, das zweite nein. Ich bin Archäologe.« Er öffnete seine Brieftasche und holte einige Papiere heraus, aus denen klar hervorging, daß er Mitarbeiter bei A.I.M. war. Seinen amerikanischen Reisepaß legte er daneben.

»Nun gut ...«, murmelte der Mann, nachdem er beides sorgfältig studiert hatte. »Eigentlich sollen wir das Paket aufbewahren, bis Mr. Björnstad zurückkommt, um es abzuholen. Falls das länger als einige Tage dauert, sollen wir es laut Weisung an einen legitimierten Mitarbeiter von ... äh ... A.I.M. aushändigen.« Der Mann steckte die Karteikarte wieder weg und lächelte unverbindlich. »Bitte schön, Sir.« Er schob ein kleines, in Packpapier gehülltes Paket über den Tisch.

Tom war so verblüfft über die schnelle, reibungslose Abwicklung dieser Angelegenheit, daß er vergaß, nach Dr. Björnstads Abreisetermin zu fragen. Er nahm das Paket und wandte sich ab, aber die Stimme des Portiers stoppte ihn: »Sir! Ihre Zimmerschlüssel!«

Gudrun nahm beide Schlüssel entgegen und beeilte sich, Ericson zu folgen. »Unser Gepäck holen wir später!« rief sie dem Portier zu, bevor sie zu Tom aufschloß. »Was mag das wohl sein?« flüsterte sie aufgeregt auf dem Weg zum Fahrstuhl.

»Wir sollten es lieber in aller Ruhe im Zimmer öffnen. Nicht, daß wir eine unliebsame Überraschung erleben«, meinte Tom, als Gudrun die Hand nach dem Paket ausstreckte. Er dachte flüchtig an den todbringenden Splitter aus der Palenque-Maske, den er sorgfältig verpackt bei sich trug. »Wer weiß, was da drin ist ...«

Gudrun zog die Hand zurück und musterte das Paket mit plötzlichem Mißtrauen. »Na, ich hoffe, wir jagen nicht gleich das halbe Hotel in die Luft, wenn wir das Papier aufreißen ...«

Der Ayers Rock glühte blutrot in den Strahlen der untergehenden Sonne. Er schien von innen heraus zu leuchten, wie ein gewaltiges Stück Metall, das im Begriff ist, sich zu verflüssigen.

Kar warf dem Felsen einen langen Blick zu, bevor er seinen Koffer anhob. Das Taxi, das ihn vom Connellan Airport nach Yulara gebracht hatte, war längst weitergefahren.

Kar befand sich im Roten Herzen Australiens.

Er ging langsam weiter. Es war immer noch sehr heiß. Der Abendwind schien direkt vom Ayers Rock zu kommen, und seine Temperatur unterstützte durchaus die Illusion eines glühenden Metallklumpens. Doch es war nicht die Hitze allein, die Kars Brustkorb einschnürte und sein Herz hämmern ließ, als hätte er einen wilden Kampf hinter sich.

Er hatte etwas gespürt, als er die Linien auf der Kristallplatte pulsieren sah. Ein Gefühl, das neu und fremdartig für ihn war und eine seltsame Sehnsucht in sich barg. Es war noch stärker geworden, als er das Hologramm vom Ayers Rock betrachtet hatte ... doch jetzt war es überwältigend.

Er konnte nicht behaupten, daß es eine angenehme Empfindung war, die jetzt in jeder Faser seines Körpers vibrierte. Dennoch wurde er beinahe magnetisch angezogen ... von etwas, über das er sich noch keine Vorstellung machen konnte.

Er wußte nur, daß er es finden mußte. Irgendwie!

Kar stieß die Glastüren der Autoverleih-Firma auf, vor der er sich hatte absetzen lassen. Die junge, blonde Frau hinter dem Schalter warf ihm einen desinteressierten Blick zu. Doch als er näher kam, richtete sie sich alarmiert auf.

Er war nur ein schmächtiger Mann in einem guten

Anzug, mit polierten Schuhen, die nicht recht zu der staubigen Landschaft um Yulara passen wollten. Er trug einen dunklen Hartschalenkoffer in der rechten Hand. Die linke steckte in einem schwarzen Handschuh, und sein Gesicht war eigentümlich blaß und starr. Auch seine Augen hatten etwas Starres an sich, und wachsame Augen konnten erkennen, daß er eine Perücke trug. Eine gute Perücke, die seinen fast kahlen Schädel verdeckte.

Doch diese kleineren Unregelmäßigkeiten reichten nicht aus, um die tiefe Beunruhigung zu erklären, die sich plötzlich im Gesicht des Mädchens hinter dem Schalter spiegelte. Sekundenlang starrte sie ihn an, als wäre er ein gefährlicher Gangster ... oder etwas ungleich Schrecklicheres.

Kar achtete nicht darauf. Er war auf diese Reaktion vorbereitet. Seit er begonnen hatte, sich zu verändern, war es klüger, uneingeweihten Menschen aus dem Weg zu gehen. Doch das war nicht immer möglich. Besonders jetzt nicht!

»Ich brauche ein Fahrzeug, Miß«, sagte Kar. Er betonte den texanischen Akzent, der manchmal in seiner Stimme hörbar wurde, mit Absicht. Er hoffte, daß er seine Erscheinung gewöhnlicher machte. »Am besten einen Geländewagen. Und dann müßte ich wissen, wo man sich hier mit verschiedenen Dingen ausrüsten kann, falls man Ausflüge in die Wildnis unternehmen will.« Er legte seinen Führerschein und eine Kreditkarte auf den Tisch. Die Frau hinter dem Schalter berührte beides nur mit größter Zurückhaltung, als fürchtete sie, sich mit irgendeiner gefährlichen Krankheit anzustecken.

»Wir haben gerade ein ausgeliehenes Allradfahrzeug zurückbekommen, Sir«, sagte die junge Frau. Sie hatte sich weiter zurückgezogen, um in ihren Unterlagen zu blättern. »Ein neues japanisches Fahrzeug.«

Kar nickte nur. Er war froh, daß sich die Angestellte beeilte, den ganzen Papierkram so schnell wie möglich zu erledigen. Das war auch in seinem Interesse.

Es dauerte nur wenige Minuten, bis er seinen Koffer auf den Beifahrersitz eines riesigen, chromglänzenden Geländewagens werfen und den Motor anlassen konnte. Er starrte einen Moment lang durch das Seitenfenster in die hereinbrechende Nacht, auf die funkelnden Lichter des Supermarkts in der Nähe. Er konnte die Gegenwart des Ayers Rock erahnen, der am Horizont im Dunkeln lauerte wie ein gewaltiges Ungeheuer aus grauer Vorzeit.

Dann schaltete er entschlossen das Licht ein, legte den ersten Gang ein und fuhr los. Der schwere Wagen rollte mit einem tiefen, beruhigenden Brummen auf die staubige Asphaltstraße hinaus.

Dieses Gefühl, das an Kar zerrte, war noch immer da. Etwas war dort draußen in der Nacht. Etwas, das ihn rief. Doch er wußte, daß er noch einiges zu erledigen hatte, bevor er sich wirklich auf die Suche machen konnte.

Aber er hatte die ersten wichtigen Schritte hinter sich, und das war beruhigend.

Er kratzte geistesabwesend seine Wange, während er den Geländewagen langsam die Straße entlangrollen ließ. Die Nachmittagshitze hatte Schweiß in sein Gesicht getrieben.

Das Salz juckte und stach unter der dünnen Latexmaske, die sich über sein Kinn und die linke Wange spannte. Es juckte und stach ... zumindest dort, wo sich noch menschliche Haut befand.

Und wieder hatte er das bodenlose und panische Gefühl, daß diese Hautbereiche immer kleiner wurden.

Tom Ericson pfiff fröhlich vor sich hin, als er die Stufen in den ersten Stock hochsprang. Er trug einen Bademantel und fuhr sich mit einem Handtuch durch das Haar, während er sich auf die Tür von Gudruns Zimmer zubewegte.

Obwohl es schon ziemlich spät am Abend war, hatte er dem Swimmingpool draußen nicht widerstehen können.

Gudrun saß an dem kleinen Schreibtisch neben dem Fenster, immer noch in das Buch vertieft, das sie am Nachmittag vom Portier bekommen hatten. Tom und Gudrun hatten es gemeinsam durchgesehen, und es schien auf den ersten Blick nichts besonders Aufregendes zu enthalten. Doch sie hatten beide das Gefühl, daß sie es genau lesen sollten ... sehr genau.

»Ich dachte, du wolltest auch ein wenig Pause machen«, meinte Tom.

»Das hier sind mehr als nur wissenschaftliche Aufzeichnungen«, sagte Gudrun. Sie deutete auf die Seiten, die bedeckt waren mit Meßwert-Tabellen und sorgfältig gezeichneten Diagrammen. »Weiter hinten stehen eine Menge aufschlußreicher Dinge, Tom!«

Björnstads wissenschaftliches Tagebuch war ziemlich dick, und es war zur Hälfte vollgeschrieben, in einer Schrift, die nicht annähernd so lesbar war wie die Tabellen und Schaubilder. In dem Paket hatte nur dieser einfache Band gelegen, kein Brief, keine sonstige Nachricht. Aller Wahrscheinlichkeit nach hatte Björnstad die Anweisung gegeben, das Paket nach Oake Dùn zu schicken, falls innerhalb eines bestimmten Zeitraums kein A.I.M.-Mitarbeiter danach fragen sollte. Und falls er selbst verhindert war, es zu holen.

Genau das schien jetzt eingetreten zu sein.

»Er hat sich mit dem Verschwinden einiger Leute in der Gegend um Ayers Rock befaßt«, murmelte Tom.

»Und er hatte die Hypothese, daß physikalische Erscheinungen, zum Beispiel Magnetfelder, dabei eine Rolle spielen könnten.« Er deutete mit dem Finger auf ein Diagramm, blätterte zurück, verglich die Schaubilder sorgfältig.

»Es ist auffällig, nicht wahr?« sagte Gudrun leise.

»Diese überstarke Aktivität hat ungefähr zu dem Zeitpunkt begonnen, als die atlantische Station unterging«, sagte Tom. Er erinnerte sich noch überdeutlich an die Schießerei bei der Ruinenstadt von Tiahuanaco, den Kampf gegen Kars Söldner ... und an den unheimlichen Moment, da er durch das dritte Tor getreten war. Er war Tausende von Kilometer transportiert worden, in einer Zeitspanne, die aller Wahrscheinlichkeit nach nicht meßbar war. Und er hatte eine atlantische Station betreten, die in einer Lavablase auf dem Meeresgrund lag.

Die Station existierte nicht mehr. Sie war durch Selbstzerstörung vernichtet worden, kurz nachdem Tom nach Tiahuanaco zurückgekehrt war.

»Glaubst du, daß diese energetische Welle Auswirkungen auf die natürliche Stromleitung hatte, die Björnstad erforschen wollte?« fragte Gudrun. Sie und Tom hatten im Flugzeug und in Alice Springs einige Bücher gelesen, die sich mit Björnstads Forschungsgebiet befaßten. Es ging um die sechstausend Kilometer lange Stromleitung, viele Kilometer unter der Oberfläche Australiens. Ein natürliches physikalisches Phänomen, entstanden durch leitfähige alkalische Flüssigkeiten, die sich in einer geologischen Zone stauen, wo einst die Kontinentalplatten der Erde aufeinanderstießen. Diese erstaunliche Entdeckung war erst vor wenigen Jahren bei einer großangelegten Untersuchung mit Magnetometern gemacht worden. Offenbar stand das Magnetfeld der Erde in enger Verbindung mit jenem natürlichen Fluß der Elektrizität fünfzehn bis fünfzig Kilometer unter der Erdoberfläche ...

»Ganz zufällig können diese Werte nicht zustandegekommen sein. Das sehe sogar ich, und ich bin weiß Gott kein Physiker«, brummte Tom Ericson. »Hier – so sah die gewöhnliche magnetische Aktivität aus. Relativ kleine Amplituden, ziemlich regelmäßig. Und nun das da!« Er blätterte von einem Diagramm, das eine kaum gewellte, fast gerade Linie zeigte, zum nächsten. Als hätte jemand dem Zeichner das Blatt unter dem Stift fortgerissen, schoß der schwarze Strich nach oben, bis zum oberen Rand des Blattes, bildete wilde Zackenlinien, um schließlich wieder eine fast normale Reihe winziger Hügel zu werden. Diese plötzlichen, wilden Ausreißerwerte zogen sich durch ein gutes Dutzend sorgfältig gezeichneter Schaubilder.

»Hier schreibt Björnstad, daß er für diese Dinge keine Erklärung hat«, murmelte Gudrun. »Aber es kommt noch seltsamer!« Ihre grünen Augen blitzten, als sie zu Tom aufschaute. »Offenbar hat er Kontakt zu Aborigines gehabt, und die scheinen ihm mehr vertraut zu haben als anderen Weißen. Er erwähnt immer wieder, daß er Aborigines besucht hat, daß er bei Wächtern der Heiligen Stätten zu Gast war, daß er zu *Corroborees* eingeladen wurde. Es scheint, als ob er das Interesse einiger Medizinmänner für seine Forschung wecken konnte ... vielleicht, weil er selbst dazu neigte, sehr gewagte Hypothesen aufzustellen!«

»Und?« Tom war erstaunt, daß sich die deutsche Anthropologin auf einmal so sehr für diese Sache interessierte. Noch vor einigen Stunden hätte sie Australien am liebsten gleich wieder den Rücken gekehrt.

»Kennst du dich mit dem Begriff der ›Traumzeit‹ aus?« fragte Gudrun ernst.

»Natürlich. Für die Aborigines ist das die Zeit der Schöpfung der Welt. Mythische Wesen wandelten damals über die Erde und hinterließen ihre Spuren. Aber diese Traumzeit ist nie ganz vorbeigegangen. Durch Rituale und Tänze kann man sie herbeibeschwören – und wenn man den Traumzeitpfaden folgt, gewissermaßen den Spuren, die diese alten Wesen hinterlassen haben, etwa die Regenbogenschlange oder der Himmelsmann, der auf die Erde kam und dabei viele Quellen erschuf.«

Gudrun lächelte. »Du weißt ja gut Bescheid!«

»Wäre ich sonst Archäologe?« meinte Tom mit gespielter Arroganz, fügte aber gleich hinzu: »Nein, ich habe es in einem Artikel gelesen, bevor ich ins Flugzeug gestiegen bin.«

»Die Traumzeit ist den Aborigines immer gegenwärtig – zumindest denen, die durch Alkohol und die Bevormundung durch die Weißen noch nicht den Verstand verloren haben«, sagte Gudrun. »Sie ist gewissermaßen eine zweite, uralte Welt ... und wenn man die richtigen Zeremonien kennt, kann man sich so etwas wie einen Zugang dazu verschaffen. Die Eingeborenen denken, daß man in Träumen einen besonders guten Draht ›nach drüben‹ hat, in das Traumzeit-Land.«

»Björnstad hat sich sehr dafür interessiert«, meinte Tom Ericson. »Ich glaube vorhin gelesen zu haben, daß ihm ein Medizinmann sogar einen Traumzeit-Pfad zeigen wollte ...«

Gudrun nickte. »In einem Gebiet, das Weißen sonst verboten ist! Ich habe das unangenehme Gefühl, daß er seine Expedition genau in dieses Gebiet hineingeführt hat. – Lies mal das hier, Tom!«

Er blickte auf die hastig vollgekritzelten Seiten, die er beim ersten Lesen übergangen hatte, weil er sich nicht stundenlang mit der Decodierung der Björnstad-Hieroglyphen beschäftigen wollte. Doch jetzt stellte er fest, daß man sich an die Schrift gewöhnen konnte, wenn man sich eine Weile mit ihr befaßt hatte.

»*16. Dezember. Habe die Messungen auf dem ersten Viertel des ›Pfades der Echsen‹ (so nannte der alte Mann seinen Traumzeitpfad) durchgeführt und ausgewertet. Offenbar war der Alte genauso gespannt auf die Ergebnisse wie ich, wenn er mir auch noch nicht den ganzen Pfad zeigen wollte. Die Daten dürften so ziemlich seinen Erwartungen entsprochen haben (falls er wirklich verstanden hat, was ich ihm zu erklären versuchte). Meinen Erwartungen haben sie jedenfalls nicht entsprochen. Sie haben sie weit übertroffen – das Ganze ist einfach sensationell!*« Tom las hastig weiter. Es folgten einige Formeln, die wohl auf Dr. Björnstads hypothetischen Annahmen beruhten, dann ein Auszug aus seinen Meßwerttabellen, und schließlich:

»*An jenen Stellen, die mir gezeigt worden sind, liegen die Extremwerte weit über denen von allen anderen, zufällig bestimmten Meßorten (statistisch signifikant mit einem Alpha von unter .0001!). Um auf mein anfangs benutztes Bild zurückzukommen, wo ich die gewöhnliche energetische Aktivität mit dem Leerlauf eines gedrosselten Motors verglichen habe: Ähnelt die plötzlich auftretende Spitzenaktivität dem Vollgas dieses Motors, so ist das, was ich nun messen konnte, nur mit dem Einschalten eines Raketentriebwerks zu vergleichen, das kurze Zeit mit gewaltiger Leistung läuft, um dann wieder Platz für die Kraftentfaltung eines Rasenmähermotors zu machen ...*«

»Es ist unglaublich, nicht wahr?« flüsterte Gudrun. »Ein Aborigine aus der Wüste, ein einfacher Mann, zeigt einem hochqualifizierten Wissenschaftler die Stellen, wo unsichtbare Energiequellen geradezu explodieren! Wie konnte er davon wissen – ohne Meßgeräte?«

»Nun, ich fürchte, die Sache gleicht einem zweischneidigen Schwert«, brummte Tom, während er die letzten Seiten des Tagebuchs überflog. »Ich hoffe, unser Dr. Björnstad hat sich beim Rasieren nicht gleich den ganzen Kopf abgeschnitten.« Sein sarkastisches Lächeln verschwand wie weggeblasen, als er auf die letzte Seite kam. »Verdammt, wir hätten das Ding von hinten nach vorn lesen sollen, dann hätten wir weniger Zeit verschwendet! Hör dir das mal an: ›*Die Höflichkeit würde es eigentlich erfordern, daß ich morgen früh nach Alice fahre, um Ians Abgesandte zu empfangen. Doch es gibt noch einiges zu regeln, und mit etwas Glück kann ich den Beiden ungeheure Ergebnisse präsentieren (wieso schickt man mir eigentlich einen Archäologen und eine Anthropologin?!). Ich habe es endlich geschafft, den Verlauf des GANZEN Traumzeitpfades zu erfahren, und ich möchte spätestens morgen mittag in die Wildnis aufbrechen. Der offizielle Wächter der Heiligen Stätten hat mir endlich auch eine amtliche Erlaubnis gegeben – doch er hat mich gewarnt. Dort, wo wir hingehen, werden wir mit den Autos nicht durchkommen, und das Land soll gefährlich und voller unangenehmem Viehzeug sein. Wir werden eben fahren müssen, soweit wir kommen, und dann zu Fuß weitergehen.*

Das Grundmuster der bisherigen Messungen scheint mir anzudeuten, daß sich eine weitere, diesmal wirklich *ungeheure Spontanaktivität anbahnt. Ich kann nicht verantworten, dieses Phänomen zu versäumen! Aber ich bin sicher zurück, bevor Ians Leute den weiten Weg von Alice hierher geschafft haben.*‹

Den Rest hat er durchgestrichen.«

Gudrun riß Tom das Buch geradezu aus den Fingern. »Zeig mal her!« Björnstad hatte einen Filzstift benutzt, um die letzten Zeilen durchzustreichen, und er war ziemlich gründlich dabei gewesen.

Ein Grund mehr, zu versuchen, das Ganze wieder lesbar zu machen!

Gudrun hielt die Seite gegen die starke Schreibtischlampe. Der Filzstift hatte ein etwas helleres Blau als der Kugelschreiber, und so konnte sie mit einiger Mühe lesen:

»*Miss Habe heute nacht schlecht geschlafen, wohl wegen der seltsamen Warnung des Alten.* In den Rachen der Echse zu gehen, *das ist schließlich eine beunruhigende Metapher. Der alte Mann schien äußerst besorgt um mein Wohlergehen, und das hat mich sehr gerührt. Er riet mir von meinem Vorhaben ab. - Natürlich werde ich nicht auf ihn hören!*

Jetzt sehe ich den Ayers Rock im ersten Morgenlicht erglühen wie ein Gebirge aus Blut. Nie ist mir dieses Land fremdartiger und unheimlicher erschienen.

Ein ziemlich alberner Gedanke ist mir dabei gekommen: Ob dies vielleicht der letzte Sonnenaufgang ist, den ich sehen werde ... Miss Kein Wunder, daß er das durchgestrichen hat. Nicht gerade etwas, was man einem nüchternen Wissenschafts-Kollegen vorlegen sollte.«

Tom beugte sich über das Buch, das vor Gudrun auf dem Tisch lag. Er entzifferte die Datumseinträge und rief sich in Erinnerung, was auf dem Zettel am Funkgerät gestanden hatte, in jenem einsamen Zelt in der Wildnis. »Gestern haben sie das Camp verlassen und sind zu Fuß in die Wildnis hinausgegangen. Björnstad scheint allen Ernstes geglaubt zu haben, die ganze Sache bis heute nachmittag abschließen zu können. Oder er hat damit gerechnet, daß wir länger in Alice Springs bleiben würden.«

»Wenn diesen sechs Wissenschaftlern wirklich etwas geschehen ist«, murmelte Gudrun düster, »dann ist es vielleicht passiert, während wir über den Stuart Highway hierherfuhren. Warum konnte Björnstad nicht noch etwas warten? Wir hätten ihm einiges erzählen können, woran er bestimmt nicht im Traum gedacht hat!«

Tom zuckte mit den Schultern. »Es muß ja nichts passiert sein. Vielleicht finden wir morgen das zweite Camp, und Björnstads Leute grillen gerade Marshmallows über einem Lagerfeuer.«

Gudrun lachte wider Willen über diese Vorstellung, doch sie wurde schnell wieder ernst. »Du willst wirklich dorthin, Tom?« Sie hatte schon einige haarsträubende Abenteuer erlebt, aber ihr graute plötzlich davor, wieder in die Wüste hinauszugehen. Es hatte nichts mit der Hitze oder den sonstigen Äußerlichkeiten zu tun – daran war sie inzwischen gewöhnt. Nur an die Schlangen würde sie sich wohl nie gewöhnen können.

Aber das war es auch nicht. Über diesem stillen, heißen, endlosen Land schien ein düsterer Fluch zu liegen. Wenigstens hatte Gudrun diesen Eindruck, seit sie das verlassene Camp gesehen hatte.

»Es scheint mir das Naheliegendste zu sein, die Gegend selbst in Augenschein zu nehmen«, meinte Tom Ericson nachdenklich. »Die Polizei hat zwar versprochen, mit einem ihrer Flugzeuge Ausschau zu halten, aber es kann Tage dauern, bis sie Björnstad im Buschland finden. Außerdem ist er noch nicht so lange fort, daß Anlaß zu größter Besorgnis gegeben wäre. Er hatte die Erlaubnis zu einer Expedition in unbewohntes Gebiet, und er war offensichtlich ganz gut ausgerüstet.« Tom blätterte eine Doppelseite in Björnstads Tagebuch auf. »Hier, diese merkwürdige Skizze. Jetzt erhält sie endlich einen Sinn. Das ist der Traumzeitpfad, den man Björnstad gezeigt hatte! Leider stehen keine Entfernungsangaben dabei ... aber wir dürften keine Schwierigkeiten haben, den einzelnen Stationen des Pfads zu folgen. Ich habe schon viel schlechtere Karten gesehen.«

Gudrun betrachtete nachdenklich seinen Bademantel. »Und ich habe schon Männer gesehen, die in passenderer Kleidung das Zimmer einer Dame betreten haben!«

Tom stutzte. »Ach ja! Ich habe ganz vergessen, meinen Hut aufzusetzen!«

Sie lachten beide.

Doch dieses Lachen konnte die Furcht nicht übertünchen, die sich in Gudrun Hebers Seele eingenistet hatte.

Der Polizist lehnte am vorderen Kotflügel des weißen Geländewagens und kaute auf einem Grashalm herum. Er bewegte sich nicht, als Tom und Gudrun aus dem alten Landrover stiegen. In seinen schmalen, dunklen Augen blitzte nur vages Interesse auf, als er die schweren Rucksäcke sah, mit denen die beiden Neuankömmlinge beladen waren.

Es war noch früh am Morgen, aber schon sehr warm. Die Sonne stand dicht über dem Horizont, und der Himmel war strahlend blau und wolkenlos. Der Tag versprach, sehr heiß zu werden.

»Was haben Sie denn vor?« fragte der Polizist, ohne den Grashalm aus dem Mund zu nehmen. Tom setzte den Rucksack ab und schaute sich auf der sandigen Lichtung um. Das Zelt stand immer noch in der Nähe der beiden abgeschlossenen Geländewagen. Außerdem war noch der staubige Jeep zu sehen, mit dem der Polizist hergekommen sein mußte.

»Mein Name ist Tom Ericson. Und dies ist meine Kollegin Miss Heber. Wir haben bereits gestern mit Ihrer Dienststelle Kontakt aufgenommen. Konnten Sie Dr. Björnstad und seine fünf Begleiter inzwischen finden?«

Der junge Polizist schüttelte den Kopf. »Keine Sorge«, murmelte er mit dem typischen unverständlichen Aussie-Akzent. »Wir werden sie schon aufstöbern. Aber das hier sieht ganz so aus, als ob Dr. Björnstad damit gerechnet hätte, lange wegzubleiben. Er hatte eine Erlaubnis, hier herumzulaufen. Haben Sie auch so was, Mr. Ericson?«

Tom seufzte und zeigte ihm die Papiere, die er von Björnstads Kontaktmann in Alice Springs bekommen hatte. »Wir handeln in offiziellem Forschungsauftrag«, erklärte Ericson.

Der Polizist gab ihm die Papiere zurück. Er betrachtete neugierig Ericsons zerbeulten, breitkrempigen Hut. »Amerikaner, hm? Aber passen Sie auf, Kumpel. Das hier ist nicht Disneyland.« Der Polizist lachte voller aufrichtigem Vergnügen über diesen gelungenen Witz. Tom verzog keine Miene. Er hob den schweren Rucksack auf und schwang ihn elegant auf den Rücken, als handelte es sich um eine leere Plastiktüte.

»Besten Dank für Ihre Bemühungen, Sir!« Er tippte spöttisch an die Krempe seines Hutes und marschierte an dem Polizisten vorbei.

»Moment mal, Kumpel«, sagte der Polizist. Er sah ernst in Ericsons Gesicht, als dieser sich zu ihm umwandte. »Ich habe ganz ernst gemeint, was ich eben sagte. Ihr Freund Björnstad ist nicht der erste, der da draußen verschwunden ist. Alle paar Tage fällt irgendein dämlicher Tourist vom Ayers Rock und bricht sich den Knöchel oder den Hals. Es ist nicht lustig, wenn man dauernd irgendwelchen Leuten nachrennen muß. Wenn man sie hinterher vielleicht tot aus einem Wüstengraben zieht oder von einer Felswand abkratzt. Manche findet man überhaupt nicht mehr.« Der junge, braungebrannte Mann deutete in die Ebene hinaus, die halb verborgen war hinter staubigem, graugrünem Blattwerk. »Ich habe keine Lust, auch noch hinter euch beiden herzurennen, wenn ihr da draußen bleiben solltet. Also frage ich Sie, Kumpel: Haben Sie sich genau überlegt, was Sie tun, wenn Sie zu Fuß ins Outback rausgehen?«

Tom Ericson hielt dem harten Blick des Polizisten stand. »Die Frage habe ich mir öfters gestellt«, erwiderte der Archäologe ruhig. »Wissen Sie, ich bin schon zu Fuß in die Sahara hinausgegangen, in die Eiswüste des Himalaya oder in den bolivianischen Dschungel. Miss Heber übrigens auch. Und wir sind jedesmal einigermaßen gesund zurückgekommen. – Ich denke, wir werden zurechtkommen, Sir.« Ein kleines, schiefes Lächeln zog Ericsons Mundwinkel nach oben. »Aber herzlichen Dank für Ihre Sorge.«

Der Polizist musterte ihn, und dann schaute er in Gudruns schmales, feingeschnittenes Gesicht. Er sah dieselbe Entschlossenheit bei beiden ... und mehr als nur das.

»Sie sind die ersten seit langem, denen ich das glaube«, murmelte der Uniformierte. »Aber passen Sie trotzdem auf. Die Aborigines haben eine Geschichte von einer verdammten Schlange, die vor langer Zeit zwei Schwestern gefressen und nie wieder ausgespuckt hat. Und sie sagen, die Schlange wäre immer noch da draußen ...« Der Mann wandte sich um und hob lässig die Hand zum Abschied: »Laßt euch nicht fressen, Leute!«

»Keine Sorge«, erwiderte Gudrun im selben Tonfall, den der Polizist vorhin benutzt hatte. »No worries!«

Dann marschierte sie hinter Tom durch den Buschgürtel, an derselben Stelle, die auch Björnstad und seine Begleiter benutzt haben mußten. Sie konnte deutlich die Stellen auf der staubigen Rinde der Gehölze sehen, wo ein scharfes Buschmesser Äste abgetrennt hatte. Doch mehr Spuren fand sie nicht.

Der rote Staub auf dem hartgebackenen Boden war längst vom Wind wieder umgeschichtet worden, und die scharfen Spitzen der Spinifex-Gräser verrieten nicht, ob sie bereits andere zur Vorsicht gezwungen hatten. Tom und Gudrun wichen den stachligen, festen Grasbüscheln jedenfalls aus, die überall aus dem nackten Boden ragten. Sie trugen feste Schuhe und stabile Kleidung, und sie hatten sich in Yulara mit allem versorgt, was sie für einen längeren Aufenthalt in der Wüste brauchten. Das größte Problem war das Wasser: Soviel, wie sie gerne mitgenommen hätten, konnten sie nicht tragen!

»Vielleicht hätten wir uns Kamele leihen sollen«, sagte Gudrun, nachdem sie eine Weile schweigend durch den Sand gestapft waren. Desert Oaks und einzelne Ghost Gums spendeten nur spärlichen Schatten, und die morgendliche Sonne schien mit jeder Minute einige Grade heißer zu werden.

Tom blieb auf einer kleinen Anhöhe stehen, die kaum mehr als eine winzige Welle in der endlosen Ebene war. Er sah die heiße Luft über dem Land flimmern. Vögel schwebten sehr hoch und sehr weit entfernt im leuchtenden Blau des Wüstenhimmels.

Von der Lichtung, den Autos und dem Polizisten war schon längst nichts mehr zu erkennen. Ericson hatte das Gefühl, er hätte genausogut mit dem Fallschirm hier angekommen sein können. Er kramte die Karte aus der Tasche, die er aus Björnstads Buch fotokopiert hatte, und die spärlichen Erläuterungen zur Karte, die er im Text gefunden hatte. Eigentlich hätten sie jetzt drei spitze Felsen sehen müssen, die in einer Reihe dicht hintereinander standen. Doch weit und breit waren nur rote Erde, spärliches braunes Gras, etwas Buschwerk und verstreute Bäume zu sehen. Tom betrachtete nachdenklich die Nadel seines Kompasses. »Es kann nicht mehr weit sein«, sagte er, aber seiner Stimme fehlte die rechte Überzeugung. Sie schienen noch immer weit vom ersten Punkt auf Björnstads Karte entfernt zu sein. Wenn sie den Maßstab derart unterschätzt hatten, konnten sie vielleicht wochenlang hier herumirren.

»Björnstad meinte, er könnte seine Messungen am Ende des Pfades machen und dann zurückkommen, innerhalb von einem oder zwei Tagen«, meinte Gudrun ruhig. »Gehen wir weiter! Es werden bestimmt keine hundert Kilometer zwischen den einzelnen Punkten auf seiner Karte liegen!«

Dein Wort in Gottes Ohr, dachte Tom Ericson grimmig, als er den Kompaß einsteckte und weitermarschierte. Um ihn herum summte und flüsterte die Wüste im Rhythmus des leichten Windes und all der Wesen, die in ihr lebten.

Er hoffte, daß sie die unangenehmeren davon nicht kennenlernen würden.

»Ich freue mich, daß Sie gekommen sind, Jack«, sagte die schlanke junge Frau. Mit ihren tiefschwarzen Haaren, den leicht asiatischen Zügen und dem strengen blauen Kostüm paßte sie in die Umgebung: Eine elegante Geschäftsfrau in einem guten Restaurant am Hafen von Hongkong.

Suzy Duvall ließ ihre schmale Hand länger als schicklich in der Pranke von Jack Warden.

Der breitschultrige Mann mit dem jungenhaften Gesicht und der Messernarbe am Kinn grinste sie freundlich an – doch in seine kühlen grauen Augen drang das Lächeln nicht vor.

»Ich freue mich auch, Sie zu sehen, Suzy«, sagte Jack Warden sanft. Er ließ ihr schmales, aufregend schönes Gesicht nicht aus den Augen, während er sich lässig in seinen Stuhl fallen ließ. Suzy hatte eine abgelegene, stilvolle Nische für sie beide ausgesucht, etwas abseits vom lebhaften Betrieb der teuren Gaststätte.

Es war eine ganze Weile her, daß Jack für Kar und Suzy gearbeitet hatte, aber es hatte sich wenigstens finanziell ausgezahlt. Einmal hatte er eine schwere Verletzung davongetragen, aber davon hatte er sich wieder erholt.

Er war oft genug verletzt worden, ohne Geld dafür kassieren zu können. Also war dieses Risiko nichts, was gegen Kar oder die schöne Suzy sprach.

»Ich will gleich zur Sache kommen«, meinte Suzy, nachdem der höfliche Kellner den Tisch wieder verlassen hatte. Sie betrachtete Warden über den Rand des hochstieligen Glases hinweg, das der Kellner gebracht hatte. Ihre leicht schrägen, katzenhaften Augen schienen bis in die Seele des kräftigen Mannes schauen zu wollen. »Bisher haben wir gut zusammengearbeitet, Jack. Es könnte sein, daß wir uns mehr aufeinander verlassen müssen, als wir das bislang getan haben. Wären Sie dazu bereit ...?« Ihre Stimme klang sehr sanft, und ihre vollen Lippen blieben leicht geöffnet, nachdem sie zu Ende geredet hatte.

Warden spürte verblüfft, daß sein Mund ganz trocken geworden war. Diese Frau hatte etwas an sich, was ihn wirklich in ihren Bann schlug!

»Sie meinen, es könnte hart auf hart gehen, Lady?« fragte Warden gelassen. »Solange es sich auszahlt, bin ich dabei!«

»Sie erinnern sich an Mr. Kar?« fragte Suzy. Die wahre Identität Professor Richard Dean Karneys kannte nur sie als Eingeweihte; Kar mußte darauf achten, daß man ihm nicht über den Namen, den er längst abgelegt hatte, auf die Spur kam. Außerdem erschien ihr das Kürzel »Kar« weitaus passender. Sie hatte den Eindruck, daß mit jedem Tag weniger vom ehemaligen Richard Karney übrig blieb und die Verwandlung immer rascher voranschritt.

»Ich habe ihn kennengelernt, damals auf Ihrer Yacht im Hafen von Bangkok«, entgegnete Jack Warden. »Aber das Zusammentreffen war nur sehr kurz. Wie geht es ihm?«

»Nun, Mr. Kar hat sein Haus – oder vielleicht wäre der Ausdruck *Versteck* passender – vor kurzem verlassen, um nach Australien zu fliegen. So, wie es aussieht, wird er eine ganze Weile dort bleiben.«

Jack Warden beugte sich vor und grinste vergnügt. Er wartete, während der chinesische Kellner an den Tisch trat und ein großes Glas Whisky vor ihn hinstellte. Erst als der Mann fort war, erwiderte Warden: »Wollen Sie damit andeuten, daß Sie etwas hinter Kars Rücken planen? Irgendwelche Geschäfte, die ihm nicht passen könnten?«

»Irgendwelche Geschäfte, die ihm ganz und gar nicht passen könnten«, flüsterte Suzy Duvall, als gefiele ihr diese Umschreibung ganz besonders gut. Sie nippte an ihrem Cocktail und stellte das Glas wieder hin, während Warden einen kräftigen Schluck von seinem starken Getränk nahm. »Sie kennen doch den Spruch: ›Wenn die Katze aus dem Haus ist, tanzen die Mäuse.‹ Vielleicht habe ich vor, ein bißchen Mäuschen in Mr. Kars Haus zu spielen ...«

Suzy Duvall dachte an die geheimnisvollen Anlagen in der Pyramide. Allein der Gedanke, ihre Hände auf die schimmernde Kristallplatte zu legen und dieser Macht ihren Willen aufzuzwingen, verursachte ihr ein seltsames Kribbeln in der Magengegend ... und nicht nur dort. Schon lange spielte sie mit dem Gedanken, ein wenig mit Kars Maschinerie – oder war es Magie? – zu experimentieren. Vielleicht hatte sie jetzt die Chance dazu.

Jack Wardens kühle graue Augen wurden schmal und dunkel. Sekundenlang schien er jeden Gedanken in Suzy Duvalls hübschem Kopf lesen zu können ... und ihm schien alles zu gefallen, was er dort las.

»Ich habe gute Verbindungen, hier in Hongkong, in Bangkok und Singapur, und an vielen anderen Plätzen«, fuhr Suzy fort. »Ich habe aber auch Verpflichtungen zu erfüllen. Vielleicht könnten Sie eine Weile meinen Platz einnehmen, Mr. Warden. Vielleicht könnten Sie mir auch den Rücken freihalten – für den Fall, daß ich Schwierigkeiten bekomme.«

Warden nickte. Er kannte den Sinn hinter Suzys allgemeinen Feststellungen. Sie war kein kleines Tier unter den chinesischen Syndikatsgangstern, den Triaden. Wenn sie ihn wirklich in diese Geschäfte einführen wollte, konnte ihn das reich machen.

Oder es konnte ihn das Leben kosten – schließlich war er hier nur ein Ausländer, ein schäbiger weißer Teufel.

»Es käme darauf an, was für mich dabei herausspringt«, sagte Jack Warden. Er starrte sie hart an, und dann trank er sein Glas auf einen Zug leer.

»Zum Beispiel eine Menge Geld, Jack«, sagte Suzy. Sie hielt seinem Blick mühelos stand. »Aber das ist noch das geringste. Wir könnten grenzenlose Macht gewinnen ... wenn wir vorsichtig und geschickt sind. Helfen Sie mir, Jack, vertrauen Sie mir – und bald wird uns niemand mehr das Wasser reichen können!«

»Ein Risiko ist dabei, hm?« Suzys große Augen nahmen einen seltsam leeren Ausdruck an, und Jack Warden hatte plötzlich das Gefühl, in einen unheimlichen grünbraunen Spiegel zu schauen. Er wußte plötzlich nicht mehr, ob ihm gefiel, was er dort sah.

»Haben Sie schon einmal Hund gegessen, Jack?« flüsterte Suzy Duvall. Ihr Mund verzog sich zur Andeutung eines Lächelns, aber in ihren Augen schimmerte ein grausames Licht.

Warden fragte sich, ob das ein Test sein sollte, wie leicht er zu schockieren war. Er lachte nur. »Klar. Wenn man eine Zeitlang in Asien lebt, ißt man eine Menge komischer Sachen!«

»Die Chinesen sagen, daß Hundefleisch besonders gut schmeckt, wenn das Tier lange gelitten hat«, sagte Suzy Duvall freundlich. »Ich habe einmal gesehen, wie ein Hund lebendig am Hals aufgehängt und mit einer Lötlampe traktiert wurde.«

»Tja, manche kulinarischen Genüsse erfordern Opfer«, stellte Warden hämisch fest. Suzy achtete gar nicht darauf.

»Es dauert sehr lange, so zu sterben, Jack«, zischte sie, und seltsame Funken tanzten in ihren großen Augen. »Vielleicht riskieren wir einen ähnlichen Tod, wenn wir uns gegen Kar stellen. Sind Sie bereit, so ein Risiko einzugehen? Für Macht? Eine Macht, wie sie diese Welt noch nicht gesehen hat ...?«

Wardens Kehle war plötzlich knochentrocken, und diesmal war es nicht Suzy Duvalls Schönheit, die das verursacht hatte.

Er streckte die Hand aus und ergriff Suzys Handgelenk. Es war nur eine kurze Berührung, aber sie stellte eine fast magische Verbindung zwischen den beiden her. »Ich bin bereit, alles zu riskieren«, zischte Jack Warden. »Und nicht nur für Geld. Auch für Sie, Suzy! Das ist mein voller Ernst!«

Suzy Duvall fühlte ihr Herz wie wahnsinnig klopfen, aber das Gesicht der schönen Eurasierin blieb sanft und ausdruckslos. »Ich finde«, erwiderte sie freundlich, »man sollte viel öfter Hund essen. Das Fleisch ist vorzüglich.«

Warden lachte heiser. »Sie haben völlig recht, Lady. Völlig!«

Es war ein gutes Gefühl, wenn man sich einig war.

Das Flugzeug jagte in wenigen Dutzend Metern Höhe über die rote Ebene hinweg. Das tiefe Brummen der Motoren zerfetzte die schläfrige Stille des frühen Morgens.

Tom Ericson sah das Abzeichen der Ranger am Rumpf der Maschine, während sie einen weiten Bogen nach Westen flog und sich rasch entfernte.

Die aufgehende Sonne vertrieb die eisige Kälte, die in der Nacht geherrscht hatte. Tom sah einen Dingo zwischen den Büschen stehen, etwa hundert Meter vom Lagerplatz entfernt. Das hundeähnliche Tier schaute neugierig zu, wie Tom den kleinen Gaskocher aufbaute, um Kaffee zu kochen.

Gudrun lag noch in ihrem Schlafsack. Der lange Marsch durch die Hitze des gestrigen Tages hatte sie ziemlich erschöpft. Wenigstens war es ihnen gelungen, einige der ersten Wegmarkierungen des Traumzeitpfades auszumachen. Die ersten drei spitzen Felsen hatten sich als Ameisenbauten herausgestellt, kunstvolle Türme, wie mit einem Kompaß ausgerichtet und zwischen staubigen Büschen versteckt. Die Suche nach den nächsten Orientierungspunkten hatte den Rest des entsetzlich heißen Tages in Anspruch genommen. Sie waren beide froh gewesen, als endlich die Sonne unterging und sie nach einem kleinen Abendessen in ihren Schlafsäcken verschwinden konnten.

Gudrun hob den Kopf, als sich der Duft frisch aufgebrühten Kaffees mit den herben Gerüchen der Wüste mischte. Dunkle Haarsträhnen hingen ihr ins Gesicht. Ihre grünen Augen suchten erst den Himmel ab und richteten sich dann auf Tom.

»Habe ich eben ein Flugzeug gehört ...?« fragte sie verschlafen.

»Die Ranger suchen offenbar nach Björnstad«, meinte

Tom. »Einen wunderschönen guten Morgen und ein Frohes Neues Jahr, meine Liebe!«

Gudrun lachte leise und setzte sich in ihrem Schlafsack auf. Sekundenlang sah sie aus wie ein bezauberndes kleines Mädchen im Kinderbett. »Nett von dir, das Frühstück vorzubereiten.« Sie streckte eine Hand nach dem Plastikbecher aus, den Tom ihr reichte. Sie hatte ihn kaum vorsichtig in die Hand genommen, als sie auch schon aufschrie. Heißer Kaffee spritzte in den Wüstensand, und der Becher rollte davon.

Sekundenlang glaubte Tom, sie hätte sich die Finger verbrannt – aber dann sah er, wie sie aus dem Schlafsack sprang, das Gesicht bleich vor Panik. »Etwas hat mich gebissen!« schrie sie. »Da war etwas!«

Tom stieß einen leisen Fluch aus. Er hinderte sie daran, weiter fortzulaufen. »Bleib hier«, zischte er. »Beweg dich nicht zuviel!«

»Eine gottverdammte Schlange!« keuchte Gudrun. Sie stützte sich auf Tom und setzte sich vorsichtig in der Nähe des Gaskochers auf einen Felsen. Sie griff nach ihrem Bein. Dicht unter dem Knie waren die winzigen Zahnabdrücke eines kleinen Tieres zu sehen, wie die Spuren von vier feinen Injektionsnadeln. Die junge Frau starrte mit aufgerissenen Augen zu Ericson hoch. »Es gibt hier giftige Schlangen, nicht wahr?«

»Ich fürchte, ja!« Tom packte den Schlafsack an einem Ende und riß ihn hoch. Doch der Versuch, die Schlange auszuschütten, war vergebens. Sie mußte sich blitzschnell davongemacht haben, während Gudrun sich von dem Schlafsack befreite und davonstürmen wollte.

Wahrscheinlich hatte die Schlange nachts die Wärme des Schlafsacks gesucht und war in Panik geraten, als sich Gudrun bewegt hatte. Tom ließ den Schlafsack fallen und schaute sich zornig um. Doch von dem Tier war keine Spur mehr zu sehen. »Verdammt! Jetzt wissen wir nicht einmal, was für eine Schlange das war!«

Und von dem Flugzeug war auch nichts mehr zu sehen.

Tom blickte in Gudruns entsetztes Gesicht. Sie dachten beide dasselbe: Wir sitzen mitten in der Wildnis fest, und jedes Krankenhaus ist viel zu weit entfernt!

Der schmächtige Mann in dem nagelneuen Khakianzug keuchte, als er endlich den höchsten Punkt des Ayers Rock erklommen hatte. Trotz der angenehmen Temperaturen des frühen Morgens war Kars Hemd durchgeschwitzt, und seine linke Gesichtshälfte brannte unter der dünnen Latexmaske.

Er setzte sich auf den kühlen Fels und starrte schweratmend über das Land hinweg. Er konnte die weißen Dächer einer Ferienanlage im dreißig Kilometer entfernten Yulara Resort sehen und die wenigen Straßen, die das Rot des Buschlandes durchschnitten. Ein Touristenbus kam langsam auf der Asphaltpiste von Yulara näher und wirbelte eine lange Staubfahne in die klare Luft.

Es würde nicht lange dauern, und unterhalb des Felsens würde es von abenteuerlustigen Reisenden wimmeln. Die Grashütten, wo die Aborigines ihre Bumerangs und sonstige Andenken verkauften, würden in Kürze umlagert sein von Leuten, die ihr Geld loswerden wollten.

Doch Kar hatte das Glück gehabt, in der Stunde nach Sonnenaufgang niemanden hier draußen zu treffen. Er hatte die Nacht im Auto verbracht, weil er einen tiefen Widerwillen verspürte, irgendwelche anderen Menschen zu sehen. Hing es damit zusammen, daß seine Verwandlung schon weiter fortgeschritten war, als er wahrhaben wollte? Oder lag es an dieser eigentümlichen Landschaft, in der etwas auf ihn zu warten schien – etwas, das er um jeden Preis sehen mußte? Kar konnte sich diese Fragen nicht beantworten, und schließlich kam er zu dem Schluß, daß sie ihn auch nicht wirklich interessierten.

Er starrte auf die scheinbar endlose Ebene herunter, ohne sie richtig zu sehen. Ihm wurde klar, daß es wenig Sinn hatte, hier oben herumzustehen. *Sehen* konnte er diese Ebene auch von der Pyramide aus, durch die dreidimensionale Darstellung seiner Anlage zur Zeitlosen Ortsversetzung. Er war nach Australien geflogen, um zu *fühlen*, was ihn so unwiderstehlich anzog und in einen schrecklichen inneren Aufruhr versetzte.

Er starrte einem Flugzeug der Rangers nach, das in der Ferne seine Kreise zog und schließlich abdrehte, zu einem winzigen silbernen Punkt wurde, der mit dem hellen Himmel verschmolz. Dann schien der Boden unter seinen Füßen sich zu bewegen.

Kar fuhr zusammen, und fast hätte er das Gleichgewicht verloren und wäre über den glattgeschliffenen, rundlichen Fels gerutscht, bis er weit unten zerschmettert worden wäre. Er krallte sich mit beiden Händen an einem Vorsprung fest, so heftig, daß der schwarze Handschuh über seiner linken Hand fast unter der Kraft dessen zerriß, was sich darunter verbarg.

Der Felsen schien plötzlich zu vibrieren, mit einer hohen Frequenz, die Kars Knochen zum Mitschwingen brachte. Er stöhnte leise auf, und dann schaute er wieder über die Ebene hinweg.

Jetzt konnte er es fühlen. Es hatte wieder angefangen, wie ein Erdbeben, das nur er wahrnehmen konnte, und niemand sonst! Ein Sinn in seinem Innern, etwas absolut Nichtmenschliches, ortete das Zentrum jener Vibrationen, die nur einige wenige Sekunden andauerten.

Kar starrte aus aufgerissenen Augen in die Wüste hinaus.

Sein Körper schien noch immer zu vibrieren, obwohl die intensive Empfindung aus dem Fels wieder verschwunden war.

Er zögerte ein paar Sekunden, bevor er sich entschlossen aufrappelte. Ein heiserer Schrei kam aus seiner Kehle, der nur zum Teil menschlich war.

Er rannte los, ohne auf den steilen, ungesicherten Abstiegsweg zu achten. Jeder andere Mensch wäre ausgerutscht und gestürzt, aber der blasse Mann mit dem Leinenhut und dem schwarzen Handschuh turnte plötzlich wie ein seltsamer Affe über den glatten, rotbraunen Sandstein.

Er mußte zu seinem Geländewagen!

Jetzt wußte er endlich, wohin er gehen mußte! Und selbst wenn es seinen Tod bedeutet hätte – es war zu spät, ihn von diesem Weg abzubringen.

»Sie sehen uns«, flüsterte Gudrun heiser. »Sie beobachten uns. Sei vorsichtig, Tom ...«

Sie lag in Toms Armen, und er trug sie den Weg zurück, den sie gestern zusammen gegangen waren. Zumindest hoffte er, daß es derselbe Weg war. Dieses Buschland sah überall fast gleich aus – roter Staub, Spinifex, verschiedene Kasuarinenarten. Ab und zu schaute er auf seinen Kompaß und war jedesmal erstaunt, wie sehr ihn sein eigener Orientierungssinn getrogen hatte.

Es ging auf Mittag zu, und die Hitze war mörderisch. Die Luft schien zwischen den Büschen zu stehen wie zähflüssiges Glas. Toms Arme und Schultern schmerzten grauenhaft unter dem Gewicht der jungen Frau, aber er versuchte, nicht darauf zu achten.

Sie durfte nicht gehen, damit sich das Schlangengift nicht noch schneller in ihrem Körper ausbreitete. Inzwischen fragte sich Tom jedoch, ob sie überhaupt noch gehen konnte. »Wer sieht uns?« fragte er keuchend. Gudruns Gesicht war sehr blaß und mit einem Schweißfilm überzogen. Ihre Augen irrten umher, starrten über seine Schulter hinweg, als sähe sie ein grauenhaftes Ungeheuer in seinem Nacken.

Tom setzte sie vorsichtig ab und massierte seine brennenden Muskeln. Er schätzte, daß er einen guten Teil der Entfernung bis zu Björnstads erstem Camp zurückgelegt haben mußte. Dort stand der Landrover – und vielleicht war immer noch ein Polizist mit einem Funkgerät da!

Gudruns Bein war angeschwollen, trotz Toms Erste-Hilfe-Maßnahmen. Das war nicht weiter verwunderlich: Das einzige, was beim Biß einer giftigen Schlange wirklich half, war das passende Gegengift. Und das mußte so rasch wie möglich verabreicht werden!

Wenigstens war die Schlange, die sie gebissen hatte, keine von der wirklich üblen Sorte. Dann hätte er nichts mehr für Gudrun tun können – sie wäre binnen Minuten gestorben. Doch ihr Bein war blaurot angeschwollen, sie drohte das Bewußtsein zu verlieren. Irgendein Gift war in ihrem Körper, und vielleicht war es in seiner heimtückischen Wirkung nur etwas langsamer ...

»Sie sind da«, sagte Gudrun. Sie blinzelte, und ihre grünen Augen wurden sehr klar. Sie griff nach Toms Arm und hielt ihn mit erstaunlicher Kraft fest. »Tom, ich spüre, daß sie uns beobachten! Jemand – *etwas* – ist da!«

Tom fühlte einen kalten Schauer seinen Rücken heruntergleiten. Gudrun hatte bereits mehrmals ein beinahe übersinnliches Gespür für Gefahren und Ereignisse gezeigt. Und jetzt fieberte sie nicht. Noch nicht!

Tom Ericson stand auf und schaute sich langsam und

sorgfältig um. Seine rechte Hand lag instinktiv auf dem Griff des Messers an seinem Gürtel. Zum ersten Mal, seit er nach Australien gekommen war, bedauerte er, daß er seinen 45er Colt nicht mehr bei sich hatte. Wahrscheinlich war die Waffe schon auf dem Weg nach Oake Dùn. Er würde sie bald abholen können. – Doch das half ihm hier im Outback wenig.

Etwas raschelte, und er wirbelte herum. Er erhaschte den Hauch einer Bewegung hinter einem niedrigen, staubigen Buschgürtel. Mehr nicht. Dann bemerkte er aus dem Augenwinkel ein Känguruh, das geduckt hinter dem bleichen Stamm eines Ghost Gums aufgetaucht war und ihn aus dunklen Knopfaugen beobachtete.

Vielleicht war hinter dem Buschgürtel auch ein Känguruh.

Vielleicht.

»Da ist nichts«, sagte Tom sehr ruhig zu Gudrun, als er wieder bei ihr niederkniete. »Willst du etwas trinken?«

Sie schüttelte schwach den Kopf. »Wie ... wie weit noch, Tom?«

»Es kann nicht mehr lange dauern«, meinte er. »Halt durch!« Er hoffte, daß die schreckliche Sorge nicht bis in seine Stimme durchgedrungen war. Er zerrte seinen Kompaß unter dem Hemd hervor, schaute auf die Nadel und unterdrückte einen wilden Fluch. Er war schon wieder ein Stück weit in die falsche Richtung gegangen! Wie zum Teufel konnte das passieren? War dieses elende Buschland so anders als all die anderen Wüsten, in denen er sich schon hatte zurechtfinden müssen? Er wollte den Kompaß schon wegstecken, als er etwas sah, was ihm den Atem nahm.

Eben hatte die Nadel noch dorthin gezeigt, wo er eigentlich Westen vermutet hatte. Jetzt beschrieb sie sanft, aber bestimmt eine Drehung, wirbelte etwas hin und her und zeigte genau in die Gegenrichtung. Still und scheinbar zuverlässig.

Tom Ericsons Lippen wurden schmal. Er klappte den Kompaß zu und steckte ihn endgültig weg.

Er war ein verdammter Narr! Da hatte er zehnmal in Björnstads Tagebuch etwas über Magnetfeld-Anomalien gelesen – und trotzdem vertraute er noch einem Kompaß! Nur, weil die Nadel jedesmal stillgehalten hatte, als er hingesehen hatte! Wahrscheinlich hatte er Stunden verloren, weil er dem Ding vertraut hatte – statt auf die Sonne zu achten! Stunden, die Gudruns sicheren Tod bedeuten konnten!

Eine eisige Faust hatte sich plötzlich um Tom Ericsons Eingeweide gelegt und drückte sie zusammen. Er richtete sich hastig auf, streckte sich, hielt nach dem Ayers Rock Ausschau. Das war doch ein klarer, eindeutiger Orientierungspunkt!

Doch es schien, als wollte ihn der Felsen ebenso narren wie der Kompaß. Ringsum in der brütenden, stillen Luft waren nur die Wipfel von Hunderten niedriger Bäume zu erkennen, Buschwerk und Hitzegeflimmer.

»Also die Sonne«, murmelte Tom grimmig. Er konnte mit ihrer Hilfe bestimmen, wo Süden lag ... doch er wußte nicht, wohin er inzwischen gelaufen war, den Hinweisen eines wahnsinnigen Kompasses folgend. Wahrscheinlich hatte er sich schon kilometerweit von Björnstads Traumzeitpfad entfernt – doch in welche Richtung?

Hoffnungslosigkeit drohte ihn wie eine graue Woge zu überschwemmen und seine Gedanken zu lähmen. Plötzlich fühlte er sich unendlich müde. Er zwang sich, genau nachzudenken.

Vom Parkplatz aus hatten sie den Ayers Rock gerade noch sehen können. Sie hatten sich weiter von ihm entfernt ... und dasselbe mußte er jetzt auch getan haben, als er in die Irre gelaufen war. Der Ayers Rock lag dicht unter dem Horizont ...

»Tom«, sagte Gudrun heiser und unterbrach seine Überlegungen, genau in dem Moment, als er der Lösung nahegekommen war. Aber etwas in ihrem Tonfall alarmierte ihn augenblicklich.

Er legte die Hand ans Messer und drehte sich um.

Und sah in die dunklen Augen eines fast nackten, schwarzen Mannes. Es waren scharfe, durchdringende Augen, weitaus bedrohlicher als der einfache Speer, den der Aborigine in der linken Hand hielt. Das Alter des Mannes war schwer zu schätzen – doch Tom sah auf den ersten Blick, daß er ganz anders war als die Eingeborenen, die er bisher gesehen hatte. Er trug nicht die Kleidung der Weißen ... und er strahlte eine beunruhigende Kraft aus, etwas Rätselhaftes und Gefährliches, wie man es allenfalls im ruhigen Blick eines Tigers finden konnte.

Die hagere nackte Gestalt kam langsam näher, ohne besonders auf Tom Ericson zu achten. Der Aborigine starrte auf Gudrun Heber hinunter. Er murmelte etwas, stieß sie leicht mit dem Schaft seines Speers an und kniete dann geschmeidig neben ihr nieder. Seine langen Finger berührten das goldene Schmuckstück, das Gudrun um den Hals trug.

Tom erinnerte sich, daß Gudrun es in den Atlantis-Ausläufern tief unter dem Meer bei den Azoren gefunden hatte.* Es stellte so etwas Ähnliches wie einen Falken mit nach vorne gelegten Schwingen dar, und Gudrun hatte es von Anfang an gemocht.

Offenbar mochte der Aborigine es auch.

Tom war erstaunt, daß der Mann nicht versuchte, den goldenen Anhänger abzunehmen. Er ließ das Schmuck-

* siehe Buch 1 ›Inferno unter dem Meer‹ (Seite 7ff)

stück plötzlich los, starrte beinahe ehrfürchtig darauf und murmelte dann einige grollende Worte. Gudrun beobachtete den Eingeborenen, aber der Mann schaute ihr niemals in die Augen.

Er richtete sich auf, trat einige Schritte zurück und musterte Tom scharf. »Frau krank«, sagte er in dem dumpfen Pidgin-Englisch, das viele Aborigines benutzten, die wenig mit Weißen zu tun hatten. »Frau braucht Hilfe.«

»Allerdings«, sagte Tom Ericson hart. Er hatte sein Messer längst losgelassen. Der Eingeborene hatte zwar einen Speer, aber er schien nicht die Absicht zu haben, die Waffe zu benutzen. »Ist dein Dorf in der Nähe? Habt ihr ein Funkgerät dort?«

Der Mann machte einen verächtlichen Laut mit den Lippen. »Nichts Funk! Du nicht gehen in Dorf! Kein Weißer in Dorf!« Er starrte Tom mit plötzlicher, beunruhigender Feindseligkeit an. Offenbar wollte er nicht, daß ein Weißer erfuhr, wo das Dorf seines Stammes lag. Er machte eine schnelle Bewegung mit dem Speerschaft, deutete auf Gudrun, die sich mühsam halb aufgerichtet hatte. »Nimm Frau. Komm mit mir! Schnell!«

»Wo willst du hin?« fragte Tom. Wenn der Mann vorhatte, einen Rundgang durch den Nationalpark zu veranstalten, sollte er das ruhig alleine tun! Der Aborigine starrte ihn an wie ein Feldwebel, der einen widerspenstigen Rekruten vor sich hat. »Was hast du vor?« fragte Tom ruhig.

»Vertrau ihm!« rief Gudrun mit schwacher Stimme. »Bitte, Tom!« Sie versuchte aufzustehen, aber Tom hob sie hoch und trug sie. »Tu, was er sagt«, flüsterte sie und legte ihren Kopf an seine Schulter. Er konnte spüren, wie ihr Körper unter seinen Händen zitterte.

Der Aborigine drehte sich um und lief los. Es war ein

leichter Trab mit kleinen Schritten, der sehr gemütlich wirkte. Doch die Geschwindigkeit, die der hagere Mann entwickelte, war beeindruckend. Tom Ericson stolperte schweratmend hinter ihm her, Gudruns Körper auf den Armen.

Es paßte ihm ganz und gar nicht, blind auf einen Fremden zu vertrauen. Doch Gudrun schien zu spüren, daß es gut war ... und im Grunde hatte er keine andere Wahl mehr.

Dennoch hoffte er, daß er keinen tödlichen Fehler beging, als er diesem düsteren Aborigine durch den glühenden Busch folgte.

Die Felsenplatte war rötlich und mit Glimmerschiefer-Einsprenkelungen durchsetzt. Sie lag im Schatten einiger großer Desert Oaks, und dichtes Buschwerk war bis an ihren unregelmäßigen Rand gewachsen. Der Felsen war annähernd oval und eigentümlich kühl, als Tom Gudrun endlich absetzte.

Er berührte ihre Stirn und erschrak, wie heiß sie sich anfühlte. Er wollte ihr Wasser zu trinken geben, aber sie hatte das Bewußtsein verloren.

Toms Hände zitterten, als er sich aufrichtete und zurücktrat.

Dunkle, hagere Gestalten standen um die Felsenplatte herum. Tom wußte nicht, wo sie auf einmal herkamen – ob sie schon Stunden gewartet hatten, oder ob sie eben erst angekommen waren. Er war zu erschöpft und zu besorgt, um sich noch großartig darüber Gedanken zu machen.

Die Männer waren bemalt, mit ockerfarbenen, roten und weißen Streifen. Keiner von ihnen sagte etwas zu Tom oder zu dem Mann mit dem Speer, der ihn hierhergeführt hatte. Tom war fast eine Stunde lang hinter dem Aborigine hergejoggt, und jetzt war er fast am Ende seiner Kräfte. Sein Hemd klebte ihm auf dem Körper, und unter seinem Hut rannen Ströme von Schweiß über seine stoppelbärtigen Wangen.

Eine unheimliche Stille lag über der Lichtung mit der ovalen Felsenplatte. Schweigend versammelten sich die bemalten nackten Männer um Gudrun, starrten auf die bewußtlose Anthropologin herab wie sonderbare Wissenschaftler, die eine neue Theorie aufstellen wollen. Tom Ericson sah jetzt zum ersten Mal, daß die Felsenplatte bemalt war. Bemalt und eingeritzt, insbesondere an den Rändern. Normalerweise hätte seine wissenschaftliche Neugier augenblicklich das Kommando übernommen und ihn zu intensiven Untersuchungen veranlaßt – doch jetzt interessierten ihn die komplizierten Malereien und Steinmeißeleien wenig.

Er mußte Gudrun helfen!

»Was habt ihr vor?« fragte er und trat hinter die bemalten Aborigines. Ein Teil seines Verstandes beschäftigte sich mit ihnen, analysierte, ordnete. Offenbar waren diese Leute von den Einflüssen der sogenannten Zivilisation einigermaßen verschont geblieben. Sie trugen keine ausgebeulten Hosen und T-Shirts, und nichts an ihnen deutete darauf hin, daß sie irgendein Interesse an den materiellen Dingen hatten, die Weißen oder zivilisierteren Aborigines so wichtig waren.

Und sie lebten in einem Gebiet, in dem es nach offizieller Auskunft überhaupt keinen Stamm geben konnte! Da die australischen Eingeborenen sehr territorial orientiert waren, konnte das nur eines bedeuten: Diese Leute hatten ihre Existenz erfolgreich verheimlichen können. Und das in der Nähe eines Geländes, durch das jeden Monat Tausende von Touristen geschleust wurden!

Die Männer beachteten ihn nicht. Sie schienen alle Gudruns goldenen Anhänger zu bewundern – ein Verhalten, das Tom etwas unangemessen erschien. Er sah, daß einige der Männer primitive hölzerne Musikinstrumente bei sich trugen. Plötzlich fragte er sich, ob sie einfach gespürt hatten, daß Gudrun hierhergetragen wurde. Sie hatten es gespürt und waren gekommen.

Er wollte gerade eine neue ungeduldige Frage stellen, als sich der Mann mit dem Speer, der ihn hergebracht hatte, zu ihm umwandte. »Warte!« befahl der Mann mit harter Stimme. Er schaute Tom wieder mit jenen mißtrauischen, durchdringenden Augen an und deutete mit einer Hand zum Rand der Felsenplatte, eine schnelle, gebieterische Geste. »Warte!«

Tom atmete tief durch, aber er mußte sich fast auf die Zunge beißen, um nicht augenblicklich zu widersprechen. Er tat, was der Aborigine von ihm verlangt hatte. Und sandte ein inneres Stoßgebet zum Himmel, daß diese Leute wußten, was sie taten.

Immerhin war es möglich, daß sie aus jahrtausendelanger Erfahrung genau wußten, wie man bestimmte Schlangenbisse am besten behandelte. Tom war Wissenschaftler, aber er war nicht so borniert, anzunehmen, daß die Heilkunde der Naturvölker wertlos war. Und er hatte in den letzten Monaten genug unfaßbare Dinge erlebt, um an der empirischen Berechenbarkeit der Realität zu zweifeln.

Er sah, daß zwei der Männer mit Kräutern hantierten, die sie aus einem kleinen Lederbeutel holten. Sie schienen sie zerreiben zu wollen. Einer brachte Wasser in einem Schlauch.

Das Warten zermürbte Tom innerlich, obwohl es erst wenige Minuten waren, die seit der Ankunft bei der Felsenplatte verstrichen waren. Er war gewohnt, zu handeln, statt einfach abzuwarten – besonders in Situationen wie dieser!

Fast automatisch holte er den kleinen Fotoapparat aus der Tasche, ohne daran zu denken, was die Eingeborenen davon halten mochten. Er gab dem Instinkt des Archäologen nach, kniete nieder und machte Fotos von den Zeichnungen und eingeritzten Linien im Fels. Er sah kaum, was er da fotografierte ... aber er mußte irgend etwas tun, um nicht verrückt zu werden. Laute Stimmen ließen ihn aufblicken.

Die Eingeborenen hatten sich in einem engen Kreis um die bewußtlose Gudrun hingehockt.

Zwei von ihnen diskutierten aufgeregt miteinander, und einer deutete mit dem Finger immer wieder auf Toms Brust.

Er starrte auf den Fotoapparat in seinen Händen. Offenbar störte es sie, wenn er ...

Der Mann mit dem Speer trat blitzschnell auf ihn zu. Tom glaubte, er wollte ihm die Kamera entreißen – doch statt dessen legte er eine breite, langfingrige Hand auf seine Brust.

Auf die Stelle, wo er den sorgfältig verpackten Sternensplitter aus der Palenque-Maske trug, in einem Brustbeutel aus dickem Leder.

Der Mann riß die Hand weg, stieß einen dumpfen Ruf aus und sprang zurück. Die anderen Aborigines erhoben sich, murmelten miteinander und musterten Tom nervös.

Ericson steckte mechanisch die Kamera weg und griff nach dem Brustbeutel. Er konnte nichts durch das dicke, feuchte Leder spüren – doch der Mann mit dem Speer hatte den Eindruck erweckt, von einem elektrischen Schlag getroffen worden zu sein.

Vielleicht hatte er gespürt, welch todbringende Macht dieser Splitter besaß. Vielleicht waren seine Sinne noch nicht durch die Zivilisation abgestumpft und geblendet worden.

»Du: Nicht bleiben!« knurrte der Mann mit dem Speer. Er streckte abermals die Hand aus, packte Toms Schulter, zerrte ihn grob von der Felsenplatte. Er stieß den breitschultrigen Archäologen weiter, durch die dichten Büsche hindurch, welche die Sicht auf den Felsen verdeckten. Die Augen des Mannes schienen zu glühen, als er Tom anstarrte. »Du darfst nicht sehen!« rief er und zeigte in Gudruns Richtung. »Du nicht sehen – schlimm für Frau, wenn sehen! Warte! Warte!«

Er deutete auf den verbrannten Rest einer Desert Oak, der vom letzten Buschfeuer übriggeblieben war. Und der Ausdruck in seinem dunklen, faltigen Gesicht war eindeutig.

Tom sollte bei dem schwarzen Baumskelett warten. Und wenn er es nicht tat, würden sie Gudrun nicht helfen können – aus was für Gründen auch immer.

Schlimmer noch – der Mann mit dem Speer sah ganz so aus, als würde er mit allen Mitteln verhindern wollen, daß sich Tom in die Zeremonie einmischte.

Tom Ericson war einen Moment lang versucht, dem Kerl den Speer wegzunehmen und Gudrun von diesem unheimlichen Ort wegzubringen. Vielleicht hätte er es getan, wenn er sich nicht an Gudruns Stimme erinnert hätte, an ihren flehenden Blick: »Tu, was er sagt!«

Sie hatte die Ahnung gehabt, daß gut für sie war, was die Aborigines taten. Und bislang waren Gudruns Ahnungen meistens richtig gewesen.

Also seufzte Tom Ericson, wandte sich ab und setzte sich in den spärlichen Schatten unter dem verbrannten Baum. Er konnte jetzt das seltsame Geräusch der Schwirrhölzer hören, und das Pfeifen eines flötenähnlichen Instruments. Der dumpfe Singsang einer fremdartigen Beschwörung drang durch die staubigen Büsche, die seine Sicht verstellten.

Die Heilzeremonie hatte offenbar begonnen.

Tom lauschte dem heftigen Pochen seines eigenen Herzens. Er hatte keine andere Wahl, als zu warten ... und zu hoffen, daß Gudrun leben würde.

Kühle Hände berührten Gudruns Körper.

Ein seltsames, vibrierendes Geräusch hing in der Luft. Sie wußte, sie hatte es schon einmal gehört ... aber sie konnte sich nicht erinnern, wo. Irgendwo sangen Stimmen, aber sie waren weit entfernt. Sehr weit.

Nebel hüllte sie ein, und sie fühlte, wie sie fiel.

Der Nebel war heiß, er war brühendheißer Dampf, und sie wollte schreien, aber der Dampf nahm ihr den Atem und verstopfte ihre Lungen.

Dann lichtete sich der Nebel, und sie stand in einem Keller. Es war warm und stickig, und eine dreckige nackte Glühbirne hing von der Decke. Die Birne schwang hin und her, sandte rasende Schattenspiele über die großen grauen Steine, aus denen die Kellerwände bestanden.

Gudrun hatte plötzlich Angst.

Sie wußte, sie war nicht allein.

Sie drehte sich um, aber sie konnte niemanden sehen. Von irgendwoher drangen wieder die Geräusche, die ihr so seltsam vertraut vorkamen, aber sie waren weit entfernt und konnten sie nicht beruhigen.

Eine Hand packte ihr Genick.

Es war eine kalte, schuppige Hand, und Gudrun schrie, so laut sie konnte. Sie riß die Arme hoch, um sich zu befreien, aber es war zu spät.

Aus den Wänden schossen bleiche, langfingrige Hände

und klammerten sich an ihren Handgelenken, ihren Armen, ihren Knöcheln fest. Sie warf sich dagegen, sie wand sich, aber der Griff dieser Hände war eisern.

Gudrun riß den Mund auf und versuchte zu schreien, aber eine weitere Hand packte ihre Kehle. Der Schrei blieb in ihrer Brust, er wollte heraus und drohte ihre Lungen zu sprengen ...

Dann fiel der Boden unter ihren Füßen weg. Er fiel so schnell, daß es Gudrun beinahe vorkam, als schaute sie durch den Lauf eines Gewehrs hinter einer davonfliegenden Kugel her. Der Schacht unter ihren Füßen war lang und dunkel. Seine Wände schwitzten dickes, schwärzliches Blut aus.

Die Hände ließen los, und Gudrun fiel.

Sie stürzte in den Schacht, und noch immer war der Schrei in ihrer Kehle gefangen. Sie stürzte schneller und schneller.

Sie wußte, der Schrei würde sie zerreißen, noch während sie fiel.

Der schwere Geländewagen walzte durch das Buschwerk wie ein Panzer. Die breiten Reifen wirbelten Staub und Steine meterhoch in die Luft. Das Lenkrad zuckte unter Kars Händen, aber er hielt das Fahrzeug auf Kurs.

Seit einigen Minuten schon hatte er keine Straße mehr unter den Rädern, aber das war ihm egal. Er würde so weit fahren, wie er kam.

Er zerbiß einen lästerlichen Fluch zwischen den Zähnen, als der Stamm eines Baumes auf den chromglänzenden Kühler des Wagens zuraste. Widerstrebend nahm er den Fuß vom Gas und zerrte am Lenkrad, um der Akazie auszuweichen.

In diesem Augenblick fing das Vibrieren wieder an.

Diesmal war es stärker als auf dem Felsen – viel stärker!

Kar keuchte vor Überraschung, sekundenlang wie gelähmt von der Intensität der Empfindungen, die über ihn hereinbrachen.

Bevor er sich fassen konnte, rollte das rechte Vorderrad des Geländewagens über eine Wurzel, der Kotflügel streifte den Baumstamm.

Der japanische Geländewagen bäumte sich auf, flog geradezu über den harten Boden und die Felsen – und kippte auf die Seite, als Kar mit einem heiseren Aufschrei am Steuer riß.

Die Welt stellte sich auf den Kopf, und ein furchtbarer Stoß erschütterte das Fahrzeug. Roter Staub und Glasscherben flogen durch die Kabine. Heulend erstarb der Motor.

Kar hing hilflos in den Gurten, und Schmerz erfüllte seinen Körper. Ein schwarzer Strudel wirbelte um ihn herum, drohte ihn mit sich zu reißen, in den Abgrund der Besinnungslosigkeit.

Aber das Vibrieren war immer noch in seinen Knochen zu spüren ... und es wurde stärker, mit jedem schmerzhaften Herzschlag, den sein Körper zustandebrachte.

Es ist nur ein Alptraum! fuhr es wild durch Gudruns Gedanken – doch das half ihr nichts. Sie hatte das Gefühl, immer schneller zu stürzen, immer tiefer hinein in den endlosen Schacht, dessen dunkle Wände nebelhaft an ihr vorbeirasten. Ihre Ohren füllten sich mit einem Donnern, das immer lauter wurde, bis sie glaubte, ihre Trommelfelle müßten zerplatzen.

Dann sah sie etwas aufblitzen, weit in der Tiefe. Erst war es nur ein Punkt, aber er raste blitzschnell auf sie zu, wurde immer größer – und dann fing sie an zu schreien, konnte endlich schreien, während nackte Panik über sie hereinbrach.

Sie stürzte mit ungeheurer Geschwindigkeit auf eine Wand aus Kristall zu.

Es war eine dicke, in allen Regenbogenfarben schillernde Platte von exakt ovaler Form. Gudrun sah einen Moment lang die prachtvollen Farben, während das Donnern immer weiter in ihren Ohren anschwoll und ihr eigenes Brüllen übertönte.

Die Farben hüllten sie ein, als wie ein Meteor auf der gewaltigen Platte aufschlug.

Stille.

Dicke, grüne Blätter rauschten leise und heiß an Gudrun vorbei. Die Welt drehte sich um sie herum, und außer Blättern und Farnwedeln und riesigen roten Blüten konnte sie nichts erkennen ... eben weil sich alles noch zu schnell drehte.

Aber das Dröhnen war fort, und das war gut.

Ein seltsamer Traum, dachte Gudrun. Wahrscheinlich hatte es mit dem Fieber zu tun ... sie hatte irgendeine Krankheit gehabt ... oder war es ein Schlangenbiß gewesen?

Sie trieb auf eine Lichtung hinaus, und das unterbrach ihr seltsam gebremstes Nachdenken. Sie konnte schwarzes, ölig schimmerndes Wasser sehen, aus dem die riesigen Farne und die Bäume mit der schuppigen Rinde wuchsen. Es waren gewaltige Bäume, größer als sie sie jemals gesehen hatte ... und seltsam fremdartig. Insekten summten durch die Luft, und Gudrun erschrak, als sie bemerkte, daß einige davon größer als eine Männerfaust waren. Doch auch dieses Erschrecken war eigentümlich gebremst, wie durch eine Droge, die ihren Kopf vernebelte.

Durch ein Dach aus dunkelgrünen Blättern quollen einige Lichtstrahlen – rotes, sirupartiges Licht, das wirkte, als könnte man es auffangen und in Flaschen wegtragen.

Es ist ein Fiebertraum, überlegte Gudrun träge. *Nichts weiter als ein idiotischer Fiebertraum.*

Dann sah sie Gunnar Björnstad.

»Ich heiße Tom Ericson«, sagte Tom zu dem Mann mit dem Speer, der ihn schon seit einer Viertelstunde genau beobachtete. Im Gesicht des Eingeborenen regte sich nichts.

Ericson stand auf und streckte die Hand aus. »Tom«, wiederholte er ruhig. Er mußte irgendeinen Kontakt, eine Beziehung aufbauen. Schließlich wollte er nicht stundenlang hier sitzen und einfach warten, was weiter passierte. Er mußte wenigstens beobachten, wie es Gudrun ging, was mit ihr geschah.

»Weißer Name John«, sagte der Aborigine mit dem Speer. Er nahm Toms Hand nicht. Und er schien auch keine Lust zu haben, Tom seinen richtigen Namen in der Sprache seines Stammes zu nennen.

»Okay, John«, begann Ericson so ruhig, wie er es bewerkstelligen konnte. »Mir liegt an dieser Frau viel, um die sich gerade deine Freunde bemühen. Ich bin dankbar für eure Hilfe. Aber ich werde nicht hier draußen stehenbleiben und auf den Sonnenuntergang warten!«

Er machte einige Schritte vorwärts und spähte durch eine kleine Lücke in den Büschen, die ihm die Sicht verstellt hatten. Gudrun war noch immer bewußtlos, aber sie atmete ruhig und gleichmäßig. Er hatte sogar den Eindruck, daß ihre Gesichtsfarbe gesünder geworden war.

Die bemalten Aborigines hatten sich ein Stück zurückgezogen. Sie saßen in einem lockeren Kreis um sie herum, ließen ihre Schwirrhölzer durch die Luft sausen und spielten auf anderen urtümlichen Instrumenten, die wie eine Kreuzung aus Regenrinne und Flöte wirkten. Einer sang monoton und laut zum eigentümlichen Klang des kleinen Orchesters.

»Nicht gut für sie, wenn du kommen!« rief John aufgeregt. Tom sah wirkliche Sorge in seinem zerfurchten Gesicht. John hielt den Schaft des Speeres vor Toms Brust, als fürchtete er sich, ihn anzufassen – doch er wollte Tom offenbar auch nicht mit der Spitze bedrohen. »Die Frau ... gutes Ding! Du – schlecht! Böser Stein!« Der Mann versuchte, Tom mit dem Schaft des Speeres zurückzudrängen.

Tom dachte an den Splitter aus der tödlichen Maske, den er bei sich trug. Er wollte nicht, daß er wieder in falsche Hände geriet, deshalb hatte er ihn bislang nicht aus den Augen gelassen. Und wenn er ein wenig darüber nachdachte, konnte er gut verstehen, daß sich John fürchtete.

Doch woher wußte der Aborigine überhaupt, *was* dieser Sternensplitter war ...? Und warum waren sie alle so übermäßig beeindruckt von Gudruns Anhänger?

»Schon gut«, sagte Tom und zog sich wieder zurück. Er hatte gesehen, daß sich Gudruns Zustand wenigstens nicht verschlechtert hatte. Eigentlich sollte er jetzt die Beine in die Hand nehmen und zusehen, daß er einen Flying Doctor herbeiholen konnte.

Doch erst mußte er wissen, ob er diesen Leuten wirklich trauen konnte. Wenn sie Gudrun für so wichtig hielten, dann war ihnen zuzutrauen, daß sie sie versteckten, um sie vor dem Zugriff eines weißen Arztes zu bewahren.

»Warum helft ihr Gudrun überhaupt?« fragte Tom. Er deutete zur Felsenplatte hinüber. »Sie heißt Gudrun, weißt du. Ist es wegen dem Anhänger, den sie trägt?« Er sprach betont langsam und deutlich, aber er hatte das Gefühl, daß ihn John auch verstanden hätte, wenn er jeden zweiten Buchstaben verschluckt hätte.

John schwieg eine Weile. Dann sagte er ruhig: »Mach dir keine Sorgen! Frau wird gesund! Wenn Probleme kommen, wir holen Alten Mann. Heiligen Alten Mann, der mit Menelik spricht! Er große Macht!« John blickte Tom beschwörend in die Augen. »Aber nicht Probleme kommen werden. Alles gut. Doch wenn Probleme – Heiliger Mann wird in Ordnung bringen. No worries, Mister Tom!«

»Menelik?« fragte Tom automatisch. Der Name hatte etwas in seinem Gedächtnis angerührt.

»Großer Menelik! Tausend Jahre alt!« rief John begeistert, und Tom erinnerte sich sofort an die Traumzeit-Mythologie. Wahrscheinlich war dieser Menelik irgendein Fabeltier aus der Urzeit der Aborigines, der Schöpfer von Wasserquellen oder nahrhaften Früchten ...

Der Gedanke zerriß wie ein abgenutzter Faden, als Tom etwas metallisch schimmern sah. Einige Meter zu seiner Linken, im Schatten eines blühenden Strauchs. John folgte ihm zögernd, als Ericson mit langen Schritten dorthin eilte.

Ein Kamerastativ lag im Staub, vergessen von irgendeinem Touristen.

Oder sollte es etwa ...

Toms Blick streifte den mißtrauischen John. Plötzlich glaubte er nicht mehr, daß sich irgendein Tourist in diese abgelegene Gegend verirren könnte.

Er bückte sich und hob das Stativ auf.

Es war ein schweres Gerät, kein Billigfabrikat. Wohl

aus diesem Grund klebte ein roter Plastikstreifen daran, auf dem der Name des Besitzers stand.

›*Dr. G. Björnstad, Yulara Resort*‹. Dann folgte der Name des Luxushotels, in dem der schwedische Wissenschaftler eine Zeitlang gewohnt hatte.

»Björnstad war hier«, flüsterte Tom, und plötzlich erinnerte er sich an die grobe Karte, die der Mann in das wissenschaftliche Tagebuch gezeichnet hatte. Am Ende des geheimnisvollen Traumzeitpfades war ein ovales Etwas aufgezeichnet gewesen, mit dem lapidaren Zusatz »Roter Stein«.

Björnstads Gruppe hatte das Ende des Traumzeitpfades erreicht! Sie waren hier gewesen, an dieser ovalen Felsenplatte aus rotem Sandstein!

Tom fuhr auf dem Absatz herum. Beunruhigende Ahnungen huschten durch seinen Verstand, und plötzlich hatte er Angst um Gudrun – viel mehr Angst als noch vor einer Stunde, als er sie bewußtlos durch den roten Staub geschleppt hatte.

»Die Männer!« rief Tom und hob das Kamerastativ demonstrativ hoch. Er deutete auf den roten Plastikstreifen mit der eingeprägten Schrift, als ob das alles erklären würde. »Wo sind die Männer, die dies hier zurückgelassen haben?«

Er behielt Johns Speerspitze genau im Auge, während der hagere, beinahe nackte Mann überlegte. In Johns dunkle, wachsame Augen stahl sich so etwas wie Verblüffung. Gewaltige Verwunderung über das Ausmaß der Unwissenheit, das dieser weiße Mann zeigte.

Schließlich sagte John mit einem freundlichen Lächeln: »Fort! Sie sind fort!« Seinem Gesichtsausdruck nach schien er das für eine sehr ausführliche und erschöpfende Auskunft zu halten.

Tom atmete tief durch und konnte sich gerade noch

bremsen, eine scharfe Antwort zu geben. Er suchte noch nach den richtigen Worten, als der Aborigine zur Seite schlenderte, zu einem grauen Stein, der nur wenige Meter vom Rand der Felsenplatte entfernt sein konnte. Auch hier verdeckte das dichte Buschwerk den Blick auf den flachen Monolithen.

John zog etwas Langes mit einem Ruck aus dem Boden und reichte es Tom. Es war ein verbogener Zelthering, an dem ein Stück Kunststoffschnur baumelte. Tom betrachtete die Schnur genauer.

Auf den ersten Blick sah es aus, als wäre sie mit einem sehr scharfen Messer abgeschnitten worden. Doch wenn man genau hinsah, konnte man erkennen, daß die Fasern an der Schnittfläche wie geschmolzen wirkten.

Augenblicklich fiel Tom ein, wo er so etwas schon einmal gesehen hatte. Es war in der versunkenen atlantischen Station gewesen, wo er Gwadain getroffen hatte ... und den ZERSTÖRER. Als das Transporter-Tor hinter ihm erloschen war, hatte es dadurch ein Seil zertrennt, das er zur Sicherheit hindurchgespannt hatte.

Das Ende des Seils hatte genauso ausgesehen.

Tom starrte den Aborigine fassungslos an. »Hier ... hier war das Lager? Das ist von einem Zelt Björnstads?«

»Camp war hier«, sagte John ernst. »Jetzt nicht mehr.« Er lächelte wieder, als erkläre er damit alles: »Sie sind fort!«

Gudrun träumte.

Sie träumte von einer urzeitlichen Welt, die erfüllt war von blutigrotem Licht, von unberührten Sümpfen, feuchtheißer Luft ... und von Gunnar Björnstads Camp.

Sie sah Björnstads blasses, rundliches Gesicht, aber sie konnte nicht aufstehen und zu ihm gehen. Sie war sich nicht einmal sicher, ob sie sprechen konnte. Sie fühlte sich leicht und schwebend ... und sie konnte beobachten.

Es waren sechs Männer, die ein Zelt zwischen riesigen Schilfrohren aufgestellt hatten. Auf einer Art Landzunge, die in das brodelnde schwarze Wasser hinausreichte. Das Zelt und die Kleidung der Männer waren bespritzt mit braunem Schlamm, und sie saßen nahe zusammen wie Kinder, die sich im Dunkeln fürchten. Nur einer von ihnen saß nicht. Er lag auf einer Decke neben dem Zelt und stöhnte ab und zu leise. Sein Gesicht war gerötet, und sein Atem ging pfeifend.

»Wir haben nichts erreicht!« sagte einer der Männer. Er saß dem blonden, rundlichen Björnstad gegenüber. Er hatte schwarze Haare und machte einen durchtrainierten Eindruck. »Wir laufen hier seit zahllosen Stunden herum und wissen nicht einmal, wo wir sind! Oder vielleicht sollte ich lieber sagen ... in *welcher Zeit* wir sind!«

»Angesichts der Umstände dürfte das auch schwierig herauszufinden sein, Dr. Franke«, murmelte Björnstad. Er stützte seinen Kopf in die Hände und verharrte eine Weile in dieser Haltung. »Wir müssen einen Weg finden, hier zu überleben! Alles andere ist zweitrangig. Es interessiert mich nicht, wo und wann ich bin – ich will nur einigermaßen sicher sein, daß ich den morgigen Tag noch erlebe!«

»Gibt es hier überhaupt so etwas wie *Tage*?« knurrte Franke.

»Schauen Sie sich Holden an!« schrie Björnstad. Er deutete auf den Mann, der krank neben dem Zelt lag. »Wir wissen nicht einmal, was für ein verdammtes Virus ihn befallen hat! Wir müssen einen Weg finden, uns zu schützen! Wir müssen raus aus dieser Hölle! Hier können Menschen nicht überleben!«

»Wohin wollen Sie denn in diesem Sumpfland gehen?«

fauchte der dunkelhaarige Mann namens Franke. »Nein, wir müssen hierbleiben und unseren Verstand einsetzen! Irgend etwas hat uns hierhergebracht, und wir müssen herausfinden, was das war! Dann kommen wir auch wieder zurück. Wir sind Wissenschaftler, und als Wissenschaftler müssen wir versuchen, die Natur zu erkunden – die Natur all dessen, was uns hier bedroht! Wir dürfen nicht länger wie kleine Kinder wegrennen.«

Björnstad starrte den jüngeren Mann nur hilflos an. Es war deutlich zu sehen, daß der blonde Physiker an der Grenze seiner körperlichen und geistigen Kräfte angekommen war.

»Ich fürchte, wir können weder das eine noch das andere«, murmelte er. »Sie und ich, wir sind Physiker. Was haben wir noch? Einen Geologen, einen wissenschaftlichen Mitarbeiter, einen Koch, einen Fahrer und Techniker. Jack ist als Sanitäter ausgebildet, aber wir haben keinen Arzt und keinen Biologen. Wenn unsere Vorräte zu Ende gehen, müssen wir von dem leben, was wir finden ... aber kennen wir irgendeine der merkwürdigen Pflanzen, die hier wachsen?«

»Wir sollten aufhören zu reden und endlich handeln!« knurrte ein dritter Mann aus der Runde. Ein stämmiger, muskulöser Mann mit einem Schnauzbart und scharfen, grauen Augen. Er trug einen blauen Overall und einen breitkrempigen Hut, wie man ihn öfters im australischen Outback sehen konnte. »Dauernd wird hier nur herumdiskutiert! Aber wir sind nicht im Hörsaal, Leute! Wenn wir keinen richtigen Plan auf die Beine stellen können, sind wir bald alle tot!« Sein Englisch war deutlich australisch eingefärbt, und seine kräftigen Hände ließen darauf schließen, daß er harte Arbeit gewohnt war.

Gudrun konnte sein Gesicht in ihrem Traum beinahe überdeutlich erkennen. Sie konnte den Zorn spüren, der den Mann beherrschte – und sie wußte plötzlich, daß das Jack Benton war, Mechaniker, Fahrer und Sanitäter. Doch sie konnte beim besten Willen nicht sagen, woher sie ihr Wissen hatte.

Björnstad machte eine hilflose, wütende Geste. »Wenn Sie die Führung übernehmen wollen, Jack – bitte schön! Vielleicht finden Sie ja etwas, was wir bisher . . .«

Er riß den Kopf herum, als ein lautes Gurgeln erklang, nur wenige Meter entfernt im Sumpf. Brackiges Wasser wogte dickflüssig ans Ufer, Spritzer davon trafen Björnstad ins Gesicht. Mit schmatzenden, knallenden Geräuschen tauchte etwas über der Wasseroberfläche auf, dessen Anblick Björnstad laut aufbrüllen ließ.

»Weg hier!« kreischte der dunkelhaarige Mann namens Franke und rollte sich zur Seite, als ein gewaltiger dunkler Schatten über ihn fiel. Björnstad fiel vor Entsetzen auf den Rücken, schlug mit den Armen um sich und schaffte es irgendwie, auf die Beine zu kommen.

Über ihm klaffte ein Maul, das größer war als eine Baggerschaufel. Stinkender Schlamm und Pflanzenteile fielen auf Björnstad herab, als er schreiend zurückwich, die Augen auf etwas gerichtet, was jedem menschlichen Verstand spottete.

Ein Kopf an einem langen Hals, der so dick war wie eine alte Eiche und scheinbar ebenso widerstandsfähig. Es war ein Kopf von der Größe eines Kleinwagens, mit schimmernden gelben Augen und einem gewaltigen Maul, das nur aus Zähnen zu bestehen schien. Unterarmlange, spitze, gelbliche Zähne, Dutzende davon, dicht nebeneinander wie unregelmäßige, gebogene Palisaden.

Der Kopf, gepanzert und grünlich-schwarz, stieß herunter.

Björnstad brüllte abermals, als die Bestie ihn um Haaresbreite verfehlte. Die mächtigen Kiefer schlossen sich um das kleine Zelt, zermalmten Stangen und Stoff mühelos, rissen die Reste mit sich in die Höhe. Die kleinen gelblichen Augen blinzelten einen Moment lang verdutzt, dann schüttelte sich der gewaltige Kopf angewidert, und zermalmte Reste von Plastikstangen und Stahlrohren pfiffen wie Geschosse durch die Luft.

Die Männer rannten davon. Einer von ihnen rutschte ab und stürzte in den Sumpf, paddelte wie wahnsinnig und versuchte, sich wieder an Land zu ziehen. Nur zwei blieben zurück, während sich der massige Kopf der gewaltigen Sumpfechse langsam hin- und herdrehte und nach einem neuen Leckerbissen suchte. Der kranke Mann namens Holden, der vergeblich wegzukriechen versuchte, und ein junger, drahtiger Bursche mit einem Vollbart, der Holden auf die Beine helfen wollte.

»Kallup, kommen Sie!« kreischte Björnstad, aber es war schon zu spät.

Ein gewaltiges Rauschen erklang, als der riesige Kopf mit der Behendigkeit eines Raubvogels herabstieß. »Nein!« brüllte Björnstad verzweifelt. Er sah, wie sich die Kiefer schlossen, mit einem einzigen, unwiderruflichen Zuschnappen.

Die Echse riß Kallup in die Höhe wie ein gewichtsloses Spielzeug, aber zu diesem Zeitpunkt mußte er längst tot sein.

Björnstad sprang vor, ohne nachzudenken. Sein Gesicht war totenblaß, die Augen quollen ihm vor Entsetzen aus dem Kopf – aber er packte Holdens ausgestreckte Arme, zerrte den kranken Mann auf die Beine und lud ihn sich auf den Rücken. Björnstad taumelte unter dem Gewicht, aber er schaffte es, aufrecht zu bleiben.

Ein furchtbares Geräusch erklang hinter ihm, als die Echse ihren Kopf abermals schüttelte. Der massige, flache

Körper versuchte, sich ans Ufer zu schieben. Riesige Flossenarme brachten den Boden unter Björnstad zum Erzittern, als das Tier versuchte, seine Opfer zu verfolgen.

Björnstad ließ Holden zwischen riesigen Farnstauden auf den nassen Boden sinken, fiel auf die Knie und übergab sich. Hinter ihm fraß die Bestie den Rest des Zeltes auf, aber er konnte nicht weiter ... er konnte sich nicht einmal umdrehen und abschätzen, wie weit diese Ausgeburt des Wahnsinns noch von ihm und Holden entfernt war.

Die Bäume am Ufer schwankten, als die Echse sich ins Wasser fallen ließ. Eine schwarze Flutwelle brandete bis vor Björnstads Füße und zog sich nur widerstrebend zum Sumpf zurück. Als er sich schließlich umdrehte, war nur noch die unruhige Oberfläche des Brackwassers zu sehen, auf der Fetzen gewaltiger Wasserrosen und die Überreste des Zelts schwammen.

Das tonnenschwere Ungeheuer war verschwunden, als wäre es nur eine Fata Morgana gewesen.

»Ich träume doch ...«, keuchte Holden, der sich mit dem Rücken an den schuppigen Stamm eines gewaltigen Farns gelehnt hatte. Fingerlange Ameisen eilten geschäftig an seinen schmutzverkrusteten Stiefeln vorbei, ohne sich um ihn zu kümmern. »Sagen Sie mir, daß ich träume, Björnstad! Kallup ... dieses Biest hat Kallup einfach *verschluckt*! »Die Augen des kranken Geologen zuckten wild hin und her, als wollten sie den jungen Hilfswissenschaftler irgendwo zwischen den fleischigen Blättern dieser absurden Flora entdecken.

»Ich fürchte, das war kein Traum«, brachte Björnstad hervor. Seine Stimme klang wie raspelnde Glasscherben.

Gudrun Heber konnte ihn sehen, seine vom Schock geweiteten Pupillen, die genau in ihre Richtung starrten. Aber er schien sie nicht wahrnehmen zu können.

Im Traum passieren solche Dinge, dachte Gudrun. Ich bin gefangen in einem zweitklassigen, dreidimensionalen Horrorfilm!

Doch das Entsetzen, das sie spürte, war echter als in jedem Alptraum. Und sie hatte das Gefühl, daß die Panik und der beginnende Irrsinn der fünf Männer im Sumpf auf sie übersprangen ...

Nein, dachte sie plötzlich mit unheimlicher Klarheit, Björnstad hat recht. *Das hier ist kein Traum!*

Kar kletterte keuchend aus dem umgestürzten Fahrzeug. Sein Körper schmerzte teuflisch an einem Dutzend Stellen, aber er hatte sich nichts gebrochen.

Er blinzelte zornig in den gleißenden Himmel hinauf. Das beunruhigende vibrierende Gefühl, das seinen Unfall eigentlich verursacht hatte, war so schnell verschwunden, wie es gekommen war.

Kar marschierte um den Geländewagen herum. Ein Seitenfenster war zerbrochen, etwas Lack beschädigt, aber ansonsten war das Fahrzeug in Ordnung. Der einzige Fehler war, daß ihm nichts einfiel, um das Auto wieder auf seine vier Räder zu stellen.

Er sah sein Gesicht, das sich in einem der Fenster widerspiegelte. Die linke Hälfte sah verzerrt und verschrumpelt aus wie bei einem Monster. Kar tastete nach der Latexmaske, zerrte daran und korrigierte ihren Sitz, soweit das anhand des schwachen Spiegelbilds möglich war. Am liebsten hätte er das juckende Ding heruntergerissen und zehn Meter weit in die Wüste geschleudert. Doch falls er zufällig einen Ranger treffen sollte, wäre es vielleicht vorteilhaft, nicht auszusehen wie etwas aus einem Roman von Stephen King.

Kar fluchte wütend. Es kostete ihn einige Mühe, den

Rucksack und den breitkrempigen Hut aus dem Fahrzeug zu holen. Er hatte vorsorglich alles mitgenommen, was er für eine Wüstenwanderung benötigte. Jetzt wünschte er sich, eine Schußwaffe besorgt zu haben … aber es mußte auch ohne gehen. Noch besser wäre gewesen, ein paar Leute mitzunehmen und als Rückendeckung an einem Funkgerät im Yulara Resort zu postieren, aber er hatte bei seinem Aufbruch aus der Pyramide keine Zeit verlieren wollen.

Außerdem hatte er das Gefühl gehabt, allein sein zu müssen, wenn er diesem seltsamen Phänomen nachging.

Nun, dieser Wunsch war völlig erfüllt worden. Er stand ganz allein im Outback Australiens, viele Meilen von der nächsten Straße entfernt! Diesmal hatte er keine Leibwächter oder Söldner, die ihm helfen konnten.

»Die haben sowieso alles falsch gemacht«, knurrte der ehemalige Professor vor sich hin. Sein Blick fiel auf seine rechte Hand, als er den Rucksack überstreifte und die Gurte nachzog. Dieses seltsame Mal war noch immer auf seiner Haut, wie ein Stückchen Bernstein. Er dachte an die Steinernen Götter und den Wunsch, den sie ihm freigestellt hatten.

Vielleicht sollte er sich einfach wünschen, dorthin zu gelangen, wohin er wollte. Wohin er gezogen wurde.

Der Gedanke löste eine wilde Sehnsucht in seinem Innern aus, eine fremde, unheimliche Sehnsucht, die nichts Menschliches an sich hatte. Kar mußte sich mit aller Gewalt zwingen, diesen Gefühlssturm zu ignorieren.

Wenn er sich so etwas wünschte, wußte er ja nicht einmal, wo er dann landen würde! Vielleicht war die Stelle gefährlich … und vielleicht war sie auch so nahe, daß er nur ein paar Minuten zu Fuß zu gehen brauchte!

Mach' keinen Fehler! schärfte er sich ein. Was auch

immer mit dir geschieht – du mußt denken wie ein Mensch, nicht wie ein dummes Tier!

Doch er spürte, daß seine Sinne mehr und mehr wie die eines Raubtieres wurden. Vielleicht war das gar nicht so schlecht ...

Kar spähte über das Buschland und wählte eine Richtung aus.

Es gab einen Sinn in seinem Innern, der vor kurzem geweckt worden war. Er würde diesem Sinn folgen, egal, wohin er ihn führte.

Trotz der Stimme in seinem Unterbewußtsein, die ihm kreischend zubrüllte, daß er genau in seinen Untergang marschierte!

Gudrun hörte das rhythmische Geräusch von Schwirrhölzern und die monotone Stimme eines Sängers. Es war ein Gesang, wie sie ihn noch nie zuvor im Leben gehört hatte ... aber er schien sie zu rufen.

Einen Augenblick lang wurde das dunkle Blätterdach über ihr durchsichtig, und sie konnte schattenhafte Gesichter sehen, in gewaltiger Höhe. Streifen waren in diesen Gesichtern ...

Dann wurde ihr Traum wieder klarer.

Sie sah einen Mann aus dem Sumpf taumeln, bis zum Hals durchnäßt. Hal Morrow, der Koch, dachte sie, als sie die hagere Gestalt im roten Zwielicht besser erkennen konnte. Wieder wußte sie nicht, woher sie dieses Wissen hatte. Aber sie spürte die furchtbare Panik, die in jeder Faser seines Körpers vibrierte.

»Ich wäre fast abgesoffen!« keuchte Morrow heiser. Er stand in seiner ruinierten Khakikleidung da und starrte die anderen Männer anklagend an. »Warum hat mir keiner geholfen, verdammt noch mal!«

Björnstad wich seinem Blick aus, Benton ebenfalls. Der kranke Holden schien Morrow gar nicht wahrzunehmen. Nur Paul Franke, Computerspezialist und Doktor der Physik, blieb scheinbar unbewegt. Der breitschultrige Mann mit dem dunklen Haar musterte den Koch aus ausdruckslosen Augen. »Henrik Kallup hat zu helfen versucht, und Sie sehen, was aus ihm geworden ist«, sagte der deutsche Wissenschaftler kühl. »Sie können uns keinen Vorwurf machen, daß wir vor diesem unglaublichen ... Tier geflohen sind!«

»Verdammte Scheiße!« schrie Morrow. »Wenn wir nicht zusammenhalten, sind wir alle erledigt. Geht das nicht in Ihren akademischen Kopf, Herr Doktor?« Er machte zwei drohende Schritte in Frankes Richtung, aber der stämmige Jack Benton trat dazwischen. Er legte seine Hand auf Morrows Schulter und hielt den Australier zurück. »Ruhig, Hal«, sagte der Mechaniker. »Wir sind alle in einem Boot, und das letzte, was wir brauchen, ist Streit!«

»Es wird dunkel«, murmelte Björnstad. Das rote Licht hatte eine violette Färbung angenommen, und im tieferen Urwald herrschte bereits Nacht. Platschende Geräusche erklangen aus dem Sumpf, und seltsame Stimmen kreischten in der Dämmerung.

Björnstad starrte in die blassen Gesichter der anderen Männer. Keiner von ihnen hatte Lust, über den entsetzlichen Tod von Kallup zu reden. Und jeder von ihnen wußte, daß noch mehr Gefahren an diesem furchtbaren Ort lauerten ... Gefahren, die sie nicht einmal ahnen konnten!

Gudrun spürte, wie die Dunkelheit sie alle einschloß, und die Angst der Männer wurde zu ihrer eigenen. Die Geräusche aus dem Dschungel, die riesigen Ameisen, die sie vorhin gesehen hatte – die Echse aus dem Sumpf! In der Dunkelheit waren sie völlig hilflos allen Bedrohungen ausgeliefert.

»Ich habe unsere Rucksäcke von der Landzunge geholt«, sagte Franke in seinem überdeutlich akzentuierten Oxford-Englisch. »Wir haben noch zwei Lampen und viele Batterien, einige Liter Wasser, sehr viele Tabletten, um Sumpfwasser keimfrei zu machen. Marschverpflegung für einige Tage, einige leichte Schlafsäcke. Ein Sanitätskoffer ist auch noch da. Was wir an Meßgeräten und Laborausrüstung hatten, ist verloren gegangen oder durch die Feuchtigkeit unbrauchbar geworden. Das nur zu Ihrer Information, meine Herren.«

Morrow lachte bitter über seinen letzten Satz. »Großartige Neuigkeiten, danke schön!«

»Was ich damit sagen will«, fuhr Franke fort, »ist, daß wir nicht völlig hilflos dastehen. Leider besitzen wir keine Waffen! Aber wir haben einige Tage Zeit, uns an diesen Ort zu gewöhnen und Strategien zum Überleben zu entwickeln.«

»Wir müssen einen sicheren Ort finden«, sagte Björnstad mit harter Stimme. »Hier ist überall Sumpf. Weiß der Teufel, was für Viehzeug da noch lauert!«

»Ich bin dafür, daß wir an Ort und Stelle bleiben, solange es Nacht ist«, erwiderte Franke. »Wenn wir durch die Finsternis stolpern, versinken wir nur im Morast oder laufen irgendwelchen bösartigen Tieren vor die Fänge.« Das letzte violette Aufflackern der Dämmerung schickte eigenartige Funken in seine dunklen Augen. »Es wird schon kühler. Ich denke, daß die Reptilien und Insekten, die es hier gibt, jetzt weniger aktiv sein werden. So ist das zumindest mit den wechselwarmen Tieren, die wir ... aus unserer Zeit kennen.«

»Was soll das heißen: Aus unserer Zeit?« fragte Jack Benton scharf. »Sie wollen doch nicht sagen, daß ...«

»Ich habe mir schon eine Theorie gebildet«, unterbrach ihn der deutsche Physiker. »Ihnen ist bestimmt aufgefallen, daß es hier keine Säugetiere und Vögel zu geben scheint. Die Pflanzen – diese Riesenfarne zum Beispiel – machen auf mich einen sehr urtümlichen Eindruck!«

»Eine *Zeitreise*? » flüsterte Gunnar Björnstad. Es war jetzt sehr dunkel, und er hatte Mühe, den hellen Fleck von Frankes Gesicht in der Finsternis auszumachen.

»Sowas gibt es nicht!« rief Hal Morrow. Er schien nahe daran, wirklich durchzudrehen.

»Natürlich kann es so etwas geben«, widersprach Frankes kalte, kultivierte Stimme. »Dr. Björnstad, Sie sind Physiker wie ich, und Sie kennen die Hypothesen, die einige unserer Kollegen aufgestellt haben. Wissenschaftlich gesehen sind Zeitreisen nicht völlig ausgeschlossen.«

»Sie glauben, wir sind durch ein physikalisches Phänomen ... Millionen Jahre in die Vergangenheit geschleudert worden?« flüsterte Björnstad.

»Es gibt auch andere Möglichkeiten«, murmelte Franke. »Sie kennen die abenteuerlichen Annahmen über Paralleluniversen und ähnliches. Aber wenn wir das Schlimmste annehmen – daß wir in der Zeit gestrandet sind – dann brauchen wir uns keine Illusionen zu machen, daß uns jemand suchen und retten wird! Wir sind ganz allein auf uns gestellt!«

»Sie hören sich fast an, als gefiele Ihnen das!« stieß Hal Morrow hervor. »Diese verfluchte Dunkelheit!« Es raschelte, als er nach einem der durchnäßten Rucksäcke tastete und eine Taschenlampe suchte.

»Ich habe nicht das Gefühl, in der Vergangenheit zu sein«, meinte Björnstad. »Dieser Ort ... er kommt mir so *unecht* vor! Wir wissen doch alle etwas über die Frühzeit der Erde ... und irgendwie stimmt hier etwas nicht!«

Alle zuckten zusammen, als Morrow eine starke

Lampe einschaltete. Libellenartige Nachtinsekten mit glühenden Augen tanzten durch den grellen Lichtschein. Die Männer schauten sich nervös um, als fürchteten sie, ein weiteres Ungeheuer aus den Schatten stampfen zu sehen.

»Egal, wo wir sind: Wir müssen unsere Ressourcen einteilen«, verkündete Franke. »Also lassen Sie die Lampe nicht zu lange brennen! Hier im Sumpf werden wir wahrscheinlich kein Brennholz finden. Ich schlage vor, wir essen etwas und legen uns schlafen. Ich hoffe, daß wir für jeden einen Schlafsack haben.«

Die Männer nahmen schweigend die Rationen an sich, die Franke aus einem der Rucksäcke holte. Eine Wasserflasche machte die Runde. Das Licht der Lampe zitterte über Gesichter, die kaum ihre Angst verhehlen konnten.

»Wenn Sie recht haben, Dr. Franke«, flüsterte Jack Benton nach langer Zeit, »wenn wir also im Zeitalter der Saurier sind ... dann sind wir alle tot.«

Ein kalter, übelriechender Wind kam vom Sumpf her, und bleiche, wurmartige Schatten bewegten sich am Rand des Lichtkreises.

Niemand widersprach Benton.

Gudrun stöhnte leise, nur einen Moment lang. Ihre Hände zuckten, und sie wandte den Kopf, als sähe sie etwas ... vielleicht einen der bemalten Aborigines, die sich über sie beugten. Dann schlossen sich ihre Augen wieder, und sie schien in tiefen Schlaf zu sinken, atmete ruhiger.

»Sie träumt«, sagte John, der dicht neben Tom Ericson stand und ihm angestrengt von der Seite ins Gesicht starrte. »Träumen gut für die Seele, Tom.« Ericson überlegte, ob er zu Gudrun gehen sollte, aber das würde vermutlich nichts an ihrem Zustand ändern. Er konnte durch eine solche Tat nur erreichen, daß die Aborigines wirklich ärgerlich wurden.

Denn sie wollten ihm immer noch nicht erlauben, in die Nähe der Felsenplatte zu gehen, geschweige denn zu Gudrun.

Das Ganze kam Tom immer mehr wie ein böser Traum vor, ein Fiebertraum in der brütenden Hitze des endlosen, schweigenden Buschlandes. Man konnte das Gefühl für die Realität verlieren, wenn man zu lange hier in der Einsamkeit war, wartete, nachdachte ... Er wandte sich ab, entfernte sich einige Schritte von der seltsamen Zeremonie, bevor er den Kopf drehte und John hart in die Augen blickte. »Ihr werdet sie hierlassen, nicht wahr? Ihr werdet ihr nichts tun«, sagte er.

»Goodrun kann nicht weg«, sagte John in seinem schauderhaften Englisch. »Sie bleibt hier, wird gesund. No worries, Tom!«

Ericson sah in die offenen dunklen Augen des schwarzen Mannes, aber er konnte dessen kindliches Vertrauen nicht teilen. Es waren nur noch wenige Stunden bis zum Sonnenuntergang. Er mußte sich jetzt entscheiden, ob er Hilfe holen oder weiter abwarten sollte.

Er hatte John gefragt, in welcher Richtung Yulara oder wenigstens die nächste Straße lagen, und der Aborigine hatte ihm bereitwillig Auskunft gegeben.

Tom hob die Wasserflasche auf, die er in den Schatten gelegt hatte. Die Mittagshitze war etwas abgeflaut, aber die Luft war immer noch betäubend warm.

»Ich bin in einigen Stunden wieder hier«, sagte er ernst zu John. Der Mann schien fast erleichtert zu sein, daß Tom Ericson fortging. Vermutlich deshalb, weil er so der Aufgabe enthoben wurde, Tom am Betreten der magischen Felsenplatte zu hindern.

Tom Ericson begann zu laufen, nachdem er sich einige Landmarken gemerkt hatte, an denen er sich orientieren konnte. Außerdem hatte er immer noch Björnstads Karte. Immerhin hatte er den Endpunkt des rätselhaften Traumzeitpfades erreicht, und von hier aus war es auch ohne Kompaß möglich, den Weg zur nächsten Straße zu finden.

Er wußte, daß er die Felsenplatte aus der Luft wiederentdecken konnte, wenn er mit einem Flugzeug oder Helikopter der Ranger zurückkehrte.

Einmal drehte er sich um und sah John neben dem bleichen Stamm eines Ghost Gums stehen. Der Aborigine hatte noch immer seinen Speer in der Hand, und er folgte Tom mit seinen Blicken.

Tom lief in gleichmäßigem Tempo nach Süden.

Er dachte plötzlich an Björnstad. Der Mann hatte mit seinen Leuten ein Camp an der Felsenplatte aufgeschlagen und war verschwunden. Tom Ericson hoffte, daß Gudrun noch da sein würde, wenn er mit einem Arzt zurückkam.

Aber was würde er tun, wenn das nicht der Fall war?

Gudrun wußte, daß sie beobachtet wurden.

Hätte sie ihren seltsamen Traum steuern können, oder hätte sie sich auch nur frei bewegen können, dann hätte sie jenen Schatten nachgespürt, die am Rande ihres Blickfeldes lauerten. Eigentlich waren es weniger Schatten als vielmehr erahnte Bewegungen zwischen den Farnen, ein verräterisches Platschen in einem Sumpfloch – und, vor allen Dingen, das Gefühl, von fremden Augen geradezu durchbohrt zu werden!

In einem Moment, da ihre traumhaften Gedanken klarer wurden, hatte sie versucht, Kontakt aufzunehmen. Sie hatte versucht, Björnstad anzusprechen, hatte versucht, ihn irgendwie auf sich aufmerksam zu machen. Doch diese Versuche waren gescheitert. Das Erschreckendste daran war, daß Gudrun nicht einmal ihre eigene Stimme hören konnte.

Sie glitt wie ein Schatten umher, angekettet an die turbulente geistige Sphäre der fünf furchtsamen Männer im Sumpf. Sie hatte den Streit zwischen Björnstad und Franke mitbekommen, der seit dem violetten Morgengrauen angedauert hatte und nur durch einen trügerischen Waffenstillstand beendet worden war. Franke war der Meinung, sie müßten sich vom Sumpf fernhalten. Er wollte versuchen, durch das Regenwald-Gebiet am Rand des Sumpfes weiter vorzustoßen. Er hoffte, daß dieser feste Streifen Land sich ausweiten und sie schließlich auf höheres, trockeneres Gebiet führen würde. Wenn sich diese Hoffnung als trügerisch erwies, konnten sie seiner Meinung nach besser von den Früchten im Dschungel leben als von dem wenigen, was in der fiebrigen Hölle des Sumpfes gedieh. Björnstad dagegen weigerte sich, mit dem Gedanken zu spielen, sich auf einen längeren Aufenthalt einzurichten. Er griff Frankes Gedanken von einem möglichen Übergang durch die Zeit auf und argumentierte, daß dasselbe Phänomen, was sie hergebracht hatte, sie auch wieder zurückbringen konnte. Er beschloß, alles auf eine Karte zu setzen und zu jenem Ort mitten im Sumpf zurückzukehren, von dem sie am gestrigen Tag noch voller Panik geflohen waren. Sie hatten viel von ihrer Ausrüstung in den ersten Stunden verloren – bei Stürzen ins Brackwasser, oder mit Absicht, um ihr Gepäck zu erleichtern.

Björnstad setzte sich mit seinem Vorschlag durch.

Im Gegensatz zu Franke hatten die anderen Männer alle eine Familie. Das ließ ihnen Frankes Idee, sich wie

Robinson mit dem Leben auf einer urzeitlichen Insel abzufinden, völlig absurd erscheinen.

»Sie bringen uns alle um!« knurrte Franke wütend, als die Abstimmung zu Ende war. Alle hatten gegen ihn gestimmt, außer Holden, der in schrecklichen Fieberkrämpfen versunken war. Jack Benton hatte dem schwerkranken Geologen hohe Dosen von Antibiotika verabreicht, aber die schienen machtlos gegen das Fieber zu sein. »Vielleicht ist dieser Erreger so alt, daß unsere modernen Medikamente ihm nichts anhaben können«, hatte Benton zu Björnstad gesagt. Sie hatten nicht weiter darüber diskutiert. Der Gedanke, sie könnten trotz ihres umfangreichen medizinischen Gepäcks völlig schutzlos gegen alle möglichen Krankheiten sein, war zu unangenehm.

Schließlich marschierten sie alle hinter Björnstad her, zurück in den Sumpf. Sie hatten eine schreckliche Nacht hinter sich. Kaum einer hatte richtig geschlafen, aus Angst, jede Sekunde von einem Dinosaurus überfallen zu werden. Der einzige Angriff war schließlich am Morgen erfolgt, als sich eine Armee fingerlanger schwarzer Ameisen auf die spärlichen Zuckervorräte stürzte. Die Männer hatten ihnen einige Zuckerwürfel überlassen und waren geflohen, so schnell sie konnten. Zum Glück schienen diese bedrohlich aussehenden Insekten keine Fleischfresser zu sein.

Gudrun sah zu, wie die fünf Männer von einer festen Insel zur nächsten hüpften, wie sie sich ängstlich umschauten, sobald eine größere Wasserfläche in der Nähe war. Wenn sie waten mußten, stocherten sie sorgfältig mit einer langen Zeltstange im Untergrund herum, bevor sie auch nur einen Schritt machten. Jeweils zwei wechselten sich damit ab, den schwachen Holden zu stützen, dem es wieder etwas besser zu gehen schien.

Wenigstens war er bei Bewußtsein und konnte etwas mithelfen, sich auf den Beinen zu halten.

»Sind Sie sicher, daß wir überhaupt auf dem richtigen Weg sind?« fragte Franke mürrisch, nachdem sie sich zwei Stunden lang durch den tückischen Morast gekämpft hatten. Benton und Morrow wären einmal fast mit Holden versunken. »Hier sieht doch ein Dreckloch wie das andere aus!«

Ihr seid auf dem richtigen Weg! wollte Gudrun ihnen zurufen, aber sie wußte, daß die Männer sie nicht hören konnten. Sie konnten den Durchgang, den Riß in der Zeit, nicht so gut spüren wie sie.

Gudrun *hörte* die andere Welt, wie die fernen Geräusche einer Stadt, die in einen abgedichteten Keller herabdringen. Und das hieß, daß sie dem möglichen Durchgang schon nahe waren. Die Tür war vielleicht verschlossen ... aber Gudrun konnte wenigstens ahnen, was dahinter war.

»Ich habe immer einen guten Orientierungssinn gehabt!« knurrte Gunnar Björnstad, während er mit seinem Zeltstock ein weiches Stück Erde abtastete, das vor ihnen aus dem Sumpf ragte. Er drehte sich nicht zu Franke um, der dicht hinter ihm ging. Er achtete auch nicht mehr auf die riesigen dunklen Schatten, die in einigen hundert Metern Entfernung zwischen Bärlapp-Gewächsen und rudimentärem Schilf grasten. Echsen, so groß wie Panzer, mit gewaltigen Rümpfen und winzigen Köpfen. Glücklicherweise waren sie Pflanzenfresser und obendrein durch einen breiten Streifen tiefen Morasts von den Männern getrennt. »Ich habe mir gestern die unterschiedlichen Formen von Land und Wasser gemerkt«, erklärte Björnstad. Er kletterte auf den festen Grund und fluchte über die Blutegel, die an seinen Knien hingen. Inzwischen hatte sich jeder der Männer an diese lästigen

Untiere gewöhnen müssen. Björnstad löste die bleichen, kalten Wurmgeschöpfe mit Salz von seinen Beinen. Sie hatten den Vorrat unter sich aufgeteilt. »Wenigstens sind diese Biester nicht so groß wie der Rest der Fauna ...«, setzte er an, aber Jack Bentons wilder Schrei unterbrach ihn: »Runter! Hinwerfen, verflucht noch mal!«

Gunnar Björnstad riß den Kopf herum und dachte zuerst, ein hellbraunes Segelflugzeug rase auf ihn zu. Dann sah er den langen spitzen Kopf, die gebogenen Klauen an den hautbespannten Flügeln, alles binnen eines Sekundenbruchteils, in dem der Flugsaurier still in der feuchten, stickigen Luft zu stehen schien.

Die Luft rauschte auf den Schwingen des riesigen Reptils, als es im Sturzflug heruntersauste. Björnstad ging instinktiv in die Knie. Hinter ihm warfen sich Benton und Morrow in den Sumpf, ließen Holden auf dem handtuchschmalen Stückchen Land liegen, auf dem sie sich eben noch befunden hatten. Franke stieß einen zornigen Fluch aus, duckte sich und riß sein langes Bowie-Messer aus dem Gürtel.

Das rötliche Licht schimmerte in den kleinen Augen des Pterodactylus, als er eine Armlänge über Frankes Kopf hinwegschoß. Die Luftwelle, die er hinter sich herzog, brachte den kräftigen Mann zum Taumeln. Franke wirbelte herum, riß das chromglänzende Messer hoch und wartete auf einen Angriff des Flugreptils.

»Komm nur her, du Mistvieh!« schrie er. »Ich hab' die Nase voll von euch verdammten Echsen! Ich schneide dir deine beschissenen Flügel ab!«

Der Flugsaurus beschrieb einen weiten, flachen Bogen über dem Sumpf. Offenbar hatte ihn Frankes Schimpftirade beeindruckt, denn er drehte nach links ab und schnappte sich im Vorüberfliegen ein faustgroßes Insekt aus der Luft. Dann katapultierte er sich mit einem mächtigen Knall der ledrigen Schwingen weiter nach oben und verschwand hinter den gewaltigen Blättern eines Farnwäldchens.

Björnstad wandte den Kopf – und sah gerade noch, wie Jack Bentons Hand im Morast verschwand. Während alle nach oben geschaut hatten, hatte der Sumpf ihn blitzschnell in die Tiefe gezogen.

Hal Morrow stand hilflos am Ufer neben Holden, der zu husten begonnen hatte.

Björnstad stieß einen wilden Fluch aus, warf sich vorwärts und wollte in das schwarze Wasser springen, um nach Benton zu suchen. Morrow starrte ihn mit großen Augen an, als hätte jemand seinen Verstand abgeschaltet.

Eine Hand wie eine Schraubzwinge schloß sich um Björnstads Schulter und riß ihn zurück. Der blonde Mann rutschte aus und stürzte auf den rutschigen, aber festen Boden der Insel im Brackwasser. »Bleiben Sie hier, Sie Idiot!« schrie Franke, und sein verzerrtes Gesicht sah sekundenlang wie das eines Teufels aus.

»Was soll das!?« keuchte Björnstad, rappelte sich auf und wollte Franke wutentbrannt anfallen. »Ich muß Benton ...«

Der Deutsche hielt ihm die Klinge des Jagdmessers vor das Gesicht. »Wollen Sie auch noch untergehen, Sie Trottel? Das muß Treibsand oder sowas Ähnliches gewesen sein! Es ist zu spät, Björnstad!« Der schwedische Physiker fiel auf die Knie und schlug hilflos mit der Faust auf den weichen Boden. Er brauchte einige Minuten, um sich wieder zu fassen.

Franke steckte mit steinernem Gesicht das Messer weg.

Er starrte Björnstad düster an, über dessen rundliches Gesicht Tränen liefen. »Lassen Sie uns weitergehen, Gunnar«, murmelte Franke. »Bevor dieses verdammte Biest zurückkommt.«

Er bückte sich, legte sich einen Arm von Holden um die Schultern und half dem Geologen auf die Beine. Holden hustete trocken. Sein Gesicht war eingefallen. Er sah aus wie ein Sterbender.

»Los, Morrow, helfen Sie uns!« knurrte Franke ärgerlich.

Hal Morrow schien ihn nicht zu hören. Er stand mit hängendem Unterkiefer da und starrte auf die Stelle, wo Jack Benton versunken war.

»Der Sumpf hat ihn verschluckt wie ein Bonbon«, flüsterte Morrow.

Björnstad stand auf und legte Holdens anderen Arm um seine Schultern. Er sah Franke nicht an, als er sich in Bewegung setzte.

»Der Sumpf wird uns alle verschlucken. Wie kleine, rutschige Bonbons«, flüsterte Hal Morrow. »Ob wir wohl zum Schreien kommen werden, wenn es soweit ist ...? Jack ist nicht mehr dazu gekommen.«

»Halten Sie den Mund, und kommen Sie!« schrie Björnstad. Er stützte Holden mit aller Kraft, als sie über einen rutschigen Grat aus schlammiger Erde und scharfkantigem Sumpfgras balancierten.

Sie hatten noch einen weiten Weg vor sich.

Gudrun betrachtete ihren Traum mit zunehmendem Schrecken.

Sie fragte sich, was passieren würde, wenn Morrow recht behielt. Ein Teil ihrer Seele wußte es und schreckte vor dieser Wahrheit gepeinigt zurück.

Der Traum von Sumpf und rotem Licht würde ewig dauern, wenn keiner von ihnen den Weg zurückfand.

Und das, dachte Gudrun Heber in einem weiteren Moment furchtbarer Klarheit, wäre schlimmer als der Tod.

Der Ayers Rock schimmerte rötlich-violett im letzten Licht der Dämmerung. Tom Ericson konnte ihn durch die Zweige des Buschwerks sehen, das gegen seinen Körper peitschte.

Sein Hemd klebte ihm am Körper, und seine Knie waren weich. Dennoch lief er weiter, sog keuchend die glühende, staubige Luft in seine Lungen und versuchte, die Fliegen nicht zu beachten, die in Wolken um ihn herumschwirrten.

Er warf dem unheimlich schimmernden Felsblock am Horizont einen kurzen Blick zu. Das gab ihm ein wenig Kraft. Daß er den Ayers Rock wieder sehen konnte, hieß, daß er eine große Strecke in den letzten Stunden zurückgelegt hatte.

Und daß er auf dem richtigen Weg war.

Er blieb stehen, als er über einen Fels stolperte. Stachliches Spinifex-Gras hatte seine Hosen über den Stiefeln zerfetzt, und Reste von Dornbüschen hingen überall in seiner Kleidung. Er brauchte dringend eine Pause.

Er löste die Flasche vom Gürtel, in der es nur noch leicht plätscherte. Sein Mund war knochentrocken, und er trank nur einen winzigen Schluck von der warmen Flüssigkeit, bevor er die Flasche wieder verkorkte.

Langsam schlurfte er weiter durch den roten Staub, hob nur ab und zu eine Hand, wenn die Fliegen zu lästig wurden.

Dann blieb er stehen wie angewurzelt.

Vor ihm schimmerte etwas durch die Zweige der Sträucher.

Etwas gläsern Rotes.

Darunter glitzerte Chrom im Widerschein des verfärbten Abendhimmels.

Tom Ericson zwängte sich durch die widerspenstige Wand aus staubigen Ästen und erkannte ein Polizeiauto am Rand der Piste. Zwei Uniformierte standen daneben und lauschten irgendeiner Funkdurchsage.

Sie starrten Ericson an wie einen Geist, als er langsam zur Straße stolperte.

Die Hand unter dem schwarzen Lederhandschuh hatte zu zittern begonnen. Die langen Finger öffneten und schlossen sich, ohne daß Kar es kontrollieren konnte.

Es schien, als erwachte der fremdartige Teil in ihm – ein Teil, der in den letzten Monaten beträchtlich angewachsen war. Kar ahnte, daß dieses Erwachen mit der Felsenplatte zusammenhing, die er hinter der dichten Wand aus Büschen erahnen konnte.

Er hatte seinen Rucksack zurückgelassen, um sich besser anschleichen zu können. Er hatte den Klang der Aborigine-Musik schon von weitem durch die Dämmerung wahrgenommen.

Und etwas, das sich unwiderruflich in seiner Seele festgesetzt hatte, wußte, daß dies der richtige Ort war.

Der Ort, um eine kranke Sehnsucht zu erfüllen, die ihn fast zerriß. Mit unendlicher Vorsicht schob er einige Zweige vor seinem Gesicht auseinander. Im letzten grauen Licht des Tages konnte er die Frau sehen, die reglos auf dem Rücken lag. Ihr schmales, feingeschnittenes Gesicht schien völlig entspannt. Obwohl sie gleichmäßig atmete, hatte ihre tiefe Ruhe etwas Unangenehmes.

Sie steht an der Schwelle! flüsterte eine wilde Stimme in Kars Innerem. *Sie ist weiter als du! Sei jetzt vorsichtig!*

Kar bemerkte erst auf den zweiten Blick, daß er die Frau kannte.

Gudrun Heber von A.I.M.!

Wie kam es, daß diese Bastarde von Sutherlands obskurem Verein immer etwas schneller waren als er?

Er beobachtete die Aborigines, die sich einige Schritte von Gudrun zurückgezogen hatten. Einige der fast nackten, bemalten Männer ruhten sich aus, während andere auf ihren urtümlichen Instrumenten weiterspielten. Kar sah, daß sie einen Kräuterumschlag an einem entblößten Bein der bewußtlosen Frau angelegt hatten.

Sie ist verletzt, dachte Kar.

Und sie ist ein Mensch, sagte die alte, wissende Stimme in seiner Seele. *Dort, wo du hinwillst, kann sie nicht überleben. Es geht ihr schlecht ...*

Bin ich kein Mensch? dachte Kar erschrocken. Er starrte auf die Hand im Lederhandschuh, dachte daran, daß sein ganzer Arm zu einem fremden *Ding* geworden war. Und plötzlich mochte er sich keine Antwort auf seine eigene Frage mehr geben.

Ein helles Stöhnen, laut und qualvoll, riß ihn aus seinen Gedanken. Die seltsamen Musikinstrumente der Eingeborenen verstummten abrupt.

Gudrun Heber warf sich auf dem warmen Boden der roten Felsenplatte herum. Ihre Hände krallten um sich. Sie stöhnte wieder, laut und schmerzerfüllt.

Kar spürte es eine Sekunde später – eine Welle der Vibration, die als erstes seinen verwandelten Arm erfaßte, und dann einen Teil seines Gesichts. Feuer schien sich heiß – und dennoch lustvoll! – in sein Genick zu fressen.

Kar riß den Mund auf und versuchte verzweifelt, einen wilden Schrei, gemischt aus Schmerz und Lust, zu unterdrücken. Der Moment, auf den er gewartet hatte, war gekommen!

Taumelnd sprang er auf, ohne auf die Aborigines zu achten. Die bemalten Männer starrten ihn verblüfft an.

Nur einer stellte sich ihm in den Weg. Und dieser Aborigine hatte einen Speer, der genau auf Kars Brust zeigte!

Schwindel hatte Gudrun erfaßt, und Nebel verhüllten ihre Sicht. Einen Augenblick glaubte sie zu fallen, und sie hörte die Gesänge und die Schwirrhölzer sehr deutlich.

Ein Donnern war in ihren Ohren.

Dann Stille.

Sie sah Paul Franke sehr klar, als dieser sich erschöpft in den Schlamm setzte und keuchte: »So geht das nicht! Wir können so nicht weitermachen ...«

Und Gudrun wußte instinktiv, daß sie beinahe hätte zurückkehren können. Beinahe ... aber sie wußte nicht mehr, ob sie das auch gewollt hätte. Es hätte geheißen, die Männer allein zu lassen. Sie konnte nichts für sie tun – doch irgendwie war sie ein Teil von ihnen geworden, ihrer Hoffnung, ihrer Angst, ihres Leidens. »Was soll das heißen?« fragte Björnstad. Er stand mit zitternden Knien neben Holden und rang nach Luft.

Holden lag reglos am Boden, sein Atem ging pfeifend, und seine fiebrigen Augen starrten wild in den blutigen Himmel des Sumpflands. Björnstad und Franke hatten den Mann die letzten Stunden tragen müssen. Über die paar hundert Meter, die sie seitdem durch das morastige Land geschafft hatten.

Morrow, der hagere Koch, war hinter ihnen hergetorkelt wie ein Schlafwandler und schien kaum in der Lage, selbst auf den Beinen zu bleiben. Jetzt stand er hinter Björnstad und brabbelte leise und traurig vor sich hin.

»Mit Holden schaffen wir es nicht«, sagte Franke leise. Er berührte die glühende Stirn des keuchenden Geologen. »Wir können ihn nicht den Rest des Weges tragen! Und er wird ohnehin bald tot sein. Nichts, was wir ihm gegeben haben, hat irgendwie geholfen.«

»Es kann nicht mehr weit sein«, flüsterte Björnstad. »An diesem breiten Tümpel vorbei ... und dann müßten wir die Stelle erreicht haben, an der wir angekommen sind.« Er schauderte, als er sich erinnerte, wie er aus Alpträumen aufgeschreckt war – hinein in etwas, was noch schlimmer war. Er hatte die Zeltklappe hochgeschlagen und eine halbe Stunde gebraucht, um zu begreifen, daß er *wach* war.

»Es ist bald wieder dunkel«, knurrte Franke. Ein fiebriges, wildes Glänzen war plötzlich in seinen Augen. Björnstad fragte sich erschrocken, ob der Physiker sich vielleicht bei Holden angesteckt hatte. »Ich habe keine Lust, noch eine Nacht in dieser Umgebung zu verbringen! Ich hoffe, Ihr verdammter Plan ist nicht so idiotisch, wie er sich anhört, Björnstad!«

»Wir hatten keine andere Wahl . . .«, begann Björnstad müde, aber der Deutsche unterbrach ihn wütend: »Die hatten wir sehr wohl! Wären Sie nicht in diesen beschissenen Sumpf zurückgewatet, wäre Benton noch am Leben! Und ich sage Ihnen, wir können an unserem Ankunftsort warten, bis wir schwarz werden! Das ist ein Zug, der nie abfährt!«

»Ihnen paßt nur nicht, daß wir nicht nach Ihrer Pfeife tanzen, Franke«, knurrte Björnstad zornig. »Sie wollten von Anfang an den großen Überlebenskünstler spielen! Aber wir werden Holden nicht zurücklassen, das sage ich Ihnen ein für alle Male!«

»Wenn wir Holden weiter mitschleppen, sind wir alle tot, bevor es ganz dunkel ist!« schrie Franke. Seine ruhige, überlegene Fassade war nach all der Anstrengung und Anspannung endgültig eingestürzt. »Sehen Sie ihn doch an! In einer Stunde ist er sowieso hinüber!«

Hal Morrow hob den Kopf, als sei er aus tiefem Schlaf aufgeweckt worden. Der hagere Koch starrte den Physiker an, als sähe er den Teufel persönlich. Franke nahm den Blick des verwirrten Mannes nicht einmal wahr. Er deutete auf den sterbenden Geologen und wiederholte:

»Wir lassen ihn hier, und Schluß! Wir sind hier nicht in einem schnulzigen Abenteuerfilm, Björnstad! Kapieren Sie das endlich . . .«

Das letzte Wort blieb ihm im Halse stecken, als sich Morrow auf ihn stürzte.

Die Hände des Mannes krampften sich um Frankes Kehle, und die Wucht des Aufpralls schleuderte beide rücklings zu Boden.

»Du dreckiger Scheißkerl!« kreischte Morrow, außer sich vor Trauer und Wut. Er drückte mit aller Kraft zu, und Franke röchelte, versuchte vergeblich, die Finger des Kochs von seinem Hals zu lösen. »Du willst doch nur zusehen, wie wir alle verrecken! Aber jetzt ist Schluß! Jetzt sehe *ich* zu, wie *du* draufgehst, Doktor!« brüllte Morrow.

»Hören Sie auf!« keuchte Björnstad. Er taumelte, rutschte auf dem schlammigen Boden aus und zerrte kraftlos an Morrows Hosengurt. »Lassen Sie ihn los, bitte!«

Frankes Gesicht lief blau an, er versuchte vergeblich, sich unter Morrow fortzuwälzen. Morrows Gesicht war zu einer wilden Fratze verzerrt, und er stieß unverständliche Verwünschungen zwischen zusammengebissenen Zähnen hindurch.

Franke ächzte mit letzter Kraft. Björnstad griff nach Morrows Schulter und versuchte den Mann umzuwerfen. Doch Morrows Muskeln fühlten sich an, als wären sie aus Eichenholz geschnitzt, und er schien Björnstad gar nicht wahrzunehmen.

Und dann erschlaffte er plötzlich.

Sie fielen beide zur Seite, als Morrow plötzlich den verzweifelten Druck des schwedischen Physikers nachgab. Morrow rutschte zum Sumpf herunter und blieb keuchend liegen. Er starrte fassungslos zu Björnstad hoch.

Mitten auf Morrows schmutzigen Hemd breitete sich ein großer Blutfleck aus.

»Nein ...«, flüsterte Björnstad. Er wirbelte zu Franke herum, der sich halb aufgesetzt hatte, eine Hand an seiner schmerzenden Kehle. In der anderen Hand lagen fast dreißig Zentimeter blutigen Chromstahls.

»Er ... er wollte ... töten ...«, brachte Franke rauh heraus, als hätte er Schmirgelpapier im Hals stecken. Er richtete sich mühsam auf, ohne das lange Jagdmesser aus der Hand zu legen. Björnstad sah fassungslos zu, wie er zu Holden ging, und dann zu Morrow, der noch immer regungslos am Rande des schwarzen Morasts lag.

»Sind beide ... tot«, flüsterte Franke. Er lachte heiser und verzweifelt auf. »Damit hat sich unser Streit erledigt, Björnstad. Lassen Sie uns gehen.« Er wischte das Messer mit einer mechanischen Bewegung an seiner dreckverkrusteten Hose ab.

Wenn noch etwas gefehlt hatte, um Björnstads Verstand endgültig aus den Angeln zu heben, dann war das diese achtlose Bewegung. Aller Haß und alle Verzweiflung, die er über diesen entsetzlichen Ort empfand, konzentrierten sich plötzlich auf ein Ziel.

Für einen Augenblick lang war Paul Franke im Zentrum all dessen, was Gunnar Björnstad haßte und fürchtete. Er war angreifbar – ganz im Gegensatz zum Sumpf, der Björnstad so viel angetan hatte.

Nein! rief Gudrun, aber sie konnte ihre Stimme nicht einmal selbst hören, als sich Björnstad auf Franke stürzte.

Ihr Alptraum trieb unaufhaltsam dem Höhepunkt entgegen ...

Kar brüllte, als sich ihm der hagere Mann mit dem Speer entgegenstellte. Es war ein instinktiver, verzweifelter Laut – denn er spürte in jeder Faser seines Körpers, daß er nur eine Chance hatte, eine einzige, und die nur für den Bruchteil einer Sekunde!

Er hätte sich auf dem Speer aufgespießt, wenn der Aborigine die Waffe nicht im letzten Moment zur Seite gerissen hätte. John stolperte und verlor seine Speer, als Kar ihn aus dem Weg stieß.

Das Vibrieren in Kars Innern war so mächtig, daß er glaubte, sein Schädel müsse platzen. Irgendwie schaffte er es, weiterzurennen.

Er nahm nur am Rande wahr, daß die bemalten Eingeborenen ehrfürchtig vor ihm zurückwichen. Auch John hatte den Kopf in den Staub gesenkt, als wäre er von der Aura eines Gottes gestreift worden.

Gudrun riß die Augen auf und starrte Kar an, als der schmächtige Mann über ihr emporragte. Sie schien sich bewegen zu wollen, aber Kar war viel schneller.

Sein linker Arm, eingehüllt in Stoff und Leder, schoß mit der Kraft einer Tigerpranke vor. Lange, harte Finger gruben sich in Gudruns Oberarm und rissen sie vom Boden hoch wie eine Stoffpuppe.

Sie wirbelte haltlos zur Seite, während der Stein unter Kars Füßen plötzlich flüssig wurde …

Schwirrhölzer brummten, und eine monotone Stimme hallte überdeutlich in Gudruns imaginären Ohren wider, während Gunnar Björnstad gegen den hochgewachsenen Franke prallte.

Aufhören! versuchte Gudrun zu schreien, doch die Geräusche übertönten alles, sogar das Brüllen, mit dem Björnstad Frankes Kopf auf den Boden hämmerte. Der

Körper des Deutschen wurde schlaff, und Björnstad riß das Messer aus seiner Hand.

Der dämmrige Himmel wurde halb durchsichtig, und Gudrun wußte, daß sich der Durchgang wieder öffnete. Schwindel erfaßte sie, die Welt begann sich zu drehen, und sie brauchte ihre ganze Kraft, um sich gegen den Sog zu wehren, der sie zu den Schwirrhölzern und der Stimme zog. Björnstads Hand mit dem Messer zuckte hoch, während Franke die Augen aufschlug.

»Nein!« brüllte Gudrun, und einen Augenblick lang *hörte* sie ihre Stimme, hörte sie über dem fernen Donner und der fremden Musik. Nur einen Sekundenbruchteil lang war sie mehr als ein Schatten, war sie *wirklich* in diesem alptraumhaften Sumpfland.

Sie packte Björnstads Schulter und zerrte grob an ihm. »Kommt mit!« schrie sie den beiden Männern zu. »Es sind nur ein paar Meter ...«

Björnstad wirbelte herum. Sein Gesicht war totenblaß, und die Augen quollen ihm vor Verwirrung und Haß aus dem Kopf. Das Messer fauchte durch die Luft, traf Gudruns Arm. Schmerz raste durch ihren Körper.

Sie schrie auf, aber ihre Stimme war schon nicht mehr hörbar. Der Strudel erfaßte sie, ein grauenhaftes Donnergrollen erfüllte ihren Kopf, und dann riß sie ein dunkler Strudel mit sich.

Aufwärts!

Die Sumpfwelt sackte unter ihr weg wie eine Falltür.

Das Letzte, was sie sah, waren zwei kämpfende Körper, die ineinander verkrallt in den Morast stürzten. Ein Aufblitzen von Chromstahl, bevor der zähe Schlamm alles verschluckte ...

Gudruns Verstand erlosch wie eine Flamme im Sturmwind, als der ungeheure Sog sie mit sich riß.

Aufwärts ...

Der Hubschrauber jagte dicht über den Wipfeln der Desert Oaks hinweg, hinein in das graue Zwielicht des Abends.

»Irgend etwas stimmt mit meinen Instrumenten nicht!« schrie der Pilot plötzlich, ein junger Mann in der Uniform eines Park-Rangers. Er starrte entsetzt auf die zuckende Nadel des Bordkompasses, auf das Aufflackern roter Lichter im Cockpit.

Tom Ericson spürte, wie die Maschine ins Schwanken kam, bei einer Geschwindigkeit von mehr als zweihundert Stundenkilometern. Ein Baumwipfel strich nur wenige Meter unter dem Heck des Helikopters vorbei. Der Sternenhimmel über der großen gläsernen Kanzel schien zu tanzen.

Der Hubschrauber war von den Polizisten angefordert worden, die Tom an der Straße getroffen hatte. Er war nur ein paar Dutzend Meter neben der Stelle, wo Björnstads Geländewagen abgestellt waren, auf die Buschpiste gestoßen.

Es hatte nur eine halbe Stunde gedauert, bis der Ranger-Helikopter gelandet war, mit einem Piloten und einem Arzt an Bord.

Sie hatten Tom aufgenommen und waren weitergeflogen, so schnell es ging.

Doch jetzt sah es ganz so aus, als sollte der Flug unplanmäßig und heftig enden.

Der Pilot zerrte wütend am Steuerhebel, starrte verzweifelt auf seine Kontrollen, die plötzlich verrückt spielten. Der kahlköpfige Arzt klammerte sich an einem Haltegriff über der Tür fest, und sein Gesicht verfärbte sich ins Grünliche. Tom zuckte zusammen, als die stählernen Rotorblätter klatschend einen dünnen Ast kappten, während die Maschine taumelte. Es hörte sich an, als würde der Hubschrauber gleich auseinanderbrechen!

»Fliegen Sie nach Sicht, Mann!« schrie Tom. »Los, hoch mit dem Ding! Vergessen Sie den verdammten Kompaß!«

Der Pilot riß die Augen von der Konsole los, und einige Sekunden später hatte er eine sichere Flughöhe erreicht. Der junge Mann war sehr bleich, als er Tom einen kurzen Seitenblick zuwarf. »Danke. Einen Moment war ich ziemlich durcheinander. Aber ich verstehe nicht ...«

»In dieser Gegend gibt es neuerdings Energieentladungen, die mit dem Magnetfeld der Erde zusammenhängen«, erklärte Tom mit gepreßter Stimme. »Das bringt den Kompaß und ein paar Elektronik-Teile durcheinander. Aber Sie können das Ding noch steuern, oder?«

»Klar«, sagte der Pilot. »Es wird gleich dunkel sein. Wenn wir den Felsen nicht bald finden ...«

»Da vorne ist es!« rief Tom. Er deutete auf ein leicht schimmerndes, unregelmäßiges Oval, umgeben von Büschen und niedrigen Bäumen. Noch ein paar Minuten, und er hätte es mangels Licht nicht wiedergefunden.

»Verdammt, was ist denn da los?« knurrte der Arzt. Er starrte auf die Gestalten hinunter, die am Rand der Felsenplatte wild durcheinanderwirbelten. Ein Mann in einem hellen Khakianzug rannte auf die Frau zu, die reglos auf dem roten Sandstein lag. Die dünnen, dunklen Figuren von Aborigines hoben sich gespenstisch vom helleren Hintergrund der Wüste ab.

»Landen Sie, schnell!« rief Tom. Etwas an dem rennenden Weißen mit dem breiten Hut kam ihm bekannt vor ... gefährlich bekannt! Dann verlor er die ganze Szenerie aus den Augen, als der Helikopter scharf schwenkte und zu fallen schien.

Sekunden später setzte die Maschine sanft auf, an einer Stelle, wo die Bäume weit genug auseinanderstanden, um eine Landung zu erlauben.

Tom riß die Tür auf und sprang ins Freie.

Er duckte sich unter den auslaufenden Rotorblättern weg und rannte, so schnell er konnte. Der Arzt war nicht mehr der Jüngste. Er brauchte länger, um den Hubschrauber zu verlassen.

Tom brach durch die Büsche, sah John und die anderen Aborigines am Boden kauern, als fürchteten sie einen Luftangriff. Gudrun lag am Rand der Felsenplatte, reglos, Arme und Beine von sich gestreckt wie eine hingeworfene Puppe. Ihr Gesicht war blaß und verzerrt, ihre Augen geschlossen.

Ich bin zu spät gekommen! fuhr es durch Toms Gedanken, wie ein sengender Blitz. Er ließ sich neben der schlanken Frau auf die Knie fallen, stützte ihren Kopf in eine Hand und fühlte mit der anderen den Puls an ihrer Kehle. Er atmete schwer aus und nahm die Hand langsam wieder weg.

»Was ist?« fragte der Arzt, der keuchend durch das Buschwerk stolperte. »Ist sie ...«

Tom lächelte. »Nein, sie lebt.« Er sah, wie sie tief durchatmete und leise stöhnte. »Und ich denke, sie wird gleich wieder zu sich kommen.«

Während der Mediziner vorsichtig den Kräuterverband von Gudruns Bein wickelte, näherte sich der Aborigine, der von den Weißen John genannt wurde. Er hatte seinen Speer weggelegt ... und er wirkte sehr erschüttert.

»Frau gesund?« fragte er leise.

Tom schaute zur Mitte der Steinplatte, wo Gudrun gelegen hatte. »Wo ist der Mann?« fragte er.

»Welcher Mann?«

»Der Mann, der vorhin zu Gudrun gerannt ist«, sagte Tom ungeduldig. »Der Kerl im hellen Khaki-Dress, mit einem Hut auf dem Kopf. Ein Weißer!«

»Er ist fort«, sagte John sehr ruhig. »Frau ist wieder da, und er ist fort.« Er lächelte wissend vor sich hin.

Der Arzt schüttelte seufzend den Kopf. »Ich glaube nicht, daß er Ihnen mehr sagen wird, Ericson.« Er hatte den Verband abgenommen und die Reste der getrockneten Kräutercreme abgewischt. »Die Abos haben gute Arbeit geleistet«, meinte er. »Die Schwellung ist stark zurückgegangen. Manchmal ist es erstaunlich, was diese Medizinmänner zustande bringen.« Er grinste ein wenig, als er hinzufügte: »Es ist schon ein merkwürdiges Land, Mr. Ericson. Voller Wunder und Sinnestäuschungen.« Er tastete nachdenklich Gudruns Bein ab, befühlte ihre Stirn und suchte nach seiner Lampe, um ihr in die Pupillen zu leuchten. »Vorhin, als wir gelandet sind ... da habe ich doch einen Moment tatsächlich geglaubt, ich sähe, wie dieser Mann im weißen Anzug ... wie der einfach im Boden versinkt.« Der Arzt schüttelte den Kopf, holte die Lampe heraus und deutete damit zum Mittelpunkt der Felsenplatte.

»Da, mitten auf dem soliden Fels! Erstaunliche Luftspiegelung, finden Sie nicht auch?«

Violettes Licht fiel schräg durch die hängenden Blätter der gewaltigen Farne. Der schwammige Boden erzitterte unter dem brüllenden Zusammenstoß zweier gewaltiger Echsen. Ein Fleischfresser versuchte, den riesigen Leib eines gepanzerten Vegetariers umzureißen, und der Kampfeslärm war ohrenbetäubend.

Kar kniete im stachligen Sumpfgras und starrte in die Dämmerung. Seine großen, starren Augen glänzten fast metallen im letzten Licht.

Er hatte es geschafft, und das Erlebnis war überwältigend! Das Tier, das in seinem Innern eingesperrt war, tobte vor Begeisterung. Es tobte vor Freude ... und es zerschlug die Wände seines Gefängnisses!

Kar hatte das Gefühl, im Paradies gelandet zu sein – und gleichzeitig in einem Hochofen.

Das Licht brannte in seinen Augen, und gleichzeitig war es der schönste Anblick, den er jemals genossen hatte. Die Luft erstickte ihn ... doch etwas in ihm wollte hinaus und sie in vollen Zügen genießen.

Alptraum, Alptraum, Alptraum ... schrie sein erlöschender menschlicher Verstand mit letzter Kraft, während etwas Dunkles und Mächtiges ausholte, um endlich die letzten Grenzen hinwegzufegen.

Kar wurde wahnsinnig, und gleichzeitig wurde er erlöst.

Es war ein Konflikt zwischen gegenläufigen Prozessen, der ihn zu zerfetzen drohte.

»Ich muß hier raus!« hörte er sich schreien. Und doch wollte er bleiben, nur bleiben, um jeden Preis ...

Denn dies war die Heimat!

Die schmächtige Gestalt in dem staubigen Khakianzug krümmte sich, zwischen Sumpfgras und faustgroßen kriechenden Insekten. Unter einem stickigen, mörderischen Abendhimmel, der dicht über Kars Nacken zu hängen schien, um ihn zu erdrücken.

Eine Kraft, die größer war als alles, was er jemals verspürt hatte, trieb ihm langsam den menschlichen Verstand aus dem Schädel.

Kar hörte sich brüllen, als die letzte Welle der Verwandlung über ihn hereinzubrechen drohte, mit einem Schlag, der Professor Richard Dean Karney für alle Zeiten in den dunklen Abgrund des Vergessens schleudern würde. Etwas anderes hob den Kopf, um geboren zu werden, und Kar krallte seine menschliche Hand in den schwarzen Boden und kämpfte dagegen an.

Wie durch einen Nebel sah er den seltsamen glasigen Fleck auf dem Handrücken.

Das hatte etwas zu bedeuten ... doch er hatte vergessen, was! Sein eigenes Schreien hallte in seinen Ohren wider, als er verzweifelt versuchte, sich zu erinnern.

»Ihr Kreislauf ist stabil, der Herzschlag normal, Temperatur ebenfalls«, sagte der Arzt, als er ächzend aufstand. »Entweder war das Schlangengift nicht so gefährlich, wie es anfangs aussah, oder der Kräuterumschlag hat das Schlimmste verhütet. Jedenfalls besteht nach meiner Meinung keine Gefahr mehr für Ihre Freundin. Dennoch wäre es gut, sie ins nächste Krankenhaus zu bringen und einige Tage zur Beobachtung und Behandlung dortzubehalten. Wegen des Giftes müssen wir ohnehin eine genaue Blutanalyse durchführen.« Er hob seine Tasche auf und deutete in die Richtung, wo der Hubschrauber stand. »Ich werde die Trage holen.«

Als Tom ihm nachschaute, bewegte sich Gudrun plötzlich.

Sie riß die Augen auf und starrte zu ihm hoch. Ihre Hand griff nach seinem Arm, und sie stieß ein heiseres Keuchen aus.

»Was ist los?« rief Tom Ericson erschrocken.

»Ich bin wieder hier!« rief sie, und ihre großen grünen Augen füllten sich mit Tränen. »Tom, ich bin wieder hier!«

Er lächelte und drückte ihr einen sanften Kuß auf die Stirn.

»Ja, du bist wieder bei Bewußtsein. Ich hatte ja ziemliche Zweifel, aber die Heilkunst der Aborigines scheint gewirkt zu haben.«

»Das Messer«, flüsterte Gudrun. »Da war ein Messer ... und die Männer sind in den Sumpf gefallen und ertrunken ... Verschluckt wie ein Bonbon. – Was ist das für ein merkwürdiger Ausdruck, Tom ...?« Sie zitterte, als halbvergessene Bilder auf sie einstürmten.

»Du hast geträumt, Gudrun«, sagte Tom sanft. »Du hattest hohes Fieber und schreckliche Alpträume. Aber jetzt ist es überstanden. Weiß der Teufel, was das für ein Schlangengift war, aber dein Körper hat es überwunden!«

»Ja, ein Alptraum«, flüsterte Gudrun. Sie versuchte zu lächeln, doch es sah wenig überzeugend aus. »Aber das Messer ... und Björnstad! Es war alles so echt! Er hat mich mit dem Messer am Arm erwischt, und ich mußte ... fort! Sie hätten mitkommen können – aber es war zuviel für sie, glaube ich. Sie sind wahnsinnig geworden ...«

»Fort?« fragte Tom unwillkürlich. Dasselbe Wort, welches John immer gebraucht hatte. Und es hatte denselben gespenstischen Klang in Gudruns Mund!

»Ich weiß nicht mehr«, murmelte Gudrun. »Es verwischt sich alles so schnell ...« Sie riß fast gewaltsam die Augen auf. »Ich will nicht mehr schlafen, Tom! Ich habe Angst ... daß ich wieder zurückrutsche. Dorthin! Bring mich weg von hier, bitte!«

»Der Arzt kommt gleich mit der Trage«, sagte Tom beruhigend. »Es war alles nur ein Traum. Du brauchst keine Angst mehr zu haben!«

»Ich glaube, die Männer sind alle gestorben«, sagte Gudrun. »Björnstads Männer! Und er ... ich habe geträumt, daß er mich mit einem Messer am rechten Arm erwischt hat. Das hat sich sehr echt angefühlt!«

Tom lachte leise. »Gudrun, an deinem rechten Arm ist keine –« Er griff nach ihrem Handgelenk und unterbrach sich mitten im Satz. Der Stoff des Ärmels war hochgerutscht und enthüllte einen häßlichen, schmalen Einschnitt dicht unterhalb des Ellenbogens. Blut war über den ganzen Unterarm verschmiert. Die Wunde war sehr dünn – als wäre sie von einer scharfen Klinge geschlagen worden.

»O mein Gott!« flüsterte Gudrun, als sie den Arm vor Augen hob. »Das kann doch nicht ...«

»Zufall«, murmelte Tom, aber er glaubte schon nicht mehr daran, als er das Wort aussprach. Er hatte zu viele unglaubliche Dinge erlebt, um die Augen vor phantastischen Phänomenen verschließen zu können.

»Ich denke, ich habe Kar gesehen, bevor ich aufwachte«, sagte Gudrun leise und nachdenklich. »Er muß mich von der Platte gestoßen haben. Aber Kar ... hier?«

»John sagt, er ist ... *fort.*« Tom zuckte mit den Schultern. Er hätte gleich darauf kommen müssen, wer der Kerl im Khakianzug gewesen war. »Ruh dich erst einmal aus. Im Krankenhaus können wir dann alles weitere besprechen! Ich bin sicher, wir finden heraus, was passiert ist!«

»Ja, das denke ich auch«, sagte Gudrun. Tom konnte fast sehen, wie ihr Gehirn wieder zu arbeiten anfing, sich von den Fesseln des Alptraums befreite. Es war mehr als ein Alptraum gewesen, soviel war sicher.

»Ah, die junge Dame ist wieder unter den Lebenden!« rief der Arzt fröhlich, als er mit der zusammengeklappten Trage heranschlenderte. Sterne schimmerten am samtschwarzen Himmel, und aus der Wüste drangen die vielfältigen Geräusche nächtlicher Tiere.

Plötzlich hatte das Outback für Gudrun etwas überaus Tröstliches.

Suzy Duvall schaltete den Bildschirm aus und erhob sich langsam von dem unbequemen Bürostuhl. Weder der Stuhl noch die Videoanlage wollten zu dem fremdartigen

Innern der »Bibliothek« passen. Doch Suzy hatte sich längst an den Raum inmitten Kars versunkener Pyramide gewöhnt – ein Raum, der selbst die Umrisse einer Pyramide hatte, mit einem dreieckigen Eingang und hohen Wänden, die von unzähligen rätselhaften Schriftzeichen übersät waren. Auch Kar hatte nur wenige davon entziffern können.

Aber Kar war weit weg, und das war gut so.

Suzy nahm die Kassette aus dem Videorecorder. Sie hatte alle ihre geheimen Aufzeichnungen auf diese Kassette überspielt, und es wäre ihren Absichten nicht dienlich gewesen, wenn Kar den Inhalt des Magnetbandes zu Gesicht bekäme. Schon vor geraumer Zeit hatte Suzy heimlich Mikrokameras in der Halle installiert, wo Kars Anlage zur Zeitlosen Ortsversetzung stand. Es war nicht einfach gewesen, die Geräte zu verstecken, trotz ihrer geringen Größe. Die uralten Kräfte, die Kars Anlage in Betrieb hielten, sorgten auch für eine gleichmäßige Ausleuchtung aller Räume. Es gab keine Glühbirnen, die Suzy hätte lockern können, um etwas Schatten zu schaffen. Dennoch hatte sie zwei Kameras in verschiedenen Blickwinkeln aufstellen können, ohne daß Kar bislang dahintergekommen war. Und das Ergebnis der Aufzeichnungen hatte sie sich eben in der Bibliothek angeschaut. Viele Stunden lang, immer und immer wieder. Sie hatte sich Notizen gemacht, um ihre wesentlichen Erkenntnisse aufzuschreiben.

Als Suzy die Rampe betrat, die nach unten führte, klopfte ihr Herz vor Freude schneller. Sie hatte gewisse Grundprinzipien erkannt, nach denen die Anlage zu funktionieren schien. Ihr Rücken und ihr Kopf schmerzten von der langen Arbeit am Bildschirm, aber sie war dennoch begierig, endlich auszuprobieren, was sie beobachtet hatte.

Sie war froh, daß sie Jack Warden gebeten hatte, einige dringende Geschäfte für sie zu erledigen. Das hatte ihr Zeit verschafft, die sie in der Pyramide zubringen konnte. Und, was viel wichtiger war: Dieser Vertrauensbeweis band Jack Warden enger an sie.

Die chinesischen Gangster, mit denen er in ihrem Auftrag verhandelte, würden sich merken, wer er war. Und daß er ein Weißer war, machte seine Position nicht besser.

Warden würde ihre Hilfe brauchen, wenn er auf den verschlungenen Pfaden überleben wollte, zu denen Suzy ihm den Weg gewiesen hatte. Er war im Moment vielleicht ihr Stellvertreter bei den Triaden ... doch er war ohne ihr Wissen völlig hilflos!

»Jack, mein Süßer, du wirst noch viel lernen müssen«, murmelte Suzy vergnügt vor sich hin, während sie die endlos wirkende, spiralförmige Rampe hinunterschlenderte. »Aber du wirst es schaffen, keine Sorge. – Und ich auch!«

Sie betrat die Halle mit der Anlage zur Zeitlosen Ortsversetzung. Der große Raum wirkte eigentümlich leer, nun, da Kar nicht anwesend war. Suzy war gewohnt, ihn an der Kristallplatte stehen zu sehen, wenn sie hereinkam. Sie hatte sich nur sehr selten getraut, allein in die Halle mit den fremdartigen Gerätschaften zu gehen.

Jetzt legte sie entschlossen die Hände auf die Stellen der Platte, die Kar stets zu benutzen pflegte. Sie konnte die Linien sehen, die bestimmte Magnetfelder darzustellen schienen ... und die Zone der Unruhe im Zentrum Australiens.

Langsam ließ sie ihre Finger von Symbol zu Symbol wandern, machte sich jede Veränderung im Geiste bewußt, bevor sie sie ausführte. Sie wußte, daß sie mit einer Anlage zu tun hatte, die über ungeheure Energien verfügen mußte. Eine Anlage, die den Schlüssel zu gewaltiger Macht darstellte, wenn man sie richtig nutzte.

Aber sie wußte nicht, was geschah, wenn man einen Fehler machte …

Der Vorgang dauerte lange – viel länger, als Kar immer benötigte. Suzy wollte alles richtig machen, und sie hielt mehrmals inne, um in ihren Notizen nachzusehen. Es gab einzelne Bewegungen, die sie auf ihren Videoaufnahmen nur sehr unklar wiedergegeben fand. Sie mußte dann improvisieren … und das wollte sehr genau überlegt sein.

Sie fuhr unwillkürlich zurück, als sie das letzte Symbol berührt hatte.

Die Linien auf der Platte bewegten sich leicht. Sie spürte etwas in der Luft, was statische Elektrizität sein konnte … oder nur Einbildung.

Dann schwebte eine weißliche Nebelwolke über der Platte, verdeckte einige Sekunden die Sicht und verschwand wieder.

Suzy lachte auf, so erschrocken und froh war sie. Das Geräusch hallte unheimlich in den fernen Ecken des großen Raums wider. Hätte sie etwas auf die Tischplatte gelegt, so wäre das jetzt verschwunden gewesen – dorthin transportiert, wo … Nein, fiel ihr ein. Sie hatte ja noch keinen Zielpunkt eingegeben. Wohin verschwanden derart abgestrahlte Dinge eigentlich?

Suzy blätterte ungeduldig in ihren Notizen. Es wurde Zeit, etwas Komplizierteres auszuprobieren.

Dann sah sie, daß das unruhige Pulsieren im Zentrum Australiens aufgehört hatte. Sie beugte sich vor, und unwillkürlich zerknüllte sie ihr Notizblatt. Sekundenlang fühlte sie sich wie eine Einbrecherin, die ihren Reisepaß in der Wohnung des Bestohlenen verloren hatte.

Hatte ihre Manipulation mit der Zeitlosen Ortsversetzung einen Einfluß auf die Aktivität der Magnetfelder gehabt? Und mußte Kar das nicht sofort bemerken, wenn er zurückkam?

Noch war die Zeit nicht reif dafür, sich offen gegen ihn zu stellen. Erst mußte sie sich ganz sicher sein, daß sie die Auseinandersetzung auch gewinnen konnte – und daß sie das, was sie erbeutete, auch benutzen konnte!

»Weiter«, murmelte sie entschlossen vor sich hin.

Langsam streckte sie die Hand aus, um ein weiteres Symbol zu berühren, das sie noch nie angefaßt hatte.

»Was ist hier los?« fragte eine rauhe, zornige Stimme hinter ihr.

Suzy Duvall hätte beinahe vor Schreck gekreischt. Beinahe.

Doch als sie sich langsam umdrehte, war ihr Gesicht ausdruckslos, ihre Augen schmal und wachsam.

Kar stand am Eingang der Halle, eine Hand gegen die Wand gestützt. Er trug ziemlich verschmutzte helle Kleidung, und er wirkte erschöpft. Seine Augen glühten dunkel in seinem totenblassen, starren Gesicht.

»Wo kommst du denn her?« fragte Suzy und zauberte ein sanftes Lächeln auf ihr schönes Gesicht. Doch allzu wirkungsvoll war es diesmal nicht. »Du siehst ja schrecklich aus!«

»Ich war auch an einem schrecklichen Ort«, knurrte der schmächtige Mann. Er starrte sie immer noch an, als wollte er sie in der nächsten Sekunde töten. Der glasige Fleck an seiner rechten Hand war verschwunden.

Er hatte seinen Wunsch benutzt und war hierher gekommen, hatte den Ort verlassen, den er noch vor Stunden um jeden Preis erreichen wollte. Etwas in ihm hatte sich ein letztes Mal aufgebäumt und die Woge der Veränderung aufgehalten, die ihn zu überrollen drohte. Suzy spürte, wie sich ihre Nackenhärchen aufrichteten, als Kar langsam auf sie zukam. Seine seltsam leeren

Augen fixierten ihr Gesicht. »Was hast du hier zu suchen, Suzy?« fragte Kar sanft.

Diese Sanftheit beunruhigte sie mehr als alles andere. Sie wünschte sich plötzlich, eine Waffe mitgenommen zu haben.

Aber woher hätte sie wissen sollen, daß Kar so schnell wieder auftauchen würde ... wie ein Geist!

Oder wie der Engel des Todes, sagte eine böse Stimme in ihrem Innern hämisch.

»Ich wollte sehen, wo du bleibst ...«, brachte sie hervor. Ihre Stimme klang dünn und nervös, und sie verfluchte sich dafür. Aber diese schrecklichen Augen, die sich in ihre Seele bohren wollten, brachten sie allmählich in Panik.

»Ich hätte dich beobachten und dir helfen können, wenn ich damit umgehen könnte«, sagte Suzy und deutete auf die Kristallplatte. »Ich glaube, es ist nicht gut, wenn nur einer von uns weiß, wie diese Dinge funktionieren.«

»Was gut ist, überläßt du besser mir«, erwiderte Kar. »Und jetzt verschwinde. Raus mit dir!«

»Ich bitte dich! Warum bist du denn so wütend?« rief Suzy.

Dennoch wandte sie sich in Richtung Tür. Es war beruhigend, einen Fluchtweg zu haben.

»Raus!« brüllte Kar, und es war das erste Mal, daß seine Stimme wirklich hysterisch klang. »Wenn du noch einmal diese Anlage anfaßt, bringe ich dich um, du Schlampe!«

»Ich wollte dir doch nur helfen ...«, jammerte Suzy. Sie tat ihr Bestes, um Kar zu überzeugen, daß sie nichts Hinterhältiges im Sinn gehabt hatte.

Doch er hörte sie gar nicht.

Er hatte die Hände an die Schläfen gepreßt, und er taumelte. Suzy sah fassungslos, wie er zu brüllen begann und dann langsam in sich zusammensank – als würde er unter einem schrecklichen Druck zerquetscht.

Die Woge aus der Sumpfwelt hatte ihn eingeholt, und sie schlug erbarmungslos über ihm zusammen!

ENDE DES ACHTEN BUCHES

NEUNTES BUCH

RÄTSEL DER VERGANGENHEIT

von Hubert H. Simon

Der Schrei, der ihn aus tiefem Schlaf aufschreckte, war sein eigener. Sir Ian Sutherland, Earl of Oake Dùn, fuhr wie von der Tarantel gestochen hoch.

Schräg einfallende Sonnenstrahlen zeichneten flirrende Kreise auf den Parkettboden. Die Sonne stand schon hoch im Vormittag, schätzungsweise war es zwischen zehn und elf Uhr. Er hatte lange geschlafen in dieser Nacht, aber das war nach den vorangegangenen Aufregungen nur allzu verständlich. Allerdings war er erst nach Mitternacht zur Ruhe gekommen und hatte vorher noch den vielfältigen Geräuschen gelauscht, die aus der Tiefe des alten Gemäuers heraufdrangen. Nie zuvor hatte er das Wispern, Knacken und Raunen derart bewußt wahrgenommen.

Mit tränenden Augen blinzelte er in die Helligkeit. Weit entfernt hörte er das durchdringende Kreischen einer Kreissäge durch das geschlossene Fenster, begleitet von hektischem Hämmern. Der Verwalter reparierte die gestern entstandenen Schäden.

War wirklich alles vorbei? Sutherland erhob sich hastig – um diese Zeit pflegte er sonst intensiv zu arbeiten – und öffnete das Fenster. Draußen herrschte ein klarer, nahezu wolkenloser Wintertag mit Temperaturen knapp über dem Gefrierpunkt. Die Luft roch nach Tang und Salz, aber auch nach einer hauchdünnen Schneeschicht, die auf den Mauern bereits taute. Zum Jahreswechsel schien wieder Friede in Oake Dùn eingekehrt zu sein.

Urplötzlich verschwammen die Zinnen, die nahen Stallungen und die Gesindehäuser vor Sutherlands Augen – sie vermischten sich zu einem Konglomerat undefinierbarer Eindrücke, einem düsteren, surrealen Gemälde, das mehr einer Höhlenlandschaft glich als dem weitläufigen Hochplateau, auf dem Oake Dùn errichtet worden war. Sir Ian blinzelte und massierte sich die

Augenwinkel, dann mußte er nach Halt suchen. Seine Hände verkrampften sich um den Fenstersims, als ihn ein jäher Schwindel erfaßte.

Er sah roh behauene Treppenstufen vor sich, auf die blakender Fackelschein unruhige Schatten zeichnete. Doch er konnte sich nicht konzentrieren; die Gedankenbilder entzogen sich seinem Zugriff, sobald er sie einzuordnen versuchte.

»Was ist mit dir, Ian? Fühlst du dich nicht wohl?«

Die Stimme ließ ihn herumfahren. Aber er war nach wie vor allein. Niemand hatte hinter seinem Rücken das Schlafzimmer betreten.

»Du wirkst überarbeitet, Ian. Warum gönnst du dir nicht zwei Wochen wirklichen Urlaub? Wir bleiben noch ein paar Tage in New York, anschließend fliegen wir nach Südwesten. White Sands, Monument Valley, der Grand Canyon ... Es wäre gelacht, wenn ich dich nicht auf andere Gedanken bringen könnte.«

»Eileen?« fragte Sutherland verwirrt. Doch niemand antwortete ihm. Er hatte sich die Stimme nur eingebildet. Eileen Bruce, seine einstige Sekretärin und spätere Geliebte, war vor Jahren aus seinem Leben verschwunden, seit sie sich im Streit getrennt hatten. Eigenartig, daß er ausgerechnet jetzt wieder an sie dachte. Vielleicht, weil er auf den Ersatz der verlorengegangenen Unterlagen wartete; Connor hatte inzwischen Duplikate bei der UNO in New York angefordert. Er brauchte die Kopien, die von aktuellen mysteriösen Vorfällen rund um die Welt berichteten.

Dreißig Minuten später hatte Sutherland, um seinen Kreislauf in Schwung zu bringen – und trotz der Schußverletzung am Oberschenkel –, wenigstens zwei Kilometer Dauerlauf auf dem Laufband hinter sich. Die anschließende ausgiebige Dusche hatte ihm gutgetan. Als er sein Arbeitszimmer aufsuchte, um eventuell während der Nacht eingetroffene Telefax-Nachrichten zu sichten, fühlte er sich wie neugeboren. Seine gute Laune erhielt allerdings einen ersten Dämpfer, als Eleonore Paddington ihm über den Weg lief.

»Sir Ian«, polterte die resolute Köchin sofort los, »ich frage mich, ob ich überhaupt noch gebraucht werde. Ihr Frühstück –«

Sutherland winkte ab. »Werfen Sie einen Blick auf die Uhr, Mrs. Paddington.«

»Genau das habe ich getan, Sir, und deshalb –«

»Sie wissen, daß ich niemals so spät frühstücke.« Er musterte die Köchin abschätzend. »Andererseits ist es Zeit, daß Sie sich mit dem Lunch befassen. Was steht auf der Speisekarte?«

»Nichts«, erklärte sie frei heraus.

»Nichts?« wiederholte Sutherland verblüfft.

Die Köchin nickte zustimmend. »Soll ich ein Festessen auftischen, bei dem wieder niemand erscheint? Von gestern ist mehr als genug übrig. So viel, daß ich an meinen Kochkünsten zweifeln muß.«

»Die Umstände –«

»Das hat Monsieur Leroy auch schon behauptet, aber dann hat er mein Frühstück stehenlassen und auf einem Stück Weißbrot mit Butter herumgekaut. Wozu, Sir Ian, stelle ich mich überhaupt in die Küche? Bestimmt nicht aus Langeweile.«

Ab und zu mußte sie sich Luft verschaffen. Sonst wäre sie nicht die Eleonore Paddington gewesen, die Sutherland seit vielen Jahren schätzte.

»Ich bitte Sie, beste Mrs. Paddington«, erwiderte er, bemüht, sich seine Belustigung nicht anmerken zu lassen. »Ohne Ihre Kochkünste wären wir längst verhungert ...«

»Ich fürchte, das wird ohnehin bald der Fall sein«,

unterbrach sie, schon in weitaus versöhnlicherem Tonfall.

»Im neuen Jahr wird alles anders«, versprach Sutherland.

Eleonore Paddington schob trotzig ihre Unterlippe vor. »Das glaube ich Ihnen sogar, Sir Ian«, erwiderte sie. »Ich frage mich nur, ob alles auch wirklich *besser* wird.« Sie gab sich einen merklichen Ruck. »Lunch wird um zwölf Uhr dreißig aufgetragen. Bitte bringen Sie genügend Hunger mit.« Damit rauschte sie von dannen. Eine Walküre mit dem Instinkt und der Besorgnis einer Glucke, dachte Sutherland.

Gleich darauf betrat er sein Büro. Das Faxgerät hatte zwar einige Blätter ausgespien, doch handelte es sich keineswegs um wichtige Nachrichten, sondern um Werbesendungen, die er ungelesen in den Papierkorb beförderte. Dann allerdings zuckte er jäh zusammen. Die Statuette des Maya-Gottes Xipe Totec, die am Abend noch auf seinem Schreibtisch gestanden hatte, war verschwunden. Sie konnte sich schwerlich in Luft aufgelöst haben.

Nicht nur die Statuette war verschwunden. Auch Mortimer hatte seit dem frühen Morgen niemand mehr gesehen. Dabei war Sutherland überzeugt davon, daß der greise Diener wie an jedem Tag die Heizung kontrolliert und den Raum gelüftet hatte. Die Vermutung lang nahe, daß er nicht nur der letzte war, der die Statuette auf dem Schreibtisch gesehen, sondern daß er sie auch an sich genommen hatte.

»Aber warum?« fragte Pierre Leroy, den Sutherland als ersten davon unterrichtete. »Was hat er mit der Tonfigur vor?«

Vergeblich suchten sie die oberen Etagen des Schlosses nach Mortimer ab. Keiner hatte ihn gesehen, und in seinem Zimmer hielt er sich ebenfalls nicht auf. Die Tür war versperrt. Da Sutherland die Privatsphäre seiner Angestellten achtete, blieb es auch dabei. Mortimer pflegte für gewöhnlich nur abzuschließen, wenn er sein Zimmer verließ.

Mittlerweile war ein Uhr vorbei. Sutherland verspürte ein nagendes Hungergefühl.

»Mrs. Paddington wird nicht gerade begeistert sein«, stellte er fest.

Fragend legte Leroy die Stirn in Falten. »Was ist mit ihr?« wollte er wissen. »Sie hat mich heute morgen schon so eigentümlich angesehen.«

»Das bedeutet nur, daß Sie demnächst Ihr Frühstück selbst zubereiten müssen«, bemerkte Sir Ian trocken. »Mrs. Paddington empfindet es als unter ihrer Würde, nur Weißbrot und Butter anzubieten.«

Pierre lachte hell. »Wenn sie sonst keine Probleme hat. Mir war nicht besonders gut – das werde ich ihr sagen.«

»Erwähnen Sie lieber gar nichts mehr davon«, riet der Earl. »Mrs. Paddington dürfte inzwischen stocksauer sein. Aber das legt sich; sie hat sich bisher immer noch beruhigt.«

Eleonore Paddington huschte gerade davon, als Sir Ian und hinter ihm Pierre Leroy den Salon betraten. Sutherland vermochte nicht zu sagen, ob die Köchin ihn noch bemerkt hatte, aber zu ihren Gunsten nahm er es an. Wenn sie wütend war, sah und hörte sie meist herzlich wenig.

Ihre Drohung hatte sie wahrgemacht und die aufgewärmten Reste des vergangenen Tages aufgetragen. Und inzwischen war ohnehin alles fast kalt geworden.

»Ich wünsche besten Appetit«, sagte Leroy grinsend.

Sutherland war schon nach der Suppe satt. Er hatte es anfangs nicht wahrhaben wollen, doch er fühlte sich schwach, und bohrende Kopfschmerzen quälten ihn. Etwas stimmte nicht mit ihm – oder mit Oake Dùn.

Unheimliches lauerte im Verborgenen. Die Ereignisse des 30. Dezember klangen wie die Inhaltsangabe eines Abenteuerromans: blutrünstige Hunde; ein Vogelschwarm im Kamikaze-Rausch; Begegnungen mit geisterhaften Clan-Kriegern – Connor hatte bei einer solchen Gelegenheit den Jeep zu Schrott gefahren –, und Rennie Crieffs Wünschelrute war zu einem ausgeglühten Stück Metall zusammengeschmolzen. Er selbst war nur einer glücklichen Fügung wegen mit dem Leben davongekommen.

»Es ist noch da!« sagte Sir Ian unvermittelt.

Pierre Leroy sah verblüfft von seinem Teller auf. »Was?« wollte er wissen. »Was ist noch da?«

»Die Erdstrahlung, die magische Aura, oder wie immer wir das nennen wollen, was uns bisher gut vierundzwanzig Stunden lang in Atem gehalten hat.«

Leroy zuckte mit den Schultern. »Ich weiß nicht«, gestand er. »Solange wir nur auf Vermutungen angewiesen sind –«

»Fühlen Sie sich fit? Oder haben Sie den Eindruck, daß Sie schwächer werden, je länger Sie auf den Beinen sind?«

»Ganz und gar nicht. Andererseits vergessen Sie Ihre Schußverletzung, Sir. So was steckt man nicht einfach weg.«

Mrs. Paddington kam. Wortlos rauschte sie heran. Um ihre Mundwinkel zuckte es, als sie die fast unberührten Speisen sah.

»Sie dürfen abtragen«, sagte Sutherland.

Immer noch schweigend, stellte die Köchin die Schüsseln und Teller auf den Servierwagen. Ihr war anzusehen, daß sie liebend gerne mit einer Schimpftirade losgelegt hätte, doch sie beherrschte sich. Vielleicht war sie inzwischen zu der Ansicht gelangt, daß aller Ärger nichts half.

»Danke, Mrs. Paddington!« sagte Leroy.

Unvermittelt platzte sie heraus: »Wenigstens einer, der den Mund aufmacht. Aber geschmeckt hat es Ihnen nicht; Sie haben nichts angerührt.«

»Der Spuk gestern ist mir auf den Magen geschlagen«, erklärte Pierre.

»Mir auch«, schnaubte die Köchin. »Glauben Sie, daß es angenehm ist, wenn plötzlich so ein windiger Kerl mit einem Dolch hinter Ihnen steht und Sie nicht wissen, ob er ein Geist ist oder echt? Und dann sollen Sie anderntags wieder voll da sein und außerdem für zwei arbeiten.«

»Für zwei?« Leroy stutzte.

»Was glauben Sie, wer den Tisch gedeckt hat und an wem all die anderen Nebenarbeiten wieder einmal hängen bleiben? Dabei hat Mortimer versprochen, mich heute zu entlasten. Aber was tut er statt dessen? Treibt sich unter irgendeinem fadenscheinigen Vorwand im Verlies herum. Gestohlen bleiben kann er mir, das sage ich Ihnen.«

Überrascht ließ Sutherland die Serviette sinken, mit der er sich eben den Mund abgetupft hatte. »*Wo* ist Mortimer?« hakte er nach.

»Im Verlies. Weiß der Teufel, was er da verloren hat.«

»Wir suchen nach ihm wie nach einer Nadel im Heuhaufen«, seufzte der Franzose. »Niemand hatte eine Ahnung.«

»Warum fragen Sie mich nicht?« Eleonore Paddington warf die Servietten auf den Servierwagen und griff übereifrig nach der Damastdecke.

Sutherland erhob sich, und Leroy folgte sofort seinem Beispiel. »Mrs. Paddington«, sagte der Earl of Oake Dùn, »Sie sind trotz allem ein Goldstück.«

Sie blickte den beiden hinterher, bis sie den Salon verlassen hatten. In letzter Zeit hatte sie immer öfter das Gefühl, in einem Tollhaus zu arbeiten. Wenn sie es recht bedachte, seit dieser Archäologe Ericson und seine Begleiterin aufgetaucht waren. Früher, da war noch die idyllische Einsamkeit der schottischen Highlands zu spüren gewesen, doch seit dem Sommer regierte eine zunehmende Hektik. Kein Wunder, daß sich niemand mehr Zeit nahm für eine ordentliche Mahlzeit. Aber das war nicht gut. Das war ganz und gar nicht gut.

»Sir!«

Wie durch ein Meer von Watte drang die sanfte Stimme an Connors Ohr. Obwohl sein Unterbewußtsein registrierte, daß jemand auf ihn einredete, wachte er nicht auf.

»Sir, Sie haben die Durchsage überhört. Die Schlechtwetterzone läßt schwere Turbulenzen erwarten. Bitte, legen Sie Ihren Gurt an!«

Für einen Moment öffnete Connor die Augen, doch sein Blick verlor sich in weiter Ferne. Er reagierte nicht auf die Forderung der Stewardess, vielmehr sank sein Kinn wieder nach vorne, begleitet von einem tiefen, rasselnden Atemzug. Er war hundemüde. Die unerklärlichen Ereignisse in Oake Dùn ebenso wie sein überstürzter Aufbruch hatten ihm kaum Zeit zur Besinnung gelassen. Das Gefühl, als einziger von Bord eines sinkenden Schiffes zu fliehen, während alle anderen mittlerweile bis zum Hals im Wasser standen, trug keineswegs zu seiner Ermunterung bei. Andererseits mußte jemand das Orakel in Sicherheit bringen. Es hatte zunehmend verwirrt reagiert. Und dann war da noch die Prophezeiung. Connor kannte sie auswendig:

Der Wurm fraß den Vogel
und vergiftete sein Denken.
Nur auf dem Dach der Welt
sind die Gedanken frei.

Damit mußte Valerie Gideon gemeint sein. Schließlich trug die ehemalige Mossad-Agentin den Spitznamen *Kiwi* – eine neuseeländische Vogelart. Ihr Zustand nach dem mißglückten Attentat auf Sir Ian war besorgniserregend. Selbst wenn es nur den Hauch einer Chance gab, ihr zu helfen und sie von Kars Symbiont zu befreien, mußte A.I.M. diese Chance nutzen.

Auf dem Dach der Welt! Nur ein Ort stand zu diesem Satz in sinnvoller Verbindung: Gompa – das tibetanische Kloster, in dem Gudrun Heber und Tom Ericson von Paldan Manjushi den Schlüssel für das zweite Tor nach Atlantis erhalten hatten.* Das Orakel hatte dem Flug nach Delhi nicht widersprochen. Im Gegenteil. *»Bringt mich nach Indien, aber wartet nicht lange!«* war seine Weisung gewesen.

Connor schloß daraus ebenso wie Sutherland und Leroy, daß seine Reise keineswegs bis nach Tibet führen, sondern daß möglicherweise schon in Delhi Entscheidendes geschehen würde.

Sein Sitznachbar auf der anderen Seite des Mittelganges räusperte sich dezent. »Manche Leute verschlafen sogar den Tag«, sagte er zu der Stewardess. »Mir ist das unbegreiflich.«

»Bitte?« Die Frau, eine Inderin, wandte sich fragend zu ihm um.

Der Mann versuchte ein Lächeln, doch es wirkte einigermaßen gequält. »Ich fliege sehr viel«, erklärte er.

* siehe Band 13 912, Das Tor nach Atlantis, Buch 6 ›Auf dem Dach der Welt‹

»Mein Beruf bringt das leider mit sich. Trotzdem konnte ich an Bord bis heute kein Auge schließen.«

»Was hindert Sie daran?«

»Was ...?« Fahrig wischte er sich mit dem Handrücken über die Stirn. »Das Unbehagen, das meinen Magen in einen Ameisenhaufen verwandelt ...« Der Rest seiner Antwort verklang in einem unartikulierten Stöhnen, als das Flugzeug von einer Sekunde zur anderen durchsackte. Begleitet vom Dröhnen der Turbinen erschien das nachfolgende Rütteln und Stoßen schlimmer als die Landung auf einer von Maulwürfen unterhöhlten Schotterpiste.

»Ist Ihnen nicht gut, Sir?« fragte die Stewardess mitfühlend. Sie war selbst merklich bleich geworden.

Der Mann, er trug ein schlichtes Flanellsakko und eine altmodische Krawatte, atmete stoßweise. Eigentlich schnappte er nach Luft wie ein Fisch auf dem Trockenen. »Verlieren wie ein Triebwerk?« stieß er erschrocken hervor, als die nächste harte Erschütterung das Flugzeug durchlief.

»Die Turbulenzen –«

Ein greller Blitz zuckte auf, ein Flackern, das für Sekundenbruchteile das Innere der Kabine in gleißende Helligkeit tauchte. In der Economy-Klasse schrie jemand entsetzt auf. Unruhe breitete sich aus.

»Es besteht kein Grund zur Aufregung«, versicherte die Stewardess. »Wir sind Schlimmeres gewöhnt.«

Der Mann starrte sie aus weit aufgerissenen Augen an. »Kein Grund?« keuchte er. »Sind Sie sicher?«

»Die Lady weiß, wovon sie redet«, pflichtete der Inderin eine leicht rauchige Stimme bei. »Weshalb zweifeln Sie daran, Mister?«

Dicke Schweißtropfen perlten auf seiner Stirn. Aber diesmal dachte er nicht daran, sie abzuwischen; seine

Finger hatte er in die Lehnen verkrallt. Lediglich den Kopf wandte er in Connors Richtung.

»Von den Toten aufgewacht, Herr Nachbar? Sie sind zu beneiden. Was muß ich tun, um ebenfalls wie ein Murmeltier zu schlafen und alles andere zu vergessen?«

Connor zog überrascht eine Braue in die Höhe. »Schließen Sie die Augen!« riet er nach kurzem Zögern. »Das hilft.«

»Glauben Sie, das hätte ich nicht längst versucht?«

Das Gefühl, rasend schnell in die Tiefe zu stürzen, wurde übermächtig. Ein Blick nach draußen verriet dem Butler, daß die rechte Tragfläche sich bedrohlich weit durchbog.

»Bitte schließen Sie Ihren Gurt, Sir!« forderte die Stewardess erneut und diesmal mit Nachdruck. »Die Turbulenzen werden eine Weile anhalten.«

Connor ließ das Gurtschloß einrasten und zog den Riemen enger. Fast gleichzeitig wurden die Erschütterungen heftiger. Über ihm erklang ein dumpfes Poltern; sein Blick wanderte zu den Ablagekästen hoch und schweifte von da aus wieder zu den Fenstern. Tief unter dem Flugzeug, aber dennoch scheinbar zum Greifen nahe, brodelten Gewitterwolken.

»Sie stammen aus Schottland?« fragte sein Nachbar unvermittelt. Er redete, um sich abzulenken, das war ihm deutlich anzumerken. Da Connor schwieg, fuhr er eifrig fort: »Ihr leichter Akzent ist schwerlich zu überhören. Sie sind Highlander, vermute ich.«

»Geboren in Ullapool, aber das sagt Ihnen wahrscheinlich wenig.«

»Eine ehemalige Fischereistation, Anlegehafen der Fähre nach Stornoway auf Lewis; ein Touristenziel. Leben Sie immer noch dort?«

»Schon lange nicht mehr.«

»Mein Name ist Dobson«, fuhr Connors Gegenüber eifrig fort, sichtlich bemüht, seinen Blick von den Fenstern fernzuhalten. »Bill Dobson, Antiquitätenhändler ...« Entsetzt schnappte er nach Luft, als das Flugzeug sich zur Seite neigte. »Bis Delhi stehe ich das nicht durch«, jammerte er, und endlich löste er seine verkrampften Hände von den Armlehnen, aber nur, um die imprägnierte Tüte vor sich aus dem Netz zu ziehen. Er schaffte es gerade noch, sie zu öffnen, bevor er sich übergab.

»Kann ich Ihnen helfen, Sir?« erkundigte sich die Stewardess mitfühlend.

»Bringen Sie mir ... Tabletten ... gegen Flugkrankheit«, stieß Dobson abgehackt hervor. »Und ein Glas Wasser.«

»Stewardess!« Connor winkte ihr mit einer knappen Geste. »Außerdem einen doppelten Whisky für Mr. Dobson. Ohne Eis, aber mit einem kräftigen Schuß Cola.«

Verwirrt schaute die Inderin von einem zum anderen. Connor nickte auffordernd. »Ich versichere Ihnen, es gibt keine bessere Medizin.«

Ein Teil der früheren Verliese und Folterkammern war seit Jahren umfunktioniert und beherbergte heute die hochmoderne Computeranlage und die Funkstation von Oake Dùn. Diese ehemaligen Gewölbe waren seit ihrer Renovierung von einem Neubau kaum noch zu unterscheiden.

Im ursprünglichen Zustand verblieben war ein aus Quadersteinen gemauerter Raum von knapp achtzig Quadratmetern Größe, in dem alle noch vorhandenen Folterinstrumente zusammengetragen worden waren. In gewissem Sinn glich der Raum einer mittelalterlichen

Rumpelkammer, und seinen einstigen Zustand wiederherzustellen hätte bedeutet, zwei Drittel der eingelagerten Gerätschaften entfernen zu müssen.

Früher hatten hier nur das gemauerte Kohlebecken, zwei eiserne Jungfrauen und die Streckbank gestanden. Auch die in die Mauerfugen eingeschlagenen Ketten waren original.

Im Zuge der Renovierungsarbeiten hatte Sir Ian elektrischen Strom verlegen lassen.

Das Licht in der Folterkammer brannte, doch von Mortimer war keine Spur. Die Rufe nach dem greisen Diener verhallten unbeantwortet.

»Er war hier«, behauptete Leroy. »Davon bin ich überzeugt.«

Sutherland nickte bedächtig, während er die schwere Bohlentür hinter sich wieder zufallen ließ. Sooft er die Folterkammer betrat, quälte ihn ein dumpfes Unbehagen, ein Gefühl, das ihm Magenschmerzen bereitete, obwohl er nicht zu sagen vermocht hätte, weshalb.

Am Ende des Ganges führte eine steile Treppe noch ein Stück tiefer hinab. Die Erbauer der Anlage – Dùn war das gälische Wort für Festung – hatten nicht nur mit primitiven Mitteln den gewachsenen Fels abgetragen, sondern auch natürlich entstandene Hohlräume miteinbezogen. Der Bootshangar und einige Seitenstollen waren das beste Beispiel dafür.

Schlecht zugehauene Steinstufen führten in endlos anmutenden Windungen in die Tiefe. Spinnweben hingen von den Wänden herab, und einige der Netze waren offensichtlich erst vor kurzem zerstört worden.

»Mortimer!« rief Sutherland. »Sind Sie da unten?« Ein dumpfes Echo antwortete ihm.

Die Luft schmeckte schal und abgestanden. Es gab kaum Feuchtigkeit, die das Wachstum von Flechten und

Moosen begünstigt hätte, deshalb fehlte auch der sonst häufig an solchen Orten anzutreffende beklemmende Geruch nach Moder und Fäulnis.

Das äußere Gitter stand offen, ebenso die zweite Tür. Hinter einer Reihe enger Einzelzellen, von denen keine mehr Platz bot als zwei Quadratmeter, bildete ein unregelmäßiges, tiefes Loch den Abschluß, ein Schacht, der groß genug war, mindestens zehn Personen aufzunehmen. In engem Abstand eingeschlagene Eisenstangen, nur von einem schmalen, verschließbaren Einstieg durchbrochen, verliefen als Abdeckung von Wand zu Wand. Einst mußte ein gräßlicher Gestank in diesem Verlies geherrscht haben, denn noch immer war in der Nähe des Schachtes ein beißender Geruch wie nach Salmiak wahrzunehmen. Vermutlich hatte kein Gefangener die Kerkerhaft lange überlebt und war entweder in dem Gemeinschaftsverlies von Krankheiten dahingerafft worden oder in einer der Einzelzellen geistiger Umnachtung anheimgefallen.

»Wahrscheinlich ist Mortimer längst wieder oben und sucht nach uns«, bemerkte Leroy.

Obwohl er Leroys Meinung nicht teilte, nickte Sutherland zögernd. Seit er die einstige Folterkammer betreten hatte, spürte er eine stärker werdende innere Unruhe, ein Gefühl der Rastlosigkeit, das sich nicht unterdrücken ließ. Er schaffte es nicht, sich abzulenken. Aber das war etwas, was er mit sich selbst ausmachen mußte. Leroy brauchte nichts davon zu erfahren.

Er fühlte sich schwach, die Schußwunde in seinem Oberschenkel pulsierte, und mehrmals blieb er auf dem Weg nach oben stehen und stützte sich an der rauhen Wand ab. Sein Atem ging schwer und keuchend.

Besorgnis stand in Leroys Blick, als er sich umwandte. »Ist Ihnen nicht gut, Sir?« wollte er wissen.

Sutherland winkte ab – eine Spur zu lässig. »Es ist nichts«, erwiderte er. »Nur mein Bein schmerzt.«

Das war lediglich die halbe Wahrheit. Der Franzose beobachtete ihn genau. Er sah, daß Sutherlands Blick plötzlich unstet wurde und einen Punkt der Wand fixierte, an dem es absolut nichts Ungewöhnliches gab.

»Ich habe mir unseren Aufenthalt in New York anders vorgestellt, Ian. Du vernachlässigst mich. Ist George Mahon denn ein so wichtiger Mann für dich, daß du mit ihm Golf spielst, anstatt ...«

Eileen Bruce schwieg betreten und widmete sich ihrem Schminkset mit einem Eifer, als wolle sie plötzlich einen Malwettbewerb gewinnen.

Sutherland sah ein, daß Argumente nichts fruchten würden. Jedes weitere Wort war jetzt fehl am Platz und hätte sein Verhältnis zu Eileen nur noch mehr getrübt. Sie hatte ihren eigenen irischen Dickkopf.

Übergangslos schreckte Sutherland auf. Er sah, daß Leroy ihn verwirrt musterte. »Stimmt etwas nicht?« Mit einer unwilligen Handbewegung wischte er die Erinnerung beiseite. Obwohl er selbst früher kein Heiliger und schon gar kein Kostverächter gewesen war, hatte Eileen Bruce ihn doch bitter enttäuscht. Es hieß nicht umsonst, daß bei Geld die Freundschaft aufhörte.

»Warum gehen Sie nicht weiter?« herrschte er den Franzosen an, schroffer als nötig.

»Natürlich, Sir. Ich dachte nur –«

Leroy ließ offen, was er gedacht hatte, und Sutherland schluckte die Entschuldigung, die ihm schon auf der Zunge lag, unausgesprochen wieder hinunter. Er reagierte zunehmend gereizt und konnte nichts dagegen tun. Unter diesen Umständen war es besser, zu schweigen.

Eben noch hatte das ferne Dröhnen der Brandung wie

ein kaum wahrnehmbarer Pulsschlag in der Luft gehangen, doch mit einem Mal traten andere Geräusche in den Vordergrund. Ein helles Klingen, ein Klirren wie von aufeinanderprallenden Schwertern, dessen Ursprung aber nicht zu lokalisieren war.

Ein Schatten fiel auf die obersten Stufen. Leroy stieß einen überraschten Aufschrei aus und rannte los. Er hatte nur noch ein paar Meter bis zum Ende der Treppe, aber als er oben ankam, war der Flur leer.

»Und?« fragte Sutherland.

Pierre zuckte mit den Schultern.

»Ich dachte, es wäre Mortimer gewesen«, erwiderte er. »Aber ...«

»Der Spuk geht wieder los? Ich spüre, daß es noch lange nicht zu Ende ist.«

Das Waffenklirren war verstummt. In dem Moment, in dem Leroy das Ende der Treppe erreicht hatte, wenn Sir Ian es recht bedachte.

Auf dem Weg zur Bibliothek trafen sie das Stubenmädchen. Betty Neacail war ziemlich aufgelöst. Ihre Stimme klang schrill und überschlug sich mehrmals, und sie legte los, kaum daß sie Leroy und Sutherland sah.

»Sir Ian!« rief sie. »Ich habe nach Ihnen gesucht. Es ist ... etwas Schreckliches ist geschehen. Der Verwalter und seine Frau ...«

Sutherland ergriff sie an den Armen und hielt sie fest. Er spürte, wie sehr sie zitterte.

»Beruhigen Sie sich erst einmal, und dann erzählen Sie der Reihe nach. Also, Miss Neacail, was ist geschehen?«

»Ich ... ich habe eben die Gästezimmer hergerichtet und die Fenster geöffnet, da hörte ich Stimmen von draußen und einen Lärm, als hätte jemand eine ganze Lastwagenladung Schrott einfach auf den Vorplatz gekippt.« Sie schluchzte, begann sich aber allmählich zu beruhigen. Ihre vollen Brüste hoben und senkten sich im Rhythmus hastiger Atemzüge.

»Erzählen Sie weiter!«

Sie schluckte heftig. »Ich also hin zum Fenster, und da sehe ich sie: Männer, ich weiß nicht wie viele, in altertümlicher Rüstung und mit Schwertern und Lanzen bewaffnet. Sie drehen einen Film, denke ich, und das Blut, das fließt, ist nur Farbstoff, aber dann schreit Flora Brendan laut auf, weil zwei der Kerle sie eingekreist haben, und sie stürzt zu Boden und versucht, sich in Sicherheit zu bringen, doch die Kerle gehen mit den Schwertern auf sie los. Ich weiß nicht, vielleicht ist sie schon tot.« Die Stimme versagte ihr endgültig den Dienst und sie warf sich hemmungslos schluchzend an Sutherlands Brust. »Ich bin davongerannt«, stieß sie abgehackt und kaum noch verständlich hervor, »als Ronald mit der Heugabel dazwischengegangen ist. Ich fürchte, sie haben ... haben ihn ... auch getötet.«

»Kommen Sie!« Der Earl of Oake Dùn löste sich aus dem Griff des Stubenmädchens und zog sie kurzerhand mit sich. Die ersten paar Meter stolperte Betty Neacail haltlos hinter ihm her, danach war sie wenigstens wieder in der Lage, Schritt zu halten.

»Wer hat die Krieger noch gesehen?« fragte Leroy. Er dachte an Connor und Dr. Morrison, die einem Heer kämpfender Clan-Krieger auf der Zufahrt nach Oake Dùn begegnet waren, und an Eleonore Paddington, die eine ähnliche unheimliche Begegnung am vergangenen Abend in ihrer Küche gehabt hatte. Beinahe schien es, als würden nach und nach alle Bewohner von Oake Dùn mit diesen Erscheinungen konfrontiert – als erwache die Vergangenheit dieses Landstrichs zu neuem, gespenstischem Leben.

»Ich weiß nicht«, stöhnte Betty Neacail. »Ich habe nach

Mortimer gerufen, aber er war nicht da, und dann bin ich einfach losgerannt ...«

Sie erreichten die Treppe, die zur Eingangshalle führte. Unvermittelt riß das Stubenmädchen sich los.

»Nein!« keuchte sie. »Ich gehe nicht mit nach draußen. Das ... das können Sie nicht verlangen.« Ehe Sutherland es sich versah, warf sie sich herum und hetzte die Stufen wieder hinauf.

Leroy öffnete das Portal.

Draußen war es still, weder Waffenklirren noch Schreie klangen herüber.

»Was immer sich abgespielt hat, es ist vorbei«, stellte Sutherland unumwunden fest.

Weder Blut, wie das Stubenmädchen behauptet hatte, noch andere Spuren eines Kampfes waren zu sehen. Und schon gar nicht lagen Verwundete oder Sterbende im Bereich des gepflasterten Hofes – lediglich eine einsame Heugabel, deren Zinken hoffnungslos verbogen waren, so als hätte sie jemand absichtlich und mit großer Wucht auf das Pflaster gestoßen.

»Brendan?« fragte Leroy.

»Wer sonst?« Sutherlands Blick schweifte zu den noch geöffneten Fenstern der Gästezimmer hinauf. Betty Neacail erschien soeben dort oben und blickte in den Hof hinab. Offensichtlich wollte sie sich davon überzeugen, daß wirklich keine Gefahr mehr drohte.

Sir Ian nahm Leroy die Heugabel aus der Hand. »Ich bin gespannt, was der Verwalter zu sagen hat.«

Im Grunde waren sie sich einig, daß die unheimlichen Vorkommnisse keineswegs lokal begrenzt zu sehen waren. Vielerorts hatte sich in den letzten Wochen Mysteriöses zugetragen, vorwiegend im Zusammenhang mit Zeugnissen alter Kulturen. Oake Dùn war voll von solchen Artefakten. Sir Ian verdächtigte die Statuette des

Maya-Gottes Xipe Totec als Ursache für den Spuk, doch die Figur war inzwischen ebenso verschwunden wie Mortimer, der Hausdiener.

Sutherland und Leroy fanden Ronald Brendan, den Verwalter, im Schlafzimmer seines Hauses. Flora, seine Frau, lag zusammengekrümmt auf dem Bett; sie zitterte und stand offensichtlich unter Schock. Ihr Gesicht hatte nahezu jede Farbe verloren.

»Sir Ian, ich ...«, begann Brendan, als die beiden Männer eintraten.

Sutherland unterbrach ihn mit einer knappen Geste. »Sie können jede medizinische Hilfe haben, die Sie brauchen. Allerdings glaube ich, daß Ihre Frau in ein paar Stunden wieder auf den Beinen ist.« Er hob die Heugabel, die er immer noch bei sich trug. »Haben Sie damit zugestoßen?«

Der Verwalter nickte knapp. »Ich habe einen der Krieger in die Beine getroffen, aber die Zinken gingen durch ihn hindurch wie durch Nebel.«

»Was immer Ihre Frau und Sie selbst gesehen haben, es war nur ein Spuk. Wenn Sie es wünschen, fährt Monsieur Leroy Sie in die Klinik.«

Brendan widmete sich wieder seine Frau, die sich stöhnend herumwälzte und gleich darauf gellend aufschrie und abwehrend die Arme hochriß. Offenbar entwickelte sie dabei ziemliche Kräfte, denn der Verwalter hatte sichtlich Mühe, sie zu beruhigen. Augenblicke später hob und senkte sich ihre Brust im Rhythmus gleichmäßiger Atemzüge.

»Sie schläft«, raunte Ronald Brendan, selbst überrascht von dem abrupten Wandel. »Ich hoffe, wenn Sie aufwacht, hat sie das Schlimmste überwunden. Was ist das für ein Spuk, Sir ...?« Er stockte, weil Sutherlands Blick plötzlich glasig wurde. Der Earl schaute ihn zwar an, doch er schien nichts mehr um sich herum wahrzunehmen.

Sekunden später reagierte Sir Ian wieder wie zuvor. »Monsieur Leroy«, sagte er, »versuchen Sie, Dr. Morrison ans Telefon zu bekommen und schildern Sie ihm, was vorgefallen ist. Vielleicht kann er Mrs. Brendan helfen, den Zwischenfall schneller zu überwinden.«

»Stewardess! Nochmal das Gleiche!«

Bill Dobson hielt der Inderin das leere Glas hin, das er seit mindestens zehn Minuten ausgiebig von allen Seiten betrachtet hatte. Diesmal benutzte er sein Einstecktuch, um sich den Schweiß von der Stirn zu tupfen, danach wandte er sich wieder an seinen Nebenmann: »Danke, Mister – hm –, wie war doch gleich Ihr Name?«

»Connor.«

Der Antiquitätenhändler stutzte. Lautlos wiederholten seine Lippen den Namen – zögernd, wie jemand, der vergeblich in seiner Erinnerung nach einem Zusammenhang sucht. Im nächsten Moment schüttelte er unwillig den Kopf.

»Selbstverständlich bezahle ich auch den ersten Whisky«, erklärte er.

»Ich hatte Sie eingeladen, Mr. Dobson.«

»Aber wie kämen Sie dazu, einem wildfremden Menschen –?«

Connor winkte großzügig ab. »Nehmen Sie das als meinen bescheidenen Beitrag zur Verbesserung zwischenmenschlicher Beziehungen, meine heutige gute Tat, wenn Sie so wollen.«

Dobson vergaß vorübergehend, den Mund zu schließen. Entgeistert blickte er den Schotten an.

Die Stewardess brachte ihm den zweiten Whisky.

Gleichzeitig, aber sehr diskret, schob sie eine neue Speitüte ins Netz an der Rückenlehne des Vordersitzes. Ganz schien sie dem Frieden also noch nicht zu trauen.

Der Antiquitätenhändler nippte vorsichtig. »Ich trinke selten Alkohol«, murmelte er. »Aber ich muß gestehen, das Zeug beruhigt die Magennerven.«

Endlich wurde das Dröhnen der Triebwerke wieder zum sanften Summen; das Schaukeln und Schütteln der Maschine ebbte ab.

Eine Lautsprecherdurchsage verkündete, daß wieder gute Flugbedingungen herrschten.

»Sechsunddreißigtausend Fuß hoch«, bemerkte Dobson fröstelnd. »Wenn ich nur daran denke, wird mir erneut übel.«

Unverwandt starrte er Connor an, der seinen Gurt löste, aufstand und das Gepäckfach über seinem Platz öffnete. »Connor ...«, überlegte er. »Connor Mac ...?«

»Einfach nur Connor.« Der Schotte rückte sein Handgepäck zurecht.

Dobson verschluckte sich. Weit quollen seine Augen aus den Höhlen hervor. Er hustete und rang gequält nach Luft, und erst als Connor sich zu ihm umwandte, brachte er ein heiseres Krächzen über die Lippen.

»Ist ... ist das Ihr Gepäck?« Da die Erste Klasse nicht einmal zu einem Drittel belegt war, hatte die Frage ohnehin nur rhetorische Bedeutung. »Sie belasten sich mit einem Möbelstück?«

»Es ist nur ein einfacher Hocker ...«

Dobson kniff die Brauen zusammen. »... aber eine ungewöhnliche Fertigung«, fügte er hinzu. »Das sehe ich sofort.«

»Ein Erbstück.«

Der Antiquitätenhändler schürzte die Lippen. Er fixierte den Schotten. *Connor MacLeod,* schien er lautlos zu murmeln. Connor las ihm den Namen vom Mund ab. Er lachte hell.

»Um Himmels willen, nein. Der Hocker mag einige hundert Jahre alt sein, aber ich bin es nicht. ›Highlander‹ ist ein Film, das hier ist die Realität.«

Dobsons Augen verengten sich zu schmalen Schlitzen. »Sie haben recht«, murmelte er. »Mir fiel nur eben ein, woher ich den Namen Connor im Gedächtnis hatte.« Er zog die Mundwinkel nach unten und kratzte sich hinterm Ohr. »Reden wir lieber von Ihrem antiken Stück. Ich bin daran interessiert. Das Material ist massiv gegossen, eine solche Arbeit findet man heutzutage kaum noch. – Wollen Sie verkaufen?«

»Nein!«

»Ich mache Ihnen ein faires Angebot, Connor. Zweihundert Pfund – ausreichend für zehn moderne Schemel.«

»Nicht für tausend Pfund, Mr. Dobson. Sie bemühen sich umsonst. Mit dem Hocker verbinden sich zu viele Erinnerungen.«

»Schade. Ich meine, falls das wirklich Ihr letztes Wort ist –«

»Mein allerletztes.«

Connor wandte sich ab und blickte eine Zeitlang aus dem Fenster. Danach blätterte er in einer Illustrierten. Irgendwann fielen ihm die Augen zu, sank die Zeitschrift auf seinen Schoß.

Bill Dobson starrte indes Löcher in die Luft, und hin und wieder schweifte sein Blick zu dem Schemel hin. Aber das bemerkte Connor nicht.

Sir Ian Sutherland war wie elektrisiert. Flora Brendans Stöhnen erinnerte ihn an Eileen, damals, als er ... Er weigerte sich, die Bilder wahrzuhaben, die vor seinem inneren Auge aufstiegen, doch sie ließen sich nicht verdrängen. Eileen hätte es nicht nötig gehabt, ihn zu betrügen – warum sie sich mit Cumbers eingelassen hatte, war ihm bis heute ein Rätsel. Aber offenbar war sie ihm hörig gewesen.

Die Erinnerung quälte ihn, und je öfter sie ihn überfiel, desto stärker wurde sie. Wirre Szenen wirbelten durch seine Gedanken – das Zimmer im United Nations Plaza in New York, seine Treffen mit George Mahon, bei denen es um die Erteilung von Grabungserlaubnissen gegangen war, und dazwischen immer wieder Eileens rote Lockenpracht und ihr helles Lachen. Vielleicht war sie zu naiv gewesen, Cumbers gemeines Spiel zu durchschauen; der Chauffeur hatte sie benutzt, um mit ihrer Hilfe Sutherlands Konten zu plündern.

Für einen Moment schloß er die Augen. Eileens Konterfei verblaßte vor einem düsteren Hintergrund. Da waren Felsen, ein dunkler Schacht, und im Zeitraffertempo wechselten enge Stollen, Treppen und hölzerne Stege einander ab.

Sutherland war überzeugt davon, alle diese Plätze nie zuvor gesehen zu haben, dennoch erschienen sie ihm seltsam vertraut.

Überhaupt beschränkte sich sein Erinnerungsvermögen auf wenige Bruchstücke – genug, um den Überblick zu behalten, aber entschieden zu wenig für Einzelheiten. Wenn er es recht bedachte, fehlten ihm eine oder zwei Wochen in seiner Erinnerung. Die Zeit, die er mit Eileen in New York verbracht hatte, ließ sich noch mühsam rekapitulieren, aber anschließend, auf Oake Dùn ... Er hatte Cumbers und Eileen in einer unmißverständlichen

Situation angetroffen, und seit damals arbeitete Rennie Crieff für ihn.

Übergangslos verblaßte die Vision.

Sutherland forderte Leroy auf, Dr. Morrison anzurufen. Da der Arzt wegen des Jahresschlußurlaubs in seiner Praxis nicht zu erreichen war, würde wohl einige Zeit vergehen, bis die gewünschte Verbindung stand.

»Versuchen Sie gleich von hier aus, Morrison zu erreichen. Inzwischen werde ich noch einmal mit Miss Neacail reden. Vielleicht fallen ihr Einzelheiten ein, die uns weiterhelfen, auch was Mortimers Verschwinden anbelangt.«

Bill Dobson war ein Mann, der seine körperlichen Schwächen im Geschäftsleben durch Zähigkeit, Ausdauer und vor allem einen ausgeprägten Eigensinn überspielte. Zudem verfügte er über eine Art siebten Sinn, ein Gespür für besonders wertvolle Kunstgegenstände und Antiquitäten, und dieser »Riecher«, wie er es zu nennen pflegte, hatte ihm schon manche erkleckliche Summe eingebracht. Andernfalls hätte er auch nicht innerhalb weniger Jahre den Sprung vom kleinen und unscheinbaren Finanzangestellten zum erfolgreichen Geschäftsmann geschafft, der inzwischen zwei Villen und ein umfangreiches Antiquitätenlager sein eigen nannte. Eine erste Auktion von Kunst, Schmuck und Möbeln war in vier Wochen angesetzt, dann stand er endgültig ganz oben.

Daß der eherne Dreibeinhocker des Schotten etwas Einmaliges war, hatte er sofort gespürt. Trotz seiner Flugangst.

Hastig kippte er den zweiten Whisky. Eine wohlige Wärme breitete sich in seinem Magen aus, aber auch ein unbezähmbares, aufrührerisches Prickeln.

Den Hocker einzuordnen, war so gut wie unmöglich. Dobson wußte nur, daß das Dreibein alt war, sehr alt sogar, und mit Sicherheit keine Antiquität im landläufigen Sinn, sondern eher ein archäologischer Schatz.

Connor hatte die Augen wieder geschlossen. Seine gleichmäßigen Atemzüge ließen vermuten, daß er eingeschlafen war.

Dobson zitterte, als er endlich seinen eigenen Gurt löste und sich aus dem Sitz hochstemmte. Seine Knie fühlten sich immer noch an wie Pudding, und für einen Moment mußte er innehalten, aber dann überwand er die Schwäche. Niemand beachtete ihn, als er zu Connors Platz hinüber ging und sich über den Hocker beugte.

Er hatte sich nicht geirrt. Aus unmittelbarer Nähe spürte er die Faszination des Dreibeins noch weitaus intensiver. Vorsichtig strich Dobson mit einer Hand über das kühle Metall. Auf Anhieb konnte er das Möbelstück keiner Epoche zuordnen, nicht einmal einem bestimmten Kulturkreis.

In dem Moment wurde ihm endgültig klar, daß er das Stück besitzen mußte.

Ein Räuspern ließ ihn zusammenzucken.

»Ich glaube nicht, Mr. Dobson, daß es die feine englische Art ist, sich an anderer Leute Gepäck zu vergreifen«, sagte Connor indigniert.

»Ich – äh ...« Dobson druckste herum. »Ich wollte mir das Stück nur ansehen.«

»Sie hätten zuvor fragen können.«

»Ich wollte Sie nicht wecken, Mr. Connor. Außerdem nahm ich an, daß Sie nichts einzuwenden hätten ...«

»Nun wissen Sie es. – Bitte!« sagte Connor, begleitet von einer entsprechenden auffordernden Handbewegung.

»Fünfhundert Pfund!«

Über Connors Miene huschte ein Schatten. »Ich sagte bereits, daß der Hocker unverkäuflich ist.«

»Sechshundert ...«

»Außerdem sind wir hier nicht auf einer Versteigerung. Ich finde Ihr Verhalten unverständlich, Mr. Dobson.«

»Auch dann, wenn ich Ihnen tausend Pfund biete? Bar auf die Hand.«

»Auch dann.« Connor erhob sich und nahm den Hocker vom Sitz auf.

»Nennen Sie eine Summe!« verlangte Dobson.

Der Schotte schüttelte den Kopf. »Ich sehe nicht ein, weshalb ich das tun sollte.«

»Weil –« Bill Dobson suchte nach Worten. »Weil Sie unmöglich ein derart großzügiges Angebot ausschlagen können.«

Connor öffnete das Gepäckfach über seinem Sitzplatz und verstaute den Dreibeinhocker sorgfältig darin. Mit einem Ruck schloß er die Klappe und drehte sich zu seinem Nachbarn um. »Wie Sie sehen, kann ich das Angebot sehr wohl ausschlagen. Außerdem wäre mir ein Themenwechsel äußerst sympathisch, Mr. Dobson.«

»Zweitausend Pfund! Ich muß verrückt sein, Ihnen eine solche Summe überhaupt zu bieten.«

»Warum lassen Sie es dann nicht? Wir hätten beide unsere Ruhe.« Connor warf einen ungeduldigen Blick auf seine Armbanduhr. Noch zwei Stunden bis zur Landung in Delhi.

Schlafen konnte er nicht mehr. Er dachte an Sir Ian und Pierre und die anderen, und er hätte liebend gern gewußt, ob der Spuk auf Oake Dùn mittlerweile zu Ende war.

»Mr. Connor –«

Er reagierte nicht. Anders als durch Ignoranz konnte er Dobson wohl nicht zur Einsicht bringen.

Dann dachte er an Tibet und das Kloster, das er bislang nur vom Hörensagen kannte. Hoffentlich mußte er nicht in den Himalaya weiterreisen. Falls er in Delhi erwartet wurde, konnte er rasch nach Schottland zurückfliegen ...

Eine Hand legte sich auf seine Schulter. Im ersten Moment war er versucht, sie unwirsch abzustreifen, doch erschien es ihm besser, Dobson nach wie vor zu ignorieren.

»Warum verhandeln wir nicht wie vernünftige Menschen, Mr. Connor? Ich bin überzeugt, daß Sie dreitausend Pfund nicht so einfach ausschlagen werden.«

Die Finger drückten schmerzhaft auf sein Schlüsselbein. Connors Rechte zuckte hoch und umklammerte das Handgelenk des Antiquitätenhändlers. Sekundenlang trugen beide einen stummen, verbissenen Zweikampf aus, dann wich Dobson zurück, einen halb erstickten Schmerzenslaut auf den Lippen. Ausgiebig massierte er sein Handgelenk.

»Ich wollte ihnen nicht zu nahe treten, Mr. Connor.«

Der Schotte bedachte den Antiquitätenhändler mit einem verweisenden Blick. »Das haben Sie bereits getan«, erwiderte er.

»Sie wollen wirklich nicht verkaufen?«

»Ich sagte es bereits.«

»Das verstehe, wer will. Sie werden nie ein besseres Angebot erhalten ...«

»Ich wiederhole mich ungern, Mr. Dobson: Lassen Sie mich in Ruhe! Meinetwegen denken Sie an Ihre Flugangst, aber mein Erbstück schlagen Sie sich aus dem Kopf!« Demonstrativ widmete Connor sich wieder der Illustrierten.

Die Stewardess war auf ihren Disput aufmerksam geworden. »Kann ich Ihnen helfen, meine Herren?« fragte sie. »Gibt es irgendwelche Schwierigkeiten?«

»Keineswegs«, sagte Connor.

»Wir haben uns nur angeregt unterhalten«, bestätigte Bill Dobson. »Alles rein geschäftlich.«

Sutherland redete nicht mit dem Stubenmädchen. Das war nebensächlich. Er ahnte, daß er eine Erklärung der unheimlichen Vorgänge nicht erhalten würde, indem er wie ein Kriminalist zufällige Beobachtungen gegeneinander abwog.

Eine immer noch wachsende innere Unruhe lenkte ihn erneut in die unteren Räume des Schlosses. Aus irgendeinem Grund, den er sich ebenfalls nicht erklären konnte, war er überzeugt davon, daß auch Mortimer diesen Weg gegangen war, und daß der Diener die Statuette bei sich trug.

Sir Ian betrat die Folterkammer. Diesmal brannte kein Licht. Ungewollt zögerte er, und als die Tür hinter ihm zuschlug, stand er in völliger Finsternis. Nur das Geräusch seiner eigenen gepreßten Atemzüge war zu hören. Zögernd tastete er nach dem Lichtschalter.

Die grellen Lampen blendeten. Tränen schossen ihm in die Augen.

»Mortimer?«

Nichts.

Ein erschreckter Ausruf antwortete ihm. Sein Blick wanderte zu der Streckbank hinüber, und was er sah, trieb ihm die Zornesröte ins Gesicht.

Eileen lag da, hilflos, wie es schien, jedoch ganz und gar nicht unfreiwillig. An Armen und Beinen war sie festgebunden, gespreizt, als gelte es, ihr das Geständnis der Hexerei und des Pakts mit dem Teufel zu entlocken, aber nicht das war es, was Sutherland unwillkürlich die Hände zu Fäusten ballen ließ, sondern die unverkennbare Tatsache, daß sie nichts ande-

res trug als ihre nackte Haut. Und sie war eine verdammt schöne Frau.

Sie hatte den Kopf angehoben und starrte ihm aus weit aufgerissenen Augen entgegen. Ihre Lippen zitterten zwar, doch sie brachte nicht ein Wort der Entschuldigung hervor.

Auch der Mann über ihr starrte Sutherland ungläubig an. Mit einer Hand raffte er das nächstbeste Wäschestück an sich – es gehörte Eileen –, um seine Blöße zu verdecken.

»Lassen Sie sich erklären, Sir ...« Er stammelte vor Erregung, und das im doppelten Sinne des Wortes, und sein Kopf glich in seiner Farbe inzwischen dem eines Streichholzes.

»Was wollen Sie mir noch erklären?« Zweifel an der Eindeutigkeit der Situation gab es wirklich nicht. In diesem Moment fühlte Sutherland grenzenlose Enttäuschung; die Leere in seiner Brust schlug in unbändigen Zorn um.

»Hilf mir, Ian!« stammelte Eileen. »Binde mich los! Cumbers hat mich hierher geschleppt, um seine perversen –«

»Sie lügt!« ächzte der Chauffeur, offenbar um zu retten, was noch zu retten war, aber das war verdammt wenig. »Sie hat sich an mich rangeworfen.«

»Macht das untereinander aus«, sagte Sutherland scharf. »Es interessiert mich nicht.«

»Wenn Cumbers geht, wird alles wieder gut«, protestierte Eileen.

»Ich will keinen von euch wiedersehen«, sagte Ian. »Und an Ihrer Stelle, Cumbers, würde ich das nicht tun, was Sie jetzt vorhaben. Mord aus Eifersucht oder im Affekt wird Ihnen kein Gericht abkaufen, sobald meine Bankbelege vorliegen. Ich denke doch, daß Ihnen das klar ist. Du solltest es übrigens auch wissen, Eileen.«

Albert Cumbers, dessen Finger sich schon um den Stiel des Morgensterns geschlossen hatten, der an der Streckbank lehnte, ließ die Waffe wie ein jäh heiß gewordenes Eisen fallen.

»Wissen Sie, welche Ungeheuerlichkeit Sie da aussprechen,

Sir?« stammelte er. »Für eine derartige Anschuldigung fehlt Ihnen jeder Beweis.«

»Ich habe zwei Tage gebraucht, um die Manipulationen offenzulegen, die Sie mit Eileens Hilfe vorgenommen haben. Soll ich Ihnen sagen, wie oft Beträge zwischen zehntausend und dreißigtausend Pfund für Dinge ausgegeben wurden, die wir nie wirklich angeschafft haben? Allein in den letzten beiden Wochen –«

»Was werden Sie jetzt tun?«

»Was man in solchen Fällen zu tun pflegt. – Schade, Eileen«, Sutherland wandte sich wieder der Frau zu, die inzwischen heftig an ihren Fesseln zerrte, »du hättest es besser haben können. Aber jeder ist für sein Schicksal selbst verantwortlich.«

Mit einem Aufschrei schnellte der Chauffeur nach vorne. Sutherland wurde von dem Angriff völlig überrascht, zumal Cumbers nur mit bloßen Fäusten gegen ihn vorging. Ein Fausthieb traf seine Schläfe, zugleich bohrte sich ein Knie schmerzhaft in seinen Unterleib, und Cumber's Aufprall riß ihn rückwärts von den Beinen. Er prallte gegen eine harte Kante, und für zwei, drei Sekunden rang er vergeblich nach Atem. Die kurze Zeitspanne genügte dem Angreifer, ihn mit einem Hagel von Fausthieben einzudecken und seine Deckung aufzureißen. Sutherland spürte, daß ihm die Sinne schwanden. Verzweifelt kämpfte er dagegen an, doch Cumbers drosch wie ein Wahnsinniger auf ihn ein. Erst Eileens wütender Ausruf stoppte ihn. Das war das letzte, was Sir Ian noch wahrnahm.

Übergangslos, wenngleich ein wenig benommen, fand er in die Wirklichkeit zurück. So wie eben, in den wenigen Sekunden, seit er die Folterkammer betreten hatte, waren ihm die Geschehnisse von damals überhaupt nie wieder bewußt geworden. Er hatte vieles vergessen, mehr als bislang angenommen.

Seine Mundwinkel zuckten verhalten, als er zögernd

das von Kerben übersäte, fleckige Holz der Streckbank berührte. Ihm war nie klargewesen, daß Eileen Bruce anders als die Frauen war, die er vor ihr gekannt hatte. In jeder Hinsicht hatte sie sich Cumbers ausgeliefert, und sie war mit ihm aus Oake Dùn verschwunden. Spurlos.

Auf dem Absatz wirbelte Sutherland herum. Sein Blick suchte die Wände ab – ziellos, wie zufällig, aber tief in seinem Inneren fragte er sich, ob er möglicherweise doch einen Grund dafür hatte. Dort, neben dem Kohlebecken, existierte eine Öffnung. Obwohl die Mauerblöcke so nahtlos aneinandergefügt waren, daß nicht einmal ein Blatt Papier dazwischengepaßt hätte.

Er starrte die Steine an und glaubte zu wissen, daß dahinter ein enger Gang weiterführte. Man mußte sich bücken, um hindurchzugelangen. Und nach wenigen Schritten ...

Ein greller Schmerz schreckte ihn aus seinen Überlegungen auf. Tief hatte er die Fingernägel in die Handballen gepreßt.

Düsternis ... eine langgestreckte Höhle ... ein steinernes Wappen ... Wie Momentaufnahmen wirkten die Bilder vor seinem inneren Auge, sie blieben verschwommen und entzogen sich dem bewußten Zugriff.

Erneut schweiften seine Gedanken ab.

Er war allein. In seinem Schädel dröhnte ein gigantisches Hammerwerk. Aber er lebte, und er würde Cumbers zur Rechenschaft ziehen. Der Chauffeur hätte ihn getötet, dessen war er sicher. Daß er noch lebte, verdankte er Eileen. Oder hatte Cumbers ihn schon für tot gehalten?

Er wollte sich aufrichten, kippte aber haltlos zur Seite. Jemand hatte seine Beine weggenommen, er spürte sie nicht mehr. Düster entsann er sich des Aufpralls. Waren seine Wirbel gebrochen? Dann würde er vielleicht für immer gelähmt bleiben.

Er krallte die Finger in seinen Oberschenkel und spürte nur einen dumpfen, kaum wahrnehmbaren Druck. Mühsam wälzte er sich herum, verharrte eine Weile auf dem Bauch liegend und lauschte seinen gepreßten Atemzügen. Nie zuvor hatte er sich ähnlich hilflos gefühlt. Aber selbst das war kein Grund zur Resignation. Albert Cumbers durfte nicht triumphieren, und schon gar nicht durfte er sich der einhunderttausend Pfund erfreuen, die er innerhalb weniger Wochen ergaunert hatte.

Die Finsternis war undurchdringlich. Sutherland tastete über den Boden und zog sich an den rauhen Platten vorwärts. Daß seine Fingernägel splitterten und er sich die Fingerkuppen aufschürfte, registrierte er kaum. Wichtig war nur, daß er es überhaupt schaffte, sich aus eigener Kraft zu bewegen. Mitunter glaubte er, ein Reißen in den Beinen zu spüren, doch das konnte ebensogut seinem Wunschdenken entspringen.

Für ein paar Meter benötigte er eine kleine Ewigkeit, und letztlich mußte er einsehen, daß seine Anstrengung umsonst gewesen war. Das gemauerte Kohlebecken, das er erreicht hatte, lag der Tür ziemlich genau gegenüber.

Mühsam zog er sich an den Steinen hoch und lehnte sich mit dem Rücken an das Rund. Nur ein paar Minuten verschnaufen, danach würde er dafür sorgen, daß Albert Cumbers für etliche Jahre hinter schwedischen Gardinen verschwand.

Eher zufällig ertastete er eine Unebenheit, eine Fuge, die größer war als die meisten und nur oberflächlich mit Mörtel verschmiert. Bis zum zweiten Gelenk konnte er mit den Fingern hineingreifen, bevor er auf Widerstand stieß.

Als er an dem Stein rüttelte, erklang ein verhaltenes Schaben. Es wurde lauter. In unmittelbarer Nähe bewegte sich ein Teil der Wand. Sutherland erkannte, daß er durch Zufall auf einen bislang verborgenen Geheimgang gestoßen war. Dabei hatten nicht einmal die Renovierungsarbeiten in den Kellerräumen einen Hinweis auf noch unentdeckte Türen oder Gänge erbracht.

Hirngespinste?

Falls der Gang wirklich existierte, warum hatte er sich nie daran erinnert?

»Unbegreiflich«, murmelte Sutherland. Und das war es in der Tat. Er hätte längst alles daran gesetzt, zu erforschen, wohin die Geheimtür führte. Weniger, weil er dort irgendwelche Schätze vermutete, sondern weil er einfach wissen wollte, unter welchen Umständen seine frühen Vorfahren gelebt hatten. In den Chroniken fand sich wenig brauchbares Material. Überhaupt begannen die Aufzeichnungen erst mit Beginn des 18. Jahrhunderts.

Sutherland ließ sich in die Hocke nieder. Vorsichtig tastete er nach der Fuge; sie war tatsächlich da. Auch der Widerstand war deutlich zu spüren, und daß ein Stein leicht nachgab, als er dagegendrückte.

Knirschend öffnete sich die Geheimtür.

Delhi, die Hauptstadt Indiens. Wie in keiner anderen Stadt spiegelt sich in ihr die wechselvolle Geschichte des Subkontinents – eine blutige Historie, hatten doch immer wieder Eroberer aus dem Norden versucht, von hier aus ganz Indien zu beherrschen. Im Jahr 1398 fiel die Stadt an den Mongolen Timur, 1739 zog der Perser Nadir Shah nach Massakern an der Bevölkerung mit dem berühmten Pfauenthron als Kriegsbeute ab. Im 18. Jahrhundert fielen die Afghanen über Alt Delhi her, gefolgt von Marathen und Briten, die 1803 die Stadt in ihren Besitz brachten.

All diese Daten rekapitulierte Connor, als das Flugzeug eine Warteschleife drehte und sich ihm ein wunderbarer Blick über die geometrische Straßenführung bot, die das Stadtbild von Neu-Delhi bestimmte. Es war kurz nach Mittag Ortszeit; die Stadt präsentierte sich in gleißendem Sonnenschein.

Nach einer Viertelstunde *Sightseeing* landete die Maschine auf dem Indira Gandhi International Airport.

Connor und Bill Dobson hatten inzwischen kein Wort mehr miteinander gewechselt. Erst als die meisten Passagiere bereits zu den Ausgängen drängten, fragte der Antiquitätenhändler: »Haben Sie Ihre Meinung revidiert, Mr. Connor?«

Sutherlands Butler bedachte ihn mit einem flüchtigen Blick. »Ich wüßte nicht, weshalb«, sagte er, während er das Orakel aus dem Gepäckfach hob.

»Dreitausend Pfund sind viel Geld.«

»Mag sein – für jemanden, der im Leben keine anderen Werte schätzen gelernt hat.«

»Fünftausend Pfund!« erhöhte Dobson das Angebot. Seine Stimme zitterte merklich. »Eine solche Summe bietet Ihnen niemand mehr.«

»Warum tun Sie es? Halten Sie den Hocker für derart wertvoll?«

»Weil ...« Abermals wollte Dobson den Butler festhalten, besann sich aber gerade noch rechtzeitig und ließ die Arme in einer resignierenden Geste wieder sinken. »Hoffentlich bereuen Sie Ihre Ablehnung nicht eines Tages, Mr. Connor.«

»Das glaube ich kaum.«

Connor wandte sich grußlos ab und verließ das Flugzeug.

Die Abfertigung verlief ohne Schwierigkeiten. Zwar wurde das eherne Dreibein forschenden Blicken unterzogen, doch schienen die Beamten manches gewohnt zu sein, was das Handgepäck der Flugreisenden anbetraf.

Kurze Zeit später ließ der Schotte sich inmitten der quirlenden Menschenmassen treiben. Seine Hoffnung, bald nach der Ankunft in Delhi einen Hinweis auf seinen weiteren Weg zu erhalten, zerplatzte wie eine zu groß geratene Seifenblase. Aber was hatte er eigentlich erwartet? Daß ein Unbekannter auf ihn und das Orakel zukam und erklärte, er habe nur auf beider Ankunft gewartet und sei beauftragt, sie zu Paldan Manjushi zu bringen? Das war bestenfalls der Stoff, aus dem zweitklassige Filme zusammengeschustert wurden.

»Wie geht es weiter?« murmelte Connor. Das Orakel blieb ihm die Antwort schuldig, was angesichts der Menschenmassen ringsum wenig verwunderte. Ein mit sanfter Frauenstimme sprechender Hocker hätte unweigerlich Aufsehen erregt.

Gemessenen Schrittes durchquerte der Butler die Abfertigungshalle, aber auch in der Nähe der Gepäckaufbewahrung fand er keinen stillen Ort, an dem er ungestört mit dem Orakel hätte reden können.

Dann fiel sein Blick auf ein mehrsprachiges Hinweisschild.

An den Waschraum hätte er nicht gedacht.

Der Raum war groß. Kacheln und Spiegel, sogar der Boden blitzten vor Sauberkeit. Dumm war nur, daß sich außer Connor noch ein Dutzend Männer aus aller Herren Länder hier aufhielten. Abschätzende, gelangweilte, neugierige Blicke trafen ihn. Keiner außer ihm hatte Gepäck bei sich.

Connor ergatterte einen Platz vor einem Spiegel. Er wusch sich die Hände und rasierte sich, aber er war währenddessen nie allein. Hinter ihm herrschte ein ständiges Kommen und Gehen.

Wenn er wirklich allein sein wollte, blieb ihm keine andere Wahl, als eine der Toilettenkabinen aufzusuchen. Schon der Gedanke daran ließ ihn die Nase rümpfen, aber andererseits hatte er nicht die geringste Lust, noch länger zu warten. Die Kabinen waren eine Zumutung für das Orakel und wahrlich nicht der passende Rahmen für seine Fragen, trotzdem konnte Connor sich eine noch schlechtere Umgebung vorstellen.

Er verstaute den batteriebetriebenen Rasierer wieder im Bordcase und betrat mit seinem Gepäck eine der Kabinen. Auch hier herrschte Sauberkeit; trotzdem legte er Papier unter die Tasche, ehe er sie abstellte – für die einen war es schlicht Toilettenpapier, für die anderen die längste Serviette der Welt. Zögernd hob er den Dreibeinhocker mit beiden Händen in Augenhöhe.

»Irgendwann springt jeder über seinen eigenen Schatten«, erklärte das Orakel unvermittelt und noch ehe Connor zu einer Frage ansetzte.

Er reagierte überrascht und verwirrt zugleich. Hatte der Hocker nicht erst vor kurzem Mißfallen geäußert, daß er nur noch mit Banalitäten konfrontiert wurde? Die zunehmende Verwirrung, die das Orakel auf Oake Dùn hatte erkennen lassen, schien allerdings überwunden zu sein.

»Fühlst du dich besser?« fragte Connor.

Die Frauenstimme lachte hell. »Ist das alles, was du wissen willst?«

»Nein, natürlich nicht –«

»Kriechendes wird vertrieben, doch der Schrecken bleibt
nahe dem Chamäleon, das der Zeit trotzt.
Folge der Freiheit deiner Gedanken,
denn nur dann führen Flammen ans Ziel.«

»Heißt das, ich soll dich nach Gompa bringen, zu Paldan Manjushi?«

»Habe ich nicht schon genug gesagt?« erwiderte das Orakel, und diesmal klang die Stimme nicht mehr so sanft wie zuvor. »Erwartest du, daß ich ohne ein wertvolles Geschenk meine Worte wiederhole?«

»So einfach kannst du mich nicht abspeisen«, protestierte Connor. »Was verlangst du für eine vernünftige Antwort?«

»Ein Geschenk für die Götter –«

Eben noch hatte eine vielfältige Geräuschkulisse den Waschraum erfüllt, doch die plötzlich einsetzende Stille schreckte Connor auf. Sekundenbruchteile später pochte jemand an die Tür, eine befehlsgewohnte Stimme rief etwas in einem indischen Dialekt. Gleich darauf erklang die Aufforderung in miserablem Englisch.

»Come out! Hurry up!«

Die Tür wurde von außen aufgezerrt, kaum daß Connor die Verriegelung gelöst hatte. Ein Mann in Uniform stürmte herein, sein Blick schien Connor zu durchbohren und huschte blitzschnell durch den engen Raum. Die Unmutsfalte auf der Stirn des Inders wurde noch deutlicher.

»Where is the woman?« herrschte er den Butler an.

»Welche Frau?« erwiderte Connor achselzuckend.

»You know.«

Bevor er sich versah, wurde er hinausgedrängt und fand gerade noch Zeit, das Orakel und sein Bordcase mitzunehmen. Mehrere Männer umringten ihn, während der Uniformierte nacheinander mehrere Türen öffnete und sein Gesicht von Sekunde zu Sekunde länger wurde. Anschließend wandte er sich wieder Connor zu.

»We all heard the woman speak.«

»Unsinn«, erwiderte Connor. »Ich bin allein. Und ich habe keine Ahnung, was Sie von mir wollen. – Kann ich nun gehen?« Er hatte begriffen, weshalb die Männer im Waschraum aufgebracht reagierten. Sie hatten die Stimme des Orakels gehört und für die einer Frau gehalten, und ihre Phantasie war zwangsläufig mit ihnen durchgegangen. Pierre Leroy würde sich ausschütten vor Lachen, falls er jemals davon erfuhr. Der indische Sittenkodex untersagte schon die Zurschaustellung gegenseitiger Zuneigung in der Öffentlichkeit. Ebenso wie der Anstand es erforderte, Speisen nur mit der rechten Hand zu berühren, weil die linke dem stillen Örtchen vorbehalten war.

»Ich bin mir keiner Verfehlung bewußt«, sagte Connor.

Das war inzwischen auch den Indern klargeworden. »Sorry«, meinte der Uniformierte mit einem schwachen Lächeln. »You can go.«

Connor verließ den Waschraum erst, nachdem er sich noch einmal die Hände gesäubert hatte. Er spürte, daß ihn die Blicke des Wachmannes verfolgten, aber als er das Ende der nächsten Rolltreppe erreichte, verschwand das Gefühl.

Er stand jetzt in der Vorhalle. Vor einem Hotelschalter drängte sich eine Gruppe Rucksacktouristen, daneben befand sich das Ticket Office für Taxis, das ebenfalls von einer Reihe neu angekommener Fluggäste belagert wurde. Trotz des Andrangs stand einer der Angestellten scheinbar gelangweilt neben dem Tresen und widmete seine Aufmerksamkeit mehr dem bunten Treiben in der Halle als seiner Arbeit. Seine Kollegin redete soeben mit Händen und Füßen auf zwei Ausländer ein.

Connor hielt für einen Moment inne und steckte sich eine Zigarette an. Wie ein Fels in der Brandung stand er mitten in der Halle, und der Strom der Passanten floß um ihn herum. Tief sog er den Rauch in seine Lunge, dann klemmte er sich den Glimmstengel in den Mundwinkel und hob sein Gepäck wieder auf. Flüchtig spielte er mit dem Gedanken, sich ein Taxi zu nehmen, doch er wollte nicht in die Stadt, sondern auf dem schnellsten Weg Richtung Tibet. Kathmandu stand als einer der nächsten Abflugtermine auf der großen Leuchttafel. Connor nickte zufrieden.

Sein Blick schweifte noch einmal zu dem Ticket Office hinüber. Der Angestellte dort dachte offenbar nicht daran, seiner Arbeit nachzukommen. Er war inzwischen im Begriff, sich eine dicke Zigarre anzustecken. Das Sturmfeuerzeug in seiner Rechten wirkte antiquiert und ebenso überdimensioniert. Mit beiden Händen mußte er das Ungetüm betätigen, und die aufzuckende Stichflamme erinnerte an einen Bunsenbrenner. Wer dieses Mordinstrument nicht kannte, mußte sich zwangsläufig das Haar versengen.

Connor wollte schon weitergehen, doch mitten in der Bewegung hielt er verblüfft inne. Irritiert starrte er zu dem Inder hinüber, der sich endlich bequemte, einen der Wartenden zu bedienen.

Folge der Freiheit deiner Gedanken, denn nur dann führen Flammen ans Ziel ...

Der Ausspruch des Orakels hallte in ihm nach. War etwa die Flamme dieses Riesenfeuerzeugs gemeint gewesen? Connor hatte die Aussage eher symbolisch verstanden, im Sinne eines reinigenden Feuers ... *Der Wurm fraß den Vogel und vergiftete sein Denken. Nur auf dem Dach der Welt sind die Gedanken frei.*

Was bedeutete Freiheit eigentlich? Zweifellos war nicht gemeint, daß er tun und lassen konnte, was er wollte. Eher erschöpfte sich der Begriff Freiheit darin, daß er nicht zu tun brauchte, was er nicht tun wollte. Wenn Connor es recht bedachte, spürte er ein gewisses Unbehagen bei der Vorstellung, nach Kathmandu weiterzufliegen und von dort aus vielleicht nach Lhasa.

Ehe er es sich versah, lenkte er seine Schritte zu dem Ticket Office hinüber.

Er mußte lange warten, aber aus den Gesprächen der anderen Touristen hörte er heraus, daß ein Bus ungefähr alle dreißig Minuten bis zum Connaught Circus fuhr, dem Mittelpunkt Neu-Delhis, und daß an allen entlang der Route liegenden Hotels Halt eingelegt wurde.

Connor zerdrückte die Zigarette und klopfte eine zweite aus der zerknitterten Schachtel. Ehe er es sich versah, hielt ihm der Angestellte den Flammenwerfer entgegen, das aber so geschickt, daß nicht schon der halbe Sargnagel in der Glut verging.

»Sie wollen mit dem Bus fahren, Mister? Welches Hotel?«

»Ich möchte Delhi verlassen.«

»Aber«, protestierte der Inder, »Sie sind eben erst in unserer schönen Stadt angekommen. Wieso wollen Sie schon weiter?«

»Ich werde erwartet«, erwiderte Connor ausweichend.

»Sie brauchen ein Taxi?«

»Einen Leihwagen.«

»Sie meinen ... nur ein Auto?«

Connor nickte knapp.

»Möglichst einen Jeep, falls ein solches Fahrzeug zur Verfügung steht.«

Der Inder stützte sich auf dem Tresen ab und musterte ihn nachdenklich.

»Sie wollen selbst fahren, Mister?« argwöhnte er.

Wieder nickte Connor und griff nach seiner Brieftasche, um den Führerschein vorzulegen.

»Das geht nicht«, wehrte der Inder ab. »Autos ohne Fahrer gibt es nicht.«

»Keine Möglichkeit?«

»Leider nein.« Der Angestellte hinter dem Tresen verfiel in einen verschwörerischen Tonfall. »Jedoch kann ich Ihnen ein Auto mit Fahrer vermitteln. Verhandeln müssen Sie aber selbst mit dem Mann.«

»Ich weiß noch nicht, wie weit ich fahren werde.«

»Dann sollten Sie auch Verpflegung und Übernachtungskosten vereinbaren. Für alle Fälle. – Ich bekomme zweihundert Rupien Vermittlungsgebühr.«

Natürlich hatte Connor, obwohl die Ein- und Ausfuhr der Landeswährung offiziell nicht erlaubt war, einige Scheine einstecken. Darüber hinaus bestand seine Reisekasse aus Reiseschecks und einem kleinen Bestand an Pfund-Noten. Der Inder händigte ihm eine Quittung aus und beschrieb gestenreich den Standort des Taxis und den Fahrer, mit dem er sprechen sollte. Connor begann zu ahnen, daß er sich auf einige Unwägbarkeiten eingelassen hatte, doch er konnte und wollte jetzt keinen Rückzieher mehr machen.

Zwanzig Minuten später hatte er den Taxifahrer endlich aufgespürt. Der Wagen, ein Uralt-Mercedes ohne Stern, wirkte kaum weniger zerknittert als der Chauffeur, dessen von Wind und Sonne gegerbtes Gesicht keinen Rückschluß auf sein Alter zuließ. Er mochte irgendwo zwischen vierzig und fünfundsechzig sein, wenngleich die Geschmeidigkeit, mit der er aus dem Auto sprang und den Kofferraum öffnete, eher zu den vierzig paßte.

»Jahangir Singh hat Sie geschickt, Mister?«

Connor zögerte, das Orakel und sein Bordcase dem vor Schmutz starrenden Kofferraum anzuvertrauen. Eine Wolke aus Benzindämpfen und Ölgeruch schlug ihm entgegen. Vor nicht allzu langer Zeit war wohl einer der drei mit einem Seil befestigten Benzinkanister ausgelaufen, und der vor Schmutz starrende Spaten und das achtlos aufgerollte Abschleppseil, mehr Dokumentation aller Lehmsorten der Umgebung als Seil, ließ die Fahrkünste des Mercedes-Besitzers keineswegs im besten Licht erscheinen.

Als Connor ihm die Quittung reichte, huschte ein Aufleuchten über das Gesicht des Mannes. Er zerrte das Seil zur Seite, nahm dem Schotten den Dreibeinhocker aus dem Arm und wuchtete das vermeintliche Möbelstück neben die Kanister.

»Vorsichtig!« ächzte der Butler.

»Aber sicher doch. Es gibt keinen Fahrer zwischen hier und Madras, der sein Auto und seine Fahrgäste sanfter behandelt. Wie ein rohes Ei, Sahib.«

... und der kräftiger aufschneidet! vollendete Connor in Gedanken. Er konnte gerade noch verhindern, daß sein Bordcase kopfüber zwischen zwei ölverschmierten Plastikflaschen landete, deren Inhalt eine undefinierbare zähe Masse zu sein schien.

Kraftvoll schmetterte der Inder die Kofferraumhaube zu. Zumindest in Filmen brach bei solchen Gelegenheiten ein Kotflügel ab, oder wenigstens der Außenspiegel. Connor wartete vergeblich darauf.

»Ich bin Madho«, eröffnete der Fahrer unvermittelt und verbeugte sich. Dann riß er die Beifahrertür auf. »Steigen Sie ein, Sahib! Ich fahre, wohin Sie wollen.«

»Das glaube ich sogar«, murmelte Connor. Lauter fügte er hinzu: »Ich denke, wir sollten vorher noch über den Preis reden.«

»Oh.« Madho zeigte zwei Reihen lückenhafter Zähne. »Das ist unerheblich.«

»Wieviel?« beharrte Connor.

Der Betrag, den der Mann nannte, war in der Tat äußerst gering. Umgerechnet ungefähr ein englisches Pfund.

»Am Tag?« fragte der Schotte mißtrauisch.

Madhos Augen wurden größer – wie die eines Kindes, dem jemand sein liebstes Spielzeug weggenommen hatte. »In der Stunde«, sagte er leise. »Ein Tag hat vierundzwanzig Stunden, und jeder Tag muß voll bezahlt werden.«

»Schlafen Sie eigentlich nie?« Einen Fuß auf der Trittschwelle, blieb Connor stehen. Mißtrauisch geworden, musterte er das Innere des Mercedes. Der Boden war mit Flechtmatten ausgelegt, auf den Sitzen hingen Überzüge aus kleinen Holzkugeln, die bei dem schwülen Klima sicherlich sinnvoll waren.

»Übernachtung und Verpflegung kosten extra«, erklärte der Inder.

»Wieviel?« Connor mußte sich erst daran gewöhnen, seinem Gegenüber jeden Betrag einzeln aus der Nase zu ziehen.

»Sechshundert.«

Connor wandte sich wortlos um.

»Was haben Sie, Sahib? Ist Ihnen nicht gut?«

»Ich hole mein Gepäck und werde mit der Eisenbahn fahren.«

»Aber Sahib – die Eisenbahn ist schrecklich laut und überfüllt, und sie verpestet die Luft. Dreihundert Rupien, ist okay?«

Nach einigem Hin und Her und Madhos händeringend vorgebrachter Behauptung, er habe acht hungrige Mäuler zu stopfen, einigten sie sich auf zweihundert Rupien, Benzin und Straßengebühren selbstverständlich zusätzlich. Connor hatte es letztlich eilig, ins Auto zu steigen, weil er auf der anderen Straßenseite Bill Dobson entdeckte und der Antiquitätenhändler ziemlich unverhohlen zu ihm herüberstarrte.

Madho fuhr endlich los, als Dobson im Laufschritt auf den Mercedes zusteuerte.

Der Lichtkegel der Stablampe huschte über rauhen Fels, reichte aber nur wenige Meter weit, denn dann endete der Stollen. Allerdings sah es so aus, als führten dort steile Stufen in die Tiefe.

Die Lampe und einen Ersatzakku hatte Sir Ian aus dem Funkraum geholt, ebenso einen Notizblock und einen der sogenannten Weltraumkugelschreiber, mit denen man auch unter den unmöglichsten Bedingungen noch schreiben konnte, sogar unter Wasser. Gerne hätte er außerdem einen Fotoapparat mitgenommen, doch die Kamera lag im Arbeitszimmer, und die Gefahr, Pierre Leroy über den Weg zu laufen, wenn er sie holte, war zu groß. Der Geheimgang, der vom Verlies aus in die Tiefe führte, war allein seine Angelegenheit – den Franzosen brauchte das alles nicht zu interessieren.

Warum will ich ihn eigentlich nicht dabeihaben? fragte Sutherland sich verwirrt. Er wußte es nicht, hatte keine Antwort parat, und dann schob er alle diesbezüglichen Überlegungen rasch wieder beiseite, weil sie ihn ohnehin nicht weiterbrachten.

Er mußte sich tief bücken, um die Öffnung in der Wand zu durchschreiten. Auch der Gang dahinter bot nicht gerade eine bequeme Stehhöhe. Sutherland folgte der Faszination und der Verlockung des Unbekannten – als sei er im Begriff, einen Schleier von seiner eigenen Vergangenheit zu reißen.

Weshalb erinnerte er sich nicht? Daß er schon vor einigen Jahren den Geheimgang entdeckt, ihn aber nicht betreten hatte, erschien ihm nicht nur unverständlich, sondern geradezu unbegreiflich. Eher war er bereit, seine partielle Amnesie mit einer Art Schock zu erklären. Was hatte er Ungeheuerliches gesehen oder erlebt, das es ihm geraten erscheinen ließ, schnell wieder zu vergessen?

Vielleicht wäre es sicherer gewesen, eine Waffe mitzunehmen. Aber was außer Spinnen, so fragte er sich, konnte ihn hier unten schon erwarten?

Schon nach wenigen Metern endete der Gang. Ein nahezu lotrecht abfallender Schacht führte in die Tiefe. In die Wand waren Treppenstufen eingeschlagen, doch ein Teil davon war kaum mehr als angedeutet. Es gehörte einige Geschicklichkeit dazu, sich beim Abstieg nicht den Hals zu brechen.

Vergeblich kramte Sutherland nach einer weiteren verschütteten Erinnerung. Zweifellos hatte er damals, als die Lähmung aus seinen Beinen gewichen war, der Neugierde freien Lauf gelassen.

Ein unvorsichtiger Schritt ließ ihn abrutschen. Für die Dauer eines bangen Herzschlags lief er Gefahr, die letzten acht oder neun Meter abzustürzen, doch er schaffte es, sein Gewicht nach vorne zu verlagern, und gleichzeitig griff er nach einem in die Wand eingelassenen Eisenring, der ihm ausreichenden Halt verschaffte.

Das war keine Reflexbewegung gewesen, sondern ein gezieltes Zupacken. Instinktiv hatte er gewußt, daß der Ring ihm ausreichende Sicherheit bot. Hatte er das Eisen womöglich schon von oben entdeckt, beim Ausleuchten des Schachtes?

Endlich spürte er wieder sicheren Boden unter den Füßen, und von nun an mußte er nicht mehr fürchten, sich bei der kleinsten Unachtsamkeit den Kopf einzurennen. Der Stollen war hoch genug.

Sutherland fertigte eine Skizze der Räumlichkeiten an und versuchte, vor allem die Himmelsrichtungen einigermaßen sicher einzuschätzen. Noch war das kein allzu großes Problem, aber nach einigen Abzweigungen würden sich zwangsläufig Schwierigkeiten ergeben.

Eine besonders fette, faustgroße Spinne hatte sich ihn als willkommene Bereicherung ihres bislang zweifellos kargen Speiseplans ausgesucht. Ian wischte sie mit einer unwilligen Bewegung von seinem Handrücken.

Dreißig Schritte, leicht ansteigend, in vermutlich südliche Richtung. Er befand sich demnach immer noch unter den Mauern des Schlosses. Ein Felsrutsch versperrte den weiteren Weg. Abzuschätzen, wie viele Kubikmeter Fels eingebrochen waren, erschien unmöglich. Aber gleich darauf entdeckte Sutherland den schmalen Durchschlupf, und er hätte schwören mögen, daß irgend jemand diese Höhlung nachträglich ausgeräumt hatte. Schließlich waren die meisten Brocken nur wenig mehr als kopfgroß.

Mühsam zwängte er sich weiter. Ein stetes Knistern und Knacken trieb ihn zur Eile an. Vielleicht hätte er doch jemanden einweihen sollen, um im Falle eines Falles mit Hilfe rechnen zu können. Jetzt war es jedoch zu spät, sich darüber den Kopf zu zerbrechen. Er hatte leichtsinnig gehandelt – ein Fehler, den er bei früheren Expeditionen nur zu gerne seinen Mitarbeitern angekreidet hatte –, und mögliche Konsequenzen daraus mußte er selbst tragen.

Der Felsrutsch endete abrupt. Mehrere riesige Blöcke lagen wie ein Sandwich übereinander, und ihnen war es wohl auch zu verdanken, daß der Stollen nicht über eine längere Strecke verschüttet worden war. Ihr Gewicht schätzte Sutherland auf jeweils einige Tonnen, und sie hatten sich fest ineinander verkeilt. Um sie zu bewegen, bedurfte es einer gewaltigen Sprengladung, die Oake Dùn bis in die Grundfesten erschüttern würde.

Eine langgestreckte Höhle schloß sich an. Sutherland ließ den Scheinwerferkegel wandern. Diese Höhle kannte er, hatte sie in Gedanken schon vor sich gesehen. Intuition, Vorahnung, oder war er tatsächlich vor Jahren einmal hier gewesen?

Mehrere Stollen zweigten ab. Sutherland fand Spuren menschlicher Bearbeitung; mit einfachen Mitteln war versucht worden, rauhe Felskanten zu glätten.

Und er fand noch etwas: einen Zettel. Aus einem Block

herausgerissen und mit einem Stein beschwert. Jemand hatte ein paar Schriftzeichen darauf gekritzelt.

»Die anderen Wege enden blind oder erscheinen mir im Verlauf als zu gefährlich«, las er überrascht. »Ich werde versuchen, hier weiterzukommen.«

Die Schriftzüge, wenngleich der Schreiber gezittert hatte, kannte er.

Er selbst hatte den Zettel geschrieben!

Seit zwei Stunden ratterte der Uralt-Mercedes nach Osten und hatte inzwischen hinter Moradabad den Fluß Ramganga überquert, der weiter südlich zum Ganges wurde. Hinter Rampur hatte Madho schließlich die breite Straße verlassen und quälte das Fahrzeug seither über enge Wege und Pisten.

Je schlechter die Wege wurden, desto ausschweifender redete der Inder. Nur wenige Dutzend Kilometer nördlich lag der Corbett-Nationalpark, das wohl bekannteste Tigerreservat. Madho sprach von etwa hundert wild lebenden großen Tigern, aber er verschwieg auch nicht die Gefahr, die die Raubkatzen für die Bevölkerung darstellten. Erst im vergangenen Jahr war ein Feldarbeiter von einem Tiger getötet worden.

Dichter Wald wechselte mit Feldern ab, und gelegentlich erschien ein armseliges Bauerndorf am Wegesrand. Die Piste quälte sich in eintönigen Windungen nach Osten. Mitunter viel zu schnell jagte Madho den Mercedes über Schotterhalden und vom Monsun ausgewaschenes Erdreich. Kinder winkten und lachten und liefen hinter dem Auto her, bis sie hoffnungslos abgeschlagen und außer Atem zurück blieben.

»Wir sollten in Pilibith übernachten, Sahib«, schlug Madho vor. »Während der Nacht den Dudhwa-Nationalpark zu durchqueren, ist wenig ratsam. In dem sumpfigen Grasland leben vorwiegend Nashörner, und Elefantenherden wechseln von Nepal herüber.«

Connor studierte die alte, zerfledderte Straßenkarte, die ihm die Übersicht nicht gerade erleichterte. Inzwischen fragte er sich, ob es richtig gewesen war, mit dem Taxi loszufahren. Vielleicht hatte er seine Schlußfolgerungen doch zu voreilig gezogen. »Bringt mich nach Indien!« hatte das Orakel auf Oake Dùn verlangt. Es hatte nicht gesagt: »Bringt mich nach Tibet!« Die Aussage war eindeutig.

Aber was erwartete Connor noch bis zur Grenze? Die fruchtbaren Flußniederungen lagen hinter ihm, sumpfiges Grasland und wertvolle Salbaumbestände würden bald das Bild bestimmen, und dahinter warteten schon die Ausläufer des Himalayas.

Madho bremste abrupt und ohne jede Vorwarnung. Connor brachte gerade noch einen überraschten Aufschrei hervor, dann stieß er auch schon unsanft gegen die Frontscheibe. Zum Glück war der Mercedes einiger ausgewaschener Kurven wegen kaum schneller als dreißig gefahren.

»Was ist los?« wandte der Schotte sich an den Fahrer.

Wortlos deutete Madho auf eine leuchtende Kontrollampe. Die Ölstandsanzeige. Eigentlich war abzusehen gewesen, daß der Mercedes mindestens einen Liter Öl auf hundert Kilometer verbrannte.

»Keine Sorge«, beschwichtigte der Inder gestenreich, als wisse er über die Befürchtungen seines Fahrgastes genauestens Bescheid. »Ich habe immer genug Öl bei mir. Und Benzin auch.«

Connor schwang sich ebenfalls nach draußen.

Er war mittlerweile fast lendenlahm. Die miserablen Stoßdämpfer des Wagens und die streckenweise noch schlechtere Fahrbahn machten sich unangenehm bemerkbar.

Es zischte und brodelte, als Madho die Motorhaube öffnete.

»Was ist mit dem Kühlwasser?« fragte Connor.

»Was soll damit sein, Sahib?«

»Einen Liter nachfüllen, könnte nicht schaden, denke ich.«

»Nachfüllen? Was?«

»Kühlwasser.« Das ungläubige Gesicht, das der Fahrer machte, veranlaßte Connor, das Wort noch einmal auszusprechen, deutlich akzentuiert diesmal.

Madho verzog die Mundwinkel. »Küelwasser, ich verstehe. Aber ich kann nicht nachschütten, was ich nicht habe, Sahib.« Sein Blick schweifte zum Firmament empor. Nur ein paar spärliche Wolken drifteten langsam nach Osten. »Wir müssen warten, bis Regen kommt oder der nächste Wasserlauf.«

Geduldig schüttelte er auch den letzten Tropfen Öl aus der Flasche. Mit einer weit ausholenden Bewegung schleuderte er den geleerten Plastikbehälter in den Wald.

»Hauptsache, weg mit dem Müll«, entfuhr es Connor.

Madho schaute nicht einmal auf. Bedächtig schraubte er den Einfüllstutzen wieder zu. »Was ist, Sahib?« murmelte er. »Geht bald weiter.«

Seit mindestens zwanzig Minuten war ihnen kein anderes Fahrzeug mehr begegnet, von einigen Ochsenfuhrwerken ansässiger Bauern abgesehen. Endlich jetzt näherte sich hinter ihnen ein Geländewagen.

Das Fahrzeug rollte langsam vorbei und hielt schräg auf der Piste. Drei Inder sprangen heraus, ein vierter Insasse blieb im Fond. Er wandte sich ruckartig ab, als Connor auf den Jeep zuging, konnte aber trotzdem nicht verhindern, daß der Schotte ihn erkannte.

»Dobson!« Connor reagierte eine Spur zu langsam. In dem Moment, in dem er den Namen nannte, sprangen ihn zwei der Inder an. Connor riß zwar noch abwehrend die Arme hoch, doch ein fürchterlicher Hieb in die Magengrube ließ ihn taumeln, und dann trat ihn einer der Kerle mit vernichtender Wucht in die Kniekehlen. Connor prallte gegen den Mercedes, taumelte zurück und spürte abermals den Schlag einer Dampframme, der ihn endgültig zu Boden schickte.

Daß er zäh im Nehmen war, bekam sein Gegner gleich darauf zu spüren. Connor brachte eine Beinschere an, und der Angreifer krachte bäuchlings auf den Schotter. Seinem Gesicht und den Händen waren die kantigen Steine nicht eben zuträglich.

Im selben Moment spürte der Butler kühles Metall am Hals – ein Krummdolch, dem man sich besser nicht widersetzte. Die Klinge drückte verdammt unangenehm auf seine Schlagader.

Aus der ungemütlichen Froschperspektive heraus sah er, daß der vierte Mann den Geländewagen verließ. Er hatte sich nicht getäuscht, es war wirklich Bill Dobson. Die Fäuste in die Hüften gestemmt, baute sich der Antiquitätenhändler vor ihm auf.

»So sieht man sich wieder, Mr. Connor«, sagte er spöttisch. »Ich hoffe, Sie haben sich Ihre Ablehnung inzwischen überlegt.« Ein flüchtiger Wink, und der Dolch drückte nicht mehr ganz so unangenehm auf Connors Hals.

»Verschwinden Sie!« hauchte der Butler.

Ein zufriedenes Lächeln umfloß Dobsons Mundwinkel. »Nicht doch, Mr. Connor. Sollten Sie vergessen haben, daß Sie keineswegs unsterblich sind, im Gegensatz zu Ihrem Namensvetter MacLeod?« Er lachte wie über einen besonders gelungenen Witz. Übergangslos ernst fügte er hinzu: »Ich will den Dreibeinhocker, und ich habe noch immer alles bekommen. So ist das Geschäftsleben.«

Connor verzichtete auf eine Antwort. Dobson ging an ihm vorbei, ohne ihn eines weiteren Blickes zu würdigen. Connor hörte den Antiquitätenhändler am Mercedes hantieren. Gleich darauf wurde der Kofferraum geöffnet; das Quietschen der Scharniere war unverkennbar.

Zwei gegen vier, womöglich gar er allein gegen Dobson und seine Helfer. Aus den Augenwinkeln heraus hatte Connor seinen Chauffeur zu Boden stürzen sehen, und wahrscheinlich war Madho immer noch ohne Bewußtsein, oder er spielte den Bewußtlosen. Der Mutigste schien er ohnehin nicht zu sein.

Schritte knirschten auf den Steinen.

Sie verharrten unmittelbar hinter dem Butler. Obwohl er des Krummdolches wegen den Kopf nicht wenden konnte, spürte er Dobsons Nähe. Der süßliche Geruch von Rasierwasser hatte ihm schon im Flugzeug in die Nase gestochen.

Drei Geldscheine flatterten auf seine Brust. Drei Hundert-Pfund-Noten.

»Sie hätten mein Angebot annehmen sollen, Mr. Connor!« sagte der Antiquitätenhändler spöttisch. »Inzwischen ist der Preis leider gesunken.«

»Fünftausend Pfund«, stieß Connor gepreßt hervor.

»Ich hatte Unkosten«, widersprach Dobson. »Das Auto, die Leute, das alles muß finanziert werden. – Wir sind uns also einig. Das freut mich. Auf den Handschlag, glaube ich, können wir verzichten, unter Gentlemen gilt ein Wort. Leben Sie wohl, Mr. Connor.«

»Fahren Sie zur Hölle, Dobson!« erwiderte der Butler. Kaum wich der Druck des Dolches von seiner Kehle, wälzte er sich blitzschnell herum und federte hoch. Der

Blick in eine Pistolenmündung belehrte ihn jedoch, daß es gesünder für ihn war, nichts zu überstürzen.

Der Antiquitätenhändler schüttelte bedauernd den Kopf. »Das Geld war abgezählt, Mr. Dobson, unter Zeugen. Reklamationen sind überflüssig.«

In ohnmächtigem Zorn mußte Connor mitansehen, wie die vier in den Geländewagen stiegen. Mit aufheulendem Motor wendete das Fahrzeug. Ein Hagel von Steinen prasselte gegen die ohnehin schon verbeulte Karosserie des Mercedes. Die Hände zu Fäusten geballt und die Zähne zusammengebissen, starrte Connor den Kerlen hinterher, bis die nächste Kurve sie seinen Blicken entzog. Für einen kurzen Moment gab er sich seinen Gefühlen hin und schlug die Fäuste gegeneinander. Daß er das Orakel auf so banale Weise verloren hatte, würde er sich nie verzeihen, von Sutherland und den anderen ganz zu schweigen. Dobson hatte ihn wie einen Schuljungen übertölpelt.

Ein verhaltenes Stöhnen veranlaßte ihn, sich um Madho zu kümmern.

Eine prächtige Beule zierte die Stirn des Fahrers, ansonsten schien er jedoch völlig in Ordnung zu sein. Schwankend kam er wieder auf die Beine.

»Was ... wollten die Männer?« Er starrte auf den offenen Kofferraum und zermarterte sich den Kopf, was außer Motorenöl, Reservebenzin oder Abschleppseil wertvoll genug war, daß es einen Überfall rechtfertigte. Immerhin waren die Angreifer nicht gerade sanft mit ihnen umgesprungen.

»Sie haben meinen Dreibeinhocker mitgenommen«, sagte Connor.

»Das alte Ding?« Ungläubig blickte Madho den Europäer an.

»Das alte Ding«, bestätigte der Butler. »Sie sind nach

Westen gefahren. Kommen Sie, Madho, wenn wir die Kerle einholen, zahle ich tausend Rupien extra.«

Das Geld reizte ihn, das war dem Inder anzusehen. Trotzdem schüttelte er den Kopf. Dann zeigte er auf den linken hinteren Reifen. Platt. Mit einem Messer aufgeschlitzt. Connor hatte noch nicht darauf geachtet.

Auch die beiden Reifen auf der Beifahrerseite waren zerstochen.

»Wie weit ist es bis zum nächsten Dorf?«

»Zu Fuß mindestens eine halbe Stunde«, erwiderte der Inder bedrückt. »Aber falls Sie hoffen, dort ein Telefon zu finden – das gibt es weit und breit nicht.«

Das Skelett war uralt.

Bleiche, von Ratten angenagte Knochen und ein paar Kleidungsfetzen – das war alles, was von einem Menschen blieb. Kein besonders erfreulicher Gedanke, was den eigenen Tod anbetraf.

Mortimer schluckte krampfhaft. Seine Kehle war rauh und trocken und fühlte sich an wie Sandpapier. Entgeistert starrte er erst auf das Skelett, das der fahle Lichtkegel seiner allmählich erlöschenden Taschenlampe einer unwirklich erscheinenden Umgebung entriß, und betrachtete dann die Lampe und die seltsame Figur, die er mit der Rechten fest an sich drückte, gerade so, als fürchte er sich davor, sie zu verlieren. Sie war dreißig Zentimeter groß, bestand aus gebranntem Ton, und er entsann sich, sie zuletzt in Sir Ians Arbeitszimmer gesehen zu haben.

Aber was um alles in der Welt war geschehen? Wie kam er hierher, und vor allem: wo befand er sich?

Für einen Moment schloß Mortimer die Augen. Als er sie wieder öffnete, hatte sich herzlich wenig verändert.

Noch immer starrten ihn die leeren Augenhöhlen des Totenschädels unverwandt an.

Der Mann – Mortimer vermutete jedenfalls, daß es sich um einen Mann handelte, denn das Schwert in seiner Rechten deutete auf einen Krieger hin – war im Sitzen gestorben. Vielleicht ein Wächter, dem der Dolch des Gegners unverhofft die Kehle durchgeschnitten hatte.

Das Skelett versperrte den Weg, der an dieser Stelle sanft abwärts führte.

Ratten huschten quiekend davon, als Mortimer den Lichtschein der Lampe wandern ließ. Die Helligkeit flackerte merklich. Wahrscheinlich würde er in wenigen Minuten im Dunkeln stehen. Kein besonders verlockender Gedanke.

Mortimer stellte die Statuette neben das Skelett. »Du hast mir das eingebrockt«, schnaufte er. »Jetzt führe mich wieder zurück, oder ...« Er sprach die Drohung nicht aus. Schritte erklangen. Wie aus dem Nichts heraus manifestierten zwei Männer, hochgewachsene, muskulöse Gestalten. Ihre Umrisse wogten in nebelhaften grünen Schleiern, doch sie verdichteten sich, während sie langsam näherkamen.

Furchtsam wich Mortimer zurück.

Die beiden trugen Kleidung aus Leder. Etwas Ähnliches hatte er nie zuvor gesehen. Das Wams und der Waffenrock lagen eng an, und sie wirkten wie mit Schuppen überzogen. In den Augen der Männer blitzte die pure Mordlust.

»Bleibt, wo ihr seid!«

Mortimer riß die Lampe hoch und leuchtete einem der Kerle ins Gesicht, das maskenhaft starr wirkte. Als er auch noch die spitz zugefeilten, einem Raubtiergebiß ähnelnden Zähne sah, war es endgültig um seine mühsam aufrechterhaltene Selbstbeherrschung geschehen.

Gurgelnd ließ Mortimer die Lampe fallen, taumelte rückwärts.

Flieh! hämmerte es unter seiner Schädeldecke. Laß sie nicht zu nahe an dich herankommen!

Er strauchelte und stürzte auf das Skelett, das krachend unter ihm zerbrach. Der Totenschädel rollte über seine Brust und zu Boden.

Mortimer schrie. Entsetzt stieß er sich mit den Beinen ab und griff gleichzeitig hinter sich, um sich hochzustemmen. Er spürte das Schwert an seiner Hand, griff zu und riß die armlange Klinge hoch.

»Na los doch!« keuchte er. »Verschwindet!«

Die Angreifer zeigten sich von seinem Mut nicht im mindesten beeindruckt. Nur noch drei Schritte trennten sie von ihm, als er sich mit schier übermenschlicher Anstrengung herumwarf.

Der Boden unter ihm brach ein. Mortimer stockte das Herz. Er stürzte, aber zum Glück nicht allzu tief.

Hinter ihm verschwanden die Angreifer wie Morgennebel in der Mittagssonne. Nur die Ratten blieben.

Das Loch, in das Mortimer gestürzt war, erinnerte fatal an eine Fallgrube. Die Wände waren zu glatt und zu steil, als daß er sich aus eigener Kraft hätte befreien können.

Die ersten Ratten verbissen sich an seinen Hosenbeinen. Er drosch mit dem Schwert auf sie ein, doch immer mehr Tiere stürzten gierig heran. Sie waren ausgehungert und witterten Beute.

Trotz des nahen Abends war es erdrückend schwül. Wortlos starrte Connor auf den länger werdenden Schatten vor sich. Verbissen setzte er einen Fuß vor den anderen, und ebenso verbissen schlug er nach den Fliegen, die in Schwärmen über ihn herfielen. Vertreiben konnte er die Plagegeister nicht, doch allein das Gefühl zählte, es versucht zu haben.

Der Schweiß rann ihm in Strömen über den Rücken, und die Kleidung klebte unangenehm auf der Haut. Die Straße war wenig mehr als eine breite Schneise, die irgendwann durch den dichten Dschungel geschlagen worden war und die in regelmäßigen Abständen freigehalten werden mußte. Andernfalls würde der Wald das verlorene Terrain sehr schnell zurückerobern.

Ein fernes Motorengeräusch vermischte sich mit den vielfältigen Stimmen des Waldes. Nur sekundenlang war es zu hören, dann erstarb es wieder. Connor war jedoch unwillkürlich stehengeblieben und lauschte.

»Was ist, Sahib?« fragte Madho.

»Nichts.« Connor schüttelte den Kopf. »Leider.«

Sie gingen nach Osten, weil dort die nächste Siedlung lag. Dobson war mit dem Orakel nach Westen verschwunden. Warum um alles in der Welt weigerte er sich nicht, noch einen einzigen Schritt in die falsche Richtung zu gehen?

Wieder hing das dumpfe Dröhnen in der Luft. Diesmal schien es sogar näherzukommen. Das zornige Brummen einer Hornisse.

Connors Blicke suchten den Himmel ab. Die tiefstehende Sonne blendete. Aber das Dröhnen war schon nahe, fast über ihm. Keine zweihundert Meter entfernt glitt ein schlanker Schatten dicht über die Wipfel der höchsten Bäume hinweg.

»He!« brüllte Connor. »Hallo! Hierher!« Er begann, mit beiden Armen zu winken.

Er wußte, daß es vergebliche Mühe war, trotzdem schrie er sich fast die Seele aus dem Leib. Madho hingegen dachte nicht daran, nur für einen Moment stehenzubleiben.

Das Flugzeug verschwand hinter dem nahen Horizont. Es war ein Doppeldecker gewesen, mit feststehendem Fahrwerk, hölzernen Verstrebungen und Spannseilen zwischen den Tragflächen. Baujahr anno Tobak.

Connor mußte laufen, um Madho wieder einzuholen. Trotz seiner guten Konstitution war er danach ziemlich außer Atem.

»Warum warten Sie nicht?« schnaufte er.

»Konnten Sie den Flieger anhalten?« erwiderte der Inder.

»Nein, ich ...« Connor verstand, was der Fahrer meinte.

Inzwischen erwies sich die halbe Stunde, von der Madho gesprochen hatte, als überaus optimistische Schätzung. Von einem Dorf war weit und breit nichts zu sehen, lediglich der Wald schien lichter zu werden.

Einen oder zwei Kilometer voraus tanzte ein dunkler Punkt zwischen den aufziehenden Wolken. Connor fixierte ihn aus zusammengekniffenen Augen. Der Doppeldecker zog eine feine, kaum wahrnehmbare Dunstwolke hinter sich her. Schädlingsbekämpfungsmittel, die über Feldern versprüht wurden?

Zehn Minuten später wich der Wald endlich ausgedehnten Zuckerrohrplantagen und Maisfeldern. Connor sah Bauern mit Ochsengespannen und altmodischen Pflügen, und in einiger Entfernung erhoben sich die ersten armseligen Hütten – ein Anachronismus in Anbetracht des soeben zur Landung ansetzenden Doppeldeckers.

»Kommen Sie, Madho, wir müssen mit dem Piloten reden, bevor er womöglich wieder startet!«

Connor verfiel erneut in einen kräftezehrenden Laufschritt.

Die Temperaturen waren zwar erträglich, doch die

hohe Luftfeuchtigkeit ließ jede Bewegung zur Qual werden.

Der Landeplatz lag weiter entfernt, als es zunächst den Anschein gehabt hatte, noch hinter den letzten Hütten des kaum mehr als fünfzig Gebäude zählenden Dorfes. Magere, ausgezehrt wirkende Kühe grasten das spärliche Grün auf den Wegen ab, Hunde sprangen kläffend heran und verfolgten die beiden Fremden mit schrillem Gebell, und eine lärmende Kinderschar umringte Connor, bis Madho sie mit herrischen Gesten und noch rauheren Worten verscheuchte.

Der Doppeldecker stand auf einer grob planierten Graspiste bereits wieder in Startrichtung. Es war ein Zweisitzer, kaum länger als sieben Meter, altmodisch, aber gepflegt, kurzum ein ideales Museumsstück. Vom Propeller bis zum Seitenleitwerk hatte der Pilot die Maschine mit himmelblauem Anstrich versehen und nur die äußeren Tragflächenverstrebungen kräftig braun lackiert.

»Immer noch besser schlecht geflogen, als gut gelaufen«, kommentierte Connor beim Anblick der beiden offenen Sitze. »Ich schätze nur, Madho, Sie werden vorerst zurückbleiben müssen.«

»Sie wollen mit dem Ding fliegen, Sahib?« fragte der Inder mißtrauisch. Seine Miene verriet, daß er wenig Vertrauen in die Sperrholzabdeckung des Rumpfes hatte. Vier Räder als fahrbarer Untersatz waren ihm wesentlich sympathischer.

Auf der anderen Seite des Rumpfes, unmittelbar hinter den Tragflächen, richtete sich ein Mann auf. »Wer lästert da über meine Tiger Moth?« wollte er wissen. »Meine Herren, Sie werden so schnell kein zuverlässigeres Flugzeug finden als die de Havilland.« Sanft tätschelte er den Rumpf, dann schwang er sich durch die Verstrebungen nach vorne.

Er wirkte nicht minder altertümlich als das Flugzeug selbst. Immerhin trug er eine einteilige braune Fliegermontur, deren pelzbesetzter Kragen völlig fehl am Platz wirkte, dazu eine dünne Lederkappe mit nach oben geklapptem Ohrenschutz. Eine übergroße Schutzbrille zierte seine Stirn. Er unterzog erst den Inder und danach Connor einer eingehenden Musterung.

»Sie sind Brite?«

»Schotte, um es zu präzisieren. Connor ist mein Name.«

Der Pilot zog eine Braue hoch.

»Kein MacSowieso?«

»Einfach nur Connor.«

»Na dann.« Er zog einen Handschuh aus und streckte dem Butler die Hand entgegen. »Willkommen am Arsch der Welt, Connor. Mein Name ist Xaver. Xaver Bayer. Und nun raten Sie, wo meine Wiege stand.« Sein Händedruck war hart, aber herzlich.

»München?« vermutete Connor spontan.

»Knapp daneben ist auch vorbei. Im Bayerischen Wald, Junge. Wie der Lateiner so schön sagt: Nomen est Omen.« Er lachte herzhaft und hätte es dann beinahe geschafft, dem Inder die Hand zu zerquetschen. Erst Madhos schmerzlicher Gesichtsausdruck ließ ihn innehalten.

»Wie kommen Sie beide ausgerechnet hierher, an den –«

»Arsch der Welt?«

»Richtig. Du bist in Ordnung, Connor.« Gönnerhaft hieb er dem Schotten mit der flachen Hand auf die Schulter. »Auch wenn du ein bißchen wie aus dem Ei gepellt aussiehst. Bequem ist das kaum. Oder fühlst du dich nackt ohne Krawatte?«

Madho blickte verständnislos von einem zum anderen.

Offenbar konnte er der schnell geführten Unterhaltung nicht mehr folgen.

»Unser Auto steht einige Meilen westlich«, erklärte Connor.

»Motorschaden?«

Der Butler schüttelte den Kopf. »Plattfuß.«

»Mann o Mann«, stöhnte Bayer. »Im Anzug in die Wildnis, aber kein Reserverad im Kofferraum. Was soll man dazu sagen? Ihr erwartet hoffentlich nicht, daß ich für euch einen Einkaufsflug starte?«

»Ein Reserverad haben wir schon«, erklärte Connor. »Aber keine drei.«

Sein Gegenüber sperrte Mund und Augen auf. »Drei?« stieß er hervor. »Das klingt, als hättest du das Auto um einen Baum gewickelt.«

»Wir wurden überfallen«, erklärte Madho.

»Und einem Krummdolch widersteht der beste Stahlgürtelreifen nicht«, fügte Connor hinzu.

»Überfallen?« wiederholte Bayer und kratzte sich das Kinn. »Dann waren die Kerle aber gnädig – sie hätten alle vier Reifen zerstechen können.«

Er hatte eine besondere Art von Humor. Trotzdem schaffte er es, Connor zuzuhören, ohne ihn ein weiteres Mal zu unterbrechen.

»Bestohlen also?« stellte er schließlich fest. »Und die Kerle können noch nicht allzu weit sein. Falls sie wirklich nach Delhi zurück wollen. – Weißt du was, Connor? Die Ganoven kaufen wir uns!« Er schlug den Pelzkragen hoch. »Bist du schon mal geflogen? Ich meine, in einem Flugzeug wie meinem.«

»Das ist einige Tage her. Falls du einen Helikopterflug nicht gelten läßt. Zufällig habe ich den Flugschein.«

Der Deutsche stieß einen anerkennenden Pfiff aus. »Dann kann nichts schiefgehen. Häng die Außentanks ab, Connor, das Spritzmittel brauchen wir vorerst nicht. Aber mach dich nicht dreckig.«

»Ist schon in Ordnung. Der Anzug fällt unter Spesenersatz.«

»Und du, Madho, füll den Tank auf! Die Kanister stehen drüben bei der Feldsteinhütte.« Der Pilot selbst verschwand in dem windschiefen Bau und kehrte nach einigen Minuten mit einem kleinen Karton unter dem Arm zurück. Sorgfältig verstaute er ihn im vorderen Sitz.

Connor hatte inzwischen den ersten der Zusatztanks abmontiert. »Vorsichtig!« warnte Bayer. »Das Zeug ist hochgiftig – alles, was drüben in Europa verboten wird, schicken sie uns her. Eigentlich 'ne Sauerei.«

»Und du kippst das Zeug auf die Felder?« fragte Connor spitz.

Der Pilot zuckte mit den Schultern. »Von irgendwas muß ich schließlich leben. Und wenn ich nicht fliege, tut's ein anderer.«

Gemeinsam wuchteten sie den zweiten Spritzmittelbehälter zur Seite. Madho hatte inzwischen zwei Treibstoffkanister in den Tank entleert. Bayer kletterte auf den vorderen Sitz und kontrollierte die Kraftstoffanzeige. »Fast voll, das dürfte reichen. Für mehr als vierhundert Kilometer allemal. Steig ein, Connor, wir kaufen uns die Halunken.«

Wenig später holperte die de Havilland Tiger Moth über die Graspiste, hob ab, fiel zurück und stieg erneut in die Höhe. Träge brummend zog sie dicht über die ersten Bäume hinweg, anschließend ging Bayer auf Westkurs.

»Herrlich, nicht wahr!?« brüllte er gegen den stärker werdenden Fahrtwind und den Motorenlärm an. »Das ist noch ein Gefühl von Freiheit und Abenteuer, nicht wie bei den modernen Maschinen.«

Connor verzichtete auf eine Antwort. Er streckte lediglich einen Arm nach vorne und hob den Daumen. Bayer nickte zufrieden. »Mach dir's gemütlich da hinten, mein Freund. Während der nächsten Stunde wird nicht viel geschehen.«

Der Doppeldecker folgte der Straße. Später stieg die Maschine in größere Höhe und schnitt einige weitläufige Kurven ab. Weit unten ratterte einer der immer überfüllten Busse durch den Dschungel.

Die Zeit verging schnell. Das monotone Motorengeräusch und das Singen der Verstrebungen wirkten einschläfernd. Ohne daß er etwas dagegen tun konnte, fielen Connor die Augen zu. Erst die Stimme des Piloten schreckten ihn wieder auf.

»Ein Geländewagen, sagtest du?«

»Ja!« brüllte der Butler zurück. »Zebramuster.«

»Dann halte die Augen offen. Ich schätze, wir haben die Kerle bald eingeholt.«

»Versuch keinen Husarenstreich, Xaver! Sie sind bewaffnet.«

»Wir auch.« Der Bayer lachte schallend. »Das wird ein Spaß.«

Connor verzichtete auf die Frage, was der Pilot meinte. Sein Magen wurde nämlich hart gegen die Rippen gedrückt, als der Doppeldecker urplötzlich steil in die Tiefe schoß. Das üppige, dampfende Grün des Dschungels kam rasend schnell näher. Erst in fünfzig, sechzig Meter Höhe fing Bayer die Maschine wieder ab.

»Was bist du eigentlich von Beruf, Connor?«

»Butler.«

»Waaas?«

Connor legte die Hände trichterförmig vor den Mund und brüllte nach vorne. Diesmal verstand der Pilot. Er grinste übers ganze Gesicht, als er sich kurz umwandte. »Ich dachte immer, Butler sind älter und irgendwie ...

spleenig. Na, egal, Hauptsache ist, du verstehst dich aufs Servieren.«

»Wieso?«

»Sind sie das?« Bayer deutete nach unten. Aber es war nur ein kleiner Pritschenwagen mit einer im Wind flatternden hellen Plane.

Er zwang die Tigermotte in die nächste Kurve, daß die Verstrebungen bedrohlich knackten. »Höchstgeschwindigkeit hundertsiebenundsechzig Stundenkilometer, bei Rückenwind noch mehr. Toll, was?«

»Wieso servieren?« brüllte Connor.

»Hast du ein Feuerzeug?«

»Ja!«

»Dann paß bloß auf, daß du dir die Finger nicht verbrennst, wenn der Tanz losgeht.« Bayer visierte über eine nicht vorhandene Zielvorrichtung hinweg die Straße an. Gleichzeitig stieß er ein ratterndes Geräusch aus. Der Doppeldecker kippte erneut in die Tiefe und raste dicht über der Straße durch den Dschungel. Nach einigen hundert Metern zog der Pilot die Maschine steil hoch. Connor hatte endgültig das Gefühl, an einen Verrückten geraten zu sein.

»Zebrajagd!« brüllte Bayer. »Das Wild ist frei zum Abschuß!«

Sekunden später entdeckte auch Connor den Geländewagen mit der charakteristischen Lackierung. Dobson wollte also wirklich nach Delhi zurück.

Diesmal sank die Tigermotte gleichmäßig tiefer. Und sie holte langsam auf. Bayer zog die Maschine im Tiefflug über den Jeep hinweg.

»Sind das die Kerle?«

Connor beugte sich weit zur Seite. Offenbar saßen wirklich vier Mann in dem Wagen, und das Gesicht hinter dem Lenkrad kannte er.

Auch der andere, er starrte unverwandt nach oben, schien ihn erkannt zu haben. Jedenfalls vollführte der Jeep eine jähe Schleuderbewegung, als er das Steuer verriß.

»Was ist, Cowboy?«

»Wir haben sie. Laß sie nicht mehr aus den Augen!«

»Mehr willst du nicht? Dabei geht der Spaß erst los. Ich sage dir, Connor, das ist endlich mal was anderes als Chemikalien zu versprühen.« Bayer zog den Doppeldecker in eine weite Linkskurve. Augenblicke später näherte er sich dem Geländewagen erneut von hinten.

Connor konnte sehen, daß einer der Verfolgten die Seitenscheibe nach unten drehte. Er ahnte, was gleich kommen würde. »Paß auf!« rief er nach vorne, aber entweder verstand Bayer nicht, oder er war sich seines Erfolges zu sicher.

Meter um Meter näherte sich der Doppeldecker dem Jeep, als wollte Bayer auf dessen Dach landen. Unten erschien eine Pistolenmündung im Fenster. Gleichzeitig mit dem Aufleuchten der Mündungsblitze fiel die Tiger Moth zurück.

»Die wollen es nicht anders«, schnaubte Bayer. »Du darfst servieren, Connor!« Während der letzten Worte ging er auf Tauchstation, fischte den Karton aus seinem Fußraum, den er höchstpersönlich dort verstaut hatte, und schob ihn nach hinten, dem Schotten entgegen. Connor zog den Karton auf seinen Schoß. Mit fliegenden Fingern öffnete er den Deckel –

– und erstarrte. Das war Dynamit! Mindestens zwölf Stangen. Mit einem Mal verstand er, was der Pilot gemeint hatte.

»Bereit zum ersten Abwurf?«

Warum eigentlich nicht? Die Lunten waren lang genug. Connor zog sein Feuerzeug aus der Tasche. Der Fahrtwind löschte die Flamme sofort, aber als er beim zweiten Versuch schützend die Hand vorhielt, stabilisierte sich ein winziges Flämmchen.

Der Doppeldecker hing wieder über dem Dschungel. Bayer deutete schräg nach unten. Offenbar wollte er die Straße diesmal nur von der Seite her überqueren, um möglichst wenig Schußfeld zu bieten.

Wie lange würde die Lunte brennen? Zehn Sekunden? Fünfzehn? Connor steckte sie an, als die Tigermotte mit zornigem Brummen nach unten glitt.

Die Straße kam in Sicht.

Der Jeep war noch mindestens dreißig Meter entfernt. Connor ließ die Dynamitstange fallen und verrenkte sich anschließend fast den Hals, um den Erfolg oder Mißerfolg seines ›Bombenabwurfs‹ mitzuerleben. Als die Explosion ein metertiefes Loch in die Straße riß, war der Jeep schon über die Stelle hinaus.

»Mist!« schimpfte Bayer. »Du mußt die Lunte eher anstecken!«

Der zweite Versuch, den Geländewagen zu stoppen, klappte ebensowenig wie der erste. Aber dann hatten Bill Dobson und seine Männer begriffen und empfingen den Doppeldecker mit wütenden Pistolenschüssen. Connor warf zwei Dynamitstangen gleichzeitig. Eine explodierte am Waldrand, die zweite nur wenige Meter neben dem Jeep, der in heftige Schlingerbewegungen geriet. Abgesehen davon, daß Menschenleben auf dem Spiel standen, durfte Connor ohnehin keinen Volltreffer riskieren, um das Orakel nicht zu gefährden.

Die nächsten beiden Ladungen rissen die Straße unmittelbar vor dem Jeep auf. Um dem Glutball auszuweichen, übersteuerte der Fahrer. Der Geländewagen brach aus, stellte sich quer und wühlte sich über die Straßenböschung hinweg durchs Unterholz. Mit immer noch hoher Geschwindigkeit prallte er gegen einen Baum und kippte um.

Im selben Moment roch Connor beißenden Qualm. Der Fahrtwind trieb ihm den Rauch entgegen.

Und der Kopf des Piloten kippte haltlos zur Seite.

»Xaver!« brüllte Connor. Keine Reaktion.

Kaum höher als hundert Meter, in leichter Schräglage, zog der Doppeldecker über den Dschungel hinweg. Ein dumpfer Knall, dann leckten Flammen über die Verkleidung des Motors.

Die Tiger Moth war getroffen worden. Und der Pilot wahrscheinlich ebenfalls. Connor konnte nicht erkennen, ob Bayer tot war oder nur bewußtlos. Ihm blieb auch keine Zeit. Jeden Moment konnte der Doppeldecker abschmieren, und das war dann unwiderruflich das Ende.

Vergeblich kramte Sir Ian Sutherland in seiner Erinnerung. Der handgeschriebene Zettel war nicht nur der endgültige Beweis dafür, daß er den versteckten Zugang zu dem Höhlensystem unter Oake Dùn kannte, sondern daß er mindestens einmal in das verzweigte Labyrinth eingedrungen war.

Das machte die Frage, weshalb er sich nicht daran erinnern konnte, um so quälender.

Die Bilder, die ihm während der letzten Tage oft durch den Kopf geschossen waren, gewannen jedenfalls eine neue und ungeahnte Dimension. Sie waren Bruchstücke seiner verschütteten Erinnerung, vielleicht sogar Hinweise des Unterbewußtseins. Lag die Antwort auf viele Fragen tief unter Oake Dùn verborgen?

Nachdenklich faltete Sutherland den Zettel zusammen und steckte ihn ein. Er leuchtete den Gang aus. Die

Wände machten keineswegs den Eindruck, als wären sie künstlich bearbeitet worden, vielmehr schien der Hohlraum schon in erdgeschichtlicher Zeit entstanden zu sein, als die Klippen sich aufgefaltet hatten. Ian entdeckte in den Wänden winzige versteinerte Muscheln, einige sogar so groß wie sein kleiner Fingernagel. Auch Spuren feiner pflanzlicher Abdrücke waren erkennbar. Demnach handelte es sich um Sedimentgestein, das vor Jahrhunderttausenden den Meeresboden gebildet hatte.

Der Stollen führte sanft abwärts. Mehrmals hielt Ian sekundenlang inne und lauschte in die Finsternis, als warte er darauf, Stimmen oder erneut Waffenklirren zu hören. Aber nur das ferne, kaum wahrnehmbare Rauschen der Brandung drang an sein Ohr. Möglich, daß er sich dieses Rauschen nur einbildete und daß es in Wirklichkeit der eigene Pulsschlag war, den er hörte.

Ein knapp faustgroßes Loch in der Wand weckte sein Interesse. Etwa einen Fuß höher war der Fels geschwärzt. Auch die Decke wies einen ringförmigen dunklen Fleck auf. Ansonsten war der Fels hell und nur von wenigen dunklen Schichten durchsetzt.

Als Ian kräftig daran rieb, färbten sich seine Fingerspitzen schwarz. Das Dunkle war fettiger Ruß. Demnach hatte das Loch früher als Halterung für Fackeln gedient.

Erst einmal darauf aufmerksam geworden, fand Sutherland ähnliche Vertiefungen in regelmäßigen Abständen. Seine Vorfahren schienen diesen Gang oft benutzt zu haben.

In den Chroniken von Oake Dùn stand nichts davon erwähnt. Ian konnte sich auch nicht vorstellen, einen entsprechenden Hinweis überlesen zu haben, denn er hatte die alten Schriften sorgfältig studiert.

Der Stollen teilte sich. Ian wählte die linke Abzweigung, kam aber schon nach kurzer Zeit nicht mehr weiter, da die Wände enger zusammentraten. Nicht mehr als ein schmaler Durchschlupf blieb, zu eng selbst für ein Kind, hier den Weg fortzusetzen. Daß der Spalt jedoch mit der Außenwelt in Verbindung stand, verriet ein schwacher frischer Luftzug, der den Geruch von Salzwasser heran trug.

Sutherland mußte umkehren. Bis er die andere Abzweigung betrat, hatte er lediglich ein paar Minuten verloren.

Ein Schrei hallte ihm entgegen. Nicht der Todesschrei eines Menschen, aber doch in höchster Verzweiflung ausgestoßen.

Der Schrei wiederholte sich und brach gurgelnd ab. Für einen Moment war Ian versucht, in die Richtung zurückzulaufen, aus der er gekommen war, doch gleich darauf erklang ein klirrendes, hämmerndes Geräusch, und das kam eindeutig von vorne. Zuvor hatte ihn der Widerhall irritiert.

Er schritt schneller aus, begann zu laufen, rannte schließlich. Unstet huschte der Lichtkegel über die Wände, entriß hier eine halbrunde Nische der Dunkelheit und dort eingekerbte Symbole, wie er sie nie zuvor gesehen hatte. Ian achtete kaum darauf.

Der Stollen weitete sich. Steinsäulen ragten vom Boden auf. Einige erreichten die Decke und wirkten wie Stützen, andere endeten in unterschiedlichen Höhen, Stalagmiten gleich, die im Laufe von Äonen entstanden waren – ein versteinerter unterirdischer Wald, der im Scheinwerferlicht zu leben schien. Die Schatten verschmolzen miteinander, huschten davon, kamen näher ... Sutherland drehte sich einmal um sich selbst. Fünf, sechs Meter hoch wölbte sich die Decke, ein mächtiger, faszinierender Dom, und er wäre nicht einen Augenblick lang verwundert gewesen, hätten plötzlich Orgelklänge eingesetzt.

Doch statt dessen erklang wieder das Klirren – Metall schlug hart auf Stein –, begleitet von einer deftigen Verwünschung.

»Mortimer!« rief Sutherland. »Wo stecken Sie?« Dumpf hallte das Echo von allen Seiten zurück.

»Sir Ian, hier!«

Er konnte den Ruf nicht lokalisieren, hastete weiter, blieb stehen, blickte suchend um sich. Die Schatten der Steinsäulen tanzten einen verwirrenden Reigen. Wie Geister der Vergangenheit, die zu neuem Leben erwachten.

»Wo sind Sie, Mortimer?« rief Ian drängender.

»Hier bin ich ... ich ... ich ... ich ...« Von vier Seiten gleichzeitig erklang die Stimme des Dieners. Immer noch unmöglich, ihren Ursprung festzustellen.

Sutherland wirbelte herum; die Höhle, die Säulen, alles schien sich um ihn zu drehen. »Wo?« rief er, »... wo?« hallte ein Dutzend Stimmen zurück, ein anschwellendes Stakkato wie Donnerhall.

Endlich entdeckte er das zerstörte Skelett, daneben die unversehrte Maya-Statuette. Ein Loch gähnte im Boden, von der schwachen Aura fahlen, kaum noch wahrzunehmenden Lichtscheins umgeben.

»Haut ab!« krächzte Mortimer in diesem Moment. »Weg, fort, ihr ekliges Viehzeug!« Das helle Klirren begann von neuem und diesmal wütender als zuvor.

Der Diener drosch mit einem Schwert auf ein gutes Dutzend Ratten ein, die sich nicht einmal davon abhalten ließen, gierig über ihresgleichen herzufallen. Erst als Sutherland die Lampe auf ihn richtete, hielt er erschreckt inne.

»Sind Sie das, Sir Ian?« ächzte er geblendet.

»Erwarten Sie Mrs. Thatcher zum Tee?« erwiderte Sutherland.

»Leider nein, Sir. Ich ... Verdammtes Biest!« Mortimer

führte einen wahren Veitstanz auf, um mehrere besonders aufdringliche Nager abzuschütteln.

Sie hatten es tatsächlich geschafft, an seinen Beinen emporzuklettern.

Ian Sutherland ließ sich auf die Knie nieder. Wenn er sich weit nach vorne beugte, würde Mortimer seine Hand greifen können, und dann konnte er ihn nach oben ziehen.

»Schaffen Sie es?«

»Ich weiß nicht, Sir. Wenn hier irgend etwas wäre, auf das ich mich stellen könnte, ein Schemel oder so ...«

Sutherland rutschte ein Stück weiter nach vorne. Mehr durfte er indes nicht riskieren, wollte er nicht selbst Gefahr laufen, abzurutschen.

»Strecken Sie sich, Mortimer!«

»Unmöglich, Sir. Meine Bandscheibe ...«

»Dann stapeln Sie meinetwegen die toten Ratten aufeinander. Wieso stecken Sie überhaupt in dem Loch?«

»Sir, ich ... ich glaube, mir wird übel.« Ein unmißverständliches Geräusch folgte der Ankündigung.

Sutherland verdrehte anklagend die Augen. »Reißen Sie sich zusammen, Mortimer, falls Sie nicht da unten versauern wollen. Reichen Sie mir Ihre Hand! – Und würden Sie vor allem die Güte haben, das Schwert vorher wegzulegen?«

Für einen Moment wirkte der Diener verwirrt. Dann begriff er, daß Sutherland ihn unmöglich an der Klinge nach oben ziehen konnte. Also wechselte er, während er zugleich nach den Ratten trat, die Waffe in die linke Hand.

»Bitte beeilen Sie sich, Sir! Die Biester sind in der Überzahl.«

»Ihre Hand!« drängte Sutherland.

»Sir, ich ... ich tue mein Bestes«, stieß Mortimer

gepreßt hervor. Er tänzelte auf den Zehenspitzen, um sich so weit wie möglich nach oben zu strecken.

Endlich berührten sich ihre Fingerspitzen. Noch ein Stück, ein Ruck. Mit aller Kraft zog Sutherland den Diener nach oben.

»Stemmen Sie Ihre Füße gegen die Wand! Wenn Sie sich wie ein nasser Sack hängenlassen, liegen wir gleich gemeinsam unten.«

Für einen bangen Augenblick hatte er das Gefühl, als würde Mortimer wieder abrutschen, aber dann konnte Sutherland mit der zweiten Hand ebenfalls zupacken und umklammerte sein Handgelenk.

Ächzend wälzte der Diener sich über die Abbruchkante. Er war erschöpft.

»Was tun Sie hier, Mortimer?« fragte Sutherland.

»Ich . . . weiß es nicht, Sir.«

»Wann haben Sie die Geheimtür entdeckt? Und warum haben Sie mich nicht davon unterrichtet?«

»Ich weiß nicht . . .«

»Wirklich nicht?«

Mortimer schüttelte den Kopf. Er wirkte verwirrt, und das Flackern in seinen Augen verriet nicht nur Unsicherheit. Trotzdem bohrte Sutherland weiter.

»Warum haben Sie die Statuette mitgenommen, Mortimer?«

Der Diener starrte an ihm vorbei, als versuche er wenigstens, sich zu besinnen. Besonders erfolgreich war er dabei nicht.

»Ich weiß nicht, Sir«, kam es dumpf über seine Lippen.

»Ist Ihnen überhaupt klar, wo wir uns befinden? Und sagen Sie bitte nicht, daß Sie es nicht wissen.«

»Meine Lampe ist aus«, murmelte Mortimer. »In der Dunkelheit kommen die Ratten wieder.« Tatsächlich war das letzten fahle Glimmen erloschen. Offenbar hatte er

Sutherlands Frage entweder überhört oder sie schon wieder vergessen, denn er widmete sich intensiv dem Schraubverschluß des Batteriefachs.

»Haben Sie einen Ersatzakku einstecken, Mortimer?«

»Ich ...«

»Also nein. Hier, nehmen Sie den.« Sutherland reichte ihm den eigenen Reserveakku. Gleich darauf leuchtete die Lampe wieder mit hellem Schein.

Mortimer atmete sichtlich auf. Zumal eine besonders dürre Ratte quietschend aus dem grellen Lichtkegel floh.

»Es geht mir wieder besser, Sir«, wandte er sich an Sutherland, der vorsichtig die Maya-Statuette aufhob und sie von allen Seiten betrachtete. Er konnte nichts Ungewöhnliches daran feststellen, dennoch mußte die Figur des Xipe Totec den Diener in die Katakomben von Oake Dùn geführt haben. Mortimer war weder besonders gut zu Fuß, noch der geborene Forscher, der schnell dem Reiz des bislang Unbekannten verfiel.

Die Statuette in Händen, schloß Sutherland für einen Moment die Augen und lauschte in sich hinein. Er fühlte sich aufgewühlt und unruhig, und schon gar nicht konnte er tatenlos stehenbleiben. Er mußte weiter.

Ohne sein Zutun machte er einen Schritt. Einen zweiten.

»Sir Ian! Warten Sie!«

Mortimers Ruf schreckte ihn auf. Er blinzelte, blickte überrascht auf die Statuette, die sich plötzlich warm anfühlte und in seiner Hand zu leben schien, und endlich registrierte er, daß er keineswegs nur zwei Schritte getan, sondern mit geschlossenen Augen nahezu die Hälfte der domartigen Halle durchquert hatte. Selbst jetzt spürte er noch den Zwang, weiterzugehen, nur konnte er leichter widerstehen als mit geschlossenen Augen.

Mortimer schloß wieder zu ihm auf. Er war bleich und

schwitzte, und sein Blick huschte unstet umher. Er hatte Angst.

»Kehren Sie um und ...« Was hatte er sagen wollen? Sutherland wußte es plötzlich nicht mehr. Leroy holen? Nein! Der Franzose war hier fehl am Platz.

»Ich gehe mit Ihnen, Sir«, beharrte Mortimer. »Ich werde Sie aufwecken, sobald Ihnen wieder die Augen zufallen.«

Sutherland benötigte einen Moment, sich über die Tragweite dieser Aussage klarzuwerden. Sie bedeutete nichts anderes, als daß die Statuette ihn beeinflußte. Auch Mortimer war zuvor von ihr geführt worden, andernfalls hätte er nie den geheimen Zugang entdeckt.

Nachdenklich betrachtete Sutherland die Tonfigur in seiner Hand. Sie war schwerer, als es das Material vermuten ließ. Eine stämmige, ab den Knien aufwärts mit stilisierten Schuppen bedeckte Gestalt. Der Schädel war nahezu rund und kahl, und die weit abstehenden Ohren sowie der offenstehende zahnlose Mund trugen nicht gerade dazu bei, Xipe Totec schön zu finden.

Vieles schoß Sutherland durch den Sinn. Er konnte die Figur fallen lassen oder sie einfach zur Seite stellen, so wie Mortimer es getan hatte, doch die Frage war, ob er dann wirklich sein Ziel erreichen würde.

Seine Finger schlossen sich um die Statuette; er hatte seine Entscheidung getroffen.

Kurz darauf lag die Halle hinter ihm und Mortimer. Obwohl mehrere Gänge abzweigten, drang Sutherland zielsicher in den mittleren vor.

Er kam nicht weit. Herabgestürztes Geröll blockierte den Weg.

»Wir müssen einen Durchgang schaffen, Mortimer! Bringen Sie die Statuette bis zur Einmündung zurück, damit sie nicht beschädigt wird.«

Erinnerungsfetzen wurden wach, ein Konglomerat durcheinanderwirbelnder Bilder. Ein schmaler Gang ... Risse in den Wänden; Felsplatten, die sich mit einigem Kraftaufwand lösen ließen. Sir Ian sah sich selbst, im Schweiße seines Angesichts, wie er versuchte, die Platten zu lösen. Der Gegenstand, den er als Hebel einsetzte, mochte eine Lanze sein ...

Ein ohrenbetäubendes Dröhnen; herabstürzendes Gestein; Staub, der sich erstickend auf die Lunge legte ... Keuchend taumelte er zurück.

Heftig hämmerte das Herz gegen seine Rippen. Er war schweißüberströmt. Seine Hände bluteten, und er spürte die Finger nicht mehr, aber er schuftete wie ein Berserker. Staub erfüllte den engen Durchlaß, den er inzwischen freigelegt hatte. Er kam besser voran als erwartet, weil zwischen den Felsplatten teils große Lücken verblieben waren. Außerdem hatte sich das herabgebrochene Gestein weitgehend ineinander verkeilt. Die Gefahr des Nachrutschens bestand nicht.

Ein hölzerner, zersplitterter Schaft ragte ihm entgegen. Sutherland hatte wenig Mühe damit. Er stellte fest, daß es sich um das Bruchstück einer Lanze handelte.

Er spürte, daß etwas Unheimliches auf ihn lauerte. Es hatte Jahrhunderte überdauert, und es wartete nur darauf, geweckt zu werden.

Kehr um! hämmerte es in ihm. Die Schatten der Vergangenheit sind stärker, als du es dir vorstellst!

Er floh. Die Lanze, die er zwischen den Skeletten gefunden hatte, wog schwer ...

Er warf den zersplitterten Schaft achtlos zur Seite. Mortimer stöhnte und ächzte hinter ihm. Der Diener war mit seinen Kräften längst am Ende, aber gerade das spornte Sutherland zu noch größerer Anstrengung an. Er mußte wissen, was auf der anderen Seite lag. Und wenn es das Letzte war, was er in seinem Leben tat.

Eine halbe Stunde später hatte er es endlich geschafft. Mühsam zwängte er sich durch den Stollen.

Die Höhle, in die er gelangte, war verhältnismäßig klein. Eine Gruft? An den Wänden reihten sich menschliche Schädel, auch in engen Nischen lagen Teile von Skeletten.

Sonst gab es nichts zu sehen. Mit Ausnahme des Stücks Papier, das zwischen den Fingern einer Knochenhand steckte. Es war ein Blatt wie jenes, das Sutherland bereits eingesteckt hatte.

Ohne zu zögern nahm er es an sich und las die leicht verwischte Schrift.

›Neugierde ist die Triebfeder allen menschlichen Forschergeistes. Deshalb weiß ich, daß ich eines Tages wieder hier stehen werde, unter welchen Umständen auch immer.

Ich warne dich, Ian, gehe nicht weiter. Wenn dir dein Leben lieb ist, vergiß, daß du es überhaupt bis hier geschafft hast.‹

Warum sollte er sich zurückhalten lassen? Hatte er, als er die Zeilen schrieb, sich selbst so schlecht gekannt? Einer jähen Eingebung folgend, knüllte er das Blatt zusammen und warf es achtlos zur Seite. Jetzt erst recht!

Schabende Geräusche verrieten, daß Mortimer mit der Statuette folgte. Gleich darauf erklang ein gurgelnder Aufschrei.

Innerhalb von Sekunden leckten die Flammen vom Propeller bis zu den Tragflächenverstrebungen. Die Tigermotte zog fetten schwarzen Rauch hinter sich her.

Vergeblich hatte Connor versucht, den Piloten wachzurütteln. Viel Zeit blieb ihm nicht, das führerlose Flugzeug unter Kontrolle zu bringen, bevor es ins üppige

Grün des Dschungels stürzte. Der lichterloh brennende Motor konnte jeden Moment aussetzen.

Entschlossen stemmte Connor sich aus dem engen Sitz hoch. Sofort zerrte der Fahrtwind heftiger an ihm. Sekundenlang kämpfte der Butler um einen sicheren Halt, dann schloß sich seine Linke um eine Strebe und er zog sich über den Rand des Einstiegs hinweg auf die untere Tragfläche. Die leichte V-Stellung der Flügel hin zum Rumpf, die die Bodenfreiheit der Tiger Moth verbessern half, kam ihm zugute. Er konnte nicht so leicht abrutschen.

Glut verwehte vom Motorblock. Gleich darauf schlugen Connor meterlange Flammen entgegen.

Der Doppeldecker schwankte jäh. Die Gewichtsverlagerung zwang die Tigermotte in eine Rechtskurve, und die Schräglage wuchs noch an. Connor rutschte ab. Für die Dauer eines Herzschlags fürchtete er abzustürzen, doch dann fand er am Rand des vorderen Einstiegs ausreichenden Halt und schaffte es mit einiger Anstrengung, sich wieder an den Rumpf zu ziehen.

»Xaver!« brüllte er und schlug den Bayer mit der flachen Hand ins Gesicht. Erst jetzt bemerkte er die dünne Blutspur, die über die Schläfe des Piloten sickerte. Ein Streifschuß, aber offensichtlich wirklich nur eine Fleischwunde. Der Mann hatte unverschämtes Glück gehabt.

Als Connor nach dem Steuerknüppel griff und ihn ruckartig an sich zog, schrammte das Fahrgestell schon dicht über die ersten Äste hinweg. Nur eine oder zwei Handbreit tiefer, und die Tigermotte wäre in Hunderte von Bruchstücken zerfetzt worden.

Connor hielt den Atem an, seine Finger verkrampften sich um den Steuerknüppel. Wenigstens für den Augenblick hatte er die Gefahr gebannt. Aber noch galt es, die Maschine sicher zu landen, bevor der Motor aussetzte.

Der Doppeldecker stieg zu schnell. Bevor jedoch die Strömung an den Tragflächen abreißen konnte – die verwirbelnden Rauchschwaden waren ein unübersehbares Warnzeichen –, drückte Connor die Nase der Tiger Moth in die Waagerechte. Er spürte, daß er wieder abzurutschen begann; es war alles andere als einfach, das Flugzeug von der Tragfläche her zu steuern, zumal die Flammen inzwischen nach seinen Beinen leckten. Die Hitze wurde schnell unerträglich.

»Xaver!« brüllte der Schotte. »Verdammt, wach endlich auf!« Ein schwaches Stöhnen blieb die einzige Reaktion.

Erneut zwang Connor die Maschine in eine weitgezogene Rechtskurve. Schätzungsweise einen Kilometer hatte er sich inzwischen von der Straße entfernt, aber dann entdeckte er eine schmale Schneise und hielt darauf zu. Irgendwo mußte er den Doppeldecker nach unten bringen.

Seine Linke, eben noch am Einstieg verkrallt, schoß nach vorne und schloß sich um den Kragen von Bayers Fliegerkombination. »Komm schon!« stöhnte er. »Wach auf, Mann!« Er stieß den Deutschen in den Sitz zurück und zerrte ihn wieder nach vorne, und beim dritten oder vierten heftigen Stoß öffnete Bayer endlich die Augen. »Zefix Halleluja«, murmelte er schwerfällig. »Mei, is' mir übel!« Er lallte nur noch, dann sank sein Kopf erneut vornüber.

Vor fünf Jahren hatte Connor das Münchner Oktoberfest besucht, von der Wies'n aber nicht viel mehr mitbekommen als das Treiben in einigen Bierzelten. Sonderlich begeistert von dem Trubel war er damals nicht gewesen – abgesehen von den Weißwürsten, Brezen und einem ordentlichen Radi –, und er hätte nie geglaubt, daß ihm die teilweise derbe Bierzeltunterhaltung eines Tages wie eine Offenbarung erscheinen würde. Jetzt jedenfalls konnte er sich nicht mehr anders helfen, als die paar Brocken bayerischer Mundart auch anzuwenden, die er damals mit zungenbrecherischer Akrobatik eingeübt hatte.

»Aufpassen, Xaver!« brüllte er. »A Preiß!«

Ein Ruck ging durch den Körper des Piloten.

»A Saupreiß!« trumpfte Connor auf.

Schlagartig war Bayer hellwach. »Wo is der Lump, der dreckerte ...? – Mein Gott!« Er starrte direkt in die Flammen und den Rauch und warf einen entsetzten Blick nach unten. »Ich versuche zu landen. Halt dich fest, oder steig ein!«

»Schaffst du es?«

»Runter kommen wir auf jeden Fall – fragt sich nur, wie.« Er fuhr sich mit der flachen Hand übers Gesicht und starrte entgeistert auf das Blut an seinen Fingern. »Eine schöne Scheiße, was? Ich bin dem Sensenmann wohl gerade noch von der Schippe gesprungen. – Hast du noch was von dem Dynamit? Dann wirf's raus! Ich will nicht, daß mein schönes Flugzeug draufgeht.«

Er war wirklich wieder voll da. Jedenfalls steuerte er den Doppeldecker mit einem gekonnten Manöver und trotz des plötzlich spuckenden Motors über die Dschungelpiste. Unvermittelt begann er zu lachen. »Da vorne liegt der Jeep!«

Sie hatten das Autowrack wieder erreicht. Dobson und seine drei Begleiter hatten sich inzwischen aus den Trümmern befreit. Einer von ihnen hob die Pistole.

Zwei Schüsse, aber beide gingen fehl, danach war das Magazin offensichtlich leer.

Noch zehn Meter Höhe, dann bestenfalls fünf. Connor steckte zwei der letzten Dynamitstangen an.

Die Kerle warfen sich bäuchlings ins Unterholz, als der brennende Doppeldecker dicht über sie hinwegraste.

Gleich darauf setzte die Tiger Moth auf, holpernd, ächzend, und das Geräusch zweier unmittelbar aufeinanderfolgender Dynamitexplosionen vermischte sich mit den krachenden Fehlzündungen, mit denen das Triebwerk der de Havilland den Geist aufgab. Im nächsten Moment krachte das Fahrwerk in einen der kleinen Krater, die Connors »Bombenwürfe« in der Straße hinterlassen hatten, und ein fürchterlicher Ruck durchlief die Maschine, bevor sie sich steil aufstellte und die Nase in den Dreck bohrte. Connor wurde nach vorne geschleudert, aber irgendwie fing er den Sturz ab, rutschte über die obere Tragfläche, deren Bespannung zerfetzte, und begann zu rennen, kaum daß er den Boden unter den Füßen spürte. In den Händen hielt er die letzte ihm noch verbliebene Dynamitstange.

Hinter sich hörte er den Piloten rufen, doch er achtete nicht darauf. Einer der Inder hetzte in Panik davon. Connor ließ ihn laufen. Die beiden anderen Kerle hatte ebenfalls der Mut verlassen, abgesehen davon war kein Mensch mit einem gebrochenen Bein schnell genug. Connor sah auf den ersten Blick, daß einer der beiden operiert werden mußte. Der andere blutete aus einer breiten Platzwunde an der Stirn.

Die Pistole lag mitten auf der Fahrbahn, entweder achtlos weggeworfen oder durch die Explosionen dorthin geschleudert. Der Butler hob die Waffe auf und überprüfte das Magazin. Wie er schon vermutet hatte, war es leer.

»Wo ist Dobson?« herrschte er die Inder an.

Einer deutete wortlos nach Westen.

»Und der Dreibeinhocker?«

Der Bursche wiederholte die Geste.

»He, Connor!« rief in dem Moment der Pilot. »Hast du zurück, was sie dir gestohlen haben?«

»Nein«, wollte der Butler erwidern – er brachte nur ein heiseres Ächzen über die Lippen.

Der Deutsche stand keine zwanzig Schritt entfernt, breitbeinig, einen Ausdruck von Trotz im Gesicht, aber dennoch nur ein Häufchen Elend. Mit einer ruckartigen Bewegung riß er sich die Kappe mitsamt der Brille vom Kopf und warf sie achtlos in den Dreck. Dann öffnete er den Reißverschluß seiner Kombination.

Hinter ihm brannte der Doppeldecker inzwischen lichterloh. In der Sperrholzabdeckung des Rumpfes fanden die Flammen ausreichend Nahrung.

Connor wollte etwas sagen – er konnte es nicht. Seine Kehle war wie zugeschnürt. Nur zu gut verstand er, wie dem Bayern zumute sein mußte. Wahrscheinlich war die Tiger Moth wie eine Freundin für ihn gewesen.

»Die beiden anderen Kerle sind mit dem Diebesgut davon?« fragte Bayer. Er wartete die Antwort gar nicht erst ab. »Na los, hau schon ab!« stieß er hervor. »Schnapp dir die Halunken! Ich kümmere mich inzwischen um die anderen.«

Connor zögerte nicht länger. Im Laufen schob er die Pistole hinter den Hosenbund – vielleicht war sie doch nicht völlig nutzlos – und lockerte endlich die Krawatte.

Hinter ihm explodierte der Tank des Doppeldeckers. Als er sich umwandte, stand die Fahrbahn über die gesamte Breite in Flammen.

Der Anblick der vielen Totenschädel war Mortimer auf den Magen geschlagen, und beinahe wäre er ausgerutscht und samt seiner zerbrechlichen Last gestürzt.

»Geben Sie mir die Figur!« Sutherland nahm ihm die Statuette ab. »Und reißen Sie sich zusammen, Mortimer! Die Toten tun Ihnen nichts.«

Sutherland durchmaß die Gruft mit weit ausgreifenden Schritten. Die Höhle öffnete sich zu einem größeren Raum hin, und der Scheinwerferkegel entriß dicke Säulen der Dunkelheit.

»Sir, bitte ...!«

Der Earl wandte sich um. »Wovor haben Sie Angst, Mortimer? Entweder Sie folgen mir, oder Sie gehen zurück. Ich halte Sie nicht auf.«

Das war nicht seine Art. Ian spürte selbst, daß er ungerecht und überzogen schroff reagierte, doch angesichts der Ungeheuerlichkeit seiner Entdeckungen waren Gefühlsduseleien fehl am Platz. Mortimers zaghaften Widerspruch kanzelte er mit einer schroff ablehnenden Handbewegung ab.

Die Schädelhöhle erwies sich lediglich als Vorraum einer weitaus größeren, imposanten Höhle. Sie war von annähernd ovaler Form, eine riesige Blase im Fels, zwanzig Meter breit und gut doppelt so lang. Was Sutherland auf den ersten Blick für Säulen angesehen hatte, waren natürlich entstandene Verbindungen zwischen Decke und Boden, Felsbänder, die lediglich nachträglich bis in doppelte Mannshöhe bearbeitet worden waren. Skulpturen waren in den Stein gemeißelt, Fabelgestalten, wie Ian sie nie zuvor gesehen hatte. Sie wirkten wie Geschöpfe der Apokalypse, gegen die sogar die Kreaturen eines Hieronymus Bosch verblaßten.

Teilweise war der Boden mit Mosaiken belegt, ein wirres Durcheinander von Farben und Formen, das erst auf den zweiten Blick die Darstellung üppig wuchernder Pflanzen erkennen ließ. Riesige Farne und Schachtelhalme vermischten sich mit einer skurrilen Blütenpracht.

Das Mosaik führte unter einem Säulenbogen hindurch und endete vor einem kantigen Felsblock. Drei Stufenpodeste führten hinauf, und die Vorderseite des Blocks zierten die verschwommen herausgemeißelten Umrisse eines geflügelten Schlangenwesens. Gerade die Ungenauigkeit der Arbeit ließ das Abbild lebendig erscheinen, als winde es sich dem Betrachter entgegen.

Ein Altar! Sutherland hatte keine andere Deutung für den massigen Quader. Ein heidnischer Opferstein, möglicherweise lange vor Oake Dùn hier errichtet.

Ein Gefäß stand auf dem Altar, ein bauchiger Tonkrug. Er wirkte zeitlos, wie die vergessene Reliquie einer heidnischen Religion. Auch der Ton ließ die eingeritzten und mit Farbe nachgezogenen Umrisse der geflügelten Schlange erkennen.

Als Sutherland die Stufen emporschritt, sah er, daß der Krug mit einer dicken Wachsschicht versiegelt war. Für einen Moment hielt er inne und blickte in die Runde. Von den Stufen aus konnte er die Höhle gut überblicken; im Hintergrund führte ein breites Tor tiefer in den Fels.

Täuschte er sich, oder wurde die Figur des Xipe Totec in seiner Hand plötzlich wärmer? Ohne es eigentlich zu wollen, trat Sutherland die letzte Stufe nach oben. Die Statuette pulsierte inzwischen schwach.

Mortimer war wieder zurückgeblieben. »Sir Ian«, protestierte er schwach, »wir sollten umkehren, solange wir noch die Möglichkeit dazu haben.«

»Wovor haben Sie Angst?«

Mortimer wurde einer Antwort enthoben. Dort, von wo sie gekommen waren, zeichnete sich eine Bewegung ab. Der Diener konnte sie nicht sehen, aber er bemerkte die Veränderung in Sutherlands Gesicht und wandte sich zögernd um.

Schattenhafte Gestalten näherten sich, Männer mit Schwertern und Kriegskeulen. Sie trugen eng anliegende Kleidung, Wams und Waffenrock aus schmalen Lederschuppen zusammengesetzt.

»Der übliche Spuk«, behauptete Sutherland. »Achten Sie nicht darauf, Mortimer!«

Die Statuette pulsierte heftiger. Eine grün schimmernde Aura hüllte sie ein. Dieses Leuchten kam eindeutig aus dem Inneren der Figur. Und die Hitze war kaum noch zu ertragen.

Mortimer machte inzwischen Bewegungen, als wolle er eine Schar Hühner verscheuchen. Die Schattenkrieger ließen sich davon nicht beeindrucken. Im übrigen, stellte Ian überrascht fest, wirkten sie gar nicht so schattenhaft, wie er sie in Erinnerung hatte. Überhaupt trugen sie weder die Farben des Sutherland-Clans, noch die anderer Clan-Angehöriger.

Sowohl Connor als auch Dr. Morrison hatten nach der ersten Konfrontation mit den Spukgestalten von Kampfgetümmel gesprochen. Die eine Partei hatte eindeutig zum Sutherland-Clan gehört, die Gegner sah Ian nun erstmals vor sich.

Mortimer schien inzwischen zu einer ähnlichen Ansicht gelangt zu sein. Zögernd wich er zum Altar zurück. »Verschwindet!« keuchte er. »Ihr seid nur böser Spuk. Hebt euch hinweg!«

Die Kerle taten ihm den Gefallen nicht. Bis auf wenige Meter waren sie inzwischen heran, und ihre eben noch fließend erscheinenden Umrisse wurden mit jedem Schritt deutlicher. Der vorderste der Männer, ein bulliger Typ und außerdem mindestens zwei Kopf größer als Mortimer, hob sein Schwert. Beidhändig führte er die Klinge, und Mortimer taumelte hilflos zurück, als die Spitze der Waffe seine Brust nur um eine Handbreit verfehlte. Mortimer stieß gegen die unterste der Altarstufen. Einen Augenblick lang kämpfte er mit rudernden Armen um sein Gleichgewicht, trotzdem stürzte er und schaffte es gerade noch, sich einigermaßen abzufangen. Wieder verfehlte ihn ein Hieb des Angreifers, diesmal waagerecht geführt, wie um ihm den Kopf vom Rumpf zu trennen.

Mortimer wurde totenbleich, soweit das überhaupt noch möglich war. »Das Schwert ist echt!« kreischte er mit sich überschlagender Stimme. »Ich habe den Luftzug gespürt. Mein Gott ...«

Auf allen vieren warf er sich nach vorne, um bei Sutherland Schutz zu suchen.

Wo er eben noch gelegen hatte, zuckte die Klinge senkrecht herab, bohrte sich in den Stein und spaltete ihn. Sir Ian glaubte seinen Augen nicht trauen zu dürfen, doch die Kerbe blieb, und sie war gut und gerne eine Handspanne tief. Aber noch erschreckender war die völlige Lautlosigkeit, mit der sich das Schwert in den Stein gefressen hatte. Der Spuk manifestierte sich und begann Wirklichkeit zu werden.

Unmöglich! dachte Sutherland bestürzt. Das ist unmöglich! Doch sicher war er sich dessen nicht.

Mortimer war am Ende seiner Selbstbeherrschung angelangt. Er schrie ohne Luft zu holen, bis die Stimme ihm erneut den Dienst versagte. Mittlerweile hatte er das dritte Stufenpodest erreicht und zog sich am Altarstein in die Höhe. Sutherland, der ihm helfend unter die Arme greifen wollte, stieß er schroff zurück.

»Kein Spuk!« keuchte er. »Wir sind verloren!«

Der Angreifer folgte ihm. Mortimer konnte nicht weiter zurückweichen als bis an den Altar. In einer hilflosen Geste hob er abwehrend die Arme. »Nein!« wimmerte er. »Nicht ...«

Im selben Moment riß Ian Sutherland den dickbauchigen Tonkrug hoch und schleuderte ihn gegen den Angreifer. Das Geschoß verfehlte sein Ziel um Haaresbreite und zerbarst klirrend auf dem Mosaikboden.

Mortimer sackte in sich zusammen. Die Anspannung war für ihn zuviel gewesen, er hatte das Bewußtsein verloren.

Als Sutherland den Blick wieder wandte, war nicht nur der hünenhafte Angreifer verschwunden, sondern auch die beiden anderen Kerle vor den Altarstufen. Sie schienen niemals existiert zu haben.

Sekundenlang stand der Earl of Oake Dùn wie versteinert. Alles erschien ihm wie ein böser Traum – doch der Traum dauerte schon viel zu lange. Er starrte auf die Stufen hinab. Die Kerbe im Stein war echt, und sie war vorher nicht dagewesen. Aber keine Spukerscheinung war in der Lage, auf Materie einzuwirken. Hatte er es mit Hypnose zu tun? Halluzination?

Ein forschender Blick galt der Tonfigur, die er auf dem Altarstein abgestellt hatte. Die leuchtende Aura war verblaßt, und der Farbe gebrannten Tons haftete absolut nichts Außergewöhnliches an.

Sutherland kümmerte sich um den Diener. Er brauchte lange, ihn aus der Ohnmacht zurückzuholen. Mortimer wollte von Panik erfüllt aufspringen, doch Ian drückte ihn sanft, aber unnachgiebig zurück.

»Es ist vorbei«, sagte er. »Wir haben nichts mehr zu befürchten.«

Mortimer starrte ihn ungläubig an. Er wollte etwas erwidern, brachte aber nur ein heiseres Ächzen über die Lippen. Er zitterte wie Espenlaub.

»Lehnen Sie sich an den Stein. Sie haben eine Ruhepause nötig, bevor wir weiter vordringen.«

»Ich gehe nicht weiter! Wir sollten umkehren, Sir. Ehe es zu spät ist.«

»Glauben Sie wirklich, ich gebe einfach auf? Am anderen Ende der Höhle gibt es ein Tor. Vielleicht finden wir dahinter, wonach wir suchen.«

»Ich bin nicht begierig darauf zu erfahren, was sich auf der anderen Seite verbirgt.«

»Wir stehen kurz vor dem Ziel, Mortimer. Wissen Sie, wie das ist?«

»O ja, ich weiß es.« Der Diener seufzte ergeben. »Ich kenne Sie seit Ihrer Kindheit, Sir Ian. Ich weiß, daß Sie immer das tun, was Sie sich in den Kopf gesetzt haben, und daß nichts und niemand Sie davon abhalten kann.«

»Ganz so extrem sehe ich es nicht.«

»Haben Sie den Spuk vertrieben, Sir?« Mortimer wechselte jäh das Thema, das ihm unangenehm zu werden drohte.

»Ehrlich gesagt, ich weiß es nicht«, antwortete Sutherland. »Ich habe nichts anderes getan, als den Tonkrug ...« Er unterbrach sich, lief nach unten. Die Scherben lagen weit verstreut, kaum eine war größer als ein paar Quadratzentimeter, die meisten nicht mehr als schmale Splitter. Jeder Versuch, den Krug zu restaurieren, war von vornherein zum Scheitern verurteilt.

Rund um die Aufschlagstelle hatte sich Sand verteilt, eine dünne Schicht Quarzsand. Sutherland wischte ein wenig davon zusammen und ließ ihn langsam durch die Finger rieseln.

Der Gedanke an einen größeren Kristall drängte sich auf. Einen wie das Auge der Göttin Khom, das aus dem Tresor der Yale-Universität in New Haven, Connecticut, gestohlen worden war.* Das magische Auge hatte über ungewöhnliche Fähigkeiten verfügt, unter anderem die der Suggestion. Es war nicht von der Hand zu weisen, daß in den Katakomben ähnliche Kräfte am Werk waren.

Sutherlands Blick huschte weiter, fixierte einige der

* siehe Band 13 912, Das Tor nach Atlantis, Buch 3 ›Der Mann in Schwarz‹

größeren Tonscherben, als könne er ihnen auf diese Art ihr Geheimnis entlocken. Plötzlich stutzte er. Der weiße Splitter bestand nicht aus Ton; er war leicht gebogen und etwa drei bis vier Zentimeter lang. Vor allem wirkte er wie ein Fremdkörper.

Sutherland hob ihn auf. Es handelte sich um einen ausgebleichten Knochen. Interessiert drehte er ihn im Licht der Lampe zwischen den Fingern.

»Werfen Sie das weg!« ächzte hinter ihm Mortimer. »Schnell!«

Zögernd wandte Sutherland sich um. Der Diener gestikulierte heftig.

»Werden Sie bitte nicht hysterisch, Mortimer. Das ist nichts Gefährliches, sehen Sie!«

Er schloß die Hand um das Knochenstück, ohne daß irgend etwas geschah.

Mortimer japste trotzdem nach Luft. Die Blässe seines Gesichts wich schlagartig einer grellen Röte.

»Das ist – eine Kralle des Teufels!« stieß er im Brustton der Überzeugung hervor.

»Eine *was* ...?« fragte Sutherland verblüfft. »Machen Sie sich nicht lächerlich!«

»Wenn ich es sage!« Mortimers Gesichtsausdruck war in diesem Moment ein Spiegel seiner Seele, Furcht sprach aus seinem Blick, gleich darauf panisches Entsetzen. »Werfen Sie das Ding weg, Sir, oder Sie werden es bereuen.«

»Aberglaube.« Sutherland lachte hell. »Ich denke nicht daran, das zu tun. Vielleicht lasse ich den Knochen sogar analysieren.«

Mortimers Knie schlotterten, er brauchte einen festen Halt und stützte sich am Altar ab. Obwohl ihm auch das sichtliches Unbehagen bereitete.

»Sie halten mich für senil, Sir, aber ich weiß, was ich

sage. In dieser Höhle hielt der Teufel einst Versammlungen ab.«

»Wenn Sie recht hätten, Mortimer, würde ich den Knochen erst recht nicht wegwerfen.«

Der Diener bekreuzigte sich. Seine Lippen bebten, als murmelte er ein stummes Gebet.

Sutherland ließ das Fundstück in seine Tasche gleiten. Möglicherweise, dachte er, war Mortimers Behauptung gar nicht so falsch, wie es auf Anhieb schien. Jedenfalls dann, wenn er die Bezeichnung Teufel nicht wörtlich nahm. Die Höhle hatte als Versammlungsort gedient, der Altar ließ keinen anderen Schluß zu. Vielleicht war sogar Satan angebetet worden. Auch heutzutage wurden im Verborgenen wieder Satansmessen abgehalten – eine ebenso gefährliche wie verdammenswürdige Modeerscheinung.

Die Möglichkeit bestand, daß Bill Dobson sich mit dem Orakel seitlich in die Büsche geschlagen hatte. Doch Connor schätzte den Antiquitätenhändler nicht so ein. Eher versuchte Dobson, die nächste Siedlung zu erreichen, um von dort notfalls per Fahrrad die Flucht fortzusetzen.

Zwei, vielleicht schon drei Kilometer hatte der Butler inzwischen zurückgelegt. Er war in einen kräftesparenden, gleichmäßigen Laufschritt verfallen, den er notfalls auch länger durchhalten konnte.

Endlich holte er den Inder ein, der die Tiger Moth abgeschossen hatte. Der Kerl wirbelte herum. In seiner Rechten blitzte ein Dolch.

Connor hob die letzte Dynamitstange und ließ das Feuerzeug aufflackern. »Was hältst du davon?« keuchte er. »Das gibt einen kostenlosen Freiflug für dich.«

Einen gellenden Schrei ausstoßend, stürmte der Gegner heran – nicht einmal die Drohung mit dem Dynamit konnte ihn aufhalten. Im letzten Moment wich Connor zur Seite, doch seine Fäuste krachten dumpf in die Magengrube des Angreifers. Für einen Moment rang der Kerl gequält nach Luft. Connor ließ Dynamit und Feuerzeug fallen, hebelte ihn aus und schickte ihn, als er schon am Boden lag, mit einem Ellenbogenstoß ins Traumland. Ein Fußtritt beförderte den Dolch ins Dickicht.

Ein langanhaltendes, klagendes, heiseres Geräusch erschreckte ihn. Der Klang einer Hupe.

Was da herantuckerte, in eine dichte Rauchwolke gehüllt, war ein unglaublich altes Gefährt, eine Art Pritschenwagen, dem Connor auf Anhieb unterstellte, mit Holzvergaser zu fahren. Die Aufbauten erweckten jedenfalls den Eindruck.

Verwirrt blinzelte er in die Dämmerung. Zwei fahle Scheinwerferfinger holperten über die Straße. Das Fahrzeug wurde langsamer und hielt schließlich keine zehn Meter entfernt. Drei Männer hatten auf der niedrigen Ladefläche gesessen. Sie schwangen sich herab, deuteten eine ehrfürchtige Verneigung an und gingen gemessenen Schrittes auf Connor zu. Sie waren hager, hochgewachsen und kahlköpfig, ihre Gesichter wirkten der hohen Wangenknochen wegen kantig, ließen zugleich aber einen verklärten Ausdruck erkennen. Daß sie die schlichten Roben buddhistischer Mönche trugen, konnte kein Zufall sein.

Connor erwiderte die Verbeugung. War das die Begegnung, auf die er gewartet, die er insgeheim herbeigesehnt hatte? Ausgerechnet jetzt stand er mit leeren Händen da. Aber hatte das Orakel nicht prophezeit, daß Flammen ans Ziel führen würden? Der lichterloh brennende Doppeldecker war weiß Gott ein unübersehbares Fanal gewesen.

»Ich bin Connor«, sagte der Butler, während er den langsam wieder munter werdenden Inder mit einem mißtrauischen Seitenblick bedachte. »Wir begegnen uns leider zu spät. – Wer von Ihnen ist Paldan Manjushi?«

Regungslos hatten sie seinen Worten gelauscht. Erst der Name des Lamas von Gompa ließ sie reagieren. Urplötzlich redeten sie auf den Schotten ein – in einem Dialekt, den er nicht verstand. Zögernd schüttelte er den Kopf. Anschließend redete nur noch einer der Mönche. Er lächelte und bewegte die Hände im Rhythmus seiner Stimme.

»Auf diese Weise stehen wir morgen noch hier«, sagte Connor. Er erzielte keine Reaktion damit, deshalb fügte er hinzu: »Parlez vous français? Habla español? Spricht wenigstens einer von Ihnen ein paar Brocken deutsch?«

»Paldan Manjushi«, lautete die Antwort. Der Mönch, der den Namen aussprach, legte die Handflächen aneinander und verbeugte sich tief.

Connor deutete auf den Pritschenwagen. »Ich brauche das Auto«, sagte er. »Ich muß das Orakel zurückholen.« Offensichtlich war seine Zeichensprache keinen Deut verständlicher als sein Englisch. Die Mönche lächelten stumm.

Für einen Moment hatte er sich ablenken lassen. Der Inder nutzte die vermeintlich günstige Gelegenheit, um aufzuspringen und loszurennen. Allerdings hatte er nicht mit der Reaktionsschnelligkeit eines verbitterte Highlanders gerechnet. Er kam gerade zwei Schritt weit, bevor der Schotte ihn eisern am Hemdenkragen festhielt.

»So haben wir nicht gewettet«, stieß Connor hervor. »Du bleibst bei mir, Freundchen, bis ich dir sage, daß du verschwinden darfst. Ist das klar?« Da eine Antwort ausblieb, zog er seinen Griff fester zu. Der Inder schnappte plötzlich nach Luft.

»Du verstehst, was die Mönche sagen?«

»Ja«, keuchte der Mann. Connor ließ daraufhin wieder locker, blieb aber auf einen überraschenden Angriff gefaßt. Sein Gegner schien jedoch die Lust auf einen neuerlichen Versuch verloren zu haben.

»Du darfst für mich übersetzen. Wenn du es gut machst, lasse ich dich hinterher laufen. – Sag den Mönchen, daß ich gekommen bin, das Orakel zu Paldan Manjushi zu bringen.«

Der Inder gab den Satz stockend weiter. Connor konnte nur hoffen, daß er wirklich wörtlich übersetzte und ihn nicht betrog.

»Und?«

»Der Mönch sagt, daß er weiß, weshalb du hier bist. Sie haben auf das Zeichen gewartet.«

»Auf welches Zeichen?«

Die Antwort fiel vage aus. Sinngemäß bedeutete sie: Eines Tages, ehe die Sonne der Nacht weicht und wenn der Vogel brennend vom Himmel fällt, erfüllt sich die Zeit des Wartens.

»Seit wann warten sie?«

Connor erfuhr, daß Paldan Manjushi die Mönche nach Uttar Pradesh gesandt hatte, und das ungefähr zu dem Zeitpunkt, als die Abenteurer auf der anderen Seite der Erdkugel versucht hatten, das Tor nach Atlantis zu öffnen. Hatte der Lama gewußt, was geschehen würde? Zumindest nicht in voller Konsequenz, denn sonst wären die Mönche eher erschienen.

»Sag Ihnen, daß sie umsonst gewartet haben!«

»Niemand, der wartet, tut dies vergebens«, lautete die Antwort. »Komm und sieh selbst, ob es so ist. Ein Traum, den Paldan Manjushi vor beinahe zwei Monden hatte, hat sich erfüllt.«

Als Connor das Orakel auf der Ladefläche des Pritschenwagens sah, war er kaum noch überrascht. Er hatte es beinahe schon vermutet.

»Bill Dobson hat den Hocker bestimmt nicht freiwillig hergegeben?« fragte er.

»Ihm ist nichts geschehen, wenn du das meinst. Er war sogar froh, seinen Weg ohne die schwere Last fortsetzen zu können.«

Wie immer die Mönche das Orakel erhalten hatten, sie schwiegen sich darüber aus. Connor sah ein, daß er die Gegebenheiten akzeptieren mußte. Warum machte er sich überhaupt Gedanken über den Antiquitätenhändler, der wie er nur eine kleine Figur im Räderwerk des Schicksals zu sein schien?

»Was geschieht nun? Bringt ihr mich zu Manjushi?«

»Das ist weder unsere Aufgabe, noch die deine. Versuche deshalb nicht, uns zu folgen.«

Ratternd setzte sich der Pritschenwagen wieder in Bewegung. Connor blickte ihm hinterher, bis er in einer mächtigen Qualmwolke verschwand. Daß der Inder bei der Gelegenheit Fersengeld gab, störte ihn diesmal herzlich wenig.

Die Nacht brach jetzt rasch herein. Aber mit der Dunkelheit brandete Lärm auf – ohrenbetäubend laute Musik. Der herannahende Langstreckenbus enthob Connor aller Überlegungen, in welche Richtung er sich wenden sollte. Es war zwar kein übermäßig gut ausgestatteter Bus, aber auch kein schrottreifer Oldtimer, und die Lautsprecheranlage war wie bei allen diesen Fahrzeugen, die wegen ihrer höheren Geschwindigkeit der indischen Eisenbahn auf nahezu jeder Route starke Konkurrenz machten, bestens in Ordnung. Die überlaute, schrille Musik verleidete wohl jedem die Fahrt, für die Ohren eines an Dudelsackklänge gewöhnten Schotten war sie schlichtweg ein Martyrium.

Trotzdem stoppte Connor den Bus, der aus Delhi zu kommen schien. Er erhielt zwar keinen Sitzplatz mehr, mußte aber auch nicht aufs Dach zu dem hoch aufgetürmten Gepäck hinaufklettern, sondern durfte auf dem Trittbrett mitfahren. Alles war offenbar nur eine Frage des entsprechenden Trinkgelds. Und das war die geringste Belastung für das Reisebudget. Connor wartete schon auf die gesalzene Rechnung, die ihm der Pilot der Tiger Moth präsentieren würde. Die drei zerstochenen Reifen des Taxis fielen im Vergleich überhaupt nicht ins Gewicht.

Oake Dùn glich einem aufgescheuchten Hühnerhof, in dem alles wirr durcheinanderflatterte. Von Besinnung und Rückblick auf das alte Jahr war herzlich wenig zu spüren, genaugenommen gar nichts. Selbst wenn Weihnachten und Ostern auf einen Tag gefallen wären, hätte das wenig daran geändert.

Panikstimmung herrschte, und eine von denen, die am lautesten jammerten, war Eleonore Paddington. Liebend gerne hätte sie ungeschehen gemacht, was sie zu Sir Ian gesagt hatte, aber er war nirgends aufzufinden. Als hätte er sich in Luft aufgelöst.

»Und wenn wir jedes Möbelstück auf den Kopf stellen«, drängte Pierre Leroy, »wir müssen ihn finden.«

Inzwischen stand fest, daß Sutherland das Schloß nicht verlassen haben konnte. Keines der Fahrzeuge fehlte. Und zu Fuß hatte er sich bestimmt nicht in einen der benachbarten Orte aufgemacht.

»Er ist irgendwo in der Nähe.«

»Sie meinen, wenn wir Mortimer finden, finden wir auch Sir Ian?« fragte Betty Neacail. »Und umgekehrt verhält es sich entsprechend?«

»Ganz recht, Miß.« Leroy blickte auffordernd in die Runde. Das gesamte Personal war versammelt. »Weiß jeder, welcher Bereich ihm zugeteilt ist?«

»Wir werden es schon schaffen«, bemerkte Brendan.

»Vergeßt nicht die Abstellkammern!«

»Mr. Leroy.« Das Stubenmädchen schnippte aufgeregt mit den Fingern. »Glauben Sie, daß Sir Ian noch am Leben ist?«

Pierre blickte sie verblüfft an. »Weshalb sollte er es nicht sein?«

»Nun, ich meine«, Betty Neacail wand sich verlegen, »er hätte längst wieder auftauchen müssen. Da er es nicht getan hat ...«

»Sie lesen zu viele Krimis, Miss Neacail. Wer von uns sollte Sir Ian –?« Er sprach die Ungeheuerlichkeit nicht aus, doch seine Handbewegung war eindeutig.

Betroffene Gesichter waren die Folge. Der eine oder andere hielt es demnach wirklich nicht für ausgeschlossen, daß jemand sich am Schloßherrn vergriffen haben könnte. Reichtum war stets ein Motiv.

»Aber doch keiner von uns!« protestierte die Köchin schrill. »Was denkt ihr bloß?«

»Derzeit beherbergen wir keine Fremden«, sagte Rennie Crieff. Nach dem Vorfall mit der Wünschelrute war er noch nicht wieder der alte. Er wirkte ernster als früher, in sich gekehrt und auch ein wenig stiller.

Die Türglocke hallte durch die Eingangshalle. Fast jeder der Versammelten zuckte zusammen.

»Sutherland?« fragte Flora Brendan halblaut.

»Vielleicht haben ihn die Spukgestalten verschleppt«, begann Betty Neacail, doch keiner hörte ihr in dem Moment zu.

Leroy öffnete, nachdem der Gong zum zweitenmal ertönt war. Ein Mann stand draußen, die blaue Schirmmütze tief in die Stirn gezogen, bekleidet mit einem ebenso blauen Overall.

»Mr. Ericson?«

»Der wohnt hier.«

»Ich brauche seine Unterschrift.«

»Wofür?« fragte Leroy ebenso knapp. Seinem Gegenüber war anzusehen, daß er nicht gerade begeistert war, am Silvesterabend noch zu arbeiten.

»Päckchen.«

Pierre runzelte die Stirn. »Das können Sie mir geben.«

»Haben Sie eine Vollmacht?«

»Hören Sie, junger Mann, Tom Ericson befindet sich derzeit auf der andere Seite der Erdkugel, in Australien, und wenn Sie Lust verspüren, in ein paar Tagen wieder hier herauszufahren, dann nehmen Sie das Päckchen ruhig wieder mit. Andernfalls ...«

»Sie müssen hier unterschreiben!«

Pierre unterzeichnete und reichte Quittung und Stift zurück. Das Päckchen, das ihm in die Hand gedrückt wurde, war nicht allzu schwer, aber etwas größer als ein Schuhkarton.

»Einen guten Rutsch ins neue Jahr!« rief er dem Boten noch nach. Das »Danke, gleichfalls!« war kaum verständlich.

Gedankenverloren ließ Pierre das Tor hinter sich zufallen. Die Sendung kam aus Südamerika und hatte, den Aufklebern nach zu schließen, mehrere amtliche Stellen durchlaufen.

Brendan stand noch in der Halle. »Die anderen haben die Suche wieder aufgenommen«, erklärte er. »Was unternehmen wir, falls wirklich alles vergeblich bleibt?«

»Darüber, Mr. Brendan«, erwiderte Leroy, »denken wir am besten erst im nächsten Jahr nach.«

Er trug das Päckchen in die Küche und begann, die

mehrfache Umhüllung aus teilweise erst nachträglich angebrachten Klebestreifen mit einem Tranchiermesser aufzuschneiden.

Eleonore Paddington hätte ihn dabei allerdings nicht erwischen dürfen.

Der Karton war mit zusammengeknüllten spanischen Zeitungen ausgestopft. Pierre warf sie kurzerhand ins Waschbecken.

Endlich stieß er auf einen handbeschriebenen Zettel. Er zögerte, ihn zu lesen, sagte sich dann aber, daß Tom sicher nichts dagegen hatte. Überhaupt hatten sie vereinbart, daß sie gegenseitig ihre Post öffnen durften, falls der jeweilige Empfänger gerade nicht auf Oake Dùn weilte. Man konnte vorher nie wissen, was wichtig war.

Der Brief bestand nur aus wenigen Sätzen und war nicht gerade in fehlerfreiem Englisch abgefaßt. Als Absender zeichnete ein Señor Manuel Rodriguez aus Atalaya in Peru.*

›*Hallo, Gringo*‹, stand da. ›*Sie sehen, ich habe Wort gehalten und mich um Ihr Schießeisen gekümmert. Ich hoffe, es kommt heil bei Ihnen an; Sie wissen, wie Behörden arbeiten.*

War schön mit Ihnen. Bis zum nächsten Brandy.‹

Unter dem Brief, eigens in ölgetränktes Papier eingeschlagen, lag Toms 45er Single Action Colt. Pierre wog die Waffe abschätzend in der Hand, dann spannte er den Hahn auf Laderast, kippte die Ladeklappe zur Seite und ließ die Trommel durchlaufen. Der Revolver war nicht geladen.

Anschließend begann Pierre ebenfalls mit der erneuten Suche nach Mortimer und Sutherland. In der Folterkammer und im Verlies war er zwischenzeitlich schon zwei-

* siehe Buch 2 ›Der Zerstörer‹ (Siete 123ff)

mal gewesen, hatte aber nicht den geringsten Anhaltspunkt entdeckt. Er konnte nur hoffen, daß das neue Jahr nicht ähnlich miserabel begann, wie das alte endete.

»Sie fordern Ihr Glück heraus, Sir, das kann nicht gutgehen.«

Dicke Schweißtropfen perlten auf Mortimers Stirn. Daß er sich fürchtete, war nicht zu übersehen. Aber noch schlimmer wäre es für ihn gewesen, den Rückweg allein anzutreten. Er verstand ohnehin nicht, wieso er jemals der wahnwitzigen Idee verfallen war, in die verborgenen Katakomben einzudringen. Die Statue war daran schuld. Seit er sie Sir Ian zurückgegeben hatte, spürte er diese gräßliche Angst, die ihm die Kehle zuschnürte und ihm schier den Magen umstülpte.

Das Tor am Ende des Altarraums bestand aus zwei nach dieser Seite zu öffnenden Flügeln. Sutherland zerrte an ihnen, bis seine Schläfenadern zu platzen drohten. Offenbar hatte seit Jahrhunderten niemand mehr versucht, das Tor zu öffnen. Um so mehr ein Grund, es nicht zu tun.

»Helfen Sie mir, Mortimer! Worauf warten Sie?«

»Ich kann nicht, Sir. Selbst wenn Sie mich entlassen . . .«

»Unsinn.«

Ruckartig und gräßlich knarrend schwang einer der Flügel endlich auf. Die Öffnung wurde immerhin so groß, daß man bequem hindurchgehen konnte.

Der Gang dahinter unterschied sich in nichts von dem inzwischen bekannten Teil der Anlage. Doch dann fiel Sutherlands Blick auf die Innenseite des Tores.

»Hier, sehen Sie, Mortimer! Das Wappen der Sutherlands. Davor brauchen Sie sich wahrlich nicht zu fürchten.«

Zögernd schlurfte der greise Diener näher. Ihm war nach wie vor nicht sonderlich wohl. Nachdenklich kratzte er sich am Kinn, als er das eingebrannte Wappen betrachtete.

»Mit Verlaub, Sir, kennen Sie Ihr Wappen genau?«

»Ob ich –?« Sutherland stutzte.

Da war der aufrecht stehende feuerspeiende Drache, die lederhäutigen Schwingen leicht abgespreizt und den muskulösen Schwanz halb im aufgebrochenen Erdreich verborgen. – Er hatte sich oft gefragt, weshalb das Bild aussah, als würde der Drache aus der Erde emporsteigen, nun hatte er die Erklärung dafür. Die Katakomben waren gemeint. Auf irgendeine Weise waren sie für den Clan bedeutungsvoll.

Zwischen den Pranken hielt der Drache einen kantigen Schild, der einen Wald aus knorrigen Eichen zeigte.

»Sehen Sie, Sir?« fragte Mortimer.

Ungläubig strich Sutherland mit den Fingerspitzen über die Gravur des Schildes. Das Original zeigte außer einigen wenigen Eichen die Gebäude von Oake Dùn. Aber – war dies hier das Original, und eine spätere Generation hatte den Schild umgestaltet? Möglicherweise war das Höhlensystem mit dem Bau von Oake Dùn in Vergessenheit geraten. Oder die Katakomben hatten zu dem Zeitpunkt ihre Bedeutung bereits verloren.

Die Luft in dem Stollen war schal und abgestanden. Hier schien keine Verbindung zur Außenwelt mehr zu existieren.

»Unheimlich«, kommentierte Mortimer.

Das Geräusch ihrer Schritte, das anfangs noch von den Wänden widerhallte, verstummte allmählich. Als würde es von den Felsen aufgesogen. Immer öfter blieb Sutherland stehen und ließ den Lichtkegel wandern.

Urplötzlich endete der Gang. Mortimer schürzte die

Lippen. Er schwieg, doch das Grinsen, das sich um seine Mundwinkel abzuzeichnen begann, sagte mehr als Worte es vermocht hätten.

»Das ist unmöglich.« Sir Ian begann, die Querwand abzutasten. »Niemand verschließt einen blind endenden Gang mit einem schweren Tor. – Haben Sie wenigstens ein Messer bei sich, Mortimer?«

Der Diener schüttelte stumm den Kopf.

»Egal. Vielleicht tut es auch der Kugelschreiber.« Sutherland benutzte den Spacepen zweckentfremdet und klopfte damit die Wand ab. Nach einer Weile nickte er zufrieden und stieß fester zu. Der Kugelschreiber drang mindestens fünf Zentimeter tief ein, und gleich darauf löste sich ein gut handflächengroßes Lehmstück. »Die Wand ist nur Attrappe«, stellte Sir Ian zufrieden fest, »irgendwann zugemauert und der Umgebung angepaßt.«

Mortimer schwieg dazu. Er dachte an die Teufelskralle in Sutherlands Tasche.

Der Earl of Oake Dùn arbeitete wie ein Besessener. Immer mehr Lehmstücke platzten ab, und schließlich verkrallte er die Finger dahinter und zerrte mit aller Kraft.

Die halbe Wand brach aus. Sutherland konnte gar nicht schnell genug zurückspringen. Die Verkleidung krachte auf ihn herab, und noch etwas, das er im ersten Erschrecken nicht zu identifizieren vermochte. Mortimer, der einige Meter hinter ihm stand, hatte in dem Fall den besseren Überblick; er stieß ein ersticktes Gurgeln aus.

Dann erst bemerkte der Earl, was er in den Armen hielt: einen Leichnam, halb vermodert, später mumifiziert. Er blickte geradewegs in einen fast schwarzen, von lederartiger Haut überzogenen Totenschädel, und die leeren Augenhöhlen starrten zurück. Der lippenlose

Mund mit den lückenhaften Zähnen schien ihn hämisch anzugrinsen.

Schulterlanges Haar streifte sein Gesicht, als er überhastet versuchte, sich von dem Toten zu befreien. Die Mumie kippte zur Seite und wurde unter einem nachstürzenden metallenen Schild begraben. Gleich darauf löste sich auch ein Schwert von der Wand.

Unmengen von Staub waren aufgewirbelt worden und machten das Atmen zur Qual. Mortimer keuchte und hustete und versuchte mit beiden Händen, den Staub von sich fernzuhalten, wirbelte ihn damit aber erst recht durcheinander. »Ein toter Wächter«, stieß er halb erstickt hervor. »Das kann nicht gutgehen.«

»Halten Sie endlich den Mund!« schnaubte Sutherland.

»Sie wissen, daß ich recht habe«, versetzte Mortimer trotzig.

Die Lampe war Sutherland aus der Hand gefallen. Als er sie aufhob und den Lichtkegel auf die Wand richtete, sah er seine Vermutungen bestätigt. Mauersteine, handliche kleine Quader an Stelle von gewachsenem Fels versperrten den Gang. Die Mörtelfugen wirkten nicht sonderlich widerstandsfähig. Mit einem scharfen Gegenstand ließen sie sich bestimmt auskratzen.

Er bückte sich nach dem Schwert des Toten. Es war armlang, eine kunstvolle Schmiedearbeit. In den Knauf waren Hornplatten eingelassen, die das Wappen des Sutherland-Clans trugen.

Ian stutzte. Siedendheiß überlief es ihn. Er kannte dieses Schwert. Nicht, daß er es schon einmal gesehen hätte, oder gar ein Duplikat davon, er ... Die Erinnerung entzog sich seinem Zugriff. Sie war zum Greifen nahe, aber dennoch weiter entfernt als jemals zuvor.

Ohne noch zu zögern, stieß Sutherland zu. Stück für Stück sprengte er den Mörtel aus den Fugen, und innerhalb von Minuten hatte er den ersten Mauerstein weit genug gelockert, daß er ihn nach der anderen Seite wegdrücken konnte.

Ein dumpfes Poltern, danach herrschte wieder Stille. Ian leuchtete durch die entstandene Öffnung hindurch, konnte aber nicht allzu viel erkennen, weil sein Blickfeld stark eingeschränkt war. Hinter der Mauer schien sich eine größere Höhle anzuschließen.

Als er das Schwert wieder in die Hand nahm, wußte er plötzlich, weshalb er das Griffstück kannte. In der Familienchronik befand sich eine Zeichnung des Schwertes nebst einer genauen Beschreibung.

Geschmiedet worden war es, wenn er sich recht entsann, um das Jahr 1450. Es gab nur ein Exemplar. Henry Sutherland II hatte es besessen, und das Schwert war nach seinem Tod mit ihm zu Grabe getragen worden. Aber – Henry II war, wenn er der Chronik glauben durfte, friedvoll im Bett gestorben und nahe der Stadt Lairg beigesetzt worden. Wieso fand er die Waffe dann eingemauert unter Oake Dùn, in der Hand einer Mumie, die wirklich Wächterfunktion ausübte, zumindest wenn er von mittelalterlichem Denkschema und Aberglauben ausging?

»Henry?« murmelte er. Die Chronik gab Aufschluß über viele Seitenlinien des Clans, über Geburt und Tod, aber weder über die Lebensumstände der Sutherlands, noch über deren Stammsitz. Aufzeichnungen dieser Art setzten erst sehr viel später ein.

Waren die Daten über Henry II bewußt falsch niedergeschrieben worden?

Sir Ian verdoppelte seine Anstrengungen, die Mauer zu beseitigen. Er war schweißüberströmt und verdreckt, aber auch überaus zufrieden, als er es endlich geschafft hatte.

Das Schwert in der Rechten, die Tonfigur von Xipe Totec, die alles schadlos überstanden hatte, in der anderen Hand, stieg er über die verstreut liegenden Mauersteine hinweg.

Neujahr, östlich des Kermadec-Tonga-Grabens im Pazifik

Kar wälzte sich am Boden. Sein Brüllen war verstummt, gleichwohl hallte es immer noch in Suzy Duvalls Ohren nach. Sie wußte nicht, was geschehen war, doch es kam ihren Plänen entgegen. Schneller als sie es noch vor einer Stunde geahnt hatte, würde sie die Macht ausüben.

Fasziniert und erschüttert zugleich verfolgte sie Karneys vergebliche Versuche, sich aufzurichten. Seine Züge hatte sich zur Grimasse verzerrt. Seine Gesichtshaut war aufgerissen und hing in Fetzen herab, darunter schimmerte grünliche Schuppenhaut. Auch der Hals war von der Veränderung betroffen.

Kars körperliche Verwandlung schritt unaufhaltsam voran.

Er wurde zum Monster! Suzy atmete schneller, ihr Herz pochte wild gegen die Rippen. Kars Nähe verursachte Übelkeit, mehr als je zuvor. Sie empfand nichts mehr für ihn. Bestenfalls Abscheu.

Professor Richard Dean Karney hatte von Anfang an gewußt, worauf er sich einließ. Daß er kläglich scheiterte, war seine Schuld. Ihr, Suzy, spielte das Schicksal damit nur in die Hände. Sie würde die Fehler, die er gemacht hatte, vermeiden. Im Gegensatz zu ihm wußte sie schon lange, was sie tat.

Seine Finger verkrallten sich in den Boden. Langsam, Zentimeter für Zentimeter zog er sich nach vorne – ein hilfloses, wimmerndes Bündel, das nicht mehr die Kraft besaß, sich aufzurichten.

»Suzy!« Kar reckte ihr die linke Hand entgegen – eine schuppenbewehrte Klauenhand mit messerscharfen Krallen. »Hilf mir!«

Er hatte sie eine Schlampe genannt, hatte hysterisch gebrüllt, daß er sie umbringen würde, falls sie es noch einmal wagte, die Anlage zur Zeitlosen Ortsversetzung zu berühren. Also sollte er sich selbst helfen; sie dachte nicht daran.

Suzy Duvall genoß das Gefühl ihres bevorstehenden Sieges. Kar war am Ende, auch ohne ihr Zutun. Wimmernd krümmte er sich wie ein Embryo, rollte sich schutzsuchend zusammen, als wolle er wieder in den Mutterleib kriechen.

Für einen Moment schloß die Eurasierin die Augen. Sie versuchte zu vergessen, daß sie Karney geliebt hatte – geblieben war davon nur Abscheu.

Eigentlich war er ein zutiefst bedauernswertes Geschöpf. Richard Dean Karney hatte alles verloren, was das Leben lebenswert machte – sogar sein menschliches Äußeres.

Ian Sutherland war verblüfft. Er hatte eine Höhle erwartet, kaum anders als die Katakomben zuvor, doch er betrat Räume, die ebensogut innerhalb von Oake Dùn liegen konnten.

Die Wände waren aus gleichmäßigen Quadersteinen gemauert und verfugt. Mosaikplatten, aber auch schwere Teppiche bedeckten den Boden.

Sutherland kam aus dem Staunen nicht heraus. Auch Mortimer stand da wie angewurzelt und ließ den Blick schweifen. Sehr viele kostbare Stoffe waren verwendet worden, um einzelne Gemächer abzutrennen. Dank der fehlenden Luftfeuchtigkeit und der gleichbleibenden Temperatur waren sie nur teilweise zerschlissen oder brüchig geworden.

»Das sind Wohnräume«, sagte Mortimer verwirrt.

»Es hat den Anschein.«

Mit dem Schwert schob Sutherland einen der Vorhänge zur Seite. Eine kleine Kammer lag dahinter, ausgestattet mit Tisch und zwei Schemeln, und auf dem Tisch ...

Er erkannte das Modell sofort: Stonehenge!

Das Material war Stein, präzise bearbeitet und zusammengefügt.

Sir Ian war auf Anhieb überzeugt davon, daß kein Feinmechaniker eine bessere Arbeit abliefern konnte. Er fragte gar nicht erst, welche Bedeutung das Modell haben mochte, da ihm die Antwort darauf ohnehin verwehrt bleiben würde. Vielleicht hatten die Megalithen den unbekannten Künstler einfach nur fasziniert, so wie ihn im Augenblick diese Nachbildung. Die charakteristische Silhouette des äußeren Kreises wirkte wie eine stumme Einladung.

Aber weshalb ausgerechnet Stonehenge, das keineswegs die größte oder die am aufwendigsten errichtete prähistorische Anlage Großbritanniens war und noch dazu von Oake Dùn weiter entfernt als manche andere Megalithanlage?

»Sir!«

Wie aus weiter Ferne vernahm er Mortimers Stimme. Sutherland reagierte nicht darauf.

»Sir, die Statue!«

Irgend etwas veränderte sich. Es war ein Prozeß, der begonnen hatte, als er die Mauer durchbrach, und der langsam, aber unaufhaltsam von ihm Besitz ergriff. Ian fühlte sich plötzlich leicht, als würde er schweben. Alles, was ihn eben noch beschäftigt hatte, was ihm irdische Schwere verlieh, verlor an Bedeutung.

Die Statuette pulsierte wieder. Ihr helles, grünes Leuchten erfüllte den Raum.

Einer Eingebung folgend, stellte Sutherland die Figur in das Modell von Stonehenge, mitten hinein in den inneren Steinkreis. Die Bewegung war nicht mehr als ein Reflex, und erst als seine Finger sich lösten, fragte er sich, warum er das getan hatte.

Im selben Moment wurde der Vorhang zur Seite gerissen. Sutherland starrte in das bärtige Gesicht des Kriegers, der Mortimer am Altarstein angegriffen hatte. Wieder riß der Kerl sein Schwert mit beiden Händen hoch, aber diesmal galt der Hieb Ian, und die Klinge würde dem Earl of Oake Dùn den Schädel spalten.

Instinktiv warf er sich zur Seite. Obwohl er genau wußte, daß der Spuk ihm nichts anhaben konnte. Aber Sein und Schein waren eben doch zwei grundverschiedene Dinge.

Unmittelbar neben ihm bohrte sich das Schwert in die Mosaikplatten. Lautlos glitt es hindurch, ohne die Steine zu beschädigen, aber dann, als der Hüne die Klinge wieder hochwirbelte, sprangen Splitter nach allen Seiten davon. Und diesmal geschah es keineswegs lautlos.

Der Spuk begann zu materialisieren. Er wurde Wirklichkeit. Tödliche Wirklichkeit.

Der Angreifer stieß ein dumpfes Grollen aus. Mit barbarischer Wucht schlug er zu, als Ian einen Ausfall versuchte. Wieder verfehlte die Klinge den Earl nur um Haaresbreite, und diesmal verursachte ihr Aufprall auf dem Boden einen ohrenbetäubenden Lärm.

»Die Zeit ist gekommen, Sutherland, deinen Clan auszurotten. Du wirst als erster sterben.«

Ian parierte den nächsten, wahrhaft mörderischen

Hieb. Ein Gefühl der Taubheit raste durch seine Arme bis hinauf in die Schultern.

»Niemals werdet ihr triumphieren, Sutherland!«

Hörte er die Stimme wirklich, oder entstand sie nur in seinen Gedanken? Was war überhaupt noch real? Aber selbst Gedanken konnten töten. Wieso sonst waren seine Arme wie gelähmt? Gegen den Hünen hatte er keine Chance. Er konnte bestenfalls Zeit gewinnen – Zeit, um mit sich selbst ins Reine zu kommen.

Der Angreifer stach mit dem Schwert zu wie mit einer Lanze. Und er ließ ein enttäuschtes Grunzen folgen, als Sutherland geschmeidig hinter den Tisch mit dem Stonehenge-Modell zurückwich.

Den Gegner reizen, ihn zu einer Unvorsichtigkeit verleiten – irgendwann vor vielen Jahren hatte er die Grundsätze einer guten Fechttechnik studiert. In Büchern wohlgemerkt, und zwischen Theorie und Praxis klaffen oft himmelweite Lücken. Der Hüne brauchte nur den Tisch umzustoßen, um ihn in die Enge zu treiben. Warum tat er es nicht und versuchte statt dessen, ihn zu jagen? Ian lauerte auf jeden Ausfallschritt seines Gegners, darauf bedacht, immer den Tisch zwischen ihnen zu halten.

Das Modell! durchzuckte es ihn siedendheiß. Vielleicht wollte der andere das Modell nicht beschädigen.

Oder die Statuette?

Wieso war er nicht sofort darauf gekommen? Mit aller Kraft, die er noch in seinen geschundenen Armen hatte, schlug Ian zu. Der Hüne brüllte auf, als er die Absicht erkannte. Er konnte nicht verhindern, daß Ians Schwert schräg von oben herab zwischen die nachgebildeten Megalithen fuhr, sie wie Bauklötze auseinanderwirbelte und die Tonfigur des Maya-Gottes zerschmetterte.

Sekundenlang flackerte die grüne Aura noch über den Bruchstücken, dann erlosch sie.

»Sutherland!« keuchte der Hüne, und es klang wie ein Fluch. Das Schwert zum Schlag erhoben, stand er wie erstarrt. Ein Zittern durchlief den massigen Körper, die Umrisse verschwammen, lösten sich auf als verwehender Nebel ... Die Waffe entglitt den kraftlos werdenden Fingern, doch bevor sie den Boden erreichte, verschwand sie von einem Augenblick zum anderen.

Müde wandte Sutherland sich um. Der Tisch glich einem Schlachtfeld. Das war bedauerlich, aber nicht zu ändern.

Suchend blickte er um sich.

»Mortimer?«

»Hier bin ich, Sir«, erklang die Antwort aus einiger Distanz.

»Sie hätten sich nicht zu verstecken brauchen.«

»Ich bin nicht weggelaufen. Aber das hier sollten Sie sich ansehen.«

»Gleich«, murmelte Sutherland. Mit einem letzten bedauernden Blick streifte er die zerstörten Artefakte. Wenigstens wußte er jetzt, daß die Statuette für den Spuk verantwortlich gewesen war. Wieso, das würde er wahrscheinlich nie erfahren.

Er stutzte. War da nicht ein schwacher, hellgrüner Schimmer zwischen den Tonscherben?

Mit dem Schwert stocherte er darin herum.

Da lag ein winziger Splitter, Kristall möglicherweise. Kantig und nicht größer als ein halber Zentimeter.

Ein Splitter, wie er sich möglicherweise auch in der Totenmaske des Maya-Herrschers Pacal von Palenque befunden hatte.* Tom Ericsons Beschreibung schien jedenfalls ziemlich genau darauf zuzutreffen.

* siehe Buch 3 ›Der Fluch der Maske‹ (Seite 227ff)

Der Splitter war vielleicht immer noch gefährlich. Ian verspürte wenig Lust auf eine Fortsetzung des Schwertkampfes, deshalb stieß er mit dem Knauf zu. Es gab nur ein kurzes, knirschendes Geräusch, als der Kristall zu Staub zerbröselte.

Neujahr, östlich des Kermadec-Tonga-Grabens im Pazifik

Kars Anblick erinnerte Suzy Duvall an ein Insekt im Puppenstadium. Er lag jetzt ruhig, halb zusammengerollt, und schien kaum noch zu atmen.

Sein Hemd war aufgeplatzt. Grüne Schuppenhaut schimmerte darunter; die Metamorphose hin zu einer echsenhaften Kreatur hatte einen gewaltigen Schub vorwärts erhalten.

»Kar?«

Er reagierte nicht. Seine offenen Augen starrten in endlose Ferne.

Es waren große, kalte Augen, die zu der Schuppenhaut paßten. Die gelben, starren Schlitzpupillen erinnerten an Schlangen. Nur die rechte Gesichtshälfte war noch menschlich. Doch für wie lange?

Zögernd verließ Suzy ihren Platz vor der Tür – sie hatte sich den Fluchtweg in die oberen Räume der Pyramide freigehalten. Kar starrte an ihr vorbei, ohne sie wahrzunehmen.

»Bist du wach? Kannst du mich verstehen?«

Nicht die geringste Regung zeichnete sich in dem Chimärengesicht ab. Suzy grinste herausfordernd, aufreizend strich sie ihr schulterlanges schwarzes Haar in den Nacken. Ausgerechnet jetzt dachte sie an Karneys letzten vergeblichen Versuch, mit ihr zu schlafen. Er war ein Versager auf der ganzen Linie. Jack Warden, davon war sie überzeugt, hatte ganz andere Qualitäten.

»Soll ich dir helfen, Kar? Dann mußt du mir alles über die Pyramide erzählen, was du herausgefunden hast.«

Er schien sie nicht zu hören. Sein Zustand war unverändert. Vielleicht hatte die Metamorphose sein Gehirn geschädigt. Befand er sich womöglich schon auf der Entwicklungsstufe einer lediglich instinktgeleiteten Echse?

Suzy bedachte Kar mit einem abschätzenden Blick. Sekunden später stand sie wieder vor der Kristallplatte, die zweifellos das Herzstück der technischen – oder magischen? – Anlage bildete. Langsam wanderten ihre Fingerspitzen über die fremdartigen Symbole, von denen ihr viele noch unverständlich waren. Die feinen Linien, Abbilder erdmagnetischer Felder, befanden sich in Aufruhr. Noch vor wenigen Wochen, das wußte sie, war das nicht der Fall gewesen. Vieles hatte sich inzwischen verändert.

Ein winziges weißes Leuchten fesselte ihre Aufmerksamkeit. Die Helligkeit steigerte sich innerhalb weniger Minuten.

Suzy Duvall begann zu schwitzen. Sie machte Fehler – und vor allem: sie wußte, daß sie Fehler machte. Dabei hatte Kar sie wissen lassen, daß eine einzige Fehlschaltung tödliche Folgen haben konnte.

Spürte sie Elektrizität in den Fingerspitzen? Ein unangenehmes Prickeln? Wütend auf sich selbst, warf Suzy den Kopf in den Nacken. Sie mußte es schaffen! Sie hatte noch immer geschafft, was sie sich vorgenommen hatte.

Ihre Finger bewegten sich schneller. Suzy Duvall konzentrierte sich jetzt weniger auf ihr logisches Denken, als auf ihre Intuition.

Schottland! Das grellweiße Leuchten gehörte in den Norden von Schottland. A.I.M. fiel ihr ein, Sutherland und seine Leute, die ihre Nase immer wieder in Dinge steckten, die sie nichts angingen.

Ungewöhnlich lange wartete sie darauf, daß sich die Bildwiedergabe über der Kristallplatte stabilisierte. Die von den »Männern in Schwarz« verursachten Schäden beeinträchtigen die Funktionsweise der Anlage.

Endlich entstand das erhoffte Bild. Es wirkte verwaschen und unscharf.

Eine Statue? Suzy Duvall blinzelte verwirrt. Auf keinen Fall hatte sie erwartet, eine Tonfigur zu sehen. Vergeblich huschten ihre Finger über Dutzende von Symbolen. Die Wiedergabe veränderte sich nicht mehr.

Jäh zerbarst die Figur.

Eine grelle Entladung zuckte auf, sprang von der Kristallplatte zur Decke empor und fiel als Funkenregen zurück.

Ein Kurzschluß! war Suzys erster erschreckter Gedanke. Doch die Anlage war nicht mit gewohnten Maßstäben zu messen. Etwas anderes mußte geschehen sein, etwas, das seinen Ursprung in Schottland hatte.

Als die Feldlinien auf der Platte wieder einigermaßen gut zu erkennen waren, war das weiße Leuchten verschwunden. Suzy stieß eine Verwünschung aus, die eine wirkliche Lady bestimmt nicht in den Mund genommen hätte. Verärgert und enttäuscht zugleich, wischte sie mit dem Handballen über die Symbole. Augenblicklich erlosch das verwirrende Linienmuster.

Der Raum, den Mortimer entdeckt hatte, war nicht sonderlich groß. Aber das war auch nicht nötig.

In dem Raum stand ein Sarg aus Eichenholz mit eisernen Beschlägen. Er war geschlossen.

An der Wand lehnte außerdem ein Gemälde. Es zeigte

das Porträt einer jungen Frau. Sie war eine Schönheit und kaum älter als fünfundzwanzig – jedenfalls zu der Zeit, als das Bild entstanden war. Lockiges rotes Haar fiel ihr bis auf die Schultern, und gekleidet war sie in eine leichte Lederrüstung mit Brustpanzer. Der runde Schild am linken Unterarm war von gegnerischen Axthieben tief eingekerbt.

»Ein schönes Bild«, murmelte Mortimer. »Und eine schöne Frau.«

»Der Sarg und das Bild gehören zusammen«, sagte Sutherland.

Entsetzt wich Mortimer zurück. »Sir, Sie haben hoffentlich nicht vor, die Totenruhe zu stören.«

»Ich will nur herausfinden, wer *sie* war.«

»Erwarten Sie nicht, daß ich Ihnen dabei helfe.«

»Und warum nicht?«

»Weil ...« Mortimer suchte nach Worten. »Es ist nicht gut, Sir.«

»Ich kann den Deckel nicht allein abheben. Also fassen Sie bitte mit an! Bislang haben Sie doch nur Befürchtungen geäußert, die nicht eingetroffen sind.«

Es bedurfte noch einiger Überredungskunst, bis Mortimer sich bereitfand, den Sargdeckel mit abzuheben.

Die Leiche war mumifiziert. Das lange Haar und die Rüstung ließen keine Zweifel daran aufkommen, daß es sich um die Frau auf dem Bild handelte. Eine Hand ruhte auf dem Schild, der das Familienwappen trug, in der anderen Hand hielt sie ein zusammengerolltes Pergament.

»Das ist Leichenfledderei«, protestierte Mortimer, als Sutherland nach dem Schriftstück griff.

»Das Pergament ist für den bestimmt, der den Sarg öffnet«, widersprach Sir Ian.

Bedächtig rollte er das Pergament auf und begann zu

lesen. Eigentlich hatte er sich vorerst nur davon überzeugen wollen, daß das Schriftstück noch brauchbar war, aber dann wurden seine Augen größer, je länger er die verschnörkelte Schrift überflog, und schließlich versuchte sogar Mortimer, neugierig geworden, ihm über die Schulter zu schauen.

Fast zwanzig Minuten brauchte Sutherland, um die Sprache des 15. Jahrhunderts einigermaßen richtig umzusetzen. Zumindest soviel, daß er die Zusammenhänge verstand. Eine genaue Textkopie erforderte selbstverständlich weitaus mehr Zeit – er würde sie später anfertigen.

Von einem Zeitalter der Finsternis war die Rede, von blutigen Menschenopfern, die dargebracht wurden, um die Rückkehr der Götter zu erzwingen. Der Clan der Sutherlands hatte zu den wenigen gehört, die das blutige Ritual verabscheuten.

»... die Schreie der Opfer hallten über das Land, doch der Tag war nahe, die Missetäter und ihre Anführer zu bestrafen. Wir versammelten uns zur Schlacht, ungedenk des Verräters in den eigenen Reihen. Dieser Tag kostete zehn tapfere Krieger das Leben, doch ihr Sterben bleibt unvergessen.

Der Verräter, als er sah, was er angerichtet hatte, kehrte reumütig zurück. Sein Wissen half mir, Männer und Frauen in die entscheidende Schlacht zu führen, aus der wir siegreich hervorgingen.

Henry indes wurde vom Gegner verflucht, auf daß Kinder und Kindeskinder niemals Geschwister zeugen dürfen, oder sie werden sich gegenseitig den Tod bringen.«

»Ein Fluch?« fragte Mortimer atemlos.

Ian Sutherland nickte schwer. »Es ist wahr«, erwiderte er. »Mein Vater erzählte mir davon, und er erfuhr es von seinem Vater. Der Fluch ist Wirklichkeit. Oft wurden in unserem Clan Geschwister geboren, aber immer tötete einer den anderen.«

»Die Teufelskralle lag seit Jahrhunderten unter Oake Dùn«, murmelte Mortimer. »Vernichten Sie das Knochenstück!«

Sutherland schüttelte den Kopf. »Hier steht, daß eine Festung über den Höhlen der Gegner errichtet wird, um für immer Menschenopfer zu verhindern und dem Fluch zu trotzen.«

»Oake Dùn?« fragte Mortimer.

»So ist es wohl.«

Sie schlossen den Sarg wieder. Inzwischen war Mitternacht nahe. Vielleicht schafften sie es noch, rechtzeitig zu Hogmanay, das war Silvester, die Katakomben zu verlassen. Sutherland konnte sich lebhaft vorstellen, daß alle Bewohner des Schlosses längst in heller Aufregung waren. Nicht einen Moment lang zweifelte er daran, daß der geheime Zugang sich von selbst wieder geschlossen hatte.

Ian Sutherland dachte an seinen Großvater väterlicherseits und an dessen letzte Worte auf dem Sterbebett: »Irgendwann mein Kind, wirst du eine Macht finden, die den Fluch zerbricht, der über unserem Clan liegt.«

Seit damals interessierte ihn alles Rätselhafte und Übersinnliche. Und die Archäologie.

HIER ENDET DER DRITTE BAND
UM DIE ABENTEURER

Band 13 765

**Hubert H. Simon/
Frank Thys/Marten Veit**

DIE ABENTEURER
Auf den Spuren von Atlantis

Als sie in einer Tempelanlage ein kristallenes Auge finden, eröffnet sich den beiden Wissenschaftlern Tom Ericson und Gudrun Heber eine ganz neue, aufregende, aber auch erschreckende Welt. Das Auge scheint ein Relikt einer Insel zu sein, die vor über fünftausend Jahren im Atlantik unterging.
Damit hatten die beiden eine erste Spur zu uraltem Wissen in den Händen – und zum größten Geheimnis unserer Zeit: Atlantis! Ein Geheimnis, dem sie nicht allein auf der Spur sind. Schon bald müssen Tom und Gudrun erfahren, daß sich ein mächtiger Gegner auf ihre Fährte gesetzt hat. Ein Mann – oder Wesen? –, in dem das Vermächtnis von Atlantis weiterlebt. Und die Gier, die Welt zu beherrschen.

Mit der Serie DIE ABENTEURER schuf das Autorenteam um Hubert H. Simon eine so faszinierende wie vielschichtige Saga in der Tradition der Indiana-Jones-Abenteuer. Ein Lesevergnügen für alle, die sich für spannende, mystische und actionsreiche Geschichten begeistern.

BASTEI LÜBBE